湖北省学术著作
Hubei Special Funds for
Academic Publications
出版专项资金

辨伪研究书系

《云仙散录》详考

司马朝军 撰

WUHAN UNIVERSITY PRESS
武汉大学出版社

图书在版编目(CIP)数据

《云仙散录》详考/司马朝军撰. —武汉：武汉大学出版社,2020.6
辨伪研究书系
湖北省学术著作出版专项资金资助项目
ISBN 978-7-307-21264-0

Ⅰ.云… Ⅱ.司… Ⅲ.《云仙散录》—研究 Ⅳ.I207.419

中国版本图书馆 CIP 数据核字(2019)第 239442 号

责任编辑:朱凌云　　　责任校对:汪欣怡　　　版式设计:马　佳

出版发行:**武汉大学出版社** 　(430072　武昌　珞珈山)
　　　　　(电子邮箱:cbs22@whu.edu.cn　网址:www.wdp.com.cn)
印刷:湖北恒泰印务有限公司
开本:787×1092　1/16　印张:33.75　字数:821 千字　插页:2
版次:2020 年 6 月第 1 版　　2020 年 6 月第 1 次印刷
ISBN 978-7-307-21264-0　　定价:135.00 元

目　录

小　引

　　唐冯贽《云仙散录》一书，自宋以来，多有见疑，至清中叶，《四库全书总目》判之为伪书，几成定谳。业师曹之先生初撰《中国印刷术的起源》，即因袭旧说，斥之为伪书，复撰二文，重申伪书之论。吾留意此书，多历年所，于师说始而信之，继而疑之，反复稽考，小心求证，然后知前人之说多为影响之谈。历代辨伪之士，往往孤行冥索，翻空出奇，意欲压倒前贤；甚者蔑古立说，欲以石破天惊之论吸引眼球，未免哗众取宠。就《云仙散录》而论，主"伪书说"者不乏其人。一言以蔽之曰，大胆假设有余，小心求证不足。悬揣臆测，无异治丝而棼，愈辨愈乱，实不足以餍吾心矣。窃以为，《云仙散录》一书原本细节生动，渊源有自，绝非南渡以后之人所能伪造焉。况且此书至今有宋本传世，见于宋人著录，历宋、元、明、清，征引不绝，足证其书大体不伪。论者所举全部证据皆不见于宋本，岂非咄咄怪事？究其原因，皆未能厘清其版本异同——宋本之外者实出后人附益。岂能以部分之伪而遽定全书为伪耶？惟见知堂周氏视之为冯氏"自造"（《书房一角·读〈云仙杂记〉》），真乃洞见耳。知堂之文凌轹一时，知堂之识亦足压群伦矣。

　　嗟乎！《云仙散录》若不辨明，诸多问题将成死结。故此书之作，犹箭在机上，不得不发也。吾岂好辩哉？吾不得已也。夫真伪之辨，乃文献至要之关、死生之地。《诗》曰："战战兢兢，如临深渊，如履薄冰。"陶潜亦云："惧或乖谬，有亏大雅君子之德，所以战战兢兢，若履深薄云尔。"可不慎乎！可不慎乎！

甲午玄月著者记于珞珈之麓、东湖之涯

《云仙散录》序

　　纂类之书多矣，其间所载世人用于文字者亦不下数十辈，则今未免为陈言也。予事科举三十年，蔑然无效。天祐元年（904）退归故里，筑选书室以居。取九世所蓄典籍，经史子集二十万八千一百二十卷六千九百余帙，撮其膏髓，别为一书，其门目未暇派别也。成于四年（907）之秋，由急于应文房之用，乃不能详。又数岁，复得终篇者。《四部英华》《笔头飞□》《文坛戈戟》《应题录》，皆传记集异之说。若见于寻常之书者，此必略之。庶兵火煨烬之后，或者不至束手，岂小补欤？同志者幸为珍秘之。天成元年（926）十二月，冯贽序。

《云仙散录》跋

右《云仙散录》，唐天成中金城冯贽取家世所蓄书撮其异说而编之者也。予来泉江得本于李茂叔贡士家，爱之不能释手，欲镂版以传，而病其多脱误，继得新袁州罗史君家本，从而是正，遂为全书。罗本分上下卷，李本总为一卷。考之《中兴馆阁书目》，李本为是。其先后之次亦有不同者，今悉从李本云。开禧元禩三月己卯，临江郭应祥识。

直斋称冯贽《云仙散录》一卷，其自序"天复元年"所作。今此书自序，天祐元年退归故里，取九世所蓄，撮其膏髓，别为一书，成于四年之秋。又数岁，复得终篇。天成元年叙。案：天成后天祐四年，凡二十一年，是元本不误，不知直斋何以误作"天复"？后来著录家并不细读，相承直斋之误，谓其伪作，年号颠倒，未及详考也。惟是寥寥数十页，征引书名不能划一，校刊之不精也。其中若《云林异景》《金銮密记》《妆台记》诸书，《绀珠集》《锦绣万花谷》《海录碎事》各家引有其书，不特《六帖》《太平御览》引书至一千七百余种，短书小说赖此以存崖略，亦未可一概谓之伪作。此本用嘉泰四年官册所印，历三十八朝六百五十一年，是可贵矣。馆阁有《云仙杂记》十卷，书名、卷数与此不符，抑另是一种耶？鲸飞海立，坐困围城，惟翻书度此如年之日耳。咸丰四年十一月三日冬至，徐渭仁①记。

---

① 徐渭仁(1788—1855)，字文台，号紫珊、子山、不寐居士。上海人。早年善书法，尤长汉隶，收藏碑帖甚丰，并精于鉴别。得隋开皇《董美人墓志》，甚珍爱，遂自号隋轩。后又得王昶旧藏之建昭雁足镫，在宅中辟"西汉金镫之室"。年三十八，忽又学画，兰竹山水，闭门研求，搜罗历代绘画，题识名画。重视地方文献，藏有孤本嘉靖《上海县志》、万历《上海县志》等。咸丰三年(1853)小刀会占上海县城，杀知县袁祖德，城内富户士绅避入租界，而渭仁仍留城内，传有二说：一说他难舍大量文物古玩书画碑帖，遂资助小刀会得以保全；一说小刀会首领之一潘起亮，是徐家马夫，曾被上海县所捕，系渭仁保释，小刀会入城，保其财产，而禁于豫园万花楼，小刀会不少文告均出其手。咸丰五年(1855)，清兵入城，渭仁自恃曾收殓被杀的知县，并经常写诗以明心迹。然官府仍加从贼之罪，对其大加勒索，终被下狱，死于狱中。

【附录】文渊阁四库本《云仙杂记》卷首提要

【附录】文渊阁四库本《云仙杂记》卷首提要①

《云仙杂记》十卷，旧本题唐金城冯贽撰。贽履贯无可考。其书杂载古人逸事，如所称戴逵双柑斗酒往听黄鹂之类，诗家往往习用之。然实伪书也，无论所引书目，皆历代史志所未载，即其自序称天复元年所作，而序中乃云天祐元年退归故里，书成于四年之秋，又数岁始得终篇，年号先后亦复颠倒，其为依托明矣。考陈振孙《书录解题》，有冯贽《云仙散录》一卷，亦有天复元年序。振孙称其记事造语如出一手，疑贽为子虚乌有之人。洪迈《容斋随笔》、赵与时《宾退录》所说亦皆相类，然不能指为何人作。张邦基《墨庄漫录》云："近时传一书曰《龙城录》，乃王铚之伪为之，又作《云仙散录》，尤为怪诞。"又有李歜注杜甫诗，注东坡诗，皆出铚之一手，殊可骇笑。然则为王铚所作无疑矣。惟陈振孙称《云仙散录》一卷，此乃作《云仙杂记》十卷，颇为不同。然孔传《续六帖》所引《散录》，验之皆在此书中，其即为一书显然可证，疑卷数则陈氏误记，书名则后人追改也。此本为叶盛菉竹堂所刊，较《说郛》诸书所载多原序一篇，其书未经删削，较他本亦为完备云。乾隆四十二年十月恭校上。

---

① 今按：此则提要写得非常草率，不足为凭，拟另文驳斥。

整 理 说 明

1. 每条先列标题，次列"版本考""引文考""词汇考"。

2. "版本考"采用五个本子，文中字母分别代表不同版本：

A——四库本《云仙杂记》(源自菉竹堂本)；

B——《四部丛刊》景明本《云仙杂记》；

C——《四库全书》所收之《说郛》本《云仙杂记》①；

D——中华再造善本《云仙散录》(据南京图书馆藏宋开禧刻公文纸印本影印)；

E——中华书局张力伟点校本《云仙散录》(底本采用《随盦徐氏丛书》本，参校以菉竹堂本、《唐宋丛书》本、《说郛》之宛委山堂刊本、《啸园丛书》本、《龙威秘书》本《杂记》及《说郛》之涵芬楼排印本、《艺海珠尘》本《散录》)。

经过比较，五个本子大致分为两个系统：前三个本子比较接近(其中 C 为残本)，后两个本子比较接近。两个版本系统的标题、文字内容、排序等皆有所不同。

3. "引文考"部分详细列举历代征引此书的文献，考察其接受史及其向其他类文献(类书、文集、谱录、杂纂、杂抄、方志等)衍化之轨迹。

4. "词汇考"部分主要考证人名、地名、语词、典故等，主要参考《汉语大词典》《中国历史大辞典》《文渊阁四库全书》《中国基本古籍库》等。

5. 关于《云仙散录》的真伪，宋本所有者真出冯贽之手，而宋本所无者(即最后两卷)出自后人附益。拟撰文详论之，兹不赘述。

6. 本书格于考证体例，对于文献学的理论问题略而不论。但通过此项专书研究，我们发现了文献学理论之若干突破口，拟另题论述。

7. 衍字、讹字用( )，补字、正字用[ ]。避讳字径改。

8. 不同版本之间的异文一仍其旧，以资比勘。

---

① 载卷一百十九，分为上下两卷。

卷　一

幽　人　笔

◎ 版本考

A 司空图隐于中条山，芟松枝为笔管。人问之，曰："幽人笔正当如是。"（《汗漫录》）

B 司空图隐于中条山，芟松枝为笔管。人问之，曰："幽人笔正当如是。"（《汗漫录》）

C 司空图隐于中条山，芟松枝为笔管。人问之，曰："幽人笔正当如是。"（《汗漫录》）

D《汗漫录》曰：司空图隐于中条山，芟松枝为笔管。人问之，曰："幽人笔正当如是。"（001）

E《汗漫录》曰：司空图隐于中条山，芟松枝为笔管。人问之，曰："幽人笔正当如是。"（001）

◎ 引文考

【唐白居易原本、宋孔传续撰《白孔六帖》卷十四·笔砚十六·幽人笔】《汗漫录》曰：司空图隐于中条山，芟松枝为笔管。人问之，曰："幽人笔当如是。"

【宋释文珦《潜山集》卷六《怀隐者》】逸步脱讥诮，高踪不混凡。独甘巢绝谷，人似说游岩。自制幽人笔，妻裁隐士衫。世交空见忆，无处寄书函。

【明何良俊《语林》卷二十·栖逸第十二】司空图在中条山，芟松枝为笔管。人问之，曰："幽人笔当如是。"

【明焦竑《焦氏类林》卷七·器具】司空图隐于中条山，芟松枝为笔管。曰："幽人笔当如是。"（《汗漫录》）

【明卢翰《掌中宇宙》卷十二·旁通篇下·方技部·幽人笔】司空图在中条山，芟松枝为笔管。人问之，曰："幽人笔当如是。"

【明高濂《遵生八笺》卷十四《燕闲清赏笺上》】司空图隐中条，以松枝为笔，曰"幽人笔"。

【明方弘静《千一录》卷二十六】笔有三品，竹为宜。金银为管，必有鄙倍之辞，岂君子所御也。隋珠和玉，不祥之器，其乱征乎？乃若芟松为之，曰幽人笔，便不若竹，亦不必尔。

【《御定佩文斋广群芳谱》卷六十八·木谱·松一】《汗漫录》：司空图隐于中条山，芟松枝为笔管，人问之，曰："幽人笔正当如是。"

【《御定渊鉴类函》卷二百四·文学部十三·芟松】《汗漫录》：司空图隐于中条山，芟松枝为笔管，人问之，曰："幽人笔正当如是。"

【《御定佩文韵府》卷九十三之二·入声四·质韵二·幽人笔】《云仙集录》：司空图隐于中条山，芟松枝为笔管，人问之，曰："～～～正当如是。"

【清吴士玉《骈字类编》卷一百六十二·器物门十五·笔·笔管】《云仙杂记》：司空图隐于中条山，芟松枝为～～，人问之，曰："幽人笔正当如是。"

【清吴襄《子史精华》卷一百五十七·器物部三·文具·松枝管】冯贽《云仙杂记》：司空图隐于中条山，芟～～为笔～，人问之，曰："幽人笔固当如是。"〖幽人笔〗见上。

【清张定鋆《三余杂志》卷七·幽人笔】《云仙杂记》：司空图隐中条山，芟松枝为笔管，曰："幽人笔当如是。"

【清陈元龙《格致镜原》卷三十七·笔管】《汗漫录》：司空图隐中条山，芟松枝为笔管，曰："幽人笔当如是。"

【清官修《韵府拾遗》卷二·上平声·二冬韵·松·芟松】《汗漫录》：司空图隐中条山，～～枝为笔管，曰："幽人笔正当如是。"

【清梁同书《笔史·笔之制》】《汗漫录》：司空图隐中条山，芟松枝为笔管，曰："幽人笔当如是。"

【清梁同书《频罗庵遗集》卷十六·笔史·笔之制】《汗漫录》：司空图隐中条山，芟松枝为笔管，曰："幽人笔当如是。"

【清孙锡蕃《复庵删诗旧集》卷八《晋处士》】快捷终南未可期，不如归去采松枝。中条山上幽人笔，说道今年是义熙。

◎ 词汇考

【中国历史大辞典·司空图】(837—908)，唐临淮(今江苏盱眙北)人，家居河中虞乡(今山西永济东)，字表圣，自号知非子、耐辱居士。咸通进士。为商州、宣歙观察使王凝幕僚。入为殿中侍御史，表授光禄寺主簿。广明元年(880)，召为礼部员外郎，迁礼部郎中。光启元年(885)迁中书舍人、知制诰。后隐居中条山王官谷。闻朱温代唐建后梁，唐哀帝被杀，绝食而死。诗多山林遣兴、闲吟自适之绝句。著《诗品》，不乏精到见解。今存《司空表圣文集》(即《一鸣集》)、《司空表圣诗集》和《诗品》。【按】天复四年(904)，朱全忠召为礼部尚书，司空图佯装老朽不任事，被放还。后梁开平二年(908)，唐哀帝被弑，他绝食而死，终年72岁。

【中条山】中国山西省南部主要山脉之一，东北—西南走向，东连太行山，南临黄河，西北为汾河谷地，西隔黄河与秦岭山区相望。因位于秦岭与太行之间，山势狭长而得名，全长约160公里。最高峰为海拔2321米的垣曲县历山舜王坪。位于中条山脉的五老峰是河洛文化早期传播的圣地，也是中国北方道教的发祥地之一，建有五老峰风景名胜区。中条山是中国古代的重要的铜矿产地。

【汉语大词典·幽人】幽隐之人；隐士。《易·履》："履道坦坦，幽人贞吉。"孔颖达疏："幽人贞吉者，既无险难，故在幽隐之人守正得吉。"《后汉书·逸民传序》："光武侧席幽人，求之若不及。"清顾炎武《与胡处士庭访北齐碑》诗："策杖向郊坰，幽人在岩户。"

【汉语大词典·笔管】笔杆。《初学记》卷二一引晋王羲之《笔经》："昔人或以瑠璃象牙为笔管，丽饰则有之，然笔须轻便，重则踬矣。"《说郛》卷七三引唐卢言《杂说》："有人于笔管上刻《从军行》，人马毛发皆备，云用鼠牙刻。"

飞 云 履

◎ 版本考

A 白乐天烧丹于庐山草堂，作飞云履，玄绫为质，四面以素绡作云朵，染以四选香，振履则如烟雾。乐天着示山中道友，曰："吾足下生云，计不久上升朱府矣。"（《樵人直说》）

B 白乐天烧丹于庐山草堂，作飞云履，玄绫为质，四面以素绡作云朵，染以四选香，振履则如烟雾。乐天着示山中道友，曰："吾足下生云，计不久上升朱府矣。"（《樵人直说》）

C 白乐天烧丹于庐山草堂，作飞云履，玄绫为质，四面以素绡作云朵，染以四选香，振履则如烟雾。乐天着示山中道友，曰："吾足下生云，计不久上升朱府矣。"（《樵人直说》）

D《樵人直说》曰：乐天烧丹于庐山草堂，作飞云履，玄绫为质，四面以素绡作云朵，染以四选香，振履则如烟雾。乐天着示山中道友，曰："吾足下生云，计不久上升朱府矣。"（002）

E《樵人直说》曰：乐天烧丹于庐山草堂，作飞云履，玄绫为质，四面以素绡作云朵，染以四选香，振履则如烟雾。乐天着示山中道友，曰："吾足下生云，计不久上升朱府矣。"（002）

◎ 引文考

【宋陆佃撰、明牛衷增辑《增修埤雅广要》卷三十一·什物门·飞云履】白乐天以玄绫为质，以素绡作云朵，染以四选香，振履如云雾。乐天示道友，曰："吾足下生云，计不久上升矣。"（《樵人直说》）

【宋谢维新《事类备要》外集卷四十·衣服门·履·染以香】白乐天烧丹于庐山草堂，作飞云履，玄绫为质，四面以素绡作云朵，～～四选～，振履则如烟雾。乐天着示山中道友，曰："吾足下生云，计不久上升朱府矣。"（《樵人直说》）

【宋谢维新《事类备要》外集卷六十四·锦绣门·绫·乐天为质】～～飞云履，玄绫～～。（《樵人直说》）

【宋无名氏《锦绣万花谷》后集卷三十六·履·飞云履】白乐天烧丹于庐山草堂，作飞云履，玄绫为质，四面以素绡作云朵，染以四选香，振履则如烟雾。乐天着示山中道友，

曰："吾足下生云，计不久上升朱府矣。"(出《樵人直说》)

【元阴时夫《韵府群玉》卷九·上声·四纸·履·飞云履】白乐天以玄绫为质，以素绡作云朵，染以四选香，振履如云雾。乐天示道友，曰："吾足下生云，计不久上升矣。"(《樵人直说》)

【明胡应麟《少室山房笔丛》甲部·丹铅新录八·履考】《云仙杂记》曰：赵廷芝作半月履，以千纹布为之，托以精银，填以绛蜡。唐辅明过之，夺以贮酒。又曰：白乐天制飞云履，以玄绫为质，四面以素绡作云朵，染以四选香，振履则如烟雾。

【明蒋一葵《尧山堂外纪》卷三十二·唐】白乐天语人曰："吾已脱去利名枷锁，开清高门户。但连鼋子母丹不知何日成耳。"尝烧丹于庐山草堂，作飞云履，玄绫为质，四面以素丝作云朵，染以异香，振履则如烟雾。乐天着示山中道友，曰："吾足下生云，计不久上升朱府矣。"

【明焦竑《焦氏类林》卷七·冠服】白乐天烧丹于庐山草堂，作飞云履，玄绫为质，四面以素绡作云朵，染以四选香，振履则如烟雾。曰："吾足下生云，计不久上升朱府矣。"(《樵说》)

【明彭大翼《山堂肆考》卷一百九十·衣服·履·飞云】《樵人直说》：白乐天烧丹于庐山草堂，作飞云履，玄绫为质，四面以素绢作云朵，染以四选香，振履则如烟雾。乐天着示山中道友，曰："吾足下生云，计不久上升朱府矣。"

【明郑若庸《类隽》卷十六·衣服类·履舄·飞云】《樵人直说》云：白乐天烧丹于庐山草堂，作飞云履，玄绫为(盾)[质]，四面以素绡作云朵，染以四选香，振履则如烟雾。曰："吾足下生云，不久上升天府矣。"

【明卓明卿《卓氏藻林》卷四·衣饰类·飞云履】白乐天置飞云履，曰："吾足下生云，不久当上升矣。"

【明徐应秋《玉芝堂谈荟》卷二十八《内香燕九十二种》】白乐天飞云履，染以四选香。

【明周嘉胄《香乘》卷十·飞云履染四选香】白乐天作飞云履，染以四选香，振履则如烟雾。曰："吾足下生云，计不久上升朱府矣。"(《樵人直说》)

【清陈元龙《格致镜原》卷十八·冠服类六·履】《樵人直说》：白乐天烧丹于庐山草堂，作飞云履，玄绫为质，四面以素绡作云朵，染以四选香，振履则如烟雾。乐天着示山中道友，曰："吾足下生云，不久上升天府矣。"

【清曹庭栋《老老恒言》卷三·鞋】鞋即履也，舄也。《古今注》曰："以木置履底，干腊不畏泥湿。"《辍耕录》曰："舄本鹊字，舄象取诸鹊，欲人行步知方也，今通谓之鞋。"鞋之适足，全系乎底，底必平坦，少弯即碍趾，鞋面则任意为之。乐天尝作"飞云履"，黑绫为质，素纱作云朵，亦创制也。

【《明文海》卷四百传十四·袁中道《潘去华尚宝传》】白乐天谪九江，作庐山草堂，着飞云履，炼服食药，几成而鼎败。古今之慧人，欲出生死而不得其径，多有好之者，或云此自胎骨带得亦一种清胜卓绝之习，不同凡俗也。然乐天晚年大悟禅理，而公亦深于《易》，乃知向之所慕直寄耳。

【明张岱《夜航船》卷十一·日用部·飞云履】白乐天烧丹于庐山草堂，制飞云履，(立云为直)[玄绫为质]，四面以素绢作云梁，染以诸香，振履则如烟雾，常着示道友，云："吾足下生云，计不久上升矣。"

【清毛德琦《庐山志》卷一《杂志》】《樵人直说》：白乐天常炼丹于庐山草堂，作飞云履，以玄绫为质，剪素绢为云，四面缘饰之，染以四选香，每振履飘飘如云雾。尝着之以示山中道侣，曰："吾足下云生，不久且登朱府矣。"

【清文行远《浔阳蹈醢》卷一·服食器用玩好】白乐天烧丹于庐山草堂，作飞云履，玄绫为质，四面以素绡作云朵，染以四选香，振履则如烟雾。乐天着示山中道友，曰："吾足下生云，计不久上升朱府矣。"（《樵人直说》）

【清邓志谟《古事苑定本》卷九·衣服三】白乐天烧丹于庐山，以玄绫作飞云履，染以沉檀，振履则如烟雾。常着以示道友，曰："吾足下生云，计不久升瑶府矣。"

【清吴士玉《骈字类编》卷九十三·数目门十六·四选】《庐山志》：白乐天尝炼丹于庐山草堂，作飞云履，以玄绫为质，剪素绢为云，四面缘饰之，染以～～香，每振履，飘飘如云雾。

【《御定渊鉴类函》卷三百五十八·产业部四·染·染云履 浣御衣】《孔帖》：唐白乐天飞云履，染以四选香。《唐·食货志》：代宗性俭约，身所御衣必浣染至再三，欲以先天下。

【《御定渊鉴类函》卷三百七十五·服饰部六·履三·飞云】《樵人直说》曰：白乐天烧丹于庐山草堂，作飞云履，玄绫为质，四面以素绡作云朵，染以四选香，振履则如烟雾。乐天着示山中道友，曰："吾足下生云，计不久上升朱府矣。"

【《御定佩文韵府》卷四十六之二·上声·十六铣韵二·选·四选】《庐山志》：白乐天尝炼丹于庐山草堂，作飞云履，以玄绫为质，剪素绢为云，四面缘饰之，染以～～香，每振履，飘飘如云雾。

◎ 词汇考

【中国历史大辞典·白居易】（772—846），唐下邦（今陕西渭南东北）人，生于新郑（今属河南），祖籍太原（今山西太原西南），字乐天。贞元进士，授校书郎。元和元年（806），登制举，因出言直切，仅授盩厔尉。后充翰林学士，拜左拾遗。十年，请缉捕刺杀宰相武元衡之凶手，以不当先谏官言事，贬江州司马。后擢忠州刺史。穆宗即位，任主客郎中。长庆元年（821）任中书舍人。因穆宗昏庸，朋党倾轧，忠谏不纳，请外任杭州刺史，在杭筑堤捍湖。敬宗初，又任苏州刺史。太和初，官秘书监，又转刑部侍郎。旋称病东归，以太子宾客分司洛阳。会昌二年（842），以刑部尚书致仕。晚年隐居香山，自号香山居士，又称醉吟先生。主张文学应反映现实，"文章合为时而著，歌诗合为事而作"，与李绅、张籍、元稹共倡新乐府运动。其诗今存三千余首。前期以讽喻诗为主，后期多闲适诗。《秦中吟》《新乐府》等揭露黑暗政治，反映社会衰败和人民痛苦生活。长篇叙事诗《长恨歌》《琵琶行》历来脍炙人口。语言通俗浅白，接近口语，相传老妪可以听懂。与诗人元稹、刘禹锡友善，多所唱和，时人并称"元白""刘白"。有《白氏长庆集》。1988 年上海古籍出版社出版《白居易集笺校》）。

【汉语大词典·飞云履】相传为唐白居易居庐山草堂时自制鞋的名称。唐冯贽《云仙杂记·飞云履》："白乐天烧丹于庐山草堂，作飞云履，玄绫为质，四面以素绡作云朵，染以四选香，振履则如烟雾。乐天着示山中道友，曰：'吾足下生云，计不久上升朱府矣。'"元辛文房《唐才子传·白居易》："公好神仙，自制飞云履，焚香振足，如拨烟雾，冉冉生云。”

【玄绫】一种黑色的薄而细，纹如冰凌，光如镜面的丝织品。

【汉语大词典·素绢】白绢。《礼记·檀弓下》“弁绖葛而葬”唐孔颖达疏：“不云麻，是用素绢也。”唐李白《草书歌行》：“笺麻素绢排数厢，宣州石砚墨色光。”清沈初《西清笔记·纪职志》：“每岁腊月制椒屏，岁祝椒屏，攒彩结椒，施于素绢，为人物器具花草。”

【汉语大词典·缘饰】镶边加饰；绘饰。《三国志·魏书·武帝纪》“葬高陵”裴松之注引晋王沈《魏书》：“茵蓐取温，无有缘饰。”章炳麟《訄书·定版籍》：“（孙文曰）朽人为人黝垩，善画者图其幅帛。其为龙蛇、象马、草树、云气、山林、海潮、燿火、星辰、人物、舟车，变眩异态，于以缘饰墙壁一也。”

【汉语大词典·朱府】道教谓神仙的住所。唐冯贽《云仙杂记·飞云履》：“白乐天烧丹于庐山草堂，作飞云履……着示山中道友曰：‘吾足下生云，计不久上升朱府矣。’”

【庐山草堂】白居易贬官江州期间曾在庐山北麓香炉峰下建草堂隐居，并亲自参与了草堂的选址、设计和营造。庐山草堂是白居易主持营建的四处私园中情感投入最多的一处，也是白居易园林思想最具有代表性的体现。他还专门撰写了《庐山草堂记》一文，这篇著名的文章至今仍然是中国古典园林史上的典范之作。

◎ 附录白居易《庐山草堂记》

匡庐奇秀，甲天下山。山北峰曰香炉峰，北寺曰遗爱寺。介峰寺间，其境胜绝，又甲庐山。元和十一年秋，太原人白乐天见而爱之，若远行客过故乡，恋恋不能去。因面峰腋寺，作为草堂。

明年春，草堂成。三间两柱，二室四牖，广袤丰杀，一称心力。洞北户，来阴风，防徂暑也；敞南甍，纳阳日，虞祁寒也。木斲而已，不加丹；墙圬而已，不加白碱。阶用石幂，窗用纸，竹帘纻帏，率称是焉。堂中设木榻四，素屏二，漆琴一张，儒、道、佛书各三两卷。

乐天既来为主，仰观山，俯听泉，旁睨竹树云石，自辰及酉，应接不暇。俄而物诱气随，外适内和。一宿体宁，再宿心恬，三宿后颓然嗒然，不知其然而然。

自问其故，答曰：“是居也，前有平地，轮广十丈；中有平台，半平地；台南有方池，倍平台。环池多山竹野卉，池中生白莲、白鱼。又南抵石涧，夹涧有古松、老杉，大仅十人围，高不知几百尺。修柯戛云，低枝拂潭，如幢竖，如盖张，如龙蛇走。松下多灌丛，萝茑叶蔓，骈织承翳，日月光不到地，盛夏风气如八、九月时。下铺白石，为出入道。堂北五步，据层崖积石，嵌空垤块，杂木异草，盖覆其上。绿阴蒙蒙，朱实离离，不识其名，四时一色。又有飞泉植茗，就以烹燀，好事者见，可以永日。堂东有瀑布，水悬三尺，泻阶隅，落石渠，昏晓如练色，夜中如环佩琴筑声。堂西倚北崖右趾，以剖竹架空，引崖上泉，脉分线悬，自檐注砌，累累如贯珠，霏微如雨露，滴沥飘洒，随风远去。其四旁耳目、杖屦可及者，春有锦绣谷花，夏有石门涧云，秋有虎溪月，冬有炉峰雪。阴晴显晦，昏旦含吐，千变万状，不可殚纪，缕缕而言，故云甲庐山者。噫！凡人丰一屋，华一簀，而起居其间，尚不免有骄稳之态；今我为是物主，物至致知，各以类至，又安得不外适内和，体宁心恬哉！昔永、远、宗、雷辈十八人同入此山，老死不返，去我千载，我知其心以是哉！

矧予自思：从幼迨老，若白屋，若朱门，凡所止，虽一日二日，辄覆篑土为台，聚拳石为山，环门水为池，其喜山水病癖如此。一旦骞剥，来佐江郡。郡守以优容而抚我，庐山以灵胜待我，是天与我时，地与我所，卒获所好，又何以求焉！尚以冗员所羁，余累未尽，或往或来，未遑宁处。待予异时，弟妹婚嫁毕，司马岁秩满，出处行止，得以自遂，则必左手引妻子，右手抱琴书，终老于斯，以成就我平生之志。清泉白石，实闻此言！

时三月二十七日，始居新堂。四月九日，与河南元集虚、范阳张允中、南阳张深之、东西二林长老凑、朗、满、晦、坚等凡二十有二人，具斋施茶果以落之。因为《草堂记》。

孙 登 琴

◎ 版本考

A 孙登琴遇雨必有响，如刀物声，竟因大雨破作数截，有黑蛟踊去。（《金徽变化篇》）

B 孙登琴遇雨必有响，如刀物声，竟因大雨破作数截，有黑蛟踊去。（《金徽变化篇》）

C 孙登琴遇雨必有响，如刀物声，竟因大雨破作数截，有黑蛟踊去。（《金徽变化篇》）

D【黑蛟破琴】《金徽变化篇》曰：孙登琴遇雨必有响，如刀物声，竟因大雨破作数截，有黑蛟踊去。（357）

E【黑蛟破琴】《金徽变化篇》曰：孙登琴遇雨必有响，如刀物声，竟因大雨破作数截，有黑蛟踊去。（358）

◎ 引文考

【明董斯张《广博物志》卷三十四·声乐二·琴】孙登琴遇雨必有响，如刀物声，竟因阴雨破作数截，有黑蛟踊去。（《金徽变化篇》）

【明徐应秋《玉芝堂谈荟》卷三十三《红叶化龙》】《金徽变化篇》：孙登琴遇雨必有响，如刀物声，竟因阴雨破作数截，有黑蛟踊去。

【明焦周《焦氏说楛》卷六】孙登琴遇雨必有响，如刀物声，竟因阴雨破作数截，有黑蛟踊去。

【明林有麟《青莲舫琴雅》卷二】孙登琴每遇阴雨必划然有响，后竟因雷电大作，破作数截，有黑蛟踊去。

【明张大命《太古正音琴经》卷十四《琅嬛记》】孙登琴遇雨必有响，如刀物声，竟因阴雨破作数截，有黑蛟踊出。（《金徽变化篇》）

【明郑仲[夔]《偶记》卷一·孙登琴】孙登琴遇雨必有响，如刀物声，竟因阴雨破作数截，有黑蛟踊去。

【明郑仲夔《玉塵新谭》偶记卷一·孙登琴】孙登琴遇雨必有响，如刀物声，竟因阴雨破作数截，有黑蛟踊去。

【《御定佩文韵府》卷十八之二·下平声·三肴韵二·黑蛟】《云仙杂记》：孙登琴遇雨必有响，如刀物声，后因阴雨破作数截，有～～踊去。

【《御定佩文韵府》卷二十七之三·下平声·十二侵韵三·孙登琴】《云仙杂记》：～～～遇雨必有响，如刀物声，竟因阴雨破作数截，有黑蛟踊去。

【《御定佩文韵府》卷三十二之二·黑蛟踊】《云仙杂记》：孙登琴遇雨必有响，如刀物声，竟因阴雨破作数截，有～～～去。

【清吴士玉《骈字类编》卷一百三十八·采色门五·黑蛟】《云仙杂记》：孙登琴遇雨必有响，如刀物声，后因阴雨破作数截，有～～踊去。

【清吴襄《子史精华》卷一百五十五·器物部一·遇雨必响】冯贽《云仙杂记》：孙登琴～～～有～，如刀物声，竟因阴雨破作数截，有黑蛟踊去。

【《御定渊鉴类函》卷一百八十八·乐部五·蛟破　蟹行】《金徽变化篇》：晋孙登琴遇雨必有响，如刀物声，竟因雨破作数截，有黑蛟踊出。《琴诀》：凡弹琴轮指曰蟹行，侧指曰鸾鸣。

【清陈元龙《格致镜原》卷四十六·乐器类二·琴·异琴】《金徽变化篇》：孙登琴遇雨必有响，如刀物声，竟因雨破作数截，有黑蛟踊出而去。

【清程允基《诚一堂琴谈》卷二·纪事】孙登，字公和，汲郡人。隐处乐天，读《易》养道，居白鹿、苏门二山，弹一弦琴。嵇康师事三年。○孙登琴遇雨必有响，如刀物声，竟因雨破作数截，有黑蛟踊出而去。（《金徽变化篇》）

【清来集之《倘湖樵书》卷八·活宝】孙登琴遇雨必有响，如刀物声，竟因雨破作三载，有黑蛟踊出而去。

【清翁方纲《复初斋诗集》卷十七·秘阁集三·《铁琴歌为晴溪作》】张兄征我赋铁琴，遍检巾箱无故实。或云樵李项墨林，曾得铁琴声中律。天籁之字于腹镌，遂以阁名名四溢（《蕉窗九录》所不详，相传项氏所得是孙登琴，项氏《蕉窗九录》无此事）。琴史欲补凭谁述。前年风雪长安街，冻铁一条光似涞。弦轸久无人弗顾，君独收之赏其质。此铁刚岂绕指柔，一片轻清可横膝。试弹不作铮铮声，指外苍坚余密栗。故从焦尾一气论，同是精真百炼出。吾闻老铁称铁体，篆既有之琴可匹。署楣应作铁琴斋，门限无烦永师笔。此琴故实起君家，何用孙登讨遗佚。

◎ 词汇考

【孙登琴】明董斯张《广博物志》卷三十四·声乐二·琴："孙登鼓一弦琴，五音俱备，后人效之，名曰孙仙。"

【中国历史大辞典·孙登】三国时汲郡共县（今河南辉县）人，字公和。孤居郡北山土窟，有高名。好读《易》，抚一弦琴。司马昭使阮籍往观，与语不应。嵇康从之游三年，问其所图，终不答。将别，乃谓康才多识寡，难于保身。后不知所终。

今按，《太平广记》卷九·神仙九"孙登"条载：孙登者，不知何许人也。恒止山间，穴地而坐，弹琴读《易》。冬夏单衣，天大寒，人视之，辄被发自覆身，发长丈余。又雅容非常，历世见之，颜色如故。市中乞得钱物，转乞贫下，更无余资，亦不见食。时杨骏为太傅，使传迎之，问讯不答。骏遗以一布袍，亦受。出门，就人借刀断袍，上下异处，置于骏门下，又复斫碎之。时人谓为狂，后乃知骏当诛斩，故为其象也。骏录之，不放去，登乃卒死。骏给棺，埋之于振桥。后数日，有人见登在董马坡，因寄书与洛下故人。嵇叔夜有迈世之志，曾诣登，登不与语。叔夜乃扣难之，而登弹琴自若。久之，叔夜退，登曰："少年才优而识寡，劣于保身，其能免乎？"俄而叔夜竟陷大辟。叔夜善弹琴，于是登弹一弦之琴，以成音曲。叔夜乃叹息绝思也。（出《神仙传》）

棋声与律吕相应

◎ **版本考**

A 元颐本棋枰声与律吕相应，盖用响玉为盘，非有异术也。（《棋天洞览》）

B 元颐本棋枰声与律吕相应，盖用响玉为盘，非有异术也。（《棋天洞览》）

C 元颐本棋枰声与律吕相应，盖用响玉为盘，非有异术也。（《棋天洞览》）

D【响玉棋盘】《棋天洞览》曰：元颐本棋枰声与律吕相应，盖用响玉为盘，非有异术也。（358）

E【响玉棋盘】《棋天洞览》曰：元颐本棋枰声与律吕相应，盖用响玉为盘，非有异术也。（359）

◎ **引文考**

【唐白居易原本、宋孔传续撰《白孔六帖》卷三十三·博棋七·响玉棋盘】（《洞览》）又曰：元颐本枰棋声与律吕相应，盖用响玉棋盘，非有异术也。

【宋谢维新《事类备要》前集卷五十七·技术门·奕棋·响玉盘】用~~棋~，与律声相应，出《棋天要览》。

【元阴时夫《韵府群玉》卷四·上平声·十四寒·响玉盘】~~棋~与律声相应。（《棋天要览》）

【明徐应秋《玉芝堂谈荟》卷二十六《龙虎玉》】……有响玉。《棋天洞览》：元颐本棋枰以响玉为盘，声与律吕相应是也。

【清吴士玉《骈字类编》卷一百五十三·器物门六·棋·棋枰】《云仙杂记》：元颐本~~声与律吕相应，盖用响玉为盘，非有异术也。

【《御定渊鉴类函》卷三百二十九·巧艺部六·围棋三·响玉盘】《孔帖》曰：元颐本枰棋声与律吕相应，盖用响玉棋盘，非有异术也。

【《御定佩文韵府》卷九十一之一·入声·二沃韵一·玉·响玉】《云仙杂记》：元颐本棋枰声与律吕相应，盖用~~为盘，非有异术也。

【清朱琰《陶说》卷六·说器下·明器】按：纹楸，棋盘也，故曰楸枰。《棋天洞览》云：元颐本枰棋声与律吕相应，盖用响玉棋盘，非有异术。得瓷为盘，所以助丁丁者，当与响玉比胜矣。

【明慎懋官《华夷花木鸟兽珍玩考》卷八·响玉棋盘】元颐本枰棋声与律吕相应，盖用响玉棋盘，非有异术也。

◎ **词汇考**

【汉语大词典·响玉】碰击时能发声响的玉石。唐冯贽《云仙杂记·棋声与律吕相应》："元颐本棋枰声与律吕相应，盖用响玉为盘，非有异术也。"

【汉语大词典·异术】指特别的技艺。《北史·江式传》："又诏侍中贾逵修理旧文，殊艺异术，王教一端，苟有可以加于国者，靡不悉集。"

红白二墨

◎ 版本考

A 楚王灵夒使人造红白二墨为戏，及书写衣服：黑衣用白书，白衣用红书，自成一家。(《大唐龙髓记》)

B 楚王灵夒使人造红白二墨为戏，及书写衣服：黑衣用白书，白衣用红书，自成一家。(《大唐龙髓记》)

C 楚王灵夒使人造红白二墨为戏，及书写衣服：黑衣用白书，白衣用红书，自成一家。(《大唐龙髓记》)

D【红白墨】《大唐龙髓记》曰：楚王灵夒使人造红白二墨为戏，及书写衣服：黑衣用白书，白衣用红书，自成一家。(359)

E【红白墨】《大唐龙髓记》曰：楚王灵夒使人造红白二墨为戏，及书写衣服：黑衣用白书，白衣用红书，自成一家。(360)

◎ 引文考

【宋潘自牧《记纂渊海》卷八十二·字学部·墨·传记】楚王灵夒造红白二墨，及书写衣服：黑衣用白书，白衣用红书，自成一家。(《大唐龙髓记》)

【明徐应秋《玉芝堂谈荟》卷二十八《龙香剂》】《大唐龙髓记》：楚王灵夒使人造红白二墨为戏，及书写衣服：黑衣用白书，白衣用红书，自成一家。

【《御定渊鉴类函》卷二百五·文学部十四·墨四·红白墨】《龙髓记》：楚王灵夒使人造红白二墨为戏，及书写衣服：墨衣用白书，白衣用红书，自成一家。

【清陈元龙《格致镜原》卷三十七·异墨】《大唐龙髓记》：楚王灵夒造红白二墨为戏，及书写衣服：黑衣用白书，白衣用红书，自成一家。

【清刘岳云《格物中法》卷六下之下·木部·造墨法】楚王灵夒造红白二墨为戏，及书写衣服：黑衣用白书，白衣用红书，自成一家。(《大唐龙髓记》)

【清史梦兰《全史宫词》卷十三】一堂丝竹静传声，窗下挥毫晓日晴。古砚分磨红白墨，宫袍几幅字分明。○《云仙散录》："鲁王灵夒使人造红白二墨为戏，及书写衣服：黑衣用白书，白衣用红书，自成一家。"

◎ 词汇考

【汉语大词典·自成一家】谓在学术或技艺上有独特的创见或风格，能自成流派。唐刘知幾《史通·书志》："天文则星占、月会、浑图、周髀之流，艺文则《四部》《七录》《中经》《秘阁》之辈，莫不各逾三箧，自成一家。"宋黄庭坚《以右军书数种赠丘十四》诗："随人作计终后人，自成一家始逼真。"明焦竑《焦氏笔乘·评杜诗》："杜陵只欲脱去唐人工丽之体，而独占高古，盖意在自成一家，不肯随场作剧也。"

【汉语大词典·灵夒】传说中的奇兽。《文选·左思〈吴都赋〉》："想夛实之复形，访灵夒于鲛人。"刘逵注："《山海经》曰：东海中有兽，如牛苍身，无角，一足，入水则风，其声如雷，以其皮冒鼓，闻五百里，名曰夒。"《云笈七签》卷一百："灵夒吼，雕鹗争，石坠崖，壮士怒。"

【鲁王灵夔】高祖子。《新唐书》本传："灵夔善草隶，通音律。"

【汉语大词典·白书】1. 削去树皮，在白色树干上写的字。《史记·孙子吴起列传》："庞涓果夜至斫木下，见白书，仍钻火烛之。"2. 禀告；陈述。唐道宣《续高僧传·释经三·慧净》："略申片意，谨此白书。"①

龙 耳 李

◎ 版本考

A 崔奉国家一种李，肉厚而无核。识者曰："天罚乖龙，必割其耳，耳血堕地，故生此李。"(《琴庄美事》)

B 崔奉国家一种李，肉厚而无核。识者曰："天罚乖龙，必割其耳，耳血堕地，故生此李。"(《琴庄美事》)

C 崔奉国家一种李，肉厚而无核。识者曰："天罚乖龙，必割其耳，耳血堕地，故生此李。"(《琴庄美事》)

D【龙耳堕血】《琴庄美事》曰：崔奉国家有一种李，肉厚而无核。识者曰："天罚乖龙，必割其耳，耳血堕地，生此李。"(360)

E【龙耳堕血】《琴庄美事》曰：崔奉国家一种李，肉厚而无核。识者曰："天罚乖龙，必割其耳，血堕地，生此李。"(361)

◎ 引文考

【宋无名氏《锦绣万花谷》后集卷三十七·李·龙耳堕血】崔奉国家一种李，肉厚而无核。识者曰："天罚乖龙，必割其耳，血堕地，生此李也。"(出《琴庄美事》)。

【宋潘自牧《记纂渊海》卷九十二·果食部·果·李·传记】崔奉国家一种李，肉厚而无核。识者曰："天罚乖龙，割其耳，耳血堕地，故生此李。"(《琴庄美事》)

【宋谢维新《事类备要》别集卷四十三·果门·龙血】崔奉国家一种李，肉厚而无核。识者曰："天罚乖~，必割其耳，~堕地，生此李也。"(《琴庄美事》)

【宋陆佃撰、明牛衷增辑《增修埤雅广要》卷二十四·卉物门·释木类·李】……崔奉国家一种李，肉厚而无核。识者曰："天罚乖龙，必割其耳，血堕地，生此李也。"懿宗咸通十四年四月，成都李实变为木瓜，时人以为李国姓也，变者国夺于人之象。

【元阴时夫《韵府群玉》卷九·上声·四纸·李·无核李】崔奉国家李肉厚~~。识者曰："天罚乖龙，割其耳血，堕地生此~。"(《琴庄美事》)

【明彭大翼《山堂肆考》卷二百五·果品·李子·龙血】《琴庄美事》：崔奉国家一种李，肉厚而无核，识者曰："天罚乖龙，必割其耳，血堕地，生此李也。"

【明郑若庸《类隽》卷二十八·果实类·李·龙耳】《琴庄美事》云：崔奉国家一种李，肉厚而无核。识者曰："天罚乖龙，必割其耳，血堕地，生此李也。"

【明顾起元《说略》卷二十七·卉笺上】崔奉国家李，肉厚无核，曰："天罚乖龙，割其

---

① 今按：须补义项：用白墨书写。

耳，血堕地，生此李。"（见《琴庄美事》）

【明李时珍《本草纲目》卷二十九·果之一·李·附录徐李】《别录》有名未用，曰：生太山之阴，如李而小，其实青色，无核，熟则采食之，轻身益气延年。时珍曰：此即无核李也。唐崔奉国家有之，乃异种也，谬言龙耳血堕地所生。

【明单宇《菊坡丛话》卷二十二·饮食类】韩退之《答邓道士寄树鸡诗》云："软湿青黄状可猜，欲烹还唤木盘回。烦君自入华阳洞，割取乖龙左耳来。"此树鸡乃木耳大者之名。《艇斋诗话》云："予按：割龙耳事两出柳子厚《龙城集》，载茅山处士吴绰因采药于华阳洞见小儿手把木珠三颗戏于松下，绰见之，因询谁氏子，儿奔入洞中，绰恐为虎所害，遂连呼相从入行不三十步，见儿化为龙形，一手握三珠，顿在耳中，绰以药斧斫之，落左耳，而失珠所在。"又冯贽《云仙散录》云："崔奉国家一种李，肉厚而无核，识者曰：天罚乖龙，必割其耳，血堕地，生此李。"未知退之所用果何事。然《龙城录》载割华阳洞龙左耳事，而《云仙散录》乃有乖龙割耳之说，二书各有可取也。洪庆善注韩文甚详，而于此独缺，又不知其如何也。

【明慎懋官《华夷花木鸟兽珍玩考》花木考卷二·龙耳堕血】崔奉国家一种李，肉厚而无核。识者曰："天罚乖龙，必割其耳，血堕地，生此李也。"出《琴庄美事》。

【明夏树芳《词林海错》卷六·龙耳】《琴庄美事》：崔奉国家李，肉厚而无核。识者曰："天罚乖龙，必割其耳。其血堕地，故生此李。"遂号此李为龙耳。

【明徐应秋《玉芝堂谈荟》卷三十三《龙蜕》】《琴庄美事》：崔奉国家一种李，肉厚而无核。识者曰："天罚乖龙，必割其耳，耳血堕地，故生此李。"

【明张自烈《正字通》卷十二·龙部·龙】冯贽《云仙散录》云："天罚乖龙，必割其（百）［耳］。"

【《御定佩文斋广群芳谱》卷五十五·果谱·李·李盘山李】《云仙杂记》：崔奉国家有一种李，肉厚而无核。识者曰："天罚乖龙，必割其耳，血堕地，生此李。"

【《御定渊鉴类函》卷三百九十九·果部·李三·增龙血　鼠精】《琴庄异事》曰：崔奉国家一种李，肉厚而无核。识者曰："天罚乖龙，必割其耳，耳血堕地，故生此李。"

【清吴襄《子史精华》卷一百四十·动植部六·果蓏·龙耳李】冯贽《云仙杂记》：崔奉国家一种李，肉厚而无核。识者曰："天罚乖龙，必割其耳，耳血堕地，故生此李。"

【清陈大章《诗传名物集览》卷六·龙盾之合】《云仙散录》云：天罚乖龙，必割其耳。

【清陈元龙《格致镜原》卷七十四·果类一·李子·异李】《琴庄美事》：崔奉国家有李，肉厚而无核。识者曰："天罚乖龙，必割其耳，血堕地，生此李也。"

【清陈元龙《格致镜原》卷九十·水族类一·龙·总论】冯贽《云仙散录》：天罚乖龙，必割其耳。

【清华希闵《广事类赋》卷二十九·花部·李·奉国乖龙之耳】《梦庄美事》：崔奉国家有一种李，肉厚而无核。谨者曰："天罚乖龙，必割其耳，血堕地，生此李。"

【清杨巩《中外农学合编》卷七·林类果实·李·龙耳李】肉厚无核，花红如血。（《琴庄（着）［美］事》）

【清袁枚《新齐谐》卷八·秃尾龙】山东文登县毕氏妇三月间沤衣池上，见树上有李大如鸡卵，心异之，以为暮春时不应有李，采而食焉，甘美异常，自此腹中拳然，遂有孕。十四月，产一小龙，长二尺许，坠地即飞去。到清晨，必来饮其母之乳。父恶而持刀逐之，断其尾，小龙从此不来。后数年，其母死，殡于村中。一夕，雷电风雨，晦冥中若有物蟠旋者。次日，视之，棺已葬矣，隆然成一大坟。又数年，其父死，邻人为合葬焉。其夕，雷电又作。次日，见其父棺从穴中掀出，若不容其合葬者。嗣后，村人呼为秃尾龙母坟，祈晴祷雨，无不应。此事陶悔轩方伯为余言之。且云，偶阅《群芳谱》云："天罚乖龙，必割其耳，耳坠于地，辄化为李。"毕妇所食之李，乃龙耳也。故感气化，而生小龙。

◎ 词汇考

【崔奉国】待考。

【汉语大词典·乖龙】传说中的孽龙。唐白居易《偶然》诗之一："乖龙藏在牛领中，雷击龙来牛枉死。"宋黄休复《茅亭客话》卷五："世传乖龙者，苦于行雨，而多方窜匿，藏人身中，或在古木楹柱之内，及楼阁鸱甍中，须为雷神捕之。"清赵翼《栖贤寺瀑布》诗："咆勃起吼声，震破乖龙聩。"

硫　黄　椀

◎ 版本考

A 元载饮食，冷物用硫黄椀，热物用泛水瓷器，器有三千事。(《枢要录》)

B 元载饮食，冷物用磂黄椀，热物用泛水瓷器，器有三千事。(出《枢要录》)

C【磂磺椀】元载饮食，冷物用磂磺椀，热物用泛冰瓷器，器有三千事。(出《枢要录》)

D《枢要录》曰：元载凡饮食，冷物用磂磺椀，热物用泛冰磁器，器有三千事。(003)

E【硫黄碗】《枢要录》曰：元载饮食，冷物用硫黄碗，热物用泛水瓷器，器有三千事。(003)

◎ 引文考

【明徐应秋《玉芝堂谈荟》卷四《饮食之侈》】古人饮食之侈者，何曾日食万钱。王恺一食万钱。和峤日三万钱。高阳王元雍一食数万钱。杜岐公馔日五食，一食万钱。李卫公德裕至一杯羹二万钱，杂珠玉、宝贝、朱砂、雄黄煎汁为之。……元载饮食，冷物用硫黄碗，热物用泛水瓷器，有三千事。

【明张自烈《正字通》卷七·石部·硫】本作流黄，《唐韵》作硫，因其似石，故从石。亦作留。又作磂。唐冯贽《云仙杂记》言：元载饮食，冷物用磂黄椀盛之。

【明方以智《通雅》卷四十八】石流黄，今作硫黄，犹朴消之为硝也，或作石流丹。……留、磂、流、硫并通。唐冯贽《云仙杂记》言："元载饮食，冷物用硫黄碗。"《纬略》引《仙传》曰："许由、巢父服箕山石流丹。"《抱朴子》曰："石流，丹山之赤精。"盖石流黄之类也。

【清吴玉搢《别雅》卷二】流黄、磂黄，硫黄也。硫黄古但作流黄，言其色也。机上流黄亦取流黄之色。《说文》：䔣可以染留黄，盖言染色即流黄色也。唐冯贽《云仙杂记》言："元载饮食，冷物用磂黄碗。"留、流、磂、硫并通。

【《御定佩文韵府》卷四之十·上平声·四支韵十·瓷·泛水瓷】《枢要录》：元载饮食，冷物用琉黄碗，热物用~~~器，器有三千事。

【《御定佩文韵府》卷四十四之二·上声十四·旱韵二·盌·硫黄碗】《枢要录》：元载饮食，冷物用~~~，热物用泛水瓷器，器有三千事。

【《御定分类字锦》卷二十五·器用·杯盌第十·瑠黄椀】《云仙杂记》：元载饮食，冷物用~~~，热物用泛水瓷器，器有三十事。

【清陈元龙《格致镜原》卷五十一·日用器物类三·碗】《枢要录》：元载凡饮食，冷物用硫黄盌，热物用泛水磁器，有三千事。

【清蓝浦《景德镇陶录》卷九】元载饮食，冷物用瑠黄碗，凡热物则用泛水瓷器，器有三千事，皆邢雪、越冰之类（《枢要录》）。

◎ 词汇考

【中国历史大辞典·元载】（？—777），唐凤翔岐山（今属陕西）人，字公辅。家本寒微，随母嫁景氏，冒姓元氏。嗜学善文。天宝初，举老、庄、列、文子高第。至德中，累迁户部侍郎。宝应元年（762）以租庸使往江淮，按籍征八年逋欠租调，扰民甚剧。寻充度支、转运使。结附宦官李辅国擢同平章事。代宗立，进中书侍郎，仍同平章事，委刘晏以度支钱谷事。大历五年（770），预谋杀宦官鱼朝恩，恃功骄肆，自以为一时无两，结党营私，堵塞言路，卖官纳贿，膏腴别业，疆畛相望。但颇知边事，曾用马璘、郭子仪屯边御吐蕃。后以权势过盛，为代宗所杀。有集十卷，已佚，《全唐文》存文六篇，《全唐诗》存诗一首。

【椀】"碗"的古字。

【泛水】瓷器名。唐冯贽《云仙杂记·瑠黄椀》："元载饮食，冷物用瑠黄椀，热物用泛水瓷器，器有三千事。"

梦 裁 锦

◎ 版本考

A 萧颖士少梦有人授纸百番，开之，皆是绣花。又梦裁锦，文思乃大进。（《文笔襟喉》）

B 萧颖士少梦有人授纸百番，开之，皆是绣花。又梦裁锦，文思乃大进。（出《文笔襟喉》）

C 萧颖士少梦有人授纸百番，开之，皆是绣花。又梦裁锦，文思乃大进。（出《文笔襟喉》）

D【绣纸】《文笔襟喉》曰：萧颖士少梦有人授纸百番，开之，皆是绣花。又梦裁锦，因此文思乃大进。（004）

E【绣纸】《文笔襟喉》曰：萧颖士少梦有人授纸百番，开之，皆是绣花。又梦裁锦，文思乃大进。（004）

◎　引文考

【宋谢维新《事类备要》前集卷四十六·文房门·纸·绣花纸】萧颖士少梦人授纸百番，开之，皆绣花。（《文笔候秩》）

【明顾起元《说略》卷二十二·工考上】萧颖士少梦授纸百番，皆绣花。

【明彭大翼《山堂肆考》卷一百七十七·器用·绣花百番】唐萧颖士少梦人授纸百番，开视，皆绣花也。

【明郑仲[夔]《偶记》卷六·梦裁锦】萧颖士少梦人授纸百番，开之，皆是绣花。又梦裁锦，因此文思大进。

【明郑仲夔《玉麈新谭》·偶记卷六·梦裁锦】萧颖士少梦人授纸百番，开之，皆是绣花。又梦裁锦，因此文思大进。

【明徐应秋《玉芝堂谈荟》卷六《梦笔生花》】李白少时梦所用笔头上生花，自是才思赡逸。……梦人授绣纸百番，又梦裁锦而文思大进者，萧颖士也。

【明蒋一葵《尧山堂外纪》卷二十五·唐】颖士少梦有人授纸百番，开之，皆是绣花。又梦裁锦，因此文思大进。时李华文辞绵丽，而乏宏杰之气，颖士健爽自肆。人谓华不及颖士，华自疑过之。尝著《吊古战场文》，杂置梵书中。他日与颖士读之，颖士称工。华问谁可及，颖士曰："君加精思便可及此。"华愕然而服。

【明何良俊《语林》卷十五】李华文辞绵丽，而乏宏杰之气。萧颖士已见健爽自肆。时谓华不及颖士，华自疑过之。尝著《吊古战场文》，极思研确，既成，自加汗漫，杂置梵书中。他日与颖士读之，颖士称工。华问谁可及，颖士曰："君加精思便可及此。"华愕然而服。

【明张懋修《墨卿谈乘》卷七·梦物文进】萧颖士少梦人以纸百番，皆是大花。又梦裁锦，因此文思大进。

【《御定渊鉴类函》卷一百九十六·文学部五·文章四·敏捷·梦裁锦】《文章襟喉》曰：萧颖士少梦有人授纸百番，开之，皆是绣花。又梦裁锦，因此文思大进。

【《御定渊鉴类函》卷二百五·文学部十四·纸三·白鸟丝三尺　绣花百番】《异闻集》：霍小玉取朱丝绣囊出越姬乌丝拦素段三尺以授李生。生多才思，援笔成章。按：宋亳间纸有织成界道者，谓之乌丝栏。肆考：唐萧颖士少梦人授纸百番，开视皆绣花也。

【清吴襄《子史精华》卷一百五十七·器物部三·绣花百番】冯贽《云仙杂记》：萧颖士少梦有人授纸百番，开之，皆是绣花。又梦裁锦，因此文思大进。

◎　词汇考

【中国历史大辞典·萧颖士】(708—759)，唐南兰陵(治今江苏武进西北)人，字茂挺。少聪慧。开元进士。天宝初，为秘书正字。被劾居濮阳，名士多从学，人称萧夫子。后为集贤校理，李林甫恶而出之。韦述荐为史官，又迁河南府参军。安禄山反，力劝山南节度使源洧拒敌。宰相崔圆以为扬州功曹参军，至官一日而去，世称萧功曹。后客死汝南，门人私谥文元先生。文与李华齐名，乐于推引后进。有集十卷，李华撰序，集佚而序存。后人辑有《萧茂挺文集》一卷。〇今按：茂挺生卒年一作(717—768)，系颍州汝阴(今安徽阜阳)人，郡望南兰陵(今江苏常州)。新、旧《唐书》均有传。〇明蒋一葵《尧山堂外纪》卷二十五："萧颖士，字茂挺，开元中举进士，补秘书正字，名播天下，时号萧夫子。后客死汝南逆旅，门人谥文元先生。性严酷异常。有一仆事之十余年，每加棰楚辄百余，不堪其苦，人或激之使去。其仆曰：'我非不能他从，所以迟留者，特爱慕其博奥耳。'"

【汉语大词典·番】量词。张；幅。《新唐书·柳公权传》："书纸三番，作真、行、草三体。"宋苏轼《次韵宋肇惠澄心纸》之一："诗老囊空一不留，百番曾作百金收。"

【汉语大词典·裁锦】《左传·襄公三十一年》："子有美锦，不使人学制焉。大官、大邑，身之所庇也，而使学者制焉。其为美锦，不亦多乎?"后以"裁锦"比喻为官治邑。北魏杨衒之《洛阳伽蓝记·秦太上君寺》："陛下《渭阳》兴念，宠及老臣，使夜行罪人，裁锦万里，敬奉明敕，不敢失堕。"

无 尘 子

◎ 版本考

    A 方镕隐天门山，以棕榈叶拂书，号曰无尘子，月以酒脯祭之。（《高士春秋》）

    B 方镕隐天门山，以棕榈叶拂书，号曰无尘子，月以酒脯祭之。（出《高士春秋》）

    C 方镕隐天门山，以棕榈叶拂书，号曰无尘子，月以酒脯祭之。（出《高士春秋》）

    D《高士春秋》曰：方镕隐天门山，以棕榈叶拂书，号曰无尘子，月以酒脯祭之。（005）

    E《高士春秋》曰：方镕隐天门山，以棕榈叶拂书，号曰无尘子，月以酒脯祭之。（005）

◎ 引文考

    【明冯梦龙《古今谭概》卷三·痴绝部·痴趣】方镕隐天门山，以棕榈叶拂书，号曰无尘子，月以酒脯祭之。

    【明焦竑《焦氏类林》卷七·草木】方镕隐天门山，以棕榈叶拂书，号曰无尘子。（《高士春秋》）

    【明顾起元《说略》卷二十四《谐志》】方镕隐天门山，以棕榈叶拂书，号曰无尘子。见《高士春秋》。

    【《御定月令辑要》卷三·每月令·杂纪·无尘子】增《高士春秋》：方镕隐天门山，以棕榈叶拂书，号曰无尘子，月以酒脯祭之。

    【《御定佩文斋广群芳谱》卷七十九·木谱·棕榈·汇考】《高士春秋》：方镕隐天门山，以棕榈叶拂书，号曰无尘子，月以酒脯祭之。

    【清吴士玉《骈字类编》卷一百九十八·草木门二十三·棕榈】《高士春秋》：方镕隐天门山，以~~叶拂书，号曰无尘子，月以酒脯祭之。

    【《御定渊鉴类函》卷四百十六·木部五·棕榈一】《云仙杂记》曰：方镕隐天门山，以棕榈叶拂书，号无尘子，日以酒脯祭之。

    【《御定分类字锦》卷四十·文事·文具第十二·无尘子】《云仙杂记》：方镕隐天门山，以棕榈叶拂书，号曰~~~，月以酒脯祭之。

    【清吴襄《子史精华》卷一百五十九·器物部五·杂器·无尘子】冯贽《云仙杂记》：方镕隐天门山，以棕榈叶拂书，号曰~~~，月以酒脯祭之。

　　【《御定佩文韵府》卷三十四之五·上声四·纸韵五·子·无尘子】《高士春秋》：方镕隐天门山，以棕榈叶拂书，号曰～～～，月以酒脯祭之。

　　【清陈元龙《格致镜原》卷五十八·燕赏器物类二·拂子】《高士春秋》：方镕隐天门山，以棕榈叶拂书，号曰无尘子。

　　【清陈元龙《格致镜原》卷六十六·木类三·棕榈】《高士传》：方镕隐天门山，以棕榈叶拂书，号曰无尘子。

　　【清厉荃《事物异名录》卷十九·器用部·拂子·无尘子】《高士春秋》：方镕隐天门山，以棕榈叶拂书，号曰无尘子，月以酒脯祭之。

　　【清秦嘉谟《月令粹编》卷二·每月令·无尘子】《高士春秋》：方镕隐天门山，以棕榈叶拂书，号曰无尘子，月以酒脯祭之。

　　【清张定鋆《三余杂志》卷七·无尘子】《云仙杂记》：方镕隐天门山，以棕榈叶拂书，号曰无尘子，月以酒脯祭之。

◎ 词汇考

　　【方镕】事迹待考。

　　【汉语大词典·无尘子】棕叶掸子的别称。○今按：须补书证。

　　【汉语大词典·酒脯】酒和干肉。后亦泛指酒肴。《周礼·秋官·司盟》："既盟，则为司盟共祈酒脯。"唐韩愈《祭竹林神文》："谨以酒脯之奠，再拜稽首，告于竹林之神。"清唐甄《潜书·食难》："今者贾客满堂，酒脯在厨，日得微利以活家人。"

惜 春 御 史

◎ 版本考

　　A 穆宗每宫中花开，则以重顶帐蒙蔽栏槛，置惜春御史掌之，号曰括香。(《玉塵集》)

　　B 穆宗每宫中花开，则以重顶帐蒙蔽栏槛，置惜春御史掌之，号曰括香。(《玉塵集》)

　　C 穆宗每宫中花开，则以重顶帐蒙蔽栏槛，置惜春御史掌之，号曰括香。(《玉塵集》)

　　D【括香】《玉塵集》曰：穆宗每宫中花开，则以重顶帐蒙蔽栏槛，置惜春御史掌之，号曰括香。(006)

　　E【括香】《玉塵集》曰：穆宗每宫中花开，则以重顶帐蒙蔽栏槛，置惜春御史掌之，号曰括香。(006)

◎ 引文考

　　【唐白居易原本、宋孔传续撰《白孔六帖》卷三·春七·置惜春御史】唐《玉塵集》：穆宗每宫中花开，则以重顶帐蒙蔽栏槛，置惜春御史掌之。

　　【宋祝穆《事文类聚》前集卷六·天时部·春·以帐蔽花】穆宗宫中花开，以重顶帐蒙蔽，置惜春御史之号，曰括春。

【宋潘自牧《记纂渊海》卷九十三·花卉部·花·传记】穆宗每宫中花开，则以重顶帐蒙蔽栏槛，置惜春御史掌之，号曰括香。

【宋陈元靓《岁时广记》卷一·春·仲春月·括花香】唐《玉麈集》：穆宗每宫中花香，则以重顶帐蒙蔽槛外，置惜春御史掌之，号曰括香。

【元阴时夫《韵府群玉》卷六·下平声·七阳·香·括香】唐穆宗宫中花开，以重顶帐蒙蔽，置惜花御史掌之，号曰～～。

【元耶律铸《双溪醉隐集》卷五《惜花御史》】春事权舆未渠央，惜花御史似蜂忙。分明白着千红紫，陪奉宫花为括香。（唐穆宗宫中花开，以重顶帐蒙蔽，置惜花御史掌之，号曰括香御史。）

【明高濂《遵生八笺》卷之三·四时调摄笺·春卷·括香】唐宫中花开时，以重顶帐蒙蔽栏槛上，以闭其香，谓之括香。

【明彭大翼《山堂肆考》卷八·时令·惜花蒙帐】《玉麈集》：唐穆宗宫中玉簪花开，以重顶帐蒙蔽栏槛，置惜花御史掌之，号曰括香使。

【明王路《花史左编》卷十二·花之辱·括香】唐穆宗每宫中花开，则以重顶帐蒙蔽栏槛，置惜春御史掌之，号曰括香。

【明郑若庸《类隽》卷三·时令类·春·括香】《玉麈集》：唐穆宗宫中花开，以重锦帐蒙之，置惜花御史，号曰括香。

【明夏树芳《词林海错》卷十一·括香】唐《玉麈集》：穆宗每宫中花香，则以重顶帐蒙蔽栏槛，置惜春御史掌之，号曰括香。

【清黄叔璥《南台旧闻》卷十五·杂录上】穆宗每宫中花开，则以重顶帐蒙蔽栏槛，置惜春御史，掌之。

【清来集之《倘湖樵书》卷十二·以设官为戏】《玉麈集》云：唐穆宗宫中牡丹花开，则以重顶帐蒙蔽栏槛，置惜春御史掌之，号曰括香。

【清刘坚《修洁斋闲笔》卷六·拈香】穆宗每遇宫中花开，以重顶帐蒙蔽阑槛，置惜春御史掌之，号为拈香。见《玉麈集》。

【清陈元龙《格致镜原》卷二十·宫室类二·栏槛】《玉麈录》：穆宗每宫中花香，则以重顶帐蒙蔽栏槛，置惜春御史掌之，号曰括香。

【清陈元龙《格致镜原》卷七十·花类一·总】《玉麈录》：唐穆宗每宫中花香，则以重顶帐蒙蔽栏槛，置惜春御史掌之，号曰括香。

【清秦嘉谟《月令粹编》卷三·春总·惜春御史】《玉麈集》：穆宗每宫中花开，则以重顶帐蒙蔽栏槛，置惜春御史掌之，号曰括香。

【《御定佩文斋广群芳谱》卷一·天时谱·春】《玉麈集》：穆宗宫中花开，以重顶帐蒙蔽，置惜春御史，号曰括春。

【《御定佩文韵府》卷十一之四·上平声·十一真韵四·春·惜春】《玉麈集》：穆宗每宫中花开，则以重顶帐蒙蔽栏槛，置～～御史掌之，号曰括春。

【《御定佩文韵府》卷二十二之二·下平声·七阳韵二·香·括香】《云仙杂记》：唐穆宗宫中花开，则以重顶帐蒙蔽栏槛，置惜春御史掌之，号曰～～。

【《御定佩文韵府》卷五十九·上声·二十九豏韵·槛·兰槛】《云仙杂记》：穆宗每宫中花开，则以重顶帐蒙蔽栏槛，置惜春御史掌之，号曰括香。

【清吴士玉《骈字类编》卷二百三·草木门二十八·花开】《记事珠》：穆宗每宫中~~，则以重顶帐蒙蔽栏槛，置惜春御史掌之。

【清吴襄《子史精华》卷一百五十八·器物部四·重顶蔽花】冯贽《云仙杂记》：穆宗每宫中花开，则以重顶帐蒙蔽栏槛，置惜春御史掌之，号曰括香。

【清史梦兰《全史宫词》卷十三】东风吹透雪花泥，帐底香云谨护持。括取芳菲归御史，春光应为驻多时。○《云仙散录》：穆宗每宫中花开，则以重顶帐蒙蔽栏槛，置惜春御史掌之，号曰括香。

【清冯集梧注《樊川诗集注》诗集卷一·惜春】《玉麈集》：穆宗每宫中花开，则以重顶帐蒙蔽栏槛，置惜春御史掌之，号曰括春。

◎ 词汇考

【汉语大词典·惜春御史】唐代官名。掌护宫中花木。唐冯贽《云仙散录》引《玉麈集》："穆宗每宫中花开，则以重顶帐蒙蔽栏槛，置惜春御史掌之，号曰括香。"

【汉语大词典·括香】犹言护花。唐冯贽《云仙杂记·惜春御史》："穆宗每宫中花开，则以重顶帐蒙蔽栏槛，置惜春御史掌之，号曰括香。"《云仙散录·惜春御史》引《玉麈集》作"括春"。○今按：《汉语大词典》此条说将《云仙杂记》与《云仙散录》视为二书。

【汉语大词典·括春】见"括香"。

黑 松 使 者

◎ 版本考

A 玄宗御案墨曰龙香剂。一日见墨上有小道士，如蝇而行，上叱之，即呼万岁，曰："臣即墨之精，黑松使者也。凡世人有文者，其墨上皆有龙宾十二。"上神之，乃以墨分赐掌文官。(《陶家瓶余事》)

B 玄宗御案墨曰龙香剂。一日，见墨上有小道士如蝇而行，上叱之，即呼万岁，曰："臣即墨之精，黑松使者也。凡世人有文者，其墨上皆有龙宾十二。"上神之，乃以墨分赐掌文官。(出《陶家瓶余事》)

C 玄宗御案墨曰龙香剂。一日，见墨上有小道士如蝇而行，上叱之，即呼万岁，曰："臣即墨之精，黑松使者也。凡世人有文者，其墨上皆有龙宾十二。"上神之，乃以墨分赐掌文官。(出《陶家瓶余事》)

D《陶家瓶余事》曰：玄宗御案墨曰龙香剂。一日，见墨上有小道士如蝇而行，上叱之，即呼万岁，曰："臣即墨之精，黑松使者也。凡世人有文者，其墨上皆有龙宾十二。"上神之，乃以墨分赐掌文官。(007)

E《陶家瓶余事》曰：玄宗御案墨曰龙香剂。一日，见墨上有小道士如蝇而行，上叱之，即呼万岁，曰："臣，墨之精，黑松使者也。凡世人有文者，其墨皆有龙宾十二。"上神之，乃以墨分赐掌文官。(007)

◎ 引文考

【宋陈敬《陈氏香谱》卷四·香茶·龙香剂】玄宗御案墨曰龙香剂。一日，见墨上有道

士如蝇而行，上叱之，即呼万岁，曰："臣，松墨使者也。"上异之。（《陶家瓶余事》）

【宋孙奕《履斋示儿编》卷之十五·人物异名·黑松使者】《陶家瓶余事》曰：玄宗御案墨曰龙香剂。见墨上有道士如蝇而行，上叱之，即呼万岁，曰："臣，黑松使者也。"见《云仙散录》。

【宋谢维新《事类备要》前集卷四十六·文房门·墨·使者】《陶家瓶余事》曰：玄宗御案墨曰龙香剂。一日，见墨上有小道士如蝇而行，上叱之，即呼万岁，曰："臣，墨之精，黑松~~也。凡世人有文者，其墨上皆有龙宾十二。"上神之，乃以墨分赐掌文官。（《记闻》）

【宋祝穆《事文类聚》别集卷十四·文房四·友部·墨·赐名龙香剂】唐明皇一日于御楼上见一道士，大如蝇，隐隐而行，帝叱之，即呼万岁，曰："臣，陛下御墨之精也。"帝因赐名龙香剂。○今按：此条经过改写。

【唐白居易原本、宋孔传续撰《白孔六帖》卷十四·墨十八·黑松使者】《陶家瓶余事》曰：玄宗御案墨曰龙香剂。一日，见墨上有小道士如蝇而行，上叱之，即呼万岁，曰："臣，墨之精，黑松使者也。若世人有文者，其墨上皆有龙宾十二。"上神之，乃以墨分赐掌文官。

【宋孙奕《示儿编》卷十五杂记·人物异名·黑松使者】《陶家瓶余事》曰：玄宗御案墨曰龙香剂。见墨上有道士如蝇而行，叱之，即呼万岁，曰："臣，黑松使者也。"见《云仙散录》。○孙奕：文渊阁四库本《示儿编》卷首提要云：奕字季昭，号履斋，庐陵人，其历官无可考。第十卷中称绍熙丁巳三月，侍燕春华楼，闻大丞相周益公议论。考之宋史，绍熙元年为庚戌，至五年甲寅，即内禅，丁巳实庆元三年，殆宁宗时尝官侍从，传写误为绍熙欤？

【宋无名氏《锦绣万花谷》后集卷二十九·墨·黑松使者】《陶家瓶余事》曰：玄宗御案墨曰龙香剂。一日，见墨上有小道士如蝇而行，上叱之，即呼万岁，曰："臣，墨之精，黑松使者也。凡世人有文者，其墨上皆有龙宾十二。"上神之，乃以墨分赐掌文官。

【宋潘自牧《记纂渊海》卷八十二·字学部·墨·传记】玄宗御案墨曰龙香剂。一日见墨上有小道士如蝇而行，上叱之，曰："臣，墨之精。"

【元阴时夫《韵府群玉》卷十四·去声·八霁·龙香剂】玄宗御墨曰~~~。一日，墨上有小道士如蝇而行，上叱之，即呼万岁，曰："臣，墨之精，黑松使者。凡世人有文者，墨上皆有龙宾十二。"上神之，以墨赐掌文官。（《记闻》）

【元陆友《墨史》卷下】唐玄宗御案墨曰龙香剂。一日，见墨上有小道士如蝇而行，上叱之，即呼万岁，曰："臣乃墨精，黑松使者也。凡世人有文者，其墨上皆有龙宾十二。"上神之，乃以墨分赐掌文官。

【元佚名《群书通要》丁集卷一·文物门·珍宝门·墨类·龙香剂】唐明皇一日于御楼上见一道士，大如蝇，隐隐而行，帝叱之，即呼万岁，曰："臣，陛下御墨之精也。"帝因赐名龙香剂。○今按：此条经过改写。

【明冯梦龙《古今谭概》卷三十三·荒唐部·龙宾】玄宗御墨曰龙香剂。一日，墨上有小道士如蝇而[行]，上叱之，即呼万岁，曰："臣，墨之精，黑松使者。凡世人有文者，墨上皆有龙宾十二。"上神之，以墨赐掌文官。

【明王路《花史左编》卷八·花之宜·龙香剂】唐玄宗以芙蓉花汁调香粉作御墨，曰龙香剂。

【明徐渭辑《古今振雅云笺》卷八·汪道昆《送墨与王弇洲》】仆每爱黑松使者，多方延致，俱不慊愿，偶获其良，贡诸记室，以助右军挥洒。胶漆之投，凌烟之藻，须此焉出。【原注】黑松使者，唐玄宗御案上墨曰龙香剂。一日，墨上有小道士如蝇行，上叱之，呼万岁，曰："臣，墨之精，黑松使者。世人有文章者，皆有龙宾十二。"上神之，乃以墨分赐掌文官。

【明高濂《遵生八笺》卷十五·《燕闲清赏笺》中卷·论墨】高子曰：古之尚墨，若徐铉墨名月团，价值三万。唐玄宗墨名龙香剂，致墨精幻形。

【明彭大翼《山堂肆考》卷一百七十七·器用·墨·黑松使者】《陶家瓶余事》：唐玄宗一日见御案墨上有小道士如蝇而行，上叱之，即呼万岁，曰："臣，墨之精，黑松使者也。凡世人有文者，其墨上皆有龙宾十二。"上神之，因赐名龙香剂，以墨分赐掌文官。〇今按：此条经过改写。

【明周嘉胄《香乘》卷十·器具香·龙香剂】玄宗御案墨曰龙香剂（《陶家瓶余事》）。

【明徐应秋《玉芝堂谈荟》卷二十八《龙香剂》】《陶家瓶余事》：玄宗御案墨龙香剂。一日，见墨上有小道士如蝇而行，上叱之，即呼万岁，曰："臣，墨之精，黑松使者。凡世人有文者，其墨上皆有龙宾十二。"上神之，以墨赐掌文官。

【明张岱《夜航船》卷八·文学部·文具·小道士墨】唐玄宗御案上墨曰龙香剂。一日，见墨上有小道士似蝇而行，上叱之，即呼万岁，曰："小臣，墨精，黑松使者是也。世人有文章者，皆有龙宾十二随之。"上异之，乃以墨分赐掌文官。〇今按：此条经过改写。

【《御定渊鉴类函》卷二百五·文学部十四·墨二】《陶家瓶余事》：唐明皇一日见御案墨上有小道士如蝇而行，上叱之，即呼万岁，曰："臣，墨之精，黑松使者也。凡世人有文者，其墨上皆有龙宾十二。"上神之，因赐名龙香剂，以墨分赐掌文官。

【清吴士玉《骈字类编》卷二百十八·虫鱼门一·龙·龙宾】《云仙杂记》：明皇御墨曰龙香剂。一日见墨上有小道士如蝇而行，上叱之，即呼万岁，曰："臣即墨之精，黑松使者也。凡世人有文者，其墨上皆有～～十二。"上神之，乃以墨分赐掌文官。

【《御定分类字锦》卷四十·文事·墨第十一·龙宾十二】《云仙杂记》：明皇御案墨曰龙香剂。一日，见墨上有小道士如蝇而行，上叱之，即呼万岁，曰："臣即墨之精，黑松使者也。凡世人有文者，其墨上皆有～～～～。"上神之，乃以墨分赐掌文官。

【清吴襄《子史精华》卷一百十五·灵异部五·怪异·黑松使者】冯贽《云仙杂记》：玄宗御案墨曰龙香剂。一日，墨上有小道士如蝇而行，上叱之，即呼万岁，曰："臣即墨之精，～～～～也。凡世人有文者，其墨上皆有龙宾十二。"上神之，乃以墨分赐掌文官。

【清吴襄《子史精华》卷一百五十七·器物部三·龙宾十二】冯贽《云仙杂记》：明皇御案墨曰龙香剂。一日，见墨上有小道士如蝇而行，上叱之，即呼万岁，曰："臣即墨之精，黑松使者也。凡世人有文者，其墨上皆有～～～～。"上神之，乃以墨分赐掌文官。

【《御定佩文韵府》卷十一之三·上平声·十一真韵三·宾·龙宾】《陶家瓶余事》：明皇御案墨曰龙香剂。一日，见墨上有小道士如蝇而行，上叱之，即呼万岁，曰："臣，墨之精，黑松使者也。凡世有文者，墨上有～～十二。"上神之，乃以分赐掌文官。

【《御定佩文韵府》卷十二之一·上平声·十二文韵一·文·掌文】《云仙杂记》：明皇御墨曰龙香剂。一日，见墨上有小道士如蝇而行，上叱之，即呼万岁，曰："臣即墨之精，黑松使者也。凡世人有文者，其墨上皆有龙宾十二。"上神之，乃以墨分赐~~官。

　　【《御定佩文韵府》卷二十三之七·下平声·八庚韵七·精·墨精】《陶家瓶余事》：唐明皇御案墨曰龙香剂。一日，见墨上有小道士如蝇而行，上叱之，即呼万岁，曰："小臣即~之~，黑松使者也。"

　　【清陈元龙《格致镜原》卷三十七·文具类一·墨·墨称号】《陶家瓶余事》：唐玄宗御墨曰龙香剂。一日，见墨上有小道士如蝇而行，呼万岁，曰："臣，墨之精，黑松使者也。凡世人有文者，其墨上皆有龙宾十二。"

　　【清连朗《绘事琐言》卷二·墨·唐玄宗龙香剂】《云仙杂录》：唐明皇一日见御案墨上有小道士如蝇而行，上叱之，即呼万岁，曰："臣，墨之精，黑松使者也。凡世人有文者，其墨上皆有龙宾十二。"上神之，因赐名龙香剂，以墨分赐掌文官。

　　【清张定鋆《三余杂志》卷七·黑松使者】《云仙杂记》：玄宗御案墨曰龙香剂。一日，见墨上有小道士如蝇而行，上叱之，即呼万岁，曰："臣即墨之精，黑松使者也。凡世人有文者，其墨上皆有龙宾十二。"上神之，乃以墨分赐掌文官。

　　【清张贵胜《遣愁集》卷九·一集奇异】唐玄宗御案墨名龙香剂。一日，见墨上有小道士如蝇状行其上，帝叱之，呼万岁，奏曰："臣乃墨之精，号黑松使者。凡世人能文章者，皆有龙宾十二随之。"帝以为神，遂以分赐掌文翰之臣。○今按：此条经过改写。

　　【清来集之《倘湖樵书》卷八·活宝】唐明皇御墨曰龙香剂。一日，见墨上有小道士如蝇而行，上叱之，即呼万岁，曰："臣，墨之精，黑松使者也。凡世之有文者，其墨上皆有龙宾十二。"上神之，乃以墨分赐掌文官。

　　【清厉荃《事物异名录》卷二十一·文具部·墨·黑松使者】《云仙杂记》：明皇御墨曰龙香剂。一日，见墨上有小道士呼万岁，曰："臣墨之精，黑松使者也。"

　　【清陈维崧《陈检讨四六》卷十《董舜民苍梧词序》】原注引《纂异记》：唐玄宗御案墨曰龙香剂。一日，见墨上有小道士如蝇而行，上叱之，对曰："凡世人有文，其墨上皆有龙宾十二。"上神之，乃以墨分赐掌文官。

◎ 词汇考

　　【汉语大词典·黑松使者】墨的别名。唐冯贽《云仙杂记·黑松使者》："玄宗御案墨曰龙香剂。一日见墨上有小道士，如蝇而行，上叱之，即呼万岁，曰：'臣即墨之精，黑松使者也。'"宋孙奕《履斋示儿编·杂记·人物异名》："墨曰陈玄，黑松使者。"

　　【汉语大词典·龙香剂】名墨名。唐冯贽《云仙杂记·墨》："玄宗御案墨曰龙香剂。"宋顾文荐《负暄杂录·墨》："本朝熙丰间，张卿遇供御墨，渐用油烟入脑麝金箔，谓之龙香剂，东坡先生颇称赏焉。"元张可久《水仙子·湖上》曲："醉墨洒龙香剂，新弦调凤尾槽。"

柳神九烈君

◎ 版本考

　　A李固言未第前，行古柳下，闻有弹指声，固言问之，应曰："吾柳神九烈君，已用柳汁染子衣矣，科第无疑。果得蓝袍，当以枣糕祠我。"固言许之。未几，状元及第。

（《三峰集》）

　　B 李固言未第前，行古柳下，闻有弹指声，固言问之，应曰："吾柳神九烈君，已用柳汁染子衣矣，科第无疑。果得蓝袍，当以枣糕祠我。"固言许之。未几，状元及第。（《三峰集》）

　　C 李固言未第前，行古柳下，闻有弹指声，固言问之，应曰："吾柳神九烈君，已用柳汁染子衣矣，科第无疑。果得蓝袍，当以枣糕祠我。"固言许之。未几，状元及第。（《三峰集》）

　　D【柳神】《三峰集》曰：李固言未第前，行古柳下，闻有弹指声，固言问之，应曰："吾柳神九烈君，已用柳汁染子衣矣，科第无疑。果得蓝袍，当以枣糕祀我。"固言许之。未久，状元及第。（008）

　　E【柳神】《三峰集》曰：李固言未第前，行古柳下，闻有弹指声，固言问之，应曰："吾柳神九烈君，已用柳汁染子衣矣，科第无疑。果得蓝袍，当以枣糕祀我。"固言许之。未久，状元及第。（008）

◎ 引文考

　　【唐白居易原本、宋孔传续撰《白孔六帖》卷一百·柳十一·九烈君】《三峰集》曰：李固言未第前，行古柳下，闻有弹指声，固言问之，曰："吾柳神九烈君也，用柳汁染子衣矣，科第无疑。果得蓝袍，当以枣糕祀我。"固言许之。未久，[状元]及第。

　　【宋潘自牧《记纂渊海》卷三十七·科举部·科举·状元及第·传记】李固言未第前，行古柳下，闻有弹指声，固言问之，应曰："吾柳神九烈君，已用柳汁染子衣矣。果得蓝袍，当以枣糕祠我。"固言许之。未几，状元及第。（《三峰集》）

　　【宋林景熙《霁山集》卷之一·霁山先生白石樵唱·礼闱·染柳春衣净】唐李固言未第时，行古柳下，闻有弹指声，问之，曰："吾柳神九烈君，已用柳汁染子衣矣，科第无疑。果得蓝袍，当以枣糕祀我。"固言许之矣。

　　【宋陆佃撰、明牛衷增辑《增修埤雅广要》卷二十五·卉物门·释木类·柳】柳叶狭而枝条长软，有柽柳、杞柳诸种，又名天棘。昔李固言未第时，行古柳下，闻有神语曰："吾柳神九烈君也，用柳汁染子衣矣，科第无疑。"后果及第。又高颖孩孺时，家有柳木高尺许，亭亭如盖，父老曰："此家当出贵。"果应。

　　【宋陆佃撰、明牛衷增辑《增修埤雅广要》卷四十一·神异门·柳神弹指（互见柳）】李固言行古柳下，闻弹指声，问之曰："吾柳神九烈君，用柳汁染子衣矣。得蓝袍，当以枣糕祀我。"未久，及第。（《三峰集》）

　　【宋谢维新《事类备要》别集卷五十二·众木门·用汁染衣】李固言未第时，行古柳下，闻有弹指声者，固问之，曰："吾柳神九烈君也，用柳汁染子衣矣，科第无疑。果得蓝袍，当以枣糕祀我。"固因许之。未久，及第。（《三峰集》）

　　【宋无名氏《氏族大全》卷十三·四纸·李·柳汁染衣】李固言未第时，古柳树下有弹指声，曰："吾柳神九烈君，用柳汁染子衣矣，宜以枣糕祠我。"后果为状元。文宗朝拜中书同平章事。

　　【元阴时夫《韵府群玉》卷十二·上声·二十五有·柳·弹指古柳】李固言行古柳下，闻弹指声，问之，曰："吾柳神九烈君，用柳汁染子衣矣。得蓝袍，当以枣糕祀我。"未

久，及第。(《三峰集》)

【元顾瑛编《草堂雅集》卷三《折杨柳送陈良还山》】折杨柳，送君归。君心似流水，柳色空依依。昔时九烈君，为君染裳衣。黄金千万缕，难补天孙机。张绪风流今白首，别有新人似杨柳。富贵何如早还家，葛巾自漉山中酒。折杨柳，为君歌。两雄朝飞春日和，栗里春风门巷多，人生莫惜朱颜酡。

【明邓球《闲适剧谈》卷四·柳染蓝袍】李固言未第时，行古柳树下，忽有神告之曰："吾柳神九烈君也，用柳汁染子衣矣。果得蓝袍，当祀我以枣糕。"明年，固果及第。

【明范允临《输寥馆集》卷一《与屠贵长诸君席上拇戏得状元口占状元诗一首》】一枝折得杏花香，九烈君来染绿裳。试看马蹄得得去，有人楼上出红妆。

【明焦竑《焦氏类林》卷七·草木】李固言未第前，行古柳下，闻有弹指声，固言问之曰："吾柳神九烈君，已用柳汁染子衣矣。果得蓝袍，当以枣糕祠我。"未几，状元及第。(《三峰集》)

【明李贽《初潭集》卷二十六·君臣六】李固言未第前，行古柳下，闻有弹指声，固言问之，曰："吾柳神九烈君，已用柳汁染子衣矣。果得蓝袍，当以枣糕祠我。"未几，状元及第。

【明彭大翼《山堂肆考》卷八十四·科第·状元·芙蓉镜】《酉阳杂俎》：唐李固言下第游蜀，遇老姥与言："郎君明年芙蓉镜下及第。"明年果中状元。故及第诗有"人镜芙蓉"之语。所遇老姥，乃金天神也。又固言尝行柳树下，有弹指声，因问之，柳答曰："吾柳神也，九烈君用柳汁染子衣矣。得蓝袍后，当以枣糕祀我。"

【明慎懋官《华夷花木鸟兽珍玩考》花木考卷三·九烈君】《三峰集》曰：李固言未第前，行古柳下，闻有弹指声，固言问之，曰："吾柳神九烈君也，用柳汁染子衣矣，科第无疑。果得蓝袍，当以枣糕祀我。"固言许之。未久，及第。

【明徐应秋《玉芝堂谈荟》卷五《仙释将相诞生梦征》】李固言见柳神九烈君，以柳汁染衣，而状元及第。

【明陈继儒辑《捷用云笺》卷一·庆贺类·贺入学】足下学饱青箱，文符白凤，何难一泮哉？但发轫之初，一试辄效。譬之芒刃，陆剸水断，无往不利耳。异日换袍，不待柳神而后知也。菲仪罄悰鉴纳，幸甚。【原注】柳神：唐李固言行古柳下，闻有弹指声，问之，答曰："吾柳神也，九烈君用柳汁染子衣矣。得蓝袍，当以枣糕祀我。"后果中状元。

【《御定渊鉴类函》卷三百五十八·产业部四·染·柳汁　瀹茶】《孔帖》：唐李固言未第前，行古柳下，闻有弹指声，因问之，答曰："吾柳神九烈君也，已用汁染子衣矣，科第无疑。果得蓝袍，当以枣糕祀我。"固言许之。未久，登第。

【《御定渊鉴类函》卷四百十五·木部四·杨柳三·结带　染衣】《三峰集》曰：李固言未第前，行古柳下，闻有弹指声，固言问之，曰："吾柳神九烈君也，用柳汁染子衣矣。第后以枣糕祀我。"许之。果及第。

【《御定佩文韵府》卷五之三·上平声·五微韵三·衣·染衣】《三峰集》：李固言尝行柳下，有弹指声，因问之，柳答曰："吾柳神九烈君，已用柳汁~子~矣。"

【《御定佩文韵府》卷十九之一·下平声·四豪韵一·袍·蓝袍】《三峰集》：李固言未第前，行古柳下，闻有弹指声，固言问之，曰："我柳神九烈君，已用柳汁染子衣矣，科第无疑。果得~~，当以枣糕祀我。"固言许之。未几，状元及第。

【《御定佩文韵府》卷十九之二·下平声·四豪韵二·糕·枣糕】《三峰集》：李固言未第时，行古柳下，闻有弹指声，曰："我柳神九烈君，已用柳汁染子衣矣。果得蓝袍，当以~~祀我。"

【《御定佩文韵府》卷五十五之三·上声·二十五有韵三·柳·古柳】《三峰集》：李固言未第时，行~~下，闻有弹指声，因问之，柳答曰："吾柳神九烈君，已用柳汁染子衣矣。果得蓝袍，当以枣糕祀我。"未几，及第。

【《御定佩文韵府》卷五十八之二·上声·二十八琰韵二·染·柳汁染】《三峰集》：李固言未第时，行古柳下，闻有弹指声，固言问之，应曰："我柳神九烈君，已用~~~子衣矣。得蓝袍，当以枣糕祀我。"未几，状元及第。

【《御定佩文韵府》卷一百三之二·入声·十四缉韵二·汁·柳汁】《三峰集》：李固言行古柳下，闻弹指声，问之，曰："吾柳神九烈君也，用~~染子衣矣，得蓝袍，当以枣糕祀我。"未久，及第。

【《御定佩文斋广群芳谱》卷七十八·木谱·柳三】《云仙杂记》：李固言未第时，行古柳下，闻有弹指声，固言问之，应曰："吾柳神九烈君也，已用柳汁染子衣矣，科第无疑。得蓝袍，当以枣糕祀我。"固言许之。未几，状元及第。

【清吴士玉《骈字类编》卷一百四十七·采色门十四·蓝袍】《三峰集》：李固言未第前，行古柳下，闻有弹指声，固言问之，曰："我柳神九烈君，已用柳汁染子衣矣，科第无疑。果得~~，当以枣糕祀我。"固言许之。未几，状元及第。

【清吴士玉《骈字类编》卷一百九十一·草木门十六·枣糕】《三峰集》：李固言未第时，行古柳下，闻有弹指声，曰："我柳神九烈君，已用柳汁染子衣矣。果得蓝袍，当以~~祀我。"

【《御定分类字锦》卷五十一果木·柳第十·九烈君】《云仙杂记》：李固言未第前，行古柳下，闻有弹指声，固言问之，应曰："吾柳神~~~，已用柳汁染子衣矣，科第无疑。果得蓝袍，当以枣糕祠我。"固言许之。未几，状元及第。

【清陈元龙《格致镜原》卷六十五·柳】《三峰集》：李固言未第前，行古柳下，闻有弹指声，固言问之，曰："吾柳神九烈君也，用柳汁染子衣矣，科第无疑。果得蓝袍，当以枣糕祀我。"固言许之。未久，状元及第。

【清邓志谟《古事苑定本》卷十一·众木】李固言行古柳下，闻语曰："吾柳神九烈君也，今弹指染于衣，俾君绿袍矣。"果及第。

【清官修《韵府拾遗》卷三十四下·上声·四纸韵下·祀·枣糕祀】《三峰集》：李固言未第时，行古柳下，闻弹指声，固言问之，应曰："吾柳神九烈君也，已用柳汁染子衣矣。得蓝袍，当以~~~我。"未几，状元及第。

【清华希闵《广事类赋》卷九·状元·又有柳汁染衣】《三峰集》：李(圆)[固]言未第时，行古柳下，闻有弹指声，固言问之，曰："吾柳神九烈君也，已用柳汁染子衣矣，科第无疑。果得蓝袍，当以枣糕祠我。"固言许之。未几，状元及第。

【清华希闵《广事类赋》卷三十·杨柳·染李氏之蓝衣】《三峰集》：李固言未第前，行古柳下，闻有弹指声，固言问之，曰："吾柳神九烈君也，以柳汁染子衣矣，科第无疑。得蓝袍，当以枣糕祀我。"固言许之。未久，状元及第。

【清李清《历代不知姓名录》卷六·异人类·李固言二姥】李固言游蜀，遇一老姥云：

"郎君明年芙蓉镜下及第。后二纪拜相，当镇蜀。"明年，果状元及第，诗赋有入镜芙蓉之目，后悉如姥言。及固言先遇一姥，谓之曰："九烈君已将柳汁染君衣矣，何忧不第?"不知九烈君何神也，或云即柳神。

【清厉荃《事物异名录》卷二十八·神鬼部·柳神·九烈君】《三峰集》：李固言行古柳下，闻有弹指声，曰："吾柳神九烈君，用柳汁染子衣，科第无疑。"未久，状元及第。

【清徐松《登科记考》卷十八·唐宪宗昭文章武大圣至神孝皇帝·李固言】《状元旧书》本传：固言，赵郡人，祖并，父现。固言元和七年登进士甲科。《新书》：固言字仲枢。《记纂渊海》引《三峰集》：李固言未第前，行古柳下，闻有弹指声，固言问之，应曰：吾柳神九烈君，已用柳汁染子衣矣，果得蓝袍，当以枣糕祠我。固言许之。未几，状元及第。《摭言》：李固言等第末为状元。又云：李固言生于凤翔庄墅，雅性长厚，未习参谒，始应进士，举舍于亲表柳氏京第，诸柳昆仲率多戏谑，以固言不谙人事，俾习趋遏之仪，俟其盘折，密于头巾上帖文字，云此处有屋僦赁，固言不觉，及出，朝士见而笑之。许孟容为右常侍，于时朝中鄙此官，号曰貂脚，颇不能为后进延誉。固言始以所业求知谋于诸柳，诸柳与导行卷去处，先令投谒许常侍，固言果诣之。孟容谢曰："某官绪极闲冷，不足发君子声采。虽然，已藏之于心。"又睹头巾上文字，知其朴质。无何来年，许公知礼闱，乃以固言为状头。

【《二刻醒世恒言》第三回"九烈君广施柳汁"】却说这九烈君受了诰敕，驾云头来访太上真人说："好好一个世界，我所以珍重柳汁不肯轻染人衣者，正为这些酸措大功名到手，就不顾国家利害，只图自己富贵，坏天下、家国的，都是这些人了，然还有能知君臣大义的。如今是真人一味好施，虽只成就了一个王章，不至紧要，误将那郭威、弘肇、瞽人、小吏一干人都沾了那抛散功德，就弄得隐皇帝无辜而死，江山几希属了郭威，杀了无限生灵，这都是真人的过失哩。"真人也愀然道："我见那些寒士，受尽灯窗之苦，不得一命之荣，甚是可悯，故此相劝广施。谁想这些人，真个忘本哩。次后那些愚人，也是我一念慈悲，也与他沾染了文人绿汁，那知就弄得颠倒乾坤，这倒是我为好的不是了。尊神以后仍旧宝惜，莫轻为人染衣罢。"九烈君遂相辞而别。

◎ 词汇考

【汉语大词典·蓝袍】即蓝衫。五代齐己《与崔校书静话言怀》诗："我性已甘披祖衲，君心犹待脱蓝袍。"明汤显祖《牡丹亭·榜下》："黄门旧是黉门客，蓝袍新作紫袍仙。"《古今小说·赵伯升茶肆遇仁宗》："借得蓝袍槐简，引见御前，叩首拜舞。"参见"蓝衫"。

【汉语大词典·蓝衫】旧时八品、九品小官所穿的服装。《旧唐书·哀帝纪》："虽蓝衫鱼简，当一见而便许升堂；纵拖紫腰金，若非类而无令接席。"金王若虚《病中》诗："蓝衫几弃物，绛帐亦虚名。"

【中国历史大辞典·李固言】唐赵郡(治今河北赵县)人，字仲枢。元和进士。大和四年(830)官给事中。七年，转尚书右丞，定左右仆射上事议注。八年，出为华州刺史，杖杀恶豪。寻为吏部侍郎，优用寒素，杜绝奸滥。以门下侍郎同平章事。后为李训取化出为山南西道节度使。及训被诛，复入相，与宰相郑覃不协，寻出为剑南西川节度使。武宗时，领河中节度使。宣宗时，官太子太傅，分司东都。卒年78岁。〇今按："维基百科"将其生卒年定为782—860年。元和六年(811)首次科举未中，在洛阳时有算命师告之："纱笼中人，不用相问。"元和七年(812)壬辰科状元。事迹具《新唐书》本传。

六鼻镜生云烟

◎ 版本考

A 黄巢陷京城，南康王氏有镜六鼻，常生云烟，照之，则左右前三方事皆见。王氏向京城照之，巢寇兵甲如在目前。上平都邑，以映日纱囊取入禁中。(《纂异记》)

B 黄巢陷京城，南康王氏有镜六鼻，常生云烟，照之，则左右前三方事皆见。王氏向京城照之，巢寇兵甲如在目前。上平都邑，以映日纱囊取入禁中。(出《纂异记》)

C 黄巢陷京城，南康王氏有镜六鼻，常生云烟，照之，则左右前三方事皆见。王氏向京城照之，巢寇兵甲如在目前。上平都邑，以映日纱囊取入禁中。(出《纂异记》)

D【三方镜】《纂异记》曰：黄巢陷京城，南康王氏有镜六鼻，常生云烟，照之，则左右前三方事皆见。王氏向京城照之，巢寇兵甲如在目前。上平都邑，以映日纱囊取入禁中。(009)

E【三方镜】《纂异记》曰：黄巢陷京城，南康王氏有镜六鼻，常生云烟，照之，则左右前三方事皆见。王氏向京城照之，巢寇兵甲如在目前。上平都邑，以映日纱囊取入禁中。(009)

◎ 引文考

【唐白居易原本、宋孔传续撰《白孔六帖》卷十三·镜十四·三方镜】《云仙散录》：《纂异记》曰：黄巢陷京城，南康王氏有镜六鼻，尝生云烟，照之，则左右前三方事皆见。王氏即京城照之，巢寇兵甲如在目前。上平都邑，以映日纱囊取入禁中。

【宋陆佃撰、明牛衷增辑《增修埤雅广要》卷三十三·什物门·六鼻镜】黄巢陷京城，南唐王氏有镜六鼻，生云烟，照之，左右前三方事皆见。王照京城，巢寇恍在目前。

【明李时珍《本草纲目》卷八·金石之一·金·古镜·发明】时珍曰：镜乃金水之精……《云仙录》云：京师王氏有镜六鼻，常有云烟，照之，则左右前三方事皆见。黄巢将至，照之，兵甲如在目前。

【明高濂《遵生八笺》卷十四《燕闲清赏笺上》】黄巢三方镜，能见三方。

【明徐应秋《玉芝堂谈荟》卷二十七《火齐镜》】镜之奇者……南唐王氏六鼻镜，尝生云烟，照之，则左右前三方俱见。

【明焦周《焦氏说楛》卷六】南唐王氏有镜六鼻，常生云烟，照三方事皆见。黄巢乱，向京城照之，寇兵如在目中。都邑平，以映日纱囊取入禁中。

【清吴士玉《骈字类编》卷十·天地门十·云烟】《云仙杂记》：黄巢陷京城，南唐王氏有镜六鼻，尝生～～，照之，则左右前三方事皆见。王氏向京城照之，巢寇兵甲如在目前。上平都邑，以映日纱囊取入禁中。

【《御定佩文韵府》卷六十三之十六·去声·四置韵十六·鼻·六鼻】《云仙杂记》：南唐王氏有镜～～，常生云烟，照之，则左右前三方事皆见。

【清陈元龙《格致镜原》卷五十六·香奁器物类二·镜·异镜】《事物绀珠》：六鼻镜，南唐王氏物，常生云烟，照之，则左右前后事皆见。

【清王初桐《奁史》卷七十三·梳妆门三·妆具】王氏女有镜六鼻，常生云烟。（《纂异记》）

【清沈青峰《(雍正)陕西通志》卷九十九·拾遗第二轶事】黄巢陷京城，南康王氏有镜六鼻，常生云烟，照之，则左右前三方事皆见。王氏即京城照之，巢寇兵甲如在目前。上平都邑，以映日纱囊取入禁中。（《白孔六帖》）

◎ 词汇考

【六鼻镜】古代传说中的宝镜。据称能知未来事。

文星典吏

◎ 版本考

A 杜甫十余岁，梦人令采文于康水。觉而问人，此水在二十里外。乃往求之。见鹅冠童子，告曰：“汝本文星典吏，天使汝下谪为唐世文章海，九云诰已降，可于豆垄下取。”甫依其言，果得一石，金字曰：“诗王本在陈芳国，九夜扪之麟篆熟，声振扶桑享天福。”后因佩入葱市，归而飞火满室，有声曰：“邂逅秽吾，令汝文而不贵！”（《文览》）

B 杜甫十余岁，梦人令采文于康水。觉而问人，此水在二十里外。乃往求之。见鹅冠童子，告曰：“汝本文星典吏，天使汝下谪为唐世文章海，九云诰已降，可于豆垄下取。”甫依其言，果得一石，金字曰：“诗王本在陈芳国，九夜扪之麟篆熟，声振扶桑享天福。”后因佩入葱市，归而飞火满室，有声曰：“邂逅秽吾，令汝文而不贵！”（出《文览》）

C 杜甫十余岁，梦人令采文于康水。觉而问人，此水在二十里外。乃往求之。见鹅冠童子，告曰：“汝本文星典吏，天使汝下谪为唐世文章海，九云诰已降，可于豆垄下取。”甫依其言，果得一石，金字曰：“诗王本在陈芳国，九夜扪之麟篆熟，声振扶桑享天福。”后因佩入葱市，归而飞火满室，有声曰：“邂逅秽吾，令汝文而不贵！”（出《文览》）

D【陈芳国】《文览》曰：杜甫十余岁，梦人令采文于康水。觉而问人，此水在二十里外。乃往求之。见鹅冠童子，告曰：“汝本文星典吏，天使汝下谪为唐世文章海，九云诰已降，可于豆垄下取。”甫依其言，果得一石，金字曰：“诗王本在陈芳国，九夜扪之麟篆熟，声振扶桑享天福。”后因佩入葱市，归而飞火满室，有声曰：“邂逅秽吾，令汝文而不贵！”（010）

E【陈芳国】《文览》曰：杜甫十余岁，梦人令采文于康水。觉而问人，此水在二十里外。乃往求之。见鹅冠童子，告曰：“汝本文星典吏，天使汝下谪为唐世文章海，九云诰已降，可于豆垄下取。”甫依其言，果得一石，金字曰：“诗王本在陈芳国，九夜扪之麟篆熟，声振扶桑享天福。”后因佩入葱市，归而飞火入室，有声曰：“邂逅秽吾，令汝文而不贵！”（010）

◎ 引文考

【明张丑《清河书画舫》卷四上】古今书画名家而得仙者，郗鉴为南门亭长，陶弘景为蓬莱都水大监，萧子云为元洲长史，杨羲为东华上佐，唐玄宗为太阳朱宫仙人，李白为东华上清监，吴道元跃入画中，遨游洞府，杜甫为文星典吏。

【明彭大翼《山堂肆考》卷一百四十九·江湖散仙】杜少陵生为文星典吏，及其殁也，又与李青莲等俱优游江湖，称散仙。

【明顾起元《说略》卷十八】杜子美生前为文星典吏，其殁也，又与李青莲辈优游江湖，称散仙。

【明胡应麟《少室山房集》卷一百十二《报王中丞先生》】古昔才人列名谪籍，若李供奉之长庚，杜拾遗之文星典吏，白舍人之海山使者，皆烜赫可征。

【明蒋一葵《尧山堂外纪》卷二十六·唐】杜甫十余岁，梦人令采文于康水。觉而问人，此水在二十里外。乃往求之。见峨冠童子，告曰："汝本文星典吏，天使汝下谪为唐世文章，云诰已降，可于豆垄下取。"甫依其言，果得一石，金字曰："诗王本在陈芳国，九夜扪之麟篆熟，声振扶桑享天福。"后因佩入葱市，归而飞火入室，有声曰："邂逅秽吾，令汝文而不贵。"

【明焦周《焦氏说楛》卷三】杜甫十岁许，梦人令采文于康水。觉往求之。见鹅冠童子，告曰："汝本文星典吏，谪汝为唐世文章，九云诰已降，可于豆垄下取。"依其言，得一石，金字曰："诗王本在陈芳国，九夜扪之麟篆熟，声振扶桑享天福。"后因佩入葱市，归而飞火满室，有声曰："邂逅污吾，令汝文而不贵。"

【明夏树芳《词林海错》卷十五·康水】《文览》：杜甫十余岁，梦人令采文于康水。觉而问人，此水在二十里外。乃往求之。见峨冠童子，告曰："汝本文星典吏，天使汝下谪为唐世文章海，九云诰已降，可于豆垄下取。"甫依其言，果得一石，金字曰："诗王本在陈芳国，九夜扪之麟篆熟，声振扶桑享天福。"后因佩入葱市，归而飞火入室，有声曰："邂逅秽吾，令汝文而不贵。"

【明张懋修《墨卿谈乘》卷七·梦物文进】杜子美九岁，梦人令采文于康水。觉乃于康水求之。见鹅冠童子，曰："汝本文星典吏，天谪汝下为唐世文章海，九云诰已降，可于豆垄上取之。"果得一石，金字曰："诗王本自陈芳国，九夜扪之麟篆熟，声振扶桑享天福。"后佩入葱市，秽之，归而火遂飞去，作声曰："子秽吾，令汝文而不贵。"

【明张懋修《墨卿谈乘》卷八·杂俎·楼阁馆庵亭园额】杜甫十岁时，天命童子于豆垄上赐甫文石曰："九云诰已降，命汝为唐室文章海。"文石有金字曰："诗王本自陈芳国，九夜扪之麟篆熟，声振扶桑享天福。"后再佩入葱市，其归也火起，石自飞去，有声曰："子秽文石，令汝文而不贵。"

【明郑仲夔《玉麈新谭》·偶记卷四】杜子美十余岁，梦人令采文于康水。觉而问人，此水在二十里外。乃往求之。见峨冠童子，告曰："汝本文星典吏，天使汝下谪为唐世文章海，九云诰已降，可于豆垄下取。"甫依其言，果得一石，金字曰："诗王本在陈芳国，九夜扪之麟篆熟，声振扶桑享天福。"后因佩入葱市，归而飞火满室，有声曰："邂逅秽吾，令汝文而不贵。"

【《御定佩文韵府》卷二十二之四·下平声·七阳韵四·王·诗王】《云仙杂记》：杜子美十余岁，梦人令采文于康水。觉而问人，此水在二十里外。乃往求之。见鹅冠童子，告曰："汝本文星典吏，天使汝下谪为唐世文章海，九云诰已降，可于豆垄下取。"甫依其言，果得一石，金字曰："～～本在陈芳国，九夜扪之麟篆熟，声振扶桑享天福。"

【《御定佩文韵府》卷四十之二·上声·十贿韵二·海·文章海】《云仙杂记》：杜子美十余岁，梦人令采文于康水。觉而问人，此水在二十里外。乃往求之。见鹅冠童子，告曰："汝本文星典吏，天使汝下谪为唐世～～～，九云诰已降，可于豆垄下取。"甫依其言，果得一石，金字曰："诗王本在陈芳国，九夜扣之麟篆熟，声振扶桑享天福。"

【《御定佩文韵府》卷八十一之一·去声·二十二祃韵一·夜·九夜】《云仙杂记》：杜子美十余岁，梦人令采文于康水。觉而问人，此水在二十里外。乃往求之。见鹅冠童子，告曰："汝本文星典吏，天使汝下谪为唐世文章海，九云诰已降，可于豆垄下取。"甫依其言，果得一石，金字曰："诗王本在陈芳国，～～扣之麟篆熟，声振扶桑享天福。"

【清陈鸿墀《全唐文纪事》卷六十一】杜子美十余岁，梦人令采文于康水。觉而问人，此水在二十里外。乃往求之。见鹅冠童子，告曰："汝本文星典吏，天使汝下谪为唐世文章海，九云诰已降，可于豆垄下取。"甫依其言，果得一石，金字曰："诗王本在陈芳国，九夜扣之麟篆熟，声振扶桑享天福。"后因佩入葱市，归而飞火满室，有声曰："邂逅秽吾，令汝文而不贵。"（《云仙杂记》）

【清平步青《霞外攟屑》卷七上·缥锦庼文筑上·陈芳威梓】少陵逸事。甫十余岁，梦人令采文石于康水。依言得一石，文云："诗王本在陈芳国，九夜扣之麟篆熟，声振扶桑享天福。"本《云仙杂记》卷一，注出《文览》。《宣室志》卷二云：吏部侍郎韩愈长庆四年夏，以病不治，务至秋九月免，疾益甚，冬十一月，于靖安里昼卧，见一神人，长丈余，披甲仗剑，佩弧矢，仪形甚峻，至寝室，立于榻前，久而谓愈曰："帝命卿来计事。"愈遽起，力疾正冠，揖之曰："臣不幸有疾，敢遽见帝？"神曰："威梓国绝域远夷，部落繁聚，世与韩氏为仇，而乃骋悖肆奸，觊觎中夏，今将讨之，非力不给，卿以为何如？"愈曰："臣愿从大王讨之。"神人颔之而去。于是书其词，揭于座右，终不能解。至十二月而卒。按：俚鄙之言，不足称引。第生自陈芳劾，讨威梓，却是绝妙俪句，自来无人拈用。王惺斋《读韩记疑》谓退之遗命见于李翱行状，皇甫湜志张籍祭诗，何尝有此怪异也。

【清张培仁《静娱亭笔记》卷九·旧闻杂记】冯贽《云仙杂记》：杜子美少时梦人令采文于康水，乃往求之，见鹅冠童子，告曰："汝本文星下谪，九云诰已下。"与一石，有金字曰："诗王本在陈芳国，九夜扣之麟篆熟，声振扶桑享天福。"

【清宋长白《柳亭诗话》卷三十·九云诰（元史至王二年追谥杜甫曰文贞）】杜子美十余岁，梦人令采文于康水。如言而往，有鹅冠童子告曰："天赐汝以九云诰，可往豆垄下求之。"果得一石，上有金字曰："诗王本在陈芳国，九夜扣之麟篆熟，声振扶桑享天福。"后因佩入葱市，归而飞火满室，有声曰："邂逅秽吾，令汝文而不贵。"观此则知少陵之万古不磨者，原有造物以主之也，而何叹老嗟卑之有？

【清张定鋆《三余杂志》卷二·陈芳国】《云仙杂记》：杜子美十余岁，梦采文于康水。觉而问人，此水在二十里，乃往求之。见鹅冠童子，告曰："汝本文星典吏，天使下谪为唐世文章海，九云诰已降，可于豆垄下取。"甫依其言，果得一石，金字曰："诗玉本在陈芳国，九夜扣之麟篆熟，声振扶桑享天福。"后因佩入葱市，归而飞火满室，有声曰："邂逅秽吾，令汝文而不贵。"

◎ 词汇考

【文星典吏】即"文昌星君"。亦称"文昌帝君"。《中华道教大辞典》：文昌者"言天地之文理盛大也"。"文昌星乃土炁所化","因奎壁垂芒,帝命主持斯文,壁位居亥专主图书,奎位居戌专主文章,盖奎宿有文彩,壁宿能藏书。昔嬴火之后,于屋壁得古文,故壁之于文典有功焉,是以文昌宫有东壁图书。太微垣府中有南斗第五星文昌炼魂真君,又有太上九炁文昌宫,文昌上相、次相、上将等星,又有文昌图流,运以化生文物,是故天地之间生成变化之道莫大于此。故曰开明三景,是为无根,无文不光,无文不明,无文不立,无文不成,无文不度,无文不生等语,实基于此。故文昌之在世者,教化之本源"。(《玉清无极总真文昌大洞仙经》卷二)

【汉语大词典·文章海】文章的巨宗。海为百川所朝宗,故云。唐冯贽《云仙杂记·文星典史》:"杜子美十余岁,梦人令采文于康水。觉而问人,此水在二十里外,乃往求之,见鹅冠童子告曰:'汝本文星典史,天使汝下谪,为唐世文章海,九云诰已降,可于豆垄下取。'甫依其言,果得一石,金字曰:'诗王本在陈芳国,九夜扪之麟篆熟,声振扶桑享天福。'后因佩入葱市,归而飞火满室,有声曰:'邂逅秽吾,令汝文而不贵。'"

【汉语大词典·九云诰】道教语。天帝诏谕。唐冯贽《云仙杂记》卷一:"杜子美见鹅冠童子告曰:'汝本文星典史……九云诰已降,可于豆垄下取。'"

玄 山 印 记

◎ **版本考**

A 陈茂为尚书郎,每书信印记曰玄山典记,又曰玄山印。捣朱矾,浇麝酒,闲则匣以镇犀,养以透云香,印书达数十里,香不断。印刻胭脂木为之。(《玄山记》)

B 陈茂为尚书郎,每书信印记曰玄山典记,又曰玄山印。捣朱矾,浇麝酒,闲则匣以镇犀,养以透云香,印书达数十里,香不断。印刻胭脂木为之。(出《玄山记》)

C 陈茂为尚书郎,每书信印记曰玄山典记,又曰玄山印。捣朱矾,浇麝酒,闲则匣以镇犀,养以透云香,印书达数十里,香不断。印刻胭脂木为之。(出《玄山记》)

D【玄山印】《玄山记》曰:陈茂为尚书郎,每书信印记曰玄山典记,又曰玄山印,印捣朱矾,浇麝酒,闲则匣以镇犀,养以透云香,印书达数千里,香不断,印刻胭脂木为之。(011)

E【玄山印】《玄山记》曰:陈茂为尚书郎,每书信印记曰玄山典记,又曰玄山印,印捣朱矾,浇麝酒,闲则匣以镇犀,养以透云香,印书达数千里,香不断,印刻胭脂木为之。(011)

◎ **引文考**

【明周嘉胄《香乘》卷十一·香事别录·透云香】陈茂为尚书郎,每书信印记曰玄山典记,又曰玄山印。捣朱矾,浇麝酒,闲则匣以镇犀,养以透云香,印书达数十里,香不断。印刻胭脂木为之。(《玄山记》)

【明徐应秋《玉芝堂谈荟》卷二十八《内香燕九十二种》】《玄山记》:陈茂印书有玄山印,养以透云香。

【明余寅《同姓名录》卷六·陈茂四】新莽天凤二年二月以延德侯陈茂为大司马。……唐陈茂为尚书郎,每书信印记,捣朱矾,浇麝酒,匣以镇犀,养以透云香,印书达数千里，香不断。见《玄山记》。

【清吴襄《子史精华》卷四十·设官部四·玄山典记】冯贽《云仙杂记》：陈茂为尚书郎，每书信印记曰～～～～，又曰玄山印。捣朱矾，浇麝酒，闲则匣以镇犀，养以透云香，印书达数十里，香不断。印刻胭脂木为之。

【清陈元龙《格致镜原》卷四十·文具类四·印章·印色】余寅《同姓名录》：唐陈茂为尚书郎，每书信印记，捣朱矾，浇麝酒，匣以镇犀，养以透云香，印书达数千里，香不断。

◎ 词汇考

【汉语大词典·玄山】古代传说产嘉禾的山。《吕氏春秋·本味》："饭之美者，玄山之禾，不周之粟。"《艺文类聚》卷五七引汉崔骃《七依》："玄山之粱，不周之稻。"宋周邦彦《汴都赋》："其中则有玄山之禾，清流之稻。"

【百度百科·胭脂木】具有锥形花序，花白色或红色，近似野蔷薇气味，红色带毛的蒴果含有 30—50 颗种子。红色种皮切碎后可做橘红色染料，为奶酪、奶油或巧克力着色，亚马逊人用作拌饭的加味剂，还以之为身体武器着色。可解除由误食木薯造成的氰酸中毒。根在某些地方当做消化剂，种子在药方中为祛痰剂。○《御定渊鉴类函》卷四百十六木部五："木坚致，色如胭脂，出融州，桂林属县亦有之。"

水 玉 数 珠

◎ 版本考

A 房次律弟子金图，十二岁时，次律征问葛洪仙箓中事，以水玉(一云玄珠)数珠手节之，凡两遍近二百事，琅琅诵之不止。次律赏以转枝梨。(《童子通神集》)

B 房次律弟子金图，十二岁时，次律征问葛洪仙箓中事，以水玉(一云玄珠)数珠手节之，凡两遍近二百事，琅琅诵之不止。次律赏以转枝梨。(《童子通神集》)

C 房次律弟子金图，十二岁时，次律征问葛洪仙箓中事，以水玉数珠手节之，凡两遍，近二百事，琅琅诵之不止。次律赏以转枝梨。(《童子通神集》)

D《童子通神集》曰：房次律弟子金图，十二岁时，次律征问葛洪仙箓中事，以水玉数珠(一曰玄珠)手节之，凡两遍，近三百事，琅琅诵之不止。次律赏以转枝梨。(012)

E《童子通神集》曰：房次律弟子金图，十二岁时，次律征问葛洪仙箓中事，以水玉数珠(一曰玄珠)手节之，凡两遍，近三百事，琅琅诵之不止。次律赏以转枝梨。(012)

◎ 引文考

【宋谢维新《事类备要》别集卷四十五·果门·梨·赏以转枝】房次律弟子金图，十二岁时，次律问葛洪仙箓中事，以水玉数珠手节之，凡两遍，三百事，次律～～～～梨。(《童子通(种)[神]集》)

【明高濂《遵生八笺》卷之十四·《燕闲清赏笺》上卷·叙古诸品宝玩】房次律弟子金图，十二岁时，手持水玉数珠，光洁照人。

【明彭大翼《山堂肆考》卷二百五·果品·李子·赏以转枝】《童子通神集》：房次律弟

子金图，十二岁时，次律问葛洪仙箓中事，以水玉数珠手节之，凡两遍，三百事，次律赏以转枝梨。

【明夏树芳《词林海错》卷九·金图】《童子通神集》：房次律弟子金图，年十二岁，次律征问葛洪仙箓中事，以水玉数珠手节之，凡两遍，近二百事，琅琅诵之不止。次律赏以转枝梨。

【明夏树芳《词林海错》卷十五·玄珠】房次律弟子金图，十二岁时，次律征问葛洪仙箓中事，以水玉数珠(一曰玄珠)手节之，凡两遍，近三百事，琅琅诵之不止。次律赏以转枝梨。

【明徐应秋《玉芝堂谈荟》卷四《七岁有圣德》】房次律弟子金图，十二岁时，次律征问葛洪仙箓中事，以水玉数珠手节之，凡两遍，近二百事，琅琅诵之不止。次律赏以转枝梨。

【明郑若庸《类隽》卷二十八·果实类·转枝】《童子通神集》云：房次律弟子金图，十二岁时，次律问葛洪仙箓中事，以水玉数珠手节之，凡两遍，三百事，次律赏以转枝梨。

【清吴士玉《骈字类编》卷四十四·山水门九·水玉】《云仙杂记》：房次律弟子金图，十二岁时，次律征问葛洪仙箓中事，以~~数珠手节之，凡两遍，近二百事，琅琅诵之不止。次律赏以转枝梨。

【《御定佩文韵府》卷八之一·上平声·八齐韵一·梨·转枝梨】《童子神通集》：房次律弟子金图，年十二，能数仙箓，三百事，次律以~~~赏之。

【《御定佩文韵府》卷九十一之三·入声·二沃韵三·箓·仙箓】《云仙杂记》：房次律弟子金图，十二岁时，次律征问葛洪~~中事，以水玉数珠手节之，凡两遍，近二百事，琅琅诵之不止。次律赏以转枝梨。

【《御定佩文斋广群芳谱》卷五十五·果谱·李·汇考】《童子通神集》：房次律弟子金图，十二岁时，次律问以葛洪仙箓中事，以水玉数珠手节之，凡两遍，三百事，次律赏以转枝梨。

【清陈元龙《格致镜原》卷五十八·燕赏器物类二·香炉·数珠】《童子通神集》：房次律弟子金图，年十二岁，次律征问葛洪仙箓中事，以水玉数珠手节之，凡两遍，近二百事，琅琅诵之不止。

◎ 词汇考

【房次律】房管(697—763)，字次律，河南(今河南洛阳)人。父融，武后时，以正谏大夫同凤阁鸾台平章事；神龙元年，贬死高州。管少好学，风度沉整，以荫补弘文生。与吕向偕隐陆浑山，十年不谐际人事。开元中，作《封禅书》，呈宰相张说，说奇之，奏为校书郎。举任县令科，授卢氏令。拜监察御史，坐讯狱非是，贬睦州司户参军。复为县，所至上德化，兴长利，以治最显。

【金图】事迹待考。

【汉语大词典·仙箓】见"仙人箓"。指神仙秘籍或道教经典。唐陈子昂《南山家园独坐思远率成十韵》："凤蕴仙人箓，鸾歌素女琴。"唐王维《和尹谏议史馆山池》诗："洞有仙人箓，山藏太史书。"赵殿成注："《隋书·经籍志》：道经受道之法，初受五千文箓，次受三洞箓，次受洞玄箓，次受上清箓。箓皆素书，记诸天曹官属佐吏之名有多少，又有诸符错在其间，文章诡怪，世所不识。"亦省称"仙篆"。唐钱起《幽居春暮书怀》诗："仙篆满床闲不厌，《阴符》在箧老羞看。"

【汉语大词典·水玉】水晶的古称。《山海经·南山经》："堂庭之山多棪木，多白猿，多水玉，多黄金。"郭璞注："水玉，今水精也。"汉司马相如《上林赋》："蜀石黄碝，水玉磊砢。"唐温庭筠《题李处士幽居》诗："水玉簪头白角巾，瑶琴寂历拂轻尘。"宋梅尧臣《中伏日永叔遗冰》诗："莹澈肖水玉，凛气侵人肌。"

为梨花洗妆

◎ 版本考

　　A 洛阳梨花时，人多携酒其下，曰："为梨花洗妆。"或至买树。(《唐余录》)
　　B 洛阳梨花时，人多携酒其下，曰："为梨花洗妆。"或至买树。(《唐余录》)
　　C 洛阳梨花时，人多携酒其下，曰："为梨花洗妆。"或至买树。(《唐余录》)
　　D【洗妆酒】《唐余录》曰：洛阳梨花时，人多携酒其下，曰："为梨花洗妆。"或至买树。(013)
　　E【洗妆酒】《唐余录》曰：洛阳梨花时，人多携酒其下，曰："为梨花洗妆。"或至买树。(013)

◎ 引文考

　　【宋无名氏《锦绣万花谷》后集卷三十七·花·梨花·洗妆】洛阳梨花时，人多携酒其下，曰："为梨花洗妆。"(《唐余录》)
　　【宋潘自牧《记纂渊海》卷九十三·花卉部·花·梨花】洛阳梨花时，人多携酒其下，曰："为梨花洗妆。"或至买树。(《唐余录》)
　　【宋陈景沂《全芳备祖前集》卷九·花部·事实祖·梨花·碎录】洛阳梨花时，人多携酒其下，曰："为梨花洗妆。"(《唐余录》)
　　【宋谢维新《事类备要》别集卷二十八·花卉门·梨花·为花洗妆】洛阳梨花时，人多携酒其下，曰："~梨~~~。"(《唐余录》)
　　【宋祝穆《事文类聚》后集卷三十一·花卉部·为花洗妆】洛阳梨花时，人多携酒其下，为梨花洗妆。(《唐余录》)
　　【元佚名《群书通要》庚集卷三·百花门·梨花类·洛阳洗妆】洛阳梨花时，人多携酒其下，曰："为梨花洗妆。"(《唐余录》)
　　【元王恽《秋涧集》卷十九《后一日雨中招林韩李三君子小酌且为梨花洗妆(时新植梨花一株盛开)》】花满金瓶酒满樽，一杯欢饮得佳宾。近年乐事无今岁，此际闲身有几人。禄美胜于三品料，腊香清彻六根尘。风檐数点催妆雨，办与梨花作好春。
　　【明彭大翼《山堂肆考》卷一百九十九·花品·梨花·为花洗妆】《唐余录》：洛阳梨花时，人多携酒其下，曰："为梨花洗妆。"
　　【明沈沈《酒概》卷三·十四之缘】洛阳梨花时，人多携酒树下，曰："为梨花洗妆。"《放怀集》亦是为梨花觅缘。
　　【明慎懋官《华夷花木鸟兽珍玩考》花木考卷二·洗妆酒】《唐余录》曰：洛阳梨花时，

人多携酒其下，曰："为梨花洗妆。"

【明王路《花史左编》卷十六·梨花类·洗妆】洛阳梨花时，人多携酒树下，曰："为梨花洗妆。"或至买树。

【《御定渊鉴类函》卷四百·果部二·梨二】《唐余录》曰：洛阳梨花开时，人多携酒树下，谓为梨花洗妆宴。

【清吴襄《子史精华》卷九十九·人事部·风俗·为梨花洗妆】冯贽《云仙杂记》：洛阳梨花时，人多携酒其下，以～～～～～。

【《御定佩文斋广群芳谱》卷二十七·花谱·梨花】《唐余录》：洛阳梨花时，人多携酒其下，曰："为梨花洗妆。"或至买树。

【清陈元龙《格致镜原》卷七十·花类一·梨花】《唐余录》：洛阳梨花时，人多携酒其下，曰："为梨花洗妆。"

【清华希闵《广事类赋》卷三十·花部·梨·买树洗妆】《洛阳记》：洛阳梨花时，人多将酒树下，曰："为梨花洗妆。"或至买树。

【清汪价《中州杂俎》卷十九·物类七·花谱·梨花洗妆】洛阳人于梨花开时，多携酒其下，曰："为花洗妆。"或至并树买去。

【清沈景运《浮春阁诗集》卷六《梨花》】一枝好景似边鸾，粉淡香清春暮寒。何必寻游携酒去(洛阳梨花时，人多携酒树下，曰："为梨花洗妆。")，小窗人静倚阑干。

【清曹溶《倦圃莳植记》卷上·花卉·梨】洛阳风土，梨花时人多携酒，曰："为梨花洗妆。"予谓不独为梨花洗妆，更足为俗人洗胃。春风庭院，安可无此瀛洲玉雨也。

【清屠粹忠《栩栩园诗》·梨(洛阳梨开时人多携酒树下为梨花洗妆)】个个携春酒，年年为洗妆。何时醉不醒，尽变作甘棠。(棠即杜梨也，白为棠，赤为杜。)

【清喻端士《时节气候抄》卷首·春分二候·梨花】《洛阳记》：梨花时，人多携酒树下，曰："为梨花洗妆。"

【清朱黼《画亭诗草》卷十七·吾过集·上巳前一日游葛园赋梨花词八首】携酒名园一举觞，文茵芳草醉斜阳。浸寻十五年前事，洛下春残为洗妆。(暮春携酒为梨花洗妆，此洛阳故事。余游洛经今十五年矣。)

◎ 词汇考

【汉语大词典·洗妆】梳洗打扮。唐冯贽《云仙杂记·为梨花洗妆》："洛阳梨花时，人多携酒其下，曰：为梨花洗妆。"宋苏轼《再和潜师》："风清月落无人见，洗妆自趁霜钟早。"

笼桶衫柿油巾

◎ 版本考

A 杜甫在蜀，日以七金买黄儿米半篮、细子鱼一串。笼桶衫、柿油巾。皆蜀人奉养之粗者。(《浣花旅地志》)

B 杜甫在蜀，日以七金买黄儿米半篮、细子鱼一串。笼桶衫、柿油巾。皆蜀人奉养之粗者。(出《浣花旅地志》)

C 杜甫在蜀，日以七金买黄儿米半篮、细子鱼一串。笼桶衫、柿油巾。皆蜀人奉养之粗者。（出《浣花旅地志》）

D【黄儿米】《浣花旅地志》曰：杜甫在蜀，日以七金买黄儿米半篮、细子鱼一串。笼桶衫、柿油巾，皆蜀人奉养之粗者。（014）

E【黄儿米】《浣花旅地志》曰：杜甫在蜀，日以七金买黄儿米半篮、细子鱼一串。笼桶衫、柿油巾，皆蜀人奉养之粗者。（014）

◎ 引文考

【唐白居易原本、宋孔传续撰《白孔六帖》卷十六·米面一·黄儿米】《云仙散录》：《浣花旅地志》曰：杜甫在蜀，日以七金买黄儿米半篮。

【宋潘自牧《记纂渊海》卷九十·饮食部·谷·传记】杜甫在蜀，日以七金买黄儿米半篮。（《浣花旅地志》）

【明曹学佺《蜀中广记》卷五十八·风俗记第四·川北道属·总录】杜甫在蜀，日以七金买黄儿米半篮、细子鱼一串。笼桶衫、柿油巾。皆蜀人奉养之粗者。俱《云仙杂记》。

【明夏树芳《词林海错》卷七·重思】杜甫在蜀，日以七金买黄儿米半篮。任昉为守，卒无余财，惟有桃花米二十斛。

【明郑若庸《类隽》卷十九·饮食类·米·黄儿米】《云仙散录》云：杜甫左蜀，日以七金买黄儿米半篮。

【御定佩文韵府》卷二十八之二·下平声·十三覃韵二·篮·半篮】《云仙杂记》：杜甫在蜀，日以七金买黄儿米~~、细子鱼一串，皆蜀人奉养之粗者。

【御定佩文韵府》卷三十·下平声·十五咸韵·衫·笼桶衫】《云仙杂记》：杜甫在蜀，日以七金买黄儿米半篮、细子鱼一串。~~~、柿油巾，皆蜀人奉养之粗者。

【清吴襄《子史精华》卷一百四十·动植部六·百谷·黄儿米】冯贽《云仙杂记》：杜甫在蜀，日以七金买~~~半篮、细子鱼一串。笼桶衫、柿油巾，皆蜀人奉养之粗者。

【清陈元龙《格致镜原》卷六十一·谷类·米】《云仙散录》：杜甫在蜀，以七金买黄儿米半篮。

【清彭遵泗《蜀故》卷九·余录】杜甫在蜀，以七金买黄儿米半篮、细子鱼一串。笼桶（新）［衫］、柿油巾，皆蜀人奉养之粗者。

◎ 词汇考

【汉语大词典·黄儿米】粗糙的米。唐冯贽《云仙杂记·笼桶衫柿油巾》："杜甫在蜀，日以七金买黄儿米半篮，细子鱼一串。"

石 斧 铭

◎ 版本考

A 玄针子得石斧，铭曰："天雷斧，速文步，敲石柱。"子如其言，诗如蒸云，千步千首。（《清异志》）

B 玄针子得石斧，铭曰："天雷斧，速文步，敲石柱。"子如其言，诗如蒸云，千步千

首。(《清异志》)

C 玄针子得石斧，铭曰："天雷斧，速文步，敲石柱。"子如其言，诗如蒸云，千步千首。(《清异志》)

D【天雷斧】《清异志》曰：玄针子得石斧，铭曰："天雷斧，速文步，敲石柱。"子如其言，诗如蒸云，千步千首。(015)

E【天雷斧】《清异志》曰：玄针子得石斧，铭曰："天雷斧，速文步，敲石柱。"子如其言，诗如蒸云，千步千首。(015)

◎ 引文考

【明夏树芳《词林海错》卷一·石斧】《清异志》：玄针子得石斧，铭曰：天雷斧，速文步，敲石读之，诗如蒸云，千步千首。

【明徐应秋《玉芝堂谈荟》卷八《文思之敏》】文思之敏者：玄针子得石斧，铭曰："天雷斧，速文步，敲石柱。"子如其言，诗如云蒸，千步千首。

【清陈鸿墀《全唐文纪事》卷五十六·警敏】文思之敏，昔玄针子得石斧，铭曰："天雷斧，速文步，敲石柱。"子如其言，诗如云蒸，千步千首。(《玉芝堂谈荟》)

【清陈元龙《格致镜原》卷七·坤舆类三·石下】《清异志》：玄针子得石斧，铭曰："天雷斧，速文步。"

【清吴士玉《骈字类编》卷四十二·山水门七·石斧】《云仙杂记》：玄针子得~~，铭曰："天雷斧，速文步，敲石柱。"子如其言，诗如蒸云，千步千首。

◎ 词汇考

【汉语大词典·石斧】石制之斧。唐冯贽《云仙杂记》卷一："玄针子得石斧，铭曰：'天雷斧，速文步，敲石柱。'"郭沫若《中国史稿》第一编第二章第三节："当时(母系氏族社会时期)已知道用石斧、石锛、石凿以及烤烧的办法加工木料，制成各种器具。"

棠 木 印

◎ 版本考

A 张宝凡衣服彩帛，皆以所任官印印之，白黄物以墨，红黑物以粉，常曰："此印贤于掌库奴远矣。"文字亦然。人收宝文，以有棠木印者为真。(张宝《就印录》)

B 张宝凡衣服彩帛，皆以所任官印印之，白黄物以墨，红黑物以粉，常曰："此印贤于掌库奴远矣。"文字亦然。人收宝文，以有棠木印者为真。(张宝《就印录》)

C 张宝凡衣服彩帛，皆以所任官印印之，白黄物以墨，红黑物以粉，常曰："此印贤于掌库奴远矣。"文字亦然。人收宝文，以有棠木印者为真。(张宝《就印录》)

D 张宝《就印录》曰：宝凡衣服彩帛，皆以所任官印印之，白黄物以墨，红黑物以粉，常曰："此印贤于掌库奴远矣。"文字亦然。人收宝文，以有棠木印者为真。(016)

E 张宝《就印录》曰：宝凡衣服彩帛，皆以所任官印印之，白黄物以墨，红墨物以粉，曰："此印贤于掌库奴远矣。"文字亦然。人收宝文，以有棠木印者为真。(016)

◎ 引文考

【《御定佩文韵府》卷一百之六·入声·十一陌韵六·帛·彩帛】《云仙杂记》：张宝凡衣服~~，皆以所任官印印之，尝曰："此印贤于掌库奴远矣。"

【清朱象贤《印典》卷四·衣帛印印】张宝凡衣服彩帛，皆以所任官印印之，白黄物以黑，红黑物以粉，常曰："此印贤于掌库奴远矣。"文字亦然。

◎ 词汇考

【汉语大词典·彩帛】彩色丝绸。《后汉书·梁冀传》："赏赐金钱、奴婢、彩帛、车马、衣服、甲第，比霍光。"唐冯贽《云仙杂记·棠木印》："张宝，凡衣服彩帛，皆以所任官印印之。"宋孟元老《东京梦华录·杂赁》："若凶事出殡，自上而下，凶肆各有体例。如方相、车轝、结络、彩帛，皆有定价，不须劳力。"

【汉语大词典·官印】官府机构的印。《汉书·惠帝纪》："及故吏尝佩将军都尉印将兵及佩二千石官印者，家唯给军赋，他无有所与。"明杨基《废宅行》诗："朱门一闭春草积，官印斜封泥涴壁。"清桂馥《续三十五举》："《汉书》云：'方寸之印，丈二之组。'古者官印不过寸许，私印更小，六朝以降始渐大。"参阅明文彭《印章集说·国朝印》。

凤窠群女

◎ 版本考

A 姑臧太守张宪使倡妓戴拂壶中、锦仙裳，密粉淡妆，使侍阁下。奏书者号传芳妓，酌酒者号龙津女，传食者号仙盘使，代书札者号墨娥，按香者号麝姬，掌诗稿者号双清子，诸倡曰凤窠群女，又曰团云队、曳云仙，亦佳话云。（《姑臧前后记》）

B 姑臧太守张宪使娟妓戴拂壶中、锦仙裳，密粉淡妆，使侍阁下。奏书者号传芳妓，酌酒者号龙津女，传食者号仙盘使，代书札者号墨娥，按香者号麝姬，掌诗稿者号双清子，诸倡曰凤窠群女，又曰团云队、曳云仙。（出《姑臧前后记》）

C 姑臧太守张宪使娟妓戴拂壶中、锦仙裳，密粉淡妆，使侍阁下。奏书者号传芳妓，酌酒者号龙津女，传食者号仙盘使，代书札者号墨娥，按香者号麝姬，掌诗稿者号双清子，诸倡曰凤窠群女，又曰团云队、曳云仙。（出《姑臧前后记》）

D【黑娥】《姑臧前后记》曰：太守张宪使娟妓戴拂壶巾、锦仙裳，密粉淡妆，使侍阁下。奉书者号传芳妓，酌酒者号龙津女，传食者号仙盘使，代书札者号墨娥，换香者号麝姬，掌诗稿者号双清子，诸倡曰凤窠群女，又曰团云队、曳云仙。（017）

E【黑娥】《姑臧前后记》曰：太守张宪使娟妓戴拂壶巾、锦仙裳，密粉淡妆，使侍阁下。奉书者号传芳妓，酌酒者号龙津女，传食者号仙盘使，代书札者号墨娥，换香者号麝姬，掌诗稿者号双清子，诸倡曰凤窠群女，又曰团云队、曳云仙。（017）

◎ 引文考

【元陶宗仪《说郛》卷七十七下·朱揆《钗小志·凤窠群女》】姑臧太守张宪使娟妓戴拂壶巾、锦仙裳，密粉淡妆，使侍阁下。奏书者号传芳妓，酌酒者号龙津女，传食者号仙盘使，代书札者号墨娥，按香者号麝姬。

【《御定佩文韵府拾遗》卷三十六·上声六·语韵·女·龙津女】《云仙杂记》：姑臧太守张宪使娟妓侍阁下，奏书者号传芳妓，酌酒者号~~~，诸娟曰凤窠群女。

【《御定佩文韵府》卷四之五·上平声四·支韵五·姬·麝姬】《姑臧记》：太守张宪使伎戴拂壶巾、锦仙裳，密粉淡妆，侍阁下，按换香者号~~。

【《御定佩文韵府》卷十六之六·下平声一·先韵六·仙·曳云仙】《云仙杂记》：姑臧太守张宪号诸妓曰凤窠群女，又曰团云队、~~~。又陆游诗："绿毛邂逅巢云仙。"

【《御定佩文韵府》卷三十四之五·上声四·纸韵五·子·双清子】《姑臧记》：姑臧太守张宪使娟妓供事，掌诗稿者号~~~。

【《御定渊鉴类函》卷三百十三·人部七十二·奢三·龙舟殿脚女·凤窠曳云仙】《姑臧记》：宋姑臧太守张宪多置娟妓，各锦带仙裳，密粉淡妆，使侍阁下，奏书者号传芳妓，酌酒者号龙津女，传食者号仙盘使，代书札者号墨娥，按香者号麝姬，掌诗稿者号双清子，诸娟曰凤窠群女，又曰团云队、曳云仙。

【清厉鹗《书谱续编》·玉台书史·姬侍·六朝·墨娥】姑臧太守张宪妓也，尝代宪书札。(《荻楼杂记》)

【清高士奇《续编珠》卷一·岁时部·琴客墨娥】《姑臧记》曰：太守张宪多妓妾，酌酒者号龙津女，传食者号仙盘使，代书札者号墨娥，换香者号麝姬，掌诗稿者号双清子。

【清华希闵《广事类赋》卷十九·姬妾·至若凤窠群女】《姑臧记》：太守张宪使娟妓戴拂壶巾、锦仙裳，密粉淡妆，侍阁下，奏书者号传芳妓，酌酒者号龙津女，传食者号仙盘使，代书札者号墨娥，换香者号麝姬，掌诗稿者号双清子，统名曰凤窠群女，又曰团云队、曳云仙。

【清王初桐《奁史》卷二十一·倡妓门一·妓上】姑臧太守张宪使娟妓戴拂壶巾、锦仙裳，密粉淡妆，使侍阁下，奏书者号传芳妓，酌酒者号龙津女，传食者号仙盘使，代书札者号墨娥，按香者号麝姬，掌诗稿者号双清子，总谓之凤窠群女，又曰团云队、曳云仙。(《姑臧前后记》。《荻楼杂抄》娟妓作诸姬。)

【清倪涛《六艺之一录》卷三百五十二·墨娥】墨娥，姑臧太守张宪妓也，尝代宪书札。(《荻楼杂抄》)

【清孙岳颁《佩文斋书画谱》卷三十六·书家传十五·墨娥】墨娥，姑臧太守张宪妓也，尝代宪书札。(《荻楼杂抄》)

◎ 词汇考

【传芳妓】妓女。唐冯贽《云仙杂记·凤窠群女》："姑臧太守张宪使娟妓戴拂壶巾锦仙裳，密粉淡妆，使侍阁下。奏书者号传芳妓，酌酒者号龙津女。"传芳，流传美名。

【汉语大词典·龙津女】侍客酌酒的妓女。唐冯贽《云仙杂记·凤窠群女》："姑臧太守张宪使娟妓戴拂壶巾锦仙裳，密粉淡妆，使侍阁下。奏书者号传芳妓，酌酒者号龙津女。"

【仙盘使】妓女。唐冯贽《云仙杂记·凤窠群女》："姑臧太守张宪使娟妓戴拂壶巾锦仙裳，密粉淡妆，使侍阁下。奏书者号传芳妓，酌酒者号龙津女，传食者号仙盘使。"

【汉语大词典·墨娥】相传唐姑臧太守张宪使家伎代书札，号墨娥。唐冯贽《云仙杂记·凤窠群女》："姑臧太守张宪使倡伎……奏书者号传芳妓，酌酒者号龙津女，传食者号仙盘使，代书札者号墨娥。"

【麝姬】妓女。唐冯贽《云仙杂记·凤窠群女》："姑臧太守张宪使娟妓戴拂壶巾锦仙裳，密粉淡妆，使侍阁下。奏书者号传芳妓，酌酒者号龙津女……按香者号麝姬。"

【双清子】掌诗稿的妓女。唐冯贽《云仙杂记·凤窠群女》："姑臧太守张宪使娟妓戴拂壶巾锦仙裳，密粉淡妆，使侍阁下。奏书者号传芳妓，酌酒者号龙津女……掌诗稿者号双清子。"

【汉语大词典·凤窠】织成凤凰形的团花。唐李贺《梁公子》诗："御笺银沫吟，长簟凤窠斜。"王琦汇解："凤窠，织作团花为凤凰形者耳。"

【汉语大词典·团云队】妓女的别称。唐冯贽《云仙杂记·凤窠群女》："姑臧太守张宪号诸倡曰凤窠群女，又曰团云队、曳云仙。"

【汉语大词典·曳云仙】妓女的别称。唐冯贽《云仙杂记·凤窠群女》："姑臧太守张宪号诸倡曰凤窠群女，又曰团云队、曳云仙。"

地 仙 圆

◎ 版本考

A 虢州别驾窦泚以当归为地仙圆，曰："使血海增光。"以枣木为杵臼，号"金刚骨"。(《三堂往事》)

B 虢州别驾窦泚以当归为地仙圆，曰："使血海增光。"以枣木为杵臼，号"金刚骨"。(出《三堂往事》)

C 虢州别驾窦泚以当归为地仙圆，曰："使血海增光。"以枣木为杵臼，号"金刚骨"。(出《三堂往事》)

D【金刚骨】《三堂往事》曰：虢州别驾窦肥以当归为地仙丸，曰："使血海增光。"以枣木为杵臼，号"金刚骨"。(018)

E【金刚骨】《三堂往事》曰：虢州别驾窦肥以当归为地仙丸，曰："使血海增光。"以枣木为杵臼，号"金刚骨"。(018)

◎ 引文考

【明夏树芳《词林海错》卷九·当归】《三堂往事》：虢州别驾窦泚以当归为地仙圆，曰："使血海增光。"以枣木为杵臼，号"金刚杵"。

【《御定佩文斋广群芳谱》卷九十五·药谱·当归】《云仙杂记》：虢州别驾窦泚以当归为地仙圆，曰："使血海增光。"

【清吴襄《子史精华》卷一百四十二·动植部八·草木下·地仙圆】冯贽《云仙杂记》：虢州别驾窦泚以当归为~~~，曰："使血海增光。"以枣木为杵臼，号"金刚骨"。

【《御定佩文韵府》卷十六之十·下平声一·先韵十·圆·地仙圆】《云仙杂记》：虢州别驾窦泚以当归为~~~，曰："使血海增光。"

【《御定佩文韵府》卷九十五之二·入声六·月韵二·骨·金刚骨】《云仙杂记》：窦泚以当归为地仙圆，曰："使血海增光。"以枣木为杵臼，号"~~~"。

【清陈元龙《格致镜原》卷五十二·日用器物类四·杵臼】《三堂往事》：虢州别驾窦泚

以当归为地仙圆，曰："使血海增光。"以枣木为杵臼，号金刚杵。

【清厉荃《事物异名录》卷二十九·药材部上·文无·地仙圆】《云仙杂记》：虢州别驾
窦泚以当归为地仙圆，曰："使血海增光。"

◎ 词汇考

【汉语大词典·金刚骨】指枣木作的杵臼。唐冯贽《云仙杂记·地仙圆》："以枣木为杵
臼，号金刚骨。"

凉　物

◎ 版本考

A 房寿六月召客，坐糠竹簟，凭狐文几，编香藤为俎，刳椰子为杯，捣莲花制碧芳
酒，调羊酪造含风鲊，皆凉物也。寿劝吴田以辘轳瓮，田惧其深，曰："但见龙门溪水濯
曲蘖肠耳。"（《叩头录》）

B 房寿六月召客，坐糠竹簟，凭狐文几，编香藤为俎，刳椰子为杯，捣莲花制碧芳
酒，调羊酪造含风鲊，皆凉物也。寿劝吴田以辘轳瓮，田惧其深，曰："但见龙门溪水濯
曲蘖肠耳。"（出《叩头录》）

C 房寿六月召客，坐糠竹簟，凭狐文几，编香藤为俎，刳椰子为杯，捣莲花制碧芳
酒，调羊酪造含风鲊，皆凉物也。寿劝吴田以辘轳瓮，田惧其深，曰："但见龙门溪水濯
曲蘖肠耳。"（出《叩头录》）

D【龙门溪水】《叩头录》曰：房寿六月召客，坐糠竹簟，凭狐文几，编香藤为俎，刳
椰子为杯，捣莲花制碧芳酒，调羊酪造含风鲊，皆凉物也。寿劝吴田以辘轳瓮，田惧其
深，曰："但见龙门溪水濯曲蘖肠耳。"（019）

E【龙门溪水】《叩头录》曰：房寿六月召客，坐糠竹簟，凭狐文几，编香藤为俎，刳椰
子为盏，捣莲花制碧芳酒，调羊酪造含风鲊，皆凉物也。寿劝吴田以辘轳瓮，田惧其深，
曰："但见龙门溪水濯曲蘖肠耳。"（019）

◎ 引文考

【唐白居易原本、宋孔传续撰《白孔六帖》卷十六·鲊九·含风鲊】《叩头录》：房寿六
月调羊酪造含风鲊。

【《北堂书钞》卷一百四十六·酒食部·鲊三十九·含风鲊】《叩头录》云：房寿六月调
羊酪造含风鲊。

【宋无名氏《锦绣万花谷》后集卷三十五·食馔·含风鲊】房州六月调羊酪造含风鲊。
出《叩头录》。

【宋潘自牧《记纂渊海》卷九十·饮食部·馔】房州六月调羊酪造含风鲊。（《叩头录》）

【宋谢维新《事类备要》外集卷四十八·珍羞门·含风鲊】房寿六月调羊酪造～～～。
（《叩头录》）

【明夏树芳《词林海错》卷七·蛟鲊】又《叩头录》云：房寿六月调羊酪造含风鲊。

【明彭大翼《山堂肆考》卷一百九十四·饮食·房寿造】房寿六月调羊酪造含风鲊。

【明沈沈《酒概》卷一·二之名·碧芳酒】房寿六月捣莲花制碧芳酒,凉物也。(《叩头录》)

【明沈沈《酒概》卷三·十四之缘】房寿六月召客,坐糠竹簟,凭狐文几,编香藤为俎,刳椰子为杯,捣莲花制碧芳酒,调羊酪造含风鲊,皆凉物也。寿劝吴田以辘轳瓮,田惧其深,曰:"但见龙门溪水濯曲蘖肠耳。"(《叩头录》)

【明王路《花史左编》卷十·花之味·碧芳酒】房寿六月召客捣莲花制碧芳酒。

【明郑若庸《类隽》卷二十一·器用类·狐文】《云仙散录》云:房寿六月召客,凭狐文几。

【明徐应秋《玉芝堂谈荟》卷二十九《千日酒》】房寿捣莲花制碧芳酒。

【明郑仲[夔]《偶记》卷七·碧芳酒】房寿六月捣莲花制碧芳酒。

【《御定渊鉴类函》卷十四·岁时部三·夏三·狐几　鹤觞】《云仙散录》云:房寿六月召客,凭狐文几。《酒谱》云:江东人刘白堕善酿,六月以罂盛酒于日中,经旬味不变而愈香美,使人久醉,朝士千里相馈,号白鹤觞,一名骑驴酒。

【《御定渊鉴类函》卷三百七十七·服饰部八·簟四·竹簟】《云仙散录》曰:房寿六月,召客坐竹簟。

【《御定渊鉴类函》卷三百八十二·器物部一·几三·狐文乌皮】《云仙散录》云:房寿六月召客,凭狐文几。杜甫诗云:"拂拭乌皮几,喜闻樵牧音。"

【《御定渊鉴类函》卷四百七·花部三·芙蕖二】《续世说》曰:房寿六月召客,捣莲花制碧芳酒。

【清吴士玉《骈字类编》卷一百四十四·采色门十一·碧芳】《云仙杂记》:房寿六月召客,刳椰子为杯,捣莲花制~~酒,调羊酪造含风鲊。

【《御定佩文斋广群芳谱》卷四·天时谱·夏·六月】《云仙杂记》:房寿六月召客,坐湘竹簟,凭狐文几,编香藤为俎,刳椰子为杯,捣莲花制碧芳酒,调羊酪造含风鲊,皆凉物也。

【《御定佩文韵府》卷二十二之五·下平声·七阳韵五·芳·碧芳】《云仙杂记》:房寿六月召客,刳椰子为杯,捣莲花制~~酒,调羊酪造含风鲊。

【《御定佩文韵府》卷三十六之三·上声·六语韵三·俎·香藤俎】《云仙杂记》:房寿六月召客,编~~为~,刳椰子为杯,捣莲花制碧芳酒,调羊酪造含风鲊,皆凉物也。

【《御定佩文韵府》卷六十之二·去声一·送韵二·瓮·辘轳瓮】《云仙杂记》:房寿六月召客,劝吴田以~~~,田惧其深,曰:"但见龙门溪水濯曲蘖肠耳。"

【《御定分类字锦》卷二十一·饮馔·酪第四·造含风鲊】《云仙杂记》:房寿六月召客,调羊酪~~~~~。

【清吴襄《子史精华》卷二十五·岁时部二·夏·造含风鲊】冯贽《云仙杂记》:房寿六月召客,坐糠竹簟,凭狐文几,编香藤为俎,刳椰子为杯,捣莲花制碧芳酒,调羊酪~~~~,皆凉物也。

【清吴襄《子史精华》卷一百五十一·食馔部一·食饮·碧芳】冯贽《云仙杂记》:房寿六月召客,捣莲花制~~酒。

【《御定韵府拾遗》卷五十一·上声二十一·马韵·鲊·含风鲊】《叩头录》:房寿六月捣莲花制碧芳酒,调羊酪造~~~,皆凉物也。

【清萧智汉《月日纪古》卷六·六月】《云仙杂记》：房寿六月召客，坐湘竹簟，凭狐文几，编香藤为俎，刳椰子为杯，捣莲花制碧芳酒，调羊酪造含风鲊，皆凉物也。

【清陈元龙《格致镜原》卷二十四·饮食类四·鲊】《叩头录》：房寿六月调羊酪造含风鲊。

【清陈元龙《格致镜原》卷七十二·花类二·荷花】《鸡跖集》：房寿六月召客，捣莲花制碧芳酒。

【清沈景运《浮春阁诗集》卷六《草堂对月》】堂前坐久月生凉，无异樽开饮碧芳。（《云仙记》："房寿六月召客，捣莲花制碧芳酒。"）夜静不嫌侵玉露，云中桂子下飘香。

【清喻端士《时节气候抄》卷三·夏六月】冯贽《云仙杂记》：房寿六月召客，坐糠竹簟，凭狐文几，编香藤为俎，刳椰子为杯，捣莲花制碧芳酒，调羊酪造含风鲊，皆凉物也。

【清郑泰《月令精钞》上集·六月·典故·莲花酒】房寿六月造莲花碧芳酒。

◎ 词汇考

【汉语大词典·碧芳酒】将莲花捣碎后浸制的酒。唐冯贽《云仙杂记》卷一："房寿六月召客，坐糠竹簟，凭狐文几，编香藤为俎，刳椰子为杯，捣莲花，制碧芳酒。"

【汉语大词典·含风鲊】古时夏天食用的鱼酱类食品。唐冯贽《云仙杂记·凉物》："捣莲花制碧芳酒，调羊酪造含风鲊，皆凉物也。"

落 梅 妆 阁

◎ 版本考

A 郭元振落梅妆阁有婢数十人，客至，则拖鸳鸯褫裙衫，一曲终则赏以糖鸡卵，明其声也，宴罢，散九和握香。（《叙闻录》）

B 郭元振落梅妆阁有婢数十人，客至，则拖鸳鸯褫裙衫，一曲终则赏以糖鸡卵，明其声也，宴罢，散九和握香。（出《叙闻录》）

C 郭元振落梅妆阁有婢数十人，客至，则拖鸳鸯褫裙衫，一曲终则赏以糖鸡卵，明其声也，宴罢，散九和握香。（出《叙阁录》）

D【九和握香】《叙闻录》曰：郭元振落梅妆阁有婢数十人，客至，则拖鸳鸯褫裙衫，一曲终则赏以糖鸡卵，明其声也，宴罢，散九和握香。（020）

E【九和握香】《叙闻录》曰：郭元振落梅妆阁有婢数十人，客至，则拖鸳鸯褫裙衫，一曲终则赏以糖鸡卵，明其声也，客罢，散九和握香。（020）

◎ 引文考

【明周嘉胄《香乘》卷十一《香事别录·九和握香》】郭元振落梅妆阁有婢数十人，客至，则拖鸳鸯褫裙衫，一曲终则赏以糖鸡卵，明其声也，宴罢，散九和握香。（《叙闻录》）

【明徐应秋《玉芝堂谈荟》卷二十八《内香燕九十二种》】郭元振落梅妆阁宴罢，散九和握香。

【《御定渊鉴类函》卷一百八十七·乐部四·带鱼 赏卵】《孔帖》：郭元振落梅妆阁有婢数十人，客至，则拖鸳鸯缬裙衫，一曲终则赏糖鸡卵，明其声也，宴罢，散九和握香。

【清王初桐《奁史》卷八十一·饮食门四·肴】郭元振落梅妆阁有婢数十人，客至，则拖鸳鸯缬裙衫，一曲终则赏以糖鸡卵，明其声也，宴罢，散九和握香。（《叙闻录》）

【清王初桐《奁史》卷九十·兰麝门一·香】郭元振婢妾十人宴罢，散九和握香。（《读书偶然录》）

◎ 词汇考

【中国历史大辞典·郭元振】(656—713)，唐魏州贵乡（今河北大名东北）人，名震，以字行。少有大志。咸亨进士。武则天擢为右武卫铠曹参军，出使吐蕃。大足元年(701)，任凉州都督、陇右诸军州大使。拓边筑塞，开置屯田，尽水陆之利，连年丰稔。神龙中，迁左骁卫将军，兼检校安西大都护，镇守疏勒(今新疆喀什)，力保安西四镇与西域交通。睿宗立，还为太仆卿。景云二年(711)，进同中书门下三品，迁吏部尚书。次年，任朔方大总管，筑定远城(今宁夏平罗南)，以为行军计集之所。后玄宗讲武骊山，坐军容不整罪，流放新州(治今广东新兴)，旋改饶州司马，病死途中。有文集二十卷，已佚。《全唐文》存文五篇。

洛阳岁节

◎ 版本考

A 洛阳人家，正旦，造丝鸡、蜡燕、粉荔枝；正月十五日，造火蛾儿，食玉粱糕；寒食，装万花舆，煮杨花粥；端午，术羹、艾酒，以花丝楼阁插鬓，赠遗辟瘟扇；乞巧，使蜘蛛结万字，造明星酒，装同心脍；重九，迎凉脯、羊肝饼，佩瘿木符；冬至，煎饧彩珠，戴一阳巾；除夜，铜刀刻门，埋小儿砚，点水盆灯；腊日，造脂花臬餤。（《金门岁节》）

B 洛阳人家，正旦，造丝鸡、葛燕、粉荔枝；正月十五日，造火蛾儿，食玉粱糕；寒食，装万花舆，煮杨花粥；端午，术羹、艾酒，以花丝楼阁插鬓，赠遗辟瘟扇；乞巧，使蜘蛛结万字，造明星酒，装同心脍；重九，迎凉脯、羊肝饼，佩瘿木符；冬至，煎饧彩珠，戴一阳巾；除夜，铜刀刻门，埋小儿砚，点水盆灯；腊日，造脂花餤。（《金门岁节》）

C 洛阳人家，正旦，造丝鸡、葛燕、粉荔枝；正月十五日，造火蛾儿，食玉粱糕；寒食，装万花舆，煮杨花粥；端午，术羹、艾酒，以花丝楼阁插鬓，赠遗辟瘟扇；乞巧，使蜘蛛结万字，造明星酒，装同心脍；重九，迎凉脯、羊肝饼，佩瘿木符；冬至，煎饧彩珠，戴一阳巾；除夜，铜刀刻门，埋小儿砚，点水盆灯；腊日，造脂花餤。（《金门岁节》）

D【脂花餤】《金门岁节》曰：洛阳人家，正旦，造丝鸡、葛燕、粉荔支；正月十五日，造火蛾儿、玉粱糕；寒食，装万花舆，煮杨花粥；端午，术羹、艾酒，以花丝楼阁插鬓，赠遗辟瘟扇；七夕乞巧，使蜘蛛结万字，造醒酒，装同心脍；重九，迎凉脯、羊肝饼，佩瘿木符；冬至，煎饧绿珠，戴一阳巾；除夜，铜刀刻门，埋小儿砚，点水盆灯；腊日，造

脂花饊。（021）

　　E【脂花饊】《金门岁节》曰：洛阳人家，正旦，造鸡丝、蜡燕、粉荔支；正月十五日，造火蛾儿、玉粱糕；寒食，装万花舆，煮杨花粥；端午，术羹、艾酒，以花丝楼阁插鬓，赠遗辟瘟扇梳；七夕乞巧，使蜘蛛结万字，造醒酒，装同心脍；重九则迎凉脯、羊肝饼，佩瘿木符；冬至，煎饧绿珠，戴一阳巾；除夜则铜刀刻门，埋小儿砚，点水盆灯；腊日，造脂花饊。（021）

◎ 引文考

　　【唐白居易原本、宋孔传续撰《白孔六帖》卷四·腊二十二·造脂花饊】《金门岁节》曰：洛阳人家腊日造脂花饊。

　　【宋谢维新《事类备要》前集卷十六·节序门·以花插鬓】洛阳人家，端午术羹、艾酒，～～丝楼阁～～，赠遗辟瘟扇。（《金门岁节》）

　　【宋谢维新《事类备要》前集卷十八·节序门·元旦·粉荔枝】《金门岁节》曰：洛阳人家，正旦造丝鸡、蜡燕、～～～。

　　【宋谢维新《事类备要》前集卷十八·节序门·腊日·造脂花饊】洛阳人家，腊日～～～～。（《金门岁节》）

　　【宋谢维新《事类备要》外集卷四十五·饮膳门·粥·煮杨花粥】洛阳人家，寒食～～～～。（《金门岁节》）

　　【宋祝穆《事文类聚》前集卷七·天时部·上元】正月十五夜，造火蛾儿。（《金门事节》）

　　【宋陈元靓《岁时广记》卷五·元旦上·粉荔枝】《金门岁节》：洛阳人家，正旦造鸡丝、蜡燕、粉荔枝。更相馈送。古词云：晓日楼头残雪尽，乍破腊风传春信。彩燕丝鸡珠幡玉，胜并归钗鬓。

　　【宋陈元靓《岁时广记》卷十五·寒食·插柳枝】《岁时杂记》：今人寒食节，家家折柳插门上，唯江淮之间尤盛，无一家不插者。北人稍办者，又加以子推。《金门岁节》：寒食装万花舆，煮杨花粥。

　　【宋陈元靓《岁时广记》卷二十一·端午上·艾叶酒】《金门岁节》：洛阳人家，端五作术羹、艾酒，以花彩楼阁插鬓，赐辟瘟扇梳。

　　【宋陈元靓《岁时广记》卷三十九·造花饊】《金门岁节》：洛阳人家，腊日造脂花饊。

　　【宋无名氏《绵绣万花谷》别集卷五·术羹艾酒】《金门岁节》曰：端午术羹、艾酒，以花络楼台插鬓。

　　【宋无名氏《锦绣万花谷》后集卷四·寒食·万花舆】《金门岁节》曰：寒食妆万花舆，煮杨花粥。

　　【宋何士信《群英草堂诗余》后集卷上·群英词话·节序·康伯可《上元·瑞鹤仙》（上元应制）·闹蛾儿】《金门事节》：上元夜造火蛾儿。

　　【宋佚名《翰苑新书后集》上卷七·元旦·丝鸡】《金门岁节》（日）[曰]：洛阳人家，正旦造丝鸡、蜡燕、粉荔枝。

　　【元佚名《群书通要》甲集卷六·节序门·丝鸡蜡燕】洛阳人家，元日为丝鸡、蜡燕。（《金门岁节》）

　　【明彭大翼《山堂肆考》卷八·时令·火蛾】《开元遗事》：正月十五日，造火蛾儿。

　　【明彭大翼《山堂肆考》卷八·时令·粉荔迎年】《金门岁节》：洛阳人家，正旦造丝鸡、蜡燕、粉荔枝。故宋人贺正启有"瑞霭饯腊，粉荔迎年"之句。

　　【明彭大翼《山堂肆考》卷九·时令·装舆】《金门岁节》：洛阳人家，寒食日装万花舆，煮杨花粥。

　　【明夏树芳《词林海错》卷八·粉荔】《玉烛宝典》：洛阳人家，正旦造丝鸡、蜡燕、粉荔枝。宋人贺正启有"瑞霭饯腊，粉荔延年"之句。

　　【明杨慎《丹铅总录》卷三·粉荔】汤东涧贺正启："瑞霭饯腊，粉荔迎年。"按：《金门岁节》："洛阳人家，正旦造丝鸡、蜡燕、粉荔枝。"（又见《升庵集》卷七十五《粉荔》）

　　【明焦竑《焦氏类林》卷七·节序】洛阳人家，正旦造丝鸡、蜡燕、粉荔枝；正月十五日，造火蛾儿，食玉梁糕；寒食，妆万花舆，煮杨花粥；端午，术羹、艾酒，以花丝楼阁插鬓，赠遗辟瘟扇；七夕乞巧，使蜘蛛结万字，造明星酒，装同心脍；重九，迎凉脯、羊肝饼，佩瘿木符；冬至，煎饧彩珠，戴一阳巾；除夜，铜刀刻门，埋小儿砚，点水盆灯；蜡日，造脂花馓。

　　【明焦周《焦氏说楛》卷六】洛阳正旦，造丝鸡、蜡燕、粉荔枝；上元，造火蛾儿，食玉梁糕；寒食，妆万花舆，煮杨花粥；端午，术羹、艾酒，以花丝楼阁插鬓，赠辟瘟扇；七夕，造明星酒，装同心脍；重九，迎凉脯、羊肝饼，佩瘿木符；冬至，剪饧彩珠，戴一阳巾；除夜，点水盆灯；腊日，造脂花馓。

　　【明郑若庸《类隽》卷三·时令类·丝鹅】《金门岁节》云：洛阳人家，正旦造丝鹅、腊燕、粉荔枝。

　　【明郑若庸《类隽》卷四·时令类·花舆】《金门岁节》云：寒食妆万花舆，煮桃花粥。

　　【明郑若庸《类隽》卷四·时令类·脂馓】《金门岁节》云：洛阳人家，腊日造脂花馓。

　　【明徐应秋《玉芝堂谈荟》卷二十一·岁华节次】偶读《岁华记丽》，采辑旁及事词，而苦不甚博，暇日因集杂书中有关岁时节候辄汇笔之，惟历朝典故及民间风俗则书，词赋诗咏不及悉也。……《金门岁节》：洛阳人家，正旦，造丝鸡、蜡燕、粉荔支；正月十五，造火蛾儿，食玉梁糕；寒食，装万花舆，煮桃花粥；端午，术羹、艾酒；七夕，以花绮楼阁插鬓；乞巧，使蜘蛛结万字，造明星酒，制同心脍；重九，迎凉脯、羊肝饼，佩瘿木符；冬至，煎饧彩珠，戴一阳巾；除夜，铜刀刻门，埋小儿砚，点水盆灯；腊日，造脂花馓。

　　【明高濂《遵生八笺》卷之三·四时调摄笺·春卷·屠苏酒方】洛阳人家，正月元日，造丝鸡、蜡燕、粉荔枝；十五日，造火鹅儿，食玉梁糕。

　　【明高濂《遵生八笺》卷之三·四时调摄笺·春卷·二月事宜】《洛阳记》：寒食日妆万花舆，煮杨花粥。

　　【明高濂《遵生八笺》卷之四·四时调摄笺·夏卷·五月事宜】《洛阳记》：午日造术羹、艾酒，以花丝楼阁插鬓，赠遗造辟瘟扇。

　　【明王路《花史左编》卷十·花之味·杨花粥】洛阳人家，寒食煮杨花粥。

　　【明王路《花史左编》卷十二·花舆】洛阳人家，寒食妆万花舆。

　　【清沈自南《艺林汇考》·饮食篇卷三·粉饎类】《丹铅录》：《玉烛宝典》云：洛阳人家，正旦造丝鸡、蜡燕、粉荔枝，故宋人贺正启有"瑞霭饯腊，粉荔迎年"之句。

【《御定渊鉴类函》卷十八·岁时部七·寒食二】《金门岁节》云：寒食妆万花舆，煮桃花粥。

【《御定渊鉴类函》卷二十·岁时部九·蜡腊一】《金门岁节》云：洛阳人家，腊日造脂花餤。

【清吴士玉《骈字类编》卷一百四十三·采色门十·粉·粉荔】《玉烛宝典》：洛阳人家，正旦造丝鸡、蜡燕、~~枝，故宋人贺正启云："瑞霙钱蜡，~~迎年。"

【清吴襄《子史精华》卷二十四·岁时部一·春·丝鸡蟛燕】冯贽《云仙杂记》：洛阳人家，正旦造~~~~。【玉粱糕】冯贽《云仙杂记》：洛阳人家，正月十五日，造火蛾儿，食~~~。【装万花舆】冯贽《云仙杂记》：洛阳人家，寒食~~~~，煮杨花粥。

【清吴襄《子史精华》卷二十五·岁时部二·夏·术羹艾酒花丝楼阁】冯贽《云仙杂记》：洛阳人家，端午~~~~，以~~~~插鬓，赠遗辟瘟扇。

【清吴襄《子史精华》卷二十七·岁时部四·冬·脂花餤】冯贽《云仙杂记》：洛阳人家，腊日造~~~。

【《御定佩文韵府》卷四之一·上平声·四支韵一·荔支】《玉烛宝典》：洛阳人家，造丝鸡、蜡燕、粉~~。

【《御定佩文韵府》卷四之二·上平声·四支韵二·儿·火蛾儿】《开元天宝遗事》：正月十五日造~~~。

【《御定佩文韵府》卷十一之五·上平声·十一真韵五·巾·一阳巾】《玉烛宝典》：洛阳人家冬至戴~~~。

【《御定佩文韵府》卷二十三之一·下平声·八庚韵一·羹·术羹】《玉烛宝典》：洛阳人家，端午造~~、艾酒，以花丝作楼阁插鬓，赠遗辟瘟扇。

【《御定佩文韵府》卷二十五之四·下平声·十蒸韵四·灯·水盆灯】《岁时记》：洛阳人家，除夜铜刀刻门，小儿点~~~。

【《御定佩文韵府》卷五十五之一·上声·二十五有韵一·酒·艾酒】《玉烛宝典》：洛阳人家，端午造术羹~~。

【《御定佩文韵府》卷六十七之十·去声·八霁韵十·荔·粉荔】《玉烛宝典》：洛阳人家，正旦造丝鸡、蜡燕、~~枝，故宋人贺正启云："瑞霙钱蜡，~~迎年。"

【《御定佩文韵府》卷七十六之三·去声·十七霰韵三·砚·小儿砚】《云仙杂记》：洛阳人家，除夜铜刀刻门，埋~~~，点水盆灯。

【《御定佩文韵府》卷八十一之一·去声·二十二祃韵一·夜·除夜】《玉烛宝典》：~~，洛阳人家，铜刀刻门，小儿埋砚，点水盆灯。

【《御定佩文韵府》卷八十七·去声·二十八勘韵·餤·脂花餤】《云仙杂记》：洛阳人家，腊日造~~~。

【《御定佩文韵府》卷九十之七·入声·一屋韵七·七日桃花粥】《金门岁节》：洛阳人家，寒食装百花舆，煮~~~。

【《御定分类字锦》卷四·节令·冬至第二十·脂花餤】《云仙杂记》：洛阳人家，腊日造~~~。

【《御定佩文斋广群芳谱》卷三·天时谱·三月】《金门岁节》：洛阳人家，寒食日装万花舆，煮桃花粥。

【清孔尚任《节序同风录》·正月·初一】造线鹅、丝鸡、蜡燕、粉荔支为小儿弄具。

【清陈元龙《格致镜原》卷二十二·饮食类二·粥】《金门岁节》：洛阳人家，寒食煮杨花粥。

【清陈元龙《格致镜原》卷二十四·饮食类四·羹】《金门岁节》：洛阳人家，端午煮术羹。

【清陈元龙《格致镜原》卷二十五·饮食类五·饼】《金门岁节》：洛阳人家，腊日造脂花馂。

【清陈元龙《格致镜原》卷五十·日用器物类二·蜡】《金门岁节》：洛阳人家，正旦造丝鸡、蜡燕、粉荔枝。

【清华希闵《广事类赋》卷二·岁时部·元旦·丝鸡蜡燕粉荔桃浆】《玉烛宝典》：洛阳人造丝鸡、蜡燕、粉荔枝。

【清华希闵《广事类赋》卷二·岁时部·寒食清明·桃花宜作粥】《金门岁节》：寒食装万花舆，煮桃花粥。

【清华希闵《广事类赋》卷三·腊日·造脂花而作馂】《金门岁节》：洛阳人家，腊日造脂花馂。

【清秦嘉谟《月令粹编》卷十五·脂花馂】《云仙杂记》：洛阳人家，腊日造脂花馂。

【清萧智汉《月日纪古》卷一·正月·十五】《开元遗事》：正月十五日造火蛾儿。

【清萧智汉《月日纪古》卷三·三月·寒食】《金门岁节》：洛阳人家，寒食日装万花舆，煮桃花粥。

【清萧智汉《月日纪古》卷十二·十二月·初八日】《金门岁节》：洛阳人家，腊八日造脂花馂。

【清喻端士《时节气候抄》卷五·冬十二月】洛阳人家，腊日造脂花馂。

【清喻端士《时节气候抄》卷二·春正月】冯贽《云仙杂记》：洛阳人家，正旦造丝鸡、蜡燕、粉荔枝；十五日造火蛾儿，食玉粱糕。上元以影灯多者为上，其相胜之辞曰"千影万影"。

【清郑泰《月令精钞》上集·三月·典故·杨花粥】寒食装万花（异）[舆]，煮杨花粥。

【清郑泰《月令精钞》下集·十一月·典故·一阳巾】冬至煎饧彩珠，戴一阳巾。

【清史梦兰《全史宫词》卷十三】明月仙台放火蛾，传柑宴共递黄罗。上阳宫里楼千尺，不信凉州灯更多。○《开天遗事》：正月十五造火蛾儿。

【清张祥河《小重山房诗词全集》之《诗龄诗录》卷二《己卯正月三日过黄左田师井西书屋观历年手画岁朝图赋呈二首》】连番贺岁画图间，肯把桃符俗例删。柏叶椒华都在眼，丝鸡蜡燕一开颜。归心萝薜垂垂旧，诗境蓬莱得得闲。六法全家真特绝，故应老寿拜衡山。问梅题竹自年年，春在先生杖履边。大雪一天将进酒，新诗百叠小游仙。常时点笔还嗤俗，此后拈花欲叩禅。我爱井眉数间屋，石阑要与古藤传。

【清金兆燕《棕亭诗钞》卷十七《郭霞峰招饮湖上余未克赴次日应叔雅以即席诗见示索余步韵》】诗衢四达腾飞黄，如君才气真乔皇。阳春之曲本难和，谁能嘲哳赓归昌。客子令节酬应剧，征逐半为酒食忙。米价已苦值俭岁，花事尚觉盈宽乡。今朝人日风物好，丝鸡彩燕弥生光。好友二三理游屐，登顿各侈腰脚强。蜜梅山矾共逞艳，黄如蒸栗白截肪。惜哉吾行独却曲，闭户聊复歌迷阳。雅人高会不得与，隔江山色怀青苍。计日试灯闹元夕，画船俱檥东门杨。更须乘兴作野眺，好诗定益飞寒芒。老夫虽老尚好事，那肯再学墙东王。

【清焦循《雕菰集》卷四《戊申元旦》】丝鸡蜡燕俗相仍，备物吾家笑未曾。老去梅花多似叟，薙残柳树半成僧。经纶懒话晁家令，风采谁摹张季鹰。两瓮屠苏十日醉，酕醄也博酒徒称。

【清胡承珙《求是堂诗集》卷一·悔存集·除夕】体势年增病，生涯日就贫。筹觚烦弱弟，药裹累慈亲。玉漏沉沉夜，梅花细细春。明灯张绮席，行乐尔何人。〇生菜堆盘粉荔香，丝鸡蜡燕送年光。筵前却恐伤亲意，先酌屠苏献寿觞。

【清胡承珙《求是堂诗集》卷二十·归田集·鬻鹤】丝鸡蜡燕送年光，又见鳞潜作羽翔。多骨自宜撑瘦胫，啄腥那肯下横塘。不妨风景燔枯足，却望云霄寄鲊忙。一例鲲鹏同变化，谁言蒙叟尽荒唐。

【清高士奇《高士奇集》归田集卷七《人日》】嫩白韭芽初出土，脆青菜甲早堆盘。丝鸡粉荔做人日，漫天雨雪憎春寒。村野梅花开尚浅，翠屏未觉东风转。一枝红蜡坐深更，又看彩胜新裁翦。

【清高士奇《高士奇集》随辇集卷十《仿宋人端五阁门帖子》其七】术羹艾酒本仙餐，便殿承恩赐近官。亭午花阴风细细，炉烟飘彻五云端。

【清陈文述《颐道堂集》诗选卷二十八《湖上杂诗》】丝鸡蟋燕近残年，情话殷勤饯别筵。玉版笋香黄菜嫩，尽将乡味压归船。

【清保培基《西垣集》卷十七·羁魂梦语·元日(是日抵家)】蜡燕丝鸡绮席开，宜春角彩尽心裁。椒花怯让当先颂，柏叶争传恐后杯。要好偷闲筹踏绣，胜常调笑试妆台。而今猛奠刘臻酒，一滴浆穿万孔哀。

【清章藻功《思绮堂文集》卷九《岁暮为友人募金启》"夫丝鸡蜡燕，古人之赠答维多"】《金门岁节》：洛阳人家，正旦造丝鸡、蜡燕、粉荔枝，相馈遗，故宋人贺正启有"瑞霭饯腊，粉荔迎年"之句。

◎ 词汇考

【脂花餤】清孔尚任《节序同风录》十二月初八：造薄饼，卷脂花，切为小段，油烹食之，曰脂花餤。

【辟瘟扇】即解毒扇。清孔尚任《节序同风录》五月初五："分给家人解毒扇。又名辟瘟扇。上画五毒物，曰猛虎、虺蛇、蜈蚣、蜂虿，又画天师、崔鸡、蟾蜍、守宫，能制五毒者。"

【汉语大词典·火蛾】形容舞动的彩灯灯火。清陈维崧《瑞鹤仙·上元和康伯可韵》词："六街笑声满，看火蛾金茧，春城飞遍。"〇今按：此条解释疑误。

【汉语大词典·粉荔枝】亦作"粉荔"。唐代洛阳人家正旦以粉制成荔枝状作为节日食品。唐冯贽《云仙杂记·洛阳岁节》："洛阳人家，正旦造丝鸡、葛燕、粉荔枝。"明瞿佑《四时宜忌·正月事宜》："洛阳人家，正月元日造丝鸡、蜡燕、粉荔枝。十五日造火鹅儿，食玉粱糕。"明杨慎《艺林伐山·粉荔》："《玉烛宝典》云：洛阳人家，正旦造丝鸡、蜡燕、粉荔枝。故宋人贺正启有'瑞霭饯腊，粉荔迎年'之句。"

【汉语大词典·杨花粥】古代寒食节的一种食品。冯贽《云仙杂记·洛阳岁节》："洛阳人家……寒食装万花舆，煮杨花粥。"

【汉语大词典·术羹】用术制成的羹。唐冯贽《云仙杂记》卷一："洛阳人家……寒食，装万花舆，煮杨花粥；端午，术羹艾酒，以花丝楼阁插鬓，赠遗避瘟扇。"

【汉语大词典·艾酒】古俗，端午日采艾浸酒，饮之以祛邪。宋陈元靓《岁时广记·端午上》："《金门岁节》：'洛阳人家端午造术羹艾酒，以花彩楼阁插鬓，赐辟瘟扇、梳。'"

【汉语大词典·同心脍】旧时七夕所制脍肉。相传七夕牛郎织女相会，故名。唐冯贽《云仙杂记·洛阳岁节》："（洛阳人家）乞巧，使蜘蛛结万字，造明星酒，装同心脍。"

栴檀寺春秋二会

◎ 版本考

A 栴檀寺悟本书春秋二会，敛牛乳为龙华饭供献，结彩钱为幡盖，设客以吴兴窗团糟，授戒者施以般若钱，求男者解密珠珰。（《僧园逸录》）

B 旃檀寺悟本诗春秋二会，敛牛乳为龙华饭供献，结彩钱为幡盖，设客以吴兴窗团糟，授戒者施以般若钱，求男者解密珠珰。（出《僧园逸录》）

C 旃檀寺悟本诗春秋二会，敛牛乳为龙华饭供献，结彩钱为幡盖，设客以吴兴窗团糟，授戒者施以般若钱，求男者解密珠珰。（出《僧园逸录》）

D【吴兴窗】《僧园逸录》曰：栴檀寺悟本书春秋二会，敛牛乳为龙华饭供献，结彩钱为幡盖，设客以吴兴窗团糟，授戒者施以般若钱，求男者解密珠珰。（022）

E【吴兴窗】《僧园逸录》曰：栴檀寺悟本书春秋二会，敛牛乳为龙华饭供献，结彩钱为幡盖，设客以吴兴窗团糟，授戒者施以般若钱，求男者解密珠珰。（022）

◎ 引文考

【清王初桐《奁史》卷六十九·钗钏门二·耳环】妇人旃檀寺求男者解密珠珰。（《僧园逸录》）

◎ 词汇考

【汉语大词典·龙华饭】即醍醐。牛乳制成。佛家以为味中第一，药中第一，善治众生热恼乱心。唐冯贽《云仙杂记·旃檀寺春秋二会》："旃檀寺悟本诗春秋二会，敛牛乳为龙华饭供献。"

【珰】妇人首饰也。《风俗通》："耳珠曰珰。"

搔首问青天

◎ 版本考

A 李白登华山落雁峰曰："此山最高，呼吸之气想通天帝座矣！恨不携谢朓惊人诗来，搔首问青天耳！"（《搔首集》）

B 李白登华山落雁峰曰："此山最高，呼吸之气想通天帝座矣！恨不携谢朓惊人诗来，搔首问青天耳！"（《搔首集》）

C 李白登华山落雁峰曰："此山最高，呼吸之气想通天帝座矣！恨不携谢朓惊人诗来，搔首问青天耳！"（《搔首集》）

D【问青天】《搔首集》曰：李白登华山落雁峰，曰："此山最高，呼吸之气想通天帝座矣！恨不携谢朓惊人诗来，搔首问青天耳！"（023）

E【问青天】《搔首集》曰：李白登华山落雁峰，曰："此山最高，呼吸之气想通天帝座矣！恨不携谢朓惊人诗来，搔首问青天耳！"（023）

◎ 引文考

【宋谢维新《事类备要》前集卷五·地理门·李白登峰】李白登华山落雁峰，曰："此山最高，呼吸之气想通帝坐矣！恨不携谢朓惊人诗来，搔首问青天耳！"（《搔首集》）

【宋祝穆《事文类聚》前集卷十三·地理部·登落雁峰】李白登华山落雁峰，曰："此山最高，呼吸之气想通帝坐矣！恨不携谢朓惊人诗来，搔首问青天耳！"（《搔首集》）

【明陈师《禅寄笔谈》卷一·广舆】又李谪仙登华山落雁峰，曰："此山最高，呼吸之气想通帝座矣！恨不携谢朓惊人诗来，搔首问青天耳！"可见古之骚人墨客，探奇览胜，便不能默默。不然，山灵其谓我何？

【明高濂《遵生八笺》卷之八·起居安乐笺下卷·序古名游】李白登华山落雁峰，曰："此山最高，呼吸之气想通帝座，恨不携谢朓惊人诗来，搔首问青天耳！"

【明龚黄《六岳登临志》卷四·西岳华山·华之胜地·峰十六·落雁】落雁峰在东岳，李白登之，曰："此山最高，呼吸之气想通帝座，恨不携谢朓惊人诗来，搔首问青天耳！"

【明焦竑《焦氏类林》卷五·游览】李白登华山落雁峰曰："此山最高，呼吸之气想通帝座，恨不携谢朓惊人诗来，搔首问青天耳！"

【明李贽《初潭集》卷十六·师友六】李太白登华山落雁峰，曰："此山最高，呼吸之气想通帝座，恨不携谢朓惊人诗来，搔首问青天耳！"

【明李贤《明一统志》卷三十二·西安府上·落雁峰】落雁峰在华山，唐李白登之，曰："此山最高，呼吸之气想通帝座矣！恨不携谢朓惊人诗来，以问青天耳！"

【明彭大翼《山堂肆考》卷十九·地理·通帝座】李白登华山落雁峰曰："此山最高，呼吸之气想通帝座矣！恨不携谢朓惊人诗来，搔首问青天耳！"

【明沈佳胤《翰海》卷九·卧游】白尝登华山落雁峰，曰："此山最高，呼吸之气想通帝座，恨不携谢朓惊人诗来，搔首问青天耳！"

【明夏树芳《词林海错》卷九·搔首】《云仙杂记》：李白登华山落雁峰，曰："此山最高，呼吸之气可通帝座，恨不携谢朓惊人诗来，搔首问青天耳！"

【明徐渭《古今振雅云笺》卷六·虞邦誉《诸名山寄陈春澜》"惊人诗"注】李白游华山落雁峰，曰："此山最高，呼吸之气可通（苖）［帝］座，恨不携谢朓惊人诗来，搔首问青天耳！"

【明郑若庸《类隽》卷五·地理类·问天】《搔首集》云：李白登华山落雁峰，曰："此山最高，呼吸之气想通帝坐矣！恨不携谢朓惊人诗来，搔首问青天耳！"

【清毕沅《关中胜迹图志》卷十一·名山·南峰即落雁峰】《唐语林》：李白登华山落雁峰，曰："此山最高，呼吸之气想通帝座，恨不携谢朓惊人语来，搔首问青天耳！"

【清吴士玉《骈字类编》卷三十九·山水门四·华·华山】《搔首集》：李白登华山落雁

峰，曰："此山最高，呼吸之气想通帝座，恨不携谢朓惊人诗来，搔首问青天耳！"

【清吴襄《子史精华》卷九·地部四·落雁峰】冯贽《云仙杂记》：李白登华山落雁峰，曰："此山最高，呼吸之气想通天帝座矣！恨不携谢朓惊人诗来，搔首问青天耳！"

【《御定渊鉴类函》卷三百三十七·州郡部四·陕西省三·落雁　蟠龙】《一统志》曰：落雁峰在华山，唐李白登之，曰："此山最高，呼吸之气想通帝座矣！恨不携谢朓惊人诗来，以问青天耳！"

【清王琦《李太白集注》卷三十六】李白登华山落雁峰，曰："此山最高，呼吸之气想通天帝座矣！恨不携谢朓惊人诗来，搔首问青天耳！"（《搔首集》《云仙杂记》）

【明王履《南峰》诗】搔首问青天，曾闻李谪仙。顿归贪静客，飞上最高巅。气吐鸿蒙外，神超太极先。茅龙如何借，直到五城边。（见明张维新《华岳全集》卷九）

◎ 词汇考

【华山落雁峰】华山南峰由一峰二顶组成，东侧一顶叫松桧峰，西侧一顶叫落雁峰，也有说南峰由三顶组成，把落雁峰之西的孝子峰也算在其内。落雁峰最高居中，松桧峰居东，孝子峰居西，整体形象像一把圈椅，三个峰顶恰似一尊面北而坐的巨人。明朝人袁宏道在他的《华山记》一书中记述南峰形象说："如人危坐而引双膝。"落雁峰名称的来由，传说是因为回归大雁常在这里落下歇息。峰顶最高处就是华山极顶，登山人都以能攀上绝顶而引以为豪。历代的文人们往往在这里豪情大发，赋诗挥毫，不一而足，因此留给后世诗文记述颇多。峰顶摩崖题刻更是琳琅满目，俯拾皆是。冯贽在他的《云仙杂记》中记述唐诗人李白登上南峰感叹说："此山最高，呼吸之气想通天帝座矣！恨不携谢朓惊人句来，搔首问青天耳！"宋代名相寇准写下了脍炙人口的诗句："只有天在上，更无山与齐。举头红日近，俯首白云低。"落雁峰周围还有许多景观，最高处有仰天池、黑龙潭，西南悬崖上有安育真人龛、迎客松等。

【汉语大词典·帝座】古星名。属天市垣。即武仙座 α 星。战国甘德、石申《星经》："帝座一星在市中，神农所贵，色明润。"《后汉书·襄楷传》："荧惑入太微，犯帝坐。"

【汉语大词典·搔首】以手搔头。焦急或有所思貌。《诗·邶风·静女》："爱而不见，搔首踟蹰。"唐高适《九日酬颜少府》诗："纵使登高只断肠，不如独坐空搔首。"

清 高 门 户

◎ 版本考

A 乐天语人曰："吾已脱去利名枷锁，开清高门户，但莲龛子母丹不知何时可成。"（《自庆传》）

B 乐天语人曰："吾已脱去利名枷锁，开清高门户，但莲龛子母丹不知何时可成。"（《自庆传》）

C 乐天语人曰："吾已脱去利名枷锁，开清高门户，但莲龛子母丹不知何时可成。"（《自庆传》）

D《自庆传》曰：乐天语人云："吾已脱去名利枷锁，开清高门户，但莲龛子母丹不知何时可成。"（024）

E《自庆传》曰：乐天语人云："吾已脱去名利枷锁，开清高门户，但莲龛子母丹不知何时可成。"（024）

◎ 引文考

【唐白居易原本、宋孔传续撰《白孔六帖》卷十·门户十·清高门户】白乐天语人曰："吾已脱去利名枷锁，开清高门户，但连龛子母丹不知何日可成。"（《自庆传》）。

【明何良俊《语林》卷五·言语第二下】白乐天语人曰："吾已脱去利名枷锁，开清高门户，但连龛子母丹不知何日成耳。"

【明蒋一葵《尧山堂外纪》卷三十二·唐】白乐天语人曰："吾已脱去利名枷锁，开清高门户，但连龛子母丹不知何日成耳。"

【清吴士玉《骈字类编》卷一百八十五·草木门十·莲·莲龛】《云仙杂记》：乐天语人曰："吾已脱去利名枷锁，开清高门户，但莲龛子母丹不知何时可成。"

【《御定佩文韵府》卷二十八之二·下平声·十三覃韵二·龛·莲龛】《云仙杂记》：乐天语人曰："吾已脱去利名枷锁，开清高门户，但莲龛子母丹不知何时可成。"

【清沈叔埏《颐彩堂诗钞》卷九《吴立厓方伯哭其次子邮诗索和余昨于癸丑甲寅连失二子同病而痛尤深勉次元韵所不能以东门吴自解也》】此味年来已饱谙，蓼虫那敢望回甘。我今无后穷成独，公且多男索仅三。秀朗家规挺兰玉，清高门户剩莲龛（用《云仙杂记》白乐天语）。遥知为政饶阴德，锡策从天尽数探。

◎ 词汇考

【汉语大词典·莲龛】莲花形的佛龛。唐冯贽《云仙杂记·清高门户》："乐天语人曰：吾已脱去名利枷锁，开清高门户；但莲龛子母丹，不知何时可成。"明盛时泰《望凭虚阁外山色》诗："香筵宝座初闻梵，塔院莲龛正试灯。"

【连龛】清王昶《金石萃编》卷七十五："连龛者，台也。"

【子母丹】待考。

午 桥 庄

◎ 版本考

A 裴令临终，告门人曰："吾死无所系，但午桥庄松云岭未成，软碧池绣尾鱼未长，《汉书》未终篇为可恨尔！"（《晋公遗语》）

B 裴令临终，告门人曰："吾死无所系，但午桥庄松云岭未成，软碧池绣尾鱼未长，《汉书》未终篇为可恨尔！"（《晋公遗语》）

C 裴令临终，告门人曰："吾死无所系，但午桥庄松云岭未成，软碧池绣尾鱼未长，《汉书》未终篇为可恨尔！"（出《晋公遗语》）

D【松云岭】《晋公遗语》曰：公临终，告门人："吾死无所系，但午桥庄松云岭未成，软碧池绣尾鱼未长，《汉书》未终篇为可恨。"（025）

E【松云岭】《晋公遗语》曰：公临终，告门人："吾死无所系，但午桥庄松云岭未成，软碧池绣尾鱼未长，注《汉书》未终篇为可恨。"（025）

◎ 引文考

【四部丛刊本《白氏长庆集》白氏文集卷六十六《奉和裴令公〈新成午桥庄绿野堂即事〉》】旧径开桃李，新池凿凤凰。只添丞相阁，不改午桥庄。远处尘埃少，闲中日月长。青山为外屏，绿野是前堂。引水多随势，栽松不趁行。年华玩风景，春事看农桑。花妒谢家妓，兰偷荀令香。游丝飘酒席，瀑布溅琴床。巢许终身隐，萧曹到老忙。千年落公便，进退处中央。

【《文章辨体汇选》卷七百七十六·明张献翼《语言谈》】裴令临终，告门人曰："吾死无所系，但午桥庄松云岭未成，软碧池绣尾鱼未长，《汉书》未终篇为可恨尔！"

【明蒋一葵《尧山堂外纪》卷三十·唐】晋公午桥庄有文杏百株，其处立碎锦坊，小儿坂草盈茂，时公使驱数群羊散坂上，曰："芳草多情，赖此妆点。"临终，告门人曰："吾死无所系，但午桥庄松云岭未成，软碧池绣尾鱼未长，《汉书》未终篇为可恨耳。"

【明焦竑《焦氏类林》卷五·任达】裴令临终，告门人曰："吾死无所系，但午桥庄松云岭未成，软碧池绣尾鱼未长，《汉书》未终篇为可恨耳！"（《晋公遗语》）

【明郑仲夔《玉麈新谭》清言卷八·任诞】裴令临终，告门人曰："吾死无所系，但午桥庄松云岭未成，软碧池绣尾鱼未长，《汉书》未终篇为可恨耳！"

【明陆应阳《广舆记》卷七·河南府·名宦·流寓·裴度】闻喜人。东都留守，因阉竖擅威力，请罢。治第集贤里，日与白居易、刘禹锡文酒相欢，不问户外事。每使臣自洛来，上必问度安否。临卒，谓门人曰："吾死无所系，但午桥庄松云岭未成，软碧池绣尾鱼未长，《汉书》未终篇为可恨耳！"

【明吴亮辑《万历疏钞》卷三十六谥恤类·彭惟成《清贞二贤乞赐崇褒以表名世大臣疏》】昔裴晋公临终，告门人曰："吾死无所系，但午桥庄松云岭未成，软碧池绣尾鱼未长，《汉书》未终篇为可恨耳！"以时乔发轫郎署，晋贰天官，诸子食贫，家徒四壁，自少清廉寡欲，并无庄地之虑，即字韵全书亦以脱稿，非如《汉书》未终篇，诚拟之晋公何如人也。

【明吴之鲸《武林梵志》卷八《宰官护持》】裴度，字中立，闻喜人。贞元初进士，累官中书侍郎，督兵讨平淮蔡，封晋国公。因阉宦煽虐，退归集贤里。日与白居易、刘禹锡文酒相欢，不问户外事。尝访道于径山道钦禅师，执弟子礼，求出世法。临卒，谓门人曰："吾死无所系，但午桥庄松云岭未成，软碧池绣尾鱼未长，《汉书》未终篇为可恨耳。"

【明胡世安《异鱼图赞补》卷中·色鱼】裴晋公谓门人曰："吾死无所系，但午桥庄松云岭未成，软碧池绣尾鱼未长，《汉书》未终篇为可恨耳！"

【明冯琦《宗伯集》卷六十八《祭九叔文》】平泉之戒，乃在一木一石。晋公且死，自谓死且不恨，独恨松岭未成，绣尾鱼未长。人有好而情以。情有所钟，死生以之。以古揆今，叔其犹有恋恋耶？事有大于此者，则诸叔任之，不以忧逝者矣。

【《御定佩文韵府》卷六之一·上平声·六鱼韵一·鱼·绣尾鱼】《云仙杂记》：裴令告门人曰："吾死无所系，但午桥庄松云岭未成，软碧池绣尾鱼未长，《汉书》未终篇为可恨耳！"

【《御定佩文韵府》卷一百之五·入声·十一陌韵五·碧·软碧】《云仙杂记》：裴令告门人曰："吾死无所系，但午桥庄松云岭未成，软碧池绣尾鱼未长，《汉书》未终篇为可恨尔！"

【清邓志谟《古事苑定本》卷六·伤逝】唐裴晋公临终，谓人曰："午桥庄松云岭未成，软碧池绣尾鱼未长，《汉书》未终篇为可恨耳！"

【明胡谧《(成化)山西通志》卷二百二十九·杂志二】裴度，字中立，闻喜人。贞元初进士，累官中书侍郎，督兵讨平淮蔡，封晋国公。因阉宦煽虐，退归集贤里。日与白居易、刘禹锡文酒相欢，不问户外事。尝访道于径山道钦禅师，执弟子礼，求出世法。临卒，谓门人曰："吾死无所系，但午桥庄松云岭未成，软碧池绣尾鱼未长，《汉书》未终篇为可恨耳！"

【清沈青峰《(雍正)陕西通志》卷九十八·语林】裴度临终，告门人曰："吾死无所系，但午桥庄松雪岭未成，软碧池中鱼尾未长，《汉书》未终为可恨耳！"（《春雪笺》）

【清严长明《(乾隆)西安府志》卷七十九·拾遗志】《春雪笺》：裴度临终，告门人曰："吾死无所系，但午桥庄松雪岭未成，软碧池中鱼尾未长，《汉书》未终为可恨耳！"

◎ 词汇考

【汉语大词典·午桥庄】唐宰相裴度的别墅名。至宋为张齐贤所有。其地在今河南洛阳。唐白居易《奉和裴令公〈新成午桥庄绿野堂即事〉》诗："只添丞相阁，不改午桥庄。"《宋史·张齐贤传》："归洛，得裴度午桥庄，有池榭松竹之盛，日与亲旧觞咏其间，其意旷适。"亦省称"午桥"。唐刘禹锡《洛中春末送杜录事赴蕲州》诗："君过午桥回首望，洛城犹自有残春。"宋陈与义《临江仙》词："忆昔午桥桥上饮，坐中都是豪英。"参见"午桥泉石"。

【汉语大词典·午桥泉石】唐宰相裴度因不满宦官擅权，于洛阳郊外建午桥庄别墅，日以泉石诗酒自娱。后因以"午桥泉石"为山林隐居之典实。宋周密《齐东野语·谢惠国坐亡》："谢方叔惠国，自宝祐免相，归江西寓第，从容午桥泉石凡一纪余。"

养砚墨笔纸

◎ 版本考

A 养笔以硫黄酒，舒其毫；养纸以芙蓉粉，借其色；养砚以文绫盖，贵乎隔尘；养墨以豹皮囊，贵乎远湿。逢溪子遵之。（《文房宝饰》）

B 养笔以磂黄酒，舒其毫；养纸以芙蓉粉，借其色；养砚以文绫盖，贵乎隔尘；养墨以豹皮囊，贵乎远湿。逢溪子遵之。（《文房宝饰》）

C 养笔以磂黄酒，舒其毫；养纸以芙蓉粉，借其色；养砚以文绫盖，贵乎隔尘；养墨以豹皮囊，贵乎远湿。逢溪子遵之。（《文房宝饰》）

D【芙蓉粉】《文房宝饰》曰：养笔以磂黄酒，舒其毫；养纸以芙蓉粉，惜其色；养砚以文绫盖，贵乎隔尘；养墨以豹皮囊，贵乎远湿。逢溪子遵之。（026）

E【芙蓉粉】《文房宝饰》曰：养笔以硫黄酒，舒其毫；养纸以芙蓉粉，惜其色；养砚以文绫盖，贵乎隔尘；养墨以豹皮囊，贵乎远湿。逢溪子遵之。（026）

◎ 引文考

【唐白居易原本、宋孔传续撰《白孔六帖》卷十四·纸十七·养纸以芙蓉粉】《文房宝饰》曰：养纸以芙蓉粉，惜其色。

　　【唐白居易原本、宋孔传续撰《白孔六帖》卷十四·墨十八·养墨以豹皮囊】《文房宝饰》曰：养墨以豹皮囊，贵乎远湿。

　　【宋无名氏《锦绣万花谷》后集卷二十九·墨·豹皮囊】《文房宝饰》曰：养墨以豹皮囊，贵乎远湿。

　　【宋无名氏《锦绣万花谷》后集卷二十九·纸·养以芙蓉粉】养纸以芙蓉粉，惜其色。（《文房宝饰》）

　　【元陆友《墨史》卷下】《文房宝饰》曰：养墨以豹皮囊，贵乎远湿。

　　【明彭大翼《山堂肆考》卷一百七十七·器用·墨·养以豹囊】《四谱》：养墨以豹皮囊，贵乎远湿。

　　【明徐应秋《玉芝堂谈荟》卷二十八《龙香剂》】《文房宝饰》：养笔以硫黄酒，养纸以芙蓉粉，养砚以文绫盖，养墨以豹皮囊，逢溪子遵之。

　　【《御定渊鉴类函》卷二百五·文学部十四·纸三·养以芙蓉　染以胭脂】《文房宝饰》：养纸以芙蓉粉，惜其色。

　　【《御定分类字锦》卷四十·文事·纸第十·芙蓉粉】《云仙杂记》：养纸以芙蓉粉，借其色。

　　【《御定分类字锦》卷四十·文事·文具第十二·豹皮囊】《云仙杂记》：养墨以豹皮囊，贵乎远湿。

　　【《御定分类字锦》卷四十·文事·文具第十二·文绫盖】《云仙杂记》：养砚以文绫盖，贵乎隔尘。

　　【《御定佩文韵府》卷四十二·上声十二·吻韵·粉·芙蓉粉】《艺林伐山》：养纸芙蓉粉，熏衣豆蔻香。上句薛涛事，下句霍小玉事也。又《文房宝饰》云：养纸以芙蓉粉，借其色也。

　　【《御定佩文韵府》卷六十八之二·去声九·泰韵二·盖·文绫盖】《云仙杂记》：养砚以文绫盖，贵乎隔尘也。

　　【《御定佩文韵府》卷九十三之二·入声·四质韵二·笔·养笔】《云仙杂录》：养笔以硫黄酒，舒其毫，养纸以芙蓉粉，惜其色。

　　【清吴襄《子史精华》卷一百五十七·器物部三·文具】硫黄酒舒毫，芙蓉粉借色。冯贽《云仙杂记》：养笔以硫黄酒，舒其毫；养纸以芙蓉粉，借其色；养砚以文绫盖，贵乎隔尘；养墨以豹皮囊，贵乎远湿。逢溪子遵之。

　　【清陈元龙《格致镜原》卷三十七·文具类一·墨·用墨】《文房宝饰》：养墨以豹皮囊，贵乎远湿。

　　【清宫梦仁《读书纪数略》卷四十八·物部·文房类·四宝饰】养笔以硫黄酒，舒其毫；养纸以芙蓉粉，借其色；养砚以文绫盖，贵乎隔尘；养墨以豹皮囊，贵乎远湿。

　　【清陈元龙《格致镜原》卷三十七文具类一·纸·总论】《文房宝饰》：养纸以芙蓉粉，惜其色。

　　【明杨慎《升庵集》卷六十六·养纸芙蓉粉】养纸芙蓉粉，薛涛事；熏衣豆蔻香，霍小玉事。

　　【清朱彝尊《曝书亭集》卷二《无题六首》之六】养就芙蓉粉，匀成十样笺。相思无别语，只解劝归船。

◎ 词汇考

【汉语大词典·豹皮囊】豹皮做的袋子。用以藏墨，可防潮湿。唐冯贽《云仙杂记·养砚墨笔纸》："养墨以豹皮囊，贵乎远湿。"

迷 香 洞

◎ 版本考

A 史凤，宣城妓也，待客以等差。甚异者，有迷香洞、神鸡枕、锁莲灯；次则交红被、传香枕、八分羹；下则不相见，以闭门羹待之。使人致语曰："请公梦中来。"冯垂客于凤，罄囊有铜钱三十万，尽纳，得至迷香洞，题《九迷诗》于照春屏而归。（《常新录》）

B 史凤，宣城妓也，待客以等差。甚异者，有迷香洞、神鸡枕、锁莲灯；次则交红被、传香枕、八分羊；下则不相见，以闭门羹待之。使人致语曰："请公梦中来。"冯垂客于凤，罄囊有铜钱三十万，尽纳，得至迷香洞，题《九迷诗》于照春屏而归。（《常新录》）

C 史凤，宣城妓也，待客以等差。甚异者，有迷香洞、神鸡枕、锁莲灯；次则交红被、传香枕、八分羊；下则不相见，以闭门羹待之。使人致语曰："请公梦中来。"冯垂客于凤，罄囊有铜钱三十万，尽纳，得至迷香洞，题《九迷诗》于照春屏而归。（《常新录》）

D《常新录》曰：史凤，宣城妓也，待客以等。若异者，以迷香洞、神鸡枕、锁莲灯；次则交红被、传香枕、八分羊；下列不相见，以闭门羹待之。使人致语曰："请公梦中来。"冯垂客于凤，罄囊有铜钱三十万，尽纳，得至迷香洞，题《九迷诗》于照春屏而归。（027）

E《常新录》曰：史凤，宣城妓也，待客以等。若异者，以迷香洞、神鸡枕、锁莲灯；次则交红被、传香枕、八分羊；下列不相见，以闭门羹待之。使人致语曰："请公梦中来。"冯垂客于凤，罄囊有铜钱三十万，尽纳，得至迷香洞，题《九迷诗》于青屏而归。（027）

◎ 引文考

【《全唐诗》卷八百二】史凤，宣城妓也，诗七首。

【迷香洞】洞口飞琼佩羽霓，香风飘拂使人迷。自从邂逅芙蓉帐，不数桃花流水溪。

【神鸡枕】枕绘鸳鸯久与栖，新裁雾谷斗神鸡。与郎酣梦浑忘晓，鸡亦留连不肯啼。

【锁莲灯】灯锁莲花花照罍，翠钿同醉楚台巍。残灰剔罢携纤手，也胜金莲送辙回。

【鲛红被】肱被当年仅御寒，青楼惯染血猩纨。牙床舒卷鹓鸾共，正值窗棂月一团。

【传香枕】韩寿香从何处传，枕边芳馥恋婵娟。休疑粉黛加铤刃，玉女旟檀侍佛前。

【八分羊】党家风味足肥羊，绮阁留人漫较量。万羊亦是男儿事，莫学狂夫取次尝。

【闭门羹】一豆聊供游冶郎，去时忙唤锁仓琅。入门独慕相如侣，欲拨瑶琴弹凤凰。

〇今按：此七首诗绝非史凤所作，系他人模拟其口气而成。

【明夏树芳《词林海错》卷六·神枕】《神仙传》：汉武帝东巡泰山，父老教作神枕，中有二十四窍，以应二十四气，八窍以应八风。又刘向《别录》有芳松枕。《明皇杂录》：同昌公主有鸂鶒枕。《常新录》：宣城妓史凤待异客以神鸡枕。

【明周嘉胄《香乘》卷十·香事分类·宫室香下·迷香洞】史凤，宣城美妓也，待客以等差。甚异者，有迷香洞、神鸡枕、锁莲灯；次则交红被、传香枕、八分羊；下列不相见，以闭门羹待之。使人致语曰："请公梦中来。"冯垂客于凤，罄囊有铜钱三十万，尽纳，得至迷香洞，题《九迷诗》于照春屏而归。（《常新录》）

【明周嘉胄《香乘》卷二十七·香诗汇·史凤(宣城妓)《迷香洞》】洞口飞琼佩羽霓，香风飘拂使人迷。自从邂逅芙蓉帐，不数桃花流水溪。（又见《御定全唐诗》卷八百二）

【明余寅《同姓名录》卷十二·男女同名·史凤】晋史凤，为陈州主簿，见陈頵传。唐史凤，宣城妓也，待客以等差。甚异者，有迷香洞、神鸡枕、锁莲灯；次则交红被、传香枕、八分羊；下列以闭门羹待之。见《常新录》。

【明彭大翼《山堂肆考》卷一百十一·人品·娼妓·史凤致语】史凤，宣城妓也，待客以等。其上者，以迷香洞、神鸡枕、锁莲灯；次则交红被、传香枕；下列不相见，以闭门羹待之。使人致语曰："请公梦中来。"有冯垂客于凤，罄囊所有铜钱三十万，尽纳之，得至迷香洞，题《九迷诗》于青屏而归。

【明郑若庸《类隽》卷二十·器用类·神鸡】《常新录》云：史凤，宣城妓也，待客异者有神鸡枕。

【明梅鼎祚《青泥莲花记》卷十三·外编五·顺时秀(元)】女史氏曰：……或谓宣城史凤之待客以等，甚者，有迷香洞、神鸡枕、锁莲灯；次则交红被、传香枕、八分羊；下列以闭户羹待之，使人致语曰："请公梦中来。"

【明屠隆《由拳集》卷十七《与王百谷》】曾记冯垂罄囊中青铜三十万，始得至迷香洞，题《九迷诗》于青屏而归。

【明郑仲夔《玉麈新谭》偶记卷八·闭门羹】宣城妓史凤，待客有等差。甚异者，有迷香洞、神鸡枕、锁莲灯；次则交红被、传香枕、八分羊；下列不相见，以闭门羹待之。使人致语曰："请梦中来。"

【《御定佩文韵府》卷八之三·上平声·八齐韵三·迷·九迷】《常新录》：史凤，宣城妓也，待客以差等。甚异者，有迷香洞。冯垂客于凤，罄囊钱三十万，得至迷香洞，题《九迷诗》于照春屏而归。

【《御定佩文韵府》卷二十三之一·下平声·八庚韵一·羹·闭门羹】《云仙杂记》：史凤，宣城妓也，待客有差等，最下者不相见，以闭门羹待之。

【《御定佩文韵府》卷五十六·上声·二十六寝韵·枕·神鸡枕】《云仙杂记》：史凤，宣城妓也，待客以等差。甚异者，有迷香洞、神鸡枕、锁莲灯；次则交红被、传香枕。

【《御定佩文韵府》卷六十之一·去声一·送韵·洞·迷香洞】《云仙杂记》：史凤，宣城妓也，待客有差等。最上者有迷香洞、神鸡枕、锁莲灯。

【《御定佩文韵府》卷一百之二·入声·十一陌韵二·客·待客】《云仙杂记》：史凤，宣城妓也，待客以等差。甚异者，有迷香洞、神鸡枕、锁莲灯奉客。

【清吴襄《子史精华》卷一百五十八·器物部四·传香】冯贽《云仙杂记》：史凤，宣城妓也，待客以等差。甚异者，有迷香洞、神鸡枕、锁莲灯；次则鲛红被、传香枕、八分羊；下列不相见，以闭门羹待之。

【《御定渊鉴类函》卷三百七十八·服饰部九·枕三·神鸡　伏熊】《常新录》云：宣城

妓史凤待客，异者有神鸡枕。

【清陈元龙《格致镜原》卷五十四·居处器物类二·枕·诸枕】《常新录》：宣城妓史凤待异客以神鸡枕。

【清袁翼《邃怀堂全集》骈文笺注卷三·书薛涛诗集后·神鸡香洞】《云仙杂记》：史凤，宣城妓也，待客有等差。最上者，有迷香洞、神鸡枕、锁莲灯；次则交红被、传香枕；下则不相见，以闭门羹待之。

【清华希闵《广事类赋》卷十九·姬妾·洞有迷香】《云仙杂记》：史凤，宣城妓也，待客有等差。最上者，有迷香洞、神鸡枕、锁莲灯；次则交红被、传香枕；下列不相见，以闭门羹待之。使人致语曰："请公梦中来。"冯垂客罄囊有钱三十万，尽纳之，得至迷香洞，题《九迷诗》于照春屏而归。

【清王初桐《奁史》卷二十一·倡妓门一·妓上】史凤，宣城妓也，待客以等差。甚异者，有迷香洞、神鸡枕、锁莲灯；次则交红被、传香枕、八分羊；下列不相见，以闭门羹待之。使人致语曰："请公梦中来。"冯垂客于凤，罄囊有铜钱三十万，尽纳之，得至迷香洞，题《九迷诗》于照春屏而归。（《常新录》）

【清李世熊《钱神志》卷二·什一第三·三十万钱】冯垂客于宣城妓史凤家，纳钱三十万，得至迷香洞，题《九迷诗》于照春屏而归。

◎ 词汇考

【史凤】安徽宣城人，貌美才高，门前车水马龙，客人云涌风聚。史凤做人非常矜持，待客要分三六九等。上等的客人可以明解香囊罗带全分，一亲芳泽消魂；中等的客人可以入闺房小坐，听小曲，唱诗文，但不留宿；下等的客人连门也不能进入，只好在门坎外屋檐下徘徊，数九寒冬冻得瑟瑟发抖。史凤便遣老妈子送热腾腾的"羹"给他们御寒。[1]

【汉语大词典·迷香洞】1. 妓女接客的上等处所。唐冯贽《云仙杂记·迷香洞》："史凤，宣城妓也。待客以等差。甚异者，有迷香洞、神鸡枕、锁莲灯；次则交红被、传香枕、八分羊；下则不相见，以闭门羹待之，使人致语曰：'请公梦中来。'"清俞蛟《梦厂杂着·潮嘉风月·丽景》："每乘此船与粉白黛绿者凭栏偶坐，听深林各种野鸟声，顿忘作客。是何异古之迷香洞？"2. 为妓院的美称。《花月痕》第四五回："碧桃阅人既多，又戒了烟，容华遂愈焕发，迷香洞里居然座客常满。"

【神鸡枕】未详。

【锁莲灯】未详。

【交红被】未详。

【传香枕】未详。

【八分羊】未详。

【汉语大词典·闭门羹】唐冯贽《云仙杂记·迷香洞》："史凤，宣城妓也。待客以等差……下列不相见，以闭门羹待之。"谓仅作羹待客而不与相见。后指拒客进门，不与相见。清二石生《十洲春语·品艳》："不见者三年，拟重访之，恐其效闭门羹故事。"

---

① "泾县论坛"http：//www.jxbbs.com.cn/thread-142565-1-1.html，2014年2月7日11：55访问。

袖　里　春

◎ 版本考

　　A 玄宗为太子时，爱妾号鸾儿，多从中贵董逍遥微行，以轻罗造梨花散蕊，裹以月麟香，号"袖里春"，所至暗遗之。(《史讳录》)

　　B 玄宗为太子时，爱妾号鸾儿，多从中贵董逍遥微行，以轻罗造梨花散蕊，裹以月麟香，号"袖里春"，所至暗遗之。(《史讳录》)

　　C 玄宗为太子时，爱妾号鸾儿，多从中贵董逍遥微行，以轻罗造梨花散蕊，裹以月麟香，号"袖里春"，所至暗遗之。(《史讳录》)

　　D《史讳录》曰：玄宗为太子时，爱妾号鸾儿，多从中贵董逍遥微行，以轻罗造梨花散蕊，裹以月麟香，号"袖里春"，所至暗遗之。(028)

　　E《史讳录》曰：玄宗为太子时，爱妾号鸾儿，多从中贵董逍遥微行，以轻罗造梨花散蕊，裹以月麟香，号"袖里春"，所至暗遗之。(028)

◎ 引文考

　　【元陶宗仪《说郛》卷七十七下·朱揆《钗小志·袖里春》】玄宗为太子时，爱妾号鸾儿，多从中贵董逍遥微行，以轻罗造梨花散蕊，裹以月麟香，号"袖里春"，所至暗遗之。

　　【元陶宗仪《说郛》卷九十八·叶廷珪《名香谱·月麟香》】文帝宫中爱女号袖里春。

　　【明周嘉胄《香乘》卷七·宫掖诸香·月麟香】玄宗为太子时，爱妾号鸾儿，多从中贵董逍遥微行，以轻罗造梨花散蕊，裹以月麟香，号"袖里春"，所至暗遗之。(《史讳录》)

　　【明高濂《遵生八笺》卷十五·《燕闲清赏笺》中卷·论香·月麟香】元宗爱妾号袖里春。

　　【明顾起元《说略》卷二十三·工考下·月麟香】文帝宫中爱女号袖里春。

　　【清吴士玉《骈字类编》卷七·天地门七·月·月麟】《云仙杂记》：玄宗为太子时，爱妾号鸾儿，多从中贵董逍遥微行，以轻罗造梨花散蕊，裹以月麟香，号袖里春，所至暗遗之。《名香谱》：月麟香，文帝宫中爱女，号袖里香。

　　【清王初桐《奁史》卷九十·兰麝门一·香】玄宗为太子时，爱妾号鸾儿，多从中贵董逍遥微行，以轻罗造梨花散蕊，裹以月麟香，号袖里春，所至暗遗之。(《史讳录》)

　　【清史梦兰《全史宫词》卷十五】采得名香号月麟，深宫游戏斗时新。轻罗剪作梨花蕊，争学鸾儿袖里春。○《云仙杂记》：元宗为太子时，爱妾号鸾儿，多从中贵董逍遥微行，以轻罗造梨花散蕊，裹以月麟香，号袖里春，所至暗遗之。

◎ 词汇考

　　【汉语大词典·袖里春】香物名。唐冯贽《云仙杂记·史讳录》："玄宗为太子时，爱妾号鸾儿，多从中贵董逍遥微行，以轻罗造梨花散蕊，裹以月麟香，号袖里春，所至暗遗之。"○今按：《云仙杂记·史讳录》当作《云仙杂记·袖里春》，《史讳录》乃原始出处之书名，而非条目名！

　　【汉语大词典·月麟香】香名。唐冯贽《云仙杂记·袖里春》："玄宗为太子时，爱妾号鸾儿……以轻罗造梨花散蕊，裹以月麟香，号袖里春，所至暗遗之。"

金 凤 凰

◎ **版本考**

A 周光禄诸妓，掠鬓用郁金油，傅面用龙消粉，染衣以沈香水。月终，人赏金凤凰一只。(《传芳略记》)

B 周光禄诸妓，掠鬓用郁金油，傅面用龙消粉，染衣以沈香水。月终，人赏金凤凰一只。(《传芳略记》)

C 周光禄诸妓，掠鬓用郁金油，傅面用龙消粉，染衣以沈香水。月终，人赏金凤凰一只。(《传芳略记》)

D【郁金油】《传芳略记》曰：周光禄诸妓，掠鬓用郁金油，傅面用龙消粉，染衣以沉香水。月终，人赏金凤凰一只。(029)

E【郁金油】《传芳略记》曰：周光禄诸妓，掠鬓用郁金油，傅面用龙消粉，染衣以沉香水。月终，人赏金凤凰一只。(029)

◎ **引文考**

【元陶宗仪《说郛》卷七十七下·朱揆《钗小志·金凤凰》】周光禄诸妓，掠鬓用郁金油，傅面用龙消粉，染衣以沈香水。月终，人赏金凤凰一只。

【明周嘉胄《香乘》卷一·香品·沈香水染衣】周光禄诸妓，掠鬓用郁金油，傅面用龙消粉，染衣以沈香水。月终，人赏金凤凰一只。(《传芳略记》)

【明焦竑《焦氏类林》卷七·冠服】周光禄诸伎，掠鬓用郁金油，傅面用龙消粉，染衣以沉香水。月终，人赏金凤凰一只。(《传芳略记》)

【明徐应秋《玉芝堂谈荟》卷二十九《晓霞妆》】《传芳略记》：周光禄诸妓，掠鬓用郁金油，傅面用龙消粉，染衣以沉香水。月终，赏金凤凰一只。

【《御定佩文韵府》卷二十六之二·下平声十一·尤韵二·油·郁金油】《云仙杂记》：周光禄诸妓，掠鬓用郁金油，傅面用龙消粉，染衣以沉香水。

【《御定渊鉴类函》卷三百八十一·服饰部十二·粉三·龙消粉】《传芳略记》云：周光禄诸姬，掠鬓用郁金油，傅面用龙消粉，染衣以沉香水。

【清吴士玉《骈字类编》卷八十三·数目门六·一只】《钗小志》：周光禄诸妓，掠鬓用郁金油，傅面用龙消粉，染衣以沉香水。月终，人赏金凤凰一只。

【《御定分类字锦》卷二十·佩服·环钏第三十一·龙消粉】《钗小志》：周光禄诸妓，掠鬓用郁金油，傅面用龙消粉，染衣以沉香水。月终，人赏金凤凰一只。

【《御定韵府拾遗》卷四十二·上声十二·吻韵·粉·龙消粉】《传芳略记》：周光禄诸妓，掠鬓用郁金油，傅面用龙消粉。

【清陈元龙《格致镜原》卷五十五·香奁器物类一·粉】《传芳略记》：周光禄诸妓，傅面用龙消粉。

【清王初桐《奁史》卷七十四·脂粉门】周光禄诸妓，掠鬓用郁金油。(《传芳略记》)

◎ 词汇考

【汉语大词典·金凤凰】金制的凤凰形首饰。唐冯贽《云仙杂记·金凤凰》："周光禄诸妓，掠鬓用郁金油，傅面用龙消粉，染衣以沈香水。月终，人赏金凤凰一只。"唐曹唐《玉女杜兰香下嫁于张硕》诗："遗情更说何珍重，擘破云鬟金凤凰。"亦省作"金凤"。唐温庭筠《思帝乡》词："回面共人闲语，战篦金凤斜。"明谢谠《四喜记·琼英入宫》："春牵意慵，春熏脸浓，春枝髻触摇金凤。"

【郁金油】以郁金香熬制的发油。唐冯贽《云仙杂记·金凤凰》："周光禄诸妓掠鬓用郁金油，傅面用龙消粉，染衣以沈香水。"一本作"郁金油"。

【龙消粉】待考。

【沉香水】待考。

三　贤　松

◎ 版本考

A　朝真观九星院有三贤松三株，如古君子。梁阁老妓英奴以丽水囊贮香游之，不数日松皆半枯。(《事略》)

B　朝真观九星院有三贤松三株，如古君子。梁阁老妓英奴以丽水囊贮香游之，不数日松皆半枯。(《事略》)

C　朝真观九星院有三贤松三株，如古君子。梁阁老妓英奴以丽水囊贮香游之，不数日松皆半枯。(《事略》)

D【丽水囊】《事略》曰：朝真观九星院有三贤松三株，如古君子。梁阁老妓英奴以丽水囊贮香游之，松不数日半枯。(030)

E【丽水囊】《事略》曰：朝真观九星院有三贤松三株，如古君子。梁阁老妓英奴以丽水囊贮香游之，松不数日半枯。(030)

◎ 引文考

【宋潘自牧《记纂渊海》卷九十五·木部·杂木·松·传记】朝真观九星院有三贤松三株，如古君子。梁阁老妓英奴以丽水囊贮香游之，不数日松皆半枯。(《事略》)

【明周嘉胄《香乘》卷十二·香事别录下·香令松枯】朝真观九星院有三贤松三株，如古君子。梁阁老妓英奴以丽水囊贮香游之，不数日松皆半枯。(《事略》)

【《御定佩文斋广群芳谱》卷六十八·木谱·松一·汇考】《云仙杂记》：朝真观九星院有三贤松三株，如古君子。梁阁老妓以丽水囊贮香游之，不数日，松皆半枯。

【《御定韵府拾遗》卷二·上平声二·冬韵·松·三贤松】《云仙杂记》：朝真观九星院有三贤松三株，如古君子。

【清吴襄《子史精华》卷一百四十二·动植部八·三贤　如古君子】冯贽《云仙杂记》：朝真观九星院有三贤松三株，如古君子。梁阁老妓以丽水囊贮香游，不数日松皆半枯。

【清王初桐《奁史》卷九十一·兰麝门二】梁阁老妓英奴以丽水囊贮香游九星院中，花木皆枯。(增汇侍儿小名录)

【明王鏊《姑苏志》卷二十九·寺观上·尼寺·朝真观】在阊门外义慈巷内。宋景定中建旧名玄坛庙。正统间改今额。

◎ 词汇考

【汉语大词典·阁老】唐代对中书舍人中年资深久者及中书省、门下省属官的敬称。五代、宋以后亦用为对宰相的称呼。明清又用为对翰林中掌诰敕的学士的称呼。唐李肇《唐国史补》卷下："两省(中书省、门下省)相呼为阁老,尚书丞郎、郎中相呼为曹长。"《旧唐书·杨绾传》:"故事,舍人年深者谓之阁老,公廨杂科,归阁老者五之四。"宋郑文宝《南唐近事》:"一日诸阁老待漏朝堂,语及林泉之事。"明李贽《复焦弱侯书》:"赵文肃先生云:'我这个嘴,张子这个脸,也做了阁老,始信万事有前定。'"清赵翼《陔余丛考·阁老》:"苏州有阁老坊,乃吴匏庵为学士时所建,则翰林之在文渊掌诰敕者,亦得称阁老矣。"

【汉语大词典·丽水】1. 古水名。《韩非子·内储说上》:"荆南之地、丽水之中生金,人多窃采金。"南朝梁元帝《与萧咨议等书》:"化为金案,夺丽水之珍;变同珂雪,高玄霜之彩。"2. 美好的水。南朝梁江淹《空青赋》:"宝波丽水,华峰艳山。"前蜀韦庄《又玄集序》:"记方流而目眩,阅丽水而神疲。"3. 附着于水中。宋范仲淹《金在镕赋》:"昔丽水而隐晦,今跃冶而光亨。"4. 金沙江流入云南省丽江纳西族自治县北的一段,称丽水。《旧唐书·贾耽传》:"故泸南贡丽水之金,漠北献余吾之马,玄化洋溢,率土沾濡。"

芋 魁 遭 遇

◎ 版本考

A 李华烧三城绝品炭,以龙脑裹芋魁煨之,击炉曰:"芋魁遭遇矣!"(《三贤典语》)

B 李华烧三城绝品炭,以龙脑裹芋魁煨之,击炉曰:"芋魁遭遇矣!"(《三贤典语》)

C 李华烧三城绝品炭,以龙脑裹芋魁煨之,击炉曰:"芋魁遭遇矣!"(《三贤典语》)

D《三贤典语》曰:李华烧三城绝品炭,以龙脑裹芋魁煨之,击炉曰:"芋魁遭遇矣!"(031)

E《三贤典语》曰:李华烧三城绝品炭,以龙脑裹芋魁煨之,击炉曰:"芋魁遭遇矣!"(031)

◎ 引文考

【唐白居易原本、宋孔传续撰《白孔六帖》卷十六·炭二十六·三城绝品炭】《三贤典语》曰:李华烧三城绝品炭,以龙脑裹芋魁煨之。

【宋潘自牧《记纂渊海》卷九十·饮食部·菜·传记】李华烧三城绝品炭,以龙脑裹芋魁煨之,击炉曰:"芋魁遭遇矣。"(《三贤典语》)。

【元陶宗仪《说郛》卷二十三下·袁桷《澄怀录》】李华烧三城绝品炭,以龙脑裹芋魁煨之,击炉曰:"芋魁遭遇矣。"

【明周嘉胄《香乘》卷三·松窗龙脑香】李华烧三城绝品炭,以龙脑裹芋魁煨之,击炉曰:"芋魁遭遇矣。"(《三贤典语》)

【《御定渊鉴类函》卷三百六十·火部二·炭二】《三贤典语》曰:李华烧三城绝品炭,

以龙脑裹芋魁煨之。

【清吴士玉《骈字类编》卷一百七十八・草木门三・芋・芋魁】《尔雅翼》：芋之大者。《前汉书》谓之芋魁，《后汉书》谓之芋渠。《云仙杂记》：李华烧三城绝品炭，以龙脑裹芋魁煨之，击炉曰："芋魁遭遇矣。"

【《御定佩文韵府》卷十之一・上平声・十灰韵一・魁・芋魁】《澄怀录》：李华烧三城绝品炭，以龙脑裹芋魁煨之，击炉曰："芋魁遭遇矣。"

【《御定佩文韵府》卷六十六之十・去声・七遇韵十・芋・龙脑裹芋】《云仙杂录》：李华烧三城绝品炭，以龙脑裹芋魁煨之，击炉曰："芋魁遭遇矣。"

【《御定佩文韵府》卷七十四之四・去声・十五翰韵四・炭・绝品炭】《云仙杂记》：李华烧三城绝品炭，以龙脑裹芋魁煨之，曰："芋魁遭遇矣。"

【《御定佩文斋广群芳谱》卷十六・蔬谱山药・芋・汇考】《云仙杂记》：李华烧三城绝品炭，以龙脑裹芋魁煨之，击炉曰："芋魁遭遇矣。"

【清陈元龙《格致镜原》卷六十三・蔬类二・芋】《澄怀录》：李华烧三城绝品炭，以龙脑裹芋魁煨之，击炉曰："芋魁遭遇矣。"

【清吴其浚《植物名实图考》卷四・芋】《云仙杂记》：烧绝品炭，以龙脑裹煨芋魁。

◎ 词汇考

【古文观止鉴赏辞典・李华】（715—766），字遐叔，赵州赞皇（今河北赞皇县）人。唐玄宗开元二十三年（735）进士，又曾中博学宏辞科。天宝十一载（752）迁监察御史，因弹劾当朝权相杨国忠的私人而遭排挤，徙为右补阙。安史乱起，陷入叛军之手，署为凤阁舍人。乱平后，被贬为杭州司户参军。从此因自惭而淡于宦进。肃宗上元中，召为左补阙、吏部司封员外郎，称病不拜。后来参李岘幕府，授验校吏部员外郎衔。不久即因风湿症辞官。隐居于山阳（今江苏淮安县），率领子弟务农为生。晚年崇信佛法，不甚著述。李华文词工丽，与萧颖士齐名，世称"萧李"；又与韩衢、何长师、卢东美为友，江淮间号为"四夔"。当时士大夫多求他作家传、墓碑。他为著名循吏元德秀所作的墓碑，颜真卿书写，李阳冰篆额，被称为"四绝碑"。有《李遐叔文集》。

【汉语大词典・芋魁】芋的块茎。亦泛称薯类植物的块茎。《后汉书・方术传上・许杨》："时有谣歌曰：'败我陂者翟子威，饴我大豆，亨我芋魁。'"李贤注："芋魁，芋根也。"明徐渭《薯蓣》诗："芋魁徒软美，松粉藉饩饁。"清顾炎武《兄子言及开吴淞江之役书此示之》诗："五十年来羹芋魁，顿令泽国生蒿莱。"

【汉语大词典・绝品】犹极品。指物品之最高级者。《新唐书・薛稷传》："稷外祖魏徵家多藏虞褚书，故锐精临仿，结体遒丽，遂以书名天下。画又绝品。"宋苏轼《西江月・茶词》："龙焙今年绝品，谷帘自古珍泉。"

【汉语大词典・龙脑】1. 即龙脑香树。南朝梁任昉《述异记》卷下："成阳山中有神农辨药处，一名神农原药草山，山上紫阳观，世传神农于此辨百药，中有千年龙脑。"参见"龙脑香树"。2. 即龙脑香。用硝酸氧化时，变化为樟脑。医药上用做强心剂和清凉剂。唐长孙佐辅《古宫怨》诗："看笼不记熏龙脑，咏扇空曾秃鼠须。"《敦煌曲子词・内家娇》：

"浑身挂异种罗裳，更熏龙瑙香烟。"3. 即龙脑菊。宋刘蒙《菊谱·龙脑》："龙脑一名小银台……香气芬烈，甚似龙脑。"参见"龙脑菊"。

山神以丰年相报

◎ 版本考

A 琴曳耕凤岭之田，以虎纹巾裹犁，推之曰："劳吾躬耕，山神必以丰年相报。"已而果然。(《凤翔退耕传》)

B 琴曳耕凤岭之田，以虎纹巾裹犁，推之曰："劳吾躬耕，山神必以丰年相报。"已而果然。(《凤翔退耕传》)

C 琴曳耕凤岭之田，以虎纹巾裹犁，推之曰："劳吾躬耕，山神必以丰年相报。"已而果然。(《凤翔退耕传》)

D【山神报丰】《凤翔退耕传》曰：琴曳耕凤岭之田，以虎纹巾裹犁，推之曰："劳吾躬耕，山神必以丰年相报。"已而果然。(032)

E【山神报丰】《凤翔退耕传》曰：琴曳耕凤岭之田，以虎纹巾裹犁，推之曰："劳吾躬耕，山神必以丰年相报。"已而果然。(032)

◎ 引文考

【清吴士玉《骈字类编》卷一百六十五·器物门十八·琴曳】《云仙杂记》：琴曳耕凤岭之田，以虎纹巾裹犁推之，曰："劳吾躬耕，山神必以丰年相报。"已而果然。

【清吴士玉《骈字类编》卷二百十二·鸟兽门九·虎·虎纹】《云仙杂记》：琴曳耕凤岭之田，以虎纹布裹犁推之，曰："劳吾躬耕，山神必有丰年相报。"已而果然。

【《御定佩文韵府》卷十一之五·上平声·十一真韵五·巾·虎纹巾】《凤翔退耕传》：琴曳耕凤岭之田，以虎纹巾裹犁推之，曰："劳吾躬耕，山神必以丰年相报。"皮日休《以纱巾寄鲁望》诗："更有一般君未识，虎纹巾在绛霄房。"

【《御定佩文韵府》卷十二之一·上平声·十二文韵一·纹·虎纹】《云仙杂记》：琴曳耕凤岭之田，以虎纹巾裹犁推之，曰："劳吾躬耕，山神必以丰年相报。"已而果然。

【《御定佩文韵府》卷二十三之五·下平声·八庚韵五·耕·琴曳耕】《云仙杂记》：琴曳耕凤岭之田，以虎纹巾裹犁推之，曰："劳吾躬耕，山神必以丰年相报。"已而果然。

◎ 词汇考

【汉语大词典·山神】主管某山的神灵。《后汉书·西南夷传·莋都夷》："是时郡尉府舍皆有雕饰，画山神海灵奇禽异兽，以眩耀之，夷人益畏惮焉。"

【汉语大词典·凤岭】即凤凰山。在今浙江省杭州市东南。北近西湖，南接江滨。形若飞凤，故名。宋苏轼《赠别》诗："殷勤莫忘分携处，湖水东边凤岭西。"

【汉语大词典·躬耕】亲身从事农业生产。《三国志·蜀志·诸葛亮传》："臣本布衣，躬耕于南阳。"

缩　龙　台

◎ 版本考

　　A 李神遇以枫溪铁造缩龙台为宴灯，花灯八层，间以三缝锦禖，点紫菱油，燃凤缕。（疑尚缺文，出《捃摭精华》）

　　B 李神遇以枫溪铁造缩龙台为宴灯，花灯八层，间以三缝锦标，点紫菱油，燃凤缕。（疑尚缺文，出《捃摭精华》）

　　C 李神遇以枫溪铁造缩龙台为宴灯，花灯八层，间以三缝锦禖，点紫菱油，燃凤缕。（疑尚缺文。出《捃摭精华》）

　　D《捃摭精华》曰：李神遇以枫溪铁造缩龙台为灯，安花八层，间以三缝锦标，点紫菱油，燃凤缕。（033）

　　E《捃摭精华》曰：李神遇以枫溪铁造缩龙台为灯，安花八层，间以三缝锦标，点紫菱油，燃凤缕。（033）

◎ 引文考

　　【明徐应秋《玉芝堂谈荟》卷二十七《龙涎烛》】《捃摭精华》：李神遇以枫溪铁造缩龙台为宴灯，花灯八层，间以三缝锦禖，点紫菱油。

◎ 词汇考

　　【汉语大词典·锦标】据五代王定保《唐摭言·慈恩寺题名游赏赋咏杂纪》载，唐卢肇与同郡黄颇齐名，颇富肇贫。两人同赴举，郡牧轻肇，于离亭唯独饯颇。明年，肇状元及第而归，刺史惭恚，延请肇看竞渡，肇于席上赋诗曰："向道是龙刚不信，果然衔得锦标归。"后即以"锦标"为状元及第之典。宋王禹偁《赠状元先辈孙仅》诗："粉壁乍悬龙虎榜，锦标终属鹡鸰原。"

　　【汉语大词典·凤缕】用彩线捻成的灯心。唐冯贽《云仙杂记·缩龙台》："花灯八层，间以三缝锦禖，点紫菱油，燃凤缕。"

吴　兴　米

◎ 版本考

　　A 吴兴米，炊之甑香；白马豆，食之齿醉。虢国夫人厨吏邓连以此米捣为透花糍，以豆洗去皮作灵沙臛，以供翠鸳堂。（《品物类聚记》）

　　B 吴兴米，炊之甑香；白马豆，食之齿醉。虢国夫人厨吏邓连以此米捣为透花糍，以豆洗去皮作灵沙臛，以供翠鸳堂。（《品物类聚记》）

　　C 吴兴米，炊之甑香；白马豆，食之齿醉。虢国夫人厨吏邓连以此米捣为透花糍，以豆洗去皮作灵沙臛，以供翠鸳堂。（《品物类聚记》）

　　D【透花糍】《品物类聚记》曰：吴兴米，炊之甑香；白马豆，食之齿醉。虢国夫人厨吏邓连以此米捣为透花糍，以豆洗去皮作灵沙臛，以供翠鸳堂。（034）

E【透花糍】《品物类聚记》曰：吴兴米，炊之甑香；白马豆，食之齿醉。虢国夫人厨吏邓连以此米捣为透花糍，以豆洗去皮作灵沙臛，供翠鸳堂。(034)

◎ 引文考

【唐白居易原本、宋孔传续撰《白孔六帖》卷八十一·豆十九·灵沙臛】《云仙散录》：《品物类聚》曰：白马豆，食之齿醉。虢国夫人厨吏邓连以洗豆皮作灵沙臛，供翠鸳堂。

【明董斯张《吴兴备志》卷二十六·方物征第二十三】吴兴米，炊之甑香；白马豆，食之齿醉。虢国夫人厨吏邓连以此米捣为透花糍，以豆洗皮作灵沙臛，以供翠鸳堂。(《品物类聚记》)

【明李日华《六研斋三笔》卷二】《品物类聚记》云：吴兴米，炊之甑香；白马豆，食之齿醉。虢国夫人厨吏邓连以此米捣为透花糍，以豆洗皮作灵沙臛，以供翠鸳堂。

【明夏树芳《词林海错》卷十四·齿醉】《品物类聚》：吴兴米，炊之甑香；白马豆，食之齿醉。虢国夫人厨吏邓连以此米捣为糍，以豆洗去皮作灵沙臛，供翠鸳堂，名透花糍。

【清王初桐《奁史》卷八十·饮食门三·】吴兴米，炊之甑香；白马豆，食之齿醉。虢国夫人厨吏邓连以此米捣为透花糍，以豆洗皮作灵沙臛，以供翠鸳堂。(《品物类聚记》)

【清吴士玉《骈字类编》卷六十四·居处门八·厨·厨吏】《云仙杂记》：吴兴米，炊之甑香；白马豆，食之齿醉。虢国夫人～～邓连以此米捣为透花糍，以豆洗皮作灵沙臛，以供翠鸳堂。

【清吴士玉《骈字类编》卷一百六十·器物门十三·甑·甑香】《云仙杂记》：吴兴米，炊之～～；白马豆，食之齿醉。虢国夫人厨吏邓连以此米捣为透花糍，以豆洗皮作灵沙臛，以供翠鸳堂。

【《御定佩文韵府》卷三十八之二·上声·八荠韵二·米·吴兴米】《品物类聚记》：～～～，炊之甑香；白马豆，食之齿醉。虢国夫人厨吏邓连以此米捣为透花糍，以豆洗皮作灵沙臛，以供翠鸳堂。

【《御定佩文斋广群芳谱》卷十·谷谱·大豆·马豆】《云仙散录》：《品物类聚》曰：白马豆，食之齿醉。虢国夫人厨吏邓连以洗豆皮作灵沙臛，供翠鸳堂。

【清陈元龙《格致镜原》卷二十六·饮食类六·诸食馔】《品物类聚》：吴兴米，炊之甑香；白扁豆，食之齿醉。虢国夫人厨吏邓连以此米捣为糍，以豆洗去皮作灵沙臛，供翠鸳堂，名透花糍。

【清陈元龙《格致镜原》卷六十一·谷类·总·豆】《品物类聚》：白马豆，食之齿醉。虢国夫人厨吏邓连以豆洗皮作灵沙臛，以供翠鸳堂。

【清高士奇《编珠》卷三《补遗·屑蕊饭、透花糍》】张衡《思玄赋》曰："屑瑶蕊以为粮兮，斟白水以为浆。"《品物类聚》曰："吴兴米，炊之甑香。人以此米捣为糍，名透花糍。"

◎ 词汇考

【汉语大词典·马豆】亦称"马沙"。籽粒形大的豆，如蚕豆之类。晋崔豹《古今注·草木》："马豆一名马沙，似虎豆而小，实大如指，亦可食也。"章炳麟《新方言·释言》："今四月大豆通言蚕豆，广东曰马豆，四川谓之胡豆。"

扫露明轩

◎ **版本考**

　　A 王施避巢寇，入天台山，主人贺理给以牛粥、练裙。施谢曰："公乃命司，延我光景，当为扫露明轩，永为明公下吏。"（《芳贤传》）

　　B 王施避巢贼，入天台山，主人贺理给以牛粥、练裙。施谢曰："公乃命司，延我光景，当为扫露明轩，永为下吏。"（《芳贤传》）

　　C 王施避巢贼，入天台山，主人贺理给以牛粥、练裙。施谢曰："公乃命司，延我光景，当为扫露明轩，永为下吏。"（出《芳贤传》）

　　D【牛粥练裙】《芳贤传》曰：王施避巢贼，入天台山，主人贺理给以牛粥、练裙。施谢曰："公乃命司，延我光景，当为扫露明轩，永为下吏。"（035）

　　E【牛粥练裙】《芳贤传》曰：王施避巢贼，入天台山，主人贺理给以牛粥、练裙。施谢曰："公乃命司，延我光景，当为扫露明轩，永为下吏。"（035）

◎ **引文考**

　　【明夏树芳《词林海错》卷十二·牛粥】《芳贤传》：王施避巢贼，入天台山，主人贺理给羊酒、牛粥。

　　【明郑若庸《类隽》卷十九·饮食类·牛粥】《芳贤传》云：王施避巢贼，入天台山，主人贺理给以牛粥。

◎ **词汇考**

　　【汉语大词典·练裙】白绢下裳。亦指妇女所着白绢裙。宋苏轼《八月十七日天竺山送桂花分赠元素》诗："破袜山僧怜耿介，练裙溪女斗清妍。"

吞云梦泽

◎ **版本考**

　　A 张曲江语人曰："学者常想胸次吞云梦泽，笔头涌若耶溪。量既并包，文亦浩瀚。"（《征文玉井》）

　　B 张曲江语人曰："学者常想胸次吞云梦泽，笔头涌若耶溪。量既并包，文亦浩瀚。"（《征文玉井》）

　　C 张曲江语人曰："学者常想胸次吞云梦泽，笔头涌若耶溪。量既并包，文亦浩瀚。"（《征文玉井》）

　　D【笔头若耶】《征文玉井》曰：张曲江语人云："学者常想胸次吞云梦泽，笔头涌若耶溪。量既并包，文亦浩瀚。"（036）

　　E【笔头若耶】《征文玉井》曰：张曲江语人云："学者常想胸次吞云梦泽，笔头涌若耶溪。量既并包，文亦浩瀚。"（036）

◎ 引文考

【唐白居易原本、宋孔传续撰《白孔六帖》卷十四·笔砚十六·涌若耶溪】《征文玉井》：张曲江语人曰："学者常想胸次吞云梦，笔头涌若耶溪，量既并包，文亦浩瀚。"

【明何良俊《语林》卷五·言语第二下】张曲江语人曰："学者常想胸次吞云梦，笔头涌若耶溪。量既并包，文亦浩瀚。"

【明孙绪《沙溪集》卷十三《无用闲谈》】孟浩然诗曰："气蒸云梦泽，波撼岳阳城。"千古以为佳句。《禹贡》："云土梦作乂。"《左传》："楚子济江入于云中。"又曰："郑伯田于江南之梦。"则云梦自是二泽，对岳阳城似不称。然承讹袭舛，亦非一日。张九龄尝语人曰："学者须是常想胸次吞云梦泽，笔端涌若耶溪。量既并包，文乃浩瀚。"则孟之前已有此说矣。

【明魏学洢《茅檐集》卷五《制义自序》】"胸吞云梦泽，笔涌若耶溪"，时时有焉；"兴酣落笔摇五岳，诗成笑傲凌沧洲"，时时有焉；"一拳打碎黄鹤楼，一脚踢翻鹦鹉洲"，时时有焉。

【明郑仲夔《玉麈新谭》清言卷六·豪爽】张曲江语人曰："学者常想胸次吞云梦泽，笔头涌若耶溪，量既并包，文亦浩瀚。"

【明张献翼《语言谈》】张曲江语人曰："学者常想胸次吞云梦泽，笔头涌若耶溪。书量既并包，文情亦浩瀚。"（明贺复征《文章辨体汇选》卷七百七十六）

【清吴士玉《骈字类编》卷十·天地门十·云·云梦】《云仙杂记》：张曲江语人曰："学者常想胸次吞~~泽，笔头涌若耶溪。量既并包，文亦浩瀚。"

【清吴士玉《骈字类编》卷一百六十二·器物门十五·笔·笔头】《云仙杂记》：张曲江语人曰："学者常想胸次吞云梦泽，~~涌若耶溪，量既并包，文亦浩瀚。"

【《御定佩文韵府》卷十八之一·下平声·三肴韵一·包·并包】《云仙杂记》：曲江语人曰："量既~~，文亦浩瀚。"

【清陈鸿墀《全唐文纪事》卷一百二十一·总论四】张曲江语人曰："作者常想胸次吞云梦，笔头涌若耶溪。量既并包，文亦浩瀚。"（《语林》）

◎ 词汇考

【汉语大词典·云梦】汉魏之前所指云梦范围并不很大，晋以后的经学家才将云梦泽的范围越说越广，把洞庭湖都包括在内。《周礼·夏官·职方氏》："正南曰荆州，其山镇曰衡山，其泽薮曰云梦。"郑玄注："衡山在湘南，云梦在华容。"南朝陈张正见《赋得韩信》："淮阴总汉兵，燕齐擅远声……所悲云梦泽，空伤狡兔情。"

【汉语大词典·若耶溪】溪名。出浙江省绍兴市若耶山，北流入运河。相传为西施浣纱之所。唐杜甫《奉先刘少府新画山水障歌》："若耶溪，云门寺，吾独胡为在泥滓？青鞋布袜从此始。"宋辛弃疾《汉宫春·会稽蓬莱阁怀古》词："谁向若耶溪上，倩美人西去，麋鹿姑苏。"

卷　二

田水声过吾师丈人

◎ 版本考

A 渊明尝闻田水声，倚杖久听，叹曰："秫稻已秀，翠色染人，时剖胸襟，一洗荆棘，此水过吾师丈人矣。"（《渊明别传》）

B 渊明尝闻田水声，倚杖久听，叹曰："秫稻已秀，翠色染人，时剖胸襟，一洗荆棘，此水过吾师丈人矣。"（《渊明别传》）

C 渊明尝闻田水声，倚杖久听，叹曰："秫稻已秀，翠色染人，时剖胸襟，一洗荆棘，此水过吾师丈人矣。"（《渊明别传》）

D 宋本无此条。

E 有目无文。（367）

◎ 引文考

【清陈廷敬《御选唐诗》卷六补编·唐刘长卿《奉陪萧使君入鲍达洞寻灵石》"水声过幽石"句注】《陶潜别传》：渊明尝闻田水声，倚杖听之。

【元陶宗仪《说郛》卷七十五下·沈仕《林下清录》】渊明尝闻田水声，倚杖久听，叹曰："秫稻已秀，翠色染人，时剖胸襟，一洗荆棘，此水过吾师丈人矣。"

【明何镗《高奇往事》卷四·高苑·高致】《陶渊明别传》曰：渊明尝闻田水声，倚杖久听，叹曰："秫稻已秀，翠色深入，时剖胸向之一洗荆棘，此水过吾诗文多矣。"

【明蒋一葵《尧山堂外纪》卷十二·六朝】渊明尝闻田间水声，倚杖听之，叹曰："秫稻已秀，翠色染人，时剖胸襟，一洗荆棘，此水过吾师丈人矣。"

【明焦竑《焦氏类林》卷五·栖逸】渊明尝闻田间水声，倚杖听之，叹曰："秫稻已秀，翠色染人，时剖胸襟，一洗荆棘，此水过吾师丈人矣。"（《渊明别传》）

【明李贽《初潭集》卷十六·师友六】渊明尝闻田间水声，倚杖听之，叹曰："秫稻已秀，翠色染人，时剖胸襟，一洗荆棘，此水过吾师丈人矣。"

【明郑仲夔《玉麈新谭》·清言卷七·栖逸】陶征士闻田间水声，倚杖听之，叹曰："秫稻已秀，翠色染人，时剖胸襟，一洗荆棘，此水过吾师丈人矣。"

【明张献翼《语言谈》】陶渊明闻流水声，倚杖久听，叹曰："秋稻已秀，翠色染人，时(部)[剖]胸襟，一洗荆棘，此水过吾师丈人矣。"(明贺复征《文章辨体汇选》卷七百七十六)

【明严衍《资治通鉴补》卷一百二十一·宋纪三·太祖文皇帝上之上】渊明不营生业，家务悉委之儿仆，未尝有喜愠之色。惟遇酒则饮，无酒亦雅咏不辍。尝闻田闲水声，倚杖久听，叹曰："秫稻已秀，翠色染人，时剖胸襟，一洗荆棘，此水过吾师丈人矣。"

【清文行远《浔阳蹈醢》卷三·栖逸】渊明闻田间水声，倚杖听之，叹曰："秫稻已秀，翠色染人，如剖胸襟，一洗荆棘，此水过吾师丈人矣。"

【清官修《韵府拾遗》卷四十九·上声·十九晧韵·稻·秫稻】《渊明别传》：渊明尝闻田水声，倚杖久听，叹曰："～～已秀，翠色染人，时剖胸襟，一洗荆棘，此水过吾师丈人矣。"

【《御定渊鉴类函》卷三百七·人部六十六·游览四·剖胸襟】陶潜字符亮，闻田间水声，倚杖听之，叹曰："秫稻已秀，翠色染人，如剖胸襟，一洗荆棘。"

【清吴士玉《骈字类编》卷十九·天地门十九·田·田水】《记事珠》：渊明尝闻～～声，倚杖久听，叹曰："秫稻已秀，翠色染人，时剖襟怀，一洗荆棘，此水过吾师丈人矣。"

【清吴士玉《骈字类编》卷一百七十六·草木门一·秫·秫稻】《记事珠》：渊明尝闻田水声，倚杖久听，叹曰："～～已秀，翠色染人，时剖胸襟，一洗荆棘，此水过吾师丈人矣。"

【《御定佩文韵府》卷十一之二·上平声·十一真韵二·人·染人】《周礼·天官》：～～掌染丝帛。又《陶渊明别传》：渊明尝闻田水声，倚杖久听，叹曰："秫稻已秀，翠色～～，时剖胸臆，一洗荆棘，此水过吾师丈人矣。"

【《御定佩文韵府》卷二十三之九·下平声·八庚韵九·声·水声】《陶潜别传》：渊明尝闻田～～，倚杖听之，叹曰："秫稻已秀，翠色染人，时剖胸襟，一洗荆棘，此水过吾师丈人矣。"

【《御定佩文韵府》卷三十四之三·上声·四纸韵三·水·田水】《记事珠》：渊明常闻～～声，倚杖久听，叹曰："秫稻已秀，翠色染人，时剖襟怀，一洗荆棘，此水过吾师丈人矣。"

【《御定佩文斋广群芳谱》卷八·谷谱·稻·汇考】《渊明别传》：渊明尝闻田水声，倚杖久听，叹曰："秫稻已秀，翠色染人，时剖胸襟，一洗荆棘，此水过吾师丈人矣。"

【清吴襄《子史精华》卷十·地部五·水·一洗荆棘】冯贽《云仙杂记》：渊明常闻田水声，倚杖久听，叹曰："秫稻已秀，翠色染人，时剖胸襟，～～～～，此水过吾师丈人矣。"

【明胡谧《(成化)山西通志》卷四十七·物产·高粱】一名稻秫，种来自蜀，一名蜀秫，土人又称荄子。……陶渊明曰："秫黍已秀，翠色染人，如剖胸襟，一洗荆棘。"

【清杨锡绂《四知堂文集》卷二十八《题门人周东郊疏林听泉图》】昔渊明闻田间水声，倚杖久听，曰："秫稻已秀，翠色染人，时剖胸襟，一洗荆棘，此水过吾师丈人矣。"是得山水真趣者。至居朝市，膺簪组，则面目尘氛，肠胃芜杂，此乐殆难复得，然此意不可不存，此境不可不设。门人周东郊以名诸生选拔成均，卒困场屋，循例为州别驾者五年，岁丁丑，候补得两淮都转运使参军，历六年，俸满矣，以勤于其职，获保留，而年已六十矣。一切颂祝屏弗事，写疏林听泉小照一幅，专人走淮上，曰：愿得吾师一言弁帧首。夫参军虽末秩，然在鹾务亦会计要枢也，以他人为之，当久腾达上，不然，亦美轮奂，广腴壤，裘马翩翩，意气扬扬，而东郊依然一寒士况，噫，此可以征其操矣。天下惟有真操守，然后有真面目；有真面目，然后有真意趣。世岂乏日事营逐，而矫语林泉者，其如神不属，何也？则兹图固东郊之庐山也夫。

◎ 词汇考

【汉语大词典·秫稻】即糯稻。北魏贾思勰《齐民要术·水稻》："有秫稻。秫稻米，一名糯米，俗云'乱米'，非也。"唐冯贽《云仙杂记·田水声过吾师丈人》："渊明尝闻田水声，倚杖久听，叹曰：'秫稻已秀，翠色染人，时剖胸襟，一洗荆棘，此水过吾师丈人矣。'"

龙 须 友

◎ 版本考

A 郄诜射策第一，再拜其笔，曰："龙须友使我至此！"后有贵人遗金龟并拔蕊石簪，咸与弟子，曰："可市笔三百管，退而藏之，贮以文锦，一千年后犹当令子孙以名香礼之。"（《龙须志》）

B 郄诜射策第一，再拜其笔，曰："龙须友使我至此！"后有贵人遗金龟并拔蕊石簪，咸与弟子，曰："可市笔三百管，退而藏之，贮以文锦，一千年后犹当令子孙以名香礼之。"（《龙须志》）

C 郄诜射策第一，再拜其笔，曰："龙须友使我至此！"后有贵人遗金龟并拔蕊石簪，咸与弟子，曰："可市笔三百管，退而藏之，贮以文锦，一千年后犹当令子孙以名香礼之。"（《龙须志》）

D《龙须志》曰：郄诜射策第一，再拜其笔，曰："龙须友使我至此！"后有贵人遗金龟并枝蕊、石簪，咸与弟子，曰："可市笔三百管，退而藏之，贮以文锦，一千年后犹当令子孙以名香礼之。"（037）

E《龙须志》曰：郄诜射策第一，再拜其笔，曰："龙须友使我至此！"后有贵人遗金龟并枝蕊、石簪，咸与弟子，曰："可市笔三百管，退而藏之，贮以文锦，一千年后当令子孙以名香礼之。"（037）

◎ 引文考

【明董斯张《广博物志》卷三十·艺苑五】郄诜射策第一，再拜其笔，曰："龙须友使我至此！"后有贵人遗金龟并枝蕊石簪，咸与弟子，曰："可市笔三百管，退亦藏之，贮以文锦，一千年后当令子孙以名香礼之。"（《龙须志》）

【明周嘉胄《香乘》卷十·香事分类下·宫室香·名香礼笔】郄诜射策第一，拜笔为龙

须友，云："犹当令子孙以名香礼之。"(《龙须志》)

【明徐应秋《玉芝堂谈荟》卷二十八《宝相枝》】《龙须志》：郄诜射策第一，再拜其笔，曰龙须友。后尝有贵人遗金龟并枝蕊石簪，咸与弟子，曰："可市三百管，退而藏之，贮以文锦，一千年后当令子孙以名香礼之。"

【明顾起元《说略》卷二十四《谐志》】郄诜射策第一，再拜其笔，曰："龙须友使我至此。"见《龙须志》。

【《御定分类字锦》卷四十·文事·龙须友】《云仙杂记》：郄诜射策第一，再拜其笔，曰："～～～使我至此。"

【清吴襄《子史精华》卷四十六·政术部二·选举下·拜龙须友】冯贽《云仙杂记》：郄诜射策第一，再~其笔，曰："～～～使我至此。"

【清吴襄《子史精华》卷一百五十七·器物部三·文具·龙须友】冯贽《云仙杂记》：郄诜射策第一，再拜其笔，曰："～～～使我至此。"

【《御定佩文韵府》卷五十五之三·上声二十五·有韵三·友·龙须友】《云仙杂记》：郄诜射策第一，再拜其笔，曰："～～～使我至此。"后有贵人遗金龟并拔蕊石簪，咸与弟子，曰："可市笔三百管，退而藏之，贮以文锦，一千年后犹当令子孙以名香礼之。"

【清陈元龙《格致镜原》卷三十七·文具类一·笔·笔称号】《龙须志》：郄诜射策第一，再拜其笔，曰："龙须友使我至此。"《开元遗事》有书生谒李林甫，称管子文，后化为笔。

【清厉荃《事物异名录》卷二十一·文具部·笔·龙须友】《云仙杂记》：郄诜射策第一，再拜其笔，曰："龙须友使我至此。"

【清张定鋆《三余杂志》卷七·龙须友】《云仙杂记》：郄诜射策第一，再拜其笔，曰："龙须友使我至此。"

◎ 词汇考

【汉语大词典·射策】1. 汉代考试取士方法之一。《汉书·萧望之传》："望之以射策甲科为郎。"颜师古注："射策者，谓为难问疑义书之于策，量其大小署为甲乙之科，列而置之，不使彰显。有欲射者，随其所取得而释之，以知优劣。射之言投射也。"南朝梁刘勰《文心雕龙·议对》："又对策者，应诏而陈政也；射策者，探事而献说也。言中理准，譬射侯中的。二名虽殊，即议之别体也……对策者，以第一登庸；射策者，以甲科入仕。"《南史·儒林传序》："及汉武帝时，开设学校，立《五经》博士，置弟子员，射策设科，劝以官禄，传业者故益众矣。"宋苏轼《策略第一》："自汉以来，世之儒者忘己以徇人，务为射策决科之学，其言虽不叛于圣人，而皆泛滥于辞章，不适于用。"2. 泛指应试。唐皮日休《三羞》诗序："丙戌岁，日休射策不上，东退于肥陵。"清吴伟业《哭志衍》诗："射策长安城，骢马黄金络。"

【汉语大词典·文锦】文彩斑烂的织锦。《汉书·货殖传序》："富者土木被文锦，犬马余肉粟。"唐柳宗元《答吴武陵〈非国语〉书》："是犹用文锦覆陷阱也。"

【龙须友】笔的别号。明焦周《焦氏说楛》卷三："龙须友，笔也，一名不聿。"

隐 士 衫

◎ **版本考**

    A 成芳隐麦林山，剥苎织布，为短襕宽袖之衣，着以酤酒，自称隐士衫。（梁福《庐陵记》）

    B 成芳隐麦林山，剥苎织布，为短襕宽袖之衣，着以酤酒，自称隐士衫。（梁福《庐陵记》）

    C 成芳隐麦林山，剥苎织布，为短襕宽袖之衣，着以酤酒，自称隐士衫。（梁福《庐陵记》）

    D 梁福《庐陵记》曰：成芳隐麦林山，剥苎织布，为短襕宽袖之衣，着以酤酒，自称隐士衫。（039）

    E 梁福《庐陵记》曰：成芳隐麦林山，剥苎织布，为短襕宽袖之衣，着以酤酒，自称隐士衫。（039）

◎ **引文考**

    【宋释文珦《潜山集》卷六《怀隐者》】逸步脱讥逸，高踪不混凡。独甘巢绝谷，人似说游岩。自制幽人笔，妻裁隐士衫。世交空见忆，无处寄书函。

    【明焦竑《焦氏类林》卷七·冠服】成芳隐麦林山，剥苎织布为短襕宽袖之衣，着以酤酒，自称隐士衫。（梁福《庐陵记》）

    【清吴士玉《骈字类编》卷一百八十二·草木门七·苎布】《宋史·地理志》：连州贡～～。《明一统志》：苏州府土产～～。《庐陵记》："成芳隐麦林山，剥～织～为短襕宽袖之衣，着以酤酒，自称隐士衫。"张文规《吴兴三绝诗》："苹洲须觉池沼俗，～～直胜罗纨轻。"

    【清吴襄《子史精华》卷一百四十六·服饰部二·隐士衫】冯贽《云仙杂记》：成芳隐麦林山，剥苎织布为短襕宽袖之衣，着以酤酒，自称～～～。

    【《御定渊鉴类函》卷三百七十四·服饰部五·从事　隐士】唐诗曰："将军昔着从事衫。"谓吴起暂卸战裘，学着从事衫也。梁福《庐陵记》曰：成芳隐麦林山，剥苎织布为短襕宽袖之衣，着以酤酒，自称隐士衫。

    【《御定佩文斋广群芳谱》卷十二·桑麻谱·苎麻】《庐陵记》：成芳隐麦林山，剥苎织布为短襕宽袖之衣，着以酤酒，自称隐士衫。

    【《御定分类字锦》卷十九·佩服·衫第十二·隐士衫】《云仙杂记》：成芳隐麦林山，剥苎织布为短襕宽袖之衣，着以酤酒，自称～～～。

    【《御定分类字锦》卷四十九·布帛·布第一·隐士衫】《庐陵记》：成芳隐麦林山，剥苎织布为短襕宽袖之衣，着以酤酒，自称～～～。

    【《御定佩文韵府》卷十四之四·上平声·十四寒韵四·襕·短襕】《庐陵记》：成芳隐麦林山，剥苎皮为～～宽袖之衣。

    【《御定佩文韵府》卷二十二之五·成芳】《云仙杂记》：～～隐麦林山，剥苎织布为短襕宽袖之衣，着以酤酒，自称隐士衫。

【《御定佩文韵府》卷三十·下平声·十五咸韵·衫·隐士衫】《云仙杂记》：成芳隐麦林山，剥苧织布为短襦宽袖之衣，着以酤酒，自称～～～。又刘永之诗："凤州秋水日渐渐，江水浑如隐士衫。"

【《御定佩文韵府》卷三十六之一·上声·六语韵一·剥苧】《云仙杂记》：成芳隐麦林山，～～织布为短襦宽袖之衣，着以酤酒。

【清戚学标《景文堂诗集》卷十一《述怀十五咸全韵》"蹉跎隐士衫"句原注】《云仙杂记》：成芳隐麦林山，为短襦宽袖之衣，自称隐士衫。

◎ 词汇考

【麦林山】待考。

【汉语大词典·酤酒】买酒。《墨子·非儒下》："号人衣以酤酒，孔某不问酒之所由来而饮。"《淮南子·说林训》："酤酒而酸，买肉而臭。"宋王安石《集句歌曲·胡笳十八拍》："一见郎来双眼明，劝我酤酒花前倾。"

俗耳针砭诗肠鼓吹

◎ 版本考

A 戴颙春携双柑斗酒，人问何之，曰："往听黄鹂声，此俗耳针砭，诗肠鼓吹，汝知之乎？"（《高隐外书》）

B 戴颙春携双柑斗酒，人问何之，曰："往听黄鹂声，此俗耳针砭，诗肠鼓吹，汝知之乎？"（《高隐外书》）

C 戴颙春携双柑斗酒，人问何之，曰："往听黄鹂声，此俗耳针砭，诗肠鼓吹，汝知之乎？"（《高隐外书》）

D【诗肠鼓吹】《高隐外书》曰：戴颙春携双柑斗酒，人问何之，曰："往听黄鹂声，此俗耳针砭，诗肠鼓吹，汝知之乎？"（038）

E【诗肠鼓吹】《高隐外书》曰：戴颙春携双柑斗酒，人问何之，曰："往听黄鹂声，此俗耳针砭，诗肠鼓吹，汝知之乎？"（038）

◎ 引文考

【宋潘自牧《记纂渊海》卷九十七·禽部·莺】戴颙春携双柑斗酒，曰往听黄鹂声，此俗耳针砭，诗肠鼓吹。（《高隐外书》）

【宋谢维新《事类备要》前集卷四十四·儒业门·戴颙携酒】晋戴颙春日携双柑斗酒，曰："往听黄鹂声，此俗耳砭针，诗肠鼓吹。"（本传）

【宋谢维新《事类备要》别集卷七十三·飞禽门·莺·诗肠鼓吹】戴颙春日携双柑斗酒，人问何之，曰："往听黄鹂声，此俗耳砭针，～～～～，知之乎？"（《高隐外书》）

【宋祝穆《事文类聚》后集卷四十五·羽虫部·莺·往听黄鹂】戴颙春日携斗酒，曰："往听黄鹂声，此俗耳针砭，诗肠鼓吹。"（《古今文集》）

【宋赵长卿《惜香乐府》卷二·春景·《水龙吟·莺词》】天教占得如簧，巧声乍啭千娇媚。金衣衬着，风流模样，于中可是。红杏香中，绿杨阴处，多应饶你。向黄昏苦苦，娇啼怨别，那堪更东风起。别有诗肠鼓吹。未关他、等闲俗耳。双柑斗酒，当时曾是，高人留意。南国春归，上阳花落，止添憔悴。念啼声欲碎何人解，作留春计。

【元辛文房《唐才子传》卷八·于濆】晋处士戴颙春日携斗酒，往树下听黄鹂，曰："此俗耳针砭，诗肠鼓吹者，岂徒然哉？"

【元佚名《群书群要》庚集卷七·飞禽门·莺类·戴容住听】戴容春日携斗酒，曰："往听黄鹂声，此俗谓针砭，诗肠鼓吹。"

【元阴时夫《韵府群玉》卷七·下平声·八庚·莺】戴颙春日携双柑斗酒，人问何之，曰："往听黄鹂声，此俗耳砭针，诗肠鼓吹。"（《高隐外书》）

【明沈沈《酒概》卷三·十三之寄】戴仲若春日携双柑斗酒，人问何之，答曰："听黄鹂声，此俗耳针砭，诗肠鼓吹。"（《说林》）

【明慎懋官《华夷花木鸟兽珍玩考》花木考卷二·柑】戴仲若春日携双柑斗酒，人问何之，答曰："往听黄鹂声，此俗耳针砭，诗肠鼓吹。"

【明焦竑《焦氏类林》卷七·鸟兽】戴颙春携双柑斗酒，人问何之，曰："往听黄鹂声，此俗耳针砭，诗肠鼓吹，汝知之乎？"（《高隐外书》）

【明陆应阳《广舆记》卷十·严州府·流寓·戴颙】字仲若，谯郡人，逵子。慕桐庐山水之胜，乃留。春日携双柑斗酒，人问何之，曰："往听黄鹂声，此俗耳针砭，诗肠鼓吹。"

【明何良俊《语林》卷四·言语第二上】戴仲若春日携双柑斗酒，人问何之，答曰："往听黄鹂声，此俗耳针砭，诗肠鼓吹。"

【明何镗《高奇往事》卷四·高苑·高致】《高隐外书》曰：戴颙春日携双柑斗酒，问之，曰："往听黄鹂声，此俗耳针砭，诗肠鼓吹，汝知之乎？"

【明张献翼《语言谈》】戴颙春携双柑斗酒，人问何之，曰："往听黄鹂声，此俗耳针砭，诗肠鼓吹，汝知之乎？"【明贺复征《文章辨体汇选》卷七百七十六】

【明徐𤍤《红雨楼题跋》卷下《题闻莺馆社集诗》】昔戴仲若春日携双柑斗酒，听黄鹂声，此俗耳针砭、诗肠鼓吹。……庚申春日题。

【明陈继儒《捷用云笺》卷二《邀友游山水》】七尺躯不能登遍奇山绝顶，亦当买舟与长江俱流，岂可兀居一锥地了生平乎？况山川佳胜尽可新人耳目。足下何不偕二三知己，同游以发摅胸中奇慨耶？【答】吾丈胸襟洒落，如霁月光风，山川景色，不俟外收也。奈郊原之胜，铺地花茵，方恨不得半日闲携双柑，偕足下往听黄鹂声，乃蒙见招，殊惬鄙怀，容持杖头钱过也。此覆。【原注："携双柑"：戴颙有高趣，春日间携双柑斗酒，人（间河）[问何]之，答曰：往听黄鹂，此俗耳砭针，诗肠鼓吹，知之乎？】

【明陈继儒《捷用云笺》卷三《送柑子》】适有友人遗柑数枚，实东瓯之良种，转献之足下，俾足下春来携一双挈斗酒，往听黄鹂，以为诗肠鼓吹，毋曰行赂于足下，而挞其来足也。

【明张岱《夜航船》卷十七·四灵部·飞禽·金衣公子】戴颙春日携双柑斗酒，人问何之，答曰："往听黄鹂声，此俗耳针砭，诗肠鼓吹。"

【明杨子器《（弘治）常熟县志》卷三·县令·东晋·戴颙】按《南史》：戴颙，字仲若，谯国铚人。安道次子。世居会稽之剡下，起为令，时县名海虞，后隐居吴下白鹄山。尝春日携斗酒双柑，人问何之，曰："往听黄鹂声，此俗耳针砭，诗肠鼓吹也。"

【明张一中《尺牍争奇》卷一·虞邦誉《与张不偏》"双柑斗酒"注】戴颙春日携双柑斗

酒，人问之曰："往听黄鹂，此俗耳针砭，诗肠鼓吹。"

【明郑若庸《类隽》卷二十九·鸟兽类·往听】《高隐外书》云：戴颙春日携双柑斗酒，人问何之，曰："往听黄鹂声，浴洗耳砭针，诗肠鼓吹，知之乎？"

【清吴士玉《骈字类编》卷一百九·数目门三十二·双柑】《续世说》：戴颙春日携～～斗酒，往听黄鹂，曰："此俗耳针砭，诗肠鼓吹。"

【清吴士玉《骈字类编》卷一百五十四·器物门七·斗酒】《云仙杂记》：戴颙春携双柑～～，人问何之，曰："往听黄鹂声，此俗耳针砭，诗肠鼓吹，汝知之乎？"

【《御定渊鉴类函》卷四百二十六·鸟部九·仓庚·俗耳针砭诗肠鼓吹】《世说》：戴颙字仲若，春日携双柑斗酒，人问何之，答曰："往听黄鹂声，此俗耳针砭，诗肠鼓吹，汝知之乎？"

【《御定佩文韵府》卷三十四之七·上声·四纸韵七·俗耳】《续世说》：戴颙春日携双柑斗酒，往听黄鹂声，曰："此～～针砭，诗肠鼓吹。"

【《御定佩文韵府》卷六十三之十九·去声·四置韵十九·吹·诗肠鼓吹】《世说》：戴颙春日携双柑斗酒，人问何之，答曰："往听黄鹂，此俗耳针砭，～～～～。"

【《御定佩文韵府》卷八十八·去声·二十九艳韵八·砭·针砭】《世说》：戴仲若春日携双柑斗酒，人问何之，答曰："往听黄鹂声，此俗耳～～，诗肠鼓吹。"

【清吴襄《子史精华》卷二十四·岁时部一·春·双柑斗酒　听黄鹂声】冯贽《云仙杂记》：戴颙春携～～～～，人问何之，曰："往～～～～，此俗耳针砭，诗肠鼓吹，汝知之乎？"

【清陈元龙《格致镜原》卷七十八·莺】《高隐外书》：戴颙春携双柑斗酒，人问何之，曰："往听黄鹂声，此俗耳针砭，诗肠鼓吹。"

【清邓志谟《古事苑定本》卷一·时令】《世说》：唐戴颙，字仲若，春日携双柑斗酒，人问其故，答曰："往听黄鹂声，此俗耳针砭，诗肠鼓吹。"

【清多隆阿《毛诗多识》卷一"黄鸟于飞集于灌木其鸣喈喈"】莺为鸣春之鸟，其声亦人所乐闻。俗耳针砭，诗肠鼓吹，戴氏酒柑，千古韵事。以此占雨，今殊不然。惟雨中莺转则天将霁，转以莺之鸣占晴也。

【清许楚《青岩集》卷七《新安江赋》"听鹂娱戴"句许正茹集注】刘宋谯郡戴颙慕桐庐山水幽胜，春日携双柑斗酒，人问何之，曰："往听黄鹂声，此俗耳针砭，诗肠鼓吹。"今县东有戴山，上有草堂遗址。

【清胡煦《葆璞堂集》诗集卷三《禁中闻莺》】上林深处曙光融，睍睆清音晓禁通。俗耳针砭谐律吕，诗肠鼓吹杂丝桐。玉楼柳暗千声细，金谷花繁百啭同。盛世禽鱼沾化普，都忘身在五云中。

【清喻端士《时节气候抄》卷二·春二月·惊蛰二候·仓庚鸣】《云仙杂记》：戴永春携双柑斗酒，人问何之，曰："往听黄鹂声，此俗耳针砭，诗肠鼓吹。"

【清华希闵《广事类赋》卷十二·文学部·诗·缘情而作，贵有别肠】陆机《文赋》："诗缘情而绮丽，赋体物而浏亮。"严沧浪《诗话》："夫诗有别材，非关书也；诗有别趣，非关理也。然非多读书，多穷理，则亦不能极其至。"《云仙杂记》：戴颙春日携双用斗，往听黄鹂声，曰："此俗耳针砭，诗肠鼓吹。"

【清华希闵《广事类赋》卷三十六·飞禽部·莺·尔乃斗酒携来，双柑听去】《世说》：

戴颙字仲若，春日携双柑斗酒，人问何之，答曰："往听黄鹂声，此俗耳砭针，诗肠鼓吹。"

【清周召《双桥随笔》卷三】"不如归去，行不得也哥哥。""得过且过，凤凰不如我。"四句皆鸟音也。译前二句，令人戒贪，而趋荣冒险之念息；译后二句，令人知足，而安分守己之情殷。词虽简而味无穷，似天假此音以唤醒世人，而助教戒之言所不逮。谓之一部《禽经》，可也。彼柳下黄鹂，可以为俗人针砭，诗肠鼓吹者，岂能及此。

◎ 词汇考

【戴颙】(378—441)，南朝宋谯郡锤县(今安徽宿州西南)人，字仲若。世居剡(今浙江嵊州)。父逵善琴，工书画，并传之。父卒，不忍复奏，乃造新弄十五部，又制长弄一部，并传于世。晋、宋时屡征不就。尝与兄勃共居桐庐名山。兄卒，出居吴下，著《逍遥论》，注《礼记·中庸》篇。后居京口黄鹤山。其所造音律并新声变曲，皆与世异。兼善雕塑。太子尝铸瓦官寺丈六铜像，既成，面瘦恨不能改。他请减臂胛，瘦患即除，时人叹服。○清章履仁《姓史人物考》卷十四："戴颙，逵之子，会稽剡县多名山，故世居剡下桐庐县，又多名山，又游于桐庐，又游吴下，吴下士人共为筑室，聚石植林，开涧以居之。乃述庄周大旨，著《逍遥论》，注《礼记·中庸》篇。有高趣，于春日携斗酒双柑，往听黄鹂，曰：'此俗耳针砭，诗肠鼓吹。'"

【汉语大词典·俗耳】听惯尘世之声的耳朵。唐韩愈《县斋读书》诗："哀狖醒俗耳，清泉洁尘襟。"

【汉语大词典·针砭】用砭石制成的石针。亦谓针灸治病。宋苏轼《休兵久矣而国益困》："不忍药石之苦，针砭之伤，一旦流而入于骨髓，则愚恐其苦之不止于药石，而伤之不止于针砭也。"宋周密《齐东野语·针砭》："古者针砭之妙，真有起死之功。"

【汉语大词典·诗肠鼓吹】喻激发诗人创作欲望的音乐。唐冯贽《云仙杂记·俗耳针砭诗肠鼓吹》："戴颙春携双柑斗酒，人问何之，曰：'往听黄鹂声，此俗耳针砭，诗肠鼓吹，汝知之乎？'"

【汉语大词典·双柑斗酒】唐冯贽《云仙杂记》卷二："戴颙春携双柑、斗酒，人问何之，曰：'往听鹂声。此俗耳针砭，诗肠鼓吹，汝知之乎？'"后遂用为春日雅游之典故。明刘泰《春日湖上》诗："明日重来应烂漫，双柑斗酒听黄鹂。"亦省作"双柑"。明张景《飞丸记·盟寻泉石》："看秦川吴苑花正妍，奚囊羯鼓随伴，挈双柑往听莺传，诗肠鼓吹如劝。"王毓岱《乙卯自述一百四十韵》："三窟休营兔，双柑往听鹂。"

【汉语大词典·黄鹂】鸟名。身体黄色，自眼部至头后部黑色，嘴淡红色。叫的声音很好听，常被饲养作笼禽。吃森林中的害虫，对林业有益。也叫鸧鹒或黄莺。南朝梁何逊《石头答庾郎丹》诗："黄鹂隐叶飞，蛱蝶萦空戏。"唐杜甫《绝句》之二："两个黄鹂鸣翠柳，一行白鹭上青天。"曹禺《王昭君》第一幕："四月天，黄鹂低鸣。"

半 月 履

◎ 版本考

A 赵廷芝，安成人，尝作半月履，乃裁千纹布为之，更托以精银，缤以绛蜡。唐辅明

过之，因夺取以贮酒，已乃自饮。廷芝问之，辅明笑曰："公器皿太微，此履有沧海之积耳。"(妙丰居士《安成记》)

B 赵廷芝，安成人，作半月履，裁千纹布为之，托以精银，填以绛蜡。唐辅明过之，夺取以贮酒，已乃自饮。廷芝问之，答曰："公器皿太微，此履有沧海之积耳。"(妙丰居士《安成记》)

C 赵廷芝，安成人，作半月履，裁千纹布为之，托以精银，填以绛蜡。唐辅明过之，夺取以贮酒，已乃自饮。廷芝问之，答曰："公器皿太微，此履有沧海之积耳。"(妙丰居士《安成记》)

D【千纹布】妙曲居士《安成记》曰：赵廷芝，安成人，作半月履，裁千纹布为之，托以精银，填以绛蜡。唐辅明过之，因夺取以贮酒，已乃自饮。廷芝问之，答曰："公器皿太微，此履有沧海之积矣。"(040)

E【千纹布】妙曲居士《安成记》曰：赵廷芝，安成人，作半月履，裁千纹布为之，托以精银，填以绛蜡。唐辅明过之，因夺取以贮酒，已乃自饮。廷芝问之，答曰："公皿器太微，此履有沧海之积矣。"(040)

◎ 引文考

【明胡应麟《少室山房笔丛》甲部·丹铅新录八·履考】《云仙杂记》曰：赵廷芝作半月履，以千纹布为之，托以精银，填以绛蜡。唐辅明过之，夺以贮酒。

【《御定佩文韵府》卷一百之八·入声·十一陌韵八·积·沧海积】《云仙杂记》：赵廷芝作半月履。唐辅明过之，夺取以贮酒，已而自饮，曰："公器皿太微，此履有～～之~耳。"

【清吴襄《子史精华》卷一百四十六·服饰部二·履舄·半月履】冯贽《云仙杂记》：赵廷芝，安成人，作～～～，裁千纹布为之，托以精银，填以绛蜡。

【《御定韵府拾遗》卷三十四下·上声·四纸韵下·履·半月履】《安城记》：赵廷芝，乐成人，作～～～，裁千纹布为之。

【清陈元龙《格致镜原》卷十八·冠服类六·履】《云仙杂记》：赵廷芝作半月履，以千纹布为之，托以精银，填以绛蜡。唐辅明过之，夺以贮酒。

◎ 词汇考

【汉语大词典·绛蜡】红色的蜡。唐白居易《和微之春日投简阳明洞天五十韵》："柳眼黄丝额，花房绛蜡珠。"宋苏舜钦、苏舜元《瓦亭联句》："朝廷不惜好官爵，绛蜡刻印埋蓬蒿。"

菱 角 巾

◎ 版本考

A 王邻隐西山，顶菱角巾。又尝就人买菱，脱顶巾贮之。尝未遇而叹曰："此巾名实相副矣。"(董慎《续豫章记》)

B 王邻隐西山，顶菱角巾。又尝就人买菱，脱顶巾贮之。尝未遇而叹曰："此巾名实

相副矣。"(董慎《续豫章记》)

　　C 王邻隐西山，顶菱角巾。又尝就人买菱，脱顶巾贮之。尝未遇而叹曰："此巾名实相副矣。"(董慎《续豫章记》)

　　D 董慎《续豫章记》曰：王邻隐西山，顶菱角巾。又尝就人买菱，脱顶巾贮之。常永遇而叹曰："此巾名实相副矣。"(042)

　　E 董慎《续豫章记》曰：王邻隐西山，顶菱角巾。又尝就人买菱，脱顶巾贮之。常永遇而叹曰："此巾名实相副矣。"(042)

◎ 引文考

　　【明张岱《夜航船》卷十一·日用部·衣冠】唐乌匼纱巾，夹罗巾，员头平头方头巾，宋云巾，鹖巾，汉文帝平巾，唐中宗踏养巾，昭宗珠巾，诸葛孔明纶巾，谢万白纶巾，祢衡练巾，石季伦紫纶巾，桑维翰蝉翼纱巾，张孝秀谷皮巾，陶弘景鹿皮巾，王衍尖巾，顾况华阳巾，山简白鹭巾，高九万渔巾，程伊川阔幅巾，苏子瞻加辅方巾，牛弘卜桐巾，王邻菱角巾，罗隐减样平方巾。

　　【《御定佩文韵府》卷三十六之二·上声·六语韵二·贮·脱巾贮】《云仙杂记》：王邻隐西山，顶菱角巾。又尝就人买菱，~顶~~之。叹曰："此巾名实相副矣。"

　　【《御定佩文斋广群芳谱》卷六十六·果谱·菱】《续豫章记》：王邻隐西山，顶菱角巾。又尝就人买菱，脱顶巾贮之。叹曰："此巾名实相副矣。"

　　【《御定韵府拾遗》卷十一·上平声·十一真韵·巾·菱角巾】《豫章记》：王邻隐西山，着~~~。

　　【《御定韵府拾遗》卷二十五·下平声·十蒸韵·菱·买菱】《续豫章记》：王邻隐西山，顶菱角巾，尝就人~~，脱顶巾贮之。有尝未过而叹曰："此巾名实相副矣。"

　　【清陈元龙《格致镜原》卷十四·冠服类二·巾】《豫章记》：王邻隐西山，顶菱角巾。又尝就人买菱，脱顶巾贮之。尝未遇而叹曰："此巾名实相副矣。"

◎ 词汇考

　　【汉语大词典·菱角巾】古代男子的一种头巾。唐冯贽《云仙杂记·菱角巾》："王邻隐西山，顶菱角巾。又尝就人买菱，脱顶巾贮之。尝未遇而叹曰：'此巾名实相副矣。'"

　　【汉语大词典·名实相副】名称或名声与实际相符合。汉路粹《为曹公与孔融书》："昔国家东迁，文举盛叹鸿豫名实相副，综达经学，出于郑玄，又明《司马法》。"《魏书·于忠传》："朕嘉卿忠款，今改卿名忠，既表贞固之诚，亦所以名实相副也。"

大 鲤 五 色

◎ 版本考

　　A 孙愿夜行横塘，见池中大鱼映月吸水，移时不去。池外数步，有一小坎，正涵北斗，有虾蟇数十共来饮啜，愿异之。明日，汰池中惟有一大鲤，身已五色，复来坎所访求虾蟇，得三足者数十。(冯玉云《金溪记》)

　　B 孙愿夜行横塘，见池中大鱼映月吸水，移时不去。池外数步，有一小坎，正涵北

斗，有虾蟇数十共来饮啜，愿异之。明日，汰池中惟有一大鲤，身已五色，复来坎所访求虾蟇，得三足者数十。（冯玉云《金溪记》）

C 孙愿夜行横塘，见池中大鱼映月吸水，移时不去。池外数步，有一小坎，正涵北斗，有虾蟇数十共来饮啜，愿异之。明日，汰池中惟有一大鲤，身已五色，复来坎所访求虾蟇，得三足者数十。（冯玉云《金溪记》）

D【鲤鱼吸月】冯正云《金溪记》曰：孙愿夜行横塘，见池中大鱼映月吸水，移时不去。池外数步，有一小坎，正涵北斗，有虾蟇数十共来饮啜，愿异之。明日，汰池中惟一鱼最大，乃鲤也，目已五色，复来坎所访求虾蟇，得三足者数千。（041）

E【鲤鱼吸月】冯正云《金溪记》曰：孙愿夜行横塘，见池中大鱼映月吸水，移时不去。池外数步，有一小坎，正涵北斗，有虾蟇数十共来饮啜，愿异之。明日，汰池中惟一鱼最大，乃鲤也，目已五色，复来坎所访求虾蟇，得三足者数十。（041）

◎ 引文考

【清吴襄《子史精华》卷十·地部五·水·正涵北斗】冯贽《云仙杂记》：孙愿夜行横塘，见池外数步有小坎，~~~~，有虾蟇数十共来饮啜。

【《御定渊鉴类函》卷四百四十二·鳞介部六·鱼三·千岁 五色】《埤雅广要》曰："鲤鱼有寿至千岁者。"《金溪记》曰："孙愿夜行横塘，见池中大鱼映月吸水，移时不去。明日，汰池中惟有一大鲤鱼，身已五色。"

【《御定渊鉴类函》卷四百四十八·虫豸部四·蛙三·两翅 三足】冯玉云《金溪记》曰：孙愿夜行横塘，见池外数步，有一小坎，正涵北斗，有虾蟇数十共来饮啜，愿异之。明日，复来坎所访求，得三足虾蟇数十。

【清华希闵《广事类赋》卷三十九·水族部·蛙·仍为之语曰四足时三足】《金溪记》：孙愿夜行横塘，见一子坎，正映北斗，有虾蟇群饮，异之。明日，访求得三足虾蟇数十。

◎ 词汇考

【汉语大词典·横塘】泛指水塘。唐温庭筠《池塘七夕》诗："万家砧杵三篙水，一夕横塘似旧游。"前蜀牛峤《玉楼春》词："春入横塘摇浅浪，花落小园空惆怅。"宋陆游《秋思绝句》："黄蛱蝶轻停曲槛，红蜻蜓小过横塘。"

【汉语大词典·饮啜】喝；吃喝。唐冯贽《云仙杂记》卷二："池外数步有一小坎，正涵北斗，有虾蟇数十共来饮啜。"清潘荣陛《帝京岁时纪胜·岁暮杂务》："亲宾幼辈来辞岁者，留饮啜。"

烟 姿 玉 骨

◎ 版本考

A 袁丰居宅后有六株梅，开时为邻屋烟气所烁。屋乃贫人所寄。丰即涂泥塞灶，张幕蔽风。久之拆去其屋。叹曰："烟姿玉骨，世外佳人，但恨无倾城笑耳。"即使妓秋蟾出比之，乃云："可与比驱争先，然脂粉之徒正当在后。"（张洞林《桂林志》）

B 袁丰居宅后有六株梅，开时为邻屋烟气所烁。屋乃贫人所寄。丰即团泥塞灶，张幕蔽风。久之拆去其屋。叹曰："烟姿玉骨，世外佳人，但恨无倾城笑耳。"即使妓秋蟾出比之，乃云："可与比驱争先，然脂粉之徒正当在后。"（张洞林《桂林志》）

　　C 袁丰居宅后有六株梅，开时为邻屋烟气所烁。屋乃贫人所寄。丰即团泥塞灶，张幕蔽风。久之拆去其屋。叹曰："烟姿玉骨，世外佳人，但恨无倾城笑耳。"即使妓秋蟾出比之，乃云："可与比驱争先，然胭脂之徒正当在后。"（张洞林《桂林志》）

　　D【为梅拆屋】张洞林《桂林志》曰：袁丰居宅后有六株梅，开时为邻屋烟气所烁。屋乃贫人所寄。丰即涂泥塞灶，张幕蔽风。久之拆去其屋。叹曰："烟姿玉骨，世外佳人，但恨无倾城笑尔。"即使妓秋蟾出比之，乃云："可与并驱争先，然脂粉之徒正当在后。"（043）

　　E【为梅拆屋】张洞林《桂林志》曰：袁丰居宅后有六株梅，开时为邻屋烟气所烁。屋乃贫人所寄。丰乃团泥塞灶，张幕蔽风。久而又拆其屋。叹曰："烟姿玉骨，世外佳人，但恨无倾城笑尔。"即使妓秋蟾出比之，乃云："可与并驱争先，然脂粉之徒正当在后。"（043）

◎ 引文考

　　【唐白居易原本、宋孔传续撰《白孔六帖》卷九十九·梅十·为梅拆屋】张洞林《桂林记》：袁丰之居宅后有六株梅，开时曾为邻屋烟气所烁。乃团泥塞灶，张幕蔽风。久而又拆其屋。曰："冰姿玉骨，世外佳人，但恨无倾城笑耳。"

　　【宋无名氏《锦绣万花谷》后集卷三十八·梅·世外佳人】袁丰之居宅后有六株梅，开时曾为邻屋烟气所烁。乃团泥塞灶，张幕蔽风。久而又拆其屋。曰："冰姿玉骨，世外佳人，但恨无倾城笑耳。"出《桂林记》。

　　【宋潘自牧《记纂渊海》卷九十三·花卉部·花·梅花】袁丰之居宅后有六株梅，开为邻屋烟炁所烁。丰即团泥塞灶，张幙蔽风。叹曰："冰姿玉骨，世外佳人，但恨无倾城笑耳。"即使妓秋蟾出比之，乃云："可与比驱争先，然脂粉之徒正当在后。"（《桂林志》）

　　【宋赵长卿《惜香乐府》卷二《水龙吟·梅词》】烟姿玉骨尘埃外，看自有，神仙格读。花中越样风流，曾是名标清客。月夜香魂，雪天孤艳。

　　【明焦竑《焦氏类林》卷七·草木】袁丰居宅后有六株梅，叹曰："烟姿玉骨，世外佳人，恨无倾城笑耳。"（张洞林《桂林志》）

　　【明李贽《李温陵集》卷十七·读史·梅】袁丰居宅后有六株梅，叹曰："烟姿玉骨，世外佳人，恨无倾城笑耳。"

　　【明李贽《初潭集》卷十七·师友七】袁丰居宅后有六株梅，叹曰："烟姿玉骨，世外佳人，恨无倾城笑耳。"

　　【明慎懋官《华夷花木鸟兽珍玩考》花木考卷二·世外佳人】袁丰之居宅后有六株梅，开时曾为邻屋烟气所烁。乃团泥塞灶，张幕蔽风。久而又拆其屋。曰："冰姿玉骨，世外佳人，但恨无倾城笑耳。"

　　【明郑若庸《类隽》卷二十六·花木类·梅花·佳人】《桂林记》云袁丰之居宅后有六株梅，开时曾为邻屋烟气所烁。乃团泥塞灶，张幕蔽风。久而又拆其屋。曰："冰姿玉骨，世外佳人，但恨无倾城笑耳。"

　　【明陈继儒《致富奇书》卷四·四季备考·群花备考·梅花】丰宅后有六株梅，叹曰：

"冰姿玉骨，世外佳人，恨无倾城笑耳。"即使妓秋蟾比之，云："可与并驱争先。"

【清吴士玉《骈字类编》卷十四·天地门十四·烟·烟姿】《云仙杂记》：袁丰居宅后有六株梅，开时为邻屋烟气所烁，屋乃贫人所寄。丰即团泥塞灶，张幕闭风。久之拆去其屋。叹曰："~~玉骨，世外佳人，但恨无倾城笑耳。"即使妓秋蟾出比之，乃云："可与比驱争先，然胭脂之徒正当在后。"

【清吴士玉《骈字类编》卷二十五·时令门四·秋·秋蟾】《云仙杂记》：袁丰居宅后有六株梅，开时叹曰："烟姿玉骨，世外佳人，但恨无倾城笑耳。"即使妓~~出比之，乃云："可与比驱争先，然胭脂之徒正当在后。"

【清吴士玉《骈字类编》卷六十八·珍宝门三·玉·玉骨】《云仙杂记》：袁丰居宅后有六株梅，开时为邻屋烟气所烁，屋乃贫人所寄。丰即团泥塞灶，张幕蔽风。久之拆去其屋。叹曰："烟姿~~，世外佳人，但恨无倾城笑耳。"即使妓秋蟾出比之，乃云："可与比驱争先，然胭脂之徒正当在后。"

【《御定佩文韵府》卷十之一·上平声·十灰韵一·梅·六株梅】《桂林记》：袁丰居宅后有~~~，叹曰："冰姿玉骨，世外佳人，但恨无倾城笑耳。"

【清陈元龙《格致镜原》卷七十·花类一·梅花】张洞林《桂林记》：袁丰之曰："冰肌玉骨，世外佳人，但恨无倾城笑耳。"

◎ 词汇考

【汉语大词典·烟姿】轻盈美好的姿态。唐冯贽《云仙杂记》卷二："袁丰居宅后，有六株梅，开时……(丰)叹曰：'烟姿玉骨，世外佳人，但恨无倾城笑耳。'"

【汉语大词典·玉骨】梅花枝干的美称。唐冯贽《云仙杂记》卷二："袁丰居宅后，有六株梅……(丰)叹曰：'烟姿玉骨，世外佳人，但恨无倾城笑耳。'即使妓秋蟾出比之。"金段成己《嗅梅》诗："玉骨那愁瘴雾伤，好将经卷伴南荒。"清纳兰性德《眼儿媚·咏梅》词："冰肌玉骨天分付，兼付与凄凉。"

【汉语大词典·脂粉】旧时借指妓女生涯。清赵翼《檐曝杂记·广东蜑船》："广州珠江蜑船不下七八千，皆以脂粉为生计。"清珠泉居士《雪鸿小记》："小玉奴者，天福之媳，早岁曾适童姓，继归于王，亦以脂粉为生。"

日　　精

◎ 版本考

A 陆展郎中见杨梅，叹曰："此果恐是日精。然若无蜂儿采香，谁胜难和之味？"即以竹丝篮贮千枚，并茶花蜜送衡山道士。(常奉真《湘潭记》)

B 陆展郎中见杨梅，叹曰："此果恐是日精。然若无蜂儿采香，谁胜难和之味？"即以竹丝篮贮千枚，并茶花蜜送衡山道士。(常奉真《湘潭记》)

C 陆展郎中见杨梅，叹曰："此果恐是日精。然若无蜂儿采香，谁胜难和之味？"即以竹丝蓝贮千枚，并茶花蜜送衡山道士。(常奉真《湘潭记》)

D【茶花蜜】常奉真《湘潭记》曰：陆展郎中见杨梅，叹曰："此果恐是日精。然若无蜂儿采香，谁胜难和之味？"即以竹丝篮贮千枚，并茶花蜜送衡山道士。(044)

E【茶花蜜】常奉真《湘潭记》曰：陆展郎中见杨梅，叹曰："此果恐是日精。然若无蜂儿采香，谁胜难和之味？"即以竹丝篮贮千枚，并茶花蜜送衡山道士。(044)

◎ 引文考

【宋潘自牧《记纂渊海》卷九十二·果食部·果·杨梅·传记】陆展郎中见杨梅，叹曰："此果恐是日精。然若无蜂儿采香，谁胜难和之味？"即以竹丝篮贮千枚，并茶花蜜送衡山道士。(湘潭记)

【明顾起元《说略》卷二十四·谐志】陆展郎中见杨梅，叹是日精。见常奉真《湘潭记》。

【明夏树芳《词林海错》卷九·日精】《湘潭记》：陆展郎中见杨梅，叹曰："此果恐是日精。然若无蜂儿采香，谁胜难和之味？"即以竹丝篮贮千枚，并茶花蜜送衡山道士。

【《御定渊鉴类函》卷四百三·果部五·杨梅二】《湘潭记》曰：陆展郎中见杨梅，叹曰："此果恐是日精。然若无蜂儿采香，谁胜难和之味？"即以竹丝篮贮千枚，并茶花蜜送衡山道士。

【清吴士玉《骈字类编》卷六·天地门六·日·日精】《云仙杂记》：陆展郎中见杨梅，叹曰："此果恐是~~。然若无蜂儿采香，谁胜难和之味？"即以竹丝篮贮千枚，并茶花蜜送衡山道士。

【清吴士玉《骈字类编》卷二百一·草木门二十六·竹·竹篮】《云仙杂记》：陆展郎中见杨梅，叹曰："此果恐是日精。"即以~丝~贮千枚，并茶花蜜送衡山道士。

【清吴襄《子史精华》卷一百四十·动植部六·果蓏·日精】冯贽《云仙杂记》：陆展郎中见杨梅，叹曰："此果恐是~~。然若无蜂儿采香，谁胜难和之味？"即以竹丝篮贮千枚，并茶花蜜送衡山道士。

【《御定佩文斋广群芳谱》卷五十六·果谱·杨梅】《云仙杂记》：陆展郎中见杨梅，叹曰："此果恐是日精。然若无蜂儿采香，谁胜难和之味？"即以竹丝篮贮千枚，并茶花蜜送衡山道士。

【《御定佩文韵府》卷二十八之二·下平声·十三覃韵二·篮·韵藻·竹篮】《云仙杂记》：陆展郎中见杨梅，叹曰："此果恐是日精。"即以~丝~贮千枚，并茶花蜜送衡山道士。

【清陈元龙《格致镜原》卷七十五·果类二·杨梅】《湘潭记》：陆展郎中见杨梅，叹曰："此果恐是日精。然若无蜂儿采香，谁胜难和之味？"即以竹丝篮贮千枚，并茶花蜜送衡山道士。

【清华希闵《广事类赋》卷三十三·果部·杨梅·疑日精而可采】《湘潭记》：陆展见杨梅，叹曰："此果恐是日精。若无蜂儿采香，谁胜难和之味？"即以竹丝篮贮千枚，并茶花蜜送衡山道士。

【清章藻功《思绮堂文集》卷三《谢杨以哉先生惠杨梅启》"垂赐日精"原注】《湘潭记》：陆展郎中见杨梅，叹曰："此果恐是日精。"

【清厉荃《事物异名录》卷三十四·果蓏部·杨梅·日精】《云仙杂记》：陆展见杨梅，叹曰："此果恐是日精。"

【清宋长白《柳亭诗话》卷六·杨梅】《湘潭记》：陆展见杨梅，曰："此果恐是日精。"

即以竹丝篮贮千枚，并茶花蜜送衡山道士。

【清曾国荃《（光绪）湖南通志》卷末十五·杂志十五·摭谈五】陆展见杨梅，叹曰：
"此果恐是日精。若无蜂儿采香，谁胜难和之味？"即以竹丝篮贮千枚，并茶花蜜送衡山道
士（《湘潭记》）。

◎ 词汇考

【汉语大词典·日精】1. 太阳的精华。《汉武帝内传》："致日精得阳光之珠，求月魄
获黄水之华。"《晋书·天文志上》："阳燧可以取火于日，而无取日于火之理，此则日精之
生火明矣。"《黄庭内景经·口为》"口为玉池太和官"唐梁丘子注："服食日精，金华充
盈。"唐宋之问《王子乔》诗："白虎摇瑟凤吹笙，乘骑云气吸日精。"宋梅尧臣《次韵答黄介
夫七十韵》："不袭贪生人，炼气噏日精。"2. 指太阳。晋葛洪《抱朴子·金丹》："若取九
转之丹，内神鼎中，夏至之后，爆之鼎热，内朱儿一斤于盖下。伏伺之，候日精照之。"
宋梅尧臣《苦雨》诗："昼不见日精，夜不见月魄。"3. 菊花的别名。或谓为菊根茎的别名。
《初学记》卷二七引晋周处《风土记》："日精、治蘠，皆菊之花茎别名也。"晋葛洪《抱朴
子·仙药》："仙方所谓日精、更生、周盈，皆一菊，而根茎花实异名。"《神农本草经》卷
一"菊华，味苦，平"清孙星衍注："《名医》曰：（菊华）一名日精。"4. 云母的别名。见宋
叶廷珪《海录碎事·百工医技》。

火　箸

◎ 版本考

A 朱符谓火箸如两仪成变化，不可缺一。本明大师在坐曰："当以玉为之，贵能不
热。"（李明之《衡山记》）

B 朱符谓火箸如两仪成变化，不可缺一。本明大师在坐曰："当以玉为之，贵能不
热。"（李明之《衡山记》）

C 朱符谓火箸如两仪成变化，不可缺一。本明火师在坐曰："当以玉为之，贵能不
热。"（李明之《衡山记》）

D【玉火箸】李明之《衡山记》曰：朱符谓火箸如两仪成变化，不可缺一。本明大师在
坐，曰："当以玉为之，贵能不热。"

E【玉火箸】李明之《衡山记》曰：朱符谓火箸如两仪成变化，不可缺一。本明大师在
坐，曰："当以玉为之，贵能不热。"

◎ 引文考

【宋罗泌《路史》卷一·前纪一·初三皇纪·初天皇·初地皇·初人皇】事有不可尽究，
物有不可臆言。众人疑之，圣人之所稽也。《易》有太极，是生两仪。老氏谓有物混成，
先天地生。而荡者遂有天地权舆之说。仪，匹也。不曰二仪者，二有先后，两无彼此，有
相匹之意矣。天一地二者，此先后之言尔，地亦惟一，而云二者，言下已落第二也。李明
之《衡山记》云："朱符谓火箸如两仪成变化，不可缺一。"

【元刘埙《隐居通议》卷二十八】李明之《衡山记》云："朱符谓火箸如两仪，不可缺

一。"故不曰二,而曰两者,阴阳互为用也。罗氏《路史》发明其义,乃知两与二相似,而实有辨。

　　【《御定骈字类编》卷二十一·天地门二十一·火·火箸】《云仙杂记》:朱符谓~~如两仪成变化,不可缺一。本明大师在坐,曰:"当以玉为之,贵能不热。"

◎ 词汇考

　　【汉语大词典·火筯】即火筷子。唐冯贽《云仙杂记》卷二:"朱符谓:火箸如两仪成变化,不可缺一。"

　　【两仪】指天地。《易·系辞上》:"是故易有太极,是生两仪。"孔颖达疏:"不言天地而言两仪者,指其物体;下与四象(金、木、水、火)相对,故曰两仪,谓两体容仪也。"《晋书·挚虞传》:"考步两仪,则天地无所隐其情;准正三辰,则悬象无所容其谬。"元王实甫《西厢记》第五本第三折:"当日三才始判,两仪初分;乾坤:清者为乾,浊者为坤,人在中间相混。"

羔羊挥泪

◎ 版本考

　　A 程皓以铁床燖肉,肥膏见火,则油焰淋漓。皓戏言曰:"羔羊挥泪矣。"又云:"我以三十万钱偿铁匠而得此奉养,岂不太过?"(方德远《金陵记》)

　　B 程皓以铁床燖肉,肥膏见火,则油焰淋漓。皓戏言曰:"羔羊挥泪矣。"又云:"我以三十万钱偿铁匠而得此奉养,岂不太过?"(方德远《金陵记》)

　　C 程皓以铁床燖肉,肥膏见火,则油焰淋漓。皓戏言曰:"羔羊挥泪矣。"又云:"我以三十万钱偿铁匠而得此奉养,岂不太过?"(方德远《金陵记》)

　　D【羊肉挥泪】方德远《金陵记》曰:程皓以铁床燖肉,肥膏见火,则油焰淋漓。皓戏言曰:"羔羊挥泪矣。"又云:"我以三十万钱偿铁匠而得此奉养,岂不太过?"(046)

　　E【羊肉挥泪】方德远《金陵记》曰:程皓以铁床燖肉,肥膏见火,则油焰淋漓。皓戏言曰:"羔羊挥泪矣。"又云:"我以三十万钱偿铁匠而得此奉养,岂不太过?"

◎ 引文考

　　【《御定佩文韵府》卷五十八之一·油焰】《云仙杂记》:程皓以铁床燖肉,肥膏见火,则~~淋漓。皓戏言曰:"羊羔挥泪矣。"

　　【清李世熊《钱神志》卷二·奢汰第四】程皓以铁床燖肉,肥膏见火,则油焰淋漓。皓戏言曰:"羔食挥泪矣。"又云:"我以三十万钱偿铁匠而得此奉养,岂不太过?"(《金陵记》)

◎ 词汇考

　　【汉语大词典·燖】熏烤;熏蒸。唐冯贽《云仙散录·羔羊挥泪》:"程皓以铁床燖肉,肥膏见火,则油焰淋漓。"前蜀贯休《经费隐君旧宅》诗:"雨和高瀑浊,烧燖大楮枯。"宋蔡襄《茶录·燖盏》:"凡欲点茶,先须燖盏令热,冷则茶不浮。"明李时珍《本草纲目·石一·雄黄》："（雄黄）验之可以熠虫死者为真。"

屋 龙 更 衣

◎ 版本考

A 饶子卿隐庐山康王谷，无瓦屋，代以茅茨。每年一易茅，谓之屋龙更衣。或时雨湿致漏，则以油幄承梁，坐于其下，初不愁叹。（《十三贤共注庐山记》）

B 饶子卿隐庐山康王谷，无瓦屋，代以茅茨。每年一易茅，谓之屋龙更衣。或时雨湿致漏，则以油幄承梁，坐于其下，初不愁叹。（《十三贤共注庐山记》）

C 饶子卿隐庐山康王谷，无瓦屋，代以茅茨。每年一易茅，谓之茅龙更衣。或时雨湿致漏，则以油幄承梁，坐于其下，初不愁叹。（《十三贤共注庐山记》）

D《十三贤共注庐山记》曰：饶子卿隐康王谷，无瓦屋，代以茅茨。每年益茅，谓之屋龙更衣。或时雨湿则漏，以油幄承梁，坐于其下，更不愁叹。（047）

E《十三贤共注庐山记》曰：饶子卿隐康王谷，无瓦屋，代以茅茨。每年益茅，谓之屋龙更衣。或时雨湿则漏，以油幄承梁，坐于其下，更不愁叹。（047）

◎ 引文考

【明夏树芳《词林海错》卷九·屋龙】《十三贤庐山记》：饶子卿隐庐山康王谷，无瓦屋，代以茅茨。每年一易茅，谓之屋龙更衣。或时雨致漏，则以油幄承梁，坐于其下，初不愁叹。

【明郑元勋辑《媚幽阁文娱二集》卷九·钱栴《彷村别墨》】饶子卿无瓦屋，代以茅茨。每年一易茅，谓之屋龙更衣。或时雨湿致漏，则以油幄承梁，坐于其下，初不愁叹。今人处高堂广厦，偶有滴漏，不胜抑郁，且罪工之不愻。不知子卿何以欢欣度日。

【清吴士玉《骈字类编》卷一百七十·器物门二十三·油·油幄】《云仙杂记》：饶子卿隐庐山康王谷，无瓦屋，代以茅茨。或时雨湿致漏，则以～～承梁，坐于其下。

【清吴襄《子史精华》卷一百四十八·第宅·居处部二·茅龙更衣】冯贽《云仙杂记》：饶子卿隐庐山康王谷，无瓦屋，代以茅茨。每年一易茅，谓之～～～～。或时雨湿致漏，则以油幄承梁，坐于其下，初不愁叹。

【《御定佩文韵府》卷二之一·上平声·二冬韵一·龙·屋龙】《十三贤庐山记》：饶子卿隐庐山康王谷，无瓦屋，代以茅茨。每年一易茅，谓之～～更衣。

【《御定佩文韵府》卷十八之一·下平声·三肴韵一·茅·易茅】《云仙杂记》：饶子卿隐庐山康王谷，无瓦屋，代以茅茨。每年一～～，谓之茅龙更衣。或以雨湿致漏，则以油幄承梁，坐于其下，初不愁叹。

【《御定佩文韵府》卷九十二之四·入声·三觉韵四·幄·油幄】《云仙杂记》：饶子卿隐庐山康王谷，无瓦屋，代以茅茨。或时雨湿致漏，则以～～承梁，坐于其下，初不愁叹。

【清秦嘉谟《月令粹编》卷一·岁令总·茅龙更衣】《庐山记》：饶子卿隐庐山康王谷，无瓦屋，代以茅茨。每年一易茅，谓之茅龙更衣。

【清陈元龙《格致镜原》卷十九·宫室类一·屋】《十三贤庐山记》：饶子卿隐庐山康王

谷，无瓦屋，代以茅茨。每年一易茅，谓之屋龙更衣。或时雨致漏，则以油幄承梁，坐于其下，初不愁叹。

【清厉荃《事物异名录》卷十三·人事部·苫盖·屋龙更衣】《十二贤庐山记》：饶子卿隐庐山，无瓦屋，代以茅茨。每年一易茅，谓之屋龙更衣。

【清毛德琦《庐山志》卷十三·山川分纪十二·《康王谷谷帘泉云液泉景德观》·康王谷】《十三贤共注庐山记》：饶子卿隐居康王谷，茅茨数椽，不避风雨。每漏湿则张盖于梁上，而危坐其下，终日无闷色。茅烂辄易，谓之屋龙更衣。

【清文行远《浔阳蹈醢》卷三·栖逸】饶子卿隐居康王谷，茅茨数椽，不避风雨。每漏湿，则张盖于梁上，而危坐其下，终自无闷色。茅烂辄易，谓之屋龙更衣。(《十三贤共注庐山记》)

◎ 词汇考

【汉语大词典·茅茨】茅草盖的屋顶。亦指茅屋。《墨子·三辩》："昔者尧舜有茅茨者，且以为礼，且以为乐。"《韩非子·五蠹》："尧之王天下也，茅茨不翦，采椽不斲。"

掌有卧蛇文

◎ 版本考

A 傅咸掌有卧蛇文，指甲上隐起花草如雕刻，是以文章过人。（逍遥公《南康记》）

B 傅咸掌有卧蛇文，指甲上隐起花草如雕刻，是以文章过人。（逍遥公《南康记》）

C 傅咸掌有卧蛇文，指甲上隐起花草如雕刻，是以文章过人。（逍遥公《南康记》）

D【掌有卧龙】逍遥公《南康记》曰：傅咸掌有卧龙纹，指甲上隐起花草如雕刻，是以文章过人。

E【掌有卧龙】逍遥公《南康记》曰：傅咸掌有卧龙纹，指甲上隐起花草如雕刻，是以文章过人。

◎ 引文考

【明董斯张《广博物志》卷二十五·形体】傅咸掌有卧龙纹，指甲上隐起花草如雕刻，是以文章过人。(《南康记》)

【明张懋修《墨卿谈乘》卷四·人物·文人异相迁官贵征】傅咸掌有卧蛇文，指甲上隐起花草如雕刻，是以文章过人。(逍遥公《南康记》)

【明徐应秋《玉芝堂谈荟》卷十二《有文在手》】傅咸掌有卧龙文，指甲隐起花草，如雕刻，是以文章过人。

【清吴士玉《骈字类编》卷二百二·草木门二十七·花·花草】《记事珠》：傅咸掌有卧蛇文，指甲上隐起~~如雕刻，是以文章过人。

【清吴士玉《骈字类编》卷二百二十二·虫鱼门五·蛇·蛇文】《云仙杂记》：傅咸掌有卧~~，指甲上隐起花草如雕刻，是以文章过人。

【《御定佩文韵府》卷十二之一·蛇文】《云仙杂记》：傅咸掌有卧~~，指甲上隐起花草如雕刻，是以文章过人。

【清吴襄《子史精华》卷一百十八·方术部三·相·卧蛇文】冯贽《云仙杂记》：傅咸掌有~~~，指甲上隐起花草如雕刻，是以文章过人。

【清陈元龙《格致镜原》卷十二身体类二·颈项】《南康记》：傅咸掌有卧龙纹。

◎ 词汇考

【中国历史大辞典·傅咸】(239—294)西晋北地泥阳(今陕西耀县东南)人，字长虞。傅玄子。咸宁初，拜尚书右丞。迁司徒左长史、车骑司马。力主并官息役，惟农是务，以为奢侈之费，甚于天灾。惠帝时历尚书左丞、御史中丞，劾免少府夏侯骏。后为议郎，兼司隶校尉，奏免河南尹等官，京都肃然，贵戚慑伏。有明人所辑《傅中丞集》。

【汉语大词典·卧龙】喻隐居或尚未崭露头角的杰出人材。《三国志·蜀书·诸葛亮传》："(徐庶)谓先主曰：'诸葛孔明者，卧龙也，将军岂愿见之乎?'"《晋书·嵇康传》："(钟会)言于文帝曰：'嵇康，卧龙也，不可起，公无忧天下，顾以嵇康为虑耳。'"

栗 木 为 关

◎ 版本考

A 凡门以栗木为关者，夜可以远盗。(《从容录》)
B 凡门以栗木为关者，夜可以远盗。(《从容录》)
C 凡门以栗木为关者，夜可以远盗。(《从容录》)
D【栗木关】《从容录》曰：凡门以栗木为关者，夜可以远盗。
E【栗木关】《从容录》曰：凡门以栗木为关者，夜可以远盗。

◎ 引文考

【唐白居易原本、宋孔传续撰《白孔六帖》卷九十九·栗十三·栗木关】《从容录》曰：凡门以栗木为关者，夜可以远盗。

【宋周守中《养生类纂》卷十一·门户】凡门以栗木为关者，夜可以远盗。(《从容录》)

【元佚名《居家必用事类全集》丁集·宅舍·门户】凡门以栗木为关者，夜可以远盗。

【明徐应秋《玉芝堂谈荟》卷三十二《人气粉犀》】栗木为关，可远盗；青杨木为床，可祛蚤。

【明焦周《焦氏说楛》卷三】门以栗木为关，夜可远盗。

【明佚名《便民图纂》卷十一·起居类·营造避忌】人家居处宜高燥洁净。○造屋不宜作两间四间，两家门不宜正相对。○造屋不可先筑墙及外门。○凡门以栗木为关者，可以远盗。

【明郑若庸《类隽》卷二十八·果实类·栗·远盗】《从容录》云：凡门以栗木为关，夜可远盗。

【清吴襄《子史精华》卷一百四十八·居处部二·第宅·栗木关】冯贽《云仙杂记》：凡门以~~为~者，夜可以远盗。

【《御定佩文斋广群芳谱》卷五十九·果谱·栗】栗木作门关，可以远盗。

【清来集之《倘湖樵书》卷五《草木能夺天工》】卜宅书云：栗木为关，可远盗。

【清赵吉士《寄园寄所寄》卷七·獭祭寄·器用】凡门以栗木为关者，夜可以远盗。（《从容录》）

◎ 词汇考

【汉语大词典·门关】门闩。《墨子·非儒下》："季孙与邑人争门关。"孙诒让《闲诂》："《说文·门部》云：'关，以木横持门户也。'"《宋书·徐羡之传》："帝突走出昌门，追者以门关击之倒地，然后加害。"宋孔平仲《孔氏谈苑·铁镜相船法》："造屋主人不恤匠者，则匠者以法厌主人……以皂角木作门关，如是者凶。"

九 华 半 臂

◎ 版本考

A 关文衍为散骑常侍，画九华山，图于白绫半臂，号九华半臂，自云："令吾此身常在云泉之内。"（时逢《青阳记》）

B 关文衍为散骑常侍，画九华山，图于白绫半臂，号九华半臂，自云："令吾此身常在云泉之内。"（时逢《青阳记》）

C 关文衍为散骑常侍，画九华山，图于白绫半臂，号九华半臂，自云："令吾此身常在云泉之内。"（时逢《青阳记》）

D 时逢《青阳记》曰：关文衍为散骑常侍，画九华山，图于白绫半臂，号九华半臂，自云："令吾此身常在云泉之内。"（050）

E 时逢《青阳记》曰：关文衍为散骑常侍，画九华山，图于白绫半臂，号九华半臂，自云："令吾此身常在云泉之内。"（050）

◎ 引文考

【宋潘自牧《记纂渊海》卷六·地理部·地·山·传记】（闵）[关]文衍思九华山，图于白绫半臂，号九华半臂。（《青阳记》）

【明何镗《高奇往事》卷四·高苑·高致】时逢《青阳记》曰：关文衍为散骑常侍，刺九华山图于白绫半臂，号九华半臂，自云："令吾此身常在云泉之内。"

【明焦竑《焦氏类林》卷七】关文衍为散骑常侍，画九华山图于白绫半臂，号九华半臂，自云："令吾此身常在云泉之内。"（时逢《青阳记》）

【明李贽《初潭集》卷十六·师友六】关文衍为散骑常侍，画九华山图于白绫半臂，号九华半臂，自云："令吾此身常在云泉之内。"

【明夏树芳《词林海错》卷七·半臂】时逢《青阳记》：关文衍为散骑常侍，画九华山图于白绫半臂，号九华半臂，自云："令吾身常在云泉之内。"

【清吴襄《子史精华》卷八·地部三·山·九华半臂】冯贽《云仙杂记》：关文衍画九华山图于白绫半臂，号～～～～，自云："令吾此身常在云泉之内。"

【清吴士玉《骈字类编》卷十·天地门十·云·云泉】《云仙杂记》：关文衍为散骑常侍，画九华山图于白绫半臂，号九华半臂，自云："令吾此身常在～～之内。"

【清陈元龙《格致镜原》卷十六·冠服类四·衫·半臂】时逢《青阳记》：关文衍为散骑

常侍，画九华山图于白绫半臂，号九华半臂，自云："令吾此身常在云泉之内。"

【清王初桐《奁史》卷六十三·衣裳门二·衣下】关文衍为爱姬画九华山图于白绫半臂，号九华半臂。(《青阳记》)

◎ **词汇考**

【汉语大词典·九华】山名。在今安徽省青阳县。旧称九子山。因有九峰如莲花，故改为今名。唐李白《改九子山为九华山联句》序："青阳县南有九子山，山高数十丈。上有九峰如莲花……予乃削其旧号，加以九华之目。"宋陆游《入蜀记》卷三："九华本名九子，李太白为易名。"主峰天台峰，有化城寺、百岁宫、回香阁和古拜经台等古刹名胜，与峨眉、五台、普陀等山合称中国佛教四大名山。

【汉语大词典·白绫】白色的绫子。《北史·尉古真传》："凉州绯色，天下之最，叉送白绫二千匹令染，聿拒不受。"《水浒传》第二四回："大官人，你便买一匹白绫，一匹蓝绸，一匹白绢，再用十两好绵，都把来与老身。"《红楼梦》第三六回："原来是个白绫红里的兜肚，上面扎着鸳鸯戏莲的花样。"

【汉语大词典·半臂】短袖或无袖上衣。宋邵博《闻见后录》卷二十："李文伸言东坡自海外归毗陵，病暑，着小冠，披半臂，坐船中。"

迁官面长额有光气

◎ **版本考**

A 郭汾阳每迁官，则面长二寸，额有光气。事已乃复。(《陇王书》)

B 郭汾阳每迁官，则面长二寸，额有光气。事已乃复。(《陇王书》)

C 郭汾阳每迁官，则面长二寸，额有光气。事已乃复。(《陇王书》)

D【面长二寸】《陇王书》曰：郭汾阳每迁官，则面长二寸，额有光气。事已乃复。(051)

E【面长二寸】《陇王书》曰：郭汾阳每迁官，则面长二寸，额有光气。事已乃复。(051)

◎ **引文考**

【宋潘自牧《记纂渊海》卷三十六·仕宦部·赴召·迁除】郭汾阳每迁官，则面长二寸，额有光气。事已乃复。(《陇王书》)

【明徐应秋《玉芝堂谈荟》卷十四·面长二寸】《云仙散录》：郭汾阳每迁官，则面长二寸，额有光气。久之乃复。

【明冯梦龙《古今谭概》委蜕部卷二十·异相】《云仙散录》：郭汾阳每迁官，则面长二寸，额有光气。久之乃复。

【明彭大翼《山堂肆考》卷八十·臣职·每迁有光气】唐郭汾阳每迁官，面长三寸，额上有光气，事已乃复。

【明孙能传《剡溪漫笔》卷四·面长爪折】郭汾阳每迁官，面长三寸，额有光气。事已乃复。陈章皇后手爪长五寸，色并红白，每有蕡功之服，一爪先折，四体之动，兆乎吉凶。如执玉高卑、鸢肩火色之类多有之。至如二事，尤极诧异。

【明张懋修《墨卿谈乘》卷四·人物·文人异相迁官贵征】郭汾阳每迁官，则面长二寸，额有光气。事已乃定。(《陇王书》)

【清吴襄《子史精华》卷一百十八·方术部三星·相·迁官则面长二寸额有光气】冯贽《云仙杂记》：郭汾阳每~~，~~~~~~~~~~。事已乃复。

【《御定佩文韵府》卷二十二之五·面长】《云仙杂记》：郭汾阳每迁官，则~~二寸，额有光气。事已乃复。

◎ 词汇考

【中国历史大辞典·郭汾阳】即郭子仪(697—781)，唐华州郑县(今陕西华县)人。以武举高第累迁天德军使，兼九原太守、朔方节度右兵马使。天宝十四载(755)，安禄山反，为灵武太守、朔方节度使，率本军东讨，收云中、马邑，开东陉关，以功加御史大夫。次年，与李光弼大败史思明，军威大震，河北诸郡皆起而回应。肃宗召至灵武，进兵部尚书、同平章事，仍总节度。至德二载(757)，败崔乾佑叛军，收复河东蒲州(今山西永济西南)。旋充关内、河东副元帅。遂与广平王李俶(代宗)率蕃、汉十五万军收复两京。乾元元年(758)，与李光弼等共九节度使围安庆绪于邺(今河南安阳)。次年，溃败，宦官监军鱼朝恩乘机谮之，因罢兵权。上元二年(761)，李光弼兵败邙山(今河南洛阳北)。次年，河中、太原军乱，复起为朔方、河中、北庭、潞、泽节度行营兼兴平、定国副元帅，进封汾阳郡王，出镇绛州，镇抚诸军。代宗立，复为宦官程元振所构，罢副元帅，充肃宗山陵使，乃上表自诉。代宗欲起用之，为宦官所间，仍留京师。广德初，吐蕃攻京师，代宗奔陕，急召为关内副元帅。时部下惟二十骑，乃收兵得数千人，以虚张旗帜，鸣鞞鼓，使吐蕃惊骇而去，以功图形凌烟阁。广德二年(764)，仆固怀恩叛唐，郭子仪为朔方节度大使，招抚怀恩之众。后怀恩引回纥、吐蕃、党项数十万攻唐，京师震恐。郭子仪奉急召至泾阳(今属陕西)，说服回纥酋长，共破吐蕃，朝廷赖以为安。德宗即位，尊为尚父，召还京师，进太尉、中书令，以年老，所领诸使、副元帅并罢。卒谥忠武。

【汉语大词典·迁官】晋升官爵。《韩非子·显学》："夫有功者必赏，则爵禄厚而愈劝；迁官袭级，则官职大而愈治。"《金瓶梅词话》第二九回："一生盛旺，快乐安然，发福迁官，主生贵子。"清龚炜《巢林笔谈·用人之道》："登进不拘一格，则怀才者兴；迁官不以年资，则宣力者奋。"

壶　中　景

◎ 版本考

　A 石崇砌上就苔藓刻成百花，饰以金玉，曰："壶中之景，不过如是。"(《耕桑偶记》)

　B 石崇砌上就苔藓刻成百花，饰以金玉，曰："壶中之景，不过如是。"(《耕桑偶记》)

　C 石崇砌上就苔藓刻成百花，饰以金玉，曰："壶中之景，不过如是。"(《耕桑偶记》)

　D【刻藓成花】《耕桑偶记》曰：石崇砌上就苔藓刻成百花，饰以金玉，曰："壶中之景，不过如是。"(052)

　E【刻藓成花】《耕桑偶记》曰：石崇砌上就苔藓刻成百花，饰以金玉，曰："壶中之

景，不过如是。”（052）

◎ 引文考

　　【明王路《花史左编》卷二十四·花之变·砌刻】石崇砌上就苔藓刻百花，饰以金玉，曰：“壶中之景，不过如是。”

　　【明蒋一葵《尧山堂外纪》卷十·六朝·石崇】苞之子，生于青州，小字齐奴。苞临终，崇幼，独不及家财。及为荆州刺史，使商客航海致富。砌上就苔藓刻成百花，饰以金玉，曰：“壶中之景，不过如是。”

　　【明郑仲夔《玉麈新谭》·清言卷九·汰侈】石齐奴砌上就苔藓刻成百花，饰以金玉，叹曰：“壶中之景，不过如是。”

　　【《御定佩文斋广群芳谱》卷九十一·卉谱·苔】《耕桑偶记》：石崇砌上就苔藓刻成百花，饰以金玉，曰：“壶中之景，不过如是。”

　　【清吴士玉《骈字类编》卷一百六十·器物门十三·壶·壶中】《云仙杂记》：石崇砌上就苔藓刻成百花，饰以金玉，曰：“～～之景，不过如是。”

　　【清吴士玉《骈字类编》卷一百八十二·草木门七·苔·苔藓】《耕桑偶记》：石崇砌上就～～刻成百花，饰以金玉，曰：“壶中之景，不过如是。”

　　【《御定渊鉴类函》卷四百十·草部三·苔二】《群芳谱》曰：石崇砌上就苔藓刻百花，饰以金玉，曰：“壶中之景，不过如是。”

　　【清陈元龙《格致镜原》卷六十八·草类一·苔】《耕桑偶记》：石崇砌上就苔藓刻百花，饰以金玉，曰：“壶中之景，不过如是。”

　　【清汪宪《苔谱》卷四·苔生处所上·砌下苔】《耕桑偶记》曰：石崇砌上就苔藓刻成百花，饰以金玉，曰：“壶中之景，不过如是。”

　　【清李世熊《钱神志》卷二·奢汰第四】石崇，字季伦……尝于砌上就苔藓刻百花，饰以金玉，曰：“壶中之景，不过如是。”

◎ 词汇考

　　【中国历史大辞典·石崇】（249—300），西晋勃海南皮（今河北南皮东北）人，字季伦，小名齐奴。司徒石苞少子。初为修武令，有能名。人为散骑郎，迁城阳太守。攻吴有功，封安阳乡侯。拜黄门郎，累迁侍中。因忤杨骏，出为南中郎将、荆州刺史，在州劫掠商客，致富不赀。转监徐州诸军事，镇下邳。坐事免官，复拜卫尉。与潘岳等谄事侍中贾谧，为“二十四友”之一。置别馆金谷园于洛阳金谷（即金谷涧，一名梓泽，在今河南洛阳东北），有水碓三十余区，苍头八百余人，珍宝田宅无数。尝与贵戚王恺、羊琇竞奢斗富，以蜡代薪，作锦步障五十里，武帝每助恺而不能胜。以谧诛，坐免。有美妓绿珠，赵王伦幸臣孙秀使人求之，不许。秀怒，矫诏杀之。

　　【汉语大词典·苔藓】苔和藓同属隐花植物中的一个大类，有很多种，大多生长在潮湿的地方。一般不细加分别，统称苔藓。南朝齐谢朓《游山》诗：“荒隩被葳莎，崩壁带苔藓。”宋苏轼《用王巩韵赠其侄震》：“衡门老苔藓，竹柏千兵屯。”

辨琴秦楚声

◎ 版本考

　　A 李龟年至岐王宅，闻琴声，曰："此秦声。"良久，又曰："此楚声。"主人入问之，则前弹者陇西沈妍也，后弹者扬州薛满。二妓大服，乃赠之破红绡、蟾酥黪。龟年自负，强取妍秦音琵琶捍拨而去。（《辨音集》）

　　B 李龟年至岐王宅，闻琴声，曰："此秦声。"良久，又曰："此楚声。"主人入问之，则前弹者陇西沈妍也，后弹者扬州薛满。二妓大服，乃赠之破红绡、蟾酥黪。龟年自负，强取妍秦音琵琶捍拨而去。（《辨音集》）

　　C 李龟年至岐王宅，闻琴声，曰："此秦声。"良久，又曰："此楚声。"主人入问之，则前弹者陇西沈妍也，后弹者扬州薛满。二妓大服，乃赠之破红绡、蟾酥黪。龟年自负，强取妍秦音琵琶捍拨而去。（《辨音集》）

　　D【三破红绡】《耕桑偶记》曰：李龟年岐王宅，闻琴声，曰："此秦声。"良久，又曰："此楚声。"主人入问之，则前弹者陇西沈妍也，后弹者扬州薛满。二妓大服，乃赠三破红绡、蟾酥黪。龟年自负，强取妍秦音琵琶捍拨而去。（053）

　　E【三破红绡】《耕桑偶记》曰：李龟年岐王宅，闻琴声，曰："此秦声。"良久，又曰："此楚声。"主人入问之，则前弹者陇西沈妍也，后弹者扬州薛满。二妓大服，乃赠三破红绡、蟾酥黪。龟年自负，强取妍秦音琵琶捍拨而去。（053）

◎ 引文考

　　【唐白居易原本、宋孔传续撰《白孔六帖》卷八·绡十三·三破红绡】《辨音集》：李龟年至岐王宅，岐王赠三破红绡。

　　【明彭大翼《山堂肆考》卷一百八十七·币帛·妓女赠红】唐李龟年至岐王宅，二妓女赠三破红绡。

　　【明彭大翼《山堂肆考》卷一百六十二·音乐·琴·秦声楚声】唐李龟年至岐王宅，闻琴声，曰："此秦声。"良久，又曰："此楚声。"主人入问之，则前弹者陇西沈妍，后弹者扬州薛满。

　　【明郑若庸《类隽》卷二十二·布帛类·绡·三破】《辨音集》：李龟年至岐王宅，二妓赠三破红绡。

　　【《御定渊鉴类函》卷三百六十六·布帛部二·绡三·三破】唐《辨音集》云：李龟年至岐王宅，二妓女赠三破红绡。

　　【清陈元龙《格致镜原》卷二十七·绡】《说文》：绡，生丝缯也。《山堂肆考》：龙绡、绛绡、紫绡、云雾绡，皆美人衣也。《辨音集》：李龟年至岐王宅，二妓赠三破红绡。

◎ 词汇考

　　【中国历史大辞典·李龟年】唐人。乐师。开元中，与弟彭年、鹤年皆有才学盛名。精音律，能歌，善奏羯鼓、觱篥。曾作《渭州曲》。在岐王宅时，隔室闻陇西沈妍所弹，即曰"此秦声也"，闻扬州薛满所弹，即曰"此楚声也"。安史之乱后流落江南。每遇良辰胜景，常为人歌，座客闻之，莫不掩泣。杜甫《江南逢李龟年》诗云："岐王宅里寻常见，崔九堂前几度闻。正是江南好风景，落花时节又逢君。"《全唐文》存文一篇。

【汉语大词典·蟾酥黐】刮取蟾酥后用面粉和成的块，可供药用。唐冯贽《云仙杂记·辨琴秦楚声》："李龟年至岐王宅，闻琴声，曰：'此秦声。'良久，又曰：'此楚声。'主人入问之，则前弹者陇西沈妍也；后弹者扬州薛满。二妓大服，乃赠之破红绡、蟾酥黐。"

【汉语大词典·秦声】秦地的音乐。《史记·廉颇蔺相如列传》："蔺相如前曰：'赵王窃闻秦王善为秦声，请奏盆缻秦王，以相娱乐。'"《文选·杨恽〈报孙会宗书〉》："家本秦也，能为秦声。"李善注："李斯上书曰：'击瓮扣缶，而呼呜呜快耳者，真秦声也。'"宋黄庭坚《次以道韵寄范子夷子默》："鼓缶多秦声，琵琶作胡语。"明胡侍《真珠船·秦声》："陈轸对秦王曰：'臣虽弃逐之楚，岂无能秦声哉？'"

【汉语大词典·楚声】古代楚地的曲调。《汉书·礼乐志》："高祖乐楚声，故《房中乐》楚声也。"唐孟郊《同从叔简酬卢殿少府》诗："梅尉吟楚声，竹风为凄清。"宋苏轼《竹枝歌序》："《竹枝》歌，本楚声，幽怨恻怛，若有所深悲者。"鲁迅《汉文学史纲要》第六篇："故在文章，则楚汉之际，诗教已熄，民间多乐楚声……盖秦灭六国，四方怨恨，而楚尤发愤，誓虽三户必亡秦，于是江湖激昂之士，遂以楚声为尚。"

【汉语大词典·红绡】红色薄绸。唐白居易《琵琶行》："五陵年少争缠头，一曲红绡不知数。"南唐冯延巳《应天长》词之三："枕上夜长祇如岁，红绡三尺泪。"

【汉语大词典·捍拨】弹奏琵琶用的拨子。因其质地坚实，故称。唐元稹《琵琶歌》："泪垂捍拨朱弦湿，冰泉呜咽流莺涩。"《新唐书·礼乐志十一》："象牙为捍拨。"前蜀牛峤《西溪子》词："捍拨双盘金凤，蝉鬓玉钗摇动。"宋苏轼《谏买浙灯状》："（明皇）又令益州织半臂背子、琵琶捍拨、镂牙合子等。"

临 光 宴

◎ 版本考

A 正月十五夜，玄宗于常春殿张临光宴。白鹭转花，黄龙吐水，金凫银燕，浮光洞，攒星阁，皆灯也。奏《月分光曲》。又撒闽江锦荔支千万颗，令宫人争拾，多者赏以红圈帔、绿晕衫。（《影灯记》）

B 正月十五夜，元宗于常春殿张临光宴。白鹭转花，黄龙吐水，金凫银燕，浮光洞，攒星阁，皆灯也。奏《月分光曲》。又撒闽江锦荔支千万颗，令宫人争拾，多者赏以红圈帔、绿晕衫。（《影灯记》）

C 正月十五夜，玄宗于常春殿张临光宴。白鹭转花，黄龙吐水，金凫银燕，浮光洞，攒星阁，皆灯也。奏《月分光曲》。又撒闽江锦荔枝千万颗，令宫人争拾，多者赏以红圈帔、绿晕衫。（《影灯记》）

D《影灯记》曰：正月十五日夜，玄宗于常春殿张临光宴。白鹭转花，黄龙吐水，金凫银燕，浮光洞，攒星阁，皆灯也。奏《灯月分光曲》。又撒闽江锦荔支千万颗，令宫人争拾，多者赏红圈帔、绿晕衫。（054）

E《影灯记》曰：正月十五日夜，玄宗于常春殿张临光宴。白鹭转花，黄龙吐水，金凫银燕，浮光洞，攒星阁，皆灯也。奏《灯月分光曲》。又撒闽江锦荔支千万颗，令宫人争

拾，多者赏红圈帔、绿台衫。（054）

◎ 引文考

　　【唐白居易原本、宋孔传续撰《白孔六帖》卷四·正月十五·临光宴】《影灯记》曰：正月十五夜，元宗于长春殿临光宴。

　　【唐白居易原本、宋孔传续撰《白孔六帖》卷十四·灯烛三·"白鹭转花黄龙吐水"】玄宗张临光宴，白鹭转花，黄龙吐水，皆灯也。出《影灯记》。

　　【宋无名氏《锦绣万花谷》后集卷四·上元·春月分光曲】正月十五日，玄宗于常春殿临光宴。白鹭转花，黄龙吐水，金凫银燕，浮光洞，攒星阁，皆灯也。奏《月分光曲》。出《影灯记》。

　　【宋谢维新《事类备要》前集卷十五·节序门·元宵·撒荔枝】正月十五夜，玄宗于常春殿张临光宴。白鹭转花，黄龙吐水，金凫银燕，浮光洞，攒星阁，皆灯也。奏《月分光曲》又~闽江锦~~千万颗，令宫人争拾，多者赏以红圈帔、绿晕衫。（《影灯记》）

　　【宋谢维新《事类备要》别集卷六十九·飞禽门·鹭鸶·花灯】正月十五夜，玄宗于常春殿张临光宴，白鹭转~~。（《影灯记》）

　　【宋陈元靓《岁时广记》卷十·黄龙灯】《影灯记》：元夜唐元宗于常春殿临光宴，为白鹭转花，黄龙吐水，金凫银燕，浮光洞，攒星阁，皆灯也。奏《月分光曲》。

　　【元陶宗仪《说郛》卷六十九下·阙名】《影灯记》：正月十五夜，元宗于常春殿张临光宴。白鹭转花，黄龙吐水，金凫银燕，浮光洞，攒星阁，皆灯也。奏《月分光曲》。又撒闽江锦荔支千万颗，命宫人争拾，多者赏以红圈帔、绿晕衫。

　　【明顾起元《说略》卷四《时序》】《影灯记》：正月十五日，玄宗于长春殿临光宴。有白鹭转花，黄龙吐水，金凫银燕，浮光洞，攒星阁等灯。奏《月分光曲》。

　　【明焦周《焦氏说楛》卷三】临光宴：白鹭转花、黄龙吐水、金凫银燕、浮光洞、攒星阁，灯名。

　　【明彭大翼《山堂肆考》卷八·时令·元宵·撒荔】《影灯记》：正月十五夜，唐玄宗于长春殿张临光宴。白鹭转花，黄龙吐水，金凫银燕，浮光洞，攒星阁，皆灯名。奏《月光分曲》。又撒闽江红荔枝千万颗，令宫人争拾，多者赏以红圈帔、绿晕衫。

　　【明彭大翼《山堂肆考》卷二百十三·羽虫·鹭鸶·转花灯】《影灯记》：正月十五夜，玄宗于长春殿张临光宴，白鹭转花灯。

　　【明彭大翼《山堂肆考》卷二百十三·羽虫·鸥·凫灯】《影灯记》：正月十五日，唐玄宗于长春殿张临光宴，金凫灯。

　　【明邓庆寀《闽中荔支通谱》卷五·幔亭羽客】《十八娘外传》：明皇既幸蜀，失贵妃于马嵬，十八娘亦归里中，居晋安城东报国院，至德三载无疾而终，遂就院傍之隙地瘗焉。万历中，有东海生者，闽人也，一日出游东郊，少憩于报国院，昼长假寐，梦至一所，朱户红楼，丹楹紫阁，极其壮丽，徘徊间，俄见一双髻侍儿红裙翠袖揖生而进，曰："奉十八娘命，敬邀郎君生从之。"入未及百步，香气袭人，行至一室，扁曰扶离别馆。少顷，见绿纱侍儿导一女郎，年可十七八，绛绡衣，颜色殊绝，冉冉而至。生进曰："偶因休暇，驾言出游，既昧平生，敢逢胜果？"女郎曰："妾开元皇帝侍儿也，以江采苹之荐，得幸于上。今归此中，以与郎君有夙缘，故相屈耳。"因出金钟贮琼液以酎生，生饮之，甘如醍醐醴酪，酒醅，姬容色转丽，因歌《菩萨蛮》一阕："妾身本是琅琊种，当年曾被君王宠。艳态斗红妆，人称十八娘。绛绡笼玉质，纤手金盘擘。驿路起尘埃，骊山一骑来。"生闻之，愈加叹赏，因请问开元遗事。姬曰："妾忆在宫中时，正月十五夜，上御常春殿张临光宴。白鹭转花，黄龙吐水，遣妾撒闽中锦丸于地，令宫人竞拾之，多者赏以红圈帔、绿晕衫。又一日，上幸长生殿，奏新曲，未有名，值妾为贵妃称觞，上大悦，遂以妾名其乐，左右欢呼，声动山谷，此皆妾之受宠于上，不闻于人间者。"生闻之，愈惊骇。

【明郑若庸《类隽》卷二十九·鸟兽类·转花】《影灯记》云：正月十五日，玄宗于常春殿张临光宴，白鹭转花灯。

【《御定渊鉴类函》卷十七·岁时部六·正月十五日三·传柑　撒荔】《岁时记》：上元夜，贵戚例以黄柑相遗，谓之传柑。东坡诗："老病行穿万马群，九衢人散月纷纷。归来一点残灯在，犹有传柑遗细君。"《影灯记》：正月十五夜，唐明皇于长春殿张临光宴。白鹭转花，黄龙吐水，金凫银燕，浮光洞，攒星阁，皆灯名。奏《月光分曲》。又撒闽江红荔枝千万颗，令宫人争拾，多者赏以红圈帔、绿晕衫。

【《御定渊鉴类函》卷三百六十·火部二·灯三·黄龙吐水　白鹭转花】玄宗张临光宴，白鹭转花，黄龙吐水，皆灯也。

【《御定渊鉴类函》卷四百二十七·鸟部十·鹭·鹭转花灯】《影灯记》：正月十五日，明皇于长春殿张临光宴，设白鹭转花灯。

【《御定分类字锦》卷二十八·礼仪·燕飨第三·临光宴】《云仙杂记》：正月十五夜，玄宗于常春殿张～～～。白鹭转花，黄龙吐水，金凫银燕，浮光洞，攒星阁，皆灯也。奏《月分光曲》。

【清吴襄《子史精华》卷二十四·岁时部一·春·白鹭转花黄龙吐水】冯贽《云仙杂记》：正月十五夜，明皇于常春殿张临光宴。～～～～，～～～～，金凫银燕，浮光洞，攒星阁，皆灯也。奏《月分光曲》。

【清吴襄《子史精华》卷二十九·礼仪部二·飨燕·临光宴】冯贽《云仙杂记》：正月十五夜，玄宗于常春殿张～～～。白鹭转花，黄龙吐水，金凫银燕，浮光洞，攒星阁，皆灯也。奏《月分光曲》。又撒闽江锦荔枝千万颗，令宫人争拾，多者赏以红圈帔、绿晕衫。

【《御定佩文韵府》卷七十六之四·去声十七·霰韵四·燕·临光宴】《影灯记》：正月十五夜，玄宗于常春殿张～～～，奏《月分光曲》。

【《御定佩文韵府》卷九十九之三·入声·十药韵三·阁·攒星阁】《影灯记》：正月十五夜，唐明皇于长春殿张临光宴。白鹭转花，黄龙吐水，金凫银燕，浮光洞，～～～，皆灯名。

【《御定月令辑要》卷五·正月令·天道·临光宴】原《影灯记》：正月十五夜，明皇于长春殿张临光宴。白鹭转花，黄龙吐水，金凫银燕，浮光洞，攒星阁，皆张灯火。奏《月光分曲》。撒闽江锦荔枝千万颗，命宫人争拾，多者赏以红圈帔、绿晕衫。

【清吴宝芝《花木鸟兽集类》卷中·鹭鸶】《影灯记》：开元天宝间，御常春殿，燃白鹭转花灯。

【清秦嘉谟《月令粹编》卷四·正月日次·十五日·临光宴】《影灯记》：正月十五夜，明皇于长春殿张临光宴。白鹭转花，黄龙吐水，金凫银燕，浮光洞，攒星阁，皆张灯火。奏《月光分曲》。撒闽江锦荔枝千万颗，命宫人争拾，多者赏以红圈帔、绿晕衫。

【清陈元龙《格致镜原》卷五十·日用器物类二·火·上元灯】《影灯记》：正月十五日，玄宗于常春殿张临光宴。白鹭转花，黄龙吐水，金凫银燕，浮光洞，攒星阁，皆灯也。奏《月分光曲》。

【清吴宝芝《花木鸟兽集类》卷中·鹭鸶】《影灯记》：开元天宝间，御常春殿，燃白鹭转花灯。

【清华希闵《广事类赋》卷二·上元·荔枝遍撒于临光】《影灯记》：明皇于长春殿张临光宴。白鹭转花，黄龙吐水，金凫银燕，浮光洞，攒星阁，皆灯名也。奏《月分光曲》。又撒闽江锦荔枝千万颗，令宫人争拾，多者赏以红圈帔、绿晕衫。

【清华希闵《广事类赋》卷三十四·鹭·临光则妙转花灯】《影灯记》：正月十五日，明皇于长生殿张临光宴，设白鹭转花灯。

【清萧智汉《月日纪古》卷一·正月·十五日】《影灯记》：正月十五日夜，唐明皇于长春殿张临光宴。白鹭转花，黄龙吐水，金凫银燕，浮光洞，攒星阁，皆灯名。奏《月光分曲》。又撒闽江红荔枝千万颗，令宫人争拾，多者赏以红圈帔、绿晕衫。

【清来集之《倘湖樵书》卷五·撒珠撒银钱】《云仙杂记》云：唐玄宗于正月十五夜，御常春殿张临光宴。白鹭转花，黄龙吐水，金凫银燕，浮光洞，攒星阁，皆灯也。奏《月分光曲》。又撒闽江锦荔枝千万颗，令宫人争拾，多者赏以红圈帔、绿晕衫焉。

◎ 词汇考

【汉语大词典·攒星】繁星。常用以喻指体小密集而色彩绚丽的花果等。唐司空曙《和李员外与舍人咏玫瑰花寄徐侍郎》："攒星排绿蒂，照眼发红光。"宋韩彦直《橘录》卷中："（金橘）比金柑更小，形色颇类……周美成词有'露叶烟梢寒色重，攒星低映小珠帘'，为是橘作。"

水　松　牌

◎ 版本考

A 李白游慈恩寺，寺僧用水松牌刷以吴胶粉，捧乞新诗。白为题讫，僧献玄沙钵、绿英梅、檀香笔格、兰缣袴、紫琼霜。（《海墨微言》）

B 李白游慈恩寺，寺僧用水松牌刷以吴胶粉，捧乞新诗。白为题讫，僧献玄沙钵、绿英梅、檀香笔格、兰缣袴、紫琼霜。（《海墨微言》）

C 李白游慈恩寺，寺僧用水牌刷以吴胶粉，捧乞新诗。白为题讫，僧献玄沙钵、绿英梅、檀香笔格、兰缣袴、紫琼霜。（《海墨微言》）○今按：《说郛》本题为"水松牌"，题目不误，而正文误脱"松"字。

D《海墨微言》曰：李白游慈恩寺，寺僧用水松牌刷以吴胶粉，捧乞新诗。白为题讫，僧献玄沙钵、绿英梅、檀香笔格、兰缣袴、紫琼霜。（055）

E《海墨微言》曰：李白游慈恩寺，僧用水松牌刷以吴胶粉，捧乞诗。白为题讫，僧献玄沙钵、绿英梅、檀香笔格、兰缣袴、紫琼霜。（055）

◎ 引文考

【唐白居易原本、宋孔传续撰《白孔六帖》卷九十九·梅十·绿英梅】李白游慈恩寺，僧献绿英梅。出《海墨微言》。

【宋陈景沂《全芳备祖前集》卷一·花部·梅花】李白游慈恩寺，僧献绿英梅。（《六帖》）

【宋无名氏《锦绣万花谷》后集卷三十八·梅·绿英】李白游慈恩寺，僧献绿英梅。出《海墨微言》。

【宋潘自牧《记纂渊海》卷八十二·字学部·笔架·传记】李白游慈恩寺，寺僧捧牌乞诗。白题讫，僧献玄沙钵、绿英梅、檀香格。（《海墨微言》）

【宋潘自牧《记纂渊海》卷九十三·花卉部·梅花】李白游慈恩寺，寺僧献绿英梅。（《海墨微言》）

【宋谢维新《事类备要》外集卷三十六·服饰门·献兰缣袴】李白游慈恩寺，僧用水松牌乞诗。白为题讫，僧～～～～。（《云仙散录》《海墨微言》）

【元阴时夫《韵府群玉》卷三·上平声·九佳·水松牌】详袴。

【元阴时夫《韵府群玉》卷十三·去声·七遇·兰缣袴】李白游慈恩寺，僧用水松牌乞诗。题讫，僧献～～～。（《云仙散录》）

【明王路《花史左编》卷十六·花之事·绿英】李白游慈恩寺，僧献绿英梅。

【明夏树芳《词林海错》卷十五·乞诗】《海墨微言》：李白游慈恩寺，僧用水松牌，刷以吴胶粉，捧去乞诗。白为题讫，僧献玄沙钵、绿英梅、檀香笔格，（简）[兰]缣袴、紫琼霜。

【明彭大翼《山堂肆考》卷一百九十·衣服·僧献】《云仙散录》：李白游慈恩寺，僧用水松牌乞诗。白为题讫，僧献兰缣袴。

【明彭大翼《山堂肆考》卷一百九十八·花品·梅花·绿英】《海墨微言》：李白游慈恩寺，僧献绿英梅。

【明郑若庸《类隽》卷十六·衣服类·袴·兰缣】《云仙散录》：《海墨微言》曰：李白游慈恩寺，僧用水松牌乞诗。白为题（记）【讫】，僧献兰缣袴。

【明郑若庸《类隽》卷二十六·花木类·梅花·绿英】《海墨微言》云：李白游慈恩寺，僧献绿英梅。

【《御定渊鉴类函》卷三百七十五·服饰部六·袴褶三·原文绮 增兰缣】《晋东宫旧事》曰：太子纳妃，有绛直文罗袴、七彩杯文绮袴。《云仙散录》曰：李白游慈恩寺，僧用水松牌乞诗。题讫，僧献兰缣袴。

【《御定佩文韵府》卷九之一·牌·水松牌】《云仙杂录》：李白游慈恩寺，僧用～～～乞诗。题讫，僧献绿英梅、檀香笔格、兰缣袴、紫琼霜。

【《御定佩文韵府》卷十八之二·下平声·三肴韵二·胶·吴胶】《云仙杂记》：李白游慈恩寺，寺僧用水松牌，刷以～～粉，捧乞新诗。

【《御定佩文韵府》卷二十二之六·下平声·七阳韵六·霜·紫琼霜】《云仙杂记》：李白游慈恩寺，寺僧用水松牌，刷以吴胶粉，捧乞新诗。白为题讫，僧献玄沙钵、绿英梅、檀香笔格、兰缣袴、～～～。

【《御定佩文韵府》卷二十三之一·下平声·八庚韵一·英·绿英】《云仙杂记》：李白

游慈恩寺，僧用水松牌，刷以吴胶粉，捧乞新诗。白为题讫，僧献玄沙钵、～～梅、兰缣袴、紫琼霜。

【《御定佩文韵府》卷二十九之二·下平声·十四盐韵二·缣·兰缣】《云仙杂记》：李白游慈恩寺，寺僧用水松牌，乞新诗，白为题讫，僧献～～袴。

【《御定佩文韵府》卷六十六之十·去声·七遇韵十·袴·兰缣袴】《云仙散录》：李白游慈恩，寺僧用水松牌乞诗，题讫，僧献～～～

【《御定佩文韵府》卷九十六之二·入声·七曷韵二·钵·玄沙钵】《云仙杂记》：李白游慈恩寺，寺僧用水松牌，刷以吴胶粉，捧乞新诗。白为题讫，僧献～～～、绿英梅、檀香笔格、兰缣袴、紫琼霜。

【清吴士玉《骈字类编》卷一百三十九·采色门六·绿·绿英】《云仙杂记》：李白游慈恩寺，僧用水松牌，刷以吴胶粉，捧乞新诗。白为题讫，僧献元沙钵、～～梅、兰缣袴、紫琼霜。

【清吴士玉《骈字类编》卷一百八十·草木门五·兰·兰缣】《云仙杂记》：李白游慈恩寺，寺僧用水松牌乞新诗。白为题讫，僧献～～袴。

【《御定佩文斋广群芳谱》卷二十二·花谱·梅花一】《云仙杂记》：李白游慈恩寺，寺僧乞诗。白为题讫，僧献绿英梅、檀香笔格、兰缣袴、紫琼霜。

【清陈元龙《格致镜原》卷十八·冠服类六·袴】《海墨微言》：李白游慈恩寺，僧用水松牌乞诗。白为题讫，僧献兰缣袴。

【清陈元龙《格致镜原》卷四十·文具类四·笔架】《海墨微言》：李白游慈恩寺，僧用水松牌，刷以吴胶粉，捧去乞诗。白为题讫，僧献檀香笔格。

【清陈元龙《格致镜原》卷五十一·日用器物类三·钵】《海墨微言》：李白游慈恩寺，为僧题诗讫，僧献玄沙钵。

【清沈青峰《(雍正)陕西通志》卷九十八·拾遗一】李白游慈恩寺，寺僧用水牌，刷以吴胶粉，捧乞新诗。白为题讫，僧献玄沙钵、绿英梅、檀香笔格、兰缣袴、紫琼霜。（《海墨微言》）

【清严长明《(乾隆)西安府志》卷八十·拾遗志·艺文】《海墨微言》：李白游慈恩寺，僧用水牌刷以吴胶粉，捧乞新诗。白为题讫，僧献元沙钵、绿英梅、檀香笔格、兰缣袴、紫琼霜。

【清吴宝芝《花木鸟兽集类》卷上·花·梅花】《海墨微言》：李白游慈思寺，僧献绿英梅。

【清华希闵《广事类赋》卷二十九·花部·梅·献绿英于李白】《海墨微言》：李白游慈恩寺，僧献绿英梅。

【清邓志谟《古事苑定本》卷九·衣服二】李白游慈恩寺，寺僧用水松牌乞诗。白为题记，僧乃以兰缣袴酹之。

【清俞樾《茶香室续钞》卷九·宋人书帖犹用竹简】唐冯贽《云仙杂记》云：李白游慈恩寺，寺僧用水松牌，刷以吴胶粉，捧乞新诗。此亦古人染翰不尽用纸之证。

◎ 词汇考

【汉语大词典·慈恩寺】唐代寺院名。旧寺在陕西长安东南曲江北，宋时已毁，仅存雁塔(大雁塔)。今寺为近代新建，在陕西省西安市南郊。唐贞观二十二年(648年)李治(高宗)为太子时，就隋无漏寺旧址为母文德皇后追福所建，故名慈恩寺。唐玄奘自印度学佛归国，曾住此从事佛经翻译工作达八年之久，并倡议在寺旁建雁塔，用以收藏从印度带回的经像。寺在全盛时有十余院，室一千八百九十七，僧三百人。自神龙始，进士登科，皇帝均赐宴曲江上，题名雁塔。雁塔今列为全国重点保护文物之一。参阅宋王溥《唐会要·寺》。

泛 春 渠

◎ 版本考

A 汝阳王琎取云梦石瓷泛春渠以蓄酒，作金银龟鱼浮沉其中，为酌酒具，自称酿王兼曲部尚书。(《醉仙图记》)

B 汝阳王琎取云梦石瓷泛春渠以蓄酒，作金银龟鱼浮沉其中，为酌酒具，自称酿王兼曲部尚书。(《醉仙图记》)

C 汝阳王琎取云梦石瓷泛春渠以蓄酒，作金银龟鱼浮沉其中，为酌酒具，自称酿王兼曲部尚书。(《醉仙图记》)

D《醉仙图记》曰：汝阳王琎取云梦石瓷泛春渠以置酒，作金银龟鱼浮沉其中，为酌酒具，自称酿王兼曲部尚书。(056)

E《醉仙图记》曰：汝阳王琎取云梦石瓷泛春渠以置酒，作金银龟鱼浮沉其中，为酌酒具，自称酿王兼曲部尚书。(056)

◎ 引文考

【宋潘自牧《记纂渊海》卷八·地理部·河渠·传记】汝阳王琎取云梦石瓷泛春渠以蓄酒。(《醉仙图记》)

【宋谢维新《事类备要》外集卷四十四·饮膳门·酒·自称酿王】汝阳王琎取云梦石瓷泛春渠以置酒，作金银龟鱼浮沉其中，为酌酒具，～～～兼曲部尚书。(出《醉仙图记》)

【明徐应秋《玉芝堂谈荟》卷二十八·鱼英盏】又《醉仙图记》：汝阳王琎取云梦石瓷泛春渠以置酒，作金龟银鱼浮沉其中，为酌酒具，家有酒法，号《甘露经》，自称酿王兼曲部尚书。

【明彭大翼《山堂肆考》卷一百九十二·饮食酒下·称为酿王】《国史补》：酒有京城之郎官清。又《醉仙图》：唐汝阳王琎取云梦石瓷泛春渠以置酒，作金银龟鱼浮沉其中，为酌酒具，自称酿王兼曲部尚书。

【明沈沈《酒概》卷二·八之称·酿王曲部尚书】汝阳王琎取云梦石瓷泛春渠以畜酒，作金银龟鱼浮沉其中，为酌酒具，自称酿王兼曲部尚书。

【明冯梦龙《古今谭概》·癖嗜部卷九·耽饮】汝阳王琎取云梦石瓷泛春渠以畜酒，作金银龟鱼浮沉其中，为酌酒具，自称酿王兼曲部尚书。

【明焦竑《焦氏类林》卷七·酒茗】汝阳王琎取云梦石瓷泛春渠以蓄酒，作金银龟鱼浮沉其中，为酌酒具，自称酿王兼曲部尚书。(《醉仙图记》)

【明李贽《初潭集》卷十七·师友七·一酒人】汝阳王琎取云梦石瓷泛春渠以畜酒，作金银龟鱼浮沉其中，为酌酒具，自称酿王兼曲部尚书。

　　【《御定月令辑要》卷四·春令·杂纪·泛春渠】原《云仙杂记》：汝阳王琎取云梦石鬶泛春渠以蓄酒，作金银龟鱼浮沉其中，为酌酒具。

　　【《御定渊鉴类函》三百九十二·食物部五·酒二】《醉仙图记》曰：汝阳王琎取云梦石鬶泛春渠以置酒，作金银龟鱼浮沉其中，为酌酒具，自称酿王兼曲部尚书。

　　【《御定佩文韵府》卷六之二·上平声·六鱼韵二·渠·泛春渠】《云仙杂记》：唐汝阳王琎取云梦石鬶～～～以蓄酒，作金银龟鱼浮沉其中，为酌酒具。

　　【《御定佩文韵府》卷十一之四·春·泛春】《醉仙图记》：汝阳王琎取云梦石鬶～～渠以蓄酒，作金银龟鱼浮沉其中，为酌酒具。

　　【《御定分类字锦》卷二十一·饮馔酒第一·曲部尚书】《醉仙图记》：汝阳王琎自称酿王兼～～～～。

　　【清吴襄《子史精华》卷二十二·皇亲部二·自称酿王】冯贽《云仙杂记》：汝阳王琎取云梦石鬶泛春渠以蓄酒，作金银龟鱼浮沉其中，为酌酒具，～～～～兼曲部尚书。

　　【清吴襄《子史精华》卷九十四·品行部八·旷达·酿王兼曲部尚书】冯贽《云仙杂记》：汝阳王琎取云梦石鬶泛春渠以蓄酒，作金银龟鱼浮沉其中，为酌酒具，自称～～～～～～～。

　　【清吴士玉《骈字类编》卷一百七十一·器物门二十四·曲·曲部】《云仙杂记》：汝阳王琎取云梦石鬶泛春渠以蓄酒，作金银龟鱼浮沉其中，为酌酒具，自称酿王兼～～尚书。

　　【清陈元龙《格致镜原》卷二十二·饮食类二·酒】《醉仙图记》：汝阳王琎取云梦石鬶泛春渠以畜酒，作金银龟鱼浮沉其中，为酌酒具，自称酿王兼曲部尚书。

　　【清陈元龙《格致镜原》卷五十一·日用器物类三·诸饮器】《醉仙图》：汝阳王琎取云梦石鬶泛春渠以置酒，作金银龟鱼浮沉其中，为酌酒具，自称酿王兼曲部尚书。

　　【《御定佩文斋咏物诗选》卷二百四十三·酒类·明梁小玉《酿酒》】曲部尚书谱不留，椒花细雨冽香流。酿王家法应如是，新拜云溪女醉侯。

　　【清秦嘉谟《月令粹编》卷三·春总·泛春渠】《云仙杂记》：汝阳王琎取云梦石鬶泛春渠以蓄酒，作金银龟鱼浮沉其中，为酌酒具。

　　【清史梦兰《全史宫词》卷十三】三斗朝天醉欲狂，酒经一卷法偏详。泛春渠里春多少，曲部风流属酿王。○（汝阳王琎宁王宪子）【杜诗】汝阳三斗始朝天。《云仙散录》：汝阳王琎取云梦石鬶泛春渠以蓄酒，作金银龟鱼浮沉其中，为酌酒具，自称酿王兼曲部尚书。《清异录》：汝阳王琎家有酒，法号甘露经，四方风俗，诸家材料，莫不备具。

◎ 词汇考

　　【汉语大词典·酿王】唐汝阳王李琎的自称。唐冯贽《云仙杂记》卷二："汝阳王琎取云梦石鬶泛春渠以蓄酒，作金银龟鱼，浮沉其中，为酌酒具，自称酿王兼曲部尚书。"

　　【汉语大词典·曲部尚书】唐汝阳王李琎的自称。唐冯贽《云仙杂记·泛春渠》引《醉仙图记》："汝阳王琎，取云梦石鬶泛春渠以蓄酒，作金银龟鱼浮沉其中，为酌酒具，自称'酿王兼曲部尚书'。"

百 花 狮 子

◎ 版本考

　　A 曲江贵家游赏，则剪百花装成狮子，相送遗。狮子有小连环，欲送，则以蜀锦流苏牵之，唱曰："春光且莫去，留与醉人看。"（《曲江春宴录》）

　　B 曲江贵家游赏，则剪百花装成狮子，相送遗。狮子有小连环，欲送，则以蜀锦流酥牵之，唱曰："春光且莫去，留与醉人看。"（《曲江春宴录》）

　　C 曲江贵家游赏，则剪百花装成狮子，相送遗。狮子有小连环，欲送，则以蜀锦流酥牵之，唱曰："春光且莫去，留与醉人看。"（《曲江春宴录》）

　　D《曲江春宴录》曰：曲江贵家游赏，则剪百花装成狮子相送遗。狮子有小连环，欲送，则以蜀锦流苏牵之，唱曰："春光且莫去，留与醉人看。"（057）

　　E《曲江春宴录》曰：曲江贵家游赏，则剪百花装成狮子，互相送遗。狮子有小连环，欲送，则以蜀锦流苏牵之，唱曰："春光且莫去，留与醉人看。"（057）〇今注："相送遗"，中华书局点校本作"互相送遗"。

◎ 引文考

　　【宋陈元靓《岁时广记》卷一·春·装狮花】《曲江春宴录》：曲江贵家游赏，则剪百花装成狮子，互相送遗。狮子有小连环，欲送，则以蜀锦流苏牵之，唱曰："春光且莫去，留与醉人看。"

　　【宋谢维新《事类备要》前集卷十三·时令门·春·剪花妆狮】曲江贵家游赏，剪百花妆成狮子，互相送遗。（《曲江录》）

　　【明高濂《遵生八笺》卷三·四时调摄笺·春·装狮花】曲江贵家游赏，剪百花装成狮子形，互相送遗。狮上有小连环，以蜀锦流苏牵之，唱曰："春光且莫去，留与醉人看。"

　　【明彭大翼《山堂肆考》卷八·时令·妆狮】《曲江录》：曲江贵家游赏，剪百花妆成狮子，互相送遗。

　　【明沈沈《酒概》卷三·十四之缘】曲江贵家游赏，则剪百花妆成狮子相馈遗。狮子有小连环，欲送，则以蜀锦流苏牵之，唱曰："春光且莫去，留与醉人看。"（《野乘》）未审此缘讨得否？

　　【明王路《花史左编》卷十二·花之辱·花狮子】曲江贵家游赏，则剪百花妆成狮子相送遗。狮子有小连环，欲送，则以蜀锦流苏牵之，唱曰："春光且莫去，留与醉人看。"

　　【《御定全唐诗》卷八百七十四】《曲江游人歌》（曲江贵家游赏，剪百花装成狮子，系小连环，以蜀锦流苏牵之，互相送遗。送时唱歌云云。）："春光且莫去，留与醉人看。"

　　【清吴士玉《骈字类编》卷二十二·时令门一·春·春光】《林下清录》：曲江贵家游赏，则剪百花装成狮子，递相送遗。狮子有小连环，欲送，则以蜀锦流苏牵之，唱曰："～～且莫去，留与醉人看。"

　　【清吴士玉《骈字类编》卷一百七·数目门三十·百花】《旧唐书·杨贵妃传》：每年十月，幸华清宫，国忠姊妹五家扈从，每家为一队，着一色衣，五家合队，照映如～～焕发。《曲江录》：曲江贵家游赏，剪～～装成狮子，互相送遗。

【《御定佩文韵府》卷四之九·狮·百花狮】《曲江录》：曲江贵家游赏，剪~~装成~子，互相送遗。

【《御定月令辑要》卷四·春令·杂纪·百花狮子】原《林下清录》：曲江贵家游赏，则剪百花装狮子，递相送遗。狮子有小连环，欲送，则以蜀锦流苏牵之，唱曰："春光且莫去，留与醉人看。"（元陶宗仪《说郛》卷七十五下有沈仕《林下清录》）

【《御定佩文斋广群芳谱》卷一·天时谱·春】《曲江春宴录》：长安贵家游赏，剪百花装成狮子，互相送遗。狮子有小连环，欲送，以蜀锦流苏牵之，曰："春光且莫去，留与醉人看。"

【清陈元龙《格致镜原》卷八十二·兽类一·狮】《春宴录》：贵家游赏曲江，剪百花装成狮子，相送遗。狮子有小连环，欲送，以蜀锦流苏牵之，曰："春光且莫去，留与醉人看。"

【四库本《陕西通志》卷九十八·拾遗一】曲江贵家游赏，则剪百花装成狮子，互相送遗。狮有小连环，欲送，则以蜀锦流苏牵之，唱曰："春光且莫去，留与醉人看。"（《曲江春宴录》）

【清杜文澜《古谣谚》卷五十三·曲江贵家游赏戏唱】《云仙杂记》卷二引《曲江春宴录》：曲江贵家游赏，则剪百花装成狮子相送遗。狮子有小连环，欲送，则以蜀锦流苏牵之，唱曰："春光且莫去，留与醉人看。"

【清秦嘉谟《月令粹编》卷三·春总·百花狮子】《林下清录》：曲江贵家游赏，剪百花装狮，递相送遗。狮子有小连环，欲送，则以蜀锦流苏牵之，唱曰："春光且莫去，留与醉人看。"

◎ 词汇考

【汉语大词典·送遗】赠送。唐冯贽《云仙杂记·百花狮子》："曲江贵家游赏，则剪百花装成狮子相送遗。"宋苏辙《乞裁损待高丽事件札子》："臣欲乞：凡馆待送遗，并量加裁抑。"

【汉语大词典·蜀锦】原指四川生产的彩锦。后亦为织法似蜀的各地所产之锦的通称。多用染色熟丝织成，色彩鲜艳，质地坚韧。三国魏曹丕《与群臣论蜀锦书》："前后每得蜀锦，殊不相比，适可讶，而鲜卑尚复不喜也。"唐杜甫《白丝行》："缲丝须长不须白，越罗蜀锦金粟尺。"

【汉语大词典·流苏】用彩色羽毛或丝线等制成的穗状垂饰物。常饰于车马、帷帐等物上。《文选·张衡〈东京赋〉》："驸承华之蒲捎，飞流苏之骚杀。"李善注："流苏，五采毛杂之以为马饰而垂之。"唐卢照邻《长安古意》诗："龙衔宝盖承朝日，凤吐流苏带晚霞。"

桃 花 纸

◎ 版本考

A 杨炎在中书，后阁糊窗用桃花纸，涂以冰油，取其明甚。（《凤池编》）
B 杨炎在中书，后阁糊窗用桃花纸，涂以冰油，取其明甚。（《凤池编》）
C 杨炎在中书，后阁糊窗用桃花纸，涂以冰油，取其明甚。（《凤池编》）

D【油饰窗】《凤池编》曰：杨炎在中书，后阁糊窗用桃花纸，涂以冰油，取其明甚。（058）

E【油饰窗】《凤池编》曰：杨炎在中书，后阁糊窗用桃花纸，涂以冰油，取其明甚。（058）

◎ 引文考

【唐白居易原本、宋孔传续撰《白孔六帖》卷十·屋室九·冰油饰窗】《凤池篇》：杨炎在中书，后阁糊窗用桃花纸，涂以冰油取明也。

【唐白居易原本、宋孔传续撰《白孔六帖》卷十四·纸十七·桃花纸】《凤池编》曰：杨炎在中书，后阁糊窗用桃花纸，涂以冰油，取其甚明。

【宋无名氏《锦绣万花谷》后集卷二十九·纸·桃花纸】杨炎在中书，后阁糊窗每用桃花纸，涂以冰油，取其甚明。（《凤池编》）

【宋谢维新《事类备要》前集卷四十六·文房门·纸·桃花纸】杨炎在中书，后阁用~~~糊窗。（《凤池编》）

【明彭大翼《山堂肆考》卷一百七十七·器用·纸·桃花】唐杨炎在中书，后阁用桃花纸糊窗，涂以冰油，取其甚明。

【明徐应秋《玉芝堂谈荟》卷二十八·松皮纸】《清异录》：杨炎糊窗用桃花纸。

【明徐𤊹《徐氏笔精》卷八·桃花故事·桃花纸】杨炎在中书，糊窗用桃花纸，涂以水油。

【《御定佩文斋广群芳谱》卷二十六·花谱·桃花二】《纸笺谱》：杨炎在中书，后阁用桃花纸糊窗。

【清吴士玉《骈字类编》卷一百九十·草木门十五·桃·桃华】《记事珠》：杨炎在中书，后阁糊窗用~~纸，涂以冰油，取其明甚。

【清吴襄《子史精华》卷一百五十七·器物部三·文具·桃花】冯贽《云仙杂记》：杨炎在中书，后阁糊窗用~~纸，涂以冰油，取其明甚。

【《御定渊鉴类函》卷二百五·文学部十四·纸三·濡以宫蜡 涂以冰油】《唐史》：柳公权为翰林学士，尝夜召对于亭，烛穷而语未尽，宫人以蜡液濡纸继之。《肆考》：唐杨炎在中书，后阁用桃花纸糊窗，涂以冰油，取其甚明。

【《御定佩文韵府》卷三·上平声·三江韵·窗·糊窗】冯贽《云仙杂记》：杨炎在中书，后阁~~用桃花纸，涂以冰油，取其明甚。

【《御定佩文韵府》卷二十六之二·下平声·十一尤韵二·油·冰油】《凤池编》：杨炎在中书，后阁糊用桃花纸，涂以~~~，取其明甚。

【《御定分类字锦》卷二十四·宫室·窗第二十·糊桃花纸】《云仙杂记》：杨炎在中书，后阁~窗用~~~，涂以冰油，取其明甚。

【清陈元龙《格致镜原》卷二十·宫室类二·窗·古人窗】《凤池编》：杨炎在中书，后阁糊窗用桃花纸，涂以冰油，取明也。

【清陈元龙《格致镜原》卷三十七·纸·诸纸】《凤池编》：杨炎在中书，后阁用桃花纸糊窗，涂以冰油。

【清官修《韵府拾遗》卷五十六·上声·二十六寝韵·甚·明甚】《云仙杂记》：杨炎在

中书，后阁糊窗用桃花纸，涂以冰油，取其～～。

◎ 词汇考

【中国历史大辞典·杨炎】(727—781)唐凤翔天兴(今陕西凤翔)人，字公南，人称小杨山人。初为河西节度使吕崇贲幕僚，后召为司勋员外郎，迁中书舍人，与常衮同知制诰，文笔雄丽，时称"常杨"。元载为相，擢为吏部侍郎、史馆修撰。载被杀，坐贬道州司马。德宗立，复起门下侍郎、同平章事。奏请勿以租赋入大盈内库作天子私有，应入左藏，归户部管领，不让宦官蚕食，德宗纳之。建中元年(780)废除以丁夫为本的租庸调制，改行以资产为定税标准的两税法。但后渐弄权，诬杀刘晏。德宗渐疏之，重用卢杞，罢为尚书左仆射。复为杞陷，再贬崖州司马同正，被赐死于道。有集十卷，已佚，《全唐文》存文十八篇，《全唐诗》存诗二首。

【汉语大词典·中书】官署名。唐代的中书省、宋代的政事堂，亦直称为"中书"。唐白居易《和裴相公傍水闲行绝句》："行寻春水坐看山，早出中书晚未还。"宋叶梦得《石林诗话》卷中："文潞公在枢府，尝一日过中书，与荆公行至题下。"

【汉语大词典·后阁】宫后便殿。《汉书·王莽传下》："壬午，列风毁王路西厢及后阁更衣中室。"《新唐书·苏颋传》："玄宗平内难，书诏填委，独颋在太极后阁，口所占授，功状百绪，轻重无所差。"

【汉语大词典·桃花纸】纸名。纸质薄而韧，可糊风筝或作窗纸等用。《初学记》卷二一引《桓玄伪事》："诏命平(准)[淮]，作青赤缥绿桃花纸，使极精，令速作之。"唐冯贽《云仙杂记·桃花纸》："杨炎在中书，后阁糊窗，用桃花纸，涂以冰油，取其明甚。"《太平天国数据·清朝档案与一般记载·虏在目中》："贼遣人在江南报信，皆用桃花纸写文书，藏在鞋底内，或发内。"

【冰油】待考。

酒 器 九 品

◎ 版本考

A 李适之有酒器九品：蓬莱盏、海川螺、舞仙盏、瓠子卮、幔卷荷、金蕉叶、玉蟾儿、醉刘伶、东溟样。蓬莱盏上有山，象三岛，注酒以山没为限。舞仙盏有关捩，酒满则仙人出，舞瑞香球子落盏外。(《逢原记》)

B 李适之有酒器九品：蓬莱盏、海川螺、舞仙盏、瓠子卮、幔卷荷、金蕉叶、玉蟾儿、醉刘伶、东溟样。蓬莱盏上有山，象三岛，注酒以山没为限。舞仙盏有关捩，酒满则仙人出，舞瑞香球子落盏外。(《逢原记》)

C 李适之有酒器九品：蓬莱盏、海川螺、舞仙盏、瓠子卮、幔卷荷、金蕉叶、玉蟾儿、醉刘伶、东溟样。蓬莱盏上有山，象三岛，注酒以山没为限。舞仙盏有关捩，酒满则仙人出，舞瑞香球子落盏外。(《逢原记》)

D《逢原记》曰：李适之有酒器九品：蓬莱盏、海川螺、舞仙盏、瓠子卮、幔卷荷、金蕉叶、玉蟾儿、醉刘伶、东溟样。蓬莱盏上有山，象三岛，注酒以山没为限。舞仙盏有关捩，酒满则仙人出，舞瑞香球落盏外。(059)

E《逢原记》曰：李适之有酒器九品：蓬莱盏、海川螺、舞仙盏、瓠子卮、幔卷荷、金蕉叶、玉蟾儿、醉刘伶、东溟样。蓬莱盏上有山，象三岛，注酒以山没为限。舞仙盏有关捩，酒满则仙人出，舞瑞香球落盏外。(059)

◎ 引文考

【宋祝穆《古今事文类聚续集》卷十三·燕饮部·酒器·酒器七品】李适之有蓬莱盏、海山螺、舞仙螺、瓟子卮、幔卷荷、金蕉叶、玉蟾儿。(《逢原记》)。

【元陶宗仪《说郛》卷九十四下·郑獬《觥记注》】李适之七品，曰蓬莱盏、海山螺、舞仙螺、瓟子卮、幔卷荷、金蕉叶、玉蟾儿，皆因象为名。

【明焦竑《焦氏类林》卷七·器具】李适之有酒器九品：蓬莱盏、海川螺、舞仙盏、瓠子卮、幔卷荷、金蕉叶、玉蟾儿、醉刘伶、东溟样。蓬莱盏上有三山，象三岛，注酒以山没为限。舞仙盏有关捩，酒满则仙人出舞，瑞香球子出盏外。(《逢原记》)

【明沈沈《酒概》卷一·三之器·酒器九品】李适之有酒器九品：蓬莱盏、海川螺、舞仙螺、瓠子卮、幔卷荷、金蕉叶、玉蟾儿、醉刘伶、东溟样。蓬莱盏上有三山，象三岛，注酒以山没为限。舞仙盏有关捩，酒满则仙人出舞，瑞香球子落盏外。(《逢原记》)

【明高濂《遵生八笺》卷十四《燕闲清赏笺上》】李适之有酒器九品：蓬莱盏、海川螺、舞仙杯、瓟子卮、幔卷荷、金蕉叶、玉蟾儿、醉刘伶、东溟样。蓬莱盏上有三山，注酒以山没为限。舞仙盏有关捩，酒满则仙人起舞，瑞香球子浮出盏外。

【明徐应秋《玉芝堂谈荟》卷二十八《鱼英盏》】《清异录》：陶谷家有鱼英酒盏，中现园林美女象。李适之酒器有蓬莱盏、海山螺、众仙螺、瓟子卮、幔卷荷、金蕉叶、玉蟾蜍、醉刘伶、东溟样等名。又有舞仙杯，中有关捩，酒满则仙人起舞，瑞香球子浮出盏外。

【明郑若庸《类隽》卷十九·饮食类·蓬莱】李适之有蓬莱盏、海山螺、众仙螺、瓟子卮、幔卷荷、金蕉叶、玉蟾蜍。

【明张岱《夜航船》卷十二·宝玩部·金银酒器】李适之有蓬莱盏、海山螺、瓠子卮、幔卷荷、金蕉叶、玉蟾儿，俱属鬼工。

【《御定渊鉴类函》卷三百八十四·器物部三·卮三·瓟子卮】《逢原记》云：唐李适之有蓬莱盏、海川螺、舞仙盏、瓟子卮、幔卷荷、金蕉叶、玉蟾儿等酒器。

【清吴士玉《骈字类编》卷四十六·山水门十一·海山】又《觥记注》：李适之七品，曰蓬莱盏、～～螺、舞仙螺、瓟子卮、幔卷荷、金蕉叶、玉蟾儿，皆因象为名。

【清吴士玉《骈字类编》卷四十六·山水门十一·海·海川】《云仙杂记》：李适之有酒器九品：蓬莱盏、～～螺、舞仙盏、瓠子卮、幔卷荷、金蕉叶、玉蟾儿、醉刘伶、东溟样。蓬莱盏上有山，象三岛，注酒以山没为限。舞仙盏有关捩，酒满则仙人出舞，瑞香球子落盏外。

【清吴士玉《骈字类编》卷六十三·居处门七·关·关捩】《云仙杂记》：李适之有酒器九品：蓬莱盏、海川螺、舞仙[盏]、瓠子卮、幔卷荷、金蕉叶、玉蟾儿、醉刘伶、东溟样。蓬莱盏上有山，象三岛，注酒以山没为限。舞仙盏有～～，酒满则仙人出舞，瑞香球子落盏外。

【清吴士玉《骈字类编》卷六十八·珍宝门三·玉·玉蟾】又《觥记注》：李适之七品，曰蓬莱盏、海山螺、舞仙螺、瓟子卮、幔卷荷、金蕉叶、～～儿，皆因象为名。

【清吴士玉《骈字类编》卷一百七十二·器物门二十五·酒·酒器】《云仙杂记》：李适之有～～九品：蓬莱盏、海川螺、舞仙[盏]、瓠子卮、幔卷荷、金蕉叶、玉蟾儿、醉刘伶、东溟样。莱盏上有山，象三岛，注酒以山没为限。舞仙盏有关掖，酒满则仙人出舞，瑞香球子落盏外。

【《御定分类字锦》卷二十五·器用·杯盌第十·蓬莱盏】《云仙杂记》：李适之有酒器九品：～～～、海川螺、舞仙[盏]、瓠子卮、幔卷荷、金蕉叶、玉蟾儿、醉刘伶、东溟样。～～～上有山，象三岛，注酒以山没为限。舞仙盏有关掖，酒满则仙人出舞，瑞香球子落盏外。

【《御定佩文韵府》卷四十五·上声·十五潸韵·盏·蓬莱盏】《逢原记》：李适之酒器九品，有～～～，上有三山，象三岛，注酒以山没为限。

【清陈元龙《格致镜原》卷五十一·日用器物类三·盏】《逢原记》：李适之有酒器九品：蓬莱盏、海川螺、舞仙盏、瓠子卮、幔卷荷、金蕉叶、玉蟾儿、醉刘伶、东溟样。

【清宫梦仁《读书纪数略》卷五十·物部杂具类·李适之酒器九品（《逢原记》）】蓬莱盏、海川螺、舞仙盏、瓠子卮、幔卷荷、金蕉叶、玉蟾儿、醉刘伶、东溟样。

◎ 词汇考

【中国历史大辞典·李适之】（？—747），唐宗室。名昌。废太子李承乾孙。神龙初，起家为左卫郎将。开元中，受命治谷、洛水堤防，刻石著功，累官通州刺史、御史大夫、刑部尚书等，政不苛细，为下所便。天宝元年（742），代牛仙客为左相。五载，为李林甫所陷，罢为太子少保。又被林甫诬与韦坚朋党，再贬宜春太守。次年，李林甫遣御史罗希奭至岭南杀韦坚等，闻讯后即自杀。

【汉语大词典·海川螺】酒器名。唐冯贽《云仙杂记》卷二："李适之有酒器九品：蓬莱盏、海川螺……东溟样。"

【汉语大词典·金蕉叶】酒杯名。唐冯贽《云仙杂记·酒器九品》："李适之有酒器九品：蓬莱盏、海川螺、舞仙、瓠子卮、幔卷荷、金蕉叶、玉蟾儿、醉刘伶、东溟样。"亦省作"金蕉"。宋张先《天仙子·观舞》词："固爱弄妆傅粉，金蕉并为舞时空。"宋辛弃疾《谒金门·和廓之五月雪楼小集韵》词之二："一曲瑶琴才听彻，金蕉三两叶。"邓广铭笺注："金蕉谓酒杯。"宋姜夔《石湖山·寿石湖居士》词："玉友金蕉，玉人金缕。缓移筝柱。"

【汉语大词典·醉刘伶】酒器名。唐冯贽《云仙杂记·酒器九品》："李适之有酒器九品：蓬莱盏、海川螺……醉刘伶。"

暖香满室如春

◎ 版本考

A 宝云溪有僧舍，盛冬若客至，则然薪火，暖香一炷，满室如春。人归，更取余烬。（《云林异景志》）

B 宝云溪有僧舍，盛冬若客至，则然薪火，暖香一炷，满室如春。人归，更取余烬。（《云林异景志》）

C 宝云溪有僧舍，盛冬若客至，则然薪火，暖香一炷，满室如春。人归，更取余烬。（《云林异景志》）

D【暖香】《云林异景志》曰：宝云溪有僧舍，盛冬若客至，不然薪火，暖香一炷，满室如夏。人归，更收余烬。（060）

E【暖香】《云林异景志》曰：宝云溪有僧舍，盛冬若客至，不然薪火，暖香一炷，满室如夏。人归，更收余烬。（060）

◎ 引文考

【宋陈元靓《岁时广记》卷四·冬·炷暖香】《云林异景志》：宝云溪有僧舍，盛冬若客至，不燃薪火，暖香一炷，满室如春。詹克爱《题西山禅房诗》云："暖香炷罢春生室，始信壶中别有天。"

【宋无名氏《锦绣万花谷》后集卷三·春门·冬·暖香】宝云溪有僧舍，盛冬若客至，不燃薪火，暖香一炷，满室如春。人归，更收余烬。（出《云林异景志》）

【宋潘自牧《记纂渊海》卷二·天文部·天·冬·暖香】宝云溪有僧舍，盛冬若客至，不燃薪火，烧香一炷，满室如春。人归，更收余烬。（《异景志》）

【明周嘉胄《香乘》卷十一·香事别录·暖香】宝云溪有僧舍，盛冬若客至，则然薪火，暖香一炷，满室如春。人归，更取余烬。（《云林异景志》）

【明慎懋官《华夷花木鸟兽珍玩考》花木考卷一·暖香】宾云溪有僧舍，盛冬若客至，不燃薪火，暖香一炷，蒲室如春，人归更收余烬。（出《云林异景志》）

【明郑若庸《类隽》卷三·时令类·冬·暖香】《云林异景志》云：宝云溪有僧舍，盛冬若客至，不燃薪火，暖香一炷，满室如春，人归更收余烬。

【明高濂《遵生八笺》卷六·四时调摄笺·炷暖香】云溪僧舍，冬月客至，焚暖香一炷，满室如春。故詹克爱诗云："暖香炷罢春生室，始信壶中别有天。"

【清陈元龙《格致镜原》卷五十七·燕赏器物类一·香】《云林异景录》：宾云溪有僧舍，盛冬若客至，不燃薪火，暖香一炷，满室如春。人归，更收余烬。

【《御定渊鉴类函》卷十六·岁时部五·暖香】《云林异景志》曰：宝云溪有僧［舍］，盛冬若客至，不然薪火，暖香一炷，满室如春，人归更收余烬。

【清吴士玉《骈字类编》卷七十六·珍宝门十一·宝云】《云仙杂记》：~~溪有僧舍，盛冬若客至，则燃薪火，暖香一炷，满室如春，人归更取余烬。

【清吴襄《子史精华》卷二十七·岁时部四·暖香】冯贽《云仙杂记》：宝云溪有僧舍，盛冬若客至，则捻薪火，~~一炷，满室如春。

【清喻端士《时节气候抄》卷五·冬十月】冯贽《云仙杂记》：宝云溪有僧舍，盛冬若客至，则然薪火，暖香一炷，满室如春。

【清秦嘉谟《月令粹编》卷十五·季冬·暖香】《云仙杂记》：宝云溪有僧舍，盛冬若客至，则燃薪火，暖香一炷，满室如春，人归更取余烬。

◎ 词汇考

【宝云溪】待考。

【汉语大词典·暖香】带有温暖气息的香味。茅盾《色盲》二："他放下笔，站起来，在房里踱着……恍惚还嗅到了醉人的暖香。"○今按，"暖香"一词，古代极多，须补义项与例句。

啼 猿 生 蕨

◎ 版本考

　　A 猿啼之地，蕨乃多有，每啼一声，遽生万茎。(《穷幽记》)
　　B 猿啼之地，蕨乃多有，每啼一声，遽生万茎。(《穷幽记》)
　　C 猿啼之地，蕨乃多有，每一声，遽生万茎。(《穷幽记》)
　　D【猿啼生蕨】《穷幽记》曰：猿啼之地，蕨乃多有，每啼一声，遽生万茎。(061)
　　E【猿啼生蕨】《穷幽记》曰：猿啼之地，蕨乃多有，每啼一声，遽生万茎。(061)

◎ 引文考

　　宋潘自牧《记纂渊海》卷九十·饮食部·菜】猿啼之地，蕨乃多有，每啼一声，遽生万茎。(《穷幽记》)
　　【元陶宗仪《说郛》卷七十五下·沈仕《林下清录》】猿啼之地，蕨乃多有，每一声，遽生万茎。
　　【明曹学佺《蜀中广记》卷六十四·方物记第六·食馔】《琅嬛记》云："猿啼之地，蕨乃多有，每一声，遽生万茎。"今峡人以为粉，用作饼饦。东坡《送蜀僧去尘》诗："拄杖挂经须倍道，故乡春蕨已阑干。"《丹铅录》云："黄山谷有'蕨牙初长小儿拳'，以为奇句。然太白诗已有'不知行径下，初拳几枝蕨'之句矣。"
　　【明方以智《物理小识》卷六·饮食类·薇蕨】沈仕《林下清录》曰：猿啼之地多蕨，每一声，遽生万茎。《南越志》：高潘州有千岁蕨拄杖，朱子以薇为迷阳。……《吕览》曰：菜有云梦之豆，其水蕨乎？
　　【《御定佩文斋广群芳谱》卷十五·蔬谱·蕨】《穷幽记》：猿啼之地，蕨乃多有，每一声，遽出万茎。
　　【清陈元龙《格致镜原》卷六十二·蔬类一·蕨】《穷幽记》：猿啼之地，蕨乃多有，每一声，遽出万茎。

◎ 词汇考

　　【汉语大词典·蕨】多年生草本植物。生在山野。嫩叶可食，俗称蕨菜；根茎含淀粉，俗称蕨粉，可供食用或酿造；也供药用，有清热利尿之效。亦泛指蕨类植物。《诗·召南·草虫》："陟彼南山，言采其蕨。"陆玑疏："蕨，山菜也，周秦曰蕨，齐鲁曰鳖，初生似蒜，茎紫黑色，可食。"南朝宋谢灵运《酬从弟惠连》诗："山桃发红萼，野蕨渐紫苞。"唐韩愈《送文畅师北游》诗："从兹富裘马，宁复茹藜蕨。"

买 春 钱

◎ 版本考

　　A 进士不第者，亲知供酒肉费，号"买春钱"。(《承平旧纂》)

B 进士不第者，亲知供酒肉费，号"买春钱"。(《承平旧纂》)

C 进士不第者，亲知供酒肉费，号"买春钱"。(《承平旧纂》)

D《承平旧纂》曰：进士不第者，亲知供酒肉之费，号"买春钱"。(062)

E《承平旧纂》曰：进士不第者，亲知供酒肉之费，号"买春钱"。(062)

◎ 引文考

【唐白居易原本、宋孔传续撰《白孔六帖》卷八・钱三・买春钱】《承平旧纂》曰：进士不第者，诸知供酒肉之费，号"买春钱"。

【宋潘自牧《记纂渊海》卷三十七・科举部・科举・下第】进士不第者，亲知供酒肉费，号"买春钱"。(《承平旧纂》)

【明彭大翼《山堂肆考》卷八十五・科第・下第】《承平旧纂》：举进士不第者，有供酒食之费，谓之"买春钱"。

【《御定渊鉴类函》卷三百六十二・珍宝部二・钱四・买春】《承平旧纂》曰：进士不第者，诸知供酒肉之费，号"买春钱"。

【清吴襄《子史精华》卷一百二・人事部六・交与・买春钱】冯贽《云仙杂记》：进士不第者，亲知供酒肉费，号"～～～"。

【《御定佩文韵府》卷十六之六・下平声一・先韵六・钱・买春钱】《云仙杂记》：进士不第者，亲知供酒肉费，号"～～～"。

◎ 词汇考

【汉语大词典・买春钱】科举考试时代亲友给落选者提供的酒食费。《云仙杂记・买春钱》引《承平旧纂・逢原记》："进士不第者，亲知供酒肉费，号买春钱。"〇今按："逢原记"三字从何而来？

苦　吟

◎ 版本考

A 孟浩然眉毫(一作毛)尽落，裴佑袖手，衣袖至穿，王维至走入醋瓮，皆苦吟者也。(《诗源指诀》)

B 孟浩然眉毫(一作毛)尽落，裴佑袖手，衣袖至穿，王维至走入醋瓮，皆苦吟者也。(《诗源指诀》)

C 孟浩然眉毫尽落，裴佑袖手，衣袖至穿，王维至走入醋瓮，皆苦吟者也。(《诗源指诀》)

D【苦吟穿袖】《诗源指诀》曰：孟浩然眉毫(一云毛)尽落，裴佑袖手，衣袖至穿，皆苦吟者也。王维至走入醋瓮。(063)

E【苦吟穿袖】《诗源指诀》曰：孟浩然眉毫(一云毛)尽落，裴佑袖手，衣袖至穿，皆苦吟者也。王维至走入醋瓮。(063)

◎ 引文考

【明徐应秋《玉芝堂谈荟》卷八·长卿作赋】孟浩然苦吟，眉毫尽落，裴佑袖手，衣袖就穿，王维至走入醋瓮。

【明胡应麟《少室山房集》卷十七·娄七贤诗】元季多奇人，出语必惊众。山川纵吞吐，造物时簸弄。魂梦游玉楼，敲推入醋瓮。嗟彼龙豹姿，甘为鬼才用。（右陈隐居君采）

【清赵殿成《王右丞集笺注》附录】诗非苦吟不工，信乎！古人如孟浩然眉毛尽落，裴佑袖手，衣袖至穿，王维走入醋瓮，皆苦吟者也。（《云仙散录》）

【宋朱长文《乐圃余稿》卷四·奉陪太守及诸公游虎丘】何必襄阳孟浩然，苦吟自可继前贤。

◎ 词汇考

. 　【孟浩然】（689—740），本名浩，字浩然，襄阳人，世称孟襄阳。未曾入仕，又称之为孟山人。生当盛唐，早年志在用世，然仕途失意，隐居鹿门山。有《孟浩然集》。是唐代著名的田园隐逸派和山水行旅派诗人，与王维并称为"王孟"。诗风清淡自然，以五言古诗见长。

【裴佑】未详。

【王维】（701-761，一说699—761），字摩诘，号摩诘居士，世称王右丞。唐朝河东蒲州（今山西运城）人。王维参禅悟理，学庄通道，精通诗、书、画、音乐等。苏轼称"味摩诘之诗，诗中有画；观摩诘之画，画中有诗"。

【汉语大词典·苦吟】反复吟咏，苦心推敲。言做诗极为认真。唐冯贽《云仙杂记·苦吟》："孟浩然眉毫尽落，裴佑袖手，衣袖至穿，王维至走入醋瓮，皆苦吟者也。"宋梅尧臣《还吴长文舍人诗卷》诗："苦吟三十年，所获唯巾帼。"清洪亮吉《北江诗话》卷二："可见天地间景物无所不有，苦吟者亦描写不尽耳。"王朝闻《艺术创作有特殊规律》二："苦吟的诗人所以感到苦中有乐，从根本上说，仍然是生活实践给他提供了足以充分发挥创作的创造性的现实根据。"

【汉语大词典·眉毫】眉中长毛。亦泛指眉毛。唐陆龟蒙《和题支山南峰僧韵》："眉毫霜细欲垂肩，自说初栖海岳年。"宋王禹偁《寄赞宁上人》诗："眉毫久别应垂雪，心印休传本似灰。"宋袁文《瓮牖闲评》卷一："谚云：'眉毫不如耳毫，耳毫不如老饕。'故苏东坡作《老饕赋》。"

【汉语大词典·袖手】1. 藏手于袖。表示闲逸的神态。唐韩愈《石鼎联句》序："道士哑然笑曰：'子诗如是而已乎？'即袖手耸肩，倚北墙坐。"2. 藏手于袖。谓不能或不欲参与其事。《晋书·庾敳传》："参东海王越太傅军事，转军咨祭酒。时越府多隽异，敳在其中，常自袖手。"宋陆游《书愤》诗之二："关河自古无穷事，谁料如今袖手看。"

蜕　龙　牙

◎ 版本考

A 取蜕龙牙一枚，手握之，临局，自然机变横出。（《手参棋诀》）

B 取蜕龙牙一枚，手握之，临局，自然机变横出。(《手参棋诀》)

C 取蜕龙牙一枚，手握之，临局，自然机变横出。(《手参棋诀》)

D【握龙牙】《手参棋诀》曰：取蜕龙牙一枚，手握之，临局，自然机变横出。(064)

E【握龙牙】《手参棋诀》曰：取蜕龙牙一枚，手握之，临局，自然机变横出。(064)

◎ 引文考

【唐白居易原本、宋孔传续撰《白孔六帖》卷三十三·博棋七·蜕龙牙】取蜕龙牙一枚，临局，自然机变横出。(《棋诀》)

【宋潘自牧《记纂渊海》卷八十八·博奕部·棋·传记·蜕龙牙】取蜕龙牙一枚，手握之，临局，自然机变横出。(《李参棋谈》)

【宋谢维新《事类备要》前集卷五十七·技术门·奕棋·蜕龙牙】取～～～一枚，临局，自然机变横出。(《棋诀》)

【明彭大翼《山堂肆考》卷一百六十八·技艺习射·奕棋】《棋诀》：取蜕龙牙一枚，临局，自然机变横出。

【明徐应秋《玉芝堂谈荟》卷三十三·龙蜕】《手参棋诀》：取蜕龙牙一枚，手握之，临局，自然机变横出。

【清陈元龙《格致镜原》卷五十九·玩戏器物类一·围棋】《棋诀》：取蜕龙牙一枚，临局，自然机变横出。

◎ 词汇考

【汉语大词典·龙牙】一根粗枝上有许多横出枝条者。北魏贾思勰《齐民要术·种桑柘》："或垂绳钩弋、鸮爪、龙牙上下数重，所在皆得。"石声汉注："龙牙是一个柄上有一长排许多侧枝。"

【汉语大词典·机变】机智权变。晋葛洪《抱朴子·行品》："士有机变清锐，巧言绮粲。揽引譬喻，渊涌风厉。"《陈书·刘师知传论》："刘师知博涉多通，而暗于机变，虽欲存乎节义，终陷极刑，斯不智矣。"宋丁谓《丁晋公谈录》："赵之为相，临时机变，能回圣上之心也。"

【汉语大词典·横出】充分表露；洋溢。战国楚宋玉《神女赋》："目略微眄，精彩相授，志态横出，不可胜记。"唐韩愈《雉朝飞操》诗："群雌孤雄，意气横出。当东而西，当啄而飞。随飞随啄，群雌粥粥。"

碎金面棋盘

◎ 版本考

A 苏尚书八十犹参禅，大沩访之，以手拍碎金面棋盘，尚书寻有悟解。(《旧相禅学录》)

B 苏尚书八十犹参禅，大沩访之，以手拍碎金面棋盘，尚书寻有悟解。(《旧相禅学录》)

C 苏尚书八十犹参禅，大沩访之，以手拍碎金面棋盘，尚书寻有悟解。(《旧相禅学

录》)

D【金面棋盘】《旧相禅学录》曰：苏尚书八十犹参禅，大沩访之，以手拍碎金面棋盘，尚书寻亦悟解。(065)

E【金面棋盘】《旧相禅学录》曰：苏尚书八十犹参禅，大沩访之，以手拍碎金面棋盘，尚书寻亦悟解。(065)

◎ 引文考

【唐白居易原本、宋孔传续撰《白孔六帖》卷三十三·博棋七·金面棋盘】苏尚书八十犹参禅，大沩访之，以手拍碎金面棋盘，尚书寻悟。(《禅学录》)

【唐白居易原本、宋孔传续撰《白孔六帖》卷八十七·禅定十七·金面棋盘】苏尚书八十犹参禅，大沩访之以手拍碎金面棋盘。

【宋无名氏《锦绣万花谷》后集卷三十五·棋·金面棋盘】苏尚书八十犹参禅，大沩访之，以手拍碎金面棋盘，尚书寻悟。(《禅学[录]》)

【宋谢维新《事类备要》前集卷五十七·技术门·奕棋·金面棋盘】苏尚书八十犹参禅，大为以手拍碎~~~~，尚书寻悟禅学。

【清吴襄《子史精华》卷一百七·释道部一·释上·碎金面棋盘】冯贽《云仙杂记》：苏尚书年八十犹参禅，大为访之，以手拍~~~~~，尚书寻有悟解。

◎ 词汇考

【汉语大词典·金面】1. 金色的脸。《晋书·刘曜载记》："咸和三年，夜梦三人金面丹唇，东向逡巡，不言而退。"2. 对他人面容的敬称。宋汪元量《湖州歌》之九三："金面垂慈多喜色，史官书瑞奏年丰。"3. 面子的敬称。京剧《乌龙院》第三场："就是他们打算要得罪我，还要看宋大爷三分金面哪。"4. 指饰金的辔头。唐温庭筠《湖阴词》："祖龙黄须珊瑚鞭，铁骢金面青连钱。"唐温庭筠《陈宫词》："妓语细腰转，马嘶金面斜。"○今按：须补义项。

【汉语大词典·参禅】佛教禅宗的修持方法。有游访问禅、参究禅理、打坐禅思等形式。《西游记》第九回："众人同坐在松阴之下，讲经参禅，谈说奥妙。"《红楼梦》第二二回："二人笑道：'这样愚钝，还参禅呢？'"

【汉语大词典·悟解】指对佛理的领悟。《坛经·顿渐品》："悟解不同，见有迟疾。"唐冯贽《云仙杂记》卷二："苏尚书八十犹参禅，大沩访之，以手拍碎金面棋盘。尚书寻有悟解。"

琴价与武库争先

◎ 版本考

A 嵇康抱琴访山涛，涛醉，欲剖琴。康曰："吾卖东阳旧业以得琴。乞尚书令河轮佩玉，截为徽；货所衣玉帝中，单买缩丝为囊。论之其价与武库争先。汝欲剖之，吾从死矣！"(《金徽变化篇》)

B 嵇康抱琴访山涛，涛醉，欲剖琴。康曰："吾卖东阳旧业以得琴。乞尚书令河轮佩

玉，截为徽；货所衣玉帘中，单买缩丝为囊。论之其价与武库争先。汝欲剖之，吾从死矣！"（《金徽变化篇》）

C 嵇康抱琴访山涛，涛醉，欲剖琴。康曰："吾卖东阳旧业以得琴。乞尚书令河轮佩玉，截为徽；货所衣玉帘中，单买缩丝为囊。论之其价与武库争先。汝欲剖之，吾从死矣！"（《金徽变化篇》）

D【河轮佩玉】《金徽变化篇》曰：嵇康抱琴访山涛，涛醉，欲剖琴。康曰："吾卖东阳旧业以得琴。乞尚书令河轮佩玉，截为徽；货所衣玉帘中，单买缩丝为袋。论之其价与武库争先。汝欲剖之，吾从死矣！"（066）

E【河轮佩玉】《金徽变化篇》曰：嵇康抱琴访山涛，涛醉，欲剖琴。康曰："吾卖东阳旧业以得琴。乞尚书令河轮佩玉，截为徽；货所衣玉帘中，单买缩丝为袋。论之其价与武库争先。汝欲剖之，吾从死矣！"（066）

◎ 引文考

【唐白居易原本、宋孔传续撰《白孔六帖》卷六十二·琴一·河轮佩玉】同上（指《金徽变化篇》）：嵇康抱琴访山涛，涛醉，欲割琴。康曰："吾卖东阳旧业以得琴。乞尚书令河轮佩玉，截为徽；货所衣玉帘中，单买缩丝为袋。论之其价与武库争先。如欲割之，吾即死矣！"

【宋无名氏《锦绣万花谷》后集卷三十二·琴·河轮佩玉】嵇康抱琴访山涛，涛醉，欲割琴。康曰："吾卖东阳旧业以得琴，乞尚书令河轮佩玉，截为徽；货所衣玉帘中，单买缩丝为袋。论之其价与武库争先。如欲割之，吾即死矣！"

【明彭大翼《山堂肆考》卷一百六十二·音乐·琴·访山涛】嵇康抱琴访山涛，涛醉，欲割琴。康曰："吾卖东阳旧业以得琴，乞尚书令河轮佩玉，截为徽；货所衣玉帘中，单买缩丝为袋。其价与武库争先，如欲割之，吾即死矣！"

【清陈元龙《格致镜原》卷四十六·乐器类二·琴·总论】《金徽变化篇》：嵇康抱琴访山涛，涛醉，欲割琴。康曰："吾卖东阳旧业以得琴，乞尚书令河轮佩玉，截为徽；货所衣玉帘中，单买缩丝为袋。论之其价与武库争先，如欲割之，吾即死矣！"

◎ 词汇考

【汉语大词典·旧业】旧时的园宅。唐孟浩然《寻白鹤岩张子容隐居》诗："睹兹怀旧业，回策返吾庐。"元辛文房《唐才子传·刘商》："后出为汴州观察判官，辞疾挂印，归旧业。"

【汉语大词典·武库】储藏兵器的仓库。《汉书·毋将隆传》："武库兵器，天下公用。"汉张衡《西京赋》："武库禁兵，设在兰锜。"

围棋夺造化

◎ 版本考

A 王勃围棋，率下四子，成一首诗，勃犹诧之，向人曰："吾才夺造化，虽一时之

间，百用亦可。"(《棋天洞览》)

　　B　王勃围棋，率下四子，成一首诗，勃犹诧之，向人曰："吾才夺造化，虽一时之间，百用亦可。"(《棋天洞览》)

　　C　王勃围棋，率下四子，成一首诗，勃犹诧之，向人曰："吾才夺造化，虽一时之间，百用亦可。"(《棋天洞览》)

　　D【四子一诗】《棋天洞览》曰：王勃围棋，率下四子，成一首诗，勃犹诧之，向人曰："吾才夺造化，虽一时之间，百首亦可。"(067)

　　E【四子一诗】《棋天洞览》曰：王勃围棋，率下四子，成一首诗，勃犹诧之，向人曰："吾才夺造化，虽一时之间，百首亦可。"(067)

◎ 引文考

　　【明陈禹谟《骈志》卷十·戊部下·"拾子如龙凤形，下子成一首诗"】《酉阳杂俎》：晋鸠摩罗什与人棋，拾敌死子空处如龙凤形。《棋天洞览》：王勃围棋，率下四子，成一首诗，勃犹诧之，向人曰："吾自夺造化，虽一时之间，百用亦可。"

　　【清吴襄《子史精华》卷一百二十二·巧艺部三·博奕·夺造化】冯贽《云仙杂记》：王勃围棋，率下四子，成一首诗，勃犹诧之，向人曰："吾自～～～，虽一时之间，百用亦可。"

　　【明胡谧《(成化)山西通志》卷二百二十九·杂志二】王勃围棋，率下四子，成一首诗，勃犹诧之，向人曰："吾自夺造化，虽一时之间，百用亦可。"(《棋天洞览》)

◎ 词汇考

　　【中国历史大辞典·王勃】(649—676)，唐绛州龙门(今山西河津)人，字子安。王通孙。少年对策高第。乾封初，为沛王府修撰。后为虢州参军，因罪革职。南下省父时，渡海溺水卒。与杨炯、卢照邻、骆宾王齐名，称初唐四杰。反对绮靡文风，提倡表现浓郁的感情与壮大的气势。文以《滕王阁序》最著名。原集已佚，有辑本《王子安集》。

　　【汉语大词典·围棋】棋类的一种，古代叫弈。传为尧作。春秋战国时代即有关于围棋的记载，汉墓殉葬物中曾发现有石制棋盘。隋唐时传入日本，近已流传至欧美各国。早先棋盘上有纵横各十一、十五、十七道线几种，唐以后为纵横各十九道，交错成三百六十一个位。双方用黑白棋子对着，互相围攻，吃掉对方棋子，占据其位，占位多者为胜，故名"围棋"。

墨纹如履皮

◎ 版本考

　　A　墨纹如履皮，磨之有油晕者，一两可染三万笔。(《成老相墨经》)
　　B　墨纹如履皮，磨之有油晕者，一两可染三万笔。(《成老相墨经》)
　　C　墨纹如履皮，磨之有油晕者，一两可染三万笔。(《成老相墨经》)
　　D【油晕墨】《成老相墨经》曰：墨文如履皮，磨之有油晕者，一两可染三万笔。(068)

E【油晕墨】《成老相墨经》曰：墨文如履皮，磨之有油晕者，一两可染三万笔。(068)

◎ 引文考

【宋潘自牧《记纂渊海》卷八十二·字学部·墨】墨文如履皮，磨之有油晕者，一两可染三万笔。(《成老相墨经》)

【元陆友《墨史》卷下·杂记】《成老相墨经》曰：墨纹如履皮，磨之有油晕者，一两得染三万笔。

【明徐应秋《玉芝堂谈荟》卷二十八·龙香剂】《相墨经》又曰：黑纹如腹皮，磨之有油晕者，一两可染三万笔。

【清陈元龙《格致镜原》卷三十七·文具类一·墨】《成老相墨经》：墨纹如履皮，磨之油晕者，一两可染三万笔。凡墨日日用之，一岁才减半寸者，万金不换。

◎ 词汇考

【汉语大词典·油晕】磨墨时，墨汁在墨锭周围形成的光亮的墨晕，谓之"油晕"。唐冯贽《云仙杂记·墨纹如履皮》："墨纹如履皮，磨之有油晕者，一两可染三万笔。"

换 茶 醒 酒

◎ 版本考

A 乐天方入斋，刘禹锡正病酒。禹锡乃馈菊苗虀、芦菔鲊，换取乐天六班茶二囊，以醒酒。(《蛮瓯志》)

B 乐天方入斋，禹锡正病酒。禹锡乃馈菊苗虀、芦菔鲊，换取乐天六班茶二囊，以醒酒。(《蛮瓯志》)

C 乐天方入斋，禹锡正病酒。禹锡乃馈菊苗虀、芦菔鲊，换取乐天六班茶二囊，以醒酒。(《蛮瓯志》)

D【六班茶】《蛮瓯志》曰：乐天方八关斋，禹锡正病酒。禹锡乃馈菊苗虀、芦菔鲊，换取乐天六班茶二囊，以自醒酒。(069)

E【六班茶】《蛮瓯志》曰：乐天方八关斋，禹锡正病酒。禹锡乃馈菊苗虀、芦菔鲊，换取乐天六班茶二囊，以自醒酒。(069)

◎ 引文考

【唐白居易原本、宋孔传续撰《白孔六帖》卷十五·茶六·六班茶】《蛮瓯志》：白乐天方斋，禹锡正病酒。禹锡乃馈菊苗虀、芦菔鲊，换取乐天六班茶二囊，以自醒酒。

【宋无名氏《锦绣万花谷》后集卷三十五·茶·六班】白乐天方斋，禹锡正病酒。禹锡乃馈菊苗虀、芦菔鲊，换取乐天六班茶二囊，以自醒酒。(出《蛮瓯志》)

【宋祝穆《古今事文类聚续集》卷十二·香茶部·茶·以菊易茶】白乐天方斋，禹锡正病酒。禹锡乃馈菊苗虀、芦菔鲊，换取乐天六班茶二囊，以自醒酒。(《蛮瓯志》)

【宋潘自牧《记纂渊海》卷九十·饮食部·茶·传记】白乐天访刘禹锡，正病酒。禹锡

乃馈菊苗虀、芦菔鲊，换取乐天六班茶二囊，以自醒酒。(《蛮瓯志》)

【宋陈景沂《全芳备祖》后集卷二十八·药部·茶·事实祖·纪要】白乐天方斋，刘禹锡正病酒，禹锡乃馈菊苗虀、芦菔鲊，换取乐天六班茶三囊，以自醒酒(《蛮瓯志》)。

【宋谢维新《事类备要》别集卷六十一·蔬门·甘菊·格物总论·事类·换六班茶】白乐天方斋，刘禹锡正病酒。禹锡乃馈菊苗虀、芦菔鲊，~取乐天~~~三囊，以自醒酒。(《蛮瓯志》)

【宋史铸《百菊集谱》卷三·种艺】唐冯贽《云仙散录》引《蛮瓯志》云：白乐天方斋，刘禹锡正病酒。禹锡乃馈菊苗虀、芦菔鲊，换取乐天六班茶二囊，以醒酒。○今按：其书作于淳祐壬寅(1242)，先成五卷。越四年丙午，续得赤城胡融谱，乃移原书第五卷为第六卷，而摭融谱为第五卷。又四年庚戌，更为补遗一卷。观其自题作补遗之时，已改名为《菊史》矣。

【元邹铉续编《寿亲养老新书》卷三·蒍卜鲊】詹卜花，即栀子也。采嫩花酿作鲊，极香美。白乐天方斋，刘禹锡馈以菊苗虀、芦菔鲊，换取乐天六班茶二囊，以自醒酒。

【元陶宗仪《说郛》卷二十三下·袁桷《澄怀录》】顾渚涌金泉每岁造茶时，太守先祭拜，然后水渐出，造贡茶毕，水稍减。至供堂茶毕，已减半矣。太守茶毕，遂涸。白乐天入关，刘禹锡正病酒。禹锡乃馈菊苗虀、芦菔鲊，换取乐天六班茶二囊，炙以醒酒。

【元陶宗仪《说郛》卷九十三下·温庭筠《采茶录·易》】白乐天方斋，禹锡正病酒。禹锡乃馈菊苗虀、芦菔鲊，换取乐天六班茶二囊，以自醒酒。

【明万邦宁《茗史》卷上·换茶醒酒】乐天方入关，刘禹锡正病酒。禹锡乃馈菊苗虀、芦菔鲊，取乐天六班茶二囊，炙以醒酒。

【明彭大翼《山堂肆考》卷一百九十三·饮食·茶·换茶醒酒】《蛮瓯志》：白乐天方斋，刘禹锡正病酒。乃馈菊苗虀、芦菔鲊，换取乐天六班茶二囊，以醒酒。

【明何良俊《语林》卷二十·栖逸第十二】白乐天方斋，刘禹锡正病酒。禹锡乃馈菊苗虀、芦菔鲊，换取乐天六班茶二囊，以自醒酒。

【《御定渊鉴类函》卷三百九十·食物部三·茶二】《蛮瓯志》又云：白乐天入关，刘禹锡正病酒。禹锡乃馈菊苗虀、芦菔鲊，换取乐天六班茶二囊，以醒酒。

【《御定渊鉴类函》三百九十二·食物部五·酒二】《澄怀录》曰：白乐天入关，刘禹锡正病酒。禹锡乃馈菊苗虀、芦菔鲊，取乐天六班茶二囊，炙以醒酒。

【《御定佩文韵府》卷二十一之二·下平声·六麻韵二·茶·六班茶】《云仙别录》：乐天方八关斋，刘禹锡正病酒。乃馈菊苗虀、芦菔鲊，换取乐天~~~，以醒酒。

【清吴襄《子史精华》卷一百五十二·食馔部·膳羞·菊苗虀芦菔鲊】温庭筠《采茶录》：白乐天方斋，禹锡正病酒。禹锡乃馈~~~、~~~~，换取乐天六班茶二囊，以自醒酒。

【清陈元龙《格致镜原》卷二十一·饮食类一·茶·名类】《澄怀录》：白乐天入关，刘禹锡正病酒。禹锡乃馈菊苗虀、芦菔鲊，换取乐天六班茶二囊，炙以醒酒。

【清陈元龙《格致镜原》卷二十四·饮食类四·虀】《蛮瓯志》：白乐天方斋，禹锡正病酒。乃馈菊苗虀，换取乐天六班茶。

【清王士禛《香祖笔记》卷六】蒍卜鲊、方蒍卜，即栀子也。采嫩花酿作鲊，最为香美。昔刘宾客馈白太傅菊苗虀、芦菔鲊，换取乐天六班茶二囊。有诗载集中。

【明胡谧《(成化)山西通志》卷二百二十九·杂志二】乐天方入关斋，禹锡正病酒。禹锡乃馈菊苗虀、芦菔鲊，换取乐天六班茶二囊，以醒酒。(《蛮瓯志》)

◎ 词汇考

【汉语大词典·八关斋】佛教指在家信徒一昼夜受持的八条戒律。《资治通鉴·齐武帝永明元年》："会上于华林园设八关斋，朝臣皆预。"胡三省注："释氏之戒：一，不杀生；二，不偷盗；三，不邪淫；四，不妄语；五，不饮酒、食肉；六，不着花鬘璎珞、香油涂身、歌舞倡伎故往观听；七，不得坐高广大床；八，不得过斋后吃食。以上八戒，故为八关。"宋黄庭坚《戏题鲁处善尉厨》诗之二："天女原非人间色，道人今日八关斋。"亦称"八关戒"。

【汉语大词典·芦菔】即萝卜。《后汉书·刘盆子传》："(宫女)幽闭殿内，掘庭中芦菔根，捕池鱼而食之。"北魏贾思勰《齐民要术·蔓菁》："种菘、芦菔法，与芜菁同。"石声汉注："'芦菔'，现在写作'萝卜'、'莱菔'。"

【汉语大词典·六班茶】茶名。唐冯贽《云仙杂记·换茶醒酒》："乐天方八关斋，禹锡正病酒。禹锡乃馈菊苗虀、芦菔鲊，换取乐天六班茶二囊以醒酒。"袁枚《随园诗话补遗》卷三引清司马章《临江仙》词："知郎新病渴，亲试六班茶。"

肠胃文章映日

◎ 版本考

A 元稹为翰林承旨，朝退，行钟廊，时初日映九英梅，隙光射积，有气勃勃然。百僚望之，曰："岂肠胃文章映日可见乎?"(《常朝录》)

B 元稹为翰林承旨，朝退，行钟廊，时初日映九英梅，隙光射积，有气勃勃然。百僚望之，曰："岂肠胃文章映日可见乎?"(《常朝录》)

C 元稹为翰林丞旨，朝退，行钟廊，时初日映九英梅，隙光射积，有气勃勃然。百僚望之，[曰:]"岂肠胃文章映日可见乎?"(《常朝录》)

D【九英梅】《常朝录》曰：元稹为翰林承旨，朝退，行钟廊，时初日映九英梅，隙光射积，有气勃然。百僚望之，曰："岂肠胃文章映日可见乎?"(070)

E【九英梅】《常朝录》曰：元稹为翰林承旨，朝退，行钟廊，时初日映九英梅，隙光射积，有气勃然。百僚望之，曰："岂肠胃文章映日可见乎?"(070)

◎ 引文考

【唐白居易原本、宋孔传续撰《白孔六帖》卷九十九·梅十·九英梅】《常朝录》曰：元稹为翰林承旨，朝退，行至廊下，时初日映九英梅，隙光射积，有气勃然。百僚望之，曰："岂肠胃之章映日可见乎?"

【宋无名氏《锦绣万花谷后集》卷三十八·梅·九英】元稹为翰林承旨，朝退，行至廊下，时初日映九英梅，隙光射积，有气勃勃然。百僚望之，曰："岂肠胃文章映日可见乎?"(出《常朝录》)

【宋陈景沂《全芳备祖前集》卷一·花部·梅花事实·纪要】元稹为翰林承旨，朝退，

行至廊下，初日映九英梅，隙光射稹，有气勃勃然。百僚望之，曰："岂肠胃文章映日可见乎？"（《常朝录》）

【元阴时夫《韵府群玉》卷三·上平声·十灰·九英梅】元稹为承旨，朝退，至廊下，初日映～～～，隙光射稹，百僚望之，曰："岂肠胃文章映日可见乎？"（《常朝录》）

【明彭大翼《山堂肆考》卷一百九十八·花品·廊下九英】《常朝录》：唐元稹为翰林承旨，退朝，行至廊下，初日映九英梅，隙光射稹，有气勃勃然。百僚望之，曰："岂肠胃文章映日可见乎？"

【明何良俊《语林》卷十七·赏誉第九下】元稹为翰林承旨，朝退，行至廊下，时初日映九英梅，隙光射稹，有气勃然。百僚望之，叹曰："岂肠胃之章映日可见乎？"

【《御定渊鉴类函》卷七十一·设官部十一·翰林学士承旨二】《潜确类书》曰：唐元稹为翰林承旨，朝退，至廊下，时初日映九英梅，花隙光射稹，有气勃勃然。百僚望之，曰："岂肠胃文章映日可见乎？"

【《御定渊鉴类函》卷四百·果部二·梅二】《常朝录》曰：元稹为翰林承旨，朝退，行至廊下，时初日映九英梅，隙光射稹，有气勃勃然。百僚望之，曰："岂肠胃文章映日可见乎？"

【《御定子史精华》卷二·天部二·日·映九英梅】冯贽《云仙杂记》：元稹为翰林承旨，朝退，行钟廊，时初日～～～～，隙光射稹，有气勃勃然。百僚望之，云："岂肠胃文章映日可见乎？"

【清陈元龙《格致镜原》卷七十·花类一·梅花·详类】《常朝录》：元稹为翰林承旨，朝退，行至廊下，时初日映九英梅，隙光射稹，有气勃然。

【清吴宝芝《花木鸟兽集类》卷上·梅花】《当朝录》：唐元稹为翰林承旨，退朝，行至廊下，初日映九英梅，隙光射稹，有气勃勃然。百僚望之，曰："岂肠胃文章映日可见乎？"

◎ 词汇考

【中国历史大辞典·元稹】（779—831），唐河南洛阳人，字微之，别字威明。北魏拓跋（元）氏后裔。生于万年（今属陕西），九岁能赋诗文。贞元九年（793）以明经擢第。十九年，中书判拔萃科。后应制举，历校书郎、左拾遗、监察御史。曾上疏论谏，分司东都。劾奏不法官吏，得罪权贵。元和五年（810），贬江陵府士曹参军。历通州司马，虢州长史。十四年入为膳部员外郎。穆宗即位，读其《连昌宫词》悦之，授祠部郎中、知制诰。长庆元年（821），转中书舍人、翰林学士。自此与宦官交结，为皇帝所重，排斥裴度。次年，拜同平章事。旋因李逢吉诬告罢相，出为同州刺史，曾均定当地税籍。三年，转越州刺史、浙东观察使。后暴卒于武昌节度使任。善写讽喻诗，代表作有《织妇词》《田家词》《连昌宫词》等，其悼亡诗感情真挚。传奇有《莺莺传》，为后世《西厢记》取材。与白居易友善，共倡新乐府运动，世称"元白"。有《元氏长庆集》。1983年中华书局出版点校本《元稹集》。

【汉语大词典·承旨】官名。唐代翰林院有翰林学士承旨，位在诸学士上。凡大诰令、大废置、重要政事，皆得专对。宋元仍其制。元赵孟頫曾为此官，世称赵承旨。明废。参阅唐元稹《翰林承旨学士记》。又五代枢密院有枢密院承旨、副承旨；宋代枢密院有都承旨、副承旨。初用武臣，后参用文臣。参阅《文献通考·职官十二》。

【汉语大词典·初日】刚升起的太阳。南朝梁何逊《晓发》诗："早霞丽初日，清风消薄雾。"唐虞世南《初晴应教》诗："初日明燕馆，新溜满梁池。"

【汉语大词典·九英梅】蜡梅的一种。《广群芳谱·花谱二十·蜡梅》引《梅谱》云："子种，不经接，花小香淡，其品最下，谓之狗蝇，后讹为九英。"

【汉语大词典·隙光】时光；岁月。明李东阳《再用韵自述》之二："悔送隙光飞过鸟，记栽堂树小如椽。"

【汉语大词典·勃然】兴起貌。《庄子·知北游》："注然勃然，莫不出焉；油然漻然，莫不入焉。"《韩诗外传》卷八："喻德教，举遗士，海内翕然向风。故百姓勃然咏宣王之德。"许维遹《集释》引郝懿行云："勃然，兴起。《传》曰：'兴曰勃然。'"北齐颜之推《颜氏家训·勉学》："强毅正直，立言必信，求福不回，勃然奋厉，不可恐慑也。"

【汉语大词典·百僚】百官。《书·皋陶谟》："百僚师师，百工惟时。"孔传："僚、工，皆官也。"《后汉书·邓彪传》："彪在位清白，为百僚式。"《新五代史·周太祖纪》："文武百僚，六军将校，议择贤明，以承大统。"宋苏轼《代张方平谏用兵书》："群臣百僚，窥见此指，多言用兵。"张怀奇《颐和园词》："云栏月树似南朝，斑扇当楼拥百僚。"一说，一种奴隶。郭沫若《奴隶制时代·关于中国古史研究中的两个问题》："百僚的'僚'分明是'隶臣僚'的僚，是一种奴隶。"

天峰煤与绫文刺孰胜

◎ 版本考

A 卢杞与冯盛相遇于道，各携一囊。杞发盛囊，有墨一枚。杞大笑，盛正色曰："天峰煤和针鱼脑，入金溪子手中，录《离骚》古本，比公日提绫文刺三百，为名利奴，顾当孰胜？"已而搜杞囊，果是三百刺。（《大唐龙髓记》）

B 卢杞与冯盛相遇于道，各携一囊。杞发盛囊，有墨一枚。杞大笑，盛正色曰："天峰煤和针鱼脑，入金溪子手中，录《离骚》古本，比公日提绫文刺三百，为名利奴，顾当孰胜？"已而搜杞囊，果是三百刺。（《大唐龙髓记》）

C 卢杞与冯盛相遇于道，各携一囊。杞发盛囊，有墨一枚。杞大笑，盛正色曰："天峰煤和针鱼脑，入金溪子手中，录《离骚》古本，比公日提绫文刺三百，为名利奴，顾当孰胜？"已而搜杞囊，果是三百刺。（《大唐龙髓记》）

D【绫文刺】《大唐龙髓记》曰：卢杞与冯盛相遇于道路，各携一囊。杞发盛囊，有墨一枚。杞大笑，盛正色曰："天峰煤和针鱼脑，入金溪子手中，录《离骚》古本，比公日提绫文刺三百，为名利奴，顾当孰胜？"已而搜杞囊，果有三百刺。（071）

E【绫文刺】《大唐龙髓记》曰：卢杞与冯盛相遇于道路，各携一囊。杞发盛囊，有墨一枚。杞大笑，盛正色曰："天峰煤和针鱼脑，入金溪子手中，录《离骚》古本，比公日提绫文刺三百，为名利奴，顾当孰胜？"已而搜杞囊，果有三百刺。（071）

◎ 引文考

【唐白居易原本、宋孔传续撰《白孔六帖》卷十四·墨十八·天峰煤】《龙髓记》：卢杞与冯盛相遇于道，各携一囊。杞发盛囊，有墨一枚。杞大笑，盛正色曰："天峰煤和针鱼脑，入金溪子手中，录《离骚》古本，如公止提绫纹刺三百，为名利奴，顾当孰胜?"已而搜杞囊，果三百刺。

【宋潘自牧《记纂渊海》卷八十二·字学部·墨】卢杞与冯盛相遇于道，各携一囊。杞发盛囊，有墨一枚。杞大笑，盛正色曰："天峰煤和针鱼脑，入金溪子手中，录《离骚》古本，比公日提绫文刺三百，为名利奴，顾当孰胜?"已而搜杞囊，果是三百刺。(《大唐龙髓记》)

【明陶宗仪《说郛》卷二十六下·阙名《耕余博览·各携一囊》】卢杞遇冯盛于涂，各携一囊。杞发盛囊，有墨一枚。杞大笑，盛正色曰："天峰煤和针鱼脑，入金溪子手中，录《离骚》古本，比公日提绫文刺三百，为名利奴，顾当孰胜?"已而搜杞囊，果是三百刺。

【元陆友《墨史》卷下·杂记】卢杞与冯盛相遇于道，各携一囊。杞发盛囊，有墨一枚。杞大笑，盛曰："天峰煤和针鱼脑，入金溪子手中，录《离骚》古本，如公只提绫纹刺三百，为名利奴，顾当孰胜?"

【明徐应秋《玉芝堂谈荟》卷二十八·龙香剂】卢杞与冯盛遇，盛曰："天烽煤和针鱼脑，入金溪手子中，录《离骚》古本，比公日提绫文刺三百，为名利奴，孰胜?"

【明何良俊《语林》卷五·言语第二下】卢杞与冯盛相遇于道，各携一囊。杞发盛囊，有墨一枚。杞大笑，盛正色曰："天峰煤和针鱼脑，入金溪子手中，录《离骚》古本，如公止提绫纹刺三百，为名利奴，顾当孰胜?"已而搜杞囊，果三百刺。

【明张萱《疑耀》卷四·拜帖不古】余阅一小说，古人书启往来及姓名相通，皆以木竹为之，所谓刺也。至宋时，王荆公居半山寺，每以金漆木版写经书名目，往寺僧处借经，时人遂以金漆版代书帖。已而，恐有宣泄，又作两版相合，以片纸封其际。久之，其制渐精。或又以缣囊盛而封之。在宋时，南人谓之简板，北人谓之牌。其后，通谓之简版。至淳熙之世，朝士乃以小纸，高四五寸，阔尺余，相往来，谓之手简。市中遂制手简纸卖之，而竹木之刺废矣。今之拜帖用纸，盖起于熙宁也。余谓简札用纸其来已久矣。冯盛尝诮卢杞提三百绫文刺，为名利奴。郗惜遣笺诣桓温，子超取视，寸寸毁裂，若竹木之刺，何称绫文？又宁堪寸裂耶？意东汉造纸后，简札之制已为之一变矣。王沂公取残柬，裂去前幅，以遗孙京，是时书帖已有长余，但不如今之侈耳。其以金漆版代书帖，特取一时之便，仿古制而为之，决非古制，至此时犹存也。若从前未有书帖，何言代乎？吴质答子建书"发函伸纸"，文帝与刘桢书"获累纸之命"，此汉魏间语，尤可证。但其制止阔尺余而已，今用七八折为全柬者，是后人积奢之所致也。余尝见杨公士奇一帖，其纸即今长安中之连七纸，最粗恶者，亦仅三折，面上一红笺，仅如箸姓名之字，仅大如指顶，其所语事，即书于左，不用今之副启，而其字草书，盖真迹也。今用副启，闻亦起于世庙末年，书名字大则近见。今日凡京朝官其字至多，与政府相等，此亦士风之不古也。

【《御定渊鉴类函》卷三百十·人部六十九·干谒三·三百名利奴千重铁甲颜】卢杞与冯盛遇于道，各携一囊。杞发盛囊，有墨一丸。杞大笑，盛正色曰："天峰煤和针鱼脑，入金溪子手中，录《离骚》古本，比公日提绫文刺三百，为名利奴，顾当孰胜?"已而披杞囊，果是三百刺。唐进士杨光远游谒王公之门，干索权要之族，未尝自足，稍有不从，便多诽谤，常遭挞辱，略无改悔，皆云杨光远颜厚如千重铁甲。

【《御定佩文韵府》卷七之七·上平声·七虞韵七·奴·名利奴】《耕余博览》：卢杞遇冯盛于途，发其囊，有墨一枚。杞大笑，盛正色曰："比公提绫文刺三百，为～～～，顾当孰胜？"已而搜其囊，果是三百刺。

【《御定分类字锦》卷四十·文事·墨第十一·天峰煤】《云仙杂记》：卢杞与冯盛相遇于道，各携一囊。杞发盛囊，有墨一枚。杞大笑，盛正色曰："～～～和针鱼脑，入金溪子手中，录《离骚》古本，比公日提绫文刺三百，为名利奴，顾当孰胜？"已而搜杞囊，果是三百刺。

【清陈元龙《格致镜原》卷三十七·文具类一·墨·墨称号】《大唐龙髓记》：冯盛携一囊，有墨一枚，号天峰煤。

◎ 词汇考

【中国历史大辞典·卢杞】（？—约785），唐滑州灵昌（今河南滑县西南）人，字子良。卢怀慎孙。以荫累官虢州刺史。建中初，征为御史中丞，论奏称旨，旋迁为门下侍郎、同平章事。有口才，貌陋面蓝，不耻恶衣食，人谓有祖之风节。及为相，妒贤忌能，立威固权。陷害杨炎、颜真卿，排斥李揆、张镒。建中三年（782），为镇压田悦、李希烈等叛军，以筹军资为名，聚敛财货，民怨沸腾，长安为之罢市。次年，泾原兵变，长安失守，随德宗逃奔奉天，李怀光指斥其罪责，乃罢相贬为新州司马。后改授澧州别驾，卒于官。

【冯盛】事迹待考。

【名利奴】讥称热衷功名利禄的人。唐冯贽《云仙杂记·天峰煤与绫文刺孰胜》："杞发盛囊，有墨一枚，杞大笑。盛正色曰：'……比公日提绫文刺三百，为名利奴，顾当孰胜？'"

粥 饲 鸠

◎ 版本考

A 蔺先生坐琴庄，食兰香粥。有鸠至阶上，先生以匙掷饲之。渐进，至肩，遂尽此粥。后日，鸠以千百至，先生皆饲之。（《琴庄美事》）

B 蔺先生坐琴庄，食兰香粥。有鸠至阶上，先生以匙掷饲之。渐进，至肩，遂尽此粥。后日，鸠以千百至，先生皆饲之。（《琴庄美事》）

C 蔺先生坐琴庄，食兰香粥。有鸠至阶上，先生以匙掷饲之。渐进，至肩，遂尽此粥。后日，鸠以千百至，先生皆饲之。（《琴庄美事》）

D【兰香粥】《琴庄美事》曰：蔺先生坐琴庄，食兰香粥。有鸠至阶上，先生以匙掷饲之。渐进，至肩，遂尽此粥。后日，鸠以千百至，先生皆饲之。（072）

E【兰香粥】《琴庄美事》曰：蔺先生坐琴庄，食兰香粥。有鸠至阶上，先生以匙掷饲之。渐进，至先生肩，遂尽此粥。后日，鸠以千百至，先生皆饲之。（072）

◎ 引文考

【明谢肇淛《五杂俎》卷十·物部二】传记所载，卢怀慎作竹粉汤，蔺先生作兰香粥，刘禹锡作菊苗齑。今人有以玫瑰、荼薇、牡丹诸花片蜜渍而啖之者。芙蓉可作粥，亦可作汤。闽建阳人多取兰花，以少盐水渍三四宿，取出洗之，以点茶，绝不俗。又菊蕊将绽时，以蜡涂其口，俟过时摘以入汤，则蜡化而花苗，馨香酷烈，尤奇品也。但兰根食之能杀人，不可不慎！

【清吴士玉《骈字类编》卷一百六十五·器物门十八·琴·琴庄】《云仙杂记》：蔺先生坐~~，食兰香粥。有鸠至阶上，先生以匙掷饲之。渐进，至肩，遂尽此粥。后日，鸠以千百至，先生饲之。

◎ 词汇考

【汉语大词典·兰香】1. 草名。北魏贾思勰《齐民要术·种兰香》："三月中，候枣叶始生，乃种兰香。"原注："兰香者，罗勒也。中国为石勒讳，故改，今人因以为名焉。且兰香之目，美于罗勒之名，故即而用之。"宋高承《事物纪原·军伍名额·兰香》："本名罗勒，后赵石勒以罗勒犯己名，改为兰香，至今以为名也。"2. 泽兰。宋洪刍《香谱》卷上："兰香，一名水香，生大吴池泽。叶似兰，尖长有歧，花红白色而香。煮水浴以治风。"

花簪压损帽檐

◎ 版本考

A 梁绪梨花时，折花簪之，压损帽檐，至头不能举。(《祥云志》)

B 梁绪梨花时，折花簪之，压损帽檐，至头不能举。(《祥云志》)

C 梁绪梨花时，折花簪之，压损帽檐，至头不能举。(《祥云志》)

D【梨花压帽】《祥云志》曰：梁绪梨花时，折花簪之，压损帽檐，至头不能举。(073)

E【梨花压帽】《祥云志》曰：梁绪梨花时，折花簪之，压损帽檐，至头不能举。(073)

◎ 引文考

【唐白居易原本、宋孔传续撰《白孔六帖》卷九十九·梨十一·折花簪之压损帽檐】梁绪梨花时，折花簪之，压损帽檐，至头不举。(《祥云志》)

【宋无名氏《锦绣万花谷》后集卷三十七·花·梨花·压帽】梁绪梨花时，折花簪之，压损帽檐。(《祥云志》)

【宋潘自牧《记纂渊海》卷九十三·花卉部·花·梨花·传记】梁绪梨花时，折花簪之，压损帽檐，至头不能举。(《祥云志》)

【明彭大翼《山堂肆考》卷一百九十九·花品·梨花·折花簪帽】《祥云志》：梁绪于梨花开时，折花簪之，压损帽檐。

【《御定佩文斋广群芳谱》卷二十七·花谱·梨花·汇考】《祥云志》：梁绪梨花时，折花簪之，压损帽檐，至头不能举。

◎ 词汇考

【梁绪】事迹待考。

翡 翠 指 环

◎ 版本考

A 何充妓于后阁以翡翠指环换刺绣笔。充知，叹曰："此物洞仙与吾，欲保长年之好。"乃令苍头急以蜻蜓幔赎之。(《妆楼记》)

B 何充妓于后阁以翡翠指环换刺绣笔。充知，叹曰："此物洞仙与吾，欲保长年之好。"乃令苍头急以蜻蜓幔赎之。(《妆楼记》)

C 何充妓于后阁以翡翠指环换刺绣笔。充知，叹曰："此物洞仙与吾，欲保长年之好。"乃令苍头急以蜻蜓幔赎之。(《妆楼记》)

D【蜻蜓幔】《妆楼记》曰：何充妓于后阁以翡翠指环换刺绣笔。充知，叹曰："此物洞仙与吾，欲保长年之好。"乃令苍头急以蜻蜓幔赎之。(074)

E【蜻蜓幔】《妆楼记》曰：何充后阁妓以翡翠指环换刺绣笔。充知，叹曰："此物洞仙与吾，欲保长年之好。"乃令苍头急以蜻蜓幔赎之。(074)

◎ 引文考

【元陶宗仪《说郛》卷七十七下·张泌《妆楼记·翡翠指环》】何充妓于后阁以翡翠指环换刺绣笔。充知，叹曰："此物洞仙与吾，欲保长年之好。"乃命苍头急以蜻蜓幔赎之。

【明董斯张《广博物志》卷二十四·闺壶二】何充后阁妓以翡翠指环换刺绣笔。叹曰："此物洞仙与吾，欲保长年之好。"乃令苍头急以蜻蜓幔赎之。(《妆楼记》)

【明徐应秋《玉芝堂谈荟》卷二十七·翡翠盏】《妆楼记》：何充妓于后阁以翡翠指环换刺绣笔。充曰："此物洞仙与吾，保长年之好。"乃令苍头急以蜻蜓幔易之。

【清吴襄《子史精华》卷一百三十四·妇女部二·才艺·妆饰·翡翠指环】张泌《妆楼记》：何充妓于后阁以～～～～换刺绣笔。充知，叹曰："此物洞仙与吾，欲保长年之好。"乃命苍头急以蜻蜓幔赎之。

【清陈元龙《格致镜原》卷十四·冠服类二·帽】《妆楼记》：何充以蜻蜓幔赎翡翠指环。

【清陈元龙《格致镜原》卷五十五·香奁器物类一·指环】《妆台记》：何充妓于后阁以翡翠指环换刺绣笔。充知，叹曰："此物洞仙与吾，欲保长年之好。"乃令苍头急以蜻蜓幔赎之。

◎ 词汇考

【中国历史大辞典·何充】(292—346)，晋庐江潜县(今安徽霍山东北)人，字次道。王导妻甥，明帝后之妹夫。初辟大将军王敦主簿，以言敦兄含贪污狼籍，而忤敦左迁。敦败，因与导善，屡历显官。成帝时，任给事黄门侍郎。苏峻之乱，从导东奔。乱平，封都乡侯。历散骑常侍、东阳太守、会稽内史。在郡征拔虞喜等为佐史。导与庾亮并荐，加吏部尚书、冠军将军、领会稽王师。导死，转护军将军、参录尚书事。后徙中书令。因议立皇子研，与明皇后兄江州刺史庾冰意见不同，及康帝立，出为骠骑将军，都督徐、扬二州晋陵诸军事，领徐州刺史。建元二年(344)，康帝病重，受顾命，辅立穆帝，录尚书事加侍中。庾冰及其弟庾翼卒，总朝政，用桓温为西藩，镇荆州。凡所选用，功臣为先，不树私恩。然所用不尽得人。又佞佛，大修寺院，糜费巨亿，亲友贫困无所施遗，时人讥之。

【汉语大词典·洞仙】仙人。传说其好居深山洞壑，故称。唐宋之问《下桂江龙目滩》诗："巨石潜山怪，深篁隐洞仙。"清吴伟业《橘灯》诗："绣佛传灯珠错落，洞仙争奕漏深沉。"

【汉语大词典·苍头】指奴仆。《汉书·鲍宣传》："使奴从宾客浆酒霍肉，苍头庐儿皆用致富。"颜师古注引孟康曰："汉名奴为苍头，非纯黑，以别于良人也。"前蜀贯休《少年行》："却捉苍头奴，玉鞭打一百。"

赤　将　军

◎ 版本考

A 哥舒翰有马曰赤将军，翰爱之甚，常以朝章加其背，曰："过吾北林儿远矣，此骏材也。"(《马癖记》)

B 哥舒翰有马曰赤将军，翰爱之甚，常以朝章加其背，曰："过吾北林儿远矣，此骏材也。"(《马癖记》)

C 哥舒翰有马曰赤将军，翰爱之甚，常以朝章加其背，曰："过吾北林儿远矣，此骏材也。"(《马癖记》)

D《马癖记》曰：哥舒翰有马名赤将军，翰爱之甚，常以朝章加其背，曰："过吾北林儿远矣，此骏材也。"(075)

E《马癖记》曰：哥舒翰有马名赤将军，翰爱之甚，常以朝章加其背，曰："过吾北林儿远矣，此骏材也。"(075)

◎ 引文考

【明徐应秋《玉芝堂谈荟》卷三十三·蒲稍骐骥】《马癖记》：哥舒翰有马名赤将军。

【明顾起元《说略》卷二十四·谐志】哥舒翰马曰赤将军，见《马癖记》。

【《御定渊鉴类函》卷四百三十三·兽部五·马二】《马癖记》曰：哥舒翰有马曰赤将军，翰爱之甚，以朝章加其背，曰："过我北林儿远矣，此骏马也。"

【《御定分类字锦》卷五十七·鸟兽·赤将军】《云仙杂记》：哥舒翰有马曰～～～，翰爱之甚，常以朝章加其背，曰："过吾北林儿远矣，此骏马也。"

【清吴襄《子史精华》卷一百三十七·动植部三·兽下·赤将军】冯贽《云仙杂记》：哥舒翰有马曰～～～，翰爱之甚，常以朝章加其背，曰："过吾北林儿远矣，此骏马也。"

◎ 词汇考

【中国历史大辞典·哥舒翰】(？—757)，唐突厥族突骑施哥舒部人，以部族名为姓。勇而有谋。能读《左传》《汉书》。世居安西(今新疆库车)，四十岁后从军河西，节度使王忠嗣署为牙将。屡破吐蕃，由是知名。天宝六载(747)，代王忠嗣为陇右节度使。八载，率陇右、河西及突厥兵十万余人，攻克吐蕃石堡城(今青海西宁西)。遂以赤岭(今青海湟源西南日月山)为西塞，开屯田，备军实。后兼河西节度使，封平西郡王。因患风疾还长安。十四载，安禄山反。次年，起为兵马副元帅，统二十万军守潼关。因病不能事，部将争长，政令不一。杨国忠说玄宗促使出战。他被迫出关，大败，为部将执送安禄山而降，囚洛阳。后于安庆绪兵败北逃时被杀。

【赤将军】马名。

【汉语大词典·朝章】犹朝服。宋王禹偁《滁州谢上表》："况臣头有重戴，身被朝章，所守者国之礼容，即不是臣之气势。"宋陆游《老学庵笔记》卷二："先左丞平居，朝章之外，惟服衫帽。"

【汉语大词典·骏材】才智杰出的人。骏，通"俊"。清姚鼐《汪玉飞墓志铭》："抗发涂，蹶骏材，芒天乎，理则乖。"鲁迅《书信集·致许广平》："愧循循之无方，幸骏才之易教。"

【汉语大词典·马癖】爱马之癖。《晋书·杜预传》："王济解相马，又甚爱之。预(杜预)常称济有马癖。"唐杜甫《骢马行》："邓公马癖人共知，初得花骢大宛种。"

地　脂

◎ 版本考

A 高展为并门判官，一日，见砌间沫出，以手撮之，试涂一老吏面上，皱皮顿改如少年色。展以谓必神药，问承天道士，答曰："此名地脂，食之不死。"展乃发砖，已无所睹。(《方镇编年》)

B 高展为并门判官，一日，见砌间沫出，以手撮之，试涂一老吏面上，皱皮顿改如少年色。展以谓必神药，问承天道士，答曰："此名地脂，食之不死。"展乃发砖，已无所睹。(《方镇编年》)

C 高展为并门判官，一日，见砌间沫出，以手撮之，试涂一老吏面上，皱皮顿改如少年色。展以谓必神药，问承天道士，答曰："此名地脂，食之不死。"展乃发砖，已无所睹。(《方镇编年》)

D《方镇编年》曰：高展为并门判官，一日，见砌有沫出，以手撮之，试涂一老吏面上，皱皮顿改如少年色。展以谓必神药，问承天道士，答曰："此名地脂，食之不死。"展乃发砖，已无所睹。(076)

E《方镇编年》曰：高展为并门判官，一日，见砌有沫出，以手撮之，试涂一老吏面上，皱皮顿改如少年色。展以谓必神药，问承天道士，答曰："此名地脂，食之不死。"展乃发砖，已无所睹。(076)

◎ 引文考

【明余寅《同姓名录》卷八·高展二】后燕高展，蓟人，仕慕容宝为黄门郎。见《后燕春秋》。唐高展为并州判官，一日，见砌间沫出，以手试涂老吏面，皱皮顿改如少年。展以问承天道士，答曰："此名地脂，食之不死。"见《云仙杂记》。

　　【《御定骈字类编》卷十五·天地门十五·地·地脂】《云仙杂记》：高展为并门判官，一日，见砌间沫出，以手撮之，试涂一老吏面上，皱皮顿改，如少年色。展以谓必神药，问承天道士，答曰："此名～～，食之不死。"展乃发砖，已无所睹。

　　【《御定佩文韵府》卷四之七·上平声·四支韵七·脂·地脂】《方镇编年》：高展为并州判官，一日，见砌间沫，以手撮之，试涂一老吏面上，皱皮顿改，如少年。问承天道士，曰："此名～～。"

　　【清陈元龙《格致镜原》卷五·坤舆类一·地】《方镇编年》：高展为并州判官，一日，见砌间沫出，以手撮之，试涂一老吏面上，皱皮顿改，如少年色。展以谓必神药，问承天道士，答曰："此名地脂，食之不死。"展乃发砖，已无所睹。

　　【明胡谧《(成化)山西通志》卷四十七·物产·太原府·地脂】唐冯贽《云仙杂记》：高展为并州判官，一日，见砌间沫出，以手撮之，试涂一老吏面，皱皮顿改，如少年色。展以问承天道士，答曰："此名地脂，食之不死。"展乃发砖，已无所睹。

◎ 词汇考

　　【承天道士】事迹待考。

　　【汉语大词典·地脂】仙药名。唐冯贽《云仙杂记·地脂》："高展为并州判官，一日，见砌间沫出，以手撮之，试涂一老吏面上，皱皮顿改，如少年色。展以谓必神药，问承天道士，答曰：'此名地脂，食之不死。'"○今按：地脂疑为石油，是不同的碳氢化合物的混合物，可以燃烧，一般呈褐色、暗绿色或黑色，渗透在岩石的空隙中。

胡 麻 啖 犬

◎ 版本考

　　A 以胡麻麨啖犬，则光黑而骏，使猎，必大获狐兔，又可得三十岁。(《好事集》)
　　B 以胡麻麨啖犬，则光黑而骏，使猎，必大获狐兔，又可得三十岁。(《好事集》)
　　C 以胡麻麨啖犬，则光黑而骏，使猎，必大获狐兔，又可得三十岁。(《好事集》)
　　D【胡麻麨】《好事集》曰：以胡麻麨啖犬，则光黑而骏，使猎，必大获狐兔，又可得三十岁。(077)
　　E【胡麻麨】《好事集》曰：以胡麻麨啖犬，则光黑而骏，使猎，必大获狐兔，又可得三十岁。(077)

◎ 引文考

　　【唐白居易原本、宋孔传续撰《白孔六帖》卷九十八·狗二·胡麻麨】《好事集》：以胡麻麨啖犬，则光黑而骏，猎必大获狐兔，又可十岁。

　　【明徐应秋《玉芝堂谈荟》卷三十二·人气粉犀】以胡麻曲啖犬，则光黑而骏，使猎必大获狐兔，兼得三十余岁。

　　【《御定佩文韵府》卷四十七之四·上声十·七篠韵四·麨·胡麻麨】《云仙杂记》：以～～～啖犬，则光黑而骏，使猎必大获狐兔。

　　【《御定佩文斋广群芳谱》卷十·谷谱·脂麻·别录】《好事集》：以胡麻面啖犬，则光黑而骏，使猎必大获，又可得三十岁。

【清陈元龙《格致镜原》卷八十七·兽类六·犬】《好事集》：以胡麻䴗啖犬，则光黑而骏，猎必大获狐兔，又可十岁。

◎ 词汇考

【汉语大词典·胡麻】即芝麻。相传汉张骞得其种于西域，故名。《神农本草经》卷一："胡麻，一名巨胜。"晋葛洪《抱朴子·仙药》："巨胜一名胡麻，饵服之不老，耐风湿补衰老也。"《晋书·殷仲堪传》："城内大饥，以胡麻为廪。"《南史·刘虬传》："罢官归家静处，常服鹿皮袷，断谷，饵术及胡麻。"唐王维《送孙秀才》诗："山中无鲁酒，松下饭胡麻。"唐葛鸦儿《怀良人》诗："胡麻好种无人种，正是归时不见归。"按，芝麻一名脂麻。据今人研究，脂麻是我国原生植物，原产地在我国西南云贵高原一带。参阅李璠《中国栽培植物发展史》第二章。

【汉语大词典·䴗】米、麦等炒熟后磨粉制成的干粮。晋干宝《搜神记》卷十九："先将数石米䴗，用蜜䴗灌之，以置穴口。"《梁书·诸夷传·高昌国》："（高昌国）备植九谷，人多噉䴗及羊牛肉。出良马、蒲陶酒、石盐。"《辽史·天祚皇帝纪四》："途次绝粮，术者进䴗与枣。"明李时珍《本草纲目·谷四·䴗》："䴗以炒成，其臭香，故糗从臭，䴗从炒省也。"

得 意 田

◎ 版本考

A 云阳段氏值丰年，则尽取金钱埋之，九里皆满，曰："有得意田，遂可弃无用金。"（《丰年录》）

B 云阳段氏值丰年，则尽取金钱埋之，九里皆满，曰："有得意田，遂可弃无用金。"（《丰年录》）

C 云阳畋氏值丰年，则尽取金钱埋之，九里皆满，曰："有得意田，遂可弃无用金。"（《丰年录》）

D【埋金九里】《丰年录》曰：云阳段氏值丰年，则尽取金钱埋之，九里皆满，曰："有得意田，遂可弃无用金。"（078）

E【埋金九里】《丰年录》曰：云阳段氏值丰年，则尽取金钱埋之，九里皆满，曰："有得意田，遂可弃无用金。"（078）

◎ 引文考

【唐白居易原本、宋孔传续撰《白孔六帖》卷八·金一·埋金九里】《丰年录》：云阳段氏值丰年，则尽取金钱埋之，九里皆满，曰："有得意田，遂无用金。"

【宋谢维新《事类备要》外集卷六十一·财货门·金·事类·埋金九里】云阳段氏值丰年，则尽取金钱埋之，九里皆满，曰："有得意田，遂无用金。"（《丰年录》）

【明彭大翼《山堂肆考》卷一百八十四·珍宝·金·埋金九里】《丰年录》：云阳段氏值丰年，则尽取所有金钱埋之，九里皆满，曰："有得意田，遂无用金。"

　　【清吴襄《子史精华》卷一百四十九·产业部一·田农·得意田】冯贽《云仙杂记》：云阳段氏值丰年，则尽取金钱埋之，九里皆满，曰："有～～～，遂可弃无用金。"

　　【《陕西通志》卷九十九·拾遗第二·轶事】云阳段氏值丰年，则尽取金钱埋之，九里皆满，曰："有得意田，遂可弃无用钱。"（《丰年录》）

◎ 词汇考

　　【汉语大词典·云阳】古县名。故地即秦云阳邑。汉时改县，属左冯翊。《文选·潘岳〈西征赋〉》："面终南而背云阳，跨平原而连嶓冢。"李善注："《汉书》左冯翊有云阳县。"

卷　三

过　门　钱

◎ **版本考**

A 龙山康甫慷慨不羁，每日置酒于门，邀留宾客。不住者赠过门钱。日费酒者鹤嘴瓶二十。(《放怀集》)

B 龙山康甫慷慨不羁，每日置酒于门，邀留宾客。不住者赠过门钱。日费酒者鹤嘴瓶二十。(《放怀集》)

C 龙山康甫慷慨不羁，每日置酒于门，邀留宾客。不住者赠过门钱。日费酒者鹤嘴瓶二十。(《放怀集》)

D【鹤嘴瓶】《放怀集》曰：龙山康甫慷慨不羁，每日置酒于门，邀留宾客。不住者赠过门钱。日费酒者鹤嘴瓶二十。(079)

E【鹤嘴瓶】《放怀集》曰：龙山康甫慷慨不羁，每日置酒于门，邀留宾客。不住者赠过门钱。日费酒者鹤嘴瓶二十。(079)

◎ **引文考**

【《御定佩文韵府》卷十六之六·下平声·一先韵六·钱·过门钱】《云仙杂记》：龙山康甫慷慨不羁，每日置酒于门，邀留宾客，不住者赠～～～。

◎ **词汇考**

【汉语大词典·不羁】谓才行高远，不可拘限。《文选·邹阳〈狱中上书自明〉》："使不羁之士，与牛骥同皁。"李善注："不羁，谓才行高远，不可羁系也。"晋向秀《思旧赋》："余与嵇康、吕安，居止接近，其人并有不羁之才。"

【汉语大词典·置酒】陈设酒宴。《战国策·赵策三》："平原君乃置酒。酒酣，起前，以千金为鲁连寿。"晋左思《蜀都赋》："吉日良辰，置酒高堂。"《儒林外史》第三四回："庄绍光晚间置酒与娘子作别。"

虞 永 兴 书

◎ 版本考

A 有人收得虞永兴与圆机书一纸，剪开字字卖之，矾卿一字，得麻一斗，鹤口一字，得铜砚一枚，房村一字，得芋千头，随人好之浅深。(《字锦》)

B 有人收得虞永兴与圆机书一纸，剪开字字卖之，矾卿一字，得麻一斗，鹤口一字，得铜砚一枚，房村一字，得芋千头，随人好之浅深。(《字锦》)

C 有人收得虞永兴与圆机书一纸，剪开字字卖之，矾卿一字，得麻一斗，鹤口一字，得铜砚一枚，房村一字，得芋千头，随人好之浅深。(《字锦》)

D【矾卿换麻】《字锦》曰：有人收得虞世南与圆机书一纸，剪开字字卖之，矾卿二字，得麻一斗，鹤口二字，得铜砚一枚，房村二字，得芋千头，随人好之浅深。(080)

E【矾卿换麻】《字锦》曰：有人收得虞世南与圆机书一纸，剪开字字卖之，矾卿二字，得麻一斗，鹤口二字，得铜砚一枚，房村二字，得芋千头，随人好之浅深。(080)

◎ 引文考

【元陶宗仪《说郛》卷二十三下·袁桷《澄怀录》】有人收得虞永兴与圆机书一纸，剪开字字卖之，矾卿二字，得麻一斗，鹤口二字，得铜砚一枚，房村二字，得芋千头。

【明张丑《清河书画舫》卷三下·虞世南】米南宫云：有人收得虞世南与圆机书一纸，剪开字字卖之，至矾卿二字，得麻一斗，鹤口二字，得铜砚一枚，房村二字，得芋千头，随人好之浅深。(《米襄阳志林》)

【明汪砢玉《珊瑚网》卷二十二·米南宫书史】有人收得虞永兴与圆机书一纸，剪开字字卖之，至矾卿二字，得麻一斗，鹤口二字，得铜瓶一枚，房村二字，得芋千头，随人好之浅深。

【《御定佩文韵府》卷二十三之三·下平声·八庚韵三·卿·矾卿】《云仙杂记》：有人收得虞永兴与圆机书一纸，剪开字字卖之，~~二字，得麻一斗，鹤口二字，得铜砚一枚，房村二字，得芋千头，随人好之浅深。

【《御定佩文韵府》卷六十三之七·去声·四置韵七·字·矾卿字】《书史》：有人收得虞永兴与圆机书一纸，剪开字字卖之，至~~二~，得麻一斗，鹤口二字，得铜研一枚，房村二字，得芋千头，随人好之浅深。

【《御定佩文斋书画谱》卷九十二·历代鉴藏二·书二·宋米芾书史】有人收得虞永兴与圆机书一纸，剪开字字卖之，至矾卿二字，得麻一斗，鹤口二字，得铜研一枚，房村二字，得芋千头，随人好之浅深。

【《御定佩文斋广群芳谱》卷十六·蔬谱·芋·汇考】《澄怀录》：有人收得虞永兴与圆机书一纸，剪开字字卖之，房村二字，得芋千头。

【清卞永誉《书画汇考》卷四·书四】有人收得虞永兴与圆机书一纸，剪开字字卖之，至矾卿二字，得麻一斗，鹤口二字，得铜研一枚，房村二字，得芋千头，随人好之浅深。

【清倪涛《六艺之一录》卷一百六十四·法帖论述三十四·夫子庙堂碑】陕刻有孔子庙碑，是唐僧梦英篆书。夫子庙堂碑是虞永兴真书，唐人绝重之，以为青箱至宝者。昔有收得虞永兴与圆机书一纸，剪开字字卖之，矾卿二字，得麻一斗，鹤口二字，得铜研一[枚]，房村二字，得芋千头，随人好之浅深。今余所得虞本，如层台缓步高谢风尘，决非五代王彦超重刻，宜字字珍之也。玉水识。

【清倪涛《六艺之一录》卷三百七十六·历朝书谱六十六·鉴藏·宋米芾宝章待访录】有人收得虞永兴与圆机书一纸，剪开字字卖之，至矾卿二字，得麻一斗，鹤口二字，得铜研一枚，房村二字，得芋千头，随人好之浅深。

◎ 词汇考

【中国历史大辞典·虞永兴】即虞世南（558—638），隋唐时越州余姚（今属浙江）人，字伯施。陈时，与兄世基俱从顾野王学，历十余年，入隋，官秘书郎。唐时，官至秘书监，封永兴县子，人称虞永兴。编有《北堂书钞》传世。书法师王羲之七世孙僧智永，偏工行草。以太宗雅好王羲之书，遂备见推崇，声名出于欧阳询之上。与欧阳询、褚遂良、薛稷并称唐初四大书法家。其行草书传真迹多收入《淳化秘阁法帖》。又有传为墨迹《汝南公主墓志》行书草稿，已影印。至于正书实非擅长，有《孔子庙堂碑》，但远不如欧体影响深远。有集三十卷，今存一卷。

【汉语大词典·浅深】深和浅。《礼记·王制》："意论轻重之序，慎测浅深之量以别之。"南朝梁刘勰《文心雕龙·颂赞》："虽浅深不同，详略各异，其褒德显荣，典章一也。"宋苏轼《学士院试孔子从先进论》："其志不同，故其术有浅深，而其成功有巨细。"

一 醉 六 日

◎ 版本考

　　A 张麟一醉六日，啮柱几半。（《醉录》）

　　B 张麟一醉六日，啮柱几半。（《醉录》）

　　C 张麟一醉六日，啮柱几半。（《醉录》）

　　D【啮柱】《醉录》曰：张麟一醉六日，啮柱几半。（081）

　　E【啮柱】《醉录》曰：张麟一醉六日，啮柱几半。（081）

◎ 引文考

　　【明沈沈《酒概》卷四"二十之乱"】：张麟一醉六日，啮柱几半。（《醉录》）

　　【清吴士玉《骈字类编》卷八十四·数目门七·一醉】《记事珠》：张麟～～六日，啮柱几半。

◎ 词汇考

　　【张麟】事迹待考。

起宅刷以醇酒

◎ 版本考

　　A 莲花巷王珊起宅毕，其门刷以醇酒，更散香末，盖礼神之至。(《宣武盛事》)

　　B 莲花巷王珊起宅毕，其门刷以醇酒，更散香末，盖礼神之至。(《宣武盛事》)

　　C 莲花巷王珊起宅毕，其门刷以醇酒，更散香末，盖礼神之至。(《宣武盛事》)

　　D【刷酒散香】《宣武盛事》曰：莲花巷王珊起宅毕，其门刷以醇酒，更散香末，盖礼神之至。(082)

　　E【刷酒散香】《宣武盛事》曰：莲花巷王珊起宅毕，其门刷以醇酒，更散香末，盖礼神之至。(082)

◎ 引文考

　　【明周嘉胄《香乘》卷十·香事分类下·宫室香·起宅刷酒散香】莲花巷王珊起宅毕，其门刷以醇酒，更散香末，盖礼神之至。(《宣武盛事》)

◎ 词汇考

　　【汉语大词典·醇酒】味厚的美酒。《史记·曹相国世家》："吏之言文刻深，欲务声名者，辄斥去之。日夜饮醇酒。"唐吴兢《乐府古题要解·西门行》："始言醇酒肥牛，及时为乐。"

　　【汉语大词典·礼神】祭神。《文选·扬雄〈甘泉赋〉》："集乎礼神之囿，登乎颂祇之堂。"李善注："礼神，谓祭天也。"

题 梁 字

◎ 版本考

　　A 范溥题听事梁，每字以木莲花承之，岁旦一开，次日复上之。(《河中记》)

　　B 范溥题听事梁，每字以木花莲承之，岁旦一开，次日复上之。(《河中记》)

　　C 范溥题厅事梁，每字以木莲花承之，岁旦一开，次日复上之。(《河中记》)

　　D【莲花承字】《河中记》曰：范溥厅事题梁，每字以木莲花承之，岁旦一开，次日复上之。(084)

　　E【莲花承字】《河中记》曰：范溥厅事题梁，每字以木莲花承之，岁旦一开，次日复上之。(084)

◎ 引文考

　　今检《中国基本古籍库》，此条未见引用。

◎ 词汇考

　　【范溥】事迹待考。

【汉语大词典·厅事】1. 官署视事问案的厅堂。古作"听事"。《三国志·吴书·诸葛恪传》："出行之后，所坐厅事屋栋中折。"宋陆游《入蜀记》卷四："州治陋甚，厅事仅可容数客。"2. 私人住宅的堂屋。《魏书·夏侯夬传》："忽梦见征虏将军房世宝来至其家，直上厅事。"

【汉语大词典·木莲】常绿乔木。叶子长椭圆状披针形，花如莲，果穗球形，成熟时紫色。俗称黄心树。南朝梁江淹《闽中草木颂十五首》中有《木莲》篇。唐段成式《酉阳杂俎续集·支植上》："木莲花，味似辛夷，花类莲花，色相傍，出忠州鸣玉溪，邛州亦有。"《旧唐书·白居易传》："居易在郡，为《木莲荔枝图》，寄朝中亲友，各记其状曰……'木莲大者高四五丈，巴民呼为黄心树，经冬不凋。身如青杨，有白文。叶如桂，厚大无脊。花如莲，香色艳腻皆同，独房蕊有异。四月初始开，自开迨谢，仅二十日。'"宋陆游《老学庵笔记》卷四："白乐天有《忠州木莲诗》。予游临邛白鹤山寺，佛殿前有两株，其高数丈，叶坚厚如桂，以仲夏发花，状如芙蕖，香亦酷似。"清赵翼《题蒋心余携子游庐山图为其季子师退孝廉作》诗："曾闻元白遇夷陵，文酒流连旬日共。事往空思写木莲，道山人已骑白凤。"参阅明李时珍《本草纲目·木一·木兰》。

【汉语大词典·岁旦】一年的第一天。《东观汉记·吴良传》："岁旦，与掾吏入贺。"《宋书·礼志一》："旧时岁旦，常设苇茭桃梗，磔鸡于宫及百寺门，以禳恶气。"《新唐书·吕元膺传》："父母在，明日岁旦不得省为恨。"《三国演义》第五五回："今岁旦在迩，使备悒怏不已。"

郇 公 厨

◎ 版本考

A 韦陟厨中饮食之香错杂。人入其中，多饱饫而归。语曰："人欲不饭筋骨舒，夤缘须入郇公厨。"（《长安后记》）

B 韦陟厨中饮食之香错杂。人入其中，多饱饫而归。语曰："人欲不饭筋骨舒，夤缘须入郇公厨。"（《长安后记》）

C 韦陟厨中饮食之香错杂。人入其中，多饱饫而归。语人曰："人欲不饭筋骨舒，夤缘须入郇公厨。"（《长安后记》）

D《长安后记》曰：韦陟厨中饮食之香错杂。人入其中，多饱饫而归。俗语曰："人欲不饭筋骨舒，夤缘须入郇公厨。"（083）

E《长安后记》曰：韦陟厨中饮食之香错杂。人入于中，多饱饫而归。俗语曰："人欲不饭筋骨舒，夤缘须入郇公厨。"（083）

◎ 引文考

【唐白居易原本、宋孔传续撰《白孔六帖》卷十六·厨二十七·郇公厨】《长安后记》曰：韦陟厨中饮食之香错杂。或人入于中，多饱饫而归。俗语曰："人欲不饭筋骨舒，夤缘须入郇公厨。"

【明何良俊《语林》卷二十九·侈汰三十二】韦陟厨中饮食香味错杂。人入其中，多饱饫而归。时人为之语曰："人欲不饭筋骨舒，夤缘须入郇公厨。"

【明焦竑《焦氏类林》卷七】韦陟厨中饮食之香错杂。人人其中，多饱饫而归。语曰："人欲不饭筋骨舒，夤缘须入郇公厨。"（《长安后记》）

【明李贽《初潭集》卷二十五·君臣五·二侈臣】韦陟厨中香味错杂。人人其中，饱饫而出。语曰："人欲不饭筋骨舒，夤缘须入郇公厨。"

【《御定分类字锦》卷二十四·宫室·庖厨第十九·郇公厨】《长安后记》：韦涉厨中饮食之香错杂。人人其厨，饱饫而肆。语曰："人欲不饭筋骨舒，夤缘须入～～～。"

【《御定渊鉴类函》卷三百八十八·食物部一·食总载二】韦陟厨中饮食珍美，香味错杂。人人其厨，饱饫而肆。语曰："人欲不饭筋骨舒，夤缘须入郇公厨。"

【《御定全唐诗》卷八百七十六·郇公厨语】（韦陟袭父安石封郇国公。厨中饮食香味错杂，人或入其中，多饱饫而归。俗语云）人欲不饭筋骨舒，夤缘须入郇公厨。

【清刘坚《修洁斋闲笔》卷三·郇厨】韦陟厨中饮食之香错杂。人人其中，多饱饫而归。曰："人欲不饭筋骨舒，夤缘须入郇公厨。"

【清章藻功《思绮堂文集》卷九《同年陆邠言招游上沙明瑟园小序陆名秉鉴号邠言江南吴县人》】予曰得入郇厨。【《世说补》】韦陟厨中饮食香味错杂。人人其中，多饱饫而归。时人为之语曰："人欲不饭筋骨舒，夤缘须入郇公厨，饱而欲死。"

【清李世熊《钱神志》卷二·奢汰第四】韦侍郎陟每食毕，视厨中委弃，不啻直万钱。时人语曰："人欲不饭筋骨舒，夤缘须入郇公厨。"韦袭封郇国公也，元丞相载用食物碗器至三千事，古所谓饕餐氏，岂复过斯人欤？

【清杜文澜《古谣谚》卷五十三·长安为郇公厨语】：《云仙杂记》卷三引《长安后记》：韦陟厨中饮食之香错杂。人人其中，多饱饫而归，语曰："人欲不饭筋骨舒，夤缘须入郇公厨。"

【清陈维崧《陈检讨四六》卷四·董得仲集序】：闻之，入郇君夫之厨者，鱼腊非珍。《唐书》：韦安石子陟，字殷卿，袭封郇国公。厨中饮食甘美，人多饱饫。时人语曰："人欲不饭筋骨舒，夤缘须入郇公厨。"

◎ 词汇考

【中国历史大辞典·韦陟】（696—760），唐京兆万年（今陕西西安）人，字殷卿。韦安石子。少聪敏，善文辞，工隶书。常与王维、崔颢唱和。开元中，历中书舍人、礼部侍郎。改革考试制度，参考平时成绩取士。继为吏部侍郎，选拔严格，伪冒者不使得逞。复遭李林甫、杨国忠嫉妒，屡贬襄阳太守、昭州平乐尉。肃宗即位，授御史大夫兼江东节度使。会永王李璘起兵，联高适、来填设盟共讨之。后征入朝。为洛阳留守。史思明犯洛阳时，领兵守陕州。晚岁郁郁不得志，终吏部尚书，卒于虢州。

【汉语大词典·错杂】交错混杂。《后汉书·丁鸿传》："蛮夷错杂，不得为数。"唐刘禹锡《楚望赋》序："予既谪于武陵，其地故郢之裔邑，与夜朗诸夷错杂。"宋叶适《送程传叟》诗："老作海头新主簿，蜑气错杂迷西东。"

【汉语大词典·饱饫】吃饱。《后汉书·刘盆子传》："帝令县尉赐食，众积困馁，十余万人皆得饱饫。"

【汉语大词典·夤缘】攀援；攀附。《文选·左思〈吴都赋〉》："夤缘山岳之岊，幂历江海之流。"唐韩愈《古意》诗："我欲求之不惮远，青壁无路难夤缘。"

厕上以术汤盥手

◎ 版本考

A 陈宛盛其居止，厕上以术汤盥手，槐板覆蔽粪穴，为都城第一。（《洛阳要记》）

B 陈宛盛其居止，厕上以术汤盥手，槐板覆蔽粪穴，为都城第一。（《洛阳要记》）

C 陈宛盛其居止，厕上以术汤盥手，槐板覆蔽粪穴，为都城第一。（《洛阳要记》）

D【厕上术汤】《洛阳要记》曰：陈宛盛其居止，厕上以术汤盥手，槐板覆蔽粪穴，为都城第一。（085）

E【厕上术汤】《洛阳要记》曰：陈宛盛其居止，厕上以术汤盥手，槐板覆蔽粪穴，为都城第一。（085）

◎ 引文考

【唐白居易原本、宋孔传续撰《白孔六帖》卷十·厕四·厕上术汤】《洛阳要记》：陈宛盛其居止，厕上术汤盥手，槐板覆蔽粪穴，为都城第一。

【明郑若庸《类隽》卷十二·宫室类·厕·术汤】《洛阳伽蓝记》云：陈宛盛其居上，厕上术汤盥手，槐板覆蔽粪穴，为都城第一。

【《御定佩文斋广群芳谱》卷九十三·药谱·术】《洛阳要记》：陈宛盛其居止，厕上以术汤盥手。

【清陈元龙《格致镜原》卷十九·宫室类一·厕】《洛阳要记》：陈宛盛其居止，厕上术汤盥手，槐板覆蔽粪穴，为都城第一。

◎ 词汇考

【陈宛】事迹待考。

【居止】住所。南朝宋谢灵运《山居赋》"若乃南北两居"自注："两居谓南北两处，各有居止。"唐姚合《春日闲居》诗："居止日萧条，庭前唯药苗。"清蒲松龄《聊斋志异·局诈》："家人喜，问其居止。便指其门户曰：'日同巷不知耶?'"

【覆蔽】掩蔽；覆盖。《隋书·天文志上》："太帝上九星曰华盖，盖所以覆蔽太帝之坐也。"唐冯贽《云仙杂记·厕上以术汤盥手》："陈宛盛居止，厕上以术汤盥手，槐板覆蔽粪穴，为都城第一。"

书《北山移文》

◎ 版本考

A 乐天女金銮十岁，忽书《北山移文》示家人。乐天方买终南紫石，欲刊《文士传》，遂辍以勒之。（《丰宁传》）

B 乐天女金銮十岁，忽书《北山移文》示家人。乐天方买终南紫石，欲刊《文士传》，遂辍以勒之。（《丰宁传》）

C 乐天女金銮十岁，忽书《北山移文》示家人。乐天方买终南紫石，欲刊《文士传》，遂辍以勒之。(《丰宁传》)

D【终南紫石】《丰宁传》曰：乐天女金銮十岁，忽书《北山移文》示家人。乐天方买终南紫石，欲刊《文士传》，遂辍以勒焉。(086)

E【终南紫石】《丰宁传》曰：乐天女金銮十岁，忽书《北山移文》示家人。乐天方买终南紫石，欲刊《文士传》，辍以勒焉。(086)

◎ 引文考

【唐白居易原本、宋孔传续撰《白孔六帖》卷五·石八·终南紫石】乐天女金銮十岁，忽书《北山移文》示家人。乐天方买终南紫石，欲刊《文士传》，遂辍以勒焉。(《丰宁传》)

【元无名氏《氏族大全》卷二十一·二十陌·白·女德婚姻】白乐天女名金銮，十岁忽书《北山移文》示家人。乐天方买终南紫石，欲刊《文士传》，乃辍以刊女所书。

【元陶宗仪《书史会要补遗》】白氏名金銮，居易女，年十岁，忽书《北山移文》示家人。居易以终南紫石刊之。

【明彭大翼《山堂肆考》卷九十八·亲属·女·忽书移文】白乐天女金銮，年十岁，忽书《北山移文》示家人。乐天方买终南紫石，欲刊《文士传》，乃辍以刊女书。

【明焦竑《焦氏类林》卷四】乐天女金銮十岁，忽书《北山移文》示家人。乐天方买终南紫石，欲刊《文士传》，遂辍以勒之。(《丰宁传》)

【明李贽《初潭集》卷七·父子三·一慧子】乐天女金銮，十岁忽书《北山移文》示家人。乐天方买终南紫石，欲刊《文士传》，遂辍以勒之。

【明张大复《梅花草堂集》卷十三·书荆孝女志传后】昔金銮子甫十岁，手书《北山移文》呈香山，会市终南紫石，欲刊文字，便以镌之。

【清厉鹗《玉台书史·金銮》】：白氏金銮，居易女，十岁忽书《北山移文》示家人。居易以终南紫石刊之。(《书史会要》)

【清陈锡路《黄奶余话》卷三·金銮】《云仙杂记》：乐天女金銮，十岁忽书《北山移文》示家人。乐天方买终南紫石，欲刊《文士传》，遂辍以勒之。此必有误。按：乐天集中伤金銮子诗甚多，有云："病来才十日，养得已三年。"又云："衰病四十身，娇痴三岁女。非男犹胜无，慰情时一抚。一朝舍我去，形影无处所。"又云："与尔为父子，八十有六旬。忽然又不见，迩来三四春。"又云："才知恩爱迎三岁，未辨东西过一生。"则金銮以三岁殇明甚，彼云仙之说何为哉？

【《陕西通志》卷九十九·拾遗第二·琐碎】白太傅女金銮十岁忽书《北山移文》，乐天方买终南紫石，欲刊《文士传》，遂辍以录之。(《下黄私记》)

【明胡谧《(成化)山西通志》卷二百二十九·杂志二】白太傅女金銮十岁忽书《北山移文》，乐天方买终南紫石，欲刊《文士传》，遂辍以录之。(《下黄私记》)

【清华希闵《广事类赋》卷十七·戚族部·附生女·能书紫石，莫觅银鱼】《潜确类书》："白乐天买终南紫石，欲镌文士传，其女金銮方十岁，忽书《北山移文》，遂撤以勒之。"【白居易诗】无奈娇痴小儿女，绕腰啼哭觅银鱼。

【清俞樾《茶香室丛钞》卷四《辨金銮子事》】唐冯贽《云仙杂记》云：乐天女金銮十岁，忽书《北山移文》示家人。乐天方买终南紫石，欲刊《文字传》，遂辍以勒之。按：《长庆集·念金銮子诗》云："衰病四十身，娇痴三岁女。"又云："与尔为父子，八十有六旬。"则金銮子未周三岁而夭，安有十岁书《北山移文》之事？

◎ 词汇考

【汉语大词典·移文】旧时文体之一。指行于不相统属的官署间的公文。亦泛指平行文书。明沈德符《野获编补遗·外国·外夷夸诞》："其移文乃称一千三百七十六年，但不著年号。"清袁枚《随园随笔·官职》："今文书平行者号移文。"清赵翼《赴天津》诗："聘书却公卿，移文畏朋友。"

【终南】即终南山。

争 春 馆

◎ 版本考

A 扬州太守圃中有杏花数十畷，每至烂开，张大宴，一株令一倡倚其傍。立馆曰争春。开元中宴罢，夜阑，人或云花有叹声。（《扬州事迹》）

B 扬州太守圃中有杏花数十畷，每至烂开，张大宴，一株令一倡倚其傍。立馆曰争春。开元中宴罢，夜阑，人或云花有叹声。（《扬州事迹》）

C 扬州大守圃中有杏花数十畷，每至烂开，张大宴，一株令一倡倚其傍。立馆曰争春。开元中宴罢，夜阑，人或云花有叹声。（《扬州事迹》）

D《扬州事迹》曰：扬州太守圃中有杏花数十株，每至烂开，张大宴，一株令一倡倚其傍。立馆曰争春。开元中宴罢，夜阑，人或闻花有叹声。（087）

E《扬州事迹》曰：扬州太守圃中有杏花十数株，每至烂开，张大宴，一株令一倡倚其傍。立馆曰争春。开元中宴罢，夜阑，人或闻花有叹声。（087）

◎ 引文考

【宋王象之《舆地纪胜》卷三十七·景物下·争春馆】《扬州事迹》曰：太守园中有杏花数十株，每至烂开，张大宴，一株令一倡倚其傍。立馆曰争春。开元中宴罢，夜阑，或闻花有叹声。（《云仙散录》）

【宋潘自牧《记纂渊海》卷九十三·花卉部·花·杏花】扬州太守圃中有杏花数十株，每至烂开，张大宴，一株令一娟倚其傍。立馆曰争春。开元中宴罢，夜阑，人咸云花有叹声。（《扬州事迹》）

【元陶宗仪《说郛》卷三十一下·获楼杂抄】扬州太守圃中有杏花数十株，每至烂开，张大宴，一株令一妓倚其傍。立馆曰争春。宴罢，夜阑，人云花有叹声。

【清王初桐《奁史》卷九十二·花木门一】扬州太守园中有杏数十株，每至烂开，张大宴，一株令一妓倚其傍，名其馆曰争春。宴罢，夜阑，人闻花有叹声。（《扬州事迹》）

◎ 词汇考

【夜阑】夜残；夜将尽时。汉蔡琰《胡笳十八拍》："山高地阔兮，见汝无期；更深夜阑兮，梦汝来斯。"唐杜甫《羌村》诗之一："夜阑更秉烛，相对如梦寐。"宋苏轼《临江仙·夜归临皋》词："夜阑风静縠纹平。小舟从此逝，江海寄余生。"明何景明《雨中留蔡黄二亲》诗："年华滚滚相逢少，莫厌扳留到夜阑。"

薛 家 士 风

◎ 版本考

A 成都薛氏家士风甚美，厨司以半瓠为杓，子孙就食，虾羹肉脔一取之，饭再取之。（《蜀普录》）

B 成都薛氏家士风甚美，厨司以半瓠为杓，子孙就食，虾羹肉脔一取之，饭再取之。（《蜀普录》）

C 成都薛氏家士风甚美，厨司以半瓠为杓，子孙就食，虾羹肉脔一取之，饭再取之。（《蜀普录》）

D【厨司半瓠】《蜀普录》曰：成都薛氏家士风甚善，厨司以半瓠为杓，子孙就食，虾羹肉脔一取之，饭再取之。（088）

E【厨司半瓠】《蜀普录》曰：成都薛氏家士风甚善，厨司以半瓠为杓，子孙就食，虾羹肉脔一取之，饭再取之。（088）

◎ 引文考

【清陈祥裔《蜀都碎事》卷四】成都薛氏家士风甚美，厨司以半瓢为杓，子孙就食，虾羹肉脔一取之，饭再取之。（《蜀普录》）

【清吴士玉《骈字类编》卷六十四·居处门八·厨司】《云仙杂记》：成都薛氏家士风甚美，~~以半瓠为杓，子孙就食，虾羹肉脔一取之，饭再取之。

◎ 词汇考

【士风】1. 士大夫的风度。《南史·江夷传》："稍历军校，容表有士风。"2. 士大夫的风气。唐白居易《祭中书韦相公文》："惟公世禄官业，家行士风，茂学清词，冲襟弘度。"宋胡仔《苕溪渔隐丛话前集·晏元献》："《西清诗话》云：'元献初罢政事，守亳社，每叹士风雕落。'"明黄绾《明道编》卷四："使官箴日败，风俗日坏；使君子无以自立，良善无以安生，生民日困而莫之救。士风之弊，政化之蠹，莫甚于此。"

食 蒲 桃

◎ 版本考

A 杨炎食蒲桃曰："汝若不涩，当以太原尹相授。"（《河东备录》）

B 杨炎食蒲桃曰："汝若不涩，当以太原尹相授。"（《河东备录》）

C 杨炎食蒲桃曰：“汝若不涩，当以太原尹相授。”(《河东备录》)

D【太原尹】《河东备录》曰：杨炎食蒲桃云："汝若不涩，当以太原尹相授。"(089)

E【太原尹】《河东备录》曰：杨炎食蒲桃云："汝若不涩，当以太原尹相授。"(089)

◎ 引文考

【明胡谧《(成化)山西通志》卷二百二十九·杂志二】杨炎食蒲桃曰："汝若不涩，当以太原尹相授。"(《河东备录》)

◎ 词汇考

【汉语大词典·蒲桃】见"葡萄"。

梅聘海棠橙子臣樱桃

◎ 版本考

A 黎举常云："欲令梅聘海棠，橙子臣樱桃，及以芥嫁笋，但恨时不同耳。然牡丹、酴醾、杨梅、枇杷幸为执友。"(《金城记》)

B 黎举常云："欲令梅聘海棠，橙子臣樱桃，及以芥嫁笋，但恨时不同耳。然牡丹、酴醾、杨梅、枇杷幸为执友。"(《金城记》)

C 黎举常云："欲令梅聘海棠，橙子臣樱桃，及以芥嫁笋，但恨时不同耳。然牡丹、酴醾、杨梅、枇杷幸为执友。"(《金城记》)

D【梅聘海棠】《金城记》曰：黎举常云："欲令梅聘海棠，枨子臣樱桃，及以芥嫁笋，但恨时不同耳。然牡丹、酴醾、杨梅、枇杷幸为执友。"(090)

E【梅聘海棠】《金城记》曰：黎举常云："欲令梅聘海棠，枨子臣樱桃，及以芥嫁笋，但恨时不同。然牡丹、酴醾、杨梅、枇杷幸为执友。"(090)

◎ 引文考

【唐白居易原本、宋孔传续撰《白孔六帖》卷九十九·梅十·梅聘海棠】黎举常云："以梅聘海棠，但恨时不同耳。"《金城记》。

【宋无名氏《锦绣万花谷》后集卷三十八·梅·聘海棠】黎举常云："以梅聘海棠，但恨时不同耳。"(《金城记》)

【宋潘自牧《记纂渊海》卷九十三·花卉部·花·梅花】黎举常云："欲令梅聘海棠，但恨时不同耳。"(《金城记》)

【宋陈景沂《全芳备祖前集》卷七·花部·海棠事实·祖碎录】以梅聘海棠，但恨不同时耳。

【宋陈思《海棠谱》卷上·叙事】黎举常云：欲令梅聘海棠，枨子臣樱桃，及以芥嫁笋，但恨时不同。然牡丹、酴醾、杨梅、枇杷幸为执友。(《云仙散录》)

【明彭大翼《山堂肆考》卷一百九十九·花品·梨花·黎举恨异时】《金城记》：黎举尝云："以梅聘海棠，但恨不同时耳。"

【《御定佩文斋广群芳谱》卷二十二·花谱·梅花一】《金城记》：黎举常云："以梅聘海棠，但恨时不同耳。"

【《御定佩文斋广群芳谱》卷三十五·花谱·海棠一】《金城记》：黎举常云："以梅聘海棠，但恨时不同耳。"

【清陈元龙《格致镜原》卷七十·花类一·海棠花】《云仙散录》：黎举尝云："欲令梅聘海棠，但恨时不同耳。"

◎ 词汇考

【黎举】事迹待考。

【柹子】即橙子。唐冯贽《云仙杂记·梅聘海棠柹子臣樱桃》引《金城记》："黎举常云：欲令梅聘海棠，柹子臣樱桃，以及芥嫁笋，但恨时不同耳。"

【酴醿】花名。本酒名。以花颜色似之，故取以为名。《全唐诗》卷八六六载《题壁》诗："禁烟佳节同游此，正值酴醿夹岸香。"宋陆游《东阳观酴醿》诗："福州正月把离杯，已见酴醿压架开。"宋姜夔《洞仙歌·黄木香赠辛稼轩》词："鹅儿真似酒，我爱幽芳，还比酴醿又娇绝。"清厉鹗《春寒》诗："梨花雪后酴醿雪，人在重帘浅梦中。"

【执友】志同道合的朋友。《礼记·曲礼上》："僚友，称其弟也。执友，称其仁也。交游，称其信也。"郑玄注："执友，志同者。"

桧生药圆

◎ 版本考

A 幽燕思仙驿后有五树桧，忽生药圆，试摘服之，往往疗疾有验。(《幽燕记异》)

B 幽燕思仙驿后有五树桧，忽生药圆，试摘服之，往往疗疾有验。(《幽燕记异》)

C 幽燕思先驿后有五树桧，忽生药圆，试摘服之，往往疗疾有验。(《幽燕志异》)

D【桧上药丸】《幽燕记异》曰：思仙驿后有五树桧，忽生药丸，试摘服，往往有验。(091)

E【桧上药丸】《幽燕记异》曰：思仙驿后有五树桧，忽生药丸，试摘服，往往有验。(091)

◎ 引文考

【明徐应秋《玉芝堂谈荟》卷三十五·蚁絮漆】《幽燕记异》：幽燕思仙驿五树桧，上生药丸，摘服之，往往疗疾有验。

【《御定佩文韵府》卷六十八之三·去声·九泰韵三·五树桧】《云仙杂记》：幽燕思先驿后有～～～，忽生药圆，试摘服之，往往疗疾有验。

【《钦定日下旧闻考》卷一百五十五·存疑一】原：幽燕思先驿后有五树桧，忽生药丸，试摘服之，往往疗疾有验。(《幽燕纪异》)。臣等谨按：思先驿并五桧已久废，无考。

【《御定佩文斋广群芳谱》卷七十一·木谱·桧】《幽燕记异》：幽燕思仙驿后有五树桧，忽生药圆，试摘服之，往往疗疾有验。

◎ 词汇考

【药丸】制成圆粒形的药物。唐许浑《湖州韦长史山居》诗："琴曲少声重勘谱，药丸多忌更寻方。"明高启《送叶山人》诗："山瓢行负知何有，半是诗丸半药丸。"

过　厅　羊

◎ 版本考

A 熊翻每会客，至酒半，阶前旋杀羊。令众客自割，随所好者，彩绵系之记号，毕，炙之。各自认取，以刚竹刀切食，一时盛行，号"过厅羊"。(《青州杂记》)

B 熊翻每会客，至酒半，阶前旋杀羊。令众客自割，随所好者，彩绵系之记号，毕，炙之。各自认取，以刚竹刀切食，一时盛行，号"过厅羊"。(《青州杂记》)

C 熊翻每会客，至酒半，阶前旋杀羊。令众客自割，随所好者，彩绵系之记号，毕，炙之。各自认取，以刚竹刀切食，一时盛行，号"过厅羊"。(《青州杂记》)

D《青州杂记》曰：熊翻每会客，客至酒半，阶前旋杀羊。令众客自割，随所好者，彩绵系定记号，毕，炙之。各自认取，以刚竹刀切食。一时盛行，号"过厅羊"。(092)

E《青州杂记》曰：熊翻每会客，客至酒半，阶前旋杀羊。令众客自割，随所好者，彩绵系定记号，毕，炙之。各自认取，以刚竹刀切食。一时盛行，号"过厅羊"。(092)

◎ 引文考

【清吴襄《子史精华》卷二十九·礼仪部二·飨燕·过厅羊】冯贽《云仙杂记》：熊翻每会客，至酒半，阶前旋杀羊。令众客自割，随所好者，彩线系之记号，毕，炙之。各自认取，以刚竹刀切食，一时盛行，号"～～～"。

【清陈元龙《格致镜原》卷二十六·饮食类六·诸食馔】《青州杂记》：熊翻每会客，酒至半，旋杀羊，令客自割，随所好者，彩线系定记号，毕，蒸熟，自认取，以竹刀切食，号"过厅羊"。

◎ 词汇考

【汉语大词典·会客】会宴宾客。晋干宝《搜神记》卷四："妇年可十八九，姿容婉媚。便成。三日，经大会客拜阁。"汪绍楹校注："是婚后三日宴集，为魏晋间习俗。"唐元稹《竞舟》诗："君侯馔良吉，会客陈膳羞。"

软漆缠桑枝为篱障

◎ 版本考

A 杜胜宅以软漆缠桑枝编为篱障，雨一过，黑光照四面。时通甫爱之，欲以铜官第取，不应。(《邺郡名录》)

B 杜胜宅以软漆缠桑枝编为篱障，雨一过，黑光照四面。时通甫爱之，欲以铜官第取，不应。(《邺郡名录》)

C 杜胜宅以软漆缠桑枝编为篱障，雨一过，黑光照四面。时通甫爱之，欲以铜官第

取，不应。(《邺郡名录》)

D【软漆篱】《邺郡名录》曰：杜胜宅以软漆缠桑枝编为篱障，雨一过，黑光照四面。时通甫爱之，欲以铜官第取，胜不应。(093)

E【软漆篱】《邺郡名录》曰：杜胜宅以软漆缠桑枝编为篱障，雨一过，黑光照四面。时通甫爱之，欲以铜官第取，胜不应。(093)

◎ 引文考

【《御定佩文斋广群芳谱》卷十一·桑麻谱·桑】《邺郡名录》：杜胜宅以软漆缠桑枝编为篱障，雨一过，黑光照四面。时通甫爱之，欲以铜官第取，不应。

◎ 词汇考

【杜胜】事迹待考。

【篱障】指篱笆一类蔽护物。唐刘商《裴十六厅即事》诗："每到夕阳岚翠近，只言篱障倚前山。"

【铜官】古代官名。掌开采铜矿。历代均有类似设置。如秦时曾在桐庐县置官采铜。西汉也曾在丹阳郡置官采铜，主管有长及丞。《汉书·地理志上》："(丹阳郡)有铜官。"

嚼鸡舌香

◎ 版本考

A 饮酒者嚼鸡舌香则量广，浸半天回则不醉。(《酒中玄》)

B 饮酒者嚼鸡舌香则量广，浸半天回则不醉。(《酒中玄》)

C 饮酒者嚼鸡舌香则量广，浸半天回则不醉。(《酒中玄》)

D【半天回】《酒中玄》曰：饮酒者嚼鸡舌香则量广，浸半天回则不醉。(094)

E【半天回】《酒中玄》曰：饮酒者嚼鸡舌香则量广，浸半天回则不醉。(094)

◎ 引文考

【明周嘉胄《香乘》卷二·香品·嚼鸡舌香】饮酒者嚼鸡舌香则量广，浸半天回而不醒。(《酒中玄》)。

◎ 词汇考

【鸡舌香】即丁香。古代尚书上殿奏事，口含此香。《初学记》卷一一引汉应劭《汉官仪》："尚书郎含鸡舌香伏奏事，黄门郎对揖跪受，故称尚书郎怀香握兰，趋走丹墀。"唐刘禹锡《郎州窦员外见示与澧州元郎中郡斋赠答长句二篇因而继和》："新恩共理犬牙地，昨日同含鸡舌香。"明陈汝元《金莲记·接武》："御杯共醉龙头榜，春雪同含鸡舌香。"亦省作"鸡香""鸡舌"。唐黄滔《遇罗员外衮》诗："丱角戴时垂素发，鸡香含处隔青天。"唐李商隐《行次昭应县道上送户部李郎中充昭攻讨》诗："暂逐虎牙临故绛，远含鸡舌过新年。"元李裕《次宋编修显夫南陌诗》："鸡舌遥闻韵，猩唇厌授餐。"《天雨花》第四回："愿为鸡舌噙于口，常作灵台贮在心。"

能　诗

◎ 版本考

A 能诗之士，雨泡灭则得意，香烟断而成吟。(《白氏金锁》)
B 能诗之士，雨泡灭则得意，香烟断而成冷。(《白氏金锁》)
C 能诗之士，雨泡灭则得意，香烟断而成吟。(《白氏金锁》)
D【雨泡验诗】《白氏金锁》曰：能诗之士，雨泡灭则得意，香烟断而成吟。(095)
E【雨泡验诗】《白氏金锁》曰：能诗之士，雨泡灭则得意，香烟断而成吟。(095)

◎ 引文考

【清吴士玉《骈字类编》卷一百六十九·器物门二十二·香烟】《云仙杂记》：能诗之士，雨泡灭则得意，~~断而成吟。

【《御定佩文韵府》卷七十四之二·去声·十五翰韵二·断·烟断】《云仙杂记》：《白氏金锁》云：能诗之士，雨泡灭则得意，香~~而成吟。

◎ 词汇考

【香烟】焚香所生的烟。北周庾信《奉和阐弘二教应诏》："香烟聚为塔，花雨积成台。"唐元稹《生春》诗之五："药树香烟重，天颜瑞气融。"宋王寀《玉楼春》词："风轻只觉香烟短，阴重不知天色晚。"

朱书禹字渡江河

◎ 版本考

A 渡江河者，朱书"禹"字，佩之，免风涛，保安吉。(《禹功记》)
B 渡江河者，朱书"禹"字，佩之，免风涛，保安吉。(《禹功记》)
C 渡江河者，朱书"禹"字，佩之，免风涛，保安吉。(《禹功记》)
D【朱书禹字】《禹功记》曰：渡江河者，朱书"禹"字，佩之，免风涛，保安吉。(096)
E【朱书禹字】《禹功记》曰：渡江河者，朱书"禹"字，佩之，免风涛，保安吉。(096)

◎ 引文考

【元陶宗仪《说郛》卷三十一上·费枢·钓矶立谈】渡江河者，朱书"禹"字，佩之，免风涛，保安吉。此神仙真符也。

【明高濂《遵生八笺》卷八·起居安乐笺下·地道诸忌】坤主厚载，万物生成，人赖以生，敢不寅畏，以亵地灵。勿以刀杖怒掷地，勿轻掘地深三尺。即有土气伤人，勿裸卧地上。入深山，当持明镜以行，使精魅不敢近。入山念"仪方"二字以却蛇，念"仪康"二字以却虎，念林兵二字以却百邪。入山至山脚，先退数十步，方上山，山精无犯。入山将后衣裾折三指，挟于腰，蛇虫不敢近。渡江河，朱书"禹"字佩之，吉；写"土"字于手心，下船无恐怖。……此地忌之大略也。

【明方以智《物理小识》卷十二·神鬼方术类·入山辟邪法】凡渡江河，朱书"禹"字及手书"土"字，除惊恐。

【清吴襄《子史精华》卷十一·地部六·四渎·朱书禹字】费枢《钓矶立谈》：渡江河者，~~~~佩之，免风涛，保安吉。

◎ 词汇考

【安吉】平安吉祥。汉焦赣《易林·观之鼎》："天所顾佑，祸灾不至，安吉不惧。"唐冯贽《云仙杂记·朱书禹字渡江河》："渡江河者，朱书'禹'字佩之，免风涛，保安吉。"

【禹功】指夏禹治水的功绩。《左传·昭公元年》："美哉禹功，明德远矣。微禹，吾其鱼乎！"

尽数天星遍知棋势

◎ 版本考

A 人能尽数天星，则遍知棋势。(《止戈集》)

B 人能尽数天星，则遍知棋势。(《止戈集》)

C 人能尽数天星，则遍知棋势。(《止戈集》)

D【数天星】《止戈集》曰：人能尽数天星，则遍知棋势。(097)

E【数天星】《止戈集》曰：人能尽数天星，则遍知棋势。(097)

◎ 引文考

【宋潘自牧《记纂渊海》卷八十八·博弈部·棋】人能尽数天星，则遍知棋势。(《述戈集》)

【明徐应秋《玉芝堂谈荟》卷三十一·弈棋】《止戈集》：人能尽数天星，则遍知棋势。

【清吴襄《子史精华》卷一百二十二·巧艺部三·博弈·数天星】冯贽《云仙杂记》：人能尽~~~，则遍知棋势。

【《御定渊鉴类函》卷三百二十九·巧艺部六·围棋·数天星观干象】《孔帖》曰：人能尽数天星，则知棋势。

【清陈元龙《格致镜原》卷五十九·玩戏器物类一·围棋·总论】《止戈集》：人能尽数天星，则知棋势。

◎ 词汇考

【汉语大词典·天星】星。《周礼·春官·保章氏》："保章氏，掌天星，以志星辰日月之变动。"汉扬雄《羽猎赋》："焕若天星之罗，浩如涛水之波。"

【汉语大词典·棋势】棋局的形势。明杨慎《升庵诗话·兰亭杜诗》："近有士人熟读杜诗，余闻之曰：'此人诗必不佳，所记是棋势残着，元无金鹏变起手局也。'"

雌 雄 树

◎ 版本考

A 九仙殿银井有梨二株，枝叶交结，宫中呼为雌雄树。(《金銮密记》)

B 九仙殿银井有梨二株，枝叶交结，宫中呼为雌雄树。(《金銮密记》)

C 九仙殿银井有梨二株，枝叶交结，宫中呼为雌雄树。(《金銮密记》)

D【九仙银井】《金銮密记》曰：九仙殿银井有梨树二株，枝叶交结，宫中呼为雌雄树。(098)

E【九仙银井】《金銮密记》曰：九仙殿银井有梨树二株，枝叶交结，宫中呼为雌雄树。(098)

◎ 引文考

【唐白居易原本、宋孔传续撰《白孔六帖》卷九十九·梨十一·九仙银井】九仙殿银井有梨二株，枝叶交结，宫中呼为雌雄。(出《金銮密记》)

【宋无名氏《锦绣万花谷》后集卷三十七·花·梨花·雌雄梨】九仙殿银井有梨二株，枝叶交结，宫中呼为雌雄。(出《金銮密记》)

【宋潘自牧《记纂渊海》卷九十三·花卉部·花·梨花】九仙殿银井有梨花二株，枝叶交结，宫中呼为雌雄树。(《银銮记》)

【《御定分类字锦》卷五十三·花卉·梨花第十·雌雄树】《金銮密记》：九仙殿银井有梨二株，枝叶交接，宫中呼为～～～。

【清吴襄《子史精华》卷一百四十二·动植部八·草木下·雌雄树】冯贽《云仙杂记》：九仙殿银井有梨二株，枝叶交结，宫中呼为～～～。

【《御定佩文斋广群芳谱》卷二十七·花谱·梨花】《金銮密记》：九仙殿银井有梨二株，枝叶交接，宫中呼为雌雄树。

【《御定佩文韵府》卷六十六之二·去声·七遇韵二·树·雌雄树】《金銮密记》：九仙殿根井有梨二株，枝叶交结，宫中呼为～～～。

◎ 词汇考

【九仙殿】待考。

【汉语大词典·雌雄树】称枝叶交接的两棵树。唐韩渥《金銮密记》："九仙殿银井，有梨二株，枝叶交接，宫中呼为雌雄树。"

作诗如绣花

◎ 版本考

A 作诗如绣花女，令笼络枝叶而已，无过不及乃善。(钟嵘《句眼》)

B 作诗如绣花女，令龙络枝叶而已，无过不及乃善。（钟嵘《句眼》）

C 作诗如绣花女，令笼络枝叶而已，无过不及乃善。（钟嵘《句眼》）

D【绣花女】钟嵘《句眼》曰：作诗如绣花女，令笼络枝叶而已，无过不及为善。（099）

E【绣花女】钟嵘《句眼》曰：作诗如绣花女，令笼络枝叶而已，无过不及为善。（099）

◎ 引文考

【清王初桐《奁史》卷四十一·针线门·针线】女子绣花，须笼络枝叶，无过不及乃善。（《云仙杂记》）○今按，此系断章取义。

◎ 词汇考

【汉语大词典·无过不及】《论语·先进》："子贡问：'师与商也孰贤？'子曰：'师也过，商也不及。'曰：'然则师愈与！'子曰：'过犹不及。'"

化　玉　膏

◎ 词汇考

A 卫玠盥面用化玉膏及芹泥，故色愈明润，终不枯槁。（《金台录》）

B 卫玠盥面用化玉膏及芹泥，故色愈明润，终不枯槁。（《金台录》）

C 卫玠盥面用化玉膏及芹泥，故色愈明润，终不枯槁。（《金台录》）

D《金台录》曰：盥面用化玉膏及芹泥，故色明润，终不枯槁。（100）

E《金台录》曰：盥面用化玉膏及芹泥，故色明润，终不枯槁。（100）

◎ 引文考

【元陶宗仪《说郛》卷三十一下·下帷短牒】卫玠盥面用化玉膏及芹泥，故色愈明润，终不能枯槁。贾岛常以岁除取一年所得诗，祭以酒脯，曰："劳吾精神，以是补之。"

【明董斯张《广博物志》卷二十五·形体】卫玠盥面用化玉膏及芹泥，故色愈明润，终不枯槁。

【《御定佩文韵府》卷七十六之一·去声·十七霰韵一·面·盥面】《下帷短牒》：卫玠~~用化玉膏及芹泥，故色愈明润，终不能枯槁。

【清王初桐《奁史》卷七十四·脂粉门】妇女盥面用化玉膏，色愈明润，终不枯槁。（《金台录》）

【明胡谧《（成化）山西通志》卷二百二十八·杂志一】卫玠盥面用化玉膏及芹泥，故色愈明润，终不能枯槁。（《下帷短牒》）

◎ 词汇考

【中国历史大辞典·卫玠】（286—312），西晋河东安邑（今山西夏县西北）人，字叔宝。好言玄理，但反对强词夺理，故每出一言，无不入微。听者为之"绝倒"。时大将军王澄叹曰："昔王辅嗣（弼）吐金声于中朝，此子复玉振于江表，微言之绪，绝而复续。不意永嘉之末，复闻正始之音。"官至太子洗马。因避乱辗转至建邺。京都人士闻其姿容，观者如潮。旋劳疾死。时人谓"玠被看杀"。

【汉语大词典·芹泥】燕子筑巢所用的草泥。唐杜甫《徐步》诗："芹泥随燕嘴，花蕊上蜂须。"清金农《有忆》诗之一："涎涎谁怜燕尾长，芹泥冷落已销香。"

【汉语大词典·明润】明朗温润；明亮润泽。南朝梁刘勰《文心雕龙·杂文》："扬雄覃思文阁，业深综述，碎文璅语，肇为《连珠》，其辞虽小而明润矣。"宋曾巩《郊祀庆成状》："天宇湛然，日光明润。"

贮 兰 蕙

◎ 版本考

A 王维以黄磁斗贮兰蕙，养以绮石，累年弥盛。(《汗漫录》)

B 王维以黄磁斗贮兰蕙，养以绮石，累年弥盛。(《汗漫录》)

C 王维以黄磁斗贮兰蕙，养以绮石，累年弥盛。(《汗漫录》)

D【黄磁斗】《汗漫录》曰：王维贮兰蕙必黄磁斗，养以绮石，累年弥盛。(101)

E【黄磁斗】《汗漫录》曰：王维贮兰蕙必黄磁斗，养以绮石，累年弥盛。(101)

◎ 引文考

【宋陈景沂《全芳备祖》前集卷二十三·花部·兰花·事实祖·纪要】王维贮兰蕙以黄磁斗，养以绮石，累年弥盛。(《汗漫录》)

【宋谢维新《事类备要》别集卷二十七·花卉门·兰花·养以绮石】王维贮蕙兰必黄磁斗，~~~~，累年弥盛。(《汗漫录》)。

【元阴时夫《韵府群玉》卷四·上平声·十四寒·兰】俗呼燕尾香，山谷日，一干一花而香有余者~；一干数花而香不足者蕙。王维贮蕙~用黄磁斗，养以绮石。(《汗漫录》)

【明彭大翼《山堂肆考》卷一百九十八·花品·兰花·养绮石】《汗漫录》：王维贮蕙兰必黄磁斗，养以绮石，累年弥盛。

【明何良俊《语林》卷二十·栖逸第十二】王摩诘贮蕙兰用黄磁斗，养以绮石，累年弥盛。

【明焦竑《焦氏类林》卷七·草木】王维以黄磁斗贮兰蕙，养以绮石，累年弥盛。(《汗漫录》)

【明郑若庸辑《类隽》卷二十六·花木类·绮石】《汗漫录》云：王维贮蕙兰必黄磁斗，养以绮石，累年弥盛。

【御定韵府拾遗】卷五十五·上声·二十五有韵·斗·黄磁斗】《汗漫录》：王维贮兰蕙必~~~，养以绮石，累年弥茂。

【御定佩文斋广群芳谱》卷四十四·花谱·兰蕙】《汗漫录》：王摩诘贮兰用黄磁斗，养以绮石，累年弥盛。

【清吴士玉《骈字类编》卷一百八十·草木门五·兰·兰蕙】《记事珠》：王维以黄磁斗贮~~，养以绮石，累年弥盛。

【清官修《韵府拾遗》卷五十五·上声·二十五有韵·斗·黄磁斗】《汗漫录》：王维贮

兰蕙必~~~，养以绮石，累年弥茂。

【清陈元龙《格致镜原》卷七十二·花类三·兰花·蕙】《汗漫录》：王维贮蕙兰必黄磁斗，养以绮石。

【清吴宝芝《花木鸟兽集类》卷上·花·兰花】《汗漫录》：王维贮蕙兰必黄磁斗，养以绮石，累年弥盛。

【明胡谧《(成化)山西通志》卷二百二十九·杂志二】王摩诘贮蕙兰用黄磁斗，养以绮石，累年弥盛。

◎ 词汇考

【兰蕙】兰和蕙。皆香草。多连用以喻贤者。《汉书·扬雄传上》："排玉户而扬金铺兮，发兰蕙与穹穷。"汉赵壹《疾邪》诗之二："被褐怀金玉，兰蕙化为刍。"唐褚遂良《安德山池宴集》诗："良朋比兰蕙，雕藻迈琼琚。"清顾炎武《送李生南归寄戴笠王锡阐二高士》诗："风吹兰蕙色，一夜落关中。"

百 齿 梳

◎ 版本考

A 孙思邈以交加木造百齿梳用之，养生要法也。(《樵人直说》)
B 孙思邈以交加木造百齿梳用之，养生要法也。(《樵人直说》)
C 孙思邈以交加木造百齿梳用之，养生要法也。(《樵人直说》)
D《樵人直说》曰：孙思邈以交加木造百齿梳用之，养生要法也。(102)
E《樵人直说》曰：孙思邈以交加木造百齿梳用之，养生要法也。(102)

◎ 引文考

【唐白居易原本、宋孔传续撰《白孔六帖》卷十四·梳篦二·百齿梳】《樵人直说》曰：孙思邈以交加木造百齿梳用之，养生秘法也。

【宋周守中《养生类纂》卷七·人事部二·栉发梳】孙思邈以交加木造百齿梳用之，养生要法也。(《樵人直说》)

【《御定渊鉴类函》卷三百八十一·服饰部十二·梳枇二】《樵人直说》曰：孙思邈以交加木造百齿梳用之，养生秘法也。

【《御定分类字锦》卷六十一·数目·百齿梳】《樵人直说孙》：思邈以交加木造~~~用之，养生要法也。

【《御定佩文韵府》卷六之三·上平声·六鱼韵三·梳·百齿梳】《神仙传》：孙思邈以交加木造~~~，用之养生。

【清陈元龙《格致镜原》卷五十五·香奁器物类一·梳】《樵人直说》：孙思邈以交加木造百齿梳用之，养生秘法也。

◎ 词汇考

【中国历史大辞典·孙思邈】(581—682)，唐京兆华原(今陕西耀县)人。善谈老、庄及百家之说，兼好释典。唐太宗、唐高宗曾欲官之，均固辞不受。当时名士如卢照邻、宋令文等均师事之。因幼时患病，刻意医学。感当时诸家医方浩繁散乱，难以检阅，乃博采群经，删裁繁重，并附已验之方，成书三十卷，以为"人命至重，有贵千金，一方济之，德逾于此"，乃名之曰《备急千金要方》。既成，恐有所遗，又撰《千金翼方》三十卷。医德高尚，不分贵贱贫富，一心救治，重视妇幼疾病，创立脏病、腑病分类，对中医医学发展有承前启后之贡献。兼善摄生，撰《保生铭》，叙日常起居饮食养生要诀。又著有《福禄论》《摄生真录》《枕中素书》《医家要妙》《五藏傍通导养图》等。后人尊为"药王"。

【汉语大词典·百齿梳】一种多齿的梳子。唐冯贽《云仙杂记·百齿梳》："孙思邈以交加木造百齿梳用之，养生要法也。"

科斗箸鱼尾匙

◎ 版本考

A 向范待客有漆花盘、科斗箸、鱼尾匙。（《枢要录》）
B 向范待客有漆花盘、科斗箸、鱼尾匙。（《枢要录》）
C 向范待客有漆花盘、科斗箸、鱼尾匙。（《枢要录》）
D【漆花盘】《枢要录》曰：向范待客有漆花盘、科斗箸、鱼尾匙。（103）
E【漆花盘】《枢要录》曰：向范待客有漆花盘、科斗箸、鱼尾匙。（103）

◎ 引文考

【元陶宗仪《说郛》卷三十一下·下黄私记】向范待客有漆花盘、科斗箸、鱼尾匙。
【《御定分类字锦》卷二十五·器用·盘第十二·漆花盘】《云仙杂记》：向范待客有~~~、科斗箸、鱼尾匙。
【清吴襄《子史精华》卷一百五十九·器物部五·杂器·科斗箸鱼尾匙】冯贽《云仙杂记》：向范待客有漆花盘、~~~、~~~。
【《御定佩文韵府》卷五十九·上声·二十九豏韵·范·韵藻·向范】《云仙杂记》：~~待客有漆花盘、科斗箸、鱼尾匙。
【《御定佩文韵府》卷一百之二·入声·十一陌韵二·客·待客】《云仙杂记》：向范~~有漆花盘、科斗箸、鱼尾匙。

◎ 词汇考

【向范】事迹待考。
【科斗箸】形状似蝌蚪的筷子。唐冯贽《云仙杂记·科斗箸鱼尾匙》："向范待客，有漆花盘、科斗箸、鱼尾匙。"

唾 地 成 文

◎ 版本考

A 有人谒李贺，见其久而不言，唾地者三，俄而成文三篇。（《文笔襟喉》）
B 有人谒李贺，见其久而不言，唾地者三，俄而成文三篇。（《文笔襟喉》）

C 有人谒李贺，见其久而不言，唾地者三，俄而成文三篇。(《文笔襟喉》)

D【三唾】《文笔襟喉》曰：有人谒李贺，但见其久而不言，唾地者三，俄而成文三篇。(104)

E【三唾】《文笔襟喉》曰：有人谒李贺，但见其久而不言，唾地者三，俄而文成三篇。(104)

◎ 引文考

【明徐应秋《玉芝堂谈荟》卷八·文思之敏】有人谒李贺，见其久而不言，唾地者三，俄而成文三篇。

【明张懋修《墨卿谈乘》卷七文诗·唾地成文】唐冯贽著《云仙杂记》曰："有人谒李贺，见其久而不言，唾地者三，而成文三篇。"类书引之，遂谓贺之三唾在地，皆成文章。此以辞害义也。按：贺久而不言者，思索也。三思三唾，三唾之顷，成文三篇，宜必假口诵手书，岂有津涎在地能成文字之理？但状其构思之熟耳。若谓唾津成文，贺必幻怪矣。以此状贺，是犹穿井得人、后夔一足之类也。

【明蒋一葵《尧山堂外纪》卷三十一·李贺】有人谒贺，见其久而不言，唾地者三，俄而成文三篇。

【清陈鸿墀《全唐文纪事》卷五十六·警敏】文思之敏，昔玄针子得石斧，铭曰："天雷斧，速文步，敲石柱。"子如其言，诗如云蒸，千步千首。……有人谒李贺，见其久而不言，唾地者三，俄而成文三篇。(《玉芝堂谈荟》)

◎ 词汇考

【中国历史大辞典·李贺】(790—816)，唐福昌(今河南宜阳西)人，字长吉。宗室郑王之后。以父名晋肃，"晋""进"同音，避讳不得应进士举，韩愈为之作《讳辩》。家世没落，生活寒苦，多才短命。曾官协律郎、奉礼郎。少有诗才，批判时政，讽刺皇帝昏庸，揭露藩镇割据，同情人民疾苦。亦多感慨人生、怀才不遇之情。想象丰富，语言雕琢。宋严羽《沧浪诗话》评其为鬼才。诗存240余首。人民文学出版社1959年出版疏注《李贺诗集》，参照清王琦诸家笺注，较为完备。

【汉语大词典·唾地成文】形容文思敏捷。唐冯贽《云仙杂记》有"唾地成文"一目，赞李贺云："有人谒李贺，见其久而不言，唾地者三，俄而成文三篇。"

菖蒲当拜此君

◎ 版本考

A 王徽之以菖蒲映竹，曰："菖蒲止以九节为贵，而此君面目耸然，菖蒲正当再拜此君，而此君亦安得而不受之耶?"(《高士春秋》)

B 王徽之以菖蒲映竹，曰："菖蒲止以九节为贵，而此君面目耸然，菖蒲正当再拜此君，此君亦安得而不受之耶?"(《高士春秋》)

C 王徽之以菖蒲映竹，曰："菖蒲止以九节为贵，而此君面目耸然，菖蒲正当再拜此君，此君亦安得而不受之耶?"(《高士春秋》)

D【菖蒲拜】《高士春秋》曰：王徽之以菖蒲映竹，曰："菖蒲止以九节为贵，而此君面目耸然，菖蒲正当再拜此君，而此君亦安得而不受之耶？"（105）

E【菖蒲拜】《高士春秋》曰：王徽之以菖蒲映竹，曰："菖蒲止以九节为贵，面目耸然，菖蒲正当再拜此君，而此君亦安得而不受之耶？"（105）

◎ 引文考

【宋陈景沂《全芳备祖》后集卷十一·卉部·葛蒲·事实祖·纪要】王徽之以菖蒲映竹，曰："菖蒲以九节为贵，而此君面目耸然，菖蒲正当再拜此君，而此君亦安得不受耶？"（《高氏春秋》）

【宋谢维新《事类备要》别集卷五十五·百草门·菖蒲·事类·菖蒲映竹】王徽之以~~~~，曰："菖蒲止以九节为贵，而此君面目耸然，菖蒲正当再拜此君，而此君亦安得不受之邪？"（《高氏春秋》）

【明董斯张《广博物志》卷之四十三·草木下·果瓜竹异草异木】王徽之以菖蒲映竹，曰："菖蒲只以九节为贵，而此君面目耸然，菖蒲正当再拜此君，而此君亦安得不受之耶？"（《高士春秋》）

【明彭大翼《山堂肆考》卷二百三·草卉·菖蒲·拜竹】《高士春秋》：王徽之以菖蒲拜竹，曰："菖蒲止以九节为贵，而此君面目耸然，菖蒲正当再拜此君，而此君亦安得不受之耶？"

【《御定渊鉴类函》卷三百九十七·药部二·菖蒲三·拜竹吞花】《高士春秋》：王徽之以菖蒲拜竹，曰："菖蒲止以九节为贵，而此君面目耸然，菖蒲正当再拜此君。"

【《御定佩文韵府》卷七之五·上平声·七虞韵五·蒲·映竹蒲】《高士春秋》：王徽之以昌蒲映竹，曰："菖蒲止以九节为贵，而此君面目耸然，昌蒲正当再拜此君，此君安得不受之耶？"

【《御定佩文斋广群芳谱》卷之八十二·竹谱·竹一】《高士春秋》：王徽之以菖蒲映竹，曰："菖蒲止以九节为贵，而此君面目耸然，正当再拜此君，而此君亦安得不受之耶？"

【《御定佩文斋广群芳谱》卷之八十八·卉谱·菖蒲】《高士春秋》：王徽之以菖蒲映竹，曰："菖蒲以九节为贵，而此君面目耸然，正当再拜此君，而此君亦安得不受之耶？"

◎ 词汇考

【中国历史大辞典·王徽之】（？—约387），东晋琅邪临沂（今山东临沂北）人，字子猷。王羲之子。放诞不羁，好声色，时人钦其才而秽其行。为桓冲骑兵参军，不综职事。性爱竹，谓不可一日无此君。官至黄门侍郎。后弃官归山阴，病卒。○今按"百度百科"将其生卒年定为约338—386。王徽之还是名书法家，自幼从父学习，有"徽之得其势"的评价，后世传帖《承嫂病不减帖》《新月帖》等。

【汉语大词典·菖蒲】植物名。多年生水生草本，有香气。叶狭长，似剑形。肉穗花序圆柱形，着生在茎端，初夏开花，淡黄色。全草为提取芳香油、淀粉和纤维的原料。根茎亦可入药。民间在端午节常用来和艾叶扎束，挂在门前。《孝经援神契》："椒姜御湿，菖蒲益聪。"北魏郦道元《水经注·伊水》："石上菖蒲，一寸九节，为药最妙，服久化仙。"

【汉语大词典·此君】《晋书·王徽之传》："（徽之）尝寄居空宅中，便令种竹。或问其故，徽之但啸咏指竹曰：'何可一日无此君邪！'"后因作竹的代称。唐岑参《范公丛竹歌》："此君托根幸得地，种来几时闻已大。"唐白居易《东楼竹》诗："楼上夜不归，此君留我宿。"宋苏轼《于潜僧绿筠轩》诗："若对此君仍大嚼，世间那有扬州鹤？"宋姜夔《念奴娇·谢人惠竹榻》词："梅风吹溽，此君直恁清苦。"

【汉语大词典·耸然】高耸貌。唐皮日休《霍山赋》："岳之尊，端然御极，耸然正位，静然而听，凝然而视。"唐冯贽《云仙杂记》卷三："王徽之以菖蒲映竹，曰：'菖蒲止以九节为贵，而此君面目耸然。'"按，此君谓竹。宋欧阳修《丰乐亭记》："其上丰山，耸然而特立。"

界 尺 笔 槽

◎ 版本考

A 有借界尺笔槽而破其槽者，白其主人曰："韩直木如常，孤竹君无恙，但半面之交忽然折节矣！"主人为之大笑。（《玉麈集》）

B 有借界尺笔槽而破其槽者，白其主人曰："韩直木如常，孤竹君无恙，但半面之交忽然折节矣！"主人大笑。（《玉麈集》）

C 有借界尺笔槽而破其槽者，白其主人曰："韩直木如常，孤竹君无恙，但半面之交忽然折节矣！"主人大笑。（《玉麈集》）

D【直木孤竹】《玉麈集》曰：有借界尺笔槽而破其槽者，白其主人曰："韩直木如常，孤竹君无恙，但半面之交忽然折节矣！"主人大笑。（106）

E【直木孤竹】《玉麈集》曰：有借界尺笔槽而破其槽者，白其主人曰："韩直木如常，孤竹君无恙，但半面之交忽然折节矣！"主人大笑。（106）

◎ 引文考

【宋潘自牧《记纂渊海》卷八十二·字学部·字·界方笔槽】有借界尺笔槽而破其槽者，白其主人曰："韩直木如常，孤竹君无恙，但半面之交忽然折节矣。"主人大笑。（《王维集》）

【元陶宗仪《说郛》卷三十四下·刘讷言《谐噱录·戏白》】有借界尺笔槽而破其槽者，白其主人曰："韩直木如常，孤竹君无恙，但半面之交忽然折节矣。"主人大笑。

【明许自昌辑《捧腹编》卷四·玉麈集·界尺笔槽】有借界尺笔槽而碎其槽者，白主人曰："韩直木如常，孤竹君无恙，但半面之交忽然折节矣。"主人大笑。

【明查应光《靳史》卷二十一·宋】苏东坡见一家有界尺笔槽而破者，向其主人曰："韩直木如常，孤竹君无恙，但半面之交忽然折事矣。"

【《御定分类字锦》卷四十·文事·文具第十二·韩直木】《云仙杂记》：有借界尺笔槽而破其槽者，白其主人曰："～～～如常，孤竹君无恙，但半面之交忽然折节矣。"主人大笑。

【《御定渊鉴类函》卷二百四·文学部十三·笔三·笔囊　笔槽】上见张栻铭。《玉麈集》：有借界尺笔槽而破其槽者，白其主人曰："韩直木如常，孤竹君无恙，但半面之交忽然折节矣。"主人大笑。

【清吴士玉《骈字类编》卷一百六十二·器物门十五·笔槽】《云仙杂记》：有借界尺~~而破其槽者，白其主人曰："韩直木如常，孤竹君无恙，但半面之交忽然折节矣。"主人大笑。

【清陈元龙《格致镜原》卷四十·文具类四·界尺】《谐噱录》：界尺呼韩直木。

【清厉荃《事物异名录》卷二十一·文具部·界尺·韩直木】《谐噱录》：界尺呼韩直木。

◎ 词汇考

【汉语大词典·孤竹君】商朝孤竹国国君的封号。《史记·伯夷列传》："伯夷、叔齐，孤竹君之二子也。"司马贞索隐："孤竹君，是殷汤三月丙寅日所封。相传至夷齐之父，名初，字子朝。"

【汉语大词典·半面之交】谓只见过一次面的交往。清张岱《陶庵梦忆·姚简叔画》："简叔无半面交，访余，一见如平生欢，遂榻余寓。"

犀　如　意

◎ 版本考

A 虞世南以犀如意爬痒，久之叹曰："妨吾声律半工夫矣。"（《陶家瓶余事》）

B 虞世南以犀如意爬痒，久之叹曰："妨吾声律半工夫。"（《陶家瓶余事》）

C 虞世南以犀如意爬痒，久之叹曰："妨吾声律半工夫。"（《陶家瓶余事》）

D【声律半工】《陶家瓶余事》曰：虞世南以犀如意爬痒，久之叹云："妨吾声律半工夫。"（107）

E【声律半工】《陶家瓶余事》曰：虞世南以犀如意爬痒，久之叹云："妨吾声律半工[夫]。"（107）

◎ 引文考

【《御定佩文韵府》卷五十二之一·上声·二十二养韵一·痒·爬痒】《云仙杂记》：虞世南以犀如意~~，久之叹曰："妨吾声律半工夫。"

【清陈元龙《格致镜原》卷五十八·燕赏器物类二·如意】《陶家瓶余事》：虞世南以犀如意爬痒，久之叹曰："妨吾声律半工夫。"

◎ 词汇考

【汉语大词典·如意】器物名。梵语"阿那律"的意译。古之爪杖。用骨、角、竹、木、玉、石、铜、铁等制成，长三尺许，前端作手指形。脊背有痒，手所不到，用以搔抓，可如人意，因而得名。或作指划和防身用。又，和尚宣讲佛经时，也持如意，记经文于上，以备遗忘。南朝宋刘义庆《世说新语·汰侈》："崇视讫，以铁如意击之，应手而碎。"《南史·韦叡传》："虽临阵交锋，常缓服乘舆，执竹如意以麾进止。"唐张祜《题画僧》诗之二："终年不语看如意，似证禅心入大乘。"按，近代的如意，长一二尺，其端多作芝形、云形，不过因其名吉祥，以供玩赏而已。现在所用搔痒之具，叫"痒痒挠""不求人"，即古时爪杖、如意之遗制。参阅宋吴曾《能改斋漫录·事始二》《释民要览·道具》。

萱 草 浣 衣

◎ 版本考

　　A 郑源令婢萱草浣衣，萱草辄云："郎君尘土太多，令人手皮俱脱。"（《三峰集》）

　　B 郑源令婢萱草浣衣，萱草辄云："郎君尘土太多，令人手皮俱脱。"（《三峰集》）

　　C 郑源令婢萱草浣衣，萱草辄云："郎君尘土太多，令人手皮俱脱。"（《三峰集》）

　　D【萱草手皮脱】《三峰集》曰：郑源令婢萱草浣衣，萱草辄云："［郎］君尘土太多，令人手皮俱脱。"（108）

　　E【萱草手皮脱】《三峰集》曰：郑源令婢萱草浣衣，萱草辄云："［郎］君尘土太多，令人手皮俱脱。"（108）

◎ 引文考

　　【元陶宗仪《说郛》卷七十七下·朱揆《钗小志·萱草浣衣》】郑玄令婢萱草浣衣，萱草辄云："郎君尘土太多，令人手皮俱脱。"

　　【《御定佩文韵府》卷二十之一·下平声·五歌韵一·多·韵藻·尘土多】《云仙杂记》：郑玄令婢萱草浣衣，萱草辄云："郎君~~太~，令人手皮俱脱。"

　　【《御定佩文韵府》卷九十六之二·入声·七曷韵二·脱·韵藻·手皮脱】《钗小志》：郑玄令婢萱草浣衣，萱草辄云："郎君尘土太多，令人~~俱~。"

　　【清王初桐《奁史》卷四十二·井臼门】郑源令婢萱草浣衣，萱草辄云："郎君尘土太多，令人手皮俱脱。"（《三峰集》）

◎ 词汇考

　　【汉语大词典·浣衣】洗衣。唐冯贽《云仙杂记·萱草浣衣》："郑源令婢萱草浣衣，萱草辄云：'郎君尘土太多，令人手皮俱脱。'"明冯梦龙《智囊补·察智·高湝》："有妇人临汾水浣衣。"清程麟《此中人语·吴某》："忽见隔河有一妇，临流浣衣，状类己妻。"

虎毛红管笔

◎ 版本考

　　A 有傲马生甚贫，遇人与虎毛红管笔一枚，曰："所须但呵笔，即得之。然夫妻之外令一人知，则殆矣。"时方盛行凝烟帐、风篁扇，皆呵而得之。一日晚，思兔头羹，连呵，遽得数盘，夫妻不能尽，以与邻家。自是笔虽存，呵之无应矣。（《纂异记》）

　　B 有傲马生甚贫，遇人与虎毛红筦笔一枚，曰："所须但呵笔，即得之。然夫妻之外令一人知，则殆矣。"时方盛行凝烟帐、风篁扇，皆呵而得之。一日晚，思兔头羹，连呵，遽得数盘，夫妻不能尽，以与邻家。自是笔虽存，呵之无应。（《纂异记》）

C 有傲马生甚贫，遇人与虎毛红笎笔一枚，曰："所须但呵笔，即得之。然夫妻之外令一人知，则殆矣。"时方盛行凝烟帐、风篁扇，皆呵而得之。一日晚，思兔头羹，连呵，遽得数盘，夫妻不能尽，以与邻家。自是笔虽存，呵之无应。(《纂异记》)

D【兔头羹】《纂异记》曰：有傲马生甚贫，遇人与虎毛红管笔一枝，曰："所须但呵笔，即得之。夫妻之外，令一人知则殆矣。"时方盛行凝烟帐、风篁扇，皆呵而得之。一日晚饭，思兔头羹，连呵，遽得数盘，夫妻不能尽，以与邻家。自是笔虽存，呵之无效。(109)

E【兔头羹】《纂异记》曰：有傲马生贫甚，遇人与虎毛红管笔一枝，曰："所须但呵笔，即得之。夫妻之外，令一人知则殆矣。"时方盛行凝烟帐、风篁扇，皆呵而得之。一日晚饭，思兔头羹，连呵，取数盘，夫妻不能尽，以与邻家。自是笔虽存，呵之无效。(109)

◎ 引文考

【宋潘自牧《记纂渊海》卷八十二·字学部·笔】有傲马生甚贫，遇人与虎毛红管笔一枝，曰："所须但呵笔，即得之。然夫妻之外，令一人知则殆矣。"时方暑欲凝烟帐、风篁扇，皆呵而得之。一日晚，思兔头羹，连呵，得数盘，夫妻不能尽，以与邻家。自是呵之无应。(《纂异记》)

【明徐应秋《玉芝堂谈荟》卷二十六·阿修石罴】马生遇人与虎毛红管笔，所须呵笔即得。时方盛行凝烟帐、风篁扇，一日思兔头羹，皆呵而得之。

【《御定分类字锦》卷二十五·器用·扇第四·风篁扇】《云仙杂记》：有傲马生甚贫，遇人与虎毛红笎笔一枚，曰："所须但呵笔即得之，然夫妻之外，令一人知则殆矣。"时方盛行凝烟帐、～～～，皆呵而得之。

【《御定佩文韵府》卷七十六之二·去声·十七霰韵二·扇·风篁扇】《云仙杂记》：有马生甚贫，遇人与虎毛红管笔一枝，曰："所须但呵笔即得。"时方盛行凝烟帐、～～～，皆呵而得之。

【清吴士玉《骈字类编》卷一百四十一·采色门八·红笎】《云仙杂记》：有傲马生甚贫，遇人以虎毛～～笔一枚，曰："所需但呵笔即得之。然夫妻之外，令一人知则殆矣。"一日晚，思兔头羹，连呵，遽得数盘，夫妻不得尽，以与邻家。自是笔虽存，呵之不应矣。

【宋陆佃撰、明牛衷增辑《增修埤雅广要》卷四十·气化门·笔化羹】有生甚贫，遇人遗虎毛红管笔，曰："所须但呵笔即得。"生归告妇。一日晚，思兔头羹，连呵得数盘。

【清王初桐《奁史》卷八十一·饮食门四】有傲马生之妻得虎毛红笎笔一枝，所须但呵笔即得之。时方盛行凝烟帐、风篁扇，皆呵而得之。一日晚，思兔头羹，连呵，遽得数盘。(《纂异记》)

◎ 词汇考

【汉语大词典·风篁】谓风吹竹林。南朝宋谢庄《月赋》："若乃凉夜自凄，风篁成韵。"唐郑谷《少华甘露寺》诗："石门萝径与天邻，雨桧风篁远近闻。"

一诗辄洗其笔

◎ 版本考

A 白傅每一诗，辄洗其笔。(《文览》)

B 白傅每一诗，辄洗其笔。(《文览》)

C 白傅每一诗，辄洗其笔。(《文览》)

D【洗笔】《文览》曰：乐天每一诗成，辄洗其笔。(110)

E【洗笔】《文览》曰：乐天每一诗成，辄洗其笔。(110)

◎ 引文考

【元陶宗仪《说郛》卷七十五下·沈仕《林下清录》】白太傅每一诗，辄洗其笔。

【清吴伟业撰、清靳荣藩注《吴诗集览》卷十下·五言律诗三之下】《白孔六帖》：白乐天每一诗成，辄洗其笔。

【清吴士玉《骈字类编》卷八十二·数目门五·一诗】《林下清录》：白太傅每~~，辄洗其笔。

【明胡谧《(成化)山西通志》卷二百二十九杂志二】白太傅每一诗，辄洗其笔。(《林下清录》)

◎ 词汇考

【汉语大词典·白傅】唐诗人白居易的代称。白晚年曾官太子少傅，故称。五代齐己《同光岁送人及第东归》诗："春官如白傅，内试似文皇(唐太宗)。"宋苏轼《次韵韶守狄大夫见赠》之二："白傅闲游空诵句，拾遗穷老敢论亲。"清袁枚《续诗品·灭迹》："白傅改诗，不留一字。"汪洋《寿静仁先生四十三初度即步原韵》："白傅流风犹想象，紫阳遗爱未销磨。"

句中喜得鱼竹

◎ 版本考

A 孟浩然一日周旋竹间，喜色可掬。又见网师得鱼，尤甚喜跃。友人问之，答云："吾适得句，中有鱼、竹二物，不知竹有几节，鱼有几鳞，疑致疏谬，今见二物，吾心乃释然矣。"(《玄山记》)

B 孟浩然一日周旋竹间，喜色可掬。又见网师得鱼，尤甚喜跃。友人问之，答云："吾适得句，中有鱼、竹二物，不知竹有几节，鱼有几鳞，疑致疏谬，今见二物，乃释然矣。"(《玄山记》)

C 孟浩然一日周旋竹间，喜色可掬。又见网师得鱼，尤甚喜跃。友人问之，答云："吾适得句，中有鱼、竹二物，不知竹有几节，鱼有几鳞，疑致疏谬，今见二物，乃释然矣。"(《玄山记》)

D【鱼有几鳞】《玄山记》曰：孟浩然一日周旋竹间，喜色可掬。又见网师得鱼，尤甚欣跃。友人问之，答云："吾适得句，中有鱼、竹二物，初不知竹有几节，鱼有几鳞，疑致疏谬，今见二物，各释然矣！"（111）

E【鱼有几鳞】《玄山记》曰：孟浩然一日周旋竹间，喜色可掬。又见网师得鱼，尤甚欣跃。友人问之，答云："吾适得句，中有鱼、竹二物，初不知竹有几节，鱼有几鳞，疑致疏谬，今见二物，各释然矣！"（111）

◎ 引文考

【明蒋一葵《尧山堂外纪》卷二十六】孟浩然一日周旋竹间，喜色可掬。又见网师得鱼，尤甚喜跃。友人问之，答云："吾适得句，中有鱼、竹二物，不知竹有几节，鱼有几鳞，疑致疏谬，今见二物，乃释然矣。"

【《御定佩文斋广群芳谱》卷八十二·竹谱·竹】《玄山记》：孟浩然一日周旋竹间，喜色可掬。又见网师得鱼，尤甚喜跃。友人问之，答云："吾适得句，中有鱼、竹二物，不知竹有几节，鱼有几鳞，疑致疏谬，今见二物，乃释然矣。"

【清官修《韵府拾遗》卷九十·鱼竹】《玄中记》：孟浩然一日周旋竹间，喜色可掬。又见网师得鱼，尤甚喜跃。友人问之，答曰："吾适得句，中有～～二物，不知竹有几节，鱼有几鳞，疑致疏谬，今见二物，乃释然矣。"

【清吴士玉《骈字类编》卷一百六十一·器物门十四·网师】《云仙杂记》：孟浩然一日周旋竹间，喜色可掬。又见～～得鱼，尤甚喜跃。友人问之，答云："吾适得句，中有鱼、竹二物，不知竹有几节，鱼有几鳞，疑致疏谬，今见二物，乃释然矣。"

【清吴士玉《骈字类编》卷二百一·草木门二十六·竹节】《玄山记》：孟浩然一日周旋竹间，喜色可掬。又见网师得鱼，尤甚喜跃。友人问之，答曰："吾适得句，中有鱼、竹二物，不知～有几～，鱼有几鳞，疑致疏谬，今见二物，乃释然矣。"

◎ 词汇考

【汉语大词典·网师】渔夫。唐冯贽《云仙杂记·句中喜得鱼竹》："孟浩然一日周旋竹间，喜色可掬，又见网师得鱼，尤甚喜跃。"宋黄庭坚《阻风铜陵》诗："网师登长鱓，贾我腥釜鬲。"

【汉语大词典·得句】谓诗人觅得佳句。唐周贺《上陕府姚中丞》诗："成家尽是经纶后，得句应多谏诤余。"宋陆游《晴甫一日复大风雨连日不止遣怀》诗："得句已无前辈赏，开编时与古人游。"元萨都剌《高邮至邵伯》诗之一："有时得句无人和，风雨寒窗夜读书。"清曹寅《秋日过访芥公》诗："得句闻敲钵，逃禅愧闭关。"参见"觅句"。

【汉语大词典·疏谬】粗率谬误。《三国志·魏书·嵇康传》"至景元中坐事诛"南朝宋裴松之注："此又干宝之疏谬，自相违伐也。"宋沈括《梦溪笔谈·象数一》："古今言刻漏者数十家，悉皆疏谬。"宋王十朋《送吴翼万庠赴省试序》："予疏缪，反资其发药者居多，然后知退之之言为不妄。"

【汉语大词典·释然】疑虑消除貌。南朝宋刘义庆《世说新语·言语》："由是释然，复无疑虑。"宋沈括《梦溪笔谈·神奇》："释然放怀，无复蒂芥。"

洪　儿　纸

◎ **版本考**

　　A 姜澄十岁时，父苦无纸。澄乃烧糠燨竹为之，以供父。澄小字洪儿，乡人号"洪儿纸"。（《童子通神录》）

　　B 姜澄十岁时，父苦无纸。澄乃烧糠燨竹为之，以供父。澄小字洪儿，乡人号"洪儿纸"。（《童子通神录》）

　　C 姜澄十岁时，父苦无纸。澄乃烧糠燨竹为之，以供父。澄小字洪儿，乡人号"洪儿纸"。（《童子通神录》）

　　D《童子通神录》曰：姜澄十岁时，父苦无纸。澄乃烧糠燨竹为之，以供父。澄小字洪儿，乡人号"洪儿纸"。（112）

　　E《童子通神录》曰：姜澄十岁时，父苦无纸。澄乃烧糠燨竹为纸，以供父。澄小字洪儿，乡人号"洪儿纸"。（112）○张力伟注："纸"，《杂记》作"之"。

◎ **引文考**

　　【唐白居易原本、宋孔传续撰《白孔六帖》卷十四·纸十七·洪儿纸】《童子神通录》：姜澄十岁，苦无纸。澄乃烧糠燨竹为纸，以供文。澄小字洪儿，乡人号"洪儿纸"。

　　【宋无名氏《锦绣万花谷》后集卷二十九·纸·洪儿纸】姜澄十岁，苦无纸。澄乃烧糠燨竹为纸，以供父。澄小字洪儿，乡人号"洪儿纸"。（《童子神通录》）

　　【宋潘自牧《记纂渊海》卷八十二·字学部·纸·传记】姜澄十岁时，父苦无纸。澄乃烧糠燨竹为之，以供父。澄小字洪儿，乡人号"洪儿纸"。（《童子通神录》）

　　【明彭大翼《山堂肆考》卷一百七十七·器用·纸·洪儿纸】《童子神通录》：姜澄年十岁，其父善书苦无纸。澄乃烧糠燨竹为纸，以供父。澄小字洪儿，乡人号"洪儿纸"。

　　【明徐应秋《玉芝堂谈荟》卷二十八·松皮纸】《童子通神录》：姜澄父烧糠燨竹，造"洪儿纸"。

　　【《御定渊鉴类函》卷二百五·文学部·十四纸刺·纸三·洪儿纸　薛涛笺】《童子神通录》：姜澄年十岁，其父善书苦无纸。澄乃烧糠燨竹为纸，以供父。澄小字洪儿，乡人号"洪儿纸"。

　　【《御定分类字锦》卷四十·文事·纸第十·洪儿纸】《云仙杂记》：姜澄十岁时，父苦无纸。澄小字洪儿，乡人号"～～～"。

　　【清吴襄《子史精华》卷一百一·人事部五·早慧·乡人号洪儿纸】冯贽《云仙杂记》：姜澄十岁时，父苦无纸。澄乃烧糠燨竹为之，以供父。澄小字洪儿，～～～～～～。

　　【清陈元龙《格致镜原》卷三十七·文具类一·纸·古名纸】《童子神通录》：姜澄年十岁，其父善书苦无纸。澄乃烧糠燨竹为纸，以供父。澄小字洪儿，人号"洪儿纸"。

◎ **词汇考**

　　【姜澄】事迹待考。

束 修 羊

◎ 版本考

　　A 倪若水藏书甚多，列架不足，叠窗安置，不见天日。子弟直日看书，借书者先投束修羊。(《唐余录》)

　　B 倪若水藏书甚多，列架不足，叠窗安置，不见天日。子弟直日看书，借书者先投束修羊。(《唐余录》)

　　C 倪若水藏书甚多，列架不足，叠窗安置，不见天日。子弟直日看书，借书者先投束修羊。(《唐余录》)

　　D【迭窗列架】《唐余录》曰：倪若水藏书甚多，列架不足，叠窗安置，不见天日。子弟直日看书，借书者先投束修羊。(113)

　　E【迭窗列架】《唐余录》曰：倪若水藏书甚多，列架不足，叠窗安置，不见天日。子弟直日看书，借书者先投束修羊。(113)

◎ 引文考

　　【唐白居易原本、宋孔传续撰《白孔六帖》卷九十六·羊三·束修羊】《唐余录》：倪若水借书者，先投束修羊。

　　【宋祝穆《事文类聚》别集卷三·儒学部·书籍·借书·投贽借书】倪若水藏书甚多，子弟直日看书，借书者先束修投贽，然后借之。(《唐余录》)

　　【明何良俊《语林》卷八·文学第四中】倪若水藏书甚多，列架不足，叠窗安置，不见天日。子弟直日看书，凡亲友祈借者先投束修羊。(宋祁《唐书》曰：倪若水，字子泉，恒州藁城人。累官尚书右丞，出为汴州刺史，政清净，增修孔庙，兴州县学庐，劝生徒，身为教诲，风化兴行，入为户部侍郎，复拜右丞。)

　　【明彭大翼《山堂肆考》卷一百二十四·文学·藏书·子弟看书】唐倪若水，字子泉，藏书甚多，子弟直日看书，有借书者先束修投贽，然后与之。

　　【《御定分类字锦》卷五十八·鸟兽·羊第三十二·束修羊】《唐余录》：倪若水藏书甚多，借书者先投～～～。

　　【《御定佩文韵府》卷二十二之十三·下平声·七阳韵十三·羊·束修羊】《云仙杂记》：倪若水藏书甚多，借书者先投～～～。

◎ 词汇考

　　【中国历史大辞典·倪若水】(？—719)唐恒州藁城(今属河北)人，字子泉。进士出身。任右台监察御史，出使剑南道，检察公允，考课第一。景云初，任侍御史，劾贬国子祭酒祝钦明。开元初，迁中书舍人、尚书右丞，出为汴州刺史。为政清俭，人吏安之，曾增修孔庙及州县学舍，劝勉生徒课业，亲为教诲，倍受称颂。开元四年(716)，玄宗令宦官往江南捕珍禽异鸟，路经汴州，他以贱人贵鸟谏止之。是年山东蝗灾，宰相姚崇遣人分道杀蝗。他以蝗乃天灾，宜修德以禳之，不从命。姚崇切责之，乃行焚埋之法，获蝗十四万石。寻入为户部侍郎。七年，授尚书右丞，卒。

【汉语大词典·束修羊】用作束修的羊。泛指束修。唐冯贽《云仙杂记·束修羊》："倪若水藏书甚多……子弟直日看书，借书者，先投束修羊。"明李贽《初潭集·兄弟上》："穷则开门授徒，计束修羊，独善其身。"清钱谦益《和州鲁氏先茔神道碑铭》："公教授弟子，所得束修羊，分给从子及甥，不名一钱。"

惠一丝两丝

◎ 版本考

A 杜甫寓蜀，每蚕熟，即与儿躬行而乞曰："如或相悯，惠我一丝两丝。"（《浣花旅地志》）

B 杜甫寓蜀，每蚕熟，即与儿躬行而乞曰："如或相悯，惠我一丝两丝。"（《浣花旅地志》）

C 杜甫寓蜀，每蚕熟，即与儿躬行而乞曰："如或相悯，惠我一丝两丝。"（《浣花旅地志》）

D【一丝两丝】《浣花旅地志》曰：杜甫寓蜀，每蚕熟，即与妻儿躬行而乞曰："如或相悯，惠我一丝两丝。"（114）

E【一丝两丝】《浣花旅地志》曰：杜甫寓蜀，每蚕熟，即与妻儿躬行而乞曰："如或相悯，惠我一丝二丝。"（114）

◎ 引文考

【唐白居易原本、宋孔传续撰《白孔六帖》卷八·丝六·一丝两丝】《云仙散录》：《浣花旅地志》曰：杜甫寓蜀，每蚕熟，即与妻儿躬行而乞曰："如或相悯，惠我一丝两丝。"

【明王世贞《弇州四部稿》卷一百五十一·艺苑卮言】杜甫浣花蚕月，乞人一丝两丝。

【明曹学佺《蜀中广记》卷六十八·方物记第十·服用】《云仙杂记》：杜甫寓蜀，每蚕熟，即与儿躬行乞曰："如或相悯，惠我一丝两丝。"

◎ 词汇考

【汉语大词典·蚕熟】指蚕上蚕山结茧。元戴表元《金陵赠友》诗："水水鱼肥供白鲊，家家蚕熟衣红丝。"○今按：例证时代偏晚。

【汉语大词典·躬行】亲身实行。《论语·述而》："躬行君子，则吾未之有得。"《史记·滑稽列传》："太公躬行仁义七十二年。"《明史·宋思颜传》："主公躬行节俭，真可示法子孙。"鲁迅《彷徨·孤独者》："我已经躬行我先前所憎恶、所反对的一切。"○今按：须补义项。

蕨 成 金 钗

◎ 版本考

A 王鲸逢卖蕨姥，黄衣破结，有饥色，悯之，乃以千钱买蕨。姥谢而去。及归，烝于乌头甑，尽成金钗。盖姥非常人也。（《清异志》）

B 王鲸逢卖蕨姥，黄衣破结，有饥色，悯之，乃以千钱买蕨。姥谢而去。及归，烝于乌头甄，尽成金钗。盖姥非常人也。(《清异志》)

C 王鲸逢卖蕨姥，黄衣破结，有饥色，悯之，乃以千钱买蕨。姥谢而去。及归，烝于乌头甄，尽成金钗。盖姥非常人也。(《清异志》)

D【蕨化金钗】《清异志》曰：王鲸逢卖蕨姥，黄衣破结，有饥色，悯之，乃以千文买蕨。姥谢而去。及归，蒸于乌头甄，尽成金钗。盖姥非常人也。(115)

E【蕨化金钗】《清异志》曰：王鲸逢卖蕨姥，黄衣破结，有饥色，悯之，乃以千文买蕨。姥谢而去。及归，蒸于乌头甄，尽成金钗。姥非常人也。(115)

◎ 引文考

【唐白居易原本、宋孔传续撰《白孔六帖》卷八·金一·蕨化金钗】《清异志》：王鲸遇卖蕨妪，黄衣破结，有饥色，悯之，乃以千文买蕨。谢而去。及归，蒸于乌豆甄，尽成黄金。

【清陈元龙《格致镜原》卷三十四·珍宝类三·金·金异】《清异录》：王鲸遇卖蕨妪，黄衣破结，有饥色，悯之，乃以千文买蕨。谢而去。及归，蒸于乌豆甄，尽成黄金。

◎ 词汇考

【王鲸】事迹待考。

【汉语大词典·金钗】妇女插于发髻的金制首饰，由两股合成。南朝宋鲍照《拟行路难》诗之九："还君金钗玳瑁簪，不忍见之益愁思。"唐温庭筠《懊恼曲》："两股金钗已相许，不令独作空成尘。"《雍熙乐府·醉花阴·国祚风和太平了》："两行金钗，最宜素缟。"

鸡 鸭 卵 壳

◎ 版本考

A 张宝尝使子弟巡市，乞鸡鸭卵壳。鸡卵以煮药，鸭卵以金丝缕海棠花，名鲛胎盏。醉后畏酒时，多用之。(《就印录》)

B 张宝尝使子弟巡市，乞鸡鸭卵壳。鸡卵以煮药，鸭卵以金丝缕海棠花，名鲛胎盏。醉后畏酒时，多用之。(《就印录》)

C 张宝尝使子弟巡市，乞鸡鸭卵壳。鸡卵以煮药，鸭卵以金丝缕海棠花，名鲛胎盏。醉后畏酒时，多用之。(《就印录》)

D【鲛胎盏】张宝《就印录》曰：宝使子弟巡市，乞取鸡鸭卵壳。鸡卵以煮药，鸭卵以金丝缕海棠花，名鲛胎盏。醉后畏酒时，多用之。(116)

E【鲛胎盏】张宝《就印录》曰：宝使子弟巡市，乞取鸡鸭卵壳。鸡卵以煮药，鸭卵以金丝缕海棠花，名鲛胎盏。醉后畏酒时，多用之。(116)

◎ 引文考

【明徐应秋《玉芝堂谈荟》卷二十八·鱼英盏】张宝常使子弟巡市，乞鸡鸭卵。鸡卵以煮药，鸭卵以金丝缕海棠花，名鲛胎盏。醉后畏酒时，多用之。

【《御定佩文斋广群芳谱》卷三十六·花谱·海棠二】《就印录》：张宝用鸭卵壳以金丝镂海棠花，名鲛胎盏。

【《御定分类字锦》卷二十五·器用·杯盌第十·鲛胎盏】《云仙杂记》：张宝常使子弟巡市，乞鸡鸭卵壳。鸡卵以煮药，鸭卵以金丝缕海棠花，名～～～。醉后畏酒时，多用之。

【《御定佩文韵府》卷四十五·上声·十五潸韵·盏·鲛胎盏】《云仙杂记》：张宝常使子弟巡市，乞鸡鸭卵壳。鸡卵以煮药，鸭卵以金丝缕海棠花，名～～～。醉后畏酒时，多用之。

◎ 词汇考

【鲛胎盏】待考。

八 梭 绫

◎ 版本考

A 邺中老母村人织绫必三交五结，号"八梭绫"，匹直米六筐。(《摭拾精华》)

B 邺中老母村人织绫必三交五结，号"八梭绫"，匹直米陆筐。(《摭拾精华》)

C 邺中老母村人织绫必三交五结，号"八梭绫"，匹直米陆筐。(《摭拾精华》)

D《摭拾精华》曰：邺中李母村人织绫必三交五结，号"八梭绫"，一匹直米五筐。(117)

E《捃摭精华》曰：邺中李母村人织绫必三交五结，号"八梭绫"，一匹直米五筐。(117)

◎ 引文考

【《御定分类字锦》卷四十九·布帛·织染第十·三交五结】《云仙杂记》：邺中老母村人织绫有～～～～，号"八梭绫"。

◎ 词汇考

【汉语大词典·邺中】指三国魏的都城邺。故址在今河北省临漳县西南邺镇东。后世多以"邺中"指代三国魏。唐刘长卿《铜雀台》诗："君不见邺中万事非昔是，古人不在今人悲。"宋严羽《沧浪诗话·诗评》："虽谢康乐拟邺中诸子之诗，亦气象不类。"清计东《邺城吊谢茂秦山人》诗："邺中怀古正秋风，词赋深惭谢氏工。"

染 花 奁

◎ 版本考

A 郭代公爱姬薛氏，贮食物以散风奁，收妆具以染花奁。(《品物类聚记》)

B 郭代公爱姬薛氏，贮食物以散风奁，收妆具以染花奁。(《品物类聚记》)

C 郭代公爱姬薛氏，贮食物以散风奁，收妆具以染花奁。(《品物类聚记》)

D【散风奁】《品物类聚记》曰：郭代公爱姬薛氏，贮食物以散风奁，收妆具以染花奁。(118)

E【散风奁】《品物类聚记》曰：郭代公爱姬薛氏，贮食物以散风奁，收妆具以染花奁。（118）

◎ 引文考

【唐白居易原本、宋孔传续撰《白孔六帖》卷十六·食器十七·散风奁】郭代公爱姬薛氏，贮食物以散风奁。（《品物类聚记》）

【元陶宗仪《说郛》卷七十七下·朱揆《钗小志·染花奁》】郭代公爱姬薛氏，贮食物以散风奁，收妆具以染花奁。

【《御定分类字锦》卷二十七·器用·箱箧第二十七·散风奁】《云仙杂记》：郭代公爱姬薛氏，贮食物以～～～，收妆具以染花奁。

【《御定分类字锦》卷二十七·器用·箱箧第二十七·染花奁】见上注。

【《御定渊鉴类函》卷三百八十二·器物部一·奁三·散风奁】《品物类聚记》云：郭代公爱姬薛氏，贮食物以散风奁。

【《御定分类字锦》卷二十七·器用·箱箧第二十七·散风奁】《云仙杂记》：郭代公爱姬薛氏，贮食物以～～～，收妆具以染花奁。

【清陈元龙《格致镜原》卷五十一·日用器物类三·诸食器】《品物类聚记》：郭代公爱姬薛氏，贮食物以散风奁。

【明胡谧《(成化)山西通志》卷二百二十九·杂志二】郭代公爱姬薛氏，贮食物以散风奁，收妆具以染花奁。（《品物类聚记》）

◎ 词汇考

【中国历史大辞典·郭元振】(656—713)，唐魏州贵乡(今河北大名东北)人，名震，以字行。少有大志。咸亨进士。武则天擢为右武卫铠曹参军，出使吐蕃。大足元年(701)，任凉州都督、陇右诸军州大使。拓边筑塞，开置屯田，尽水陆之利，连年丰稔。神龙中，迁左骁卫将军，兼检校安西大都护，镇守疏勒(今新疆喀什)，力保安西四镇与西域交通。睿宗立，还为太仆卿。景云二年(711)，进同中书门下三品，迁吏部尚书。次年，任朔方大总管，筑定远城(今宁夏平罗南)，以为行军计集之所。后玄宗讲武骊山，坐军容不整罪，流放新州(治今广东新兴)，旋改饶州司马，病死途中。有文集二十卷，已佚。《全唐文》存文五篇。今按郭代公即郭元振。少倜傥廓落，有大志。落拓不拘小节，常铸钱，掠良人财以济四方，海内同声合气，有至千万者。则天闻其名，驿征引见，语至夜，甚奇之。问蜀川之迹，对而不隐。令录旧文，乃上《古剑歌》，则天览而佳之，令写数十本，遍赐学士。先天二年，知政事。太平公主、窦怀贞潜结凶党，谋废皇帝。睿宗犹豫不决，诸相皆阿谀顺旨，惟公廷争不受诏。乃举兵诛怀贞等，宫城大乱，睿宗步肃章门观变，诸相皆窜外省，公独登奉天门楼躬恃。睿宗闻东官兵至，将欲投于楼下，公亲扶圣躬，敦劝乃止。及上即位，宿中书十四日，独知政事。下诏封代国公。（详见张说撰《行状》）○杜甫《过郭代公故宅》："豪俊初未遇，其迹或脱略。代公尉通泉，放意何自若。及夫登衮冕，直气森喷薄。磊落见异人，岂伊常情度。定策神龙后，宫中翕清廓。俄顷辨尊亲，指麾存顾托。群公有惭色，王室无削弱。迥出名臣上，丹青照台阁。我行得遗迹(一作址)，池馆皆疏凿。壮公临事断，顾步涕横落。高咏宝剑篇，神交付冥寞。"

文享媚香无忝

◎ 版本考

A 张说携丽正文章谒友生。时正行宫中媚香，号"化楼台"，友生焚以待说。说出文置香上，曰："吾文享是香，无忝。"（《征文玉井》）

B 张说携丽正文章谒友生。时正行宫中媚香，号"化楼台"，友生焚以待说。说出文置香上，曰："吾文享是香，无忝。"（《征文玉井》）

C 张说携丽正文章谒友生。时正行宫中媚香，号"化楼台"，友生焚以待说。说出文置香上，曰："吾文享是香，无忝。"（《征文玉井》）

D【化楼台】《征文玉井》曰：张说携丽正文章谒友生。时正行宫中媚香，号"化楼台"，友生焚以待说。说出文置香上，曰："吾文享是香，无忝。"（119）

E【化楼台】《征文玉井》曰：张说携丽正文章谒友生。时正行宫中媚香，号"化楼台"，友生焚以待说。说出文置香上，曰："吾文享是香，无忝。"（119）

◎ 引文考

【明周嘉胄《香乘》卷十一·香事别录·媚香】张说携丽正文章谒友生。时正行宫中媚香，号"化楼台"，友生焚以待说。说出文置香上，曰："吾文享是香，无忝。"（《征文玉井》）

【明徐应秋《玉芝堂谈荟》卷二十八·内香燕九十二种】《征文玉井》：唐开元宫中行媚香名"化楼台"。

【清陈元龙《格致镜原》卷五十七·燕赏器物类一·香·古名香】《征文玉井》：张说携丽正文章谒友生。时正行宫中媚香，号"化楼台"，友生焚以待说。说出文置香上，曰："吾文享是香，无忝。"

◎ 词汇考

【中国历史大辞典·张说】（667—731），唐河南洛阳人，字道济，又字说之。武则天时，对策贤良方正，署乙等，授太子校书郎。预修《三教珠英》，擢凤阁舍人。张易之诬魏元忠谋反，他为元忠辩诬，坐流钦州。中宗立，召为兵部侍郎，加弘文馆学士。景云二年（711），进中书侍郎、同平章事，兼修国史。玄宗即位，以先请讨太平公主功，任中书令，封燕国公。开元七年（719），检校并州大都督府长史，兼天平军大使，慰抚九姓同罗、拔曳固等部落，以安北边。九年，任兵部尚书。次年，为朔方军节度使，移河曲六州胡五万余口，配河南诸州，以空朔方边地。以时无强敌，请罢缘边戍兵二十余万还农，又以当番卫士贫弱逃亡，建策罢府兵番上，另召募壮士以充宿卫，后称"扩骑"。十三年，为右丞相兼中书令，集贤院学士，知院事。反对宇文融括户，诏令致仕。十八年，复任尚书左丞相。文冠一时，亦能诗，时朝廷重要文诰多出其手，与许国公苏颋并称"燕许大手笔"。有《张燕公集》（一称《张说之文集》）二十五卷。

【汉语大词典·丽正】绚丽雅正。明陶宗仪《元氏掖庭记》："五华兮如织，照临兮一色。丽正兮中域，同乐兮万国。"范文澜、蔡美彪等《中国通史》第三编第七章第五节："大抵清新丽正的词多出自民间。"

【汉语大词典·友生】师长对门生自称的谦词。明朱国祯《涌幢小品·名帖》："余乙卯年三月，过故郿姚氏，乃大京兆画溪公之孙，出公座主王槐野先生单名帖，称友生字，仅蝇头细书。"清袁枚《随园随笔·师称友生》："今师与弟子帖称友生，不知所始……《孔丛子》孔子云：'自吾得由也，而恶言不入于耳；自吾得师也，而前有光后有辉，吾得四友焉。'云云。是师称友生之滥觞乎！"

【汉语大词典·无忝】不玷辱；不羞愧。《书·君牙》："今命尔予翼，作股肱心膂，缵乃旧服，无忝祖考。"孔传："无辱累祖考之道。"《汉书·韦玄成传》："于戏后人，惟肃惟栗。无忝显祖，以蕃汉室。"唐韩愈《顺宗实录一》："尔惟奉若天道，以康四海……无忝我高祖、太宗之休命。"明胡应麟《诗薮·唐上》："伯禽二女妻野人，当道欲为易婚，不愿，而以厥祖遗言，俾卜葬青山，以成先志，亦无忝也。"清李渔《奈何天·焚券》："只要我行权市义心无忝，怕甚么矫制开仓迹可疑。"

少 延 清 欢

◎ 版本考

A 陶渊明得太守送酒，多以春秫水杂投之，曰："少延清欢数日。"（《渊明别传》）

B 陶渊明得太守送酒，多以春秫水杂投之，曰："少延清欢数日。"（《渊明别传》）

C 陶渊明得太守送酒，多以春秫水杂投之，曰："少延清欢数日。"（《渊明别传》）

D【春秫水】《渊明别传》曰：渊明得太守送酒，多以春秫水杂投之，曰："少延清欢数日。"（120）

E【春秫水】《渊明别传》曰：渊明得太守送酒，多以春秫水杂投之，曰："少延清欢数日。"（120）

◎ 引文考

【元陶宗仪《说郛》卷二十三下·袁桷《澄怀录》】渊明得太守送酒，多以春秫水杂投之，曰："少延清欢。"

【《御定渊鉴类函》三百九十二·食物部五·酒二】元袁桷《澄怀录》曰：渊明得太守送酒，多以春秫水杂投之，曰："少延清欢。"

◎ 词汇考

【汉语大词典·清欢】清雅恬适之乐。唐冯贽《云仙杂记·少延清欢》："陶渊明得太守送酒，多以春秫水杂投之，曰：'少延清欢数日。'"宋邵雍《名利吟》："稍近美誉无多取，才近清欢与剩求。美誉既多须有患，清欢虽剩且无忧。"

笔 文 章 货

◎ 版本考

A 罗隐喜笔工芼凤，语之曰："笔，文章货也，吾以一物助子取高价。"即赠布头笺百

幅，士大夫闻之，怀金问价，或以深罗大组换之。(《龙须志》)

B 罗隐喜笔工丈凤，语之曰："笔，文章货也，吾以一物助子取高价。"即赠布头笺百幅，士大夫闻之，怀金问价，或以深罗大组换之。(《龙须志》)

C 罗隐喜笔工丈凤，语之曰："笔，文章货也，吾以一物助子取高价。"即赠布头笺百幅，士大夫闻之，怀金问价，或以深罗大组换之。(《龙须志》)

D【文章货】《龙须志》曰：罗隐喜笔工丈凤，语之曰："笔，文章货也，吾以一物助子取高价。"即赠布头笺百幅，士大夫闻之，怀金买之，或以深罗大组换之。(121)

E【文章货】《龙须志》曰：罗隐喜笔工丈凤，语之曰："笔，文章货也，吾以一物助子取高价。"即赠布头笺百幅，士大夫闻之，怀金买之，或以深罗大组换之。(121)

◎ 引文考

【唐白居易原本、宋孔传续撰《白孔六帖》卷十四·笔砚十六·文章货】《龙须志》：罗隐喜笔工丈凤，语人曰："笔，文章货也，吾以物助子取高价。"即赠雁头笺百幅，士大夫闻之，怀金问价，或以深罗大组换之。

【宋祝穆《事文类聚》别集卷十四·文房四友部·笔·诗赠笔工】罗隐喜笔工丈凤，语人曰："笔，文章货也，吾当助子取高价。"即以雁头笺百幅为赠，士大夫闻之，怀金问价。

【元辛文房《唐才子传》卷七·罗隐】(罗)隐精法书，喜笔，工丈凤，谓曰："笔，文章货也，今助子取高价。"即以雁头笺百幅为赠，士大夫踵门，问价一致千金，率多借重如此。

【明徐应秋《玉芝堂谈荟》卷二十八·宝相枝】罗隐喜笔工丈凤，鸣告曰："笔，文章货也，吾以一物助子。"即赠雁头笺百幅，士大夫怀金问价，或以彩罗大组易之。

【明彭大翼《山堂肆考》卷一百七十七·器用·笔·助取笔价】唐罗隐，字昭谏，喜笔工丈凤，语之曰："笔，文章货也，吾当助子取高价。"即以雁头笺百幅为赠，士大夫闻之，怀金问价。

【清吴襄《子史精华》卷一百五十七·器物部三·文具·文章货】冯贽《云仙杂记》：罗隐喜笔工丈凤，语之曰："笔，～～～也，吾以一物助子取高价。"即赠雁头笺百幅，士大夫闻之，怀金(同)[问]价，或以彩罗大组换之。

【《御定佩文韵府》卷八十之二·去声·二十一个韵二·文章货】《云仙杂记》：罗隐喜笔工丈凤，曰："笔，～～～也，吾以一物助子取高价。"即赠雁头笺百幅，士夫闻之，怀金问价，或以彩罗大组换之。

【清陈元龙《格致镜原》卷三十七·文具类一·笔·笔称号】《龙须志》：唐罗隐喜笔工丈凤，语之曰："笔，文章货也，吾当助子取高价。"

◎ 词汇考

【中国历史大辞典·罗隐】(833—909)，唐末五代新城(今浙江桐庐东北)人，一作余杭(今浙江余杭南)人，原名横，字昭谏。少工诗善文，名重一时。以貌陋，应十举不中。乃改今名，自号江东生。不受朱温召，入镇海军节度使钱镠幕，历官著作佐郎、司勋郎中、谏议大夫、给事中、发运使。后终老故里。著有《吴越掌记集》《江南甲乙集》《江东后集》《湘南应用》《淮海寓言》等，多散佚不全。诗作多近体，长于咏物、咏史，多用口语，讽时抒志，真切动人。其《谗书》和《两同书》，以老子修鸟之说为内，以孔子治世之道为外，会通儒道之说，议古讽今，笔锋犀利。与罗邺、罗虬合称三罗。

【汉语大词典·文章货】指笔。唐冯贽《云仙杂记·笔文章货》："罗隐喜笔工丧凤，语之曰：'笔，文章货也，吾以一物助子取高价。'即赠雁头笺百幅。"

【汉语大词典·布头笺】用织布所剩经线制成的优质纸。宋苏轼《东坡志林》卷十一："川纸取布头机余经不受纬者治作之，故名布头笺。此纸冠天下。"○今检《东坡志林》原文云："川人取布头机余经不受纬者治作纸，名布头笺，冠于天下，今六合人亦解作，终是不及。"

降 龙 道 者

◎ **版本考**

　　A 戴颙见降龙道者，曰："生死外人，愿陈三拜。"献护经帘、青铜磬。(《芳贤传》)

　　B 戴颙见降龙道者，曰："生死外人，愿陈三拜。"献护经帘、青铜磬。(《芳贤传》)

　　C 戴颙见降龙道者，曰："生死外人，愿陈三拜。"献护经帘、青铜磬。(《芳贤传》)

　　D《芳贤传》曰：戴颙见降龙道者，曰："生死外人，愿陈三拜。"献经帘、青铜磬。(122)

　　E《芳贤(都)传》曰：戴颙见降龙道者，曰："生死外人，愿陈三拜。"献经帘、青铜磬。(122)

◎ **引文考**

　　【《御定佩文韵府》卷八十四之一·去声·二十五径韵一·磬·青铜磬】《云仙杂记》：戴颙见降龙道者，曰："生死外人，愿陈三拜。"献护经帘、～～～。

◎ **词汇考**

　　【降龙道者】待考。

何征君隐吴郡

◎ **版本考**

　　A 何征君隐吴郡，多游临华寺、九金堂、饮鹿塘、灵宝院、涵星涧。(《高隐外书》)

　　B 何征君隐吴郡，多游临华寺、九金堂、饮鹿塘、灵宝院、涵星涧。(《高隐外书》)

　　C 何征君隐吴郡，多游临华寺、九金堂、饮鹿塘、灵宝院、涵星涧。(《高隐外书》)

　　D【饮鹿塘】《高隐外书》曰：何征君隐吴郡，多游临华寺、九金堂、饮鹿塘、灵宝院、涵星涧。(123)

　　E【饮鹿塘】《高隐外书》曰：何征君隐吴郡，多游临华寺、九金堂、饮鹿塘、灵宝院、涵星涧。(123)

◎ 引文考

　　【元陶宗仪《说郛》卷七十四下·吕祖谦《卧游录》】何征君隐吴郡，多游临华寺、九经堂、饮鹿塘、灵宝(阮)［院］、涵星涧。

　　【宋潘自牧《记纂渊海》卷八·地理部·涧·传记】何征君多游灵宝院、涵星涧。（《高隐外书》）

◎ 词汇考

　　【临华寺】待考。

　　【九金堂】待考。

　　【饮鹿塘】待考。

　　【灵宝院】清吴任臣《十国春秋》卷三：太和三年秋九月，镇海节度使徐知询命句容令黄鸾重建灵宝院于茅山。

　　【涵星涧】待考。

西 昌 逸 士

◎ 版本考

　　A 郎咏隐西昌，采樵为业。或担至都中，人买之，则曰：“我西昌逸士，酒中人也，今献公所阙，公当惠我所好。”（《庐陵记》）

　　B 郎咏隐西昌，采樵为业。或担至都中，人买之，则曰：“我西昌逸士，酒中人也，今献公所阙，公当惠我所好。”（《庐陵记》）

　　C 郎咏隐西昌，采樵为业。或担至都中，人买之，则曰：“我西昌逸士，酒中人也，今献公所阙，公当惠我所好。”（《庐陵记》）

　　D【酒中人】《庐陵记》曰：郎咏隐西昌，采樵为业。或担至郡中，人买之，则曰：“我西昌逸士，酒中人也，今献公所阙，公当惠我所好。”（124）

　　E【酒中人】《庐陵记》曰：郎咏隐西昌，采樵为业。或担至郡中，人买之，则曰：“我西昌逸士，酒中人也，今献公所阙，公当惠我所好。”（124）〇今注：“郡中”，正。“都中”，讹。

◎ 引文考

　　【宋潘自牧《记纂渊海》卷八十四·民业部·樵·传记】郎咏隐西昌，采樵为业。或担至郡中，人买之，则曰：“我西昌逸士，酒中人也，今献公所缺，公当惠我所好。”（《庐陵记》）

　　【元无名氏《氏族大全》卷九·十阳下·郎·西昌逸士】郎咏隐西昌，采樵为业。或担入郡市，遇人买，则曰：“我西昌逸士，酒中人也，我今献公所缺，公当惠我所无。”

　　【明彭大翼《山堂肆考》卷一百三·人品·名士·西昌逸士】郎咏隐西昌，采樵为业。或担入郡市，遇人买，则曰：“我西昌逸士，酒中人也，我既献公所缺，公当惠我所无。”

◎ **词汇考**

【汉语大词典·逸士】节行高逸之士，隐逸者。《后汉书·逸民传·高凤传论》："先大夫宣侯尝以讲道余隙，寓乎逸士之篇。"唐白居易《秋日与张宾客舒著作同游龙门醉中狂歌》："商岭老人自追逐，蓬丘逸士相逢迎。"

烹 鹿 肉

◎ **版本考**

　　A 黄升日烹鹿肉三斤，自晨煮至日影下门西，则喜曰："火候足矣!"如是四十年。（《安成记》）

　　B 黄升日烹鹿肉三斤，自晨煮至日影下门西，则喜曰："火候足矣!"如是四十年。（《安成记》）

　　C 黄升日烹鹿肉三斤，自晨煮至日影下门西，则喜曰："火候足矣!"如是四十年。（《安成记》）

　　D【煮鹿火候】《安成记》曰：黄升日烹鹿肉贰斤，自晨煮至日影下门西，则喜曰："火候足矣!"如是四十年。（125）

　　E【煮鹿火候】《安成记》曰：黄升日烹鹿肉贰斤，自晨煮至日影下门西，则喜曰："火候足矣!"如是四十年。（125）

◎ **引文考**

【明蒋一葵《尧山堂外纪》卷五十三·宋】黄升日食鹿肉二斤，自晨煮至日影下西时，则曰："火候足。"

【清陈元龙《格致镜原》卷二十四·饮食类四·肉】《云仙散录》：黄升日食鹿肉二斤，自晨煮至日影下西门，则曰："火候足矣。"

【清沈自南《艺林汇考》·饮食篇卷四】《云仙散录》（戴）［载］：黄升日食鹿肉二斤，自晨煮至日影下西门，则曰："火候足矣!"

◎ **词汇考**

【汉语大词典·火候】烹饪时火力的强弱和时间的长短。唐段成式《酉阳杂俎·酒食》："贞元中，有一将军家出饭食，每说物无不堪吃，惟在火候，善均五味。"宋苏轼《猪肉颂》："待他自熟莫催他，火候足时他自美。"

猎 蝇 记 室

◎ **版本考**

　　A 卢记室多作脯腊，夏则委人于十步内，扇上涂饧以扑蝇。脯以青纱障隔尘土，时人呼为"猎蝇记室"。（《金溪记》）

　　B 卢记室多作脯腊，夏则委人于十步内，扇上涂饧以扑蝇。脯以青纱障隔尘土，时人呼为"猎绳记室"。（《金溪记》）

C 卢记室多作脯腊，夏则委人于十步肉，扇上涂饧以扑蝇。脯以青纱障隔尘土，时人呼为"猎蝇记室"。(《金溪记》)

D【饧扇猎蝇】《金溪记》曰：卢记室多作脯腊，夏则委人于十步内，扇上涂饧以扑蝇。脯以青纱障隔尘土，时人呼为"猎蝇记室"。(126)

E【饧扇猎蝇】《金溪记》曰：卢记室多作脯腊，夏则委人于十步内，扇上涂饧以扑蝇。脯以青纱障隔尘土，时人呼为"猎蝇记室"。(126)

◎ 引文考

【唐白居易原本、宋孔传续撰《白孔六帖》卷九十五·蝇三十·猎蝇记室】《金溪记》：卢记室多作脯腊，夏则委人于十步内，扇上涂饧以扑蝇。脯以青纱障隔尘土，时人呼为猎蝇记室。

◎ 词汇考

【脯腊】干肉。《周礼·天官·腊人》："掌干肉，凡田兽之脯腊、膴胖之事。"郑玄注："薄析曰脯。棰之而施姜桂曰锻修。腊，小物全干也。"《齐民要术·脯腊》："作五味脯。"缪启愉校释："关于脯和腊，混称时都是干肉，分指则有别……大动物析成条片的叫做'脯'，小动物全作的叫做'腊'。"宋孟元老《东京梦华录·大内》："凡饮食时新花果、鱼虾鳖蟹、鹑兔脯腊、金玉珍玩衣着，无非天下之奇。"明谢肇淛《五杂组·人部一》："尧舜至圣，身如脯腊；桀纣无道，肥肤三尺。"

种蔬助鼎俎

◎ 版本考

A 宋宇种蔬三十品，时雨之后按行园圃，曰："天茁此徒，助予鼎俎，家复何患。"(《豫章记》)

B 宋宇种蔬三十品，时雨之后按行园圃，曰："天茁此徒，助予鼎俎，家复何患。"(《豫章记》)

C 宋宇种蔬三十品，时雨之后按行园圃，曰："天茁此徒，助予鼎俎，家复何患。"(《豫章记》)

D【天茁】《豫章记》曰：宋宇种蔬三十品，时雨之后按行园圃，曰："天茁此徒，助予鼎俎，家复何患。"(127)

E【天茁】《豫章记》曰：宋宇种蔬三十品，时雨之后案行园圃，曰："天茁此徒，助予鼎俎，家复何患。"(127)

◎ 引文考

【宋陈景沂《全芳备祖》后集卷二十四·蔬部·蔬菜·事实祖·纪要】宋宇种蔬三十品，时雨之后按行园圃，曰："天茁此徒，助予鼎俎。"(《豫章记》)

【宋谢维新《事类备要》别集卷五十九·蔬门·蔬·事类·天茁此徒】宋宇种蔬三十品，时雨之后按行园圃，曰："～～～～，助予鼎俎。"(《豫章记》)

【元陶宗仪《说郛》卷七十五下·沈仕《林下清录》】宋宇种蔬三十品，时雨之后按行园圃，曰："天苗此徒，助余鼎俎，家复何患。"

【明彭大翼《山堂肆考》卷一百九十六·蔬菜·蔬·助鼎俎】《豫章记》：宋宇种蔬三十品，时雨之后按行园圃，曰："天苗此徒，助予鼎俎。"

【明徐𤊻《徐氏笔精》卷八·杂记·种菜】宋宇种菜三十品，雨后按行园圃，曰："天苗此徒，助余鼎俎。"

【《御定佩文韵府》卷七之六·上平声·七虞韵六·徒·天苗此徒】《豫章记》：宋宇种蔬三十品，时雨之后按行园圃，曰："～～～～，助予鼎俎。"

【清陈元龙《格致镜原》卷六十二·蔬类一·总】《豫章记》：宋宇种蔬三十品，时雨之后按行园圃，曰："天苗此徒，助予鼎俎。"

◎ 词汇考

【汉语大词典·天苗】犹天生。苗，草始生。明顾起纶《国雅品·士品》："篇篇都秀润，句句少警拔，亦就色象中自然写出，如波擎菡萏，净丽天苗，尚未舒笑。"

【汉语大词典·时雨】应时的雨水。《书·洪范》："曰肃，时雨若。"晋陶潜《五月旦作和戴主簿》："神萍写时雨，晨色奏景风。"

【汉语大词典·园圃】种植果木菜蔬的园地。《周礼·天官·冢宰》："以九职任万民。一曰三农，生九谷；二曰园圃，毓草木。"

【汉语大词典·鼎俎】泛称割烹的用具。《韩非子·难言》："上古有汤至圣也，伊尹至智也；夫至智说至圣，然且七十说而不受，身执鼎俎为庖宰，昵近习亲，而汤乃仅知其贤而用之。"唐杜甫《冬狩行》："有鸟名鹲鸰，力不能高飞逐走蓬，肉味不足登鼎俎。"唐李匡乂《资暇集》卷下："必探求珍异，罗于鼎俎之前，竞新其味。"

蓄　鸭

◎ 版本考

A 富扬庭蓄鸭万只，每饲以米五石，遗毛覆渚。（《桂林记》）
B 富扬庭蓄鸭万只，每饲以米五石，遗毛覆渚。（《桂林记》）
C 富扬庭蓄鸭万只，每饲以米五石，遗毛覆渚。（《桂林记》）
D【万鸭】《桂林记》曰：富扬庭蓄鸭万只，每饲以米五石，遗毛覆地。（128）
E【万鸭】《桂林记》曰：富扬庭蓄鸭万只，每饲以米五石，遗毛覆地。（128）

◎ 引文考

【明慎懋官《华夷花木鸟兽珍玩考》鸟兽续考卷十·万鸭】《桂林记》曰：富扬庭蓄鸭万只，每饲以米五石，遗毛覆地。

◎ 词汇考

【富扬庭】待考。按曹锦萍《中国家禽养殖小史》云：鸭驯化的时间晚于鸡。早在2000多年前，已知家鸭和野鸭有密切关系。古代多称家鸭为鹜；如《尔雅·释鸟》郭璞注："野曰凫，家曰鹜。"但也有相反称鹜为野鸭的。据《吴地记》载，春秋时期吴王所筑的鸭城，已是规模很大的养鸭场。三国时，东吴还以养斗鸭闻名。《云仙杂记》中"富扬庭常畜鸭万只，每饲以米五石，遗毛覆渚"的记载，是唐代在桂林地区养鸭的实例。鸭的著名品种北京鸭在明代即已形成，当时在北京近郊上林苑中养种鸭达 2624 只，仔鸭不计其数，专供御厨所需。

卷 四

石鳖衔赋题

◎ 版本考

　　A 高郢夜课于丰亭，忽见一鳖在案上，视之，石也。郢异其事，取千题散置楮中，祷祝令石鳖衔之，以卜来事。既而，石鳖举头，乃是"沙洲独鸟赋"。题出果然，其年首选。（《湘潭记》）

　　B 高郢夜课于丰亭，忽见一鳖在案上，视之，石也。郢异其事，取千题散置楮中，祷祝令石鳖衔之，以卜来事。既而，石鳖举头，乃是"沙洲独鸟赋"。题出果然，其年首选。（《湘潭记》）

　　C 高郢夜课于丰亭，忽见一鳖在案上，视之，石也。郢异其事，取千题散置楮中，祷祝令石鳖衔之，以卜来事。既而，石鳖举头，乃是"沙洲独鸟赋"。题出果然，其年首选。（《湘潭记》）

　　D【石鳖衔题】《湘潭记》曰：高郢夜课于丰亭，忽见一鳖在案上，视之，乃石也。郢异其事，取千题散置箱中，祷令石鳖衔之，以卜来事。既而，石鳖举头，乃是"沙州独鸟赋"。题出果然，其年首选。（129）

　　E【石鳖衔题】《湘潭记》曰：高郢夜课于丰亭，忽见一鳖在案上，视之，乃石也。郢异其事，取千题散置箱中，祷令石鳖衔之，以卜来事。既而，石鳖举头，乃是"沙州独鸟赋"。题出果然，其年首(送)［选］。（129）

◎ 引文考

　　【唐白居易原本、宋孔传续撰《白孔六帖》卷九十八·鳖十八·石鳖衔题】《云仙散录》：《湘潭记》曰：高郢夜课于丰亭，忽见一鳖在案上，视之，乃石也。郢异其事，取千题散置箱中，祝令石鳖衔之，以卜来事。既而，石鳖举头，乃是"沙洲独鸟赋"。题出果然，其年首选。

【宋潘自牧《记纂渊海》卷三十七·科举部·科举·传记】高郢夜课于丰亭，忽见一鳌在案上，视之，石也。郢异其事，取千题散置楮中，祷祝令石鳌衔之，以卜来事。既而，石鳌举头，乃是"沙洲独鸟赋"。题出果然，其年首选。（《湘潭记》）

【明彭大翼《山堂肆考》卷二百二十五·甲虫·鳌·高郢卜事】《云仙散录》：《湘潭记》：高郢夜课于丰亭，忽有一鳌在案上，视之，乃石也。郢异其事，取千题散置箱中，祝令鳌衔之，以卜来事。既而，石鳌举头，乃是"沙洲独鸟赋"。其年果首选。

【明徐应秋《玉芝堂谈荟》卷二十五·石燕得雨则飞】《湘潭记》：高郢夜课于丰亭，忽见一鳌在案上，视之，石也。郢异其事，取千题散置楮中，祷祝令石鳌衔之，以卜来事。既而，石鳌举头，乃是"沙洲独鸟赋"。题出果然，其年首选。

【《御定佩文韵府》卷八之一·上平声·八齐韵一·题·石鳌衔题】《湘潭记》：高郢夜课于丰亭，忽见一鳌在案上，视之，石也。郢异之，因取千题散置楮中，祝令石鳌衔之，既而，石鳌举头，乃是"沙洲独鸟赋"。后试题果然，其年首选。

【《御定渊鉴类函》卷四百四十一·鳞介部五·鳌二】《云仙散录》：《湘潭记》曰：高郢夜课于丰亭，忽有一鳌在案上，视之，乃石也。郢异其事，取千题散置箱中，祝石鳌衔之，以卜来事。既而，石鳌举头，乃是"沙洲独鸟赋"。其年果以是题获首选。

【清陈元龙《格致镜原》卷九十四·水族类五·鳌·鳌异】《湘潭记》：高郢夜课于丰亭，忽见一鳌在案上，视之，乃石也。郢异其事，取千题散置箱中，祝令石鳌衔之，以卜来事。既而，石鳌举头，乃是"沙洲独鸟赋"。题果中，其年首选。

【《湖广通志》卷一百十九·杂纪二·石鳌】《云仙散录》：《湘潭记》：高郢夜课于丰亭，忽见一鳌在案上，视之，石也。郢异其事，取千题散置楮中，祝令衔之，石鳌举头，得"沙洲独鸟赋"。其年果以是题首选。

◎ 词汇考

【中国历史大辞典·高郢】（741—812），唐卫州（治今河南卫辉）人，祖籍渤海蓨县（今河北景县），字公楚。通《春秋》，工属文。安史之乱时，叛军执其父，披发解衣请代，得释。宝应初，举进士。先后充郭子仪、李怀光幕僚。兴元元年（784）怀光叛，不从。次年，怀光败死，入为刑部郎中、中书舍人，进礼部侍郎。掌贡举三年，拒绝请托，排除浮华，注意选拔才能之士，一变朋党援引之风。贞元十九年（803），擢中书侍郎、同平章事。顺宗立，王叔文当权，罢相。元和初，召为太常卿，改兵部尚书，以尚书右仆射致仕。为官谨慎廉洁，奉公守法，曾掌制诰，有人劝其自为编集，答以诏书之言不可留私家。生平不置产业，素守节俭。

【汉语大词典·夜课】夜间学习的课业。宋陆游《夙兴》诗："略似诸生勤夜课，绝胜小吏迫晨趋。"邹韬奋《经历》十："夜里还有夜课，读到九点钟才休息。"

【汉语大词典·首选】科举时代以第一名登第的人。唐冯贽《云仙杂记》卷四："高郢夜课于丰亭，忽见一鳌在案上，视之，石也。郢异其事，取千题散置楮中祷祝，令石鳌衔之，以卜来事。既而石鳌举头，乃是沙洲独鸟赋。题出，果然，其年首选。"宋欧阳修《六一诗话》："既而次榜亦中首选。"《宋史·选举志二》："士人初进，便须别其忠佞，九成所对，无所畏避，宜擢首选。"

自 负 书 剑

◎ **版本考**

    A 凌倚隐衡山，往来自负书剑，削竹为担，裹以乌毡。倚既死，山僧取以供事。（《衡山记》）

    B 凌倚隐衡山，往来自负书剑，削竹为担，裹以乌毡。倚既死，山僧取以供事。（《衡山记》）

    C 凌倚隐衡山，往来自负书剑，削竹为担，裹以乌毡。倚既死，山僧取以供事。（《衡山记》）

    D【裹檐毡】《衡山记》曰：凌倚隐衡山，往来自负书剑，削竹为檐，裹以乌毡。倚死，山僧取之供事。（130）

    E【裹檐毡】《衡山记》曰：凌倚隐衡山，往来自负书剑，削竹为檐，裹以乌毡。倚死，山僧取之供事。（130）

◎ **引文考**

    【清吴襄《子史精华》卷九十三·品行部七·高隐·自负书剑】冯贽《云仙杂记》：凌倚隐衡山，往来~~~~，削竹为担，裹以乌毡。倚既死，山僧取以供事。

    【《湖广通志》卷五十八·人物志·隐逸·衡州府·唐凌倚】冯贽《云山杂录》：隐衡山，往来自负书剑，削竹为担，裹以乌毡。倚既没，山僧取以供事。

◎ **词汇考**

    【汉语大词典·供事】奉祀。唐冯贽《云仙杂记·自负书剑》："凌倚隐衡山，往来自负书剑，削竹为担，裹以乌毡。倚既死，山僧取以供事。"

松精成使者

◎ **版本考**

    A 茅山有野人，见一使者异服，牵一白羊。野人问居何地，曰偃盖山。随至古松下而没，松形果如偃盖。意使者乃松树精，羊乃茯苓耳。（《金陵记》）

    B 茅山有野人，见一使者异服，牵一白羊。野人问居何地，曰偃盖山。随至古松下而没，松形果如偃盖。意使者乃松树精，羊乃茯苓耳。（《金陵记》）

    C 茅山有野人，见一使者异服，牵一白羊。野人问居何地，曰偃盖山。随至古松下而没，松形果如偃盖。意使者乃松树精，羊乃茯苓耳。（《金陵记》）

    D【偃盖山】《金陵记》曰：茅山有野人，见一使者异服，牵一白羊。野人问居何地，曰偃盖山。随至古松下而没，松形果如偃盖。意使者乃松树精，羊乃茯苓耳。（131）

    E【偃盖山】《金陵记》曰：茅山有野人，见一使者异服，牵一白羊。野人问居何地，曰偃盖山。随至古松下而没，松形果如偃盖。意使者乃松树精，羊乃茯苓耳。（131）

◎ 引文考

【宋谢维新《事类备要》别集卷四十九·众木门·松·牵一白犬】芳山有野人，见一使者异服，~~~~。野人问居何地，曰居偃盖山。随至古松下而没，松形果如盖。意使者乃松树精，犬乃茯苓耳。(《金陵记》)

【宋无名氏《锦绣万花谷》后集卷三十八·松·偃盖山】芳山有野人，见一使者异服，牵一白犬。野人问居何地，曰偃盖山。随至古松下而没，松形果如盖。意使者乃松树精，犬乃茯苓耳。(《金陵记》)

【明彭大翼《山堂肆考》卷二百九·树木·松·偃盖】《金陵记》：芳山有野人，见一使者异服，牵一白犬。野人问居何地，答曰居偃盖山。随至古松下而没，松形果如盖。意使者乃松精，犬乃茯苓耳。

【《御定佩文斋广群芳谱》卷六十八·木谱·松一】《金陵记》：方山有野人，见一使者异服，牵一白犬。野人问居何地，答曰居偃盖山。随至古松下而没，松形果如偃盖。意使者乃松精，犬乃茯苓也。

【《钦定四库全书考证》卷五十二·《御定佩文斋广群芳谱》卷六十八·木谱】《金陵记》：见一使者异服，牵一白犬。刊本"犬"讹"羊"，据原《群芳谱》改。

【清高士奇《续编珠》卷二·花木部·青犬白羊上见松人】《金陵记》曰：茅山有野人，见一使者，牵一白羊。野人问居何地，曰偃盖山。随至古松下而没，松形果如偃盖。使者乃松树精，羊乃茯苓耳。

【清陈元龙《格致镜原》卷六十四·木类一·松】《金陵记》：芳山有野人，见一使者异服，牵一白犬。野人问居何地，曰居偃盖山。随至古松下而没，松形果如盖。意使者乃松树精，犬乃茯苓耳。

【清吴宝芝《花木鸟兽集类》卷上·松】《金陵记》：芳山有野人，见一使者异服，牵一白犬。野人问居何地，答曰居偃盖山。随至古松下而没，松形果如盖。使者乃松精，犬乃茯苓也。

◎ 词汇考

【汉语大词典·野人】泛指村野之人；农夫。三国魏嵇康《与山巨源绝交书》："野人有快炙背而美芹子者，欲献之至尊，虽有区区之意，亦已疏矣。"《百喻经·比种田喻》："昔有野人，来至田里，见好麦苗，生长郁茂。"

【汉语大词典·异服】不合礼制的服饰；奇异的服装。《礼记·王制》："作淫声、异服、奇技、奇器以疑众，杀。"郑玄注："异服，若聚鹬冠、琼弁也。"陈澔集说："异服，非先王之服也。"《晋书·武帝纪》："太医司马程据献雉头裘，帝以奇技异服典礼所禁，焚之于殿前。"《文献通考·征榷一》："讥察也，察异服异言之人，而不征商贾之税也。"

【汉语大词典·偃盖】形容松树枝叶横垂，张大如伞盖之状。唐杜甫《题李尊师松树障子歌》："阴崖却承霜雪干，偃盖反走虬龙形。"《云笈七签》卷一一三："其观前素有松树偃盖，甚为胜景。"《西游记》第九三回："隐隐见苍松偃盖，也不知是几千百年间故物到于今。"鲁迅《故事新编·理水》："第三天是学者们公请在最高峰上赏偃盖古松。"

龙 窠 石

◎ 版本考

A 中山僧表坚面多瘢痕。偶溪中得石，如鸡子，夜觉凉冷，信手磨面，瘢痕尽灭。后读《博异志》曰："龙窠石磨疮瘢大效。"（《庐山记》）

B 中山僧表坚面多瘢痕。偶溪中得石，如鸡子，夜觉凉冷，信手磨面，瘢痕尽灭。后读《博异志》曰："龙窠石磨疮瘢大效。"（《庐山记》）

C 中山僧表坚面多瘢痕。偶溪中得石，如鸡子，夜觉凉冷，信手磨面，瘢痕尽灭。后读《博异志》曰："龙窠石磨疮瘢大效。"（《庐山记》）

D《庐山记》曰：中山僧表坚面多瘢痕。偶溪中得石，如鸡子，夜觉凉冷，信手磨面，疮瘢尽灭。后读《博异记》曰："龙窠石磨疮瘢大效。"（132）

E《庐山记》曰：中山僧表坚面多疮瘢。偶溪中得一石，如鸡子，夜觉凉冷，信手磨面，疮瘢尽灭。后读《博异记》曰："龙窠石磨疮瘢大效。"（132）

◎ 引文考

【明徐应秋《玉芝堂谈荟》卷二十五·松风石】《庐山记》：中山僧表坚面多瘢痕。偶溪中得石，如鸡子，夜觉凉冷，信手磨面，瘢痕尽灭。后读《博异志》曰："龙窠石磨疮瘢大效。"

【《御定佩文韵府》卷一百之一·入声·十一陌韵一·石·龙窠石】《云仙杂记》：中山僧表坚面多瘢痕。偶溪中得石，如鸡子，夜觉凉冷，信手磨面，瘢痕尽灭。后读《博异志》曰："～～～磨疮瘢大效。"

◎ 词汇考

【汉语大词典·瘢痕】创口或疮口留下的痕迹。《北史·崔赡传》："赡经热病，面多瘢痕。"唐白居易《过昭君村》诗："至今村女面，烧灼成瘢痕。"

【汉语大词典·龙窠石】一种可以治疮瘢的石子。唐冯贽《云仙杂记·龙窠石》："中山僧表坚面多瘢痕，偶溪中得石如鸡子，夜觉凉冷，信手磨面，瘢痕尽灭。后读《博异志》曰：龙窠石磨疮瘢大效。"

召客念无鱼

◎ 版本考

A 苏蟾郎中召客无鱼，念曲江多有而禁钓，乃令掌吏用油幕偷数头，适济其事。（《承平旧纂》）

B 苏蟾郎中召客无鱼，念曲江多有而禁钓，乃令掌吏用油幕偷数头，适济其事。（《承平旧纂》）

C 苏蟾郎中召客无鱼，念曲江多有而禁钓，乃令掌吏用油幕偷数头，适济其事。

（《承平旧纂》）

D【油幕偷鱼】《承平旧纂》曰：苏蟆郎中召客无鱼，念曲江多有而禁钓，乃令掌吏用油幕偷裹数头，适济其事。（133）

E【油幕偷鱼】《承平旧纂》曰：苏蟆郎中召客无鱼，念曲江多有而禁钓，乃令掌吏用油幕偷裹数头，适济其事。（133）

◎ 引文考

今检《中国基本古籍库》，此条未见引用。

◎ 词汇考

【油幕】涂油的帐幕。《宋书·刘瑀传》："朱修之三世叛兵，一旦居荆州，青油幕下，作谢宣明面见向，使斋师以长刀引吾下席。"唐司空曙《送人归黔府》诗："油幕晓开飞鸟绝，翩翩上将独趋风。"五代王仁裕《开元天宝遗事·油幕》："长安贵家子弟每至春时游宴，供帐于园圃中，随行载以油幕，或遇阴雨，以幕覆之，尽欢而归。"

金鸡抱卵时

◎ 版本考

A 封少卿问禅于龙华厚参师。曰："金鸡抱卵时如何？"少卿归而默坐三年，不能领解，至于发狂而死。（《禅学录》）

B 封少卿问禅于龙华厚参师。曰："金鸡抱卵时如何？"少卿归而默坐三年，不能领解，至于发狂而死。（《禅学录》）

C 封少卿问禅于龙华厚参师。曰："金鸡抱卵时如何？"少卿归而默坐三年，不能领解，至于发狂而死。（《禅学录》）

D《禅学录》曰：封少卿问禅于龙华厚参师。师曰："金鸡抱卵时如何？"少卿归而默坐三年，不能领解，至于发狂而死。（134）

E【金鸡抱卵】《禅学录》曰：封少卿问禅于龙华厚参师。师曰："金鸡抱卵时如何？"少卿归而默坐三年，不能领解，至于发狂而死。（134）

◎ 引文考

今检《中国基本古籍库》，此条未见引用。

◎ 词汇考

【汉语大词典·问禅】犹参禅。宋苏轼《送杜介归扬州》诗："采药会须逢蓟子，问禅何处识庞翁。"宋陆游《次韵范参政书怀》："插花醉舞春风里，不学庞翁更问禅。"

【汉语大词典·领解】领悟理解。《隋书·李德林传》："前者议文，总诸事意，小如混漫，难可领解。"

胡松节支琴

◎ 版本考

　　A 白傅用胡松节支琴。(《金徽变化篇》)

　　B 白傅用胡松节支琴。(《金徽变化篇》)

　　C 白傅用胡松节支琴。(《金徽变化篇》)

　　D【胡松节】《金徽变化篇》曰：白少傅支琴用胡松节。(135)

　　E【胡松节】《金徽变化篇》曰：白少傅支琴用胡松节。(135)

◎ 引文考

　　【唐白居易原本、宋孔传续撰《白孔六帖》卷六十二·琴一·胡松节支琴】白傅支琴用胡松节。(《金徽变化篇》)

　　【《御定佩文斋广群芳谱》卷六十八·木谱·松一】《记事珠》：白傅用胡松节支琴。

　　【清陈元龙《格致镜原》卷四十六·乐器类二·琴】《金徽变化篇》：白傅支琴用胡松节。

◎ 词汇考

　　【汉语大词典·白傅】唐诗人白居易的代称。见前。

窃 咽 棋 子

◎ 版本考

　　A 李杓直与人棋而败，乃窃数子咽之，寻问，乃鼓局大怒。(《棋天洞览》)

　　B 李杓直与人棋而败，乃窃数子咽之，寻问，乃鼓局大恕。(《棋天洞览》)

　　C 李杓直与人棋而败，乃窃数子咽之，寻问，乃鼓局大怒。(《棋天洞览》)

　　D【咽子】《棋天洞览》曰：李杓直与人棋而败，乃窃数子咽之，寻问，乃鼓局而怒。(136)

　　E【咽子】《棋天洞览》曰：李(均)[杓]直与人棋而败，乃窃数子咽之，及乎寻问，乃鼓局而怒。(136)

◎ 引文考

　　【宋潘自牧《记纂渊海》卷八十八·博奕部·棋·传记】李杓直与人棋而败，乃窃数子咽之，及呼寻问，乃鼓局大怒。(《棋天洞览》)

　　【《御定渊鉴类函》卷三百二十九·巧艺部六·围棋·鼓局大怒】《记纂渊海》曰：李杓直与人棋而败，乃窃数子咽之，及呼寻问，乃鼓局大怒。

◎ 词汇考

　　【李杓直】名建，排行十一，陇西人。唐柳宗元《诂训柳先生文集》卷二十二《送崔群序》："贞松产于岩岭，高直耸秀，条畅硕茂，粹然立于千仞之表。和气之发也，禀和气之至者，必合以正性。于是有贞心劲质，用固其本，御攘冰霜，以贯岁寒，故君子仪之。清河崔敦诗，有柔儒温文之道，以和其气，近仁复礼，物议归厚，其有禀者欤？有雅厚直方之诚，以正其性，悫论忠告，交道甚直，其有合者欤？是故曰章之声振于京师。尝与陇西李杓直（名建）、南阳韩安平（名泰）洎予交友。杓直敦柔深明，冲旷坦夷，慕崔君之和；安平厉庄端毅，高朗振迈，说崔君之正；予以刚柔不常，造次爽宜，求正于韩，袭和于李，就崔君而考其中焉。"白居易《赠李杓直》："近岁将心地，回向南宗禅，外顺世间法，内脱区中缘。"《同李十一醉忆元九》："花时同醉破春愁，醉折花枝作酒筹。忽忆故人天际去，计程今日到梁州。"

【汉语大词典·咽】吞食；饮。汉王充《论衡·效力》："渊中之鱼，递相吞食，度口所能容，然后咽之。"宋苏辙《和子瞻调水符》诗："授君无忧符，阶下泉可咽。"

墨染纸不昏

◎ 版本考

A 墨染纸三年，字不昏暗者为上。（《成老相墨经》）

B 墨染纸三年，字不昏暗者为上。（《成老相墨经》）

C 墨染纸三年，字不昏暗者为上。（《成老相墨经》）

D【字能三年不昏】《成老相墨经》曰：墨染纸三年，字不昏暗者为上。（137）

E【字能三年不昏】《成老相墨经》曰：墨染纸三年，字不昏暗者为上。（137）

◎ 引文考

【宋无名氏《锦绣万花谷》后集卷二十九·墨·字三年不昏】《相墨经》：墨染纸三年，字不能昏暗者为上。

【宋祝穆《事文类聚》别集卷十四·文房四友部·墨】墨染纸三年，字不昏暗者为上。（《相墨经》）

【元陶宗仪《说郛》卷二十四下·阙名《负暄杂录》·相墨】墨染纸三年，字不昏暗者为上。

【元陶宗仪《说郛》卷七十五下·沈仕《林下清录》】《相墨经》：墨染纸三年，字不昏暗者为上。

【元陆友《墨史》卷下】《成老相墨经》……又云：墨染纸三年，字不能昏暗者上。

【明徐应秋《玉芝堂谈荟》卷二十八·龙香剂】《相墨经》：墨染纸三年，字不昏暗者为上。

◎ 词汇考

【汉语大词典·染纸】谓印刷。清叶廷琯《石林燕语后序》："今复遇心耘细意紬书，刻期染纸，洵为艺林快事矣。"

【汉语大词典·昏暗】指文字模糊或某些物体不光洁明亮。唐冯贽《云仙杂记·墨染纸不昏》："墨染纸三年，字不昏暗者为上。"《红楼梦》第九五回："贾母打开看时，只见那玉比先前昏暗了好些。"

茶燋缚奴投火

◎ 版本考

A 陆鸿渐采越江茶，使小奴子看焙。奴失睡，茶燋烁。鸿渐怒，以铁绳缚奴投火中。（《蛮瓯志》）

B 陆鸿渐采越江茶，使小奴子看焙。奴失睡，茶燋烁。鸿渐怒，以铁绳缚奴投火中。（《蛮瓯志》）

C 陆鸿渐采越江茶，使小奴子看焙。奴失睡，茶燋烁。鸿渐怒，以铁绳缚奴投火中。（《蛮瓯志》）

D【投奴火中】《蛮瓯志》曰：陆鸿渐采越江茶，使小奴子看焙。奴失睡，焙乃燋烁。鸿渐怒，以铁绳缚奴投火中。（138）

E【投奴火中】《蛮瓯志》曰：陆鸿渐采越江茶，使小奴子看焙。奴失睡，焙乃燋烁。鸿渐怒，铁绳缚奴投火中。（138）

◎ 引文考

【明徐应秋《玉芝堂谈荟》卷七·人性躁急】陆鸿渐采越山茶，使小奴看焙。奴失睡，茶焦灼。鸿渐怒，以铁绳缚奴投火中。

◎ 词汇考

【中国历史大辞典·陆羽】（约733—约804），唐复州竟陵（今湖北天门）人，字鸿渐，号东冈子，自称桑苎翁。一名疾，字季疵。性诙谐，与女诗人李季兰、僧皎然交厚。以嗜茶名于时，旧时被称为茶神。肃宗时，隐居苕溪，写成《茶经》三卷。对茶的性状、质量、产地、种植、采制、烹饮、器具等皆有论述。《全唐文》存文五篇，《全唐诗》存诗二首。

【汉语大词典·小奴】年幼男仆。亦泛指小奴仆。《魏书·北海王详传》："（北海王详）入所居，小奴弱婢数人随从。"唐白居易《自在》诗："小奴捶我足，小婢搔我背。"

【汉语大词典·焙】特指焙茶的装置或场所。唐陆羽《茶经·茶之具》："焙，凿地深二尺，阔二尺五寸，长一丈，上作短墙，高二尺，泥之。"宋蔡襄《茶录·味》："茶味主于甘滑，惟北苑凤凰山连属诸焙所产者味佳。"

【汉语大词典·燋烁】烧焦。燋，通"焦"。唐冯贽《云仙杂记·茶燋缚奴投火》："陆鸿渐采越江茶，使小奴子看焙，奴失睡，茶燋烁。"

袖 饼 班 中

◎ 版本考

A 于琼班中有时袖饼而食，或以遗同列。（《常朝记》）
B 于琼班中有时袖饼而食，或以遗同列。（《常朝记》）
C 于琼班中有时袖饼而食，或以遗同列。（《常朝记》）

D【袖饼】《常朝记》曰：于琼班中有时袖饼而食，或以遗同列。（139）

E【袖饼】《常朝记》曰：于琼班中有时袖饼而食，或遗同列。（139）

◎ 引文考

　　【唐白居易原本、宋孔传续撰《白孔六帖》卷十六·饼饵十五·袖饼】《常朝记》曰：于琼班中有时袖饼而食，或遗同列。

　　【宋谢维新《事类备要》外集卷四十六·饼饵门·饼·袖饼而食】于琼班中有时～～～～，或遗同列。（《常朝记》）。

　　【明彭大翼《山堂肆考》卷一百九十四·饮食·袖饼而食】《常朝记》：于琼在班中有时袖饼而食，或遗同列。

◎ 词汇考

　　【汉语大词典·同列】犹同僚。《史记·屈原贾生列传》："上官大夫与之同列，争宠而心害其能。"宋欧阳修《归田录》卷二："寇莱公在中书，与同列戏云：'水底日为天上日。'未有对，而会杨大年适来白事，因请其对。大年应声曰：'眼中人是面前人。'一坐称为的对。"

石　莲　匣

◎ 版本考

　　A 许芝有妙墨八厨，巢贼乱，瘗于善和里第。事平取之，墨已不见，惟石莲匣存焉。（《大唐龙髓记》）

　　B 许芝有妙墨八厨，巢贼乱，瘗于善和里第。事平取之，墨已不见，惟石莲匣存焉。（《大唐龙髓记》）

　　C 许芝有妙墨八厨，巢贼乱，瘗于善和里第。事平取之，墨已不见，惟石莲匣存焉。（《大唐龙髓记》）

　　D【善和瘗墨】《大唐龙髓记》曰：许芝有妙墨八厨，巢贼乱，瘗于善和里第。事平取之，墨已不见，惟石莲匣存焉。（140）

　　E【善和瘗墨】《大唐龙髓记》曰：许芝有妙墨八厨，巢贼乱，瘗于善和里第。事平取之，墨已不见，惟石莲匣存焉。（140）

◎ 引文考

　　【唐白居易原本、宋孔传续撰《白孔六帖》卷十四·墨十八·善和瘗墨】《大唐龙髓记》曰：许足有妙墨八厨，巢贼乱，瘗于善和里第。事平取之，墨已不见，惟石莲匣存。

　　【宋潘自牧《记纂渊海》卷八十二·字学部·墨】许芝有妙墨八厨，巢贼乱，瘗于善和里第。事平取之，墨已不见，唯石莲匣存焉。（《大唐龙髓记》）

　　【元陆友《墨史》卷下】许足有妙墨八厨，巢贼乱，瘗于善和里第。事平取之，墨已不见，惟石莲匣存。

　　【《御定分类字锦》卷二十七·器用·箱箧第二十七·石莲匣】《云仙杂记》：许芝有妙墨八厨，巢贼乱，瘗于善和里第。事平取之，墨已不见，惟～～～存。

【《御定分类字锦》卷四十·文事·文具第十二·石莲匣】《云仙杂记》：许芝有妙墨八厨，巢贼乱，瘗于善和里第。事平取之，墨已不见，惟～～～存。

【清陈元龙《格致镜原》卷四十·文具类四·墨匣】《大唐龙髓记》：许芝有妙墨八厨，巢贼乱，瘗于善和里第。事平取之，墨已不见，唯古石莲匣存焉。

◎ 词汇考

【许芝】事迹待考。

【汉语大词典·妙墨】谓佳妙的书法。宋黄庭坚《跋法帖》："章草法甚妙，不知与王中令书先后，要皆为妙墨。"宋朱熹《仙洲新亭》诗之二："共说新亭好，真堪妙墨留。"○今按：需补义项。

【巢贼】指黄巢。

【里第】指里中宅第。多指大官僚的私宅。《后汉书·列女传·曹世叔妻》："于是鹥等各还里第焉。"《资治通鉴·晋惠帝永宁元年》："广平王虔自河北还，至九曲，闻变，弃军，将数十人归里第。"宋陶谷《清异录·文章树》："张曲江里第之侧，有古柘。"

鹅　炙

◎ 版本考

A 蔺先生上隐亭，望九里山，七日不能下，但食鹅炙二十段。(《琴庄美事》)

B 蔺先生上隐亭，望九里山，七日不能下，但食鹅炙二十段。(《琴庄美事》)

C 蔺先生上隐亭，望九里山，七日不能下，但食鹅炙二十段。(《琴庄美事》)

D【鹅炙三千段】《琴庄美事》曰：蔺先生上隐亭，望九里山，七日不能下，但食鹅炙三千段。(141)

E【鹅炙三千段】《琴庄美事》曰：蔺先生上隐亭，望九里山，七日不能下，但食鹅炙三千段。(141)

◎ 引文考

【元陶宗仪《说郛》卷七十四下·吕祖谦《卧游录》】蔺先生上隐亭，望九里山，七日不能下，但食鹅炙三千段。

【清陈元龙《格致镜原》卷二十六·饮食类六·诸食馔】《卧游录》：蔺先生上隐亭，望九里山，七日不能下，但食鹅炙三千段。

◎ 词汇考

【汉语大词典·九里山】在今江苏省徐州市北。传说楚汉相争时，韩信在九里山前列阵，十面埋伏，智取项羽。元马致远《汉宫秋》第二折："当日个谁展英雄手，能枭项羽头，把江山属俺炎刘，全亏韩元帅，九里山前战斗，十大功劳成就。"《水浒传》第四回："九里山前作战场，牧童拾得旧刀枪。顺风吹动乌江水，好似虞姬别霸王。"

【鹅炙】待考。

粉指印青编

◎ 版本考

　　A 徐州张尚书妓女多涉猎，人有借其书者，往往粉指痕并印于青编。(《妆楼记》)

　　B 徐州张尚书妓女多涉猎，人有借其书者，往往粉指痕并印于青编。(《妆楼记》)

　　C 徐州张尚书妓女多涉猎，人有借其书者，往往粉指痕并印于青编。(《妆楼记》)

　　D【书上粉痕】《妆楼记》曰：徐州张尚书妓女多涉猎经史，人有借其书者，往往粉指痕迹印于青编。(142)

　　E【书上粉痕】《妆楼记》曰：徐州张尚书妓女多涉猎经史，人有借其书者，往往粉指痕迹印于青编。(142)

◎ 引文考

　　【张泌《妆楼记·粉指印青编》】徐州张尚书妓女多涉猎，人有借其书者，往往粉指痕并印于青编。(元陶宗仪《说郛》卷七十七下)

　　【明焦周《焦氏说楛》卷三】张徐州妓女多涉猎，人有借书者，往往手指痕并印于青编。

　　【明梅鼎祚《青泥莲花记》卷四·张建封妾盼盼】《妆楼记》曰：徐州张尚书妓女多涉猎经史，人有借其书者，往往粉指痕迹印于青编。

　　【清吴士玉《骈字类编》卷一百四十三·采色门十·粉指】《妆楼记》：张尚书妓女多涉猎，人有借其书者，往往～～痕印于青编。

　　【《御定佩文韵府》卷三十四之二·上声·四纸韵二·指·粉指】《妆楼记》：张尚书妓女多涉猎，人有借其书者，往往～～痕印于青编。

　　【清吴襄《子史精华》卷一百三十四·妇女部二·才艺·痕映青编】张泌《妆楼记》：徐州张尚书妓女多涉猎，人有借其书者，往往粉指～并～于～～。

　　【清王初桐《奁史》卷七十四·脂粉门】徐州张尚书妓女多涉猎，人有借其书者，往往粉指痕印于青编。(《妆楼记》)

◎ 词汇考

　　【汉语大词典·青编】泛指书籍。唐冯贽《云仙杂记·粉指印青编》："徐州尚书妓女多涉猎。人有借其书者，往往粉指痕并印于青编。"宋王禹偁《馆中春值偶题》诗："春风老尽诗情淡，翻卷青编独绕廊。"清钮琇《觚剩·延平女子》："昔年熏香染翰，粉印青编；今日滴血濡毫，绡封红泪。"

一里更二马

◎ 版本考

　　A 校书郎李蟠蓄马甚多，出游则一里更二马，借给供应，可逮十家。(《马癖记》)

　　B 校书郎李蟠蓄马甚多，出游则一里更二马，借给供应，可逮十家。(《马癖记》)

　　C 校书郎李蟠蓄马甚多，出游则一里更二马，借备供应，可逮十家。(《马癖记》)

D《马癖记》曰：校书郎李蟠畜马甚多，出游则一里更二马，借给供应，可逮十家。（143）

E《马癖记》曰：校书郎李蟠畜马甚多，出游则一里更二马，借给供应，可逮十家。（143）

◎ 引文考

【《御定渊鉴类函》卷四百三十四·兽部六·马四·一里更二马】《马癖记》曰：校书郎李蟠畜马甚多，出游则一里更二马，人借供应，可逮十家。

◎ 词汇考

【汉语大词典·校书郎】东汉时，征召学士至兰台或东观宫中藏书处校勘典籍，其职为郎中者，称校书郎中（亦省称校书郎）；其职为郎者，则称校书郎。三国魏始置校书郎官职，司校勘宫中所藏典籍诸事。唐以后历代因之。明以后不置。《后汉书·梁懂传》："校书郎马融上书讼懂与护羌校尉庞参。"王先谦《集解》："盖中郎、侍郎、郎中，通谓之三署郎，校书郎中本可省称校书郎，犹尚书仆射之省称尚书耳。"《后汉书·杨终传》："显宗时，征诣兰台，拜校书郎。"《魏书·律历志上》："中坚将军、屯骑校尉张洪，故太史令张明豫息荡寇将军龙祥，校书郎李业兴等三家并上新历，各求申用。"唐元稹《赠三吕校书》诗："同年同拜校书郎，触处潜行烂熳狂。"《宣和遗事》后集："遣校书郎卫肤敏为贺生辰使。"参阅《通典·职官八》。

旋 风 笔

◎ 版本考

A 魏博田承嗣签治文案如流水，吏人私相谓曰："世罕有此旋风笔。"（《方镇编年》）

B 魏博田承嗣签治文案如流水，吏人私相谓曰："世罕有此旋风笔。"（《方镇编年》）

C 魏博田承嗣签治文案如流水，吏人私相谓曰："世罕有此旋风笔。"（《方镇编年》）

D《方镇编年》曰：魏博田承嗣签治文案如同流水，吏人私相谓曰："世罕有此旋风笔也。"（144）

E《方镇编年》曰：魏博田承嗣签治文案如同流水，吏人私相谓曰："世罕有此旋风笔也。"（144）

◎ 引文考

【唐白居易原本、宋孔传续撰《白孔六帖》卷十四·笔砚十六·旋风笔】《方镇编年》曰：魏博田承嗣签治文案如流水，吏人私相谓曰："世罕有此旋风笔也。"

【明徐应秋《玉芝堂谈荟》卷六·钉坐梨】魏博田承嗣签治文案如流水，吏人称为旋风笔。

【清吴襄《子史精华》卷四十一·设官部五·节镇·旋风笔】冯贽《云仙杂记》：魏博田承嗣签治文案如流水，吏人私相谓曰："世罕有此~~~。"

【清吴襄《子史精华》卷五十·政术部六·才能·旋风笔】冯贽《云仙杂记》：魏博田承

嗣签治文案如流水，吏人私相谓曰："世罕有此～～～。"

【《御定佩文韵府》卷九十三之二·入声·四质韵二·笔·旋风笔】《方镇编年》：田承嗣签治文案如流水，吏人相谓曰："世罕有此～～～。"

◎ 词汇考

【汉语大词典·旋风笔】形容文笔快捷。唐冯贽《云仙杂记·旋风笔》："魏博田承嗣签治文案如流水，吏人私相谓曰：'世罕有此旋风笔。'"

赠相得以鸠

◎ 版本考

A 毛傅好食鸠，人与己相得者，必以鸠赠之，一见李翱，赠十二篮。（《好事集》）

B 毛傅好食鸠，人与己相得者，必以鸠赠之，一见李翱，赠十二篮。（《好事集》）

C 毛傅好食鸠，人与己相得者，必以鸠赠之，一见李翱，赠十二篮。（《好事集》）

D【送鸠】《好事集》曰：毛傅好食鸠，人与己相得者，必以鸠赠之，一见李翱，送十二篮。（145）

E【送鸠】《好事集》曰：毛傅好食鸠，人与己相得者，必以鸠赠之，一见李翱，送十二篮。（145）

◎ 引文考

【宋祝穆《事文类聚》后集卷四十五·羽虫部·鸠·赠鸠投好】毛傅好食鸠，人与己相得，必以鸠赠之。一（日）[见]李翱，送十二篮。（《好事集》）

【元阴时夫《韵府群玉》卷八·下平声·十一尤·好食鸠】毛傅～～～，人与己相得必以鸠赠之，一（日）[见]李翱，送十二篮。（《好事集》）

【明彭大翼《山堂肆考》卷二百十四·羽虫·鸠·赠友人】《好事集》：毛傅好食鸠，人与己相得，必以鸠赠之，一（日）[见]李翱，送十二篮。

【清吴宝芝《花木鸟兽集类》卷中·鸠】《好事集》：毛傅好食鸠，人与己相得，必以鸠赠之，一（日）[见]李翱，送十二篮。

◎ 词汇考

【毛傅】待考。

【中国历史大辞典·李翱】（772—841），唐陇西成纪（今甘肃秦安西北）人，一说赵郡（治今河北赵县）人，字习之。贞元进士。自幼学儒，博雅好古。历任校书郎、国子博士、史馆修撰、谏议大夫、中书舍人、山南东道节度使等职。卒谥文。师从韩愈，文章见称当时。力主排佛，发展了韩愈学说。但接受佛教"见性成佛"观点，提出人性皆善，因情所惑，故有凡、圣之分。主张"正思"，使心达到至诚，灭绝情欲，以复其性。认为"知"乃心之诚明映照万物所致。坚持别贵贱、高下、内外之等级名位。其说对后代理学深有影响。有《李文公集》，与韩愈合著《论语笔解》。

【汉语大词典·相得】彼此投合。《史记·魏其武安侯列传》："相得欢甚，无厌，恨相知晚也。"《初刻拍案惊奇》卷十一："徐公接见了，见他会说会笑，颇觉相得。"邹韬奋《萍踪寄语》六十："他是我这次在船上最相得的朋友之一。"

物 价 至 微

◎ 版本考

A 开成中物价至微。村落买鱼肉者，俗人买以胡绢半尺，士大夫买以乐天诗一首兼与之。（《丰年编》）

B 开成中物价至微。村落买鱼肉者，俗人买以胡绢半尺，士大夫买以乐天诗一首兼与之。（《丰年编》）

C 开成中物价至微。村落买鱼肉者，俗人买以胡绢半尺，士大夫买以乐天诗一首兼之。（《丰年编》）

D【胡绢半尺】《丰年录》曰：开成中物价至微。村落卖鱼肉者，俗人买以胡绢半尺，士大夫买以乐天诗一首兼与之。（146）

E【胡绢半尺】《丰年录》曰：开成中物价至微。村路卖鱼肉者，俗人买以胡绢半尺，士大夫买以乐天诗一首兼与之。（146）

◎ 引文考

【唐白居易原本、宋孔传续撰《白孔六帖》卷八·绢十三·胡绢半尺】《唐丰年录》：开成中物价至贱。村路卖鱼肉者，俗人买以胡绢半尺，士大夫买以乐天诗。

【宋谢维新《事类备要》外集卷六十四·锦绣门·绢·财货源流·事类·物价贱】唐开成中~~至~。村路卖鱼肉者，俗人买以胡绢半尺，士大夫买以乐天诗。（《唐丰年录》）

【明胡震亨《唐音癸笺》卷二十五·谈丛一】唐诗人生素享名之盛，无如白香山。初疑元相白集序所载未尽实，后阅《丰年录》："开成中物价至贱。村路卖鱼肉者，俗人买以胡绢半尺，士大夫买以乐天诗。"则所云交酒茗信有之。

【明彭大翼《山堂肆考》卷一百八十七·胡绢买肉】《唐丰年录》：开成中物价至贱。村路卖鱼肉者，俗人买以胡绢半尺，士大夫买以乐天诗。

【《御定渊鉴类函》卷三百六十六·布帛部二·绢二】《唐丰年录》云：开成中物价至贱。村路卖鱼肉者，俗人买以胡绢半尺，士大夫买以白乐天诗。

【清陈元龙《格致镜原》卷二十七·布帛类·绢】《丰年录》：开成中物价至贱。村路卖鱼肉者，俗人买以胡绢半尺，士大夫买以乐天诗。

◎ 词汇考

【汉语大词典·绢】薄的生丝织品；轻纱。《礼记·玉藻》："君子狐青裘豹袖，玄绡衣以裼之。"郑玄注："绡，绮属也。"《文选·曹植〈洛神赋〉》："践远游之文履，曳雾绡之轻裾。"李善注："绡，轻縠也。"明陈继儒《珍珠船》卷四："顺宗时，南海贡奇女卢眉娘，能于一尺绡上绣《法华经》，字如粟米。"

夜 飞 蝉

◎ **版本考**

A 杜甫每朋友至，引见妻子。韦侍御见而退，使其妇送夜飞蝉，以助妆饰。(《放怀集》)

B 杜甫每朋友至，引见妻子。韦侍御见而退，使其妇送夜飞蝉，以助妆饰。(《放怀集》)

C 杜甫每朋友至，引见妻子。韦侍御见而退，使其妇送夜飞蝉，以助妆饰。(《放怀集》)

D【朋友见妻子】《放怀集》曰：杜甫每朋友至，引见妻子。韦侍御见而退，使其妇送夜飞蝉，以助妆饰。(147)

E【朋友见妻子】《放怀集》曰：杜甫每朋友至，引见妻子。韦侍御见而退，使其妇送夜飞蝉，以助妆饰。(147)

◎ **引文考**

【元陶宗仪《说郛》卷七十七下·张泌《妆楼记》·夜飞蝉】杜甫每朋友至，引见妻子。韦侍御见而退，使其妇送夜飞蝉，以助妆饰。

【明高濂《遵生八笺》卷十四·《燕闲清赏笺》上·叙古诸品宝玩】韦侍御赠杜甫内人夜飞蝉。

【明彭大翼《山堂肆考》卷一百五·人品·朋友·引见妻子】《云仙散录》：杜甫每朋友至，则引见妻子。韦侍御退，而使其妇送夜飞蝉，以助妆饰。

【《御定分类字锦》卷二十·佩服·佩第二十一·夜飞蝉】《妆楼记》：杜甫每朋友至，引见妻子。韦侍御见而退，使其妇送～～～，以助妆饰。

【清吴襄《子史精华》卷一百三十四·妇女部二·才艺·夜飞蝉】张泌《妆楼记》：杜甫每朋友至，引见妻子。韦侍御见而退，使其妇送～～～，以助妆饰。

【《御定佩文韵府》卷十六之七·下平声·一先韵七·蝉·夜飞蝉】《云仙杂记》：杜甫每朋友至，引见妻子。韦侍御见而退，使其妇送～～～，以助妆饰。

【清陈元龙《格致镜原》卷五十五·香奁器物类一·奁·诸奁饰】《放怀集》：杜甫每朋友至，引见妻子。韦侍御见而退，使其妇送夜飞蝉，以助妆饰。

【清陈元龙《格致镜原》卷九十六·昆虫类一·蝉】《放怀集》：杜甫每朋友至，引见妻子。韦侍御见而退，使其妇送夜飞蝉，以助妆饰。

◎ **词汇考**

【汉语大词典·夜飞蝉】古代妇女装饰品。唐冯贽《云仙杂记·夜飞蝉》："杜甫每朋友至，引见妻子。韦侍御见而退，使其妇送夜飞蝉以助妆饰。"

羲 之 鬼

◎ 版本考

　　A 虞世南书冠当时，人谓其有羲之鬼。(《字锦》)
　　B 虞世南书冠当时，人谓其有羲之鬼。(《字锦》)
　　C 虞世南书冠当时，人谓其有羲之鬼。(《字锦》)
　　D《字锦》曰：虞世南书冠当时，人谓其有羲之鬼。(148)
　　E《字锦》曰：虞世南书冠当时，人谓其有羲之鬼。(148)

◎ 引文考

　　【《御定佩文韵府》卷三十五·上声·五尾韵·鬼·羲之鬼】《云仙杂记》：虞世南书冠当时，人谓其有～～～。

　　【清吴襄《子史精华》卷六十九·文学部五·书法·羲之鬼】冯贽《云仙杂记》：虞世南书冠当时，人谓其有～～～。

◎ 词汇考

　　【羲之鬼】明董其昌《题浯溪摩崖三绝》所谓"鲁国羲之鬼"，指颜真卿，山东临沂人，字清臣，唐代著名书法家。初学王羲之、王献之，后从张旭得笔法，遂自成大家，故曰"羲之鬼"。

竹 枝 曲

◎ 版本考

　　A 张旭醉后唱《竹枝曲》，反复必至九回乃止。(《醉录》)
　　B 张旭醉后唱《竹枝曲》，反复必至九回乃止。(《醉录》)
　　C 张旭醉后唱《竹枝曲》，反复必至九回乃止。(《醉录》)
　　D【九回曲】《醉录》曰：张旭醉后唱《竹枝曲》，反复必至九回乃已。(149)
　　E【九回曲】《醉录》曰：张旭醉后唱《竹枝曲》，反复必至九回乃已。(149)

◎ 引文考

　　明沈沈《酒概》卷三：张旭醉后唱竹枝曲，反复必至九回乃止。(《醉录》)

　　【明郑仲夔《玉麈新谭》清言卷八·任诞】张伯高每醉后唱竹枝曲，反复必至九回。

◎ 词汇考

　　【中国历史大辞典·张旭】唐苏州吴县(今江苏苏州)人，字伯高。初为常熟尉，官至金吾卫长史，故称张长史。以草书著名，嗜酒，醉后下笔愈奇。世称张颠。其草书被列为神品。颜真卿从受笔法而著《述张长史笔法十二意》。世传真迹有《古诗四帖》，草书四十行。藏辽宁省博物馆。

【汉语大词典·竹枝曲】即竹枝。唐冯贽《云仙杂记·竹枝曲》："张旭醉后唱《竹枝曲》，反复必至九回乃止。"竹枝，乐府《近代曲》之一。本为巴渝（今四川东部）一带民歌，唐诗人刘禹锡据以改作新词，歌咏三峡风光和男女恋情，盛行于世。后人所作也多咏当地风土或儿女柔情。其形式为七言绝句，语言通俗，音调轻快。

却 老 先 生

◎ 版本考

A 王僧虔晚年恶白发。一日对客，左右进铜镊。僧虔曰："却老先生至矣！庶几乎！"（《南康记》）

B 王僧虔晚年恶白发。一日对客，左右进铜镊。僧虔曰："却老先生至矣！庶几乎！"（《南康记》）

C 王僧虔晚年恶白发。一日对客，左右进铜镊。僧虔曰："却老先生至矣！庶几乎！"（《南康记》）

D《南康记》曰：王僧虔晚年恶白发。一日对客，左右进铜镊。僧虔曰："却老先生至矣！"（150）

E《南康记》曰：王僧虔晚年恶白发。一日对客，左右进铜镊。僧虔曰："却老先生至矣！"（150）

◎ 引文考

【刘讷言《谐噱录·却老先生》】王僧虔晚年恶白发。一日对客，左右进铜镊。僧虔曰："却老先生至矣！庶几乎！"（《说郛》卷三十四下）

【明顾起元《说略》卷二十四】王僧虔恶白发。一日对客，左右进铜镊。僧虔曰："却老先生至矣！"见《南康记》。

【清陈元龙《格致镜原》卷五十八·燕赏器物类二·镊】《南康记》：王僧虔晚年恶白发。一日对客，左右进铜镊。僧虔曰："却老先生至矣！"

◎ 词汇考

【中国历史大辞典·王僧虔】（426—485），南朝齐琅邪临沂（今山东临沂北）人。王导之后。王昙长子。起家秘书郎。后官御史中丞、会稽太守，以不肯曲意于幸臣阮佃夫，坐免官，寻迁侍中。宋明帝时，出为湘州刺史，曾上表割益阳、罗、湘西三县缘江民立湘阴县。屡迁尚书令。升明中，曾以朝廷礼乐多违正典，表请厘改，被采纳。齐永明初，授侍中、特进、左光禄大夫。善隶书，好文史，解音律，曾评论古今书家优劣，又著《书赋》传于世。○今按，僧虔字简穆，王羲之四世族孙。书承祖法，丰厚淳朴而有骨力。《齐书》本传称："僧虔善隶楷书，宋文帝见其书素扇，叹曰：'非惟迹逾子敬，方当器雅过之。'"唐代张怀瓘《书断》称："祖述小王，尤尚古直，若溪涧含冰，冈峦被雪，虽极清肃，而寡于风味。"窦臮《述书赋》称其书："致丰富，得能失刚。鼓怒骏爽，阻负任强。然而神高气全，耿介锋芒。发卷伸纸，满目辉光。"

小 儿 司 命

◎ 版本考

A 郭汾阳语子弟曰："《西阳庶宝方》，小儿之司命，不可不读。"(《从容录》)

B 郭汾阳语子弟曰："《西阳庶宝方》，小儿之司命，不可不读。"(《从容录》)

C 郭汾阳语子弟曰："《西阳庶宝方》，小儿之司命，不可不读。"(《从容录》)

D【庶宝方】《从容录》曰：郭汾阳语子弟曰："《西阳庶宝方》，小儿之司命，不可不读。"(151)

E【庶宝方】《从容录》曰：郭汾阳语子弟曰："《西阳庶宝方》，小儿之司命，不可不读。"(151)

◎ 引文考

元白珽《湛渊静语》卷二：郭汾阳一日语子弟曰："《西阳庶宝方》，小儿之司命，不可不熟读。"《从容录》所载如此，不知何书，岂兔园册之类耶?

◎ 词汇考

【汉语大词典·司命】掌握命运。亦指关系命运者。《管子·国蓄》："五谷食米，民之司命也。"《孙子·虚实》："微乎微乎，至于无形；神乎神乎，至于无声，故能为敌之司命。"张预注："故敌人死生之命，皆主于我也。"唐元稹《李践方大理寺丞制》："大理寺专狱犴视刑书，我国家生人之司命也。任非其才，为患不细。"

青 蝇 拜 贺

◎ 版本考

A 术士相牛僧孺："若青蝇拜贺，方能及第。"公疑之。及登科迄归，坐家，庭有青蝇，作八行立，约数万，折躬再三，良久乃去。(《青阳记》)

B 术士相牛僧孺："若青蝇拜贺，方能及第。"公疑之。及登科迄归，坐家，庭有青蝇，作八行立，约数万，折躬再三，良久乃去。(《青阳记》)

C 术士相牛僧孺："若青蝇拜贺，方能及第。"公疑之。及登科迄归，坐家，庭有青蝇，作八行立，约数万，折躬再三，良久乃去。(《青阳记》)

D【青蝇贺】《青阳记》曰：术士相牛僧孺："若青蝇拜贺，方能及第。"公疑之。及登科迄归，坐家，庭有青蝇，作八行立，约数万，折躬再三，良久乃去。(152)

E【青蝇贺】《青阳记》曰：术士相牛僧孺："若青蝇拜贺，方能及第。"公疑之。及登科迄归，坐家，庭有青蝇，作八行立，约数万，折躬再三，良久乃去。(152)

◎ 引文考

【宋陆佃撰、明牛衷增辑《增修埤雅广要》卷四十一·神异门·群蝇拜贺】术士相郭代公云："有青蝇拜贺，方及第。"一日，坐家庭，忽有蝇作八行立，约数万，折躬者三，良

久乃去。(《青阳记》)

【宋谢维新《事类备要》别集卷九十二·虫豸门·作行折躬】术士相郭代公:"若青蝇拜贺,方能及第。"公疑之。及登科讫归,坐家,庭有绳作八行立,约数万,折躬者三,良久乃去。(《青阳记》)

【明陈禹谟《骈志》卷十八·青蝇为贺客】《青阳记》:术士相牛僧孺:"若青蝇拜贺,方能及第。"公疑之。及登科讫归,(生)[坐]家,庭有青蝇,作八行立,约数万,折躬再三,良久乃去。

【明冯梦龙《古今谭概》妖异部卷三十四·蝇异】术士相牛僧孺:"若青蝇拜贺,方能及第。"公疑之。及登第讫归,坐家,庭有青蝇作八行立,约数万,折躬再三,良久而去。

【明彭大翼《山堂肆考》卷二百二十七·昆虫·折躬】《青阳记》:术士相郭代公:"若青蝇拜贺,方能及第。"公疑之。及登科讫,家庭有青蝇,作八行立,约数万,折躬者三,良久乃去。

【明徐应秋《玉芝堂谈荟》卷五·仙释将相诞生梦征】术士相牛僧孺:"青蝇拜贺,方能及第。"及登科,有青蝇约数万,作八行,折躬再三,良久乃去。

【明郑仲[夔]《玉麈新谭》偶记卷七·青蝇拜贺】术士有相牛僧孺云:"他日当得青蝇拜贺,始及第。"牛疑之。后应制讫归,坐家,庭有青蝇,作八行立,约数万计,折躬再三,良久乃去,已而登第。

【明郑仲夔《玉麈新谭》偶记卷六·青蝇拜贺】术士有相牛僧孺云:"他日当得青蝇拜贺,始及第。"牛疑之。后应制讫归,坐家,庭有青蝇,作八行立,约数万计,折躬再三,良久乃去,已而登[第]。

【《御定佩文韵府》卷八十之一·去声·二十一个韵一·贺·青蝇贺】《云仙杂记》:术士相郭代公:"～～拜～,方及第。"一日坐家,庭蝇作八行立,约数万,折躬者三,良久乃去。

【清陈元龙《格致镜原》卷九十六·蝇】《青阳记》:术士相郭代公:"若青蝇拜贺,方能及第。"公疑之。及登科讫归,坐家,庭有蝇,作人行立,约数万,折躬者三,良久乃去。

【清华希闵《广事类赋》卷十五·相术·古及第于青蝇】《青阁记》:术士相牛僧孺:"若青蝇拜贺,方能及等。"公疑之。及登科归,庭有青蝇,作八行立,约数万,折躬再三,良久乃去。

【清华希闵《广事类赋》卷四十·蝇·解兆牛公之及第】《青阳记》:术士相牛僧孺:"若青蝇拜贺,方能及第。"公疑之。及登科讫归家,庭有蝇,作人行立,约数万,折躬者三,良久乃去。

【清吴襄《子史精华》卷四十六·政术部二·青蝇八行】冯贽《云仙杂记》:术士相牛僧孺:"若青蝇拜贺,方能及第。"公疑之。及登科讫归,坐家,庭有～～,作～～立,约数万,折躬再三,良久乃去。

【清吴襄《子史精华》卷一百十八·方术部三·青蝇拜贺及第】冯贽《云仙杂记》:术士相牛僧孺:"若～～～～,方能～～。"公疑之。及登科讫归,坐家,庭有青蝇,作人行立,约数万,折躬再三,良久乃去。

【《御定渊鉴类函》卷四百四十六·虫豸部二·蝇二】《青阳记》曰:术士相牛僧孺:

"若青蝇拜贺，方能及第。"公疑之。及登科讫归，坐家，庭有青蝇，作八行立，约数万，俯躬再三，良久乃去。

◎ 词汇考

【中国历史大辞典·牛僧孺】(780—848)，唐安定鹑觚(今甘肃灵台)人，字思黯。居于长安。贞元进士。元和三年(808)，以贤良方正对策，与李宗闵、皇甫湜俱第一，因指斥时政，触怒宰相李吉甫(一说与李吉甫无关)，不叙用。穆宗初，以库部郎中知制诰，徙御史中丞，清理冤狱，惩治贪贿，擢户部侍郎，以不受贿赂，得赏识。长庆三年(823)，以本官同平章事，迁中书侍郎。敬宗立，出为鄂州刺史、武昌节度使。在任凡五年，修武昌城垣，除赋役积弊。大和四年(830)，以李宗闵荐，还任兵部尚书、同平章事。次年，西川节度使李德裕奏纳吐蕃维州守将之降，并收复维州，他命以降将及维州还吐蕃，人多非议。六年，因罢相，出为扬州大都督府长史、淮南节度副大使。开成初，为东都留守，与白居易等交往吟咏。后出为山南东道节度使。武宗时，李德裕用事，累贬循州长史。其思想主张扬"人道"，抑"天道"，"兴衰由人"，反对"不务为政而务称天命"，批判阴骘果报之说。宣宗立，还为太子少师。著小说《玄怪录》10 卷，《全唐文》存文 21 篇，《全唐诗》存诗 4 首。

【汉语大词典·青蝇】苍蝇。蝇色黑，故称。《诗·小雅·青蝇》："营营青蝇，止于樊。岂弟君子，无信谗言。营营青蝇，止于棘。谗人罔极，交乱四国。"《汉书·成帝纪》："建始元年……六月，有青蝇无万数，集未央宫殿中朝者坐。"

【汉语大词典·登科】科举时代应考人被录取。唐裴说《见王贞白》诗："共贺登科后，明宣入紫宸。"五代王仁裕《开元天宝遗事·泥金帖子》："新进士才及第，以泥金书帖子，附家书中，用报登科之喜。"

【汉语大词典·折躬】鞠躬。唐冯贽《云仙杂记·青蝇拜贺》："及登科讫，归坐家庭，有青蝇作八行立，约数万，折躬再三，良久乃去。"

葬 得 石 牌

◎ 版本考

A 乌重胤葬先世，掘得石牌，有云："牛领冈前，红箫陇下，葬用丙日，手板相亚。"重胤依而用之。(《垄上书》)

B 乌重胤葬先世，掘得石牌，有云："牛领冈前，红箫陇下，葬用丙日，手板相亚。"重胤依而用之。(《垄上书》)

C 乌重胤葬先世，掘得石牌，有云："牛领冈前，红箫陇下，葬用丙日，手板相亚。"重胤依而用之。(《垄上书》)

D【红箫陇】《垄上书》曰：乌重胤葬先世，掘得石牌，有云："牛领冈前，红箫陇下，葬用丙日，手板相亚。"重胤依而用之。(253)

E【红箫陇】《垄上书》曰：乌重胤葬先世，掘得石牌，有云："牛领冈前，红箫陇下，葬用丙日，手板相亚。"重胤依而用之。(254)

◎ 引文考

【清吴士玉《骈字类编》卷四十·山水门五·冈前】《云仙杂记》：乌重胤葬先世，掘得石牌，有云：“牛岭～～，红箫陇下，葬用丙日，手板相亚。”重胤依而用之。

【清吴士玉《骈字类编》卷四十一·山水门六·石碑】《云仙杂记》：乌重胤葬先世，掘得～～，有云：“牛领冈前，红箫陇下，葬用丙日，手板相亚。”重胤依而用之。

【清吴襄《子史精华》卷一百十八·方术部三·得石牌】冯贽《云仙杂记》：乌重胤葬先世，掘～～～，有云：“牛领冈前，红箫陇下，葬用丙日，手板相亚。”重胤依而用。

【《御定佩文韵府》卷八十一之四·手板亚】苏颋《陇上记》：乌重胤葬先世，掘得石碑，有云：“牛领冈前，红箫陇下，葬用丙日，～～相～。”重胤依而用之。

【清曹寅《全唐诗》卷八百七十五·乌氏葬碑】牛领冈头，红箫陇下，葬用丙日，手板相亚。

【清李清《历代不知姓名录》卷六·书石碑者】乌重胤葬先世，掘得石碑，有云：“牛领冈前，红萧陇下，葬用丙日，手板相亚。”重胤依而用之。

◎ 词汇考

【中国历史大辞典·乌重胤】(761—827)，唐张掖(今属甘肃)人，字保君。其先出自乌洛侯族。初为潞州牙将。元和中，王承宗叛，潞帅昭义军节度使卢从史暗通之，他缚从史，潞军不敢动，以功授河阳节度使，封张掖郡公。后参加讨淮西吴元济之战，经百余战平乱，进封邻国公。元和十三年(818)，徙横海军节度使。认为河朔藩镇拒命，由于镇将领兵，刺史失权，疏请以所领州兵归刺史管辖。历山南西道、天平军节度使。太和初，兼节度沧、景。虽出自行伍，能与士卒同甘苦，善待宾客，颇得人心，温造、石洪等名士曾为其幕僚。

贫 而 图 婚

◎ 版本考

A 白厚贫而图婚，娶刘纯材女。厚送乌珰十事，麸纸为书。纯材大笑，答以象田珠十升、紫弱千余头，及使家僮撒烛花盈路，厚闭门大惭，宾客走去。(《耕桑偶记》)

B 白厚贫而图婚，娶刘纯材女。厚送乌珰十事，麸纸为书。纯材大笑，答以象田珠十升、紫弱千余头，及使家僮撒烛花盈路，厚闭门大惭，宾客走去。(《耕桑偶记》)

C 白厚贫而图婚，娶刘纯材女。厚送乌珰十事，麸纸为书。纯材大笑，答以象田珠十升、紫箬千余头，及使家僮撒烛花盈路，厚闭门大惭，宾客走去。(《耕桑偶记》)

D【紫鸭千余头】《耕桑偶记》曰：白厚贫而婚，娶刘纯材女。厚送乌珰十事，麸纸为书。纯材大笑，答以象田珠十升、紫鸭千余头，及使家僮撒蜡花盈路，厚闭门大惭，宾客走去。(254)

E【紫鸭千余头】《耕桑偶记》曰：白厚贫而婚，娶刘纯材女。厚送乌珰十事，麸纸为书。纯材大笑，答以象田珠十升、紫鸭千余头，及使家僮撒蜡花盈路，厚闭门大惭，宾客走去。(255)

◎ 引文考

【元佚名《氏族大全》卷二十一·二十陌·白·女德婚姻】白厚，贫士也，娶富室刘纯材女。送乌珰十事，麩纸为书。纯材大笑，答以珍珠一升、紫鸭千头，又使家僮撒烛花盈路，厚大惭。

【明彭大翼《山堂肆考》卷一百五十三·典礼·女妻贫士】白厚，贫士也，娶富室刘纯材女。送乌珰十事，麩纸为书。刘大笑，答以真珠一升、紫鸭千头，又使家僮撒烛花盈路，厚大惭。

【《御定渊鉴类函》卷一百七十五·礼仪部二十二·妻贫士】白厚，贫士，取富室刘纯材女。送乌珰十事，麩纸为书。刘大笑，答以真珠一升、紫鸭千头，又使家僮撒烛花盈路，厚大惭。

【清吴襄《子史精华》卷三十二·礼仪部五·乌珰十事麩纸为书】冯贽《云仙杂记》：白厚贫而图婚，娶刘纯材女。厚送~~~~，~~~~。纯材大笑，答以象田珠十升、紫弱千余头，及使家僮撒烛花盈路，厚闭门大惭，宾客走去。

◎ 词汇考

【汉语大词典·真珠】即珍珠。形圆如豆，乳白色，有光泽，是某些软体动物（如蚌）壳内所产。为珍贵的装饰品，并可入药。唐贾岛《赠圆上人》诗："一双童子浇红药，百八真珠贯彩绳。"明李时珍《本草纲目·介二·真珠》："真珠入厥阴肝经，故能安魂定魄，明目治聋。

以海驳皮为鼓

◎ 版本考

A 凡鼓以海驳（疑是鲛字）皮为之，泥以象骨，则雄而清；用杂皮，则浊而易散云。（《辨音集》）

B 凡鼓以海驳（疑是鲛字）皮为之，泥以象骨，则雄而清；用杂皮，则浊而易散云。（《辨音集》）

C 凡鼓以海驳皮为之，扣以象骨，则雄而清；用杂皮，则浊而易去。（《辨音集》。驳，疑是鲛字。）

D【驳皮鼓】《辨音集》曰：凡鼓以海驳皮为之，泥以象骨，则雄而清；用杂皮，则浊而易散。（153）

E【驳皮鼓】《辨音集》曰：凡鼓以海驳皮为之，泥以象骨，则雄而清；用杂皮，则浊而易散。（153）

◎ 引文考

【清吴士玉《骈字类编》卷四十六·山水门十一·海驳】《云仙杂记》：凡鼓以~~皮为之，泥以象骨，则雄而清；用杂皮，则浊而易去。

【清吴士玉《骈字类编》卷二百十一·鸟兽门八·象骨】《云仙杂记》：凡鼓以海驳皮为之，泥以~~，则雄而清；用杂皮，则浊而易去。

◎ 词汇考

【汉语大词典·鲛】1. 海中鲨鱼。明李时珍《本草纲目·鳞四·鲛鱼》：“古曰鲛，今曰沙，是一类而有数种也，东南近海诸郡皆有之……皮皆有沙，如珍珠斑。”徐珂《清稗类钞·动物·沙鱼》：“沙鱼，为鱼之胎生者，一名鲛，长者达二丈余。”2. 古代传说谓鱼二千斤为鲛。《淮南子·说山训》：“一渊不两鲛。”高诱注：“鱼二千斤为鲛。”

上元影灯

◎ 版本考

A 洛阳人家上元以影灯多者为上，其相胜之辞曰：“千影万影。”又各家造芋郎君食之，宜男女。仍云送鸡肉酒，用六木瓶贮之，于亲知门前，留地而去。(《影灯记》)

B 洛阳人家上元以影灯多者为上，其相胜之辞曰：“千影万影。”又各家造芋郎君食之，宜男女。仍云送鸡肉酒，用六木瓶贮之，于亲知门前，留地而去。(《影灯记》)

C 洛阳人家上元以影灯多者为上，其相胜之辞曰：“千影万影。”又各家造芋郎君食之，宜男女。仍云送鸡肉酒，用六木瓶贮之，于亲知门前，留地而去。(《影灯记》)

D【芋郎君】《影灯记》曰：洛阳人家上元以影灯多者为上，其相胜之词曰：“千影万影。”又各家造芋郎君食之，宜男女。仍互送鸡肉酒，用六寸瓶贮之，于亲知门前，留地而去。(154)

E【芋郎君】《影灯记》曰：洛阳人家上元以影灯多者为上，其相胜之词曰：“千影万影。”又各家造芋郎君食之，宜男女。仍互送鸡肉酒，用六寸瓶贮之，于亲知门前，留地而去。(154)

◎ 引文考

【宋谢维新《事类备要》前集卷十五·节序门·元宵·芋郎君】洛阳人家上元以影灯多者为上，其相胜之辞曰：“千影万影。”又各家造～～～食之，宜男女。又各送鸡肉酒，用六木瓶贮之，于亲知门前留地而去。(《影灯记》)

【明彭大翼《山堂肆考》卷八·时令·造芋郎君】《影灯记》：洛阳人家上元各造芋郎君食之，宜男女。又各送鸡肉酒，用六木瓶贮之，于亲知门前留地而去。

【明徐应秋《玉芝堂谈荟》卷二十一·岁华节次】洛阳人家上元以影灯多者为上，向其相胜之词曰：“千影万影。”各造芋郎君食之。见《岁时记》。

【明郑若庸《类隽》卷三·时令类·芋郎】《岁时记》云：洛阳人家上元以影灯多者为上，其相胜之辞曰：“千影万影。”又各家造芋郎君食之。

【清陈元龙《格致镜原》卷二十六·饮食类六·诸食馔】《影灯记》：洛阳人家上元日造芋郎君食之，宜男女。

【清秦嘉谟《月令粹编》卷四·正月日次·十五日·芋郎君】《影灯记》：元夕各家造芋郎君食之，云宜男女。又送鸡肉酒，用五木瓶贮之，于亲知门前，留地而去。

【《御定佩文斋广群芳谱》卷二·天时谱·正月】《影灯记》：洛阳人家造芋郎君食之，

宜男女。

【清王士俊《(雍正)河南通志》卷八十·拾遗·上元灯影】《灯影》：洛阳人家以灯影多者为上，其相胜之辞曰："千影万影。"又各家造芋郎君食之，宜男女。仍各送鸡肉酒，用六木瓶贮之，于亲知门前，留地而去。

【清萧智汉《月日纪古》卷一·正月】《影灯记》云：洛阳人家正月十五夜以灯影多者为胜，其相胜之辞曰："千影万影。"又：正月十五夕，各家造芋郎君，食之宜男女。

◎ 词汇考

【汉语大词典·芋郎君】抟芋酥作人形的食品。唐冯贽《云仙杂记·上元影灯》："洛阳人家，上元以影灯多者为上，其相胜之辞曰：'千影万影。'又各家造芋郎君，食之宜男女。"亦简称"芋郎"。宋李昴英《瑞鹤仙·甲辰灯夕》词："且茧占先探，芋郎戏巧，又卜紫姑灯下。"宋《齐天乐·簿厅壁灯》词："茧帖争先，芋郎卜巧，细说成都旧话。"

【汉语大词典·上元】节日名。俗以农历正月十五日为上元节，也叫元宵节。《旧唐书·中宗纪》："(景龙四年)丙寅上元夜，帝与皇后微行观灯。"

【汉语大词典·影灯】彩灯的一种。上绘人物、花卉、四时景致等，如后来的走马灯之类。唐冯贽《云仙杂记》卷四："洛阳人家，上元以影灯多者为上，其相胜之辞曰'千影万影'。"宋范成大《吴郡志·风俗》："上元影灯巧丽，他郡莫及，有'万眼罗'及'琉璃球'者，尤妙天下。"

软 枣 糕

◎ 版本考

A 宣慈寺每求化人，先留食软枣糕。柳尚书来，方食糕，袖疏欲出，尚书急解连带绯袍、镶子鱼袋施之。(《海墨微言》)

B 宣慈寺每求化人，先留食软枣糕。柳尚书来，方食糕，袖疏欲出，尚书急解连带绯袍、镶子鱼袋施之。(《海墨微言》)

C 宣慈寺每求化人，先留食软枣糕。柳尚书来，方食糕，袖疏欲出，尚书急解连带绯袍、镶子鱼袋施之。(《海墨微言》)

D【镶子鱼袋】《海墨微言》曰：宣慈寺每求化人，先留食软枣糕。柳尚书来，方食糕，袖疏欲出，尚书急解连带绯袍、镶子鱼袋施之。(155)

E【镶子鱼袋】《海墨微言》曰：宣慈寺每求化人，先留食软枣糕。柳尚书来，方食糕，袖疏欲出，尚书急解连带绯袍、镶子鱼袋施之。(155)

◎ 引文考

今检《中国基本古籍库》，此条未见引用。

◎ 词汇考

【宣慈寺】待考。

【汉语大词典·求化】犹募化。指和尚、道士等求人施舍财物。唐冯贽《云仙杂记·软枣糕》："宣慈寺每求化人，先留食软枣糕。"宋孟元老《东京梦华录·河道》："有瞽者在桥上念经求化。"

【汉语大词典·软枣】1. 柿的一种。明李时珍《本草纲目·果二·柿》《集解》引苏颂曰："又有一种小柿，谓之软枣，俗呼为牛奶柿。"清潘荣陛《帝京岁时纪胜·七月·时品》："其羊枣黑色，俗呼为软枣，即丁香柿也。"2. 枣的一种。清高士奇《天禄识余·糯枣》："软枣，沈阳所产，味甘而软，去皮蜜钱，充贡，非丁香柿也。"

【汉语大词典·绯袍】红色官服。《宋史·仪卫志二》："太宗太平兴国初，增主辇二十四人……奉珍珠、七宝、翠毛华树二人，衣绯袍。"明王玉峰《焚香记·看榜》："宫花斜倚乌帽偏，绯袍半挿压锦鞯，身世蓬瀛，天上人间。"

窃　花

◎ **版本考**

A 霍定与友生游曲江，以千金募人窃贵侯亭榭中兰花，插帽兼自持，往绮罗丛中卖之。士女争买，抛掷金钱。又各以锥刺藕孔，中者罚巨觥，不中者得美馔。(《曲江春宴录》)

B 霍定与友生游曲江，以千金募人窃贵侯亭榭中兰花，插帽兼自持，往绮罗丛中卖之。士女争买，抛掷金钱。又各以锥刺藕孔，中者罚巨觥，不中者得美馔。(《曲江春宴录》)

C 霍定与友生游曲江，以千金募人窃贵侯亭榭中兰花，插帽兼自持，往绮罗丛中卖之。士女争买，抛掷金钱。又各以锥刺藕孔，中者罚巨觥，不中者得美馔。(《曲江春宴录》)

D【锥刺藕孔】《曲江春宴录》曰：霍定与友生游曲江，以千金购人窃贵侯亭榭中兰花，插帽兼自持，往绮罗丛中卖之。士女争买，抛掷金钗。又各以锥刺藕孔，中者罚巨觥，不中者得美馔。(156)

E【锥刺藕孔】《曲江春宴录》曰：霍定与友生游曲江，以千金购人窃贵侯亭榭中兰花，插帽兼自持，往绮罗丛中卖之。士女争买，抛掷金钗。又各以锥刺藕孔，中者罚巨觥，不中者得美馔。(156)

◎ **引文考**

【宋陈景沂《全芳备祖》前集卷二十三·花部·兰花·事实祖·纪要】霍定与友生游曲江，以千金求人窃贵侯亭榭中兰花，插帽兼自持，往罗绮丛中卖之。士女争买，抛掷金钱。(《曲江春宴录》)

【宋谢维新《事类备要》别集卷二十七·花卉门·兰花·窃兰插帽】霍定与友生游曲江，以千金求人~贵侯亭榭中~花，~~兼自持，往罗绮丛中卖之。士女争买，抛掷金钱。(《曲江春宴录》)

【明胡我琨《钱通》卷二十二·奢侈】霍定与友生游曲江，以千金求人窃贵侯亭榭中兰花，插帽兼自持，往罗绮丛卖之。士女争买，抛掷金钱。(《曲江春宴录》)

　　【明彭大翼《山堂肆考》卷一百九十八·花品·卖之士女】《曲江春宴录》：霍定与友生游曲江，以千金求人窃贵侯亭榭中兰花，插帽兼自持，往罗绮丛中卖之。士女争买，抛掷金钱。

　　【明王路《花史左编》卷十二·花之辱·窃兰】霍定与友人游曲江，以千金求人窃贵侯亭榭中兰花，插帽兼自持，往罗绮丛中卖之。士女争买，抛掷金钱。

　　【明郑若庸《类隽》卷二十六·花木类·插帽】《曲江春宴录》云：霍定与友生游曲江，以千金求人窃贵侯亭榭中兰花，插帽兼自持，往罗绮丛中卖之。士女争买，抛掷金钱。

　　【清陈元龙《格致镜原》卷七十二·兰花·总论】《曲江春宴录》：霍定与友生游曲江，以千金求人窃贵侯亭榭中兰花，插帽兼自持，往罗绮丛中卖之。士女争买，抛掷金钱。

　　【清华希闵《广事类赋》卷二十九·兰·笑霍定之金钱】《曲江春宴录》：霍定与友生游曲江，以千金求人窃贵侯亭榭中兰花，插帽兼自侍，往罗绮丛中卖之。士女争买，抛掷金钱。

　　【清沈青峰《(雍正)陕西通志》卷四十四·物产二·草属·兰】霍定与友生游曲江，以千金募人窃贵侯亭榭兰花，插帽兼自持，往罗绮丛中卖之。士女争抛掷金钱。(《曲江春宴录》)

　　【清沈青峰《(雍正)陕西通志》卷九十八·拾遗一·闲适】霍定与友生游曲江，以千金求人窃贵侯亭榭中兰花，插帽兼自持，往绮罗丛中卖之。士女争买，抛掷金钱。(《曲江春宴录》)

　　【《御定佩文韵府》卷十八之二·下平声·三肴韵二·抛·金钱抛】《云仙杂记》：霍定游曲江，以千金募人窃贵侯亭榭中兰花，插帽兼自持，往绮罗丛中卖之。士女争买，抛掷金钱。

　　【《御定佩文斋广群芳谱》卷之四十四·花谱·兰蕙·汇考】《曲江春宴录》：霍定与友生游曲江，以千金募人窃贵侯亭榭中兰花，插帽兼自持，往罗绮丛中卖之。士女争买，抛掷金钱。

　　【清吴宝芝《花木鸟兽集类》卷上·兰花】《曲江春宴录》：霍定与友生游曲江，以千金求人窃贵侯亭榭中兰花，插帽兼自持，往罗绮丛中卖之。士女争买，抛掷金钱。

　　【《(乾隆)西安府志》卷十八·食货志下·草属·留荑】《曲江春宴录》：霍定与友生游曲江，以千金募人窃贵侯亭榭兰花，插帽兼自持，往罗绮丛中卖之。士女争抛掷金钱。

　　【《(乾隆)西安府志》卷七十四·拾遗志·地理】《曲江春宴录》：霍定与友生游曲江，以千金求人窃贵侯亭榭中兰花，插帽兼自持，往绮罗丛中卖之。

◎ 词汇考

　　【汉语大词典·巨觥】大的角质酒器，亦泛指大酒杯，引申指大杯的酒。宋文莹《湘山野录》卷上："李坚质之，仍胁以巨觥，曰：'无说，则沃之。'"

酒　窟

◎ 版本考

　　A 苏晋作曲室为饮所，名酒窟。又地上每一砖铺一瓯酒，计砖约五万枚。晋日率友朋

次第饮之，取尽而已。(《醉仙图记》)

　　B 苏晋作曲室为饮所，名酒窟。又地上每一砖铺一瓯酒，计砖约五万枚。晋日率友朋次第饮之，取尽而已。(《醉仙图记》)

　　C 苏晋作曲室为饮所，名酒窟。又地上每一砖铺一瓯酒，计砖约五万枚。晋日率友朋次第饮之，取尽而已。(《醉仙图计》)

　　D【五万砖】《醉仙图记》曰：苏晋作曲室为饮所，名酒窟。又地上每一砖铺一瓯酒，计砖约五万枚。晋日率友朋次第饮之，取尽而已。(157)

　　E【五万砖】《醉仙图记》曰：苏晋作曲室为饮所，名酒窟。又地上每一砖铺一瓯酒，计砖约五万枚。晋日率友朋次第饮之，取尽而已。(157)

◎ 引文考

　　【明沈沈《酒概》卷三·十二之僻】苏晋作曲室为饮所，名酒窟。又地上每一砖铺一瓯酒，计砖约五万枚。晋日率朋友次第饮之，取尽而已。(《醉仙图记》)

　　【明夏树芳《词林海错》卷十一·酒窟】唐苏晋作曲室寒饮，名酒窟。每一砖铺一瓶酒，计砖约五万枚。晋日率朋友次第饮之，取尽而已。

　　【明郑仲夔《玉麈新谭》清言卷八·任诞】苏晋作曲室为饮所，名酒窟。又地上每一砖铺一瓯酒，计砖约五万枚。晋日率友朋次第饮之，取尽而已。

　　【清陈元龙《格致镜原》卷二十二·饮食类二·酒·饮酒】《词林海错》：唐苏晋作曲室寒饮，名酒窟。每一砖铺一瓶酒，计砖约五万枚。晋日率朋友次第饮之，取尽而已。

　　【清吴士玉《骈字类编》卷一百七十二·器物门二十五·酒窟】《云仙杂记》：苏晋作曲室为饮所，名~~。又地上每一砖铺一瓯酒，计砖约五万枚。晋日率友朋次第饮之，取醉而已。

　　【《御定佩文韵府》卷三十六之三·上声·六语韵三·所·饮所】《云仙杂记》：苏晋作曲室为~~，名酒窟。

　　【《御定佩文韵府》卷五十六·上声·二十六寝韵·饮·次第饮】《澄怀录》：苏晋作曲室为饮，名酒窟。地上每一砖铺酒一瓯，计砖五万枚。日率友朋~~~之，取尽而已。

　　【《御定佩文韵府》卷九十五之四·入声·六月韵四·窟·酒窟】《云仙杂记》：苏晋作曲室为饮所，名~~。

◎ 词汇考

　　【汉语大词典·曲室】犹密室。三国魏阮籍《达庄论》："且烛龙之光，不照一堂之上；钟山之口，不谈曲室之内。"

　　【汉语大词典·酒窟】藏酒、饮酒的地方。唐冯贽《云仙杂记·酒窟》："苏晋作曲室为饮所，名酒窟。又地上每一砖铺一瓯酒，计砖约五万枚。晋日率友朋次第饮之，取尽而已。"

诗成裁窗纸

◎ 版本考

　　A 段九章诗成无纸，就窗裁故纸，连缀用之，九章字惠文。(《逢原记》)
　　B 段九章诗成无纸，就窗裁故纸，连缀用之，九章字惠文。(《逢原记》)

C 段九章诗成无纸，就窗裁故纸，连缀用之，九章字惠文。(《逢原记》)

D《逢原记》曰：段九章诗成无纸，就窗裁故纸，连缀用之，窗为破缺。九章字惠文。(158)

E《逢原记》曰：段九章诗成无纸，就窗裁故纸，连缀用之，窗为破缺。九章字惠文。(158)

◎ 引文考

今检《中国基本古籍库》，此条未见引用。

◎ 词汇考

【段九章】事迹待考。

【汉语大词典·连缀】缀辑；著述。《后汉书·应劭传》："初，父奉为司隶时，并下诸官府郡国，各上前人像赞，劭乃连缀其名，录为《状人纪》。"唐冯贽《云仙杂记·诗成裁窗纸》："段九章诗成无纸，就窗裁故纸，连缀用之。"《东周列国志》第四七回："至宣王末年，史官失职，吾乃连缀本末，备典籍之遗漏。"

白羊妆点芳草

◎ 版本考

A 午桥庄小儿坡茂草盈里。晋公每使数群白羊散于坡上，曰："芳草多情，赖此妆点也。"(《穷幽记》)

B 午桥庄小儿坡茂草盈里。晋公每使数群白羊散于坡上，曰："芳草多情，赖此妆点也。"(《穷幽记》)

C 午桥庄小儿坡茂草盈里。晋公每使数群羊散于坡上，曰："芳草多情，赖此妆点也。"(《穷幽记》)

D【白羊妆点】《穷幽记》曰：午桥庄小儿坡茂草盈里。晋公每使数群羊散于坡上，曰："芳草多情，赖此妆点也。"(159)

E【白羊妆点】《穷幽记》曰：午桥庄小儿坡茂草盈里。晋公每使数群羊散于坡上，曰："芳草多情，赖此妆点。"(159)

◎ 引文考

【宋陈景沂《全芳备祖》后集卷十·卉部·草·事实祖·纪要】午桥庄小儿坡茂草盈里。晋公每使数群白羊散于坡上，曰："芳草多情，赖此妆点。"(《穷幽记》)

【宋谢维新《事类备要》别集卷五十五·百草门·草·事类·数群白羊】午桥庄小儿坂茂草盈望。晋公每使~~~~散于坂上，曰："芳草多情，赖此妆点。"(《穷幽记》)

【元阴时夫《韵府群玉》卷十一·上声·白羊点草】午桥庄小儿坡茂草盈里。晋公使数群白羊散于其上，曰："芳草多情，赖此妆点。"(《穷幽记》)

【明查应光《靳史》卷十一·唐】午桥庄小儿坂茂草盈里。晋公每使驱数群羊散于坂上，曰："芳草多情，赖此妆点。"(《谈资》)

【明蒋一葵《尧山堂外纪》卷三十·唐·裴度】裴晋公临薨，以平淮西所赐玉带却进，口占奏状曰："内府之珍，先朝所赐，既不合将归地下，又不合留在人间。"闻者叹其不乱。晋公午桥庄有文杏百株，其处立碎锦坊小儿坂。草盈茂时，公使驱数群羊散坂上，曰："芳草多情，赖此妆点。"临终，告门人曰："吾死无所系，但午桥庄松云岭未成，软碧池绣鱼尾未长，《汉书》未终篇为可恨耳。"

【明彭大翼《山堂肆考》卷二十六·地理·晋公散羊】唐裴晋公午桥庄小儿坡茂草盈园。公每使驱数群羊散牧其上，曰："芳草多情，赖此妆点。"按：此庄后为宋张齐贤所得。

【明徐渭《古今振雅云笺》卷七·陈继《羊（谢少保杨东里）》·芳草中妆点】裴晋公开绿野堂于午桥庄小儿坡。茂草盈里，晋公使群羊散于其上，曰："芳草多情，赖此妆点。"

【明郑仲夔《玉塵新谭》清言卷二·言语下】裴晋公午桥庄有茂草盈里，名小儿坡。公每使数群白羊散于坡上，曰："芳草多情，赖此妆点也。"

【清邓志谟《古事苑定本》卷十一·群草】《韵府群玉》：午桥庄小儿坡茂草盈里。裴晋公使数群白羊散其上，曰："芳草多情，烦此妆点尔。"

【清顾宗泰《月满楼诗文集》诗集卷二十四·《秘阁集》·《胡书巢太守移居羊肉胡衕同人赠诗谷人同年用隶事体作七律余亦作五言长句一首》·点草亦成庄】《云仙杂记》：午桥庄，晋公每使群羊散坡上，曰："芳草多情，赖此妆点。"

【清牛天宿《百僚金鉴》卷九·裴度】唐裴晋公度自平蔡之后，即乞休，治第东都集贤里，作别墅兴凉台，燠馆号绿野堂，与白居易、刘禹锡把（涸）[酒]著文，昼夜相欢，不问人间事，号曰曲江公。又逯午桥虚遣栾，种文杏百株，名其处曰碎锦坊。按《穷幽记》云：午桥庄小儿坡，茂草盈里。公仆群白羊散于其上，曰："芳草多情，赖此点缀。"

【清汪价《中州杂俎》卷五·午桥庄】唐裴晋公于洛阳城南筑午桥庄，中有小儿坡，茂草盈园。公使人驱羊牧其上，曰："芳草多情，赖此妆点。"

【清王士俊《（雍正）河南通志》卷五十二·古迹下·河南府·午桥庄】在府城南十里，唐裴晋公庄内有小儿坡，茂草盈园。公使人驱群羊散牧其上，曰："芳草多情，赖此点缀。"后为张忠定公所得。

【清吴襄《子史精华》卷一百二·人事部六·闲适·芳草多情赖此点缀】冯贽《云仙杂记》：午桥庄小儿坡，茂草盈里。晋公每使数群羊散于坡上，曰："～～～～，～～～～也。"

【清严长明《（乾隆）西安府志》卷七十九·拾遗志·古迹】《穷幽记》：裴晋公午桥庄小儿坡，茂草盈里。晋公每使数群白羊散于坡上，曰："芳草多情，赖此妆点。"

【《御定渊鉴类函》卷四百八·草部一·草二】《穷幽记》曰：午桥上小儿坡，茂草盈里。晋公每使数群白羊散于坡上，曰："芳草多情，赖此妆点。"

【《御定佩文韵府》卷二十之六·下平声·五歌韵六·坡·小儿坡】《述幽记》：午桥庄～～～茂草盈里。晋公使群白羊散于其上，曰："芳草多情，赖此妆点。"

【《御定佩文韵府》卷二十二之八·下平声·七阳韵八·庄·午桥庄】《宋史·张齐贤传》：齐贤归洛，得裴度～～～，有池榭松竹之盛，日与亲旧觞咏其间。《穷幽记》：裴晋公～～～小儿坡茂草盈里。晋公每使数群羊散于坡上，曰："芳草多情，赖此妆点也。"白居易《和裴令公新成～～～诗》："只添丞相阁，不改～～～。"袁中道诗："拟报国恩归未得，梦中常到～～～。"

◎ 词汇考

【汉语大词典·妆点】妆饰点缀。元薛昂夫《端正好·闺怨》套曲："残红妆点青苔径，又一番春色飘零。"清吴伟业《雕桥庄歌》："年年细柳与新蒲，妆点溪山入画图。"《西湖佳话·白堤政迹》："初还只在西湖上妆点，既而西边直妆点到灵隐、天竺，南边直妆点到净慈、万松岭，竟将一个西湖团团妆点成花锦世界。"

浮萍为鸭作茵褥

◎ 版本考

A 浮光多美鸭，太原少尹樊千里买百只置后池，载数车浮萍入池，使为鸭作茵褥。(《云林异景志》)

B 浮光多美鸭，太原少尹樊千里买百只置后池，载数车浮萍入池，使为鸭作茵褥。(《云林异景志》)

C 浮光多美鸭，太原少尹樊千里买百只置后池，载数车浮萍入池，使为鸭作茵褥。(《云林异景志》)

D【车载浮萍】《云林异景志》曰：浮光多美鸭，太原少尹樊千里买百只置后池，载数车浮萍入池，使为鸭作茵褥。(160)

E【车载浮萍】《云林异景志》曰：浮光多美鸭，太原少尹樊千里买百只置后池，载数车浮萍入池，为鸭作茵褥。(160)

◎ 引文考

【宋陈景沂《全芳备祖》后集卷十二·草部·萍·事实祖·纪要】浮光多美鸭，太原少尹樊千里买百只畜后池，载数车浮萍入池中，使为鸭作茵褥。(《云林异景志》)

【宋谢维新《事类备要》别集卷五十六·百草门·萍·鸭茵褥】浮光多美鸭，太原少尹樊千里买百只置后池，载数车浮萍入池，使为~作~~。(《云林异景诗》)

【宋谢维新《事类备要》别集卷八十六·水族门·鸭·买鸭】浮光多美鸭，太原少尹樊千里~百只，置后池。(《云林志》)

【元阴时夫《韵府群玉》卷四·上平声·十一真·茵·鸭茵】浮光多美鸭，樊千里载数车浮萍入池，为~作~褥。详萍。

【元阴时夫《韵府群玉》卷七·下平声·九青·萍·数车萍】浮光多美鸭，太原少尹樊千里买百只置后池，载~~浮~入池，为鸭作茵褥。

【明彭大翼《山堂肆考》卷二百三·草卉·萍·鸭茵】《云林异景志》：浮光多美鸭，太原少尹樊千里买百只置后池，载数车浮萍入池，使为鸭作茵褥。

【明慎懋官《华夷花木鸟兽珍玩考》花木考卷五·鸭褥】《云林异景志》：浮光多美鸭，太原少尹樊千里买百只置后池，载数车浮萍入池，使为鸭作茵褥。

【清邓志谟《古事苑定本》卷十一·群草】《异闻志》：浮光多美鸭，太原少尹樊千里买百只置后池，载数车浮萍入池，使为鸭作茵褥。

【清华希闵《广事类赋》卷三十六·鸭·宜铺茵褥】《云林志》：浮光多美鸭，太原少尹樊千里买百只置后池，载数车浮萍入池，使为鸭作茵褥。

【《御定佩文斋广群芳谱》卷之九十一·卉谱·萍】《云林异景志》：浮光多美鸭，太原少尹樊千里买百只置后池，载数车浮萍入池，使为鸭作茵褥。

【清吴士玉《骈字类编》卷二百八·鸟兽门五·鸭褥】《云林异景志》：浮光多美鸭，太原少尹樊千里买百只置后池，载数车浮萍入池，使为~作茵~。

【清吴襄《子史精华》卷一百二·人事部六·闲适·载浮萍为鸭作裀褥】冯贽《云仙杂记》：浮光多美鸭，太原少尹樊千里买百只置后池，~数车~~入池，使~~~~~。

【《御定渊鉴类函》卷四百一十·草部三·萍二·鸭茵】《云林异景志》：浮光多美鸭，太原少尹樊千里买百只，载数车浮萍入池，使为鸭作茵褥，原生止水。

【《御定渊鉴类函》卷四百二十六·鸟部九·鸭三·萍茵金羹】《云林异景志》：浮光多美鸭，太原少尹樊千里买百只置后池，载数车浮萍入池，使为鸭作茵褥。

【《御定佩文韵府》卷十一之一·上平声·十一真韵一·茵·鸭茵】《云林异景志》：浮光多美鸭，太原少尹樊千里买百只置后池，载数车浮萍入池，为~作~褥。

【《御定佩文韵府》卷二十四之六·下平声·九青韵六·萍·数车萍】《云林异景志》：浮光多美鸭，太原少尹樊千里买百只置后池，载~~~入池，为鸭作茵褥。

【《御定佩文韵府》卷九十一之四·入声·二沃韵四·褥·鸭茵褥】《云仙杂记》：浮光多美鸭，太原少尹樊千里买百只置后池，载数车浮萍入池，使~作~~。

◎ 词汇考

【汉语大词典·茵褥】床垫子。汉刘向《说苑·反质》："缯帛为茵褥，觡勺有彩。"晋葛洪《抱朴子·讥惑》："疾患危笃，不堪风冷，帏帐茵褥，任其所安。"

自为小君裁剪

◎ 版本考

A 李绅为相，时俗尚轻绡染蘸碧为妇人衣，绅自为小君裁剪。（《凤池编》）

B 李绅为相，时俗尚轻绡染蘸碧为妇人衣，绅自为小君裁剪。（《凤池编》）

C 李绅为相，时俗尚轻绡染蘸碧为妇人衣，绅自为小君裁剪。（《凤池编》）

D【蘸碧衣】《凤池编》曰：李绅为相，时俗尚轻绡染蘸碧为妇人衣，绅自为小君裁剪。（161）

E【蘸碧衣】《凤池编》曰：李绅为相，时俗尚轻绡染蘸碧为妇人衣，绅自为小君裁剪。（161）

◎ 引文考

【明郑仲夔《玉麈新谭》清言卷十·惑溺】李绅为相，时俗尚轻绡染蘸碧为妇人衣，绅自为小君裁剪。

【明郑若庸《类隽》卷十六·衣服类·蘸碧】《凤池编》云：李绅为相，时俗尚轻绡紫蘸碧为妇人衣，绅自小君裁剪。

【清吴襄《子史精华》卷八十三·伦常部三·夫妇·自为小君剪裁】冯贽《云仙杂记》：李绅为相，时俗尚轻绡染蘸碧为妇人衣，绅~~~~~~。

【《御定渊鉴类函》卷三百七十三·服饰部四·衣服四·绡紫蘸碧】《凤池编》曰：李绅为相，时俗尚轻绡紫蘸碧为妇人衣，绅自为小君裁剪。

【《御定佩文韵府》卷一百之五·入声·十一陌韵五·蘸碧】《钗小志》：李绅为相，时俗尚轻绡染～～为妇人衣，绅自为小君裁剪。

【清陈元龙《格致镜原》卷十五·冠服类三·衣·妇人衣】《凤池编》：李绅为相，时俗尚轻绡紫蘸碧为妇人衣，绅自为小君裁剪。

【清王初桐《奁史》卷六十二·衣裳门一·衣上】李绅为相，时俗尚轻绡染蘸碧为妇人衣，绅自为小君裁剪。（《凤池编》）

【清厉荃《事物异名录》卷七·伦属部·夫妻·小君】《凤池编》：唐李绅为相，时俗尚轻绡紫蘸碧为妇人衣，绅自为小君裁剪。

◎ 词汇考

【李绅】（772—846），字公垂，亳州谯（今安徽省亳州市谯城区）人，生于乌程县（今浙江省湖州市），中书令李敬玄曾孙。27岁中进士，补国子助教。与元稹、白居易交游甚密。《全唐诗》存其诗四卷。

【汉语大词典·轻绡】一种透明而有花纹的丝织品。《汉书·元帝纪》"齐三服官"颜师古注引李斐曰："春献冠帻缑纵为首服，纨素为冬服，轻绡为夏服，凡三。"

【汉语大词典·小君】对无亲族关系的长辈或所尊敬者之妻妾的尊称。《晋书·陶侃传》："（张夔）妻有疾，将迎医于数百里。时正寒雪，诸纲纪皆难之。侃独曰：'资于事父以事君。小君，犹母也，安有父母之疾而不尽心乎！'乃请行。"

贵 家 棋 子

◎ 版本考

A 开成中，贵家以紫檀心、瑞龙脑为棋子。（《棋谭》）

B 开成中，贵家以紫檀心、瑞龙脑为棋子。（《棋谭》）

C 开成中，贵家以紫檀心、瑞龙脑为棋子。（《棋谭》）

D【檀心棋子】《棋诀》曰：开成中，贵家以紫檀心、瑞龙脑为棋子。（162）

E【檀心棋子】《棋诀》曰：开成中，贵家以紫檀心、瑞龙脑为棋子。（162）

◎ 引文考

【宋谢维新《事类备要》前集卷五十七·技术门·奕棋·檀心棋子】关中贵家以紫～～、瑞龙脑为～～。（《棋诀》）

【宋无名氏《锦绣万花谷》后集卷三十五·棋·檀心棋子】关中贵家以紫檀心、瑞龙脑为棋子。

【明周嘉胄《香乘》卷三·香品·瑞龙脑棋子】开成中，贵家以紫檀心、瑞龙脑为棋子。（《棋谭》）

【清吴襄《子史精华》卷一百二十二·巧艺部三·博奕·贵家棋子】冯贽《云仙杂记》：开元中，～～以紫檀心、瑞龙脑为～～。

　　【清陈元龙《格致镜原》卷五十九·棋子】《棋诀》：关城中贵家以紫檀心、瑞龙脑为棋子。

　　【《御定渊鉴类函》卷三百二十九·巧艺部六·围棋三·金面盘檀心子】《孔帖》又曰：关城中贵家以紫檀心、瑞龙脑为棋子。

◎ 词汇考

　　【汉语大词典·檀心】1. 浅红色的花蕊。宋苏轼《黄葵》诗："檀心自成晕，翠叶森有芒。"清纳兰性德《洞仙歌·咏黄葵》词："无端轻薄雨，滴损檀心。"2. 指女子额上点的梅花妆。后蜀毛熙震《女冠子》词："修蛾慢脸，不语檀心一点。"明武陵仙史《石榴花·赠文娟美人》套曲："芙蓉解语玉生香，画双蛾曲曲春杨，檀心半妆。"3. 指丹心，赤心。清嬴宗季女《六月霜·对簿》："俺秋瑾啊，檀心一点向人开，尽自知光明磊落公知否？"

弄葫芦成诗

◎ 版本考

　　A 王筠好弄葫芦，每吟咏，则注水于葫芦，倾已复注，若掷于地，则诗成矣。（《诗源指诀》）

　　B 王筠好弄葫芦，每吟咏，则注水于葫，倾已复注，若掷之于地，则诗成矣。（《诗源指诀》）

　　C 王筠好弄葫芦，每吟咏，则注水于葫，倾已复注，若掷之于地，则诗成矣。（《诗源指诀》）

　　D【弄葫芦】《诗源指诀》曰：王筠好弄葫芦，每吟咏，则注水于葫芦，倾已复注，若掷之于地，则诗成矣。（163）

　　E【弄葫芦】《诗源指诀》曰：王筠好弄葫芦，每吟咏，则注水于葫，倾已复注，若掷之于地，则诗成矣。（163）

◎ 引文考

　　【明董斯张《广博物志》卷之二十九·艺苑四】王筠好弄葫芦，每吟诗，则注水于葫芦，倾已复注，若掷之于地，则诗成矣。（《诗源指诀》）

　　【明冯梦龙《古今谭概》癖嗜部卷九·弄葫芦】王筠好弄葫芦，每吟诗，则注水于葫芦，倾已复注，若掷之于地，则诗成矣。

　　【明冯惟讷《古诗纪》卷一百五十别集第六·王筠·王筠好弄葫芦】每吟咏，则注水于葫芦，倾已复注，若掷之于地，则诗成矣。（《诗源指诀》）

　　【明蒋一葵《尧山堂外纪》卷十六·六朝·王筠】字符礼，一字德柔。好弄葫芦，每吟咏，则注水于葫芦，倾已复注，若掷之于地，则诗成矣。

　　【清官修《韵府拾遗》卷六十六·去声·七遇韵·注·复注】《记事珠》：王筠好弄葫芦，每吟咏则注水于葫芦，倾已~~，若掷之于地，则诗成矣。

　　【清李清《南北史合注》卷二十三·列传第十二·南史二十三·王昙首】《诗源指诀》曰：筠好弄葫芦，每吟咏，则注水葫芦，倾已复注，若掷之于地，则诗成矣。

【《御定佩文斋广群芳谱》卷十七·蔬谱·壶卢】《记事珠》：王筠好弄葫芦，每吟咏，则注水于葫芦，倾已复注，若掷之于地，则诗成矣。

【清袁翼《邃怀堂全集》骈文笺注卷九·征刻沈梦塘先生遗集启·掷地】《记事珠》：王筠好弄葫芦，每吟咏则注水于葫芦，倾已复注，若掷之于地，则诗成矣。

【《御定佩文韵府》卷七之七·上平声·七虞韵七·芦·韵藻】《云仙杂记》：王筠好弄葫芦，每吟咏，则注水于葫芦，倾已复注，若掷之于地，则诗成矣。

【《御定佩文韵府》卷三十四之三·上声·四纸韵三·水·注水】《记事珠》：王筠好弄葫芦，每吟咏，则~~于葫，倾已复注，若掷之于地，则诗成矣。

◎ 词汇考

【汉语大词典·葫芦】植物名。也称壶芦、匏瓜。果实像重叠的两个圆球，嫩时可食，干老后可作盛器或供玩赏。宋欧阳修《归田录》卷一："（卖油翁）乃取一葫芦置于地，以钱覆其口，徐以杓酌油沥之，自钱孔入而钱不湿。"《警世通言·福禄寿三星度世》："（刘本道）就船中取一个盛酒的葫芦上岸来。"清王士禛《池北偶谈·谈异四·静宁州道士》："陕西静宁州一道士，卖药于市，手持小葫芦。"

好 读 离 骚

◎ 版本考

A 钱芸士好读《离骚》，手不暇揭，忘去肉味，半月如斋。（《姑臧记》）

B 钱芸士好读《离骚》，手不暇揭，忘去肉味，半月如斋。（《姑臧记》）

C 钱芸士好读《离骚》，手不暇揭，忘去肉味，半月如斋。（《姑臧记》）

D【半月如斋】《姑臧记》曰：钱芸士好读《离骚》，手不暇揭，忘去肉味，半月如斋。（164）

E【半月如斋】《姑臧记》曰：钱芸士好读《离骚》，手不暇揭，忘去肉味，半月如斋。（164）

◎ 引文考

【清浦铣《续历代赋话》卷一·楚辞】钱芸士好读《离骚》，手不暇揭，忘其肉味，半月如斋。（《云仙杂记》）

【清秦嘉谟《月令粹编》卷二·半月如斋】《姑臧记》：钱芸士好读《离骚》，手不暇揭，忘去肉味，半月如斋。

【清孙梅《四六丛话》卷三·骚二一】钱芸士好读《离骚》，手不暇揭，忘去肉味，半月如斋。（《云仙杂记》）

【清吴襄《子史精华》卷七十一·文学部七·力学·读离骚半月如斋】冯贽《云仙杂记》：钱芸士好~~~，手不暇揭，忘其肉味，~~~~。

【《御定佩文韵府》卷九十五之五·入声·六月韵五·揭·手不暇揭】《云仙杂记》：钱芸士好读《离骚》，~~~~，忘去肉味，半月如斋。

◎ 词汇考

【钱芸士】事迹待考。

【手不暇揭】手来不及翻页。形容读书急切的样子。

挼花浸酒

◎ 版本考

A 杨恂遇花时，就花下取蕊，粘缀于妇人衣上，微用蜜蜡；兼挼花浸酒，以快一时之意。（《三堂往事》）

B 杨恂遇花时，就花下取蕊，粘缀于妇人衣上，微用蜜蜡；兼挼花浸酒，以快一时之意。（《三堂往事》）

C 杨恂遇花时，就花下取蕊，粘缀于妇人衣上，微用蜜蜡；兼挼花浸酒，以快一时之意。（《三堂往事》）

D【花蕊缀衣】《三堂往事》曰：杨恂遇花时，就花下取蕊，粘缀于妇人衣上，微用蜜蜡；兼挼花浸酒，以快一时之意。（165）

E【花蕊缀衣】《三堂往事》曰：杨恂遇花时，就花下取蕊，粘缀于妇人衣上，微用蜜蜡；兼挼花浸酒，以快一时之意。（165）

◎ 引文考

【明王路《花史左编》卷十·花浸酒】杨恂遇花时，就花下取蕊，粘缀于妇人衣上，微用蜜蜡；兼挼花浸酒，以快一时之意。

【清王初桐《奁史》卷六十二·衣裳门一·衣上】杨恂遇花时，就花下取蕊，粘缀于妇人衣上，微用蜜蜡。（《三堂往事》）

◎ 词汇考

【汉语大词典·缀衣】1. 帐幄。古君王临终所用。《书·顾命》："兹既受命还，出缀衣于庭，越翼日乙丑，王崩。"孔传："缀衣，幄帐。"孔颖达疏："缀衣是施张于王坐之上，故以为幄帐也。"三国魏曹植《武帝诔》："既即梓宫，躬御缀衣。玺不存身，唯绋是荷。"2. 借指帝王临终之际。南朝齐王俭《褚渊碑文》："禀玉几之顾，奉缀衣之礼。"《梁书·任昉传》："实不忍自固于缀衣之辰，拒违于玉几之侧。"《旧唐书·武宗纪论》："开成中，王室寖卑，政由阉寺。及缀衣将变，储位遽移。"3. 周代官名。掌管衣服，为天子近臣。《书·立政》："用咸戒于王曰：'王左右常伯、常任、准人、缀衣、虎贲。'"孔传："缀衣，掌衣服；虎贲，以武力事王。皆左右近臣，宜得其人。"

挑　野　蔬

◎ 版本考

A 郭元申家贫无食，春月，携儿挑野蔬，一日有余，三日不出。（《叩头录》）

B 郭元申家贫无食，春月，携儿挑野蔬，一日有余，三日不出。（《叩头录》）

C 郭元申家贫无食，春月，携儿挑野蔬，一日有余，三日不出。(《叩头录》)

D【携儿挑菜】《叩头录》曰：郭元申家贫无食，春月，携儿挑野蔬，一日有余，三日不出。(166)

E【携儿挑菜】《叩头录》曰：郭元申家贫无食，春月，携儿挑野蔬，一日有余，三日不出。(166)

◎ 引文考

【明郑若庸《类隽》卷十八·饮食类·菜·携儿】《叩头录》云：郭元申家贫无食，春月，携儿挑菜野蔬，一日有余，三日不出。

【清秦嘉谟《月令粹编》卷三·春总·挑野蔬】《云仙杂记》：郭元申家贫无食，春月，携儿挑野蔬，一日有余，三日不出。

◎ 词汇考

【郭元申】事迹待考。

【汉语大词典·野蔬】野菜；山间野地所产蔬菜。唐王维《济州过赵叟家宴》诗："上客摇芳翰，中厨馈野蔬。"唐罗隐《雪》诗："撅冻野蔬和粉重，扫庭松叶带酥烧。"

【汉语大词典·挑菜】挖菜。多指挖野菜。南朝宋刘义庆《世说新语·德行》："范宣年八岁，后园挑菜，误伤指，大啼。"元刘祁《归潜志》卷十一："立又自诣军前，求免剽掠，又求纵百姓出城挑菜充饥。"

簇　酒

◎ 版本考

A 辛洞好酒而无资，常携榼登人门，每家取一盏投之，号为"簇酒"。(《叙闻录》)

B 辛洞好酒而无资，常携榼登人门，每家取一盏投之，号为"簇酒"。(《叙闲录》)

C 辛洞好酒而无资，常携榼登人门，每家取一盏投之，号为"簇酒"。(《叙闲录》)

D《叙闻录》曰：辛洞好酒而无资，常携盒登人门，每家取一盏投之，号为"簇酒"。(167)

E《叙闻录》曰：辛洞好酒而无资，常携盒登人门，每家取一盏投之，号为"簇酒"。(167)

◎ 引文考

【明沈沈《酒概》卷三·十四之缘】辛洞好饮而无资，常携榼登人门，每家取一盏投之，号为"簇酒"。(《叙闲录》)。即谓之募缘也可。

【明冯梦龙《古今谭概》贫俭部卷十三·簇酒敛衣】《叙闻录》：辛洞好酒而无资，尝携榼登人门，每家取一盏投之，号为"簇酒"。《搔首集》：伊处士从众人求尺寸之帛，聚而服之，目曰"敛衣"。

【《御定渊鉴类函》卷三百九十二·食物部五·酒二】唐冯贽《云仙杂记》曰：辛洞好酒而无资，常携榼登人门，每家取一盏投之，号为"簇酒"。

【清刘坚《修洁斋闲笔》卷三·簇酒】辛洞好酒而无资，常携榼登人门，每家取一盏投之，号为"簇酒"。出《叙闲录》。

【清史梦兰《止园笔谈》卷四】《叙闲录》云：辛洞好酒而无资，尝携榼登人门，每家乞一盏投之，号为"簇酒"。《搔首集》云：伊处士从众人求尺寸之帛，聚而服之，名曰"敛衣"。"敛衣"、"簇酒"，正堪作对。

【清俞樾《茶香室丛钞》卷二十一·簇酒】唐冯贽《云仙杂记》云：辛洞好酒而无资，常携榼登人门，每家取一盏投之，号为"簇酒"。又云：伊处士从众人求尺寸之帛，聚而服之，名曰"敛衣"。按：此二事正堪为对。

◎ 词汇考

【汉语大词典·簇酒】向各户人家凑聚来之酒。唐冯贽《云仙杂记·簇酒》："辛洞好酒而无资，常携榼登人门，每家取一盏投之。号为簇酒。"

祭诗以酒脯

◎ 版本考

A 贾岛常以岁除取一年所得诗，祭以酒脯，曰："劳吾精神，以是补之。"（《金门岁节》）

B 贾岛常以岁除取一年所得诗，祭以酒脯，曰："劳吾精神，以是补之。"（《金门岁节》）

C 贾岛常以岁除取一年所得诗，祭以酒脯，曰："劳吾精神，以是补之。"（《金门岁节》）

D【祭诗】《金门岁节》曰：贾岛常以岁除取一年所得诗，祭以酒脯，曰："劳吾精神，以是补之。"（168）

E【祭诗】《金门岁节》曰：贾岛常以岁除取一年所得诗，祭以酒脯，曰："劳吾精神，以是补之。"（168）

◎ 引文考

【宋陈元靓《岁时广记》卷四十·祭诗章】《金门岁节》：贾岛常以岁除取一年所得诗，祭以酒食，曰："劳吾精神，以是补之。"

【宋姜特立《梅山续稿》卷二·《和刘建昌除夕有欠我饮屠苏之句》·祭酒诗神合少苏】贾岛尝于岁除取一年所作诗，祭以酒，曰："劳吾精神，以是补之。"

【宋谢维新《事类备要》前集卷十八·节序门·除夕·事类·贾岛祭诗】贾岛常以岁除取一年所得诗，祭以酒脯，曰："劳吾精神，以是补之。"（《金门岁节》）

【元阴时夫《韵府群玉》卷二·上平声·四支·祭诗】贾岛尝以岁除取一年诗，祭以酒脯，曰："劳吾精神，是以补之。"（《金门岁节》）

【元阴时夫《韵府群玉》卷十四·去声·祭·诗以酒脯祭】贾岛岁除取一年所得诗，以酒脯祭之，曰："劳吾精神，以是补之。"

【明查应光《靳史》卷十一·唐】贾岛常以岁除取一年所得诗，祭以酒，曰："劳吾精

神，以是补之。"(《谈资》)

【明陈全之《蓬窗类记》卷二】贾岛常以岁除取一年所得诗，祭以酒，曰："劳吾精神，以是补之。"

【明陆应阳《广舆记》卷二十一·云南府·流寓】贾岛，咸阳人，唐末寓于滇乞诗者，无虚日。每岁除夕检一年所得诗，以酒脯祭，曰："劳吾精神，以是补之耳。"

【明彭大翼《山堂肆考》卷十五·地理·补精神】《金门岁节》：唐贾岛尝以岁除取一年所得诗，以酒脯祭之，曰："劳吾精神，以是补之。"

【明郑若庸《类隽》卷四·时令类·除夜·祭诗】《金门岁节》记云：贾岛常以岁除取一年所得诗稿，祭以酒醑，（白）[曰]："劳吾精神，以是补之。"

【明冯梦龙《古今谭概》痴绝部卷三·痴趣】贾岛常以岁除取一年所得诗，祭以酒，曰："劳吾精神，以是补之。"

【明张岱《夜航船》卷一·天文部·冬·祭诗文】贾岛常于岁除取一年所作诗文，以酒脯祭之，曰："劳吾精神，以此补之。"

【明王罃《群书类编故事》卷十六·性行类·贾岛推敲】唐贾岛于京师骑驴得句，曰："鸟宿池边树，僧敲月下门。"又欲作推字，拣未定，引手作推敲势。时韩愈权京兆尹，岛不觉行至第三节，左右拥至尹前。岛备道所得，愈曰："敲字佳。"与并辔而归，为布衣交。又每以岁除取一年所作诗，祭以酒脯，曰："劳吾一岁精神，祭而焚之。"(《嘉话》并《金门岁节》)

【明刘侗《帝京景物略》卷八·贾岛墓】房山县南十里翠然而土埠，唐诗人贾岛墓也，榛芜不可识。弘治中，御史卢某访得于石楼村，读仆断碑有据，乃植碑，辟地三亩，大学士西涯李公别树一碑记焉。按：岛字浪仙，范阳人，僧名无本。初祝发法善寺，一曰云盖寺，在瀛州城南，今芜没无一椽，夜或闻铃铎梵呗音焉。岛之入东都时，吟"落叶满长安"句，卒求一联未得，因突京尹刘栖楚，被系一夕释。又一日，苦吟驴上，指画错然，遇韩京兆愈，不觉冲至第三节，左右拥至尹前，具云某方得句"僧推月下门"，欲易敲字，未安，引手作推敲势耳。尹立马良久，曰："作敲字。"遂教岛为文举进士。然举辄不第。文宗时得除长江簿，卒年五十六。岛常以岁除取一年诗，祭以酒脯，曰："劳吾精神，以是补之。"

【《御定渊鉴类函》卷三百八十九·食物部二·脯三·待客】《下帷短牒》曰：贾岛常以岁除取一年所得诗，祭以酒脯曰："劳吾精神，以是补之。"

【清吴襄《子史精华》卷二十七·岁时部四·祭诗】冯贽《云仙杂记》：~~，贾岛常以岁除取一年所得诗，祭以酒脯，曰："劳吾精神，以是补之。"

【《御定佩文韵府》卷四之四·上平声·四支韵四·诗·酹诗】《金门岁节》：贾岛尝以岁除取一年所得诗，以酒酹之，曰："劳吾精神，以是补之。"

【《御定佩文韵府》卷六十七之七·去声·八霁韵七·祭·酒脯祭】《金门岁节》：贾岛岁除取一年所得诗，以~~~之，曰："劳吾精神，以是补之。"

【清张宗法《三农纪》卷二·季冬·典故】《诗话》：贾岛常除岁取一年所得诗，祭以酒醑，而视曰："一年劳吾精神，以是补之。"

【清秦嘉谟《月令粹编》卷十八·十二月日次·三十日·酒脯祭诗】《金门岁节》：贾岛常以岁除取一年所得诗，祭以酒脯，曰："劳吾精神，以是补之。"

【清萧智汉《月日纪古》卷十二·十二月·三十日】《金门岁节记》：唐贾岛常以岁除取一年所得诗，以酒脯祭之，曰：“劳吾精神，以是补之。”

【清喻端士《时节气候抄》卷五·冬十二月】冯贽《云仙杂记》：贾岛常以岁除取一年所得诗，祭以酒脯，曰：“劳民精神，以是补之。”

【清叶承宗《泶函》卷十·贾阆仙折·双调东钟韵不重押】【正末扮贾岛儒服上开】小生姓贾名岛字阆仙，少负文名，长从释教，只因两字推敲，冲了韩退之马头，因而结为诗友，劝我蓄发求官，从此诗学日进，遂与孟东野齐名。东野新任溧阳县尉，招我到来，馆于西园。不觉又是除日，我想往年此日，必取一年所得诗文，祭以酒脯，补我精神。今日承东野兄酒脯之馈，不免简点锦囊，祭于春晖亭上，咳似我半生落魄。甚日扬眉，只落的攘攘劳劳，经了多少除日也呵。

【清沈景运《浮春阁诗集》卷五·《甲辰除夕》·诗到岁除宜祭补】贾岛常以岁除取一年所得诗，祭以酒脯，曰：“劳吾精神，以是补之。”

【清揆叙《益戒堂诗集》诗集卷八·松坪为余删定益戒堂诗集赋谢】锦囊斑管镇随身，八卷诗成亦自珍。年长未能捐嗜好，岁除何用补精神。（唐贾岛尝以岁除取一年所得诗，祭以酒脯，曰：“劳吾精神，以是补之。”）

【清华希闵辑《广事类赋》卷三·祭诗才子】《金门岁节》：贾岛常以岁除取一年所得诗，祭以酒脯，曰：“劳吾精神，以是补之。”

【清罗惇衍《集义轩咏史诗钞》卷三十九·贾岛(字阆仙，范阳人。初为浮屠，名无本，遇韩愈，教之为文，遂举进士，文宗时坐飞谤，贬长江主簿，后迁普州司户参军，卒年五十六。)】两手推敲一蹇驴，忽干京兆怒停车。禅踪苦被东都缚，师范欣逢北斗如。登第何科时不再，酹诗有酒岁方除。长江领略风波险，孰若菩提证佛书。（推敲：岛初为僧，游于京师，于驴上得“鸟宿池边树，僧敲月下门”之句，始欲着推字，又欲下敲字，拣之未定，引手作推敲势。时韩愈权京兆尹，车骑方出，岛不觉冲至第三节，左右拥至尹前。岛具道所以，愈曰：“敲字佳。”遂与并辔归，为布衣交，教之为文，令弃浮图，举进士。……岛尝以岁除取一年所得诗，以酒酹之，曰：“劳吾精神，以是补之。”长江：尝贬长江主簿。）

◎ 词汇考

【汉语大词典·酒脯】酒和干肉。后亦泛指酒肴。《周礼·秋官·司盟》：“既盟，则为司盟共祈酒脯。”唐韩愈《祭竹林神文》：“谨以酒脯之奠，再拜稽首，告于竹林之神。”

碻　磨　斋

◎ 版本考

A 都下寺院每岁用除日碻磨，是日作碻磨斋。（《僧园逸记》）

B 都下寺院每岁用除碻磨，是日作碻磨斋。（《僧园逸记》）

C 都下寺院每岁用除碻磨，是日作碻磨斋。（《僧园逸记》）

D《僧园逸记》曰：都下寺院每岁用除碻磨，是日作碻磨斋。（169）

E《僧园逸记》曰：都下寺院每岁用除碻磨，是日作碻磨斋。（169）

◎ 引文考

【宋陈元靓《岁时广记》卷四十·岁除·作锻磨】《僧园逸记》：都下寺院每用岁除锻磨，是日作锻磨斋。

【明郑若庸《类隽》卷四·时令类·除夜·锻磨】《僧园逸记》云：都下寺院每用岁除锻磨，是日作锻磨斋。

【清吴襄《子史精华》卷二十七·岁时部四·冬·碫磨斋】冯贽《云仙杂记》：都下寺院每岁除用碫磨，是日作～～～。

【《钦定日下旧闻考》卷一百四十八·风俗三】补：都下寺院每用岁除锻磨，是日作锻磨斋。（《僧园逸记》）

【清萧智汉《月日纪古》卷十二·十二月·三十日】《僧园逸记》：都下寺院每用岁除锻磨，是日作锻磨斋。

【清陈元龙《格致镜原》卷五十二·日用器物类四·碓磨】《僧园逸记》：都下寺院每用岁除锻磨，是日作锻磨斋。

【清顾禄《清嘉录》卷十二·年市】冯贽《云仙杂记》：《僧园逸记》皆载都下寺院每用岁除锻磨，是日作锻磨斋。

【清麟庆《河工器具图说》卷三·抢护器具】说文：磨，石硙也。《僧园逸记》：都下寺院每用岁除锻磨，是日作锻磨斋。

【清秦嘉谟《月令粹编》卷十八·十二月日次·三十日·锻磨斋】《云仙杂记》：都下寺院每用岁除锻磨，是日作锻磨斋。

【清喻端士《时节气候抄》卷五·冬十二月】冯贽《云仙杂记》：都下寺院每岁除用碫磨，是日作碫磨斋。

【《御定佩文韵府》卷八十之二·去声·二十一个韵二·锻磨】《云仙杂记》：都下寺院每岁用除夕～～，是日作～～斋。

【清赵怀玉《亦有生斋集》诗卷十四·《除夕和东坡韵三首·馈岁》·清斋供锻磨】都下寺院每岁用除夕锻磨，是日作锻磨斋。见《云仙杂记》。

【清张之洞《(光绪)顺天府志》卷十八·京师志十八·风俗】都下寺院每用岁除锻磨，是日作锻磨斋。（《僧园逸记》）

◎ 词汇考

【汉语大词典·岁除】年终。旧俗于腊岁（冬至后三戌之后）前一日击鼓驱疫，谓之逐除，故谓。唐孟浩然《岁暮归南山》诗："白发催年老，青阳逼岁除。"谓一年的最后一天。《新五代史·杂传九·皇甫遇》："是时岁除，出帝与近臣饮酒过量，得疾。"刘国钧《辛壬之间杂诗》："故园南望渺鸿鱼，京洛飘零感岁除。"

【汉语大词典·锻磨】方言。消磨，度过。陈登科《赤龙与丹凤》第一部六："你今天在谁家锻磨，喝得这么醉醺醺的？"

敛　衣

◎ 版本考

A 伊处士从众人求尺寸之帛，聚而服之，名曰"敛衣"。（《搔首集》）

B 伊处士从众人求尺寸之帛，聚而服之，名曰"敛衣"。（《搔首集》）

C 伊处士从众人求尺寸之帛，聚而服之，名曰"敛衣"。（《搔首集》）

D《搔首集》曰：伊处士从众人求尺寸之帛，聚而服之，名曰"敛衣"。（170）

E《搔首集》曰：伊处士从众人求尺寸之帛，聚而服之，名曰"敛衣"。（170）

◎ 引文考

【明冯梦龙《古今谭概》贫俭部卷十三·簇酒敛衣】《叙闻录》：辛洞好酒而无资，尝携榼登人门，每家取一盏投之，号为"簇酒"。《搔首集》：伊处士从众人求尺寸之帛，聚而服之，名曰"敛衣"。

【《御定佩文韵府》卷一百之六·入声·十一陌韵六·帛·尺寸帛】《云仙杂记》：伊处士从众人求～～之～，聚而服之，名曰"敛衣"。

【清刘坚《修洁斋闲笔》卷三·敛衣】伊处士从众人求尺寸之帛，聚而服之，名曰"敛衣"。见《搔首集》。

◎ 词汇考

【汉语大词典·敛衣】用化缘来的零碎布制成的衣服。唐冯贽《云仙杂记·敛衣》："伊处士从众人求尺寸之帛，聚而服之，名曰敛衣。"

凌　虚　宴

◎ 版本考

A 齐文宣帝凌虚宴取香菌，以供品味广。唐则出于石首、铜官等处铜钉菌、分丝菌。（《自庆传》）

B 齐文宣帝凌虚宴取香菌，以供品味广。唐则出于石首、铜官等处铜钉菌、分丝菌。（《自庆传》）

C 齐文宣帝凌虚宴取香菌，以供品味广。唐则出于石首、铜官等处铜钉菌、分丝菌。（《自庆传》）

D《自庆传》曰：齐文宣帝凌虚宴取香菌，以供品味广。唐则出于石首、铜官等处铜钉菌。（171）

E《自庆传》曰：齐文宣帝凌虚宴取香菌，以供品味广。唐则出于石首、铜官等处铜钉菌。（171）

◎ 引文考

【清陈元龙《格致镜原》卷六十三·蔬类二·蕈·详类】《云仙杂记》：齐文宣帝凌虚宴取香菌，以供品味，有铜钉菌、分丝菌。

【《御定佩文斋广群芳谱》卷十七·蔬谱·土菌】《云仙杂记》：齐文宣帝凌虚宴取香菌，以供品味，有铜钉菌、分丝菌。

【清吴士玉《骈字类编》卷七十五·珍宝门十·铜钉】又《云仙杂记》：齐文宣帝凌虚宴取香菌，以供品味，有～～菌、分丝菌。

【清吴士玉《骈字类编》卷一百六十九·器物门二十二·香菌】《云仙杂记》：齐文宣帝凌虚宴，取～～以供品味。

【清吴襄《子史精华》卷二十九·礼仪部二·凌虚宴】冯贽《云仙杂记》：齐文宣帝～～～取香菌，以供品味。

【《御定佩文韵府》卷四十一·上声·十一轸韵·菌·铜钉菌】《云仙杂记》：齐文宣帝凌虚宴取香菌，以供品味，有～～～、分丝菌。

【《御定佩文韵府》卷七十六之四·去声·十七霰韵四·宴·凌虚宴】《云仙杂记》：齐文宣帝～～～取香菌，以供品味。

◎ 词汇考

【汉语大词典·凌虚】升于空际。三国魏曹植《七启》："华阁缘云，飞陛凌虚，俯眺流星，仰观八隅。"宋洪迈《夷坚丁志·仙舟上天》："仰空寓目，见一舟凌虚直上。"

【铜钉菌】待考。

【分丝菌】待考。

桃 花 醋

◎ 版本考

A 唐世风俗，贵重葫芦酱、桃花醋、照水油。(《晋公遗语》)

B 唐世风俗，贵重葫芦酱、桃花醋、照水油。(《晋公遗语》)

C 唐世风俗，贵重葫芦酱、桃花醋、照水油。(《晋公遗语》)

D【葫芦酱】《晋公遗语》曰：唐世风俗，贵重葫芦酱、桃[花]醋、照水油。(172)

E【葫芦酱】《晋公遗语》曰：唐世风俗，贵重葫芦酱、桃[花]醋、照水油。(172)

◎ 引文考

【宋谢维新《事类备要》外集四十七·盐酰门·酱·重葫芦酱】唐世风俗，贵～～～～。(《晋公遗语》)

【明彭大翼《山堂肆考》卷一百九十四·饮食·葫芦】《晋公遗语》：唐世风俗，贵重葫芦酱。

【明徐应秋《玉芝堂谈荟》卷二十九·单笼金乳酥】唐风俗，重葫芦酱、桃花醋、照水油。

【明郑若庸《类隽》卷十八·饮食类·葫芦】《晋公遗语》云：唐世风俗，重葫芦酱。

【明徐𤊹《徐氏笔精》卷八·杂记·桃花醋】唐世风俗，贵葫芦酱、桃花醋。

【清陈元龙《格致镜原》卷二十三·饮食类三·酱·名类】《晋公遗语》：唐世风俗，贵重葫芦酱。

【清陈元龙《格致镜原》卷六十三·蔬类二·壶卢】《晋公遗语》：唐世风俗，重葫芦酱。

【《御定佩文斋广群芳谱》卷十七·蔬谱·壶卢】《记事珠》：唐世风俗，贵重葫芦酱、桃花醋。

【清吴士玉《骈字类编》卷一百九十·草木门十五·桃花】《记事珠》：唐世风俗，贵重葫芦酱、~~醋、照水油。

【《御定渊鉴类函》卷三百九十一·食物部四·酱醯二·葫芦酱】唐世风俗，重葫芦酱。

【《御定佩文韵府》卷二十六之二·下平声·十一尤韵二·照水油】《晋公遗语》：唐世风俗贵重葫芦酱、桃花醋、~~~。

【《御定佩文韵府》卷六十六之十一·去声·七遇韵十一·醋·桃花醋】《晋公遗语》：唐世风俗，贵重葫芦酱、~~~、照水油。

【《御定佩文韵府》卷八十二之五·去声·二十三漾韵五·酱·葫芦酱】《晋公遗语》：唐世风俗，贵重~~~。

◎ 词汇考

【汉语大词典·桃花醋】醋名。唐冯贽《云仙杂记·桃花醋》："唐世风俗，贵重葫芦酱、桃花醋、照水油。"

虮肝龙首

◎ 版本考

A 毛重教授于导江，春日主人宴之，赋散语曰："虮肝之奉何堪，龙首之攀可望？"主人曰："吾劝以陆源鲭，赏以柳绵肝。"（《文房宝饰》）

B 毛重教授于导江，春日主人宴之，赋散语曰："虮肝之奉何堪，龙首之攀可望？"主人曰："吾劝以陆源鲭，赏以柳绵肝。"（《文房宝饰》）

C 毛重教授于导江，春日主人宴之，赋散语曰："虮肝之奉何堪，龙首之攀可望？"主人曰："吾劝以陆源鲭，赏以柳绵肝。"（《文房宝饰》）

D【柳丝肝】《文房宝饰》曰：毛重教授于导江，春日主人宴之，赋散语曰："虮肝之奉何堪，龙首之攀可望？"主人曰："吾劝以陆源鲭，赏以柳丝肝。"（173）

E【柳丝肝】《文房宝饰》曰：毛重教授于导江，春日主人宴之，赋散语曰："虮肝之奉何堪，龙首之攀可望？"主人曰："吾劝以陆源鲭，赏以柳丝肝。"（173）

◎ 引文考

【唐白居易原本、宋孔传续撰《白孔六帖》卷十四·纸十七·柳绵肝】《文房宝饰》：毛重教授于导江，春日主人宴，乃赋散语曰："虮肝之奉何堪，龙首之攀可望？"主人大喜，劝以陆源鲭，赏以柳绵肝。

【宋无名氏《锦绣万花谷》后集卷二十九·纸·柳绵肝】毛重教授于导江，春日主人宴，乃赋散语曰："虮肝之奉何堪，龙首之攀可望？"主人大喜，劝以陆源鲭，赏以柳绵肝。（《文房宝饰》）

【明夏树芳《词林海错》卷九·虮肝】《穷幽记》：毛重教授于导江，春日主人宴之，赋散语曰："虮肝之奉何堪，龙首之攀可望。"主人曰："吾劝以陆源鲭，赏以柳绵肝。"

【《御定渊鉴类函》卷二百五·文学部十四·纸三·金缕柳绵】《文房宝饰》：毛重教授于导江，春日主人宴，乃赋散语曰："虮肝之奉何堪，龙首之攀可望？"主人大喜，劝以陆源鲭，赏以柳绵纸。

【《御定佩文韵府》卷二十三之十一·下平声·八庚韵十一·鲭·陆源鲭】《云仙杂记》：毛重教授于导江，主人宴之，赋散语曰："虮肝之奉何堪，龙首之攀可望。"主人曰："吾劝以～～～，赏以柳绵肝。"

◎ 词汇考

【汉语大词典·虮肝】比喻微小或珍贵的食物。战国楚宋玉《小言赋》："馆于蝇须，宴于毫端，烹虱胫，切虮肝，会九族而同哜，犹委余而不殚。"唐冯贽《云仙杂记·虮肝龙首》："虮肝之奉何堪，龙首之攀可望。"宋刘克庄《又五言》："与子擘麟脯，从渠切虮肝。"

【汉语大词典·龙首】科举时代称状元为龙首或龙头。唐冯贽《云仙杂记·虮肝龙首》："虮肝之奉何堪，龙首之攀可望。"宋龚鼎臣《东原录》："叶道卿尝带贴职知秀州，时状元宋公序，及同榜郑天休，已修起居注。道卿有诗寄二公曰：'相先一龙首，对立两螭头。'世称为警句。"宋文天祥《为或人赋》："龙首黄扉真一梦，梦回何面见江东。"

【汉语大词典·鲭】青鱼。明李时珍《本草纲目·鳞三·青鱼》："青亦作鲭，以色名也。"清方文《品鱼·中品·鲭》诗题注："鲭，即青鱼，状似鲩，而背青色。南方多以作鱼生，古人所谓五侯鲭，即此。"徐珂《清稗类钞·动物·鲭》："鲭，身如圆筒形，长二尺许，青黑色，鳞大，产于淡水，俗称青鱼。"

【汉语大词典·柳绵】亦作"柳棉"。柳絮。唐李商隐《临发崇让宅紫薇》诗："桃绶含情依露井，柳绵相忆隔章台。"宋苏轼《蝶恋花》词："枝上柳绵吹又少，天涯何处无芳草。"

卷　　五

笔描窗竹影

◎ 版本考

A 宗测乐闲静，好松竹，尝见日筛竹影上窗，以笔备描之。(《常新录》)

B 宗测乐闲静，好松竹，尝见日筛竹影上窗，以笔备描之。(《常新录》)

C 宗测乐闲静，好松竹，尝见日筛竹影上窗，以笔备描之。(《常新录》)

D【描竹影】《常新录》曰：宗测乐闲静，好松竹，常见日筛竹影上窗，以笔备描之。(174)

E【描竹影】《常新录》曰：宗测乐闲静，好松竹，常见日筛竹影上窗，以笔备描之。(174)

◎ 引文考

【《御定佩文斋广群芳谱》卷之八十五·竹谱·竹谱四】《常新录》：宗测乐闲静，好松竹，尝见日筛竹影上窗，以笔备描之。

【清吴士玉《骈字类编》卷二百一·草木门二十六·竹·竹影】《云仙杂记》：宗测乐闲静，尝见日筛~~上窗，以笔备描之。

◎ 词汇考

【汉语大词典·闲静】安闲宁静。《荀子·王霸》："形体好佚，而安重闲静莫愉焉。"唐元稹《虫豸诗》序："予所舍，又荆州树木洲渚处，昼夜常有翅羽百族闹，心不得闲静。"

糖蜜莫逆交

◎ 版本考

A 陈昉得蜀糖，辄以蜜浇之，曰："与蜜本莫逆交。"(《传芳略记》)
B 陈昉得蜀糖，辄以蜜浇之，曰："与蜜本莫逆交。"(《传芳略记》)
C 陈昉得蜀糖，辄以蜜浇之，曰："与蜜本莫逆交。"(《传芳略记》)
D【蜜为莫逆】《传芳略记》曰：陈昉得蜀糖，辄以蜜浇之，曰："与蜜本莫逆交。"(175)
E【蜜为莫逆】《传芳略记》曰：陈昉得蜀糖，辄以蜜浇之，曰："与蜜本莫逆交。"(175)

◎ 引文考

【明董斯张《吹景集》卷四·隶糖事】《传芳略记》：陈昉得蜀糖，辄以蜜浇之，曰："与蜜本莫逆交。"

【清陈元龙《格致镜原》卷二十三·饮食类三·糖】《传芳略记》：陈昉得蜀糖，辄以蜜浇之，曰："与蜜本莫逆交。"

【清吴骞《尖阳丛笔》卷五】《传芳略记》：陈昉得蜀糖，辄以蜜浇之，曰："与蜜本莫逆交。"按：莫逆二字，正切蜜字，浇与交同音。

【清桂馥《说文解字义证》卷十四·饧】《传芳略记》：陈昉得蜀糖，辄以蜜浇之，曰："与蜜本莫逆交。"

◎ 词汇考

【陈昉】事迹待考。
【蜀糖】待考。
【莫逆交】见"莫逆之交"。
【汉语大词典·莫逆之交】彼此志同道合，有深厚的友谊。亦指情投意合的朋友。《魏书·逸士传·眭夸》："少与崔浩为莫逆之交。"宋苏轼《东坡志林》卷九："蜀人任介、郭震、李畋，皆博学能诗，晓音律，相与为莫逆之交。"《老残游记》第七回："此人当年在河南时，我们是莫逆之交。"茅盾《子夜》三："也是在这一点上，唐云山和吴荪甫新近就成了莫逆之交。"《北史·柳弘传》："(柳弘)与弘农杨素为莫逆交。"《新唐书·杨虞卿传》："父宁有高操……擢明经，调临涣主簿，弃官还夏，与阳城为莫逆交。"

风月常新印宫人臂

◎ 版本考

A 明皇开元初，宫人被进御者曰"印选"，以绸缪记印于臂上，文曰："风月常新。"印毕，渍以桂红膏，则水洗色不退。(《史讳录》)
B 明皇开元初，宫人被进御者曰"印选"，以绸缪记印于臂上，文曰："风月常新。"印毕，渍以桂红膏，则水洗色不退。(《史讳录》)
C 明皇开元初，宫人被进御者曰"印选"，以绸缪记印于臂上，文曰："风月常新。"印

毕，渍以桂红膏，则水洗色不退。（《史讳录》）

D【印选】《史讳录》曰：明皇开元初，宫人被进御者曰"印选"，以绸缪记印于臂上，文曰："风月常新。"印毕，渍以桂红膏，则水洗色不退。（176）

【印选】《史讳录》曰：明皇开元初，宫人被进御者曰"印选"，以绸缪记印于臂上，文曰："风月常新。"印毕，渍以桂红膏，则水洗不退。（176）

◎ 引文考

【明夏树芳《词林海错》卷十四·印臂】明皇开元初，被进御者曰"印选"，以绸缪记印于臂上，文曰："风月常新。"印以桂红膏，则水洗不退其色。

【明徐应秋《玉芝堂谈荟》卷二十九·桂红膏】又《史讳录》：明皇开元初，宫人被进御者曰"印选"，以绸缪记印于臂上，文曰："风月常新。"印毕，渍以桂红膏，则水洗色不退。按：桂红膏，绸缪印，正与守宫相反，事颇新僻，未经人拈出。

【明郑若庸《类隽》卷十五·身体类·臂·印臂】《史讳录》云：明皇开元初，被进者曰"印选"，以绸缪记印于臂上，曰："风月常新。"印以桂红膏，则水洗不退其色。

【清陈元龙《格致镜原》卷十二·臂】《史讳录》：明皇开元初，被进者曰"印选"，以绸缪记印于臂上，曰："风月常新。"印以桂红膏，则水洗不退其色。

【清傅仲辰辑《心孺诗选》卷八·宫词和韵四首】漫言风月共长新，自是君王解误人。今夜绸缪何处印，谁怜孤枕远山颦。（开元初，宫人被御者，以绸缪记印臂，上文曰："风月常新。"）

【清华希闵《广事类赋》卷四·帝王部·妃嫔·臂缠桂印风月常新】《唐书》：明皇开元初，被进御者曰"印选"，以桂红膏印臂，文曰："风月常新。"水洗不退色。

【清沈钦韩《汉书疏证》卷三十一·东方朔传·守宫】《御览》三十一：《淮南万毕术》曰：七月七日采守宫阴干之，合以井华水，和涂女身，有文章，即以丹涂之。不去者不淫，去者有奸。张泌《妆楼记》：开元初，宫人被进御者曰印选，以绸缪记印于臂，文曰："风月常新。"印毕，渍以桂红膏，则水洗色不退。按：桂红膏者，亦守宫之类。

【清史梦兰《全史宫词》卷十三】明珠窗外月轮高，醉卧流黄脱锦袍。连夜承恩争彩局，平明羞见桂红膏。〇《云仙杂记》开元初，宫人被进御者，以绸缪记印于臂上，文曰："风月常新。"印毕，渍以桂红膏，水洗不退。

【清王初桐《奁史》卷二十七·肢体门三】开元初，宫人被进御者，以绸缪记印于臂上，文曰："风月常新。"印毕，渍以桂红膏，则水洗色不退。（《史讳录》）

【清吴士玉《骈字类编》卷一百四十一·采色门八·红膏】《妆楼记》：开元初，宫人被进御者曰印选，以绸缪记印于臂上，文曰："风月常新。"印毕，渍以桂～～，则水洗色不退。欧阳修《寿楼诗》：楼中女儿十五六，～～画眉双鬓绿。苏轼《薄命佳人诗》：故将白练作仙衣，不许～～污天质。

【清吴士玉《骈字类编》卷一百五十三·器物门六·印臂】《妆楼记》：开元初，宫人被进御者曰印选，以绸缪记～于～上，文曰："风月常新。"印毕，渍以桂红膏，则水洗色不退。

【清吴襄《子史精华》卷一百三十四·妇女部二·桂红膏】张泌《妆楼记》：开元初，宫人被进御者曰印选，以绸缪记印于臂上，文曰："风月常新。"印毕，渍以～～～，则水洗色不退。

【《御定渊鉴类函》卷二百六十一·人部二十·臂三·绸缪记】《史讳录》：明皇开元初，宫人被幸者曰印选，以绸缪记印臂上，曰："风月常新。"印以桂红膏，则水洗不退其色。

【清朱象贤《印典》卷四·印选进御】《妆楼记》：开元初，宫人被进御者曰印选，以绸缪记印于臂上，文曰："风月常新。"印毕，渍以桂红膏，则水洗不退。

【清陈作霖《可园诗存》卷十一·息影草上·拟宫怨二首岁试后科试前作】宝镜团栾掩暗尘，几行红泪湿罗巾。金钗十二安排定，自恨蛾眉不及人。○小印绸缪记最清，长门犹念旧时盟。欲将一纸相如赋，唤转君王薄幸情。

【清朱彝尊《曝书亭集词注》卷五·《茶烟阁体物集》上·宜印绸缪小字斜】自注：唐宫人选幸以绸缪字印臂。《史讳录》：明皇开元初，被进者曰印选，以绸缪记印臂上，曰："风月常新。"印以桂红膏，则水洗不退其色。

◎ 词汇考

【汉语大词典·进御】指为君王所御幸。《诗·召南·小星序》："小星，惠及下人也。夫人无妒忌之行，惠及贱妾，进御于君，知其命有贵贱，能尽其心矣。"《后汉书·李固传》："可令中宫博简嫔媵，兼采微贱宜子之人，进御至尊，顺助天意。"清唐甄《潜书·抑尊》："人君之于妻，异宫而处，进御有时，则曰天子之匹，与庶人异。"

【汉语大词典·风月】指男女间情爱之事。前蜀韦庄《多情》诗："一生风月供惆怅，到处烟花恨别离。"《醒世恒言·卖油郎独占花魁》："俞太尉是七十岁的老人家，风月之事，已是没分。"《红楼梦》第十五回："（智能）如今长大了，渐知风月。"徐迟《牡丹》二："剧中少女是以她的卖弄风情而为君王赏识的。虽然纯洁，天真无邪，然而出于本能的识得风月了。"

念 金 轮 咒

◎ 版本考

A 敲两耳铛，服桂心丸，念金轮咒，则所思之人不以存没，是夜必梦见之。(《事略》)

B 敲两耳铛，服桂心丸，念金轮咒，则所思之人不以存没，是夜必梦见之。(《事略》)

C 敲两耳铛，服桂心丸，念金轮咒，则所思之人不以存没，是夜必梦见之。(《事略》)

D【金轮咒】《事略》曰：敲两耳铛，服桂心丸，念金轮咒，则思之人不以存没，是夜必梦见之。(177)

E【金轮咒】《事略》曰：敲两耳铛，服桂心丸，念金轮咒，则思之人不以存没，是夜必梦见之。(177)

◎ 引文考

【明徐应秋《玉芝堂谈荟》卷三十五·怀梦草】《事略》：敲两耳铛，服桂心丸，念金轮咒，则所思之人不以存没，是夜必梦见之。

【明焦周《焦氏说楛》卷三】敲两耳铛，服桂心丸，念金轮咒，则所思之人不以存没，是夜必梦见之。见《事略》。

【《御定佩文韵府》卷二十三之一·下平声·八庚韵一·鎗·两耳铛】《云仙杂记》：敲～～～，服桂心丸，念金轮咒，则所思之人不论存亡，夜必梦见之。

◎ 词汇考

【汉语大词典·桂心】肉桂树皮的里层，味辛香，可入药，亦可作调味品。南朝梁简文帝《劝医论》："略知甘草为甜，桂心为辣。"明李时珍《本草纲目·木一·桂》："此即肉桂也，厚而辛烈，去粗皮用。其去内外皮者，即为桂心。"

【金轮咒】待考。

水晶环渡舟

◎ 版本考

A　萧整尝登陆浑沙洲，忽水涨，不得下，急呼村童折麈尾水晶环与之，渡舟而过。（《三贤典诰》）

B　萧整尝登陆浑沙洲，忽水涨，不得下，急呼村童折麈尾水晶环与之，渡舟而过。（《三贤典诰》）

C　萧整尝登陆浑沙洲，忽水涨，不得下，急呼村童折麈尾水晶环与之，渡舟而过。（《三贤典诰》）

D【水晶环】《三贤典诰》曰：萧整尝登陆浑沙洲，忽水涨，不得下，急呼村童折麈尾水晶环与之，渡舟而过。（178）

E【水晶环】《三贤典诰》曰：萧整尝登陆浑沙洲，忽水涨，不得下，急呼村童折麈尾水晶环与之，渡舟而过。（178）

◎ 引文考

【清吴士玉《骈字类编》卷四十五·山水门十·水涨】《云仙杂记》：萧整尝登陆浑沙洲，忽～～，不得下，急呼村童折麈尾水晶环与之，渡舟而过。岑参《江上阻雨》诗："云低岸花掩，～～滩草没。"陆游《病后暑雨书怀》诗："～～小亭无路到，雨多幽草上墙生。"

◎ 词汇考

【汉语大词典·麈尾】古人闲谈时执以驱虫、掸尘的一种工具。在细长的木条两边及上端插设兽毛，或直接让兽毛垂露外面，类似马尾松。因古代传说麈迁徙时，以前麈之尾为方向标志，故称。后古人清谈时必执麈尾，相沿成习，为名流雅器，不谈时，亦常执在手。晋陶潜《晋故征西大将军长史孟府君传》："亮以麈尾掩口而笑。"唐白居易《斋居偶作》诗："老翁持麈尾，坐拂半张床。"

鸣 牙 饼

◎ 版本考

A 许康年谒刘逊，赠逊鸣牙饼千枚，曰："虽微物也，助厨中两日之费。"(《退耕传》)

B 许康年谒刘逊，赠逊鸣牙饼千枚，曰："虽微物也，助厨中两日之费。"(《退耕传》)

C 许康年谒刘逊，赠逊鸣牙饼千枚，曰："虽微物也，助厨中两日之费。"(《退耕传》)

D《退耕传》曰：许康年谒刘逊，赠逊鸣牙饼千枚，曰：虽微物也，助厨中两日之费。(179)

E《退耕传》曰：许康年谒刘逊，赠逊鸣牙饼千枚，曰：虽微物也，助厨中两日之费。(179)

◎ 引文考

【宋谢维新《事类备要》外集卷四十六·饼饵门·饼·虽微物也】许康年谒刘逊，赠鸣牙饼千枚，~~~~，助厨中两日之费。

【明徐应秋《玉芝堂谈荟》卷二十九·单笼金乳酥】《退耕传》：许康年谒刘逊，赠鸣牙饼千枚。

【明郑若庸《类隽》卷十八·饮食类·饼·千枚】《退耕录》云：许康年谒刘逊，赠鸣牙饼千枚，虽微物，助厨中两日之费。

【清陈元龙《格致镜原》卷二十五·饮食类五·饼·详类】《退耕录》：许康年谒刘逊，赠鸣牙饼千枚，云："虽微物，可助厨中两日之费。"

【清桂馥《说文解字义证》卷十四·饼】《退耕传》：许康年谒刘逊，赠鸣牙饼千枚，曰："虽微物也，助厨中两日之费。"

【清吴襄《子史精华》卷一百二·人事部六·交与·赠鸣牙饼千枚】冯贽《云仙杂记》：许康年诣刘逊，~逊~~~~~，曰："虽微物也，助两日之费。"

【《御定渊鉴类函》卷三百八十九·食物部二·拭手鸣牙】《退耕录》曰：许康年谒刘逊，赠鸣牙饼千枚，虽微物，助厨中两日之费。

【《御定佩文韵府》卷五十三之二·上声·二十三梗韵二·饼·鸣牙饼】《退耕录》：许康年赠刘逊，助~~~千枚。

【《御定佩文韵府》卷六十四之二·去声·五未韵二·费·两日费】《云仙杂记》：许康年谒刘逊，赠逊鸣牙饼千枚，曰："虽微物也，助厨中~~之~。"

◎ 词汇考

【汉语大词典·微物】菲薄的礼物。用作谦词。明杨珽《龙膏记·觊媒》："这些微物，聊充涂中之费。"鲁迅《书信集·致宋琳》："极欲略备微物，聊申祝意，而南北道远，邮寄不便。"

棠 棣 之 好

◎ 版本考

A 李构直遇与人相知，则曰："棠棣之好，何以过此?"喜庆倍常。(《叙闻录》)

B 李构直遇与人相知，则曰："棠棣之好，何以过此?"喜庆倍常。(《叙闻录》)

C 李构直遇与人相知，则曰："棠棣之好，何以过此?"喜庆倍常。(《叙闻录》)

D《叙闻录》曰：李构直遇与人相知，则曰："棠棣之好，何以过此?"喜庆倍常。(180)

E《叙闻录》曰：李构直遇与人相知，则曰："棠棣之好，何以过此?"喜庆倍常。(180)

◎ 引文考

今检《中国基本古籍库》，此条未见引用。

○今按：《御定佩文韵府》卷一百二之五·入声·十三职韵·直·李构直：《唐书·李逊传》：逊弟建字构直。

◎ 词汇考

【汉语大词典·常棣】《诗·小雅·常棣》篇，是一首申述兄弟应该互相友爱的诗。"常棣"也作"棠棣"。后常用以指兄弟。三国魏曹植《求通亲亲表》："中咏《棠棣》匪他之诚，下思《伐木》友生之义。"唐张九龄《和苏侍郎小园夕霁寄诸弟》："兴属兼葭变，文因棠棣飞。人伦用忠厚，帝德已光辉。"宋苏轼《生日王郎以诗见庆次其韵并寄茶二十一片》："棠棣并为天下士，芙蓉曾到海边郓。"明沈鲸《双珠记·遗珠入宫》："棠棣久飘零，几回寂寂，闻鸟顿心惊。"

金 兰 簿

◎ 版本考

A 戴弘正每得密友一人，则书于编简，焚香告祖考，号为"金兰簿"。(《宣武盛事》)

B 戴弘正每得密友一人，则书于编简，焚香告祖考，号为"金兰簿"。(《宣武盛事》)

C 戴弘正每得密友一人，则书于编简，焚香告祖考，号为"金兰簿"。(《宣武盛事》)

D《宣武盛事》曰：戴弘正每得密友一人，则书于编简，焚香告祖考，号为"金兰簿"。(181)

E《宣武盛事》曰：戴弘正每得密友一人，则书于编简，焚香告祖考，号为"金兰簿"。(181)

◎ 引文考

【宋谢维新《事类备要》前集卷三十三·师友门·书金兰簿】戴洪正每得密友一人，则~于编简，焚香告祖考，号"~~~"。

【元佚名《氏族大全》卷十八·十四泰·十八队·戴】戴洪正，唐人，每得密友，书于编简，号"金兰簿"。

【元阴时夫《韵府群玉》卷十·上声·七麌·金兰簿】戴洪正每得密友，书于编简，焚香告祖考，号"～～～"。

【明陈师《禅寄笔谈》卷四·交与】夫取友贵端，择友贵慎。蓬生于麻，不扶自直，说有自矣。遡古及今，古昔大圣，无友之名，有友之实。舜之乐取诸人，友也。禹之拜昌言，友也。文王之四友，友也。……戴弘正每得佳士，必祭告祖先，登"金兰簿"。夫管之择友其严乎？戴之亟亟于取友，可谓力行君子矣，故殁世而名称焉。

【明焦竑《焦氏类林》卷一】戴宏正每得密友一人，则书于编简，焚香告祖考，号"金兰簿"。(《宣武盛事》)

【明李贽《初潭集》卷二十·师友十·八易离】任昉为中丞，簪裾辐辏，预其宴者皆号为龙门游。戴弘正每得密友一人，则书于编简，焚香告祖考，号金兰簿。

【明凌迪知《万姓统谱》卷九十九·去声·十一队·戴·戴洪正】唐人每得密友，书于编简，号金兰簿。

【明周嘉胄《香乘》卷十一·香事别录·焚香告祖】戴弘正每得密友一人，则书于简编，焚香告祖，号为"金兰簿"。(《宣武盛事》)

【明彭大翼《山堂肆考》卷一百五·人品·拜告祖考】《宣武盛事》：唐戴洪正每得密友一人，则书于简编，焚香拜告祖考，号"金兰簿"。

【明卓明卿《卓氏藻林》卷二·交游类·金兰簿】唐戴洪正每得密友，书于简编，号"金兰簿"。

【明张岱《夜航船》卷五·伦类部·金兰簿】戴弘正每得一密友，则书于简编，焚香以告祖考，号"金兰簿"。

【清邓志谟《古事苑定本》卷三·朋友二】晋戴洪正每得密友一人，则书于编简，焚香告之祖考，题曰"金兰簿"。

【清徐嘉注《顾亭林先生诗笺注》卷六·《永夜》·当时多少金兰友】《世说》：山公与嵇阮一面契若金兰。《云仙杂记》：戴宏正每得密友一人，则书于编简，号为"金兰簿"。

【清华希闵《广事类赋》卷十八·朋友·宜入金兰之籍】《宣武盛事》：戴弘正每得密友一人，则书于编简，焚香告祖考，号"金兰簿"。

【清王韬《弢园文录外编》卷九《弢园尺牍序》】尺牍一道，少即留意。当弱冠时，曾搜集所遗友朋书为《鸿鱼谱》。尝自谓，昔戴宏正有"金兰簿"，示不敢滥交。余亦有"鸿鱼谱"，示不敢忘旧。命名不同，而命意则同也。

【清吴襄《子史精华》卷八十五·伦常部五·金兰簿】冯贽《云仙杂记》：戴弘正每得密友一人，则书于简编，焚香告祖考，号曰"～～～"。

【《御定渊鉴类函》卷二百五十二·人部十一·引见妻孥告之祖考】《云仙散录》：杜甫每朋友至，则引见妻子。韦侍御退而使其妇送夜飞蝉，以助妆饰。《宣武盛事》：唐戴宏正每得密友一人，则书于简编，焚香拜告祖考，号"金兰簿"。

【《御定佩文韵府》卷三十七之五·上声·七麌韵五·簿·金兰簿】《宣武盛事》：戴弘正每得密友，则书于编简，焚香告祖，号"～～～"。

【《御定佩文韵府》卷五十五之三·上声·二十五有韵三·友·密友】《宣武盛事》：戴

宏正每得~~一人，则书于编简，焚香告于祖考，号"金兰簿"。

　　【清章履仁《姓史人物考》卷十四·戴·戴宏正】每得密友，书于编简，号"金兰谱"。

　　【清沈寿民《姑山遗集》卷二十二·交对】昔者戴洪正每得密友一人，则书于简编，焚香拜告祖宗。

◎ 词汇考

　　【汉语大词典·金兰簿】登记结拜兄弟姓名、年龄、籍贯等的簿册。唐冯贽《云仙杂记·金兰簿》："戴弘正每得密友一人，则书于编简，焚香告祖考，号为'金兰簿'。"

鸭 卵 成 花

◎ 版本考

　　A 向声能于铛中以手拨鸭卵成花。（《河中记》）
　　B 向声能于铛中以手拨鸭卵成花。（《河中记》）
　　C 向声能于铛中以手拨鸭卵成花。（《河中记》）
　　D【鸭卵花】《河中记》曰：向声能于铛中以手拨鸭卵成花。（182）
　　D【鸭卵花】《河中记》曰：向声能于铛中以手拨鸭卵成花。（182）

◎ 引文考

　　【明徐应秋《玉芝堂谈荟》卷九·弹墙成字】《河中记》称：向声能于鼎铛中以手拨鸭卵成花。

◎ 词汇考

　　【汉语大词典·鸭卵】鸭蛋。宋陆游《老学庵笔记》卷五："《齐民要术》有咸杬子法，用杬木皮渍鸭卵。"清褚人获《坚瓠秘集·鸭卵河鲀子》："王以鸭卵实生河鲀子与顺食，竟无害。后闻海乡人云：河鲀同鸭卵食，则不杀人，信然。"

烛 　 围

◎ 版本考

　　A 韦陟家宴，使每婢执一烛，四面行立，人呼为"烛围"。（《长安后记》）
　　B 韦陟家宴，使每婢执一烛，四面行立，人呼为"烛围"。（《长安后记》）
　　C 韦陟家宴，使每婢执一烛，四面行立，人呼为"烛围"。（《长安后记》）
　　D《长安后记》曰：韦陟家宴，使每婢执一烛，四面行立，人呼为"烛围"。（183）
　　E《长安后记》曰：韦陟家宴，使每婢执一烛，四面行立，人呼为"烛围"。（183）

◎ 引文考

　　【明冯梦龙《古今谭概》汰侈部卷十四·烛围】韦涉家宴，使群婢各执一烛，四面行立，呼为烛围。（《长安后记》）唐宁王灯婢申王烛奴皆刻香木为之，韦为侈矣。

【明郑若庸《类隽》卷二十一·器用类·烛·烛围】《长安后记》云：韦涉家晏，使每婢执一烛，四行立，人称"烛围"。

【明郑仲夔《玉麈新谭》清言卷九·俭啬】韦郇公家宴，使每婢执烛，四面行立，人呼为"烛围"。

【清王初桐《奁史》卷八十四·器用门一·器上】韦涉家宴，婢皆执烛，四面行立，呼为"烛围"。（《长安后记》）

【清吴士玉《骈字类编》卷八十一·数目门四·一·一烛】《钗小志》：韦陟家宴，使每婢执~~，四面行立，人呼为"烛围"。

【清吴襄《子史精华》卷二十九·礼仪部二·烛围】冯贽《云仙杂记》：韦涉家宴，使每婢执一烛，四面行立，人呼为"~~"。

【清吴襄《子史精华》卷八十三·伦常部三·烛围】冯贽《云仙杂记》：韦陟家宴，使每婢执一烛，四面行立，人呼为"~~"。

【《御定渊鉴类函》卷三百六十·火部二·烛三·烛围】《开元遗事》云：杨国忠每家宴，使每婢执一烛，四行立，呼为"烛围"。韦涉家宴亦然。

【《御定佩文韵府》卷七十六之四·去声·十七霰韵四·宴·家人燕】《云仙杂记》：韦陟家宴，每使婢执一烛，四面行立，人呼为"烛围"。

◎ 词汇考

【汉语大词典·行立】行走站立。唐刘肃《大唐新语·识量》："长安中，说（张说）修《三教珠英》，当时学士亦高卑悬隔，至于行立前后，不以品秩为限也。"《旧唐书·宪宗纪上》："如有朝堂相吊慰及跪拜；待漏行立失序，笑语喧哗；入衙入阁，执笏不端，行立迟慢……每犯夺一月俸。"明李贽《荀卿李斯吴公》："能自立者必有骨也。有骨则可藉以行立；苟无骨，虽百师友左提右挈，其奈之何？"

宴 客 典 斟

◎ 版本考

A 陈无咎宴客，一客用一婢典斟，必十二斟而后使满，以尽诚敬之道。（《洛都要记》）

B 陈无咎宴客，一客用一婢典斟，必十二斟而后使满，以尽诚敬之道。（《洛都要记》）

C 陈无咎宴，一客用一婢典斟，必十二而后使满，以尽诚敬之道。（《洛都要记》）

D【十二斟】《洛都要记》曰：陈无咎宴客，一客用一婢典斟，必十二斟而后使满，以尽诚敬之道。（184）

E【十二斟】《洛都要记》曰：陈无咎宴客，一客用一婢典斟，必十二斟而后使满，以尽诚敬之道。（184）

◎ 引文考

【清吴襄《子史精华》卷二十九·礼仪部二·典斟】冯贽《云仙杂记》：陈无咎宴，一客用一婢~~，必十二而后使满，以尽诚敬之道。

【明沈沈《酒概》卷三·十四之缘】陈无咎宴，一客用一婢典斟，必十二而后使满，以尽诚敬之道。(《洛都要记》)是笃于市缘者。

【明夏树芳《词林海错》卷七·典斟】《洛岳略》：陈无咎宴客，一客用一侍儿典斟，必十二斟而后引满，以尽诚敬之道。

【清刘堃《修洁斋闲笔》卷三·典斟】陈无咎晏客，一客用一婢典斟，必十二斟而后使满，以尽诚敬之道。

【清王初桐《奁史》卷二十·妾婢门二·婢】陈无咎宴，一客用一婢典斟，必十二而后始满，以尽诚敬之道。(《洛阳要记》)

【清吴襄《子史精华》卷二十九·礼仪部二·典斟】冯贽《云仙杂记》：陈无咎宴，一客用一婢~~，必十二而后使满，以尽诚敬之道。

◎ 词汇考

【汉语大词典·诚敬】1. 诚恳恭敬。南朝梁刘勰《文心雕龙·祝盟》："班固之祀蒙山，祈祷之诚敬也；潘岳之祭庾妇，奠祭之恭哀也。"元李文蔚《圯桥进履》第三折："小生等待许久，不见贤士到来，蔬食薄味，与贤士饯行，略表诚敬之心也。"许地山《危巢坠简》一："表示他底诚敬的不是剑，也不是旗，乃是把他全副身心献给国家。"2. 忠厚端肃。唐柳宗元《安南都护张公志》："易皮弁以冠带，化奸宄为诚敬，皆用周礼，率由汉仪。"宋张世南《游宦纪闻》卷四："信可讳锜，永福人，诚敬而疏通，博学而和粹。"3. 程朱学说中所谓存诚与居敬的并称。金王若虚《滹南诗话》卷中："欧公《寄常秩》诗云：'笑杀汝阴常处士，十年骑马听朝鸡。'伊川云：'夙兴趋朝，非可笑事，永叔不必道。'夫诗人之言，岂可如是论哉！程子之诚敬，亦已甚矣。"

金牌盈座

◎ 版本考

A 河间王夜饮，妓女讴歌，一曲下一金牌。席终，金牌盈座。(《丰盈传》)

B 河间王夜饮，妓女讴歌，一曲下一金牌。席终，金牌盈座。(《丰盈传》)

C 河间王夜饮，妓女讴歌，一曲下一金牌。席终，金牌盈座。(《丰盈传》)

D《丰盈传》曰：河间王夜饮，妓女讴歌，一曲下一金牌。席终，金牌盈座。(185)

E《丰盈传》曰：河间王夜饮，妓女讴歌，一曲下一金牌。席终，金牌盈座。(185)

◎ 引文考

【清史梦兰《全史宫词》卷十二·魏】迎风馆侧麝兰芬，文柏堂前酒半醺。唱到金牌盈座后，歌声翻妒绿朝云。○《云仙杂记》：河间王夜饮，妓女讴歌，一曲下一金牌。席终，金牌盈座。

【清王初桐《奁史》卷五十五·音乐门三·歌舞】河间王夜饮，妓女讴歌，一曲下一金牌。席终，金牌盈座。(《丰盈传》)

【《御定佩文韵府》卷二十之一·下平声·五歌韵一·歌·讴歌】《云仙杂记》：河间王

夜饮，妓女~~，一曲下一金牌。席终，金牌盈[座]。

【《御定佩文韵府》卷八十之二·去声·二十一个韵二·座·金牌盈座】《云仙杂记》：河间王夜饮，妓女歌一曲下一金牌，席终~~~~。

◎ 词汇考

【汉语大词典·讴歌】歌唱。《楚辞·离骚》："宁戚之讴歌兮，齐桓闻以该辅。"前蜀杜光庭《温江县招贤馆众斋词》："野洽讴歌，人归富寿。"清青城子《志异续编·某少年》："少年寓楼上，日与二僮箫管讴歌，谈笑作乐。"

聚 香 团

◎ 版本考

A 扬州太守仲端畏妻，不敢延客。谢廷皓谒之，坐久，饥甚。端入内，袖聚香团啖之。（《扬州事迹》）

B 扬州太守仲端畏妻，不敢延客。谢廷皓谒之，坐久，饥甚。端入内，袖聚香团啖之。（《扬州事迹》）

C 扬州太守仲端畏妻，不敢延客。谢廷皓谒之，坐久，甚饥。端入内，袖聚香团啖之。（《扬州事迹》）

D《扬州事迹》：扬州太守仲端畏妻，不敢延客。谢廷皓谒之，坐久，饥甚。端入内，袖聚香团啖之。（186）

E《扬州事迹》：扬州太守仲端畏妻，不敢延客。谢廷皓谒之，坐久，饥甚。端入内，袖聚香团啖之。（186）

◎ 引文考

【明彭大翼《山堂肆考》考卷九十四·亲属·夫·袖食香团】太守仲端畏妻，不敢延客。谢廷皓谒之，坐久，饥甚。端入内，袖聚香团食之。

【明徐应秋《玉芝堂谈荟》卷二十九·单笼金乳酥】《扬州事迹》：仲端啖谢廷皓聚香团。

【明周嘉胄《香乘》卷十·香事分类下·聚香团】扬州太守仲端啖客以聚香团。（《扬州事迹》）

【清舒位《瓶水斋诗集》卷八·屠维协洽上章涒滩·张八刺史见索饼谢饼三诗寄声雨樵将邀余为雅集虽复嚼未遑而加餐可念再附二律为谢】饼饵风香驿骑尘，直教千万买芳邻。枯肠敢诩搜无敌，食指居然动有因。转语香留牙后慧，高歌酣望眼中人。生惭斗面封题客，日映空函写未真。六钧弓重许传观，能把吟笺换食单。有甚画眉开阁早，无端攘臂下车难。也知好语闻谈士，深恐虚名累长官。他日扬州骑鹤去，袖中还有聚香团。

【清王初桐《奁史》卷二·夫妇门二·夫】扬州太守仲端畏妻，不敢延客。谢廷皓谒之，坐久，甚饥。端入内，袖聚香团啖之。（《扬州事迹》）

◎ 词汇考

【仲端】事迹待考。

【谢廷皓】事迹待考。

【聚香团】名叫"聚香"的团子。

【汉语大词典·团子】用米或粉等做成的球形食品。

待阙鸳鸯社

◎ 版本考

A 朱子春未婚，先开房室，帷帐甚丽，以待其事。旁人谓之"待阙鸳鸯社"。(《妆楼记》)

B 朱子春未婚，先开房室，帷帐甚丽，以待其事。旁人谓之"待阙鸳鸯社"。(《妆楼记》)

C 朱子春未婚，先开房室，帷帐甚丽，以待其事。旁人谓之"待阙鸳鸯社"。(《妆楼记》)

D【鸳鸯社】《妆楼记》曰：朱子春未婚，先开房室，帷帐甚丽，以待其事。旁人谓之"待阙鸳鸯社"。(187)

E【鸳鸯社】《妆楼记》曰：朱子春未婚，先开房室，帷帐甚丽，以待其事。旁人谓之"待阙鸳鸯社"。(187)

◎ 引文考

【明冯梦龙《古今谭概》雅浪部卷二十六·待阙鸳鸯社】朱子春未婚，先开房室，帷帐甚丽，以待其事。时人谓之"待阙鸳鸯社"。见《妆楼记》。○今按：此为伪注，明人恶习。

【明许自昌《捧腹编》卷四·妆楼记·待阙鸳鸯社】朱子春未婚，先开房室，帷帐甚丽，以待其事。旁人谓之"待阙鸳鸯社"。

【清独逸窝退士《笑笑录》卷一·待阙鸳鸯社】朱子春未婚，先开房室，帷帐甚丽，以待其事。旁人谓之"待阙鸳鸯社"。(《妆楼记》)

【清王初桐《奁史》卷七十五·宫室门一·宫室】朱子春未婚，先开房室，帷帐甚丽，以待其事。旁人谓之"待阙鸳鸯社"。(《妆楼记》)

【清吴士玉《骈字类编》卷六十一·居处门五·房·房室】《妆楼记》：朱子春未婚，先开~~，帷帐甚丽，以待其事。旁人谓之"待阙鸳鸯社"。

【清吴士玉《骈字类编》卷一百五十一·器物门四·帷·帷帐】《妆楼记》：朱子春未婚，先开房室，~~甚丽，以待其事。旁人谓之"待阙鸳鸯社"。

【清吴襄《子史精华》卷一百三十二·言语部八·待阙鸳鸯社】冯贽《云仙杂记》：朱子春未婚，先开房室，帷帐甚丽，以待其事。人谓之"~~~~~"。

【清袁翼《邃怀堂全集》骈文笺注卷三·书薛涛诗集后·待阙】《妆楼记》：朱子春未婚，先开房室，帷帐甚丽，以待其事。旁人谓之"待阙鸳鸯社"。

【《御定佩文韵府》卷十一之四·上平声·十一真韵四·春·子春】《妆楼记》：朱~~未婚，先开房室，帷帐甚丽，以待其事。旁人谓之"待阙鸳鸯社"。

【《御定佩文韵府》卷五十一之三·上声·二十一马韵三·社·鸳鸯社】《妆楼记》：朱子春未婚，先开房室，帷帐甚丽，以待其事。旁人谓之"待阙~~~"。

【《御定佩文韵府》卷八十二之三·去声·二十三漾韵三·帐·帏帐】《妆楼记》：朱子

春未婚，先开房室，～～甚丽，以待其事。人谓之"待阙鸳鸯社"。

◎ 词汇考

【汉语大词典·鸳鸯社】指男女欢会之所。南唐张泌《妆楼记》："朱子春未婚，先开房室，帷帐甚丽，以待其事。旁人谓之待阙鸳鸯社。"《全元散曲·一枝花·盼望》："晓行藏知起倒翻身跳出鸳鸯社，能进退识高低大步冲开狼虎穴。"清纪昀《阅微草堂笔记·姑妄听之一》："舞衫歌扇，仪态万方，弹指繁华，总随逝水。鸳鸯社散之日，茫茫回首，旧事皆空。○今按：此条所谓"南唐张泌《妆楼记》"为伪注。

【汉语大词典·待阙】谓虚位以待。南朝梁沈约《太常卿任昉墓志铭》："川溪望归，岩阿待阙，幽光忽断，穷灯黯灭。"

笑　春　红

◎ 版本考

A 阆州参军黄涉婢曰笑春红，死，涉念之，泪洒犀帘，至皆损坏。(《蜀普录》)

B 阆州参军黄涉婢曰笑春红，死，涉念之，泪洒犀帘，至皆损坏。(《蜀普录》)

C 阆中参军黄涉婢曰笑春红，死，涉念之，泪洒犀帘，至皆损坏。(《蜀普录》)

D【泪烂犀帘】《蜀普录》曰：阆州参军黄涉婢曰笑春红，死，涉念之，泪洒犀帘，至皆损坏。(188)

E【泪烂犀帘】《蜀普录》曰：阆州参军黄涉婢曰笑春红，死，涉念之，泪洒犀帘，至皆损坏。(188)

◎ 引文考

【明彭大翼《山堂肆考》卷一百十二·人品·黄涉念亡婢】《蜀谱录》：阆州参军黄涉有婢笑春红，死，涉念之，洒泪，烂损犀帘。

【明夏树芳《词林海错》卷九·犀帘】《蜀谱录》：阆州参军黄涉婢曰笑春红，既死，涉念之，泪洒犀帘，至皆损坏。

【明徐应秋《玉芝堂谈荟》卷三十一·五色赋】阆州参军黄涉婢曰笑春红。

【清陈祥裔《蜀都碎事》卷四】阆中参军黄涉婢曰笑春红，死，涉念之，洒泪犀帘，至皆损坏。(《蜀谱录》)。

【清华希闵《广事类赋》卷十九·闺阁部·婢·漫损犀帘】《云仙散录》：阆州参军黄涉有婢曰笑春红，红死，涉念之，洒泪，烂损犀帘。

【清彭遵泗《蜀故》卷十六补·婢妾】阆中参军黄涉婢曰笑春红，死，涉念之，泪洒犀帘，至皆损坏。

【清王初桐《奁史》卷二十·妾婢门二】阆中参军黄涉婢曰笑春红，死，涉念之，泪洒犀帘，至皆损坏。(《蜀谱录》)

【清张培仁《静娱亭笔记》卷六·颜色字】：阆州参军黄涉婢曰笑春红。

【《御定渊鉴类函》卷二百五十八·人部十七·奴婢二】《蜀谱录》曰：阆州参军王涉有婢笑春红，死，涉念之，洒泪，烂损犀帘。

【《御定佩文韵府》卷一之四·上平声·一东韵四·红·笑春红】《云仙散录》：阆州参军王涉有婢曰～～～。

◎ 词汇考

【汉语大词典·参军】官名。东汉末始有"参某某军事"的名义，谓参谋军事。简称"参军"。晋以后军府和王国始置为官员。沿至隋唐，兼为郡官。明清称经略为参军。

二　花

◎ 版本考

A 阮文姬插鬓用杏花，陶溥公呼曰二花。（《河东备录》）

B 阮文姬插鬓用杏花，陶溥公呼曰二花。（《河东备录》）

C 阮文姬插鬓用杏花，陶溥公呼曰二花。（《河东备录》）

D《河东备录》曰：阮文姬插鬓用杏花，陶溥公呼曰二花。（189）

E《河东备录》曰：阮文姬插鬓用杏花，陶溥公呼曰二花。（189）

◎ 引文考

【宋无名氏《锦绣万花谷》后集卷三十七·杏·二花】阮文姬插鬓用杏花，（淘）[陶]（浦）[溥]呼为二花，出《河东备录》。

【明彭大翼《山堂肆考》卷一百九十八·花品·文姬插】《河东备录》：阮文姬插鬓用杏花，（淘）[陶]（浦）[溥]呼为二花。

【明慎懋官《华夷花木鸟兽珍玩考》花木考卷二·二花】阮文姬插鬓用杏花，（淘）[陶]（浦）[溥]呼为二花。

【明王路《花史左编》卷十七·花之人·二花】阮文姬插鬓用杏花，陶溥公呼曰二花。

【明郑若庸《类隽》卷二十六·花木类·杏花·二花】《河东备录》云：阮文姬插鬓用杏花，陶（浦）[溥]呼为二花。

【清陈元龙《格致镜原》卷七十·杏花】《河东备录》云：阮文姬插鬓用杏花，陶（浦）[溥]呼为二花。

【《御定佩文斋广群芳谱》卷二十五·花谱·杏花·别录】增《钗小志》：阮文姬插鬓用杏花，陶溥公呼曰二花。

【清王初桐《奁史》卷六十八·钗钏门一·插花】阮文姬插鬓用杏花，陶溥公呼曰二花（《河东备录》）

【清吴宝芝《花木鸟兽集类》卷上·杏花】《河东备录》：阮文姬插鬓用杏花，陶溥呼为二花。

【清吴士玉《骈字类编》卷八十七·数目门十·二花】《钗小志》：阮文姬插鬓用杏花，陶溥公呼曰～～。

【清邹弢《三借庐赘谭》卷九·花神议·二月杏花】阮文姬原议二月梨花，以谢道韫为花神亦未妥拟改杏花。《钗小志》云：阮文姬插鬓喜用杏花。今以配之红轻粉薄，占断风流矣。

◎ 词汇考

【插花】戴花。南朝梁袁昂《古今书评》："卫恒书如插花美女，舞笑镜台。"唐杜牧《杏园》诗："莫怪杏园憔悴去，满城多少插花人。"宋辛弃疾《定风波·暮春漫兴》词："少日春怀似酒浓，插花走马醉千钟。"

三 鹿 郡 公

◎ 版本考

A 袁利见为性顽犷，方棠谓袁生已封三鹿郡公，盖讥其太粗疏也。(《幽燕记》)

B 袁利见为性顽犷，方棠谓袁生已封三鹿郡公，盖讥其太粗疏也。(《幽燕记》)

C 袁利见为性顽犷，方棠谓袁生已封三鹿郡公，盖讥其太粗疏也。(《幽燕记》)

D《幽燕记》曰：袁利见为性顽犷，方棠谓袁生已封三鹿郡公，盖讥其太粗疏也。(190)

E《幽燕记》曰：袁利见为性顽犷，方棠谓袁生已封三鹿郡公，盖讥其太粗疏也。(190)

◎ 引文考

【明冯梦龙《古今谭概》卷八·不韵部·三鹿郡公】袁利见性粗疏，方棠谓袁生已封三鹿郡公。

【明顾起元《说略》卷二十四·谐志】袁利见为性顽犷，方棠谓袁生已封三鹿郡公。见《幽燕记》。

【明郭子章《六语》讥语卷二·唐】袁利见为性顽犷，方棠谓袁生已封三鹿郡公。盖讥其太粗疏也。(《幽燕记》)

【清吴襄《子史精华》卷一百三十二·言语部八·三鹿郡公】冯贽《云仙杂记》：袁利见为性顽犷，方棠谓袁生已封～～～～，盖议其太粗疏也。

【清屠粹忠《栩栩园诗·四豪》】纵然建白留斑管，久矣雌黄付浊醪。招忌方知愚是福，甘贫只认俭为高。每愁直玄讥三鹿(袁利名三鹿郡公，讥其粗也)，又怪横行黜二螯。正值升平轩舞日，临风未敢读《离骚》。

◎ 词汇考

【汉语大词典·三鹿郡公】三"鹿"合为一"麤"字，用为对粗疏之人的讥称。唐冯贽《云仙杂志·三鹿郡公》引《幽燕记》："袁利见为性顽犷，方棠谓袁生已封三鹿郡公，盖讥其太粗疏也。"

【汉语大词典·顽犷】顽劣粗野。唐冯贽《云仙杂记·三鹿郡公》："袁利见为性顽犷，方棠谓袁生已封三鹿郡公，盖讥其太粗疏也。"宋胡仔《苕溪渔隐丛话前集·东坡八》："此诗云：'草茶无赖空有名，高者夭邪次顽犷。'以讥世之小人，若不谄媚夭邪，须顽犷狠劣也。"《明史·西域传三·大慈法王》："乌斯藏远在西方，性极顽犷。"

唇油两注(有目无文)

昆仑玉盏

◎ 版本考

A 宇文卓方执昆仑玉盏，听左丞檀超高谈，不觉坠地。(《青州杂记》)

B 宇文卓方执昆仑玉盏，听左丞檀超高谭，不觉坠地。(《青州杂记》)

C 宇文卓方执昆仑玉盏，听左丞檀超高谭，不觉坠地。(《青州杂记》)

D《青州杂记》曰：宇文卓方执昆仑玉盏，听左丞檀超高谈，不觉坠地。(191)

E《青州杂记》曰：宇文卓方执昆仑玉盏，听左丞檀超高谈，不觉坠地。(191)

◎ 引文考

【明郑仲夔《玉麈新谭》偶记卷三·昆仑玉盏】宇文卓方执昆仑玉盏，听左丞檀超高谭，不觉坠地。

【明郑仲[夔]《偶记》卷三·昆仑玉盏】宇文卓方执昆仑玉盏，听左丞檀超高谭，不觉坠地。

【清吴士玉《骈字类编》卷六十七·珍宝门二·玉盏】《云仙杂记》：宇文卓方执昆仑~~，听左丞檀超高谈，不觉坠地。

【《御定佩文韵府》卷十三之六·上平声·十三元韵六·仑·昆仑】《记事珠》：宇文卓方执~~玉盏，听左丞檀超高谈，不觉堕地。

【《御定佩文韵府》卷四十五·上声·十五潸韵·盏·玉盏】《青州杂记》：宇文卓方执昆仑~~，听左丞檀超高谈，不觉坠地。

【清冯浩《玉溪生诗详注》卷三·魏侯第东北楼堂郑叔言别聊用书所见成篇·酒玉昆仑】《记事珠》：宇文卓方执昆仑玉盏，听左丞檀超高谈，不觉堕地。

【清陈元龙《格致镜原》卷五十一·日用器物类三·盏】《青州杂记》：宇文卓方执昆仑玉盏，听左丞檀超高谈，不觉坠地。

【清李骥《虬峰文集》卷十三·寓兴】萧条就枕未黄昏，彻夜开筵忆昔喧。不醉无归藏烛跋，高谈倾听堕昆仑。○宇文卓执昆仑玉盏，听左丞檀超高谈，不觉堕地。

◎ 词汇考

【宇文卓】事迹待考。

【汉语大词典·玉盏】亦作"玉醆"。玉饰的酒杯。《礼记·明堂位》："爵用玉盏乃雕。"孔颖达疏："盏，夏后氏之爵名也。以玉饰之，故曰玉盏。"唐元稹《饮致用神曲酒三十韵》："雕镌荆玉盏，烘透内丘瓶。"宋晏殊《玉楼春》词："画堂元是降生辰，玉盏更斟长命酒。"宋晏几道《采桑子》词："三弄临风，送得当筵玉醆空。"

【左丞檀超】事迹待考。

坐间牡丹花

◎ 版本考

　　A 宋旻语常带华藻。李孺安曰："时方三月，坐间生无数牡丹花矣。"（《邺郡名录》）
　　B 宋旻语常带华藻。李孺安曰："时方三月，坐间生无数牡丹花矣。"（《邺郡名录》）
　　C 宋旻语常带华藻。李孺安曰："时方三月，坐间生无数牡丹花矣。"（《邺郡名录》）
　　D【语生牡丹】《邺郡名录》曰：宋旻语常带华藻。李孺安曰："时方三月，坐间生无数牡丹花矣。"（192）
　　E【语生牡丹】《邺郡名录》曰：宋旻语常带华藻。李孺安曰："时方三月，坐间生无数牡丹花矣。"（192）

◎ 引文考

　　【《文章辨体汇选》卷七百七十六·张献翼《语言谈》】宋旻语常带华藻。李孺安曰："时方三月，坐间生无数牡丹花矣。"
　　【《御定佩文斋广群芳谱》卷之三十·四花谱·牡丹三·别录】增《云仙杂记》：宋旻语常带华藻。李孺安曰："时方三月，坐间生无数牡丹花矣。"

◎ 词汇考

　　【汉语大词典·华藻】华丽的辞藻。宋陆游《上殿札子》之二："太平既久，日趋于文，放而不还，末流愈远，浮虚失实，华藻害道。"清李慈铭《书凌氏廷堪〈校礼堂集〉中〈书唐文粹文后〉文后》："流及六朝，愈尚华藻，波靡递下，乃有风云月露之讥。"
　　【宋旻】事迹待考。
　　【李孺安】事迹待考。

杜 鹃 唤 归

◎ 版本考

　　A 石谊未娶，闻杜鹃唤归，叹曰："此物催人使归，使我何所归邪？"（《金台录》）
　　B 石谊未娶，闻杜鹃唤归，叹曰："此物催人使归，使我何所归邪？"（《金台录》）
　　C 石谊未娶，闻杜鹃唤归，叹曰："此物催人使归，使我何所归邪？"（《金台录》）
　　D【杜鹃催】《金台录》曰：石谊未娶，闻杜鹃唤归，叹曰："此物催人使归，使我何所归邪？"（193）
　　E【杜鹃催】《金台录》曰：石谊未娶，闻杜鹃唤归，叹曰："此物催人使归，使我何所归邪？"（193）

◎ 引文考

　　【清王初桐《奁史》卷六·婚姻门二·嫁娶】石谊未娶，闻杜鹃唤归，叹曰："此物催人使归，使我何所归邪？"（《金台录》）

◎ 词汇考

【汉语大词典·杜鹃】鸟名。又名杜宇、子规。相传为古蜀王杜宇之魂所化。春末夏初，常昼夜啼鸣，其声哀切。南朝宋鲍照《拟行路难》诗之六："中有一鸟名杜鹃，言是古时蜀帝魂。其声哀苦鸣不息，羽毛憔悴似人髡。"唐杜甫《杜鹃行》："君不见昔日蜀天子，化作杜鹃似老乌。寄巢生子不自啄，群鸟至今与哺雏。"

遇 河 神

◎ 版本考

A 顾希微开成二年遇河神屈莫多，曰："更二千年，大江所在，堤岸当崩沙九里。"（《禹功记》）

B 顾希微开成二年遇河神屈莫多，曰："更二千年，大江所在，堤岸当崩沙九里。"（《禹功记》）

C 顾希微开成二年遇河神屈莫多，曰："更二千年，大江所在，堤岸当崩沙九里。"（《禹功记》）

D【崩沙九里】《禹功记》曰：顾希微开成二年遇河神屈莫多，曰："更二千年，大江所在，堤岸当崩沙九里。"（194）

E【崩沙九里】《禹功记》曰：顾希微开成二年遇河神屈莫多，曰："更二千年，大江所在，堤岸当崩沙九里。"（194）

◎ 引文考

【明徐应秋《玉芝堂谈荟》卷十三·陪阿鲑蚕】《禹功记》载：顾希微所遇河神，名屈未多。

【清吴士玉《骈字类编》卷四十八·山水门十三·河神】《云仙杂记》：顾希微开成二年遇~~屈莫多曰："更二千年，大江所在堤岸，当崩沙九里。"

◎ 词汇考

【汉语大词典·河神】传说中掌管河流的水神。《左传·僖公二十八年》："梦河神谓己曰：'畀余，余赐女孟诸之麋。'"宋苏轼《河复》诗："吾君仁圣如帝尧，百神受职河神骄。"

口 吻 生 花

◎ 版本考

A 张祜苦吟，妻孥唤之不应，以责祜。祜曰："吾方口吻生花，岂恤汝辈？"（《白氏金锁》）

B 张（佑）[祜]苦吟，妻孥唤之不应，以责祜。祜曰："吾方口吻生花，岂恤汝辈？"（《白氏金锁》）

　　C 张祜苦吟，妻孥唤之不应，以责祜。祜曰："吾方口吻生花，岂恤汝辈?"(《白氏金锁》)

　　D《白氏金锁》曰：张祜苦吟，妻孥唤之不应，以责祜。祜曰："吾方口吻生花，岂恤汝辈?"(195)

　　E《白氏金锁》曰：张祜苦吟，妻孥唤之不应，以责祜。祜曰："吾方口吻生花，岂恤汝辈?"(195)

◎ 引文考

　　【明查应光《靳史》卷十二·唐】张祜善吟，妻孥唤之不应，以责祜。祜曰："吾方口吻生花，岂恤汝辈?"

　　【明冯梦龙《古今谭概》卷二十一·谲知部·崔张豪侠】张祜，字承吉，苦吟时，妻孥唤之不应，以责祜。祜曰："吾方口吻生花，岂惜汝辈?"后知南海，罢但载罗浮石归，不治产，虽一事见欺，不愧豪士矣。

　　【明蒋一葵《尧山堂外纪》卷三十一·唐·张祜】张祜，字承吉，苦吟时，妻孥唤之不应，以责祜。祜曰："吾方口吻生花，岂恤汝辈?"后知南海，罢但载罗浮石归，不治产。

　　【明孙绪《沙溪集》卷十四·杂著·无用闲谈】张(佑)[祜]每苦吟，妻孥唤之不应，曰："吾方口吻生花，岂恤汝辈?"张九成读书，县吏往候，九成不为礼，问亦不答，曰："黄卷中方与圣贤对，何暇与俗吏语?"

　　【清吴襄《子史精华》卷六十八·文学部四·口吻生花】冯贽《云仙杂记》：张(佑)[祜]苦吟，妻奴唤之不应，以责佑。佑曰："吾方~~~~，岂恤汝辈?"

　　【清邓志谟《古事苑定本》卷七·文章二·学术】张(佑)[祜]时时口吻生花。

　　【清张定鋆《三余杂志》卷四·苦吟】《云仙杂记》：孟浩然眉毫尽落，裴佑袖手衣袖至穿，王维走入醋瓮，皆苦吟者也。又云：张祜苦吟，妻孥唤之不应，以责祜。祜曰："吾口吻生花，岂恤汝辈?"

◎ 词汇考

　　【汉语大词典·妻帑】亦作"妻孥"。妻子和儿女。《诗·小雅·常棣》："宜尔家室，乐尔妻帑。"毛传："帑，子也。"《国语·越语上》："若以越国之罪为不可赦也，将焚宗庙，系妻孥。"唐杜甫《羌村》诗之一："妻孥怪我在，惊定还拭泪。"

赠诗胜烂黄鱼

◎ 版本考

　　A 皇甫湜谒韩愈，愈赠以诗。湜退，有言，怒愈不为置酒。愈曰："岂不胜以烂黄鱼待汝耶?"(《续钟嵘句眼》)

　　B 皇甫湜谒韩愈，愈赠以诗。湜退，有言，怒愈不为置酒。愈曰："岂不胜以烂黄鱼待汝耶?"(《续钟嵘句眼》)

　　C 皇甫湜谒韩愈，愈赠以诗。湜退，有言，怒愈不为置酒。愈曰："岂不胜以烂黄鱼

待汝耶?"(《续钟嵘句眼》)

　　D【烂黄鱼】《续钟嵘句》曰：皇甫湜谒韩愈，愈赠以诗。湜退，有言，怒愈不为置酒。愈曰："岂不胜以烂黄鱼待汝邪?"(196)

　　E【烂黄鱼】《续钟嵘句》曰：皇甫湜谒韩愈，愈赠以诗。湜退，有言，怒愈不为置酒。愈曰："岂不胜以烂黄鱼待汝邪?"(196)

◎ 引文考

　　【《白孔六帖》卷十五·赠以诗胜烂黄鱼】皇甫湜谒韩愈，愈赠以诗。怨愈不为置酒。愈曰："岂不胜以烂黄鱼待汝邪?"

◎ 词汇考

　　【汉语大词典·黄鱼】鱼名。(1)鳣的别名。《尔雅·释鱼》"鳣"晋郭璞注："鳣，大鱼，似鳝而鼻短，口在颔下，甲无鳞，肉黄，大者长二三丈，今江东呼为黄鱼。"唐杜甫《黄鱼》诗："日见巴东峡，黄鱼出浪新。"明李时珍《本草纲目·鳞三·鳣鱼》(释名)："黄鱼，蜡鱼，玉版鱼。"(2)海鱼。分大黄鱼、小黄鱼两种。也称石首鱼、黄花鱼。《三国志·吴书·薛综传》："侵虐百姓，强赋于民，黄鱼一枚收稻一斛，百姓怨叛。"

折箸不休

◎ 版本考

　　A 山涛酒后哺啜，折箸不休。(《酒中玄》)
　　B 山涛酒后哺啜，折箸不休。(《酒中玄》)
　　C 山涛酒后哺啜，折箸不休。(《酒中玄》)
　　D【酒后折箸】《酒中玄》曰：山涛酒后哺啜，折箸不休。(197)
　　E【酒后折箸】《酒中玄》曰：山涛酒后哺啜，折箸不休。(197)

◎ 引文考

　　【明董斯张《广博物志》卷之四十一·食饮】山涛酒后哺啜，折箸不休。
　　【明冯梦龙《古今谭概》癖嗜部卷九·善啖】山涛酒后哺啜，折箸不休。
　　【明徐应秋《玉芝堂谈荟》卷九·食量之弘】食之多者，史称，廉颇七十余一饭斗米秤肉；山涛饮至八斗，醉后哺啜，折箸不休。

◎ 词汇考

　　【汉语大词典·哺啜】饮食；吃喝。《南史·王彧传》："景文非但风流可悦，乃哺啜亦复可观。"唐冯贽《云仙杂记·折箸不休》："山涛酒后哺啜，折箸不休。"唐韩愈《张君墓志铭》："诸曹白事，不敢平面视，共食公堂，抑首促促就哺啜。"宋苏辙《腊雪》诗之四："耕耘终亦饱，哺啜定谁邀?"

防 风 粥

◎ **版本考**

A 白居易在翰林，赐防风粥一瓯，剔取防风，得五合余，食之，口香七日。(《金銮密记》)

B 白居易在翰林，赐防风粥一瓯，剔取防风，得五合余，食之，口香七日。(《金銮密记》)

C 白居易在翰林，赐防风粥一瓯，剔取防风，得五合余，食之，口香七日。(《金銮密记》)

D《金銮密记》曰：白居易在翰林，赐防风粥一瓯，剔取防风，得五合余，食之，口香七日。(198)

E《金銮密记》曰：白居易在翰林，赐防风粥一瓯，剔取防风，得五合余，食之，口香七日。(199)

◎ **引文考**

【明蒋一葵《尧山堂外纪》卷三十二·唐】白居易，字乐天，自号醉吟先生，居香山，称香山居士。每作诗，令一老妪解之，问解否？妪曰解，则录之。与嵩山僧如满为空门友，平泉客韦楚老为山水友，刘梦得为诗友，皇甫明之为酒友。蜀不为赞皇公所喜，每寄文章，李绅之一箧，未尝开，或请之曰见词则回吾心矣。在翰林赐防风粥一瓯，食之，口香七日。

【明卢翰《掌中宇宙》卷十四·博物篇下·饮馔部·香七日】《金銮密记》：白居易在翰林，赐防风粥一瓯，食之口香七日。

【明彭大翼《山堂肆考》卷一百九十四·饮食·口香七日】《金銮密记》：白居易在翰林，赐防风粥一瓯，食之口香七日。

【明慎懋官《华夷花木鸟兽珍玩考》花木考卷五·防风粥】《金銮密记》：白居易在翰林，赐防风粥一瓯，食之口香七日。

【明郑若庸《类隽》卷十九·饮食类·粥·口香】《金銮密记》云：白居易在翰林，赐防风粥一椀，食之口香七日。

【明周嘉胄《香乘》卷十·香事分类下·口香七日】白居易在翰林，赐防风粥一瓯，剔取防风，得五合余，食之口香七日。(《金銮密记》)

【明张岱《夜航船》卷十一·日用部·防风粥】白居易在翰林，赐防风粥一瓯，食之口香七日。

【《御定佩文斋广群芳谱》卷之九十四·药谱·防风】《金銮密记》：白居易在翰林，赐防风粥一瓯，剔取防风，得五合余，食之，口香七日。

【清吴襄《子史精华》卷三十八·设官部二·防风粥】冯贽《云仙杂记》：白居易在翰林，[赐]～～～一瓯，剔取防风，得五合余，食之，口香七日。

【清吴襄《子史精华》卷一百五十一·食馔部一·食饮·防风粥】冯贽《云仙杂记》：白居易在翰林，赐～～～一瓯，剔取防风，得五合余，食之，口香七日。

　　【清张定鋆《三余杂志》卷七·防风粥】《云仙杂（视）［记］》：白居易在翰林，赐防风粥一瓯，剔取防风，得五合余，食之，口香七日。

　　【《御定渊鉴类函》卷三百八十九·食物部二·粥三·翰林一瓯】《金銮密记》曰：白居易在翰林，赐防风粥一瓯，食之，口香七日。

　　【清陈元龙《格致镜原》卷二十二·饮食类二·粥】《金銮密记》：白居易在翰林，赐防风粥一瓯，食之，口香七日。

　　【清程哲《蓉槎蠡说》卷四】汉官仪侍中刁存年耆口臭，桓帝赐鸡舌香，令含之。此香非盈于汉，而乏于唐。则天何以不赐宋之问，而吝北门学士之赏也。若白居易，则赐得防风粥一瓯，口香七日。又李林甫啖郑平食甘露羹，一夕发如鬈，堪与"防风粥"作对。

　　【清邓志谟《古事苑定本》卷十一·饮馔二】唐白居易在翰林，帝赐以防风粥一瓯，食之，口香七日。

　　【《御定佩文韵府》卷九十之七·入声·一屋韵七·粥·防风粥】《金銮密记》：白居易在翰林，赐~~~一瓯，食之，口香七日。

　　【清章藻功《思绮堂文集》卷七·谢裘厚斋惠米启·粥号防风】《金銮密记》：白居易在翰林，赐防风粥一瓯，食之，口香七日。

　　【清黄云鹄《粥谱》粥品七·卉药类·防风粥】治风邪头疼。白乐天在翰林，尝赐食，口香七日。

◎ 词汇考

　　【汉语大词典·防风粥】用防风草和大米一起煮成的稀饭。唐冯贽《云仙杂记·防风粥》："白居易在翰林，赐防风粥一瓯，剔取防风得五合余，食之口香七日。"康有为《广艺舟双楫·榜书》："《云峰山石刻》体高气逸，密致而通理，如仙人啸树，海客泛槎，令人想象无尽。若能以作大字，其秾姿逸韵，当如食防风粥，口香三日也。"

　　【汉语大词典·金銮】翰林学士的美称。唐元稹《祭翰林白学士太夫人文》："仲则金銮之英，季则蓬山之选。"宋梅尧臣《送白鹇与永叔依韵和公仪》："玉兔精神怜已久，金銮人物世无双。"《文献通考·职官八》："前朝因金銮坡以为门名，与翰林院相接，故为学士者称金銮以美之。"

食　蜡　蛘

◎ 版本考

　　A 鹿宜孙食蜡蛘炙于寿阳鎣中，顿进数器。（《止戈集》）
　　B 鹿宜孙食蜡蛘炙于寿阳鎣中，顿进数器。（《止戈集》）
　　C 鹿宜孙食蜡蛘炙于寿阳鎣中，顿进数器。（《止戈集》）
　　D【蜡蛘炙】《止戈集》曰：鹿宜孙食蜡蛘炙于寿阳鎣中，顿进数器。（199）
　　E【蜡蛘炙】《止戈集》曰：鹿宜孙食蜡蛘炙于寿阳鎣中，顿进数器。（200）

◎ 引文考

　　【明徐应秋《玉芝堂谈荟》卷二十九·单笼金乳酥】鹿宜孙喜食蜡蛘炙。

【《御定佩文韵府》卷八十一之二·去声·二十二祃韵·炙·蝤蛑炙】《云仙杂记》：鹿宜孙食~~~于寿阳斝中，顿进数器。

【《御定渊鉴类函》卷四百四十四·鳞介部八·蟹二】《云仙杂记》：鹿宜孙食蝤蛑炙于寿阳盌内，顿进数器。

【清孙之骢《后蟹录》卷一·事典·鹿宜孙】《云仙杂记》：鹿宜孙食蝤蛑炙于寿阳盌内，顿进数器。

◎ 词汇考

【汉语大词典·蝤蛑】即梭子蟹。唐刘恂《岭表录异》卷下："蝤蛑，乃蟹之巨而异者。蟹螯上有细毛如苔，身有八足。犹螫则螯无毛，足后两小足薄而阔，俗谓之拨掉子。与蟹有殊，其大如升。南人皆呼为蟹。"清赵翼《瓯北诗话·黄山谷诗》："鲁直诗文如蝤蛑、江瑶柱，格韵高绝，然不可多食，多食则发风动气。"

【汉语大词典·蝤蛑炙】菜肴名。烤梭子蟹。清黄子云《山庄述怀次昌黎〈县斋〉诗四十韵》："毒嘘鬼蜮沙，腥啖蝤蛑炙。"

群 公 对 雪

◎ 版本考

A 群公对雪。尚隆之曰："面堆金井，谁调汤饼?"吴永素曰："玉满天山，难刻佩环。"坐间服其韵精。(《姑臧记》)

B 群公对雪。尚隆之曰："面堆金井，谁调汤饼?"吴永素曰："玉满天山，难刻佩环。"坐间服其韵精。(《姑臧记》)

C 群公对雪。尚隆之曰："面堆金井，谁调汤饼?"吴永素曰："玉满天山，难刻佩环。"坐间服其韵精。(《姑臧记》)

D【难刻佩环】《姑臧记》曰：群公对雪。尚隆之曰："面堆金井，谁调汤饼?"吴永素曰："玉满天山，难刻佩环。"坐间服其韵精。(200)

E【难刻佩环】《姑臧记》曰：群公对雪。尚隆之曰："面堆金井，谁调汤饼?"吴永素曰："玉满天山，难刻佩环。"坐间服其韵精。(200)

◎ 引文考

【宋谢维新《事类备要》前集卷三·天文门·雪·金井】群公对雪。尚隆之曰："面堆~~，谁调汤饼?"吴永素曰："玉满天山，难刻佩环。"坐间服其韵精。(《姑臧记》)

【明李贽《初潭集》卷十三·师友三·一为文】群公对雪。尚隆之曰："面堆金井，谁调汤饼?"吴永素曰："玉满天山，难刻佩环。"坐间服其韵精。

【明张懋修《墨卿谈乘》卷七·文诗·雪句】《云仙杂记》曰：群公对雪。尚隆之曰："面堆金井，谁调汤饼?"吴永素曰：玉满天山，难刻佩环。一坐服其韵精。右唐人话也。可组为诗以咏雪。

【清孙梅《四六丛话》卷二十七·谈谐十九一】群公对雪，尚隆之曰："面堆金井，谁调汤饼?"吴永素曰："玉满天山，难刻佩环。"坐间服其韵精。(《云仙杂记》)

【清吴士玉《骈字类编》卷三·天地门三·天·天山】《云仙杂记》：群公对雪。尚隆之曰："面堆金井，谁调汤饼？"吴永素曰："玉满~~，难刻佩环。"坐间服其韵精。

【清吴士玉《骈字类编》卷五十五·山水门二十·汤饼】《云仙杂记》：群公对雪。尚隆之曰："面堆金井，谁调~~？"吴永素曰："玉满天山，难刻佩环。"

【清吴士玉《骈字类编》卷六十八·珍宝门三·玉满】《云仙杂记》：《姑臧记》云：群公对雪。尚隆之曰："面堆金井，谁调汤饼？"吴永素曰："~~天山，难刻佩环。"坐间服其韵精。

【清吴士玉《骈字类编》卷一百七十一·器物门二十四·面堆】《云仙杂记》：郡公对雪。尚隆之曰："~~金井，谁调汤饼？"吴永素曰："玉满天山，难刻佩环。"坐间服其韵精。

【清吴襄《子史精华》卷五·天部五·面堆金井玉满天山】冯贽《云仙杂记》：群公对雪。尚隆之曰："~~~~，谁调汤饼？"吴永素曰："~~~~，难刻佩环。"坐间服其韵精。

【《御定渊鉴类函》卷九·天部九·金井】《姑臧记》曰：群公对雪。尚隆之曰："面堆金井，谁调汤饼？"吴永素曰："玉满天山，难刻佩环。"坐间服其韵精。

【《御定佩文韵府》卷二十三之七·下平声·八庚韵七·精·韵精】《云仙杂记》：群公对雪。尚隆之曰："面堆金井，谁调汤饼？"吴永素曰："玉满天山，难刻佩环。"坐间服其~~。

◎ 词汇考

【汉语大词典·金井】井栏上有雕饰的井。一般用以指宫庭园林里的井。南朝梁费昶《行路难》诗之一："唯闻哑哑城上乌，玉栏金井牵辘轳。"宋苏轼《用前韵答西掖诸公见和》："双猊蟠础龙缠栋，金井辘轳鸣晓瓮。"清陈维崧《品令·夏夜》词："夜色凉千顷，携笛簟，依金井，辘轳清冷。"一说即石井。金，谓其坚固。唐李贺《河南府试十二月乐词·九月》："鸡人罢唱晓珑璁，鸦啼金井下疏桐。"叶葱奇注："金井，即石井。古人凡说坚固，多用金，如金塘、金堤等。"

【汉语大词典·佩环】玉佩。《子华子·晏子问党》："出则有鸾和，动则有佩环。"唐常建《古意》诗之三："寤寐见神女，金沙鸣佩环。"

屋瓦皆镂

◎ 版本考

A 余宗伯屋瓦皆镂，窍穴千百，雨则散如真珠。用陈留瓦则坚而易镂。（《三堂往事》）

B 余宗伯屋瓦皆镂，窍穴千百，雨则散如真珠。用陈留瓦则坚而易镂。（《三堂往事》）

C 余宗伯屋瓦皆镂，窍穴千百，雨则散如真珠。用陈留瓦则坚而易镂。（《三堂往事》）

D【陈留瓦】《三堂往事》曰：余宗伯屋瓦皆镂，窍穴千百，雨则散如真珠。用陈留瓦则坚而易镂。（201）

E【陈留瓦】《三堂往事》曰：余宗伯屋瓦皆镂，窍穴千百，雨则散如真珠。用陈留瓦则坚而易镂。(201)

◎ **引文考**

今检《中国基本古籍库》，此条未见引用。

三年不见羊角

◎ **版本考**

A 皮蕃去北而复来鄱阳，食竹笋，曰："三年不见羊角哀矣！"(《叩头录》)

B 皮蕃去北而复来鄱阳，食竹笋，曰："三年不见羊角哀矣！"(《叩头录》)

C 皮蕃去北而复来鄱阳，食竹笋，曰："三年不见羊角哀矣！"(《叩头录》)

D【羊角哀】《叩头录》曰：皮蕃去北而复来鄱阳，食竹笋，曰："三年不见羊角哀矣！"(202)

E【羊角哀】《叩头录》曰：皮蕃去北而复来鄱阳，食竹笋，曰："三年不见羊角哀矣！"(202)

◎ **引文考**

【明焦周《焦氏说楛》卷三】皮蕃食竹笋，曰："三年不见羊角哀矣。"

【清厉荃《事物异名录》卷二十三·蔬谷部上·羊角】《表异录》：皮蕃食竹笋，曰："三年不见羊角哀矣。"

【《御定佩文斋广群芳谱》卷之八十六·竹谱·笋】《叩头录》：皮蕃去北而复来鄱阳食竹笋，曰："三年不见羊角哀矣！"

◎ **词汇考**

【竹笋】竹的芽、嫩茎。《南齐书·刘怀珍传》："灵哲所生母尝病，灵哲躬自祈祷，梦见黄衣老公曰：'可取南山竹笋食之，疾立可愈。'"唐杜甫《送王十五判官扶侍还黔中》诗："青青竹笋迎船出，日日江鱼入馔来。"明李时珍《本草纲目·菜二·竹笋》(集解)引苏颂曰："竹笋诸家惟以苦竹笋为最贵。"

采 星 盆

◎ **版本考**

A 嵇昌蓄采星盆，夏月渍果则倍冷。(《叙闻录》)

B 嵇昌蓄采星盆，夏月渍果则倍冷。(《叙闻录》)

C 嵇昌蓄采星盆，夏月渍果则倍冷。(《叙闻录》)

D《叙闻录》曰：嵇昌蓄采星盆，夏月渍果则倍冷。(203)

E《叙闻录》曰：嵇昌蓄采星盆，夏月渍果则倍冷。(203)

◎ 引文考

　　【明高濂《遵生八笺》卷之十四·《燕闲清赏笺》上卷·叙古诸品宝玩】嵇昌蓄采星盆，夏月渍果倍冷。

　　【明徐应秋《玉芝堂谈荟》卷二十七·沉明磬】《叙闻录》：嵇昌蓄采星盆，夏月渍果则倍冷。

　　【清陈元龙《格致镜原》卷五十二·日用器物类四·盆】《叙闻录》：嵇昌蓄采星盆，夏月渍果则倍冷。

　　【清陈元龙《格致镜原》卷七十四·果类一·总】《叙闻录》：嵇昌蓄采星盆，夏月渍果则倍冷。

　　【清秦嘉谟《月令粹编》卷七·夏总·采星盆】《叙闻录》：嵇昌蓄采星盆，夏月渍果则倍冷。

　　【《御定佩文斋广群芳谱》卷四·天时谱·夏】《叙闻录》：嵇昌蓄采星盆，夏月渍果则倍冷。

　　【清吴襄《子史精华》卷二十五·岁时部二·采星盆】冯贽《云仙杂记》：嵇昌蓄～～～，夏月渍果则倍冷。

　　【《御定渊鉴类函》卷三百八十五·器物部四·盆二·渍果】《叙闻录》云：嵇昌蓄采星盆，夏月渍果则倍冷。

◎ 词汇考

　　【汉语大词典·渍】腌渍；浸泡。《礼记·内则》："渍取牛肉，必新杀者。"汉王充《论衡·商虫》："神农、后稷藏种之方，煮马屎以汁渍种者，令禾不虫。"

作　剪　刀

◎ 版本考

　　A 姑园铁作剪刀，以苜蓿根粉养之，裁衣则尽成墨界，不用人手而自行。（《搔首集》）

　　B 姑园铁作剪刀，以苜蓿根粉养之，裁衣则尽成墨界，不用人手而自行。（《搔首集》）

　　C 姑园铁作剪刀，以苜蓿根粉养之，裁衣则尽成墨界，不用人手而自行。（《搔首集》）

　　D【姑园铁】《搔首集》曰：姑园铁作剪刀，以苜蓿根粉养之，裁衣则尽成墨界，不用人手而自行。（204）

　　E【姑园铁】《搔首集》曰：姑园铁作剪刀，以苜蓿根粉养之，裁衣则尽成墨界，不用人手而自行。（204）

◎ 引文考

　　【明徐应秋《玉芝堂谈荟》卷二十七·古宗铁】《搔首集》：姑园铁作剪刀，以苜蓿根粉养之，裁衣则画成墨界，不用人手而自行。

【清陈元龙《格致镜原》卷四十九·剪刀】《搔首集》：姑园铁作剪刀，以苜蓿根粉养之，裁衣则画成墨界，不用人手而自行。

【《御定佩文斋广群芳谱》卷十四·蔬谱·苜蓿·别录】增《妆楼记》：姑园戏作剪刀，以苜蓿根粉养之，裁衣则画成墨界，不用人手而自行。

【清王初桐《奁史》卷四十一·针线门·针线】姑园铁作剪刀，以苜蓿根粉养之，裁衣则尽成墨界，不用人手而自行。（《搔首集》）

【清吴士玉《骈字类编》卷一百五十·器物门三·剪刀】《妆楼记》：姑园铁作～～，以苜蓿根粉养之，裁衣则画成墨界，不用人手而自行。

【清吴士玉《骈字类编》卷一百六十二·器物门十五·墨界】《妆楼记》：姑园铁作剪刀，以苜蓿根粉养之，裁衣则尽成～～，不用人手而自行。

◎ 词汇考
　　【汉语大词典·苜蓿】古大苑语 buksuk 的音译。植物名。豆科，一年生或多年生。原产西域各国，汉武帝时，张骞使西域，始从大宛传入。又称怀风草、光风草、连枝草。花有黄紫两色，最初传入者为紫色。可供饲料或作肥料，亦可食用。《史记·大宛列传》："（大宛）俗嗜酒，马嗜苜蓿。汉使取其实来。于是天子始种苜蓿、蒲陶肥饶地。及天马多，外国使来众，则离宫别观旁尽种蒲萄、苜蓿极望。"

左捻巾拭面

◎ 版本考
　　A 阳华用左捻巾拭面，倍有光彩。（《自庆传》）
　　B 阳华用左捻巾拭面，倍有光彩。（《自庆传》）
　　C 阳华用左捻巾拭面，倍有光彩。（《自庆传》）
　　D【左捻巾】《自庆传》曰：阳华用左捻巾拭面，倍有光彩。（205）
　　E【左捻巾】《自庆传》曰：阳华用左捻巾拭面，倍有光彩。（205）

◎ 引文考
　　【清王初桐《奁史》卷七十二·梳妆门二·沐具】妇人拭面用左捻巾，倍有光彩。（《自庆集》）

◎ 词汇考
　　【左捻巾】古代妇人拭面时用的一种餐巾纸。

碑　石

◎ 版本考
　　A 李辅国葬父，碑石用豆屑一千团磨，莹如紫玉，碑字四面镌葵花三百朵。（《晋公遗语》）

　　B 李辅国葬父，碑石用豆屑一千团磨，莹如紫玉，碑字四面镌葵花三百朵。(《晋公遗语》)

　　C 李辅国葬父，碑石用豆屑一千团磨，莹如紫玉，碑字四面镌葵花三百朵。(《晋公遗语》)

　　D【葵花三百】《晋公遗语》曰：李辅国葬父，碑石用豆屑一千团磨，莹如紫玉，碑字四面镌葵花三百朵。(206)

　　E【葵花三百】《晋公遗语》曰：李辅国葬父，碑石用豆屑一千团磨，莹如紫玉，碑字四面镌葵花三百朵。(206)

◎ 引文考

　　【明王路《花史左编》卷二十四·花之变·雕刻花·碑镌】李辅国葬父，碑石用豆屑一千团磨，莹如紫玉，碑字四面镌葵花三百朵。

◎ 词汇考

　　【汉语大词典·豆屑】豆粉。《周礼·天官·笾人》"糗饵粉餈"郑玄注引汉郑司农曰："糗，熬大豆与米也；粉，豆屑也。"明王世贞《纲鉴会纂·隋高祖纪》："癸丑十三年，关中饥，帝如洛阳，上遣左右阅民食，得豆屑杂糠，流涕以示群臣，深自咎责。"

渍　　纸

◎ 版本考

　　A 以竹梢、甘露和天南星渍纸一宿，裁之，刀去如飞。(《文房宝饰》)
　　B 以竹梢、甘露和天南星渍纸一宿，裁之，刀去如飞。(《文房宝饰》)
　　C 以竹梢、甘露和天南星渍纸一宿，裁之，刀去如飞。(《文房宝饰》)
　　D【竹梢甘露】《文房宝饰》曰：以竹梢、甘露和天南星渍纸一宿，裁之，刀去如飞。(207)
　　E【竹梢甘露】《文房宝饰》曰：以竹梢、甘露和天南星渍纸一宿，裁之，刀去如飞。(207)

◎ 引文考

　　【明焦竑《焦氏类林》卷七·文具】以竹梢、甘露和天南星渍纸一宿，裁之，刀去如飞。(《文房实节》)

　　【明徐应秋《玉芝堂谈荟》卷二十八·松皮纸】《文房宝饰》：以竹梢、甘露和天南星渍纸一宿，裁之，刀去如飞。

　　【御定佩文斋广群芳谱》卷之九十七·药谱·天南星】《药谱》：天南星，别名半夏精。《文房宝饰》：以竹梢、甘露和天南星渍纸一宿，裁之，刀去如飞。

◎ 词汇考

　　【汉语大词典·甘露】指甘蔗花苞中的甜味汁液。清吴其浚《植物名实图考·甘蕉》：

"甘蕉，生岭北者开花，花苞有露，极甘，通呼甘露。"

【天南星】《本草纲目》：一名虎掌，一名虎膏，一名鬼蒟蒻。

除 夜 叹 老

◎ 版本考

A 裴度除夜叹老，迨晓不寐，炉中商陆火凡数添也。(《金门岁节》)

B 裴度除夜叹老，迨晓不寐，炉中商陆火凡数添也。(《金门岁节》)

C 裴度除夜叹老，至晓不寐，炉中商陆火凡数添也。(《金门岁节》)

D【商陆火】《金门岁节》曰：裴度除夜叹老，迨晓不寐，炉中商陆火凡数添。(208)

E【商陆火】《金门岁节》曰：裴度除夜叹老，迨晓不寐，炉中商陆火凡数添。(208)

◎ 引文考

【宋陈元靓《岁时广记》卷四十·岁除·添商陆】《提要录》：裴度除夜叹老，迨晓不寐，炉中商陆火凡数添也。

【明焦竑《焦氏类林》卷七·节序】裴度除夜叹老，迨晓不寐，炉中商陆火凡数添也。(《金门岁节》)

【《御定佩文斋广群芳谱》卷之九十七·药谱·商陆·汇考】《金门岁节》：裴度除夜叹老，迨晓不寐，炉中商陆火凡数添也。

【清萧智汉《月日纪古》卷十二·十二月·三十日】又裴度除夜叹老，至晚不寐，炉中焚商陆火凡数添也。

◎ 词汇考

【汉语大词典·商陆】多年生粗壮草本。根粗大，块状。夏秋开花，白色，浆果，紫黑色。根可入药，俗称"章柳根"。性寒，味苦，有毒。中医学上用为逐水药。《易·夬》"苋陆夬夬"唐孔颖达疏："马融、郑玄、王肃皆云，苋陆一名商陆。"明徐应秋《玉芝堂谈荟·岁时杂占》："杏子开花，可耕白沙。商陆子熟，杜鹃不哭。"

印 普 贤 象

◎ 版本考

A 玄奘以回锋纸印普贤象，施于四众，每岁五驮无余。(《僧园逸录》)

B 玄奘以回锋纸印普贤象，施于四众，每岁五驮无余。(《僧园逸录》)

C 玄奘以回锋纸印普贤象，施于四众，每岁五驮无余。(《僧园逸录》)

D《僧园逸录》曰：玄奘以回锋纸印普贤象，施于四众，每岁五驮无余。(209)

E《僧园逸录》曰：玄奘以回锋纸印普贤象，施于四众，每岁五驮无余。(209)

◎ 引文考

【明徐应秋《玉芝堂谈荟》卷二十八·松皮纸】《僧园逸录》：玄奘印普贤像，用回锋纸。

【《御定佩文韵府》卷五十二之一·上声·二十二养韵一·像·普贤像】《云仙杂记》：玄奘以回锋纸印～～～，施于四众，每岁五驮无余。

◎ 词汇考

【汉语大词典·普贤】佛教菩萨名。梵名为 Samantabhadra，也译为"遍吉"。与文殊菩萨并称为释迦牟尼佛之二胁士。寺院塑像，侍立于释迦之右，乘白象。以"大行"著称，其道场为四川峨眉山。宋黄庭坚《为黄龙心禅师烧香颂》诗之一："梦中沉却大法船，文殊顿足普贤哭。"赵朴初《僧伽和佛的弟子》："大乘经典特别称道文殊师利的大智，普贤的大行，观世音的大悲，地藏的大愿，所以这四大菩萨特别受到教徒的崇敬。"

三　辰　酒

◎ 版本考

A 玄宗置曲精潭，砌以银砖，泥以石粉，贮三辰酒一万车，以赐当制学士等。(《史讳录》)

B 玄宗置曲精潭，砌以银砖，泥以石粉，贮三辰酒一万车，以赐当制学士等。(《史讳录》)

C 玄宗置曲精潭，砌以银砖，泥以石粉，贮三辰酒一万车，以赐当制学士等。(《史讳录》)

D【曲精潭】《史讳录》曰：玄宗置曲精潭，砌以银砖，泥以石粉，贮三辰酒一万车，以赐当制学士等。(210)

E【曲精潭】《史讳录》曰：玄宗置曲精潭，砌以银砖，泥以石粉，贮三辰酒一万车，以赐当制学士等。(210)

◎ 引文考

【明沈沈《酒概》卷三·十四之缘】玄宗置曲精潭，砌以银砖，泥以石粉，贮三辰酒一万车，以赐当制学士等。(《史讳录》)天假良缘更见宠异。

【明焦竑《焦氏类林》卷七·酒茗】玄宗置曲精潭，砌以银砖，泥以石粉，贮三辰酒一万车，以赐当制学士等。(《史讳录》)

【明李贽《初潭集》卷二十五·君臣五·一纵君】唐玄宗置曲精潭，砌以银砖，泥以石粉，贮三辰酒一万车，以赐当制学士。

【《御定渊鉴类函》卷三百九十二·食物部五·酒二】《史纬录》曰：唐玄宗置曲精潭，砌以银砖，泥以石粉，贮三辰酒一万车，赐当制学士。

【《御定佩文韵府》卷五十五之一·三辰酒】《史讳录》：唐明皇置曲精潭，砌以银砖，泥以石粉，贮～～～一万车，赐当制学士。

【清吴襄《子史精华》卷三十八·设官部二·三辰酒万车】冯贽《云仙杂记》：明皇置曲精潭，砌以银砖，泥以石粉，贮～～～一～～，以赐当制学士等。

【清吴襄《子史精华》卷六十一·政术部十七·三辰酒】冯贽《云仙杂记》：明皇置曲精

潭，砌以银砖，泥以石粉，贮~~~一万车，以赐当制学士等。

【清陈元龙《格致镜原》卷二十二·饮酒·名类】《史讳录》：唐玄宗置曲精潭，砌以银砖，泥以石粉，贮三辰酒一万车，以赐当制学士。

【清鄂尔泰《词林典故》卷四·恩遇】唐玄宗置曲精潭，砌以银砖，泥以石粉，贮三辰酒一万车，以赐当制学士等。（《云仙杂记》）

【清王正功《中书典故汇纪》卷五·恩遇】唐玄宗置曲精潭，砌以银砖，泥以石粉，贮三辰酒一万车，以赐当制学士等。（《云仙杂记》）

【清吴士玉《骈字类编》卷四十二·山水门七·石粉】《云仙杂记》：玄宗置曲精潭，砌以银砖，泥以~~贮三辰酒一万车，以赐当制学士等。

【清阎镇珩《六典通考》卷五十一·膳饮考·历代膳饮】凡诸王已下，皆有小食料，午时粥料，各有差，复有设食料设，会料，每事皆加常食料，又有节日食料，谓寒食麦粥，正月七日三月三日煎饼，正月十五日并晦日膏糜，五月五日粽糭，七月七日斫饼，九月九日麻葛糕，十月一日黍臛，皆有等差，各有配食料。蕃客在馆，食料五等，蕃客设食料，蕃客设会料，各有等差焉。初，高祖朝诸宰臣于政事堂，供馔珍美，议减其料。东台侍郎张文瓘曰：此食天子所以重机务，待贤才也。吾辈若不任其职，当自陈乞以避贤路，不可减削。公膳以邀名誉。玄宗置曲精潭，砌以银砖，泥以石粉，贮三辰酒一万车，赐当制学士。

◎ 词汇考

【汉语大词典·三辰酒】酒名。唐冯贽《云仙杂记》卷五引《史讳录》："玄宗置曲精潭，砌以银砖，泥以石粉，贮三辰酒一万车，以赐当制学士等。"

桑木根可作沉香想

◎ 版本考

A 裴休得桑木根，曰："若作沉香想之，更无异相；虽对沉水香，反作桑根想，终不闻香气。诸相从心起也。"（《常新录》）

B 裴休得桑木根，曰："若作沉香想之，更无异相；虽对沉水香，反作桑根想，终不闻香气。诸相从心起。"（《常新录》）

C 裴休得桑木根，曰："若作沉香想之，更无异相；虽对沉水香，反作桑根想，终不闻香气。诸相从心起。"（《常新录》）

D【桑木想】《常新录》曰：裴休得桑木根，曰："若作沉香想之，更无异相；虽对沉水香，反作桑根想，终不闻香气。诸相从心起也。"（211）

E【桑木想】《常新录》曰：裴休得桑木根，曰："若作沉香想之，更无异相；虽对沉水香，反作桑根想，终不闻香气。诸相从心起也。"（211）

◎ 引文考

【宋谢维新《事类备要》别集卷五十一·众木门·作桑木想】裴休得桑木根，曰："若作沉香想，更无异相；虽对沉水香，反~~~~，终不闻香，诸相从心起。"（《云仙散录》）

【明周嘉胄《香乘》卷一·香品·桑木根可作沈香想】裴休得桑木根，曰："若作沉香想

之，更无异相；虽对沉水香，反作桑根想，终不闻香气。诸相从心起也。"(《常新录》)

【清李聿求《桑志》卷七·取材】《常新录》：裴休得桑木根，曰："若作沉香想之，更无异；虽对沉水香，反作桑根想，终不闻香气。诸相从心起。"

【《御定佩文斋广群芳谱》卷十一·桑麻谱·桑】《常新录》：裴休得桑木根，曰："若作沉香想之，更无异相；虽对沉水香，反作桑根想，终不闻香气。诸相从心起。"

◎ 词汇考

【沉香】又名海南沉、海南沉香、白木香、莞香、女儿香、土沉香。为植物白木香的含有黑色树脂的木材。主产于海南岛。

【汉语大词典·异相】佛教称人或物一时呈现的不同色相。《楞严经》卷八："则于同中显设群异，一一异相，各各见同。"

【汉语大词典·诸相】佛教语。指一切事物外现的形态。《维摩诘所说经·弟子品》："法常寂然，灭诸相故。"唐李邕《五台山清凉寺碑》："示立诸相而无所立，广度群生而无所度。"唐高适《同诸公登慈恩寺浮图》诗："香界泯群有，浮图岂诸相。"

皂盖能与日轮争功

◎ 版本考

A 韩愈刺潮州，尝暑中出张皂盖，归而喜曰："此物能与日轮争功，岂细事耶？"(《传芳略记》)

B 韩愈刺潮州，尝暑中出张皂盖，归而喜曰："此物能与日轮争功，岂细事耶？"(《传芳略记》)

C 韩愈刺潮州，尝暑中出张皂盖，归而喜曰："此物能与日轮争功，岂细事耶？"(《传芳略记》)

D【与日轮争功】《传芳略记》曰：韩愈刺史潮州，尝暑中出张皂盖，归而喜曰："此物能与日轮争功，岂细事邪？"(212)

E【与日轮争功】《传芳略记》曰：韩愈刺史潮州，尝暑中出张皂盖，归而喜曰："此物能与日轮争功，岂细事邪？"(212)

◎ 引文考

【清陈元龙《格致镜原》卷三十一·朝制类二·盖】《传芳略记》：韩愈刺潮州，当暑出张盖，而喜曰："此物能与日轮争功，岂细事耶？"

【清官修《韵府拾遗》卷六十八·去声·九泰韵·盖·皂盖】《传芳略记》：韩愈刺潮州，暑中出张～～，归而喜曰："此物能与日轮争功。"

◎ 词汇考

【汉语大词典·日轮】太阳。日形如车轮而运行不息，故名。北周庾信《镜赋》："天河渐没，日轮将起。"唐韩愈《送惠师》诗："夜半起下视，溟波衔日轮。"钱仲联集释："《列子》：'日初出，大如车轮。'"

【汉语大词典·皂盖】亦作"皁盖"。古代官员所用的黑色蓬伞。《后汉书·舆服志上》:"中二千石、二千石皆皂盖,朱两轓。"唐白居易《有小白马乘驭多时溘然而毙不能忘情题二十韵》:"毛寒一团雪,鬃薄万条丝,皂盖春行日,骊驹晓从时。"

雷门四老石

◎ 版本考

A 王维辋川林下坐用雷门四老石,灯灭,则石中钻火。(《事略》)

B 王维辋川林下坐用雷门四老石,灯灭,则石中钻火。(《事略》)

C 王维辋川林下坐用雷门四老石,灯灭,则石中钻火。(《事略》)

D【雷门四老】《事略》曰:王维辋川林下坐用雷门四老石,灯灭,则石中钻火。(213)

E【雷门四老】《事略》曰:王维辋川林下坐用雷门四老石,灯灭,则石中钻火。(213)

◎ 引文考

【明蒋一葵《尧山堂外纪》卷二十六·唐】王摩诘……坐用雷门四老石,灯灭,则石中钻火。

【明焦竑《焦氏类林》卷五·栖逸】王维辋川林下坐用雷门四老石,灯灭,则石中钻火。(《事略》)

【《御定渊鉴类函》卷三百五十九·火部一·四老】《孔帖》曰:王维辋川林下坐用雷门四老石,灯灭,则石中钻火。

【清陈元龙《格致镜原》卷六·坤舆类二·石上·古迹诸石】《事略》:王维辋川林下坐用雷门四老石,灯灭,则石中钻火。

【清刘岳云《格物中法》卷三·火部·火】王维辋川林下坐用雷门四老石,灯灭,则石中钻火。(《白孔六帖》)

【清沈青峰《(雍正)陕西通志》卷九十九·拾遗第二·琐碎】王维辋川林下坐用雷门四老石,灯灭,则石中钻火。(《白孔六帖》)

◎ 词汇考

【汉语大词典·辋川】水名。即辋谷水。诸水会合如车辋环凑,故名。在陕西省蓝田县南,源出秦岭北麓,北流至县南入灞水。唐诗人王维曾置别业于此。《新唐书·文艺传中·王维》:"别墅在辋川,地奇胜,有华子冈、欹湖、竹里馆、柳浪、茱萸沜、辛夷坞,与裴迪游其中,赋诗相酬为乐。"

【汉语大词典·雷门】古代会稽(今浙江绍兴)城门名。因悬有大鼓,声震如雷,故称。《汉书·王尊传》:"尊曰:'毋持布鼓过雷门!'"颜师古注:"雷门,会稽城门也。有大鼓。越击此鼓,声闻洛阳,故尊引之也。布鼓谓以布为鼓,故无声。"

握麦芒刀字

◎ 版本考

A 牛僧孺进士时,常握麦芒刀,字有缪误,随手删割点定。(《三贤典略》)

B 牛僧孺进士时，常握麦芒刀，字有缪误，随手删割点定。(《三贤典略》)

C 牛僧孺进士时，常握麦芒刀，字有缪误，随手删割点定。(《三贤点略》)

D【麦芒刀】《三贤典略》曰：牛僧孺进士时，常握麦芒刀，字有缪误，随手删割点定。(214)

E【麦芒刀】《三贤典略》曰：牛僧孺进士时，常握麦芒刀，字有缪误，随手删割点定。(214)

◎ 引文考

【宋谢维新《事类备要》外集卷五十七·刀剑门·麦芒刀】牛僧孺进士时，常用~~~，字有误谬，随手删割点定。(《三贤典略》)

【宋无名氏《锦绣万花谷》后集卷三十·刀·麦芒刀】牛僧孺进士时，常用麦芒刀，字有误谬，随手删割点定。(《三贤典略》)

【明彭大翼《山堂肆考》卷一百七十九·器用·僧孺常用】《三贤典略》：唐牛僧孺进士时，常用麦芒刀，字有误谬，随手删割点定。

【清陈元龙《格致镜原》卷四十·书刀·麦芒刀】《三贤典略》：牛僧孺进士时常用麦芒刀，字有误谬，随手删割点定。

【《御定渊鉴类函》卷二百二十五·武功部二十·麦芒】《合璧事类》曰：牛僧孺进士时常用麦芒刀，字有误谬，随手删割点定。

◎ 词汇考

【汉语大词典·麦芒刀】一种尖端如麦芒的刀。《增补类腋》卷十五引《三贤典略》："牛僧孺进士时，常用麦芒刀。字有误谬，随手删割点定。"①

麒　麟　草

◎ 版本考

A 元和时，馆阁汤饮待学士者煎麒麟草。(《凤翔退耕传》)

B 元和时，馆阁汤饮待学士者煎麒鳞草。(《凤翔退耕传》)

C 元和时，馆阁汤饮待学士者煎麒麟草。(《凤翔退耕传》)

D《凤翔退耕传》曰：元和时，馆阁汤饮待学士者，煎麒麟草。(215)

E《凤翔退耕传》曰：元和时，馆阁汤饮待学士者，煎麒麟草。(215)

◎ 引文考

【宋谢维新《事类备要》别集卷五十五·百草门·煎为汤饮】元和时，馆阁汤饮待学士

---

① 今按：此处书证偏晚。《角山楼增补类腋》为清初姚培谦编辑，角山楼为咸丰间出版人赵克宜之楼。姚培谦(1693—1766)，字平山，廊下人，所著《经史臆见》《松桂读书堂集》入《四库全书》存目，另有《楚辞节注》《角山楼增补类腋》《春秋左传杜注补辑》《朱子年谱》《李义山诗笺注》《乐善堂赋注》等，编有《唐宋八家诗钞》《陶谢诗集》等。

者煎麒麟草。

【明高元浚《茶乘》卷二·志林】元和时，馆阁汤饮待学士者煎麒麟草。（《凤翔退耕传》）

【明彭大翼《山堂肆考》卷二百二·草卉·煎汤】《退耕录》：唐元和时，馆阁煎汤饮待学士者乃麒麟草也。

【明慎懋官《华夷花木鸟兽珍玩考》花木考卷五·麒麟草】元和时，馆阁汤饮待学士者煎麒麟草。见《退耕传》。

【明万邦宁《茗史》卷下·麒麟草】元和时，馆阁汤饮待学士煎麒麟草。

【明夏树芳《词林海错》卷八·郢酒】元和时，凡馆阁汤饮待学士者则煎麒麟草。出《凤翔退耕传》。

【明徐应秋《玉芝堂谈荟》卷二十九·纲头玉芽】《凤翔退耕录》：元和时，馆阁汤饮待学士剪麒麟草。

【明郑若庸《类隽》卷二十六·花木类·草·麒麟】《退耕传》云：元和时，馆阁汤饮待学士煎麒麟草。

【清陈元龙《格致镜原》卷六十九·草类二·杂草】《凤翔退耕录》：元和时，馆阁汤饮待学士者煎麒麟草。

【清鄂尔泰《词林典故》卷四·恩遇】唐元和时，馆阁汤饮待学士者煎麒麟草。（《云仙杂记》）

【清高士奇《续编珠》卷二·蜻蜓树麒麟草】《凤翔退耕传》曰：唐元和时，馆阁汤饮待学士者煎以麒麟草。

【清陆廷灿《续茶经》卷下之三·七茶之事】《凤翔退耕传》：元和时，馆阁汤饮待学士者煎麒麟草。

【清史梦兰《全史宫词》卷十三】遍倚屏风看御章，儒臣直阁日初长。天厨新进麒麟草，口救先煎学士汤。○《旧唐书·宪宗纪》：元和四年七月朔，御制前代君臣事、迹十四篇书于六扇屏风，是月出书屏以示宰臣。《云仙散录》：元和时，馆阁汤饮待学士者煎麒麟草。

【清吴襄《子史精华》卷三十八·设官部二·词臣·煎麒麟草】冯贽《云仙杂记》：元和时，馆阁汤饮待学士者~~~~。

【《御定渊鉴类函》卷四百十一·草部四·麒麟草】增《退耕录》曰：唐元和时，馆阁煎汤饮待学士者，乃麒麟草也。

◎ 词汇考

【汉语大词典·馆阁】北宋有昭文馆、史馆、集贤院三馆和秘阁、龙图阁等阁，分掌图书经籍和编修国史等事务，通称"馆阁"。明代将其职掌移归翰林院，故翰林院亦称"馆阁"。清代沿之。宋叶梦得《石林燕语》卷二："端拱中，始分三馆，书万余卷，别为秘阁，命李至兼秘书监，宋泌兼直阁，杜镐兼校理，三馆与秘阁始合为一，故谓之'馆阁'。"

鱼　藻　洞

◎ 版本考

A 鱼朝恩有洞房，四壁夹安瑠璃板，中贮江水及萍藻、诸色虾，号"鱼藻洞"。（《南

康记》）

B 鱼朝恩有洞房，四壁夹安瑠璃板，中贮江水及萍藻、诸色虾，号"鱼藻洞"。（《南康记》）

C 鱼朝恩有洞房，四壁夹安瑠璃板，中贮江水及萍藻、诸色虾，号"鱼藻洞"。（《南康记》）

D《南康记》曰：鱼朝恩有洞房，四壁夹安瑠璃板，中贮江水及萍藻、诸色虾，号"鱼藻洞"。（216）

E《南康记》曰：鱼朝恩有洞房，四壁夹安瑠璃板，中贮江水及萍藻、诸色虾，号"鱼藻洞"。（216）

◎ 引文考

【宋谢维新《事类备要》前集卷六·地理门·洞·鱼藻洞】鱼朝恩有洞房，四壁夹安琉璃板，中贮江水及萍藻、诸色鱼虾，号～～～。

【宋谢维新《事类备要》别集卷五十六·百草门·萍·鱼藻洞】鱼朝恩宅有洞房，四壁夹安玻璃板，中贮江水及萍藻、诸色～虾，号～～～。

【明何良俊《语林》卷二十九·侈汰三十二】鱼朝恩有洞房，四壁皆安琉璃板，中贮江水及萍藻、诸色鱼虾，号"鱼藻洞"。

【明焦竑《焦氏类林》卷六·汰侈】鱼朝恩有洞房，四壁夹安琉璃板，中贮江水及萍藻、诸色鱼虾，号"鱼藻洞"。（《南康记》）

【明李贽《初潭集》卷二十五·君臣五·二侈臣】鱼朝恩有洞房，四壁夹安琉璃板，中贮江水及萍藻、诸色鱼虾，号"鱼藻洞"。

【明彭大翼《山堂肆考》卷二十五·地理·洞·四壁鱼虾】《南康记》：唐鱼朝恩有洞房，四壁夹安琉璃板，中贮江水及萍藻、鱼虾等物，号"鱼藻洞"。

【明慎懋官《华夷花木鸟兽珍玩考》花木考卷五·鱼藻洞】鱼朝恩宅有洞房，四壁夹安琉璃板，中贮江水及萍藻、诸色鱼虾，号"鱼藻洞"。出《南康记》。

【明徐应秋《玉芝堂谈荟》卷三《自奉之侈》】鱼朝恩有洞房，四壁夹安琉璃板，中贮江水及萍藻、诸色鱼虾，号"鱼藻洞"。

【明徐应秋《玉芝堂谈荟》卷二十七《琉璃鞍》】鱼朝恩有洞房，四壁夹安琉璃板，中贮江水及萍藻、诸色鱼虾，号"鱼藻洞"。

【明郑若庸《类隽》卷二十六·花木类·萍·鱼藻】《南康记》云：鱼朝恩宅有洞房，四壁大安琉璃板，中贮江水及萍、诸色鱼虾，号"鱼藻洞"。

【清陈元龙《格致镜原》卷六十九·草类二·水草】《南康记》：鱼朝恩宅有洞房，四壁安琉璃板，中贮江水及萍藻、诸色鱼虾，号"鱼藻洞"。

【清吴其浚《植物名实图考》卷十八·水草类·藻】鱼朝恩有洞房，四壁夹安琉璃板，中贮水及鱼藻，号"鱼藻洞"。侈极矣，富者亦复效之。

【清吴襄《子史精华》卷十·地部五·水·鱼藻洞】冯贽《云仙杂记》：鱼朝恩有洞房，四壁夹安琉璃板，中贮江水及萍藻、诸色虾，号"～～～"。

【《御定渊鉴类函》卷二十五·地部三·洞二·壁上琉璃、窟中蝙蝠】《南康记》曰：鱼朝恩有洞房，四壁夹安琉璃板，中贮江水及萍藻、诸色鱼虾，号"鱼藻洞"。

【《御定佩文韵府》卷六十之一·去声·一送韵·洞·鱼藻洞】《云仙杂记》：鱼朝恩有洞房，四壁安琉璃板，中贮江水及萍藻、鱼虾，号"～～～"。

【清赵吉士《寄园寄所寄》卷六·焚尘寄·谭屑】鱼朝恩有洞房，四壁安琉璃板，中贮江水及萍藻、诸色鱼虾，号鱼藻洞。

◎ 词汇考

【汉语大词典·鱼藻】即水藻。语本《诗·小雅·鱼藻》："鱼在在藻，有颁其首。"郑玄笺："藻，水草也。"南朝宋孝武帝《济曲阿后湖诗》："惊澜翻鱼藻，赪霞照桑榆。"

【汉语大词典·琉璃】一种有色半透明的玉石。《后汉书·西域传·大秦》："土多金银奇宝、有夜光璧、明月珠、骇鸡犀、珊瑚、虎魄、琉璃、琅玕、朱丹、青碧。"《西京杂记》卷一："杂厕五色琉璃为剑匣。"宋戴埴《鼠璞·琉璃》："琉璃，自然之物，彩泽光润逾于众玉，其色不常。"明梅鼎祚《玉合记·义妬》："瑠璃榻，翡翠楼，手卷真珠上玉钩。"

鼻 出 黄 胶

◎ 版本考

A 贺知章忽鼻出黄胶数盆，医者谓饮酒之过。(《从容录》)

B 贺知章忽鼻出黄胶数盆，医者谓饮酒之过。(《从容录》)

C 贺知章忽鼻出黄胶数盆，医者谓饮酒之过。(《从容录》)

D《从容录》曰：贺知章忽鼻出黄胶数盆，医者谓饮酒之故。(217)

E《从容录》曰：贺知章忽鼻出黄胶数盆，医者谓饮酒之故。(217)

◎ 引文考

【唐白居易原本、宋孔传续撰《白孔六帖》卷三十一·鼻四·鼻出黄胶】《从容录》：贺知章忽鼻中出黄胶，医者谓饮酒之过。

【明蒋一葵《尧山堂外纪》卷二十五·唐】贺知章，字季真，号四明狂客。性好饮，忽鼻出黄胶数盆，医者谓饮酒之过。

【明徐应秋《玉芝堂谈荟》卷十一·日饮鲜血半升】贺知章鼻出黄胶数盆，医者谓饮酒之过。

◎ 词汇考

【汉语大词典·黄胶】黄色的胶。《洞冥记》："善苑国尝贡一蟹，长九尺，有百足四螯，因名百足蟹。煮其壳，胜于黄胶，亦谓之螯胶，胜于凤喙之胶也。"

数 米 而 食

◎ 版本考

A 沈休文羸劣多病，日数米而食，羹不过一箸。(《青阳记》)

B 沈休文羸劣多病，日数米而食，羹不过一箸。(《青阳记》)

C 沈休文羸劣多病，日数米而食，羹不过一箸。(《青阳记》)

D【数米】《青阳记》曰：沈休文羸劣多病，日数米而食，羹不过一箸。(218)

E【数米】《青阳记》曰：沈休文羸劣多病，日数米而食，羹不过一箸。(218)

◎ 引文考

　　【明蒋一葵《尧山堂外纪》卷十六·六朝】沈约字休文，羸劣多病，日炉数米而食，羹不过一箸。六月有绵帽、温炉，食姜椒饭，不尔，则委顿。家藏书十二万卷。然心僻恶，闻人一善，如万箭攒心。

　　【明郑仲夔《玉塵新谭》清言卷六·容止】沈休文羸劣多病，日数米而食，羹不过一箸。暑月犹绵帽、温炉，食姜椒饭，不尔，则委顿。

　　【清刘坚《修洁斋闲笔》卷六·数米】沈休文羸劣多病，日数米而食，羹不过一箸。(《青阳记》)

◎ 词汇考

　　【汉语大词典·羸劣】疲弱；瘦弱。《后汉书·东海恭王强传》："臣内自省视，气力羸劣，日夜浸困。"唐冯贽《云仙杂记》卷五："沈休文羸劣多病，日数米而食。"

庐墓日影为之不移

◎ 版本考

　　A 邓寅庐墓坟土未干，日影为之不移。(《垄上记》)

　　B 邓寅庐墓坟土未干，日影为之不移。(《垄上记》)

　　C 邓寅庐墓坟土未干，日影为之不移。(《垄上记》)

　　D【日影不移】《垄上记》曰：邓寅庐墓坟土未干，日影为之不移。(219)

　　E【日影不移】《垄上记》曰：邓寅庐墓坟土未干，日影为之不移。(219)

◎ 引文考

　　今检《中国基本古籍数据库》，此条未见引用。

◎ 词汇考

　　【汉语大词典·庐墓】1. 古人于父母或师长死后，服丧期间在墓旁搭盖小屋居住，守护坟墓，谓之庐墓。北魏郦道元《水经注·泗水》："今泗水南有夫子冢……即子贡庐墓处也。"唐张说《唐故广州都督甄公碑》："天后临朝，再加辟命，皆辞以亲老，不赴。逮疾革，易箦，骨立庐墓。"《明史·刘玒传》："玒初遭母丧，庐墓三年。"2. 指服丧期间居住的墓旁小屋。《后汉书·申屠蟠传》："玉之节义，足以感无耻之孙，激忍辱之子。不遭明时，尚当表旌庐墓，况在清听，而不加哀矜！"3. 房舍和祖墓。《清史稿·循吏传四·牛树梅》："有父母兄弟妻子之仇，有田园庐墓之恋。"

饲牛以天麻饭

◎ 版本考

　　A 青齐间遇春耕，则饲牛以天麻饭，仍用锦缕系于角上。(《耕桑偶记》)
　　B 青齐间遇春耕，则饲牛以天麻饭，仍用锦缕系于角上。(《耕桑偶记》)
　　C 青齐间遇春耕，则饲牛以天麻饭，仍用锦缕系于角上。(《耕桑偶记》)
　　D【天麻饭】《耕桑偶记》曰：青齐间遇春耕，则饲牛以天麻饭，仍用锦缕系于角上。
(220)
　　E【天麻饭】《耕桑偶记》曰：青齐间遇春耕，则饲牛以天麻饭，仍用锦缕系于角上。
(220)

◎ 引文考

　　【清鄂尔泰《授时通考》卷四十一·功作·牧事】《云阳杂记》：青齐间遇春耕，则饲牛
以天麻饭，仍用锦缕系于角上。
　　【清吴士玉《骈字类编》卷一·天地门一·天·天麻】《云仙杂记》：青齐间遇春耕，则
饲牛以~~饭，仍用锦缕系于角上。
　　【清吴士玉《骈字类编》卷一百七十三·器物门二十六·锦缕】《云仙杂记》：青齐间遇
春耕，则饲牛以天麻饭，仍用~~系于角上。
　　【《御定渊鉴类函》卷四百三十五·兽部七·牛二·青麻为靮锦缕系角】《晋阳秋》曰：
武帝时有司奏御牛青丝靮断，诏以青麻代之。《耕桑偶记》曰：青齐间遇春耕，则饲牛以
天麻饭，仍用锦缕系于角上。

高 丽 丝 结

◎ 版本考

　　A 张均妓多丽，弹琵琶曲，顶上有高丽丝结。赵诗争夺，致伤二指。(《辨音集》)
　　B 张均妓多丽，弹琵琶曲，顶上有高丽丝结。赵诗争夺，致伤二指。(《辨音集》)
　　C 张均妓多丽，弹琵琶曲，顶上有高丽丝结。赵诗争夺，致伤二指。(《辨音集》)
　　D【藕丝结】《辨音集》曰：张均妓多丽，弹琵琶曲，顶上有高丽丝结。赵诗争夺，致
伤二指。(221)
　　E【藕丝结】《辨音集》曰：张均妓多丽，弹琵琶曲，顶上有高丽丝结。赵诗争夺，致伤
二指。(221)

◎ 引文考

　　【清王初桐《奁史》卷五十四·音乐部二·乐器】张均妓多丽，弹琵琶曲，顶上有高丽
丝结。赵诗争夺，致伤二指。(《辨音集》)
　　【清胡世安《操缦录》丝系衍纪卷上·工诣】《办音集》：张均妓奇丽，善弹琵琶曲，顶
上有高丽丝结。赵诗争夺，致伤二指。

元夜食牛肺犯天枢使

◎ 版本考

　　A 梁邺上元后，忽发变如血，卜曰："元夜食牛肺，犯天枢巡使夜行，祷谢可免。"（《影灯记》）

　　B 梁邺上元后，忽发变如血，卜曰："元夜食牛肺，犯天枢巡使夜行，祷谢可免。"（《影灯记》）

　　C 梁邺上元后，忽发变如血，卜曰："元夜食牛肺，犯天枢巡使夜行，祷谢可免。"（《影灯记》）

　　D【天枢巡使】《影灯记》曰：梁邺上元后，忽发变如血，卜曰："元夜食牛肺，犯天枢巡使夜行，祷谢可免。"（222）

　　E【天枢巡使】《影灯记》曰：梁邺上元后，忽发变如血，卜曰："元夜食牛肺，犯天枢巡使夜行，祷谢可免。"（222）

◎ 引文考

　　【宋陈元靓《岁时广记》卷十二·上元下·犯天使】《影灯记》：梁邺上元后，忽发变如血，卜曰："元夜食牛肺，犯天枢巡使夜行，祷谢可免。"

　　【明徐应秋《玉芝堂谈荟》卷十一·日饮鲜血半升】梁邺上元后，忽发变如血，卜曰："元夜食牛肺，犯天枢巡使夜行，祷谢可免。"（《影灯记》）

　　【明郑若庸《类隽》卷三·时令类·上元】《影灯记》云：梁邺上元后，发变如血。卜曰："元夜食牛肺，犯天枢巡使夜行，祷谢可免。"

◎ 词汇考

　　【汉语大词典·元夜】即元宵。宋欧阳修《生查子·元夕》词："去年元夜时，花市灯如昼。"元杨奂《录汴梁宫人语》诗："岁岁逢元夜，金娥闹簇巾。"清和邦额《夜谭随录·霍筠》："会元夜，相与筹划。"

　　【汉语大词典·天枢】星名。北斗第一星。《星经》卷上："北斗星……第一名天枢，为土星。"

　　【汉语大词典·祷谢】谓祷请鬼神等免去灾难。汉王充《论衡·感虚》："然则天地之有水旱，犹人之有疾病也。疾病不可以自责除，水旱不可以祷谢去。"《说郛》卷十一引南唐刘崇远《金华子杂编》："老父惊惶，速以裀褥藉之，焚香祷谢。"

菖蒲成狮子鸾凤状

◎ 版本考

　　A 僧普寂大好菖蒲，房中以菖蒲种成狮子、鸾凤、仙人之状。（《海墨微言》）

B 僧普寂大好菖蒲，房中以菖蒲种成狮子、鸾凤、仙人之状。（《海墨微言》）

C 僧普寂大好菖蒲，房中以菖蒲种成狮子、鸾凤、仙人之状。（《海墨微言》）

D【菖蒲凤】《海墨微言》曰：僧普寂大好菖蒲，房中以菖蒲种成狮子、鸾凤、仙人之状。（223）

E【菖蒲凤】《海墨微言》曰：僧普寂大好菖蒲，房中以菖蒲种成狮子、鸾凤、仙人之状。（223）

◎ 引文考

【元阴时夫《韵府群玉》卷三·上平声·僧爱蒲】僧普寂大好菖蒲，房中以菖蒲种成狮子、鸾凤、仙人之状。（《海墨微言》）

【明彭大翼《山堂肆考》卷二百三·草卉·菖蒲·成凤】《海墨徽言》：僧普寂大好菖蒲，房中以菖蒲种成狮子、鸾凤、仙人之状。

【明郑若庸《类隽》卷二十六·花木类·菖蒲·成凤】《海墨微言》云：僧普寂大好菖蒲，房中以菖蒲种成狮子、鸾凤、仙人之状。

【《御定佩文斋广群芳谱》卷之八十八·卉谱·菖蒲】《海墨徽言》：僧普寂大好菖蒲，房中以菖蒲种成狮子、鸾凤、仙人之状。

【《御定渊鉴类函》卷三百九十七药部二·菖蒲三·成凤蟠蚪】《海墨徽言》：僧普寂大好菖蒲，房中种之成狮子、鸾凤、仙人之状。

◎ 词汇考

【汉语大词典·菖蒲】植物名。多年生水生草本，有香气。叶狭长，似剑形。肉穗花序圆柱形，着生在茎端，初夏开花，淡黄色。全草为提取芳香油、淀粉和纤维的原料。根茎亦可入药。民间在端午节常用来和艾叶扎束，挂在门前。《孝经援神契》："椒姜御湿，菖蒲益聪。"北魏郦道元《水经注·伊水》："石上菖蒲，一寸九节，为药最妙，服久化仙。"

鸭 肝 猪 肚

◎ 版本考

A 王缙饮酒，非鸭肝猪肚，箸辄不举。（《醉仙图记》）

B 王缙饮酒，非鸭肝猪肚，箸辄不举。（《醉仙图记》）

C 王缙饮酒，非鸭肝猪肚，箸辄不举。（《醉仙图记》）

D《醉仙图记》曰：王缙饮酒，非鸭肝猪肚，箸辄不举。（224）

E《醉仙图记》曰：王缙饮酒，非鸭肝猪肚，箸辄不举。（224）

◎ 引文考

【宋无名氏《锦绣万花谷》后集卷三十五·食馔·鸭肝猪肚】王缙饮酒，非鸭肝猪肚，箸辄不举。出《醉仙图》。

◎ 词汇考

【汉语大词典·箸】筷子。南朝宋刘义庆《世说新语·忿狷》："王蓝田性急。尝食鸡子，以箸刺之，不得，便大怒，举以掷地。"唐韩愈《顺宗实录二》："良久，宰相杜佑、高郢、珣瑜皆停箸以待。

吞 花 卧 酒

◎ 版本考

A 虞松方春以谓握月担风，且留后日吞花卧酒，不可过时。(《曲江春宴录》)

B 虞松方春以谓握月担风，且留后日吞花卧酒，不可过时。(《曲江春宴录》)

C 虞松方春以谓握月担风，且留后日吞花卧酒，不可过时。(《曲江春宴录》)

D《曲江春宴录》曰：虞松方春以谓握月担风，且留后日吞花卧酒，不可过时。(225)

E《曲江春宴录》曰：虞松方春以谓握月担风，且留后日吞花卧酒，不可过时。(225)

◎ 引文考

【宋陈元靓《岁时广记》卷一·春·卧花酒】《曲江春宴录》：虞松方春以谓握月担风，且留后日吞花卧酒，不可过时。

【宋谢维新《事类备要》前集卷十三·时令门·吞花卧酒】虞松方春以谓握月担风，且留后日～～～～，不可过时。(《曲江春宴录》)

【宋无名氏《锦绣万花谷》后集卷三·春门·握月担风】虞松方春谓握月担风，且留后日吞花卧酒，不可过时。出《春宴录》。

【明陈耀文《天中记》卷四·春·握月担风】虞松方春谓："握月担风，且留后日吞花卧酒，不可过时。"

【明高濂《遵生八笺》卷之三·四时调摄笺·春卷·吞花卧酒】《春录》曰：握月担风，且留后日吞花卧酒，不可过时。

【明焦周《焦氏说楛》卷五】虞松方春以谓握月担风，且留后日吞花卧酒，不可过时。

【明彭大翼《山堂肆考》卷八·时令·吞花卧酒】《曲江春宴录》：虞松方春招客云："握月担风，且留后日吞花卧酒，不可过时。"

【明沈沈《酒概》卷三·十一之评】虞松方春以谓："握月担风，且留后日吞花卧酒，不可过时。"(《曲江春宴录》)

【明陶奭龄《今是堂集》卷一·古梅】生棘装篱水啮根，疏枝点缀古苔痕。风饕雪虐香仍韵，虎跋龙拏格益尊。牛背嚼芦吹短笛，犬声依竹梦仙村。夕阳散影盈襟袖，相对吞花卧酒盆。

【明王路《花史左编》卷十·花之味·吞花卧酒】虞松方春谓："握月担风，且留后日吞花卧酒，不可过时。"

【明朱茞煌《文嘻堂诗集》卷下·满庭芳·回友人书】握月担风，吞花卧酒，豪情久已全休。元龙老去，偃蹇只高楼。忆想惊天噩梦，把做一饷春愁。伤心泪，恰如风雨，日夜不曾收。一缄书信到，故交萍散，身世云浮。看行吟泽畔，谓我何求。但寻巢燕子，不似这、世路悠悠。堪回语，司空图病，恐跌殿东头。

【明陈继儒《捷用云笺》卷二·游赏类·游春·答】名花芳草，无限风光。春树暮云，聿怀良友。忽开尊命，疾赴解貂换酒之乐，且留担风握月之娱。○担风握月：《春宴录》云：虞松方春谓："握月担风，且留后日吞花饮酒，不可过时。"

【《御定佩文斋广群芳谱》卷一·天时谱·春】虞松方春谓："握月担风，且留后日吞花卧酒，不可过时。"

【清吴襄《子史精华》卷二十四·岁时部一·吞花卧酒】冯贽《云仙杂记》：虞松方春以谓："握月担风，且留后日~~~~，不可过时。"

【《御定佩文韵府》卷九十五之一·握月】《云仙杂记》：虞松方春以谓："~~担风，且留后日吞花卧酒，不可过时。"

庭椿不染风

◎ 版本考

A 卢携梦人赠句曰："若问登庸日，庭椿不染风。"初不解其言。后数年，携拜相，庭下古椿一株，虽狂风骤雨，不湿不摇。（《凤池编》）

B 卢携梦人赠句曰："若问登庸日，庭椿不染风。"初不解其言。后数年，携拜相，庭下古椿一株，虽狂风骤雨，不湿不摇。（《凤池编》）

C 卢携梦人赠句曰："若问登庸日，庭椿不染风。"初不解其言。后数年，携拜相，庭下古椿一株，虽狂风骤雨，不湿不摇。（《凤池编》）

D【梦庭椿】《凤池编》曰：卢携梦人赠句曰："若问登庸日，庭椿不染风。"初不解其言。后数年，携拜相，庭下古椿一株，虽狂风骤雨，不湿不摇。（226）

E【梦庭椿】《凤池编》曰：卢携梦人赠句曰："若问登庸日，庭椿不染风。"初不解其言。后数年，携拜相，庭下古椿一株，虽狂风骤雨，不湿不摇。（226）

◎ 引文考

【明徐应秋《玉芝堂谈荟》卷五·仙释将相诞生梦征】卢携梦人赠句曰："若问登庸日，庭椿不染风。"后九年拜相，而庭下古椿一株，虽狂风骤雨，不湿不摇。

【清宋长白《柳亭诗话》卷六·不染风】卢携貌陋而口吃，大中初举进士，人皆笑之，独尚书韦宙曰："卢虽貌不扬，然观其文章有首尾，他日必大用。"携尝梦人赠句曰："若问登庸日，庭椿不染风。"初不解，后九年大拜，适庭前有古椿一株，狂风骤雨，不湿不摇。

【《御定佩文斋广群芳谱》卷之七十五·木谱·椿】《凤池篇》：卢携梦人赠句曰："若问登庸日，庭椿不染风。"初不解其言。后数年，携拜相，庭下古椿一株，虽狂风骤雨，不湿不摇。

【《御定渊鉴类函》卷四百十五·木部四·椿】《凤池编》曰：卢携梦人赠句云："若问登庸日，庭椿不染风。"初不解其语。后九年，携拜相，庭下古椿一株，虽狂风骤雨，树则不湿不摇。古诗曰："椿松为佳友，烟霞是旧邻。"《苏轼集》曰："从今八百岁，合抱是灵椿。"

【清官修《韵府拾遗》卷十一·上平声·十一真韵·椿·补藻·庭椿】《凤池篇》：卢携梦人赠句曰："若问登庸日，～～不染风。"后拜相，庭下古椿一株，虽狂风骤雨，不湿不摇。

◎ 词汇考

【汉语大词典·登庸】选拔任用。《书·尧典》："帝曰：畴咨若时登庸。"孔传："畴，谁。庸，用也。谁能咸熙庶绩，顺是事者，将登用之。"晋应贞《晋武帝华林园集诗》："登庸以德，明试以功。"唐唐彦谦《留别》诗之三："登庸趋俊乂，厕用野无遗。"明方孝孺《袁安卧雪图赞》："登庸三朝，作社稷臣。"

【卢携】（？—880），字子升，范阳（今河北涿县）人。《全唐诗》卷六六七录存其诗一首。《全唐诗补编·续补遗》卷九补收一首。文二篇，见《全唐文》卷七九二。

屋窍如七星

◎ 版本考

A 郑广文屋室破漏，自下望之，窍如七星。（《逢原记》）

B 郑广文屋室破漏，自下望之，窍如七星。（《逢原记》）

C 郑广文屋室破漏，自下望之，窍如七星。（《逢源记》）

D【屋漏七星】《逢原记》曰：郑广文屋室破漏，自下望之，窍如七星。（227）

E【屋漏七星】《逢原记》曰：郑广文屋室破漏，自下望之，窍如七星。（227）

◎ 引文考

【明郑若庸《类隽》卷十一·宫室类·室·如星】《逢原记》云：郑广文屋室破漏，下望之，窍如七星。

【清吴襄《子史精华》卷九十七·人事部一·屋室破漏窍如七星】冯贽《云仙杂记》：郑广文～～～～，自下望之，～～～～。

【《御定渊鉴类函》卷二百八十七·人部四十六·窍如七星　覆无一瓦】《稗史》：郑广文屋室破漏，自下望之，窍如七星。

◎ 词汇考

【汉语大词典·七星】1. 二十八宿之一。南方朱鸟七宿的第四宿，有星七颗。《礼记·月令》："季春之月，月在胃，昏七星中。"孙希旦《集解》："七星，南方朱鸟之第四宿。"2. 指北斗星。晋常璩《华阳国志·蜀志》："长老传言，李冰造七桥，上应七星。"闻捷《生活的赞歌·夜过玉门》："我指着山顶的几点灯光，说它是永恒的北斗七星。"3. 七个星形的黑子或饰物。《晋书·桓温传》："温豪爽有风概，姿貌甚伟，面有七星。"《宋史·舆服志三》："冕版以龙鳞锦表，上缀玉为七星。"4. 古乐器名，属管乐。《通典·乐四》："七星，不知谁所作，其长盈寻。"《宋史·乐志四》："大晟匏有三色：一曰七星，二曰九星，三曰闰余，莫见古制。"

日用斗面为糊以供缄封

◎ 版本考

    A 顺宗时刘禹锡干预大权，门吏接书尺日数千，禹锡一一报谢，绿珠盆中日用面一斗为糊，以供缄封。(《宣武盛事》)

    B 顺宗时刘禹锡干预大权，门吏接书尺日数千，禹锡一一报谢，绿珠盆中日用面一斗为糊，以供缄封。(《宣武盛事》)

    C 顺宗时刘禹锡干预大权，门吏接书尺日数千，禹锡一一报谢，绿珠盆中日用面一斗为糊，以供缄封。(《宣武盛事》)

    D【面糊】《宣武盛事》曰：顺宗时刘禹锡干预大权，门吏接书尺日数千，禹锡一一报谢，绿珠盆中日用面一斗为糊，以供缄封。(228)

    E【面糊】《宣武盛事》曰：顺宗时刘禹锡干预大权，门吏接书尺日数千，禹锡一一报谢，绿珠盆中日用面一斗为糊，以供缄封。(228)

◎ 引文考

    【明郭良翰《问奇类林》卷三十二·辨奸佞】……刘禹锡干预大权，门吏接书尺日数千，禹锡一一报谢，绿珠盆中日用面一斗为糊，以供缄封。出《宣武盛事》。愚以为殷之宕荡不情，终愈于刘之招权广要。

    【明蒋一葵《尧山堂外纪》卷二十九·唐】刘禹锡，字梦得，顺宗时干预大权，门吏接书尺日数千，禹锡一一报谢，绿珠盆中日用面一(半)[斗]为糊，以供缄封。

    【清梁章钜《退庵笔记》卷四·懒答书】客问余曰："古人中有勤于答书者乎?"余应之曰："有唐顺宗朝刘禹锡干预大权，门吏接书尺日数千，禹锡一一投谢，日用面一斗为糊，以供缄封。梦得之热，叔夜之懒，二子优劣当有能辨之者。"客笑而退。

◎ 词汇考

    【汉语大词典·书尺】尺牍，书信。唐冯贽《云仙杂记·日用斗面为糊以供缄封》："顺宗时，刘禹锡干预大权，门吏接书尺日数千。"宋刘克庄《沁园春·寄竹溪》词："书尺里，但平安二字，多少深长。"

面如枣核而中空

◎ 版本考

    A 杨埏游王锳家，食一物如枣核而中空，其实面也。埏询其法，锳笑而不言。(《河中记》)

    B 杨埏游王锳家，食一物如枣核而中空，其实面也。埏询其法，锳笑而不言。(《河中记》)

    C 扬埏游王锳家，食一物如枣核中空，其实面也。埏询其法，锳笑而不言。(《河中记》)

　　D【面如枣核】《河中记》曰：杨埏游王锧家，食一物如枣核而中空，其实面也。埏询其法，锧笑而不言。（229）

　　E《河中记》曰：杨埏游王锧家，食一物如枣核而中空，其实面也。埏询其法，锧笑而不言。（229）

◎ 引文考

　　【清陈元龙《格致镜原》卷二十五·饮食类五·面】《河中记》：杨埏游王锧家，食一物状如枣核而中空，其实面也。询其法，笑而不答。

◎ 词汇考

　　【杨埏】待考。

　　【王锧】《旧唐书》卷一百五：王锧，太原祁人也。祖方翼，夏州都督，为时名将，生珪、瑨、珣。珪、瑨，开元初并历中书舍人。珣，兵部侍郎、秘书监。锧，即瑨之子。

卷　六

读书数真珠以记

◎ **版本考**

A 于授幼时，家以绿真珠胜为帘押，授读书，数真珠以记，日辄一遍。（《长安后记》）

B 于授幼时，家以绿真珠胜为帘押，授读书，数真珠以记，日辄一遍。（《长安后记》）

C 无此条。

D【真珠帘押】《长安后记》曰：于授幼时，家以绿真珠胜为帘押，授读书，数真珠以记，日辄一遍。（230）

E【真珠帘押】《长安后记》曰：于授幼时，家以绿真珠胜为帘押，授读书，数真珠以记，日辄一遍。（230）

◎ **引文考**

【《御定渊鉴类函》卷三百六十四·珍宝部四】冯纂《记事珠》曰：于授幼时，以绿真珠胜为帘押，授读书，数真珠以记，日辄一遍。

【清吴士玉《骈字类编》卷七十七·珍宝门十二·珠·珠押】《记事珠》：于授幼时，以绿真~胜为帘~，授读书，数真珠以记，日辄一遍。

【清吴士玉《骈字类编》卷一百五十一·器物门四·帘·帘押】《记事珠》：于授幼时，家以绿真珠胜为~~，授读书，数真珠以记，日辄一遍。

◎ **词汇考**

【汉语大词典·帘押】亦作"帘柙"。装在帘上作镇押之用的物件。唐李商隐《灯》诗："影随帘押转，光信箪文流。"唐罗隐《仿玉台体》诗："晚梦通帘柙，春寒逼酒垆。"吴梅《检点》诗之二："烛龙弹泪彻阶除，帘押银葱卷未舒。"

【汉语大词典·真珠帘】珍珠穿成的帘子。唐元稹《月暗》诗："真珠帘断蝙蝠飞，燕子巢空萤火入。"明高明《琵琶记·强就鸾凰》："莲台绛烛吐春红，广设珊瑚席子，高把真珠帘卷，环列翠屏风。"

竹　粉　汤

◎ 版本考

A 夏侯铏谒卢怀慎，坐终日，得竹粉汤一盏。(《洛都要纪》)
B 夏侯铏谒卢怀慎，坐终日，得竹粉汤一盏。(《洛都要纪》)
C 无此条。
D《洛都要纪》曰：夏侯铏谒卢怀慎，坐终日，得竹粉汤一盏。(231)
E《洛都要纪》曰：夏侯铏谒卢怀慎，坐终日，得竹粉汤一盏。(231)

◎ 引文考

【明徐应秋《玉芝堂谈荟》卷二十九·纲头玉芽】《凤翔退耕录》：夏侯铏谒卢怀慎，坐终日，得竹粉汤一盏。

【《御定韵府拾遗》卷二十二下·下平声·七阳韵下·汤·竹粉汤】《骈字分类》：夏侯铏谒卢怀慎，坐终日，得~~~一盏。

◎ 词汇考

【汉语大词典·竹粉】笋壳脱落时附着在竹节旁的白色粉末。宋周邦彦《渔家傲》词："日照钗梁光欲溜，循阶竹粉沾衣袖，拂拂面红如着酒。"宋程垓《望秦川》词："竹粉翻新箨，荷花拭靓妆。"明袁宏道《偶成》诗之二："竹粉遗天女，松脂食道人。"

蜀 中 厚 朴

◎ 版本考

A 蜀中厚朴，若酒后采之，紫色荡散，用辄无力。(《穷幽记》)
B 蜀中厚朴，若酒后采之，紫色荡散，用辄无力。(《穷幽记》)
C 无此条。
D【厚朴失色】《穷幽记》曰：蜀中厚朴，若酒后采之，紫色荡散，用辄无力。(232)
E【厚朴失色】《穷幽记》曰：蜀中厚朴，若酒后采之，紫色荡散，用辄无力。(232)

◎ 引文考

【明焦周《焦氏说楛》卷三】蜀中厚朴，若酒后采之，紫色荡散，用辄无力。

◎ 词汇考

【汉语大词典·厚朴】落叶乔木。叶倒卵形，多集生枝顶。初夏开花，白而香。木材轻软致密，不翘不裂，供细木工、乐器用。又为观赏树。中医以树皮入药，性温味苦辛，功能温中、下气、燥湿，主治胸腹胀满、泻痢、痰饮、喘咳等症。花功用同而力较弱。汉司马相如《上林赋》："楟柰厚朴，樗枣杨梅。"《急就篇》卷四："芎䓖厚朴桂栝楼。"颜师古注："厚朴一名厚皮，一名赤朴，凡木皮皆谓之朴，此树皮厚，故以厚朴为名。"明李时珍《本草纲目·木二·厚朴》："其木质朴而皮厚，味辛烈而色紫赤，故有厚朴、烈、赤诸名。"

【汉语大词典·荡散】消失；毁败。唐冯贽《云仙杂记·蜀中厚朴》："蜀中厚朴，若酒后采之，紫色荡散，用辄无力。"《警世通言·小夫人金钱赠年少》："东京汴州开封府界有个员外，年逾六旬，须发皤然，只因不伏老，兀自贪色，荡散了一个家计。"清王夫之《九昭》："日长逝而不留兮，固荡散其匪今。"

碎 锦 坊

◎ 版本考

A 晋公午桥庄有文杏百株，其处立碎锦坊(《曹林异景》)

B 晋公午桥庄有文杏百株，其处立碎锦坊(《曹林异景》)

C 无此条。

D《曹林异景》曰：晋公午桥庄有文杏百株，其处立碎锦坊。(233)

E《曹林异景》曰：晋公午桥庄有文杏百株，其处立碎锦坊。(233)

◎ 引文考

【宋潘自牧《记纂渊海》卷九十三·花卉部·花·杏花】裴晋公午桥庄有文杏百株，其处立碎锦坊。(《曹林异景》)

【宋陈景沂《全芳备祖前集》卷十·花部·杏花·纪要】裴晋公午桥庄有文杏百株，其处立碎锦坊。(《异景录》)

【元佚名《群书通要》庚集卷二·百花门·杏花类·午桥庄】裴晋公午桥庄有文杏百株，其处立碎锦坊。(《曹林异景》)

【元阴时夫《韵府群玉》卷十二·上声·二十三梗·草木花名·杏花】孔子游缁帷之林，坐杏坛之上。庄裴晋公午桥庄有文杏百株，立碎锦坊。(《曹林异景》)

【明郑若庸《类隽》卷二十六·花木类·杏花·碎锦】《曹林异景》云：裴晋公午桥庄有文杏百株，其处立碎锦坊。

【清陈元龙《格致镜原》卷七十·杏花·碎锦】《曹林异景》：裴晋公午桥庄有文杏百株，其处立碎锦坊。

【《御定佩文斋广群芳谱》卷二十五·花谱·杏花】《异景录》：裴晋公午桥庄有文杏百株，其处立碎锦坊。

【清冯云鹏《扫红亭吟稿》卷十·菊花二百咏·杏林春色】冰绡绛蜡曳春光，秋尽何来碎锦坊。我向栽桑村里住，恍然皇入午桥庄。(裴晋公午桥庄上有文杏百株，其处立碎锦坊。见《异景录》。)

【清华希闵《广事类赋》卷二十九·花部·杏·午桥碎锦之坊】《异景录》：裴晋公午桥庄有文杏百株，其处立碎锦坊。

◎ 词汇考

【汉语大词典·碎锦】1. 细碎的锦缎；小花纹的锦缎。晋潘岳《射雉赋》："毛体摧落，霍若碎锦。"北周庾信《奉和赵王游仙》："石纹如碎锦，藤苗似乱丝。"2. 比喻细碎的花朵或波光。唐李德裕《山桂》诗："临风飘碎锦，映日乱非烟。"太平天国洪仁玕《颁新政宣谕》："百鸟来王于幼主，室闪红光；和风献瑞于洞庭，浪铺碎锦。"

【汉语大词典·文杏】1. 即银杏。俗称白果树。木质纹理坚密，是建筑和手工业的高级用材。汉司马相如《长门赋》："刻木兰以为榱兮，饰文杏以为梁。"《西京杂记》卷一："初修上林苑，群臣远方各献名果异树……杏二：文杏、蓬莱杏。"宋叶适《送卢简夫》诗："文杏将非庙廊具，涧苹况是王公羞。"清龚自珍《说昌平州》："其木多文杏、苹婆、柿、棠梨。"2. 诗词中常用以指代文杏做的木梁。唐李商隐《越燕诗》之一："卢家文杏好，试近莫愁飞。"清杜岕《游白燕庵》诗："雕镂饰文杏，彩笔夹歌讴。"

百　年　歌

◎ 版本考

A 李观作《百年歌》，王湜请其法。观向湜弹指，曰："遗子爪甲清尘，庶几文思有加。"（《诗源指诀》）

B 李观作《百年歌》，王湜请其法。观向湜弹指，曰："遗子爪甲清尘，庶几文思有加。"（《诗源指诀》）

C 无此条。

D【爪甲清尘】《诗源指诀》曰：李观作《百年歌》，王湜请其法。观向湜弹指，曰："遗子爪甲清尘，庶几文思有加。"（234）

E【爪甲清尘】《诗源指诀》曰：李观作《百年歌》，王湜请其法。观向湜弹指，曰："遗子爪甲清尘，庶几文思有加。"（234）

◎ 引文考

今检《中国基本古籍库》，此条未见引用。

◎ 词汇考

【汉语大词典·百年诗】亦称"百年歌"。乐府诗的一种。晋陆机所创，记述从幼小到耄老的状况。唐吴兢《乐府古题要解》卷下："《百年诗》，起总角至百年，历述其幼小、丁壮、耆耄之状，十岁为一首。陆士衡至百二十时也。"唐冯贽《云仙杂记·百年歌》："李观作《百年歌》，王湜请其法。"《新五代史·唐庄宗纪下》："克用（李克用）破孟方立于邢州，还军上党，置酒三垂岗，伶人奏《百年歌》，至于衰老之际，声甚悲，坐上皆凄怆。"

梦青龙吐棋经

◎ 版本考

A 王积薪梦青龙吐棋经九部授己，其艺顿精。（《棋诀》）

B 王积薪梦青龙吐棋经九部授己，其艺顿精。(《棋诀》)

C 无此条。

D【龙吐棋经】《棋诀》曰：王积薪梦青龙吐棋经九部授己，其艺顿精。(235)

E【龙吐棋经】《棋诀》曰：王积薪梦青龙吐棋经九部授己，其艺顿精。(235)

◎ 引文考

【宋邵雍《梦林玄解》卷十九·梦占·飞走部一·四灵·龙吐棋经】唐翰林学士王积薪梦青龙吐棋经九部授之，艺乃精。

【宋邵雍《梦林玄解》卷二十九·梦原·龙蛇】龙蛇之梦，载于传记，可据而谭也。有梦龙而应降诞之祥者……有梦龙而应尊贵之兆者……至于黄帝氏梦龙授白图，王积薪梦龙吐棋经，盖灵妙之理造化所泄也。《西京杂记》谓董仲舒梦蛟龙入怀而作《春秋繁露》，不有繇哉。亦有梦龙而非祥者，如郭瑀将终则梦龙止于屋，孙休陶母梦乘龙无尾，果着绝后之征，然吴澄之生，邻媪梦蜿蜒之物降于池中，龙乎蛇乎？未可知也。

【宋邵雍《梦林玄解》卷三十四·梦征·龙吐棋经】唐翰林学士王积薪梦青龙吐棋经九部授之，艺乃精。

【明陈士元《梦占逸旨》卷七·龙蛇篇第十六·王积薪梦龙吐棋经】《棋诀》曰：王积薪梦青龙吐棋经九部授己，其艺顿精。

【明徐应秋《玉芝堂谈荟》卷六·梦笔生花】《棋诀》：王积薪梦青龙吐棋经九部授己，其艺顿精。

【明张凤翼《梦占类考》卷五·龙吐棋经】唐翰林学士王积薪梦青龙吐棋经九部授之，艺乃精。

【清陈元龙《格致镜原》卷五十九·玩戏器物类一·围棋】《棋诀》：王积薪梦青龙吐棋经九部授己，其艺顿精。

【清梁章钜《浪迹三谈》卷一·观弈轩杂录】《棋诀》云：王积薪梦青龙吐棋经九部授己，其艺顿精。

【《御定渊鉴类函》卷三百二十九·巧艺部六·围棋二】《潜确类书》曰：王积薪梦青龙吐棋经九部授己，其艺顿精。

【清吴士玉《骈字类编》卷一百三十四·采色门一·青龙】《棋诀》：王积薪梦~~吐棋经九部授己，其艺顿精。

◎ 词汇考

【汉语大词典·青龙】即苍龙。四灵之一。古时以为祥瑞之物。《淮南子·览冥训》："凤皇翔于庭，麒麟游于郊。青龙进驾，飞黄伏皂。"《宋书·符瑞志上》："武王没，成王少，周公旦摄政七年……乃与成王观于河洛，沈璧，礼毕，王退俟，至于日昧，荣光并出幕河，青云浮至，青龙临坛，衔玄甲之图，坐之而去。礼于洛，亦如之。"唐曹唐《小游仙诗》之五五："青龙举步行千里，休道蓬莱归路长。"

【汉语大词典·棋经】关于棋术的专书。亦指棋术。敦煌写本中有《棋经》一卷(S5574号)，存169行，分两部分：第一部分是《棋经》七篇，第二部分是梁武帝的《棋评要略》。

白　眼　蜂

◎ 版本考

　　A 蚕退之后，多为干腊货之。开元中，春末雨，市多白眼蜂如山。市人以此卜丝帛之
丰歉。(《丰宁传》)

　　B 蚕退之后，多为干腊货之。开元中，春末雨，市多白眼蜂如山。市人以此卜丝帛之
丰歉。(《丰宁传》)

　　C 无此条。

　　D【白眼蜂】《丰宁传》曰：蚕退之后，多为干腊货之。开元中，春末雨，市多白眼蜂
如山。市人以此卜丝帛之丰俭。(236)

　　E【白眼蜂】《丰宁传》曰：蚕退之后，多为干腊货之。开元中，春末雨，市多白眼蜂如
山。市人以此卜丝帛之丰歉。(236)

◎ 引文考

　　【清陈元龙《格致镜原》卷九十六·昆虫类一】《丰宁传》：蚕退之后，多为干腊货之。
开元中，春末雨，市白眼蜂如山。市人以此卜丝帛之丰俭。

　　【《御定渊鉴类函》卷三百五十六·产业部二·蚕三·蛾飞治茧　蜂多卜丝】《丰宁
传》：蚕退之后，多为干腊货之。开元中，春末雨，市白眼蜂如山。以此卜丝帛之丰俭。

◎ 词汇考

　　【蚕蜕】蚕眠起所脱的皮。明李时珍《本草纲目·虫一·蚕》蚕蜕，今医家多用初出蚕
子退在纸上者，东方诸医用老蚕眠起所蜕皮，功用相近，当以蜕皮为正。

　　【干腊】干肉。

安　石　榴

◎ 版本考

　　A 李汉碎胡玛瑙，盘盛送王莒，曰："安石榴。"莒见之不疑，既食乃觉。(《扬州事
迹》)

　　B 李汉碎胡玛瑙，盘盛送王莒，曰："安石榴。"莒见之不疑，既食乃觉。(《扬州事
迹》)

　　C 无此条。

　　D【胡玛瑙】《扬州事迹》曰：李汉碎胡玛瑙，盘盛送王莒，曰："安石榴"。莒见之不
疑，既食乃觉。(237)

　　E【胡玛瑙】《扬州事迹》曰：李汉碎胡玛瑙，盘盛送王莒，曰："安石榴。"莒见之不
疑，既食乃觉。(237)

◎ 引文考

【宋陈景沂《全芳备祖》后集卷六·果部·石榴·事实祖·纪要】李汉碎胡马碯，送王莒，曰："安石榴奉送。"莒见之不疑，食之乃知。

【宋谢维新《事类备要》别集卷四十二·果门·石榴·事类·盛送玛瑙】李汉碎胡玛瑙，盛送王莒，曰："安石榴奉送。"莒见之不疑，食之乃觉。(《扬州事迹》)

【元阴时夫《韵府群玉》卷十一·上声·十九皓·瑙·玛瑙】李汉碎胡~~，送王莒，曰："安石榴奉送。"莒见之不疑，食之乃觉。(《扬州事迹》)

【明冯梦龙《古今谭概》卷二十二·儇弄部·安石榴】李汉碎胡玛瑙，盘盛送王莒，曰："安石榴。"莒见之不疑，既食乃觉。

【明彭大翼《山堂肆考》卷二百七·果品·石榴·盛送玛碯】李汉碎胡玛碯，盛送王莒，曰："安石榴奉送。"莒见之不疑，食之乃觉。

【明郑若庸《类隽》卷二十八·果实类·石榴·玛瑙】《扬州事迹》云：李汉碎胡玛瑙，盛送王莒，曰："安石榴奉送。"莒见之不疑，入口乃觉。

【清陈元龙《格致镜原》卷三十三·珍宝类二·玛瑙】《扬州事迹》：李汉碎胡玛瑙，盘盛送王莒，曰："安石榴。"莒食之乃觉。

【清华希闵《广事类赋》卷三十一·花部·石榴·碎玛瑙以盛来】《花史》：李汉碎胡玛瑙，以盘盛送王莒，曰："安石榴。"莒见之不疑，取食乃觉。

【《御定渊鉴类函》卷四百二·果部四·石榴三·盛送玛瑙　嚼破水晶】李汉碎胡玛瑙，盛送王莒，曰："安石榴奉送。"莒见之不疑，食之乃觉。

◎ 词汇考

【汉语大词典·玛瑙】矿物名。玉髓的一种。品类甚多，颜色光美，可制器皿及装饰品。三国魏曹丕《玛瑙勒赋序》："玛瑙，玉属也。出自西域，文理交错，有似马脑，故其方人因以名之。"北周庾信《杨柳歌》："衔云酒杯赤玛瑙，照日食螺紫琉璃。"

【汉语大词典·安石榴】即石榴。因产自古安息国，故称。晋张华《博物志》卷六："张骞使西域还，得大蒜、安石榴、胡桃、蒲桃。"宋张孝祥《蝶恋花·送刘恭父》词："安石榴花，影落红栏小。"

【李汉】生卒年不详。据《旧唐书》卷一百七十一载：李汉，字南纪，宗室淮阳王道明之后。道明生景融，景融生务该，务该生思，思生岌。岌已上无名位，及岌为蜀州晋原尉。岌生荆，荆为陕州司马。荆生汉。汉，元和七年登进士第，累辟使府。长庆末，为左拾遗。太和四年，转兵部员外郎。李宗闵作相，用为知制诰，寻迁驾部郎中。八年，代宇文鼎为御史中丞。七年，转礼部侍郎。八年，改户部侍郎。九年四月，转吏部侍郎。六月，李宗闵得罪罢相，汉坐其党，出为汾州刺史。宗闵再贬，汉亦改汾州司马，仍三二十年不得录用。会昌中，李德裕用事，汉竟沦踬而卒。

【王莒】待考。

嗜 鸭 腊

◎ 版本考

A 彭几嗜鸭腊，未曝前三日，置镇石之下，时所共服。(《蜀音录》)

B 彭几嗜鸭腊，未曝前三日，置镇石之下，时所共服。(《蜀音录》)

C 无此条。

D【鸭腊用镇石】《蜀音录》曰：彭几嗜鸭腊，未曝前三[日]，置镇石之下，时所共服。(238)

E【鸭腊用镇石】《蜀音录》曰：彭几嗜鸭腊，未曝前三[日]，置镇石之下，时所共服。(238)

◎ 引文考

今检《中国基本古籍库》，此条未见引用。

◎ 词汇考

【鸭腊】腊鸭。

【汉语大词典·镇石】压物的石块。《隋书·秦孝王俊传》："欲求名，一卷史书足矣，何用碑为？若子孙不能保家，徒与人作镇石耳。"明谢肇淛《五杂俎·地部》："秦始皇泰山立无字碑，解者纷纭不定，或以为碑函，或以为镇石。"

壬 癸 席

◎ 版本考

A 申王谓："猪既供餐，不宜处于秽处。"乃以毡毳、粟粥待之。取其毛，刷净，令巧工织壬癸席，滑而且凉。(《河东备录》)

B 申王谓："猪既供餐，不宜处于秽处。"乃以毡毳、粟粥待之。取其毛，刷净，令巧工织壬癸席，滑而且凉。(《河东备录》)

C 无此条。

D【壬癸席】《河东备录》曰：申王谓："猪既供餐，不宜处于秽处。"乃以毡毳、粟粥待之，取其毛刷净，令巧工织壬癸席，滑而且凉。(239)

E【壬癸席】《河东备录》曰：申王谓："猪既供餐，不宜处于秽处。"乃以毡毳、粟粥待之。取其毛，刷净，令巧工织壬癸席，滑而且凉。(239)

◎ 引文考

【宋陈元靓《岁时广记》卷二·壬癸席】《河东备录》：申王取猪毛刷净，命工织以为席，清而且凉，号曰"壬癸席"。

【明高濂《遵生八笺》卷之四·四时调摄笺·夏卷·壬癸席】《河东备录》云：取猪毛刷净，命工织以为席，滑而且凉，号曰"壬癸席"。

【明彭大翼《山堂肆考》卷一百八十二·器用·席·滑而且凉】唐申王取猪毛刷净，令巧工织为席，滑而且凉，名"壬癸席"。

【明郑若庸《类隽》卷二十一·器用类·壬癸】《湘东备录》云：申王取猪毛刷净，令巧工织壬癸席，滑而且凉。

【清曹庭栋《老老恒言》卷四·席】《河东备录》云：猪皮去毛作细条，编以为席，滑而且凉，号曰"壬癸席"。

◎ 词汇考

【汉语大词典·巧工】技艺高超的工匠。《墨子·法仪》："无巧工不巧工，皆以此五者为法。"《西京杂记》卷一："长安巧工丁缓者，为常满灯。"

敛诸妓钗钿以记意

◎ 版本考

　　A 金城多美妓。贺兰剑曰："吾既临人，私情难展。"遇宴饮，则敛夺诸妓钗钿，退以记意。（《金城记》）

　　B 金城多美妓。贺兰剑曰："吾既临人，私情难展。"遇宴饮，则敛夺诸妓钗钿，退以记意。（《金城记》）

　　C 无此条。

　　D【夺钗】《金城记》曰：金城多美妓。贺兰钊曰："吾既临人，私情难展。"遇宴饮，则敛夺诸妓钗钿，退以记意。（240）

　　E【夺钗】《金城记》曰：金城多美妓。贺兰钊曰："吾既临人，私情难展。"遇宴饮，则敛夺诸妓钗钿，退以记意。（240）

◎ 引文考

【清王初桐《奁史》卷六十八·钗钏门一·首饰】金城多美妓。贺兰剑遇宴饮，则夺妓钿退以记。（《金城记》）

◎ 词汇考

【汉语大词典·临人】谓选拔人才。《后汉书·崔寔传》："盖孔子对叶公以来远，哀公以临人，景公以节礼，非其不同，所急异务也。"李贤注："《韩子》曰，叶公问政于仲尼。仲尼曰：'政在悦近而来远。'鲁哀公问政于仲尼。仲尼曰：'政在选贤。'齐景公问政于仲尼，仲尼曰：'政在节财。'此云'临人'、'节礼'，文不同也。"明归有光《送童子鸣序》："无怪乎其内不知修己之道，外不知临人之术。纷纷然日竞于荣利，以成流俗，而天下常有乏材之患也。"

【汉语大词典·私情】男女间不正当的感情。《三国演义》第八回："是夜，允听良久，喝道：'贱人将有私情耶？'貂蝉惊跪答曰：'贱妾安敢有私？'"清蒋士铨《临川梦·集梦》："毕竟是桃李春风旧门墙，怎好把帷薄私情向笔下扬。"

沈 秘 景 符

◎ 版本考

　　A 禹导河之际，沈秘景符以镇五千之水患，后人赖焉。（《禹功记》）

　　B 禹导河之际，沈秘景符以镇五千之水患，后人赖焉。（《禹功记》）

C 无此条。

D【秘景符】《禹功记》曰：禹导河之际，沈秘景符以镇五千之水患，后人赖焉。(241)

E【秘景符】《禹功记》曰：禹导河之际，沈秘景符以镇五千之水患，后人赖焉。(241)

◎ 引文考

【宋罗泌《路史》卷二十二·后纪十三·疏仡纪·夏后氏】东造绝迹，西延积石，南逾赤岸，北过寒谷，而萦回乎昆仑，察六扈、青泉、赤渊，分八洞穴，金匮玉符，以镇川渎。(《禹功记》云：导河之际，沉秘景符以镇五方水患，后人赖焉。)

【宋谢维新《事类备要》前集卷二十·灾异门·水灾·沉秘景符】禹导河之际，~~~~~，镇五千之水患，后人赖之。

【明焦竑《焦氏类林》卷七·形胜】禹导河之际，沈秘景符以镇五千之水患，后人赖焉。(《禹功记》)

【明郑仲[夔]《偶记》卷七·秘景符】禹代鲧治水，民为聚瓦石，有黄龙助之，开江九载而功成。乃沈秘景符，以镇五千水患，至今赖之。

【明郑仲夔《玉麈新谭》卷八·偶记·秘景符】禹代鲧治水，民为聚瓦石，有黄龙助之，开江九载而功成。乃沈秘景符以镇五千水患，至今赖之。

◎ 词汇考

【汉语大词典·禹功】指夏禹治水的功绩。《左传·昭公元年》："美哉禹功，明德远矣。微禹，吾其鱼乎！"清戴名世《杨维岳传》："践土而思禹功，食粟而思稷德。"

沙上玩味成诗

◎ 版本考

A 柳宗元吟"春水如蓝"诗，久之不成，乃取九脚床于池边，沙上玩味终日，仅能成篇。(《白氏金锁》)

B 柳宗元吟"春水如蓝"诗，久之不成，乃取九脚床于池边，沙上玩味终日，仅能成篇。(《白氏金锁》)

C 无此条。

D【九脚床】《白氏金锁》曰：柳宗元吟"春水如蓝"诗，久之不成，乃取九脚床于池边沙上，玩味终日，仅能成篇。(242)

E【九脚床】《白氏金锁》曰：柳宗元吟"春水如蓝"诗，久之不成。乃取九脚床于池边沙上，玩味终日，仅能成篇。(242)

◎ 引文考

【明蒋一葵《尧山堂外纪》卷二十九·唐】柳子厚《与浩初上人看山》诗云："海畔尖山似剑攒，秋来处处割愁肠。若为化得身千亿，散上峰头望故乡。"议者谓子厚南迁，不得为无罪，盖未死而身已在刀山矣。(子厚吟"春水如蓝"诗，久之不成，乃取九脚床于池边沙上，玩味终日，仅能成篇。)

【《全唐诗》卷七百三十五·和凝·宫词百首】宫娥解禊艳阳时，鹓舸兰桡满凤池。春水如蓝垂柳醉，和风无力裹金丝。

◎ 词汇考

【柳宗元】(773—819)字子厚，行八。祖籍河东(今山西永济)，故世称柳河东。贞元九年，进士及第。十四年，登博学宏词科，授集贤殿正字。应举宏辞，授校书郎、蓝田尉。贞元十九年，为监察御史。顺宗即位，王叔文、韦执谊用事，尤奇待宗元。与监察吕温密引禁中，与之图事。转尚书礼部员外郎。叔文欲大用之，会居位不久，叔文败，与同辈七人俱贬。宗元为邵州刺史。在道，再贬永州司马。既罹窜逐，涉履蛮瘴，崎岖堙厄，蕴骚人之郁悼。写情叙事，动必以文。为骚文十数篇，览之者为之凄恻。元和十年，例移为柳州刺史。江岭间为进士者，不远数千里皆随宗元师法；凡经其门，必为名士。著述之盛，名动于时，时号柳州云。有文集四十卷。

吟 诗 落 齿

◎ 版本考

A 谢灵运半日吟诗百篇，顿落十二齿。(《续钟嵘句眼》)

B 谢灵运半日吟诗百篇，顿落十二齿。(《续钟嵘句眼》)

C 无此条。

D【落十二齿】《续钟嵘句眼》曰：谢灵运半日吟诗百篇，顿落十二齿。(243)

E【落十二齿】《续钟嵘句眼》曰：谢灵运半日吟诗百篇，顿落十二齿。(243)

◎ 引文考

【明董斯张《广博物志》卷之二十九·艺苑四】谢灵运半日吟诗百篇，顿落十二齿。(钟嵘《诗品》)

【明郭良翰《问奇类林》卷十六·文学上】潘纬十年而吟古镜，何涓一夕而赋潇湘，只论工拙，不论迟速也。高适五十始作诗，为少陵所推。苏洵三十始读书，为欧公所许。欧公学书在半百外，王右军书至五十三乃称成书，亦只论工拙，不论早暮也。李白一斗百篇，杜子美改罢长吟，曹子建七步成诗，温庭筠八叉手成赋，孟浩然苦吟须眉尽落，裴佑袖手衣袖为穿，王维至走入醋瓮，谢灵运半日吟诗，百篇顿落十二齿，欧公作《醉翁亭记》，初下笔，几十余言，后削至止存"环滁皆山也"句，亦皆论工拙，不论甘苦也。

【明蒋一葵《尧山堂外纪》卷十三·六朝】谢灵运，玄之孙。小时寄养于杜明禅师。杜明夜梦东南有贤人相访，因建梦谢亭。晋时袭封康乐公。尝半日吟诗百篇顿，落十二齿。每文竟手，手自写之，书法兼妙，文帝称为二宝。与东海何长瑜、颍川荀雍、太山羊璇之及弟惠连以文章赏会。共为山泽游。时人谓为"康乐四友"。

【明夏树芳《词林海错》卷二·落齿】钟嵘《诗品》：谢灵运半日吟诗百篇，顿落十二齿。

【明徐应秋《玉芝堂谈荟》卷八·文思之敏】谢灵运半日吟诗百篇。

【清金埴《不下带编》卷五·杂缀兼诗话】钟嵘《诗品》：谢灵运半日吟诗百篇，顿落十二齿。

【清冒襄《巢民诗文集》文集卷六·杂著·谢康乐游山诗评】康乐全集诗不过百余首，游山诗不过三十余首，读之每憾其少。钟《诗品》云：灵运半日吟诗百篇，顿落十二齿。然则谢诗遗失天地间者不知凡几。"池塘生春草"，五字便可作谢诗全集读，又何必计多少耶？

【清周广业《循陔纂闻》卷二】魏韦仲将书凌云殿额，须发尽白；……谢灵运半日吟诗百篇，顿落十二齿。用心之不可过度如此。

◎ 词汇考

【汉语大词典·句眼】亦称"句中眼"。指诗句中最精炼传神的一个字。宋杨万里《次乞米韵》："诗肠幸自无烟火，句眼何愁着点尘。"《苕溪渔隐丛话前集·半山老人一》引宋惠洪《冷斋夜话》："荆公'江月转空为白昼，岭云分晚作黄昏。'又曰'一水护田将绿绕，两山排闼送青来。'东坡《海棠》诗曰：'只恐夜深花睡去，故烧红烛照新妆。'又曰：'我携此石归，袖中有东海。'山谷曰：'此诗谓之句中眼。学者不知此妙，韵终不胜。'"宋何汶《竹庄诗话》卷一引《漫斋语录》："五字诗以第三字为句眼，七字诗以第五字为句眼，古人炼字，只于句眼上炼。"

【顿落】犹跌落。《花月痕》第十三回："剑秋一见面，也怪采秋，言道：'愉园声价，从此顿落了。'"

绿　牝　鞍

◎ 版本考

A 处士富麟翁从县令芮通源游兰居寺，通源给以绿牝鞍。（《幽燕记异》）

B 处士富麟翁从县令芮通源游兰居寺，通源给以绿牝鞍。（《幽燕记异》）

C 无此条。

D【绿庄鞍】《幽燕记异》曰：处士富麟翁从县令芮通源游兰居寺，通源给以绿庄鞍。（244）

E【绿庄鞍】《幽燕记异》曰：处士富麟翁从县令芮通源游兰居寺，通源给以绿庄鞍。（244）

◎ 引文考

【《钦定日下旧闻考》卷一百五十五·存疑一】原唐处士富麟翁从县令芮通源游兰居寺，通源给以绿牝鞍。（《幽燕纪异》）。臣等谨按：兰居寺，系唐刹，久废。

◎ 词汇考

【芮通源】事迹待考。

【兰居寺】唐刹。久废。

凤　眼　窗

◎ 版本考

　　A 龙道千卜室于积玉坊，编藤作凤眼窗，支床用薜荔千年桃，炊饭洒沈水香，浸酒取山凤髓。（《青州杂记》）

　　B 龙道千卜室于积玉坊，编藤作凤眼窗，支床用薜荔千年根，炊饭洒沈水香，浸酒取山凤髓。（《青州杂记》）

　　C 无此条。

　　D《青州杂记》曰：龙道千卜室于积玉坊，编藤作凤眼窗，支床用薜荔千年根，炊饭洒沈水香，浸酒取山凤髓。（245）

　　E《青州杂记》曰：龙道千卜室于积玉坊，编藤作凤眼窗，支床用薜荔千年根，炊饭洒沈水香，浸酒取山凤髓。（245）

◎ 引文考

　　今检《中国基本古籍库》，此条未见引用。

◎ 词汇考

　　【龙道千】事迹待考。

　　【汉语大词典·卜室】选择居室。宋沈辽《奉送世美归阳羡》诗："飘飘数年如一梦，尔来卜室齐山西。"《明史·张可大传》："可大约束旗尉，捐俸助之，卜室处其妻子。"

　　【汉语大词典·积玉】指精华所聚。《晋书·陆机传》："葛洪著书，称：'机文犹玄圃之积玉，无非夜光焉；五河之吐流，泉源如一焉。'"

　　【积玉坊】待考。

　　【汉语大词典·凤眼窗】花窗名。其窗格如同凤眼，故名。唐冯贽《云仙杂记·凤眼窗》："龙道千卜室于积玉坊，编藤作凤眼窗，支床用薜荔千年根。"

　　【汉语大词典·沈水香】亦作"沉水香"。即沉香。《西京杂记》卷一："赵飞燕为皇后，其女弟在昭阳殿，遗飞燕书曰：'今日嘉辰，贵姊懋膺洪册，谨上襚三十五条，以陈踊跃之心：金华紫轮帽……青木香、沉水香。'"

　　【汉语大词典·凤髓】1. 凤凰的骨髓。借为烛油的美称。唐李咸用《富贵曲》："活花起舞夜春来，蜡焰煌煌天日在。雪暖瑶杯凤髓融，红拖象箸猩唇细。"五代和凝《宫词》之十四："兰烛时将凤髓添，寒星遥映夜光帘。"2. 比喻珍奇美味。明谢肇淛《五杂俎·物部三》："龙肝凤髓，豹胎麟脯，世不可得，徒寓言耳。"3. 茶名。元杨允孚《滦京杂咏》之四七："嘉鱼贡自黑龙江，西域蒲萄酒更良，南土至奇夸凤髓，北陲异品是黄羊。"自注："凤髓，茶名。"

巨栗壳为杯

◎ 版本考

　　A 邺中产巨栗，脱其壳，可以为杯。（《邺郡名录》）

B 邺中产巨栗，脱其壳，可以为杯。（《邺郡名录》）

C 无此条。

D【栗杯】《邺郡名录》曰：邺中产巨栗，脱其壳，可以为杯。（246）

E【栗杯】《邺郡名录》曰：邺中产巨栗，脱其壳，可以为杯。（246）

◎ 引文考

【明陈耀文《天中记》卷五十二·壳可为杯】邺中产巨栗，脱其壳，可以为杯。（《邺中记》）

【明焦周《焦氏说楛》卷一】邺中产巨栗，脱其壳，可以为杯。

【明徐应秋《玉芝堂谈荟》卷三十五·桃核长五寸】《邺中记》：邺中产巨栗，脱其壳，可以为杯。

【《御定佩文斋广群芳谱》卷之五十九·果谱·栗】《邺中记》：邺中产巨栗，脱其壳，可以为杯。

【《御定渊鉴类函》卷四百三·果部五·栗】《邺中记》曰：邺中产巨栗，脱其壳，可以为杯。

【清陈元龙《格致镜原》卷七十四·栗】《邺中记》：邺中产巨栗，脱其壳，可以为杯。

【清汪价《中州杂俎》卷十九·大果】邺中产巨栗，脱其壳，可以为杯。

◎ 词汇考

【汉语大词典·邺中】指三国魏的都城邺。故址在今河北省临漳县西南邺镇东。后世多以"邺中"指代三国魏。唐刘长卿《铜雀台》诗："君不见邺中万事非昔是，古人不在今人悲。"宋严羽《沧浪诗话·诗评》："虽谢康乐拟邺中诸子之诗，亦气象不类。"清计东《邺城吊谢茂秦山人》诗："邺中怀古正秋风，词赋深惭谢氏工。"

眉 分 九 聚

◎ 版本考

A 朱泚眉分九聚，相者告以大贵，泚信之。（《金台录》）

B 朱泚眉分九聚，相者告以大贵，泚信之。（《金台录》）

C 无此条。

D【九聚眉】《金台录》曰：朱泚眉分九聚，相者告以大贵，泚信之。（247）

E【九聚眉】《金台录》曰：朱泚眉分九聚，相者告以大贵，泚信之。（247）

◎ 引文考

【明郑若庸《类隽》卷十四·身体类·九聚】《金台（云）［录］》云：朱泚眉分九聚，相者告以大贵，信之。

【明徐应秋《玉芝堂谈荟》卷四·如来三十二相】朱泚眉分九聚。

【《御定分类字锦》卷十四】《云仙杂记》：《金台录》曰：朱泚眉分九聚，相者告以大贵，泚信之。

【《御定渊鉴类函》卷二百六十一·人部二十·九聚八字】《金台录》曰：朱泚眉分九聚，相者告以大贵，信之。《遗事》曰：汉武宫人画八字眉。

【清陈元龙《格致镜原》卷十一】《金台录》：朱泚眉分九聚，相者告以大贵，信之。

◎ 词汇考

【朱泚】(742—784)，唐幽州昌平(今北京昌平南)人。初为幽州卢龙节度使李怀仙部将。及朱希彩取代李怀仙，又得希彩信任。大历七年(772)，希彩为部下所杀，众推其为节度留后。次年，代宗不得已，许为节度使。九年，入朝以示恭顺，甚得嘉奖，遂统领汴、宋、淄、青兵。十二年，代李抱玉为陇右节度使。建中二年(781)，因击平泾州叛将刘文喜，加太尉、中书令，节度凤翔。次年，因弟朱滔反，被软禁。四年十月，泾原兵变，德宗逃往奉天(今陕西乾县)，节度使姚令言拥其称大秦皇帝，建元应天。次年，改国号为汉，称汉元天皇。后李晟等军攻破长安，他逃往宁州彭原(今甘肃镇原东)，为部下所杀。

【汉语大词典·聚】量词。犹堆或股。九聚，犹言九堆，或九股。

【汉语大词典·相者】旧指以相术供职或为业的人。《东观汉记·班超传》："超问其状，相者曰：'生燕颔虎头，飞而食肉，此万里侯相也。'"《后汉书·皇后纪上·和熹邓皇后》："相者见后惊。"李贤注引《续汉书》："相者，待诏相工。"宋苏轼《叶嘉传》："(叶嘉)登车，遇相者揖之曰：'先生容质异常，矫然有龙凤之姿，后当大贵。'"清纪昀《阅微草堂笔记·如是我闻二》："有故家子，日者推其命大贵，相者亦云大贵。"

洞 天 瓶

◎ 版本考

A 虢国夫人就屋梁上悬鹿肠于半空，筵宴则使人从屋上注酒于肠中，结其端，欲饮则解开，注于杯中，号"洞天圣酒将军"，又曰"洞天瓶"。(《酒中玄》)

B 虢国夫人就屋梁上悬鹿肠于半空，筵宴则使人从屋上注酒于肠中，结其端，欲饮则解开，注于杯中，号"洞天圣酒将军"，又曰"洞天瓶"。(《酒中玄》)

C 无此条。

D《酒中玄》曰：虢国夫人就屋梁上悬鹿肠于半空，筵宴则使人从屋上注酒于肠中，结其端，欲饮则解开，注于杯中，号"洞天圣酒将军"，又曰"洞天瓶"。(248)①

E《酒中玄》曰：虢国夫人就屋梁上悬鹿肠于半空，筵宴则使人从屋上注酒于肠中，结其端，欲饮则解开，注于杯中，号"洞天圣酒将军"，又号"洞天瓶"。(248)

◎ 引文考

【宋王谠《唐语林》卷五·补遗】虢国夫人就屋梁悬鹿肠，其中结之，有宴则解开，于梁上注酒，号"洞天圣酒"。

【宋谢维新《事类备要》别集卷七十八·走兽门·悬肠注酒】虢国夫人就屋梁悬鹿肠于

---

① 宋本此条以下空三行。

半空，筵宴使人于梁上注酒于肠中，结其端，欲饮则解开，流于盏中，名"洞天圣酒将军"。(《酒中玄》)

【元阴时夫《韵府群玉》卷六·下平声·鹿肠】虢国夫人就屋梁悬～～，其中结之，有宴则解开，于梁上注酒，号洞天圣酒。

【明冯梦龙《古今谭概》怪诞部卷二·洞天圣酒】虢国夫人就屋梁悬鹿肠，其中结之，有宴则解开，于梁上注酒，号"洞天圣酒"。

【《御定渊鉴类函》卷四百三十·兽部二·鹿三·衔花　注酒】明皇时，野鹿衔去牡丹，后有禄山之祸。《酒中渊》曰：虢国夫人就屋梁悬鹿肠于半空，筵宴使人从梁上注酒于肠中，结其端，欲饮则解开，流于盏中，号"洞天圣酒将军"。

【《御定佩文韵府》卷二十四之六·下平声·九青韵六·瓶·洞天瓶】《云仙杂记》：虢国夫人悬鹿肠于半空，注酒于肠，以入杯中，号"洞天圣酒将军"，又曰即～～～。

【清陈元龙《格致镜原》卷二十二饮食类二·酒·饮酒】《酒中玄》：虢国夫人就屋梁悬鹿肠于中空，筵宴使人于梁上，注酒于肠中，结其端，欲饮则解开，流于盏中，号"洞天圣酒将军"。

【清陈元龙《格致镜原》卷八十三·鹿·总论】《孔六帖》：虢国夫人就屋梁悬鹿肠于半空，筵宴使人于梁上注酒于肠中，结其端，欲饮则解开，流于盏中，号"洞天圣酒将军"。

【清王初桐《奁史》卷七十八·饮食门一·饮食】虢国夫人就屋梁上悬鹿肠于半空，筵宴使人从屋上注酒于肠中，结其端，欲饮则解开，注于杯中，号"洞天圣酒将军"，又曰"洞天瓶"。(《酒中玄》)

◎ 词汇考

【汉语大词典·虢国夫人】唐杨贵妃姊。行三，嫁裴氏。天宝七载封为虢国夫人，得宠遇。唐杜甫有《虢国夫人》诗："却嫌脂粉涴颜色，淡扫娥眉朝至尊。"讽其自炫丽质。天宝十五载安禄山陷长安，随玄宗、贵妃西行，途中为陈仓令薛景仙所杀。

【汉语大词典·洞天圣酒将军】洞天瓶的别称。详"洞天瓶"。

【汉语大词典·洞天瓶】指一种注酒之物。唐冯贽《云仙杂记》卷六："虢国夫人就屋梁上悬鹿肠于半空，筵宴则使人从屋上注酒于肠中，结其端，欲饮则解开，注于杯中，号洞天圣酒将军，又曰：洞天瓶。"

赐成象殿茶果

◎ 版本考

A 金銮故例：翰林当直学士，春晚困，则日赐成象殿茶果。(《金銮密记》)

B 金銮故例：翰林当直学士，春晚困，则日赐成象殿茶果。(《金銮密记》)

C 无此条。

D【成象殿茶果】《金銮密记》曰：故例：翰林当直学士春晚人困，则日赐成象殿茶果。(249)

E《金銮密记》曰：故例：翰林当直学士，春晚人困，则日赐成象殿茶果。(249)

○今按：元辛文房《唐才子传》卷七：韩偓自号玉山樵人，工诗，有集一卷，词多侧艳新巧，又作《金銮密记》五卷，今并传。

◎ 引文考

【宋陈景沂《全芳备祖》后集卷二十八·药部·茶·事实祖·纪要】故例：翰林当直，学士春晚人困，则日赐成象殿茶。(《金銮密记》)

【宋无名氏《锦绣万花谷》后集卷三十五·茶·成象殿茶】故例：翰林学士，春晚人困，则日赐成象殿茶。(《金銮密记》)

【明彭大翼《山堂肆考》卷一百九十三·饮食·学士例赐】《金銮密记》：故例：翰林学士，每春晚人困，则日赐成象殿茶。

【明高元浚《茶乘》卷二·志林】金銮故例：翰林当直学士，春晚困，则日赐成象殿茶果。(《金銮密记》)

【《御定佩文斋广群芳谱》卷十八·茶谱】《金銮密记》：故例：翰林当直学士，每春晚人困，则日赐成象殿茶。

【清陈廷灿《续茶经》卷下之三·七茶之事】《金銮密记》曰：故例：翰林当直学士，春晚人困，则日赐成象殿茶果。

◎ 词汇考

【汉语大词典·金銮】翰林学士的美称。唐元稹《祭翰林白学士太夫人文》："仲则金銮之英，季则蓬山之选。"宋梅尧臣《送白鹇与永叔依韵和公仪》："玉兔精神怜已久，金銮人物世无双。"《文献通考·职官八》："前朝因金銮坡以为门名，与翰林院相接，故为学士者称金銮以美之。"

【汉语大词典·翰林学士】官名。唐玄宗开元初以张九龄、张说、陆坚等掌四方表疏批答、应和文章，号"翰林供奉"，与集贤院学士分司起草诏书及应承皇帝的各种文字。德宗以后，翰林学士成为皇帝的亲近顾问兼秘书官，常值宿内廷，承命撰拟有关任免将相和册后立太子等事的文告，有"内相"之称。唐代后期，往往即以翰林学士升任宰相。北宋翰林学士仍掌制诰。清代以翰林掌院学士为翰林院长官，其下有侍读学士、侍讲学士。清末复置翰林学士，仅备侍读学士的升迁。

【汉语大词典·当直】值班。《宋书·百官志下》："太子出，则当直者前驱导威仪。"唐王建《赠郭将军》诗："承恩新拜上将军，当直巡更近五云。"

【成象殿】待考。○今按，唐城遗址博物馆：扬州唐城遗址为全国重点文保单位，保存完好，城廓明晰。成象苑为隋炀帝成象殿，前立唐代城阙高大巍峨，后耸庑殿或延和阁，门道，门楣条石，上下千层石阶皆是唐代宫城旧制，几百件唐代出土文物，风采依旧。

冰雪至夏价等金璧

◎ 版本考

A 长安冰雪至夏月则价等金璧。白少傅诗名动于闾阎，每需冰雪，论筐取之，不复偿价，日日如是。(《止戈集》)

B 长安冰雪至夏月则价等金璧。白少傅诗名动于间阎，每需冰雪，论筐取之，不复偿价，日日如是。(《止戈集》)

C 无此条。

D【冰雪论筐】《止戈集》曰：长安冰雪至夏月则价等金璧。白少傅诗名动于间阎，每需冰雪，论筐取之，不复偿价，日日如是。(250)

E《止戈集》曰：长安冰雪至夏月则价等金璧。白少傅诗名动于间阎，每需冰雪，论筐取之，不复偿价，日日如是。(250)

◎ 引文考

【唐白居易原本、宋孔传续撰《白孔六帖》卷三·冰二】长安冰雪至夏价等金璧。(《止戈集》)

【唐白居易原本、宋孔传续撰《白孔六帖》卷三·夏二·冰雪价等金璧】《止戈集》：长安冰雪至夏月价等金(壁)[璧]。白少傅诗名动于间阎，每需冰雪，论筐不复偿价，日日如是。

【宋无名氏《锦绣万花谷》后集卷三·春门·夏·冰雪价等金璧】长安冰雪至夏月则价等金璧。白少傅诗名动于间阎，每需冰雪，论筐不复偿价，日日如是。(《止戈集》)

【宋陈元靓《岁时广记》卷二·夏·颁冰雪】《止戈集》：长安冰雪至夏月则价等金(碧)[璧]。每颁冰雪，论筐不复偿价，日日如是。

【宋谢维新《事类备要》前集卷四·天文门·夏月需冰】长安冰雪至~~则价等金璧。白少傅诗名动于间阎，每~~雪，论筐取之，不复偿价，日日如是。(《止戈集》)

【明彭大翼《山堂肆考》卷二十三·取冰无价】唐白乐天为刺史三年，饮冰复食蘖。又《止戈集》：长安冰雪至夏月则价等金璧。惟白少傅诗名动于间阎，每需冰雪，论筐取之，不复偿价。

【明郑若庸《类隽》卷三·时令类·冰价】《止戈集》云：长安冰雪至夏月则价等金璧。白少傅诗名动于间阎，每需冰雪，论筐不复偿价，日日如是。

【明蒋一葵《尧山堂外纪》卷三十二·唐】白乐天初至京，以所业谒顾著作。顾睹姓名，熟视曰："长安未贵，居大不易。"及披卷首篇曰："咸阳原上草，一岁一枯荣。野火烧不尽，春风吹又生。"乃嗟赏曰："道得个语，居亦何难？前言戏之耳。"因为延誉，声名遂振。长安冰雪至夏月则价等金璧。白诗名动间阎，每需冰雪，论筐取之，不复偿价，日日如是。

【清吴士玉《骈字类编》卷五十六·山水门二十一·冰】《云仙杂记》：长安冰雪至夏月则价等金璧。白少傅诗名动于间阎，每需冰雪，论筐取之，不复偿价，日日如是。

【御定渊鉴类函》卷十四·岁时部三·冰雪金价】《止戈集》：长安冰雪至夏月则价等金璧。白少傅诗名动于间阎，每需冰雪，论筐不复偿价，日日如是。

【清秦嘉谟《月令粹编》卷二十二·补遗·夏总补·夏月冰雪】《云仙杂记》：长安冰雪至夏月则价等金璧。白少傅诗名动于间阎，每需冰雪，论筐取之，不复偿价，日日如是。

◎ 词汇考

【汉语大词典·金璧】黄金和璧玉。《韩非子·外储说左下》："钜者，齐之居士；孱者，魏之居士。齐魏之君不明，不能亲照境内，而听左右之言，故二子费金璧而求入仕也。"唐沈亚之《贤良方正能直言极谏策》："而戎臣以自入士卒虚名占籍者十五，不啻日夜飞金璧，走银缯。"明陶宗仪《辍耕录·特健药》："御府之珍，多归私室。先尽金璧，次及书法。"

【汉语大词典·闾阎】泛指民间。《史记·樗里子甘茂列传论》："甘茂起下蔡闾阎，显名诸侯，重强齐楚。"《梁书·处士传·何胤》："顷者学业沦废，儒术将尽，闾阎搢绅，尠闻好事。"宋司马光《涑水记闻》卷五："皆言衣食于官久，不愿为农，又皆习弓刀，一旦散之闾阎，必皆为盗贼。"

蛙　台

◎ 版本考

A 桂林风俗，日日食蛙。有来中朝为御史者，朝士戏之曰："汝之居非乌台，乃蛙台也。"御史答曰："此非蛙名，圭虫而已。然较圭虫之奉养，岂不胜于黑面郎哉？""黑面郎"，谓猪也。朝士大赧而退。(《承平旧纂》)

B 桂林风俗，日日食蛙。有来中朝为御史者，朝士戏之曰："汝之居非乌台，乃蛙台也。"御史答曰："此非蛙名，圭虫而已。然较圭虫之奉养，岂不胜于黑面郎哉？""黑面郎"，谓猪也。朝士大赧而退。(《承平旧纂》)

C 无此条。

D【圭虫】《承平旧纂》曰：桂林人风俗，日日食蛙，有来中朝者为御史者，朝士戏之曰："汝之居非乌台，乃蛙台也。"御史答曰："此非蛙，名圭虫而已，然较圭虫之奉养，岂不胜于黑面郎哉？""黑面郎"，谓猪也。朝士大赧而退。(251)

E《承平旧纂》曰：桂林人风俗，日日食蛙，有来中朝者为御史，朝士戏之曰："汝之居非乌台，乃蛙台也。"御史答曰："此非蛙，名圭虫而已，然较圭虫之奉养，岂不胜于黑面郎哉？""黑面郎"，谓猪也。朝士大赧而退。(251)

◎ 引文考

【《白孔六帖》卷九十八·黑面郎】桂林人风俗，日日食蛙，有来中朝为御史者，朝士戏之曰："汝之居乃蛙台也。"御史答曰："此非蛙，名圭虫而已，然较圭虫之奉养，岂不胜于黑面郎哉？""黑面郎"，谓猪也。(《承平旧纂》)

【宋祝穆《事文类聚》后集卷四十·毛虫部·豕】桂林风俗，日日食蛙，曰："岂不胜于黑面郎哉？""黑面郎"，谓猪也。(《承平旧纂》)

【宋潘自牧《记纂渊海》卷三十·职官部·御史台】桂林风俗，日日食蛙，有来中朝为御史者，朝士戏之曰："汝之居非乌台，乃蛙台也。"(《承平旧纂》)

【明彭大翼《山堂肆考》卷二百二十一·黑面】《承平旧纂》："桂林人风俗，日日食蛙，曰：'岂不胜于黑面郎哉？''黑面郎'，谓猪也。"一名大兰王，一名为乌将军，一名长喙将军。又唐拱州人畜猪致富，号猪为乌金。

【明魏浚《西事珥》卷六·蛙台抱芋羹】桂人有为御史者，或谓之曰："公所居之台，当曰蛙台。"盖讥其食蛙也。御史曰："此月中灵物用以奉养，不胜黑面郎哉？"黑面郎，谓豕也。

【明张自烈《正字通》卷十·豕部·豕】《云仙杂志》呼猪为黑面郎。

【《御定渊鉴类函》卷四百三十六·兽部八·豕四·黑面郎】《承平旧纂》曰：桂林人风俗，日日食蛙，有来中朝者为御史，朝士戏之曰：“汝之居乃蛙台也。”御史答曰：“此非蛙，名圭虫而已，然较圭虫之奉养，岂不胜于黑面郎哉？”“黑面郎”，谓猪也。

【清吴士玉《骈字类编》卷七十·珍宝门五·圭虫】《云仙杂记》：桂林风俗，日日食蛙，有来中朝为御史者，朝士戏之曰：“汝之居非乌台，乃蛙台也。”御史答曰：“此非蛙名，~~而已。然较~~之奉养，岂不胜于黑面郎哉？”黑面郎，乃猪也。朝士赧而退。

【清吴宝芝《花木鸟兽集类》卷下·豕】《承平旧纂》：“桂林人风俗，日日食蛙，曰：‘岂不胜于黑面郎哉？’‘黑面郎’，谓猪也。”一名大兰王，一名为乌将军，一名长喙将军。又唐拱州人畜猪致富，号猪为乌金。

【清华希闵《广事类赋》卷三十八·走兽部·豕·尔乃郎称黑面】《承平旧纂》：桂林风俗，日食蛙，有来中朝为御史者，或戏之曰：“汝之居乃蛙台也。”答曰：“以圭虫奉养，岂不胜于黑面郎哉？”黑面郎者，盖谓猪也。

【清邓志谟《古事苑定本》卷十二·畜产】桂林人谓豕为黑面郎，又谓之乌喙将军。

【清方旭《虫荟》卷二·毛虫·豕】《承平旧纂》：黑面郎，猪也，又名鲁津伯。

【清费锡璜《掣鲸堂诗集》卷三·乐府三·通语】黑面郎，昨拜将军今封王。男儿读书几万卷，不如黑面郎。

【清李元《蠕范》卷六·物材第十一】豕，猪也，豨也，豲也，豨也，刚鬣也，勃贺也，乌鬼也，乌金也，参军也，黑面郎也，鲁津伯也，乌将军也，大兰王也。食物寡而易肥，性好触突人，趋湿喜秽。孕四月而生。牡曰豭，曰牙牝，曰豝，曰豰。其子曰豚，曰豰，曰豵。一子曰特，二子曰师，三子曰豵，末子曰么。色纯黑，或白，或花。有黄膘者，肉中有米者。生青兖徐淮者耳大，生燕冀者皮厚，生梁雍者足短，生辽东者头白，生豫州者足短，生江南者耳小，生岭南者身白。

【清厉荃《事物异名录》卷三十七·兽畜部·豕·黑面郎】《承平旧纂》：桂林风俗，日食蛙，有来中朝为御史者，或戏之曰：“汝之居乃蛙台也。”答曰：“此名圭虫，岂不胜于黑面郎哉？”黑面郎，谓猪也。

【清潘江《木厓集》卷二十四·豕】槛中黑面郎，饕餮不知止。状貌本贪污，莫怪肉食鄙。

【清汪森《粤西丛载》卷二十三·虾蟆】桂人有为御史者，或谓之曰：“公所居之台当曰蛙台。”盖讥其食蛙也。御史曰：“此月中灵物，用以奉养，不胜黑面郎哉？”黑面郎，谓豕也。

◎ 词汇考

【汉语大词典·中朝】朝廷；朝中。《三国志·魏书·杜畿传》：“中朝苟乏人，兼才者势不独多。”唐刘长卿《集梁耿开元寺所居院》诗：“岂得长高枕，中朝正用才。”

【汉语大词典·御史】官名。春秋战国时期列国皆有御史，为国君亲近之职，掌文书及记事。秦设御史大夫，职副丞相，位甚尊；并以御史监郡，遂有纠察弹劾之权，盖因近臣使作耳目。汉以后，御史职衔累有变化，职责则专司纠弹，而文书记事乃归太史掌管。

《史记·萧相国世家》："秦御史监郡者与从事，常辨之。何乃给泗水卒史事，第一。"宋王谠《唐语林·补遗四》："御史主弹奏不法，肃清内外。唐兴，宰辅多自宪司登钧轴，故谓御史为宰相。"《儒林外史》第三回："荏苒三年，升了御史，钦点广东学道。"

【汉语大词典·朝士】朝廷之士。泛称中央官员。汉陆贾《新语·怀虑》："战士不耕，朝士不商，邪不奸直，圆不乱方。"南朝宋刘义庆《世说新语·言语》："陶公疾笃，都无献替之言，朝士以为恨。"唐张九龄《劲牛仙客疏》："昔韩信淮阴一壮夫，羞与绛灌为伍。陛下必用仙客，朝士所鄙，臣实耻之。"清顾炎武《蓟门送子德归关中》诗："蓟门朝士多狐鼠，旧日须眉化儿女。"

【汉语大词典·黑面郎】猪的别名。唐冯贽《云仙杂记·蛙台》引《承平旧纂》："桂林风俗，日日食蛙，有来中朝为御史者，朝士戏之曰：'汝之居，非乌台，乃蛙台也。'御史答曰：'此非蛙，名圭虫而已，然较圭虫之养，岂不胜于黑面郎哉。'黑面郎，谓猪也，朝士大赧而退。"

弃官求道

◎ 版本考

A 丁系自尚书郎参灵度禅师，弃官修道，日食脱粟二升，诸僧钵水一盂，夏月夜禅，虽飞蚊咂食，终不摇动，坐夏既满，面为破烂。（《旧相禅学录》）

B 丁系自尚书郎参灵度禅师，弃官修道，日食脱粟二升，诸僧钵水一盂，夏月夜禅，虽飞蚊咂食，终不摇动，坐夏既满，面为破烂。（《旧相禅学录》）

C 无此条。

D【飞蚊破面】《旧相禅学录》曰：丁繁自尚书郎参灵度禅师，弃官求道，日食脱粟二升，诸僧钵水一盂，夏夜坐禅，虽飞蚊咂食，终不摇动，坐夏既满，面为破烂。（252）

E《旧相禅学录》曰：丁繁自尚书郎参灵度禅师，弃官求道，日食脱粟二升，诸僧钵水一盂，夏夜坐禅，虽飞蚊咂食，终不摇动，坐夏既满，面为破烂。（252）

◎ 引文考

【唐白居易原本、宋孔传续撰《白孔六帖》卷八十九·禅定十七·飞蚊破面】《旧相禅学录》：丁繁自尚书郎参灵度师去官求道，日食脱粟二升，诸僧钵水一盂，夏月夜禅，虽飞蚊咂食，终不摇动，夏既满，面为破烂也。

【清吴士玉《骈字类编》卷二十四·时令门三·夏月】《云仙杂记》：丁系自尚书郎参灵度禅师，弃官修道，日食脱粟二升，诸僧钵水一盂，～～夜禅，虽飞蚊咂食，终不摇动，坐夏既满，面为破烂。

【清吴士玉《骈字类编》卷三十三·时令门十二·夜禅】《云仙杂记》：丁系自尚书郎参灵度禅师，弃官修道，日食脱粟二升，诸僧钵水一盂，夏月～～，虽飞蚊咂食，终不摇动，坐夏既满，面为破烂。

【清吴士玉《骈字类编》卷一百五十九·器物门十二·钵水】《云仙杂记》：丁系自尚书郎参灵度禅师，弃官修道，日食脱粟二升，诸僧～～一盂。

【《御定渊鉴类函》卷三百十七·释教部二·戒律四·飞蚊破面】《旧相禅学录》云：丁

繁自尚书郎参灵度师，去官求道，日食脱粟二升，诸僧钵水一盂，夏月夜坐禅席，飞蚊咂食，终不摇头，满面为蚊破烂。

【《续文献通考》卷二百四十六·仙释考】时丁繁自尚书郎参卢师，弃官求道，日食脱粟二升，钵水一盂，夏月夜禅，虽飞蚊咂食，终不摇动，[坐]夏既满，面为破烂。

◎ 词汇考

【丁繁】待考。

【灵度禅师】待考。

【汉语大词典·脱粟】糙米；只去皮壳、不加精制的米。《晏子春秋·杂下二六》："晏子相景公，食脱粟之食。"《史记·平津侯主父列传》："食一肉脱粟之饭。"司马贞《索隐》："脱粟，才脱谷而已，言不精凿也。"唐陆龟蒙《杞菊赋》序："我衣败绨，我饭脱粟。"《明史·海瑞传》："布袍脱粟，令老仆艺蔬自给。"清蒲松龄《聊斋志异·长清僧》："饷以脱粟则食，酒肉则拒。"

【汉语大词典·坐禅】佛教语。谓静坐息虑，凝心参究。《晋书·姚兴载记上》："起浮图于永贵里，立波若台于中宫，沙门坐禅者恒有千数。"唐白居易《罢药》诗："自学坐禅休服药，从他时复病沉沉。"明唐寅《感怀》诗："不炼金丹不坐禅，饥来吃饭倦来眠。"续范亭《休养与学习》诗："早晚两次太极拳，却病无妨学坐禅。"参阅隋智顗《摩诃止观》卷二。

【汉语大词典·坐夏】佛教语。僧人于夏季三个月中安居不出，坐禅静修，称坐夏。其时正当雨季，亦称"坐雨安居"。具体日期因地而异。唐玄奘《大唐西域记·印度总述》："印度僧徒，依佛圣教，坐雨安居，或前三月，或后三月。前三月当此从五月十六日至八月十五日，后三月当此从六月十六日至九月十五日。前代译经律者，或云坐夏，或云坐腊。"唐白居易《行香归》诗："出作行香客，归如坐夏僧。"唐项斯《坐夏僧》诗："坐夏日偏长，知师在律堂。"

携琴就松风涧响之间

◎ 版本考

A 段由夫携琴就松风涧响之间，曰："三者皆自然之声，正合类聚。"羊昙节以金缕羊邀之，曲终不去。(《金徽变化篇》)

B 段由夫携琴就松风涧响之间，曰："三者皆自然之声，正合类聚。"羊昙节以金缕羊邀之，曲终不去。(《金徽变化篇》)

C 无此条。

D【三声类聚】《金徽变化篇》曰：段由夫携琴就松风涧响之间，曰："三者皆自然之声，正合类聚。"羊昙节以金缕羊邀之，曲终不去。(255)

E《金徽变化篇》曰：段由夫携琴就松风涧响之间，曰："三者皆自然之声，正合类聚。"羊昙节以金缕羊邀之，曲终不去。(256)

◎ 引文考

【宋谢维新《事类备要》前集卷五十七·技术门·三声类聚】段由夫携琴就松风间响之

（尝）[间]，曰："~者皆自然之~，正合~~。"羊昙即以金缕衣邀之，曲终[不]（云）[去]。（《金徽变化篇》）

【宋无名氏《锦绣万花谷》后集卷三十二·三声类聚】段由夫携琴就松风间响之（尝）[间]，曰："三者皆自然之声，正合类聚。"羊昙即以金缕衣邀之，曲终[不]（云）[去]。（《金徽变化篇》）

【明焦竑《焦氏类林》卷七·声乐】段由夫携琴就松风涧响之间，曰："三者皆自然之声，正合类聚。"羊昙节以金缕衣要之，曲终不去。（《金徽变化篇》）

【明李贽《初潭集》卷十四·师友四·一音乐】段由夫携琴就松风涧响之间，曰："三者皆自然之声，正合类聚。"

【明林有麟《青莲舫琴雅》卷二】段由夫携琴就松风涧响之间，曰："三者皆自然之声，正合类聚。"

【明屠隆《考盘余事》卷二·临水】鼓琴偏宜于松风涧响之间，三者皆自然之声，正合类聚。或对轩窗池沼，荷香扑人，或水边林下，清漪芳沚，微风洒然，游鱼出听，此乐何极！○今按：由此条可见类书对晚明小品文之影响。

【旧本题明项元汴《蕉窗九录》·琴录·临水】鼓琴偏宜于松风涧响之间，三者皆自然之声，正合类聚。或对轩窗池沼，荷香扑人，或水边帘下，清漪芳沚，微风洒然，游鱼出听，此乐何极！

【明彭大翼《山堂肆考》卷一百六十二·音乐·三声类聚】《金徽变化篇》：段由夫携琴松风涧响之（尝）[间]，曰："三者皆自然之声，正合类聚。"羊昙即以金缕衣邀之，曲终不去。

【《御定渊鉴类函》卷一百八十八·琴二】《金徽变化篇》曰：段由夫携琴就松风涧响之（尝）[间]，曰："三者皆自然之声，正合类聚。"羊昙即以金缕衣邀之，曲终不去。

【《御定佩文韵府》卷三十七之六·上声·七麌韵六·聚·类聚】《金徽变化篇》：段由夫携琴就松风涧响之间，曰："三者皆有自然之声，正合~~。"

【清陈元龙《格致镜原》卷四十六乐器类二·琴】《金徽变化篇》：段由夫携琴就松风涧响之（尝）[间]，曰："三者皆自然之声，正合类聚。"

【清程允基《诚一堂琴谈》卷二·纪事】段由夫携琴就松风涧响之间弹之（尝）[间]，曰："三者皆自然之声，正合类聚。"羊昙即以金缕衣邀之，曲终[不]（云）[去]。（《金徽变化篇》）

【清宫梦仁《读书纪数略》卷四十·人部·三声类聚】《金徽变化篇》：段由夫携琴松涧间曰："三者皆自然之声，正合类聚。"

【清胡世安《操缦录》乐统博稽卷三·明用】段由夫携琴就松风响涧之间，尝曰："三者皆自然之声，正合类（灸）[聚]。"羊昙即以金缕衣要之，曲终不去。

【明张岱《陶庵梦忆》卷三·丝社】越中琴客不满五六人，经年不事操缦，琴安得佳？余结丝社，月必三会之。有小檄曰："中郎音癖，《清溪弄》三载乃成；贺令神交，《广陵散》千年不绝。器由神以合道，人易学而难精。幸生岩壑之乡，共志丝桐之雅。清泉盘石，援琴歌《水仙》之操，便足怡情；涧响松风，三者皆自然之声，正须类聚。偕我同志，爱立琴盟，约有常期，宁虚芳日。杂丝和竹，用以鼓吹清音；动操鸣弦，自令众山皆响。非关匣里，不在指头，东坡老方是解人；但识琴中，无劳弦上，元亮辈正堪佳侣。既调商角，翻信肉不如丝；谐畅风神，雅羡心生于手。从容秘玩，莫令解秽于花奴；抑按盘桓，敢谓倦生于古乐。共怜同调之友声，用振丝坛之盛举。"〇今按：由此条可见类书对晚明小品文之影响。

◎ 词汇考
　　【段由夫】事迹待考。
　　【羊昙节】事迹待考。

出游必携围棋短具

◎ 版本考
　　A 王积薪每出游，必携围棋短具，画纸为局，与棋子并盛竹筒中，系于车辕马鬣间。道上虽遇匹夫，亦与对手，胜则征饼饵牛酒，取饱而去。（《棋天洞览》）
　　B 王积薪每出游，必携围棋短具，画纸为局，与棋子并盛竹筒中，系于车辕马鬣间。道上虽遇匹夫，亦与对手，胜则征饼饵牛酒，取饱而去。（《棋天洞览》）
　　C 无此条。
　　D【围棋短具】《棋天洞览》曰：王积薪每出游，必携围棋短具，画纸为局，与棋子并盛竹筒中，系于车辕马鬣间。道上虽遇匹夫，亦与对手，胜则征饼饵牛酒，取饱而去。（256）
　　E《棋天洞览》曰：王积薪每出游，必携围棋短具，画纸为局，与棋子并盛竹筒中，系于车辕马鬣间。道上虽匹夫，亦与对手，胜则征饼饵牛酒，取饱而去。（257）

◎ 引文考
　　【宋无名氏《锦绣万花谷》后集卷三十五·棋·围棋短具】王积薪每出游，必携围棋短具，画纸为局，与棋子并盛竹筒中，系于车辕马鬣间。道上虽遇匹夫，亦与对手，胜则征其饼饵牛酒。（《北梦琐言》）
　　【元阴时夫《韵府群玉》卷二·上平声·棋·出游围棋】王积薪～～，携～～短具，画纸为局，棋子盛竹筒中。虽遇匹夫，亦与对手，胜则征饼饵牛酒。
　　【明彭大翼《山堂肆考》卷一百六十八·技艺·习射·出游必携】王积薪每出游，必携围棋短具，画纸为局，与棋子并盛竹筒中，系于车辕马鬣间。道上虽遇匹夫，亦与对手，胜则征其饼饵牛酒。
　　【《御定佩文韵府》卷四之五·上平声·四支韵五·棋·携棋】《北梦琐言》：王积薪出游，～围～具，画纸为局，棋子盛竹筒中。虽遇匹夫，亦与对手，胜则征饼饵牛酒。
　　【《御定佩文韵府》卷十一之一·上平声·十一真韵一·薪·积薪】又《北梦琐言》：王～～每出游，必携围棋短具，画纸为局，与棋子并盛竹筒中，系于车辕马鬣间。道上虽遇匹夫，亦与对手，胜则征饼饵牛酒。
　　【清陈元龙《格致镜原》卷五十九·玩戏器物类一·围棋】《棋天洞览》：王积薪每游，必携围棋短具，画纸为局，与棋子并盛竹筒中，系于车辕马鬣间。道上虽遇匹夫，亦与对手，胜则征饼饵牛酒。

【清梁章钜《浪迹三谈》卷一·观弈轩杂录】《棋天洞览》云：王积薪每出游，必携围棋短具，画纸为局，并棋子盛竹筒中，系于车辕马鬣间。道上虽遇匹夫，亦与对，胜则征饼饵牛酒。

◎ 词汇考

【王积薪】事迹待考。

【汉语大词典·车辕】车前驾牲畜的两根直木。《国语·晋语九》："夫却氏有车辕之难，赵有孟姬之谗。"《后汉书·董卓传》："以头系车辕，歌呼而还。"唐王建《七夕曲》："遥愁今夜河水隔，龙驾车辕鹊填石。"

【汉语大词典·匹夫】古代指平民中的男子。亦泛指平民百姓。《左传·昭公六年》："匹夫为善，民犹则之，况国君乎？"《韩非子·有度》："刑过不避大臣，赏善不遗匹夫。"汉班固《白虎通·爵》："庶人称匹夫者，匹，偶也，与其妻为偶，阴阳相成之义也。"唐刘德仁《长门怨》诗："早知雨露翻相误，只插荆钗嫁匹夫。"

【汉语大词典·饼饵】饼类食品的总称。语本《急就篇》卷十："饼饵麦饭甘豆羹。"颜师古注："溲面而蒸熟之则为饼，饼之言并也，相合并也；溲米而蒸之则为饵，饵之言而也，相黏而也。"北齐颜之推《颜氏家训·名实》："凡遣兵役，握手送离，或赍梨枣饼饵，人人赠别。"唐白居易《渭村退居寄礼部崔侍郎翰林钱舍人诗一百韵》："朝晡颁饼饵，寒暑赐衣裳。"清纪昀《阅微草堂笔记·滦阳续录二》："（妇）阴市砒制饼饵，待其夫妇。"

【汉语大词典·牛酒】牛和酒。古代用作馈赠、犒劳、祭祀的物品。《战国策·齐策六》："（齐襄王）乃赐单牛酒，嘉其行。"《后汉书·光武帝纪上》："辄平遣囚徒，除王莽苛政，复汉官名。吏人喜悦，争持牛酒迎劳。"唐杜甫《赠左仆射郑国严公武》诗："感激动四极，联翩收二京。西郊牛酒再，原庙丹青明。"清魏源《秦淮灯船引》："百万金缯万虏欢，十年牛酒千夫举。倾得蛟宫宝藏完，保障半壁东南土。"

墨难减者万金不换

◎ 版本考

A 丸墨日用之，一岁磨减半寸者，万金不换。然至难得。（《成老相墨经》）

B 丸墨日用之，一岁磨减半寸者，万金不换。然至难得。（《成老相墨经》）

C 无此条。

D【岁磨半寸墨】《成老相墨经》曰：丸墨日日用之，一岁才减半寸者，万金不换。然至难得。（257）

E《成老相墨经》曰：丸墨日日用之，一岁才减半寸者，万金不换。然至难得。（258）

◎ 引文考

【宋祝穆《事文类聚》别集卷十四·文房四友部·墨】《相墨经》：丸墨日日用之，一岁才减半寸者，万金不换。

【元陆友《墨史》卷下·宋】《成老相墨经》曰：……丸墨日日用之，一岁才减半寸者，万金不换。

【明陈文耀《天中记》卷三十八·墨】丸墨日日用之，一岁才减半寸者，万金不换。（《相墨经》）

【明焦周《焦氏说楛》卷六】丸墨日用之，岁磨减半寸者，万金不换。

【《御定渊鉴类函》卷二百五·文学部十四·夜赠一丸　岁减半寸】《成老相墨经》：墨染纸三年字不昏暗者为上。丸墨日日用之，一岁才减半寸者，万金不换。

【《御定佩文韵府》卷七十四之五·去声·十五翰韵五·换·不换】《墨经》：丸墨日日用之，一岁才减半寸，万金~~。

【清陈元龙《格致镜原》卷三十七·文具类一·墨】《成老相墨经》：丸墨日日用之，一岁才减半寸者，万金不换。

【清檀萃《草堂外集》卷四《谢司空程公贲墨启》注】《墨经》：丸墨日日用之，一岁才减半寸者，万金不换。

◎ 词汇考

【汉语大词典·丸墨】古代墨以丸计，故称墨为"丸墨"。唐段成式《酉阳杂俎·语资》："（王勃）少梦人遗以丸墨盈袖。"

【汉语大词典·万金】极多的钱财。《列子·杨朱》："卫端木叔者，子贡之世也，藉其先赀，家累万金。"《史记·平准书》："富商大贾……财或累万金，而不佐国家之急。"三国魏曹丕《又与钟繇书》："宋之结绿，楚之和璞，价越万金。"

收 茶 三 等

◎ 版本考

A 觉林院志崇收茶三等：待客以"惊雷荚"，自奉以"萱草带"，供佛以"紫茸香"。盖最上以供佛，而最下以自奉也。客赴茶者皆以油囊盛余沥以归。（《蛮瓯志》）

B 觉林院志崇收茶三等：待客以"惊雷荚"，自奉以"萱草带"，供佛以"紫茸香"。盖最上以供佛，而最下以自奉也，客赴茶者皆以油囊盛余沥以归。（《蛮瓯志》）

C 无此条。

D【萱草带】《蛮瓯志》曰：觉林院僧志崇收茶三等：待客以"惊雷荚"，自奉以"萱草带"，供佛以"紫茸香"。盖供佛者为上，自奉者最低，客赴茶者皆以油囊盛余沥归。（258）

E《蛮瓯志》曰：觉林院僧志崇收茶三等：待客以"惊雷荚"，自奉以"萱草带"，供佛以"紫茸香"。盖供佛者为上，自奉者最低，客赴茶者皆以油囊盛余沥归。（259）

◎ 引文考

【宋陈景沂《全芳备祖》后集卷二十八·药部·茶·纪要】觉林僧志崇收茶三等：待客以"惊雷荚"，自奉以"萱草带"，供佛以"紫茸香"。赴茶者以油囊盛余沥归。（《茶谱》）

【宋谢维新《事类备要》外集卷四十二·香茶门·茶·囊盛余沥】觉林僧志崇收茶三等：待客以惊荚，自奉以萱草带，供佛以紫茸香。赴茶者以油~~~~归。

【宋无名氏《锦绣万花谷》后集卷三十五·茶·惊雷荚萱草带】觉林僧志崇收茶三等：

待客以"惊雷荚"，自奉以"萱草带"，供佛以"紫茸香"。赴茶者以油囊盛余沥归。(《蛮瓯志》)

【宋潘自牧《记纂渊海》卷九十·饮食部·茶】觉林僧志崇收茶三等：待客以"惊雷荚"，自奉以"萱草带"，供佛以"紫茸香"。赴茶者以油囊盛余沥归。(《蛮瓯志》)

【元阴时夫《韵府群玉》卷六·下平声·六麻·紫茸香茶】觉林僧志崇待客以惊雷荚，自奉以萱草带，供佛以～～～。赴茶者油囊盛余沥。

【元阴时夫《韵府群玉》卷十四·去声·九泰·萱草带】志崇待客茶以惊雷荚，自奉以～～～。详茶。

【元阴时夫《韵府群玉》卷二十入声·十六叶·惊雷荚】僧志崇待客茶以～～～，自奉以萱草带。详茶。

【元释念常《佛祖历代通载》卷十四·唐】觉林寺僧志崇取茶三等：以"惊雷(笑)［荚］"自奉，以"萱草带"供佛，以"紫茸香"待客。赴茶者至以油囊盛余沥以归。

【明高元浚《茶乘》卷二·志林】觉林院僧志崇收茶为三等：待客以惊雷荚，自奉以萱草带，供佛以紫茸香。盖最工以供佛，而最下以自奉也。客赴茶者皆以油囊盛余沥而归。

【明焦竑《焦氏类林》卷七·酒茗】觉林院志崇收茶三等：待客以惊雷荚，自奉以萱草带，供佛以紫茸香。盖最上以供佛，而最下以自奉也。客赴茶者皆以油囊盛余沥以归。(《蛮瓯志》)

【明李贽《初潭集》卷十六·师友六·三汤社】觉林院僧志崇收茶为三等：待客以惊雷荚，自奉以萱华带，供佛以紫茸香。盖最上以供佛，而最下以自奉也。客赴茶者皆以油囊盛余沥而归。

【明彭大翼《山堂肆考》卷一百九十三·饮食·茶·收茶三等】《蛮瓯志》：觉林僧志崇收茶三等：待客以"惊雷荚"，自奉以"萱草带"，供佛以"紫茸香"。赴茶者以油囊盛余沥归。

【明沈德符《清权堂集》卷八·瘦狂庵草·新茶竹枝词】水厄从嘲亦自嘉，小斋独理淡生涯。狂僧休诧惊雷荚，不挈油囊赴汝茶。

【明汤宾尹《睡庵稿》文集卷二十四·书茶圃疏后】汤院僧无我欲募众檀，建大悲阁，而髯公颜其疏曰：茶圃谓其旁隙地，宜茶也。昔有觉林院僧，贮茶为三等：供佛以紫茸香，待客以惊雷荚，自奉以萱华带。盖最上以供佛，而最下以自奉也。一茶所飨几何，而首供佛，次供客，乃知此僧以茶事作佛事，况天下之广贮货贝者乎？壬子四月二日。

【明万邦宁《茗史》卷上·收茶三等】觉林院志崇收茶三等：待客以惊雷荚，自奉以萱草带，供佛以紫茸香。盖最上以供佛，而最下以自奉也。客赴茶者皆以油囊盛余沥而归。

【明徐应秋《玉芝堂谈荟》卷二十九·纲头玉芽】觉林院僧志崇收茶三等：待客以惊雷荚，自奉以萱草带，待客以紫茸香。

【明郑若庸《类隽》卷十九·饮食类·雷荚】《蛮瓯志》云：觉林僧志崇收茶三等：待客以惊雷荚，自奉以萱草带，供佛以紫茸香。赴茶者以油囊盛余沥归。

【明张岱《夜航船》卷十一·日用部·惊雷荚】觉林院僧志崇收茶三等：待客以惊雷荚，自奉以萱草带，供佛以紫茸香。客赴茶者皆以油囊盛余沥以归。

【《御定渊鉴类函》卷三百七十一·服饰部二·带四·萱草带】晋石崇待客茶以惊雷荚，自奉以萱草带。

【《御定渊鉴类函》卷三百九十·食物部三·茶二】《蛮瓯志》云：觉林院僧志崇收茶三等：待客以惊雷荚(中等)，自奉以萱草带(下等)，供佛以紫茸香(上等)。客赴茶者皆以油囊盛余沥以归。

【《御定佩文韵府》卷十之二·上平声·十灰韵二·雷·惊雷】又《蛮瓯志》：觉林院僧志崇收茶三等：待客以~~荚，自奉以萱草带，供客以紫茸香。

【《御定佩文韵府》卷二十二之二·下平声·七阳韵二·香·紫茸香】《蛮瓯志》：觉林院僧志崇收茶三等：待客以惊雷荚，自奉以萱草带，供佛以~~~。盖最上以供佛，而最下以自奉也。

【《御定佩文韵府》卷一百一之四·入声·十二锡韵四·沥·余沥】《蛮瓯志》：觉林院僧志崇收茶三等：待客以惊雷荚，自奉以萱草带，供佛以紫茸香。客赴茶者皆以油囊盛~~以归。

【《御定佩文韵府》卷一百五之三·入声·十六叶韵三·惊雷荚】《庶物异名疏》：觉林寺僧志荣收茶为三等：待客以~~~，自奉以萱草带，供佛以紫茸香。

【清官修《韵府拾遗》卷二十一·下平声·六麻韵·茶·赴茶】《蛮瓯志》：觉林僧志崇收茶三等：待客以惊雷荚，自奉以萱草带，供佛以紫茸香。~~者以油囊盛余沥归。

【《御定佩文斋广群芳谱》卷十八·茶谱·茶一】觉林僧志崇收茶三等：待客以惊雷荚，自奉以萱草带，供佛以紫茸香。赴茶者以油囊盛余沥归。

【清陈元龙《格致镜原》卷二十一】《蛮瓯志》：觉林院僧志崇收茶三等：待客以"惊雷荚"，自奉以"萱草带"，供佛以"紫茸香"。盖最上以供佛，而最下以自奉也。客赴茶者皆以油囊盛余沥以归。

【清来集之《倘湖樵书》卷十二·雷之生物】《蛮瓯志》云：觉林院僧志崇收茶三等：待客以惊雷荚，自奉以萱草带，供佛以紫茸香。盖惊雷荚，其中平者也。

【清厉荃《事物异名录》卷十五·饮食部·茶·惊雷荚　萱草带　紫茸香】《蛮瓯志》：僧志崇收茶三等：待客以惊雷荚，自奉以萱草带，供佛以紫茸香。

【清刘源长《茶史》卷一·茶之名产·惊雷荚　萱草带　紫茸香】觉林院僧收茶三等：待客以惊雷荚，自奉以萱草带，供佛以紫茸香。赴茶者以油囊盛余沥归。

【清陈廷灿《续茶经》卷下之三·七茶之事】《合璧事类》：觉林寺僧志崇制茶有三等：待客以"惊雷荚"，自奉以"萱草带"，供佛以"紫茸香"。凡赴茶者辄以油囊盛余沥。

◎ 词汇考

【汉语大词典·惊雷荚】茶的一种。唐冯贽《云仙杂记·收茶三等》："觉林院志崇收茶三等，待客以惊雷荚，自奉以萱草带，供佛以紫茸香。"

【汉语大词典·萱草】植物名。俗称金针菜、黄花菜、多年生宿根草本，其根肥大。叶丛生，狭长，背面有棱脊。花漏斗状，橘黄色或桔红色，无香气，可作蔬菜，或供观赏。根可入药。古人以为种植此草，可以使人忘忧，因称忘忧草。

【紫茸香】宋陈敬《陈氏香谱》卷一·《紫茸香》："一名猊香。今按：此香亦出沉速香之中，至薄而腻理，色正紫黑，焚之，虽数十步，犹闻其香。或云：沉之至精者。近时有得此香，因祷祠，爇于山上，而下上数里皆闻之。"

笏 囊 笏 架

◎ 版本考

A 会昌以来，宰相朝则有笏架，入禁中，逐门传送至殿前。朝罢，则置于架上。百寮则各有笏囊，亲吏持之。(《常朝录》)

B 会昌以来，宰相朝则有笏架，入禁中，逐门传送至殿前。朝罢，则置于架上。百寮则各有笏囊，亲吏持之。(《常朝录》)

C 无此条。

D【笏架】《常朝录》曰：会昌以来，宰相朝则有笏架，入禁中，逐门传送至殿前。朝罢，则置于架上。百寮则各有笏囊，亲吏持之。(259)

E《常朝录》曰：会昌以来，宰相朝则有笏架，入禁中，逐门传送至殿前。朝罢，则置于架上。百寮则各有笏囊，亲吏持之。(260)

◎ 引文考

【宋无名氏《锦绣万花谷》后集卷三十六·冠冕·笏·笏架笏囊】会昌以来，宰相朝则有笏架，入禁中，逐门传送至殿前。朝罢，则置于架上。百寮各有笏囊，吏持之。(《常朝录》)

【明陈耀文《天中记》卷四十八·笏】笏架：会昌以来，宰相朝则有笏架，入禁中，逐门传送至殿前。朝罢，则置于架上。百僚则各有笏囊，吏持之。(《常朝录》)

【明彭大翼《山堂肆考》卷一百七十六·器用·节·搢笏乘马】《常朝录》：会昌以来，宰相则有笏架，入禁中，逐门传送至殿前。朝罢，则置于架上。百僚各有笏囊，使吏持之。

【明郑若庸《类隽》卷十七·衣服类·笏·笏架】《常朝录》云：会昌以来，宰相朝则有笏架，入禁中逐门传送至殿前。朝罢，则置于架上。百寮则各有笏囊，吏持之。

【《御定渊鉴类函》卷三百七十二·服饰部三·笏一】《常朝录》曰：唐会昌以来，宰相朝则有笏架，入禁中，逐门传送至殿前。朝罢，则置于架上。百僚则各有笏囊，吏持之。

【清陈元龙《格致镜原》卷三十·朝制类一·笏一】《常朝录》：会昌以来，宰相朝则有笏架，入禁中，逐门传送至殿前。朝罢，则置于架上。百寮则各有笏囊，吏持之。

【清阎镇珩《六典通考》卷二十五·爵命考·笏】唐制：五品已上用象，上圆下方；六品已下用竹木，上挫下方。开元八年敕诸笏：三品已上前诎后直，五品已上前诎后挫，并用象。九品以上任用竹木，上挫下方，听依品爵，服笏假板官者亦依此例。张九龄体弱，故事，公卿皆搢笏于带，而后乘马。九龄独常使人持之，因设为笏囊，自九龄始。会昌以来，宰相朝则有笏架，入禁中逐门传送至殿前。朝罢，则置于架上。百僚则各有笏囊，吏持之。

◎ 词汇考

【会昌】唐武宗李炎所用年号，起 841 年正月，迄 846 年十二月。

【汉语大词典·笏架】放笏的架子。唐冯贽《云仙杂记·笏囊笏架》："会昌以来，宰相朝则有笏架，入禁中，逐门传遂至殿前，朝罢则置于架上。"

【汉语大词典·禁中】指帝王所居宫内。《史记·秦始皇本纪》："于是二世常居禁中，与高决诸事。"《汉书·孔光传》："上于是召丞相翟方进、御史大夫光……皆引入禁中，议中山、定陶王谁宜为嗣者。"汉蔡邕《独断》卷上："汉天子正号曰皇帝……所居曰禁中，后曰省中。"汉蔡邕《独断》卷上："禁中者，门户有禁，非侍御者不得入，故曰禁中。"唐王昌龄《萧驸马宅花烛》诗："青鸾飞入合欢宫，紫凤衔花出禁中。"《新唐书·柳芳传》："芳始谪时，高力士亦贬巫州，因从力士质开元、天宝及禁中事，具识本末。"清昭梿《啸亭杂录·癸酉之变》："大内太监多河间诸县人，有刘金、刘得才等，其家即素习邪教者，选入禁中，遂与茶房太监杨进忠等传教。"

【汉语大词典·百寮】亦作"百僚"，百官。《书·皋陶谟》："百僚师师，百工惟时。"孔传："僚、工，皆官也。"《后汉书·邓彪传》："彪在位清白，为百寮式。"《新五代史·周太祖纪》："文武百寮，六军将校，议择贤明，以承大统。"宋苏轼《代张方平谏用兵书》："群臣百寮，窥见此指，多言用兵。"张怀奇《颐和园词》："云栏月树似南朝，斑扇当楼拥百僚。"一说，一种奴隶。郭沫若《奴隶制时代·关于中国古史研究中的两个问题》："百僚的'僚'分明是'隶臣僚'的僚，是一种奴隶。"

【汉语大词典·笏囊】放笏的袋子。唐冯贽《云仙杂记·笏囊笏架》："会昌以来，宰相朝则有笏架，入禁中，逐门传送至殿前，朝罢则置于架上。百寮则各有笏囊，亲吏持之。"《旧唐书·张九龄传》："故事皆搢笏于带，而后乘马，九龄体羸，常使人持之，因设笏囊。"清孔尚任《桃花扇·设朝》："过江同是从龙彦，也步金阶抱笏囊。"

徐峰善棋

◎ 版本考

A 徐峰善棋，段成式欲尽穷其术，峰曰："子若以墨狻猊与我，当使子过我十倍。"（《大唐龙髓记》）

B 徐峰善棋，段成式欲尽穷其术，峰曰："子若以墨狻猊与我，当使子过我十倍。"（《大唐龙髓记》）

C 无此条。

D【墨狻猊】《大唐龙髓记》曰：徐峰善棋，段成式欲尽其术，峰曰："子若以墨狻猊与我，当使子过我十倍。"（260）

E【墨狻猊】《大唐龙髓记》曰：徐峰善棋，段成式欲尽其术，峰曰："子若以墨狻猊与我，当使子过我十倍。"（261）

◎ 引文考

【唐白居易原本、宋孔传续撰《白孔六帖》卷十四·墨十八·墨狻猊】《大唐龙髓记》：（除）［徐］峰善棋，段成式欲尽穷其术，峰曰："子若以墨狻猊与我，当使子过我十倍。"

【唐白居易原本、宋孔传续撰《白孔六帖》卷三十三·博棋七·墨狻猊】徐峰善棋，段生欲穷其术，峰曰："子若以墨狻猊与我，当使子过我十倍。"出《龙髓记》。

【宋谢维新《事类备要》前集卷四十六·文房门·狻猊】徐峰善棋，段成式欲尽穷其术，峰曰:"子若以墨~~与我,当使子过我十倍。"

【宋无名氏《锦绣万花谷》后集卷二十九·奇怪·墨狻猊】徐峰善棋,段成式欲尽穷其术,峰曰:"子若以墨狻猊与我,当使子过我十倍。"(《龙髓记》)

【宋潘自牧《记纂渊海》卷八十八·博奕部·棋】徐峰善棋,段成式欲穷其术,峰曰:"子若以墨狻猊与我,当令子过我十倍。"(《大唐龙髓记》)

【明彭大翼《山堂肆考》卷一百七十七·器用·墨·徐峰传术】《龙髓记》:徐峰善棋,段成式欲尽穷其术,峰曰:"子若以墨狻猊与我,当传子使子过我十倍。"

【《御定渊鉴类函》卷二百五·文学部十四·墨三·徐峰传术 祖氏闻名】《龙髓记》:徐峰善棋,段成式欲尽穷其术,峰曰:"子若以墨狻猊与我,当传子使过我十倍。"《四谱》:祖氏本易定人,唐之墨官也。世以易水墨为上,名闻天下。

【《御定渊鉴类函》卷三百二十九·巧艺部六·围棋三·白鹦鹉 墨狻猊】《天中记》曰:韩偓、姚洎俱为翰林学士,从昭宗幸岐。偓每与两使,敕令棋,两使不胜,洎即以手坏之,偓呼为白鹦鹉。若洎不在,两使将输,必大呼曰:"白鹦鹉。"洎应声至。《记纂渊海》曰:徐峰善棋,段成式欲穷其术,峰曰:"子若以墨狻猊与我,当使子过我十倍。"

【清陈元龙《格致镜原》卷三十七·文具类一·墨】《大唐龙髓记》:徐峰善棋,段成式欲尽穷其术,峰曰:"子若以墨狻猊与我,当使子过我十倍。"

【清连朗《绘事琐言》卷二·唐·徐峰】徐峰善棋,段成式欲尽穷其术,峰曰:"子若以墨狻猊与我,当传子使过我十倍耳。"

◎ 词汇考

【汉语大词典·狻猊】兽名。狮子。《尔雅·释兽》:"狻麑如虥猫,食虎豹。"郭璞注:"即师子也,出西域。"《穆天子传》卷一:"狻猊□野马走五百里。"郭璞注:"狻猊,师子,亦食虎豹。"唐杜甫《天狗赋》:"夫何天狗嶙峋兮,气独神秀,色似狻猊,小如猿狄。"清蒲松龄《聊斋志异·象》:"少时,有狻猊来,众象皆伏。"

【徐峰】事迹待考。

【段成式】(?—863),字柯古,其先临淄邹平(今山东邹平)人,后家居于荆州。其父段文昌,曾任宰相,封邹平郡公,工诗,有文名。成式以荫入官,为秘书省校书郎。研精苦学,秘阁书籍,披阅皆遍。累迁尚书郎。咸通初,出为江州刺史。解印,寓居襄阳,以闲放自适。家多书史,用以自娱,尤深于佛书。所著《酉阳杂俎》传于时。文章冠冕当代,尤擅骈文,与温庭筠、李商隐齐名。

瞬 碧 侯

◎ 版本考

A 琴庄有溶溶轩,轩前皆池地也,度池得回笋磴,上自在峰。蔺先生日往峰上采蕨,蕨生九股,以酿醋,异常。守臣取进之。封峰曰"瞬碧侯"。(《琴庄美事》)

B 琴庄有溶溶轩,轩前皆池地也,度池得回笋磴,上自在峰。蔺先生日往峰上采蕨,蕨生九股,以酿醋,异常。守臣取进之。封峰曰"瞬碧侯"。出《琴庄美事》。

C 无此条。

D《琴庄美事》曰：琴庄有溶溶轩，轩前皆池，渡池得回笋磴，上自在峰。蔺先生日往峰上采蕨，蕨生九股，以酿醋，酸异常。守臣取进之。封峰曰"瞬碧侯"。(261)

E《琴庄美事》曰：琴庄有溶溶轩，轩前皆池，渡池得回笋磴，上自在峰。蔺先生日往峰上采蕨，蕨生九股，以酿醋，酸异常。守臣取进之。封峰曰"瞬碧侯"。(262)

◎ 引文考

【明焦周《焦氏说楛》卷一】琴庄有溶溶轩，轩前有池，度池得回笋磴，上自在峰。蔺先生日往峰上采蕨，蕨生九股，以酿醋，异常。守臣取进之。封峰曰"瞬碧侯"。

◎ 词汇考

【汉语大词典·溶溶】水流盛大貌。《楚辞·刘向〈九叹·逢纷〉》："扬流波之潢潢兮，体溶溶而东回。"王逸注："溶溶，波貌也。"南朝梁江淹《哀千里赋》："水则远天相逼，浮云共色，茫茫无底，溶溶不测。"唐温庭筠《莲浦谣》："鸣桡轧轧溪溶溶，废绿平烟吴苑东。"

钱　龙　宴

◎ 版本考

A 洛阳人有妓乐者，三月三日结钱为龙为帘，作"钱龙宴"。四围则撒真珠，厚盈数寸，以斑螺令妓女酌之，仍各具数，得双者为吉，妓乃作双珠宴以劳主人。又各令作饧缓带，以一丸饧舒之，可长三尺者，赏金菱角；不能者罚酒。(《妆楼记》)

B 洛阳人有妓乐者，三月三日结钱为龙为帘，作"钱龙宴"。四围则撒真珠，厚盈数寸，以斑螺令妓女酌之，仍各具数，得双者为吉，妓乃作双珠宴以劳主人。又各令作饧缓带，以一丸饧舒之，可长三尺者，赏金菱角；不能者罚酒。(《妆楼记》)

C 无此条。

D《妆楼记》曰：洛阳人有妓乐者，三月三日结钱为龙为帘，作"钱龙宴"。四围则撒真珠，厚盈数寸，以斑螺令妓女酌之，仍各具数，得双者为吉，妓乃作"双珠宴"以劳主人。又各令作饧缓带，以一丸饧舒之，可长三尺者，赏金菱角；不然，罚酒。(262)

E《妆楼记》曰：洛阳人有妓乐者，三月三日结钱为龙为帘，作"钱龙宴"。四围则撒真珠，厚盈数寸，以斑螺令妓女酌之，仍各具数，得双者为吉，妓乃作"双珠宴"以劳主人。又各令作饧缓带，以一丸饧舒之，可长三尺者，赏金菱角；不然，罚酒。(263)

◎ 引文考

【宋陈元靓《岁时广记》卷十八·上巳上·结钱龙】《妆楼记》：长安有妓乐者，以三月三日结钱为龙，作"钱龙宴"。

【宋谢维新《事类备要》前集卷十六·节序门·作钱龙宴】长安有妓乐者，三月三日结钱为龙，～～～～。(《妆楼记》)

【宋无名氏《锦绣万花谷》后集卷四·上巳·钱龙宴】长安有妓乐者，三月三日结钱为龙，作"钱龙宴"。(《妆楼记》)

【张泌《妆楼记·钱龙宴》】洛阳人有妓乐者，三月三日结钱为龙为帘，作"钱龙宴"。四围则撒珍珠，厚盈数寸，以班螺命妓女酌之，仍各具数，得双者为吉，妓乃作双珠宴以劳主人。又各命作饧缓带，以一丸饧舒之，可长三尺者，赏金菱角；不能者罚酒。（元陶宗仪《说郛》卷七十七下）

【明彭大翼《山堂肆考》卷十时令·上巳·结钱为龙】《妆楼记》：长安有妓乐者，三月三日结钱为龙，作"钱龙宴"。

【明郑若庸《类隽》卷四·时令类·上巳·钱龙】《妆楼记》云：长安有妓乐者，三月三日结钱为龙，作"钱龙宴"。

【《御定渊鉴类函》卷十八·岁时部七·三月三日·结钱为龙点油成凤】《妆楼记》：长安有妓乐，三月三日结钱为龙，作"钱龙宴"。《图经》：池阳上巳日，妇女以荠花点油洒之水中，成龙凤之状则吉，谓之"油花卜"。

【清吴士玉《骈字类编》卷二百二十七·补遗人事门三·得双】《妆楼记》：洛阳人有妓乐者，三月三日结钱为龙为帘，作钱龙宴。四围则撒真珠，厚盈数寸，以班螺命妓女酌之，仍各具数，～～者为吉，妓乃作双珠宴，以劳主人。杨维桢《赌春曲》：阶前撒珠戏，独是～～人。

【清吴襄《子史精华》卷一百五十三·珍宝部一·双珠宴】张泌《妆楼记》：洛阳人有妓乐者，三月三日结钱为龙为帘，作钱龙宴。四围则撒真珠，厚盈数寸，以斑螺命妓女酌之，仍各具数，得双者为吉，妓乃作～～～，以劳主人。

【《御定佩文韵府》卷七十六之四·去声·十七霰韵四·钱龙宴】《妆楼记》：长安有妓乐者，三月三日结钱为龙，作～～～。

【清华希闵《广事类赋》卷二·上巳·复有龙钱作宴】《妆楼记》：长安有伎乐，三月三日结钱为龙，作"钱龙宴"。

【清陈元龙《格致镜原》卷三十五·珍宝类四·钱】《妆楼记》：长安有妓乐者，三月三日结钱为龙，作"钱龙宴"。

【清孔尚任《节序同风录·三月》】商贾设妓乐，结钱为龙，曰"钱龙宴"。

【清来集之《倘湖樵书》卷五·撒珠撒银钱】《云仙杂记》云：洛阳人有妓乐者，三月三日结钱为龙为帘，作"钱龙宴"。

【清秦嘉谟《月令粹编》卷六·三月日次·初三日·钱龙宴】《妆楼记》：洛阳人有妓乐者，三月三日结钱为龙为帘，作钱龙宴。四围则撒真珠，厚盈数寸，以班螺命妓女酌之，仍各具数，得双者为吉，妓乃作双珠宴，以劳主人。

【清王初桐《奁史》卷七十八·饮食门一·饮食】洛阳人有妓乐者，三月三日结钱为龙，作钱龙宴。四围撒真珠，厚盈数寸，以斑螺命妓女酌之，仍各具数，得双者为吉，妓乃作双珠宴，以劳主人。（《妆楼记》）

◎ 词汇考

【汉语大词典·妓乐】1. 指妓人表演的音乐舞蹈。南朝宋刘义庆《世说新语·赏誉》："及辅政，而修室第园馆，丽车服，虽薄功之惨，不废妓乐。"《旧五代史·唐书·郭崇韬传》："昼夜妓乐欢宴，指天画地。"明沈德符《野获编补遗·妇女·南和伯妾》："琇至各家饮，俱设妓乐，比更衣，即与妓乱。"2. 乐妓，舞妓。《旧五代史·唐书·郭崇韬传》：

"庄宗初闻崇韬欲留蜀，心已不平，又闻全有蜀之妓乐珍玩，怒见颜色。"3. 犹声色。明沈德符《野获编补遗·吏部·二胡暴贵不终》："宗宪在江南亦恣情妓乐，自负嫪毐之器。"

【汉语大词典·钱龙宴】宴饮名。宴时张挂结成龙形的钱串，以示豪侈。南唐张泌《妆楼记·钱龙宴》："洛阳人有妓乐者，三月三日结钱为龙，为帝，作钱龙宴。"

王武子好马

◎ 版本考

A 王武子好马，非马不行。正旦则柳叶金障泥，上元则满月鞯，清明则剪水鞭，重午则笼娇鞍，八月中秋则玉珑璁络头，重阳则蝉儿镫，春秋社则涂金鞍，冬至则嘶风鞍，除日则药王鞍。每节日则喂马以明纱豆、蔷薇草。（《马癖记》）

B 王武子好马，非马不行。正旦则柳叶金障泥，上元则满月鞯，清明则剪水鞭，重午则笼娇鞍，八月中秋则玉桄璁络头，重阳则蝉儿镫，春秋社则涂金鞍，冬至则嘶风鞍，除日则药王鞍。每节日则喂马以明纱豆、蔷薇草。（《马癖记》）

C 无此条。

D【柳叶障泥】《马癖记》曰：王武子好马，非马不行。正旦则柳叶金障泥，上元则满月鞯，清明则剪水鞭，重午则笼娇鞍，八月中秋则玉珑璁络头，重阳则蝉儿镫，春秋社则涂金鞍，冬至则嘶风鞍，除日则药玉鞍。每节日则喂马以明纱豆、蔷薇草。（263）

E【柳叶障泥】《马癖记》曰：王武子好马，非马不行。正旦则柳叶金障泥，上元则满月鞯，清明则剪水鞭，重午则笼娇鞍，八月中秋则玉珑璁络头，重阳则蝉儿镫，春秋社则涂金鞍，冬至则嘶风鞍，除日则药玉鞍。每节日则喂马以明纱豆、蔷薇草。（264）

◎ 引文考

【隋杜公瞻《编珠》卷四·车马部·金埒玉珂】王隐《晋书》曰：王武子好马，买地试马，谓之金埒。梁简文帝《西斋行马》诗曰："晨风白金络，桃花紫玉珂。影斜鞭照耀，尘起足蹉跎。"

【唐白居易《白氏六帖事类集》卷二十九·马第四十九·金埒】王武子好马，买地试马，人谓之金埒。

【宋陈元靓《岁时广记》末卷·鞯鞍应时】《马痴记》：王武子好马，非马不行。正旦则柳叶金障泥，上元则满月鞯，清明则剪水鞭，重午则笼娇鞍，八月中秋则玉满璁络头，重阳则蝉儿镫，春秋社则涂金鞍，冬至则嘶风鞍，除日则药玉鞍。每节日则喂马以明纱豆、蔷薇草。

【宋刘昌诗《芦浦笔记》卷一·泥轼】王武子好马，正旦则柳叶金障泥。

【明董斯张《广博物志》卷四十六·鸟兽第一·兽上】王武子好马，非马不行。正旦则柳叶金障泥，上元则满月鞯，清明则剪水鞭，重午则笼娇鞍，中秋则玉桄总络头，重阳则蝉儿镫，春秋社则涂金鞍，冬至则嘶风镫，除日则药王鞍。每节则饲马以明纱豆、蔷薇草。（《马癖记》）

【明徐应秋《玉芝堂谈荟》卷二十一·岁华节次】又《马癖记》：王武子马正旦则柳叶锦障泥，上元则满月鞯，清明则剪水鞭，重午则笼娇鞍，中秋则玉珑璁，重阳蝉儿镫，春秋社涂金鞍，冬至嘶风镫，除日药玉鞭。每节日则喂马以明沙豆、蔷薇草。

【明焦竑《焦氏类林》卷七】王武子好马，非马不行。正旦则柳叶金障泥，上元则满月鞯，清明则剪水鞭，重午则笼娇鞍，中秋则玉枕橓络头，重阳则蝉儿镫，春秋社则涂金鞍，冬至则嘶风镫，除日则药王鞍。每节则饲马以明纱豆、蔷薇草。（《马癖记》）

【明夏树芳《词林海错》卷九·马癖】《云仙杂记》：王武子好马，非马不行。正旦则柳叶金障泥，上元则归月鞯，清明则剪水鞭，重午则笼娇鞍，中秋则玉苣葱络头，重阳则蝉儿镫，春秋社则涂金鞍，冬至则嘶风镫，除日则药王鞍。每节日则喂马以明纱豆、蔷薇草。

【明郑仲夔《玉麈新谭》清言卷九·汰侈】王武子好马，非马不行。正旦则柳叶金障泥，上元则满月鞯，清明则剪水鞭，重午则笼娇鞍，中秋则玉枕橓络头，重阳则蝉儿镫，春秋社则涂金鞍，冬至则嘶风镫，除日则药王鞍。每节日则喂马以明纱豆、蔷薇草。

【《御定渊鉴类函》卷二百二十九·武功部二十四·涂金　暖玉】《词林海错》曰：《云仙杂记》：王武子好马，非马不行。正旦则柳叶金障泥，上元则归月鞯，清明则剪水鞭，重午则笼娇鞍，中秋则玉苣葱络头，重阳则蝉儿镫，春秋社则涂金鞍，冬至则嘶风镫，除日则药玉鞍。每节日则喂马以明沙豆、蔷薇草。《韵府群玉》曰：唐宁王有暖玉鞍，冬月可暖。

【《御定渊鉴类函》卷四百三十三·兽部五·马】《马癖记》曰：王武子好马，非马不行。正旦则柳叶金障泥，上元则满月鞯，清明则剪水鞭，重午则笼娇鞍，中秋则玉枕总络头，重九则蝉儿镫，春秋社则涂金鞍，冬至则嘶风镫，除日则药王鞍。每节则饲马以明沙豆、蔷薇草。

【《御定佩文韵府》卷三十一·上声·一董韵·总·玉枕总】王武子好马，非马不行。正旦则柳叶金障泥，上元则满月鞯，清明则剪水鞭，重午则笼娇鞍，中秋则～～～络头，重阳则蝉儿镫。

【《御定佩文韵府》卷八十四之二·去声·二十五径韵二·镫·蝉儿镫】《月令广义》：王武子好马，正旦则柳叶金障泥，上元则满月鞯，清明则剪水鞭，重午则笼娇鞍，中秋则玉枕总络头，重九则～～～，春秋社则涂金鞍，冬至则嘶风镫，除日则药王鞍。

【《御定佩文韵府》卷八十五之四·去声·二十六宥韵四·豆·明纱豆】《马癖记》：王武子好马，每节则饲以～～～、蔷薇草。

【清陈元龙《格致镜原》卷六十一·谷类·豆】冯贽《云仙杂记》：王武子好马，每节日则饲马以明纱豆。

【清陈元龙《格致镜原》卷八十五·兽类四·马下】《马癖记》：王武子好马，非马不行。正旦则柳叶金障泥，上元则满月鞯，清明则剪水鞭，重午则笼娇鞍，中秋则玉枕总络头，重阳则蝉儿镫，春秋社则涂金鞍，冬至则嘶风镫，除日则药玉鞍。每节则饲马以明纱豆、蔷薇草。

【清官修《韵府拾遗》卷五·蔷薇】《马癖记》：王武子好马，每节则饲以明沙豆、～～草。

【清宫梦仁《读书纪数略》卷五十·九节饰马】《马癖记》曰：王武子好马。每节饲以明沙豆、蔷薇草。正旦则柳叶金障泥，上元则满月鞯，清明则剪水鞭，重午则笼娇鞍，中秋则玉珑总络头，重阳则蝉儿镫，春秋社则涂金鞍，冬至则嘶风鞍，除日则药玉鞍。

【清秦嘉谟《月令粹编》卷三·春社·涂金鞁】《金门岁节录》：王武子好马，社日涂金鞁以行。

【清萧智汉《月日纪古》卷一·正月·初一日】《岁节录》：王武子好马，非马不行。元旦则柳叶金障泥，上元则满月鞯，清明则剪水鞭，重午则笼娇鞁，中秋则玉枕总络头，重九则蝉儿镫，春秋社则涂金鞁，(疼)[冬]至则嘶风镫，除日则药王鞍。每节日则喂马以明纱豆、蔷薇草。

【清萧智汉《月日纪古》卷九·九月·九日】《闻见录》：王武子好马，九月九日则蝉儿镫。

【明严衍《资治通鉴补》卷八十一·晋纪一】(王)济善解马性。尝乘一马着连钱障泥，前有水，终不肯渡。济云："此必是惜障泥。"使人解去，便渡。故杜预谓济有"马癖"。【附录】《马癖记》云：济好马，非马不行。正旦则柳叶金障泥，上元则满月鞯，清明则剪水鞭，重午则笼娇鞁，中秋则玉笼总络头，重阳则蝉儿镫，春秋社则涂金鞁，冬至则嘶风镫，除日则药王鞍。每节则饲马以明砂豆、蔷薇草。

◎ 词汇考

【汉语大词典·正旦】正月初一。《列子·说符》："邯郸之民，以正月之旦，献鸠于简子，简子大悦，厚赏之。客问其故，简子曰：'正旦放生，示有恩也。'"《后汉书·党锢传·陈翔》："时正旦朝贺，大将军梁冀威仪不整。"唐元稹《酬复言》诗："苦思正旦酬白雪，闲观风色动青旗。"《明史·彭韶传》："正旦者，岁事之始。"

【汉语大词典·柳叶金障泥】用金线绣柳叶图纹的障泥。唐冯贽《云仙杂记·王武子好马》："王武子好马，非马不行。正旦则柳叶金障泥，上元则满月鞯，清明则剪水鞭。"

【汉语大词典·满月鞯】圆形的鞍垫。唐冯贽《云仙杂记·王武子好马》："王武子好马，非马不行。正旦则柳叶金障泥，上元则满月鞯。"

【剪水鞭】未详。

【汉语大词典·重午】指重五。农历五月初五日。即端午节，又称重午。宋王楙《野客丛书·重三》："今言五月五日曰重五，九月九日曰重九。"明袁宏道《和伯修家字》："京师盛重五，所在竞繁华。"清姚鼐《祭侍潞川文》："重五泛舟，万夫呼噪。"

【汉语大词典·珑璁】金玉声。唐白居易《夜归》诗："半醉闲行湖岸东，马鞭敲镫辔珑璁。"前蜀毛文锡《接贤宾》词："少年公子能乘驭，金镳玉辔珑璁。"

【蝉儿镫】未详。

【汉语大词典·春社】古时于春耕前(周用甲日，后多于立春后第五个戊日)祭祀土神，以祈丰收，谓之春社。《礼记·明堂位》："是故，夏礿、秋尝、冬烝、春社、秋省，而遂大蜡，天子之祭也。"郑玄注："春田祭社。"唐王驾《社日》诗："桑柘影斜春社散，家家扶得醉人归。"宋史达祖《双双燕·咏燕》词："过春社了，度帘幕中间，去年尘冷。"张素《得利寺》诗："柘柳阴浓春社罢，牛羊日夕牧童来。"

【汉语大词典·秋社】古代秋季祭祀土神的日子。唐元稹《有鸟二十章》诗之十一："春风吹送廊庑间，秋社驱将嵌孔里。"宋陈元靓《岁时广记·二社日》："《统天万年历》曰：立春后五戊为春社，立秋后五戊为秋社。"宋陆游《秋夜感遇》诗之二："牲酒赛秋社，箫鼓迎新婚。"明高启《江村乐》诗之四："秋社未开绿酦，夜炊初碓红秔。"

【汉语大词典·涂金】谓封禅时和金为泥而涂封。唐骆宾王《为齐州父老请陪封禅表》："是知道隆光宅，既辑玉于云台；业绍禋宗，必涂金于日观。"陈熙晋注："封禅必和金为泥封之，故曰涂金也。"

【汉语大词典·嘶风】（马）迎风嘶叫。形容马势雄猛。金董解元《西厢记诸宫调》卷三："嘶风的骄马弄风珂，雄雄军势恶。"宋无名氏《金明池·春游》词："纵宝马嘶风，红尘拂面，也则寻芳归去。"《三国演义》第五回："（吕布）弓箭随身，手持画戟，坐下嘶风赤兔马。"清孔尚任《桃花扇·赚将》："宛马嘶风缓辔来，黄河冰上北门开。"

【汉语大词典·除日】农历十二月最后一天。宋孟元老《东京梦华录·除夕》："至除日，禁中呈大傩仪，并用皇城亲事官、诸班直戴假面，绣画色衣，执金枪龙旗。"《宋史·五行志四》："每岁除日，命翰林为词题桃符，正旦置寝门左右。"《二刻拍案惊奇》卷二四："到了除日，清早就起来，坐在家里等候。"

【药玉鞍】未详。

鸾手校尉

◎ 版本考

A 钱镠镇吴越，尊贤渴士，使名画工二三十人在沿江，号鸾手校尉。伺北方士子流移来者，咸写貌以闻，择清俊福厚者用之。胡岳方渡江，画工以貌奏镠，见之，叹曰："面有银光，奇士也。"实时召见。(《方镇编年》)

B 钱镠镇吴越，尊贤渴士，使名画工二三十人在沿江，号鸾手校尉。伺北方士子流移来者，咸写貌以闻，择清俊福厚者用之。胡岳方渡江，画工以貌奏镠，见之，叹曰："面有银光，奇士也。"实时召见。(《方镇编年》)

C 无此条。

D《方镇编年》曰：钱镠镇吴越，尊贤渴士，使名画工二三十人在沿江，号"鸾手校尉"。伺北方士子流移来者，咸写貌以闻，择清俊福禄者用之。胡岳方渡江，画工以貌奏镠，见之，叹曰："面有银光，奇士也。"即召见。(264)

E《方镇编年》曰：钱镠镇吴越，尊贤渴士，使名画工二三十人在沿江，号"鸾手校尉"。伺北方士子流移来者，咸写貌以闻，择清俊福禄者用之。胡岳方渡江，画工以貌奏镠，见之，叹曰："面有银光，奇士也。"即召见。(265)

◎ 引文考

【唐白居易原本、宋孔传续撰《白孔六帖》卷三十二·鸾手校尉】《方镇编年》曰：钱镠镇吴越，尊贤渴士，使名画工二三十人在沿江，号"鸾手校尉"。伺北方士子流移来者，咸写貌以闻，择清俊福禄者用之。胡岳方渡江，画工以貌奏镠，见之，叹曰："面有银光，奇士也。"即召见。

【明郑若庸《类隽》卷十四·身体类·面·银光】《方镇编年》：钱镠镇吴越，胡岳渡江，画工以貌奏，叹曰："面有银光，奇士也。"即召见。

【明汪砢玉《珊瑚网》卷四十二·名画题跋十八·吴中翰写自韵子小影】昔钱镠镇吴越，尊贤渴士，使名画工二三十人在松江，号鸾手校尉。伺北方士子流移来者，咸写貌以闻，择清俊富厚者用之。胡岳方渡江，画工以貌奏，镠见之，叹曰："面有银光，奇士也。"实时召见。今武英秘史吴君东生为先公及余传小照，真三毫妙技，当今鸾尉也。余时花甲半余，眉公诸名宿尚题品太过。迨丁卯东归，公远始知余之风云百变矣。噫，余非银光面，安能应图索骏耶？姑对影蒙天而一笑，古痴今迂尊拙人识于无营斋。

【明郑以伟《灵山藏》弥戾车卷一·古镜歌】《方镇编年》：钱镠见胡岳画貌，曰："面有银光。"

【清胡敬《崇雅堂删余诗·鸾手画》】南人自南，北人自北，以貌取人，毋乃惑，谁欤？昂昂面有银光，画工图就，宣见王。都会堂，握发殿，衣锦袍，腰羽箭，仰瞻贵人福不浅，福相原来须浙脸。

【《御定渊鉴类函》卷三百二十七·巧艺部·四画】《方镇编年》曰：钱镠镇吴越，有名画工二三十人，号鸾手校尉。伺北方士子流移来者，咸写貌以闻，择清修有福相者用之。胡岳渡江，工以貌奏，镠叹曰："面有银光，奇士也。"即召见。

【清吴任臣《十国春秋》卷七十八·吴越二·武肃王世家下】常使画工数十人居淞江，号鸾手校尉。伺北方流移来者，咸写貌以闻，择清俊福厚者用之。胡岳方渡江，时画工以貌奏，王睹而叹曰："面有银光，奇士也。"实时召见。幕客罗隐雅好讥评，虽及王微时事，怡然不怒，人咸称其宽大。后庭有郑姬者，父坐法当死，左右冀其获宥，且言斯人有息女预侍，王曰："岂可以一妇人乱我法？"出其女而斩之，其公正不私，又多此类也。

【清史梦兰《全史宫词》卷十五】玉带名驹惬素襟，北方奇士更搜寻。殿廷写进银光面，鸾手虔承握发心。○【十国春秋·武肃王世家】王遣使诣大梁陈取淮南之策，梁主问进奏吏曰："钱王平生有所好乎？"吏曰："好玉带、名马。"梁主笑曰："真英雄也！"【又】王负知人之明，尊贤下士，惟曰不足，名其居曰握发殿，取周公吐哺握发之意。常使画工数十人居淞江，号鸾手校尉，伺北方流移来者，咸写貌以闻，择清俊福厚者用之。胡方岳渡江，画工以貌进，王睹而叹曰："面有银光，奇士也。"实时召见。

◎ 词汇考

【钱镠】（852—932），字具美（一作巨美），小字婆留，杭州临安人，五代十国时期吴越国创建者。钱镠在唐末跟随董昌镇压农民起义军，累迁至镇海节度使，后击败董昌，逐渐占据两浙十三州，先后被中原王朝封为越王、吴王、吴越王。由于吴越国力弱小，又与邻近的吴、闽政权不和，只得依靠中原王朝，不断遣使进贡以求庇护。后唐明宗时，钱镠因惹怒枢密使安重诲，被削去官职。在位四十一年，庙号太祖，谥号武肃王，葬于安国县衣锦乡茅山。钱镠在位期间，曾征用民工，修建钱塘江海塘，又在太湖流域，普造堰闸，以时蓄洪，不畏旱涝，并建立水网圩区的维修制度，有利于这一地区的农业经济，两浙百姓都称其为海龙王。

【汉语大词典·尊贤渴士】犹"求贤如渴"。慕求贤人，如渴思饮。形容求贤心情十分迫切。

【汉语大词典·鸾手校尉】五代时称吴越国专画相貌的画工。

【汉语大词典·流移】流亡；迁移。《后汉书·朱穆传》："百姓荒馑，流移道路。"《旧唐书·回纥传》："（回纥）无君长，居无恒所，随水草流移。"宋司马光《论赈济札子》："凡人情恋土，各愿安居，苟非无以自存，岂愿流移他境。"

【汉语大词典·写貌】指画像。唐白居易《题旧写真图》诗："我昔三十六，写貌在丹青。"宋郭若虚《图画见闻志》卷二："宋艺，蜀郡人，工写貌。"清俞樾《茶香室续钞·蜀中写像》："蜀自炎汉至于巨唐，将相理蜀，皆有遗爱，民怀其德，多写真容。年代既远，颓损皆尽，惟唐杜相国及圣朝吕侍郎二十二处见存，六处有写貌人名，一十六处失写貌人姓氏。"

【汉语大词典·清俊】清秀俊美。明徐弘祖《徐霞客游记·滇游日记七》："四君年二十余，修皙清俊，不似边陲之产。"

剪刀面月儿羹

◎ 版本考

A 柳公权以隔风纱作《龙城记》及《入朝名品》，号"锦样书"以进。上方御剪刀面、月儿羹，即命分赐公权。（《字锦》）

B 柳公权以隔风纱作《龙城记》及《入朝名品》，号"锦样书"以进。上方御剪刀面、月儿羹，即命分赐公权。（《字锦》）

C 无此条。

D【月儿羹】《字锦》曰：柳公权以隔风纱作《龙城记》及《入朝名品》，号"锦样书"以进。上方御剪刀面、月儿羹，即命分赐公权。（265）

E【月儿羹】《字锦》曰：柳公权以隔风纱作《龙城记》及《八朝名品》，号"锦样书"以进。上方御剪刀面、月儿羹，即命分赐公权。（266）

◎ 引文考

【宋谢维新《事类备要》外集卷四十六·饼饵门·面·剪刀面】柳公权以隔风纱作《龙城记》及《入朝名品》，号"锦样书"以进。上方御～～～、月儿羹，即命分赐公权。（《云仙散录》）

【宋无名氏《锦绣万花谷》后集卷三十五·食馔·月儿羹】柳公权以隔风纱作《龙城记》及《八朝名品》，号"锦样书"以进。上方御剪刀面、月儿羹，即命分赐公权。（《云仙散录》）

【宋潘自牧《记纂渊海》卷九十·饮食部酒·馔】柳公权以隔风纱作《龙城记》及《八朝名品》，号"锦样书"以进。上方御剪刀面、月儿羹，即命分赐公权。（《云仙散录》）

【元佚名《氏族大全》卷十六·三十六养·笔谏】柳公权，唐穆宗朝拜侍书学士，帝问笔法，对曰："心正则笔正，笔正乃可法矣。"帝改容，悟其以笔谏也。文宗朝充翰林书诏学士，夏日尝召与联句，命题于殿壁，字径五寸。帝叹曰："钟王无以尚也。"东坡与柳氏外甥诗云："君家自有元和脚，莫厌家鸡更问人。"尝作《龙城记》，为"锦样书"以进。帝方御剪刀面、月儿羹，命分赐之。

【元阴时夫《韵府群玉》卷十五·去声·剪刀面】柳公权作"锦样书"以进，上方御～～～、月儿羹，命分赐之。（《云仙散录》）

【明蒋一葵《尧山堂外纪》卷三十四·唐】柳公权尝以隔风纱作《龙城记》及《入朝名

品》，号"锦样书"以进，上方御剪刀面、月儿羹，即命分赐。

【明徐应秋《玉芝堂谈荟》卷七·文人宠遇】柳公权以隔风纱作《龙城记》及《八朝名品》，赐剪刀面、月儿羹。

【明彭大翼《山堂肆考》卷一百九十四·饮食·赐公权】唐柳公权以隔风纱书所作《龙城记》及《八朝名品》，号"锦样书"以进，上方御剪刀面、月儿羹，即命分赐公权。

【明钱希言《戏瑕》卷一·御赐月儿羹】世传《龙城录》是柳宗元撰。而近见一书，载柳诚悬尝作《龙城记》为"锦样书"以进。唐文宗方御剪刀面、月儿羹，命分赐之，不知何所据也。抑《龙城记》又别一书耶？小说并称宋人王铚撰，托名柳州。

【《御定渊鉴类函》卷三百九十·食物部三·羹二】《散录》云：柳公权以隔风纱作《龙城记》及《八朝名品》，号"锦样书"以进。上方御剪刀面、月儿羹，即命分赐公权。

【清吴士玉《骈字类编》卷一百五十·器物门三·剪·剪刀】又《云仙杂记》：柳公权以隔风纱作《龙城记》及《入朝名品》，号"锦样书"以进。上方御～～面、月儿羹，即命分赐。

【《御定佩文韵府》卷七十六之五·去声·十七霰韵五·面·剪刀面】《云仙杂记》：柳公权作"锦样书"以进，上方御～～～、月儿羹，命分赐之。

【清徐文靖《管城硕记》卷二十六·诗赋二】冯贽《云仙杂记》云：《字锦》曰：柳公权以隔风纱作《龙城记》及《入朝名品》，号"锦样书"以进。

【清陈元龙《格致镜原》卷二十四·饮食类四·羹】《云仙散录》：柳公权以隔风纱作《龙城记》及《八朝名品》，号"锦样书"以进。上方御月儿羹，即命分赐公权。

【清邓志谟《古事苑定本》卷十一】唐柳公权作《龙城记》进呈，文宗上方御剪刀面、月儿羹，即命分赐之。

【清华希闵《广事类赋》卷二十八·饼·剪刀裁出】《云仙散录》：柳公权进锦样书，上方御剪刀面、月儿羹，命分赐之。

【清李光庭《乡言解颐》卷一·天部·月】月者，太阴之精，然举世乡言无谓之太阴者，通谓之月亮。或曰月儿。《云仙杂记》载，上赐柳公权剪刀面、月儿羹，未知此羹是何形色。

◎ 词汇考

【柳公权】(778—865)，字诚悬，京兆华原(今陕西耀县)人。元和初，进士擢第，释褐秘书省校书郎。累迁学士承旨。武宗即位，罢内职，授右散骑常侍。宰相崔珙用为集贤学士、判院事。李德裕素待公权厚，及为珙奏荐，颇不悦。左授太子詹事，改宾客。累迁金紫光禄大夫、上柱国、河东郡开国公、食邑二千户。复为左常侍、国子祭酒。历工部尚书。咸通初，改太子少傅，改少师，居三品、二品班三十年。六年卒，赠太子太师，时年八十八。公权初学王书，遍阅近代笔法，体势劲媚，自成一家。当时公卿大臣家碑板，不得公权手笔者，人以为不孝。外夷入贡，皆别署货贝，曰此购柳书。上都西明寺《金刚经碑》备有钟、王、欧、虞、褚、陆之体，尤为得意。文宗夏日与学士联句，帝曰："人皆苦炎热，我爱夏日长。"公权续曰："熏风自南来，殿阁生微凉。"时丁、袁五学士皆属继，帝独讽公权两句，曰："辞清意足，不可多得。"乃令公权题于殿壁，字方圆五寸，帝视之，叹曰："钟、王复生，无以加焉!"赐锦彩、瓶盘等银器，仍令自书谢状，勿拘真行，帝尤奇惜之。公权志耽书学，不能治生；为勋戚家碑板，问遗岁时巨万，多为主藏竖海鸥、龙安所窃。别贮酒器杯盂一笥，缄縢如故，其器皆亡。讯海鸥，乃曰："不测其亡。"公权哂曰："银杯羽化耳。"不复更言。所宝唯笔砚图画，自扃鐍之。常评砚，以青州石末为第一，言墨易冷，绛州黑砚次之。尤精《左氏传》《国语》《尚书》《毛诗》《庄子》。每说一义，必诵数纸。性晓音律，不好奏乐。常云："闻乐令人骄怠故也。"

【锦样书】未详。

【剪刀面】未详。

【月儿羹】未详。

玄　禄

◎ **版本考**

A 老子始生，其母名之曰"玄禄"。(《集真记》)

B 老子始生，其母名之曰"玄禄"。(《集真记》)

C 无此条。

D【玄录】《集真记》曰：老子始生，其母名之曰"玄录"。(266)

E【玄录】《集真记》曰：老子始生，母名之曰"玄录"。(267)

◎ **引文考**

【宋罗璧《识遗》卷七·老彭】新、旧《唐书》乃皆谓老子生李下，遭乱，饥食木子得生，因姓李。葛洪《神仙传》又谓老子无父母，姓李，皆无为妄说也。按：老子生周宣王四十二年，母名之曰玄禄，字伯阳，甫生，能言，生时皓首，方瞳，长眉，干九尺，耳七寸而渗漏，故复名耳，字儋。

【宋罗泌《路史》卷十六·后纪七·疏仡纪·小昊】宣王四十二年乙卯二月十五日生，刘向《列仙传》生于商时妄，曰玄禄。《集真录》：老子始生，母名之曰玄禄。

【明陈士元《名疑》卷四】老聃姓李，名耳，字聃。……《集真录》云：老子始生，母名之曰玄禄，字伯阳，《国语》伯阳甫是也。

【明陈士元《论语类考》卷七·老彭】周宣王之四十二年二月望日也，儋之始生，其母名之曰玄禄。

【明徐应秋《玉芝堂谈荟》卷十七《李老君》】《史记》云：老子，名耳，字伯阳，以其耳曼无轮，号曰聃。《集真录》云：老子始生，母名之曰玄禄。

【明董斯张《广博物志》卷十二】宣王四十二年乙卯二月十五日生，刘向《列仙传》生于商时妄，曰玄禄。《集真录》：老子始生，母名之曰玄禄。

【明焦周《焦氏说楛》卷二】老子始生，其母名之曰玄禄。

◎ **词汇考**

【玄禄】老子初生之乳名。

大 雅 之 文

◎ 版本考

A 柳宗元得韩愈所寄诗，先以蔷薇露盥手，薰玉蕤香，后发读，曰："大雅之文，正当如是。"(《好事集》)

B 柳宗元得韩愈所寄诗，先以蔷薇露盥手，薰玉蕤香，后发读，曰："大雅之文，正当如是。"(《好事集》)

C 无此条。

D【玉蕤香】《好事集》曰：柳宗元得韩愈所寄诗，先以蔷薇露盥手，薰以玉蕤香，后发读，曰："大雅之文，正当如是。"(267)

E【玉蕤香】《好事集》曰：柳宗元得韩愈所寄诗，先以蔷薇露盥手，薰以玉蕤香，然后发读，曰："大雅之文，正当如是。"(268)

◎ 引文考

【《五百家注昌黎文集》卷六《赠元十八协律六首》注】樊曰：一种小说曰《好事集》，载柳宗元得韩愈所寄诗，先以蔷薇露盥手，薰王蕤香，然后发读，曰："大雅之文，正当如是。"观公此作，其二人相与，盖可见矣。

【元王恽《秋涧集》卷七十三·跋临本兰亭序】此帖在临本间最佳，却疑是唐人填书，年深，墨花脱落，若遂绢影耳。犹当以蔷薇露盥手，薰玉蕤香，观之可也。

【明周嘉胄《香乘》卷十一·香事别录·玉蕤香】柳宗元得韩愈所寄诗，先以蔷薇露盥手，薰玉蕤香，后发读，曰："大雅之文，正当如是。"(《好事集》)

【明徐应秋《玉芝堂谈荟》卷七·外国乞文】柳宗元得韩退之诗，先以蔷薇露盥手，玉蕤香薰之，然后发读。

【明张一中《尺牍争奇》卷二·虞邦誉《候许赞翁》·露盥注】柳子厚得昌黎集，必以蔷薇露盥手，然后读。

【明张岱《陶庵梦忆》卷六·水浒牌】古貌，古服，古兜鍪，古铠胄，古器械，章侯自写其所学所问已耳，而辄呼之曰宋江，曰吴用，而宋江，吴用，亦无不应者，以英雄忠义之气，郁郁芊芊，积于笔墨间也。周孔嘉丐余促章侯，孔嘉丐之，余促之，凡四阅月而成。余为作缘起曰：余友章侯，才足拔天，笔能泣鬼，昌谷道上，婢囊呕血之诗，兰渚寺中，僧秘开花之字，兼之力开画苑，遂能目无古人，有索必酬，无求不与，既蠲郭恕先之癖，喜周贾耘老之贫，画水浒四十人，为孔嘉八口计，遂使宋江兄弟，复睹汉官威仪，伯益考着山海遗经，兽毡鸟毲，皆拾为千古奇文，吴道子画地狱变相，青面獠牙，尽化作一团清气，收掌付双荷叶，能月继三石米，致二斗酒，不妨持赠，珍重如柳河东，必日灌蔷薇露，薰玉蕤香，方许解观。非敢阿私，愿公同好。〇今按：由此可见类书与晚明小品之关联。

【《御定佩文韵府》卷七十四之五·去声·十五翰韵五·灌·薇露灌】《云仙杂记》：柳宗元得韩愈所寄诗，先以蔷~~~手，薰玉蕤香，然后发读。

◎ 词汇考

【汉语大词典·蔷薇露】即蔷薇水。唐冯贽《云仙杂记·大雅之文》："柳宗元得韩愈所寄诗，先以蔷薇露盥手，薰玉蕤香后发读，曰大雅之文，正当如是。"参见"蔷薇水"。○蔷薇水，香水名。南唐张泌《妆楼记·蔷薇水》："周显德五年，昆明国献蔷薇水十五瓶，云得自西域，以洒衣，衣敝而香不灭。"宋蔡绦《铁围山丛谈》卷五："旧说蔷薇水乃外国采蔷薇花上露水，殆不然，实用白金为甑，采蔷薇花蒸气成水，则屡采屡蒸，积而为香，此所以不败，但异域蔷薇花气馨烈非常，故大食国蔷薇水虽贮琉璃缶中，蜡密封其外，然香犹透彻闻数十步，洒着人衣袂，经十数日不歇也。"

【汉语大词典·玉蕤】熏香名。唐冯贽《云仙杂记》卷六："柳宗元得韩愈所寄诗，先以蔷薇露盥手，薰玉蕤香后发读。"

二 仪 饼

◎ 版本考

A 开元中，长安物价大减。两市卖二仪饼，一钱数对；胡桃炙十钱一样。(《丰年录》)

B 开元中，长安物价大减。两市卖二仪饼，一钱数对；胡桃炙十金一样。(《丰年录》)

C 无此条。

D《丰年录》曰：开元中，长安物价大减。两市卖二仪饼，一钱数对；胡桃炙十钱一样。((268)

E《丰年录》曰：开元中，长安物价大减。两市卖二仪饼，一钱数对；胡桃炙十金一样。((269)

◎ 引文考

【唐白居易原本、宋孔传续撰《白孔六帖》卷十六·二仪饼】《丰年录》：开元中，长安物价大减。两市卖二仪饼，一钱数对。

【宋谢维新《事类备要》外集卷四十六·饼饵门·一钱数对】开元中，长安物价大减，两市卖二仪饼，～～～～。

【明郑若庸《类隽》卷十八·饮食类·价减】《丰年录》云：开元中，长安物价大减，两市卖二仪饼，一钱数对。

【《御定渊鉴类函》卷三百八十九·食物部二·五色　二仪】《酉阳杂俎》曰：刻木莲花，藉禽兽形，按成之，累积五色。《丰年录》曰：开元中，长安物价大减，两市卖二仪饼，一钱数对。

【清陈元龙《格致镜原》卷二十五·饮食类五·饼】《丰年录》：开元中，长安物价大减。两市卖二仪饼，一钱数对。

【清陈元龙《格致镜原》卷七十六·果类三·胡桃】《云仙散录》：开元中，长安物价大减。胡桃炙十金一样。

【清桂馥《说文解字义证》卷十四·饼】《丰年录》：开元中，长安物价大减，两市卖二仪饼，一钱数对。

【《(雍正)陕西通志》卷四十三·物产一·果属】开元中，长安物价大减，胡桃炙十钱一秤。(《类书辑要》)

【《(乾隆)西安府志》卷十七·食货志下·果属】《类要》：开元中，长安物价大减，胡桃炙十钱一秤。

◎ 词汇考

【二仪】1. 指天地。2. 指日、月。

【胡桃】落叶乔木，羽状复叶，小叶椭圆形，核果球形，外果皮平滑，内果皮坚硬，有皱纹。木材坚韧，可以做器物，果仁可吃，亦可榨油及入药。又称核桃。晋张华《博物志》卷六："张骞使西域还，乃得胡桃种。"宋孙奕《履斋示儿编·杂记·因物得名》："胡人常食核桃而名胡桃。"

槐 胶 弹 子

◎ 版本考

A 李少微子女颇多。每朝退于亭榭散槐胶弹子数百枚，令诸小儿争取之，以为戏笑，终日不倦。戏已，复收于篋。(《放怀集》)

B 李少微子女颇多。每朝退于亭榭散槐胶弹子数百枚，令诸小儿争取之，以为戏笑，终日不倦。戏已，复收于篋。(《放怀集》)

C 无此条。

D《放怀集》曰：李少微子女颇多。每朝退，于亭榭散槐胶弹子数百枚，令诸小儿争取之，以为戏笑，终日不倦。戏已，复收于篋。(269)

E《放怀集》曰：李少微子女颇多。每朝退，于亭榭散槐胶弹子数百枚，令诸小儿争取之，以为戏笑，终日不倦。戏已，复收于篋。(270)

◎ 引文考

【唐白居易原本、宋孔传续撰《白孔六帖》卷十四·槐胶弹子】《放怀集》：李少微子女颇多。每退朝，于庭树撒槐胶弹子数百枚，令诸小儿争取之，以为戏笑，终日不倦。戏已，复收于篋。

【清吴士玉《骈字类编》卷五十八·居处门二·亭·亭榭】《云仙杂记》：李少微子女颇多。每朝退于~~，散槐胶弹子数百枚，令诸小儿争取之，以为戏笑，终日不倦。戏已，复收于篋。

【《御定渊鉴类函》卷三百二十五·巧艺部二·贯桐叶】《孔帖》：李少微子女颇多。每退朝，于庭撒槐胶弹子数百枚令诸小儿争取之以为戏笑。

【清陈元龙《格致镜原》卷六十·玩戏器物类二·弹】《放怀集》：李少微子女颇多。每退朝，于庭树撒槐胶弹子数百枚，令诸小儿争取之，以为戏笑，终日不倦。戏已，复收于篋。

【清来集之《倘湖樵书》卷五·撒珠撒银钱】《云仙杂记》云：唐李少微子女颇多。每朝退，于亭榭散槐胶弹子数百枚，令诸小儿争取之，以为戏笑，终日不倦。戏已，复收于筐。此则俭啬而娱其岁年者也。

◎ 词汇考

【李少微】事迹待考。

【汉语大词典·亭榭】亭阁台榭。南朝齐谢朓《三日侍宴曲水代人应诏》诗："极望天渊，曲阻亭榭。"唐冯贽《云仙杂记》卷四："霍定与友生游曲江，以千金募人窃贵族亭榭中兰花插帽。"清龚自珍《调笑》词之一："花下，花下，金碧朝阳亭榭。"

酒　神

◎ 版本考

A 酒席之上，九吐而不减其量者为酒神。（《醉录》）

B 酒席之上，九吐而不减其量者为酒神。（《醉录》）

C 无此条。

D【九吐】《醉录》曰：酒席之上，九吐而不减其量者为酒神。（270）

E【九吐】《醉录》曰：酒席之上，九吐不减其量者为酒神。（271）

◎ 引文考

【明沈沈《酒概》卷二·八之称·酒神】酒席之上，九吐而不减其量者为酒神。（《醉录》）

【清梁章钜《称谓录》卷二十七·酒·酒神】《海录碎事》：席酒之上，九吐而不减其量者为酒神。

【清吴士玉《骈字类编》卷一百七十二·器物门二十五·酒·酒神】《云仙杂记》：酒席之上，九吐而不减其量者为~~。

【《御定佩文韵府》卷十一之二·上平声·十一真韵二·神·酒神】《海录碎事》：酒席之上，九吐而不减其量者为~~。

【清赵怀玉《亦有生斋集》诗卷四《海阳高秀才迈林以醉后自讼诗见示迭韵》·"当筵九吐孰称神"注】酒席之上，九吐而不减其量者为酒神。见《海录碎事》。

◎ 词汇考

【汉语大词典·酒神】指酒量大的人。唐冯贽《云仙杂记·酒神》："酒席之上，九吐而不减其量者为酒神。"

九　芒　珠

◎ 版本考

A 王武子以九芒珠穿为绹索，编华架用之，每月洗以鲤鱼涎。（《捃拾菁华》）

B 王武子以九芒珠穿为绹索，编华架用之，每月洗以鲤鱼涎。（《捃拾菁华》）

C 无此条。

D【九芒珠架】《捃拾菁华》曰：王武子以九芒珠穿为细索，编华架用之，每月洗以鲤鱼涎。（271）

E【九芒珠架】《捃拾菁华》曰：王武子以九芒珠穿为细索，编笔架用之，每月洗以鲤鱼涎。（272）

◎ 引文考

【明徐应秋《玉芝堂谈荟》卷二十六·云泽珠】《捃拾精华》：王武子以九芒珠为纫索，编华架用之，每月洗以鲤鱼涎。

【明徐应秋《玉芝堂谈荟》卷二十六·云泽珠】《捃拾精华》：王武子以九芒珠为纫索，编华架用之，每月洗以鲤鱼涎。

【清秦嘉谟《月令粹编》卷二·每月令·九芒珠索】《云仙杂记》：王武子以九芒珠穿为纫索，编华架用之，每月洗以鲤鱼涎。

【《御定月令辑要》卷三·每月令·杂记·九芒珠索】增《云仙杂记》：王武子以九芒珠穿为纫索，编华架用之，每月洗以鲤鱼涎。

【《御定渊鉴类函》卷三百六十四·珍宝部四·珠三·九芒　五色】《捃拾菁华》云：王武子以九芒珠穿为纫索，编华架用之，每月洗以鲤鱼涎。《山堂肆考》：林邑献灵珠五色，详前一。

【《御定佩文韵府》卷七之三·上平声·七虞韵三·九芒珠】《捃拾菁华》曰：王武子以九芒珠穿为细索，编华架用之，每月洗以鲤鱼涎。

【清陈元龙《格致镜原》卷三十二·珍宝类一·珠】《捃拾菁华》：王武子以九芒珠穿为纫索，编华架用之，每月洗以鲤鱼涎。

◎ 词汇考

【汉语大词典·九芒珠】光芒四射的明珠。唐冯贽《云仙杂记》卷六引《捃拾菁华》："王武子以九芒珠穿为纫索，编华架用之，每月洗以鲤鱼涎。"

石 绿 镜 台

◎ 版本考

A 张燕公有石绿镜台，得自明川道士。玄宗闻其有异，取以精炭十车烧之，不变乃已。（《类聚记》）

B 张燕公有石绿镜台，得自明川道士。玄宗闻其有异，取以精炭十车烧之，不变乃已。（《类聚记》）

C 无此条。

D《品物类聚记》曰：张燕公有石绿镜台，得自胡川道士。玄宗闻其有异，取以精炭十车烧之，不变乃已。（272）

E《品物类聚记》曰：张燕公有石绿镜台，得自胡川道士。玄宗闻其有异，取以精炭十车烧之，不变乃已。（273）

◎ 引文考

【明蒋一葵《尧山堂外纪》卷二十五·唐】张说又有石绿镜台，得自明川道士。玄宗闻其有异，取以精炭十车烧之，不变乃已。

【明徐应秋《玉芝堂谈荟》卷二十九·石绿金】《类聚记》：张燕公有石绿镜台，得自明川道士。玄宗闻其有异，取以精炭十车烧之，不变乃已。

【明焦周《焦氏说楛》卷六】张燕公有石绿镜台，得自明川道士。玄宗闻其有异，取以精炭十车烧之，不变乃已。

【《御定渊鉴类函》卷三百六十·火部二·炭二】《品物类聚》：张燕公有石绿镜台，得自胡川道士。玄宗闻其异，取炭精十车烧之，不变乃已。

【清陈元龙《格致镜原》卷五十六·香奁器物类二·镜】《品物类聚》：张燕公有石绿镜台，得自胡川道士。玄宗闻其异，取以精炭十车烧之，不变乃已。

【清王初桐《奁史》卷七十三·梳妆门三】张燕公夫人有石绿镜台。（《品物类聚记》）

◎ 词汇考

【张燕公】即张说（667—731），字道济，其先范阳人，代居河东，近又徙家河南之洛阳。弱冠应诏举，对策乙第，授太子校书，累转右补阙，预修《三教珠英》。玄宗在东宫，说与国子司业褚无量俱为侍读，深见亲敬。明年，同中书门下平章事，监修国史。是岁二月，睿宗谓侍臣曰："有术者上言，五日内有急兵入宫，卿等为朕备之。"左右相顾莫能对，说进曰："此是逸人设计，拟摇动东宫耳。陛下若使太子监国，则君臣分定，自然窥觎路绝，灾难不生。"睿宗大悦，即日下制皇太子监国。明年，又制皇太子即帝位。俄而太平公主引萧至忠、崔湜等为宰相，以说为不附己，转为尚书左丞，罢知政事，仍令往东都留司。说既知太平等阴怀异计，乃因使献佩刀于玄宗，请先事讨之，玄宗深嘉纳焉。及至忠等伏诛，征拜中书令，封燕国公，赐实封二百户。其冬，改易官名，拜紫微令。有文集三十卷。太常谥议曰"文贞"，左司郎中阳伯诚驳议，以为不称，工部侍郎张九龄立议，请依太常为定，纷纭未决。玄宗为说自制神道碑文，御笔赐谥曰"文贞"。

自 课 庵

◎ 版本考

A 全子栖每为文，则入自课庵，一文必三草。及十年之后悟其浅近，必尽付于火。生平凡三焚文集。（《征文玉井》）

B 全子栖每为文，则入自课庵，一文必三草。及十年之后悟其浅近，必尽付于火。生平凡三焚文集。（《征文玉井》）

C 无此条。

D《征文玉井》：全子栖每为文，则入自课庵，一文必三草乃成。十年之后，悟其浅近，必尽付于火。生平凡三焚文集。（273）

E《征文玉井》：全子栖每为文，则入自课庵，一文必三草乃成。十年之后，悟其浅近，必尽付于火。生平三焚文集。（274）

◎ 引文考

【明焦竑《焦氏类林》卷三·文学】全子栖每为文，则入自课庵，一文必三草。十年后，悟其浅近，尽付于火。生平凡三焚文集。(《征文玉井》)

【明李贽《初潭集》卷十三·师友三·一为文】全子栖为文，则入自课庵，一文必三草。十年后，悟其浅近，尽付于火。生平凡三焚文集。

【明吴应箕《读书止观录》卷一】全子栖为文则入自课庵，一文必三草。十年后，悟其浅近，尽付于火，生平凡三焚文集。吴生曰：近时王遵岩亦然。然则脱手而即自谓妙者，必其不妙者也。所谓学无穷时，文无尽境。读书者当观此。

【清陈弘绪《寒夜录》卷上】全子栖每为文，辄入自课庵，一文必三草。十年悟其浅近，尽付之火，生平凡三焚文集。今子栖之文竟无一篇传世者，然即此数语，作者苦心便已揭示千载。彼祝融氏之烈焰，正子栖之金石也。

【清陈鸿墀《全唐文纪事》卷三十四·退让】全子栖每为文，则入自课庵，一文必三草。及十年之后，悟其浅近，必尽付于火，生平凡三焚文集。(《云仙杂记》)

◎ 词汇考

【汉语大词典·浅近】浅显，不深奥。晋杜预《春秋经传集解序》："末有颖子严者，虽浅近，亦复名家。"唐颜真卿《干禄字书序》："所谓俗者，例皆浅近。"元刘埙《隐居通议·诗歌二》："学者每恨公诗平易浅近，少锻炼之工，不得与少陵、山谷争雄，予独以为不然。"

渊 明 拜 火

◎ 版本考

A 陶渊明日用铜钵煮粥，为二餐具，遇发火则再拜，曰："非有是火，何以充腹?"(《渊明别传》)

B 陶渊明日用铜钵煮粥，为二餐具，遇发火则再拜，曰："非有是火，何以充腹?"(《渊明别传》)

C 无此条。

D【拜火】《渊明别传》曰：陶渊明日用铜钵煮粥，为二餐具，遇发火则再拜，曰："非有是火，何以充腹?"(274)

E【拜火】《渊明别传》曰：陶渊明日用铜钵煮粥，为二餐具，遇发火则再拜，曰："非有是火，何以充腹?"(275)

◎ 引文考

【明董斯张《广博物志》卷四十一】陶渊明日用铜钵煮粥，遇火发则再拜，曰："非有是火，何以充腹?"(《别传》)

【明冯梦龙《古今谭概》痴绝部卷三·痴趣】陶渊明日用铜钵煮粥为食，遇发火则再拜，曰："非有是火，何以充腹?"

【明谢肇淛《涌幢小品》卷十七·清欢】陶渊明日用铜钵煮粥，为二餐具，遇发火则再拜，曰："非有是火，何以充腹?"得太守送酒，多以春秋水杂投之，曰："少延清欢。"

【清吴士玉《骈字类编》卷七十五·珍宝门十·铜·铜钵】《云仙杂记》：陶渊明日用~~煮粥，为二餐具，遇发火则再拜，曰："非有是火，何以充腹?"

【清刘坚《修洁斋闲笔》卷三·拜火】陶渊明日用铜钵煮粥，为二具食，遇发火则再拜，曰："非有是火，何以充腹?"

◎ 词汇考

【汉语大词典·再拜】拜了又拜，表示恭敬。古代的一种礼节。《论语·乡党》："问人于他邦，再拜而送之。"《史记·孟尝君列传》："坐者皆起，再拜。"明李长盛《过史公墓》诗："途过丞相墓，再拜想仪型。"

笔 封 九 锡

◎ 版本考

A 薛稷为笔封九锡，拜墨曹都统、黑水郡王兼毛州刺史。(《龙须志》)

B 薛稷为笔封九锡，拜墨曹都统、黑水郡王兼毛州刺史。(《龙须志》)

C 无此条。

D【黑水郡王】《龙须志》曰：薛稷为笔封九锡，拜墨曹都统、黑水郡王兼毛州刺史。(275)

E【黑水郡王】《龙须志》曰：薛稷为笔封九锡，拜墨曹都统、黑水郡王兼毛州刺史。(276)

◎ 引文考

【宋潘自牧《记纂渊海》卷八十二·字学部·笔】薛稷为笔封九锡，拜墨曹都统、墨水郡王兼毛州刺史。(《云仙散录》)

【明顾起元《说略》卷二十四·谐志】薛稷为笔封九锡，拜墨曹都统、黑水郡王兼毛州刺史。为墨封九锡，拜为燕督护、玄香太守兼亳州诸郡平章事。又为纸封九锡，拜楮国公、白州刺史，统领万字军界道中郎将。又为砚封九锡，拜离石乡侯使持节、即墨军事长史兼铁面御史。见《云仙杂记》。

【明焦周《焦氏说楛》卷三】薛锡为笔封九锡，拜墨曹都统、[黑]水郡王兼毛州刺史。(《龙须志》)

【御定渊鉴类函》卷二百四·文学部十三·墨曹都统　文翰将军】《龙须记》：薛稷为笔封九锡，拜墨曹都统、黑水郡王兼亳州刺史。文翰将军，笔名，见《潜确类书》。

◎ 词汇考

【薛稷】(649—713)，字嗣通，蒲州汾阴(今山西万荣)人。薛收孙，魏徵外孙。《旧唐书》卷七三：稷举进士，累转中书舍人。时从祖兄曜为正谏大夫，与稷俱以辞学知名，同在两省，为时所称。景龙末，为谏议大夫、昭文馆学士。好古博雅，尤工隶书。自贞观、永徽之际，虞世南、褚遂良时人宗其书迹，自后罕能继者。稷外祖魏徵家富图籍，多有虞、褚旧迹，稷锐精模仿，笔态遒丽，当时无及之者。又善画，博探古迹。睿宗在藩，留意于小学，稷于是特见招引，俄又令其子伯阳尚仙源公主。及践祚，累拜中书侍郎，与苏颋等对掌制诰。俄与中书侍郎崔日用参知政事。睿宗以钟绍京为中书令，稷劝令礼让，因入言于帝曰："绍京素无才望，出自胥吏，虽有功勋，未闻令德。一朝超居元宰，师长百僚，臣恐清浊同贯，失于圣朝具瞻之美。"帝然其言，因绍京表让，遂转为户部尚书。稷又于帝前面折崔日用，递相短长，由是罢知政事，迁左散骑常侍，历工部、礼部二尚书。以翊赞睿宗功封晋国公，赐实封三百户，除太子少保。睿宗常召稷入宫中参决庶政，恩遇莫与为比。及窦怀贞伏诛，稷以知其谋，赐死于万年县狱中。

【汉语大词典·九锡】古代天子赐给诸侯、大臣的九种器物，是一种最高礼遇。《公羊传·庄公元年》"锡者何？赐也；命者何？加我服也"汉何休注："礼有九锡：一曰车马，二曰衣服，三曰乐则，四曰朱户，五曰纳陛，六曰虎贲，七曰宫矢，八曰鈇钺，九曰秬鬯。"《汉书·武帝纪》："元朔元年，冬十一月……有司奏议曰：古者，诸侯贡士，壹适谓之好德，再适谓之贤贤，三适谓之有功，乃加九锡。"宋林逋《深居杂兴诗》之四："三千功行无圭角，可望虚皇九锡表。"明杨珽《龙膏记·宠赐》："群僚皆拱向，九锡足恩光。"

【汉语大词典·墨曹都统】笔的谑称。明彭大翼《山堂肆考·器用》："薛稷封笔为墨曹都统，黑水郡王兼亳州刺史。"

【汉语大词典·黑水郡王】笔的谑称。

【汉语大词典·毛州刺史】笔的谑称。

墨 封 九 锡

◎ 版本考

A 稷又为墨封九锡，拜松燕督护、玄香太守兼亳州诸郡平章事。是日，墨吐异气，结成楼台状，邻里来观，食久乃灭。(《纂异记》)

B 稷又为墨封九锡，拜松燕督护、玄香太守兼亳州诸郡平章事。是日，墨吐异气，结成楼台状，邻里来观，食久乃灭。(《纂异记》)

C 无此条。

D【松燕督护】《纂异记》曰：薛稷为墨封九锡，拜松燕督护、玄香太守兼亳州诸郡平章事。是日，墨吐异气，结成楼台状，邻里来观，食久乃灭。((294)

E【松燕督护】《纂异记》曰：薛稷为墨封九锡，拜松燕督护、玄香太守兼亳州诸郡平章事。是日，墨吐异气，结成楼台状，邻里来观，食久乃灭。(295)

◎ 引文考

【宋祝穆《事文类聚》别集卷十四·文房四友部·墨】薛稷为墨封九锡，拜玄香太守兼亳州诸郡平章事。(《纂异录》)

【宋无名氏《锦绣万花谷》后集卷二十九·奇怪·墨·玄香太守】薛稷为墨封九锡，拜玄香太守兼亳州诸郡平章事。是日，墨吐异气，结成楼台状，邻里来观，食久乃灭。

（《纂异记》）

【宋潘自牧《记纂渊海》卷八十二·字学部·墨】薛稷为墨封九锡，拜松燕督护、玄香太守兼亳州诸郡平章事。是日，墨吐异气，结成楼台。（《云仙散录》）

【元阴时夫《韵府群玉》卷十六·去声·二十六宥·玄香太守】薛稷为墨封九锡，拜～～～～，是日墨吐异气，如楼台之状。（《纂异记》）

【明彭大翼《山堂肆考》卷一百七十七·器用·玄香太守】《纂异记》：唐薛稷封墨为公加九锡，拜玄香太守，兼亳州诸郡平章事。是日，墨吐异气，结成楼台状，邻里来观，良久乃灭。

【明徐应秋《玉芝堂谈荟》卷二十八·龙香剂】《纂异记》：薛稷为墨封九锡，拜松燕督护、玄香太守兼亳州诸郡平章事。是日，墨吐异气，结成楼台状，邻里来观，食久乃散。

【明焦周《焦氏说楛》卷三】为墨封九锡，拜松烟都护、玄香太守兼亳州诸郡平章事。（《纂异记》）

【明周嘉胄《香乘》卷十二·香事别录下·玄香】薛稷封墨为玄香太守。（《纂异记》）

【明詹景凤《古今寓言》卷十一·文具类·易宗周《陈玄传》】时天下多乱，（陈）玄韬晦不出。汉高祖既定位，不事诗书，后闻陆贾言，乃稍用儒术。玄闻之，随歙人至长安，因贾以进，由是日见亲幸。叔孙通起朝仪，张良立制度，萧何定律令，玄与有功。高祖一日召玄问家世，玄泣以对。高祖叹曰："始皇苛虐如此，安得不亡？"乃授玄龙香太守。《纂异录》：薛稷为墨封九锡，拜龙香太守，兼亳州诸郡平章事，封为松滋侯。

【清吴士玉《骈字类编》卷五十八·居处门二·楼·楼台】《云仙杂记》：薛稷为墨封九锡，拜为烟督护、玄香太守兼亳州诸郡平章事。是日，墨吐异气，结成～～状，邻里来观，食久乃灭。

【清吴士玉《骈字类编》卷一百六十二·器物门十五·墨吐】《云仙杂记》：薛稷为墨封九锡，拜为燕督护、玄香太守兼亳州诸郡平章事。是日，～～异气，结成楼台状，邻里来观，食久乃灭。

【《御定佩文韵府》卷八十五之三·去声·二十六宥韵三·守·太守】又《纂异记》：薛稷为墨封九锡，拜松燕督护、玄香～～兼亳州诸郡平章事。是日，墨吐异香，结成楼台状，邻里来观，食久乃灭。

【清陈元龙《格致镜原》卷三十七·墨·墨称号】《纂异记》：薛稷为墨封九锡，拜玄香太守，兼亳州诸郡平章事。是日，墨吐异气，结成楼台状。

【清邓志谟《古事苑定本》卷十·文具】《纂异记》：薛稷为墨封九锡，拜玄香太守，兼亳州诸郡平章事。是日，墨吐异气，结成楼台状，邻里来观，良久乃灭。

【清迮朗《绘事琐言》卷二】薛稷，玄香太守。《纂异记》：唐薛稷为墨封为公加九锡，拜松烟都护、玄香太守兼亳州诸郡平章事。是日，墨吐异气，结成楼台，邻里来观，良久乃灭。

◎ 词汇考

【汉语大词典·玄香太守】墨的雅称。唐冯贽《云仙杂记·墨封九锡》引《纂异记》："稷（薛稷）又为墨封九锡，拜松燕督护、玄香太守，兼亳州诸郡平章事。"

纸 封 九 锡

◎ 版本考

A 稷又为纸封九锡，拜楮国公、白州刺史、统领万字军界道中郎将。(《事略》)

B 稷又为纸封九锡，拜楮国公、白州刺史、统领万字军界道中郎将。(《事略》)

C 无此条。

D【楮国公】《事略》曰：薛稷为纸封九锡，拜楮国公、白州刺史、统领万字军界道中郎将。(305)

E【楮国公】《事略》曰：薛稷为纸封九锡，拜楮国公、白州刺史、统领万字军界道中郎将。(306)

◎ 引文考

【宋祝穆《事文类聚》别集卷十四·文房四友部·纸】薛稷为纸封九锡，拜楮国公、白州刺史、统领万字军。(《纂异记》)

【宋潘自牧《记纂渊海》卷八十二·字学部·纸】薛稷为纸封九锡，拜楮国公、白州刺史、统领万字军略道中郎将。(《云仙散录》)

【元佚名《群书通要》丁集卷一·文物门·珍宝门·纸类·楮国公楮先生】薛稷为纸封九锡，拜楮国公、白州刺史、统领万字军。(《纂异记》)

【明彭大翼《山堂肆考》卷一百七十七·器用·纸称号】《事略》：薛稷为纸封九锡，拜楮国公、白州刺史、统领万字军略道中郎将。

【明焦周《焦氏说楛》卷三】为纸封九锡，拜楮国公、白州刺史、领万字军界道中郎将。

【清陈元龙《格致镜原》卷三十七文具类一·纸称号】《事略》：薛稷为纸封九锡，拜楮国公、白州刺史、统领万字军略道中郎将。

【清邓志谟《古事苑定本》卷十·文具】庾信《纸记》云：薛稷为纸封九锡，拜楮国公、白州刺史、统领万字之军。

【清厉荃《事物异名录》卷二十一·文具部·纸·楮国公】《纂异记》：薛稷为纸封九锡，拜楮国公、白州刺史。

【《御定渊鉴类函》卷二百五·文学部十四·纸三·楮国公　好畤侯】《纂异记》：薛稷为纸封九锡，拜楮国公、白州刺史、统领万字军界道中郎将。

◎ 词汇考

【汉语大词典·楮国公】纸的别名。唐冯贽《云仙杂记·纸封九锡》："稷又为纸封九锡，拜楮国公，白州刺史，统领万字军界道中郎将。"

砚 封 九 锡

◎ 版本考

A 稷又为砚封九锡，拜离石乡侯、使持节即墨军事长史兼铁面尚书。(《凤翔退耕

传》）

B 稷又为砚封九锡，拜离石乡侯、使持节即墨军事长史兼铁面尚书。（《凤翔退耕传》）

C 无此条。

D【离石乡侯】《凤翔退耕传》曰：薛稷为砚封九锡，拜离石乡侯、使持节即墨军事兼铁面尚书。（303）

E【离石乡侯】《凤翔退耕传》曰：薛稷为砚封九锡，拜离石乡侯、使持节即墨军事兼铁面尚书。（304）

◎ 引文考

【宋无名氏《锦绣万花谷》后集卷二十九·砚】铁面尚书薛稷为砚封九锡，拜离石乡侯、铁面尚书、使持节即墨军事长。（《凤翔退耕传》）

【宋潘自牧《记纂渊海》卷八十二·字学部·砚】薛稷为砚封九锡，拜离石乡侯、使持节即墨军事兼铁面尚书。（《云仙散录》）

【明焦周《焦氏说楛》卷三】为砚封九锡，拜离石乡侯、使持节即墨军长史，兼铁面尚书。（《凤翔退畊录》）

【明彭大翼《山堂肆考》卷一百七十七·器用·封九锡】薛稷为砚封九锡，拜石乡侯、铁面尚书、使持节即墨军事。

【《御定渊鉴类函》卷二百四·文学部十三·砚四·铁面尚书】《凤翔退耕录》：薛稷为砚封九锡，拜离石乡侯、使持节监即墨军事长史兼铁面尚书。

【《御定佩文韵府》卷六之一·上平声·六鱼韵一·书·尚书】又《云仙杂记》：薛稷为砚封九锡，拜离石乡侯、使持节即墨军事长史、铁面~~。

【《御定佩文韵府》卷二十六之七·下平声·十一尤韵七·侯·石乡侯】《凤翔退耕传》：薛稷为砚封九锡，拜~~~、使持节监即墨军事长史，兼铁面尚书。

【清陈元龙《格致镜原》卷三十八·文具类二·砚】《凤翔退耕录》：薛稷为砚封九锡，拜离石乡侯、铁面尚书、使持节即墨诸军事。

【清厉荃《事物异名录》卷二十一·文具部·砚·离石乡侯　铁面尚书】《云仙杂记》：薛稷为砚封九锡，拜离石乡侯、铁面尚书、使持节即墨诸军事。

【清张定鋆《三余杂志》卷七·铁面尚书】《云仙杂记》：薛稷为砚封九锡，拜离石乡侯、使持节即墨军事长史、铁面尚书。

◎ 词汇考

【离石乡侯】砚的别名。

为花树洗疮止痛

◎ 版本考

A 郭文在山，间有石榴、杨梅等花为樵牧所伤，殆甚。卖簪沽酒，以浇花树。人问之，曰："为二子洗疮止痛。"（《芳贤传》）

B 郭文在山，间有石榴、杨梅等花为樵牧所伤，殆甚。卖簪沽酒，以浇花树。人问之，曰："为二子洗疮止痛。"（《芳贤传》）

C 无此条。

D【为花止痛】《芳贤传》曰：郭文在山，间有石榴、杨梅等花为樵牧所伤，殆甚。卖簪酤酒，以浇花树。人问之，曰："为二子洗疮止痛。"（276）

E【为花止痛】《芳贤传》曰：郭文在山，闻有石榴、杨梅等花为樵牧所伤，殆甚。卖簪酤酒，以浇花树。人问之，曰："为二子洗疮止痛。"（277）

◎ 引文考

【袁桷《澄怀录》】郭文在山，间有石榴、杨梅等花为樵牧所伤。文卖簪沽酒，以浇花树。人问之，曰："为二子洗疮止痛。"（《说郛》卷二十三下）

【明董斯张《广博物志》卷四十三】郭文在山，间有石榴、杨梅等花为樵牧所伤。文卖簪沽酒，以浇花树。人问之，曰："为二子洗疮止痛。"（《汇苑》）

【明查应光《靳史》卷二十七·国朝】郭文在山，间有石榴、杨梅等花为樵牧所伤。郭卖簪沽酒以浇之。人问何故，曰："为二子洗疮止痛。"

【清吴士玉《骈字类编》卷一百九十二·草木门十七·杨梅】《澄怀录》：郭文在山，间有石榴、~~等花为樵牧所伤。文卖簪沽酒，以浇花树。人问之，曰："为二子洗疮止痛。"

【《御定佩文韵府》卷二十七之五·下平声十二·侵韵五·卖簪】《澄怀录》：郭文在山，间有石榴、杨梅等树为樵牧所伤。文~~沽酒以浇之，曰："为二子洗疮止痛。"

【《御定佩文斋广群芳谱》卷五十九·果谱引《澄怀录》】郭文在山，间有石榴、杨梅为樵牧所伤。文卖簪沽酒以浇花树，人问之，曰："为二子洗疮止痛。"

【清来集之《倘湖樵书》卷一·洗桐洗竹】《云仙杂记》云：郭文在山，间有石榴、杨梅等花为樵牧所伤，殆甚。卖簪沽酒，以浇花树。人问之，曰："为二子洗疮止痛。"

◎ 词汇考

【郭文】事迹待考。

【汉语大词典·樵牧】樵夫与牧童。也泛指乡野之人。唐李白《古风》之五八："荒淫竟沦没，樵牧徒悲哀。"宋陆游《村居》诗："樵牧相语欲争席，比邻渐熟约论婚。"清纪昀《阅微草堂笔记·如是我闻四》："交河城西有古墓，林木丛杂，云藏妖魅，犯之者多患寒热，樵牧弗敢近。"

卷 七

元白两不相下

◎ 版本考

A 元微之、白乐天两不相下。一日，同咏李花，微之先成，曰："苇绡开万朵。"乐天乃服。绡，练也，苇白而绡轻。(《高隐外书》)

B 元微之、白乐天两不相下。一日，同咏李花，微之先成，曰："苇绡开万朵。"乐天乃服。绡，练也，苇白而绡轻。(《高隐外书》)

C 元微之、白乐天两不相下。一日，同咏李花，微之先成，曰："苇绡开万朵。"乐天乃服。绡，练也，苇白而绡轻。(《高隐外书》)①

D【苇绡】《高隐外书》曰：元微之、白乐天两不相下。一日，同咏李花，微之先成，曰："苇绡开万朵。"乐天乃服之。苇绡，练，苇白而织轻绡，一时所尚者。(277)

E【苇绡】《高隐外书》曰：元微之、白乐天两不相下。一日，同咏李花，微之先成，曰："苇绡开万朵。"乐天乃服之。苇绡，练，苇白而织轻绡，一时所尚者。(278)

◎引文考

【《全芳备祖》前集卷九·花部·事实祖·纪要】元微之、白乐天两不相下。一日，同咏李花，微之先成，曰："苇绡开万朵。"乐天乃服。绡，练也，苇白而绡轻。(《高隐外书》)

【宋谢维新《事类备要》别集卷二十六·花卉门·李花·同咏李花】元微之、白乐天两不相下。一日，～～～～，微之先成，曰："苇绡开万朵。"乐天乃服。盖苇绡白而轻，一时所尚。(《高隐外书》)

---

① 以下在卷七。

【明彭大翼《山堂肆考》卷一百九十八·花品·元白同咏】《高隐外书》：元微之、白乐天两不相下。一日，同咏李花，微之先成，曰："韦绡开万朵。"乐天乃服。盖韦绡白而轻，一时所尚。

【明郑若庸《类隽》卷二十六·花木类·李花·韦绡】《高隐外书》云：元（徽）［微］之、白乐天两不相下。一日，同咏李花，（徽）［微］之先成，曰："韦绡（闻）［开］万朵。"乐天乃服。盖韦绡白而轻，一时所尚。

【明宋应升《方玉堂集》诗稿卷七·李花】解道韦绡开万朵，宫中才子合推元。

【清陈元龙《格致镜原》卷七十·花类一·李花】《高隐外书》：元微之咏李花，曰："韦绡开万朵。"盖韦绡白而轻，一时所尚。

【清厉荃《事物异名录》卷三十三·花卉部·李·韦绡】《高隐外书》："韦绡开万朵。盖韦绡白而轻，一时所尚。"按：谓李花也。

【清汪学金辑《娄东诗派》卷十九·沈受宏《咏李花》】朵朵轻匀粉，枝枝细翦纨。夜明非为月，春雪不知寒。梅落还相似，桃开好间看。韦绡岂绝唱，恐压乐天难。○元白两不相下，一日同咏李花，微之先成，曰："韦绡开万朵。"乐天乃服。此语固未为绝唱也。

【清吴宝芝《花木鸟兽集类》卷上·李花】《高隐外书》：元微之、白乐天两不相下。一日，同咏李花，微之先成，曰："韦绡开万朵。"乐天乃服。盖韦绡白而轻，一时所尚。

【《御定渊鉴类函》卷三百六十六·布帛部二·绡四·韦绡】元微之咏李花诗云："韦绡开万朵。"

◎ 词汇考

【汉语大词典·韦绡】李花的别称。唐冯贽《云仙杂记·元白两不相下》："元微之、白乐天两不相下。一日，同咏李花，微之先成曰：'韦绡开万朵。'乐天乃服。"

仙人柏叶书

◎ 版本考

A 郭天民巧思横生，能折书简，反复如柏叶状。乡人谓之"仙人柏叶书"。(《安成记》)

B 郭天民巧思横生，能折书简，反复如柏叶状。乡人谓之"仙人柏叶书"。(《安成记》)

C 郭天民巧思横生，能折书简，反复如柏叶状。乡人谓之"仙人柏叶书"。(《安成记》)

D【柏叶书】《安成记》曰：郭天民巧思横生，能折书简，反复如柏叶。乡人谓之"仙人柏叶书"。(278)

E【柏叶书】《安成记》曰：郭天民巧思横生，能折书简，反复如柏叶。乡人谓之"仙人柏叶书"。(279)

◎ 引文考

【《御定佩文韵府》卷六之一·上平声·六鱼韵一·书·柏叶书】《云仙杂记》：郭天民

巧思横生，能折书简，反复如柏叶状。乡人谓之"仙人～～～"。

【《御定佩文韵府》卷十一之五·上平声·十一真韵五·天民】《清异录》：《安成记》：郭～～巧思横生，能折书简，反复如柏叶状。乡人谓之"仙人柏叶书"。

【清吴士玉《骈字类编》卷四·天地门四·天民】《清异录》：《安成纪》：郭～～巧思横生，能折书简，反复如柏叶状。乡人谓之"仙人柏叶书"。

【明冯琦《宗伯集》卷五·喜仲素至夜话】小阁清灯设榻初，微云淡月夜窗虚。囊无京国绫纹刺，几有仙人柏叶书。松下止疑君是鹤，濠间莫问我非鱼。从知崔颢多佳句，欲和阳春恐不如。

◎ 词汇考

【郭天民】事迹待考。

【汉语大词典·柏叶书】折迭成柏叶状的书简。唐冯贽《云仙杂记·仙人柏叶书》："郭天民巧思横生，能折书简，反复如柏叶状。乡人谓之仙人柏叶书。"

家庖百品

◎ 版本考

A 张元厚家庖百品，日日不变，有蔡机缸二千，盛贮皆满。（梁福《庐陵记》）

B 张元厚家庖百品，日日不变，有蔡机缸二千，盛贮皆满。（梁福《庐陵记》）

C 张元厚家庖百品，日日不变，有蔡机缸二千，盛贮皆满。（梁福《庐陵记》）

D【蔡机缸】梁福《庐陵记》曰：张元厚家庖百品，日日不变，有蔡机缸三千，盛贮皆满。（279）

E【蔡机缸】梁福《庐陵记》曰：张元厚家庖百品，日日不变，有蔡机缸三千，盛贮皆满。（280）

◎ 引文考

【明徐应秋《玉芝堂谈荟》卷四·饮食之侈】张元厚家庖百品，有蔡机缸二千，盛贮皆满。

【《御定佩文韵府》卷三·上平声·三江韵·蔡机缸】梁福《庐陵记》：张天厚家庖百品，日日百变，有～～～二千，盛贮皆满。

【《御定佩文韵府》卷三十六之二·上声·六语韵二·贮·盛贮】《云仙杂记》：张元厚家庖百品，日日不变，有蔡机缸二千，～～皆满。元稹诗：熏狨任～～，秭稗莫超逾。

【清王谟《江西考古录》卷八·故事·蔡机缸】梁福《庐陵记》曰：张元厚家庖百品，日日不变，有蔡机缸二千，盛贮皆满。按：诸类书丛书中俱不见有《庐陵记》书目，惟唐冯贽《云仙杂记》称引此条及成芳（隐麦林山，剥布织皮为短襕宽袖之衣，着以沽酒，自称隐士衫）郎咏（隐西昌，采樵为业，或担至郡中，人买之，则曰："我西昌逸士，（洒）［酒］中人也。今献公所阙，公当惠我所好。"）故事。或疑其书出伪撰，故著述家不传其事。然（目）［自］汉以后，凡属江西诸郡，若豫章（雷次宗记）鄱阳（刘澄之记）临川（荀伯子记）南康（邓德明记）寻阳（张僧鉴记）安成（王孚记）皆有记，而庐陵独无，亦为憾事，故亟采之，以补诸郡记之阙。

◎ 词汇考

【张元厚】事迹待考。

【汉语大词典·百品】各种各类。南朝宋颜延之《重释何衡阳达性论》："是以始矜萌起，终哀郁灭，岂与足下刍豢百品，共其指归。"《隋书·音乐志上》："实体平心待和味，庶羞百品多为贵。"

砚中出白影珠

◎ 版本考

A 侯道昌因雨置龟头砚于檐下，承溜以涤之，俄而滴破砚，砚中出白影珠十颗。有患目者煮珠水洗之，皆愈。（冯正云《金溪记》）

B 侯道昌因雨置龟头砚于檐下，承溜以涤之，俄而滴破砚，砚中出白影珠十颗。有患目者煮珠水洗之，皆愈。（冯正云《金溪记》）

C 侯道昌因雨置龟头砚于檐下，承溜以涤之，俄而滴破砚，砚中出白影珠十颗。有患目者煮珠水洗之，皆愈。（冯正云《金溪记》）

D【龟头砚】冯正云《金溪记》曰：侯道昌因雨置龟头砚于檐下，承溜以涤之，俄而滴破，砚中出白影珠十颗。有患目，煮珠水洗之，皆愈。（280）

E【龟头砚】冯正云《金溪记》曰：侯道昌因雨置龟头砚于檐下，承溜以涤之，俄而滴破砚，砚中出白影珠十颗。有患目，煮珠水洗之，皆验。（281）

◎ 引文考

【明徐应秋《玉芝堂谈荟》卷二十五】侯道昌因雨置龟头砚于檐下，承溜以涤之，俄而滴破，砚中出白影珠十颗。有患目者，煮珠水洗之，皆愈。见《金溪记》。

【清吴士玉《骈字类编》卷二百二十二·龟·龟头】又《金溪记》曰：侯道昌因雨置龟头砚于檐下，承溜以涤之，俄而滴破，砚中出白影珠十颗。有患目，煮珠水洗之，皆愈。

【《御定佩文韵府》卷七之三·上平声·七虞韵三·珠·白影珠】《金溪记》：侯道昌因雨置龟头砚于檐下，承溜以涤之，俄而砚破，砚中出～～～十颗。有患目者，煮珠水以洗之，皆立愈。

【《御定佩文韵府》卷七十六之三·去声·十七霰韵三·砚·龟头砚】《云仙杂记》：侯道昌因雨置龟头砚于檐下，承溜以涤之，俄而滴破砚，砚中出白影珠十颗。有患目者，煮珠水洗之，皆愈。

【《御定佩文韵府》卷一〇一之四·入声·十二锡四·涤·承溜涤】《云仙杂记》：侯道昌因雨置龟头砚于檐下，承溜以涤之，俄而滴破砚，砚中出白影珠十颗。有患目者，煮珠水洗之，皆愈。

【清谷应泰《博物要览》卷五·志真珠·白影珠】唐人侯道昌因雨置龟头砚于檐下，承溜以涤之，俄而滴破砚，砚中出白影珠十颗。有患目者，煮水洗之，皆愈。

◎ 词汇考

【侯道昌】事迹待考。

【汉语大词典·白影珠】传说中的宝珠名。唐冯贽《云仙杂记》卷七："侯道昌因雨置龟头砚于檐下，承溜以涤之。俄而滴破砚，砚中出白影珠十颗，有患目者，煮珠水洗之，皆愈。"

陈蕃待客

◎ 版本考

A 陈蕃待客，拌饭以鹿脯，芼羹以牛脯，未尝别为异馔。（董慎《续豫章记》）

B 陈蕃待客，拌饭以鹿脯，芼羹以牛脯，未尝别为异馔。（董慎《续豫章记》）

C 陈蕃待客，拌饭以鹿脯，芼羹以牛脯，未尝别为异馔。（董慎《续豫章记》）

D【以脯芼羹】董慎《续豫章记》曰：陈蕃待客，拌饭以鹿脯，芼羹以牛脯，未常别为异馔。（281）

E【以脯芼羹】董慎《续豫章记》曰：陈蕃待客，拌饭以鹿脯，芼羹以牛脯，未常别为异馔。（282）

◎ 引文考

【宋谢维新《事类备要》外集卷四十八·珍羞门·待客以脯】陈蕃~~，拌饭~鹿~，芼羹以牛脯，未尝别为异馔。（董慎《续豫章记》）

【元阴时夫《韵府群玉》卷十·上声·鹿脯】陈蕃拌饭以~~，芼羹以牛脯，未尝为异馔。

【明董斯张《广博物志》卷之四十一·食饮】陈蕃待客，拌饭以鹿脯，芼羹以牛脯，未尝别为异馔。

【明彭大翼《山堂肆考》卷一百九十四·饮食·陈蕃待客】董慎《续豫章记》：陈蕃待客，拌饭以鹿脯，芼羹以牛脯，未尝别为异馔。

【《御定渊鉴类函》卷三百八十九·食物部二·脯四·陈蕃待客】董慎《续豫章记》云：陈蕃待客，拌饭以鹿脯，芼羹以牛脯，未尝别为异馔。

【《御定佩文韵府》卷二十三之一·下平声·八庚韵一·羹·芼羹】《云仙杂记》：陈蕃待客，拌饭以鹿脯，~~以牛脯。

【清吴士玉《骈字类编》卷二百十五·鸟兽门十二·牛脯】《豫章记》：陈蕃拌饭以鹿脯，芼羹以~~，未尝为异馔。

【清陈元龙《格致镜原》卷二十四·脯·名类】董慎《续豫章记》：陈蕃待客，拌饭以鹿脯，芼羹以牛脯，未尝别为异馔。

◎ 词汇考

【汉语大词典·鹿脯】鹿肉干。《礼记·内则》："牛修，鹿脯，田豕脯，麋脯，麇脯。"郑玄注："皆人君燕食所加庶羞也。"宋孟元老《东京梦华录·饮食果子》："点羊头、脆筋巴子、姜虾、酒蟹、獐巴、鹿脯、从食蒸作、海鲜时果。"清何镛《乘龙佳话·宾筵》："真个鹿脯豹胎，麟肝凤髓，无一不陈。"

桂人好食虾蟆

◎ 版本考

A 桂人好食虾蟆，仍重干菌为糁。赴食者至，以余俎包归，遗儿女，虽污衫不耻。（张洞林《桂林志》）

B 桂人好食虾蟆，仍重干菌为糁。赴食者至，以余俎包归，遗儿女，虽污衫不耻。（张洞林《桂林志》）

C 桂人好食虾蟆，仍重干菌为糁。赴食者至，以余俎包归，遗儿女，虽污衫不耻。（张洞林《桂林志》）

D【虾蟆糁菌】张洞林《桂林志》曰：桂人好食虾蟆，仍重干菌为糁。赴食者至，以余俎包归，遗儿女，虽污衫不耻。（282）

E【虾蟆糁菌】张洞林《桂林志》曰：桂人好食虾蟆，仍重干菌为糁。赴食者至，以余俎包归，遗儿女，虽污衫不耻。（283）

◎ 引文考

【《御定渊鉴类函》卷四百四十八·虫豸部四·蛙一】《桂林志》曰：桂人好食虾蟆，仍用干菌为糁。赴食者至，以余俎包归，遗儿女，虽污衫不耻。

【《御定佩文韵府》卷四十一·上声·十一轸韵·菌·干菌】《云仙杂记》：桂人好食虾蟆，仍用干菌为糁。

【清汪森《粤西丛载》卷十八·食物】桂人好食虾蟆，仍重干菌为糁。赴食者至，以余俎包归，遗儿女，虽污衫不耻。（冯贽《云仙杂记》）

◎ 词汇考

【汉语大词典·糁】杂，混和。《仪礼·大射》"参七十"汉郑玄注："参读为糁。糁，杂也。杂侯者，豹鹄而麋饰下，天子大夫也。"宋苏轼《格物粗谈·瓜蔬》："冬瓜切碎者，以石灰糁之则不烂。"《水浒传》第四三回："我如今包裹内带得一包蒙汗药在这里，李云不会吃酒时，肉里多糁些，逼着他多吃些，也麻倒了。"

霜露能染红紫

◎ 版本考

A 鹅管山霜可染紫，白(庶)[鹿]潭露能染红，为天下冠，恨人无知者。（常奉真《湘潭记》）

B 鹅管山霜可染紫，白(庶)[鹿]潭露能染红，为天下冠，恨人无知者。（常奉真《湘潭记》）

C 鹅管山霜可染紫，白(庶)[鹿]潭露能染红，为天下冠，恨人无知者。（常奉真《湘潭记》）

D【霜染紫】常奉真《湘潭记》曰：鹅管山霜可染紫，白(庶)[鹿]潭露能染红，为天下

冠，恨人无知者。(283)

E【霜染紫】常奉真《湘潭记》曰：鹅管山霜可染紫，白鹿潭露能染红，为天下冠，恨人无知者。(284)

◎ 引文考

【唐白居易原本、宋孔传续撰《白孔六帖》卷二·霜十二·染紫】常奉真《湘潭记》：鹅管山霜可染紫，为天下冠，恨人无知者。

【宋无名氏《锦绣万花谷》后集卷二·霜·染紫】常奉真《湘潭记》：鹅管山霜可染紫，为天下冠，恨人无知者。

【明郑若庸《类隽》卷二·天文类·染紫】《湘潭记》云：鹅管山霜可染紫，为天下冠，恨人无知。

【明徐应秋《玉芝堂谈荟》卷十九·紫露】常奉真《湘潭记》：鹅管山霜可染紫，白鹿潭露能染红，为天下冠，恨人无知者。

【明焦周《焦氏说楛》卷一】鹅管山霜可染紫，白(庶)[鹿]潭露能染红，为天下冠。

【明张自烈《正字通》卷十一·霜】《湘潭记》：鹅管山霜可染紫，为天下冠。

【《御定渊鉴类函》卷十·霜四·染紫】常奉真《湘潭记》云：鹅管山霜可染紫，为天下冠，恨人无知者。

【《御定佩文韵府》卷二十八之一·下平声·十三覃韵一·潭·白(庶)[鹿]潭】《云仙杂记》：鹅管山霜可染紫，白(庶)[鹿]潭露能染红，为天下冠。

【清陈元龙《格致镜原》卷四·干象类四·霜】常奉真《湘潭记》：鹅管山霜可染紫，为天下冠，恨人无知者。

◎ 词汇考

【鹅管山】待考。

【白鹿潭】待考。

蒲 桃 髻

◎ 版本考

A 小儿发初生，为小髻十数。其父母为儿女相胜之辞曰："蒲桃髻，十穗胜五穗。"(李明之《衡山记》)

B 小儿发初生，为小髻十数。其父母为儿女相胜之辞曰："蒲桃髻，十穗胜五穗。"(李明之《衡山记》)

C 小儿发初生，为小髻十数。其父母为儿女相胜之辞曰："蒲桃髻，十穗胜五穗。"(李明之《衡山记》)

D 李明之《衡山记》曰：衡山小儿发初生，为小髻十数。其父母为儿女相胜之辞曰："蒲桃髻，十穗胜五穗。"(284)

E 李明之《衡山记》曰：衡山小儿发初生，为小髻十数。其父母为儿女相胜之辞曰："蒲桃髻，十穗胜五穗。"(285)

◎ 引文考

【明徐应秋《玉芝堂谈荟》卷二十九·芙蓉归云髻】《衡山记》：小儿发初生，为小髻十数。其父母为儿女相胜之词曰："蒲桃髻，十穗胜五穗。"

【清吴士玉《骈字类编》卷一百八十六·草木门十一·蒲桃】《记事珠》：小儿发初生，为小髻十数，其父母为儿女相胜之辞曰："~~髻，十穗胜五穗。"

【《御定佩文斋广群芳谱》卷之五十七·果谱·葡萄】别录增《记事珠》：小儿发初生，为小髻十数。其父母为儿女相胜之辞曰："葡萄髻，十穗胜五穗。"

【清陈元龙《格致镜原》卷十一·髻】《事物绀珠·蒲桃髻》：小儿发初生，为小髻十数。父母祝曰："蒲桃髻，十穗胜五穗。"

【清王初桐《奁史》卷六十一·诞育门一·产仪】小儿初生，为小髻十数，其父母为儿女相胜之辞曰："蒲桃髻，十穗胜五穗。"（《记事珠》）

◎ 词汇考

【汉语大词典·蒲桃髻】古代为儿童所束的葡萄形的发髻。唐冯贽《云仙杂记·蒲桃髻》："小儿发初生，为小髻十数，其父母为儿女相胜之辞曰：'蒲桃髻，十穗胜五穗。'"

方囊盛金钱

◎ 版本考

A 富人贾三折夜以方囊盛金钱于腰间，微行市中，买酒，呼秦声女置宴。（方德远《金陵记》）

B 富人贾三折夜以方囊盛金钱于腰间，微行市中，买酒，呼秦声女置宴。（方德远《金陵记》）

C 富人贾三折夜以方囊盛金钱于腰间，微行市中，买酒，呼秦声女置宴。（方德远《金陵记》）

D【方囊金钱】方德远《金陵记》曰：富人贾三折夜以方囊盛金钱于腰间，微行市中，买酒，呼秦声女置宴。（285）

E【方囊金钱】方德远《金陵记》曰：富人贾三折夜以方囊盛金钱于腰间，微行市中，买酒，呼秦声女置宴。（286）

◎ 引文考

【《御定分类字锦》卷二十七·器用·囊第二十六·盛金钱】富人贾三折夜以方囊盛金钱于腰间，微行市中，买酒，呼秦声女置宴。

【《御定佩文韵府》卷二十二之十·下平声·七阳韵十·囊·方囊】《云仙杂记》：富人贾三折夜以方囊盛金钱于腰间，微行市中，买酒，呼秦声女置宴。

【《御定佩文韵府》卷二十三之八·下平声·八庚韵八·盛·囊盛】《云仙杂记》：富人贾三折夜以方囊盛金钱于腰间，微行市中，买酒，呼秦声女置宴。

◎ 词汇考

【贾三折】事迹待考。

【汉语大词典·微行】旧时谓帝王或有权势者隐匿身份，易服出行或私访。《史记·秦始皇本纪》："始皇为微行咸阳。"裴骃《集解》引张晏曰："若微贱之所为，故曰微行也。"北魏郦道元《水经注·河水四》："汉武帝尝微行此亭，见馈亭长妻。"宋欧阳修《归田录》卷一："鲁肃简公宗道为谕德，其居在宋门外……有酒肆在其侧，号仁和，酒有名于京师，公往往易服微行，饮于其中。"清吴伟业《读史偶述》诗之三十："十万羽林空夜直，无人揽辔谏微行。"

【秦声女】事迹待考。

千眼仙人赴东林寺

◎ 版本考

A 庐山远法师命尽之日，山中峰涧寺落皆见千眼仙人成队执幡幢香花，赴东林寺。法师死，乃止。(《十三贤共注庐山记》)

B 庐山远法师命尽之日，山中峰涧寺落皆见千眼仙人成队执幡幢香花，赴东林寺。法师死，乃止。(《十三贤共注庐山记》)

C 庐山远法师命尽之日，山中峰涧寺落皆见千眼仙人成队执幡幢香花，赴东林寺。法师死，乃止。(《十三贤共注庐山记》)

D【千眼人】《十三贤共注庐山记》曰：远法师命尽之日，山中峰涧寺落皆见千眼仙人成队执幢幡香花，赴东林寺。法师死，乃止。(286)

E【千眼人】《十三贤共注庐山记》曰：远法师命尽之日，山中峰涧寺落皆见千眼仙人成队执幢幡香花，赴东林寺。法师死，乃止。(287)

◎ 引文考

【明徐应秋《玉芝堂谈荟》卷十二《白虹跨东井》】法师命尽之日，山中峰涧寺落皆见千眼仙人成队执幡幢香花，赴东林寺。

【明焦竑《焦氏类林》卷八·释部】庐山远法师命尽之日，山中峰涧寺落皆见千眼仙人成队执幡幢香花，赴东林寺。法师死，乃止。(《十三贤共注庐山记》)

【明李贽《初潭集》卷十一·师友一·三释教】庐山远法师命尽之日，山中峰涧寺落皆见千眼仙人成队执幡幢香花，赴东林寺。法师死，乃止。

【清文行远《浔阳蹑醢》卷四·僧宝】庐山远法师命尽之日，山中峰涧寺落皆见千眼仙人成队执幡幢香花，赴东林寺。法师死，乃止。(《十三贤共注庐山记》)

◎ 词汇考

【庐山远法师】即慧远法师(334—416)，山西代县人，历史上著名高僧之一，是净土宗的开山祖师、庐山白莲社创始者。东晋太元八年(383)，慧远法师来到庐山，"见庐峰清静，足以息心"，便决计在此住下。

【汉语大词典·幡幢】即幢幡。唐黄滔《辞府相》诗："今朝拜别幡幢下，双泪如珠滴不休。"唐冯贽《云仙杂记》卷七："庐山远法师命尽之日，山中峰涧寺落皆见千眼仙人成队执幡幢香花赴东林寺。"

洛 如 花

◎ 版本考

A 吴兴山中有一树，类竹而有实似荚状。乡人见之，以问陆澄。澄曰："名洛如花，郡有文士则生。"（张宝《就印录》）

B 吴兴山中有一树，类竹而有实似荚状。乡人见之，以问陆澄。澄曰："名洛如花，郡有文士则生。"（张宝《就印录》）

C 吴兴山中有一树，类竹而有实似荚状。乡人见之，以问陆澄。澄曰："名洛如花，郡有文士则生。"（张宝《就印录》）

D 张宝《就印录》曰：吴兴山中有一树，类竹而有实似荚状。乡人见之，以问陆澄。澄曰："名洛如花，郡有文士则生。"（287）

E 张宝《就印录》曰：吴兴山中有一树，类竹而实似豆荚状。乡人见之，以问陆澄。澄曰："名洛如花，郡有文士则生。"（288）

◎ 引文考

【明董斯张《吴兴备志》卷二十六·方物征第二十三】吴兴山中有一树，类竹而有实似荚状。乡人见之，以问陆澄。澄曰："名洛如花，郡有文士则生。"（张宝《就印录》）

【明董斯张《广博物志》卷四十三·草木下】吴兴山中有一树，类竹而有实似荚状。乡人见之，以问陆澄。澄曰："名洛如花，郡有文士则生。"（张宝《就印录》）

【清陈元龙《格致镜原》卷七十三·诸花·各种花】张宝《就印录》：吴兴山中有一树，类竹而有实似荚状。乡人见之，以问陆澄。澄曰："名洛如花，郡有文士则生。"

◎ 词汇考

【陆澄】（425—494），字彦渊，吴郡吴（今江苏苏州）人。祖父陆劭曾任临海太守。少好学博览，手不释卷。宋孝武帝时起家太学博士。官给事中、秘书监。武帝永明元年为度尚书领国子博士。尝议国学设五经事，与王俭意不同。澄列诸学士所遗漏事数百条，为王俭所叹服。家多坟籍，人所罕见。然澄治学，似博而寡要，故王俭讥之为"书厨"。

【汉语大词典·洛如花】树名。唐冯贽《云仙杂记·洛如花》："吴兴山中有一树，类竹而有实，似荚状。乡人见之，以问陆澄。澄曰：'名洛如花。郡有文士则生。'"

虮念阿房宫赋

◎ 版本考

A 扬州苏隐夜卧，闻被下有数人齐念《阿房宫赋》，声紧而小。急开被视之，无他物，

惟得虱十余，其大如豆，杀之即止。（《清异志》）

B 扬州苏隐夜卧，闻被下有数人齐念《阿房宫赋》，声紧而小。急开被视之，无他物，惟得虱十余，其大如豆，杀之即止。（《清异志》）

C 扬州苏隐夜卧，闻被下有数人齐念《阿房宫赋》，声紧而小。急开被视之，无他物，惟得虱十余，其大如豆，杀之即止。（《清异志》）

D【虱念阿房赋】《清异志》曰：扬州苏隐夜卧，闻被下有数人念《阿房宫赋》，声紧而小。急开被视之，无他物，惟得虱十余，其大如豆，杀之即止。（288）

E【虱念阿房赋】《清异志》曰：扬州苏隐夜睡，闻被下有数人念《阿房宫赋》，声紧而小。急开被视之，无他，惟得虱十余，其大如豆，杀之即止。（289）

◎ 引文考

【明冯梦龙《古今谭概》妖异部卷三十四·虱诵赋】扬州苏隐夜卧，闻被下有数人念杜牧《阿房宫赋》，声紧而小。急开被视之，无他物，惟得虱十余，其大如豆，杀之即止。

【明徐应秋《玉芝堂谈荟》卷三十四·群卵呼观世音】扬州苏隐夜卧，闻被下有数人念《阿房宫赋》，声紧而小。急开被视之，无他物，惟得虱十余，其大如豆，杀之即止。

【《御定渊鉴类函》卷四百五十·虫豸部六·虱二】《清异志》曰：扬州苏隐闻被下有数人念《阿房宫赋》，声紧而小。急开被视之，无他物，惟得虱十余，其大如豆，杀之即止。

【《御定佩文韵府》卷四十一·上声·十一轸韵·声紧】《云仙杂记》：扬州苏隐夜卧，闻被下有数人念《阿房宫赋》，~~而小。急开被视之，惟得虱十余，其大如豆，杀之即止。

【清陈元龙《格致镜原》卷九十七·虱】《清异志》曰：扬州苏隐夜卧，闻被下有数人念《阿房宫赋》，声紧而小。急开被视之，无他物，惟得虱十余，其大如豆，杀之即止。

【清梁学昌《庭立记闻》卷一·脱稿】又《徐氏谈荟》云：扬州苏隐夜卧，闻被下有数人念《阿房宫赋》，声紧而小，急开被视之，惟得虱十余，其大如豆，杀之即止。

◎ 词汇考

【苏隐】待考。

甲　乙　膏

◎ 版本考

A 蜀人二月好以豉杂黄牛肉为甲乙膏，非尊亲厚知不得而预，其家小儿三年一享。（《浣花旅地志》）

B 蜀人二月好以豉杂黄牛肉为甲乙膏，非尊亲厚知不得而预，其家小儿三年一享。（《浣花旅地志》）

C 蜀人二月好以豉杂黄牛肉为甲乙膏，非尊亲厚知不得而预，其家小儿三年一享。（《浣花旅地志》）

D《浣花旅地志》曰：蜀人二月好以豉杂黄牛肉为甲乙膏，非尊亲厚知不得而预，其家小儿三年一享。（289）

E《浣花旅地志》曰：蜀人二月好以豉杂黄牛肉为甲乙膏，非尊亲厚知不得而预，其家小儿三年一享。（290）

◎ 引文考

【明曹学佺《蜀中广记》卷五十八·风俗记第四·川北道属】蜀人二月好以豉杂黄牛肉为甲乙膏，非尊亲厚知不得而预，其家小儿三年一享。

【清陈元龙《格致镜原》卷二十六·饮食类六·诸食馔】《事物绀珠》：甲乙膏，蜀人二月以豉杂黄牛肉作，非上客不献。

【清梁章钜《巧对录》卷三】《云仙（谁）[杂]记》云：申王谓猪既供餐，不宜处于秽地，乃以毡毳粟粥待之，取其毛刷净，令巧工织壬癸席，滑而且凉。又蜀人二月好以豉杂黄牛肉为甲乙膏，非尊亲厚知不得预食，其家小儿三年一享。壬癸席、甲乙膏，正好作对。

【清萧智汉《月日纪古》卷二·二月】《云（山）[仙]杂记》：蜀人二月好以豉杂黄牛肉为甲乙膏，非尊亲厚知不得预，其家小儿三年一享。

【清张澍《蜀典》卷六·甲乙膏】《事物绀珠》：甲乙膏，蜀人二月以豉杂黄牛肉作，非上客不献。

◎ 词汇考

【汉语大词典·甲乙膏】唐时四川的一种珍贵食品名。唐冯贽《云仙杂记·甲乙膏》："蜀人二月好以豉杂黄牛肉为甲乙膏，非尊亲厚知不得而预，其家小儿三年一享。"

鱼脊出金钗

◎ 版本考

A 宝历中，酉阳人见钓鱼师，有鱼脑贯黄文，爱而买归，食至脊上，出金钗一只，长六寸。（《唐余录》）

B 宝历中，酉阳人见钓鱼师，有鱼脑贯黄文，爱而买归，食至脊上，出金钗一只，长六寸。（《唐余录》）

C 宝历中，酉阳人见钓鱼师，有鱼脑贯黄文，爱而买归，食至脊上，出金钗一只，长六寸。（《唐余录》）

D【鱼有金钗】《唐余录》曰：宝历中，酉阳人见钓鱼师，有鱼脑贯黄文，爱而买归，食至脊上，出金钗一只，长六寸。（290）

E【鱼有金钗】《唐余录》曰：宝历中，酉阳人见钓师，有鱼脑贯黄文，爱而买归，食至脊上，出金钗一只，长六寸。（291）

◎ 引文考

【明曹学佺《蜀中广记》卷六十八·方物记第十·服用】《云仙杂记》：宝历中，酉阳人见钓鱼师，有鱼脑贯黄文，爱而买归，食至脊上，出金钗一只，长六寸。

【《御定渊鉴类函》卷四四二·鳞介部六·鱼四·脊出金钗】《记事珠》：宝历中，酉阳人见钓鱼师，有鱼脑贯黄文，爱而买归，食至脊上，出金钗一只，长六七寸。

【清吴士玉《骈字类编》卷二二一·虫鱼门四·鱼·鱼脑】《记事珠》：宝历中，酉阳人见钓鱼师，有鱼脑贯黄文，爱而买归，食至脊上，出金钗一只，长六寸。

【清来集之《倘湖樵书》卷三·鱼腹所藏】《记事(殊)[珠]》云：宝历中，酉阳人见钓鱼师，有鱼脑贯黄文，爱而买归，食至脊上，出金钗一只，长六寸。

【清李世熊《钱神志》卷三·妖变第七】宝历中，酉阳人见钓鱼师，有鱼脑贯黄文，爱而市之，及食至脊上，出金钗一只，长六寸。（《记事珠》）

【《(光绪)湖南通志》卷末十·杂志十】宝应中，酉阳人见钓鱼师，有鱼脑贯黄文，爱而买归，食至脊上，出金钗一只，长六寸。（冯纂《记事珠》）

◎ 词汇考

【汉语大词典·钓师】渔人。唐郑谷《试笔偶书》诗："华省惭公器，沧江负钓师。"宋林逋《西湖春日》诗："人间幸有蓑兼笠，且上渔舟作钓师。"叶玉森《钓师》诗："雪虐风饕浅水滩，钓师蓑笠不胜寒。"

团沙捏成睡稽康

◎ 版本考

A 房管少时，曾至洲渚上，团沙捏成睡稽康，甚有标态，见者多爱之。（《童子通神集》）

B 房管少时，曾至洲渚上，团沙捏成睡稽康，甚有标态，见者多爱之。（《童子通神集》）

C 房管少时，曾至洲渚上，团沙捏成睡稽康，甚有标态，见者多爱之。（《童子通神集》）

D【睡稽康】《童子通神集》曰：房管少时，曾至洲渚上，团沙捏成睡稽康，甚有标态，见者多爱。（291）

E【睡稽康】《童子通神集》曰：房管少时，曾至洲渚上，团沙捏成睡稽康，甚有标态，见者多爱。（292）

◎ 引文考

【明蒋一葵《尧山堂外纪》卷二十七·唐】房管少时，曾至洲渚上，捏沙成睡稽康，甚有标态，见者多爱之。

【清吴士玉《骈字类编》卷五十四·洲·洲渚】《云仙杂记》：房管少时，曾至～～上，团沙捏成睡稽康，甚有标态，见者多爱。

【清吴襄《子史精华》卷一〇一·人事部五·早慧·团沙成睡稽康】冯贽《云仙杂记》：房管少时，曾至洲渚上，～～捏～～～～，甚有标态，见者多爱。

◎ 词汇考

【房管】(697—763)字次律，河南缑氏(今河南省偃师缑氏镇)人。《旧唐书》卷一百一十一有传。

【汉语大词典·标态】风采神态。唐冯贽《云仙杂记·团沙捏成睡嵇康》："房管少时曾至洲渚上，团沙捏成睡嵇康，甚有标态，见者多爱之。"

乐　音　泉

◎ 版本考

　　A 强村有水方寸许。人欲取之，唱《浪淘沙》一曲，即得一杯，味大甘冷。村人因名曰"乐音泉"。(《玄山记》)

　　B 强村有水方寸许。人欲取之，唱《浪淘沙》一曲，即得一杯，味大甘冷。村人因名曰"乐音泉"。(《玄山记》)

　　C 强村有水方寸许。人欲取之，唱《浪淘沙》一曲，即得一杯，味大甘冷。村人因名曰"乐音泉"。(《玄山记》)

　　D《玄山记》曰：强村有水方寸许。人欲取之，唱《浪淘沙》一曲，即得一杯，味大甘冷。村人因名曰"乐音泉"。(292)

　　E《玄山记》曰：强村有水方寸许。人欲取之，唱《浪淘沙》一曲，即得一杯，味大甘冷。村人因名"乐音泉"。(293)

◎ 引文考

　　【宋潘自牧《记纂渊海》卷八·地理部·泉】强村有水方寸许。人欲取之，唱《浪淘沙》一曲，即得一杯，味大甘冷。村人因名曰"乐音泉"。(《玄山记》)

　　【明徐应秋《玉芝堂谈荟》卷二十四·五色泉】强村"乐音泉"，唱《浪淘沙》一曲，即得一杯。

　　【明焦周《焦氏说楛》卷一】强村有水方寸许。人欲取之，唱《浪淘沙》一曲，即得一杯，名"乐音泉"。

　　【《御定佩文韵府》卷十六之五·下平声·一先韵五·泉·乐音泉】《云仙杂记》：强村有水方寸许。人欲取之，唱《浪淘沙》一曲，即得一杯，味大甘冷。村人因名曰"～～～"。

　　【清吴襄《子史精华》卷十二·一曲一杯】冯贽《云仙杂记》：强村有水方寸许。人欲取之，唱《浪淘沙》～～，即得～～，味大甘冷。村人因名曰"乐音泉"。

　　【清陈元龙《格致镜原》卷八·坤舆类四·水】《玄山记》：强村有水方寸许。人欲取之，唱《浪淘沙》一曲，即得一杯，味大甘冷。村人因名曰"乐音泉"。

◎ 词汇考

　　【汉语大词典·浪淘沙】1. 唐教坊曲名。后用为词牌。又名《浪淘沙令》《卖花声》《过龙门》等。创自唐刘禹锡、白居易。原为小曲，单调二十八字，四句，三平韵。亦即七言绝句。南唐李煜始作《浪淘沙令》，双调五十四字，平韵。宋人有于前段或后段起句减一字者，也有变音节而用仄韵者。另有《浪淘沙慢》，一百三十三字，入声韵。2. 曲牌名。南曲越调和北曲双调都有同名曲牌，字句格律均与词牌五十四字体的半阕相同，但曲调各异，用途亦不相同。南曲羽调也有《浪淘沙》，字句格律与词牌不同。

　　【乐音泉】一种音乐喷泉。

石斧欲砍断诗手

◎ 版本考

A 杜甫子宗武以诗示阮兵曹。兵曹答以石斧一具，随使并诗还之。宗武曰："斧，父斤也。兵曹使我呈父，加斤削也。"俄而阮闻之曰："误矣！欲子斫断其手，此手若存，天下诗名又在杜家矣！"（《文览》）

B 杜甫子宗武以诗示阮兵曹。兵曹答以石斧一具，随使并诗还之。宗武曰："斧，父斤也。兵曹使我呈父，加斤削也。"俄而阮闻之曰："误矣！欲子斫断其手，此手若存，天下诗名又在杜家矣！"（《文览》）

C 杜甫子宗武以诗示阮兵曹。兵曹答以石斧一具，随使并诗还之。宗武曰："斧，父斤也。兵曹使我呈父，加斤削也。"俄而阮闻之曰："误矣！欲子斫断其手，此手若存，天下诗名又在杜家矣！"（《文览》）

D【父斤】《文览》曰：杜甫子宗武以诗示阮兵曹。兵曹答以石斧一具，随使并诗还之。宗武曰："斧，父斤也。兵曹使我呈父，加斤琢也。"俄而阮闻之，曰："误矣！欲子斫断其手。此手若存，天下诗名又在杜家矣！"（293）

E【父斤】《文览》曰：杜甫子宗武以诗示阮兵曹。兵曹答以石斧一具，随使并诗还之。宗武曰："斧，父斤也。兵曹使我呈父，少加斤琢也。"俄而阮闻之，曰："误矣！欲子斫断其手。此手若存，天下诗名又在杜家矣！"（294）

◎ 引文考

【宋周紫芝《竹坡诗话》】杜少陵之子宗武以诗示阮兵曹。答以石斧一具，而告之曰："欲子砍断其手。不然，天下诗名又在杜家矣！"余尝观少陵作《宗武生日》诗云："自从都邑语，已伴老夫名。诗是吾家事，人传世上情。"则宗武之能诗为可知矣。惜乎其不可得而见也。士大夫学渊明作诗，往往故为平淡之语，而不知渊明制作之妙已在其中矣。如《读山海经》云："亭亭明玕照，落落清瑶流。"岂无雕琢之功？盖明玕谓竹，清瑶谓水，与所谓"红皱櫵晒瓦，黄团系门衡"者异矣。

【明曹学佺《蜀中广记》卷一〇一·诗话记第一】杜甫子宗武以诗示阮兵曹。兵曹答以石斧一具，随使并诗还之。宗武曰："斧，父斤也。兵曹使我呈父加斤琢也。"俄而阮闻之，曰："误矣！欲子斫断其手。此手若存，天下诗名又在杜家矣！"出《云仙杂记》。

【明查应光《靳史》卷十一·唐】杜甫子宗武以诗示阮兵曹。阮答以石斧一具，随使并诗还之。宗武曰："斧，父斤也。兵曹使我呈父，加斤削也。"阮闻之，曰："误矣！欲子斫断其手。此手若存，天下诗名又在杜家矣。"宗武笑置之。

【明杜应芳《补续全蜀艺文志》卷四十二·志余】杜甫子宗武以诗示阮兵曹。兵曹答以石斧一具，随使并诗还之。宗武曰："斧，父斤也。兵曹使我呈父，加斤削也。"俄而阮闻之，曰："误矣！欲子砍断其手。此手若存，天下诗名又在杜家矣。"出《云仙杂记》。

【明冯梦龙《古今谭概》雅浪部卷二十六·杜宗武】杜甫子宗武以诗示阮兵曹。答以石斧一具，并诗还之。宗武曰："斧，父斤也。使我呈父，加斤削也。"阮闻之，曰："误矣！欲子斫断其手。此手若存，天下诗名又在杜家矣。"

　　【明郭良翰《问奇类林》卷二十八·博物下】杜甫子宗武以诗示阮兵曹。兵曹答以石斧一具，随使并诗还之。宗武曰：“斧，父斤也。兵曹使我呈父，加斤削也。”阮闻之，曰："误矣！欲子斫断其手。此手若存，天下诗名又在杜家矣。”

　　【明蒋一葵《尧山堂外纪》卷二十六·唐】杜甫子宗武以诗示阮兵曹。兵曹答以石斧一具，随使拜诗还之。宗武曰：“斧，父斤也。兵曹使我呈父，加斤削也。”俄而阮闻之，曰："误矣！欲子斫断其手。此手若存，天下诗名又在杜家矣。”

　　【明谢肇淛《文海披沙》卷二·苗而不秀】扬子云之子乌童九龄而与玄文，可谓夙慧，然卒苗而不秀，竟无一语可传。杜子美子宗武以诗示阮兵曹。兵曹答以斧一具，曰："告子斫断其手，不然，天下诗名尽在杜家矣。”然宗武之诗人(问)[间]未尝见也。斯亦苗而不秀者乎？抑虚名之爽实也？冯履谦七岁读书数万言，九岁能属文。宋蔡伯希、吕嗣兴皆四岁举神童，而卒无文名。国朝如戴大宾、刘子钦皆以髫龄取高第，自负才名，而皆无成。大材晚成，固非虚语。

　　【《黄奶余话》卷六·少陵可杀】杜少陵之子宗武以诗示阮兵曹。兵曹答以斧一具，而告之曰："欲子砍断其手。不然，天下诗名又在杜家矣。”见《竹坡诗话》。何物兵曹，作此恶谑！然比之杜少陵可杀之语，则此犹和平之甚也。宋乾道间，林谦之为司业，与正字彭仲举游天竺，小饮论诗，谈到少陵妙处，时仲举微醉，大呼曰："杜少陵可杀！"《鹤林玉露》记之，尤足令人绝倒。

　　【清独逸窝退士《笑笑录》卷二·寄诗答斧】杜少陵之子宗武以诗示阮兵曹。阮兵曹答以斧一具，曰："欲子斫断其手。不然，天下诗名又在杜家矣。”见《竹坡诗话》。何物兵曹，作此恶谑！然较《鹤林玉露》所记，尚觉和平之甚，详见下。

　　【清刘凤诰《存悔斋集》卷二十四·杜诗话】《云仙杂记》：载宗武以诗示阮兵曹。阮答以石斧一具，并诗还之。宗武曰："斧，父斤也。欲使我呈父，斤削耶？"阮闻之，曰："欲令自断其手。不尔，天下诗名又在杜家。”说者遂有三世为将，道家所忌之喻。考史传绝不载宗武诗，毋乃公所谓"失学从儿懒，仅解记诵，而不能精进”者乎？有子贤与愚，何其挂怀抱，无怪公之借渊明以自解嘲。

　　【清吴士玉《骈字类编》卷一百九十八·草木门二十三·杜家】《竹坡诗话》：杜少陵之子宗武以诗示阮兵曹。兵曹答以斧一具，而告之曰："欲子斫断其手。不然，天下诗名又在～～矣。”

　　【《御定佩文韵府》卷二十三之十·下平声·八庚韵十·名·诗名】《竹坡诗话》：杜少陵之子宗武以诗示阮兵曹。阮答以斧一具，告之曰："欲子斫断其手。若不然，天下～～又在杜家矣。”

　　【《御定佩文韵府》卷六十六之五·去声·七遇韵五·具·一具】《竹坡诗话》：杜少陵之子宗武以诗示阮兵曹。答以斧～～，而告之曰："欲子所断其手。不然，天下诗名又在杜家矣。”

　　【清周亮工《字触》卷五·斧】杜甫子宗武以诗示阮兵曹。兵曹答以石斧一具，随使并书还之。宗武曰："斧，父斤也。兵曹使我呈父，加斤削也。”俄而阮闻之，曰："误矣！欲子斫断其手。此手若存，天下诗名又在杜家矣。”(《文览》)

◎ 词汇考

　　【汉语大词典·斫断】砍断；截断。《西京杂记》卷五："在船者斫断其缆，船复漂荡。"唐韩愈《石鼓歌》："年深岂免有缺画，快剑斫断生蛟鼍。"

清水郎君

◎ 版本考

　　A 司马伯殊买得鸭卵一枚，非常珍重。夜犹未食，梦曰："此卵乃徐龙幼子，清水郎君也，不杀将富。"殊乃放之。(《三峰集》)

　　B 司马伯殊买得鸭卵一枚，非常珍重。夜犹未食，梦曰："此卵乃徐龙幼子，清水郎君也，不杀将富。"殊乃放之。(《三峰集》)

　　C 司马伯殊买得鸭卵一枚，非常珍重。夜犹未食，梦曰："此卵乃徐龙幼子，清水郎君也，不杀将富。"殊乃放之。(《三峰集》)

　　D【徐龙幼子】《三峰集》曰：司马伯殊买得鸭子一枚，非常瑰重。是夜犹未食，梦曰："此卵徐龙幼子，清水郎君也，不杀则富。"殊乃放之。(295)

　　E【徐龙幼子】《三峰集》曰：司马伯殊买得鸭子一枚，非常瑰重。是夜犹未食，梦曰："此卵徐龙幼子，清水郎君也，不杀则富。"殊乃放之。(296)

◎ 引文考

　　今检《中国基本古籍库》，此条未见引用。

◎ 词汇考

　　【司马伯殊】待考。

徐凤仪杖

◎ 版本考

　　A 徐凤仪有一杖，直如笔管，其后每年生一节；二十年每年缩一节。三月则杖之四面青、赤、白、黑各开一花，不知何木也。(《陶家瓶余事》)

　　B 徐凤仪有一杖，直如笔管，其后每年生一节；二十年每年缩一节。三月则杖之四面青、赤、白、黑各开一花，不知何木也。(《陶家瓶余事》)

　　C 徐凤仪有一杖，直如笔管，其后每年生一节；二十年每年缩一节。三月则杖之四面青、赤、白、黑各开一花，不知何木也。(《陶家瓶余事》)

　　D【缩节杖】《陶家瓶余事》曰：徐凤仪有一杖，直如笔管，其后每年生一节；二十年，每年缩一节。三月则杖之四面青、赤、白、黑各开一花，不知何木也。(296)

　　E【缩节杖】《陶家瓶余事》曰：徐凤仪有一杖，直如笔管，其后每年生一节；二十年后，每年缩一节。三月则杖之四面青、赤、白、黑各开一花，不知何木也。(297)

◎ 引文考

【《御定分类字锦》卷二十五·四面开花】《云仙杂记》：徐凤仪有一杖，直如笔管，其后每年生一节；二十年每年缩一节。三月则杖之四面青、赤、白、黑各开一花，不知何木也。

【明焦周《焦氏说楛》卷三】徐凤仪有一杖，直如笔管，后每年生一节；二十年每年缩一节。三月则四面青、赤、白、黑各生一花。

◎ 词汇考

【徐凤仪】待考。

剑生神芝则天下晏清

◎ 版本考

A 成都朱善存家世宝一剑，每生神芝，则天下晏清。如安史、黄巢之乱，剑皆吐黑烟属天，不差毫厘。（《玉塵集》）

B 成都朱善存家世宝一剑，每生神芝，则天下晏清。如安史、黄巢之乱，剑皆吐黑烟属天，不差毫厘。（《玉塵集》）

C 成都朱善存家世宝一剑，每生神芝，则天下晏清。如安史、黄巢之乱，剑皆吐黑烟属天，不差毫厘。（《玉塵集》）

D【剑烟】《玉塵集》曰：成都朱善存家世宝一剑，每生神芝，则天下晏清。如安史、黄巢之难作，剑皆吐黑烟属天，不差毫发。（297）

E【剑烟】《玉塵集》曰：成都朱善存家世宝一剑，每生神芝，则天下晏清。如安史、黄巢难作，剑皆生黑烟属天，不差毫发。（298）

◎ 引文考

【宋谢维新《事类备要》外集卷五十七·刀剑门·黑烟属天】成都朱善存家世宝一剑，每生神芝，则天下晏清。如安史、黄巢难作，剑皆生～～～～，不差毫发。（《（主）[玉]塵集》）

【宋无名氏《锦绣万花谷》后集卷三十·生神芝生黑烟】成都朱善存家世宝一剑，每生神芝，则天下晏清，如安史、黄巢乱，剑皆生黑烟属天，不差毫发。（《玉塵集》）

【明曹学佺《蜀中广记》卷六十九】《云仙杂记》：成都朱善存家世宝一剑，每生神芝，则天下晏清。如安史、黄巢之乱，剑皆吐黑烟属天，不差毫厘。

【明彭大翼《山堂肆考》卷一七九·器用·黑烟属天】《玉塵录》：唐成都朱善存家世宝一剑，剑每生神芝，则天下晏清，如安史、黄巢之乱，剑生黑烟属天，不差毫发。

【明杜应芳《补续全蜀艺文志》卷五十·志余】成都朱善存家世宝一剑，每生神芝，则天下宴清，如安史、黄巢难作，皆生异烟，上属于天，以此卜治乱，不差毫发。

【明焦周《焦氏说楛》卷六】成都朱善存家世一剑，每生神芝，则天下晏清，安史、黄巢之乱，皆吐黑烟属天，不差毫厘。

【明彭大翼《玉芝堂谈荟》卷二十七·画影剑】《玉塵集》：成都朱善存家世宝一剑，每生祠芝，则天下晏清，如安史、黄巢之乱，剑皆吐异烟属天。

【清陈元龙《格致镜原》卷四十二·武备类二·剑·古人剑】《玉麈集》：成都朱善存家世宝一剑，每生神芝，则天下晏清，如安史、黄巢难作，剑皆生黑烟属天，不差毫发。

【清陈祥裔《蜀都碎事》卷四】成都朱善存家世宝一剑，每生神芝，则天下晏清，如安史、黄巢之乱，剑皆吐黑烟属天，不差毫厘。（《玉麈集》）

【清彭遵泗《蜀故》卷二十一·神异】成都朱善存家世宝一剑，每生神芝，则天下清晏，如安史、黄巢之乱，剑皆吐黑烟属天，（下）[不]差毫厘。

【《御定佩文斋广群芳谱》卷之八十七·卉谱·芝】《玉麈集》：成都朱善存家世宝一剑，每生神芝，则天下晏清。

【《御定渊鉴类函》卷二百二十三·武功部十八·剑三】《玉麈集》曰：唐成都朱善存家世宝一剑，剑每生神芝，则天下宴清，如安史、黄巢之乱，剑生黑烟属天，不差毫发。

【《御定佩文韵府》卷二十三之六·晏清】《云仙杂记》：成都朱善存家世宝一剑，每生神芝，则天下～～。

【清周亮工《因树屋书影》卷三】《博物志》曰：上芝为车马，故乐府有芝车语，芝如车亦异。唐成都朱善存家世宝一剑，每生神芝，则天下晏清，安史、黄巢之乱，剑吐黑烟属天，此为尤异。吴园次询予异芝名，余举此以复。道书：句曲山有五芝，求芝者投金环二双于石间，勿顾念，必得。第一芝名龙仙，二名参成，三名燕服，四名夜光洞鼻，五名料玉。食之者位为列真。此亦可备芝名之数。

◎ 词汇考

【汉语大词典·神芝】即灵芝。《汉书·王莽传上》："甘露降，神芝生。"晋张华《博物志》卷一："名山生神芝不死之草，上芝为车马之形，中芝为人形，下芝为六畜形。"唐沈亚之《上李谏议书》："祥禽之类凡羽而混之，神芝之类腐菌而混之。"清许鸿盘《三钗梦北曲》第一折："那灵石之阴，生有五色神芝，常受灵石荫庇。"

【汉语大词典·晏清】谓安宁清谧。北魏杨衒之《洛阳伽蓝记·法云寺》："当时四海晏清，八荒率职。"唐范摅《云溪友议》卷五："天下晏清，篇词纵逸。"明徐渭《代初进白牝鹿表》："允著晏清之效，兼昭晋盛之占。"

聚芳图百花带

◎ 版本考

A 宗测春游山谷，见奇花异草则系于带上，归而图其形状，名聚芳图、百花带，人多效之。（《高士春秋》）

B 宗测春游山谷，见奇花异草则系于带上，归而图其形状，名聚芳图、百花带，人多效之。（《高士春秋》）

C 宗测春游山谷，见奇花异草则系于带上，归而图其形状，名聚芳图、百花带，人多效之。（《高士春秋》）

D【百花带】宗测春游山谷，见奇花异草则系于带上，而归图其形状，名聚芳图、百花带，人多效之。出《高士春秋》。（298）

E【百花带】宗测春游山谷，见奇花异草则系于带上，而归图其形状，名聚芳图、百花带，人多效之。出《高士春秋》。(299)

◎ 引文考

【明王路《花史左编》卷十七·宗测】宗测春游山谷间，见奇花异草则系于带上，归而图其形状，名聚芳图、百花带，人多效之。

【明周圣楷《楚宝》卷二十八·真隐·宗测】唐冯贽《记事珠》曰：宗测春游山谷，见奇花异草则系于带上，归而图其形状，名聚芳图、百花带，人多效之。

【明张岱《夜航船》卷十一·日用部·衣裳·百花带】宗测春游山谷，见奇花异卉，则系于带上，归而图其形状，名百花带，人多效之。

【《御定佩文韵府》卷七之六·上平声·七虞韵六·图·聚芳图】《高士春秋》：宗测春游山谷，见奇花异草，则系于带上，归而图其状，名~~~、百花带，人多效之。

【《御定佩文韵府》卷六十八之一·去声九·泰韵一·带·百花带】《云仙杂记》：宗测春游山谷，见奇花异草，则系于带上，归而图其形状，名聚芳图、~~~。

【《御定佩文斋广群芳谱》卷一·天时谱·春】宗测春游山谷间，见奇花异草，则系于带上，归而图其形状，名聚芳图、百花带，人多效之。

【清吴襄《子史精华》卷一百三·人事部七·聚芳图百花带】冯贽《云仙杂记》：宗测春游山谷，见奇花异草，则系于带上，归而图其形状，名~~~、~~~，人多效之。

【清陈元龙《格致镜原》卷十七·冠服类五·带·带名】《高士春秋》：宗测春游山谷，见奇花异草则系于带上，而归图其形状，名聚芳图、百花带，人多效之。

◎ 词汇考

【宗测】(？—495)，南朝齐隐士、文人。字敬微。祖籍南阳(今属河南)人。事迹具《南齐书·高逸传》。

【汉语大词典·奇花异草】同"奇花异卉"。明袁宏道《与兰泽云泽叔书》："奇花异草，危石孤岑。"

【汉语大词典·奇花异卉】稀奇少见的花草。语本《西京杂记》卷三："奇树异草，靡不具植。"明唐顺之《永嘉袁君芳洲记》："奇花异卉，至不易生之物。"

李 花 如 飞

◎ 版本考

A 伍贯卿居沅陵，家有李花一株，月夜，奴婢遥见花作数团，如飞仙状上天去，花上露水倏然作雨数千点，花则亡矣。(《枢要录》)

B 伍贯卿居沅陵，家有李花一株，月夜，奴婢遥见花作数团，如飞仙状上天去，花上露水倏然作雨数千点，花亡矣。(《枢要录》)

C 伍贯卿居沅陵，家有李花一株，月夜，奴婢遥见花作数团，如飞仙状上天去，花上露水倏然作雨数千点，花亡矣。(《枢要录》)

D【李花飞仙】《枢要录》曰：沅陵伍贯卿居沅陵，家有李花一树，月夜，奴婢遥见花

作数团，如飞仙状上天去，花上露水倏然作雨数千点，花则亡矣。(299)

E【李花飞仙】《枢要录》曰：沅陵伍贯卿家有李花一树，月夜，奴婢遥见花作数团，如飞仙状上天去，花上露水倏然作雨数千点，花则亡矣。(300)

◎ 引文考

【宋陈景沂《全芳备祖》前集卷九·花部·李花】沅陵伍贯卿家李花开，一夜奴婢遥见花作数团，如飞仙状上天去，花上露倏作雨数千点，花则亡矣。(《枢要录》)

【宋无名氏《锦绣万花谷》后集卷三十七·李·飞仙状】(沆)[沅]陵伍贯卿家李花，一月夜，奴婢遥见花作数团，如飞仙状上天去，花上露水倏作雨数千点，花则亡矣。(《枢要录》)

【明彭大翼《山堂肆考》卷一百九十八·花品·作团】《枢要录》：沅陵伍贯卿家李花开，一夜奴婢遥见花作数团，如飞仙状上天去，花上露倏作雨数千点，花则亡矣。

【明慎懋官《华夷花木鸟兽珍玩考》花木考卷二·异迹飞仙状】(沆)[沅]陵伍贯卿家李花，一月夜奴婢遥见花作数团，如飞仙状上天去，花上露水倏作雨数千点，花则亡矣。(《枢要录》)

【明王路《花史左编》卷七·花之妖·李花】(沆)[沅]陵伍贯卿家李花，一夜奴婢遥见花作数团，如飞仙状上天去，花上露倏作雨千点，花则亡矣。

【明郑若庸《类隽》卷二十六·花木类·李花·飞仙】《枢要录》云：沅陵伍贯卿家李花正开，一夜遥见花作数团，如飞仙状上天去，花上露倏作雨数千点，花则亡矣。

【清吴士玉《骈字类编》卷七·天地门七·月夜】《云仙杂记》：伍贯卿居沅陵，家有李花一株，~~奴婢遥见花作数团，如飞仙状上天去，花上露水倏然作雨数千点，花亡矣。

【《御定渊鉴类函》卷三百九十九·果部·李花】《枢要录》曰：(沆)[沅]陵伍贯卿家李花最盛，一月夜奴婢遥见花作数团，如飞仙状上天去，花上露水倏作雨数千点，花则亡矣。

【《御定佩文斋广群芳谱》卷二十七·花谱】《枢要录》：伍贯卿居沅陵，家有李花一株，月夜奴婢遥见花作数团，如飞仙状上天去，花上露水倏然作雨数千点，花亡矣。

【清陈元龙《格致镜原》卷七十·花类一·李花】《枢要录》：沅陵伍贯卿家李花开，一夜花作数团，如飞仙状上天去，花上露倏作雨数(十)[千]点，花则亡矣。

【清吴宝芝《花木鸟兽集类》卷上·李花】《枢要录》：沅陵伍贯卿家李花开，一夜奴婢遥见花作数团，如飞仙状上天去，花上露倏作雨数千点，花则亡矣。

◎ 词汇考

【汉语大词典·飞仙】会飞的仙人。《海内十洲记·方丈洲》："(蓬莱山)周回五千里外别有圆海绕山，圆海水正黑，而谓之冥海也，无风而洪波百丈，不可得往来……惟飞仙有能到其处耳。"宋苏轼《次韵子由晋卿所和》之一："会看飞仙虎头箧，却来颠倒拾遗裘。"明顾起纶《国雅品·士品三》："王元美云：如飞仙游天，不染尘俗。"清宣鼎《夜雨秋灯录·迦陵配》："此儿好骨气，读书可成名宿，入道可作飞仙。"

【倏然】迅疾貌。晋干宝《搜神记》卷十八："(青衣小儿)乃发声而泣，倏然不见。"

起 稿 窗 上

◎ 版本考

　　A 江总为文次至吟咏，得意则起稿于窗上；不堪示则投置溷中。久而文遂工矣。（《文笔襟喉》）

　　B 江总为文次至吟咏，得意则起稿于窗上；不堪示则投置溷中。久而文遂工矣。（《文笔襟喉》）

　　C 江总为文次至吟咏，得意则起稿于窗上；不堪示则投置溷中。久而文遂工矣。（《文笔襟喉》）

　　D【写窗投溷】《文笔襟喉》曰：江总为文以至吟咏，得意则起稿于窗上；不堪示众则投置溷中。久而文遂工矣。（300）

　　E【写窗投溷】《文笔襟喉》曰：江总为文以至吟咏，得意则起稿于窗上；不堪示众则投置溷中。久而文遂工矣。（301）

◎ 引文考

　　【明蒋一葵《尧山堂外纪》卷十七·六朝】江总为文次至吟咏，得意则起稿于窗上，不堪示众则投置溷中，久而文遂工。

　　【清吴士玉《骈字类编》卷六十·居处门四·窗·窗上】《云仙杂记》：江总为文以至吟咏，得意则起稿于～～；不堪示众则投置溷中。久而文遂工矣。

　　【清吴士玉《骈字类编》卷六十四·居处门八·溷·溷中】江总为文以至吟咏，得意则起稿于窗上；不堪示众则投置～～。久而文遂工矣。

◎ 词汇考

　　【江总】(519—594)，南北朝后期作家，历梁、陈、隋三代，字总持。祖籍济阳考城（今河南兰考）。后主即位，除祠部尚书，历吏部尚书、尚书仆射，至德四年（586）为尚书令。尝作《自叙》，自谓“官陈以来，未尝逢迎一物，干预一事”，又引晋陆玩语曰，“以我为三公，知天下无人矣！”史称其为人“宽和温裕”，然不持政务，日与后主游宴后庭，共陈喧、孔范、王瑗等十余人，当时谓之“狎客”，由是国政日乱。后主祯明三年（589，隋文帝开皇九年）陈亡，入隋，拜上开府，同年致仕，旋即南归。开皇十四年卒于江都。

　　【溷中】厕中。

蜜 浸 乌 梅 解 宿 酲

◎ 版本考

　　A 陈永阳王宿酲未解，则为蜜浸乌梅，每啖不下二十枚，清醒乃已。（《樵人直说》）

　　B 陈永阳王宿酲未解，则为蜜浸乌梅，每啖不下二十枚，清醒乃已。（《樵人直说》）

　　C 陈永阳王宿酲未解，则为蜜浸乌梅，每啖不下二十枚，清醒乃已。（《樵人直说》）

　　D【蜜浸乌梅】《樵人直说》曰：陈永阳王宿酲不解，则为蜜浸乌梅，啖之，一进不下

二十枚，清醒乃已。（301）

　　E【蜜浸乌梅】《樵人直说》曰：陈永阳王宿醒不解，则为蜜浸乌梅，啖之，一进不下二十枚，清醒乃已。（302）

◎ 引文考

　　【宋周守中《养生类纂》卷十四·食馔部二·酒醉】宿醒未解，用蜜浸乌梅，多啖，清醒乃已。（《樵人直说》）

　　【明沈沈《酒概》卷三·十五之事】陈永阳王宿醒未解，则为蜜浸乌梅，每啖不下二十枚，清醒乃已。（《樵人直说》）

　　【《御定佩文韵府》卷二十三之九·下平声·八庚韵九·醒·宿昔醒】《云仙杂记》：陈永阳王宿醒未解，则为蜜浸乌梅，每啖不下二十枚，清醒乃已。

　　【《御定佩文韵府》卷八十七·去声·二十八勘韵·啖·每啖】《云仙杂记》：陈永阳王宿醒未解，则为蜜浸乌梅，~~不下二十枚，清醒乃已。

　　【清史梦兰《全史宫词》卷十一】史笔经厨发古香，读余高阁醉霞觞。金盘蜜浸乌梅果，借补医家醒酒方。〇永阳王伯智，文帝第十二子。【《南史》本传】伯智少敦厚，有器局，博涉经史。《云仙杂记》陈永阳王宿醒未解，则为蜜浸乌梅，每啖下二十枚，清醒乃已。

◎ 词汇考

　　【汉语大词典·宿醒】犹宿醉。三国魏徐幹《情诗》："忧思连相属，中心如宿醒。"宋司马光《和留守相公寄酒与景仁》诗："想对白衣初满倾，执杯未饮已诗成。怀贤孤坐悄无语，不是朝来困宿醒。"清纳兰性德《瑞鹤仙·丙辰生日自寿起用弹指词句并呈见阳》词："无寐，宿醒犹在。小玉来言，日高花睡。"

榕　粉

◎ 版本考

　　A 小儿疮痂以榕粉日傅之，则易瘥而无痕。（《汗漫录》）
　　B 小儿疮痂以榕粉日傅之，则易瘥而无痕。出《汗漫录》。
　　C 小儿疮痂以榕粉日傅之，则易瘥而无痕。出《汗漫录》。
　　D《汗漫录》曰：小儿疮痂以榕粉日傅，甚易差而无痕。（302）
　　E《汗漫录》曰：小儿疮痂以榕粉日傅，甚易差而无痕。（303）

◎ 引文考

　　【宋周守中《养生类纂》卷八】小儿疮痂以（搉）［榕］粉日傅之，则易差而无痕。（《汗漫录》）

　　【明焦竑《焦氏笔乘》卷五】小儿疮痂以榕粉日傅之，则易差而无痕。（《汗漫录》）

　　【明焦周《焦氏说楛》卷三】小儿疮痂以榕粉日傅之，则易差而无痕。

　　【清方浚师《蕉轩随录》卷三·榕粉】小儿疮痂以榕粉日傅之，则易瘥而无痕。见《汗漫录》。

　　【清徐士銮《医方丛话》卷四】小儿疮痂以榕粉日傅之，则易瘥而无瘢。（《汗漫录》）

◎ 词汇考

【汉语大词典·疮痂】疮口表面所结的痂。《宋书·刘穆之传》："邕所至嗜食疮痂，以为味似鳆鱼。"宋苏轼《鳆鱼行》："食每对之先太息，不因噎呕缘疮痂。"清采蘅子《虫鸣漫录》卷二："三数日后，解纸缚，疮痂已落。"

【榕粉】榕树粉。

【汉语大词典·瘥】痊愈；使病愈。《百喻经·倒灌喻》："医言当须倒灌乃可瘥耳。"北魏郦道元《水经注·沔水一》："泉源沸涌，冬夏汤汤，望之则白气浩然，言能瘥百病。"

【汉语大词典·差】通"瑳""磋"。《广雅·释诂三》："差，磨也。"

灰　山

◎ 版本考

A 无棣有灰山，山南有石窍。其中二麦无数，取之不竭。（《三贤典略》）

B 无棣有灰山，山南有石窍。其中二麦无数，取之不极。（《三贤典略》）

C 无棣有灰山，山南有石窍。其中二麦无数，取之不极。（《三贤典略》）

D【灰山石窍】《三贤典语》曰：无棣有灰山，山南有石窍。其中二麦无数，取之不极。（304）

E【灰山石窍】《三贤典语》曰：无棣有灰山，山南有石窍。其中二麦无数，取之不极。（305）

◎ 引文考

【明徐应秋《玉芝堂谈荟》卷二十五《地出沙板》】《三贤典略》曰：无棣有灰山，山南有石窍。其中二麦无数，取之不竭。

【明焦周《焦氏说楉》卷一】无棣有灰山，山南有石窍。其中二麦无数，取之不极。

【清吴士玉《骈字类编》卷四十一·山水门六·石窍】《云仙杂记》：无棣有灰山，山南有～～，其中二麦无数，取之不极。

【清来集之《倘湖樵书》卷五·自然之米】《云仙杂记》引《二贤典略》云：无棣有灰山，山南有石窍。其中二麦[无数]，取之不极。

◎ 词汇考

【无棣】无棣即无棣县。属于山东省滨州市，位于中国山东省最北部，地处沿海，是黄河三角洲综合开发的重点区域，也是"海上山东"建设的前沿阵地。

【石窍】石洞。北魏郦道元《水经注·汶水》："古者帝王升封，咸憩此水，水上往往有石窍存焉，盖古设舍所跨处也。"

【取之不竭】取之不尽。

嗜　蛤　蜊

◎ 版本考

A 吐突承璀嗜蛤蜊，炙以铁丝床，数浇鹿角浆，然后食。（《传芳略记》）

  B 吐突承璀嗜蛤蜊，炙以铁丝床，数浇鹿角浆，然后食。（《传芳略记》）

  C 吐突承璀嗜蛤蜊，炙以铁丝床，数浇鹿角浆，然后食。（《传芳略记》）

  D【鹿角浆】《传芳略记》曰：吐突承璀嗜蛤蜊，炙以铁丝床，数浇鹿角浆，然后食。
（306）

  E【鹿角浆】《传芳略记》曰：吐突承璀嗜蛤蜊，炙以铁丝床，数浇鹿角浆，然后食。
（307）

◎ 引文考

  【宋谢维新《事类备要》外集卷四十九·帘帷门·蛤蜊炙】吐突承璀嗜~~~。（《传芳略
记》）

  【明郑若庸《类隽》卷十八·饮食类·炙·蛤蜊】《传芳略记》云：吐突承璀嗜蛤蜊炙。

  【《御定佩文韵府》卷二十二之七·下平声·七阳韵七·浆·鹿角浆】《云仙杂记》：吐
突承璀嗜哈蜊，炙以铁丝床，数浇~~~，然后食。

  【《御定佩文韵府》卷八十一之二·去声·二十二祃韵·炙·蛤蜊炙】《云仙杂记》：吐
突承璀嗜~~~，以铁丝床，数浇鹿角浆，然后食。

  【《御定渊鉴类函》卷三百八十九·食物部二·炙二·蛤蜊炙】《传芳略》曰：吐突承璀
嗜蛤蜊炙。

  【《御定渊鉴类函》卷四百四十三·鳞介部七·蛤蜊】吐突承璀嗜蛤蜊，炙以铁丝床，
数浇鹿角浆，然后食。

  【清陈元龙《格致镜原》卷二十二·饮食类二·浆】《云仙散录》：吐突承璀嗜蛤蜊，炙
以铁丝床，数浇鹿角浆，然后食。

  【清华希闵《广事类赋》卷三十九·水族部·蛤·蛤蜊·炙用铁丝】《云仙杂记》：吐突
承璀嗜蛤蜊，炙以铁丝床，数浇鹿角浆，然后食之。

  【清张定鋆《三余杂志》卷八·嗜蛤蜊】《云仙杂记》：吐突承璀嗜蛤蜊，炙以铁丝床，
数浇鹿角浆，然后食。

◎ 词汇考

  【中国历史大辞典·吐突承璀】(？—820)，唐福州闽县（今属福建）人，字仁贞。敏
慧有才干。幼以小黄门事东宫太子。宪宗即位，授内常侍，知内省宦官事。擢左神策军护
军中尉，封蓟国公。元和四年(809)，王承宗叛，为河中等道赴镇州行营兵马招讨等使，
督师讨伐。以朝官李墉等谏，改授招讨处置宣慰使。征讨无功，私通王承宗，降为军器
使，俄复知内侍省。后因受贿事发，宰相李绛列论其过，出为淮南节度监军使。八年，李
绛罢相，复召为左神策军护军中尉。以谋立澧王李宽为太子不果，及宪宗死，宦官梁守谦
等拥立穆宗，被杀。

  【汉语大词典·蛤蜊】软件动物。生活在浅海泥沙中。壳卵圆形、三角形或长椭圆形，
两壳相等，肉可食，味鲜美。《南史·王融传》："不知许事，且食蛤蜊。"唐皮日休《病
酒》诗："何事晚来还欲饮，隔墙闻卖蛤蜊声。"明陈继儒《珍珠船》卷四："蛤蜊候风雨，
能以壳为翅飞。"

诨　衣

◎ **版本考**

　　A 穆宗以玄绡白书、素纱墨书为衣服，赐承幸宫人。皆淫鄙之词，时号"诨衣"，至广明中犹有存者。（《史讳录》）

　　B 穆宗以玄绡白书、素纱墨书为衣服，赐承幸宫人。皆淫鄙之词，时号"诨衣"，至广明中犹有存者。（《史讳录》）

　　C 穆宗以玄绡白书、素纱墨书为衣服，赐承幸宫人。皆淫鄙之词，时号"诨衣"，至广明中犹有存者。（《史讳录》）

　　D《史讳录》曰：穆宗以玄绡书为衣服，赐承幸宫人。皆淫鄙之词，时号"诨衣"，至广明中犹有存者。（307）

　　E《史讳录》曰：穆宗以玄绡书为衣服，赐承幸宫人。皆淫鄙之词，时号"诨衣"，至广明中犹有存者。（308）

◎ **引文考**

　　【明冯梦龙《古今谭概》不韵部卷八·诨衣】《史讳录》：穆宗以玄绡白书素纱墨书为衣服，赐承幸宫人。皆淫鄙之词，时号"诨衣"，至广平中犹有存者。

　　【明徐应秋《玉芝堂谈荟》卷二十八·龙香剂】《大唐龙髓记》：楚王灵夔使人造红白二墨为戏，及书写衣服，黑衣用白书，白衣用红书，自成一家。又《史讳录》：穆宗以玄绡白书、素绢墨书为衣服，赐承幸宫人，皆淫鄙之词，时号"诨衣"。

　　【清吴士玉《骈字类编》卷一百四十八·器物门一·衣·衣服】《钗小志》：穆宗以玄绡白书、素纱墨书为～～，赐承幸宫人，时号"诨衣"。

　　【清吴士玉《骈字类编》卷一百六十二·器物门十五·墨·墨书】《钗小志》：穆宗以玄绡白书、素纱～～为衣服，赐承幸宫人。皆淫鄙之词，时号"诨衣"。

　　【清史梦兰《全史宫词》卷十三】玉貌承恩新赐服，墨书粉画认依稀。尚宫女传辉彤管，无那君王爱诨衣。〇《云仙杂记》：唐穆宗以元绡白书素纱墨书为衣服，赐承幸宫人。皆淫鄙之词，时号"诨衣"。

　　【朱揆《钗小志·诨衣》】穆宗以玄绡白书、素纱墨书为衣服，赐承幸官人，皆淫鄙之词，时号"诨衣"。（元陶宗仪《说郛》卷七十七下）

◎ **词汇考**

　　【汉语大词典·诨衣】写上淫词秽语的衣服。唐冯贽《云仙杂记·诨衣》："穆宗以玄绡白书、素纱墨书为衣服，赐承幸宫人，皆淫鄙之词，时号诨衣。"

三样钱买二色酒

◎ **版本考**

　　A 西门季玄造二色酒，白酒中有黑花，斟于器中，花亦不散，其中有肝石故也。崔道

旅以金、银、铜钱来酤。曰："以我三样钱，买君二色酒，欲辞得乎?"(《常新录》)

　　B 西门季玄造二色酒，白酒中有黑花，斟于器中，花亦不散，其中有肝石故也。崔道旅以金、银、铜钱来酤。曰："以我三样钱，买君二色酒，欲辞得乎?"(《常新录》)

　　C 西门季玄造二色酒，白酒中有墨花，斟于器中，花亦不散，其中有肝石故也。崔道旅以金、银、铜钱来酤。曰："以我三样钱，买君二色酒，欲辞得乎?"

　　D【二色酒】《常新录》曰：西门季玄造二色酒，白酒中有黑花，斟于器中，花亦不散，其中有肝石故也。崔道旅以金、银、铜钱来酤，曰："以我三样钱，买君二色酒，欲辞得乎?"(308)

　　E【二色酒】《常新录》曰：西门季玄造二色酒，白酒中有黑花，斟于器中，花亦不散，其中有肝石故也。崔道旅以金、银、铜钱来酤，曰："以我三样钱，买君二色酒，欲辞得乎?"(309)

◎ 引文考

　　【明徐应秋《玉芝堂谈荟》卷二十九·千日酒】《常新录》曰：西门季玄造二色酒，白酒中有黑花，斟于器中，花亦不散，其中有肝石故也。崔道旅以金、银、铜钱来酤，曰："以我三样钱，买君二色酒，欲辞得乎?"

　　【明查应光《靳史》卷二十五·辽金元】季玄造二色酒，白酒中有黑花，斟于器中，花亦不散，中有肝石故也。崔道旅以金、银、铜钱来酤，曰："以我三样钱，买君二色酒，欲辞得乎?"玄笑而与之。

　　【明焦周《焦氏说楛》卷三】西门季玄造二色酒，白酒中有黑花，斟于器中，花亦不散，中有肝石故也。

　　【明沈沈《酒概》卷一·六之造·二色酒】西门季玄造二色酒，白酒中有墨花，斟于器中，花亦不散，其中有肝石故也。崔道旅以金、银、铜钱来酤，曰："以我三样钱，买君二色酒，欲辞得乎?"(《常新录》)

　　【明王路《花史左编》卷二十五·花之变·二色酒】西门季玄造二色酒，白酒中有黑花，斟于器中，花亦不散。

　　【《御定佩文韵府》卷十六之六·下平声·一先韵六·钱·三种钱】又《云仙杂记》：西门季玄造二色酒，白酒中有墨花，崔道旅以金、银、铜钱来酤，曰："以我三样钱，买君二色酒，欲辞得乎?"

　　【清吴襄《子史精华》卷一百五十一·食馔部一·食饮·二色酒】冯贽《云仙杂记》：西门季玄造～～～，白酒中有墨花，斟于器中，花亦不散，其中有肝石故也。

　　【清陈元龙《格致镜原》卷二十二·饮食类二·酒·名类】《常新录》：西门季玄造二色酒，白酒中有黑花，斟于器中，花亦不散，其中有石故也。崔道旋以金、银、铜钱来酤，曰："以我三样钱，买君二色酒，欲辞得乎?"

　　【清姚之骃《元明事类抄》卷三十一·二色酒】《靳史》：季元造二色酒，白酒中有黑花，斟于器中，花亦不散，其中有肝石故也。

　　【清张德彝《航海述奇》卷四】十七日，丁卯，晴，稍暖。外国酒种极多，其性有纯，有烈，味既不一，色亦各殊。其性烈者，多白色与浅黄色，其性纯而味香者，有白，有黑，有绿，并有金黄、淡黄、粉红、紫红之分，然一种皆一色，究未有一色酒中有别色花。如西门季玄之二色酒，白酒中有黑花，斟于器中，花亦不散，中有肝石故也。

【清杨万树《六必酒经》卷二《问答说》】问："酒多奇异，有诸?"曰："崔豹《古今注》青田酒，乌孙国有青田核，莫测其树，核大如斗，注水即成酒。刘章得二核，可供二十人之饮。冯贽《云仙杂记》二色酒，白酒中有墨花，斟于器中，花亦不散……此皆奇异事，非酒槽所能为也。"

◎ 词汇考

【崔道旅】待考。

大笋中有眼睛

◎ 版本考

A 裴晋公于蓝田得一大笋，破之，有三四眼睛而香美过甚。乃与曾序分食之。(《晋公遗语》)

B 裴晋公于蓝田得一大笋，破之，有三四眼睛而香美过甚。乃与曾序分食之。(《晋公遗语》)

C 裴晋公于蓝田得一大笋，破之，有三四眼睛而香美过甚。乃与争序分食之。(《晋公遗语》)

D【笋有眼睛】《晋公遗语》曰：蓝田旅次得一大笋，破之，有三四眼睛而香美过甚。乃与曾序分食之。(309)

E【笋有眼睛】《晋公遗语》曰：蓝田旅次得一大笋，破之，有三四眼睛而香美过甚。乃与曾序分食之。(310)

◎ 引文考

【《御选唐诗》卷二十九·初食笋呈座中·"嫩箨香苞初出林"注】《云仙杂记》：裴晋公于蓝田得一大笋，香美过甚。

【清吴士玉《骈字类编》卷二百三十五·补遗人事门十一·大笋】《云仙杂记》：裴晋公于蓝田得一~~，破之，有三四眼睛，而香美过甚。

【《御定佩文韵府》卷四十一·上声·十一轸韵·笋·大笋】《云仙杂记》：裴晋公于蓝田得一~~，破之，有三四眼睛，而香美过甚。

【《御定佩文斋广群芳谱》卷八十六·竹谱·笋】《云仙杂记》：裴晋公于蓝田得一大笋，破之，有三四眼睛而香美过甚。

【明胡谧《(成化)山西通志》卷二二九】裴晋公于蓝田得一大笋，破之，有三四眼睛，而香美过甚。乃与争序分食之。(《晋公遗语》)

◎ 词汇考

【裴晋公】即裴度。

雨点螺磨纸

◎ **版本考**

A 治纸之昏而不染墨者，用雨点螺磨纸，左右三千下，其病去矣。(《文房宝饰》)

B 治纸之昏而不染墨者，用雨点螺磨纸，左右三千下，其病去矣。(《文房宝饰》)

C 治纸之昏而不染墨者，用雨点螺磨纸，左右三千下，其病去矣。(《文房宝饰》)

D【雨点螺】《文房宝饰》曰：治纸之昏而不染墨者，用雨点螺磨纸，左右三千下，其病去矣。(310)

E【雨点螺】《文房宝饰》曰：治纸之昏而不染墨者，用雨点螺磨纸，左右三千下，其病去矣。(311)

◎ **引文考**

【宋潘自牧《记纂渊海》卷八十二·字学部·纸】《文房宝饰》曰：治纸之昏而不染墨者，用雨点螺磨纸，左右三千下，其病去矣。

【清陈元龙《格致镜原》卷三十七·纸·总论】《记纂渊海》：治纸之昏而不染墨者，用雨点螺磨纸，左右三千，计其病去矣。

【《御定渊鉴类函》卷二百五·文学部十四·纸三·海螺磨昏 芸香辟蠹】《清异录》：舒雅以戏狎得韩熙载之心。一日，得海螺甚奇，宜用滑纸以简献于熙载，云："海中有无心班道人，往诣门下，书材糙涩，逆意可使道人驯之，即证发光地菩萨。"又《记纂渊海》：治纸之昏而不染墨者，用雨点螺磨纸，左右三千，计其病去矣。下见朱自牧《谢安巨济赠纸》诗。

【《御定佩文韵府》卷二十之五·下平声·五歌韵五·螺·雨点螺】《云仙杂记》：治纸之昏而不染墨者，用~~~磨纸，三千下，其病去矣。

沈休文多病

◎ **版本考**

A 沈休文多病，六月犹绵帽、温炉，食姜椒饭，不尔，则委顿。(《自庆集》)

B 沈休文多病，六月犹绵帽、温炉，食姜椒饭，不尔，则委顿。(《自庆集》)

C 沈休文多病，六月犹绵帽、温炉，食姜椒饭，不尔，则委顿。(《自庆集》)

D【六月绵帽】《自庆传》曰：沈休文多病，六月犹绵帽、温炉，食姜椒饭，不尔，则委顿。(311)

E【六月绵帽】《自庆传》曰：沈休文多病，六月犹绵帽、温炉，食姜椒饭，不尔，则委顿。(312)

◎ **引文考**

【明蒋一葵《尧山堂外纪》卷十六·六朝】沈约，字休文，赢劣多病，日炉数米而食，羹不过一箸，六月有绵帽、温炉。食姜椒饭。不尔，则委顿。家藏书十二万卷，然心僻，恶闻人一善，如万箭攒心。

　　【明郑仲夔《玉塵新谭》清言卷六·容止】沈休文赢劣多病，日数米而食，羹不过一箸，暑月犹绵帽、温炉，食姜椒饭，不尔，则委顿。

　　【明董斯张《吴兴备志》卷二十七】沈休文多病，六月犹绵帽、温炉，食姜椒饭，不尔，则委顿。（《自庆集》）

　　【清吴士玉《骈字类编》卷一百七十五·器物门二十八·帽·绵帽】《云仙杂记》：沈休文多病，六月犹~~、温炉，食姜椒饭，不尔，则委顿。

　　【清吴士玉《骈字类编》卷一百七十八·草木门三·姜·姜椒】《记事珠》：沈休文多病，六月犹绵帽、温炉，食~~饭，不尔，则委顿。

　　【《御定佩文韵府》卷十六之八·下平声·一先韵八·绵·六月绵】《云仙散录》：沈休文多病，六月犹绵帽、温炉，食姜椒饭，不尔，则委顿。

◎ 词汇考

　　【汉语大词典·委顿】衰弱；病困。《三国志·魏书·高贵乡公髦》"车驾亲率群司，躬行古礼焉"裴松之注引《魏名臣奏》载太尉华歆表："臣老病委顿，无益视听。"晋干宝《搜神记》卷一："超（弦超）忧感积日，殆至委顿。"宋周密《齐东野语·台妓严蕊》："一再受杖，委顿几死。"清钮琇《觚剩·产卵》："番禺县市稿村民家女谢氏……及分娩之期，腹痛经旬，委顿欲绝。"

盲　郭　璞

◎ 版本考

　　A 路岩幼病，有人称善医襀之术。岩用之，不效，叹曰："此盲郭璞也。"（《搔首集》）
　　B 路岩幼病，有人称善医襀之术。岩用之，不效，叹曰："此盲郭璞也。"（《搔首集》）
　　C 路岩幼病，有人称善医襀之术。岩用之，不效，叹曰："此盲郭璞也。"（《搔首集》）
　　D《搔首集》曰：路岩幼病笃，有人称善解医襀之术。岩用之不效，叹曰："此盲郭璞也。"（312）
　　E《搔首集》曰：路岩幼病笃，有人称解医襀之术。岩用之不效，叹曰："此盲郭璞也。"（313）

◎ 引文考

　　【清平步青《霞外攈屑》卷八下·眠云舸酿说下·绿雪堂集】王笠舫先生《绿雪堂集》，惊才绝艳，俯视一时，赋物精细，雅近义山，其尤佳者……《遣病》云："处处医皆盲郭璞，时时身作睡嵇康。"

◎ 词汇考

　　【汉语大词典·病笃】病势沉重。《史记·范雎蔡泽列传》："昭王强起应侯，应侯遂称病笃。"《警世通言·假神仙大闹华光庙》："后病笃，复遣人哀恳神君求救。"《续资治通鉴·宋徽宗宣和元年》："方京病笃，人谓其必死。"

净 眼 僧

◎ 版本考

　A 传法寺净眼僧能用药煮乌头施人，治百疾皆验。又以秽迹呪治疛、破铁城偈除鬼祟。发无不捷。(《僧园逸录》)

　B 传法寺净眼僧能用药煮乌头施人，治百疾皆验。又以秽迹呪治疛、破铁城偈除鬼祟。发无不捷。(《僧园逸录》)

　C 传法寺净眼僧能用药煮乌头施人，治百疾皆验。又以秽迹呪治疛、破铁城偈除鬼祟。发无不捷。(《僧园逸录》)

　D【煮乌头】《僧园逸录》曰：传法寺净眼僧能用药煮乌头施人，治百疾皆验。又以秽迹呪治疛、破铁城偈除鬼祟，发无不捷。(313)

　E【煮乌头】《僧园逸录》曰：传法寺净眼僧能用药煮乌头施人，治百疾皆验。又以秽迹呪治疛、破铁城偈除鬼祟，发无不捷。(314)

◎ 引文考

　【《御定佩文韵府》卷四十五·上声·十五潸韵·眼·净眼】《云仙杂记》：传法寺～～僧能用药煮乌头施人，治百疾皆验。

◎ 词汇考

　【汉语大词典·乌头】堇草或附子的别名。根茎块状，有毒，可作镇痛药。《国语·晋语二》"骊姬受福，乃置鸩于酒，置堇于肉"三国吴韦昭注："堇，乌头也。"《三国演义》第七五回："此乃弩箭所伤，其中有乌头之药，直透入骨。"

竹节中神水

◎ 版本考

　A 重午日，午时有雨则急斫一竿竹，竹节中必有神水，沥取和獭肝为圆，治心腹块聚等病。(《金门岁节》)

　B 重午日，午时有雨则急斫一竿竹，竹节中必有神水，沥取和獭肝为圆，治心腹块聚等病。(出《金门岁节》)

　C 重午日，午时有雨则急斫一竿竹，竹节中必有神水，沥取和獭肝为圆，治心腹块聚等病。(出《金门岁节》)

　D【重五竹节】《金门岁节》曰：重午日，午时有雨，则急斫一竿竹，节中必有神水，沥取和獭肝为丸，治心腹块聚等病。(314)

　E【重五竹节】《金门岁节》曰：重午日，午时有雨，则急斫竹一竿，竹节中必有神水，沥取和獭肝为丸，治心腹块聚等病。(315)

◎ 引文考

【宋陈元靓《岁时广记》卷二十二·端五中·沥神水】《金门岁节》：端五日，午时有雨，则急斫竹一竿，竹节中必有神水，沥取獭肝为丸，治心腹积聚病。

【宋谢维新《事类备要》前集卷十六·节序门·端午·取神水】重午日，午时有雨，则急斫一竿竹，竹节中必有神水，沥取獭肝为丸，治心腹积聚病。（《金门岁节记》）

【宋无名氏《锦绣万花谷》后集卷四·端午·竹中神水】重午日，午时有雨，则急斫一竿竹，竹节中必有神水，沥取獭肝为丸，治心腹积聚病。（《金门岁时记》）

【明焦竑《焦氏笔乘》卷五·医方】重午日，午时有雨，则急砍一竿竹，竹节中必有神水，沥取和獭肝为圆，治心腹块聚等病。（《金门岁节》）

【明李时珍《本草纲目》卷五十一下·水獭】发明：宗奭曰：獭肝治劳用之有验。颂曰：张仲景治冷劳有獭肝丸，崔氏治九十种蛊疰、传尸、骨蒸、伏连、殗殜诸鬼毒疠疾，有獭肝丸二方，俱妙。……时珍曰：按《朝野佥载》云：五月五日午时，急砍一竹，竹节中必有神水，沥取和獭肝为丸，治心腹积聚病。甚效也。

【明彭大翼《山堂肆考》卷十一·时令·五月·獭丸】《金门岁节记》：重五日，午时有雨，则急斫一竿竹，竹节中必有神水，沥取以獭肝为丸，可治心腹积聚之病。

【明郑若庸《类隽》卷四·时令类·竹冰】《金门岁节记》云：重午日，午时有雨，则急斫一竿竹，节中必有神水，沥取獭肝为丸，治心腹积聚。

【《御定渊鉴类函》卷三十·地部八·水总载四】《金门岁节记》：午日，午时有雨，则急斫一竿竹，竹节中必有神水，沥取以獭肝为丸，治疾。

【清华希闵《广事类赋》卷三·岁时部·端午·丸因竹节】《金门岁节记》：今日有（两）[雨]，则急所一（竿）[竿]竹，竹节中必有神水，（升）[沥]取和獭肝（仓某）[为丸]，□[治]心（复）[腹]积聚。

【清秦嘉谟《月令粹编》卷九·五月·初五日·竹节水】《金门岁节记》：重午日，午时有雨，则急砍一竹，竹节中必有神水，沥取和獭肝为丸，治心块腹聚等病。

【《佩文斋广群芳谱》卷四·天时谱·五月】《金门岁节》：重午日，午时有雨，则急砍一竹，竹节中必有神水，沥取和獭肝为圆，治心块腹聚等病。

【清喻端士《时节气候抄》卷三·夏五月】冯贽《云仙杂记》：重午日，午时有雨，急斫一竿竹，竹节中必有神水，沥取和獭肝为圆，治心腹块聚等病。

◎ 词汇考

【汉语大词典·獭肝】獭的肝脏。可供药用。明李时珍《本草纲目·兽二·水獭》："肝：苏颂曰：'诸畜肝叶，皆有定数。惟獭肝一月一叶，十二月十二叶'……张仲景治冷劳有獭肝丸。"

酿换骨醪

◎ 版本考

A 宪宗采凤李花酿换骨醪。晋国公平淮西回，黄钯金瓶赐二斗。（《叙闻录》）

B 宪宗采凤李花酿换骨醪。晋国公平淮西回，黄钯金瓶恩赐二斗。（《叙闻录》）

C 宪宗采凤李花酿换骨醪。晋国公平淮西回，黄钯金瓶恩赐二斗。(《叙闻录》)

D【李花酿酒】《叙闻录》曰：宪宗采凤李花酿换骨醪。晋国公平淮西回，黄钯金瓶赐二斗。(315)

E【李花酿酒】《叙闻录》曰：宪宗采凤李花酿换骨醪。晋国公平淮西回，黄帕金瓶赐二斗。(316)

◎ 引文考

【宋陈景沂《全芳备祖》前集卷九·花部·李花·事实祖·纪要】宪宗以凤李花酿换骨醪，赐裴度。(《叙闻录》)

【宋谢维新《事类备要》别集卷二十六·花卉门·李花·酿换骨醪】宪宗以凤李花～～～～，赐裴度。(《叙闻录》)

【宋无名氏《锦绣万花谷》后集卷三十五·酒·换骨醪】宪宗采凤李花酿换骨醪。晋国公平淮西回，黄帕金瓶远赐二斗。(《叙闻录》)

【元阴时夫《韵府群玉》卷五·下平声·四豪·换骨醪】唐宪宗以李花酿～～～赐裴度。

【明彭大翼《山堂肆考》卷一百九十一·饮食·李花酿】唐宪宗采李花酿换骨醪。晋国公平淮回，以黄帕封金瓶远赐二斗。

【明沈沈《酒概》卷一·二之名·换骨醪】宪宗采凤李花酿换骨醪。晋国公平淮西回，黄帕金瓶远赐二斗。(《叙闻录》)

【明慎懋官《华夷花木鸟兽珍玩考》花木考卷二·九标李】《叙闻录》：宪宗以凤李花酿换骨醪赐裴度。

【明徐应秋《玉芝堂谈荟》卷二十九·千日酒】宪宗以凤李花酿换骨醪赐裴度。

【清陈元龙《格致镜原》卷二十二·饮食类二·酒·名类】《叙闻录》：宪宗采凤李花酿换骨醪。晋国公平淮西回，黄帕金瓶远赐二斗。

【清官修《韵府拾遗》卷十九·下平声·四豪韵·醪】《唐韵》鲁刀切。《集韵》《韵会》郎刀切，并音劳。【补藻】玄醪。张协《洛禊赋》浮素妆以蔽水，洒醪于中河。○换骨醪。《叙闻录》：唐宪宗采凤李花酿接骨醪。裴晋公平淮西回，黄帕金瓶远赐二斗。

【清史梦兰《全史宫词》卷十三】藏真岛下暗香浮，换骨仙醪泛玉瓯。稳坐龙状鳞甲动，一团蝇虎舞梁州。○《太平广记》：宪宗好神仙之术，宫中刻木，作海上三山，号藏真岛，每旦焚凤脑香。《云仙杂记》：宪宗采凤李花酿换骨醪。

【清吴宝芝《花木鸟兽集类》卷上·李花】《叙闻录》：唐宪宗以李花酿换骨醪赐裴度。

【清吴士玉《骈字类编》卷七十二·珍宝门七·金·金瓶】《云仙杂记》：宪宗采凤李花酿换骨醪。晋国公平淮西回，黄钯～～恩赐二斗。

【清吴士玉《骈字类编》卷一百三十五·采色门二·黄帕】《叙闻录》：宪宗采凤李花酿换骨醪。晋国公平淮西回，～～金瓶恩赐二斗。

【清吴襄《子史精华》卷一百五十一·食馔部一·食饮·换骨醪】冯贽《云仙杂记》：宪宗采凤李花酿～～～。晋国公平淮西回，黄钯金瓶恩赐二斗。

【《御定渊鉴类函》卷三百八十五·器物部四·瓶二】《叙闻录》曰：宪宗酿换骨醪，以金瓶赐裴度。

【《御定佩文韵府》卷二十四之六·下平声·九青韵六·瓶·金瓶】《云仙杂记》：宪宗

采凤李花酿换骨醪。晋国公平淮西回，黄耙~~恩赐二斗。

　　【《御定佩文韵府》卷八十一之四·去声·二十二祃韵四·耙·黄耙】冯贽《云仙杂记》：宪宗采凤李花酿换骨醪。晋国公平淮西回，~~金瓶恩赐二斗。

◎ 词汇考

　　【凤李花】未详。
　　【换骨醪】未详。
　　【晋国公】即裴度。

畏　薯　药

◎ 版本考

　　A 李辅国大畏薯药，或人因以示之，必眼中火出，毛发皆沥血，因致大病。（《叩头录》）
　　B 李辅国大畏薯药，或人因以示之，必眼中火出，毛发皆沥血，因致大病。（《叩头录》）
　　C 李辅国大畏薯药，或人因以示之，必眼中火出，毛发皆沥血，因致大病。（《叩头录》）
　　D《叩头录》曰：李辅国畏薯药，或人固以示之，必眼中火出，毛发皆沥血，致病。（316）
　　E《叩头录》曰：李辅国畏薯药，或人固以示之，必眼中火出，毛发皆沥血，致病。（317）

◎ 引文考

　　【明焦周《焦氏说楛》卷三】李辅国大畏薯药，或见之，必眼中出火，毛发皆沥血。
　　【明徐应秋《玉芝堂谈荟》卷十一·嗜好之异】李辅国大畏薯药，或人因以示之，必眼中火出，毛发沥血。
　　【清吴其浚《植物名实图考》卷三】薯蓣，本经上品，即今山药。……唯《云仙杂记》载："李辅国大畏薯药，或示之，必眼中火出，毛发沥血。"其禽兽之肠与人异耶？

◎ 词汇考

　　【中国历史大辞典·李辅国】（704—762），唐人，本名静忠。宦官。初为闲厩小儿，事高力士，后入东宫侍太子李亨（肃宗）。天宝十五载（756），玄宗避安史之乱奔蜀，献计于李亨，请分兵至朔方。旋肃宗于灵武即位，以功赐名护国，寻改辅国。肃宗还京，任殿中监，领闲厩诸使，进封郕国公，又任兵部尚书。宰臣百司不时奏事，皆因其上决。与张皇后（良娣）互相表里，潜杀建宁王李倓，幽禁太上皇玄宗，并求为宰相，未得。宝应元年（762），与程元振合谋，杀死张皇后，肃宗惊死，乃拥立代宗，被尊为尚父，加司空、中书令。政无巨细，皆委参决。曾谓代宗曰："大家但内里坐，外事听老奴处置。"代宗虽恶其骄横，但念拥立功，又掌禁军，只得先夺其权，后遣人刺杀之。

【汉语大词典·薯药】即薯蓣。唐冯贽《云仙杂记·畏薯药》："李辅国大畏薯药，或人因以示之，必眼中火出，毛发皆沥血，因致大病。"明李时珍《本草纲目·菜二·薯蓣》【释名】引寇宗奭曰："薯蓣因唐代宗名预(豫)，避讳改为薯药；又因宋英宗讳署(曙)，改为山药。"

【汉语大词典·薯蓣】多年生缠绕藤本。地下具圆柱形肉质块茎，含淀粉，可供食用，并可入药。也称山药。唐王绩《采药》诗："从容肉作名，薯蓣膏成质。"

【汉语大词典·沥血】流血。元郝经《伏虎图行》："铁须张磔疑有声，赤吻沥血犹带腥。"

分 香 莲

◎ 版本考

A 三堂使宅有钩仙池，一种莲子一岁再结实，子十只。其花时，香兼桃、梅、萸、菊，郡人传："分香莲，不论钱。"(《三堂往事》)

B 三堂使宅有钩仙池，一种莲子一岁再结实，子十只。其花时，香兼桃、梅、萸、菊，郡人传："分香莲，不论钱。"(《三堂往事》)

C 三堂使宅有钩仙池，一种莲子一岁再结实，子十只。其花时，香兼桃、梅、萸、菊，郡人传："分香莲，不论钱。"(《三堂往事》)

D《三堂往事》曰：使宅有钩仙池，一种莲子一岁再结实，每实子十双。其花时，香兼桃、梅、萸、菊，郡人传："分香莲，不论钱。"(317)

E《往事》曰：使宅有钩仙池，一种莲子一岁再结实，每实子十双。其花时，香兼桃、梅、萸、菊，郡人传："分香莲，不论钱。"(318)

◎ 引文考

【宋无名氏《锦绣万花谷》后集卷三十七·莲·分香莲】《三堂往事》：其宅有钓仙池，一种莲子一岁再结实，每实子十双。其花时，香兼桃、菊、梅、萸，郡人传分香莲，不论钱。

【明慎懋官《华夷花木鸟兽珍玩考》花木考卷四·分香莲】《三堂往事》：其宅有钓仙池，一种莲一岁再结实，每实子十双。其花时，香兼桃、菊、梅、萸，郡人传分香莲，不论钱。

【明彭大翼《山堂肆考》卷一百九十九·花品·兼香】《三堂往事》：其宅有钓仙池，池中莲花一岁再结实，每实子十双。其花时，香兼桃、菊、梅、萸，故谓之分香莲，郡人谚曰："分香莲，不论钱。"

【明徐光启《农政全书》卷二十七·树艺·蓏部】分香莲一岁再结，每实子十只。

【《佩文斋广群芳谱》卷之六十六·果谱·莲】《云仙杂记》：三堂使宅有钓仙池，一种莲子一岁再结实，子十双。其花时，香兼桃、梅、萸、菊，郡人传分香莲，不论钱。

【清吴士玉《骈字类编》卷一百六十七·器物门二十·钓仙】《云仙杂记》：三堂使宅有~~池，一种莲子一岁再结实，子十只。其花时，香兼桃、梅、萸、菊，郡人传分香莲，不论钱。

【清陈元龙《格致镜原》卷七十六·果类三·莲子】《三堂往事》：宅有钓鱼池，一种莲子一岁再结实，每实子十双。

【清曹溶《倦圃莳植记》卷中·莲】宋曾端伯以十花为十友，张景修以十二花为十二客。予谓莲花德比君子，更当以师事之，种色甚伙，散见诸峡。可异者，琳池有分枝莲，南海有睡莲，沧洲有金莲，流香渠有夜舒莲，芸挥堂有碧莲，玉井有十丈莲，九疑涧有黄莲柳，池有斗大紫莲，儋州有四季莲，而钓仙池分香莲为冠，郡人称"分香莲，不用钱"者是也。

【清陈淏子《花镜》卷五·荷花·花名】分香莲，产钓仙池，一岁再结，为莲之最。

【清杜文澜《古谣谚》卷五十三·人为分香莲语】《云仙杂记》卷七引《三堂往事》：三堂使宅有钓仙池，莲子一岁再结实，子十只。其花时，香兼桃、梅、萸、菊，郡人传："分香莲，不论钱。"

【清屈复《弱水集》卷十九·并蒂莲】静夜风来花气凉，双心一色是空房。池中水与天边月，忽送桃梅两种香。○《三堂往事》：钓仙池有分香莲，一岁两结实，子必十双，香气兼桃、菊、梅、萸。

【清奚诚《畊心农话·芡实》】更有分枝莲、藕合莲、十丈莲、四季莲，惟钓仙池分香莲为最。

◎ 词汇考

【钓仙池】待考。

【分香莲】待考。

雪 竹 搔 头

◎ 版本考

A 赵纶妻死，遗雪竹搔头于阶下，不数日，化为杨梅，花朵如撒。时人异之。(《姑臧前后记》)

B 赵纶妻死，遗雪竹搔头于阶下，不数日，化为杨梅，花朵如撒。时人异之。(《姑臧前后记》)

C 赵纶妻死，遗雪竹搔头于阶下，不数日，化为杨梅，花朵如撒。时人异之。(《姑臧前后记》)

D【搔头变花】《姑臧前后记》曰：赵纶妻死，遗雪竹搔头于阶下，不数日，化为杨梅，花朵如撒。时人异之。(318)

E【搔头变花】《姑臧前后记》曰：赵纶妻死，遗雪竹搔头于阶下，不数日，化为杨梅，花朵如撒。时人异之。(319)

◎ 引文考

【清陈元龙《格致镜原》卷七十五·果类二·杨梅】《姑臧记》：赵纶妻死，遗雪竹搔头阶下，不数日，化为杨梅，花朵如撒。时人异之。

【清王初桐《奁史》卷六十八·钗钏门一·首饰】赵纶妻死，遗雪竹搔头于阶下，不数日，化为杨梅，花朵如撒。时人异之。(《姑臧前后记》)

◎ 词汇考

【汉语大词典·雪竹】1. 雪中之竹。唐郑谷《送进士韦序赴举》诗："秋山晚水吟情远，雪竹风松醉格高。"宋魏泰《临汉隐居诗话》："熙宁庚戌冬，王荆公安石自参知政事拜相……取笔书窗曰：'霜筠雪竹钟山寺，投老归欤寄此生。'"宋范成大《荆公墓》诗之一："半世青苗法意，当年雪竹诗情。"2. 一种干节上有浓厚白粉的竹子。唐许棠《题开明里友人居》诗："风巢和鸟动，雪竹向人斜。"宋杨万里《谢丁端叔直阁惠永嘉縣研句容香鬲》诗："元珍先生苗云孙，雪竹有节豹有文。"

【汉语大词典·搔头】簪的别称。汉繁钦《定情诗》："何以结相于？金薄画搔头。"唐韩愈《短灯檠歌》："裁衣寄远泪眼暗，搔头频挑移近床。"

遇 棋 仙

◎ 版本考

A 卞子京遇棋，（仙）[先]束带，拜金铸紫堂仙，仍坐于席上，胜克之利，万不失一。（《手参棋诀》）

B 卞子京遇棋，（仙）[先]束带，拜金铸紫堂仙，仍坐于席上，胜克之利，万不失一。（《手参棋诀》）

C 卞子京遇棋，（仙）[先]束带，拜金铸紫堂仙，仍坐于席上，胜克之利，万不失一。（《手参棋诀》）

D【紫堂仙】《手参棋诀》曰：卞子京遇棋，先束带，拜金铸紫堂仙，仍坐于席上，胜克之利，万不失一。（319）

E【紫堂仙】《手参棋诀》曰：卞子京遇棋，先束带，拜金铸紫堂仙，仍坐于席上，胜克之利，万不失一。（320）

◎ 引文考

【明徐应秋《玉芝堂谈荟》卷三十一·弈棋】《棋诀》：卞子京遇棋，（仙）[先]束带，拜金铸紫堂仙，仍坐于席上，胜克之利，万不失一。

【清华希闵《广事类赋》卷十五·棋·未必逢仙】《云仙杂记》：卞子京遇棋仙，束带，拜之，先坐于席上，克胜之利，万不失一。

【《御定渊鉴类函》卷三百二十九·巧艺部六·号棋圣　遇棋仙】《抱朴子内篇》曰：严子卿、马绥明有棋圣之名。冯贽《唐云仙杂记》曰：卞子京遇棋仙，束带，拜金，铸紫堂仙，仍坐于席上。胜克之利，万不失一。

【清吴士玉《骈字类编》卷一百五十三·器物门六·棋仙】《云仙杂记》：卞子京遇~~，束带，拜金，铸紫堂仙，仍坐于席上，胜克之利，万不失一。

◎ 词汇考

【卞子京】待考。

【汉语大词典·棋仙】指棋艺高超、以弈棋为乐的人。清孙枝蔚《送家无言归黄山》诗之二："日落吟诗逢木客，春深酿酒醉棋仙。

【汉语大词典·束带】整饰衣服。表示端庄。《论语·公冶长》："赤也，束带立于朝，可使与宾客言也。"刘宝楠正义："带，系缭于要，所以整束其衣，故曰束带。"《汉书·燕刺王刘旦传》："寡人束带听朝三十余年，曾无闻焉。"宋秦观《雷阳书事》诗之一："束带趋祀房，瞽史巫纷若。"

【紫堂仙】待考。

【汉语大词典·万不失一】同"万无一失"。绝无差错。《韩非子·解老》："治乡治邦莅天下者，各以此科适观息耗则万不失一。"《史记·淮阴侯列传》："贵贱在于骨法，忧喜在于容色，成败在于决断，以此参之，万不失一。"

焚杜甫诗饮以膏蜜

◎ 版本考

A 张籍取杜甫诗一帙，焚取灰烬，副以膏蜜，频饮之，曰："令吾肝肠从此改易。"（《诗源指诀》）

B 张籍取杜甫诗一帙，焚取灰烬，副以膏蜜，频饮之，曰："令吾肝肠从此改易。"（《诗源指诀》）

C 张籍取杜甫诗一帙，焚取灰烬，副以膏蜜，频饮之，曰："令吾肝肠从此改易。"（《诗源指诀》）

D【杜诗烧灰】《诗源指诀》曰：张籍取杜甫诗一帙，焚取灰烬，副以膏蜜，顿饮之，曰："令吾肝肠从此改易。"（320）

E【杜诗烧灰】《诗源指诀》曰：张籍取杜甫诗一帙，焚取灰烬，副以膏蜜，频饮之，曰："令吾肝肠从此改易。"（321）

◎ 引文考

【明冯梦龙《古今谭概》癖嗜部卷九·爱杜甫贾浪仙诗】张籍取杜甫诗一帙，焚取灰烬，副以膏蜜，顿饮之，曰："令吾肝肠从此改易。"李洞慕贾浪仙诗，铸铜像，事之如神，常念贾岛佛。

【明蒋一葵《尧山堂外纪》卷二十九·唐】张籍，字文昌，苏州人。尝取杜甫诗一帙，焚取灰烬，副以膏密，顿饮之，曰："令吾肝肠从此改易。"

【明张岱《夜航船》卷八·文学部·著作·易吾肝肠】张籍爱杜甫诗，取其集焚取灰烬，副以膏密，顿饮之，曰："令吾肝肠从此改易。"

【清官修《韵府拾遗》卷九十三·蜜·膏蜜】《云仙杂录》：张籍取杜甫诗一帙，焚取灰烬，副以～～，顿饮之，曰："令吾肺肠从此改易。"

【清吴士玉《骈字类编》卷二十·天地门二十·灰·灰烬】《云仙杂记》：张籍取杜甫诗一帙，焚取～～，副以膏蜜，频饮之，曰："令我肝肠从此改易。"

【戚学标《景文堂诗集》卷一·返泽库九叠前韵·"顿若换肝肠"注】《云仙杂记》：张籍取杜诗焚灰，以膏蜜饮之，曰："令我肝肠从此改易。"

◎ 词汇考

【张籍】(766？—830？)，字文昌，行十八。吴郡(今江苏苏州)人。后迁居和州乌江(今安徽和县)。贞元十三年十月北游汴州，与韩愈相识，时韩愈主持府试，解送入京应举。明年登进士第。史称性诡激，能为古体诗，有警策之句传于时。调补太常寺太祝，转国子助教、秘书郎。以诗名当代，公卿裴度、令狐楚，才名如白居易、元稹，皆与之游，而韩愈尤重之。累授国子博士、水部员外郎，转水部郎中，卒。世谓之张水部云。

【汉语大词典·肝肠】比喻内心。北周庾信《小园赋》："关山则风月凄怆，陇水则肝肠断绝。"

【汉语大词典·改易】改动；变更。《汉书·地理志上》："先王之迹既远，地名又数改易。"宋苏轼《永兴军秋试举人策问》："汉之与秦，唐之与隋，其治乱安危，至相远也，然而卒无所改易，又况于积安久治，其道固不事变也。"明张居正《陈六事疏》："但近来风俗人情，积习生弊，有颓靡不振之渐，有积重难反之几。若不稍加改易，恐无以新天下之耳目，一天下之心志。"

藏盘筵于水底

◎ 版本考

A 白氏履道里宅有池水可泛舟，乐天每命宾客绕船以百十油囊悬酒炙沉水中，随船而行。一物尽，则左右又进之，藏盘筵于水底也。(《穷幽记》)

B 白氏履道里宅有池水可泛舟，乐天每命宾客绕舡以百十油囊悬酒炙沉水中，随船而行。一物尽，则左右又进之，藏盘筵于水底也。(《穷幽记》)

C 白氏履道里宅有池水可泛舟，乐天每命宾客绕船以百十油囊悬酒炙沉水中，随船而行。一物尽，则左右又进之，藏盘筵于水底也。(《穷幽记》)

D【水底盘筵】《穷幽记》曰：白氏履道里宅有池水可泛舟，乐天每命宾客绕船以百十油囊悬酒炙沉水中，随船而行。一物尽，则左右又取进之，藏盘筵于水底也。(321)

E【水底盘筵】《穷幽记》曰：白氏履道里宅有池水可泛舟，乐天每命宾客绕船以百十油囊悬酒炙沉水中，随船而行。一物尽，则左右又取进之，藏盘筵于水底也。(322)

◎ 引文考

【宋谢维新《事类备要》前集卷九·地理门·池】白乐天得杨凭宅竹木池馆，有林泉之致，因为《池上篇》，曰：都门风水土木之胜，在东南；东南之胜，履道里。其宅有池水可泛舟，乐天每命宾客绕船以百十油囊悬炙沉水中，随船而行。一物尽，则左右又取之，藏盘筵于水底也。

【明陈耀文《天中记》卷十四·宅·履道】白乐天得杨凭宅竹木池馆，有林泉之致，因为《池上篇》，曰：都门风水土木之胜，在东南；东南之胜，在履道里。其宅有池水可泛舟，乐天每命宾客绕船以百十油囊沉水中，随船而行。一物尽，则左右又取之，藏盘筵于水底也。(宋景文《鸡跖》及《穷齿记》)

【明何良俊《语林》卷二十·栖逸第十二】白乐天在东都，居履道里，宅有池水可泛舟，乐天每命宾客绕船以百十油囊悬炙沉水中，随船而行。一物尽，则左右随取之，藏盘筵于水底。

【《御选唐诗》卷二十九·家园"何似家池通小院"注】《云仙杂记》：白氏履道坊宅有池水可泛舟，乐天每会宾客，以百十油囊悬酒炙沉水中，随船而行。一物尽，则左右进之，藏盘筵于水底也。

【清吴士玉《骈字类编》卷四十三·山水门八·水·水底】《云仙杂记》：白氏履道里宅有池水可泛舟，乐天每命宾客绕船以百十油囊悬酒炙沉水中，随船而行。一物尽，则左右又进之，藏盘筵于~~也。

【清吴士玉《骈字类编》卷一百七十·器物门二十三·油·油囊】《云仙杂记》：白氏履道里宅有池水可泛舟，乐天每命宾客绕船以百十~~悬酒炙沉水中，随船而行。一物尽，则左右又进之，藏盘筵于水底也。

【《御定佩文韵府》卷十六之七·下平声·一先韵七·筵·盘筵】《云仙杂记》：白氏履道里宅有池水可泛舟，乐天每命宾客绕船以百十油囊悬酒炙沉水中，随船而行。一物尽，则左右又进之，藏~~于水底也。

【《御定佩文韵府》卷二十二之十·下平声·七阳韵十·囊·油囊】《云仙杂记》：白氏履道里宅有池水可泛舟，乐天每命宾客绕船以百十~~悬酒炙沉水中，随船而行。一物尽，则左右又进之，藏盘筵于水底也。

【《御定佩文韵府》卷八十一之二·去声·二十二祃韵二·炙·酒炙】《云仙杂记》：白氏履道里宅有池水可泛舟，乐天每命宾客绕船以百十油囊悬~~沉水中，随船而行。一物尽，则左右又进之，藏盘筵于水底也。

◎ 词汇考

【汉语大词典·履道里】洛阳里巷名。唐白居易所居处。《旧唐书·白居易传》："（居易）于履道里得故散骑常侍杨凭宅，竹木池馆，有林泉之致。"清钱谦益《徐武静生日赋赠八百字》："重来履道里，旋忆善和坊。"亦省作"履道"。唐白居易《晚归府》诗："晚从履道来归府，街路虽长尹不嫌。"

【汉语大词典·盘筵】犹宴席。唐韩愈《示爽》诗："念汝欲别我，解装具盘筵。"唐白居易《游平泉宴浥涧宿香山石楼赠座客》诗："采摘助盘筵，芳滋盈口腹。"宋苏轼《和蒋夔寄茶》："剪毛胡羊大如马，谁记鹿角腥盘筵。"

七 井 生 凉

◎ 版本考

A 霍仙鸣别墅在龙门，一室之中开七井，皆以雕镂木盘覆之，夏月坐其上，七井生凉，不知暑气。（《云林异景志》）

B 霍仙鸣别墅在龙门，一室之中开七井，皆以雕镂木盘覆之，夏月坐其上，七井生凉，不知暑气。（《云林异景志》）

C 霍仙鸣别墅在龙门，一室之中开七井，皆以雕镂木盘覆之，夏月坐其上，七井生凉，不知暑气。（《云林异景志》）

D《云林异景志》曰：霍仙鸣别墅在龙门，一室之中开七井，皆以雕镂木盘覆之，夏月

坐其上，七井生凉，不知暑气。（322）

　　E《云林异景志》曰：霍仙鸣别墅在龙门，一室之中开七井，皆以雕镂木盘覆之，夏月
坐其上，七井生凉，不知暑气。（323）

◎ 引文考

　　【宋陈元靓《岁时广记》卷二·夏·开七井】《云林异景志》：霍仙鸣别墅在龙门，一室
之中开七井，皆以雕镂盘覆之，夏月坐其上，七井生凉，不知暑气。

　　【宋谢维新《事类备要》前集卷柳·地理门·井·雕镂为盘】霍仙鸣别墅在龙门，一室
之中开七井，皆以雕镂木盘覆之，夏月坐其上，七井生凉，不知暑气。（《云林异景志》）

　　【明茅元仪《暇老斋杂记》卷十三】《云林异景志》曰："霍仙鸣别墅在龙门，一室之中
开七井，皆以雕镂木盘覆之，夏五六月坐其上，七井生凉，不知暑气。"余性畏热，每至
三伏，逃暑无法，此事穷措大亦能办，便当摹临之耳。

　　【明彭大翼《山堂肆考》卷二十五·地理·雕木为盘】《云林异景志》：唐霍仙鸣别墅在
龙门，一室之中开七井，皆以雕镂木为盘覆之，夏月坐其上，七井生凉，不知暑气。

　　【明郑若庸《类隽》卷七·地理类·生凉】《云林异景志》云：霍仙鸣别墅在龙门，一室
之中开七井，皆以雕镂木盘覆之，夏月坐其旁，七井生凉，不知暑气。

　　【明高濂《遵生八笺》卷之四·四时调摄笺·夏卷·七井生凉】霍仙别墅一室之中开七
井，皆以镂雕之盘覆之，夏月坐其上，七井生凉，不知暑炁。

　　【清吴士玉《骈字类编》卷二十七·时令门六·暑·暑气】《云仙杂记》：霍仙鸣别墅在
龙门，一室之中开七井，皆以雕镂木盘覆之，夏月坐其上，七井生凉，不知～～。

　　【清吴士玉《骈字类编》卷一百一·数目门二十四·七井】《云仙杂记》：霍仙鸣别墅在
龙门，一室之中开～～，皆以雕镂木盘覆之，夏月坐其上，井生凉，不知暑气。

　　【清吴襄《子史精华》卷二十五·岁时部二·夏·七井生凉】冯贽《云仙杂记》：霍仙鸣
别墅在龙门，一室之中开七井，皆以雕镂木盘覆之，夏月坐其上，～～～～，不知暑气。

　　【《御定佩文韵府》卷十四之四·上平声·十四寒韵四·盘·木盘】又《云林异景志》：
霍仙鸣别墅在龙门，室中开八井，皆以雕镂～～覆之，夏日坐其上，七井生凉，不知
暑气。

　　【《御定佩文韵府》卷二十二之六·下平声·七阳韵六·凉·生凉】《云仙杂记》：霍仙
鸣别墅在龙门，一室之中开七井，皆以雕镂木盘覆之，夏月坐其上，七井～～，不知
暑气。

　　【《御定佩文韵府》卷五十三之一·上声·二十三梗韵一·井·七井】《云仙杂记》：霍
仙鸣别墅在龙门，一室之中开～～，皆以雕镂木盘覆之，夏月坐其上，井生凉，不知
暑气。

　　【清秦嘉谟《月令粹编》卷七·夏总·室开七井】《云仙杂记》：霍仙鸣别墅在龙门，一
室之中开七井，皆以雕镂木盘覆之，夏月坐其上，七井生凉，不知暑气。

　　【清喻端士《时节气候抄》卷三·夏六月】霍仙鸣别墅在龙门，一室之中开七井，皆以
雕镂木盘覆之，夏月坐其上，七井生凉，不知暑气。

　　【清王士俊《（雍正）河南通志》卷五十二·古迹下·河南府·七井】在府城南康庄保唐
中贵霍仙鸣在龙门，一石中开七井，夏月坐其上，不知暑气。

◎ 词汇考

【中国历史大辞典·霍仙鸣】(？—798)，唐宦官。初与窦文场并侍太子李适(德宗)。建中四年(783)，泾原兵变，德宗逃奔奉天(今陕西乾县)，与窦文场率宦官左右百人以从，由是得宠。德宗还京，忌宿将难制，命与窦文场分统禁军，自是宦官掌军权。贞元十二年(796)，德宗特立护军中尉两员，以之为右神策护军中尉，窦文场为左神策护军中尉，以帅禁军。自此势倾中外，藩镇将帅多出禁军，台省清要时出其门。患病时，德宗命诸祠祈解。已而暴死，帝疑为左右进毒，捕杀小使数十人。

【汉语大词典·雕镂】犹雕刻。《大戴礼记·哀公问于孔子》："有成事，然后治其雕镂文章黼黻以嗣。"唐刘恂《岭表录异》："枸橼子，形如瓜……肉甚厚，白如萝卜。南中女工竞取其肉雕镂花鸟。"

卷　　八

八角玉升

◎ **版本考**

A 宣帝时，西夷怛陁国贡八角玉升，夏以水浇之，则无暑；冬以火迫之，无寒。异事甚众。(《逢夏记》)

B 宣帝时，西夷怛陁国贡八角玉升，夏以水浇之，则无暑；冬以火迫之，无寒。异事甚众。(《逢夏记》)

C 宣帝时，西域怛陁国贡八角玉升，夏以水浇之，则无暑；冬以火迫之，无寒。异事甚众。(《逢夏记》)①

D《逢原记》曰：宣帝有八角玉升，西夷怛陁国所进。夏以水浇之，则无暑；冬以火迫之，无寒。异事甚众。(323)

E《逢原记》曰：宣帝有八角玉升，西夷怛陁国所进。夏以水浇之，则无暑；冬以火逼之，则无寒。异事甚众。(324)

◎ **引文考**

【明张懋修《墨卿谈乘》卷十·器物·异宝物】汉宣帝时，西夷怛陁国贡八角玉升，夏以水浇之，则无暑；冬以火迫之，则无寒。

【明徐应秋《玉芝堂谈荟》卷二十六·龙虎玉】《逢原记》：宣帝时，外国怛陁贡八角玉井，夏以水浇之，则无暑；以火迫之，则无寒。

【明焦周《焦氏说楛》卷六】宣帝时，西夷怛陁国贡八角玉升，夏以水浇之，则无暑；冬以火迫之，则无寒。

---

① 以下在卷八。

【清陈元龙《格致镜原》卷四十九·日用器物类一·斗斛】《逢原记》：宣宗有八角玉升，西夷怛陁国所进，夏以水浇之，则无暑；冬以火逼之，则无寒。

【清秦嘉谟《月令粹编》卷一·岁令总】《逢夏记》：宣帝时，西怛陁国贡八角玉升，夏以水浇之，则无暑；冬以火迫之，则无寒。

【清吴襄《子史精华》卷一百五十五·器物部一·法器·八角玉升】冯贽《云仙杂记》：宣帝时，西难怛陁国贡~~~~，夏以水浇之，则无暑；冬以火迫之，无寒。异事甚众。

◎ 词汇考

【八角玉升】待考。

【怛陁国】待考。

失去周字知唐必兴

◎ 版本考

A 则天初称周，方具告天册文。有吏人见大"周"字上有两仙童，长二三寸，执刀划削。斯须视之，失去"周"字，人知唐必复兴。（《凤池编》）

B 则天初称周，方具告天册文。有吏人见大"周"字上有两仙童，长二三寸，执刀划削。斯须视之，失去"周"字，人知唐必复兴。（《凤池编》）

C 则天初称周，方具告天册文。有吏人见大"周"字上有两仙童，长二三寸，执刀划削。斯须视之，失去"周"字，人知唐必复兴。（《凤池编》）

D【仙童划周字】《凤池编》曰：则天初称周，方具告天册文。有吏人见大"周"字上有两仙童，长二三寸，执刀划削。斯须视之，失去"周"字，人知唐必复兴。（324）

E【仙童划周字】《凤池编》曰：则天初称周，方具告天册文。有吏人见大"周"字上有两仙童，长二三寸，执刀划削。斯须视之，失去"周"字，人知唐必复兴。（325）

◎ 引文考

【明蒋一葵《尧山堂外纪》卷二十三·唐】武后曌，高宗时天下诸州进雌鸡，变为雄者甚多，或半已化半未化，乃则天正位之兆。唐人目则天之垂曰牝朝。后初称周，方具告天册文，有吏人见大"周"字上有两仙童，长二三寸，执刀划削。斯须视之，失去"周"字，人知唐必复兴。

【（雍正）陕西通志》卷一百·拾遗三】则天初称周，方具告天文，有吏人见大"周"字上有两仙童，长二三寸，执刀划削。斯须失去"周"字，人知唐必复兴。（《凤池编》）

【（乾隆）西安府志》卷七十八·拾遗志】《凤池编》：则天初称周，方具告天文，有吏人见大"周"字上有两仙童，长二三寸，执刀划削。须臾失去"周"字，人知唐必复兴。

◎ 词汇考

【汉语大词典·告天】祭告天帝。《东观汉记·安帝纪》："遣司徒等分诣郊庙社稷告天请命。"《后汉书·光武帝纪上》："六月己未，即皇帝位，燔燎告天。"李贤注："天高不可达，故燔柴以祭之，庶高烟上通也。"

【汉语大词典·划削】削除；铲除。唐冯贽《云仙杂记·失去周字知唐必兴》："则天初称周，方具告天册文，有吏人见大'周'字上有两仙童，长二三寸，执刀划削，斯须视之失去'周'字。"

【汉语大词典·斯须】须臾；片刻。《礼记·祭义》："礼乐不可斯须去身。"郑玄注："斯须，犹须臾也。"唐杜甫《哀王孙》诗："不敢长语临交衢，且为王孙立斯须。"明李唐宾《梧桐叶》第二折："你与我起青苹一阵阵吹将去，到天涯只在斯须。"

曲 江 春 游

◎ 版本考

A 春游之家，以脂粉作红馅，竿上成双桃挂，夹杂画带，前引车马。（《曲江春游录》）

B 春游之家，以脂粉作红馅，竿上成双桃挂，夹杂画带，前引车马。（《曲江春游录》）

C 春游之家，以脂粉作红馅，竿上成双桃挂，夹杂画带，前引车马。（《曲江春游录》）

D【作红馅】《曲江春游录》曰：春游之家，以脂粉作红馅，竿上成双桃挂，夹杂画带，前引车马。（325）

E【作红馅】《曲江清游录》曰：曲江春游之家，以脂粉作红馅，竿上成双桃挂，夹杂画带，前引车马。（326）

◎ 引文考

【宋陈元靓《岁时广记》卷一·春·作红馅】《曲江春宴录》：春游之家，以脂粉作红馅，竿上成双挑挂，夹杂画带，前引车马。

【宋谢维新《事类备要》前集卷十三·时令门·春·曲江挑馅】春游之家，以脂粉作红馅，竿上成双挑挂，夹杂画带，前引车马。

【明彭大翼《山堂肆考》卷八·时令·曲江挑馅】《曲江春宴录》：长安春游之家，以脂粉作红馅，竿上成双挑挂，夹杂画带，前引车马。

【清陈元龙《格致镜原》卷二十五·饮食类五·饼·详类】《曲江春宴录》：春游之家，以脂粉作红馅，竿上成双挑挂，夹杂画带，前引车马。

【明方以智《通雅》卷三十五】桃馅之戏，红馅竿也，以脂粉作红馅，竿夹杂画带，以妓乐游曲江，曰曲江桃馅。其红绫饼馅，则赐曲江进士者，又非此戏。

【清王初桐《奁史》卷五十七·事为门一·事为】曲江妇女春游，以脂粉作红馅，竿上盛双桃。（《岁时杂记》）

【清吴士玉《骈字类编》卷二十三·时令门二·春·春游】《云仙杂记》：曲江~~之家，以脂粉作红馅，竿上成双挑挂，夹杂画带，前引车马。

【清吴士玉《骈字类编》卷一百五十五·器物门八·车·车马】《云仙杂记》：曲江春游之家，以脂粉作红馅，竿上成双桃挂，夹杂画带，前引~~。

【清秦嘉谟《月令粹编》卷三·春总·红馅】《开天遗事》：长安春游之家，以脂粉作红（饬）[馅]，竿上成双悬挂，夹杂画带，前引车马。

【清孔尚任《节序同风录》·二月·十五】春游者，以脂油米粉作饼茜红，镂成花样，曰红绫饼，又曰玲珑馅。竿上成双挂挑，夹杂画带，前引车马，曰红馅竿。

◎ 词汇考

【汉语大词典·曲江】水名。即曲江池。《史记·司马相如列传》："临曲江之隑州兮,望南山之参差。"唐高适《同薛司直诸公秋霁曲江俯见南山作》诗："南山郁初霁,曲江湛不流。"清孙枝蔚《东亭春暮忆旧游》诗："纵到曲江谁并马,可怜秦女善弹筝。"详"曲江池"。

【汉语大词典·曲江池】在今陕西省西安市东南。秦为宜春苑,汉为乐游原,有河水水流曲折,故称。隋文帝以曲名不正,更名芙蓉园。唐复名曲江。开元中更加疏凿,为都人中和、上巳等盛节游赏胜地。参阅唐康骈《剧谈录·曲江》、宋乐史《太平寰宇记·关西道一·雍州》。

毛诗卷染油代烛

◎ 版本考

A 倪芳饮后必有狂怪,恬然不耻。或以《毛诗》卷染油代烛,醉游彻晓。(《醉仙图记》)

B 倪芳饮后必有狂怪,恬然不耻。或以《毛诗》卷染油代烛,醉游彻晓。(《醉仙图记》)

C 倪芳饮后必有狂怪,恬然不耻。或以《毛诗》卷染油代烛,醉游彻晓。(《醉仙图记》)

D【毛诗作烛】《醉仙图记》曰:倪芳饮后必有狂怪,恬然不耻。或以《毛诗》卷染油代烛,醉游彻晓。(326)

E【毛诗作烛】《醉仙图记》曰:倪芳饮后必有狂怪,恬然不耻。或以《毛诗》卷染油代烛,醉游彻晓。(327)

◎ 引文考

今检《中国古籍基本库》,此条未见引用。

◎ 词汇考

【汉语大词典·狂怪】狂放古怪;恣肆奇特。唐冯贽《云仙杂记·〈毛诗〉卷染油代烛》:"倪芳饮后必有狂怪,恬然不耻,或以《毛诗》卷染油代烛,醉游彻晓。"宋苏轼《与叶淳老侯敦夫张秉道同相视新河》诗:"觺觺张乃我结袜生,诗酒淋漓出狂怪。"宋陈善《扪虱新话·作诗狂怪似黝达李老》:"东坡尝言,作诗狂怪,至卢仝、马异极矣。"

【恬然不耻】即"恬不知耻",安然处之,不以为耻。

眉睫间常化佛

◎ 版本考

A 清凉僧海丰苦行二十余年,人见其眉睫间常化佛千百,大如黍米,往来游行,己不觉也。(《清凉僧海》)

　　B 清凉僧海丰苦行二十余年，人见其眉睫间常化佛千百，大如黍米，往来游行，已不觉也。(《清凉僧海》)

　　C 清凉僧海丰苦行二十余年，人见其眉睫间常化佛千百，大如黍米，往来游行，已不觉也。(《清凉僧海》)

　　D【眉睫化佛】《海墨微言》曰：清凉僧海丰苦行二十余年，人见其眉睫间常化佛千百，大如黍米，往来游行，已不觉也。(327)

　　E【眉睫化佛】《海墨微言》曰：清凉僧海丰苦行二十余年，人见其眉睫间常化佛千百，大如黍米，往来游行，已不觉也。(328)

◎ 引文考

　　【明徐应秋《玉芝堂谈荟》卷十二·香从穴中出】清凉僧海丰苦行二十余年，人见其眉睫常化佛千百，大如黍米，往来游行，已不觉也。

　　【清吴襄《子史精华》卷一〇七·眉睫间化佛】冯贽《云仙杂记》：清凉僧海丰苦行二十余年，人见其~~~常~~千百，大如黍米，往来游行，已不觉也。

◎ 词汇考

　　【汉语大词典·眉睫】眉毛和睫毛。亦泛指人的形貌。《庄子·庚桑楚》："向吾见若眉睫之间，吾因以得汝矣。"《孔丛子·抗志》："有龙穆者，徒好饰弄辞说，观于坐席，相人眉睫，以为之意，天下之浅人也。"宋司马光《和吴冲卿崇文宿直并寄邵不疑》："细蝇绕眉睫，驱吓不可攘。"

　　【汉语大词典·黍米】黍子碾成的米。北魏贾思勰《齐民要术·笨曲并酒》："(粟米酒)贫薄之家，所宜用之。黍米贵而难得故也。"《新唐书·五行志一》："细如丝发，大如黍米。"《东周列国志》第六回："(周桓王)使人以黍米十车遗之曰：'聊以为备荒之资。'"

好李花致富

◎ 版本考

　　A 终南及庐岳出好李花，两市贵侯富民以千金买种，终庐有致富者。(《耕桑偶记》)

　　B 终南及庐岳出好李花，两市贵侯富民以千金买种，终庐有致富者。(《耕桑偶记》)

　　C 终南及庐岳出好李花，两市贵侯富民以千金买种，终庐有致富者。(《耕桑偶记》)

　　D【终庐出李】《耕桑偶记》曰：终南及庐岳出好李花，两市贵侯富民以千金买种，终庐有致富者。(328)

　　E【终庐出李】《耕桑偶记》曰：终南及庐岳出好李花，两市贵侯富民以千金买种，终庐有致富者。(329)

◎ 引文考

　　【《记纂渊海》卷九十三·李花】《传记》：终南及庐岳出好李花，两市贵侯富民以千金买种，终庐有致富者。(《耕桑偶记》)

　　【清陈元龙《格致镜原》卷七十·李花】《耕桑偶记》曰：终南及庐岳出好李花，两市贵侯富民以千金买种，终庐有致富者。

　　【《御定佩文斋广群芳谱》卷二十七·花谱·李花】《耕桑偶记》曰：终南及庐岳出好李花，两市贵侯富民以千金买种，终庐有致富者。

　　【四库本《陕西通志》卷四十三·李】终南山出好李花，贵侯富民以千金买种，有致富者。（《耕桑偶记》）○今按：此条经过了改写。

◎ 词汇考

　　【汉语大词典·终南】即终南山。山名。秦岭主峰之一。在陕西省西安市南。一称南山，即狭义的秦岭。古名太一山、地肺山、中南山、周南山。参阅清顾祖禹《读史方舆纪要·陕西一》。

　　【汉语大词典·庐岳】庐山。前蜀韦庄《洪州送西明寺省上人游福建》诗："远自稽山游楚泽，又从庐岳去闽川。"宋梅尧臣《送少卿张学士知洪州》诗："稳去先应望庐岳，暂来谁复见龙泉。"

　　【汉语大词典·贵侯】贵人公侯。唐皮日休《伤卢献秀才诗》："贵侯待写过门下，词客偷名入卷中。"

　　【汉语大词典·富民】富裕之民。银雀山汉墓竹简《孙子兵法·吴问》："公家贫，其置士少，主金臣收，以御富民，故曰固国。"五代王仁裕《开元天宝遗事》卷上："长安富民王元宝、扬崇义、郭万全等，国中巨豪也。"清吴敏树《黄特轩传》："彼贫民怨恨富民，而欲坏之久矣。"

一物如人眼睛

◎ 版本考

　　A 萧余上元夜于宣阳里酒盘下得一物，如人眼睛，其体类美石，光彩射人。余夜游市肆，闲置掌中，每行黑暗衢巷，随身光明三尺，毫末可鉴。后因而飞出。（《影灯记》）

　　B 萧余上元夜于宣阳里酒盘下得一物，如人眼睛，其体类美石，光彩射人。余夜游市肆，闲置掌中，每行黑暗衢巷，随身光明三尺，毫末可鉴。后因而飞出。（《影灯记》）

　　C 萧余上元夜于宣阳里酒盘下得一物，如人眼睛，其体类美石，光彩射人。余夜游市肆，闲置掌中，每行黑暗衢巷，随身光明三尺，毫末可鉴。后因而飞出。（《影灯记》）

　　D【石眼】《影灯记》曰：上元夜，萧余于宣阳里酒盘下得一物，如人眼睛，其体类美石，光彩射人。余夜游市肆，闲置掌中，每行黑暗衢巷，随身光明三尺，毫末可明。后因雨飞去。（329）

　　E【石眼】《影灯记》曰：上元夜，萧余于宣阳里酒盘下得一物，如人眼睛，其体类美石，光彩射人。余夜游市肆，闲置掌中，每行黑暗衢巷，随身光明三尺，毫末可明。后因雨飞去。（330）

◎ 引文考

　　【宋谢维新《事类备要》前集卷六·地理门·得石如眼】萧余上元夜于宣阳醒酒盘下得一物，如人眼睛，其体类美石，光影射人。每置掌中，游暗处，辄光明三尺许。后因雨飞去。

【明徐应秋《玉芝堂谈荟》卷二十七·夜明犀】《影灯记》：萧余上元夜于宣阳里酒盘下得一物，如人眼睛，其体类美石，光彩射人。余夜游市肆，闲置掌中，每行黑暗衢巷，随身光明三尺，毫末可鉴。后因雨飞出。

【《御定渊鉴类函》卷二十六·地部四·石四·得石如眼】(《影灯记》)又曰：萧余上元夜于宣阳里酒盘下得一物，如人眼睛，体类美石，光彩射人。置掌中，每游暗处，辄光明三尺许。后因雨飞去。

【《御定骈字类编》卷一七二·酒盘】《云仙杂记》：萧余上元夜于宣阳里~~下得一物，如人眼睛，其体类美石，光彩射人。余夜游市肆，闲置掌中，每行黑暗衢巷，随身光明三尺，毫末可鉴。后因而飞出。

【《御定佩文韵府》卷二十三之七·下平声·八庚韵七·睛·人睛】《云仙杂记》：萧余上元夜于宣阳里酒盘下得一物，如~眼~，其体类美石，光彩射人。余夜游市肆，闲置掌中，每行黑暗衢巷，随身光明三尺，毫末可鉴。后飞出。

【清陈元龙《格致镜原》卷七·坤舆类三·石下·异石】《影灯记》：上元夜，萧余于宣阳里酒盘下得一物，如人眼睛，其体类美石，光影射人。每置掌中，游暗处，辄光明三尺许。后因雨遂飞去。

◎ 词汇考

【汉语大词典·衢巷】街巷。《西京杂记》卷二："高帝既作新丰，并移旧社，衢巷栋宇，物色惟旧，士女老幼，相携路首，各知其室，放犬羊鸡鸭于通涂，亦竞识其家。"《周书·宣帝纪》："令京城士女于衢巷作音乐以迎候。"《新唐书·张说传》："排斥居人，蓬宿草次，风雨暴至，不知庇托，孤悸老病，流转衢巷。"

【汉语大词典·市肆】市场；市中店铺。汉贾谊《谏铸钱疏》："市肆异用，钱文大乱。"《后汉书·王充传》："常游洛阳市肆，阅所卖书，一见辄能诵忆，遂博通众流百家之言。"宋苏轼《郭忠恕画赞》："时与役夫小民入市肆饮食。"

造　笙

◎ 版本考

A 初造笙，每管中入荻根细沙一豆许，遇吹时，飞沙于中激扬，声愈清彻。近世乐工未有知者，惜夫！(《辨音集》)

B 初造笙，每管中入荻根细沙一豆许，遇吹时，飞砂于中激扬，声愈清彻。近世乐工未有知者，惜夫！(《辨音集》)

C 初造笙，每管中入荻根细沙一豆许，遇吹时，飞砂于中激扬，声愈清澈。近世乐工未有知者，惜夫！(《辨音集》)

D【荻根沙】《辨音集》曰：初造笙也，每管中入荻根细沙一豆许，遇吹时，飞沙于管中激扬，声愈清彻。近世乐工未有知者，惜夫！(330)

E【荻根沙】《辨音集》曰：初造笙簧，每管中入荻根细沙一豆许，遇吹时，飞沙于管中激扬，声愈清彻。近世乐工未有知此者，惜夫！(331)

◎ 引文考

【《御定佩文韵府》卷三十六之三·上声·六语韵三·许·一豆许】《云仙杂记》：初造笙，每管中入荻根细沙～～～，遇吹时，飞沙于中激扬，愈清彻，近世乐工未有知者。

◎ 词汇考

【汉语大词典·笙】管乐器名。由簧片、笙管、斗子三部分组成。簧片古时用竹制，后改用响铜；笙管为长短不一的竹管，于近上端处开音窗，近下端处开按孔，下端嵌接木质"笙角"以装簧片，并插入斗子内；斗子用匏、木或铜制成，连有吹口。有圆形、方形等多种形制，簧管自十三根至十九根不等。奏时手按指孔，吹吸振动簧片而发音。能奏和音。是民间器乐合奏中的重要乐器。现经改革，有二十四簧笙、三十六簧键钮笙等，转调便捷，表现力更为丰富，除用于伴奏、合奏外，也用于独奏。《说文·竹部》："笙，十三簧，象凤之身也。笙，正月之音。物生，故谓之笙。大者谓之巢，小者谓之和。古者，随作笙。"《诗·小雅·鹿鸣》："我有嘉宾，鼓瑟吹笙。"《汉书·律历志上》："八音：土曰埙，匏曰笙，皮曰鼓，竹曰管，丝曰弦，石曰磬，金曰钟，木曰柷。五声和，八音谐，而乐成。"唐韩愈《长安交游者赠孟郊》诗："陋室有文史，高门有笙竽。"清沈复《浮生六记·闺房记乐》："司事者或笙箫歌唱，或煮茗清谈。"

【汉语大词典·篪】古代竹制的管乐器之一。像笛，有八孔，横吹。唯其开孔数及尺寸古书记载不一。《尔雅·释乐》："大篪谓之沂。"郭璞注："篪，以竹为之。长尺四寸，围三寸。一孔上出一寸三分，名翘。横吹之。小者尺二寸。"《广雅》云八孔。"《诗·小雅·何人斯》："伯氏吹埙，仲氏吹篪。"《史记·范雎蔡泽列传》："（伍子胥）鼓腹吹篪，乞食于吴市，卒兴吴国。"《旧唐书·薛戎传论》："如埙如篪，不通不介。士行之美，崔氏诸子有焉。"《资治通鉴·宋顺皇帝升明元年》："初，苍梧王在东宫……凡诸鄙事，裁衣、作帽，过目则能；未尝吹篪，执管便韵。"

乔敷嗜鱼

◎ 版本考

A 乔敷嗜鱼而贫，日向渔人贷食。渔人送鱼一斤，则以白垩标门记之，后日偿价。年律一终，白垩盈门。（《垄上书》）

B 乔敷嗜鱼而贫，日向渔人贷食。渔人送鱼一斤，则以白垩标门记之，后日偿价。年律一终，白垩盈门。（《垄上书》）

C 乔敷嗜鱼而贫，日向渔人贷食。渔人送鱼一斤，则以白垩标门记之，后日偿价。年律一终，白垩盈门。（《垄上书》）

D【白垩标门】《垄上书》曰：乔敷嗜鱼而贫，日向渔人贷食。渔人送鱼一斤，则以白垩标门记之，后日偿价。年律一终，白垩盈门。（331）

E【白垩标门】《垄上书》曰：乔敷嗜鱼而贫，日向渔人贷食。渔人送鱼一斤，则以白垩标门记之，后日偿价。年律一终，白垩盈门。（332）

◎ 引文考

【《御定月令辑要》卷二·白垩标门】增《垄上书》：乔敷嗜鱼而贫，日向渔人贷食。渔人送鱼一觚，则以白垩标门记之，后日偿价。年律一终，白垩盈门。

【清秦嘉谟《月令粹编》卷一·岁令总·白垩标门】《垄上书》：乔敷嗜鱼而贫，（曰）[日]向渔人贷食。渔人送鱼一觚，则以白垩标门记之，后（曰）[日]偿价。年律一终，白垩盈门。

【清翟灏《通俗编》卷三十八·识余·壁志·暖姝由笔】今访友，偶无名帖及纸笔，或以土墼石灰书其家壁板，此率易拙俗事。吾子行《闲居录》云：“蒋泪居葛岭，名公士大夫多器重之，每一入城，终日，既归，白土书门者又满矣。”则前此亦有之。〇按：《云仙杂记》引《垄上书》：“乔敷嗜鱼，日向渔人贷食。渔人送鱼一斤，则以白垩标门记之，后日偿价。年律一终，白垩盈门。”今小经纪不识字者行此法颇多。又《唐书·吐蕃传》言其吏治无文字，结绳齿木为约。《留青日札》云：“今杭之卖豆腐者，亦刻木以记斤两。”刻木与志土二事，诚愚氓大方便法。

◎ 词汇考

【乔敷】待考。

【汉语大词典·渔人】以捕鱼为业的人。《管子·禁藏》：“渔人之入海……宿夜不出者，利在水也。”唐司空曙《下武昌江行望涔阳》诗：“渔人共留滞，水鸟自喧翔。”《水浒传》第一一三回：“四个渔人，都扶他至屋内请坐。”

【汉语大词典·白垩】白土，石灰岩的一种，白色，质软而轻。工业上用途甚广，是烧制石灰和水泥等的原料，橡胶制品和油漆等的填充物，亦可入药。又名白善土，俗称白土子。《山海经·中山经》：“葱聋之山，其中多大谷，是多白垩，黑、青、黄垩。”《吕氏春秋·察微》：“六曰使治乱存亡若高山之与深溪，若白垩之与黑漆。”宋陆游《晓兴》诗：“浮名更吓鬼，白垩写丹旐。”明李时珍《本草纲目·土一·白垩》：“白垩，气味苦温，无毒，主女子寒热症瘕，月闭积聚。”清曹寅《小轩辟除已移居其中有怀子猷》诗：“白垩常年无改作，清宵一侣足游遨。”

浮　阳　笋

◎ 版本考

A 九华小民浚池得物，状类竹根，旁有一铭，曰：“浮阳笋，太古孕。举投酱缶，三年不尽。”民不识字，使人读之。试以豆一斗造酱，投物其中，果三年不减。（时逢道士《青阳记》）

B 九华小民浚池得物，状类竹根，旁有一铭，曰：“浮阳笋，太古孕。举投酱缶，三年不尽。”民不识字，使人读之。试以豆一斗造酱，投物其中，果三年不减。（时逢道士《青阳记》）

C 九华小民浚池得物，状类竹根，旁有一铭，曰：“浮阳笋，太古孕。举投酱缶，三年不尽。”民不识字，使人读之。试以豆一斗造酱，投物其中，果三年不减。（时逢道士《青阳记》）

D 时逢道士《青阳记》曰：九华小民浚池得一物，状类竹根，旁有一铭，曰："浮阳笋，太古孕。举投酱缶，三年不尽。"民不识字，使人读之。试以豆一升造酱，投物其中，三年不减。（332）

E 时逢道士《青阳记》曰：九华小民浚池得一物，状类竹根，旁有一铭，曰："浮阳笋，太古孕。举投酱缶，三年不尽。"民不识字，使人读之。试以豆一升造酱，投物其中，三年不减。（333）

◎ 引文考

【明徐应秋《玉芝堂谈荟》卷二十七·却火锥】《青阳记》曰：九华小民浚池得物，状类竹根，旁有一铭，曰："浮阳笋，太古孕。举投酱缶，三年不尽。"民不识字，使人读之。试以豆一斗造酱，投物其中，三年不减。

【明焦周《焦氏说楛》卷三】九华民浚池得物，状竹根，有铭曰："浮阳笋，太古孕。举投酱缶，三年不尽。"验之果然。

【《御定佩文韵府》卷四十一·上声·十一轸韵·笋·浮阳笋】《云仙杂记》：九华小民浚池得物，状类竹根，旁有铭曰"～～～"。

【《御定佩文韵府》卷八十四之二·去声·二十五径韵·太古孕】《云仙杂记》曰：九华小民浚池得物，状类竹根，旁有一铭，曰："浮阳笋，～～～。举投酱缶，三年不尽。"试以豆一斗造酱，投物其中，果三年不减。

【《御定月令辑要》卷二·杂纪】增《清阳记》曰：九华小民浚池得物，状类竹根，旁有一铭，曰："浮阳笋，太古孕。举投酱缶，三年不尽。"民不识字，使人读之。试以豆一斗造酱，投物其中，三年不减。

【清秦嘉谟《月令粹编》卷一·岁令总·浮阳笋】《清阳记》：尧华小民浚池得物状类竹根，旁有一铭，曰："浮阳笋，太古孕。举投酱缶，三年不尽。"民试以豆一斗造酱，投物其中，果三年不减。

◎ 词汇考

【汉语大词典·浮阳】日光。《文选·张协〈杂诗〉》："浮阳映翠林，回飙扇绿竹。"吕向注："浮阳，日光也。"唐李白《夕霁杜陵登楼寄韦繇》诗："浮阳灭霁景，万物生秋容。"唐钱起《登秦岭半岩遇雨》诗："屏翳忽腾气，浮阳惨无晖。"宋沈遘《道中见新月寄内》诗："欲知归期蚤，东风弄浮阳。"

【汉语大词典·太古】远古，上古。《荀子·正论》："太古薄葬，故不扣也。"唐韩愈《原道》："曷不为太古之无事。"明王宠《旦发胥口经湖中瞻眺》诗："浑沌自太古，滂浃开吴天。"

爪甲间皆出云烟

◎ 版本考

A 魏郡开成中大旱，遍祷山岳。或言："西沈陆先生道行精明，请之必验。"太守以下乃携杏酒青羊，以备牲醴，告于山中。先生受礼讫，对太守呼吸数过，五指连拂之，爪甲间皆出云烟之气，惟中指气象甚盛。先生曰："郡中雨得足，诸县皆获八分，亦可小稔。"

已而，其说不诬。(《从容录》)

B 魏郡开成中大旱，遍祷山岳。或言："西沈陆先生道行精明，请之必验。"太守以下乃携杏酒青羊，以备牲醴，告于山中。先生受礼讫，对太守呼吸数过，五指连拂之，爪甲间皆出云烟之气，惟中指气象甚盛。先生曰："郡中雨得足，诸县皆获八分，亦可小稔。"已而，其说不诬。(《从容录》)

C 魏郡开成中大旱，遍祷山岳。或言："西沈陆先生道行精明，请之必验。"太守以下乃携杏酒青羊，以备牲醴，告于山中。先生受礼讫，对太守呼吸数过，五指连拂之，爪甲间皆出云烟之气，惟中指气象甚盛。先生曰："郡中雨得足，诸县皆获八分，亦可小稔。"已而，其说不诬。(《从容录》)

D【指拂云气】《从容录》曰：魏郡开成中大旱，遍祷山岳，不应。或言："西沉山陆先生道行精明，请之必验。"太守以下乃携杏酒青羊，以备牲醴，告于山中。先生受礼讫，对太守呼吸数过，五指连拂之，爪甲间皆出云烟之气，惟中指气象甚盛。先生曰："郡中雨得足，诸县皆获八分，亦可小稔。"已而，其说不诬。(333)

E【指拂云气】《从容录》曰：魏郡开成中大旱，遍祷山岳，不应。或言："西沉山陆先生道行精明，请之必验。"太守以下乃携杏酒青羊，以备牲醴，告于山中。先生受礼讫，对太守呼吸数过，五指连拂之，爪甲间皆出云烟之气，惟中指气象甚盛。先生曰："郡中雨得足，诸县皆获八分，亦可小稔。"已而，其说不诬。(334)

◎ 引文考

【唐白居易原本、宋孔传续撰《白孔六帖》卷八十二·指拂云气】《从容录》曰：魏郡开成中大旱，遍祷山岳，不应。或言："西沉山陆先生道行精明，请之必验。"太守以下乃携杏酒青羊，以备牲醴，告于山中。先生受礼讫，对太守呼吸数过，五指连拂之，爪甲间皆出云烟之气，惟中指气象甚盛。先生曰："郡中雨得足，诸县皆获八分，亦可小稔。"已而，其说不诬。

【明徐应秋《玉芝堂谈荟》卷九·祷雨之奇】《从容录》：魏郡开成中大旱，遍祷山岳。或言："西沈陆先生道行精明，请之必验。"迨至呼吸数过，五指连拂之，爪甲间皆出云烟之气，惟中指气象甚盛。先生曰："郡中雨得足，诸县皆获八分，亦可小稔。"既而，其说不诬。

◎ 词汇考

【汉语大词典·稔】庄稼成熟。《国语·吴语》："吴王夫差既杀申胥，不稔于岁，乃起师北伐。"韦昭注："稔，熟也。"《韩诗外传》卷一："于是岁大稔，民给家足。"《旧唐书·后妃传上·贤妃徐氏》："自贞观以来，二十有二载，风调雨顺，年登岁稔。"

石 鱼

◎ 版本考

A 南康有狂人周可大，见鱼必置数十头，食余弃于几上。人谓随即臭腐。可大以手摩之，皆为石鱼。后年余，友人访之，见其纸裹石鱼，煨以啖客，新香不异常鱼。(逍遥公

《南康记》)

　　B 南康有狂人周可大，见鱼必置数十头，食余弃于几上。人谓随即臭腐。可大以手摩之，皆为石鱼。后年余，友人访之，见其纸裹石鱼，煨以啖客，新香不异常鱼。(逍遥公《南康记》)

　　C 南康有狂人周可大，见鱼必置数十头，食余弃于几上。人谓随即臭腐。可大以手摩之，皆为石鱼。后年余，友人访之，见其纸裹石鱼，煨以啖客，新香不异常鱼。(逍遥公《南康记》)

　　D【煨石鱼】逍遥公《南康记》曰：狂人周可大，见鱼必买数十头，食余弃于几上。人谓随即臭腐。可大以手摩之，皆为石鱼。后年余，友人访之，见其纸裹石鱼，煨以啖客，新香与常鱼不异。(334)

　　E【煨石鱼】逍遥公《南康记》曰：狂人周可大，见鱼必买数十头，食余弃于几上。人谓随即臭腐。可大以手摩之，皆为石鱼。后年余，友人访之，见其纸裹石鱼，煨以啖客，新香与常鱼不异。(335)

◎ 引文考

　　【《御定渊鉴类函》卷四四二】《南康记》曰：南康有狂人周可大，见鱼必置数十头，食余弃于几上。人谓随即臭腐。可大以手摩之，皆为石鱼。后年余，友人访之，见其纸裹石鱼，煨以啖客，新香不异常鱼。

　　【《御定佩文韵府》卷一〇〇之二·入声·十一陌韵二·客·啖客】《南康记》曰：南康有狂人周可大，见鱼必置数十头，食余弃于几上。人谓随即臭腐。可大以手摩之，皆为石鱼。后年余，友人访之，见其纸裹石鱼，煨以~~，新香不异常鱼。

　　【清吴士玉《骈字类编》卷四十二·山水门七·石·石鱼】《云仙杂记》：《南康记》曰：南康有狂人周可大，见鱼必置数十头，食余弃于几上。人谓随即臭腐。可大以手摩之，皆为石鱼。后年余，友人访之，见其纸裹石鱼，煨以啖客，新香不异常鱼。

◎ 词汇考

　　【周可大】待考。

王母惜黄中李过蟠桃

◎ 版本考

　　A 西王母居龙月城，城中产黄中李花，开则三影，结实则九影，花实上皆有"黄中"二字。王母惜之，过于蟠桃，与紫阳真官博戏，则以一二百枚递分胜负。(《集真记》)

　　B 西王母居龙月城，城中产黄中李花，开则三影，结实则九影，花实上皆有"黄中"二字。王母惜之，过于蟠桃，与紫阳真官博戏，则以一二百枚递分胜负。(《集真记》)

　　C 西王母居龙月城，城中产黄中李花，开则三影，结实则九影，花实上皆有"黄中"二字。王母惜之，过于蟠桃，与紫阳真官博戏，则以一二百枚递分胜负。(《集真记》)

　　D【黄中李】《集真记》曰：西王母居龙月城，城中产黄中李，花开则三影，结实则九影，花实上皆有"黄中"二字。王母惜之，过于蟠桃，与紫阳真君博戏，则以一二百枚分

胜负。（335）

　　E【黄中李】《集真记》曰：西王母居龙月城，城中产黄中李，花开则三影，结实则九影，花实上皆有"黄中"二字。王母惜之，过于蟠桃，与紫阳真君博戏，则以一二百枚分胜负。（336）

◎ 引文考

　　【宋潘自牧《记纂渊海》卷九十二·果实部·李】西王母居龙月城，城中产黄中李花，花实上皆有"黄中"二字。王母惜之，过于蟠桃。（《集真记》）

　　【明徐应秋《玉芝堂谈荟》卷十七·西王母】《集真记》：西王母居龙月城，城中产黄中李花，开则三影，结实则九影，花实上皆有"黄中"二字。王母惜之，过于蟠桃，与紫阳真官博戏，则以一二百枚递分胜负。

　　【明陈耀文《天中记》卷五十二·李】黄中西王母居龙月城，城中产黄中李，花实上皆有黄中二字。王母惜之，过于蟠桃。（《集真记》）

　　【明董斯张《广博物志》卷四十三】王母居龙月城，中产黄中李，花实上皆有黄中二字。王母惜之，过于蟠桃。（《集真记》）

　　【明郑仲夔《玉麈新谭》偶记卷二·黄中李】西王母居龙月城，城中产黄中李，开花则三影，结实则九影，花实上皆有黄中二字。王母惜之，过于蟠桃。

　　【《御定佩文斋广群芳谱》卷五十五·果谱】《集真记》：西王母居龙月城，城中产黄中李，花开则三影，结实则九影，花实上皆有黄中二字。王母惜之，过于蟠桃。与紫阳真官博戏，则以一二百枚递分胜负。

　　【清官修《韵府拾遗》卷二十三·下平声·八庚韵·城·龙月城】《集真记》：西王母居～～～，城中产黄中李。

　　【清陈元龙《格致镜原》卷七十四·李子·异李】《集真记》：西王母居龙月城，中产黄中李，花则三影，实则九影，花实上皆有黄中二字。王母惜之，过于蟠桃。

　　【清华希闵《广事类赋》卷二十九·李·九影黄中兮真君之博戏】《集真记》：西王母居龙月城，城中产黄中李，花开则三影，结实则九影，花实上皆有黄中二字。王母惜之，过于蟠桃。与紫阳真官博戏，剠以一二百枚，递分胜。

　　【清王初桐《奁史》卷八十二·饮食门五·果】西王母龙月城中产黄中李，花开则三影，结实则九影，花实上皆有黄中二字。（《集真记》）

　　【清俞樾《茶香室丛钞·茶香室续钞》卷二十五·黄中李】唐冯贽《云仙杂记》云："西王母居龙月城，城中产黄中李，花开则三影，结实则九影，花实上皆有黄中二字。王母惜之，过于蟠桃。"按：人知有王母蟠桃，不知有此李也。又按：此盖因李为唐人国姓，故造作此说。陆龟蒙《零陵总记》云：李直方常第果实，若贡士者以绿李为首，楞梨为二，樱桃为三，柑为四，蒲桃为五，可知唐人之重李也。

　　【《御定渊鉴类函》卷三百九十九·果部·李二】《集真记》曰：西王母居龙月城，城中产黄中李，花开则三影，结实则九影，花实上皆有黄中二字。王母惜之，过于蟠桃。与紫阳真官博戏，则以一二百枚递分胜负。

◎ 词汇考

【汉语大词典·西王母】中国古代神话中的女仙人。旧时以为长生不老的象征。《山海经·西山经》："西王母，其状如人，豹尾虎齿而善啸。"《穆天子传》卷三："乙丑，天子觞西王母于瑶池之上，西王母为天子谣。"明归有光《朱夫人郑氏五十寿序》："世传赤松子服水玉止西王母室中，随风雨上下。炎帝少女追之，亦得仙去。"

重黎盏酌水

◎ 版本考

A 宣武判官洪子升延嵩山炼师在宅。值大雨，阶庭弥满，欲上堂户。子升有忧色。炼师取怀中重黎盏酌水，不满杯而庭砌随已干矣。(《宣武盛事》)

B 宣武判官洪子升延嵩山炼师在宅。值大雨，阶庭弥满，欲上堂户。子升有忧色。炼师取怀中重黎盏酌水，不满杯而庭砌随已干矣。(《宣武盛事》)

C 宣武判官洪子升延嵩山炼师在宅。值大雨，阶庭弥满，欲上堂户。子升有忧色。炼师取怀中重黎盏酌水，不满杯而庭砌随已干矣。(《宣武盛事》)

D【重黎盏】《宣武盛事》曰：宣武判官洪子升延嵩山炼师在宅。值大雨，阶庭弥满，欲上堂户。子升有忧色。炼师取怀中重黎盏酌水，不满杯而庭砌随已干矣。(336)

E【重黎盏】《宣武盛事》曰：宣武判官洪子升延嵩山炼师在宅。值大雨，阶庭弥满，欲上堂户。子升有忧色。炼师取怀中重黎盏酌水，不满盏而庭砌随已干矣。(337)

◎ 引文考

【《御定分类字锦》卷二十五·器用·重黎酌水】《云仙杂记》：宣武判官洪子升延嵩山炼师在宅。值大雨，阶庭弥满，欲上堂户。子升有忧色。炼师取怀中～～盏～～，不满盏而庭砌随已干矣。

【《御定佩文韵府》卷四十五·上声·十五潸韵·盏·重黎盏】《云仙杂记》：宣武判官洪子升延嵩山炼师在宅。值大雨，阶庭弥满，欲上堂户。子升有忧色。炼师取怀中～～～酌水，不满盏而庭砌随已干矣。

◎ 词汇考

【汉语大词典·弥满】充满；布满。《后汉书·任光传》："使骑各持炬火，弥满泽中，光炎烛天地，举城莫不震惊惶怖，其夜即降。"南朝陈徐陵《为护军长史王质移文》："羌胡宝马，纵横七泽之中；荆楚楼船，弥满三江之上。"唐司空图《诗品·豪放》："真力弥满，万象在旁。"

【汉语大词典·重黎】重与黎，为羲和二氏之祖先。《书·吕刑》："乃命重黎，绝地天通，罔有降格。"孔传："重即羲，黎即和。尧命羲和世掌天地四时之官，使人神不扰，各得其序。"孔颖达疏："羲是重之子孙，和是黎之子孙，能不忘祖之旧业，故以重黎言之。"《国语·楚语下》："颛顼受之，乃命南正重司天以属神，命火正黎司地以属民……尧复育重黎之后，不忘旧者，使复典之，以至于夏商。"

时元亨炼真

◎ 版本考

A 方山道人时元亨炼真厌世三十余年，精唾涕泪俱惜之。七十发不白，走如奔马。宋先生曰："吾以小术，令此子三日即死。"乃于酒中以羊豕脑一拌啖之。元亨不觉也，饮罢便苦头痛下痢。明日，便出如剥净鸡头肉者二三升许。又明日元亨果卒。(《河中记》)

B 方山道人时元亨炼真厌世三十余年，精唾涕泪俱惜之。七十发不白，走如奔马。宋先生曰："吾以小术，令此子三日即死。"乃于酒中以羊豕脑一拌啖之。元亨不觉也，饮罢便苦头痛下痢。明日，便出如剥净鸡头肉者二三升许。又明日元亨果卒。(《河中记》)

C 方山道人时元亨炼真厌世三十余年，精唾涕泪俱惜之。七十发不白，走如奔马。宋先生曰："吾以小术，令此子三日即死。"乃于酒中以羊豕脑一样啖之。元亨不觉也，饮罢便苦头痛下痢。明日，便出如剥净鸡头肉者二三升许。又明日元亨果卒。(《河中记》)

D【鸡头肉】《河中记》曰：方山道人时元亨炼真厌世三十余年，精唾涕泪俱惜之。七十发不白，走如马。宋先生谓人曰："吾以小术，令此子三日即死。"于酒中以羊豕脑一样啖之。元亨不觉也，饮罢但苦头痛下痢。明日，便出如剥净鸡头肉者二三升许。又明日元亨果卒。(337)

E【鸡头肉】《河中记》曰：方山道人时元亨炼真厌世三十余年，精唾涕泪俱惜之。七十发不白，走如马。宋先生谓人曰："吾以小术，令此子三日即死。"于酒中以羊豕脑一样啖之。元亨不觉也，饮罢但苦头痛下痢。明日，便出如剥净鸡头肉者二三升许。又明日元亨卒。(338)

◎ 引文考

【明徐应秋《玉芝堂谈荟》卷十七·道家南北宗】方山道人时元亨炼真厌世三十年，七十发不白，走及奔马。宋先生于酒中以羊豕脑一样啖之，便头痛下痢，出如剥净鸡头肉者二三升。明日遂卒。

◎ 词汇考

【方山道人时元亨】待考。

【汉语大词典·小术】法术、技术之小者。晋葛洪《抱朴子·至理》："汉丞相张苍，偶得小术，吮妇人乳汁，得一百八十岁。"北齐颜之推《颜氏家训·养生》："吾尝患齿，摇动欲落，饮食冷热，皆苦疼痛。见《抱朴子》牢齿之法，早朝叩齿三百下为良；行之数日，即便平愈，今恒持之。此辈小术无损于事，亦可修也。"《新唐书·李德裕传》："今所得者，皆迂怪之士，使物淖冰，以小术欺聪明。"《新五代史·司天考一》："近自司天卜祝小术，不能举其大体，遂为等接之法。"

【汉语大词典·鸡头肉】芡实的别名。唐冯贽《云仙杂记·时元亨炼真》："明日便出如剥净鸡头肉者二三升许。"亦省作"鸡头"。北魏贾思勰《齐民要术·养鱼》："鸡头，一名雁喙，即今芡子是也。由子形上花似鸡冠，故名曰鸡头。"唐徐凝《侍郎宅泛池》诗："莲子花边回竹岸，鸡头叶上荡兰舟。"

孙逢年好酒色老不衰

◎ 版本考

　　A 长安孙逢年日一醉，无虚席。妓妾曳绮罗者二百余人。晚年衰惫，齿皆蚘龋，空虚如楼阁，而旧好不衰。(《长安后记》)

　　B 长安孙逢年日一醉，无虚席。妓妾曳绮罗者二百余人。晚年衰惫，齿皆蚘龋，空虚如楼阁，而旧好不衰。(《长安后记》)

　　C 长安孙逢年日一醉，无虚席。妓妾曳绮罗者二百余人。晚年衰惫，齿皆蚘龋，空虚如楼阁，而旧好不衰。(《长安后记》)

　　D【齿龋如楼阁】《长安后记》曰：孙逢年日日醉，无虚席。妓妾曳绮罗者二百余人。晚年衰惫，齿皆蚘龋，空虚如楼阁，而旧好尚不绝。(338)

　　E【齿龋如楼阁】《长安后记》曰：孙逢年日日醉，无虚席。妓妾曳绮罗者二百余人。晚年衰惫，齿皆蚘龋，空虚如楼阁，而旧好尚不绝。(339)

◎ 引文考

　　今检《中国基本古籍库》，此条未见引用。

◎ 词汇考

　　【汉语大词典·绮罗】泛指华贵的丝织品或丝绸衣服。汉徐幹《情诗》："绮罗失常色，金翠暗无精。"唐秦韬玉《贫女》诗："蓬门未识绮罗香，拟托良媒益自伤。"明张四维《双烈记·引狎》："谩话绮罗，休说珍羞，端不趁侬心苗。"清唐孙华《戏为友人代忆》诗之四："生小调丝竹，由来足绮罗。"

　　【汉语大词典·衰惫】衰弱疲惫。唐冯贽《云仙杂记·孙逢年好酒色老不衰》："晚年衰惫，齿皆蚘龋，空虚如楼阁。"明方孝孺《赠刘文仲序》："刘君署金华县典史，朝夕奔走大府，形容衰惫，不类曩时。"清顾炎武《答迟屏万书》："弟至曲沃三日而大病……熊明府来视者十次，尚未入城一拜，其衰惫可知。"

　　【汉语大词典·蚘龋】谓牙齿蛀蚀。唐冯贽《云仙杂记·孙逢年好酒色老不衰》："晚年衰惫，齿皆蚘龋，空虚如楼阁，而旧好不衰。"

王维居辋川地不容尘

◎ 版本考

　　A 王维居辋川，宅宇既广，山林亦远，而性好温洁，地不容浮尘。日有十数扫饰者，使两童专缚帚，而有时不给。(《洛都要记》)

　　B 王维居辋川，宅宇既广，山林亦远，而性好温洁，地不容浮尘。日有十数扫饰者，使两童专缚帚，而有时不给。(《洛阳要记》)

　　C 王维居辋川，宅宇既广，山林亦远，而性好温洁，地不容浮尘。日有十数扫饰者，使两童专缚帚，而有时不给。(《洛阳要记》)

D【两童缚帚】《洛阳要记》曰：王维居辋川，宅宇既广，山林亦远，而性好温洁，地不容浮尘。日有十数扫饰者，使两童专缚帚，而有时不给。(339)

E【两童缚帚】《洛阳要记》曰：王维居辋川，宅宇既广，山林亦远，而性好温洁，地不容浮尘。日有十数扫饰者，使两童专缚帚，而有时不给。(340)

◎ 引文考

【明冯梦龙《古今谭概》怪诞部卷二·洁疾】王维居辋川，地不容微尘。日有十数帚扫治，专使两僮缚帚，有时不给。

【明焦竑《焦氏类林》卷七】王维居辋川，室宇既广，山林亦远，而性好温洁，地不容浮尘。日有十数扫饰者，使两童专掌缚帚，而有时不给。(《洛都要记》)

【明何良俊《何氏语林》卷三十·惑溺第三十七】王维居辋川，宅宇既广，山林亦远，而雅好洁，地不容浮尘。日有十数帚扫治，专使两童缚帚，有时不给。

【《御定渊鉴类函》卷三四六·处室部七·室·室二】《洛阳要记》曰：王维居辋川，宅宇既广，山林亦远，而性好温凉，地不容浮尘。日有十数扫饰者，使两童专缚帚，而有时不给。

【清吴襄《子史精华》卷一百二十四·形色部二·性情·两童专掌缚帚有时不给】冯贽《云仙杂记》：王维居辋川，宅宇既广，山林亦远，而性好洁，地不容浮尘。日有十数扫饰者，使~~~~~~，而~~~~。

【清沈青峰《(雍正)陕西通志》卷九八】王维居辋川，宅宇既广，山林亦远，而性好温洁，地不容浮尘。日有十数扫饰者，使两童专缚帚，而有时不给。(《洛阳要记》)

【明胡谧《(成化)山西通志》卷二二九】王维居辋川，宅宇既广，山林亦远，而性好温洁，地不容浮尘。日有十数扫饰者，使两童专缚帚，而有时不给。(《洛阳要记》)

◎ 词汇考

【汉语大词典·宅宇】住宅；房舍。《晋书·王祥传》："又以太保高洁清素，家无宅宇，其权留本府，须所赐第成乃出。"唐冯贽《云仙杂记·王维居辋川地不容尘》："王维居辋川，宅宇既广，山林亦远，而性好温洁，地不容浮尘。"《敦煌变文集·祇园因由记》："其夜严饰宅宇，广敷茵蓐，大小奔驰，营办食饮。"明陈与郊《义犬》第一出："下官袁灿，字景倩，官拜尚书令仪同三司，即本号开府，宅宇平素，园亭晏如。"

【汉语大词典·浮尘】空中飞扬或物面附着的灰尘。宋林逋《寺居》诗："不压浮尘拟何了，片心难舍此缘中。"宋苏辙《次韵子瞻和渊明饮酒》之十六："浮尘扫欲尽，火枣行当成。"

磁石益眼

◎ 版本考

A 益眼者无如磁石，以为盆枕，可老而不昏。宁王宫中多用之。(《丰宁传》)

B 益眼者无如磁石，以为盆枕，可老而不昏。宁王宫中多用之。(《丰宁传》)

C 益眼者无如磁石，以为盆枕，可老而不昏。宁王宫中多用之。(《丰宁传》)

D【磁石枕】《丰宁传》曰：益眼者无如磁石，以为盆枕，可老而不昏。宁王宫中多用之。（340）

E【磁石枕】《丰宁传》曰：益眼者无如磁石，以为盆枕，可老而不昏。宁王宫中多用之。（341）

◎ 引文考

【宋周守中《养生类纂》卷六·睡卧】益眼者无如磁石，以为盆枕，可老而不昏。宁王宫中用之。（《丰宁传》）

【明焦竑《焦氏类林》卷七·摄养】益眼者无如磁石，以为盆枕，可老而不昏。宁王宫中多用之。（《丰宁传》）

【明焦竑《焦氏笔乘》卷五·医方】益眼者无如磁石，以为盆枕，可老而不昏。宁王宫中多用之。（《丰宁传》）

【明张懋修《墨卿谈乘》卷八杂俎·磁石益眼美玉润肺】《丰宁传》载：益眼者无如磁石，以为盆枕，可老而不昏。宁王宫中多用之。

【清吴士玉《骈字类编》卷一百五十九·器物门十二·盆枕】《云仙杂记》：益眼者无如磁石，以为~~，可老而不昏。宁王宫中多用之。

【《御定渊鉴类函》卷三百七十八·服饰部九·枕三·磁石　色绫】《潜确类书》《丰宁传》曰：益眼者无如磁石，为盆枕，可老而不昏。宁王宫中多用此枕。《酉阳杂俎》曰：台山有色绫木，理如绫纹，人取之以为枕，号曰色绫枕。

【《御定佩文韵府》卷四十五·上声·十五潸韵·眼·益眼】《云仙杂记》：~~者无如磁石，以为盆枕，可老而不昏。宁王宫中多用之。

【清陈元龙《格致镜原》卷六·坤舆类二·石上】《丰宁传》：益眼者无如磁石，以为盆枕，可老而不昏。宁王宫中多用之。

【清陈元龙《格致镜原》卷五十四·居处器物类二·石枕】《丰宁传》：益眼者无如磁石，为枕可老而不昏。宁王宫中多用之。

【清朱琰《陶说》卷五·说器中·瓷枕】《考盘余事》：旧窑枕长二尺五寸，阔六寸者，可用。长一尺者，谓之尸枕，乃古墓中物，虽宋瓷白定，亦不可用。有瓷石者，如无大块，以碎者琢成枕面，下以木镶成枕，最能明目益睛，至老可读细书。《居易录》：德州赵侍郎宅掘得古冢，有一瓷枕，枕上有杜诗百宝装腰带四句。按：《丰宁传》云：益眼者无如瓷石，为枕，可老而不昏。宁王宫中多用之。

◎ 词汇考

【汉语大词典·磁石】磁铁矿的矿石。即天然的吸铁石。《鬼谷子·反应》："其察言也不失，若磁石之取针，舌之取燔骨。"唐玄奘《大唐西域记·乌荼国》："承露盘下，覆钵势上，以花盖笴置之便住，若磁石之吸针也。"

【宁王】即唐宁王李宪（679—742），唐睿宗长子，母刘皇后。本名成器。初封永平郡王。文明元年（684），睿宗即位，立为太子。天授元年（690），改称皇孙。景云元年（710），封宋王。旋睿宗复位，固让太子位于弟李隆基（玄宗），为雍州牧、扬州大都督、太子太师。历尚书左仆射，岐、泽州刺史，复拜太尉，改封宁王。与玄宗友爱，以不干议朝政，不与人交结为玄宗信重。卒葬惠陵(在今陕西蒲城西北)，谥让皇帝。

鱼喜鹿胎香

◎ 版本考

A 扬州太守间丘惠会僚友于转沙亭，集境内渔户，令曰："所得鱼多者有金帛之赏。"有一渔人以肉物作块，散悬于网上，取鱼倍众力，凡十网，得鱼三千六百，无甚小者。众惭而退。太守询之，曰："鱼喜鹿胎之香，适散悬者乃此物也。下网召之，万鱼毕聚矣!"(《扬州事迹》)

B 扬州太守间丘惠会僚友于转沙亭，集境内渔户，令曰："所得鱼多者有金帛之赏。"有一渔人以肉物作块，散悬于网上，取鱼倍众力，凡十网，得鱼三千六百，无甚小者。众惭而退。太守询之，曰："鱼喜鹿胎之香，适散悬者乃此物也。下网召之，万鱼毕聚矣!"(《扬州事迹》)

C 扬州太守间丘惠会僚友于转沙亭，集境内渔户，令曰："所得鱼多者有金帛之赏。"有一渔人以肉物作块，散悬于网上，取鱼倍众力，凡十网，得鱼三千六百，无甚小者。众惭而退。太守询之，曰："鱼喜鹿胎之香，适散悬者乃此物也。下网召之，万鱼毕聚矣!"(《扬州事迹》)

D【鹿胎召鱼】《扬州事迹》曰：太守间丘惠会僚友于转沙亭，集境内渔户，令曰："所得鱼多者有金帛之赏。"有一渔人以肉物作块，散悬于网上，取鱼倍众力，凡十网，得鱼三千六百，无甚小者。众渔惭而退。太守询之，曰："鱼喜鹿胎之香，适散悬者乃此物也。下网召之，万鱼毕聚矣!"(341)

E【鹿胎召鱼】《扬州事迹》曰：扬州太守间丘惠会僚友于转沙亭，集境内渔户，令曰："所得鱼多者有金帛之赏。"有一渔人以肉物作块，散悬于网上，取鱼倍众力，凡十网，得鱼三千六百，无甚小者。众渔惭而退。太守询之，曰："鱼喜胎鹿之香，适散悬者乃此也。下网召之，万鱼毕聚矣!"(342)

◎ 引文考

【明徐应秋《玉芝堂谈荟》卷二十八·内香燕九十二种】《扬州事迹》：一间丘惠于转沙亭，集渔人，为饵以鹿胎香。

【《御定渊鉴类函》卷四四二·鳞介部六·鱼·鱼二】《云仙杂记》曰：扬州太守间丘惠会僚友于转沙亭，集境内渔户，令曰："所得鱼多者有金帛之赏。"有一渔人以肉物作块，散悬于网上，取鱼倍众力，凡十网，得鱼三千六百，无甚小者。众渔惭而退。太守询之，曰："鱼喜鹿胎之香，适散悬者乃此物也。下网召之，万鱼毕聚矣!"

【清来集之《倘湖樵书》卷五·鸟兽虫鱼能夺天工】以鹿胎香悬饵下网，则万鱼毕聚。

◎ 词汇考

【间丘惠】待考。

【汉语大词典·僚友】同官的人。《礼记·曲礼上》："夫为人子者，三赐不及车马，故州间乡党称其孝也，兄弟亲戚称其慈也，僚友称其弟也，执友称其仁也，交游称其信也。"郑玄注："僚友，官同者。执友，志同者。"三国魏刘劭《人物志·利害》："其功足以激浊扬清，师范僚友。"

【汉语大词典·鹿胎】鹿的胎。唐皮日休《送润卿博士还华阳》诗："仙市鹿胎如锦嫩，阴宫燕肉似酥肥。"唐冯贽《云仙杂记·鱼喜鹿胎香》："太守询之，曰：'鱼喜鹿胎之香，适散悬者，乃此物也。'"

降魔寺僧以名召鱼

◎ 版本考

A 东川降魔寺僧吉祥魁梧多力，受饭五钵，日夜诵经九函。池中鱼知其数，以名召之，皆出水面，使去即没。(《蜀普录》)

B 东川降魔寺僧吉祥魁梧多力，受饭五钵，日夜诵经九函。池中鱼知其数，以名召之，皆出水面，使去即没。(《蜀普录》)

C 东川降魔寺僧吉祥魁梧多力，受饭五钵，日夜诵经九函。池中鱼知其数，以名召之，皆出水面，使去即没。(《蜀普录》)

D【诵经五函】《蜀普录》曰：东川降魔寺僧吉祥魁梧多力，受饭五钵，日夜诵经五函。池中鱼知其数，以名召之，皆出水面，使去即没。(342)

E【诵经九函】《蜀普录》曰：东川降魔寺僧吉祥魁梧多力，受饭五钵，日夜诵经九函。池中鱼知其数，以名召之，皆出水面，使去即没。(343)

◎ 引文考

【宋王象之《舆地纪胜》卷一百五十四·仙释·僧吉祥】东川解魔寺～～～魁梧多力，受饭五钵，日夜诵经五函。池中鱼知其数，以名召之，皆出水面，使去即没。(《蜀普录》)

【宋谢维新《事类备要》前集卷四十九·释教门·吉祥召鱼】东川解魔寺僧吉祥魁梧多力，受饭五钵，日夜诵经九函。池中鱼知其数，以名召之，皆出水面，使去皆没。(《蜀普录》)

【宋无名氏《锦绣万花谷》后集卷二十八·僧·日夜诵经九函】东川解魔寺僧吉祥魁梧多力，受饭五钵，日夜诵经九函。池中鱼知其数，以名召之，皆出水面，使去即没。(《蜀普录》)

【明陈禹谟《骈志》卷十六·辛部下·鱼知名鸡知名】《蜀普录》：东川降魔寺僧吉祥魁梧多力，受饭五钵，日夜诵经九函。池中鱼知其数，以名召之，皆出水面，使去即没。

【明杜应芳《补续全蜀艺文志》卷五十一志余·外纪六】东川解魔寺僧吉祥魁梧多力，受饭五钵，日夜诵经九函。池中鱼知其数，以名召之，皆出水面，使去即没。(《白孔六帖》)

【明彭大翼《山堂肆考》卷一百四十六·释教·召鱼】《蜀普录》：东川解魔寺僧吉祥魁梧多力，受饭五钵，日夜诵经五函。池中鱼知其数，以名召之，皆出水面，使去皆没。

【明余寅《同姓名录》卷十二·周室同名·吉祥】唐东川降魔寺僧吉祥魁梧多力，受饭五钵，日夜诵经九函。池中鱼知其数，以名召之，皆出水面，使去即没。见《云仙杂记》。宋吉祥，平阳人，工画佛道，山水亦佳。见《图绘宝鉴》。又仁宗天圣五年，天竺国僧吉祥等五人以梵书来献，赐紫方袍。

【《御定渊鉴类函》卷三百十七·释教部二·巢鹊　召鱼】《山堂肆考》：杭州道林禅师姓吴名元卿，初至秦望山，见长松枝叶蟠屈如盖，遂栖其上，复有鹊巢其侧，人目为鸟窠和尚。《蜀普录》：东川解魔寺僧吉祥魁梧多力，受饭五钵，日夜诵经五函。池中鱼知其数，以名召之，皆出水面。

【《御定渊鉴类函》卷四四二·鳞介部六·鱼·鱼二】《蜀普录》曰：东川降魔寺僧吉祥魁梧多力，受饭五钵，日夜诵经九函。池中鱼知其数，以名召之，皆出水面，使去即没。

【《续文献通考》卷二百五十三·仙释考·名释上】吉祥东川，解魔寺僧也，魁梧多力，受饭五钵，日夜诵经九函。池中鱼知其数，以名召之，皆出水面，使去即没。

【清官修《韵府拾遗》卷二十·下平声·五歌韵·魔·降魔】《云仙杂记》：东川~~寺僧吉祥魁梧多力，受饭五钵，日夜诵经九函。池中鱼知其数。

【清华希闵《广事类赋》卷二十四·释道部·佛教】《蜀普录》：东川解魔寺僧吉祥魁梧多力，受饭五钵，日夜诵经九函。池中鱼知其数，以名召之，皆出水面，使去则皆没。

【清彭遵泗《蜀故》卷二十二·僧释】东川降魔寺僧吉祥魁梧多力，受饭五钵，日夜诵经九函。池中鱼知其数，以名召之，皆出水面，使去即没。

【清秦嘉谟《月令粹编》卷二十·昼夜时刻·诵经九函】《云仙杂记》：东川降魔寺僧吉祥魁梧多力，受饭五钵，日夜诵经九函。池中鱼知其数，以名召之，皆出水面，使去即没。

◎ 词汇考

【降魔寺】待考。

【汉语大词典·多力】谓力大。《孙子·形》："故举秋毫不为多力，见日月不为明目，闻雷霆不为聪耳。"《吕氏春秋·仲秋》："吴阖庐选多力者五百人，利趾者三千人，以为前陈，与荆战。"《三国志·魏书·董卓传》"卓闻之，以为毖琼等通情卖己，皆斩之"裴松之注引三国吴谢承《后汉书》："卓多力，退却不中，即收孚。"

并代人喜嗜面

◎ 版本考

A 并代人喜嗜面，切以吴刀，淘以洛酒，漆斗贮之，击鼓集老幼，自以多寡取之至饱。(《河东备录》)

B 并代人喜嗜面，切以吴刀，淘以洛酒，漆斗贮之，击鼓集老幼，自以多寡取之至饱。(《河东备录》)

C 并代人喜嗜面，切以吴刀，淘以洛酒，漆斗贮之，击鼓集老幼，自以多寡取之至饱。(《河东备录》)

D【吴刀切面】《河东备录》曰：并代人喜嗜面，切以吴刀，淘以洛酒，漆斗贮之，击鼓集老幼，自以多寡取之至饱。(343)

E【吴刀切面】《河东录》曰：河东并代人苦于嗜面，切以吴刀，淘以洛酒，漆斗贮之，击鼓集老幼，自以多寡取之至饱。(344)

◎ 引文考

【唐白居易原本、宋孔传续撰《白孔六帖》卷十六·苦于嗜面】《河东备录》：河东并代人苦于嗜面，切以吴刀，淘以洛酒，漆斗贮之，击鼓集老幼，自以多寡取之至饱。

【宋谢维新《事类备要》外集卷四十六·饼饵门·饼·淘以洛酒】河东并代人喜嗜面，切以吴刀，淘以洛酒，漆斗贮之，击鼓集老幼，自以多寡取之至饱。（《河东备录》）

【元阴时夫《韵府群玉》卷五·下平声·四豪·冷淘】野狐泉一妪善制水花~~，切以吴刀，淘以洛酒。

【清吴士玉《骈字类编》卷五十一·山水门十六·洛·洛酒】并代人喜嗜面，切以吴刀，淘以洛酒，漆斗贮之，击鼓集老幼，自以多寡取之至饱。

【《御定渊鉴类函》卷三八九·冷淘二·苦于嗜面】《河东备录》曰：并代人苦于嗜面，漆斗贮之，老幼自以多寡取之至饱。

【《御定佩文韵府》卷七十六之五·去声·十七霰韵五·面·喜嗜面】《云仙杂记》：并代人~~~，切以吴刀，淘以洛酒，漆斗贮之。

【清陈元龙《格致镜原》卷二十五·饮食类五·面】《河东录》曰：河东并代人苦于嗜面，切以吴刀，淘以洛酒，漆斗贮之，击鼓集老幼，自以多寡取之至饱。

【明胡谧《(成化)山西通志》卷二二九】并代人喜嗜面，切以吴刀，淘以洛酒，漆斗贮之，击鼓集老幼，自以多寡取之至饱。（《河东备录》）

◎ 词汇考

【汉语大词典·河东】黄河流经山西省境，自北而南，故称山西省境内黄河以东的地区为"河东"。《左传·僖公十五年》："于是秦始征晋河东，置官司焉。"《孟子·梁惠王上》："河内凶，则移其民于河东，移其粟于河内。河东凶亦然。"赵岐注："魏旧在河东，后为强国兼得河内也。"

鹤　识　字

◎ 版本考

A 卫济川养六鹤，日以粥饮啖之，三年识字。济川检书，皆使鹤衔取之，无差。（《金城记》）

B 卫济川养六鹤，日以粥饮啖之，三年识字。济川检书，皆使鹤衔取之，无差。（《金城记》）

C 卫济川养六鹤，日以粥饮啖之，三年识字。济川检书，皆使鹤衔取之，无差。（《金城记》）

D【鹤衔书】《金城记》曰：卫济川养六鹤，日以粥饭啖之，三年识字。济川检书，皆使鹤衔取之，无差。（344）

E【鹤衔书】《金城记》曰：卫济川养六鹤，日以粥饭啖之，三年识字。济川检书，皆使鹤衔取之，无差。（345）

◎ 引文考

【明方弘静《千一录》卷十八·客谈六】卫济川养六鹤，检书，使衔取之。今卜者能使鸟衔字，鸟兽皆有良知，不为异也。

【明沈长卿《沈氏日旦》卷十】卫济川鹤能识字，令其检书，衔取一一不错。此即猴之能舞，鹦鹉、鸜鹆之能言，由于习也，未足为异。

【明薛冈《天爵堂文集》卷三·友鹤楼稿序】昔卫济川养鹤，三年识字，则余岂惟不敢望季主、稚川，且不得如济川之鹤。鹤之宜友如此。友道至今陵迟已极，托妻子，寄死生，分忧患，不多见矣。

【明李日华《六研斋二笔》卷三】济川驯鹤能令衔书。

【明焦竑《焦氏类林》卷七·鸟兽】卫济川养六鹤，日以粥饭啖之，三年识字。济川检书，皆使鹤衔取之，无差。（《金城记》）

【明李贽《初潭集》卷十三·师友三·三谈学】卫济川有六鹤，日以粥饭啖之，三年识字。济川检书，只令鹤衔取，鹤一一无差。

【明郑元勋《媚幽阁文娱二集》卷九·钱梅《彷村别墨》】抱朴子曰："举秀才，不知书。举孝廉，父别居。"今人侥幸殆甚于此。宋人谚云："焚香礼进士，嗔目待明经。"今人势利，亦不减是。卫济川养六鹤，日以粥饮啖之，三年识字。济川检书，皆使鹤衔取之，无差。一童侍数年，不能检书，因名之曰"愧鹤"。

【清吴士玉《骈字类编》卷一百·数目门二十三·六鹤】《澄怀录》：卫济川养～～，日以粥饮啖之，三年识字，济川检书，皆使鹤衔取之，无差。

【《御定佩文韵府》卷六十三之七·去声·四置韵七·字·鹤识字】《记事珠》：卫济川养六～，日以粥饭啖之，三年～～。济川检书，皆使鹤衔取之，无差。

【《御定佩文韵府》卷九十九之四·入声·十药韵四·鹤·六鹤】《记事珠》：卫济川养～～，日以粥饭啖之，三年识字。济川检书，皆使鹤衔取之，无差。

【清吴襄《子史精华》卷一百三十五·动植部一·鸟·识字检书】冯贽《云仙杂记》：卫济川养六鹤，日以粥饮啖之，三年～～。济川～～，皆使鹤衔取之，无差。

【《御定渊鉴类函》卷四百二十·鸟部三·识字寄诗】《金城记》：卫济川养六鹤，日以粥饮啖之，三年识字。济川检书，皆使鹤衔取之，无差。《内观日疏》：晁采畜一白鹤，名素素，一日雨中忽忆其夫，试谓鹤曰："昔王母青鸾、绍兰燕子皆能寄书达远，汝独不能乎？"鹤延颈向采，若受命状，采即援笔直书二绝句，系于其足，竟致其夫，寻即归。

【清陈元龙《格致镜原》卷七十七·鹤·鹤事】《记事珠》：卫济川养六鹤，日以粥饭啖之，三年识字。济川检书，皆使鹤衔取之，无差。

【清褚人获《坚瓠集》补集卷四·鹤衔书】蠹鱼三食神仙字，便得化去，名为脉望。卫济川养六鹤，以粥饭啖之，鹤渐识字。济川检书，皆使鹤衔之。李君实日华《赠书贾》诗中一联云："行藏半似衔书鹤，生计甘为食字鱼。"用此。

【清秦嘉谟《月令粹编》卷一·月令总·识字鹤】《金城记》：卫济川养六鹤，日以粥饮啖之，三年识字。济川检书，皆使鹤衔取之，无差。

【清官修《韵府拾遗》卷九十九·鹤·愧鹤】《金城记》：卫济川畜一鹤，三年教之识字检书，随指而应。有一童随左右，命之检书，不能也，因名之曰～～。

【清屠粹忠《栩栩园诗》·衔书思养三年鹤】卫济川养六鹤，食饭三年，能识字衔书。

◎ 词汇考

【卫济川】待考。

【汉语大词典·检书】翻阅书籍。唐杜甫《夜宴左氏庄》诗："检书烧烛短，看剑引杯长。"

洗 心 糖

◎ 版本考

A 茅地经冬，烧去枝梗，至春，取土中余根白如玉者捣汁，煎之至甘，可为洗心糖。（《幽燕异记》）

B 茅地经冬，烧去枝梗，至春，取土中余根白如玉者捣汁，煎之至甘，可为洗心糖。（《幽燕异记》）

C 茅地经冬，烧去枝梗，至春，取土中余根白如玉者捣汁，煎之至甘，可为洗心糖。（《幽燕异记》）

D《幽燕异记》曰：茅地经冬，烧去枝梗，至春，取土中余根白如玉者捣汁，煎之至甘，可为洗心糖。（345）

E《幽燕异记》曰：茅地经冬，烧去枝梗，至春，取土中余根白如玉者捣汁，煎之至甘，可为洗心糖。（346）

◎ 引文考

【《钦定日下旧闻考》卷一百五十·物产】茅地经冬，烧去枝梗，至春，取土中余根白如玉者捣汁，煎之至甘，可为洗心糖。（《幽燕异记》）

【《畿辅通志》卷五十六·土产·茅】《幽燕异记》：茅地经冬，烧去枝梗，至春，取土中余根白如玉者捣汁，煎之至甘，可为洗心糖。

【清陈元龙《格致镜原》卷二十三·饮食类三·糖】《幽燕异记·洗心糖》：茅地经冬，烧去枝梗，至春，取土中余根白如玉者捣汁，煎之至甘。

【清李有棠《辽史纪事本末》卷二十·承天太后摄政】《幽燕纪异》云：茅地经冬，烧去枝梗，至春，取土中余根白如玉者捣汁，煎之至甘，可为洗心糖。

【清刘岳云《格物中法》卷六下之上·木部·利用】茅地经冬，烧去枝梗，至春，取土中余根白如玉者捣汁，煎之至甘，可为洗心糖。（《云仙杂记》）

【清秦嘉谟《月令粹编》卷三·春总·洗心糖】《幽燕纪异》：茅地经冬，烧去梗，至春，取土中余根捣汁，煎之至甘，可为洗心糖。

【清张之洞《（光绪）重修天津府志》卷二十六·考十七·舆地八·草属·茅】《幽燕记异》：茅地经冬，烧去枝梗，至春，取土中余根色如玉捣汁，煮之，可为洗心餹。

◎ 词汇考

【汉语大词典·洗心糖】古代用茅草根熬制的一种糖。唐冯贽《云仙杂记·洗心糖》："茅地经冬，烧去枝梗，至春，取土中余根白如玉者，捣汁煎之至甘，可为洗心糖。"

桃 花 丝

◎ 版本考

　　A 青齐间有一种桃花，盛开时垂丝至二三尺，采之，练以松脂，递相缠结，织成鞋履，寄往都下，人皆不辨何物。(《青州杂记》)

　　B 青齐间有一种桃花，盛开时垂丝至二三尺，采之，练以松脂，递相缠结，织成鞋履，寄往都下，人皆不辨何物。(《青州杂记》)

　　C 青齐间有一种桃花，盛开时垂丝至二三尺，采之，练以松脂，递相缠结，织成鞋履，寄往都下，人皆不辨何物。(《青州杂记》)

　　D【桃花丝织鞋】《青州杂记》曰：青齐间桃花有一种盛开时垂丝至三二尺，采之，炼以松脂，递相缠结，织成鞋履，寄往都下，人皆不辨何物。(346)

　　E【桃花丝织鞋】《青州杂记》曰：青齐间桃花有一种盛开时垂丝三二尺者，采之，炼以松脂，递相缠结，织成鞋履，寄往都下，人皆不辨何物。(347)

◎ 引文考

　　【唐白居易原本、宋孔传续撰《白孔六帖》卷十二·履舄九·桃花丝织鞋】《青州杂记》：青齐间桃花有一种盛开时垂丝三二尺者，采之，炼以松脂，递相缠结，织成鞋履，寄往都下，人皆不辨何物。

　　【宋谢维新《事类备要》外集卷四十·衣服门·履·桃丝相缠】青齐间桃花有一种盛开时垂丝三二尺者，采之，炼以松脂，递相缠结，织成鞋履，寄往都下，人皆不辨何物。(《青州杂记》)

　　【宋陆佃撰、明牛衷增辑《增修埤雅广要》卷二十四·卉物门·释木类·桃】青齐间桃花有一种盛开时垂丝二三尺，采之，练以松脂，递相缠结，织成鞋履，寄往都下，人皆不辨何物。

　　【宋无名氏《锦绣万花谷》后集卷三十六·履·桃花丝织鞋】青齐间桃花有一种盛开时垂丝三二尺者，采之，炼以松脂，递相缠结，织成鞋履，寄往都下，人皆不辨何物。(《青州杂记》)

　　【明杨慎《升庵集》卷六十九·履考】古篆舄字，象鹊形，以为履饰也，履象取诸鹊，鹊知太岁，欲人行履知方也。《周礼》有鞮鞻氏，舞四夷之乐，故以革为履，取其舞蹈之便。至汉世，总章伶人服之。唐世名蛮靴，故伎人从良诗有"便脱蛮靴入凤帏"之句。崔豹云：古履絇繶皆画五色。秦始皇令宫人靸金泥飞头鞋，徐陵诗所谓"步步生香薄履"也。汉有伏虎头鞋，加以锦饰，曰"绣鸳鸯履"。东晋以草木织成，有凤头履、聚云履、五朵履。宋有重台履，梁有分梢履、立凤履、五色云霞履。隋炀帝令宫人靸瑞鸠头履，谓之仙飞履。又伏琛齐记曰：青州有一种桃花，盛开时采之，炼以松脂，递相缠结，织成鞋履，寄往都下，人皆不辨为何物。嵇含《南方草木状》云：晋太康中，扶南国进抱香履，以抱香木为之，木轻而坚韧，风至则随飘而动。

　　【明胡应麟《少室山房笔丛》·甲部《丹铅新录》八】《青州杂记》曰：桃花有一种盛开时

垂丝二三尺者，采之，炼以松脂，递相缠织成履，寄都下，人皆不辨何物。杨引作齐记，恐误。当更考本。"桃花垂丝故可织履"，杨脱"垂丝"二字，义遂难通。见孔《六帖》。

【明慎懋官《华夷花木鸟兽珍玩考》花木考卷二·桃花丝织鞋】青齐间桃花有一种盛开时垂丝二三尺者，采之，练以松脂，递相缠结，织成鞋履，寄往都下，人皆不辨何物。出《青州杂记》。龙华寺夹道皆古木，木杪有丝飘萧，下垂如缘发，长数尺许，土人谓之树衣。登山者多取而佩之。

【明郑若庸《类隽》卷十六·衣服类·桃丝】《青州杂记》云：青齐间桃花有一种盛开时垂丝二三尺者，采之，练以松脂，递相缠结，织成鞋履，寄住都下，人皆不辨何物。

【清吴士玉《骈字类编》卷一百四十九·履考·鞋履】《云仙杂记》：青齐间桃花有一种盛开时垂丝至三二尺，采之，炼以松脂，递相缠结，织成～～，寄往都下，人皆不辨何物。

【《御定佩文韵府》卷四之六·上平声·四支韵四·丝·垂丝】《青州杂记》：青齐间有一种桃花，盛开时～～至二三尺，采之，练以松脂，递相缠结，织成鞋履，寄往都下，人不识何物。

【清陈元龙《格致镜原》卷十八·冠服类六·古人履】《青州杂记》：青齐间桃花有一种盛开时垂丝三二尺者，采之，炼以松脂，递相缠结，织成鞋履，寄往都下，人皆不辨何物。

【清陈元龙《格致镜原》卷七十·花类一·桃花】《青州杂记》：青齐间桃花有一种盛开时垂丝二三尺者，采之，炼以松脂，递相缠结，可织成鞋履。

【《佩文斋广群芳谱》卷二十六·花谱·桃花二】《青州杂记》：桃花有一种盛开时垂丝一二尺者，采之，炼以松脂，缠织成履，甚轻。

【清俞樾《茶香室三钞》卷十四·卉服】唐冯贽《云仙杂记》云："青齐间有一种桃花，盛开时垂丝至二三尺，采之，练以松脂，递相缠结，织成鞋履，寄往都下，人皆不辨何物。"自注所出云《青州杂记》。按：此亦即桃花布之类，然则青州亦有之矣。今无其物，未知所言信否。

◎ 词汇考

【汉语大词典·松脂】由松类树干分泌出的树脂，在空气中呈粘滞液或块状固体，含松香和松节油。也称松香、松膏、松胶、松液、松肪。《神农本草经》卷一："松脂，味苦温，主疽恶创，头疡白秃，疗搔风气，安五藏，除热。久服，轻身不老延年。"北齐颜之推《颜氏家训·养生》："近有王爱洲，在邺学服松脂，不得节度，肠塞而死。"唐皮日休《怀华阳润卿博士》诗之一："静探石脑衣裾润，闲炼松脂院落香。"清纪昀《阅微草堂笔记·滦阳消夏录三》："景城南有破寺，四无居人，惟一僧携二弟子司香火……然谲诈殊甚，阴市松脂炼为末，夜以纸卷燃火撒空中，焰光四射。"

【汉语大词典·都下】京都。《三国志·吴书·吕据传》："又遣从兄宪以都下兵逆据于江都。"《南史·儒林传·顾越》："弱冠游学都下，通儒硕学，必造门质疑，讨论无倦。"明屠隆《彩毫记·别妻赴京》："王命难辞，官司催急，卑人只得勉行，与娘子分别。倘若久留都下，当差人迎接家眷。"

秘 密 泉

◎ 版本考

A 甘塘社有一水，方丈，莹洁，春夏不竭。旱则祷之，应时雨下。然牛马猪羊饮之肥泽；鸡鸭鹅雁饮之必死。乡民缘可以救旱，号"秘密泉"。（《邺郡名录》）

B 甘塘社有一水，方丈，莹洁，春夏不竭。旱则祷之，应时雨下。然牛马猪羊饮之肥泽；鸡鸭鹅雁饮之必死。乡民缘可以救旱，号"秘密泉"。（《邺郡名录》）

C 甘塘社有一水，方丈，莹洁，春夏不竭。旱则祷之，应时雨下。然牛马猪羊饮之肥泽；鸡鸭鹅雁饮之必死。乡民缘可以救旱，号"秘密泉"。（《邺郡名录》）

D《邺郡名录》曰：甘塘社有一水，方丈，莹洁，春夏不竭。旱则祷之，应时需下。然牛马猪羊饮之肥泽；鸡鸭鹅雁饮之必死。乡民缘可以救旱，号"秘密泉"。（347）

E《邺郡名录》曰：甘塘社有一水，方丈，莹洁，春夏不竭。旱则祷之，应时需下。然牛马猪羊饮之肥泽；鸡鸭鹅雁饮之必死。乡人缘可以救旱，号"秘密泉"。（348）

◎ 引文考

【明焦周《焦氏说楛》卷一】甘塘社有秘密泉，牛马猪羊饮之肥泽，鸡鸭鹅雁饮之辄死。

【明徐应秋《玉芝堂谈荟》卷二十四·五色泉】甘塘社秘密泉，牛马猪羊饮之肥泽，鸡鸭鹅雁饮之必死。

【《月令辑要》卷二·秘密泉】增《邺郡名录》：甘塘社有一水，方丈，莹洁，春夏不竭。旱则祷之。然牛马猪羊饮之肥泽；鸡鸭鹅雁饮之必死。乡民缘可以救旱，号"秘密泉"。

【清吴襄《子史精华》卷十二·地部七·泉·秘密】冯贽《云仙杂记》：甘塘社有一水，方丈，莹洁，春夏不竭。旱则祷之，应时雨下。然牛马猪羊饮之肥泽；鸡鸭鹅雁饮之必死。乡民缘可以救旱，号"～～泉"。

【《御定佩文韵府》卷十六之五·下平声·一先韵五·泉·秘密泉】《云仙杂记》：甘塘社有一水，方丈，莹洁，春夏不竭。旱则祷之，应时雨下。然牛马猪羊饮之肥泽；鸡鸭鹅雁饮之必死。乡人缘可以救旱，号"～～～"。

◎ 词汇考

【汉语大词典·莹洁】晶莹洁白。唐冯贽《云仙杂记·秘密泉》："甘塘社有一水，方丈莹洁，春夏不竭。"宋沈括《梦溪笔谈·药议》："蛤之属其类至多，房之坚久莹洁者，皆可用。"《花月痕》第七回："肌肤莹洁，朗朗若玉山照人。"

【汉语大词典·肥泽】肌肉丰润。《淮南子·说山训》："执狱牢者无病，罪当死者肥泽，刑者多寿，心无累也。"汉王充《论衡·语增》："夫言圣人忧世念人，身体羸恶，不能身体肥泽，可也。"《隋书·张衡传》："帝恶衡不损瘦，以为不念咎，因谓衡曰：'公甚肥泽，宜且还都。'"唐冯贽《云仙杂记·秘密泉》："甘塘社有一水……牛马猪羊饮之肥泽。"宋孔平仲《孔氏谈苑·夏安期奔丧不哭》："安期死数日，子伯孙犹着衫帽接客，无毁容、愈肥泽焉。"

怯 夜 幡

◎ 版本考

　　A 胡阳白坛寺幡刹日中有影，月中无影，不知何故；因号"怯夜幡"。(《金台记》)

　　B 胡阳白坛寺幡刹日中有影，月中无影，不知何故；因号"怯夜幡"。(《金台记》)

　　C 胡阳白坛寺幡刹日中有影，月中无影，不知何故；因号"怯夜幡"。(《金台记》)

　　D《金台记》曰：胡阳白坛寺幡刹日中有影，月中无影，不知何故；"怯夜"之名因此而得。(348)

　　E《金台记》曰：胡阳白坛寺幡刹日中有影，月下无影，不知何故；"怯夜"之名因此而得。(349)

◎ 引文考

　　【明徐应秋《玉芝堂谈荟》卷二十五·宝塔日中无影】《金台记》：胡阳白坛寺幡刹日中有影，月中无影，不知何故；因号"怯夜幡"。

　　【明方以智《物理小识》卷十二·怯夜幡】冯贽《记事珠》曰：胡阳白坛寺幡刹日中有影，月中无影，不知何故；号"怯夜幡"。

　　【《月令辑要》卷二十三·昼夜下·怯夜幡】增《云仙杂记》：胡阳白坛寺幡刹日中有影，月中无影，不知何故；因号"怯夜幡"。

　　【《御定佩文韵府》卷十三之二·上平声·十三元韵二·怯夜幡】《金台记》：白坛寺幡刹日中有影，月中无影，因号曰～～～。

　　【《御定佩文韵府》卷六十三之十一·去声·四置韵十一·白坛寺】《记事珠》：胡阳～～～幡刹日中有影，月中无影，不知何故，因号"怯夜幡"。

　　【《御定佩文韵府》卷八十一之一·去声·二十二祃韵一·夜·怯夜】《云仙杂记》：胡阳白坛寺幡刹日中有影，月中无影，不知何故；因号"～～幡"。

　　【《钦定日下旧闻考》卷一百十七·京畿】渔阳白檀寺幡刹日中有影，月中无影，不知何故；因号"怯夜幡"。(《云仙散录》)臣等谨按：白檀寺，今无考。

　　【清来集之《倘湖樵书》卷二·影】《金台记》云：胡阳县白坛寺幡刹日中有影，月中无影，不知何故；因号"怯夜幡"。

◎ 词汇考

　　【胡阳白坛寺】待考。

　　【汉语大词典·幡刹】寺前所立幡柱。也称"刹竿""刹"。求道的僧侣得一法，每于此建幡昭告远方。唐段成式《酉阳杂俎·祸兆》："萧瀚初至遂州，造二幡刹施于寺，设斋庆之。斋毕作乐，忽暴雷霹雳，刹各成数十片。"宋郑文宝《南唐近事》："撰(冯撰)一夕梦登崇孝寺幡刹极高处打'方响'。"

鱼鳖随世安危

◎ **版本考**

  A 大禹治水功成，令江淮河海神曰："鱼鳖衰盛，随世安危。"自此之后，年必小减，使其价递增，以食晚末之民，应天意也。(《禹功记》)

  B 大禹治水功成，令江淮河海神曰："鱼鳖衰盛，随世安危。"自此之后，年必小减，使其价递增，以食晚末之民，应天意也。(《禹功记》)

  C 大禹治水功成，令江淮河海神曰："鱼鳖衰盛，随世安危。"自此之后，年必小减，使其价递增，以食晚末之民，应天意也。(《禹功记》)

  D【禹令鱼鳖】《禹功记》曰：禹水功既成，令江淮河海神曰："鱼鳖衰盛，随世安危。"自此之后，年必少减，使其价递增，以食晚末之民，应天意也。(349)

  E【禹令鱼鳖】《禹功记》曰：禹水功既成，令江淮河海神曰："鱼鳖衰盛，随世安危。"自此之后，年必少减，使其价递增，以食晚末之民，应天意也。(350)

◎ **引文考**

  【宋罗泌《路史》卷二十二·后纪十三·疏仡纪·夏后氏】《禹功记》云：禹治水其功暨成，(今)[令]江河淮海之神曰："鱼鳖盛衰，随世安危。"自是之后，年必小减，其物递增其价，以食晚末之民，应天意也。

◎ **词汇考**

  【汉语大词典·水功】水利之事。北魏郦道元《水经注·汾水》："(肃宗)拜邓训为谒者，监护水功。"《晋书·傅玄传》："以魏初未留意于水事，先帝统百揆，分河堤为四部，并本凡五谒者，以水功至大，与农事并兴，非一人所周故也。"

书册以竹漆为糊

◎ **版本考**

  A 凡书册以竹漆为糊，逐叶微摊之，不惟可以久存字画，兼纸不生毛，百年如新，此宫中法也。(《白氏金锁》)

  B 凡书册以竹漆为糊，逐叶微摊之，不惟可以久存字画，兼纸不生毛，百年如新，此宫中法也。(《白氏金锁》)

  C 凡书册以竹漆为糊，逐叶微摊之，不惟可以久存字画，兼纸不生毛，百年如新，此宫中法也。(《白氏金锁》)

  D【竹漆糊】《白氏金锁》曰：凡书册以竹漆为糊，逐叶微揩之，不惟可以久存字画，兼纸不生毛，百年如新，此宫中法也。(350)

  E【竹漆糊】《白氏金锁》曰：凡书册以竹漆为糊，逐叶微揩之，不惟可以久存字画，兼纸不生毛，百年如新，此宫中法也。(351)

◎ 引文考

【明焦竑《焦氏类林》卷七·典籍】凡书册以竹漆为糊，逐叶微摊之，不惟可以久存字画，兼纸不生毛，百年如新，此宫中法也。（《白氏金锁》）

【清陈元龙《格致镜原》卷三十九·文具类·书册】《白氏金锁》曰：凡书册以竹漆为糊，逐叶微摊之，不惟可以久存字画，兼纸不生毛，百年如新，此宫中法也。

◎ 词汇考

【汉语大词典·书册】书籍。宋苏轼《赠仲勉子文》诗："闲看书册应多味，老傍人门想更慵。"

真 脱 丝 布

◎ 版本考

A 人之为文，语意疏慢者，真脱丝布。文士之病，莫大乎此！（钟嵘《句眼》）

B 人之为文，语意疏慢者，真脱丝布。文士之病，莫大于此！（钟嵘《句眼》）

C 人之为文，语意疏慢者，真脱丝布。文士之病，莫大乎此！（钟嵘《句眼》）

D【脱丝布】钟嵘《句眼》曰：人之为文，语意疏慢者，真脱丝布。文士之病，莫大乎此！（351）

E【脱丝布】钟嵘《句眼》曰：人之为文，语意疏慢者，真脱丝布。文士之病，莫大乎此！（352）

◎ 引文考

今检《中国基本古籍库》，此条未见引用。

◎ 词汇考

【汉语大词典·疏慢】轻忽，怠慢。《孔丛子·抗志》："夫其亲敬非心，见吾所可亲敬也，则亦以人口而疏慢吾矣。"《北史·封懿传》："道武引见，问以慕容旧事，懿应对疏慢，废黜还家。"宋欧阳修《与吕正献公晦叔书》："而久阙驰诚，恃知之厚，必不罪其疏慢也。"

入酒中沐浴使毛发识味

◎ 版本考

A 石裕方明造酒数斛，忽解衣入其中，恣沐浴而出，告子弟曰："吾平生饮酒，恨毛发未识其味，今日聊以设之，庶无厚薄。"（《酒中玄》）

B 石裕方明造酒数斛，忽解衣入其中，恣沐浴而出，告子弟曰："吾平生饮酒，恨毛发未识其味，今日聊以设之，庶无厚薄。"（《酒中玄》）

C 石裕方明造酒数斛，忽解衣入其中，恣沐浴而出，告子弟曰："吾生平饮酒，恨毛发未识其味，今日聊以设之，庶无厚薄。"（《酒中玄》）

D【浴酒】《酒中玄》曰：石裕明方造酒数斛，忽解衣入其中，恣沐浴而出，告子弟曰："吾平生饮酒多矣！恨毛发未识其味，今日聊以设之，庶无厚薄。"(352)

E【酒浴】《酒中玄》曰：石裕明方造酒数斛，忽解衣入其中，恣沐浴而出，告子弟曰："吾平生饮酒多矣！恨毛发未识其味，今日聊以设之，庶无厚薄。"(353)

◎ 引文考

【明查应光《靳史》卷二十七·酒】石裕方明造酒数斛，忽解衣入其中，恣沐浴而出，告子弟曰："吾平生饮酒，恨毛发未识其味，今日聊以设之，庶无厚薄。"

【明冯梦龙《古今谭概》怪诞部卷二·浴酒】石裕造酒数斛，忽解衣入其中，恣沐浴而出，告子弟曰："吾平生饮酒，恨毛发未识其味，今日聊以设之，庶无厚薄。"

【明沈沈《酒概》卷三·十二之僻】石裕方明造酒数斛，忽解衣入其中，恣沐浴而出，告子弟曰："吾平生饮酒，恨毛发未识其味，今日聊以设之，庶无厚薄。"（《酒中玄》）

【清姚之骃《元明事类抄》卷三十一·饮食门·浴酒】明《靳史》：石裕造酒数斛，忽解衣入其中，恣浴而出，告人曰："吾平生饮酒，恨毛发未识其味，今日聊以设之，庶无厚薄。"

◎ 词汇考

【汉语大词典·厚薄】犹亲疏。《淮南子·主术训》："夫以一人之心而事两主，或背而去，或欲身徇之，岂其趋舍厚薄之势异哉。"《三国志·魏书·傅嘏传》"嘏常论才性同异，钟会集而论之"南朝宋裴松之注："若皆知其不终，而情有彼此，是为厚薄由于爱憎，奚豫于成败哉？以爱憎为厚薄，又亏于雅体矣。"唐元稹《唐故中大夫尚书赠工部尚书李公墓志铭》："考行取友甚峻，能铢两人伦，而滔滔者莫见其厚薄。"

龙　口　渠

◎ 版本考

A 翰林有龙口渠，通内苑，大雨之后，必飘诸花蕊，经由而出。有百种香色，名不可尽，春月尤妙。（《金銮密记》）

B 翰林有龙口渠，通内苑，大雨之后，必飘诸花蕊，经由而出。有百种香色，名不可尽，春月尤妙。（《金銮密记》）

C 翰林有龙口渠，通内苑，大雨之后，必飘诸花蕊，经由而出。有百种香色，名不可尽，春月尤妙。（《金銮密记》）

D【龙口飘香】《金銮密记》曰：翰林有龙口渠，通内苑，大雨之后，必飘诸花蕊，经由而出。有百种香色，名不可尽，春月尤妙。(353)

E【龙口飘香】《金銮密记》曰：翰林有龙口渠，通内苑，大雨之后，必飘诸花蕊，经由而出。有百种香色，名不可尽，春月尤妙。(354)

◎ 引文考

【唐白居易原本、宋孔传续撰《白孔六帖》卷六·堤渠十二·龙口飘花】《金銮密记》

曰：翰林有龙口渠，通内苑，大雨之后，必飘诸花蕊，经由而出。有百种香色，名不可尽，春月尤妙。

【宋谢维新《事类备要》前集卷九·地理门·渠·龙口渠】翰林有~~~，通内苑，大雨后必飘诸花蕊，经由而出。有百种香色，名不可尽，春月尤妙。(《金銮密记》)

【明徐应秋《玉芝堂谈荟》卷六·御沟题叶】《金銮密记》：翰林有龙口渠，通内苑，大雨之后必飘诸花蕊，经由而出。有百种香色，名不可尽，春月尤妙。

【《御定渊鉴类函》卷三十五·地部十三·渠四·百种香色】《金銮密记》：翰林有龙口渠，通内苑，大雨之后，必飘诸花蕊，经由而出。有百种香色，名不可尽，春月尤妙。

【清吴士玉《骈字类编》卷二十二·时令门一·春·春月】《云仙杂记》：翰林有龙口渠，通内苑，大雨之后，必飘诸花蕊，经由而出。有百种香色，名不可尽，~~尤妙。

【清吴士玉《骈字类编》卷二百十八·虫鱼门一·龙·龙口】又韩偓《金銮密记》：翰林有~~渠，通内苑，大雨之后必飘诸花蕊，经由而出。有百种香色，名不可尽，春月尤妙。

【《御定佩文韵府》卷六之二·上平声·六鱼韵二·渠·龙口渠】《金銮密记》：翰林有~~~，通内苑，大雨后必飘诸花蕊，百种香色。

【《分类字锦》卷九·山水·百花飘蕊】《金銮密记》：翰林有龙口渠，通内苑，大雨之后，必飘诸花蕊，经由而出。有百种香色，名不可尽，春月尤妙。

【清鄂尔泰《词林典故》卷六下·廨署】唐翰林院有龙口渠，通内苑，大雨之后必飘诸花蕊，经由而出，有百种香色，名不可尽。(《云仙杂记》)

【《月令辑要》卷四·龙口渠】增《金銮密记》：翰林有龙口渠，通内苑，大雨之后，必飘诸花蕊，经由而出。有百种香色，名不可尽，春月尤妙。

【清秦嘉谟《月令粹编》卷三·春总·龙口渠】《金銮密记》：翰林有龙口渠，通内苑，大雨之后，必飘诸花蕊，经由而出。有百种香色，名不可尽，于春月尤妙。

◎ 词汇考

【汉语大词典·内苑】皇宫内的庭园。亦指皇宫之内。《晋书·吕光载记》："立妻石氏为王妃，子绍为世子。燕其群臣于内苑新堂。"唐李商隐《茂陵》诗："内苑只知含凤嘴，属车无复插鸡翘。"《天雨花》第二一回："此是宫娥内苑人，分明不是黄花女。"

口中现五色牙齿

◎ 版本考

A 孔戡好术艺，延接方士，多所传授。能口中现五色牙齿，彩色光绚，一瞬即改。(《止戈集》)

B 孔戡好术艺，延接方士，多所传授。能口中现五色牙齿，彩色光绚，一瞬即改。(《止戈集》)

C 孔戡好术艺，延接方士，多所传授。能口中现五色牙齿，彩色光绚，一瞬即改。(《止戈集》)

D【五色齿牙】《止戈集》曰：孔戡好术艺，延接方士，多所传授。能口中现五色齿牙，

彩色光绚，一瞬即改。(354)

　　E【五色齿牙】《止戈集》曰：孔戣好术艺，延接方士，多所传授。能口中现五色齿牙，彩色光绚，一瞬即改。(355)

◎ 引文考

　　【唐白居易原本、宋孔传续撰《白孔六帖》卷三十·口齿·五色齿】《止戈集》：孔戣好术艺，延接方士，多所传授。能口中现五色齿，彩色光绚，一瞬即改。

　　【明郑若庸《类隽》卷十四·身体类·齿·五色】《止戈集》云：孔戣好术艺，延接方士，多所传授。能口中现五色齿，彩色光绚，一(暖)［瞬］即改。

　　【《御定渊鉴类函》卷二百六十·人部十九·齿四·现五色】《止戈集》曰：孔戣好术艺，延接方士，多所传授。能口中现五色齿，彩色光绚，一瞬即改。

　　【《分类字锦》卷十四·肢体·齿第九·现五色】《云仙杂记》：《止戈集》：孔戣好术艺，延接方士，多所传授。能口中现五色牙齿，彩色光绚，一瞬即改。

　　【《御定佩文韵府》卷三十四之九·上声·四纸韵九·齿·五色齿】《止戈集》：孔戣好术艺，延接方士，多所传授。能口中现~~牙~，彩色光绚，一瞬即改。

　　【《御定佩文韵府》卷七十六·去声·十七霰韵六·绚·光绚】《云仙杂记》：孔戣好术艺，延接方士，多所传授。能口中现五色牙齿，彩色~~，一瞬即改。

　　【清陈元龙《格致镜原》卷十一·身体类一·齿】《止戈集》：孔戣好术艺，延接方士，多所传授。能口中现五色齿，彩色光绚，一瞬即改。

◎ 词汇考

　　【中国历史大辞典·孔戣】(752—824)，唐冀州(治今河北冀州)人，字君严。孔巢父侄。建中进士。初为郑滑判官。元和初，入迁谏议大夫，上疏论冗官多，吏不奉法，百姓田不尽垦，山泽榷酤之弊等四事，宪宗嘉纳之。吐突承璀坐事出外监军，曾弹劾吐突承璀、刘希光等宦官勾结乱政之奸，言甚激切。改给事中，迁尚书左丞。信州部将韦岳与监军诬告刺史李位，他据法辨诬，杀岳，愈为宦官所恶，出为华州刺史。历大理卿、国子祭酒。元和十二年(817)为岭南节度使，禁绝卖女口及勒索蕃商，境内称治。穆宗时，召还为吏部侍郎、左丞，以礼部尚书致仕。

　　【汉语大词典·术艺】历数、方伎、卜筮之术。晋郭璞《巫咸》："群有十巫，巫咸所统，经技是搜，术艺是综，采药灵山，随时登降。"《隋书·律历志中》："旅骑尉张胄玄，理思沉敏，术艺宏深，怀道白首，来上历法。"唐冯贽《云仙杂记·口中现五色五齿》："孔戣好术艺，延接方士，多所传授，能口中现五色牙齿，彩色光绚，一瞬即收。"明邵璨《香囊记·问卜》："吾术艺颇精，论吉凶多显应。"

　　【汉语大词典·延接】引见接纳；接待。《后汉书·盖勋传》："帝方欲延接勋，而蹇硕等心惮之。"五代王定保《唐摭言·遭遇》："(朱锡庶、谢登)误入昕第，昕岸帻倚杖，谓二子来谒，命左右延接。"《东周列国志》第三五回："(曹国大夫)惟恐其久留曹国，都阻挡曹共公不要延接他。"清王士禛《池北偶谈·谈艺六·李元宾集》："江湖布衣，挟行卷，干荐绅，延接稍迟，赠遗稍薄，则谤讟随之。"

　　【汉语大词典·光绚】光辉绚烂。唐冯贽《云仙杂记》卷八："口中现五色牙齿，彩色光绚。"

李 有 九 标

◎ **版本考**

　　A 萧瑀、陈叔达于龙昌寺看李花，相与（阙）［论李有九标，谓］香、雅、细、淡、洁、密、宜月夜、宜绿鬓、宜白酒、（阙）［无异色"，皆实事也。]（《承平旧纂》）

　　B 萧瑀、陈叔达于龙昌寺看李花，相与□□□□□□［论李有九标，谓］"香""雅""细""淡""洁""密""宜月夜""宜绿鬓""宜白酒，□□□□□（无异色"，皆实事也。（《承平旧纂》）

　　C 萧瑀、陈叔达于龙昌寺看李花，相与［论李有九标，谓］"香""雅""细""淡""洁""密""宜月夜""宜绿鬓""宜白酒"。（《承平旧纂》）

　　D《承平旧纂》曰：萧瑀、陈叔达于龙昌寺看李花，相与论李有九标，谓"香""雅""细""淡""洁""密""宜月夜""宜绿鬓""泛白酒，无异色"，皆实事也。（355）

　　E《承平旧纂》曰：萧瑀、陈叔达于龙昌寺看李花，相与论李有九标，谓"香""雅""细""淡""洁""密""宜月夜""宜绿鬓""泛白酒，无异色"，皆实事也。（356）

　　○今按前阙六字为"论李有九标谓"，后阙七字为"无异色皆实事也"。于此可见宋本之校勘价值。四库本、四部丛刊本皆称有阙字，丛刊本还估计阙字的多少，以符号标明，前阙六字完全准确，后阙七字少估计了两个字。而四库本《说郛》掩盖阙字，未免自欺欺人。

◎ **引文考**

　　【唐白居易原本、宋孔传续撰《白孔六帖》卷九九·李七·李有九标】《承平旧纂》：萧瑀、陈叔达于龙昌寺看李花，相与论李有九标，谓"香""雅""细""淡""洁""密""宜月夜""宜绿鬓""泛白酒，无异色"，皆实事。

　　【宋谢维新《事类备要》别集卷二十六·花卉门·李花·宜绿鬓】萧瑀、陈叔达于龙昌寺看李花，相与论李有九标，谓"香""雅""细""淡""洁""密""宜月夜""宜绿鬓""泛白酒，无异色"，皆实事。（《承平旧纂》）

　　【宋陈景沂《全芳备祖》前集卷九·花部·李花·事实祖·纪要】萧瑀、陈叔达于龙昌寺看李花，相与论李有九标，谓"香""雅""细""淡""洁""密""宜月夜""宜绿鬓""泛白酒，无异色"，皆实事。（《承平旧纂》）

　　【宋潘自牧《记纂渊海》卷九十三·花卉部·花·李花】萧瑀、陈叔达于龙昌寺看李花，相与论李有九标，谓"香""雅""细""淡""洁""密""宜月夜""宜绿鬓""泛白酒，无异色"。（《（永）［承]平旧纂》）

　　【宋无名氏《锦绣万花谷》后集卷三十七·李·九标】萧瑀、陈叔达于龙昌寺看李花，相与论李有九标，谓"香""雅""细""淡""洁""密""宜月夜""宜绿鬓""泛白酒，无异色"，皆实事。（《承平旧纂》）

　　【宋陆佃撰、明牛衷增辑《增修埤雅广要》卷二十四·卉物门·李】李花有九标，谓"香""雅""细""淡""洁""密""宜月夜""宜绿鬓""泛白酒，无异色"。

【元胡古愚《树艺篇》果部卷三·李】萧瑀、陈叔达于龙昌寺看李花，相与论李有九标，谓"香""雅""细""淡""洁""密""宜月夜""宜绿鬓""泛白酒，无异色"，皆实事。(《承平旧纂》、《万花谷》)

【明焦竑《焦氏类林》卷七·草木】萧瑀、陈叔达于龙昌寺看李花，相与论李有九标，谓"香""雅""细""淡""洁""密""宜月夜""宜绿鬓""宜白酒"。(《承平旧纂》)

【明李诩《戒庵老人漫笔》卷七】萧瑀、陈叔达谓李花有九标："香""雅""细""淡""洁""密""宜月夜""宜绿鬓""宜泛酒"。

【明彭大翼《山堂肆考》卷一九八·花品·萧陈相论】《承平旧纂》：萧瑀、陈叔达于龙昌寺看李花，相与论李有九标，谓"香""雅""细""淡""洁""密""宜月夜""宜绿鬓""泛白酒，无异色"，皆实事也。

【明王路《花史左编》卷十一·花之荣·九标】《承平旧纂》：萧瑀、陈叔达于龙昌寺看李花，相与论李有九标，谓"香""雅""细""淡""洁""密""宜月夜""宜绿鬓""宜泛酒"。

【明慎懋官《华夷花木鸟兽珍玩考》花木考卷二·九标李】萧瑀、陈叔达论李花有九标，谓"香""雅""细""淡""洁""密""宜月夜""宜绿鬓""宜(冷)[泛]酒，无异色"。(《承平旧纂》)

【明郑若庸《类隽》卷二十八·果实类·李·九标】《承平旧纂》云：萧瑀、陈叔达于龙昌寺看李花，相与论李有九标，谓"香""雅""细""淡""洁""密""宜月夜""宜绿鬓""泛白酒，无异色"，皆实事。

【明周文华《汝南圃史》卷三·李】萧瑀、陈叔达于龙昌寺看李花，相与论李有九标，谓"香""雅""细""淡""洁""密""宜月夜""宜绿鬓""泛酒，无异色"。

【清陈大章《诗传名物集览》卷十一·木·华如桃李】唐萧瑀、陈叔达共看李花，因论李有九标，曰香，曰雅，曰细，曰淡，曰洁，曰密，宜月夜，宜绿鬓，宜泛酒。

【《御定渊鉴类函》卷三百九十九·果部·李二】《承平旧纂》曰：萧瑀、陈叔达于龙昌寺看李花，相与论李有九标，谓"香""雅""细""淡""洁""密""宜月夜""宜绿鬓""宜白酒"。

【清陈元龙《格致镜原》卷七十·花类一·李花】《承平旧纂》：萧瑀、陈叔达于龙昌寺看李花，相与论李有九标，谓"香""雅""细""淡""洁""密""宜月夜""宜绿鬓""泛白酒，无异色"，皆实事也。

【清华希闵《广事类赋》卷二十九·花部·李·"李花九标兮，香雅细淡而洁密"注】《承平旧纂》：萧瑀、陈叔达于龙昌寺看李花，相与论李有九标，谓"香""雅""细""淡""洁""密""宜月夜""宜绿鬓""宜白酒"。

【清邱炜萲《五百石洞天挥尘》卷五·"九标品定龙昌寺，尤爱佳人月夜来"原注】《承平旧纂》：萧瑀、陈叔达于龙昌寺看李花，相与论李有九标，谓"香""雅""细""淡""洁""密""宜夜月""宜绿鬓""宜泛酒"。

【清吴宝芝《花木鸟兽集类》卷上·李花】《承平旧纂》：萧瑀、陈叔达于龙昌寺看李花，相与论李有九标，谓"香""雅""细""淡""洁""密""宜月夜""宜绿鬓""泛白酒，无异色"，皆实事也。

【清沈青峰《(雍正)陕西通志》卷九十八·闲适】萧瑀、陈叔达于龙昌寺看李花，相与论李有九标，谓"香""雅""细""淡""洁""密""宜夜月""宜绿鬓""宜泛酒"。(《承平旧

纂》)

【《佩文斋广群芳谱》卷二十七·花谱·李花】《承平旧纂》：萧瑀、陈叔达于龙昌寺看李花，相与论李有九标，谓"香""雅""细""淡""洁""密""宜月夜""宜绿鬓""宜白酒"。

【清宫梦仁《读书纪数略》卷五十四·物部·李九标】萧瑀陈叔达论。香、雅、淡、细、洁、密、宜月夜、宜绿鬓、宜从酒。

◎ 词汇考

【萧瑀】(575—648)，字时文，南朝梁明帝萧岿之子，萧皇后之弟。从小以讲孝道闻名天下，善于学习和书写，为人刚正不阿，光明磊落，精通佛法。官至大唐宰相，凌烟阁二十四功臣之一。

【陈叔达】(573—635)，字子聪，吴兴长城(今浙江长兴)人，陈宣帝顼之第十六子。约生于宣帝太建五年，卒于唐太宗贞观九年，享年约六十三岁。(两《唐书》本传均不载年岁。此依陈书推得其兄叔慎生年，再由其兄生年约推而得)太建十四年(582)，封义阳王。接着任仁武将军，置佐史。祯明元年(587)，封丹阳尹。三年入关。叔达善容止，颇有才学。卒，初谥缪，后改谥忠。叔达著有文集十五卷，(《旧唐书·志》作五卷。此从《旧唐书》本传及《新唐书·志》)传于世，今存诗九首。

【龙昌寺】待考。

斗盆烧乳头香

◎ 版本考

A 曹务光见赵州，以斗盆烧乳头香十斤，曰："财易得，佛难求。"(《旧相禅学录》)

B 曹务光见赵州，以斗盆烧乳头香十斤，曰："财易得，佛难求。"(《旧相禅学录》)

C 曹务光见赵州，以斗盆烧乳头香十斤，曰："财易得，佛难求。"(《旧相禅学录》)

D【斗盆烧香】《旧相禅学录》曰：曹务光见赵州，以斗盆烧乳头香十斤，曰："财易得，佛难求。"(356)

E【斗盆烧香】《旧相禅学录》曰：曹务光见赵州，以斗盆烧乳头香十斤，曰："财可得，法难求。"(357)

◎ 引文考

【唐白居易原本、宋孔传续撰《白孔六帖》卷八十九·禅定十七·斗盆烧香】《旧相禅学录》曰：曹务光见赵州，以斗盆烧乳头香十斤，曰："财可得，法难求。"

【明周嘉胄《香乘》卷二·香品·斗盆烧乳头香】曹务光见赵州，以斗盆烧乳头香十斛，曰："财易得，佛难求。"(《旧相禅学录》)

【明徐应秋《玉芝堂谈荟》卷二十八·内香燕九十二种】《禅家录》：曹务光理赵州，用盆焚乳头香。

【明顾起元《说略》卷二十三·工考下·乳头香】曹务光理赵州，用盆焚，云："财易得，佛难求。"

【明高濂《遵生八笺》卷十五·《燕闲清赏笺》中卷·乳头香】曹务光理赵州，用盆焚，云："财易得，佛难求。"

【《御定渊鉴类函》卷三百十七·释教部二·戒律四·斗盆烧香】《王氏汇苑》：曹务光见赵州，以斗盆烧乳头香十斤，曰："财易得，法难求。"

【清吴士玉《骈字类编》卷一百五十四·器物门七·斗·斗盆】《云仙杂记》：曹务光见赵州，以~~烧乳头香十斤，曰："财易得，佛难求。"

【《御定佩文韵府》卷二十二之二·下平声·七阳韵二·香·乳香】曹务光理赵州，用盆焚~头~，云："财易得，佛难求。"

◎ 词汇考

【曹务光】待考。

【汉语大词典·赵州】指唐代高僧从谂。南泉普愿禅师弟子。因其住持于赵州(今河北省赵县)观音院，传扬佛教，不遗余力，时谓"赵州门风"，世称"赵州和尚"，简称"赵州"。《景德传灯录·池州南泉普愿禅师》："赵州自外归，师举前语示之，赵州乃脱履安头上而出。"宋范成大《仲行再示新句复次韵述怀》："神仙懒学古浮丘，祖意慵参老赵州。"清钱谦益《石林长老七十序》："赵州年一百二十八，十方行脚。则七十已后，正其整理腰包，办草鞋钱之日也。"

【汉语大词典·乳头香】即乳香。唐冯贽《云仙杂记·斗盆烧乳头香》："曹务光见赵州以斗盆烧乳头香十斤。"《太平广记》卷一一一引《广异记·僧道宪》："诸彩色悉以乳头香代胶。"详"乳香"。

【汉语大词典·乳香】本名熏陆，为橄榄科常绿乔木的凝固树脂。因其滴下成乳头状，故亦称乳头香。为熏香原料，又供药用。唐无名氏《香品一》："南海波斯国松树脂，有紫赤如樱桃者，名乳香，盖熏陆之类也。"宋沈括《梦溪笔谈·药议》："熏陆，即乳香也，以其滴下如乳头者，谓之乳头香，镕塌在地上者，谓之塌香。"

鼠 精 李

◎ 版本考

A 王侍中家堂前，有鼠从地出，其穴即生李树，花实俱好，此鼠精李也。(《好事集》)

B 王侍中家堂前，有鼠从地出，其穴即生李树，花实俱好，此鼠精李也。(《好事集》)

C 王侍中家堂前，有鼠从地出，其穴即生李树，花实俱好，此鼠精李也。(《好事集》)

D【鼠精生李】《好事集》曰：王侍中家堂前，有鼠从地出，其穴即生李树，花实俱好，此鼠精李也。(361)

E【鼠精生李】《好事集》曰：王侍中家堂前，有鼠从地出，其穴即生李树，花实俱好，此鼠精李也。(362)

◎ 引文考

【宋谢维新《事类备要》别集卷四十三·果门·李实·鼠精】王侍中家堂前，有鼠从地出，其穴则生李树，花实俱好，此~~李也。

【元阴时夫《韵府群玉》卷九·上声·四纸·鼠精李】王侍中家堂前，有鼠穴生李树，

花实俱美，此~~~也。(《好事录》)

【明顾起元《说略》卷二十七·卉笺上】又王侍中家堂前，有鼠穴生李树，花实俱美，此鼠精李也。见《好事录》。

【明焦周《焦氏说楛》卷四】王侍中家堂前，有鼠从地出，其穴即生李，花实俱好，此鼠精李也。

【明彭大翼《山堂肆考》卷二百五·果品·李子·鼠精】《好事集》：王侍中家堂前，有鼠从地出，其穴则生李树，花实俱好，此鼠精李也。

【明王路《花史左编》卷一·花鼠拟暗昧】《好事集》：王侍中堂前，有鼠从地出，其穴则生李树，花实俱好，此鼠精李也。

【明郑若庸《类隽》卷二十八·果实类·李·鼠精】《好事集》云：王侍中家堂前，有鼠从地出，其穴则生李树，花实俱好，此鼠精李也。

【《御定渊鉴类函》卷三百九十九·果部·李三·鼠精】《好事集》曰：王侍中家堂前，有鼠从地出，其穴即生李树，花实俱好，此鼠精李也。

【清吴襄《子史精华》卷一百四十·动植部六·果蔬·鼠精李】冯贽《云仙杂记》：王(付)[侍]中家堂前，有鼠从地出，其穴即生李树，花实具好，此~~~也。

【《分类字锦》卷五十八·鸟兽·鼠第三十六·穴生李树】《云仙杂记》：王侍中家堂前，有鼠从地出，其~即~~~，花实俱好，此鼠精李也。

【清陈元龙《格致镜原》卷七十四·果类一·李子·异李】《好事集》：王侍中家堂前，有鼠从地出，其穴侧生李树，花实俱好，此鼠精李也。

【《佩文斋广群芳谱》卷之五十五·果谱·李】《好事集》：王侍中家堂前，有鼠从地出，其穴即生李树，花实俱好，此鼠精李也。

【清华希闵《广事类赋》卷二十九·李·侍中穴鼠之精】《好事集》：王侍中家，有鼠从地出，其穴即生李，花实俱好，名鼠精李。

【清杨巩《中外农学合编》卷七·林类果实·李】鼠穴上生李树，花盛实繁，名鼠精李。(《好事集》)

【清官修《韵府拾遗》卷三十四下·鼠精李】《好事录》：王侍中堂前，有鼠穴生李树，花实俱美，此~~~也。

◎ 词汇考

【汉语大词典·鼠穴】鼠洞。《墨子·非儒下》："挑鼠穴，探涤器。"《淮南子·说林训》："治鼠穴而坏里闾，溃小疱而发痤疽。"宋徐铉《和州酬江中丞见寄》："鼠穴依城社，鸿飞在沉寥。"

猪肝中有谶书

◎ 版本考

　　A 白浦民割猪肝，肝中有一纸，大如手，色如新，书云："烟水苍苍，明年无粮。"次年巢寇起，州郡多荒。(《纂异记》)

　　B 白浦民割猪肝，肝中有一纸，大如手，色如新，书云："烟苍苍，明年无粮。"次年

巢寇起，州郡多荒。(《纂异记》)

　　C 白浦民割猪肝，肝中有一纸，大如手，色如新，书云："烟苍苍，明年无粮。"次年巢寇起，州郡多荒。(《纂异记》)

　　D【猪肝有谶】《纂异记》曰：白浦民割猪肝，肝中有一纸，大如手，色如新，书云："烟尘苍苍，明年无粮。"次年巢寇起，州郡多荒。(362)

　　E【猪肝有谶】《纂异记》曰：白浦民割猪肝，肝中有一纸，若手大，色如新，书云："烟尘苍苍，明年无粮。"次年巢寇起，州郡多荒。(363)

◎ 引文考

　　【宋陆佃撰、明牛衷增辑《增修埤雅广要》卷四十二·神异门·猪肝中谶】白浦民割猪肝，肝中有一纸，大如手，色如新，书云："烟树苍苍，明年无粮。"次年巢寇起，州郡多荒。

　　【明徐应秋《玉芝堂谈荟》卷十三·蜗牛成天子字】《纂异记》：白浦民割猪肝，肝中有一纸，若手大，色如新，书云："烟树苍苍，明年无粮。"次年巢寇起，州郡多荒。

◎ 词汇考

　　【汉语大词典·苍苍】深青色。《庄子·逍遥游》："天之苍苍，其正色邪。"《史记·天官书》："正月，与斗、牵牛晨出东方，名曰监德。色苍苍有光。"宋苏轼《留题仙都观》诗："山前江水流浩浩，山上苍苍松柏老。"

酒　魔

◎ 版本考

　　A 元公辅不饮，群僚百种强之，辞以鼻闻酒气已醉。其中一人谓："可用术治之。"即取针挑元载鼻尖，出一青虫，如小蛇。曰："此酒魔也，闻酒即畏之，去此何患?"元载是日已饮一斗，五日倍是。(《玄山记》)

　　B 唐元载不饮，群僚百种强之，辞以鼻闻酒气已醉。其中一人谓："可用术治之。"即取针挑元载鼻尖，出一青虫，如小蛇。曰："此酒魔也，闻酒即畏之，去此何患?"元载是日已饮一斗，五日倍是。(《玄山记》)

　　C 唐元载不饮，群僚百种强之，辞以鼻闻酒气已醉。其中一人谓："可用术治之。"即取针挑元载鼻尖，出一青虫，如小蛇。曰："此酒魔也，闻酒即畏之，去此何患?"元载是日已饮一斗，五日倍是。(《玄山记》)

　　D【鼻出青蛇】《玄山记》曰：元载不饮，群僚百种强之，辞以鼻闻酒气已醉。其中一人以谓："可用术治之。"即取针挑元载鼻尖，出一青虫，如小蛇。曰："此酒魔也，闻酒即畏之，去此何患?"元载是日已饮一斗，五日倍是。(363)

　　E【鼻出青蛇】《玄山记》曰：元载不饮，群僚百种强之，辞以鼻闻酒气已醉。其中一人以谓："可用术治之。"即取针挑元载鼻尖，出一青虫，如小蛇。曰："此酒魔也，闻酒即畏之，去此何患?"元载是日已饮一斗，五日倍是。(364)

◎ 引文考

【宋无名氏《锦绣万花谷》卷三十五·酒·酒魔】元载不饮酒，人强之，辞以鼻闻酒气已醉。人以为可治，即取（十）[针] 挑载鼻尖，出一小虫，曰："此酒魔也，闻酒即畏之。"是日载饮至二斗。（《[玄] 山记》）

【明冯梦龙《古今谭概》妖异部卷三十四·饮不饮】元载不饮，其鼻闻气已醉。人以针挑其鼻尖，出一小虫，曰："此酒魔也。"由是日饮一斗。

【明彭大翼《山堂肆考》卷一百九十二·饮食·酒下·元载酒魔】唐元载性不饮酒，人强之，辞以鼻闻酒气已醉。人以谓可治，即取匕挑载鼻尖，出一小虫，曰："此酒魔也，闻酒即畏。"是日载饮至二斗。

【明沈沈《酒概》卷三·十四之缘】唐元载不饮，群僚强之，辞以鼻闻酒气已醉。其中一人谓可用术治之，即取针挑元载鼻尖，出一青虫如蛇，曰："此酒魔也，闻酒即畏去，此何患？"元载是日已饮一斗，五日倍是。（《玄山记》）有魔无缘，无魔方有缘矣。

【明徐应秋《玉芝堂谈荟》卷十一·酒魔茗痕】元载鼻闻酒气便醉。有人以针挑鼻尖出一小虫，曰："此酒魔也，闻酒即畏之。"是日载饮至二斗。

【明郑若庸《类隽》卷十九·饮食类·酒·酒魔】《[玄] 山记》云：元载以鼻闻酒气便醉。人以谓可治，即取针挑载鼻尖，出一小虫，曰："此酒魔也，闻酒即畏之。"是日载饮至二斗。

【清吴士玉《骈字类编》卷一七二·器物门二十五·酒·酒魔】《云仙杂记》："元载不饮，群僚百种强之，辞以鼻闻酒气已醉；其中一人谓可用术治之，即取针挑元载鼻尖，出一青虫如小蛇，曰：'此～～也，闻酒即畏之；去此何患！'元载是日已饮一斗，五日倍是。"

【清吴襄《子史精华》卷一百五十一·食馔部一·食饮·针挑酒魔】张鷟《朝野金载》：唐元载以鼻闻酒气便醉。人以为可治，即取～～元载鼻尖，出一小虫，曰："此～～也，闻酒即畏之。"是日元载饮至二斗。

【《御定渊鉴类函》卷三百九十二·食物部五·酒二】《朝野金载》曰：……又曰：元载以鼻闻酒气便醉。人以为可治，即取针挑载鼻尖，出一小虫，曰："此酒魔也，闻酒即畏之。"是日载饮至二斗。

【清陈元龙《格致镜原》卷一百·昆虫类五·诸虫】《玄山记》：元载以鼻闻酒气便醉。人以为可治，即取针挑载鼻尖，出一小虫，曰："此酒魔也，闻酒即畏之。"是日载径饮至二斗，五日倍是。

【清魏之琇《续名医类案》卷二十九·蛊】元载不饮，群僚百种强之，辞以鼻闻酒气已醉。其中一人谓："可用术治之。"即取针挑元载鼻尖，出一青虫，如小蛇，曰："此酒魔也，闻酒即畏之，去此何患？"元载是日已饮一斗，五日倍是。（《清赏录》）

【清褚人获《坚瓠集》广集卷二·饮酒有定数】酒有别肠，非可演习而能。传记载：元载闻酒即醉。一人取针挑载鼻间，出一小虫，曰："此酒魔也。"出之能饮。试之，果饮至二斗。

◎ 词汇考

【汉语大词典·酒魔】传说中的酒虫。唐冯贽《云仙杂记·酒魔》："唐元载不饮，群僚百种强之，辞以鼻闻酒气已醉；其中一人谓可用术治之，即取针挑元载鼻尖，出一青虫如小蛇，曰：'此酒魔也，闻酒即畏之；去此何患！'元载是日已饮一斗，五日倍是。"后用为不善饮之典。唐白居易《斋戒》诗："酒魔降服终须尽，诗债填还亦欲平。"唐白居易《寄题庐山草堂兼呈二林寺道侣》诗："渐伏酒魔休放醉，犹残口业未抛诗。"

糠　市

◎ 版本考

A 洛阳振德坊皆贫民，例享糟糠之薄。贺知章目为糠市。(《从容录》)
B 洛阳振德坊皆贫民，例享糟糠之薄。贺知章目为糠市。(《从容录》)
C 洛阳振德坊皆贫民，例享糟糠之薄。贺知章目为糠市。(《从容录》)
D《从容录》曰：洛阳振德坊皆贫民，例享糟糠之薄。贺知章目为糠市。(364)
E《从容录》曰：洛阳振德坊皆贫民，例享糟糠之薄。贺知章目为糠市。(365)

◎ 引文考

【明夏树芳《词林海错》卷九·糠市】《从容录》：洛阳振德坊皆贫民，例享糟糠之薄。贺知章目为糠市。

【《御定佩文韵府》卷九九之一·入声·十药韵一·薄·糟糠薄】《记事珠》：洛阳振德坊皆贫民，例享~~之~。贺知章目为糠市。

【清吴襄《子史精华》卷九七·人事部一·贵贱·糠市】冯贽《云仙杂记》：洛阳振德坊皆贫民，例享糟糠之薄。贺知章目为~~。

【清吴士玉《骈字类编》卷一七一·器物门二十四·糠市】《记事珠》：洛阳振德坊皆贫民，例享糟糠之薄。贺知章目为~~。

【清官修《韵府拾遗》卷三十四上·上声·四纸韵上·市·糠市】《从容录》：振德坊皆贫民，例享糟糠之薄。贺知章目为~~。

【清刘坚《修洁斋闲笔》卷六·糠市】洛阳振德坊居处皆贫民，例享糟糠之薄。贺知章目为糠市。

【清汪价《中州杂俎》卷二·糠市】洛阳振德坊皆贫民。贺知章目为糠市。

◎ 词汇考

【汉语大词典·糠市】贫民聚居处的代称。唐冯贽《云仙杂记·糠市》："洛阳振德坊皆贫民，例享糟糠之薄，贺知章目为糠市。"

品物互征古事

◎ 版本考

A 房璘至人家，凡阅四筵，摘其品物，互征古事，一一切当。(《河中记》)
B 房璘至人家，凡阅四筵，摘其品物，互征古事，一一切当。(《河中记》)
C 房璘至人家，凡阅四筵，摘其品物，互征古事，一一切当。(《河中记》)

D【四筵征事】《河中记》曰：房璘至人家，凡阅四筵，摭其品物，互征古事，一一该当。（365）

E【四筵征事】《河中记》曰：房璘至人家，凡阅四筵，摭其品物，互征古事，一一该当。（366）

◎ 引文考

今检《中国基本古籍库》，此条未见引用。

◎ 词汇考

【汉语大词典·该当】1. 命运注定如此。《白雪遗音·八角鼓·酒鬼》："依着我说，不如凭着命去闯。酒鬼点头，他说道命里头该当。"2. 应该；应当。清李渔《奈何天·闹封》："论起理来，自然该当让你。"《红楼梦》第一一〇回："便拿这项银子都花在老太太身上，也是该当的。"吴组缃《山洪》三十："他们彼此探问着对方打算加入哪个组织，自己该当纳多少捐。"○今按：可补义项："该当"即"切当"。

【汉语大词典·切当】贴切恰当。唐冯贽《云仙杂记·品物互征古事》："房璘至人家，凡阅四筵，摘其品物，互征古事，一一切当。"宋陈鹄《耆旧续闻》卷五："为文叙事要在切当，不必引证以求奇也。"清平步青《霞外攟屑·论文·正寝》："碑版文不可一字无出处，而引用古语，亦须切当，不得仍讹承谬。"

卷　　九

一杯羹三万钱

◎ 版本考

A 李德裕奢侈，每食一杯羹，其费约钱三万，杂珠玉、宝贝、雄黄、朱砂，煎汁为之。过三煎，即弃其滓。（《博异志》）

B 李德裕奢侈，每食一杯羹，其费约钱三万，杂珠玉、宝贝、雄黄、朱砂，煎汁为之。过三煎，即弃其滓。（《博异志》）

C 李德裕奢侈，每食一杯羹，其费约钱三万，杂珠玉、宝贝、雄黄、朱砂，煎汁为之。过三煎，即弃其滓。（《博异志》）

D 宋本无此条。

E 李德裕奢侈，每食一杯羹，其费约钱三万，杂珠玉、宝贝、雄黄、朱砂，煎汁为之。过三煎，即弃其滓。（《博异志》）

【张力伟点校】"本条今本《博异志》无，而见于《独异志》（唐李冗撰）卷下，又见于《太平广记》卷二三七。《广记》亦云出'《独异志》'。这里当是误记。"

◎ 引文考

【唐李冗《独异志》卷下】武宗朝宰相李德裕奢侈极，每食一杯羹，费钱约三万，杂宝贝、珠玉、雄黄、朱砂，煎汁为之，至三煎，即弃其滓于沟中。（《明稗海本》）

【宋李昉《太平广记》卷二百三十七·奢侈二】武宗朝宰相李德裕奢侈，每食一杯羹，其费约三万，杂珠玉、宝贝、雄黄、朱砂，煎汁为之。过三煎，即弃其滓。（《独异志》）

【宋祝穆《事文类聚》别集卷十八·性行部·杯羹三万】李德裕奢侈，每食一杯羹，其费约钱三万，杂珠玉、宝贝、雄黄、朱砂，煎汁为之。过三煎，即弃其滓。（《括异志》）

【宋潘自牧《记纂渊海》卷四十七·性行部·奢侈】李德裕奢侈，每食一杯羹，其费约

钱三万，杂珠玉、宝贝、朱砂，煎汁为之。过三煎，即弃其滓。(《独异志》)

【宋谢维新《事类备要》续集卷三十六·性行门·奢侈·杯羹三万】李德裕奢侈，每食一~~，其费约钱~~，杂珠玉、贝黄、朱砂，煎汁为之。过三煎，即弃其滓。(《括异志》)

【元陈应润《周易爻变易缊》卷四·六二颠颐拂经于丘颐征凶象曰六二征凶行失类也】六二变损，二居人臣之位，饮食当损而不损，故动则有凶。颠，末也。丘，大也，如丘嫂之丘。经，常也。人臣不安于颠末之养，违拂经常，而反求丘大之养。行失类者，不安于分，失其类序也。《书》曰："臣无有作福作威。玉食凶于而国，害于而家。"甚言玉食非臣下之所养者。晋何曾为相，日食万钱。唐相李德裕奢侈，每食一杯羹，则约费钱三万。二人皆不善终，穷奢之过也。

【元佚名《群书通要》丙集卷六·人事门·豪奢类·杯羹三万】李德裕奢侈，每食一杯羹，其费约钱三万，杂珠玉、贝黄、朱砂，煎汁为之，过三煎，即弃其滓。(《括异志》)

【明何良俊《何氏语林》卷二十九·侈汰三十二】李德裕每食一杯羹，其费约钱三万，杂珠玉、宝贝、雄黄、朱砂，煎汁为之。过三煎，即弃其滓于沟中。

【明江用世《史评小品》卷十八·唐下·李德裕】唐人记德裕奢侈，每食一杯羹，其费约钱三万，杂珠玉、宝贝、雄黄、朱砂，煎汁为之，过三即弃其滓。

【明陈耀文《天中记》卷四十六·羹·杯羹二万】李德裕奢侈，每食一杯羹，其费约钱三万，杂珠玉、宝贝、雄黄、朱砂，煎汁为之，过三煎，即弃其滓。(《独异志》)

【明胡我琨《钱通》卷二十二·奢侈】李德裕奢侈，每食一杯羹，其费约钱三万，杂珠玉、宝贝、雄黄、朱砂，煎汁为之，过三煎，即弃其滓。(《独异志》)

【明焦竑《焦氏类林》卷七·食品】李德裕奢侈，每食一杯羹，其费约钱三万，杂珠宝、贝玉、雄黄、朱砂，煎汁为之，三煎即弃其滓。(《独异志》)

【明李贽《初潭集》卷二十五·君臣五·二侈臣】德裕每食一杯羹，其费约钱三万，杂珠宝、贝玉、雄黄、朱砂，煎汁为之，三煎即去其滓。

【明刘万春《守官漫录》卷一·内编作法于俭】唐肃宗为太子，上使割羊膊以馈飧，刃徐嗷之，上喜曰："福禄当如是惜。"此李德裕载天宝十七事中语。乃李每食一杯羹，其费约钱三万，杂珠玉、宝贝、雄黄、朱砂，煎汁过三沸，即弃其滓。公之侈汰如此，何也？崖州之行，岂可专咎牛奇章耶？

【明龙遵叙《食色绅言》】李德裕奢侈，一杯羹费钱三万，晚有南荒之谪。

【明屠隆《考盘余事》卷四·人品】李德裕奢侈过求，在中书时，不饮京城水，悉用惠山泉，时谓之水递，清致可嘉，有损盛德。(《芝田录》)

【清吴士玉《骈字类编》卷七十六·珍宝门十一·宝·宝贝】《云仙杂记》：李德裕奢侈，每食一杯羹，其费约钱三万，杂珠玉、~~、雄黄、朱砂，煎汁为之，过三煎，即去其滓。

【清吴士玉《骈字类编》卷一百五十九·器物门十二·杯·杯羹】《独异志》：武宗朝宰相李德裕奢侈，每食一~~，其费约三万。

【《御定渊鉴类函类聚》卷三百十三·人部七十二·奢二】《括异志》：唐李德裕奢侈，每食一杯羹，其费约钱三万，杂珠玉、贝黄、朱砂，煎汁为之。过三煎，即弃其滓。

【《御定渊鉴类函类聚》卷三百九十·食物部三·羹二】《类林》：李德裕穷奢极欲，每食一杯羹，其费约钱三万，杂珠宝、美玉、雄黄、丹砂，煎汁为之。三煎，即弃其滓。

【清陈元龙《格致镜原》卷二十四·饮食类四·羹】《独异志》：李德裕奢侈，每食一杯羹，其费约钱三万，杂珠宝、贝玉、雄黄、朱砂，煎汁为之。三煎，即弃其滓。

【清来集之《倘湖樵书》卷十·奢俭受用之异】《括异志》云李德裕奢侈，每食一杯羹，其费约钱三万，杂珠玉、宝贝、雄黄、朱砂，煎汁为之，过三煎，即弃其滓。

【清王棠《燕在阁知新录》卷二十九·珠玉羹】李德裕每食一杯羹，其费约钱三万，杂珠玉、宝(具)[贝]、雄黄、朱砂，煎汁，过三沸，即弃其滓。棠谓：李德裕之侈汰固是取祸之端，但珠玉羹今绝不闻有服之者，岂形容过甚耶？

【清张贵胜《遣愁集》卷九·一集奢华】唐李德裕尚奢侈，每食一杯羹，约费钱万计，必杂以金玉屑及珠砂等物，煎汁和之，过三煎即弃其滓，另易以调。

◎ 词汇考

【汉语大词典·一柸羹】一杯浓汤。柸，亦作"杯"、"桮"。《史记·项羽本纪》："汉王曰：'吾与项羽俱北面受命怀王，曰约为兄弟，吾翁即若翁，必欲烹而翁，则幸分我一柸羹。'"《汉书·项籍传》作"一杯羹"。唐李亢《独异志》卷下："武宗朝，宰相李德裕奢侈极，每食一杯羹，费钱约三万。"

缣系南山树

◎ 版本考

A 明皇问富人王元宝家财多少，对曰："请以一缣系陛下南山树，南山树尽，臣缣未穷。"(《博异志》)

B 明皇问富人王元宝家财多少，对曰："请以一缣系陛下南山树，南山树尽，臣缣未穷。"(《博异志》)

C 明皇问富人王元宝家财多少，对曰："请以一缣系陛下南山树，南山树尽，臣缣未穷。"(《博异志》)

D 宋本无此条。

E 明皇问富人王元宝家财多少，对曰："请以一缣系陛下南山树，南山树尽，臣缣未穷。"(《博异志》)

【张力伟点校】本条今本《博异志》无，而见于《独异志》卷中、《南部新书》(宋钱易撰)卷辛、《类说》(宋曾慥编)卷二十五引《玉泉子》、《太平广记》卷四九五"邹凤炽"条(亦云"出《独异志》")。今本《独异志》文与此最为相似。这里当是误记。

◎ 引文考

【唐李亢《独异志》卷中】唐富人王元宝玄宗问其家财多少，对曰："臣请以一缣系陛下南山一树，南山树尽，臣缣未穷。"时人谓钱为王者，以有元宝字也。

【《太平广记》卷四百九十五·杂录三·邹凤炽】玄宗尝召王元宝问其家私多少，对曰："臣请以绢一匹系陛下南山树，南山树尽，臣绢未穷。"(《独异志》)

【宋潘自牧《记纂渊海》卷四十八·性行部之十二·妄诞】问富人王元宝家财有多少，

对曰："请以一缣系南山一树，南山树尽，臣缣未穷。"（《□□□》）

【宋潘自牧《记纂渊海》卷一百二十五·人事部·富盛】明皇问富人王元宝家财多少，对曰："请以一缣系陛下南山一树，南山树尽，臣缣不穷。"（□□《独□□□》）

【明陈耀文《天中记》卷三十九·富·元宝】玄宗尝召王元宝问其家私多少，对曰："臣请以绢一匹系陛下南山树尽，臣绢未穷。"

【明何良俊《语林》卷二十九·侈汰三十二】李冗《独异志》曰：明皇尝问元宝家财多少，对曰："请以一缣系陛下南山一树，南山树尽，臣缣不穷。"

【明彭大翼《山堂肆考》考卷一百十六·性行·请缣挂树】《独异志》：明皇尝问王元宝家财多少，对曰："请以陛下南山一树挂臣一缣，山树有尽，臣缣无穷。"

【《御定渊鉴类函》卷二八六·人部四十五·富二】《独异志》曰：唐明皇尝召王元宝问其家财多少，对曰："臣请以绢一匹系陛下南山树，南山树尽，臣绢未穷。"

【《御定渊鉴类函》卷三百十三·人部七十二·请缣挂树　剪彩为花】《独异志》：明皇尝问王元宝家财多少，对曰："请以陛下南山一树挂臣一缣，山树有尽，臣缣无穷。"隋炀帝穷极华丽，宫树凋落，则剪彩为花叶，缀之沼内，亦剪荷芰菱芡，色渝则易以新者。

【《御定佩文韵府》卷四十一·上声·十一轸韵·尽·树尽】《云仙杂记》：明皇问富人王元宝家财多少，对曰："请以一缣系陛下南山树，南山树尽，臣缣未穷。"

【清翟灏《通俗编》卷二十三·货财·王老】《独异志》：唐富人王元宝，玄宗问其家财多少，对曰臣请以一缣系南山一树，南山树尽，臣缣未穷。时人谓钱为"王老"，以有元宝字也。【按】今叶子戏有所谓"王老"者，初不解其何义，观此方晓。

◎ 词汇考

【王元宝】唐朝开元间人，富可敌国，靠贩运琉璃发家。王元宝的许多生活习惯如正月初五拜财神，吃发菜等对于中国民风民俗有深刻的影响，流传至今。

【汉语大词典·王老】1. 我国古代少数民族君长对外交往时的自称。《礼记·曲礼下》："其在东夷、北狄、西戎、南蛮，虽大曰子。于内自称曰不谷，于外自称曰王老。"孔颖达疏："四夷之君去王远，由有归往之义，贤始得为长，故以王老为称也。"2. 对老者的敬称。唐司空图《力疾山下吴村看杏花》诗之七："白衫裁袖本教宽，朱紫由来亦一般。王老小儿吹笛看，我侬试舞尔侬看。"○今按：须补义项。

心 织 笔 耕

◎ 版本考

A《翰林盛事》云：王勃所至，请托为文，金帛丰积。人谓心织笔耕。（《北里志》）

B《翰林盛事》云：王勃所至，请托为文，金帛丰积。人谓心织笔耕。（《北里志》）

C《翰林盛事》云：王勃所至，请托为文，金帛丰积。人谓心织笔耕。（《北里志》）

D 宋本无此条。

E《翰林盛事》云：王勃所至，请托为文，金帛丰积。人谓心织笔耕。（《北里志》）

【张力伟点校】本条不见于《北里志》，且与《北里志》内容（唐长安名妓故事）不符，这里恐是误题。

◎ 引文考

【宋潘自牧《记纂渊海》卷六十五·名誉部·眵慕】王勃所至，请托为文，金帛丰积。人谓心织笔耕。（李肇《翰林志》）

【宋祝穆《事文类聚》卷二八六·丧事部·心织笔耕】王勃所至，请托为文，金帛丰积。人谓心织笔耕。

【元佚名《氏族大全》卷八十·阳上·王·三珠树】王勃，字子安，唐高宗朝对策高第，与兄勔、勮并著才名。林易简称为"三珠树"。勃为文，磨墨数升，酣饮，引被覆面卧，及寤，援笔成篇，不易一字，时谓腹稿。请为文者日众，金帛丰积，人谓勃心织笔耕。因作《沛王斗鸡檄》，被斥，终朝散郎。

【明陈耀文《天中记》卷三十八·笔·笔耕】《翰林盛事》云：王勃所至，请托为文，金帛丰积。人谓心织笔耕。（《翰林志》）

【清吴士玉《骈字类编》卷二百三十·补遗·人事门六·丰积】《云仙杂记》：王勃所至，请托为文，金帛～～，人谓心织笔耕。

【清陈鸿墀《全唐文纪事》卷五十九·名誉】《翰林盛事》云：王勃所至，请托为文，金帛丰积，人谓心织笔耕。（《云仙杂记》引《北里志》）

【清厉荃《事物异名录》卷十三·人事部·润笔·心织笔耕】《云仙杂记》：王勃所至，请托为文，金帛盈积，人谓心织笔耕。又佣书亦谓之笔耕。

【清张定鋆《三余杂志》卷四·鬻文获财】《云仙杂记》：王勃所至，请托为文，金帛丰积，人谓之心织笔耕。

◎ 词汇考

【汉语大词典·丰积】丰裕有积贮。《后汉书·孔奋传》："每居县者，不盈数月，辄致丰积。"《晋书·石崇传》："财产丰积，室宇宏丽。"《宋书·褚叔度传》："在任四年，广营贿货，家财丰积。"《云笈七签》卷二八："累年，蜀境大穰，金帛丰积。"

【汉语大词典·心织笔耕】唐冯贽《云仙杂记》卷九："《翰林盛事》云：'王勃所至，请托为文，金帛丰积，人谓心织笔耕。'"本谓为人撰文获得一定报酬，后亦以指卖文为生。参阅唐李肇《翰林志》。

燕　奴

◎ 版本考

A 有术士于腕间出弹子二丸，皆五色。叱令变化，即化双燕飞腾，名"燕奴"；又令变，即化二小剑交击。须臾，复为丸，入腕中。（《洞微志》）

B 有术士于腕间出弹子二丸，皆五色。叱令变化，即化双燕飞腾，名"燕奴"；又令变，即化二小剑交击。须臾，复为丸，入腕中。（《洞微志》）

C 有术士于腕间出弹子二丸，皆五色。叱令变化，即化双燕飞腾，名"燕奴"；又令变，即化二小剑交击。须臾，复为丸，入腕中。（《洞微志》）

D 宋本无此条。

E 有术士于腕间出弹子二丸，皆五色。叱令变化，即化双燕飞腾，名"燕奴"；又令变，即化二小剑交击。须臾，复为丸，入腕中。(《洞微志》)

◎ 引文考

【宋朱胜非《绀珠集》卷十二·钱希白《洞微志》·燕奴】有术士于腕间出弹子二丸，皆五色，叱令变，即化双燕飞腾，名燕奴；又令变，化二小剑交击，须臾复为丸，入腕中。

【元阴时夫《韵府群玉》卷三·上平声·燕奴】术士于腕间出二弹子，令变，即化双燕飞腾，名~~；又变作二小剑交击，须更入腕中。(《洞微志》)

【明钱希言《剑荚》卷三·金跃篇·燕奴剑】有术士于腕间出弹子二丸，皆五色，叱令变，即化双燕飞腾，名燕奴；又令变，即化二小剑交击，须臾复为丸，入腕中。(《独异志》)

【清吴士玉《骈字类编》卷一百五十三·器物门六·弹·弹子】《洞微志》：有术士于腕间出~~三丸，皆五色，叱令变，即化双燕飞腾上下，又令变，即化二小剑交击，须臾复为丸，入腕。

【清吴士玉《骈字类编》卷二百六·鸟兽门三·燕·燕奴】《洞微志》：术士于腕间出二弹子，化双燕飞腾，名~~；又化作二小剑交击，须臾入腕中。

【《御定佩文韵府》卷八十八·去声·二十九艳韵·剑·小剑】《闻奇录》：有术士于腕间出弹子二丸，皆五色，叱令变化，即化双燕飞腾，又令变，即化二~~交击，须臾复为丸，入腕中。

【《御定佩文韵府》卷一百一之二·入声·十二锡韵二·击·交击】《洞微志》有术士于腕间出弹子二(九)[丸]，皆五色，叱令变化，即化双燕飞腾，名燕奴；又令变化，即化二小剑~~，须臾化为丸，入腕中。

【清陈邦彦《乌衣香牒》卷一·神异·弹化双燕】《云仙杂记》：有术士于腕间出弹子二丸，皆五色，叱令变化，即化双燕飞腾，名燕奴；又令变，即变二小剑交击，须臾复为丸，入腕中。燕奴又入《别录》。

【清陈元龙《格致镜原》卷六十·玩戏器物类·弹】《珍珠船》：有术士于腕间出弹子二丸，皆五色，叱令变，即化双燕飞腾，名燕奴；又令变，即化二小剑交击，须臾复为丸，入腕中。

◎ 词汇考

【汉语大词典·燕奴】旧时幻术名。唐陆贽《云仙杂记·燕奴》："有术士于腕间出弹子二丸，皆五色，叱令变化，即化双燕飞腾，名燕奴。又令变，即化二小剑交击，须臾复为丸，入腕中。"

三 斗 烂 肠

◎ 版本考

A 殷洪远云：周旦腹中有三斗烂肠。(《金楼子》)

B 殷洪远云：周旦腹中有三斗烂肠。(《金楼子》)

C 殷洪远云：周旦腹中有三斗烂肠。(《金楼子》)

D 宋本无此条。

E 殷洪远云：周旦腹中有三斗烂肠。(《金楼子》)

◎ 引文考

【南北朝孝元皇帝《金楼子》卷四·立言】殷洪远云：周旦腹中有三斗烂肠。○按：原本"云"作"念"，"旦"作"恒"，腹下无"中"字，谨据曾慥《类说》校改。

【宋王之道《相山集》卷十七《玉楼春·和李宜仲》】少年心性销磨尽，三斗烂肠浑是闷。看书聊复强寻行，属句不妨闲趁韵。此生自断天休问，富贵时来还有分。一卮芳酒送清歌，楼下玉人相去近。

【宋朱胜非《绀珠集》卷一·金楼子·三斗烂肠】殷洪远云：周公腹中有三斗烂肠。

【元阴时夫《韵府群玉》卷六·下平声·七阳·三斗烂肠】殷洪远云：周旦腹中有～～～～。(《金楼子》)旦，或作旦。

【明陈耀文《天中记》卷二十三·肠】洪远云：周旦腹中有三斗烂肠。(《金楼(予)[子]》)

【清朱亦栋《群书札记》卷十·周旦】《金楼子·立言篇》：殷洪远云："周旦腹中有三斗烂肠。"按：旦字，疑是伯仁二字之讹。殷此言盖讥伯仁之好酒也。旦，一作恒，亦讹字。

◎ 词汇考

【殷洪远】殷融，字洪远，陈郡长平(今河南西华)人。生卒年不详，晋惠帝永康元年(300)前后在世。桓彝见而叹美之。喜欢《易》《老》之学，善属文而不善口辩，其兄殷羡之子殷浩每与之谈，殷融总谈不过殷浩。为司徒左西属，饮酒善舞，终日啸咏，不以世事自缚。累迁吏部尚书、太常卿，卒。殷融著有文集十卷，传于世。殷融之叔父善清言，参看《世说新语》文学第74则。《世说新语》卷之下品藻第九：抚军问孙兴公："殷洪远何如？"曰："远有致思。"

【周旦】即周公旦。名叫姬旦(大约生活于公元前1100年)，也称叔旦，是周文王姬昌的第四子、周武王姬发的同母弟，汉族人。因封地在周(今陕西省宝鸡市岐山北)，故称周公或周公旦。为西周初期杰出的政治家、军事家、思想家和教育家，被尊为儒学奠基人。

【汉语大词典·烂肠】借指酒。南朝梁元帝《金楼子·立言下》："殷洪远云：周旦腹中有三斗烂肠。"

金菜玉蔬

◎ 版本考

A 始皇遣徐福入海，求金菜玉蔬并一寸椹。

B 始皇遣徐福入海，求金菜玉蔬并一寸椹。

C 始皇遣徐福入海，求金菜玉蔬并一寸椹。

D 宋本无此条。

E 始皇遣徐福入海，求金菜玉蔬并一寸葚。（《金楼子》）

【张力伟点校】本条原不注出处。据查，见《金楼子·立言》，今本文作："秦王问鬼谷先生言，因遣徐福入海，求金菜玉蔬并一寸葚。"

◎ 引文考

【《金楼子》卷五·志怪篇十二】秦始皇闻鬼谷先生言，因遣徐福入海，求金菜玉蔬并一寸葚。（金菜玉蔬四字，诸本同，然莫晓何义。○按：此条又见箴戒篇。原本多脱误，谨据《太平御览》校补。）

【宋叶廷珪《海录碎事》卷六·饮食器用部·蔬菜门·玉蔬】始皇遣徐福入海，求金菜玉蔬。

【宋朱胜非《绀珠集》卷一·金楼子·玉蔬】始皇遣徐福入海，求金菜玉蔬并一寸葚。

【元阴时夫《韵府群玉》卷十二·上声·二十六寝·葚·一寸葚】始皇遣徐福入海，求金菜玉蔬并～～～。（《金楼子》）

【明陈耀文《天中记》卷四十六·菜·金菜】始皇闻鬼谷先生言，因遣徐福入海，求金菜玉蔬并一寸葚。（《金楼子》）

【明陈耀文《天中记》卷五十一·桑·一寸葚】始皇闻鬼谷先生言，遣徐福入海，求金菜玉蔬并一寸葚。（《金楼子》）

【明顾起元《说略》卷十八·冥契上】《云仙杂记》载：始皇遣徐福求金菜玉蔬。

【明徐应秋《玉芝堂谈荟》卷十七·龙胎醴】《金楼子》：始皇闻鬼谷先生言，遣徐福入海，求金菜玉蔬并一寸葚。

【清陈元龙《格致镜原》卷六十二·蔬类一·总】《金楼子》：秦始皇遣徐福入海，求金菜玉蔬。

【清李锴《尚史》卷七·秦本纪·始皇帝】《金楼子》：始皇闻鬼谷先生言，因遣徐福入海，求金菜玉蔬并一寸葚。《十洲记》《拾遗记》并荒诞，不载。

【清马骕《绎史》卷一百四十九】《金楼子》：始皇闻鬼谷先生言，因遣徐福入海，求金菜玉蔬并一寸葚。

【《佩文斋广群芳谱》卷十一·桑麻谱·桑葚】《金楼子》：始皇闻鬼谷先生言，故遣徐福入海，求金菜玉蔬并一寸葚。

【清张定鋆《三余杂志》卷七·金菜玉蔬】《金楼子》：始皇遣徐福入海，求金菜玉蔬。

【《渊鉴类函》卷三百九十八·菜蔬部·菜蔬二】《金楼子》曰：始皇闻鬼谷先生言，因遣徐福入海，求金菜玉蔬并一寸葚。

【《御定佩文韵府》卷五十六·上声·二十六寝韵·葚·一寸葚】《金楼子》：始皇遣徐福入海，求金菜玉蔬并～～～。

【清卫杰《蚕桑萃编》卷一·稽古·历代诏制类·秦】秦始皇遣徐福入海，求一寸葚桑。

◎ 词汇考

【金菜】传说中食之可以长生的仙草。

【汉语大词典·玉蔬】传说中食之可以长生的仙草。南朝梁元帝《金楼子·志怪》："秦始皇闻鬼谷先生言，因遣徐福入海求金菜玉蔬，并一寸葚。"

【汉语大词典·一寸葚】传说中的仙药名。南朝梁元帝《金楼子·志怪》："秦始皇闻鬼谷先生言，因遣徐福入海求金菜玉蔬并一寸葚。"葚，亦作"椹"。见同书《箴戒》。

无 肠 公 子

◎ **版本考**

A 蟹曰"无肠公子"，龟曰"先知君"。（缺）

B 蟹曰"无肠公子"，龟曰"先知君"。

C 蟹曰"无肠公子"，龟曰"先知君"。

D 宋本无此条。

E 蟹曰"无肠公子"，龟曰"先知君"。

【张力伟点校】本条原书未注出处，据查，出《抱朴子内篇·登涉》，与本卷《虎狼称呼五君》条同为一段中文。今本文作："山中寅日，有自称虞吏者，虎也。称当路君者，狼也。称令长者，老狸也。卯日称丈人者，兔也。称东王父者，麋也。称西王母者，鹿也。辰日称雨师者，龙也。称河伯者，鱼也。称无肠公子者，蟹也。巳日称寡人者，社中蛇也。称时君者，龟也。午日称三公者，马也。称仙人者，老树也。未日称主人者，羊也。称吏者，獐也。申日称人君者，猴也。称九卿者夕猿也。酉日称将军者，老鹦也。称捕贼者，雉也。戌日称人姓字者，犬也。称成阳公者，狐也。亥日称神君者，猪也。称妇人者，金玉也。子日称社君者夕鼠也。孵冲人者，伏翼也。丑日称书生者，牛也。但知其物名，则不能为害也。"

◎ **引文考**

【晋葛洪《抱朴子内篇》卷十七·登涉】称无肠公子者，蟹也。

【唐段公路《北户录》卷一·红蟹壳】《抱朴子》又云：山中辰日称无肠公子者，蟹也。

【唐释道世《法苑珠林》卷五十八·审察篇第四十三】《抱朴子》曰：辰日……称无肠公子者，蟹也。

【唐佚名《黄帝九鼎神丹经诀》卷四·明防辟恶邪魅守神保身】称无肠公子者，蟹也。

【宋陈思编《两宋名贤小集》卷三百五十九·岳珂《玉楮诗稿》·螃蟹】无肠公子郭索君，横行湖海剑戟群。紫髯绿壳琥珀髓，以不负腹夸将军。酒船拍浮老子惯，咀嚼两螯仍把玩。庐山对此眼倍青，愿从公子醉复醒。

【宋陈与义撰、宋胡穉注《笺注简斋诗集》卷九·《咏蟹》·"不知公子实无肠"注】《(拘)[抱]朴子·登涉篇》：山中辰日称无肠公子者，蟹也。

【宋傅肱《蟹谱》上篇·无肠公子】《抱朴子》云：山中无肠公子者，蟹也。

【宋高似孙《蟹略》卷一·郭索传】至汉扬雄氏草《太玄经》，独推称之，惟耿介不受扰触，外甚刚果，若奋矛甲，中实柔脆，殊无他肠，人皆爱之，称其为无肠公子。

【宋谢维新《事类备要》别集卷八十八·水族门·蟹·无肠公子】山中～～～～者，蟹也。（《抱朴子》）

【宋叶廷珪《海录碎事》卷二十二上·鸟兽草木部·水族门·无肠公子】无肠公子，蟹

也。(《抱朴子》)

【宋岳珂《玉楮集》卷四·螃蟹】无肠公子郭索君，横行湖海剑戟群。紫螯绿壳琥珀髓，以不负腹夸将军。酒船拍浮老子惯，咀嚼两螯仍把玩。庐山对此眼倍青，愿从公子醉复醒。

【宋曾慥《类说》卷十三·蟹名无肠公子】蟹一名蜅。《广雅》云：雄曰狼蚁，雌曰博带。《抱朴子》云：山中辰日称无肠公子，蟹也。海上有小蟹，附之如榆荚，名曰蟹奴，树生小儿。

【宋朱胜非《绀珠集》卷三】无肠公子，蟹。

【宋祝穆《事文类聚》后集卷三十五·介虫部·蟹】山中无肠公子者，蟹。(《抱朴子》)

【元阴时夫《韵府群玉》卷六下平声·蟹无肠】山中无肠公子者，~也。(《抱朴子》)

【元阴时夫《韵府群玉》卷十上声·九蟹·蟹】山中无肠公子者，~也。(《抱朴》)

【元张宪《玉笥集》卷六·中秋碧云师送蟹】天风吹绽黄金粟，檐前老兔飞寒玉。客窗不记是中秋，但觉邻家酒浆熟。泖田秋霁稻未镰，苇箔竹断收团尖。红膏溢齿嫩乳滑，脆美簌簌橙丝甜。无肠公子夸躩铄，两戟前驱终受缚。餍心昼暖白玉脐，照眸夜泣红铜壳。曲生风度亦可怜，且对霜娥供大嚼。酒后高歌绕碧云，九峰一夜霜华落。

【明陈邦俊辑《广谐史》卷二·吴观望《郭索传(蟹)》】郭索者，东海人也。其先离以外刚内柔显，庖牺氏世所居上光常射井鬼间，且曰：吾子孙上应列宿，不与人同。后凡谨悫有风骨者，皆其苗裔。王子牟、公孙捷、孙叔敖称焉，然惟索声闻最著。汉武帝时索祖解学纵横家，尤喜武事，尝曰：安得介士横行天下耶？出没江湖，必拥剑自卫，食息未尝置。夜见烽火，辄举族驰赴之，动不量力，竟见执。解本豪侠自纵，始坐帘箔不修，受笼络，颇不能平。泊延见樽俎，则又披露心腹，无所隐，时作酸语，尤可人，皆曰有味其言之也。至其大过，议论风生，或者病之。又好钳刺人，至流血不瞬目，用是丑类多为人所迁怒。上命召镆有不得志于解者，倚阑相窥诮，解勃然曰：大丈夫生不五鼎食，死当五鼎烹耳。往年，彭越起泽中，王梁，高帝功臣无出其右者，终以菹醢，吾何愧彭越哉？索时尚幼，不在行，得不死。少长，崭然见棱角，然胸次不纠结，或谓之无肠公子。

【明陈邦俊辑《广谐史》卷八·罗仲点《匡离世传(蟹)》】有匡生者，名离，一名狼蚁，其先出于善化国，姓氏见《尔雅》。妻博氏，名带，夫妻俱好拥剑，披坚执锐，横行江海间。荀子则谓其性躁。漆园先生，守黑人也，与之遇，几为所败。当子羔在成时，离与范冠、金蝉、吴蚕等并称。厥后子姓繁多，在吴者谓之横行介士戟身，海上见则主兵，幼子喜观潮，潮至，则翘足而迎之，故谓招潮子。每岁以八月朝海神，输稻芒以为觐见礼。东汉时，有段生者，其初蝗也，作祟于武陵，太守马援行德化，化而入海，见则主荒是戍。段氏与匡氏并见讳于吴中，匡入晋，变姓解，名无肠，即抱朴子书所谓无肠公子也。

【明陈耀文《天中记》卷五十七·蟹·无肠公子】山中无肠公子者，蟹也。(《抱朴子》)

【明董斯张《广博物志》卷四十六·鸟兽】称无肠公子者，蟹也。

【明方瑜《(嘉靖)南宁府志》卷三·田赋志·介品·蟹】外骨，内肉，旁行，故云螃蟹。或云蝤蛑，或谓无肠公子。

【明冯梦龙《古今谭概》酬嘲部卷二十四·羊蟹】尤延之极短小，寿皇尝问外廷，谓卿为秤锤，何故？对曰："秤锤虽小，觔两分明。"上喜之。杨诚斋尝戏呼尤延之为蜻蜓，延之呼诚斋为羊。一日，食羊白肠，延之曰：秘监锦心绣肠，亦为人所食。诚斋笑吟曰：有肠可食，何须(根)[恨]？犹胜无肠可食。人世称蟹为无肠公子。一坐大笑。

【明顾起元《说略》卷二十四·谐志】《抱朴子》谓蟹为无肠公子。

【明何良俊《语林》卷二十七·排调第二十七】杨诚斋尝戏呼尤延之为蝤蛑，延之呼诚斋为羊。一日食羊白肠，延之曰：秘监锦心绣肠，亦为人所食。诚斋笑吟曰：有肠可食，何须恨？犹胜无肠可食人。世称蟹类为无肠公子。一坐大笑。

【明胡维霖《胡维霖集》璧山吟卷四·酒蟹】无肠公子被人缚，白玉脐中饱曲酪，嫩乳香膏溢齿腭，霜娥变作红铜壳，酒后拍浮供大嚼。

【明李时珍《本草纲目》卷四十五·蟹(本经中品)】释名：螃蟹(《蟹谱》)。郭索(扬雄《方言》)。横行介士(《蟹谱》)。无肠公子(《抱朴子》)。

【明彭大翼《山堂肆考》卷二百二十五·甲虫·无肠公子】《抱朴子》曰：山中辰日称无肠公子者，蟹也。

【明宋讷《西隐集》卷三·盐蟹数枚寄段摄中谊斋】无肠公子旧知名，风味非糟亦自清。祇信海霜肥郭索，须劳野火照横行。两螯白雪堆盘重，一壳黄金上箸轻。公退辟寒应买酒，献芹母笑野人诚。

【明徐复祚《花当阁丛谈》卷七·县官】郭索，蟹也，亦名无肠公子。

【明徐渭《徐文长文集》卷五·蟹】虽云似蟹不甚似，若云非蟹却亦非。无意教君费装裹，君自装裹又付题。世间美好人夺冒，略涉小丑推向谁。此辐难云都不丑，知者赏之不容口。涂时有神蹲在手，墨色腾烟逸从酒。无肠公子浑欲走，沙外渔翁拗杨柳。

【《全唐诗》卷六百七十二·唐彦谦《蟹》】湖田十月清霜随，晚稻初香蟹如虎。扳罾拖网取赛多，篾篓挑将水边货。纵横连爪一尺长，秀凝铁色含湖光。蝤蛑石蟹已曾食，使我一见惊非常。买之最厌黄髯老，偿价十钱尚嫌少。漫夸丰味过蝤蛑，尖脐犹胜团脐好。充盘煮熟堆琳琅，橙膏酱渫调堪尝。一斗擘开红玉满，双螯哕出琼酥香。岸头沽得泥封酒，细嚼频斟弗停手。西风张翰苦思鲈，如斯丰味能知否。物之可爱尤可憎，尝闻取刺于青蝇。无肠公子固称美，弗使当道禁横行。

【清厉荃《事物异名录》卷三十八·水族部·蟹】《抱朴子》：山中辰日称无肠公子者，蟹也。

【清张岱《夜航船》卷十七·四灵部·横行介士】《抱朴子》：山中辰日称无肠公子者，蟹也。《蟹谱》：出师下岩之际，忽见蟹，称为横行介士。

【清张定鋆《三余杂志》卷八·无肠公子】《云仙杂记》：蟹为无肠公子，龟为先知君。

【清朱一新《佩弦斋诗文存》佩弦斋文存卷下《无肠公子传》】公子姓黄氏，名解，江州人也。其先世当金天氏时，为江湖之使，因占籍江州。至春秋越伐吴，有率其族，取吴稻以济师者，论功封含黄伯，子孙遂以国氏。凡散处江乡者十有二种，而公子最知名于时。始生筮之遇离之解，故名曰解。为人瞋目皤腹，内柔外刚，性嗜饮，醉后尝自扪其腹，曰：我此中固空洞，然足容数百万甲兵者，正以内无他肠耳。见者笑曰：闻大荒之东有无肠国者，子岂其种类与？因戏呼为无肠公子。晋太康中，江州守臣贡至京师，朝议以酒泉郡处之，公子曰：既有解，必无监州乃可，不然，解不能折腰媚权贵供颐指也。遂浮沉者数年，久之，始迁糟邱常侍。当是时，毕吏部以豪饮名，辇下偶出，遇公子，手持与语，大悦，日与拍浮酒池中，值邻篘新熟，吏部携公子偕饮瓮旁，酒酣，公子起，误入瓮中，吏部亦醉卧瓮侧以待之，邻人归见而大骇，疑其醉死也，覆瓮而出，余潘淋漓，徐徐拂拭，乃去，由是醉解之名大噪。然公子恃其崛强，好雌黄人物，吏部尝戒之曰：子黄中通理，玉质金相，若论文章，当与司马长卿辈横行一世。然戈甲森然，外刚而内躁，非神龟曳尾之道也。公子不听，卒见忤于赵王伦，遂退隐江南之芦苇洲，与姜生醋醋者游，以为得味外味。江南人设宴召公子，则姜醋必至，座中亦无姜醋不欢。卫尉石崇闻其名，于冬月延诸上座，封以唐，辞不受。蔡谟过江，复欲罗致之，未果，适道行，见彭越以为公子也，荐诸庖人，既而大为所窘。公子乃揶揄之曰：卿读《尔雅》不熟，误引非类，几为劝学死。蔡笑曰：吾补过焉可乎？请今尊子为一品公子。笑曰：吾与躁进不已，致觳觫待罪，吾宁终老瓮天中耳。由是日夜沉湎，卒为酒所伤。一夕大醉而死。论曰：吾读老聃书，深着齿刚舌柔之义。士之处浊世者，非独无才之患也，执冲而寡营，蝼屈以求伸，殆庶几焉。以余所闻公子轶事，能致雨，又能驱疟，尝着劳关中，盖亦才智纵横之士，而独以无肠称意，其胸无宿物者与？乃因雌黄之故，几膏鼎镬。嗟乎！貌刚者折，扬才者蹶，进取之士可以鉴矣。

◎ 词汇考

【汉语大词典·无肠公子】蟹的别名。晋葛洪《抱朴子·登涉》："称无肠公子者，蟹也。"唐唐彦谦《蟹》诗："无肠公子固称美，弗使当道禁横行。"亦省作"无肠"。元耶律楚材《再用张敏之韵》："一卮持竹叶，左手把无肠。"清查慎行《食蟹有感》诗："无肠怜若辈，多足自能肥。"

【汉语大词典·先知君】龟的异名。晋葛洪《抱朴子·仙药》："可以先知君脑，或云龟，和服之，七年能步行水上。"唐冯贽《云仙杂记》卷九："蟹曰无肠公子，龟曰先知君。"

骇 鸡 犀

◎ 版本考

A 通天犀中有白纹如丝者，置米其上，以饲鸡，鸡见惊走，名"骇鸡犀"；刻为鱼形，持入水，水辄开。（《抱朴子》）

B 通天犀中有白纹如丝者，置米其上，以饲鸡，鸡见惊走，名"骇鸡犀"；刻为鱼形，持入水，辄开出。（《抱朴子》）

C 通天犀中有白纹如丝者，置米其上，以饲鸡，鸡见惊走，名"骇鸡犀"；刻为鱼形，持入水，水辄开。（《抱朴子》）

D 宋本无此条。

E 通天犀中有白纹如丝者，置米其上，以饲鸡，鸡见惊走，名"骇鸡犀"；刻为鱼形，持入水，水辄开。（《抱朴子》）

【张力伟点校】本条见《抱朴子·内篇·登涉》。原文作："得真通天犀角三寸以上，刻以为鱼，而衔之以入水，水常为人开，方三尺，可得炁息水中。又通天犀角有一赤（王明《校释》："赤"当作"白"）理如缒，有自本彻末。以角盛米置群鸡中，鹦欲啄之，未至数寸，即惊却退。故南人或名通天犀为骇鸡犀。"

◎ 引文考

【宋无名氏《锦绣万花谷》卷三十七·骇鸡犀】通天犀中有一点白理如线者，置米其上，以饲鸡，鸡见惊却者，名骇鸡犀；刻为鱼形，持入水，辄自开。亦名离水犀。（《抱朴子》）

【明董说《七国考》卷十四·鸡骇犀】《国策》楚王献鸡骇之犀夜光之璧于秦王。《抱朴子》云：通天犀中有一白理如线，置米其上，以饲鸡，鸡见之惊，故名鸡骇犀。

【清吴士玉《骈字类编》卷二百八·鸟兽门五·鸡惊】《战国策》鸡骇之犀注：《抱朴子》：通天犀中有一白理如线，置米其上，以饲~，见之~，故名骇鸡犀。范成大《竹下》诗："犬骇逐车马，~~扑篱落。"

◎ 词汇考

【汉语大词典·通天犀】一种上下贯通的犀牛角。晋葛洪《抱朴子·登涉》："得真通天犀角三寸以上，刻以为鱼，而衔之以入水，水常为人开。"《新唐书·南蛮传下·环王》："头黎死，子镇龙立，献通天犀，杂宝。"《金瓶梅词话》第三一回："水犀号作通天犀。你不信取一碗水，把犀角安放在水内，分水为两处，此为无价之宝。"

【汉语大词典·骇鸡犀】犀角名。《战国策·楚策一》："乃遣使车百乘，献鸡骇之犀、夜光之璧于秦王。"王念孙《读书杂志·战国策二》："鸡骇之犀，当为骇鸡之犀。"《后汉书·西域传·大秦》："士多金银奇宝，有夜光璧、明月珠、骇鸡犀、珊瑚、虎魄。"晋葛洪《抱朴子·登涉》："又通天犀角，有一赤理如绥，有自本彻末，以角盛米，置鸡群中，鸡欲啄之，未至数寸，即惊却退，故南人或名通天犀为骇鸡犀。"唐刘恂《岭表录异》卷中："又有骇鸡犀、辟尘犀、辟水犀、光明犀。此数犀，但闻其说，不可得而见也。"元宋本《舶上谣送伯庸以番货事奉使闽浙》之八："熏陆胡椒腽肭脐，明珠象齿骇鸡犀。"

天　鼓

◎ 版本考

A 雷曰天鼓，雷神曰雷公。（《抱朴子》）

B 雷曰天鼓，雷神曰雷公。（《抱朴子》）

C 雷曰天鼓，雷神曰雷公。（《抱朴子》）

D 宋本无此条。

E 雷曰天鼓，雷神曰雷公。（《抱朴子》）

【张力伟点校】本条前句见《抱朴子内篇·明本》，今本文作："雷，天之鼓也。"后句不见于今本《抱朴子》。按雷神之名为"雷公"，最先见于《淮南子·仿真》，云真人"烛十日而使风雨，臣雷公，役夸父"。

◎ 引文考

【唐徐坚《初学记》卷一·雷第七·叙事】雷曰天鼓，雷神曰雷公。雷神曰雷公。

【宋朱胜非《绀珠集》卷三】天鼓，雷曰天鼓。雷公，雷神曰雷公。

【元李克家《戎事类占》卷十八】无云而雷曰天鼓，当有暴兵。

【明茅元仪《武备志》卷一百六十七·占雷电】无云而雷曰天鼓，当有暴兵。又曰：天鼓有音，如雷非雷，音在地而下及地，其所住者，兵发其下。

　　【清吴士玉《骈字类编》卷一·天地门一·天·天鼓】《云仙杂记》：雷曰~~，雷神曰雷公。

　　【《御定佩文韵府》卷三十七之三·上声·七麌韵三·鼓·天鼓】《云仙杂记》：雷曰~~，雷神曰雷公。

　　【清厉荃《事物异名录》卷一·乾象部·雷·天鼓】《抱朴子》："雷天之鼓也。"《云仙杂记》："雷曰天鼓。"又河鼓星亦名天鼓。

◎ 词汇考

　　【汉语大词典·天鼓】天神所击之鼓。传说云天鼓震则有雷声。《史记·天官书》："天鼓，有音如雷非雷，音在地而下及地。"《云仙杂记》卷九引晋葛洪《抱朴子》："雷曰天鼓，雷神曰雷公。"唐李白《梁甫吟》："我欲攀龙见明主，雷公砰訇震天鼓。"明田艺蘅《留青日札·天鼓鸣》："嘉靖四十四年十二月二十八日未申时，天鼓震西北，俗云干雷响。"

　　【汉语大词典·雷公】神话中管打雷的神。《楚辞·远游》："左雨师使径侍兮，右雷公以为卫。"《汉书·郊祀志下》："东方帝太昊青灵勾芒畤及雷公、风伯庙、岁星、东宿东宫于东郊兆。"汉王充《论衡·雷虚》："图画之工，图雷之状，累累如连鼓之形。又图一人，若力士之容，谓之雷公，使之左手引连鼓，右手推椎，若击之状。"唐韩愈《陆浑山火一首和皇甫湜用其韵》："雷公擘山海水翻，齿牙嚼啮舌腭反。"

虎狼称呼五君

◎ 版本考

　　A 山中寅日称虞吏者，虎也；称当路君者，狼也；称东王父者，麋也；西王母者，鹿也；成阳公者，狐也；社君者，鼠也。（《抱朴子》）

　　B 山中寅日称虞吏者，虎也；称当路君者，狼也；称东王父者，麋也；西王母者，鹿也；成阳公者，狐也；社君者，鼠也。（《抱朴子》）

　　C 山中寅日称虞吏者，虎也；称当路君者，狼也；称东王父者，麋也；西王母者，鹿也；成阳公者，狐也；社君者，鼠也。（《抱朴子》）

　　D 宋本无此条。

　　E 山中寅日称虞吏者，虎也；称当路君者，狼也；称东王父者，麋也；西王母者，鹿也；成阳公者，狐也；社君者，鼠也。（《抱朴子》）

　　【张力伟点校】本条见《抱朴子内篇·登涉》。今本文见前"无肠公子"条校语引。

◎ 引文考

　　【南北朝孝元皇帝《金楼子》卷五】山中有寅日称虞吏者，虎也；称当路（案《抱朴子》有"君"字）者，狼也；辰日称雨师者，龙也。知其物（案《抱朴子》有"名"字）则不能为害矣。

　　【唐释道世《法苑珠林》卷五十八】《抱朴子》曰：……山中寅日有称虞吏者，虎也；称当路居者，狼也；称令长者，老狸也；卯日称丈夫者，兔也；称东父者，麋也；称西王母者，鹿也；辰日称雨师者，龙也；称河伯者，鱼也；称无肠公子者，蟹也；巳日称寡人者，社中蚰也；称时君者，龟也；午日称三公者，马也；称三人者，老树也；未日称主人者，羊也；称吏者，麈也；申日称人君者，猴也；称九卿者，猿；酉日称将军者，老鸡也；称贼捕，雉也；戌日称人姓字者，犬也；称城阳公仲者，狐也；亥日称人君者，猪也。……子日称社君者鼠也，称神人者伏翼也，丑日称书生者牛也。知其物则不能为害。又荧惑火精生朱鸟，辰星水精生玄武，岁星木精生青龙，太白金精生白虎，镇星土精生乘黄。《抱朴子》曰：山川石木井灶河池酒皆有精气，人身之中亦有魂魄，况天地为物，物之至大者，于理当有神精，有神精则赏善而罚恶，但其体大网疏，不必机发而响应耳。

【宋李昉《太平御览》卷八百八十六·妖异部二】山中寅日有称虞吏者，虎也；称当路君者，狼也；称令长者，老狸也；卯日称丈夫者，兔也；称东王父者，麋也；称西王母者，鹿也；辰日称雨师者，龙也；称河伯者，鱼也；称无肠公子者，蟹也；巳日称寡人者，社中蚰也；称时君者，龟也；午日称三公者，马也；称人者，老树也；未日称主人者，羊也；称吏者，麈也；申日称人君者，猴也；称九卿者，猨；酉日称将军者，老鸡也；称贼捕者，雉也；戌日称人姓字者，犬也；称咸阳公仲者，狐也；亥日称臣君者，猪也；称妇人者，金玉也；子日称社者，鼠也；称神人者，伏翼也；丑日称书生者，牛也。知其物，则不能为害。

【明陈继儒《虎荟》卷三】山中寅日称虞吏者，虎也。

【明陈耀文《天中记》卷六十·虎·虞吏】山中寅日称虞吏者，虎也。（《抱朴子》）

【明彭大翼《山堂肆考》卷二百十七·毛虫·虞吏】《金楼子》曰：寅日山中称虞吏者，虎也。

【清陈元龙《格致镜原》卷八十二·虎·别名】《金楼子》：寅日山中称虞吏者，虎也。

【清方旭《虫荟》卷二·毛虫·虎】《金楼子》：山中寅日称虞吏者，虎也。

【清厉荃《事物异名录》卷三十七·兽畜部·虎·虞吏】《金楼子》：寅日山中称虞吏者，虎也。

【清吴宝芝《花木鸟兽集类》卷下·虎】《金楼子》曰：寅日山中称虞吏者，虎也。

◎ 词汇考

【虞吏】虎的别称。

【汉语大词典·当路君】狼的别称。晋葛洪《抱朴子·登涉》："山中寅日，有自称虞吏者，虎也。称当路君者，狼也。"

【汉语大词典·东王父】旧指麋所化的精怪。晋葛洪《抱朴子·登涉》："山中……卯日，称丈人者，兔也。称东王父者，麋也。称西王母者，鹿也。"

【汉语大词典·西王母】鹿的别称。晋葛洪《抱朴子·登陟》："称东王父者，麋也；西王母者，鹿也。"

【汉语大词典·成阳公】传说为狐的自称。晋葛洪《抱朴子·登涉》："戌日称人姓字者，犬也；称成阳公者，狐也。"

【汉语大词典·社君】鼠的别名。晋葛洪《抱朴子·登涉》："子日称社君者，鼠也。"

鹊 巢 獭 穴

◎ 版本考

A 鹊巢知风之所起，獭穴知水之高下，晖日知晏（鸩鸟也），阴谐知雨（鸠也）。（《淮南子》）

B 鹊巢知风之所起，獭穴知水之高下，晖日知晏（鸩鸟也），阴谐知雨（雌也）。（《淮南子》）

C 鹊巢知风之所起，獭穴知水之高下，晖日知宴，阴谐知雨。晖日，鸩鸟也。阴谐，雌也。出《淮南子》。

D 宋本无此条。

E 鹊巢知风之所起，獭穴知水之高下，晖日知宴（鸩鸟也），阴谐知雨（雌也）。（《淮南子》）

【张力伟点校】本条见《淮南子·缪称训》。

◎ 引文考

【汉刘安撰、汉许慎注《淮南鸿烈闲诂》第十】鹊巢知风之所起（岁多风，则鹊作巢），卑獭穴知水之高下（水之所及，则獭避而为穴也）。晖日知晏（晖日，鸩鸟也。晏，无云也。天将晏静，晖日先鸣也），阴谐知雨（阴谐、晖日，雌也，天将阴雨则鸣）。

【宋曾慥编《类说》卷二十五·炙毂子】鹊巢獭穴：鹊巢知风之所起，獭穴知水之高下，晖日知晏，阴谐知雨。

【明董斯张《广博物志》卷四十五·鸟兽二·鸟下】鹊巢知风之所起，獭穴知木之高下，晖日知晏，阴谐知雨。（《淮南子》）

【明焦周《焦氏说楛》卷四】鹊巢知风之所起，獭穴知水之高下，晖日知晏（鸡也），阴谐知雨（雌也）。（《淮南子》）

【明徐元太《喻林》卷三十一·人事门】鹊巢知风之所起，獭穴知水高下，晖日知晏，阴谐知雨，为是谓人智不如鸟兽则不然。故通于一伎，察于一辞，可与曲说，未可与广应也。（《淮南子·缪称训》）

【明朱谋㙔撰、清魏茂林训纂《骈雅训纂》卷七中·训纂十五·运日阴谐鸩也】《广雅·释鸟》鸩鸟其雄谓之运日，其雌谓之阴谐。《淮南·缪称训》：晖日知晏，阴谐知雨。高诱注云：晖日，鸩鸟也，晏无云也，天将晏静，晖日先鸣也。阴谐，晖日雌也，天将阴雨则鸣。晖与运同。《中山经》：女几之山，其鸟多鸩。郭璞注云：鸩大如雕，紫绿色，长颈赤喙，食蝮蛇头，雄名运日，雌名阴谐也。《广韵》引《广志》云：鸩鸟大如鹗，有毒，颈长七八寸。雄名运日，雌名阴谐。皆用《淮南注》也。鸩，直禁切。

【明方以智《通雅》卷四十五】鸩日即运日，鸩也。

【清陈元龙《格致镜原》卷八十一·鸩】《天中记》：淮南子云：晖日知晏，阴谐知雨。天晏静无云，则运日先鸣，天将阴雨，阴谐则鸣。

【清段玉裁《说文解字注》卷四篇上】鸩，毒鸟也。一曰运日。一曰，犹一名也。《广雅》云："雄曰运日，雌曰阴谐。"《淮南》书云："晖日知晏，阴谐知雨。"

【清洪亮吉《比雅》卷十七·释鸟】晖日知晏，阴谐知雨。(《淮南王书》)

【清卢锡晋《尚志馆文述》卷四】盖闻鹊巢獭穴观风水之征，晖目阴谐分雨旸之召，是以明先于几，安坐而应以理，识全于物，随往而适其好。

◎ 词汇考

【鹊巢】鹊的巢穴。

【汉语大词典·晖目】鸩鸟的别名。《淮南子·缪称训》："晖目知晏，阴谐知雨。"高诱注："晖目，鸩鸟也。晏，无云也。天将晏静，晖目先鸣。"或谓"晖目"当作"晖日"。庄逵吉校："按晖目疑当作晖日。《说文解字》：'鸩，运日也。'《广雅》：'雄曰运日，雌曰阴谐。'"清王念孙《广雅疏证·释鸟》："案《缪称训》云：'鹊巢知风之所起，獭穴知水之高下，晖日知晏，阴谐知雨。'四句各举一物，四物各为一类，鹊与獭非牝牡，晖日与阴谐非雌雄也。"

灵　运　须

◎ 版本考

A 谢灵运美须，临刑施南海祇洹寺为维摩诘须，寺中宝惜。中宗时，安乐公主五日斗百草，遣人取之，仍剪弃其余。(《国史纂异》)

B 谢灵运美须，临刑施南海祇洹寺为维摩诘须，寺中宝惜。中宗时，安乐公主五日斗百草，遣人取之，仍剪弃其余。(《国史纂异》)

C 谢灵运美须，临刑施南海祇洹寺为维摩诘须，寺中宝惜。中宗时，安乐公主五日斗百草，遣人取之，仍剪弃其余。(《国史纂异》)

D 宋本无此条。

E 谢灵运美须，临刑施南海祇洹寺为维摩诘须，寺中宝惜。中宗时，安乐公主五日斗百草，遣人取之，仍剪弃其余。(《国史纂异》)

【张力伟点校】本条见《类说》卷二十六引《国吏纂异》。又《太平广记》卷四〇五、《绀珠集》卷三引《圃史异纂》、《类说》卷五十四引《隋唐嘉话》及今本《隋唐嘉话》卷下亦有此条。此与《类说》引《纂异》文近。

◎ 引文考

【宋邵博《闻见后录》卷十六】按唐刘梦得《嘉话》：晋谢灵运美须，临刑施为南海祇洹寺维摩塑像须，寺人宝惜。初无亏损，至中宗朝，安乐公主五日斗百草，欲广物色，令驰驿取之，又恐为他所得，尽弃其余，则以灵运须斗百草者，唐安乐公主，非齐东昏侯，亦误也。

【宋曾慥《类说》卷二十六·国史纂异·灵运须】谢灵运美须，临刑施南海祇园寺为维摩诘须，寺中宝惜。中宗时，安乐公主五日斗百草，遣人取之，仍剪弃其余。

【宋朱胜非《绀珠集》卷三引阙名《国史纂异·取谢灵运须》】谢灵运美须，临刑施于南海祇洹寺为维摩诘须，寺人宝惜。中宗时，安乐公主五日斗百草，欲广获其物色，遂遣人往取之，仍剪弃其余。

【《四库全书考证》卷五十五】《绀珠集》"取谢灵运须"条：谢灵运美须，临刑施于南海
祇洹寺，刊本海字下衍为字，又祇洹讹纸恒，并据《国史纂异》删改。

【清褚人获《坚瓠集》补集卷四·剪灵运须】晋谢灵运美须髯，临刑施为南海祇洹寺维
摩诘像须，唐中宗朝安乐公主五日斗百草，欲广其物令驰驿取之，又恐为他所得，因前弃
其余。

【《御定佩文韵府》卷七之二·百草须】《国史纂异》：谢灵运美须，临刑施于南海祇洹
寺为维摩诘须，寺人宝惜。中宗时，安乐公主五日斗百草，欲广获物色，遂遣人往取之，
仍剪弃其余。

◎ 词汇考

【祇洹寺】待考。

【汉语大词典·维摩诘】梵语 Vimalakīrti，意译为"净名"或"无垢称"。佛经中人名。
《维摩诘经》中说他和释迦牟尼同时，是毗耶离城中的一位大乘居士。尝以称病为由，向
释迦遣来问讯的舍利弗和文殊师利等宣扬教义。为佛典中现身说法、辩才无碍的代表人
物。后常用以泛指修大乘佛法的居士。宋赵彦卫《云麓漫钞》卷九："君家有天人，雌雄维
摩诘。"

【中国历史大辞典·安乐公主】(？—710)，唐中宗、韦后幼女，小名裹儿。初嫁武三
思子崇训，再嫁武承嗣子延秀。甚受父母宠爱，势倾天下，王侯宰相多出其门。子方数
岁，即任太常卿，封镐国公。开府授官尤滥，屠贩纳资买官，降墨敕斜封授之，因称斜封
官。大树党羽，紊乱朝政。其第宅美过宫殿，凿定昆池数里。又与长宁、定安三公主纵家
仆掠民子女为奴婢。曾自请立为皇太女，有继帝位之图谋。景云元年(710)，与韦后等毒
死中宗。寻为李隆基(玄宗)所杀。

没 了 期

◎ 版本考

A 钱镠封吴越王，工役大兴，士卒嗟怨。或夜书府门曰："没了期，没了期，修城才
了又开池。"镠出见之，命吏书曰："没了期，没了期，春衣才了又冬衣。"嗟怨顿息。(《五
代史补》)

B 钱镠封吴越王，工役大兴，士卒嗟怨。或夜书府门曰："没了期，没了期，修城才
了又开池。"镠出见之，命吏书曰："没了期，没了期，春衣才了又冬衣。"嗟怨顿息。(《五
代史补》)

C 钱镠封吴越王，工役大兴，士卒嗟怨。或夜书府门曰："没了期，没了期，修城才
了又开池。"镠出见之，命吏书曰："没了期，没了期，春衣才了又冬衣。"嗟怨顿息。(《五
代史补》)

D 宋本无此条。

E 钱镠封吴越王，工役大兴，士卒嗟怨。或夜书府门曰："没了期，没了期，修城才
了又开池。"镠出见之，命吏书曰："没了期，没了期，春衣才了又冬衣。"嗟怨顿息。(《五
代史补》)

【张力伟点校】本条见《五代史补》卷一，题《钱镠弭谤》，又见于《类说》卷二十六引《五代史补》，此与《类说》文近。今本《五代史补》文作："钱镠封吴越国王后，大兴府署。版筑斤斧之声昼夜不绝。士卒怨嗟，或有中夜潜用白土大书于门曰：'没了期，侵早起，抵暮归。'镠一见欣然，遽命密吏亦以白土书数字于其侧，曰：'没了期，春衣才罢又冬衣。'时人以为神辅。自是怨嗟顿息矣。"

◎ 引文考

【宋潘自牧《记纂渊海》卷六十五·性行部之二十九·镇定大事】钱镠封吴越王，役大兴，士卒嗟怨，或夜书府门曰："没了期，没了期，修城才了又开池。"镠出见之，命吏书曰："没了期，没了期，春衣才罢又冬衣。"嗟怨顿息。

【明蒋一葵《尧山堂外纪》卷三十九·五代吴越王镠】武肃王开国日频役，士卒或夜书其门曰："没了期，没了期，修城才了又开池。"王出见之，命罗隐从事续书其傍云："没了期，没了期，春衣才罢又冬衣。"卒伍悉怡然大役，不复怨咨。

【《全唐诗》卷八·没了期歌（《晋公谈录》：武肃所言皆可律下，忽一日，杂役兵士于公署壁题云云。部辖者皆怒，王曰：不必怒，续书云云。卒伍见之怡然，力役不复怨恣）】没了期，没了期，营基才了又仓基。（军士题）〇没了期，没了期，春衣才了又冬衣。（武肃续）

【清褚人获《坚瓠集》九集卷一·"开恩止谤"条】《委巷丛谈》：钱武肃王开国日频役，士卒怨蠚兴焉，或夜书其门曰："没了期，没了期，修城才了又开池。"武肃出见之，命书其傍云："没了期，没了期，春衣才罢又冬衣。"士卒见之，嗟怨顿息。盖以恩典发其感激之心也。亦应变之智云。

【清陶元藻辑《全浙诗话》卷七·吴越·武肃王】又注引《五代史补》云：钱镠封吴越国王，后大兴府署版筑斤斧之声昼夜不绝，士卒怨嗟，或有中夜潜用白土大书于门，曰："没了期，没了期，侵晨起，抵暮归。"镠一见欣然，遽命书吏亦以白土书数字于其侧，曰："没了期，没了期，春衣才罢又冬衣。"时人以为神补，自是怨嗟顿息矣。

【清吴士玉《骈字类编》卷二十三·时令门二·春·春衣】《云仙杂记》：钱镠封吴越王，工役大兴，士卒嗟怨，或夜书府门曰："没了期，没了期，修城才了又开池。"镠出见之，命吏书曰："没了期，没了期，～～才了又冬衣。"嗟怨顿息。

【清吴士玉《骈字类编》卷二十六·时令门五·冬·冬衣】《云仙杂记》：钱镠封吴越王，工役大兴，士卒嗟怨，或夜书府门曰："没了期，没了期，修城才了又开池。"镠出见之，命吏书曰："没了期，没了期，春衣才了又～～。"嗟怨顿息。

【《御定佩文韵府》卷五之三·春衣】《丁晋公谈录》：钱武肃王所言皆可律下，忽一日，杂役兵士于署壁题云："没了期，没了期，营基才了又仓基。"王续书云："没了期，没了期，～～才了又冬衣。"卒伍见之，怡然力役，不复怨咨。

【清郑方坤《五代诗话》卷一·吴越王钱镠】是岁广杭州城大修台馆，筑子城，南曰通越门，北曰双门，钱塘富庶由是盛于东南。有何人夜署府门曰："没了期，没了期，修城才了又开池。"王出见之，命易其句云："没了期，没了期，春衣才罢又冬衣。"士卒嗟怨者遽息。（《补十国春秋》）

【清翟灏《通俗编》卷三·没了期】《五代史补》：钱镠封吴越王，工役大兴，或夜书府门，曰："没了期，没了期，修城才罢又开池。"缪见之，命吏续曰："没了期，没了期，春衣才罢又冬衣。"嗟怨顿息。

◎ 词汇考

【汉语大词典·了期】尽头。宋晏几道《长相思》词："若问相思甚了期，除非相见时。"金元好问《会善寺》诗："人生富贵有遗恨，世事废兴无了期。"

【汉语大词典·春衣】春季穿的衣服。北周庾信《春赋》："宜春苑中春已归，披香殿里作春衣。"唐施肩吾《长安春夜吟》："露盘滴时河汉微，美人灯下试春衣。"宋陆游《雨》诗："纸帐光迟饶晓梦，铜炉香润覆春衣。"

【汉语大词典·冬衣】冬季御寒的衣服。《后汉书·桓帝纪》："八月庚子，诏减虎贲、羽林住寺不任事者半奉，勿与冬衣；其公卿以下给冬衣之半。"唐白居易《秋霁》诗："冬衣殊未制，夏衣行将绽。"宋丁谓《丁晋公谈录》："无了期，无了期！春衣才了又冬衣！"

【汉语大词典·嗟怨】嗟叹怨恨。《东观汉记·明帝纪》："时天下垦田皆不实，诏下州郡检覆，百姓嗟怨。"北魏杨衒之《洛阳伽蓝记·闻义里》："王常停境上，终日不归；师老民劳，百姓嗟怨。"清褚人获《坚瓠九集·开恩止谤》："士卒见之，嗟怨顿息。"

拔 钉 钱

◎ 版本考

A 赵在礼在宋州，所为不法，百姓苦之。一日制下，移镇永兴。百姓相贺曰："眼中拔却钉矣，可不快哉！"在礼闻之，上表乞还镇，朝廷许之。在礼每口率钱一千，号"拔钉钱"，遂获百万。

B 赵在礼在宋州，所为不法，百姓苦之。一日制下，移镇永兴。百姓相贺曰："眼中拔却钉矣，可不快哉！"在礼闻之，上表乞还镇，朝廷许之。在礼每口率钱一千，号"拔钉钱"，遂获百万。

C 赵在礼在宋州，所为不法，百姓苦之。一日制下，移镇永兴。百姓相贺曰："眼中拔却钉矣，可不快哉！"在礼闻之，上表乞还镇，朝廷许之。在礼每口率钱一千，号"拔钉钱"，遂获百万。

D 宋本无此条。

E 赵在礼在宋州，所为不法，百姓苦之。一日制下，移镇永兴。百姓相贺曰："眼中拔却钉矣，可不快哉！"在礼闻之，上表乞还镇，朝廷许之。在礼每口率钱一千，号"拔钉钱"，遂获百万。

【张力伟点校】本条见《五代史补》卷三，题《赵在礼拔钉钱》，又见《类说》卷二十六引《五代史补》。此与《类说》文近。今本《五代史补》文作："赵在礼之在宋州也，所为不法，百姓苦之。一旦下制，移镇永兴。百姓欣然相贺曰：'此人若去，可为眼中拔钉子，何快哉！'在礼闻之怒，欲报'拔钉'之谤，遽上表更求宋州一年。时朝廷姑息勋臣，诏许之。在礼于是命吏籍管内户口，不论主客，每岁一千纳之于家，号曰'拔钉钱'。莫不公行督责。有不如约，则加之鞭扑，虽租赋之不若也。是岁，获钱百万。"

◎ 引文考

【宋薛居正《旧五代史》卷九十·晋书十六·列传第五·赵在礼传注】《永乐大典》卷一万八千一百三十《五代史补》：赵在礼之在宋州也，所为不法，百姓苦之。一旦下制，移镇永兴，百姓欣然相贺，曰："此人若去，可为眼中拔钉子，何快哉！"在礼闻之，怒欲报拔钉之谤，遽上表，更求宋州一年，时朝廷姑息勋臣，诏许之。在礼于是命吏籍管内户口，不论主客，每岁一千纳之于家，号曰拔钉钱。莫不公行督责。有不如约，则加之鞭扑，虽租赋之不若也。是岁，获钱百万。

【宋曾慥《类说》卷二十六·拔钉钱】赵在礼在宋州，所为不法，百姓苦之。一日制下，移镇永兴，百姓相贺，曰："眼中拔却钉也，可不快哉！"在礼闻之，上表乞还镇，朝廷许之。在礼每口率钱一千，号为拔钉钱，遂获有百万。

【宋戴埴①《鼠璞》卷下·世事未尝无对】《唐宋遗史》载：张崇帅庐州不法，民苦之，既入觐，人谓渠伊必不来，崇计口率渠伊钱，再入觐，人不敢言，拊须相庆。崇率拊须钱。《五代史补》载：赵在礼自宋移永兴，人曰："眼中拔却钉矣。"在礼乞还，每口率拔钉钱，方镇不法，信非一处，此二事雅可为对。

【明陈耀文《天中记》卷二十八·拔钉钱】赵在礼之在宋州也，所为不轨，百姓苦之。一旦迁制移镇永兴，百姓欣然相贺，曰："此人若去，可谓眼中拔钉子，何快哉！"在礼闻之怒，欲报拔钉之谤，遽上表更求宋州一年，时朝廷姑息勋臣，诏许之。在礼于是命吏籍管内户口，不论主客，每岁一千纳之于家，号曰拔钉钱。莫不公行督责，有不如约，则加之鞭扑，虽租赋之不若也。是岁，获钱百万（《五代史补》）。

【明冯梦龙《古今谭概》贪秽部卷十五·张赵征钱名】《五代史补》：赵在礼自采石移永兴，人曰："眼中拔却钉矣。"后在礼还任，每口征拔钉钱。

【明胡我琨《钱通》卷二十二·科敛】赵在礼之在宋州也，所为不法，百姓苦之，一旦下制移镇永兴，百姓忻然相贺，曰："此人若去，可谓眼中拔钉子，何快哉！"在礼闻之怒，欲报拔钉之谤，遽上表，更求宋州一年，时朝廷姑息勋臣，诏许之。在礼于是命吏籍管内户口，不论主客，每岁一千纳之于家，号曰拔钉钱。莫不公行督责，有不如约，则加之鞭扑，虽租赋之不若也。是岁，获钱百万（《五代史补》）。

【明王世贞《弇州四部稿》卷一百六十二·说部】张崇还镇率拊须钱，赵在礼还镇亦率拔钉钱。

【明王世贞《增补艺苑卮言》卷之十四】张崇还镇率拊须钱，赵在礼亦率拔钉钱。

【明徐应秋《玉芝堂谈荟》卷五】《唐宋逸史》：张崇帅庐州不法，民苦之，既入，觐人不敢言，但拊须相庆，崇率拊须钱。《五代史补》：赵在礼自宋移永兴，人曰："眼中拔却钉矣。"在礼复还，每日率拔钉钱。

【明许自昌辑《捧腹编》卷九·拔钉钱】赵在礼在宋州，人苦之，已而罢去，宋人喜而相谓曰：眼中拔钉，岂不乐哉？既而复受诏居职，乃籍管内口率钱一千，自号拔钉钱。

【明张岱《夜航船》卷七政事部·降黜　贪鄙·拔钉钱】五代赵在礼令宋州，贪暴逾制，百姓苦之，后移镇永兴，百姓欣贺，曰："拔却眼中钉矣。"在礼闻之，仍求复任宋州，每

---

① 戴埴，字仲培，鄞县（今浙江宁波）人。南宋时期官员、诗人、学者。理宗嘉熙二年（1238）进士，著有《鼠璞》传世。

岁户口，不论主客，俱征钱一千，名曰拔钉钱。

【清曹贞吉《珂雪词》卷上·江城子】贫家今日聚多钱，是荷钱，是苔钱，怪底三春常费买花钱，乱撒东风浑欲尽，留不住似榆钱。纷纷人世竞青钱，拔钉钱，捋须钱，绝胜嗷嗷九府一文钱。昨夜邻家喧社鼓，频吹落纸黄钱。

【清李世熊《钱神志》卷二】赵在礼事唐明宗，历徙诸镇，所至邸店，罗列积赍巨万，其在宋州，人尤苦之。已移镇永兴，宋人喜相谓曰："眼中钉今拔矣，岂不乐哉！"在礼闻之怒，遽上表更求宋州一年，时朝廷姑息勋臣，诏许之。在礼乃籍其部内口率钱一千，号拔钉钱。公行督责，虽租赋不如也。是岁，获钱百万（《五代史补》）。

【清赵翼《陔余丛考》卷四十三·拔去眼中钉】《五代史》：赵在礼残酷，及去任，民相庆曰："拔去眼中钉矣。"在礼闻之，后通镇令民各出拔钉钱。

【清赵翼《瓯北集》卷十五·奉命回粤途次口占】归程遥指粤西天，竹马重烦夹道边。昔到曾怜悬磬室，再来忍敛拔钉钱。单车按部惟携鹤，一墢催耕有叱犍。韬略生平原未读，勉为循吏报恩偏。

【清赵翼《瓯北集》卷三十八·七十自述】归途重入粤西天，父老纷迎拜马前。共喜未为兵死鬼，自惭不作肉飞仙。山川劫外无虚警，鸡犬村中有晏眠。笑语士民钉未拔，可应户出拔钉钱。

【清俞樾《茶香室丛钞》卷三·拔钉钱】唐冯贽《云仙杂记》云：赵在礼在宋州，所为不法，一日制下移镇永兴，百姓相贺，曰："眼中拔却钉矣。"在礼闻之，上表乞还镇，朝廷许之。在礼每口率钱一千，号拔钉钱。

◎ 词汇考

【赵在礼】（882—947 年），字干臣，涿州（今河北省涿州市）人。五代时期将领。初事刘仁恭家族。后投李存勖，为效节指挥使。926 年魏州兵变，被推为首领，自称兵马留后。旋与李嗣源合兵南下入洛阳。李嗣源即位，拜邺都留守。兴唐尹、沧州、同州等地节度使。后晋时兼侍中，进爵为公，晋出帝还与其结为亲家。后晋灭亡，契丹入汴，赵在礼前去拜见契丹将领，遭到契丹人的侮辱，后又听说后晋大臣多被契丹所锁，日夜惶恐，自尽而死。汉高祖刘知远即位后，追赠中书令。他一生历仕三朝，为十余镇节度使，其所至重征暴敛、强行搜刮、民不堪命，称之为"眼中钉"。又好殖货，以至积财巨万。

【宋州】即河南商丘，为中国六朝古都，古代分别称亳、宋国、梁国、梁园、睢阳、宋城、宋州、应天府、南京、归德府等。称宋州即来源于宋国，宋州始为隋置，治睢阳（今商丘，置郡后改宋城），曾称梁郡、梁园。唐为宋州睢阳郡。"宋"本是商朝时商王帝乙长子、纣王的庶兄微子的封地名称，微子也成为诸侯国宋国的开国之君。隋代在宋国故地设置宋州，宋州即来源于宋国。

【汉语大词典·眼中钉】亦作"眼中丁"。亦作"眼中疔"。比喻最痛恶的人或事物。语出唐冯贽《云仙杂记·拔丁钱》："赵在礼在宋州，所为不法，百姓苦之。一日制下，移镇永兴，百姓相贺曰：'眼中拔却钉矣，可不快哉！'"宋周辉《清波别志》卷中："寇丁立朝本末，世有一定论，初，丁逐，京师为之语曰：'欲得天下宁，当拔眼中钉；欲得天下好，莫如招寇老。'"元无名氏《杀狗劝夫》第三折："你所事无成，见兄弟心头刺，眼中疔。"

【汉语大词典·眼中拔钉】比喻除去心目中最痛恶的人。《新五代史·杂传八·赵在礼》："在礼在宋州，人尤苦之；已而罢去，宋人喜而相谓曰：'眼中拔钉，岂不乐哉！'"

【汉语大词典·拔钉钱】五代赵在礼所征的头税，是赵复职后对人民称其去职为"拔钉"的报复性措施。后用以代称巧立名目的苛捐杂税。《新五代史·杂传八·赵在礼》："在礼在宋州，人尤苦之；已而罢去，宋人喜而相谓曰：'眼中拔钉，岂不乐哉！'既而复受诏居职，乃籍管内，口率钱一千，自号'拔钉钱'。"清赵翼《回粤途次口占》之二："昔到曾怜悬磬室，再来忍敛拔钉钱。"

【汉语大词典·口率】按人口比例。《周礼·天官·太宰》"九曰弊余之赋"汉郑玄注："赋，口率出泉也。"《后汉书·丁鸿传》："鸿与司空刘方上言：'凡口率之科，宜有阶品，蛮夷错杂，不得为数。自今郡国率二十万口岁举孝廉一人，四十万二人，六十万三人。'"此指按人口比例举孝廉。

釜 中 龙

◎ 版本考

A 南唐时有苍头，持龙水图来货。或得之，将练为衣，忽釜中云蒸起，见二龙腾跃，穿壁而去。

B 南唐时有苍头，持龙水图来货。或得之，将练为衣，忽釜中云蒸起，见二龙腾跃，穿壁而去。

C 南唐时有苍头，持龙水图来货。或得之，将练为衣，忽釜中云蒸起，见二龙腾跃，穿壁而去。

D 宋本无此条。

E 南唐时有苍头，持龙水图来货。或得之，将练为衣，忽釜中云蒸起，见二龙腾跃，穿壁而去。

【张力伟点校】本条原未注出处，据查，《类说》卷二十七引《唐宋遗史》有"釜中龙"一条，与此文基本相同，这里当是由彼转录。

◎ 引文考

【宋曾慥《类说》卷二十七·唐宋遗史·釜中龙】南唐时有苍头，持龙水图求售。或得之，将练以为服，忽釜中云蒸起，见二龙腾跃穿壁而去。

【宋朱胜非《绀珠集》卷五引詹玠《唐宋遗史》"釜中龙"】南唐时有苍头，持龙水图求货。或得之，将练以服，忽釜中云蒸起，见二龙腾跃穿壁而去。

【明焦周《焦氏说楛》卷六】南唐时有苍头，持龙水图来货。或得之，将练为衣，忽釜中云蒸起，二龙腾跃穿壁去。

【明徐应秋《玉芝堂谈荟》卷三十三】《云仙杂记》：南唐时有苍头，持龙水图来货。或得之，将练为衣，忽釜中云蒸起，见二龙腾跃穿壁而去。

【清陈元龙《格致镜原》卷九十】南唐时有苍头，持龙水图求货。或得之，将练以为服，忽釜中云起蒸，见二龙腾跃穿壁而去。

【清吴士玉《骈字类编》卷八十七·数目门十·二龙】《遗事纪闻》：南唐时有苍头，持龙水图求货。或得之，将练以服，忽釜中云蒸起，见~~腾跃穿壁而去。

【《渊鉴类函》卷三百二十七·巧艺部四·釜中龙跃　壁上马鸣】《孔帖》曰：南唐时有苍头持龙水图求货，或得之，将练以为服，忽釜中雾起，见二龙腾跃穿壁而去。

◎ 词汇考

【汉语大词典·苍头】指奴仆。《汉书·鲍宣传》："使奴从宾客浆酒霍肉，苍头庐儿皆用致富。"颜师古注引孟康曰："汉名奴为苍头，非纯黑，以别于良人也。"前蜀贯休《少年行》："却捉苍头奴，玉鞭打一百。"

黄 纸 写 敕

◎ 版本考

A 贞观中，太宗诏用麻纸写敕诏。高宗以白纸多虫蛀，尚书省颁下州县，并用黄纸。
B 贞观中，太宗诏用麻纸写敕诏。高宗以白纸多虫蛀，尚书省颁下州县，并用黄纸。
C 贞观中，太宗诏用麻纸写敕诏。高宗以白纸多虫蛀，尚书省颁下州县，并用黄纸。
D 宋本无此条。
E 贞观中，太宗诏用麻纸写敕诏。高宗以白纸多虫蛀，尚书省颁下州县，并用黄纸。

【张力伟点校】本条原未注出处，据查，《类说》卷二十七引《事始》有"黄纸写敕"一条，与此文基本相同，这里当是由彼录。○今按：张氏之说似误。

◎ 引文考

【五代刘昫《旧唐书》卷五·本纪第五·高宗下】戊午敕制：比用白纸，多为虫蠹。今后尚书省下诸司州县，宜并用黄纸。其承制敕之司量为卷轴，以备披检。

【宋高承《事物纪原》卷二·黄敕】唐高宗上元三年，以制敕施行，既为永式。用白纸，多为虫蛀。自今已后，尚书省颁下诸州诸县，并用黄纸。敕用黄纸，自高宗始也。

【宋李上交《近事会元》卷五·制敕用黄纸】唐高宗上元三年二月敕制：比用白纸，多为虫蠹。令后尚书省下诸司州县，宜并用黄纸。

【宋孙逢吉《职官分纪》卷八·尚书省事】制敕用黄纸。唐高宗时敕曰：制敕施行，既为永式。比用白纸，各有虫蠹。自今尚书省颁下诸州县，并用黄纸。

【宋王钦若《册府元龟》卷六十】三年闰三月诏曰：制敕施行，既为永式。比用白纸，多有虫蠹。自今以后尚书省颁下诸司诸州及下县，宜并用黄纸。

【宋曾慥《类说》卷十九引《春明退朝录》"黄纸书敕"条】唐日历上元三年闰三月敕云：制敕施行，既为永式。皆用白纸，多有蠹食。自今尚书省颁下诸州及县，并用黄纸书之。

【宋曾慥《类说》卷三十五引《事始》"黄纸写敕"条】贞观中，太宗诏用麻纸写诏敕。高宗以白纸多虫蛀，尚书省颁下州县，并用黄纸。

【宋祝穆《事文类聚》别集卷七·文章部·始用黄纸】贞观中太宗诏用麻纸写诏敕。高宗以白纸多虫蛀，尚书省颁下州县，并用黄纸。

【宋祝穆《事文类聚》别集卷十二·书法部·御书】唐敕云：制敕施行，既为永式。皆用白纸，多有蠹食。自今尚书省须下诸司及州县，并用黄纸书之。（《春明退朝录》）

【宋祝穆《事文类聚》新集卷四·省官部·制敕用黄】唐高宗时敕曰：制敕施行，既为永式。比用白纸，各有虫蠹。自今尚书省颁下诸州县，并用黄纸。

【元佚名《群书通要》戊集卷二·朝制门·圣诏类·始用黄纸】正观中，太宗诏用麻纸写制敕。高宗以白纸多虫蛀，尚书省颁下州县，并用黄纸。

◎ 词汇考

【汉语大词典·敕】自上命下之词。特指皇帝的诏书。《北齐书·宋游道传》："敕至，市司犹不许，游道杖市司，勒使速付。"唐韩愈《论今年权停举选状》："右臣伏见今月十日敕，今年诸色举选宜权停者。"宋吴坰《五总志》："当时帝王命令，尚未称敕，至唐显庆中，始云'不经凤阁鸾台，不得为敕'。敕之名始定于此。"宋陆游《老学庵笔记》卷八："自唐至本朝，中书门下出敕，其敕字皆平正浑厚。元丰后，敕出尚书省，亦然。"

【汉语大词典·诏】诏书。《史记·秦始皇本纪》："命为'制'，令为'诏'。"裴骃《集解》引蔡邕曰："诏，诏书。"《汉书·董仲舒传》："陛下发德音，下明诏，求天命与情性，皆非愚臣之所能及也。"唐韩愈《送陆歙州诗》序："我作此诗，歌于逵道，无疾其驱，天子有诏。"

【汉语大词典·麻纸】用麻的纤维做成的纸。《新唐书·艺文志一》："大明宫光顺门外，东都明福门外，皆创集贤书院，学士通籍出入。既而太府月给蜀郡麻纸五千番。"范文澜、蔡美彪等《中国通史》第二编第五章第二节："南朝书家写字多用麻纸，麻纸别称布纸，就是用破旧麻布制造的纸。麻纸可供二王（王羲之、王献之父子）写字，精美可以想见。"

【汉语大词典·白纸】白色的纸。《宋书·索虏传》："于是王公以下上书太子皆称臣，首尾与表同，唯用白纸为异。"唐白居易《开元九诗书卷》诗："红笺白纸两三束，半是君诗半是书。"清高士奇《天禄识余》卷上："古弹文纸白纸为重，黄纸为轻。"

【汉语大词典·黄纸】指古代铨选、考绩官吏，登记姓名，上报朝廷使用的黄色纸张。《隋书·百官志上》："若敕可，则付选，更色别，量贵贱，内外分之，随才补用。以黄纸录名，八座通署，奏可，即出付典名。"宋欧阳修《归田录》卷二："（钱思公）自云：'平生不足者，不得于黄纸书名，每以为恨也。'"

【汉语大词典·青纸】1. 青色纸张。古代图籍用之。《北史·牛弘传》："刘裕平姚，收其图籍，五经子史，才四千卷，皆赤轴青纸，文字古拙，并归江左。"2. 晋制，皇帝诏书用青纸紫泥。后因以"青纸"借指诏书。《陈书·陈宝应传》："由是紫泥青纸，远贲恩泽。乡亭龟组，颁及婴孩。"唐刘禹锡《和汴州令狐相公到镇改月偶书所怀二十二韵》："绿油貔虎拥，青纸凤凰衔。"

食 玉 炊 桂

◎ 版本考

A 苏秦之楚，三日乃得见王，辞行。王曰："曾不少留？"对曰："楚国食贵于玉，薪贵于桂，谒者难得见如鬼，王难得见如天帝。臣食玉炊桂，因鬼见帝。"王曰："闻命矣。"（《战国策》）

B 苏秦之楚，三日乃得见王，辞行。王曰："曾不少留？"对曰："楚国食贵于玉，薪

贵于桂，谒者难得见如鬼，王难得见如天帝。臣食玉炊桂，因鬼见帝。"王曰："闻命矣。"（《战国策》）

C 苏秦之楚，三日乃得见王，辞行。王曰："曾不少留?"对曰："楚国食贵于玉，薪贵于桂，谒者难得见如鬼，王难得见如天帝。臣食玉炊桂，因鬼见帝。"王曰："闻命矣。"（《战国策》）

D 宋本无此条。

E 苏秦之楚，三日乃得见王，辞行。王曰："曾不少留?"对曰："楚国食贵于玉，薪贵于桂，谒者难得见如鬼，王难得见如天帝。臣食玉炊桂，因鬼见帝。"王曰："闻命矣。"（《战国策》）

【张力伟点校】本条见《战国策·楚策三》，又见《类说》卷三十六引《战国策》。此与《类说》文近。今本《战国策》文作："苏秦之楚，一日乃得见乎王。谈卒，辞而行。楚王曰：'寡人闻先生，若闻古人? 今先生乃不远千里而临寡人，曾不肯留，愿闻其说。'对曰：'楚固之食贵于玉，薪贵于桂，谒者难得见如鬼，王难得见如天帝。今令臣食玉炊桂，因鬼见帝。'王曰：'先生就舍，寡人闻命矣。'"

◎ 引文考

【宋祝穆《事文类聚》后集卷二十二·谷菜部·食贵于玉】苏秦谓楚王曰："楚国之食贵于玉，薪贵于桂。又云食玉炊桂。"（详见谒见门）

【宋祝穆《事文类聚》别集卷二十七·人事部·难见如鬼】苏秦曰："楚国之食贵于玉，薪贵于桂，谒者难见如鬼，楚国王难得见如天帝。今令臣食玉炊桂，因鬼见帝。"

【宋朱胜非《绀珠集》卷十三·食玉炊桂】苏秦谓楚王曰："国之食贵如玉，薪贵于桂，谒者难见如鬼，见王难见如天帝。令臣食玉炊桂，因鬼见帝，不亦难乎?"

【元佚名《群书通要》丁集卷八·饮馔门·饭类·食玉炊桂】苏秦之楚，三日乃得见王，辞行，王曰："曾不少留。"对曰："楚国食贵于玉，薪贵于桂，谒者难得见如鬼，帝难得见如天。今臣食玉炊桂，因鬼见帝。"王曰："闻命矣。"（《战国策》）

【明查应光《靳史》卷二】苏秦之楚，三日乃得见乎王。谈卒，辞而行。王曰："寡人闻先生若闻古人，今先生乃不远千里而临寡人，曾不肯留，愿闻其说。"对曰："楚国之食贵于玉，薪贵于桂，谒者难得见如鬼，王难得见如天帝。今令臣食玉炊桂，因鬼见帝。"王曰："先生就舍，寡人闻命矣。"（《战国策》）

【明陈耀文《天中记》卷十六·玉桂】苏秦之楚，三日乃得见乎王。谈卒，辞而行。王曰："寡人闻先生，若闻古人。今先生乃不远千里而临寡人，曾不肯留愿，闻其说。"对曰："楚国之食贵于玉，薪贵于桂，谒者难得见如鬼，王难得见如天帝。今令臣食玉炊桂，因鬼见帝。"王曰："先生就舍，寡人闻命矣。"（《楚策》）

【明徐元太《喻林》卷七十二·君道门·防壅】苏秦之楚，三日乃得见乎王。谈卒，辞而行。王曰："寡人闻先生，若闻古人。今先生乃不远千里而临寡人，曾不肯留，愿闻其说。"对曰："楚国之食贵于玉，薪贵于桂，谒者难得见如鬼，王难得见如天帝。今令臣食玉炊桂，因鬼见帝。"王曰："先生就舍，寡人闻命矣。"（《战国策·楚成王》）

【清王念孙《读书杂志》战国策第二·"三日因鬼见帝下"有脱文】苏秦之楚，三日乃得见乎王。谈卒，辞而行，曰："楚国之食贵于玉，薪贵于桂，谒者难得见如鬼，王难得见如天帝。今令臣食玉炊桂，因鬼见帝。"念孙案："三日"当作"三月"。《艺文类聚》火部、《太平御览》饮食部及《文选》张协杂诗注引此并作"三月"。据下文云"王难得见如天帝"，则当作三月明矣。下文汗明见春申君侯闲三月而后得见，事与此同也。"今令臣食玉炊桂，因鬼见帝"，语意未了，其下必有脱文。《类聚》《御览》《文选注》引此并有"其可得乎"四字，当是也。

【清吴襄《子史精华》卷一百三十一·言语部七·食玉炊桂因鬼见帝】《战国策》：苏秦之楚，三日乃得见乎王。谈卒，辞而行，王曰："寡人闻先生若闻古人，今先生乃不远千里而临寡人，曾不肯留，愿闻其说。"对曰："楚国之食贵于玉，薪贵于桂，谒者难得见如鬼，王难得见如天帝。今令臣～～～～，～～～～。"王曰："先生就舍，寡人闻命矣。"

【《渊鉴类函》卷三百十·人部六十九·干谒二】《战国策》曰：苏秦曰："楚国之食贵于玉，薪贵于桂，谒者难见如鬼，王难见如帝。令臣食玉炊桂，因鬼见帝，其可得乎？"

【《御定佩文韵府》卷十一之一·上平声·十一真韵一·薪·桂薪】《战国策》：楚国之食贵于玉，薪贵于桂。

【《御定佩文韵府》卷三十五·上声·五尾韵·鬼·如鬼】《战国策》：苏秦对楚王曰："楚国之食贵于玉，薪贵于桂，谒者难得见～～，王难得见如天帝。今令臣食玉炊桂，因鬼见帝。"

【《御定佩文韵府》卷六十七之五·去声·八霁韵·薪桂】《战国策》："楚国之食贵于玉，～贵于～，谒者难见如鬼，王难见如天帝。今臣食玉炊桂，因鬼见帝，不亦难乎！"

【《御定佩文韵府》卷六十七之六·去声·八霁韵·天帝】《战国策》：苏秦曰："楚国之食贵于玉，薪贵于桂，谒者难见如鬼，王难见如～～。今臣食玉炊桂，因鬼见帝。"

【《御定佩文韵府》卷八十一之三·去声·二十二祃韵三·就舍】《战国策》：苏秦之楚，三日乃得见乎王。谈卒，辞而行，曰："楚国之食贵于玉，薪贵于桂，谒者难得见如鬼，王难得见如天帝。今臣食玉炊桂，因鬼见帝。"王曰："先生～～，寡人闻命矣。"

【清翟灏《通俗编》卷三十·米珠薪桂】《战国策》苏秦曰："楚国之食贵于玉，薪贵于桂。今臣食玉炊桂，不亦难乎？"○按：今语易"玉"为"珠"。又本苏诗"尺薪如桂米如珠"句。

◎ 词汇考

【汉语大词典·薪桂】薪贵于桂。形容柴火昂贵。元萨都剌《题进士索士岩诗卷》诗："羁旅燃薪桂，长吟出锦坊。"清赵翼《檐曝杂记·西山煤》："闻直隶真定府之获鹿县有煤厂，产煤甚旺，距京不过六百里……其间或有水道不通之处，量为开浚，如淮右之五丈河，俾船运常通，则永无薪桂之患。"参见"薪桂米珠"。

【汉语大词典·薪桂米珠】《战国策·楚策三》："楚国之食贵于玉，薪贵于桂，谒者难得见如鬼，王难得见如天帝。"后以"薪桂米珠"形容物价昂贵。

鹬　蚌

◎ 版本考

A 赵旦伐燕，苏代为燕谓惠王曰："臣过易水，蚌方出曝，而鹬啄其肉，蚌合而箝其啄。鹬曰：'今日不雨，明日不雨，即有死蚌。'蚌曰：'今日不出，明日不出，必有死鹬。'两不相舍，渔者得而并之。"

　　B 赵且伐燕，苏代为燕谓惠王曰："臣过易水，蚌方出曝，而鹬啄其肉，蚌合而箝其啄。鹬曰：'今日不雨，明日不雨，即有死蚌。'蚌曰：'今日不出，明日不出，必有死鹬。'两不相舍，渔者得而并之。"

　　C 赵且伐燕，苏代为燕谓惠王曰："臣过易水，蚌方出曝，而鹬啄其肉，蚌合而箝其啄。鹬曰：'今日不雨，明日不雨，即有死蚌。'蚌曰：'今日不出，明日不出，必有死鹬。'两不相舍，渔者得而并之。"

　　D 宋本无此条。

　　E 赵且伐燕，苏代为燕谓惠王曰："臣过易水，蚌方出曝，而鹬啄其肉，蚌合而箝其啄。鹬曰：'今日不雨，明日不雨，即有死蚌。'蚌曰：'今日不出，明日不出，必有死鹬。'两不相舍，渔者得而并之。"

　　【张力伟点校】本条见《战国策·燕策二》，又见《类说》卷三十六引《战国策》。

◎ 引文考

　　【明彭大翼《山堂肆考》卷二百二十五·甲虫·鹬啄】《战国策》：赵且伐燕，苏代为燕将，说赵惠王曰：昨臣过易水，蚌方出曝，而鹬啄其肉，蚌合而拑其喙。鹬曰：今日不两，明日不两，即有死蚌。蚌亦谓鹬曰：今日不出，明日不出，即有死鹬。两争不舍，渔者并擒之。按《埤雅》两谓辟口，一本作雨，非是。

　　【清王念孙《读书杂志·战国策第三》·即有死蚌】苏代为燕，为赵惠王曰：今者臣来过易水，蚌方出曝，而鹬啄其肉，蚌合而拑其啄。鹬曰：今日不雨，明日不雨，即有死蚌。蚌亦谓鹬曰：今日不出，明日不出，即有死鹬。姚曰：谣语。谚语皆叶后语作必见死蚌脯，即多一字。《艺文类聚》引云蚌将为脯，如此则叶韵。然不闻蚌鹬得雨则解也。陆农师乃云今日不两，明日不两，必有死蚌。两谓辟口，一本作雨，非是。恐别有所据。念孙案：陆说甚为纰谬。训两为辟口，既属无稽，谓两与蚌为韵，又于古音不合（凡平声江韵之字，古音皆与东冬通，而不与阳通，上去声亦然。蚌字古读若奉，故其字从虫，丰声。郭璞《山海经》殴野丝赞曰："女子鲛人，体近蚕蚌，出珠匪甲，吐丝匪蛹，化出无方，物岂有种？"则晋时蚌字尚读若奉，陆佃不知古音，而谓蚌与两为韵，故有此谬说。吴棫《韵补》蚌叶彼五反，与雨为韵，亦非）。此当作"今日不雨，明日不雨，蚌将为脯"。姚云：不闻蚌鹬，得雨则解，非也。蚌将为脯者，谓不雨则蚌将枯死，非谓蚌鹬得雨则解也。今案：作"蚌将为脯"者，《战国策》原文也。《艺文类聚》人部及《太平御览》人事部、谏诤游说二类并引作"蚌将为脯"，今据以订正，《艺文类聚》鳞介部及《御览》羽族部并引作"即见蚌脯"，又《御览》兵部引作"即有蚌脯"，皆后人据他书改之也。作"必见蚌脯"者，《春秋后语》文也。《御览》鳞介部及唐释湛然《止观辅行》传宏决引《后语》并作"必见蚌脯"，姚所见本作"必见死蚌脯"，多一"死"字者，又宋人据误本《战国策》加之也。误本《战国策》作即有死蚌者，因下文即有死鹬而误也。诸书所引皆无作即有死蚌者，陆所见本作今日不两，明日不两者，误本之尤甚者也。诸书所引皆无作两者，乃不知两与蚌之非韵，而转以作雨者为非，又妄解两为辟口，以曲成其说，甚矣其谬也！而姚且疑其别有所据，毋亦眩于名而不知其实乎？

【清臧庸《拜经堂文集》卷二《录唐释湛然辅行记序》】引《春秋后语》："今日不雨，明日不雨，必见蚌脯。今日不出，明日不出，必见死鹬。"雨、脯为韵，出、鹬为韵，可证《燕策》"即有死蚌"为失韵。

◎ 词汇考

【汉语大词典·鹬蚌相持渔人得利】《战国策·燕策二》："赵且伐燕，苏代为燕谓惠王曰：'今者臣来，过易水，蚌方出曝，而鹬啄其肉，蚌合而拑其喙。鹬曰："今日不雨，明日不雨，即有死蚌。"蚌亦谓鹬曰："今日不出，明日不出，即有死鹬。"两者不肯相舍，渔者得而并禽之。今赵且伐燕，燕赵久相支，以弊大众，臣恐强秦之为渔父也。'"后遂以"鹬蚌相持，渔人得利"比喻双方相持不下，而使第三者从中得利。

厘　妇

◎ 版本考

A 鲁人有独处室者，邻之嫠妇（寡妇也）亦独处。夜暴风雨，嫠妇室坏，趋而托焉。鲁人闭户，曰："男女不六十不同居，今子幼，吾亦幼，是以不敢纳。"妇曰："何不学柳下惠？煦妪不逮门之女。"鲁人曰："下惠则可，吾固不可，吾将以吾之不可学下惠之可。"（《孔子家语》）

B 鲁人有独处室者，邻之嫠妇（寡妇也）亦独处。夜暴风雨，嫠妇室坏，趋而托焉。鲁人闭户，曰："男女不六十不同居，今子幼，吾亦幼，是以不敢纳。"妇曰："何不学柳下惠？然妪不逮门之女。"鲁人曰："下惠则可，吾固不可，吾将以吾之不可学下惠之可。"（《孔子家语》）

C 鲁人有独处室者，邻之嫠妇亦独处。夜暴风雨，嫠妇室坏，趋而托焉。鲁人闭户，曰："男女不六十不同居，今子幼，吾亦幼，是以不敢纳。"妇曰："何不学柳下惠？然妪不逮门之女。"鲁人曰："下惠则可，吾固不可，吾将以吾之不可学下惠之可。"嫠妇，寡妇也。（《孔子家语》）

D 宋本无此条。

E 鲁人有独处室者，邻之嫠妇（寡妇也）亦独处。夜暴风雨，嫠妇室坏，趋而托焉。鲁人闭户，曰："男女不六十不同居，今子幼，吾亦幼，是以不敢纳。"妇曰："何不学柳下惠？然妪不逮门之女。"鲁人曰："下惠则可，吾固不可，吾将以吾之不可学下惠之可。"（《孔子家语》）

【张力伟点校】本条见《孔子家语·好生》，又见《类说》卷三十八引《孔子家语》。此与《类说》文近。

◎ 引文考

【元胡炳文《纯正蒙求》卷上·鲁人闭门颜叔秉烛夫妇之伦】鲁柳下惠姓展名禽，远行夜宿都门外，时大寒，忽有女子来托宿下，惠恐其冻死，乃坐之于怀，以衣覆之，至晓不为乱。鲁有独处室者，邻有嫠妇，夜暴风雨，室坏，趋而托之。鲁人闭门，曰："男女不六十不同居，今皆幼，不可纳。"妇人曰："下惠煦妪不逮门之女，国人不称其乱。"鲁人曰："下惠则可，吾固不可，吾将以吾之不可学下惠之可。"孔子闻之曰："善哉！欲学下惠者，未有似于此也。"

◎ 词汇考

【汉语大词典·嫠妇】寡妇。《左传·昭公十九年》："初，莒有妇人，莒子杀其夫，己为嫠妇。"《新唐书·南诏传》："女、嫠妇与人乱，不禁，婚夕私相送。"宋苏轼《前赤壁赋》："舞幽壑之潜蛟，泣孤舟之嫠妇。"清纪昀《阅微草堂笔记·滦阳续录五》："有嫠妇年未二十，惟一子，甫三四岁。家徒四壁，又鲜族属，乃议嫁。"

【汉语大词典·柳下惠】春秋鲁大夫展获，字季，又字禽，曾为士师官，食邑柳下，谥惠，故称其为展禽、柳下季、柳士师、柳下惠等。以柳下惠之名最为著称。相传他与一女子共坐一夜，不曾淫乱。后用以借指有操行的男子。明沈受先《三元记·秉操》："我是柳下惠至晓不迷，只不如鲁男子闭户无求。"《镜花缘》第三八回："据这光景，舅兄竟是柳下惠坐怀不乱了。"

螳 螂 搏 轮

◎ 版本考

A 齐庄公出猎，有螳螂举足将搏其轮。御曰："此虫知进而不知退，不量力而轻就敌。"庄公曰："以为人，必为天下勇士矣。"如是回车而避之。而勇士归之。

B 齐庄公出猎，有螳螂举足将搏其轮。御曰："此虫知进而不知退，不量力而轻就敌。"庄公曰："以为人，必为天下勇士矣。"如是回车而避之。而勇士归之。

C 齐庄公出猎，有螳螂举足将搏其轮。御曰："此虫知进而不知退，不量力而轻就敌。"庄公曰："以为人，必为天下勇士矣。"如是回车而避之。而勇士归之。

D 宋本无此条。

E 齐庄公出猎，有螳螂举足将搏其轮。御曰："此虫知进而不知退，不量力而轻就敌。"庄公曰："以为人，必为天下勇士矣。"如是回车而避之。而勇士归之。

【张力伟点校】本条见《孔子家语》。《韩诗外传》卷八第三十三章与本条文同，亦见于《类说》卷三十八引《韩诗外传》。《类说》文与此基本相同，这里当是由彼转录而误引书名。

◎ 引文考

【《北堂书钞》卷一百三十九·车部】《韩诗外传》曰：齐庄公出猎，有螳螂举足，将搏其轮，问其御，曰："此何虫也?"御曰："此螳螂也。其为虫，知进而不知退，渐量力而轻就敌。"庄公曰："此以为人，必为天子勇士矣。"(天)[如]是回车避之。而勇士归焉。

【宋李昉《太平御览》卷四百三十六·人事部七十七】又曰：齐庄公出猎，有螳螂举足，将搏其转轮，问其御曰："此何虫也?"对曰："此螳螂者也。其为虫，知进而不知退，不量力而轻敌。"庄公曰："以此为人，必为天下勇士矣。"于是回军避之。勇士归之。

【宋曾慥《类说》卷三十八·螳螂搏轮】齐庄公出猎，有螳螂举足将搏轮，御者曰："此虫知进而不知退，不量力而轻就敌。"庄公曰："以为人，必为大勇士矣。"于是回车而避之。而勇士归之。

【宋祝穆《事文类聚》后集卷四十八·虫豸类·怒臂当车】齐庄公出猎，有螳螂举足将搏其轮，问其御，曰："此何虫?"对曰："此螳螂也。为虫知进而不知退，不量力而轻就敌。"公曰："此为天下勇士矣。"回车避之。勇士归焉。(《淮南子》)

【宋祝穆《事文类聚》别集卷十八·性行部·螳臂能勇】齐庄公出猎，有螳螂举足将搏其轮，御者曰："虫知进，不量力而轻敌。"庄公曰："以为人，必为勇力矣。"于是回车而避之。由是勇士归。(《韩诗外传》)

【元佚名《群书通要》丁集卷九·性行门·勇力类·螳臂能勇】齐庄公出猎，有螳螂举足将搏其轮，御者："此虫知进，不量力而轻敌。"庄公曰："以为人，必为勇力矣。"于是回车而避之。由是勇士归。

【元佚名《群书通要》庚集卷九·鳞虫类·螳螂类·怒臂当车】齐庄公出猎，有螳螂举足将搏其轮，问其御，曰："此何虫?"对曰："此螳螂也。为虫知进而不知退，不量力而轻就敌。"公曰："此为天下勇士矣!"回车避之。勇士归焉。(《淮南子》)

【明陈耀文《天中记》卷五十七·螳螂·当辙】齐庄公出猎，有螳螂举足将搏其轮，问其御，曰："此何虫?"对曰："此螳螂也。其为虫也，知进而不知却，不量力而轻就敌。"公曰："此为人，必为天下武勇矣。"回车而避之。勇武闻之，知所尽死矣。故田子方隐一老马，而魏国宝之；齐庄公避一螳螂，而勇武归之。(《淮·人间》)

【清陈元龙《格致镜原》卷一百·螳螂】《韩诗外传》：齐庄公出猎，有螳螂举足将搏其轮，问其御，曰："此何虫?"对曰："此螳螂也。为虫知进而不知退，不量力而轻就敌。"公曰："此为天下勇虫矣。"回车避之。勇士归焉。

【《渊鉴类函》卷二百八十四·人部四十三·搏轮举足齐庄公回避螳螂　按稍焦须薛孤延大呼霹雳】《韩诗外传》：齐庄公出猎，有螳螂举足将搏其轮，问其御，曰："此何虫也?"御曰："此是螳螂也。其为虫，知进而不知退，不量力而轻就敌。"庄公曰："以为人，必为天下勇士矣。"于是回车以避。而勇士归之。

【《渊鉴类函》卷三百八十七·车部·回车避】《韩诗外传》云：齐庄公出猎，有螳螂举足将搏其轮，问其御曰："此何虫也?"御曰："此是螳螂，其为虫，知进而不知退，不量力而轻就敌。"庄公曰："以为人，必为天下勇士矣。"于是回车避之。而勇士归之。

【《渊鉴类函》卷四百四十六·虫豸部二·螳螂二】原《韩诗外传》曰：齐庄公出猎，有螳螂举足将搏其轮，问御曰："此何虫?"对曰："此螳螂也。为虫知进，而不量力，而轻就敌。"公曰："此为天下勇虫矣!"回车避之。勇士归之焉。

◎ 词汇考

【汉语大词典·螳臂当车】《庄子·人间世》："汝不知夫螳螂乎?怒其臂以当车辙，不知其不胜任也。"《韩诗外传》卷八："齐庄公出猎，有螳螂举足将搏其轮。问其御曰：'此何虫也?'御曰：'此螳螂也。其为虫，知进而不知退，不量力而轻就敌。'"后以"螳臂当车"比喻自不量力，招致失败。明无名氏《四贤记·解绶》："劝恩台妆聋做哑，休得要螳臂当车。"《镜花缘》第十八回："谁知腹中虽离渊博尚远，那目空一切，旁若无人光景，却处处摆在脸上，可谓螳臂当车，自不量力!"

铜 鹤 樽

◎ 版本考

A 韩王元嘉有一铜鹤樽，背上注酒则一足倚，满则正，不满则倾侧。(《朝野金载》)

B 韩王元嘉有一铜鹤樽，背上注酒则一足倚，满则正，不满则倾侧。(《朝野佥载》)

C 韩王元嘉有一铜鹤樽，背上注酒则一足倚，满则正，不满则倾侧。(《朝野佥载》)

D 宋本无此条。

E 韩王元嘉有一铜鹤樽，背上注酒则一足倚，满则正，不满则倾侧。(《朝野佥载》)

【张力伟点校】本条见《朝野佥载》卷六，又见于《类说》卷四十引《朝野佥载》。

◎ 引文考

【宋曾慥《类说》卷四十引《朝野佥载·铜鹤樽》】韩王元嘉有一铜鹤樽，背上注酒则一足倚，满则正，不满则欹。

【宋朱胜非《绀珠集》卷三·鹤樽】唐韩王元嘉有一铜鹤樽，背上注酒则一足倚，满则正立，不满则倾侧。

【宋王应麟《玉海》卷八十九·器用·唐鹤尊】《朝野佥载》：唐韩王元嘉有铜鹤樽，背上注酒则一足倚，满则正，不满则倾侧。

【明陈耀文《天中记》卷四十四·鹤樽】唐韩王元嘉有一铜鹤樽，背上注酒则一足倚，满则正，不满则危侧。

【明高濂《遵生八笺》卷十四·《燕闲清赏笺》上卷】韩王元嘉有铜鹤樽，酒满其腹则正立，酒浅则倾覆。

【明焦周《焦氏说楛》卷六】韩王元嘉有一铜鹤樽，背上注酒则一足倚，满则正，不满则倾侧。

【清吴襄《子史精华》卷二十二·皇亲部二·铜鹤樽】冯贽《云仙杂记》：韩王元嘉有一～～～，背上注酒则一足倚，满则正，不满则倾侧。

【清史梦兰《全史宫词》卷十三】架上牙签万轴存，古文同异费评论。诸王友爱开家宴，玉醴香浮铜鹤樽。○韩王元嘉，高祖子，《新唐书》本传：元嘉少好学，藏书至万卷，皆以古文字参定同异。与弟灵夔友爱，燕见终日，如布衣礼。《云仙散录》韩王元嘉有一铜鹤樽，背上注酒则一足倚，满则正，不满则倾侧。

◎ 词汇考

【韩王元嘉】李元嘉(618—688)，唐高祖第十一子。唐太宗李世民异母弟，李唐宗室、画家。武德四年四月二十七日(621年5月23日)，封为宋王。太宗贞观十年(636)封韩王。武后(684—704)时授太尉。688年，被武三思等指与起兵反对武则天的越王、琅邪王等通谋，被迫自杀。新旧《唐书》皆有传。

鹊　尾　杓

◎ 版本考

A 陈思王有鹊尾杓，柄长而直，置之酒樽。凡王欲劝饮者，呼之，则尾指其人。

B 陈思王有鹊尾杓，柄长而直，置之酒樽。凡王欲劝饮者，呼之，则尾指其人。

C 陈思王有鹊尾杓，柄长而直，置之酒樽。凡王欲劝饮者，呼之，则尾指其人。

D 宋本无此条。

E 陈思王有鹊尾杓，柄长而直，置之酒樽。凡王欲劝饮者，呼之，则尾指其人。

【张力伟点校】本条今本《朝野金载》无，见于《类说》卷四十引《朝野金载》。

◎ 引文考

【宋陆佃撰、明牛衷增辑《增修埤雅广要》卷三十一·什物门·异珍类·鹊尾杓】陈思王有鹊尾杓，柄长，置之酒樽。凡王欲劝酒者，呼之，则尾指其人。（《金载》）

【宋叶廷珪《海录碎事》卷六·饮食器用部·鹊尾杓】陈思王有鹊尾杓，柄直长，置之酒樽。王欲劝者，呼之，则尾指其人。（《朝野金载》）

【宋曾慥《类说》卷四十·鹊尾杓】陈思王有鹊尾杓，柄长而直，置之酒樽，凡王欲劝者，呼之，则尾指其人。

【宋朱胜非《绀珠集》卷三·鹊尾杓】陈思王有鹊尾杓，直而长，置之酒樽，凡王欲劝者，呼之，尾则指其人。

【明高濂《遵生八笺》卷之十四·《燕闲清赏笺》上卷】陈思王有鹊尾杓，欲劝者，呼之，即指其人。

【明顾起元《说略》卷二十三】陈思王有鹊尾杓，欲劝者，呼之，即指其人。

【明焦周《焦氏说楉》卷六】陈思王有鹊尾杓，柄长而直，置之酒樽，凡王欲劝酒者，呼之，则尾指其人。

【明沈沈《酒概》卷一·鹊尾杓】陈思王杓柄长，置之酒樽，凡王欲劝酒者，呼之，则尾指其人。（《金载》）

【明慎懋官《华夷花木鸟兽珍玩考》珍玩考卷八·鹊尾杓】陈思王杓柄长，置之酒樽，王欲劝酒者，呼之，则尾指其人。

【明田艺蘅《留青日札》卷二十五·酒器·鹊尾杓】陈思王杓柄长，置之酒樽，王欲劝酒者，呼之，则尾指其人。

【明夏树芳《词林海错》卷十二·龙杓】《唐史》：文宗赐牛僧孺五樽龙杓。又《朝野金载》：陈思王有鹊尾杓，柄长，置之酒樽，凡王欲劝酒者，呼之，则尾指其人。

【明徐应秋《玉芝堂谈荟》卷二十六·古今巧艺】《皇览》：陈思王有神思，为鸭头杓，浮于九曲酒池，王意有所劝，鸭头则回向之。又为鹊尾杓，柄长而直，王意有所到处，于樽上旋之，鹊则指之。

【明徐应秋《玉芝堂谈荟》卷二十八·鱼英盏】陈思王有鹊尾杓，欲劝者，呼之，则指其人。

【明郑仲夔《玉麈新谭》偶记卷二·抵鹊杯】又陈思王有鹊尾杓，柄长而直，置之酒樽，凡王欲劝饮者，呼之，则尾指其人。

【清陈元龙《格致镜原》卷五十一·诸饮器】《朝野金载》：陈思王有鹊尾杓，柄长而直，置之酒樽，王欲劝者，呼之，鹊尾指其人。

【清吴襄《子史精华》卷二十二·皇亲部二·鹊尾杓】冯贽《云仙杂记》：陈思王有~~~，柄长而直，置之酒樽，凡王欲劝饮者，呼之，则尾指其人。

【清吴襄《子史精华》卷一百五十九·器物部五·鹊尾杓】陆机《要览》：陈思有~~~，（植）[直]而长，置之酒樽，凡王欲劝者，呼之，尾则指其人。

【《御定佩文韵府》卷九十九之九·鹊尾杓】《朝野金载》：陈思王有~~~，柄长置之酒樽，思王欲劝酒者，呼之，则尾指其人。

◎ 词汇考

【陈思王】曹植（192—232），字子建，沛国谯（今安徽省亳州市）人，生于东武阳（今山东莘县），曹操第三子。生前曾为陈王，卒谥"思"，故称陈思王。

麒 麟 楦

◎ 版本考

A 唐杨炯每呼朝士为麒麟楦，或问之，曰："今假弄麒麟者，必修饰其形，覆之驴上，宛然异物，及去其皮，还是驴耳。"无德而朱紫，何以异是？

B 唐杨炯每呼朝士为麒麟楦，或问之，曰："今假弄麒麟者，必修饰其形，覆之驴上，宛然异物，及去其皮，还是驴耳。"无德而朱紫，何以异是？

C 唐杨炯每呼朝士为麒麟楦，或问之，曰："今假弄麒麟者，必修饰其形，覆之驴上，宛然异物，及去其皮，还是驴耳。"无德而朱紫，何以异是？

D 宋本无此条。

E 唐杨炯每呼朝士为麒麟楦，或问之，曰："今假弄麒麟者，必修饰其形，覆之驴上，宛然异物，及去其皮，还是驴耳。"无德而朱紫，何以异是？

【张力伟点校】本条今本《朝野佥载》无，见于《类说》卷四十引《朝野佥载》。

◎ 引文考

【宋马永易《实宾录·麒麟楦》】唐杨炯目朝士为～～～，人问其故，曰："无德而衣朱紫者，与覆麒麟皮何别？"（《佥载》）

【宋潘自牧《记纂渊海》卷弟一百六十四·名誉部之四·讥诮】杨炯常呼朝士为麒麟楦，或嘲之，曰："今假弄麒麟者，修饰其形，覆之驴上，宛然异物，及去其皮，还是驴耳。"（《朝野佥载》）

【宋谢维新《事类备要》前集卷四十·仕进门·滥爵·麒麟朝士】唐杨炯每呼朝士为麒麟楦，或问之，曰："今假弄麒麟者，必修饰其形，覆之驴上，宛然异物，及去其皮，还是驴尔。"无德而朱紫，何以异是？（《朝野佥载》）

【宋叶廷珪《海录碎事》卷十一下·麒麟楦】《朝野佥载》：杨炯每见朝官目为麒麟楦，言："如弄假麒麟，刻画头角，修饰皮毛，覆之驴上，巡场而走，及脱皮揭，还是驴焉。"无德而衣朱紫，与覆麒麟皮何别？许怨切。

【宋无名氏《锦绣万花谷》后集卷二十·滥官·麒麟楦】唐杨炯每呼朝士为麒麟楦，或问之，曰："今假弄麒麟者，必修饰其形，覆之驴上，宛然异物，及去其皮，还是驴尔。"无德而朱紫，何以异是？（《朝野佥载》）

◎ 词汇考

【汉语大词典·麒麟楦】唐朝人称演戏时装假麒麟的驴子叫麒麟楦。比喻虚有其表没有真才的人物。《云仙杂记·麒麟楦》引唐张鷟《朝野佥载》："唐杨炯每唤朝士为麒麟楦。

或问之，曰：'今假弄麒麟者，以修饰其形，覆之驴上，宛然异物。及去其皮，还是驴耳。'无德而朱紫，何以异是。"宋陆游《斋中杂兴十首以丈夫贵壮健惨戚非朱颜为韵》之五："蕤骨亦何悲，吾非麒麟楦！"清孔尚任《桃花扇·题画》："热心肠早把冰雪咽，活冤业现摆着麒麟楦。"

【汉语大词典·楦麒麟】亦作"楥麒麟"。《太平广记》卷二六五引唐张鷟《朝野佥载》："唐衢州盈川县令杨炯词学优长，恃才简倨，不容于时，每见朝官，目为麒麟楦许怨。人问其故，杨曰：'今哺乐假弄麒麟者，刻画头角，修饰皮毛，覆之驴上，巡场而走；及脱皮褐，还是驴马。无德而衣朱紫者，与驴覆麟皮何别矣！'"后因以"楦麒麟"谓虚有其表。清阮大铖《燕子笺·合宴》："奉皇宣做东道主，谁知道、翻桌面又占了尊客席……打一副楦麒麟草稿儿。"清梁信芳《羊城即事代书寄潮州教授冯默斋同年》诗："失巢如病鹤，避路似惊麇……未尝忘巨鹿，敢冀援麒麟？"

【汉语大词典·朱紫】4. 古代高级官员的服色或服饰。谓朱衣紫绶，即红色官服，紫色绶带。《艺文类聚》卷四八引南朝梁王僧孺《吏部郎表》："方愧朱紫，永憯钧衡。"5. 古代高级官员的服色或服饰。谓红色、紫色官服。唐白居易《偶吟》："久寄形于朱紫内，渐抽身入薜荷中。"宋孙光宪《北梦琐言》卷七："唯大贤忽为人絷维，官至朱紫。"清李渔《奈何天·忧嫁》："下官只因宦途偃蹇，家计萧条，不以朱紫为荣，但觉素封可羡。"〇今按：第4、5两个义项其实相同，待核。

喙长三尺手重五斤

◎ 版本考

A 陆余庆为洛州长史，善论事而缪于决判，时嘲之曰："说事即喙长三尺，判事则手重五斤。"

B 陆余庆为洛州长史，善论事而缪于决判，时嘲之曰："说事即喙长三尺，判事则手重五斤。"

C 陆余庆为洛州长史，善论事而缪于决判，时嘲之曰："说事即喙长三尺，判事则手重五斤。"

D 宋本无此条。

E 陆余庆为洛州长史，善论事而缪于决判，时嘲之曰："说事即喙长三尺，判事则手重五斤。"

【张力伟点校】本条见《朝野佥载》卷二，又见于《类说》卷四十引《朝野佥载》。此与《类说》文近。

◎ 引文考

【《朝野佥载》卷二】尚书右丞陆余庆转洛州长史，其子嘲之曰："陆余庆，笔头无力嘴头硬。一朝受词讼，十日判不竟。"送案褥下。余庆得而读之，曰："必是那狗。"遂鞭之。

【宋叶廷珪《海录碎事》卷十二·臣职部下·手重五斤】陆余庆为洛州刺史，善论事而谬于判事，时嘲之曰："说事则喙长三尺，判事则手重五斤。"（《朝野佥载》）

【宋曾慥《类说》卷四十·喙长三尺】陆余庆为洛州长史，善论事而谬于决判，时嘲之曰："论事则喙长三尺，判事则手重五斤。"其子曰："笔头无力嘴头硬。"

【宋朱胜非《绀珠集》卷三·手重五斤】陆余庆为洛州长史，善论事而谬于判决，时嘲之曰："说事则喙长三寸，判事则手重五斤。"信有之矣。

【元阴时夫《韵府群玉》卷十五·去声·缪判】陆余庆为洛州长史，善论事而~于~决，人嘲曰："说事则喙长三尺，(剡)[判]事则手重五斤。"(《金载》)

【明陈耀文《天中记》卷十七】陆庆余笔头无力嘴头硬，一朝受辞讼十日判不竟，送案褥下，庆余得之曰："必是那狗。"遂鞭之。时嘲之曰："说事则喙长三寸，判事则手重五斤。"信有之矣。(《金载》)

【明郭子章辑《六语》谐语卷四·五代】陆余庆为洛州长史，善论事而缪于决判，时嘲之曰："说事即喙长三尺，判事则手重五斤。"

【明焦竑《焦氏类林》卷六】陆余庆为洛州长史，善论事而缪于决判，时嘲之曰："说事即喙长三尺，判事则手重五斤。"(《朝野金载》)

【明李贽《初潭集》卷十五·师友五】陆余庆为洛州长史，善论事而谬于决断，时嘲之曰："说事即喙长三尺，判事则手重五斤。"

【明郑仲夔《玉麈新谭》清言卷九】陆余庆为洛州长史，善论事而谬于决判，时嘲之曰："说事即喙长三尺，判事则手重五斤。"

【清独逸窝退士《笑笑录》卷三·手重五斤】陆余庆为洛州长史，善论事而谬于决判，时人嘲曰："说事即喙长三尺，判事则手重五斤。"

【《御定佩文韵府》卷十二之三·斤·一斤】又《朝野金载》：陆余庆为洛州长史，善谈论而谬于判决，人嘲曰："说事则喙长三尺，判事则手重五斤。"

【《御定佩文韵府》卷十八之一·嘲·判事嘲】《云仙杂记》：陆余庆为洛州长史，善论事而谬于决判，时嘲之曰："说事即喙长三尺，判事则手重五斤。"

【《御定佩文韵府》卷二十二之五·喙长】《朝野金载》：陆余庆为洛州长史，善论事而短于判，人嘲曰："说事则~~三尺，判事则手重五斤。"

【《御定佩文韵府》卷一百之八·三尺】《唐书·陆余庆传》：善论事而短于判，人嘲之曰："说事则喙长~~，判字则手重五斤。"

【清吴士玉《骈字类编》卷八十九·数目门十二·三尺】《唐书·陆余庆传》：善论事而短于判，人嘲之曰："说事则喙长~~，判字则手重五斤。"

【清翟灏《通俗编》卷七·笔重】《唐书·陆余庆传》：善论事而短于判，人嘲之曰："说事则喙长三尺，判字则手重五斤。"〇按：俗有"一枝笔管(于)[五]斤重"之语，本此。

【清曹寅编《全唐诗》卷八百六十九·陆子《嘲父》(尚书右丞陆余庆转洛川长史，善论事而谬于判决，其子嘲之，送案褥下，余庆得而读之，曰：必是那狗，遂鞭之)：陆余庆笔头无力嘴头硬，一朝受辞讼，十日判不竟。(先是人有嘲陆者云："说事则喙长三寸，判事则手重五斤。")

【清沈青峰《(雍正)陕西通志》卷一百】陆余庆转洛州长史，善论事而谬于判决，人嘲云："说事则喙长三寸，判事则手重五斤。"(《全唐诗话》)

【清朱亦栋《群书札记》卷九·喙三尺】《野金》载：陆余庆为洛州长史，善谈论而谬于判决，人嘲曰："说事则喙长三尺，判事则手重五斤。"按：此指能言解，则与庄子不言之言异矣。

◎ 词汇考

【陆余庆】唐诗人。吴县(今苏州)人。陆元方,从父陈右卫将军陆珣孙。方雅博学,举制策甲科,补箫尉,累迁阳城尉。擢监察御史。圣历初,灵、胜二州党项诱北胡寇边,诏余庆招慰,喻以恩信,蕃酋率众内附,迁殿中侍御史、凤阁舍人。久之,封广平郡公,太子右庶子。后迁大理卿,终太子詹事。谥曰庄。雅善赵贞固、卢藏用、陈子昂、杜审言、宋之问、毕构、郭袭微、司马承祯、释怀一,时号"方外十友"。余庆才不逮子昂,而风流敏辩过之。中宗朝,悻臣贵主斜封大行,余庆独能以道自持,讫无诲尤。

【汉语大词典·长史】官名。秦置。汉相国、丞相,后汉太尉、司徒、司空、将军府各有长史。参阅《汉书·百官公卿表上》《后汉书·百官志一》。其后,为郡府官,掌兵马。唐制,上州刺史别驾下,有长史一人,从五品。至清,亲王府、郡王府置长史,理府事。参阅《通志·职官六》《清通典·职官十》。

鹤 鸣 鸡 树

◎ 版本考

A 凤阁侍郎杜景俭文章知识并高远,时号"鹤鸣鸡树"。(《朝野佥载》)

B 凤阁侍郎杜景俭文章知识并高远,时号"鹤鸣鸡树"。(《朝野佥载》)

C 凤阁侍郎杜景俭文章知识并高远,时号"鹤鸣鸡树"。(《朝野佥载》)

D 宋本无此条。

E 凤阁侍郎杜景俭文章知识并高远,时号"鹤鸣鸡树"。(《朝野佥载》)

【张力伟点校】本条今本《朝野佥载》无,见于《类说》卷四十、《说郛》卷二引《朝野佥载》。此与《类说》文同。《说郛》本《佥载》文作:"凤阁侍郎杜景俭文笔宏赡,知识高远,时在凤阁,时人号为'鹤鸣鹦树'。"

◎ 引文考

【宋谢维新《事类备要》别集卷六十四·飞禽门·鹤鸣鸡树】凤阁侍郎杜景俭文章知识并高远,时号为～～～～。(张鷟《佥载》)

【宋谢维新《事类备要》后集卷八·臣道门·鹤鸣鸡树】凤阁侍郎杜景俭文章知识并高远,时号为～～～～。

【宋叶廷珪《海录碎事》卷九下·鹤鸣鸡树】凤阁侍郎杜景俭文章知识皆高远,时号为鹤鸣鸡树。(《朝野佥载》)

【宋曾慥《类说》卷四十·朝野佥载·鹤鸣鸡树】凤阁侍郎杜景俭文章知识并高远,时号鹤鸣鸡树。

【宋朱胜非《绀珠集》卷三·鹤鸣鸡树】凤阁侍郎杜景俭文章知识并高远,时号鹤鸣鸡树。

【明何良俊《语林》卷十七·赏誉第九下】凤阁侍郎杜景俭文章智识并高远,时号为鹤鸣鸡树。

【明徐应秋《玉芝堂谈荟》卷六·钉坐梨】凤阁侍郎杜景俭文章知识并高,时号鹤鸣鸡树。

【明郑若庸《类隽》卷二十九·鸟兽类·鸡树】张鹭《金载》云：凤阁侍郎杜景俭文章知识并高远，时号为鹤鸣鸡树。

【清吴襄《子史精华》卷三十八·设官部二·鹤鸣鸡树】冯贽《云仙杂记》：凤阁侍郎杜景俭文章知识并高远，时号～～～～。

【《渊鉴类函》卷四百二十·鸟部三·鹤四·鸣鸡树】凤阁侍郎杜景俭文章知识并高远，时称为鹤鸣鸡树。

【《御定佩文韵府》卷九十三之二·文笔】《朝野金载》：凤阁侍郎杜景俭～～宏赡，智识高远，时在凤阁，时人号为鹤鸣鸡树。

◎ 词汇考

【杜景俭】（？—700），唐代武则天时期冀州武邑人。少举明经，累除殿中侍御史，益州录事参军。时隆州司马房嗣业除益州司马，除书未到，即欲视事，又鞭笞僚吏，将以示威，景俭谓曰：“公虽受命为此州司马，而州司未受命也。何藉数日之禄，而不待九重之旨，即欲视事，不亦急耶?”嗣业益怒。景俭又曰：“公今持咫尺之制，真伪未知，即欲揽一州之权，谁敢相保? 扬州之祸，非此类耶。”乃叱左右各令罢散，嗣业惭赧而止。俄有制除嗣业荆州司马，竟不如志，人吏为之语曰：“录事意，与天通，益州司马折威风。”景俭由是稍知名。入为司宾主簿，转司刑丞。天授中，与徐有功、来俊臣、侯思止专理制狱，时人称云：“遇徐、杜者必生，遇来、侯者必死。”累迁洛州司马。寻转凤阁侍郎、同凤阁鸾台平章事。则天尝以季秋内出梨花一枝示宰臣曰：“是何祥也?”诸宰臣曰：“陛下德及草木，故能秋木再花，虽周文德及行苇，无以过也。”景俭独曰：“谨按《洪范五行传》：‘阴阳不相夺伦，渎之即为灾。’又《春秋》云：‘冬无愆阳，夏无伏阴，春无凄风，秋无苦雨。’今已秋矣，草木黄落，而忽生此花，渎阴阳也。臣虑陛下布教施令，有亏礼典。又臣等忝为宰臣，助天理物，理而不和，臣之罪也。”于是再拜谢罪，则天曰：“卿真宰相也!”延载初，为凤阁侍郎周允元奏景俭党于李昭德，左迁溱州刺史。后累除司刑卿。圣历二年，复拜凤阁侍郎、同凤阁鸾台平章事。时契丹入寇，河北诸州多陷贼中。及事定，河内王武懿宗将尽论其罪。景俭以为皆是驱逼，非其本心，请悉原之。则天竟从景俭议。岁余，转秋官尚书。坐漏泄禁中语，左授司刑少卿，出为并州长史。道病卒，赠相州刺史。

【鹤鸣鸡树】犹“鹤立鸡群”。

鸠集凤池

◎ 版本考

A 王及善才行庸猥，为内史，号鸠集凤池。（《朝野金载》）

B 王及善才行庸猥，为内史，号鸠集凤池。（《朝野金载》）

C 王及善才行庸猥，为内史，号鸠集凤池。（《朝野金载》）

D 宋本无此条。

E 王及善才行庸猥，为内史，号鸠集凤池。（《朝野金载》）

【张力伟点校】本条今本《朝野金载》无，见于《类说》卷四十、《说郛》卷二引《朝野金载》。此与《类说》文同。

◎ 引文考

【唐张鷟《朝野佥载》】唐王及善才行庸猥，风神钝浊，为内史，时人号为鸠集凤池。

【宋李昉《太平广记》卷二百五十八·嗤鄙一·王及善】唐王及善才行庸猥，风神钝浊，为内史，时人号为"鸠集凤池"。俄迁文昌右相，无他政，但不许令史之驴入台，终日迫逐，无时暂舍，时人号"驱驴宰相"。(《朝野佥载》)

【宋马永易《实宾录》·鸠集凤池】唐(父)[及]善庸猥钝浊，为内吏，时人号为~~~~。(《佥载》)

【宋司马光《资治通鉴考异》卷十一·八月王及善为文昌左相同三品】新纪表及善同平章事，今从《实录》。《朝野佥载》曰：王及善才行庸猥，风神钝浊，为内史，时人号为"鸠集凤池"。俄迁文昌右相，无它政，但不许令史奴驴入台，终日迫逐，无时暂舍，时人号"驱驴宰相"。此盖张文成恶及善，毁之耳，今从旧传。

【宋谢维新《事类备要》后集卷八·臣道门·鸠集凤池】王及善才行猥冗，为内史，人谓之~~~~。

【《海录碎事》卷九下·鸠集凤池】王及善才行庸猥，为内史，时号鸠集凤池。(《朝野佥载》)

【宋朱胜非《绀珠集》卷三·鸠集凤池】王及善才行庸猥，为内史，号为鸠集凤也。

【宋朱胜非《绀珠集》卷三·驱驴宰相】及善后为右相，无甚施设，惟不许吏辈将驴入堂，终日驱逐，号为驱驴宰相。

【明陈耀文《天中记》卷五十九·鸠集凤池】唐王及善才行庸猥，风神钝浊，为内史，时人号为鸠集凤池。(《佥载》)

【明冯梦龙《古今谭概》迂腐部卷一·驱驴宰相】王及善才行庸鄙，为内史，时谓鸠集凤池。俄迁右相，无他施设，惟不许令史辈将驴入台，终日驱逐，时号驱驴宰相。

【明焦竑《焦氏类林》卷六·诋毁】王及善才行庸猥，为内史，号鸠集凤池。(《朝野佥载》)

【明李贽《初潭集》卷二十三·君臣三·一能文之臣】王及善才行庸猥，为内史，号鸠集凤池。

【明郑仲夔《玉塵新谭》清言卷九·轻诋】王及善才行庸猥，为内史，时号鸠集凤池。

【明卓明卿《卓氏藻林》卷二·凤池鸠】唐王及善才行庸猥，为内史，人以为鸠集凤池。

【清独逸窝退士《笑笑录》卷一·驱驴宰相】王乃善才行庸猥，风神钝浊，为内史，时人号为鸠集凤池。迁文昌右相，无他政，但不许令史双驴入台，终日迫逐，无时暂舍，时人号为驱驴宰相。

【清华希闵《广事类赋》卷三十五·鸠·至如集凤贻讥】《朝野佥载》王及善才行庸猥，为内史，时人号为鸠集凤池。

【清吴襄《子史精华》卷一百三十二·言语部八·鸠集凤池】张鷟《朝野佥载》：唐王及善才行庸猥，风神钝浊，为内史，时人号为~~~~。俄迁文昌右相，无他政，但不许令史双驴入台，终日迫逐，无时暂舍，时人号为驱驴宰相。

【《渊鉴类函》卷四百二十五·鸟部八·集凤池】《朝野佥载》：唐王及善才行庸猥，风神钝浊，为内史，时人号为鸠集凤池。

【《御定佩文韵府》卷四十六之一·王及善】《唐书·～～～传》：太子宴于宫，命宫臣掷倒，及善辞曰："殿下自有优人，臣苟奉令，非羽翼之美。"除右千牛卫将军，帝曰："以尔忠谨，故擢三品要职。群臣非搜辟不得至朕所，尔佩大横刀在朕侧，亦知此官贵乎？"又及善不甚文，而清正自将，临事不可夺，有大臣节。《朝野佥载》：唐～～～才行庸猥，风神钝浊，为内史，时人号为鸠集凤池。俄迁文昌右相，无他政，但不许令史双驴入台，时人号驱驴宰相。

【《御定佩文韵府》卷九十二之三·钝浊】《朝野佥载》：王及善才行庸猥，风神～～，为内史，时人号为鸠集凤池。

◎ 词汇考

【王及善】(618—699)，洺州邯郸(今河北邯郸)人。武则天时文昌左相。他担任内史时，人称为"鸠集凤池"。唐高宗时，累官至礼部尚书。他规定官员不准骑驴上班，又派人终日驱逐，人称"驱驴宰相"。卒赠同凤阁鸾台三品、益州大都督，谥贞。

【汉语大词典·钝浊】迟钝庸俗。唐张鷟《朝野佥载》卷四："唐王及善才行庸猥，风神钝浊。"

【汉语大词典·庸猥】犹庸鄙。晋葛洪《抱朴子·穷达》："或信此之庸猥，而不能遣所念之近情；或识彼之英异，而不能平心于至公。"《资治通鉴·唐高祖武德九年》："辛巳下诏：命有司沙汰天下僧、尼、道士、女冠庸猥粗秽者，悉令罢道，勒还乡里。"清恽敬《张皋文墓志铭》："庸猥之辈幸致通显，复坏朝廷法度。"

【汉语大词典·内史】官名。隋文帝改中书省为内史省，置内史监、令各一员。隋炀帝改为内书省。唐高祖武德初复为内史省，三年改为中书省。后亦用以称中书省的官员。唐皇甫冉《韦中丞西厅海榴》诗："海花争让候榴花，犯雪先开内史家。"参阅《通志·职官三》《旧唐书·职官志二》。

金刚舞夜叉歌

◎ 版本考

A 隋诸葛昂、高瓒争为豪侈。昂屈瓒，串长八尺，饼阔丈余，餤麄如柱，酒行，自作金刚舞以送之。瓒复屈昂，以车行酒、马行肉、碓斩脍、碾蒜齑，自唱夜叉歌以送之。其角胜如此。(《朝野佥载》)

B 隋诸葛昂、高瓒争为豪侈。昂屈瓒，串长八尺，饼阔丈余，餤麄如柱，酒行，自作金刚舞以送之。瓒复屈昂，以车行酒、马行肉、碓斩脍、碾蒜齑，自唱夜叉歌以送之。(《朝野佥载》)

C 隋诸葛昂、高瓒争为豪侈。昂屈瓒，串长八尺，饼阔丈余，餤麄如柱，酒行，自作金刚舞以送之。瓒复屈昂，以车行酒、马行肉、碓斩脍、碾蒜齑，自唱夜叉歌以送之。(《朝野佥载》)

D 宋本无此条。

E 隋诸葛昂、高瓒争为豪侈。昂屈瓒，串长八尺，饼阔丈余，餤餫如柱，酒行，自作金刚舞以送之。瓒复屈昂，以车行酒、马行肉、碓斩脍、碾蒜齑，自唱夜叉歌以送之。（《朝野佥载》）

【张力伟点校】本条今本《朝野佥载》无，见于《类说》卷四十、《说郛》卷二引《朝野佥载》。《类说》与此文近。

◎ 引文考

【宋朱胜非《绀珠集》卷三·金刚舞夜叉歌】隋诸葛昂、高瓒争为豪侈。昂屈瓒，串长八尺，饼阔丈余，餤餫如柱，酒行，自为金刚舞以送之。瓒复屈昂，以车行酒、马行肉、碓斩脍、碾蒜齑，自唱夜叉歌以送之。

【明陈禹谟《骈志》卷七·车行酒马行炙　车行酒马行肉】《帝王世纪》："纣宫九市，车行酒，马行炙。"《朝野佥载》："隋诸葛昂、高瓒争为豪侈。昂屈瓒，串长八尺，饼阔丈余，餤餫如柱，酒行，自为金刚舞以送之。瓒复屈昂，以车行酒、马行肉、碓斩脍、碾蒜齑，自唱夜叉歌以送之。"

【明冯梦龙《古今谭概》汰侈部卷十四·诸葛昂】隋末深州诸葛昂性豪侠，渤海高瓒闻而造之，为设鸡肫而已。瓒小其用，明日大设，屈昂客数十人，烹猪羊等长八尺，盘作酒盌，行巡自为金刚舞以送之。昂至后日屈瓒客数百人，大设车行酒，马行炙，挫碓斩脍，砲轹蒜韭，唱夜叉歌、猱子舞。瓒明日杀一奴子十余岁，呈其头颅、手足，座客皆攫喉而吐之。昂后日报设，先令爱妾行酒，妾无故笑，昂叱下，须臾蒸此妾，坐银盘，仍饰以脂粉，衣以绫罗，遂擘胁肉以啖瓒，诸客皆掩目，昂于姝房间撮肥肉食之，尽饷而止。瓒羞之，夜遁去。昂后遭离乱，狂贼来求金宝，无可给，缚于橡上，炙杀之。

【清吴襄《子史精华》卷一百五十一·食馔部一·阔丈余】张鷟《朝野佥载》：隋诸葛昂、高瓒争为豪侈。昂屈瓒，串长八尺，饼~~~，餤餫如柱，酒行，自为金刚舞以送之。

【《御定佩文韵府》卷二十之一·夜丫歌】《云仙杂记》：隋诸葛昂、高瓒争为豪侈。昂屈瓒，串长八尺，饼阔丈余，餤餫如柱，酒行，自为金刚舞以送之。瓒复屈昂，以车行酒、马行肉、碓斩脍、碾蒜齑，自唱~~~以送之。

【清梁章钜《巧对录》】金刚舞，夜叉歌。

◎ 词汇考

【汉语大词典·瓒】质地不纯的玉。

【汉语大词典·金刚舞】舞名。《诸佛境界摄真实经·金刚界外供养品》："我作金刚舞，供养十方无量世界三世诸佛一切菩萨，作是想已。结金刚拳，两臂作舞，即是金刚舞印。作此舞印，诸佛菩萨即大欢喜。"唐张鷟《朝野佥载》补辑："隋末，深州诸葛昂，性豪侠。渤海高瓒闻而造之，为设鸡肫而已。瓒小其用，明日大设，屈昂数十人，烹猪羊等长八尺，薄饼阔丈余，裹餤餫如庭柱，盆作酒盌行巡，自为金刚舞以送之。"

【夜叉歌】歌名。具体不详。夜叉，梵语的译音。佛经中一种形象丑恶的鬼，勇健暴恶，能食人，后受佛之教化而成为护法之神，列为天龙八部众之一。

金　阤　玉　阶

◎ 版本考

　　A 明光殿金玉珠玑为廉箔，金阤玉阶，昼夜光明，在桂宫中。(《三辅黄图》)

　　B 明光殿金玉珠玑为廉箔，金阤玉阶，昼夜光明，在桂宫中。(《三辅黄图》)

　　C 明光殿金玉珠玑为帘箔，金阤玉阶，昼夜光明，在桂宫中。(《三辅黄图》)

　　D 宋本无此条。

　　E 明光殿金玉珠玑为廉箔，金阤玉阶，昼夜光明，在桂宫中。(《三辅黄图》)

　　【张力伟点校】本条见《三辅黄图》卷二，又见于《类说》卷四十引《三辅黄图》。此与
《类说》文同。

◎ 引文考

　　【汉佚名《三辅黄图》卷二】《三秦记》：未央宫渐台西有桂宫，中有明光殿，皆金玉珠
玑为藤箔，处处明月珠。金阤玉阶，昼夜光明。

　　【宋谢维新《事类备要》别集卷十三·宫室门·桂宫宫殿】《三秦记》：未央宫渐台西有
桂宫，中有明光殿，皆金玉珠玑为帘箔，处处明月珠。金阤玉阶，昼夜光明。

　　【宋叶廷珪《海录碎事》卷四下·金阤玉阶】金阤玉阶，明光殿如此。(《三辅黄图》)

　　【明陈耀文《天中记》卷十三·宫·桂宫】未央宫渐台西有桂宫，中有光明殿，皆金玉
珠玑为帘箔，缀明月珠，金阤玉阶，昼夜光明。(《三秦记》)

　　【明彭大翼《山堂肆考》卷三十八·帝属·金阤玉阶】张衡《西京赋》：后宫则有金阤玉
阶，彤庭辉辉。

　　【《御定佩文韵府》卷二十四之三·彤庭】《西京赋》：金阤玉阶，～～辉辉。

　　【《渊鉴类函》卷五十七·后妃部一·皇后总载三·玉阶金阤　元墀彤庭】班固《西都
赋》曰：后宫则掖庭椒房，后妃之室，合欢增城，安处常宁，茝若椒风，披香发越，兰林
蕙草，鸳鸯飞翔之列，于是元墀扣砌，玉阶彤庭。又张衡《西京赋》曰：后宫则有金阤玉
阶，彤庭辉辉。

◎ 词汇考

　　【汉语大词典·明光殿】汉代宫殿名。《三辅黄图·汉宫》："未央宫渐台西有桂宫，中
有明光殿，皆金玉珠玑为帘箔，处处明月珠，金陛玉阶，昼夜光明。"

　　【汉语大词典·珠玑】珠宝，珠玉。《墨子·节葬下》："诸侯死者，虚车府，然后金玉
珠玑比乎身。"《文选·扬雄〈长杨赋〉》："后宫贱瑇瑁而疏珠玑。"李善注："字书曰'……
玑，小珠也。'"

　　【汉语大词典·帘箔】帘子。多以竹、苇编成。《三辅黄图·汉宫》："未央宫渐台西有
桂宫，中有明光殿，皆金玉珠玑为帘箔。"唐白居易《北亭》诗："前楹卷帘箔，北牖施床
席。"宋范成大《初发桂林》诗："长风荡篮舆，帘箔飘以翾。"

　　【汉语大词典·金阤】阶旁金黄色的斜石。汉张衡《西京赋》："金阤玉阶，彤庭
辉辉。"

【汉语大词典·玉阶】玉石砌成或装饰的台阶，亦为台阶的美称。《文选·班固〈西都赋〉》："玄墀扣砌，玉阶彤庭。"张铣注："玉阶，以玉饰阶。"

【汉语大词典·桂宫】宫名。汉武帝太初四年(前 101)建。故址在今陕西省西安市西北。汉班固《西都赋》："自未央而连桂宫，北弥明光而亘长。"《太平广记》卷四〇三引晋王嘉《拾遗记》："武帝为七宝床、杂宝按、屏风、杂宝帐，设于桂宫，时人谓之'四宝宫'。"

传　　座

◎ 版本考

A 长安风俗：元日以后递饮食相邀，号"传座"。(《南部新书》)

B 长安风俗：元日以后递饮食相邀，号"传座"。(《南部新书》)

C 长安风俗：元日以后递饮食相邀，号"传座"。(《南部新书》)

D 宋本无此条。

E 长安风俗：元日以后递饮食相邀，号"传座"。(《南部新书》)

【张力伟点校】本条见《南部新书》己卷，又见于《类说》卷四十一引《南部新书》。此与《类说》文近。

◎ 引文考

【唐释道世《法苑珠林》卷九十二】唐长安市里风俗：每至岁元日以后，递作饮食相邀，号为传坐。

【唐唐临《冥报记》卷下】长安市里风俗：每岁元日已后，递作饮食相邀，号为传坐。

【宋陈元靓《岁时广记》卷七·化青羊】《法苑珠林》：唐长安市里每岁元日已后，递饮食相邀，号为传坐。

【《太平广记》卷一百三十四·报应三十三·赵太】唐长安市里风俗：每岁至元日已后，递饮食相邀，号为传坐。

【宋潘自牧《记纂渊海》卷一百七十四·生理部之四·宴会】长安风俗：元日以后，递以饮食相邀，号传座。(□□□书)

【宋钱易《南部新书》卷六】长安市里风俗：每至元日以后，递饮食相邀，号为传座。

【明陈耀文《天中记》卷四·传坐酒】唐长安市里风俗：每至岁元日已后，递作饮食相邀迎，号为传坐。(《冥报记》)

【明焦竑《焦氏类林》卷七】长安风俗：元日以后，递饮食相邀，号传座。(《南部新书》)

【明李贽《初潭集》卷十七·师友七·一酒人】元日饮屠苏酒，从少者起，有问董勋者，答曰："俗以小者得岁，故贺之；老者失岁，故罚之。"元日以后，递饮食相邀，号传座。

【清华希闵《广事类赋》卷二·传座非无酒】《南部新书》长安风俗：元日以后，递饮食相邀，谓之传座。

【清孔尚任《节序同风录》】递以饮食相邀，曰传生酒。

【清沈青峰《(雍正)陕西通志》卷四十五·时令】长安风俗：元日以后，递饮食相邀，

号传座。(《南部新书》)

【清吴襄《子史精华》卷九十九·人事部三·传座】冯贽《云仙杂记》:长安风俗:元日以后,递饮食相邀,号~~。

【清严长明《(乾隆)西安府志》卷七十四·拾遗志】《南部新书》长安风俗:元日以后,递饮食相邀,号传座。

【《渊鉴类函》卷十七·岁时部六·元正二】《南部新书》曰:长安风俗:元日以后,递作饮食相邀,号传座。

◎ 词汇考

【汉语大词典·传座】亦作"传坐"。古人在年后相邀邻里饮宴称传座。唐唐临《冥报记》卷下:"长安市里风俗,每岁元旦以后,递作饮食相邀,号为传座。"座,《法苑珠林》卷九二、《太平广记》卷一三四引作"坐"。

宝　苗

◎ 版本考

A 山中有葱,下必有银;有薤,下必有金;有姜,下必有铜锡。山中有玉者,木旁枝下垂,谓之"宝苗"。

B 山中有葱,下必有银;有薤,下必有金;有姜,下必有铜锡。山中有玉者,木旁枝下垂,谓之"宝苗"。

C 山中有葱,下必有银;有薤,下必有金;有姜,下必有铜锡。山中有玉者,木旁枝下垂,谓之"宝苗"。

D 宋本无此条。

E 山中有葱,下必有银;有薤,下必有金;有姜,下必有铜锡。山中有玉者,木旁枝下垂,谓之"宝苗"。

【张力伟点校】本条原不注出处。据查,出《酉阳杂俎·前集》卷十六,又见于《类说》卷四十二引《酉阳杂俎》。

◎ 引文考

【宋叶廷珪《海录碎事》卷十五·商贾货财部·宝苗】山上有葱,下必有银;有薤,下必有金;有姜,下必有铜、锡。有玉者,木傍枝下垂,谓之宝苗。(《酉阳杂俎》)

【宋朱胜非《绀珠集》卷六·宝苗】山上有葱,下必有银;有薤,下必有金;有姜,下必有铜、锡。山下有玉者,木旁枝下垂,谓之宝苗。

【明董斯张《广博物志》卷三十七】山有玉者,木枝下垂,谓之宝苗。

【明郭良翰《问奇类林》卷二十八·博物下】山中有葱,下必有银;有薤,下必有金;有姜,下必有铜、锡。山中有(王)[玉]者,木旁枝下垂,谓之宝苗。

【明焦周《焦氏说楉》卷一】山中有葱,下必有银;有薤,下必有金;有姜,下必有铜、锡。山中有玉者,木旁枝下垂,谓之宝苗。

【明慎懋官《华夷花木鸟兽珍玩考》花木考卷五·宝苗】山上有葱,下必有银;有姜,下必有铜、锡；山下有玉者，木旁枝下垂，谓之宝苗。

【明夏树芳《词林海错》卷四·宝苗】《云仙友议》：山中有玉者，木旁枝下垂，谓之宝苗。

【清陈元龙《格致镜原》卷六十四】《词林海错》：木细枝曰若。《云仙杂记》："山中有玉者，木傍枝下垂，谓之宝苗。"

【清吴士玉《骈字类编》卷六十八·珍宝门三·玉苗】又《云仙杂记》：山中有葱，下必有银；有薤，下必有金；有姜，下必有铜、锡。山中有玉者，木旁枝下垂，谓之宝苗。

【清吴襄《子史精华》卷一百五十三·珍宝部一·宝苗】冯贽《云仙杂记》：山中有葱，下必有银；有薤，下必有金；有姜，下必有铜、锡。山中有玉者，木旁枝下垂，谓之~~。

【《御定佩文韵府》卷十七之四·宝苗】《云仙杂记》：山中有玉者，木旁枝下垂，谓之~~。

【清来集之《倘湖樵书》卷五·草之有宝者】《云仙杂记》云："山上有葱，下必有银；有薤，下必有金；有姜，下必有铜、锡。山中有玉者，木旁枝下垂，谓之宝苗。"储泳《祛疑》云："荷叶有水银。"《酉阳杂俎》云："椒可以来水银。故曰椒日可以来涎。"

◎ 词汇考

【汉语大词典·宝苗】传说能显示其下有玉石的树木。唐冯贽《云仙杂记》卷九："山中有玉者，木旁枝下垂，谓之宝苗。"

筑 糠 三 尺

◎ 版本考

　　A 新罗人泛海，漂堕鬼国。鬼执之，曰："汝能与我筑糠三尺乎？汝欲鼻长一丈乎？"其人请筑，久不成，乃为鬼拔其鼻如象。(《酉阳杂俎》)

　　B 新罗人泛海，漂堕鬼国。鬼执之，曰："汝能与我筑糠三尺乎？汝欲鼻长一丈乎？"其人请筑，久不成，乃为鬼拔其鼻如象。(《酉阳杂俎》)

　　C 新罗人泛海，漂堕鬼国。鬼执之，曰："汝能与我筑糠三尺乎？汝欲鼻长一丈乎？"其人请筑，久不成，乃为鬼拔其鼻如象。(《酉阳杂俎》)

　　D 宋本无此条。

　　E 新罗人泛海，漂堕鬼国。鬼执之，曰："汝能与我筑糠三尺乎？汝欲鼻长一丈乎？"其人请筑，久不成，乃为鬼拔其鼻如象。(《酉阳杂俎》)

【张力伟点校】本条见《酉阳杂俎·续集》卷一，又见于《类说》卷四十二引《酉阳杂俎》。此与《类说》文近。

◎ 引文考

【唐段成式《酉阳杂俎》续集卷一】新罗国有第一贵族金哥，其远祖名旁㐌，有弟一人，甚有家财。共兄旁㐌因分居，乞衣食。国人有与其隙地一亩，乃求蚕谷种于弟，弟蒸而与之，㐌不知也。至蚕时，有一蚕生焉，日长寸余，居旬大如牛，食敷树叶不足。其弟知之，伺间杀其蚕。经日，四方百里内蚕，飞集其家，国人谓之巨蚕，意其蚕之王也，四邻共缫之，不供。谷唯一茎植焉，其穗长尺余，旁迤常守之，忽为鸟所折，衔去，旁迤逐之。上山五六里，鸟入一石罅，日没径黑，旁迤因止石侧。至夜半月明，见群小儿赤衣共戏。一小儿云："尔要何物？"一曰："要酒。"小儿露一金锥子擎石，酒及樽悉具。一曰："要食。"又击之，饼饵羹炙罗于石上。良久，饮食而散，以金锥插于石罅。旁迤大喜，取其锥而还，所欲随击而办，因是富侔国力。常以珠玑赡其弟，弟方始悔其前所欺蚕谷事，仍谓旁迤试以蚕壳欺我，我或如兄得金锥也。旁迤知其愚，谕之不及，乃如其言。弟蚕之，止得一蚕如常蚕；谷种之，复一茎植焉。将熟，亦为鸟所衔，其弟大悦，随之入山，至鸟入处，遇群鬼，怒曰："是窃予金锥者。"乃执之，谓曰："尔欲为我筑糠（一作糖）三版乎？欲尔鼻长一丈乎？"其弟请筑糠三版。三日，饥困，不成，求哀于鬼。乃拔其鼻，鼻如象而归，国人怪而聚观之，惭恚而卒。其后子孙戏击锥求狼粪，因雷震，锥失所在。

【《太平广记》卷四百八十一·蛮夷二·新罗】新罗国有第一贵族金哥，其远祖名旁迤，有弟一人，甚有家财。其兄旁迤，因分居，乞衣食。国人有与其隙地一亩，乃求蚕谷种于弟，弟蒸而与之，旁迤不知也。至蚕时，止一生焉，日长（下缺）间杀其蚕。经日，四方百里内蚕悉飞集其家，国人谓之巨蚕，意其蚕之王也，四邻共缫之，不供。谷唯一茎植焉，其穗长尺余，旁迤常守之，忽为鸟所折，衔去，旁迤逐之。上山五六里，鸟入一石罅，日没径黑，旁迤因止石侧。至夜半月明，见群小儿赤衣共戏。一小儿曰："汝要何物？"一曰："要酒。"小儿出一金锥子击石，酒及樽悉具。一曰："要食。"又击之，饼饵羹炙罗于石上。良久，饮食而久，以金锥插于石罅。旁迤大喜，取其锥而还，所欲随击而办，因是富侔国力。常以珠玑赡其弟，弟云我或如兄得金锥也。旁迤知其愚，谕之不及，乃如其言。弟蚕之，止得一蚕如常者；谷种之，复一茎植焉。将熟，亦为鸟所衔，其弟大悦，随之入山，至鸟入处，遇群鬼，怒曰："是窃余锥者。"乃执之，谓曰："尔欲为我筑糖三版乎？尔欲鼻长一丈乎？"其弟请筑糖三版。三日，饥困，不成，求哀于鬼。鬼乃拔其鼻，鼻如象而归，国人怪而聚观之，惭恚而卒。其后子孙戏锥求狼粪，因雷震，锥失所在。（《酉阳杂俎》）

【宋朱胜非《绀珠集》卷六·筑糠拔鼻】新罗人泛海，漂坠鬼国。群鬼执之，曰："汝能与我筑糠三版乎？汝欲鼻长一丈乎？"其人请筑糠，久不成，乃为鬼拔其鼻如象。

【《韵府群玉》卷六·下平声·穅·筑穅】新罗人泛海落鬼国，鬼执之，使～～三版，不成，拔其鼻如象。（《类说》）

【《御定佩文韵府》卷六十三之十六·拔鼻】《云仙杂记》：新罗人泛海漂堕鬼国，鬼执之，曰："汝能与我筑糠三尺乎？汝欲鼻长一丈乎？"其人请筑。久不成。乃为拔其鼻如象。

【《御定佩文韵府》卷二十二之十四·筑穅】《酉阳杂俎》：新罗国贵族金哥远祖旁迤，有弟甚有家财，旁迤分居，乞衣食。人有与地一亩，乃求谷种于弟，弟烝而与之，唯一茎植焉，穗长尺余，忽为鸟衔去。旁迤逐之，上山五六里，鸟入一石罅，日没径黑，旁迤因止石侧。夜半，月明见群儿共戏，一小儿曰："汝欲何物？"一曰："欲酒。"一曰："欲食。"小儿出金锥子击石，酒樽饼饵羹炙罗列石上，饮食而去，以锥插石罅旁。迤取而还，依欲随击而办，因是富侔国力。其弟云：我或如兄得金锥也。入山遇群鬼，怒曰："是窃我锥者。尔欲为我～～三版乎？欲鼻长一丈乎？"弟请～～，三日，饥困，不成，鬼乃拔其鼻如象，而归。

【清李世熊《钱神志》卷三·妖变第七】……至鸟入处，遇群鬼，怒曰："是窃余锥者。"乃执之，谓曰："尔欲为我筑墙三版乎？欲鼻长一丈乎？"其弟请筑，三日，饥困，不成，求哀于鬼，鬼乃拔其鼻，鼻如象而归。国人怪而聚观之，惭恚而卒。其后子孙戏锥，求狼粪，雷震失锥。(《酉阳杂俎》)

【清程哲《蓉槎蠡说》卷二】新罗国人旁迤弟窃其兄金锥子，群小儿执令筑糠三板，拔其鼻如象。

◎ 词汇考

【中国历史大辞典·新罗】古国名。又称斯罗。故地在今朝鲜半岛东南部，本辰韩十二国中之斯卢国。传为朴赫居世所建，都金城(今韩国庆州)。公元 4 世纪以后逐渐强大，与高丽、百济鼎足争雄。新罗与隋唐关系密切，亦为中国古代文化传入日本之桥梁。隋初，文帝封其王金真平为上开府、乐浪郡公、新罗王。其后岁遣使朝贡。唐武德七年(624)，高祖又遣使封金真平为乐浪郡王、新罗王。与唐关系密切。显庆五年(660)，与唐军灭百济。总章元年(668)，助唐军灭高丽，后统一朝鲜半岛大部。9 世纪衰落。公元 935 年为王氏高丽取代。

【汉语大词典·鬼国】神话传说中的古北方国名。《山海经·海内北经》："鬼国在贰负之尸北，为物人面而一目。"

翻 绰 入 水

◎ 版本考

A 玄宗尝令左右提翻绰入池水中，复出，曰："向见屈原，笑臣：'尔遭逢圣明，何亦至此？'"

B 玄宗尝令左右提翻绰入池水中，复出，曰："向见屈原，笑臣：'尔遭逢圣明，何亦至此？'"

C 玄宗尝令左右提翻绰入池水中，复出，曰："向见屈原，笑臣：'尔遭逢圣明，何亦至此？'"

D 宋本无此条。

E 玄宗尝令左右提翻绰入池水中，复出，曰："向见屈原，笑臣：'尔遭逢圣明，何亦至此？'"

【张力伟点校】本条见《酉阳杂俎·续集》卷四，又见于《类说》卷四十二引《酉阳杂俎》。此与《类说》文近。

◎ 引文考

【唐段成式《酉阳杂俎》续集卷四】相传玄宗尝令左右提优人黄翻绰入池水中，复出，翻绰曰："向见屈原，笑臣：'尔遭逢圣明，何尔至此？'"据《朝野佥载》：散乐高崔嵬善弄痴，大帝令没首水底，少顷出而大笑，上问之，云：臣见屈原，谓臣云：我遇楚怀无道，汝何事亦来耶？帝不觉惊起，赐物百段。

【宋曾慥《类说》卷四十二·提幡绰入水】玄宗尝令左右提黄翻绰入水中，复出，曰："向见屈原，笑臣：'尔遭逢圣明，何亦至此？'"（《酉阳杂俎》）

【明许自昌《捧腹编》卷五·向见屈原】玄宗尝令左右提优人黄翻绰入池水中，复出，翻绰曰："向见屈原，笑臣：'尔遭逢圣明，何以至此？'"

◎ 词汇考

【汉语大词典·遭逢】犹遇到。汉王充《论衡·命义》："命善禄盛，遭逢之祸，不能害也。"《北史·李弼宇文贵等传论》："宇文贵负将帅之材，蕴刚锐之气，遭逢丧乱，险阻备尝，自致高位，亦云美矣。"

【汉语大词典·优人】古代以乐舞、戏谑为业的艺人。《汉书·张禹传》："禹将崇入后堂饮食，妇女相对，优人筦弦铿锵极乐，昏夜乃罢。"唐韩愈《顺宗实录一》："优人成辅端为谣嘲之，实闻之，奏辅端诽谤朝政，杖杀之。"

龙 巢 翻

◎ 版本考

A 夷陵江或浮大木，蔽塞水面，土人谓之"龙巢翻"。（《北梦琐言》）
B 夷陵江或浮大木，蔽塞水面，土人谓之"龙巢翻"。（《北梦琐言》）
C 夷陵江或浮大木，蔽塞水面，土人谓之"龙巢翻"。（《北梦琐言》）
D 宋本无此条。
E 夷陵江或浮大木，蔽塞水面，土人谓之"龙巢翻"。（《北梦琐言》）

【张力伟点校】本条今本《北梦琐言》无，见于《类说》卷四十三引《北梦琐言》。此与《类说》文近。

◎ 引文考

【宋朱胜非《绀珠集》卷六·龙巢翻】夷陵江或浮大木，蔽塞水面，土人谓"龙巢翻"。

【清陈元龙《格致镜原》卷九十】《孔六帖》：夷陵江或浮大木，蔽塞水面，土人谓之龙巢翻。

【清吴襄《子史精华》卷十一·地部六·龙巢翻】冯贽《云仙杂记》：夷陵江或浮大木，蔽塞水面，土人谓之～～～。

◎ 词汇考

【汉语大词典·蔽塞】壅塞；堵塞。《管子·禁藏》："遗以竽瑟美人，以塞其内；遗以谄臣文马，以蔽其外。内外蔽塞，可以成败。"唐冯贽《云仙杂记·龙巢翻》："夷陵江或浮大木，蔽塞水面，土人谓之'龙巢翻'。"宋王禹偁《送毕从事东鲁赴任序》："上有定哀不道，下有季孟专权，隳沦素风，蔽塞鸿业。"

见 李 思 戒

◎ **版本考**

A 明宗不豫。冯道入问，因指果实曰："如食桃不康，他日见李思戒。"(《北梦琐言》)

B 明宗不豫。冯道入问，因指果实曰："如食桃不康，他日见李思戒。"(《北梦琐言》)

C 明宗不豫。冯道入问，因指果实曰："如食桃不康，他日见李思戒。"(《北梦琐言》)

D 宋本无此条。

E 明宗不豫。冯道入问，因指果实曰："如食桃不康，他日见李思戒。"(《北梦琐言》)

【张力伟点校】本条见《北梦琐言》卷二十，为题作《因事纳谏》条中一段，文作："上（明宗）圣体乖和。冯道对寝膳之间，勤思调卫，因指御前果实曰：'如食桃不康，翌日见李而思戒，可也。'初上因御幸，暴得风虚之疾。冯道不敢斥言，因奏事，讽悟上意。"

◎ **引文考**

【宋王应麟《困学纪闻》卷二十】《北梦琐言》：唐明宗不豫。冯道入问，曰："寝膳之间，宜思调卫。"指果实曰："如食桃不康，他日见李思戒。"

【宋谢维新《事类备要》别集卷四十三·果门·见李思戒】明宗不豫。冯道入朝，曰："寝膳之间，尤宜调谨。"因指御前果实曰："如食桃不康，他日～～～～。"(《琐言》)

【宋朱胜非《绀珠集》卷六·见李思戒】明宗不豫。冯道入问，因曰："寝膳之间，宜思调卫。"因指御前果实曰："如食桃不康，他日见李思戒。"

【明郭良翰《问奇类林》卷六·谏诤下·见李思戒】《北梦琐言》：唐明宗不豫。冯道入问，因曰："寝膳之间，宜思调卫。"因指御前果实曰："如食桃不康，他日见李思戒。"

【明何良俊《语林》卷五】明宗不豫。冯道入问疾，道言："寝膳之间，尤宜调谨。"因指御前果实曰："如食桃不康，他日见李思戒。"

【明蒋一葵《尧山堂外纪》卷三十八·五代·冯道】明宗不豫。冯道入问疾，道言："寝膳之间，尤宜调谨。"因指御前果实曰："如食桃不康，他日见李思戒。"

【明焦竑《焦氏类林》卷七·摄养】明宗不豫。冯道入问疾，道言："寝膳之间，尤宜调谨。"因指御前果实曰："如食桃不康，他日见李思戒。"

【《渊鉴类函》卷三百九十九·果部·思戒　防嫌】《琐言》曰：明宗不豫。冯道入问曰："寝膳之间，尤宜调谨。"因指御前果实曰："如食桃不康，他日见李思戒。"

◎ **词汇考**

【汉语大词典·不豫】不高兴。《孟子·梁惠王下》："吾王不豫，吾何以助?"《孟子·公孙丑下》："夫子若有不豫色然。"

【汉语大词典·不康】不安宁。《书·大诰》："天降威，知我国有疵，民不康。"汉赵晔《吴越春秋·越王无余外传》："帝乃忧中国之不康，悼黎元之罹咎。"《南史·王镇之传》："镇之少着清绩，必将继美吴隐，岭南弊俗，非此不康也。"

【中国历史大辞典·唐明宗】后唐明宗李嗣源（866 或 867—933），五代后唐皇帝。公元 926—933 年在位。沙陀部人，原名邈佶烈。李克用养子。以战功官至蕃汉内外马步军总管。同光元年（923），领兵取汴梁，灭后梁。四年，后唐庄宗在兵变中被杀，入洛阳监国。即位后改名宜，改元天成。杀酷吏孔谦，褒廉吏，罢宫人、伶官，废内库，注意民间疾苦。但因文盲君临朝廷，无驭驾能力。又兼用人不明，姑息藩镇，权臣安重诲跋扈，次子李从荣骄纵，以致变乱迭起。弥留之际，从荣举兵反，饮恨而死。葬徽陵，谥圣德和武皇帝，庙号明宗。

【中国历史大辞典·冯道】（882—954），唐五代沧州景城（今河北沧县）人，字可道。先世为儒。初为幽州掾，后为河东掌书记。后唐庄宗即位，为翰林学士，逐渐显贵。明宗时，为端明殿学士，旋为宰相。闵帝立，潞王反，率百官迎之，是为末帝。后晋灭后唐，为宰相，奉高祖（石敬瑭）命，献徽号于契丹。高祖死，奉立齐王（少帝）。契丹灭后晋，为太傅。后汉建立，为太师。后周灭后汉，为太师兼中书令。显德元年（954），因反对周世宗亲征北汉，罢为奉陵使，旋卒。历事后唐、后晋、后汉、后周与契丹，不离将、相、三公高位，自号长乐老，但与官吏贪暴放纵尚有异。曾于后唐长兴三年（932），倡议在国子监内校定《九经》文字，雕版印刷，至后周完成，世称"五代监本"。《全唐文》存文十二篇。

一 步 一 计

◎ 版本考

A 李克用入魏博，觇之，城上有旗帜来往。晋王曰："刘鄩一步一计。"更令审探，果缚刍为人，缚旗于上，以驴负之，循城而行。鄩军遁已二日矣。

B 李克用入魏博，觇之，城上有旗帜来往。晋王曰："刘鄩一步一计。"更令审探，果缚刍为人，缚旗于上，以驴负之，循城而行。鄩军遁已二日矣。

C 李克用入魏博，觇之，城上有旗帜来往。晋王曰："刘鄩一步一计。"更令审探，果缚刍为人，缚旗于上，以驴负之，循城而行。鄩军遁已二日矣。

D 宋本无此条。

E 李克用入魏博，觇之，城上有旗帜来往。晋王曰："刘鄩一步一计。"更令审探，果缚刍为人，缚旗于上，以驴负之，循城而行。鄩军遁已二日矣。

【张力伟点校】本条见《北梦琐言》卷十七，题为《缚驴戴旗》。又见于《类说》卷四十三引《北梦琐言》，此与《类说》文近。

◎ 引文考

【宋孙光宪《北梦琐言》卷十七】晋王之入魏博，刘鄩先屯洹水，寂若无人，因令觇之，云："城上有旗帜来往。"晋王曰："刘鄩一步一计，未可轻进。"更令审探，果缚刍为人，插（一作缚）旗于上，以驴负之，循堞而行，故旗帜婴城不息。阅城中赢老者，曰："军去已二日矣。"果趋黄泽，欲寇太原，以霖潦不克进，其计谋如是。

【宋曾慥《类说》卷四十三·一步一计】李克用入魏博，觇云，城上有旗帜来往。晋王曰："刘鄩一步一计。"更令审探，果缚刍为人，缚旗于上，驴负之，循堞而行。鄩军已去二日矣。

【明焦竑《焦氏类林》卷六·兵策】李克用入魏博，觇城上有旗帜来往。晋王曰："刘鄩

一步一计。"更令审探，果缚刍为人，缚旗于上，以驴负之，循城而行。郜运遁已二日。（《北梦琐言》）

【明李贽《初潭集》卷二十八·君臣八】李克用入魏博，觇城上有旗帜来往。晋王曰："刘郜一步一计。"更令审探，果缚刍为人，缚旗于上，以驴负之，循城而行。郜运遁已二日。

【明陈耀文《天中记》卷二十八·刍为人】李克用遣人入魏博，觇云："有旗帜来往。"晋王曰："刘郜一步一计。"更令探审，果缚刍为人，缚旗于上，以驴负之，循堞而行。郜军已去二日矣。（《北梦琐言》）

◎ 词汇考

【中国历史大辞典·李克用】(856—908)唐末沙陀部人，别号李鸦儿。一目盲，时称独眼龙。父朱邪赤心，唐懿宗赐姓名为李国昌。随父冲锋陷阵，军中目为飞虎子。后据云州反，败而逃入鞑靼部。中和元年(881)，奉诏镇压黄巢起义军。三年，以功为河东节度使，从此割据一方，染指中原。四年，东下追击黄巢军，军还过汴州，几为朱温所害，从此交恶。光启元年(885)，与王重荣击败朱玫、李昌符，进犯长安，纵火大掠，僖宗出逃。大顺元年(890)，败朱温，乘胜大掠晋、绛，致河中赤地千里。后李茂贞、王行瑜、韩建同反，他杀行瑜，封晋王。天复二年(902)，被朱温合魏博军战败，势衰。后子李存勖灭后梁，建后唐，谥为武皇帝，庙号太宗。

【中国历史大辞典·刘郜】(858—921)，五代时密州安丘(今属山东)人。本为青州王师范部将，任行军司马。后随师范降朱温，被朱温用为元从都押牙。温即帝位，迁左龙武统军，后任永平军节度使。乾化五年(915)，统兵与李存勖夹漳河相持，潜师谋袭晋阳(今山西太原西南)，为淫雨所阻而退。次年，以末帝促战，不得已而攻魏州，为李存勖所败，乃渡黄河，退保滑州。贞明六年(920)，朱友谦叛梁附晋王李存勖，进攻同州，为晋援军所败。段凝等素忌其威名，诬以逗留养寇，遂被鸩杀。

通 神 钱

◎ 版本考

A 张延赏判度支，有狱颇冤滥，公召吏，严戒旬日须了。明日案上有小帖子曰："钱三万贯，乞不问此狱。"公怒，更促之。明日，帖子云："五万贯。"公亦怒。明日复见帖子，曰："钱十万贯。"遂止不问。所亲问之，公曰："钱至十万，通神矣！无不可为之事。吾惧及祸，不得不止也。"(《幽闲鼓吹》)

B 张延赏判度支，有狱颇冤滥，公召吏，严戒旬日须了。明日案上有小帖子曰："钱三万贯，乞不问此狱。"公怒，更促之。明日，帖子云："五万贯。"公亦怒。明日复见帖子，曰："钱十万贯。"遂止不问。所亲问之，公曰："钱至十万，通神矣！无不可为之事。吾惧及祸，不得不止也。"(《幽闲鼓吹》)

C 张延赏判度支，有狱颇冤滥，公召吏，严戒旬日须了。明日案上有小帖子曰："钱三万贯，乞不问此狱。"公怒，更促之。明日，帖子云："五万贯。"公亦怒。明日复见帖子，曰："钱十万贯。"遂止不问。所亲问之，公曰："钱至十万，通神矣！无不可为之事。

吾惧及祸，不得不止也。"(《幽闲鼓吹》)

　　D　宋本无此条。

　　E　张延赏判度支，有狱颇冤滥，公召吏，严戒旬日须了。明日案上有小帖子曰："钱三万贯，乞不问此狱。"公怒，更促之。明日，帖子云："五万贯。"公亦怒。明日复见帖子，曰："钱十万贯。"遂止不问。所亲问之，公曰："钱至十万，通神矣！无不可为之事。吾惧及祸，不得不止也。"(《幽闲鼓吹》)

　　【张力伟点校】本则见《幽闲鼓吹》(不分卷)。又见于《类说》卷四十三引《幽闲鼓吹》，题"钱至十万通神"。此与《类说》文近。

◎ 引文考

　　【《幽闲鼓吹》】相国张延赏将判度支，有一大狱，颇有冤滥，每甚扼腕。及判，使郎召狱吏，严诫之。且曰："此狱已久，旬日须了。"明旦视事，案上有一小帖子，曰："钱三万贯，乞不问此狱。"公大怒，更促之。明日帖子复来，曰："钱五万贯。"公益怒，命两日须毕。明日复见帖子，曰："钱十万贯。"公曰："钱至十万可通神矣，无不可回之事。吾惧及祸，不得不止。"

　　【宋曾慥《类说》卷四十三·钱至十万通神】张延赏判度支，有狱颇冤滥，公召吏严戒旬日须了。明日案上有小帖子，曰："钱三万，乞不问此狱。"公怒，更促之。明日帖子云："钱五万贯。"公亦怒。明日复见帖子曰："钱十万贯。"遂止不问。所亲侦之，公曰："钱至十万通神矣，无不可为之事。吾惧及祸，不得不止也。"

　　【清邓志谟《古事苑定本》卷九】唐张延赏判度支，欲究人冤狱，忽明日，案上一帖云："奉钱五万贯，乞勿问此狱。"公怒，促之。忽明日，又一帖云："奉钱十万贯。"公曰："钱至十万贯通神矣。"遂止不问。

　　【清沈钦韩《范石湖诗集注》卷二十八·钱非十万不通神】张固《幽闲鼓吹》：张延赏判度支，知有一大狱颇有冤滥，即召狱吏严诫之曰："此狱已久，旬日须了。"明旦视事，案上有一小帖子曰："钱三万，乞不问此狱。"公大怒，更促之。明日帖子复来曰："钱五万贯。"公益怒。明日复见帖子曰："钱十万贯。"公曰："钱至十万可通神矣。无不可回之事，吾惧及祸，不得不止。"

◎ 词汇考

　　【张延赏】(727—787)，唐蒲州猗氏(今山西临猗)人，本名宝符，玄宗赐今名。张嘉贞子。肃宗时，任监察御史。大历二年(767)，官河南尹，充诸道营田副使。轻徭赋，疏河渠，流民归附。历淮南、荆南、剑南西川节度观察使。政尚简约，管内富足。建中四年(783)，泾原兵变，德宗避难奉天，赖其贡奉不辍。贞元初，擢中书侍郎、同平章事。以私怨轻谩李晟，罢其兵柄，又大举裁减州县官员，内外怨之。寻以疾卒。

　　【汉语大词典·通神】通于神灵。形容本领极大、才能非凡。汉王延寿《鲁灵光殿赋》："非夫通神之俊才，谁能克成乎此勋。"唐李商隐《王昭君》诗："毛延寿画欲通神，忍为黄金不顾人。"

　　【汉语大词典·度支】官署名。魏晋始置。掌管全国的财政收支。长官为度支尚书。南北朝以度支尚书领度支、金部、仓部、起部四曹。隋开皇初改度支尚书为民部尚书。唐因避太宗李世民讳，改民部为户部，旋复旧称。参阅《通典·职官五》《文献通考·职官六》《唐会要·尚书省诸司下》。

九 花 虬

◎ 版本考

A 代宗时，范阳贡马，额高九寸，真虬龙也。身被五花纹，号九花虬。后以赐郭子仪。(《杜阳杂编》)

B 代宗时，范阳贡马，额高九寸，真虬龙也。身被五花纹，号九花虬。后以赐郭子仪。(《杜阳杂编》)

C 代宗时，范阳贡马，额高九寸，真虬龙也。身被五花纹，号九花虬。后以赐郭子仪。(《杜阳杂编》)

D 宋本无此条。

E 代宗时，范阳贡马，额高九寸，真虬龙也。身被五花纹，号九花虬。后以赐郭子仪。(《杜阳杂编》)

【张力伟点校】本条见《杜阳杂编》卷上，又见《类说》卷四十四引《杜阳杂编》。此与《类说》文近。

◎ 引文考

【唐苏鹗《杜阳杂编》卷上】上(代宗)因命御马九花虬并紫玉鞭辔以赐。子仪知九花之异，固陈让者久之。上曰："此马高大，称卿仪质，不必议也。"九花虬，即范阳节度李德山所贡，额高九寸，毛拳如麟，头颈鬃鬣，真虬龙也，每一嘶则群马耸耳，以身被九花文，故号为九花虬。

【《太平广记》卷四百三十五·畜兽二·代宗九花虬】代宗命御马九花虬，并紫玉鞭辔以赐郭子仪。子仪固让久之。上曰："此马高大，称卿仪质，不必让也。"子仪身长六尺八寸，九花虬即范阳节度使李怀仙所贡也，额高九尺，毛拳如鳞，头颈鬃鬣，真虬龙也，每一嘶即群马耸耳，以身被九花，故号九花虬。上往日东幸观猎于田，不觉日暮，忽顾谓侍臣曰："行宫去此几里？"奏曰："四十里。"上令速鞭，恐碍夜，而九花虬缓缓然，如三五里而已。侍从奔骤，无有及者。(《杜阳编》)

【宋金盈之《醉翁谈录》卷五·九花虬】安禄山僭乱，郭子仪有功，上因命御马九花虬并紫玉鞭辔以赐。子仪九花虬者即范阳节度李德山所贡，额高九寸，毛拳如鳞，头颈鬃鬣，真虬龙也，每一嘶则群马耸耳，以身披九花纹，故号九花虬。子仪知九花之异，固陈让者久之。上曰："此马高大，称卿仪表，不必让也。"后复京师，上坚以马赐之，所以崇功臣也。

【明陈耀文《天中记》卷五十五·九花虬】代宗命御马九花虬并紫玉鞭辔以赐郭子仪，仪(国)[固]让久之，上曰："此马高大，称卿仪质，不必让也。"子仪身长六尺八寸，九花虬即范阳节度使李德山所贡也，额高九寸，毛拳如鳞，头颈鬃鬣，真虬龙也，每一嘶则群马耸耳，以身被九花文，号九花虬。上往日东幸观猎于田，不觉日暮，忽顾谓侍臣曰："行宫去此几里？"奏曰："四十里。"上令速鞭，恐阁夜，而九花虬绶然如三五里而已，侍

从奔骤，无有及者，为超光趋影之俦也。(《杜阳编》)

【清陈元龙《格致镜原》卷八十四】《杜阳杂编》：唐代宗广德初，范阳节度李德山所贡九花虬，额高九寸，毛拳如麟，头颈鬃鬣，真虬龙也。每一嘶则群马耸耳，以身被九花文，故号为九花虬。后以赐郭子仪。

【清吴士玉《骈字类编》卷一百五·数目门二十八·九花】《杜阳杂编》：～～虬，即范阳节度李德山所贡，额高九寸，毛拳如麟，头颈鬃鬣，真虬龙也。每一嘶则群马耸耳，以身被～～文，故号为～～虬。

【清吴襄《子史精华》卷一百三十七·动植部三·九花虬】上因命御马～～～并紫玉鞭辔以赐子仪，知九花之异，固陈让者久之。上曰："此马高大，称卿仪质，不必让也。"九花虬即范阳节度李德山所贡，额高九寸，毛拳如麟，头颈鬃鬣，真虬龙也。每一嘶则群马耸耳，以身被九花文，故号为九花虬。

【《渊鉴类函》卷四百三十三·兽部五·九花虬】《杜阳编》曰：代宗命御马九花虬并紫玉鞭辔以赐郭子仪，即范阳节度使李德山所献，额高九寸，毛拳如麟，头颈鬃鬣，真虬龙也。每一嘶则群马耸耳，以身被九花文，故名。

◎ 词汇考

【汉语大词典·虬龙】传说中的一种龙。《楚辞·天问》："焉有虬龙，负熊以游？"王逸注："有角曰龙，无角曰虬。言宁有无角之龙，负熊兽以游戏者乎？"唐贾岛《望山》诗："虬龙一掬波，洗荡千万春。"明王宠《旦发胥口经湖中瞻眺》诗："扬帆忽夭矫，赤水骖虬龙。"

【汉语大词典·九花虬】马名。唐苏鹗《杜阳杂篇》卷上："上（唐代宗）因命御马九花虬并紫玉鞭辔，以赐郭子仪。九花虬即范阳节度李德山所贡。额高九寸，毛拳如麟，头颈鬃鬣，真虬龙也。每一嘶，则群马耸耳，以身被九花文、故号为九花虬。"

上 清 珠

◎ 版本考

A 开元初，罽宾国王贡上清珠，光照一室，有仙人、玉女、云鹤摇动其中。有水旱兵革之灾，虔视无不应验。

B 开元初，罽宾国王贡上清珠，光照一室，有仙人、玉女、云鹤摇动其中。有水旱兵革之灾，虔视无不应验。

C 开元初，罽宾国王贡上清珠，光照一室，有仙人、玉女、云鹤摇动其中。有水旱兵革之灾，虔视无不应验。

D 宋本无此条。

E 开元初，罽宾国王贡上清珠，光照一室，有仙人、玉女、云鹤摇动其中。有水旱兵革之灾，虔视无不应验。

【张力伟点校】本条见《杜阳杂编》卷上，又见《类就》卷四十四引《杜阳杂编》。此与《类说》文近。

◎ 引文考

【《杜阳杂编》卷上·上清珠】肃宗为儿时，常为玄宗所器，每坐于前，熟视其貌，谓武惠妃曰：'此儿甚有异相，他日亦吾家一有福天子。'因命取上清珠，以绛纱裹之，系于颈。是开元初罽宾国所贡，光明洁白，可照一室，视之则仙人、玉女、云鹤、绛节之形，摇动于其中。及即位，宝库中往往有神光，异日掌库者具以事告。帝曰：'岂非上清珠耶？'遂令出之，绛纱犹在，因流泣，遍示近臣曰：'此我为儿时明皇所赐也。'遂令贮之，以翠玉函，置之于卧内。四方忽有水旱兵革之灾，则虔恳祝之，无不应验也。○今按：此为《四部丛刊》影明本，与通行本文字不同。四库本此段文字似乎经过改写。

【《类说》卷四十四·上清珠】开元初，罽宾国贡上清珠，光照一室，有仙人、玉女、云鹤摇动其中。有水旱兵革之灾，虔祝之，无不应验。

【《太平广记》卷四百二·宝三·上清珠】肃宗为儿时，常为玄宗所器，每坐于前，熟视其貌，谓武惠妃曰："此儿甚有异相，他日亦吾家一有福天子。"因命取上清玉珠，以绛纱裹之，系于颈。是开元中罽宾国所贡，光明洁白，可照一室，视之则仙人、玉女、云鹤、绛节之形，摇动于其中。及即位，宝库中往往有神光，异日掌库者具以事告。帝曰："岂非上清珠耶？"遂令出之，绛纱犹在，因流泣，遍示近臣曰："此我为儿时明皇所赐也。"遂令贮之以翠玉函，置之于卧内。四方忽有水旱兵革之灾，则虔恳祝之，无不应验也。（出《酉阳杂俎》）

【宋无名氏《锦绣万花谷》后集卷三十一·珠玉·上清珠】代宗为儿时，玄宗每命取上清珠以绛纱囊之，系于颈上。即罽宾国所贡，光明洁白，可照一室，视之有仙人、玉女、云鹤、绛节之象，摇动其中。及上即位，宝库中往往有神光异气。（唐《杜阳编》）

【明彭大翼《山堂肆考》卷一百八十六·珍宝·库中神光】《杜阳杂编》：唐代宗为儿时，玄宗每坐之玉案前，因命取上清珠，以绛纱囊之，系于颈上。上清珠即开元初罽宾国所贡，其珠光照一室，视之，则有仙人、玉女、云鹤、绛节之象，摇动其中。及上即位，宝库中往往有神光异气。

【明慎懋官《华夷花木鸟兽珍玩考》珍玩考卷八·上清珠】代宗为儿时，玄宗每命取上清珠，以绛纱囊之，击于颈上，即罽宾国所贡，光明洁白，可照一室，视之，有仙人、玉女、云鹤、绛节之象，摇动其中。及上即位，宝库中往往有神光异气。（见唐《杜阳编》）

【明高濂《遵生八笺》卷之十四·《燕闲清赏笺》上卷】开元初，罽宾国贡上清珠，光照一室，内有仙人玉女摇动。水旱兵革之灾，虔视，无不克验。

【明张懋修《墨卿谈乘》卷十·器物·通天犀明月珠】唐开元，罽宾王贡上清珠，光照一室，有仙人、玉女、云鹤摇动其中。有水旱兵革之灾，虔视，无不应验。

【明张元谕《篷底浮谈》卷二·谈理】或问：开元遗事，有人惠张说一珠绀，已有光，名记事珠。或有遗忘，玩此珠，心神顿悟，有之乎？予曰：明珠虽有奇品，不过光耀之异常而已，必无记事之理。《宣室志》称冯翊严生游岘山，得一珠如弹丸，色黑而有光，莹彻如冰，投浊水即淡然清彻，谓之清水珠。《杜阳编》称代宗儿时所佩珠即罽宾国所贡，光明洁白，可照一室，视之，有仙人、玉女、云鹤、绛节之象，摇动其中，谓之上清珠。事虽奇而近理。予以未见，不敢尽信也。况珠能记事，理之必不可信者乎？不待辨而知其诬矣。

【明张自烈《正字通》卷七·珠】天宝中，罽宾国献上清珠，照一室，水旱祷之皆验。

【明方以智《通雅》卷四十八·金石】罽宾天宝中献上清珠，照一室，水旱祷之皆验。

【清陈元龙《格致镜原》卷三十二】《杜阳杂编》：开元初，罽宾国贡上清珠，光明洁白，可照一室，视之，则有仙人、玉女、云鹤、绛节之象，动摇于其中。

【清谷应泰《博物要览》卷五·志真珠·真珠所产地】一产罽宾国上清珠，唐代宗为儿时，玄宗命取上清珠，以绛纱囊之，系于颈上。珠即罽宾国所贡者，光明洁白，可照一室，视之，珠内有仙人、玉女、云鹤、绛节之象，摇动其中。及上即位，藏之宝库，每夜恒光明烛天。

【清刘智《天方至圣实录》卷十九·撒马儿罕】《八弦译史》曰：撒马儿罕，西域大国也，汉为罽宾，去嘉峪万里。……开元时遗献天文书友、秘方奇药，又献上清珠，光明洁白，可照一室，视之有仙人、玉女、云鹤之象摇动其中。至代宗时，库中每有异气，神光上冲霄汉……凡有水旱灾祲，祷之无不奇验。

【清史梦兰《全史宫词》卷十三】绛囊犹裹上清珠，太上慈恩报得无。自选飞龙亲试过，望贤楼下手双扶。〇《酉阳杂俎》肃宗为儿时，常为玄宗所器，因命取上清珠，以绛囊裹之，系于颈，及即位，宝库中往往有神光，帝曰："岂非上清珠耶？遂令出之。"

【清王初桐《奁史》卷八十八·珠宝门一】贵妃宫中设上清珠，光明洁白，可照一室，视之，则出仙人、玉女、云鹤、绛节之象摇动于其中。（《杜阳杂编》）

【清吴襄《子史精华》卷二十一·皇亲部一·上清珠】段成式《酉阳杂俎》：肃宗为儿时，常为明皇所器，谓武惠妃曰："此儿甚有异相，他日亦吾家一有福天子。"因命取上清玉珠，以绛纱裹之，系于颈，是罽宾国所贡，光明洁白，可照一室，视之，则仙人、玉女、云鹤、绛节之形摇动于其中。及即位，宝库中往往有神光。帝曰："岂非～～～耶？"遂令出之，贮以翠玉函，置于卧内。

【清吴襄《子史精华》卷一百五十三·珍宝部一·上清珠】苏鹗《杜阳杂编》：上宽厚之德出于天然，为儿时常为明皇所器，每坐于玉案前，熟视上貌，谓武惠妃曰："此儿甚有异相，他日亦是吾家一有福天子也。"因命取～～～，以绛纱裹之，系于颈上。上清珠即开元初罽宾国所贡，其珠光明洁白，可照一室，视之，则有仙人、玉女、云鹤、绛节之象摇动于其中。及上即位，宝库中往往有神光异气，掌库者具以事告，上曰："岂非上清珠耶？"遂令出之，绛纱犹在。注：上谓代宗。

【《御定佩文韵府》卷七之三·珠·上清珠】《酉阳杂俎》：肃宗为儿时，每为明皇所器，命取上清玉珠，以绛纱裹之，系于颈。《杜阳杂编》：开元初年，罽宾国贡～～～，光照一室。

◎ 词汇考

【汉语大词典·罽宾】1. 汉魏时西域国名。唐玄奘《大唐西域记》作"迦湿弥罗"。即今之克什米尔。2. 唐代西域国名。唐玄奘《大唐西域记》作"迦毕试"。约今卡菲里斯坦地方至喀布尔河中下游之间。

【汉语大词典·兵革】指战争。《诗·郑风·野有蔓草序》："君之泽不下流，民穷于兵革。"《陈书·虞寄传》："且兵革已后，民皆厌乱。"宋苏轼《策略一》："国家无大兵革几百年矣。"清沈初《西清笔记·纪典故》："崇祯末，兵革扰乱，帝于宫中习学骑马，左右扶掖以上，不数步即坠。"梁启超《中国地理大势论》："中国，干戈之国也。统览数千年之史乘，其三十载不见兵革者殆希。"

副　急　泪

◎ 版本考

　　A 宋世祖谓刘德愿曰："卿哭贵妃，悲者当厚赏。"德愿应声恸哭，抚膺擗踊、涕泗交流。上甚悦，故用豫州刺史以赏之。上又令医术人羊志哭贵妃，志亦呜咽极悲。他日有问志者曰："卿那得此副急泪?"志曰："我尔日自哭亡妾耳。"(《通鉴》)

　　B 宋世祖谓刘德愿曰："卿哭贵妃，悲者当厚赏。"德愿应声恸哭，抚膺擗踊、涕泗交流。上甚悦，故用豫州刺史以赏之。上又令医术人羊志哭贵妃，志亦呜咽极悲。他日有问志者曰："卿那得此副急泪?"志曰："我尔日自哭亡妾耳。"(《通鉴》)

　　C 宋世祖谓刘德愿曰："卿哭贵妃，悲者当厚赏。"德愿应声恸哭，抚膺擗踊、涕泗交流。上甚悦，故用豫州刺史以赏之。上又令医术人羊志哭贵妃，志亦呜咽极悲。他日有问志者曰："卿那得此副急泪?"志曰："我尔日自哭亡妾耳。"(《通鉴》)

　　D 宋本无此条。

　　E 宋世祖谓刘德愿曰："卿哭贵妃，悲者当厚赏。"德愿应声恸哭，抚膺擗踊、涕泗交流。上甚悦，故用豫州刺史以赏之。上又令医术人羊志哭贵妃，志亦呜咽极悲。他日有问志者曰："卿那得此副急泪?"志曰："我尔日自哭亡妾耳。"(《通鉴》)

◎ 引文考

　　【唐李延寿《南史》卷十七·列传第七】德愿性粗率，为孝武狎侮。上宠姬殷贵妃薨葬毕，数与群臣至殷墓，谓德愿曰："卿哭贵妃，若悲，当加厚赏。"德愿应声便号恸，抚膺擗踊、涕泗交流。上甚悦，以为豫州刺史。又令医术人羊志哭殷氏，志亦呜咽。他日有问志："卿那得此副急泪?"志时新丧爱姬，答曰："我尔日自哭亡妾耳。"志滑稽，善为谐谑，上亦爱狎之。

　　【唐欧阳询《艺文类聚》卷三十四·人部十八】沈约《宋书》曰：世祖与群臣至宠姬殷贵妃墓，谓刘德愿曰：卿等哭贵妃，若悲者，当加厚赏。德愿应声便号恸，涕泗交横。上甚悦，以为豫州刺史。上又令羊志哭，志亦呜咽甚哀。他日有问志者："卿那得此副急泪?"志答曰："我尔日自哭亡妾耳。"

　　【宋李昉《太平御览》卷四百八十七·人事部一百二十八】沈约《宋书》曰：刘慎字德愿，为秦郡太守。德愿为性粗率，世祖所狎侮。上宠姬殷氏葬毕，至墓，谓德愿曰："卿哭贵妃，若悲者当加厚赏。"德愿应声便号恸，抚膺擗踊、涕泗交横。上甚悦，以为豫州刺史。上又令医术人羊志哭殷氏，志亦呜咽。他日有问志者："卿(郍)[那]得此副急泪?"志时新丧爱姬，答曰："我尔日哭亡妾耳。"

　　【宋司马光《资治通鉴》卷一百二十九】六月戊辰，以秦郡太守刘德愿为豫州刺史。德愿，怀慎之子也。上既葬殷贵妃，数与群臣至其墓，谓德愿曰："卿哭贵妃，悲者当厚赏。"德愿应声恸哭，抚膺擗踊，涕泗交流。上甚悦，故用豫州刺史以赏之。上又令医术人羊志哭贵妃，志亦呜咽极悲。他日有问志者曰："卿那得此副急泪?"志曰："我尔日自哭亡妾耳。"

【宋孔平仲《续世说》卷六·排调】宋孝武宠姬殷贵妃薨葬毕，数与群臣至墓次，谓刘德愿曰："卿哭贵妃，若悲，当加厚赏。"德愿应声便号恸，上悦，以为豫州刺史。又令医人羊志哭，志亦呜咽。他日或问志："那得此副急泪？"志时新丧嬖人，答曰："我尔日自哭亡妾耳。"

【宋王钦若《册府元龟》卷九百四十四·总录部一百九十四·佻薄】羊志善医术，孝武殷贵妃薨，令志哭殷氏，志亦呜咽。他日有问志者："卿那得此副急泪？"志时新丧姬，答曰："我尔日自哭亡妾耳。"志滑稽，善为谑，帝亦爱狎之。

【宋潘自牧《记纂渊海》卷六十一·性行部之二十五·阿附】上□[谓]□[刘]德□[愿]曰："卿哭贵妃，悲者当厚赏。"德愿应□□□[声恸哭]，□□[抚膺]擗踊、□[涕]泗交流。上甚悦，故□[用]豫□[州]刺史以当□[之]。□□□□□[上又令医术]人□[羊]志哭贵妃，志亦呜咽极□[悲]。他日有问志者："卿那得此副急泪？"志曰："我尔日自哭亡妾耳。"

【宋祝穆《事文类聚》前集卷五十四·丧事部·自哭亡妾】宋刘德愿为孝武狎侮。殷贵妃薨，上与群臣至墓，谓德愿曰："卿哭贵妃若悲，当厚赏。"德愿应声号恸。上悦，以为豫州刺史。又令医术羊志哭殷，志亦呜咽。人问卿："那得此副急泪？"志曰："我尔日自哭亡妾耳。"

【宋叶廷珪《海录碎事》卷九上·圣贤人事部下·副急泪】沈约《宋书》：世祖至殷贵妃墓，令羊志哭，志亦呜咽。或问志："卿安得此副急泪？"答曰："我尔日自哭亡妾耳。"

【宋郑樵《通志》卷一百三十一·列传第四十四】德愿性粗率，为孝武所狎侮。上宠姬殷贵妃薨葬毕，数与群臣至殷墓，谓德愿曰："卿哭贵妃，若悲，当加厚赏。"德愿应声便号恸，拊膺擗踊，涕泗交流。上甚悦，以为豫州刺史。上又令医术人羊志哭殷氏，志亦呜咽。他日有问志："卿那得此副急泪？"志时新丧爱姬，答曰："我尔日自哭亡妾耳。"

【宋钱端礼《诸史提要》卷十·《南史》十·副急泪】孝武丧殷贵妃，医术人羊志哭呜咽，或问志："那得此副急泪？"志曰："我尔日自哭亡妾尔。"

【元阴时夫《韵府群玉》卷十三·去声·副急泪】宋殷贵妃薨，上至墓，谓刘德愿曰："卿哭贵妃(苦)[若]悲，当厚赏。"德愿应声恸哭。上悦，以为豫州刺史。医术羊志哭，志亦呜咽。人问："那得此～～～？"志曰："我自哭亡妾尔。"

【明查应光《靳史》卷七·南北朝】宋世祖与群臣至殷贵妃墓，谓刘德愿曰：卿等哭贵妃若悲，当加厚赏。刘应声号恸，涕泗交横。上以为豫州刺史。帝又令羊志哭，羊亦呜咽甚哀。他日有问羊者："卿那得此副急泪？"羊曰："我尔日自哭亡妾耳。"(《语林》)

【明陈耀文《天中记》卷十二·后妃·拟赋见意】孝武殷淑妃，南郡王义宣女也。义宣败后，帝密取之，宠冠后宫，假姓殷氏。及薨，帝常思见之……葬毕，数与群臣至殷墓，谓刘德愿曰："卿哭贵妃若悲，当加厚赏。"德愿应声便号恸，抚膺擗踊，涕泗交流。上甚悦，以为豫州刺史。又令医术人羊志哭殷氏，志亦呜咽。日有问志卿："那得此副急泪？"志时新丧爱姬，答曰："我尔日自哭亡妾耳。"

【明陈禹谟《骈志》卷七·那得此副急泪　何处得应急像】《南史》：宋孝武宠姬殷贵妃薨，令医术人羊志哭殷氏，志极呜咽。他日有问志："卿那得此副急泪？"

【明冯梦龙《古今谭概》颜甲部卷十八·急泪无泪】宋世祖至殷贵妃墓，谓刘德愿曰："卿等哭妃若悲，当加厚赏。"刘应声号恸，涕泗交横。即拜豫州刺史。帝又令羊志哭，羊亦呜咽甚哀。他日有问羊者："卿那得此副急泪?"羊曰："我尔日自哭亡妾耳。"

【明何良俊《语林》卷二十九】宋世祖与群臣至殷贵妃墓，谓刘德愿曰："卿等哭贵妃若悲，当加厚赏。"刘应声号恸，涕泗交横。上以为豫州刺史。帝又令羊志哭，羊亦呜咽甚哀。他日有问羊者："卿那得此副急泪?"羊曰："我尔日自哭亡妾耳。"

【明李贽《初潭集》卷三·夫妇三·四俗夫】宋世祖至殷贵妃墓，谓刘德愿曰："卿等哭贵妃若悲，当加厚赏。"刘应声号恸，涕泗交横。上以为豫州刺史。帝又令羊志哭，羊亦呜咽甚哀。他日有问羊者："卿那得此副急泪?"羊曰："尔日我自哭亡妾耳。"

【明彭大翼《山堂肆考》卷一百十八·性行·杨志哭妃】南宋孝武殷贵妃薨，与群臣上墓，令医术杨志哭之，志甚为呜咽。人问卿："那得此副急泪?"志曰："我自哭亡妻耳。"

【明沈长卿《沈氏弋说》卷六·贤不肖相远】……宋世祖至殷贵妃墓，谓刘德愿曰："卿等哭贵妃悲，当加厚赏。"刘应声号恸，涕泗交横。上以为豫州刺史。帝又令羊志哭，羊亦呜咽甚哀。他日有问羊者："卿那得此副急泪?"羊曰："我尔日自哭亡妾耳。"沈子览此而笑曰："怪哉! 人之贤不肖相去何远哉!"

【明夏树芳《词林海错》卷十六·急泪】羊志哭殷贵妃哀，人问之，曰："我迩日自哭亡妾。""卿那得此副急泪?"○今按，此处有错简。"卿那得此副急泪?"当移前。

【明许自昌《捧腹编》卷十·那得此副急泪】刘德愿性粗率，为孝武狎侮。上宠姬殷贵妃薨，葬毕，数与群臣至殷墓，谓德愿曰："卿哭贵妃若悲，当加厚赏。"德愿应声便号恸，抚膺擗踊，涕泗交流。上甚悦，以为豫州刺史。又令医术人羊志哭殷氏，志亦呜咽。他日有问志卿："那得此副急泪?"志时新丧爱姬，答曰："我尔日自哭亡妾耳。"

【清程哲《蓉槎蠡说》卷四】羊氏有两哭事。医术人羊志哭宋孝武殷贵嫔，呜咽甚哀。或问："那得此副急泪?"志曰："尔日我自哭亡妾耳。"大中大夫羊阐入临齐明帝丧，阐无发，号恸俯仰，帻遂脱地，东昏辍哭大笑，谓左右："秃鹙啼来乎?"此哭那容有三?

【清黄恩彤《鉴评别录》卷二十八·宋纪二·】上既葬殷贵妃，数与群臣至其墓，令羊志哭贵妃，志呜咽极悲。他日有问志者曰："卿那得此副急泪?"志曰："我尔日自哭亡妾耳。"○志言若使帝闻之，身首分矣。此虽幸免，宜以为戒。

【清李清《诸史异汇》卷二十四·疾类·哭妃有泪】孝武宠姬殷贵妃薨，葬毕，数与群臣至墓，谓秦郡太守刘德愿曰："卿哭贵妃若悲，当加厚赏。"德愿应声便号，抚膺擗踊，涕泗交流。上甚悦，又令医术人羊志哭，志亦喑呜。他日有问志："卿那得此副急泪?"志曰："我尔日自哭亡妾耳。"(《南史·宋》)

【清叶沄《纲鉴会编》卷三十六】《纲》六月，宋以刘德愿为豫州刺史。○《鉴》宋主数与群臣至殷贵妃墓，谓德愿曰："卿哭贵妃，悲者当厚赏。"德愿应声号恸，涕泗交颐。宋主甚悦，故有是命。又令羊志哭，亦呜咽甚哀。他日有问志者卿："安得有此一副急泪?"志曰："我迩日自哭亡妻耳。"

【清翟灏《通俗编》卷十七·急泪】《通鉴》宋世祖令诸臣下哭贵妃："悲者当厚赏。"医术人羊志呜咽极悲。他日有问志者曰："卿那得此副急泪?"志曰："我尔日自哭亡妾耳。"

【清沈名荪《南史识小录》卷三·那得此副急泪】孝武令医术人羊志哭殷贵妃，志极呜咽。他日有问志卿："~~~~~~?"志时新丧爱姬，答曰："我尔日自哭亡妾耳。"

【清王初桐《奁史》卷十九·妾婢门一】世祖至殷贵妃墓，谓群臣曰："卿等哭贵妃若恸，当加厚赏。"羊志遂号恸，涕泪交横。他日有问羊者："卿那得此副急泪?"羊曰："吾

尔日自哭亡妾耳。"(《说颐》)

【清张贵胜《遣愁集》卷十二·一集顽钝】宋世宗至殷贵妃墓，谓刘德愿曰："卿等哭妃若悲，当加厚赏。"德愿应声号恸，涕泗交流。羊志亦呜咽甚伤。他日或问羊曰："公辈那得有此副急泪?"羊曰："我尔日自哭亡妾耳。"

【清吴襄《子史精华》卷一百三十一·言语部七·那得此副急泪】《宋书·刘怀慎传》：德愿性粗率，为世祖所狎侮。上宠姬殷贵妃薨，葬毕，数与群臣至殷墓，谓德愿曰："卿哭贵妃若悲，当加厚赏。"德愿应声便号恸，抚膺擗踊，涕泗交流。上甚悦，以为豫州刺史。又令医术人羊志哭殷氏，志亦呜咽。他日有问志："卿～～～～～～?"志时新丧爱姬，答曰："我尔时自哭亡妾耳。"

【《渊鉴类函》卷二百六十七·人部二十六·哭三·急泪 曼声】沈约《宋书》：上令医术人羊志哭宠姬殷氏，志呜咽。他日有问志者："卿那得此副急泪?"志时新丧爱姬，答："我尔日哭亡妾耳。"《列子》：韩娥东之齐，过逆旅，旅人辱之，韩娥因曼声哭。

【清赵翼《陔余丛考》卷四十三·那得此副急泪】《南史》：羊志从孝武过殷贵妃墓，命志哭之，志即呜咽。或问："那得此副急泪?"志曰："我自哭亡妾耳。"

◎ 词汇考

【汉语大词典·擗踊】擗，捶胸；踊，以脚顿地。形容极度悲哀。《孝经·丧亲》："擗踊哭泣，哀以送之。"三国魏曹植《文帝诔》序："百姓吁嗟，万国悲伤；若丧考妣，恩过慕唐；擗踊郊野，仰想穹苍。"《南史·刘怀慎传》："(孝武)谓德愿：'卿哭贵妃若悲，当加厚赏。'德愿应声便号恸，抚膺擗踊，涕泗交流。上甚悦，以为豫州刺史。"《新唐书·吕才传》："世之人为葬巫所欺，忘擗踊荼毒，以期侥幸。由是相茔陇，希官爵；择日时，规财利。"《明史·忠义传七·许琰》："闻京师陷……聚哭明伦堂，琰衰杖擗踊，号泣尽哀。"

五 花 馆

◎ 版本考

A 荆南旧有五花馆，待宾之上地也。故(汉)[肱]上成纳诗曰："不是上台怜姓字，五花宾馆敢从容。"(《南部新书》)

B 荆南旧有五花馆，待宾之上地也。故(汉)[肱]上成纳诗曰："不是上台怜姓字，五花宾馆敢从容。"(《南部新书》)

C 荆南旧有五花馆，待宾之上地也。故(汉)[肱]上成纳诗曰："不是上台怜姓字，五花宾馆敢从容。"(《南部新书》)

D 宋本无此条。

E 荆南旧有五花馆，待宾之上地也。故(眩)[肱]上成纳诗曰："不是上台怜姓字，五花宾馆敢从容。"(《南部新书》)

◎ 引文考

【《南部新书》卷十】荆南旧有五花馆，待宾之上地也。故蒋肱上成讷诗云："不是上台怜姓字，五花宾馆敢从容。"

【宋潘自牧《记纂渊海》卷一百十一·人伦部之十·馆待】荆南旧有五花馆，待宾之上地也。故(将交目)[蒋肱]上成汭诗曰："不是上台怜姓字，五花宾馆敢从(吞)[容]。"

【明陈耀文《天中记》卷十六】五花荆南旧有五花馆，待宾之上地也，故蒋肱上成汭诗云："不是上台名姓字，五花宾馆(改)[敢]从容。"(《南部新书》)

【明焦竑《焦氏类林》卷七】荆南旧有五花馆，待客之上地也。故蒋肱上成汭诗曰："不是上台怜姓字，五花宾馆敢从容。"(《南部新书》)

【《全唐诗》卷七百七十九·路德延·句】不是上台知姓字，五花宾馆敢从容。上成汭(见《南部新书》：荆南旧有五花馆，待宾上地，故云)。

【《(嘉庆)大清一统志》卷三百四十四·荆州府·古迹·五花馆】在江陵县城内。钱易《南部新书》：荆南城中旧有五花馆，待宾客之上地也。

【清史梦兰《全史宫词》卷十五】五花宾馆绮为寮，食品纷罗椀足高。宴上红妆齐醉舞，朱弦轻按紫檀槽。○《南部新(昼)[书]》荆南旧有五花馆，待宾之上地也。

【《渊鉴类函》卷三百六·人部六十五·三乡诗　五花馆】……荆南旧有五花馆，待宾之上地也。故蒋肱上成汭诗云："不是上台怜姓字，五花宾馆敢从容。"

◎ 词汇考

【汉语大词典·五花馆】唐末荆南的宾馆名。宋钱易《南部新书》癸："荆南旧有五花馆，待宾之上地也。故蒋肱上成汭诗云：'不是上台名姓字，五花宾馆敢从容。'"荆南，今湖北江陵。

乌　龙

◎ 版本考

A 会稽人张然滞役，经年不归。妇与奴私通。然养一狗，名曰乌龙。后然归，奴惧事觉，欲谋杀然。狗注睛视奴，奴方兴手，乌龙荡奴，奴失刀仗。然取刀杀奴。(《续搜神记》)

B 会稽人张然滞役，经年不归。妇与奴私通。然养一狗，名曰乌龙。后然归，奴惧事觉，欲谋杀然。狗注睛视奴，奴方兴手，乌龙荡奴，奴失刀仗。然取刀杀奴。(《续搜神记》)

C 会稽人张然滞役，经年不归。妇与奴私通。然养一狗，名曰乌龙。后然归，奴惧事觉，欲谋杀然。狗注睛视奴，奴方兴手，乌龙荡奴，奴失刀仗。然取刀杀奴。(《续搜神记》)

D 宋本无此条。

E 会稽人张然滞役，经年不归。妇与奴私通。然养一狗，名曰乌龙。后然归，奴惧事觉，欲谋杀然。狗注睛视奴，奴方兴手，乌龙荡奴，奴失刀仗。然取刀杀奴。(《续搜神记》)

◎ 引文考

【《搜神后记》卷九】会稽句章民张然，滞役在都，经年不得归。家有少妇，无子，惟与一奴守舍，妇遂与奴私通。然在都养一狗，甚快，名曰乌龙，常以自随。后假归，妇与奴谋，欲得杀然。然及妇作饭食，共坐下食。妇语然："与君当大别离，君可强啖。"然未得瞰，奴已张弓拔矢当户，须然食毕。然涕泣不食，乃以盘中肉及饭掷狗，祝曰："养汝数年，吾当将死，汝能救我否?"狗得食不啖，惟注睛舐唇视奴。然亦觉之。奴催食转急，然决计，拍膝大呼曰："乌龙与手。"狗应声伤奴。奴失刀仗倒地，狗咋其阴，然因取刀杀奴。以妇付县，杀之。

【唐欧阳询《艺文类聚》卷九十四·兽部中·狗】《续搜神记》曰：会稽句章民张然滞役在都，经年不得归家。有少妇遂与奴私通。然在都养一狗甚快，名乌龙，后假归，奴与妇欲谋杀然，作饭食，共坐下食，未得瞰。奴当户倚张弓括箭拔刀，然以盘中肉饭与狗，狗不瞰，唯注精舐唇视奴，然亦觉之，奴催食转急，然决计拍髀，大唤曰："乌龙!"狗应声伤奴，奴失刀杖倒地，狗遂咋奴头，然因取刀斩奴，以妇付官，杀之。

【唐白居易《白氏六帖事类集》卷二十九·竦耳注精】张然滞役多年，妇遂与奴私通。后归，奴与妇谋然。狗注精舐唇视奴。然曰："乌龙与手!"应声荡奴，奴失刀(仆)[仗]然取刀杀奴也。

【宋李昉《太平御览》卷九百五·兽部十七·狗下】会稽人张然滞役，经年不归。妇遂与奴私通。然养一狗，名曰乌龙。后归，奴与妇欲谋杀然。狗注精舐唇视奴，然乌龙与手，应声荡奴，奴失刀仗。然取刀杀奴也。

【宋潘自牧《纪纂渊海》卷十四·论议部之十四·微小有知】会稽人张然滞役，经年不归。妇遂与奴私通。然养一狗，名曰乌龙，荡奴，奴失刀仗，然取刀杀奴也。(《续搜神记》)

【宋谢维新《事类备要》别集卷八十四·畜产门·狗·狗报妇奸】会稽勾章氏张然滞役在都，经年不得归。家有少妇，遂与奴私通。然在都养一狗甚快，名乌龙。后假归，奴与妇谋欲得杀然，然及妻作饭食共坐下食，未得瞰，奴当户倚张弓括箭拔刀，然以盘中肉饭与狗，狗不取，唯注睛舐唇视奴，然亦觉之，奴催食转急，然决计拍髀大唤曰："乌龙!"狗应声伤奴。奴失刀伏倒地，狗咋奴头，然因取刀斩奴，以妇付官杀之。(《搜神记》)

【宋祝穆《事文类聚》后集卷四十·毛虫部·狗报妇奸】会稽勾章民张然滞役在都，经年不得归。家有少妇，遂与奴私通。然在都养一狗甚快，名乌龙。后假归，奴与妇谋欲得杀然，然及妻作饭食共坐下食，未得瞰，奴当户倚张弓括箭拔刀，然以盘中肉饭与狗，狗不取，惟注睛舐唇视奴，然亦觉之，奴催食转急，然决计拍髀大唤曰："乌龙!"狗应声伤奴，奴失刀伏倒地，狗咋奴头，然因取刀斩奴，以妇付官，杀之。(《搜神记》)

【宋无名氏《锦绣万花谷》后集卷三十九·犬·青鹠】会稽句章人张然养一狗甚快，名曰乌龙。

【明郑若庸《类隽》卷三十·走兽类·犬·乌龙】《搜神记》云：会稽句章人张然养一狗甚快，名曰乌龙。

【明陈霆《两山墨谈》卷十三】张然滞役多年。妇与奴通。后然归，妇与奴谋害之。其犬乌龙注睛耸耳舐唇视奴，然呼曰："乌龙!"乌龙犬应声伤奴，奴失刀仆，然取刀杀奴。然则乌龙以名犬也。元稹、韩致光诗皆有乌龙语，盖出然事，而章伯深不知，乃举俚语拜狗作乌龙为据，何浅闻也!

【明陈耀文《天中记》卷五十四·乌龙】会稽张然滞役。有少妇无子，唯与一奴守舍，奴遂与妇通。然素养一狗名乌龙，常自随。妇奴欲谋杀然，盛作饭食，妇语然："与君当大别离，君可强噉。"奴已张弓拔刀，须然食毕，然涕泣不能食，以肉及饭掷狗，祝曰："食汝经年，吾当将死，汝能救我否?"狗得餐不噉，唯注睛视奴，然拍膝大唤曰："乌龙!"犬应声伤奴，奴失刀伏倒地，狗咋奴头，然因取刀斩奴，以妇付官，杀之。(《搜神记》)

【明彭大翼《山堂肆考》卷二百二十二·毛虫·咋奴】《搜神记》：会稽勾章民张然滞役在都，经年不得归。家有少妇，遂与奴私通。然在都养一狗甚快，名乌龙。后假归，奴与妇谋欲杀然，然命妻作饭未噉，奴当户倚张弓括箭拔刀，然以盘中肉饭与狗，狗不取，唯注睛舐唇视奴，然亦觉之，奴催食转急，然拍髀大唤曰："乌龙!"狗应声伤奴，奴失刀伏倒地，狗咋奴头，然因取刀斩奴，以妇付官，杀之。

【明王罃《群书类编故事》卷二十四·鸟兽类·乌龙噬奴】会稽勾章氏张然滞役在都，经年不得归。家有少妇，遂与奴私通。然在都养一狗甚快，名乌龙。后假归，奴与妇谋欲得杀然，然及妻作饭食，共坐下食，未得啖，奴当户倚张弓括箭拔刀，然以盘中肉饭与狗，狗不取，唯注睛舐唇视奴，然亦觉之，奴催食转急，然决计拍髀大唤曰："乌龙!"狗应声伤奴，奴失刀仗倒地，狗咋奴头，然因取刀斩奴，以妇付官杀之。(《搜神记》)

【清吴士玉《骈字类编》卷二百七·鸟兽门四·乌·乌龙】《搜神后记》：会稽句章民张然滞役在都，经年不得归。家有少妇，无子，惟与一奴守舍，妇遂与奴私通。然在都养一狗甚快，名曰~~，常以自随。后假归，妇与奴谋欲得杀然，然及妇作饭食，共坐下食，奴已张弓拔矢，当户须然食毕，然涕泣不食，乃以盘中肉及饭掷狗，祝曰：养汝数年，吾将死，汝能救我否？狗应声伤奴，奴失刀杖倒地，狗咋其阴，然因取刀杀奴，以妇付县杀之。

【清张潮《虞初新志》卷十八】会稽张然滞役。有少妇无子，惟与一奴守舍，奴遂与妇通焉。然素养一犬名乌龙，常以自随。后归，奴欲谋杀然，盛作饮食，妇曰：与君当大别离，君可强啖。奴已张弓拔矢，须然食毕。然涕泣不能食，以肉及饭掷狗，祝曰：养汝经年，吾当将死，汝能救我否？犬得食不噉，惟注眼视奴，然拍膝大呼曰："乌龙!"犬应声伤奴，奴失刀遂倒，狗咋其阴，然因取刀杀奴，以妻付县杀之。

【《渊鉴类函》卷二百五十八·人部十七·奴婢二】《续搜神记》曰：句章张然滞役在都。有少妇遂与奴通。然养一狗甚快。后还，奴欲谋杀张然，张弓拔刀当户。然大唤曰："乌龙!"狗遂咋奴头，然取刀杀奴，以妇付官。

【《渊鉴类函》卷四百三十六·兽部八·狗二】《续搜神记》曰：会稽句章民张然滞役在都，经年不得归。家有少妇，遂与奴私通。然在都养一狗甚快，名乌龙。后假归，奴与妇谋欲杀然，作饭食，共坐下食，未得噉，奴当户倚张弓挟箭拔刀，然以盘中肉饭与狗，狗不噉，惟注睛舐唇视奴，然亦觉之，奴催食转急，然决计拍髀大呼曰："乌龙!"狗应声伤奴，奴失刀伏倒地，狗遂咋奴头，然因取刀斩奴，以妇付官杀之。

【《御定佩文韵府》卷二之一·上平声·二冬韵一·龙·乌龙】《搜神记》：张然滞役都下经年。家有少妾，与奴通，欲谋杀然。一日，奴倚户拔刀，然曰："事急矣!"大呼狗曰："~~!"狗应声噬奴，失刀仆地，狗咋其头，复以妾送官杀之。

◎ 词汇考

【汉语大词典·滞役】谓长期供职。唐冯贽《云仙杂记·乌龙》："会稽人张然，滞役经年不归。"

须 髯 如 戟

◎ 版本考

　　A 山阴公主淫恣，悦褚彦回，以白帝。帝召彦回西上阁宿十日。公主夜就之，备见逼迫。彦回整身而立，从夕至晓，略不移志。公主谓曰："君须髯如戟，何无丈夫意？"彦回曰："回虽不敏，何敢首为乱阶。"（《通鉴》）

　　B 山阴公主淫恣，悦褚彦回，以白帝。帝召彦回西上阁宿十日。公主夜就之，备见逼迫。彦回整身而立，从夕至晓，略不移志。公主谓曰："君须髯如戟，何无丈夫意？"彦回曰："虽不敏，何敢首为乱阶。"（《通鉴》）

　　C 山阴公主淫恣，悦褚彦回，以白帝。帝召彦回西上阁宿十日。公主夜就之，备见逼迫。彦回整身而立，从夕至晓，略不移志。公主谓曰："君须髯如戟，何无丈夫意？"彦回曰："虽不敏，何敢首为乱阶。"（《通鉴》）

　　D 宋本无此条。

　　E 山阴公主淫恣，悦褚彦回，以白帝。帝召彦回西上阁宿十日。公主夜就之，备见逼迫。彦回整身而立，从夕至晓，略不移志。公主谓曰："君须髯如戟，何无丈夫意？"彦回曰："虽不敏，何敢首为乱阶。"（《通鉴》）

◎ 引文考

　　【沈约《宋书》卷七《前废帝本纪》】山阴公主淫恣过度，谓帝曰："妾与陛下虽男女有殊，俱托体先帝。陛下六宫万数，而妾唯驸马一人，事不均平，一何至此！"帝乃为主置面首左右三十人，进爵会稽郡长公主，秩同郡王，食汤沐邑二千户，给鼓吹一部，加班剑二十人。帝每出与朝臣常共陪辇，主以吏部郎褚渊貌美，就帝请以自侍，帝许之。渊侍主十日，备见逼迫，誓死不回，遂得免。

　　【《资治通鉴》卷一百三十】吏部郎褚渊貌美，公主就帝请以自侍，帝许之。渊侍公主十余日，备见逼迫，以死自誓，乃得免。

　　【宋李昉《太平御览》卷三百七十四·人事部十五·须髯】《宋书》曰：山阴公主淫恣，见褚彦回，悦之，以白帝，帝令就之。彦回不从，主曰："君髭髯如戟，何无丈夫意？"

　　【宋潘自牧《记纂渊海》卷六十七·性行部之三十一·有定力】山阴公主淫恣，悦褚彦回，以白帝，帝召彦回西上阁□十日。公主夜就之，备见逼迫，彦回整身而立，从夕至晓，不为移志。公主谓曰："君须髯如戟，何无丈夫意？"彦回曰："虽不敏，何敢皆为乱阶？"

　　【宋祝穆《事文类聚》后集卷十五·人伦部·公髯如戟】齐褚彦回为宋吏部郎。山阴公主淫恣，窥见彦回，悦之，白前废帝，召彦回西上阁宿，公主夜就之，彦回不为移志。公主曰："公须髯如戟，何无丈夫意？"彦回曰："回虽不敏，何敢首为乱阶？"

　　【明王螽《群书类编故事》卷九·人伦类·主讥髯戟】齐褚彦回为宋吏部郎。山阴公主淫恣，窥见彦回，悦之，白前废帝，召彦回西上阁宿，公主夜就之，彦回不为移志。公主曰："公须髯如戟，何无丈夫意?"彦回曰："回虽不敏，何敢首为乱阶?"

【明许自昌《捧腹编》卷九·事不均平】山阴公主淫恣过度，谓前废帝曰："妾与陛下虽男女有殊，俱托体先帝。陛下六宫数万，而妾唯驸马一人，事不均平，一何至此!"帝乃为主置面首左右三十人。

【明许自昌《捧腹编》卷十·何无丈夫意】山阴公主淫恣，窥见褚彦回，悦之，以白文帝，帝召彦回西上阁宿十日，公主夜就之，备见逼迫。彦回整身而立，从夕至晓，不为移志。公主谓曰："君须髯如戟，何无丈夫意?"

【清牛运震《读史纠谬》卷十·南史】山阴公主淫恣过度一段，可以不载。

【清沈名荪《南史识小录》卷四·须髯如戟】山阴公主淫恣，窥见彦回，悦之，以白帝，帝召彦回西上阁宿十日，公主夜就之，备见逼迫，彦回不为移志。公主谓曰："君～～～～，何无丈夫意?"

【《渊鉴类函》卷二百六十·人部十九·须二】《宋书》曰：山阴公主淫恣，见褚彦回，悦之，以白帝，帝令就之，彦回不从。主曰："君须髯如戟，何无丈夫意?"

【清赵翼《廿二史札记》卷十一·宋世闱门无礼】帝姊山阴公主淫恣过度，谓帝曰："妾与陛下虽男女有殊，俱托体先帝。陛下后宫数百，而妾惟驸马一人，事不均平，一何至此!"帝为置面首左右三十人。公主又以吏部郎褚渊貌美，就帝请以自侍，备见逼迫十余日，渊誓死不回，乃得免。

◎ 词汇考

【中国历史大辞典·山阴公主】(? —465)，即刘楚玉。南朝宋彭城(今江苏徐州)人。前废帝同母姊，嫁尚书令何尚之孙戢。肆情淫纵，请帝为其置面首三十人。进爵会稽郡长公主。景和末被赐死。

【汉语大词典·淫恣】放荡，不知拘检。《宋书·颜师伯传》："(师伯)骄奢淫恣，为衣冠所嫉。"《南史·褚彦回传》："景和中，山阴公主淫恣，窥见彦回悦之，以白帝。帝召彦回西上阁宿十日，公主夜就之，备见逼迫。"

【汉语大词典·移志】改变意志；动心。《南史·褚裕之传》："公主夜就之，备见逼迫。彦回整身而立，从夕至晓，不为移志。"

【汉语大词典·乱阶】祸端；祸根。《诗·小雅·巧言》："无拳无勇，职为乱阶。"《三国志·蜀书·先主传》："曩者董卓造为乱阶，自是之后，群凶纵横，残剥海内。"宋陆游《上殿札子》："好儒生而不得真，则张禹之徒足以为乱阶。"《明史·何鉴传》："郭钦、江统皆劝晋武早绝乱阶。"

田舍翁十斛麦

◎ 版本考

　　A 李绩入见，上问之曰："朕欲立武昭仪为后，褚遂良固执以为不可。遂良既顾命大臣，事当且已乎?"对曰："此陛下家事，何必更问外人。"上意遂决。许敬宗宣言于朝曰："田舍翁多收十斛麦，尚欲易妇，况天子立后，何豫诸人事而妄生议乎?"

B 李绩入见，上问之曰："朕欲立武昭仪为后，褚遂良固执以为不可。遂良既顾命大臣，事当且已乎?"对曰："此陛下家事，何必更问外人。"上意遂决。许敬宗宣言于朝曰："田舍翁多收十斛麦，尚欲易妇，况天子立后，何豫诸人事而妄生议乎?"

C 李绩入见，上问之曰："朕欲立武昭仪为后，褚遂良固执以为不可。遂良既顾命大臣，事当且已乎?"对曰："此陛下家事，何必更问外人。"上意遂决。许敬宗宣言于朝曰："田舍翁多收十斛麦，尚欲易妇，况天子立后，何豫诸人事而妄生议乎?"

D 宋本无此条。

E 李绩入见，上问之曰："朕欲立武昭仪为后，褚遂良固执以为不可。遂良既顾命大臣，事当且已乎?"对曰："此陛下家事，何必更问外人。"上意遂决。许敬宗宣言于朝曰："田舍翁多收十斛麦，尚欲易妇，况天子立后，何豫诸人事而妄生议乎?"

◎ 引文考

【宋司马光《资治通鉴》卷一百九十九】李绩入见，上问之曰："朕欲立武昭仪为后，遂良固执以为不可。遂良既顾命大臣，事当且已乎?"对曰："此陛下家事，何必更问外人?"上意遂决。许敬宗宣言于朝曰："田舍翁多收十斛麦，尚欲易妇，况天子立一后，何豫诸人事而妄生异议乎?"昭仪令左右以闻。

【《旧唐书》卷八十·列传第三十·褚遂良】帝谓李绩曰："册立武昭仪之事，遂良固执不从。遂良既是受顾命大臣，事若不可，当且止也。"绩对曰："此乃陛下家事，不合问外人。"帝乃立昭仪为皇后。

【《唐鉴》卷七】六年九月帝召大臣，欲废皇后，立武昭仪。李绩称疾不入，褚遂良以死争，帝大怒。长孙无忌曰："遂良受先朝顾命，有罪不可加刑。"韩瑗涕泣极谏，又上疏谏来济上表谏帝，皆不纳。他日，李绩独入见，帝问之曰："朕欲立武昭仪为后，遂良固执以为不可。遂良既顾命大臣，事当且已乎?"对曰："此陛下家事，何必更问外人?"帝意遂决。

【宋王钦若《册府元龟》卷三百三十九·宰辅部三十二·和佞】李绩高宗时为司空。永徽末将废皇后王氏，立昭仪武氏为皇后，尚书右仆射、同中书门下三品褚遂良扣头流血，言不可废。翼日帝谓绩曰："册立武昭仪之事，遂良固执不从，遂良既是受顾命大臣，事若不可，当且止也。"绩对曰："此乃陛下家事，不合问外人。"帝乃立昭仪为皇后。

【宋谢维新《事类备要》前集卷二十一·帝属门·奉诏册立】高宗欲立武昭仪为皇后，畏大臣异议未决，召绩等计之，绩称疾不至。帝后密访绩，答曰："此陛下家事，无须问外人。"帝意遂定，而王皇后废，诏绩与于志宁奉册立武氏。

【宋祝穆《事文类聚》前集卷二十·帝系部·陛下家事】高宗欲立武昭仪为皇后，畏大臣异议，未决，召绩等计之，绩称疾不至，帝后密访绩，答曰："此陛下家事，无须问外人。"帝意遂定，而王皇后废，诏绩与于志宁奉册立武氏。

【宋庄绰《鸡肋编》卷中】唐高宗召大臣欲废皇后，立武昭仪，李绩称疾不入，褚遂良以死争，他日绩独入见，帝问之曰："朕欲立武昭仪为后，遂良固执以为不可。遂良既顾命大臣，事当且已乎?"对曰："此陛下家事，何必更问外人?"帝意遂决。

【明张岱《夜航船》卷三·人物部】唐高宗欲立太宗才人武后氏为后，褚遂良固执不可，上问于李绩，绩曰："陛下家事，何必更问外人?"许敬宗宣言于朝曰："田舍翁多收十斛麦，尚欲易妇，况天子立一后，何预外诸人事而忘生异议乎？"遂废王皇后、萧淑妃为庶人，命李绩赍玺绶册皇后武氏。

【清张贵胜《遣愁集》卷十一·一集羞涩】许敬宗宣言于朝曰："田舍翁多收十斛麦，便欲易妇，况天子乎？"上以问李世绩，对曰："此陛下家事，何必更问外人？"于是遂决，废王皇后而立武后。

【清王士祯《香祖笔记》卷七】唐高宗将立武氏，谋之李绩，对曰："此陛下家事。"明皇将废，太子瑛兄弟未决，李林甫亦曰："家事何必问外人？"奸臣误国，先后一辙如此。

◎ 词汇考

【中国历史大辞典·李绩】(594—669)，唐曹州离狐(今山东东明东北)人，徙居滑州卫南(今河南浚县东南)。贞观四年(630)与李靖平突厥颉利可汗。在并州十六年，令行禁止，塞垣安静，太宗比之长城。十一年，改封英国公，任兵部尚书，未赴京，为朔州道行军总管，破薛延陀，碛北悉定。晋王李治(高宗)为太子，授太子詹事、左卫率，俄同中书门下三品，图形凌烟阁。从攻高丽，任辽东道大总管，克盖牟、辽东、白崖数城。高宗立，即召为相。高宗将废王皇后，立武后，褚遂良等反对，及问之，答以"此陛下家事，何预外人"对之，事遂定。总章元年(668)，复发兵攻高丽，破平壤，俘其主而归。卒，陪葬昭陵。其为将，有谋善断，从善如流。胜则归功臣下，所得金帛，悉散将士。故人皆效命，所向多捷。

【中国历史大辞典·褚遂良】(596—658 或 597—659)，唐杭州钱塘(今浙江杭州)人，祖籍阳翟(今河南禹州)，字登善。褚亮子。博涉文史，尤工隶楷。贞观中，以善书为太宗所重。累迁谏议大夫，兼知起居事。帝尝问："朕有不善，卿必记耶？"对曰："臣职载笔，君举必书。"前后奏谏数十上，多见采纳。贞观十八年(644)，拜黄门侍郎，参综朝政。贞观二十二年，进中书令。次年，与长孙无忌同受顾命辅立高宗，封河南郡公，世称褚河南。永徽三年(652)，任吏部尚书、同中书门下三品，监修国史。后代为尚书右仆射，依旧知政事。六年，反对高宗废王皇后立武昭仪，因为武后所衔，累贬爱州刺史，忧愤而卒。其书法与欧阳询、虞世南、薛稷并称唐初四大家，自成一体，方整流美，对后世颇多影响。有《雁塔圣教序》《同州圣教序》《房玄龄碑》等刻石传世。《全唐文》存文 31 篇，《全唐诗》存诗 1 首。

【中国历史大辞典·许敬宗】(592—672)，唐杭州薪城(今浙江富阳西南)人，字延族。许善心子。隋大业中举秀才。隋末投李密，为元帅府记室。唐武德初，补涟州别驾，太宗召为秦王府十八学士之一。贞观中，历著作郎、中书舍人、给事中，兼修国史。寻检校中书侍郎，专掌诰令。高宗时，为礼部尚书，助立武昭仪为皇后，与李义府诬构长孙无忌、褚遂良、韩瑗等。显庆二年(657)，拜侍中。次年，进中书令，进爵高阳郡公。曾监修《武德实录》《贞观实录》《晋书》《文思博要》《永徽五礼》《东殿新书》《姓氏录》等，爱憎由己，虚美隐恶。咸亨初，以特进致仕。有集八十卷，已佚，《全唐文》存文 37 篇，《全唐诗》存诗 29 首。

【汉语大词典·昭仪】古女官名。汉元帝始置。为妃嫔中的第一级。昭仪，言昭显女仪，以示隆重。魏晋至明均曾设置，但地位已经下降。参阅《汉书·外戚传序》《三国志·魏书·后妃传序》。

【汉语大词典·顾命】《书·顾命》："成王将崩，命召公、毕公率诸侯相康王，作《顾命》。"孔传："临终之命曰顾命。"孔颖达疏："顾是将去之意，此言临终之命曰顾命，言临将死去回顾而为语也。"后因以"顾命"谓临终遗命，多用以称帝王遗诏。《后汉书·阴兴传》："帝风眩疾甚，后以兴领侍中，受顾命于云台广室。"《南史·褚彦回传》："明帝崩，遗诏以为中书令、护军将军，与尚书令袁粲受顾命，辅幼主。"

赤 凤 凰

◎ 版本考

　　A 后所通宫奴燕赤凤者，雄捷能超楼阁，兼通昭仪。十月五日，宫中故事上灵女庙，吹埙击鼓、连臂踏歌《赤凤凰来》曲。后曰："赤凤凰为谁来？"昭仪曰："赤凤为姊来，宁为他人乎？"后怒，以杯掷昭仪裙，曰："鼠子能噬人乎？"昭仪曰："穿其裙，见其私足矣。安在噬人乎？"帝微闻其事，以问昭仪。昭仪曰："以汉家火德，故以帝为赤凤。"帝信之，大悦。（《赵后外传》）

　　B 后所通宫奴燕赤凤者，雄捷能超楼阁，兼通昭仪。十月五日，宫中故事上灵女庙，吹埙击鼓、连臂踏歌《赤凤凰来》曲。后曰："赤凤凰为谁来？"昭仪曰："赤凤为姊来，宁为他人乎？"后怒，以杯掷昭仪裙，曰："鼠子能噬人乎？"昭仪曰："穿其裙，见其私足矣。安在噬人乎？"帝微闻其事，以问昭仪。昭仪曰："以汉家火德，故以帝为赤凤。"帝信之，大悦。（《赵后外传》）

　　C 后所通宫奴燕赤凤者，雄捷能超楼阁，兼通昭仪。十月五日，宫中故事上灵女庙，吹埙击鼓、连臂踏歌《赤凤凰来》曲。后曰："赤凤凰为谁来？"昭仪曰："赤凤为姊来，宁为他人乎？"后怒，以杯掷昭仪裙，曰："鼠子能噬人乎？"昭仪曰："穿其裙，见其私足矣。安在噬人乎？"帝微闻其事，以问昭仪。昭仪曰："以汉家火德，故以帝为赤凤。"帝信之，大悦。（《赵后外传》）

　　D 宋本无此条。

　　E 后所通宫奴燕赤凤者，雄捷能超楼阁，兼通昭仪。十月五日，宫中故事上灵女庙，吹埙击鼓、连臂踏歌《赤凤来》曲。后曰："赤凤凰为谁来？"昭仪曰："赤凤为姊来，宁为他人乎？"后怒，以杯掷昭仪裙，曰："鼠子能噬人乎？"昭仪曰："穿其裙，见其私足矣。安在喵人乎？"帝微闻其事，以问昭仪。昭仪曰："以汉家火德，故以帝为赤凤。"帝信之，大悦。（《赵后外传》）

　　【张力伟点校】本条见《赵飞燕外传》，又见于《类说》卷一引《赵后外传》。此与《类说》文近。

◎ 引文考

　　【汉伶玄《赵飞燕外传》】所通宫奴燕赤凤者，雄捷能超观阁，兼通昭仪。赤凤始出少嫔馆，后适来幸，时十月五日，宫中故事，上灵安庙，是日吹填击鼓，歌连臂踏地，歌《赤凤来》曲。后谓昭仪曰："赤凤为谁来？"昭仪曰："赤凤自为姊来，宁为他人乎？"后怒，以杯掷昭仪裙，曰："鼠子能啮人乎？"昭仪曰："穿其衣，见其私足矣。安在啮人乎？"昭仪素卑事后，不虞见答之暴，孰视不复言。……帝微闻其事，畏后不敢问，以问昭仪。昭仪曰：后妒我尔。以汉家火德，故以帝为赤龙凤。帝信之，大悦。

【明查应光《靳史》卷三·西汉】赵皇后所通宫奴燕赤凤者，雄捷能超观阁，兼通昭仪。赤凤始出少嫔馆，后适来幸，时十月五日。宫中故事，上灵安庙。是日吹埙击鼓，歌连臂踏地，歌《赤凤来》曲。后谓昭仪曰："赤凤为谁来？"昭仪曰："赤凤自为姊来，宁为他人乎？"后怒，以杯掷昭仪裾曰："鼠子能啮人乎？"昭仪曰："穿其衣，见其私足矣。安在啮人乎？"昭仪素卑事后，不虞见答之暴，熟视不复言。(《赵后外传》)

【清王初桐《奁史》卷二十七·肢体门三】后所通宫奴燕赤凤者，雄捷能超观阁，兼通昭仪。赤凤始出少嫔馆，后适来幸，时十月十五日。宫中故事，上灵女庙。是日吹埙击鼓，连臂踏地，歌《赤凤来》曲。后谓昭仪曰："赤凤为谁来？"昭仪曰："赤凤自为姊来，宁为他人乎？"后怒以杯掷昭仪裙曰："鼠子能啮人乎？"昭仪曰："穿其衣，见其私足矣，安在啮人乎？"昭仪素卑事后，不虞见答之暴，熟视不复言。……帝微闻其事，畏后，不敢问，以问昭仪。昭仪曰："后妒我耳。以汉家火德，故以帝为赤龙凤。"帝信之，大悦。(《飞燕外传》)

【清吴士玉《骈字类编》卷一百三十二·方隅门二十·外搏】《飞燕外传》：后所通宫奴燕赤凤者，雄健能超观阁，兼通昭仪。赤凤始出少嫔馆，后适来幸，时十月五日。宫中故事，上灵安庙。是日吹埙击鼓，歌连臂踏地，歌《赤凤来》曲。后谓昭仪曰："赤凤为谁来？"昭仪曰："赤凤自为姊来，宁为他人乎？"后怒以杯掷昭仪裙曰："鼠子能啮人乎？"昭仪曰："穿其衣，见其私足矣，安在啮人乎？"昭仪素卑事后，不虞见答之暴，熟视不复言。……今日垂得贵皆胜人，且无~~我姊弟，其忍内相搏乎？后亦泣，持昭仪手，抽紫玉九雏钗，为昭仪簪髻乃罢。

【《御定佩文韵府》卷九十九之三·观阁】《飞燕外传》：宫奴燕赤凤者，雄健能超~~。

◎ 词汇考

【汉语大词典·宫奴】服役于宫中者。指宦竖。《飞燕外传》："后在远条馆，多通侍郎、宫奴多子者。"《七国春秋平话》卷上："(邹皇后)令宫奴宣孙子入宫。"清侯方域《太常公家传》："今辄有宫奴阉竖，连行结队，走马射弹，狂游嬉戏。"

【汉语大词典·赤凤】汉成帝皇后赵飞燕所通宫奴名。旧题汉伶玄《赵飞燕外传》："后所通宫奴燕赤凤者，雄捷能超观阁，兼通昭仪。"后常以喻指情夫。唐李商隐《可叹》诗："梁家宅里秦宫入，赵后楼中赤凤来。"《孽海花》第二六回回目："主妇索书，房中飞赤凤。"

【汉语大词典·赤凤凰】亦作"赤凤皇"。1. 指情夫；情郎。元杨维桢《昭阳曲》："美人初睡起，内史报兰汤。散尽黄金饼，无寻赤凤凰。"清单可惠《张灯曲》："美人手掷金橘子，天外飞来赤凤皇。"参见"赤凤"。2. 乐曲名。即《赤凤皇来》曲。明卓珂月《花舫缘》："睡梦里飞来蛟与龙，《赤凤凰》喉间自涌。"参见"赤凤皇来"。

【汉语大词典·赤凤皇来】汉代歌曲名。晋干宝《搜神记》卷二："十月十五日，共入灵女庙，以豚黍乐神，吹笛击筑，歌《上灵之曲》。既而相与连臂，踏地为节，歌《赤凤皇来》。乃巫俗也。"亦省作"赤凤来"。旧题汉伶玄《赵飞燕外传》："十月五日，宫中故事，上灵安庙，是日吹埙击鼓歌，连臂踏地，歌《赤凤来》曲。后(赵飞燕)谓昭仪曰：'赤凤为谁来？'昭仪曰：'赤凤自为姊来，宁为他人乎？'后怒，以杯抵昭仪裙。"参见"赤凤"。

【汉语大词典·雄捷】雄健矫捷。《旧唐书·马璘传》："吾用兵三十年，未见以少击众，有雄捷如马将军者。"明顾起纶《国雅品·士品四》："吴少参纯叔，词垣妙选，夙有隽才，自负雄捷。"

【汉语大词典·灵女】神女。《楚辞·王逸〈九思·疾世〉》："周徘徊兮汉渚，求水神兮灵女。"原注："冀得水中神女，以慰思念。"

【灵女庙】未详。

【汉语大词典·鼠子】1. 詈词。谓卑微不足称道的人。《东观汉记·城阳恭王祉传》："敞怒叱太守曰：'鼠子何敢尔！'"《晋书·刘聪载记》："聪大怒曰：'吾为万机主，将营一殿，岂问汝鼠子乎！'"清黄遵宪《度辽将军歌》："么么鼠子乃敢尔，是何鸡狗何虫豸？"2. 鼠。茅盾《雾中偶记》："夜是很深了罢？你看鼠子这样猖獗，竟在你面前公然踱方步。"沙汀《在祠堂里》："那个枯瘦矮小的丈母娘毫没声息地出现在堂屋门边，好像一只鼠子一样。"○此处"鼠子"双关，既指鼠，也指小人。

【汉语大词典·私】指男女生殖器。汉伶玄《赵飞燕外传》："早有私病，不近妇人。"参见"私处"。

【汉语大词典·微闻】隐约听到。《史记·项羽本纪》："诸将微闻其计，以告项羽。"宋岳珂《桯史·天子门生》："高宗更化，微闻其事。"

【汉语大词典·火德】五德之一。以五行中的火来附会王朝历运的称火德。《史记·秦始皇本纪》："始皇推终始五德之传，以为周得火德，秦代周德，从所不胜。"张守节《正义》："秦以周为火德。能灭火者水也，故称从其所不胜于秦。"《文选·袁宏〈三国名臣序赞〉》："火德既微，运缠大过。"李善注："火德，谓汉也。班固《汉书·高纪赞》曰：'旗帜尚赤，协于火德。'"宋周密《齐东野语·用事切当》："淳熙中，孝宗及皇太子朝上皇于德寿宫，置酒赋诗为乐，从臣皆和。周益公(必大)诗云：'一丁扶火德，三合巩皇基。'盖高宗生于大观丁亥，孝宗生于建炎丁未，光宗生于绍兴丁卯故也。"清袁枚《赤壁》诗："汉家火德终烧贼，池上蛟龙竟得云。"

卷 十

蕤 宾 铁

◎ 版本考

A 乐工廉郊师于曹纲。纲曰："教授人多矣，未有此性灵弟子也。"郊常池上弹蕤宾调，忽闻芰荷间有物跳跃，出岸乃方响一片。有知者识是蕤宾铁也。指拨精妙，致律吕相应，物类相感耳。(《琵琶录》)

B 乐工廉郊师于曹纲。纲曰："教授人多矣，未有此性灵弟子也。"郊常池上弹蕤宾调，忽闻芰荷间有物跳跃，出岸乃方响一片。有知者识是蕤宾铁也。指拨精妙，致律吕相应，物类相感耳。(《琵琶录》)

C 乐工廉郊师于曹纲。纲曰："教授人多矣，未有此性灵弟子也。"郊常池上弹蕤宾调，忽闻芰荷间有物跳跃，出岸乃方响一片。有知者识是蕤宾铁也。指拨精妙，致律吕相应，物类相感耳。(《琵琶录》)①

D 宋本无此条。

E 乐工廉郊师于曹纲。纲曰："教授人多矣，未有此性灵弟子也。"郊常池上弹蕤宾调，忽闻芰荷间有物跳跃，出岸乃方响一片。有知者识是蕤宾铁也。指拨精妙，致律吕相应，物类相感耳。(《琵琶录》)

【张力伟点校】本条见《琵琶绿》(不分卷)，又见《类说》卷十三《琵琶录》。此与《类说》文同。

◎ 引文考

【《琵琶录》】武宗初，朱崖李太尉有乐人廉郊，师于曹，尽纲之能。纲尝谓其流云：

---

① 四库本《说郛》在《云仙杂记》卷六。

"教授人多矣，未尝有此灵性弟子也。"郊尝宿平泉别墅，值风清月朗，携琵琶于池上弹蕤宾词，忽芰荷间有物跳跃之声，有知者识是蕤宾铁也。以指拨精妙，致律吕相应，物类相感耳。

【宋谢维新《事类备要》外集卷十四·音乐门·磬·蕤宾调】乐工廉郊师于曹纲。纲曰："教授人多矣，未有此性灵弟子也。"郊常池上弹蕤宾调，忽闻芰荷间有物跳跃，出岸乃方响一片。有知者识是~~~也。指拨精妙，致律吕相应，物类相感耳。（《琵琶录》）

【《类说》卷十三·琵琶录·蕤宾铁】乐工廉郊师于曹纲。纲曰："教授人多矣，未有此性灵弟子也。"郊常池上弹蕤宾调，忽闻芰荷间有物跳跃，出岸乃方响一片。有知者识是~~~也。指拨精妙，致律吕相应，物类相感耳。

【明彭大翼《山堂肆考》卷一六二·音乐·钟·蕤宾铁】《琵琶录》：唐乐工廉郊师于曹纲，精琵琶。郊尝于池上弹蕤宾调，忽闻芰荷间有物跳跃出，岸上乃方响一片。识者知是~~~也。郊指拨精妙，致律吕相应，物类相感有如此。（行文略异）

【《渊鉴类函》卷一百八十九·乐部六·大小忽雷　左右有手】武宗初李德裕有乐史廉郊者师于曹钢，尽钢之能。钢常曰："教人多矣，未有此性灵弟子也。"郊尝在平泉别墅，值风月清朗，携琵琶池上弹蕤宾调，忽闻芰荷间有物跳跃之声，必谓是鱼，及弹别调，即无所闻，复弹旧调，依旧有声，遂加意朗弹，忽有一物锵然跃出池岸之上，视乃方响一片，盖蕤宾铁也。以指拨精妙，律吕相应也。

◎ 词汇考

【汉语大词典·蕤宾】1. 古乐十二律中之第七律。律分阴阳，奇数六为阳律，名曰六律；偶数六为阴律，名曰六吕。合称律吕。蕤宾属阳律。《周礼·春官·大司乐》："乃奏蕤宾，歌函钟，舞大夏，以祭山川。"《礼记·月令》："（仲夏之月）其音征，律中蕤宾。"郑玄注："蕤宾者应钟之所生，三分益一，律长六寸八十一分寸之二十六，仲夏气至，则蕤宾之律应。"2. 古人律历相配，十二律与十二月相适应，谓之律应。蕤宾位于午，在五月，故代指农历五月。《国语·周语下》："四曰蕤宾。"韦昭注："五月，蕤宾。"晋陶潜《和胡西曹示顾贼曹》："蕤宾五月中，清朝起南飔。不驶亦不迟，飘飘吹我衣。"唐卢照邻《对蜀父老问》："龙集荒落，律纪蕤宾。"3. 指代农历五月端午节。《全元散曲·迎仙客·五月》："结艾人，庆蕤宾，菖蒲酒香开玉樽。"《水浒传》第十三回："时逢端午，蕤宾节至，梁中书与蔡夫人在后堂家宴，庆贺端阳。"

【汉语大词典·芰荷】指菱叶与荷叶。《楚辞·离骚》："制芰荷以为衣兮，集芙蓉以为裳。"唐罗隐《宿荆州江陵驿》诗："风动芰荷香四散，月明楼阁影相侵。"明陆采《怀香记·索香看墙》："芰荷池雨声轻溅，似琼珠滴碎还圆。"

【汉语大词典·指拨】以指弹拨乐器的弦。用左手扣弦、揉弦是指法，用右手顺手下拨或反手回拨是拨法，合称"指拨"。唐元稹《琵琶歌》："自后流传指拨衰，昆仑善才徒尔为。"宋欧阳修《于刘功曹家见杨直讲女奴弹琵琶》诗："娇儿身小指拨硬，功曹厅冷弦索鸣。"元马致远《青衫泪》第三折："这琵琶不是野调，好似裴兴奴指拨。"

【汉语大词典·律吕】古代校正乐律的器具。用竹管或金属管制成，共十二管，管径相等，以管的长短来确定音的不同高度。从低音管算起，成奇数的六个管叫做"律"；成偶数的六个管叫做"吕"，合称"律吕"。后亦用以指乐律或音律。《国语·周语下》："律吕不易，无奸物也。"汉马融《长笛赋》："律吕既和，哀声五降。"唐翁洮《和方干题李频庄》诗："犹凭律吕传心曲，岂虑星霜到鬓根。"

截镫留鞭

◎ **版本考**

A 姚崇牧荆州，受代日，阖境民泣抚马首，截镫留鞭，以表瞻恋。(《开元天宝遗事》)

B 姚崇牧荆州，受代日，阖境民泣抚马首，截镫留鞭，以表瞻恋。(《开元天宝遗事》)

C 姚崇牧荆州，受代日，阖境民泣抚马首，截镫留鞭，以表瞻恋。(《开元天宝遗事》)①

D 宋本无此条。

E 姚崇牧荆州，受代日，阖境民泣抚马首，截镫留鞭，以表瞻恋。(《开元天宝遗事》)

【张力伟点校】本条见《开元天宝遗事》卷上，又见《类说》卷二十一引《开元天宝遗事》。此与《类说》文同。

◎ **引文考**

【王仁裕《开元天宝遗事》卷上】姚元之牧荆州三年，受代日，阖境民吏泣拥马首，遮道不使去。所乘之马鞭蹬，民皆截留之，以表瞻恋。新牧具其事奏之，褒诏美焉，就赐中金一千两。

【宋朱胜非《绀珠集》卷一·开元天宝遗事(王仁裕)·截镫留鞭】姚元崇牧荆州，受代日，阖境民吏泣拥马首，截镫留鞭，以为遗爱。新牧奏之，朝廷加奖。

【《词林海错》卷十四·截镫】《天宝遗事》：姚元崇牧荆州三年，受代，吏民遮道，不使去，所乘之马鞭镫皆截留之，以表瞻恋。

【清吴襄《子史精华》卷五十六·政术部十二·截镫留鞭】冯贽《云仙杂记》：姚崇荆州受代日，阖境民泣抚马首，～～～～，以表瞻恋。

【《渊鉴类函》卷二百二十九·武功部二十四·着鞭　留鞭】《词林海错》曰：《天宝遗事》：姚元崇牧荆州三年，受代，吏民遮道不使去，所乘之马鞭，皆截留之，以表瞻恋。

【《御定佩文韵府》卷八十四之二·镫·鞭镫】《开宝遗事》：姚元崇牧荆州三年受代，吏民遮道不使去，所乘之马～～皆截留之，以表瞻恋。

◎ **词汇考**

【中国历史大辞典·姚崇】(650—721)，唐陕州硖石(今河南陕县东南)人，本名元崇，字符之。应下笔成章举，授濮州司仓。武则天时，累迁夏官郎中。圣历元年(698)，以夏官侍郎同平章事。因得罪权臣张易之兄弟，充使灵武道大总管。神龙元年(705)，参与杀

---

① 四库本《说郛》在《云仙杂记》卷六。

张易之兄弟之谋，迎中宗复位，出为亳、许等州刺史。睿宗立，再迁兵部尚书、同中书门下三品，寻迁中书令。与宋璟奏请太平公主移居东都，出诸王为刺史，以防干扰国政。公主怒，贬申州刺史，转扬、同等州，为政简肃。开元二年(714)，第三次任宰相，兼兵部尚书。因避开元讳，改名为崇。时玄宗初即位，励精求治，宰相卢怀慎、源干曜等唯诺从事，他独当重任，尽心辅佐，直言敢谏。请抑权幸，任贤才，省刑罚，却贡献，沙汰僧尼等，皆被采纳。山东曾大蝗，坚持捕灭。四年，荐宋璟自代，成开元之治，并称"姚宋"。遗嘱薄葬，不请僧道荐福。有集十卷，已佚。

【汉语大词典·受代】旧时谓官吏任满由新官代替为受代。《北史·侯深传》："而贵平自以斛斯椿党，亦不受代。"宋洪迈《夷坚乙志·毕令女》："县令毕造已受代，舣舟未发。"清钮琇《觚剩·七月天》："(金道洲)未几以受代讹误去。"

【汉语大词典·阃境】边界以内的全部地方。有时指全国。晋刘琨《劝进表》："外以绝敌人之志，内以固阃境之情。"《旧唐书·夏侯孜传》："帑廪空虚，军资窘竭，冤流阃境，寇逼连甍。"宋鲁应龙《闲窗括异志》："卒大恐引去，阃境获免。"

【汉语大词典·马首】马的头。《仪礼·士丧礼》："君至，主人出迎于外，门外见马首，不哭。"唐韩愈《过鸿沟》诗："谁劝君王回马首，真成一掷赌乾坤。"

【汉语大词典·截镫留鞭】唐冯贽《云仙杂记·截镫留鞭》："姚崇牧荆州，受代日，阃境民泣，抚马首截镫留鞭，以表瞻恋。"后用为对离职官吏表示挽留惜别的套语。亦省作"截镫"。宋苏轼《循守临行出小鬟复用前韵》："岭梅不用催归骑，截镫须防旧所临。"

【汉语大词典·瞻恋】仰慕；依恋。唐薛存诚《谒见日将至双阙》诗："雕虫竟何取，瞻恋不知回。"明徐渭《奉督学宗师薛公书》："明年二三月间，纵不为请教计，必为候起居计，以一泄数年以来犬马瞻恋感激之衷。"清蒲松龄《聊斋志异·瞳人语》："目眩神夺，瞻恋弗舍，或先或后，从驰数里。"

蜂 蝶 慕 香

◎ 版本考

　　A 都下名妓楚莲者，国香无及，每出则蜂蝶相随，慕其香。

　　B 都下名妓楚莲者，国香无及，每出则蜂蝶相随，慕其香。

　　C 都下名妓楚莲者，国香无及，每出则蜂蝶相随，慕其香。

　　D 宋本无此条。

　　E 都下名妓楚莲者，国香无及，每出则蜂蝶相随，慕其香。

　　【张力伟点校】本条见《开元天宝遗事》卷上，题为《蜂蝶相随》，又见《类说》卷二十一引《开元天宝遗事》。此与《类说》文近。

◎ 引文考

　　【《开元天宝遗事》卷上】都中名妓楚莲香者，国色无双。时贵门子弟争相诣之。莲香每出卢之，则蜂蝶相随，盖慕其香也。

　　【《类说》卷二十一·蜂蝶慕香】都下名妓楚莲香，国色无双，每出则蜂蝶相随，慕其香也。

【宋无名氏《锦绣万花谷》后集卷十五·蜂蝶慕香】都下名妓楚莲香，国色无双，每出则蜂蝶相随，慕其香也。(《天宝遗事》)

【宋谢维新《事类备要》前集卷五十三·娼优门·莲香国色】都下名妓楚~~，~~无双，每出则蜂蝶相随，慕其香也。(《天宝遗事》)

【《绀珠集》卷一·楚莲香】都下名妓楚莲香者，国色无双，每出蜂蝶相随，闻其香。

【明陈耀文《天中记》卷二十·妓·楚莲香】都下名姬楚莲香，国色无双，时贵门子弟争相诣之。莲香每出处之间，则蜂蝶相随，慕其香也。(《天宝遗事》)

【明彭大翼《山堂肆考》卷一百十一·人品·蜂蝶相随】唐都中名妓楚莲香者，国色无双，贵门子弟多诣之。莲香每出处之间，则蜂蝶相随，盖慕其香也。

【明周嘉胄《香乘》卷十一·蜂蝶慕香】都下名妓楚莲者，国色无及。每出，则蜂蝶相随，慕其香。(《天宝遗事》)

【《奁史》卷三十·肢体门六·肌骨心魂类】都中名姬楚莲香，国色无双，莲香每出处之间，则蜂蝶相随，盖慕其香也。(《开元天宝遗事》)

【清吴士玉《骈字类编》卷一百八十五·草木门十·莲香】又《开元天宝遗事》：都中名姬楚~~，国色无双，每出则蜂蝶相随，盖慕其香也。

【《御定佩文韵府》卷二十二之二·下平声·七阳韵二·香·莲香】又《开元天宝遗事》：都中名姬楚~~，国色无双，每出则蜂蝶相随，盖慕其香也。

◎ 词汇考

【汉语大词典·国色】旧指姿容极美的女子。赞其容貌冠绝一国，故云。《公羊传·僖公十年》："骊姬者，国色也。"何休注："其颜色一国之选。"《三国志·吴书·周瑜传》："时得桥公两女，皆国色也。"宋黄庭坚《书幽芳亭》："士之才德盖一国则曰国士，女之色盖一国则曰国色。"清秋瑾《白莲》诗："国色由来夸素面，佳人原不藉浓妆。"

自 暖 杯

◎ 版本考

A 内库有青酒杯，纹如乱丝，其薄如纸。以酒注之，温温然有气相次，如沸汤，名"自暖杯"。

B 内库有青酒杯，纹如乱丝，其薄如纸。以酒注之，温温然有气相次，如沸汤，名"自暖杯"。

C 内库有青酒杯，纹如乱丝，其薄如纸。以酒注之，温温然有气相次，如沸汤，名"自暖杯"。

D 宋本无此条。

E 内库有青酒杯，纹如乱丝，其薄如纸。以酒注之，温温然有气相次，如沸汤，名"自暖杯"。

【张力伟点校】条见《开元天宝遗事》卷上，又见《类说》卷二十一引《开元天宝遗事》。此与《类说》文同。

◎ 引文考

【《开元天宝遗事》卷上】内库有一酒杯，青色，而有纹如乱丝，其薄如纸，于杯足上有缕金字，名曰"自暖杯"。上令取酒注之，温温然有气相次，如沸汤，遂收于内藏。

【《谈苑》卷四】唐内库有青酒杯，纹如乱丝，其薄如纸。以酒注之，温温然有气相次，如沸汤，名之曰自暖杯。

【宋朱胜非《绀珠集》卷一·自暖杯】内库有酒杯，青玉色，其薄如纸，以酌酒，少顷则沸热，名自暖杯。

【明陈耀文《天中记》卷四十四·自暖杯】内库有一酒杯，青色，而有纹如乱丝，其薄如纸。于杯足上有缕金字，名曰自暖杯。上令取酒注之，温温然有气相次，如沸汤，遂收于内藏。（《天宝遗事》）

【明顾起元《说略》卷二十三】《拾遗记》：内库有一酒杯，青色，而纹如乱丝，其薄如纸。于杯足上有镂金字，名曰自暖杯。

【明顾起元《说略》卷二十五】内库一杯，青色，纹如乱丝，其薄如叶。杯足有镂金字，曰自暖杯。上命以酒置之，温温然有气相（吹）〔次〕，如沸。

【明焦周《焦氏说楛》卷六】内库有清酒杯，纹如乱丝，薄如纸。以酒注之，温温然有气相次，如沸汤，名自暖杯。

【明陆深《俨山外集》卷三十一·古奇器录】内库有一酒杯，青色，而有纹如乱丝，其薄如叶。于杯足上有缕金字，曰自暖杯。上令取酒注之，温温然有气相吹，如沸汤，遂收于内藏。

【明彭大翼《山堂肆考》卷一百八十三·器用·自暖杯】唐开元时内库有一酒杯，青色，而有纹如乱丝，其薄如叶，杯足上有缕金字，曰自暖杯。上令取酒注之，温温然有气相吹，如沸汤。

【明沈沈《酒概》卷一·自暖杯】内库有青酒杯，纹如乱丝，其薄如纸。以酒注之，温温然有气相次，如沸汤，名自暖杯（《开元遗事》）。一曰，唐宁王有暖玉杯，不暖自热。

【明慎懋官《华夷花木鸟兽珍玩考》珍玩考卷八·自暖杯】内库有一酒杯，青色，而有纹如乱丝，其薄如纸。于杯足上有缕金字，名曰自暖杯。上令取酒注之，温温然有气相次，如沸汤，遂收于内藏。

【明郑明选《郑侯升集》卷三十三·暖玉】杜诗："暖老思燕玉，充饥忆楚萍。"注云：礼八十非人不暖。又古诗："燕赵多佳人，美者颜如玉。"谓杜公思得佳人暖老，恐未必然。按《开元遗事》：内库有玉杯，青色，足有缕金字，曰自暖杯。上命取水注之，有温气，取次如沸汤。又宁王有暖玉杯、暖玉鞍，不暖自热。杜公盖思此暖玉耳。寒至于思燕玉，饥至于思楚萍，皆不易至之物，甚言衣食之难也。

【清陈元龙《格致镜原》卷五十一·日用器物类三·杯·异杯】《开元遗事》：唐内库有酒杯，青玉色，纹如乱丝，其薄如纸。杯足上镂金字，曰自暖杯。上令取酒注之，温温然有气，少顷如沸汤。

【清吴士玉《骈字类编》卷一百五十九·器物门十二·杯·杯足】《觥记注》：内库一杯，青色，纹如乱丝，其薄如叶，～～有镂金字曰自暖杯。上命以酒置之，温温然有气相吹，如沸。

【清吴襄《子史精华》卷一百五十九·器物部五·杂器·自暖杯】王仁裕《开天遗事》：

内库有一酒杯，青色，而有纹如乱丝，其薄如纸。于杯足上有镂金字，名曰～～～。上令取酒注之，温温然有气相次，如沸汤，遂收于内藏。

【《渊鉴类函》卷三百八十四·器物部三·杯三·原常满 增自暖】《十洲记》云：周穆王时，西域献夜光常满杯，杯容三升，是白玉之精光，明照彻夜，以杯于庭中以向天，比旦而水升满，中汁甘而香美，斯实灵器。《开元遗事》云：唐内库有一酒杯，青色，而有纹如乱丝，其薄如叶，杯足上有镂金字，曰自暖杯。上令取酒注之，温温然有气相吹，如沸汤。

【《御定佩文韵府》卷十之二·杯·自暖杯】《天宝遗事》：内库有一酒杯，青色，有纹如乱丝，足有镂金字，名～～～。上取酒注之，温温然有气相次，如沸汤。

【《御定佩文韵府》卷十三之三·温·温温】又内库有一酒杯，于杯足上有缕金字，名曰自暖杯。上令取酒注之，～～然有气相吹，如沸汤。

【清蓝浦《景德镇陶录》卷九·陶说杂编下】天宝内库有青瓷酒杯，纹如乱丝，其薄如纸，以酒注之，温温然有气相次，如沸汤，乃名自暖杯。（《云仙杂记》）

【清樊增祥《樊山续集》卷一·《丙申腊日雪中叠韵四首》之三】锦褥铺成称意苔，佳眠无奈晓钟催。软帘密似同功茧，香炕温于自暖杯。朝食数匙红豆粥，夜谈一寸白檀灰。频年居近云台寺，要与麛皮赌睡来。

◎ 词汇考

【汉语大词典·沸汤】滚开的水。《汉书·五行志中之下》："故沸汤之在闭器，而湛于寒泉，则为冰。"《后汉书·张宗传》："以张将军之众，当百万之师，犹以小雪投沸汤，虽欲戮力，其埶不全也。"

游 仙 枕

◎ 版本考

A 龟兹国进一枕，色如玛瑙，枕之则十洲三岛四海五湖尽入梦中，帝名为"游仙枕"。
B 龟兹国进一枕，色如玛瑙，枕之则十洲三岛四海五湖尽入梦中，帝名"游仙枕"。
C 龟兹国进一枕，色如玛瑙，枕之则十洲三岛四海五湖尽入梦中，帝名"游仙枕"。
D 宋本无此条。
E 龟兹国进一枕，色如玛瑙，枕之则十洲三岛四海五湖尽入梦中，帝名为"游仙枕"。
【张力伟点校】本条见《开元天宝遗事》卷上，又见《类说》卷二十一引《开元天宝遗事》。此与《类说》文近。

◎ 引文考

【《开元天宝遗事》卷上】龟兹国进奉一枕，其色如玛瑙，温温如玉，其制作甚朴素。若枕之，则十洲三岛四海五湖尽在梦中所见。帝因立名为"游仙枕"。后赐与杨国忠。

【宋孔平仲《谈苑》卷四】龟兹国进一枕，色如马脑。枕之，则十洲三岛四海五湖尽在梦中。明皇因名为游仙枕。

【宋邵雍《梦林玄解》卷二十九·梦原·龟兹枕说】《天宝遗事》曰：龟兹国贡一枕，色如玛瑙，温润如玉。枕之，则梦游十洲三岛。名为游仙枕。后以赐杨国忠云。

【宋萧立之《萧冰崖诗集拾遗》卷中·游仙枕】兹国进枕一枚，若枕之，则十洲三岛四海五湖皆在梦中。帝名为游仙枕。一枕仙游足自娱，萧然清思离尘区。十洲三岛经行处，知有岷峨剑阁无。

【宋谢维新《事类备要》外集卷六十三·财用门·码磁·龟兹进】唐开元~~国~一枕，其色如码磁。枕之，则十洲三岛尽在梦中。帝号游仙枕。（《遗事》）

【宋曾慥《类说》卷二十一·游仙枕】龟兹国进一枕，色如马脑。枕之，则十洲三岛四海五湖尽在梦中。帝名为游仙枕。

【宋朱胜非《绀珠集》卷一·游仙枕】龟兹国进枕，温润如玉，制作甚质。若枕之而寐，则十洲三岛尽见于睡中。名游仙枕。

【宋祝穆《事文类聚》续集卷二十一·衣衾部·布衾·游仙枕】开元间龟兹进一枕色如玛瑙，枕之则十洲三岛四海五湖尽在梦中，帝名为游仙枕。

【元佚名《群书通要》丁集卷五·枕席门·枕簟类·游仙枕】开元间龟兹进一枕色如码磁，枕之则十洲三岛四海五湖尽在梦中，帝名为游仙枕。

【元阴时夫《韵府群玉》卷十一·上声·瑙·码瑙】《拾遗记》：~~枕号游仙枕。

【元阴时夫《韵府群玉》卷十二·上声·二十六寝·游仙枕】龟兹国进码磁枕，枕之而寐，则十洲三岛尽在梦中，因号~~~。（《开元遗事》）

【明顾起元《说略》卷二十三】龟兹国进枕一，色若玛瑙，温润如玉。枕而寐，则十洲三岛尽在梦中，帝因号游仙枕。见《开元天宝遗事》。

【明焦周《焦氏说楛》卷六】龟兹国进一枕，色如玛瑙。枕之，则十洲三岛四海五湖尽入梦中。号游仙枕。

【明陆深《俨山外集》卷三十一·古奇器录】龟兹国进奉一枕，其色如玛瑙，温温如玉，其制作甚朴素。若枕之，则十洲三岛四海五湖尽在梦中所见，玄宗帝因名为游仙枕，后赐与杨国忠。

【明罗日褧《咸宾录》西夷志卷三】开元中王孝节遣弟孝义来朝献游仙枕。枕之而寐，则九州岛三岛皆在其中，盖奇物也。

【明彭大翼《山堂肆考》卷一百八十二·器用·枕·色若玛瑙】唐《开元遗事》：龟兹国进一枕，其色若玛瑙，温润如玉，其制作甚朴素。若枕之而寐，则十洲三岛尽在梦中，帝因号游仙枕。后赐杨国忠。

【明慎懋官《华夷花木鸟兽珍玩考》珍玩考卷八·游仙枕】龟兹国进枕一枚，其色若马磁，温润如玉，其制作甚工。枕之而寐，则十洲三岛尽在梦中。帝因号游仙（桃）〔枕〕。复赐杨国忠。

【明王骥德《古本西厢记》卷二·小桃红】怨天宫纵有裴航亦不能作游仙之梦。《开元遗事》：龟兹国进玛瑙枕，寐则十洲三岛尽在梦中，因号游仙枕。龟兹音丘慈。

【明张懋修《墨卿谈乘》卷十·器物·异宝物】天宝时龟兹有进一枕，色如玛瑙。枕之，则十洲三岛四海五湖尽入梦中。帝名为游仙枕。唐诗有"且留琥珀枕，时有梦来时"，当是此事，而误用虎珀。

【明郑若庸《类隽》卷二十·器用类·枕·游仙】《开元遗事》云：龟兹国进枕，色若码磁，温润如玉，制作甚工。枕之而寐，则十洲三岛尽在梦中。帝因号游仙枕。

【明卓明卿《卓氏藻林》卷七·仙类·游仙枕】龟兹国进玛瑙枕，枕之梦十洲三岛。

【清陈元龙《格致镜原》卷五十四·居处器物类二·枕·异枕】《开元遗事》：龟兹国进枕一，其色若玛瑙，温润如玉，制作甚朴素。枕之而寐，则十洲三岛尽在梦中。帝因号游仙枕。后赐杨国忠。

【《渊鉴类函》卷三百七十八·服饰部九·枕三·破醒　游仙】……《开元遗事》云：龟兹国进一枕，色如玛瑙，温润如玉。枕之，则十洲三岛四海五湖尽在梦中。帝名为游仙枕。

【《御定佩文韵府》卷五十六·上声·二十六寝韵·枕·游仙枕】《开元天宝遗事》：龟兹国进奉枕一枚，其色如玛瑙，温温如玉，其制作甚朴素。若枕之，则十洲三岛四海五湖尽在梦中所见，帝因立名为～～～。

◎ 词汇考

【汉语大词典·龟兹】古国名。汉西域诸国之一。位于天山南麓。又作鸠兹、屈茨、归兹、屈支、丘兹等。古龟兹国王治延城。居民主要务农，兼营畜牧、冶铸、酿酒等也较发达。有文字，擅长音乐。《汉书·西域传下·龟兹国》："龟兹国，王治延城。"《隋书·音乐志下》："《龟兹》者，起自吕光灭龟兹，因得其声。吕氏亡，其乐分散，后魏平中原，复获之。其声后多变易。至隋有《西国龟兹》《齐朝龟兹》《土龟兹》等，凡三部。"

【汉语大词典·游仙枕】传说中的枕头名。五代王仁裕《开元天宝遗事·游仙枕》："龟兹国进奉枕一枚，其色如玛瑙，温温如玉，制作甚朴素。枕之寝，则十洲、三岛、四海、五湖尽在梦中所见，帝因立名为游仙枕。"宋刘克庄《和季弟韵》："俗中安得游仙枕，世上原须使鬼钱。"元张可久《阅金经·访道士》曲："寻洞天深又深，游仙枕，顿消名利心。"

【汉语大词典·十洲】道教称大海中神仙居住的十处名山胜境。亦泛指仙境。《海内十洲记》："汉武帝既闻王母说八方巨海之中有祖洲、瀛洲、玄洲、炎洲、长洲、元洲、流洲、生洲、凤麟洲、聚窟洲。有此十洲，乃人迹所稀绝处。"唐卢照邻《赠李荣道士》诗："风摇十洲影，日乱九江文。"宋晏几道《清平乐》词："正在十洲残梦，水心宫殿斜阳。"林学衡《寓言》诗之一："吟成准拟凌空去，一叶飘然向十洲。"

【汉语大词典·三岛】指传说中的蓬莱、方丈、瀛洲三座海上仙山。亦泛指仙境。唐郑畋《题缑山王子晋庙》："六宫攀不住，三岛互相招。"元耶律楚材《和百拙禅师》诗："眠云卧月辞三岛，鼓腹讴歌预四民。"《西游记》第十七回："十洲三岛还游戏，海角天涯转一遭。"

【五湖四海】古人泛称分布于我国广大地区的几个大湖为"五湖"，又以为我国四面为海环绕。因以"五湖四海"泛指全国各地。唐吕岩《绝句》："斗笠为帆扇作舟，五湖四海任遨游。"《景德传灯录·福州鼓山神晏国师》："鼓山自住三十余年，五湖四海来者向高山顶上看山玩水，未见一人快利通得。"

辟 寒 犀

◎ 版本考

A 交址国进犀一株，以金盘置于殿中，暖气袭人。使者曰："此辟寒犀也。"

B 交址国进犀一株，以金盘置于殿中，暖气袭人。使者曰："此辟寒犀也。"

C 交址国进犀一株，以金盘置于殿中，暖气袭人。使者曰："此辟寒犀也。"

D 宋本无此条。

E 交址国进犀一株，以金盘置于殿中，暖气袭人。使者曰："此辟寒犀也。"

【张力伟点校】本条见《开元天宝遗事》卷上，又见《类说》卷二十一引《开元天宝遗事》。此与《类说》文同。

◎ 引文考

【《开元天宝遗事》卷上】开元二年冬至，交趾国进犀一株，色黄如金。使者请以金盘置于殿中，温温然有暖气袭人。上问其故，使者对曰："此避寒犀也，顷自隋文帝时，本国曾进一株，直至今日。"上甚悦，厚赐之。

【宋陈元靓《岁时广记》卷四·冬·却寒犀】《杜阳杂编》：同昌公主堂中设却寒犀，又缀五色香囊，贮辟寒香。前辈诗云："辟寒犀外冻云平。"○今按：此条附录于此。

【宋陈元靓《岁时广记》卷三十八·冬至·贡暖犀】《开元遗事》：开元二年冬至，交趾国进犀一株，色如黄金。使者请以金盘置殿中，温温有暖气袭人。上问其故，使者对曰："此辟寒犀也。顷自隋文帝时曾进一株，直至今日。"上甚悦。前辈诗曰："辟寒犀外冻云平。"

【宋高似孙《纬略》卷十·辟寒香】唐交趾国进犀一株，以金盘置于殿中，暖气袭人。使者曰：此辟寒犀也。（王仁裕《开元天宝遗事》）

【宋谢维新《事类备要》前集卷十一·气候门·寒·交株进犀】~~~~角一株，色如金，置于殿中，暖气袭人。上问其故，使者对曰："此辟寒犀也。"（《开元遗事》）

【宋谢维新《事类备要》别集卷七十六·走兽门·犀·暖气袭人】开元元年冬至，交趾国进犀角一枚，色如金，使者请以金盘置于殿中，温然~~~~。上问其故，使者对曰："此辟寒犀也。"（开元遗事）

【宋谢维新《事文类聚》后集卷三十六·毛虫部·犀·辟寒犀】开元中冬至，交趾国进犀角，使者请以金盘置于殿中，温然暖气袭人。曰："此辟寒犀也。"（《六帖》）

【元黎崱《安南志略》卷十五·物产·辟寒犀】唐开元二年冬至，交址进犀角一株，色黄如金。使者请以金盘置殿中，暖气袭人。上问其故，使者对曰："此辟寒犀也。隋文帝时尝进一株，至今日。"上悦，厚赠之。

【明陈耀文《天中记》卷六·辟寒犀】开元二年冬至，交趾国进犀一株，色黄如金，使者请以金盘置于殿中，温温然有暖气袭人。上问其故，使者对曰："此辟寒犀也。顷自隋文帝时，本国曾进一株。"

【明彭大翼《山堂肆考》卷十三·时令·九月·犀角辟寒】《开元遗事》：交趾进犀角一株，色如金，置于殿中，暖气袭人。上问其故，使者对曰：此辟寒犀也。

【明慎懋官《华夷花木鸟兽珍玩考》珍玩考卷八·辟寒犀】开元二年冬至，交趾国进犀一株，色黄如金，使者请以金盘置于殿中，温温然有暖气袭人。（卜）［上］问其故，使者对曰：此辟寒犀也。顷自隋文帝时，本国曾进一株直至今日。上甚悦，厚赐之。

【明张岱《夜航船》卷十七·四灵部·辟暑犀】《开元遗事》：交趾进犀角如金，冬月置殿中，暖气如熏。上问，使者曰：此辟寒犀也。

【清陈元龙《格致镜原》卷三十三·珍宝类二·犀角】《开元遗事》：开元元年冬至，交趾国进犀角一株，色如金。使者请以金盘置于殿中，温然暖气袭人。上问其故，使者对曰：此辟寒犀也。

【清秦嘉谟《月令粹编》卷十五·九月·冬至·辟寒犀】《开天遗事》开元二年冬至，交趾国进犀一株，色黄如金。使者请以金盘置于殿中，温温然有暖气袭人。上问其故，使者对曰：此辟寒犀也。

【清萧智汉《月日纪古》卷十一·九月·冬至】《天宝遗事》：开元二年冬至，交趾国进犀一株，色黄如金，使者请以金盘置于殿中，温然有暖气。问其故，使者对曰："此辟寒犀也。"

【《渊鉴类函》卷十六·岁时部五·冬三·犀角辟寒　鹅毛御腊】《开元遗事》：交趾进犀角一株，色如金。置于殿中，暖气袭人。上问其故，使者对曰：此辟寒犀也。

【《渊鉴类函》卷二十一·岁时部十·寒二】《天宝遗事》曰：开元二年冬至，交趾国进犀一株，色黄如金，使者请以金盘置于殿中，温温然有暖气袭人。上问其故，使者对曰："此辟寒犀也。"

【《渊鉴类函》卷四百三十·兽部二·犀二】《开元遗事》：开元元年冬至，交址国进犀角一株，色如金。使者请以金盘置放殿中，温然暖气袭人。上问其故，使者曰：此辟寒犀也。

◎ 词汇考

【汉语大词典·交址】即"交趾"。原为古地区名，泛指五岭以南。汉武帝时为所置十三刺史部之一，辖境相当今广东、广西大部和越南的北部、中部。东汉末改为交州。越南于 10 世纪 30 年代独立建国后，宋亦称其国为交趾。《礼记·王制》："南方曰蛮，雕题、交趾。"《汉书·武帝纪》："遂定越地，以为南海、苍梧、郁林、合浦、交址、九真、日南、珠厓、儋耳郡。"宋赵汝适《诸蕃志·交趾国》："交趾，古交州，东南薄海，接占城，西通白衣蛮，北抵钦州，历代置守不绝。"

【汉语大词典·辟寒犀】犀角名。据说可驱除寒气。五代王仁裕《开元天宝遗事·辟寒犀》："开元二年冬至，交趾国进犀一株，色黄如金；使者请以金盘置于殿中，温温然有暖气袭人。上问其故，使者对曰：'此辟寒犀也。顷自隋文帝时，本国曾进一株，直至今日。'上甚悦，厚赐之。"

唤　铁

◎ 版本考

A 太白山居士郭休有运气绝粒之术，以绳系一铁片子，鸟兽闻之，即集庭下，名曰"唤铁"。

B 太白山居士郭休有运气绝粒之术，以绳系一铁片子，鸟兽闻之，即集庭下，名曰"唤铁"。（《开元天宝遗事》）

C 太白山居士郭休有运气绝粒之术，以绳系一铁片子，鸟兽闻之，即集庭下，名曰"唤铁"。（《开元天宝遗事》）

D　宋本无此条。

E　太白山居士郭休有运气绝粒之术，以绳系一铁片子，鸟兽闻之，即集庭下，名曰"唤铁"。

【张力伟点校】本条见《开元天宝遗事》卷上，又见《类说》卷二十一引《开元天宝遗事》。此与《类说》文近。

◎ 引文考

【《开元天宝遗事》卷上】太白山有隐士郭休，字退夫，有运气绝粒之术。于山中建茅屋百余间，有白云亭、炼丹洞、注《易》亭、修真亭、朝玄坛、集神阁，每于白云亭与宾客看山禽野兽，即以槌击一铁片子，其声清响，山中鸟兽之集于亭下，呼为"唤铁"。

【宋陆佃《增修埤雅广要》卷三十三·什物门·异音类·唤铁】太白山隐仙以锤击一片铁，鸟兽闻之则集，名曰唤铁。（《天宝遗事》）

【宋谢维新《事类备要》外集卷六十一·财货门·铁·击一片铁】太白山隐士郭休有运气绝粒之术，以锤~~~~子，鸟兽闻之，即集庭下，名曰唤铁。（《天宝遗事》）

【宋祝穆《事文类聚》续集卷二十八·器用部·唤铁】太白山隐士郭休所居有白云亭。客至，则击一石，其声清远。山中鸟兽闻之，群集亭下，以为玩，号唤铁。

【宋曾慥《类说》卷二十一·唤铁】太白山隐士郭休有运气绝粒之术，以搥击一铁片子，鸟兽闻之，即集庭下，名曰唤铁。

【宋朱胜非《绀珠集》卷一·唤铁】太白山隐士郭休字退夫，所居有白云亭，客至，有铁一片，则击之，其声清远，山中鸟兽闻之群集亭下，以为玩，谓之唤铁。

【元阴时夫《韵府群玉》卷十八·入声·九屑·唤铁】太白山隐仙以锤击一片铁，鸟兽闻之则集，名曰~~。（《天宝遗事》）

【明陈耀文《天中记》卷十四·亭】太白山有隐士郭休，字退夫，有运气绝粒之术，于山中建茅屋百余间，有白云亭、炼丹洞、注易亭、修真亭、朝玄坛、集神阁。每于白云亭与宾客看山禽野兽，即以槌击一铁片子，其声清响，山中鸟兽闻之，集于亭下，呼为唤铁。（《天宝遗事》）

【明彭大翼《山堂肆考》卷一百八十五·珍宝·铁·郭休击铁】《天宝遗事》：太白山隐士郭休有运气绝粒之术，以锤击一片铁子，鸟兽闻之，即集庭下，名曰唤铁。

【明夏树芳《词林海错》卷九·唤铁】《开元天宝遗事》：太白山居士郭休有运气绝粒之术，以绳系一铁片子，鸟兽闻之，即集庭下，名曰唤铁。

【明陆深《俨山外集》卷三十一·古奇器录】太白山有隐士郭休字退夫，有运气绝粒之术。于山中建茅屋百余间，有白云亭、炼丹洞、注易亭、修真亭、朝玄坛、集神阁。每于白云亭与宾客看山禽野兽，即以槌击一铁片子，其声清响，山中鸟兽闻之，集于亭下，呼为唤铁。

【明慎懋官《华夷花木鸟兽珍玩考》珍玩考卷八·唤铁】太白山有隐士郭休，字退夫，有运气绝粒之术，于山中建茅屋百余间，有白云亭、炼丹洞、注易亭、修真亭、朝玄坛、集神阁。每于白云亭与宾客看山禽野兽，即以搥击一铁片子，其声清响，山中鸟兽闻之，集于亭下，呼为唤铁。

【明文德翼《求是堂文集》卷十二·唤铁道人传】东林禅师寂融自真号唤铁道人。唤铁者，太白山隐士郭退夫名休者号也。

【清陈元龙《格致镜原》卷三十四·珍宝类三·铁】《天宝遗事》：太白山隐士郭休有运气绝粒之术，以锤击一片铁子，鸟兽闻之即集庭下，名曰唤铁。

【清沈青峰《（雍正）陕西通志》卷九十九·拾遗第二·琐碎】太白山居士郭休以绳系一铁片子，鸟兽闻之，即集庭下，名曰唤铁。（《开元遗事》）

【《御定佩文韵府》卷二十六之五·下平声·十一尤韵五·休·郭休】《天宝遗事》：太白山隐士～～，字退夫，有运气绝粒之术，于山中建白云亭，每与宾客看山禽野兽，以搥击铁片子，禽兽闻之，集于亭下，呼为唤铁。

【《御定佩文韵府》卷九十八之四·入声·九屑韵四·铁·唤铁】《开天遗事》：隐士郭休有运气绝粒之术，山中建白云亭。每会客以搥击一铁片，声清越。山中鸟兽闻之，集于亭下，呼为～～。

◎ 词汇考

【太白山居士郭休】待考。

【汉语大词典·绝粒】犹辟谷。道家以摒除火食、不进五谷求得延年益寿的修养术。晋孙绰《游天台山赋》序："非夫遗世玩道，绝粒茹芝者，乌能轻举而宅之。"唐韩偓《赠湖南李思齐处士》诗："知余绝粒窥仙事，许到名山看药炉。"《云笈七签》卷二三："服吸朝液，悬粮绝粒。"明高启《煮石山房记》："后世神仙之说兴，方士始导人以绝粒之术。"

冰　山

◎ 版本考

A 进士张象力学有大名。杨国忠用事，争诣门。象独不往，曰："尔辈谓杨公之势可倚如太山耶？以吾所见，乃冰山也。皎日一照，则当误人。"后登第为华阴尉，叹曰："丈夫有凌云盖世之志，拘于下位，若立身于矮屋中，使人抬头不得。"遂拂衣长往。

B 进士张象力学有大名。杨国忠用事，争诣门。象独不往，曰："尔辈谓杨公之势可倚如太山耶？以吾所见，乃冰山也。皎日一照，则当误人。"后登第为华阴尉，叹曰："丈夫有凌云盖世之志，拘于下位，若立身于矮屋中，使人抬头不得。"遂拂衣长往。

C 进士张象力学有大名。杨国忠用事，争诣门。象独不往，曰："尔辈谓杨公之势可倚如太山耶？以吾所见，乃冰山也。皎日一照，则当误人。"后登第为华阴尉，叹曰："丈夫有凌云盖世之志，拘于下位，若立身于矮屋中，使人抬头不得。"遂拂衣长往。

D 宋本无此条。

E 进士张象力学有大名。杨国忠用事，争诣门。象独不往，曰："尔辈谓杨公之势可倚如太山耶？以吾所见，乃冰山也。皎日一照，则当误人。"后登第为华阴尉，叹曰："丈夫有凌云盖世之志，拘于下位，若立身于矮屋中，使人抬头不得。"遂拂衣长往。

【张力伟点校】本条见《开元天宝遗事》卷上，题为《倚冰山》。又见于《类说》卷二十一引《开元天宝遗事》。此与《类说》文近。

◎ 引文考

【《开元天宝遗事》卷上】杨国忠权倾天下，四方之士争诣其门。进士张彖者，陕州人也。力学有大名，志气高大，未尝低折于人。人有劝彖令修谒国忠，可图显荣。彖曰："尔辈以谓杨公之势，倚靠如太山，以吾所见，乃冰山也。或皎日大明之际，则此山当误人尔。"后果如其言。时人美张生见几。后年，张生及第，释褐授华阴尉。时县令太守，俱非其人，多行不法，张生有吏道，勤于政事，每申举一事，则太守、令尹抑而不从。张生曰："大丈夫有凌霄盖世之志而拘于下位，若立身于矮屋中，使人抬头不得。"遂拂衣长往，归还于嵩山。

【宋朱胜非《绀珠集》卷一·冰山之喻】进士张彖力学能文，有逸才。方杨国忠用事，士争诣门，独彖不往。或问之，彖曰："尔辈以杨公之势可倚如太山耶？以予观之，乃冰山耳。皎日一照，须臾即灭。"彖后登科，为华阴簿，喜论事，而为守令所抑，叹曰："大丈夫有凌云盖世之志，而拘于下位，立身矮屋下，使人抬头不得。"乃弃官而去。

【宋祝穆《古今事文类聚》前集卷五·天道部·冰·冰山】或劝进士张彖谒杨国忠，曰："见之富贵可立图。"彖曰："君辈倚杨右相如泰山，吾以为冰山耳，若皎日既出，君辈得无失所恃乎？"遂隐居嵩山。（本传）

【明傅梅《嵩书》卷七·岩栖篇·张彖】张彖，陕州人，力学有名，志气高大，未尝低折于人。时杨国忠权倾天下，四方之士争诣其门。人有劝彖令修谒国忠，可图显荣，彖曰："尔辈谓杨公之势倚靠如太山，以吾所见，乃冰山也。或皎日大明之际，则此山当误人尔。"后果如其言，时人美其见几。后年及第，释褐，授华阴尉。时县令太守俱非其人，多行不法，彖有吏道，勤于政事，每申举一事，则太守令尹抑而不从。彖曰："大丈夫有凌霄盖世之志，而拘于下位，若立身于矮屋中，使人抬头不得。"遂拂衣，长往归遁于嵩山。

【《御定佩文韵府》卷七十四之六·彖·张彖】《开天遗事》：~~为华阴簿，为守令所抑。叹曰："若立身矮屋之下，使人抬头不得。"弃官而去。

【《御定佩文韵府》卷九十之一·入声·一屋韵一·屋·矮屋】《天宝遗事》：张彖为华阴簿，为守令所抑，叹曰："若立身~~之下，使人抬头不得。"弃官而去。

【《渊鉴类函》卷一百一十七·设官部五十七·主簿二·增矮屋下　高士轩】《山堂肆考》云：唐张彖登科为华阴簿，为守令所抑。叹曰："大丈夫有凌云盖世之志而拘于下位，若立身矮屋之下，使人抬头不得。"遂弃官去。

【《渊鉴类函》卷一百二十九·政术部八·拘下位处贱官】《开元天宝遗事》曰：张彖为华阴簿，为守令所抑，叹曰："丈夫有凌云盖世之志，而拘于下位，若立身矮屋之下，使人抬头不得。"乃弃官而归。

【清朱翌清《埋忧集》续集卷一·冰山录】王仁裕《开元天宝遗事》：杨国忠权倾天下，进取之士争诣其门。进士张彖者，有大名，有劝彖修谒国忠可图荣显，彖笑曰："汝辈以为杨公之势倚靠如泰山，以吾所见，乃冰山也。或皎日大明之际，则此山当误人尔。"后果如其言，人以张生见几。后年生及第，释褐华阴县尉，时令守皆非其人。张生有吏道，每有申举，守令辄抑而不从，生慨然曰："大丈夫有凌霄盖世之志，而拘于下位，若立身矮屋中，使人抬头不得。"遂拂衣归遁于嵩山。《录》盖本此义。

◎ 词汇考

【张象】待考。

【汉语大词典·盖世】谓才能、功绩等高出当代之上。《韩非子·解老》："战易胜敌则兼有天下，论必盖世则民人从。"《史记·项羽本纪》："项王乃悲歌忼慨，自为诗曰：'力拔山兮气盖世，时不利兮骓不逝。'"宋苏轼《留侯论》："子房以盖世之才，不为伊尹、太公之谋，而特出于荆轲、聂政之计，以侥幸于不死，此圯上老人之所为深惜者也。"

【汉语大词典·拂衣】振衣而去。谓归隐。晋殷仲文《解尚书表》："进不能见危授命，忘身殉国；退不能辞粟首阳，拂衣高谢。"南朝宋谢灵运《述祖德》诗："高揖七州外，拂衣五湖里。"唐王维《送张五归山》诗："几日同携手，一朝先拂衣。"清孔尚任《桃花扇·入道》："世态纷纭，半生尘里朱颜老；拂衣不早，看罢傀儡闹。"

花　　裀

◎ 版本考

A 学士许慎与亲友宴花圃中，聚花铺座，曰："吾自有花裀，何消坐具？"

B 学士许慎与亲友宴花圃中，聚花铺座，曰："吾自有花裀，何消坐具？"

C 学士许慎与亲友宴花圃中，聚花铺座，曰："吾自有花裀，何消坐具？"

D 宋本无此条。

E 学士许慎与亲友宴花圃中，聚花铺座，曰："吾自有花裀，何消坐具？"

【张力伟点校】本条见《开元天宝遗事》卷上，又见于《类说》卷二十一引《开元天宝遗事》。此与《类说》文近。今本《开元天宝遗事》文作："学士许慎选放旷不拘小节，多与亲友结宴于花圃中，未尝具帷幄，设坐具，使童仆辈聚落花，铺于坐下。慎选曰："吾自有花裀，何销坐具？"

◎ 引文考

【五代蜀王仁裕《开元天宝遗事》卷二·花裀】学士许慎选放旷，不拘小节，多与亲友结宴于花圃中，未尝具帷幄，设坐具，使童仆辈聚落花，铺于坐下。慎选曰："吾自有花裀，何消坐具？"

【宋祝穆《古今事文类聚》后集卷十四·花卉部·铺花为裀】学士许慎与亲友宴花圃中，聚花铺坐，曰："吾自有花裀，何须坐具？"（《天宝遗事》）

【宋祝穆《古今事文类聚》续集卷十四·燕饮部·铺花为裀】学士许慎与亲友宴花圃中，聚落花铺坐，曰："吾自有花裀，何消坐具？"（《天宝遗事》）

【宋潘自牧《记纂渊海》卷九十三·花卉部·花】学士许慎与亲友宴花圃中，聚花铺坐，曰："吾自有花裀，何须坐具？"

【明余寅《同姓名录》卷七·许慎二】汉太尉南阁祭酒许慎，作《说文解字》，六艺群书皆训其意，天地鬼神山川草木鸟兽虫鱼杂物奇怪莫不毕载。唐学士许慎，与亲友宴花圃中，聚花铺座，曰："吾自有花裀，何消坐具？"见《开元天宝遗事》。〇今按：唐许慎选与汉许慎姓名不同，而余寅误以为同姓名。

【明陈耀文《天中记》卷四·四时·春·花裀】许慎选与亲友结宴于花圃中，未尝具帷幄，设坐具，使僮仆聚落花铺于坐下，曰："吾自有花裀。"

【明陈耀文《天中记》卷五十三·总花·花裀】学士许慎选放旷，不拘小节，多与亲友结宴于花圃中，未尝具帷幄，设坐具，使僮仆辈聚落花铺于座下，慎选曰："吾自有花裀，何销坐具？"（《开元遗事》）

【明彭大翼《山堂肆考》卷一百九·人品·花裀为坐】学士许慎选放旷，不拘小节，与亲友结宴花圃中，未尝张幄设坐，只令僮仆聚落花铺坐下，曰："吾自有花裀。"

【清陈元龙《格致镜原》卷五十四·居处器物类二·褥附裀】《天宝遗事》：许慎选与亲友结宴于花圃中，未尝设坐具，使僮仆聚落花铺于坐下，曰："吾自有花裀，何消坐具？"

【清潘永因《宋稗类钞》卷十五·豪旷第二十五】许慎选学士放旷，不拘小节，多与亲友结宴花圃中，未尝设帷幄坐具，但使仆辈聚落花铺于坐下，曰："吾自有花裀。"

【清高士奇《续编珠》卷一·岁时部·花裀叶幄】《开元遗事》曰：学士许慎春日与亲友宴花圃中，不张幄设坐，但使僮仆聚落花铺坐下，曰："吾自有花裀。"

◎ 词汇考

【许慎选】待考。

【汉语大词典·花裀】谓用落花当坐垫。五代王仁裕《开元天宝遗事·花裀》："学士许慎选……多与亲友结宴于花圃中，未尝具帷幄，设坐具，使仆僮辈聚落花，铺于坐下。慎选曰：'吾自有花裀，何消坐具。'"

风 流 薮 泽

◎ 版本考

A 长安平康坊，妓女所居。新进士以红笺名纸游其中，时谓此坊为"风流薮泽"。
B 长安平康坊，妓女所居。新进士以红笺名纸游其中，时谓此坊为"风流薮泽"。
C 长安平康坊，妓女所居。新进士以红笺名纸游其中，时谓此坊为"风流薮泽"。
D 宋本无此条。
E 长安平康坊，妓女所居。新进士以红笺名纸游其中，时谓此坊为"风流薮泽"。

【张力伟点校】本条见《开元天宝遗事》卷上，今本文作："长安有平康坊，妓女所居之地。京都侠少，萃集于此，兼每年新进士以红笺名纸，游谒其中。时人谓此坊为'风流薮泽'。"又见于《类说》卷二十一引《开元天宝遗事》，文作："长安平康坊为风流薮泽。"

◎ 引文考

【五代蜀王仁裕《开元天宝遗事》卷上·风流薮泽】长安有平康坊，妓女所居之地。京都侠少，萃集于此，兼每年新进士以红笺名纸，游谒其中。时人谓此坊为"风流薮泽"。

【宋曾慥《类说》卷二十一·风流薮泽】长安平康坊为风流薮泽。

【宋朱胜非《绀珠集》卷一·风流薮泽】长安平康坊，妓女所居之地。侠少萃集，号曰风流薮泽。

【唐白居易原本、宋孔传续撰《白孔六帖》卷二十四·游侠二·风流薮泽】长安平康坊，妓女所居之地。侠少萃，号风流薮泽。（《天宝遗事》）

【明徐应秋《玉芝堂谈荟》卷六·蜂窠巷陌】《云仙杂记》：长安平康坊，妓女所居。新进士以红笺名纸游其中，时谓此坊为风流薮泽。

【清王初桐《奁史》卷二十三·娼妓门三·妓居】平康坊，妓女所居之地。每年新进士以红笺名纸游谒其中，时人谓此坊为风流薮泽。（《开元天宝遗事》）

【清吴士玉《骈字类编》卷一百四十一·采色门八·红笺】《开元天宝遗事》：长安有平康坊，妓女所居之地。每年新进士以～～名纸游谒其中，时人谓此坊为风流薮泽。

【《御定佩文韵府》卷九十五之三·入声·六月韵三·谒·游谒】《开元天宝遗事》：长安有平康坊，妓女所居之地。每年新进士以红笺名纸～～其中，时人谓此坊为风流薮泽。

【《御定佩文韵府》卷一百之三·入声十一·陌韵三·泽·风流薮泽】《开天遗事》：长安平康坊，妓女所居之地。每年新进士以红笺名纸游谒其中，时人呼此坊为～～～～。

【清俞正燮《癸巳剩稿·家妓官妓旧案》】古有家妓官妓。《齐策》云：孟尝君之舍人与夫人相爱。君曰："睹貌而相爱者，人之情也。"此夫人盖家妓美称。《湘山野录》云：南唐韩熙载纵家妓与宾客生旦杂处，则家妓不能检也。古于官妓亦多不检者。《开元天宝遗事》云：长安平康坊，妓女所居之地。京都侠少萃集于此。每年新进士以红笺名纸书谒其中。时人呼此坊为风流薮泽。

◎ 词汇考

【汉语大词典·薮泽】犹渊薮。喻人或物荟聚之处。五代王仁裕《开元天宝遗事·风流薮泽》："长安有平康坊，妓女所居之地……时人谓此坊为风流薮泽。"明袁宏道《郑母节行始末》："巴陵，贾薮泽也。"

【汉语大词典·红笺】红色笺纸。多用以题写诗词或作名片等。唐白居易《江楼夜吟元九律诗成三十韵》："斜行题粉壁，短卷写红笺。"五代王仁裕《开元天宝遗事·风流薮泽》："长安有平康坊，妓女所居之地，京都侠少，萃集于此。兼每年新进士以红笺名纸，游谒其中，时人谓此坊为风流薮泽。"宋晏殊《清平乐》词："红笺小字，说尽平生意。"清黄景仁《感旧杂诗》之四："非关惜别为怜才，几度红笺手自裁。"

【汉语大词典·名纸】犹名片。五代齐己《勉吟僧》诗："忍着袈裟把名纸，学他抵折五侯门。"宋孔平仲《孔氏谈苑·名刺门状》："古者未有纸，削竹以书姓名，故谓之刺；后以纸书，故谓之名纸。"清和邦额《夜谭随录·某太守》："干谒者恒旬月不得一见，名纸堆积。"

笔 头 生 花

◎ 版本考

A 李太白少梦笔头生花，后天才赡逸，名闻天下。

B 李太白少梦笔头生花，后天才赡逸，名闻天下。

C 李太白少梦笔头生花，后天才赡逸，名闻天下。

D 宋本无此条。

E 李太白少梦笔头生花，后天才赡逸，名闻天下。

【张力伟点校】本条见《开元天宝遗事》卷下，题为"梦笔头生花"。又见于《类说》卷二十一引《开元天宝遗事》。此与《类说》文同。

◎ 引文考

【五代王仁裕《开元天宝遗事》卷下·梦笔头生花】李太白少时梦所用之笔头上生花，后天才赡逸，名闻天下。

【宋孔平仲《谈苑》卷四】李太白少时梦笔头生花，后天才赡逸，名闻天下。

【宋佚名《翰苑新书》前集卷六十八·颂德·文章·笔头生花】《天宝遗事》：李白少时梦笔头生花，自是文思赡逸。

【宋无名氏《锦绣万花谷》卷二十文章·笔头生花】李白少时尝梦笔头生花，自是才思赡逸。（《天宝遗事》）

【宋曾慥《类说》卷二十一·笔头生花】李太白少梦笔头生花，后天才赡逸，名闻天下。

【元辛文房《唐才子传》卷二·李白】白字太白，山东人。母梦长庚星而诞，因以命之。十岁通五经。自梦笔头生花，后天才赡逸。

【明陈士元《梦占逸旨》卷五·笔墨篇第九】李白少时梦笔生花而名闻天下。《唐书》曰：李白少时梦笔头生花，自后天才赡逸，名闻天下。

【明彭大翼《山堂肆考》卷一百二十六·文学·梦授青管】《天宝遗事》：李白少时梦笔头生花，自是才思赡逸，名闻天下。

【明张懋修《墨卿谈乘》卷七文诗·梦物文进】李白少梦笔头生花，天才赡逸。

【清吴士玉《骈字类编》卷二·天地门二·天才】《云仙杂记》：李太白少梦笔头生花，后～～赡逸，名闻天下。

【《渊鉴类函》卷二百四·文学部十三·笔二】《天宝遗事》：李白少时梦笔头生花，自是才思赡逸。

◎ 词汇考

【汉语大词典·梦笔生花】五代王仁裕《开元天宝遗事·梦笔头生花》："李太白少时，梦所用之笔，头上生花，后天才赡逸。名闻天下。"后因以"梦笔生花"喻才情横溢，文思丰富。

【汉语大词典·赡逸】形容诗文词采富丽，感情奔放。《宋书·鲍照传》："鲍照字明远，文辞赡逸，尝为古乐府，文甚遒丽。"宋欧阳修《〈释惟俨文集〉序》："若考其笔墨驰骋文章赡逸之能，可以见其志矣。"清褚人获《坚瓠三集·咏美人指甲》："宋刘改之造词赡逸。"

百 宝 栏

◎ 版本考

A 上赐国忠木芍药，国忠以百宝为栏。（《开元遗事》）

B 上赐国忠木芍药，国忠以百宝为栏。（《开元遗事》）

C 上赐国忠木芍药，国忠以百宝为栏。（《开元遗事》）

D 宋本无此条。

E 上赐国忠木芍药，国忠以百宝为栏。（《开元遗事》）

【张力伟点校】本条见《开元天宝遗事》卷下，又见于《类说》卷二十一引《开元天宝遗事》，此与《类说》文同。今本《开元天宝遗事》文作："杨国忠初因贵妃专宠，上赐以木芍药数本植于家，国忠以百宝妆饰栏楯，虽帝宫之内，不可及也。"

◎ 引文考

【宋潘自牧《记纂渊海》卷九十三·花卉部·花·牡丹】上赐杨国忠木芍药，国忠以百宝为栏。沉香亭木芍药，朝红暮黄，午碧夜白。帝曰："此花木之妖也。"（《开元天宝遗事》）

【宋陈景沂《全芳备祖》前集卷二·花部·牡丹】上赐国忠木芍药，国忠以百宝为栏。（《开元遗事》）

【宋曾慥《类说》卷二十一引《开元天宝遗事》百宝栏】上赐国忠木芍药，国忠以百宝为栏。

【宋朱胜非《绀珠集》卷一引《开元天宝遗事》百宝栏】上赐国忠木芍药，国忠以百宝为栏。

【明慎懋官《华夷花木鸟兽珍玩考》花木考卷六·香艳各异】明皇沉香亭前一枝二头，朝深碧，暮深黄，夜粉白，香艳各异。帝曰："此花木之妖。"赐杨国忠，以百宝为栏。

【明卓明卿《卓氏藻林》卷五·器用类·百宝栏】杨国忠牡丹以百宝为栏。

【明郑若庸《类隽》卷二十六·花木类·牡丹·百宝】《开元遗事》云：明皇时沉香亭前木芍药，一枝二头，朝则深碧，暮则深黄，夜则粉白，昼夜之内香艳各异。帝曰："此花木之妖。"赐杨国忠，国忠以百宝为栏。

【明王路《花史左编》卷七·花之妖·芍药】明皇时沉香亭前木芍药盛开，一枝两头，朝则深碧，暮则深黄，夜则粉白，昼夜之间，香艳各异。帝曰："此花木之妖也。"赐杨国忠，国忠以百宝为栏。

【清钱廉《东庐遗稿·看柴氏牡丹》】牡丹自昔号花王，百宝为栏锦绣妆。国色天香原最好，莫教野鹿过东墙。

【《渊鉴类函》卷三百十三·人部七十二·奢三·百宝栏 七宝帐】《天宝遗事》：杨国忠专宠，上赐以木芍药数本，植于家，以百宝装饰栏楯，又用沉香为阁，每春时集宾友赏花阁上。

◎ 词汇考

【汉语大词典·木芍药】唐人称牡丹为木芍药。旧题唐李浚《松窗杂录》："开元中，禁中初重木芍药，即今牡丹也。"自注："《开元天宝花木记》云：禁中呼木芍药为牡丹。"

【汉语大词典·百宝】各种珍宝。唐杜甫《即事》诗："百宝装腰带，真珠络臂韝。"宋苏轼《和子由苦寒见寄》："千金买战马，百宝妆刀镮。"

吸 花 露

◎ 版本考

A 贵妃每宿酒初消，多苦肺热，凌晨傍花枝，口吸花露润肺。

B 贵妃每宿酒初消，多苦肺热，凌晨傍花枝，口吸花露润肺。

C 贵妃每宿酒初消，多苦肺热，凌晨傍花枝，口吸花露润肺。

D 宋本无此条。

E 贵妃每宿酒初消，多苦肺热，凌晨傍花枝，口吸花露润肺。

【张力伟点校】本条见《开元天宝遗事》卷下，又见于《类说》卷二十一引《开元天宝遗事》，此与《类说》文同。今本《开元天宝遗事》文作："贵妃每宿酒初消，多苦肺热，尝凌晨独避后苑，傍花树，以手攀枝，口吸花露，藉其露液，润于肺也。"

◎ 引文考

【蜀王仁裕《开元天宝遗事》卷四·吸花露】贵妃每宿酒初消，多苦肺热，尝凌晨独避后苑，傍花树，以手攀枝，口吸花露，藉其露液，润于肺也。

【宋曾慥《类说》卷二十一引《开元天宝遗事·吸花露》】贵妃每宿酒初消，多苦肺热，凌晨傍花枝，口吸花露润肺。

【宋无名氏《锦绣万花谷》后集卷二·露·真妃润肺】太真妃宿酒初消，苦肺热，晨游后苑，口吸花露以润肺。（《开元遗事》）

【宋祝穆《古今事文类聚》前集卷四·天道部·晨吸花露】太真妃宿酒初消，苦肺热，晨游后苑，口吸花露以润肺。（《开元遗事》）

【宋谢维新《事类备要》前集卷四·天文门·露·太真润肺】～～妃宿酒初消，苦肺热，晨游后苑，口吸花露以～～。（《开元遗事》）

【元阴时夫《韵府群玉》卷二十·入声·十四缉·花露吸】贵妃傍花吸露润肺，详肺。

【明陈耀文《天中记》卷三·露·润肺】太真妃宿酒初消，多苦肺热，尝凌晨独游后苑，傍花树，以手攀枝，口吸花露，藉其露液润于肺也。（《开元遗事》）

【明彭大翼《山堂肆考》卷五·天文·露·太真润肺】《开元遗事》：杨太真宿酒初消，苦肺热，晨游后苑，口吸花露以润肺。

【明张岱《夜航船》卷一·天文部·露·花露】杨太真每宿酒初消，多苦肺热，凌晨至后苑，傍花口吸花露以润肺。

【清陈元龙《格致镜原》卷十二·身体类二·肺】《开元遗事》：太真妃宿酒初消，吸花露以润肺。

【清翟灏《通俗编》卷十六·身体·润肺】《开天遗事》：杨贵妃宿酒初消，多苦肺热，晨游后苑，口吸花露以润肺。

【清吴士玉《骈字类编》卷二百二·草木门二十七·花树】《开元天宝遗事》：贵妃每宿酒初醒，多苦肺热。尝凌晨独游后苑，傍～～以手攀枝，口吸花露藉其露液润于肺也。

【《御定佩文韵府》卷七十之四·肺·润肺】《开元天宝遗事》：杨贵妃宿酒初消，多苦肺热，晨游后苑，口吸花露以～～。

【《御定佩文韵府》卷九十八之三·入声·九屑韵三·热·肺热】《开元天宝遗事》：贵妃每宿酒初消，多苦～～，尝凌晨口吸花露，藉其露液润于肺也。

【《御定佩文韵府》卷一百之八·入声·十一陌韵八·液·露液】《开天遗事》：贵妃每宿酒初消，多苦肺热，尝凌晨独游后苑，傍花树以手攀枝，口吸花露藉其～～润于肺也。

◎ 词汇考

【肺热】肺热是肺部脓疡形成的一种病症。临床以发热、咳嗽、胸痛、咯痰量多，气味腥臭，或脓血相兼为主要症状。西医学中的肺脓疡、化脓性肺炎、肺坏疽，及支气管扩张感染化脓等疾病的临床表现与本病极为相似。

【汉语大词典·花露】花上的露水。五代王仁裕《开元天宝遗事·花露》：“贵妃每宿酒初消，多苦肺热，尝凌晨独游后苑，傍花树以手攀枝，口吸花露，藉其露液润于肺也。”前蜀韦庄《酒泉子》词：“柳烟轻，花露重。”宋欧阳修《阮郎归》词：“花露重，草烟低，人家帘幕垂。”

含 玉 咽 津

◎ 版本考

　　A 贵妃素有肉体苦热、肺渴，每日含一玉鱼，藉其凉津沃肺。
　　B 贵妃素有肉体苦热、肺渴，每日含一玉鱼，藉其凉津沃肺。
　　C 贵妃素有肉体苦热、肺渴，每日含一玉鱼，藉其凉津沃肺。
　　D 宋本无此条。
　　E 贵妃素有肉体苦热、肺渴，每日含一玉鱼，藉其凉津沃肺也。

【张力伟点校】本条见《开元天宝遗事》卷下，又见于《类说》卷二十一引《开元天宝遗事》，此与《类说》文同。

◎ 引文考

【《开元天宝遗事》卷下】贵妃素有肉体至夏苦热，常有肺渴，每日含一玉鱼儿于口中，盖藉其凉津沃肺也。

【宋曾慥《类说》卷二十一引《开元天宝遗事》含玉鱼咽津】贵妃素有肉体苦热、肺渴，每日含一玉鱼，藉其凉津沃肺。

【元阴时夫《韵府群玉》卷二·上平声·贵妃玉鱼】贵妃肺热，含一玉鱼，藉其凉津沃肺。（《天宝遗事》）

【元阴时夫《韵府群玉》卷十四·去声·玉鱼润肺】贵妃苦热肺渴，含一玉鱼，藉其凉津沃肺。（《天宝遗事》）

【明张懋修《墨卿谈乘》卷八·杂俎·磁石益眼美玉润肺】《丰宁传》载：益眼者无如磁石，以为盆枕，可老而不昏。宁王宫中多用之。贵妃素有肉体苦肺热，每日含一玉鱼，藉其凉津沃肺。

【明陈耀文《天中记》卷五·夏·含玉嗽津】贵妃素有肉体，至夏苦热，常有肺渴，每日含一玉鱼儿于口中，盖藉其凉津沃肺也。

【清陈元龙《格致镜原》卷三十二·珍宝类一·玉器物】《开元遗事》：贵妃素有肉体，至夏苦热，常有肺渴，每日含一玉鱼于口中，盖藉其凉津沃肺也。

【清王初桐《奁史》卷三十·肢体门六·肌骨心魂类】贵妃素有肉体至夏苦热，常苦肺渴，每日含一玉鱼儿于口中，盖藉其凉津沃肺也。（《开元天宝遗事》）

【清吴士玉《骈字类编》卷六十八·珍宝门三·玉鱼】《云仙杂记》：贵妃素有肉体，苦热，肺渴，每日含一~~，藉其凉津沃肺。

【清陈锡路《黄奶余话》卷二·花露玉鱼】贵妃宿酒初消，苦肺热，晨游后花苑，吸花露以润肺。又素有肉体，至夏苦热，刻一玉鱼儿含之，藉其凉津沃肺。并出《开天遗事》。花露解渴，玉鱼滋津，二方不知太真从何处得来。尝见《谈荟》云："南宋宫人有含光水玉鱼，传是杨太真润肺物。"此恐是好事者为之也。

◎ 词汇考

【汉语大词典·苦热】苦于炎热；酷热。唐杜甫《舟中苦热遣怀》诗："入舟虽苦热，垢腻可溉灌。"宋苏轼《泛舟城南得人皆苦炎字》之二："苦热诚知处处皆，何当危坐学心斋。"

【汉语大词典·肺渴】谓燥热思饮。唐白居易《东院》诗："老去齿衰嫌橘醋，病来肺渴觉茶香。"五代王仁裕《开元天宝遗事·含玉咽津》："贵妃素有肉体，至夏苦热，常有肺渴，每日含一玉鱼儿于口中，盖藉其凉津沃肺也。"宋陆游《初夏》诗："闽川茶笼犹沾及，肺渴朝来顿欲苏。"

【汉语大词典·玉鱼】美玉雕成的鱼形珍玩。五代王仁裕《开元天宝遗事》卷下："贵妃素有肉体，至夏苦热，常有肺渴。每日含一玉鱼儿于口中，盖藉其凉津沃肺也。"

夜　明　枕

◎ 版本考

A 虢国夫人有夜明枕，光照一室，不假灯烛。

B 虢国夫人有夜明枕，光照一室，不假灯烛。

C 虢国夫人有夜明枕，光照一室，不假灯烛。

D 宋本无此条。

E 虢国夫人有夜明枕，光照一室，不假灯烛。

【张力伟点校】本条见《开元天宝遗事》卷下，又见于《类说》卷二十一引《开元天宝遗事》，此与《类说》文同。

◎ 引文考

【五代王仁裕《开元天宝遗事》卷下·夜明枕】虢国夫人有夜明枕，设于堂中，光照一室，不假灯烛。

【唐白居易原本、宋孔传续撰《白孔六帖》卷十四·枕十二·夜明枕】《唐开元遗事》：虢国夫人有夜明枕，置于堂中，红光照室，不假烛灯。

【宋谢维新《事类备要》外集卷五十一·床簟门枕席门·枕·红光照室】虢国夫人有夜明枕，置于堂中，~~~~，不假烛灯。（《遗事》）

【宋曾慥《类说》卷二十一引《开元天宝遗事》夜明枕】虢国夫人有夜明枕，光照一室，不假灯烛。

【明高濂《遵生八笺》卷之十四·《燕闲清赏笺》上卷】虢国夫人有夜明枕，光照一室，无事灯烛。

【明徐应秋《玉芝堂谈荟》卷二十七·龟兹枕】《天宝遗事》：龟兹国进枕，温润如玉，制作甚质，若枕之而寐，则十洲三岛尽见于睡中，名游仙枕。虢国夫人有夜明枕，光照一室，不假灯烛。

【明顾起元《说略》卷二十三·工考下】虢国夫人有夜明枕，置于堂中，不假灯烛，红光照室。龟兹国进枕一，色若玛瑙，温润如玉，枕而寐，则十洲三岛尽在梦中，帝因号游仙枕。(《开元天宝遗事》)

【明陆深《俨山外集》卷三十一·古奇器录】虢国夫人有夜明枕，设于堂中，光照一室，不假灯烛。(《开元天宝遗事》)

【明彭大翼《山堂肆考》卷一百八十二·器用·枕·虢国枕】唐虢国夫人有夜明枕，置于堂中，光照一室，不假灯烛。

【《御定渊鉴类函》卷三百七十八·服饰部九·枕二】《开元遗事》曰：虢国夫人所枕夜明枕，不知其价，夜中照庑，其光如昼。

【清陈元龙《格致镜原》卷五十四·居处器物类二·枕·异枕】《开元遗事》：虢国夫人有夜明枕，置于堂中，红光照室，不假灯烛。

【清袁栋《书隐丛说》卷十七·剑池夜光木】虢国夫人有夜明枕，光照一室。古罽宾国有杯，朗彻可照，谓之照世杯。

【《御定佩文韵府》卷五十六·上声·二十六寝韵·枕·夜明枕】《开元天宝遗事》：虢国夫人有～～～，设于堂中，光照一室，不假灯烛。

【清吴襄《子史精华》卷一百五十八·器物部四·坐卧具·光照一室不假灯烛】王仁裕《开天遗事》：虢国夫人有夜明枕，设于堂中，～～～～，～～～～。

◎ 词汇考

【汉语大词典·夜明枕】夜间发光之枕。五代王仁裕《开元天宝遗事·夜明枕》："虢国夫人有夜明枕，设于堂中，光照一室，不假灯烛。"唐郑嵎《津阳门》诗："堂中特设夜明枕，银烛不张光鉴帷。"

【汉语大词典·灯烛】灯火；灯光。宋周密《武林旧事·元夕》："花边水际，灯烛灿然。"

粲　花

◎ 版本考

A 李白与人谈论，皆成句读，如春葩丽藻，粲于齿牙，时号"李白粲花之论"。
B 李白与人谈论，皆成句读，如春葩丽藻，粲于齿牙，时号"李白粲花之论"。
C 李白与人谈论，皆成句读，如春葩丽藻，粲于齿牙，时号"李白粲花之论"。
D 宋本无此条。
E 李白与人谈论，皆成句读，如春葩丽藻，粲于齿牙，时号"李白粲花之论"。

【张力伟点校】本条见《开元天宝遗事》卷下，又见于《类说》卷二十一引《开元天宝遗事》，此与《类说》文同。今本《开元天宝遗事》文作："李白有天才俊逸之誉，每与人谈论皆成句读，如春葩丽藻，粲于齿牙之下。时人号曰'李白粲花之论'。"

◎ 引文考

【五代王仁裕《开元天宝遗事》卷下·粲花之论】李白有天才俊逸之誉，与人谈论皆成句读，如春葩丽藻，粲于齿牙之下，时人号曰"李白粲花之论"。

【宋曾慥《类说》卷二十一引《开元天宝遗事》粲花之论】李白与人谈论，皆成句读，如春葩丽藻，粲于齿牙，时号"李白粲花之论"。

【元陶宗仪《说郛》卷五十二上引《开元天宝遗事》粲花之论】李白与人谈论，皆成句读，如春葩丽藻，粲于齿牙，时号"李白粲花之论"。

【明张献翼《语言谈》】李白与人谈论，皆成句读，如春葩丽藻，粲于齿牙，时号"李白粲花之论"。（明贺复征《文章辨体汇选》卷七百七十六）

【明陈耀文《天中记》卷二十六·言语·粲花】李白天才俊逸，每与人谈论，皆成句读，如春葩丽藻，粲于齿牙之下，时人号曰"李白粲花之论"。（《天宝遗事》）

【明曹学佺《蜀中广记》卷一百一·诗话记第一】李白与人谈论，皆成句读，如春葩丽藻，粲于齿牙，时号"李白粲花之论"。出《云仙杂记》。

【清王琦注《李太白诗集注》卷三十六·外记一百九十四则】李白有天才俊逸之誉，每与人谈论，皆成句读，如春葩丽藻，粲于齿牙之下，时人号曰"李白粲花之论"。（《天宝遗事》）

【清吴士玉《骈字类编》卷二十三·时令门二·春葩】《开元天宝遗事》：李白有天才俊逸之誉，每与人谈论，皆成句读，如～～丽藻，粲于齿牙之下，时人号曰李白粲花之论"。

◎ 词汇考

【汉语大词典·丽藻】华丽的词藻。亦指华丽的诗文。晋陆机《文赋》："游文章之林府，嘉丽藻之彬彬。"唐王勃《为人与蜀城父老书》："丽藻华文，代有云泉之气。"明唐顺之《杭中丞双溪像赞》："是以海内操觚之士，惟见公逸思丽藻之不可及，而溪叟山孺惟见公恂愉真率之可与狎而同也。"

【汉语大词典·粲花】谓言论典雅隽妙，有如明丽的春花。五代王仁裕《开元天宝遗事·粲花之论》："李白有天才俊逸之誉，每与人谈论，皆成句读，如春葩丽藻，粲于齿牙之下，时人号曰李白粲花之论。"清钮琇《觚剩·自序》："粲花宾至，快雄辩之当筵。"

二 二鹘掷卵

◎ 版本考

A 嘉陵江上见二鹘掷卵，相上下以接之，盖习其飞也。其胎教之意乎？又翅羽未成，跃出巢穴，往往堕崖而死。其天性俊勇，是亦躁进之类。

B 嘉陵江上见二鹘掷卵，相上下以接之，盖习其飞也。其胎教之意乎？又翅羽未成，跃出巢穴，往往堕崖而死。其天性俊勇，是亦躁进之类。

C 嘉陵江上见二鹘掷卵，相上下以接之，盖习其飞也。其胎教之意乎？又翅羽未成，跃出巢穴，往往堕崖而死。其天性俊勇，是亦躁进之类。

D 宋本无此条。

E 嘉陵江上见二鹘掷卵，相上下以接之，盖习其飞也。其胎教之意乎？又翅羽未成，跃出巢穴，往往堕崖而死。其天性俊勇，是亦躁进之类。

【张力伟点校】本条原不注出处。据查，见《东斋记事》（宋范镇撰）卷五，又见于《类说》卷二十二《东斋记事》。此与《类说》文近。今本《记事》文作："宋君垂尝言：嘉陵江上见二鹏，掷卵相上下以接之，盖习其飞也。其胎教之意乎？白手仪言亦然。又言：翅羽未成，则跃出巢穴，往往坠崖下死，盖其天性俊勇。予应之曰：是亦躁进之类也。"

◎ 引文考

【宋应俊辑《琴堂谕俗编》卷上·教子孙】范蜀公《东斋记》：宋君垂言，嘉陵江上见二鹘掷卵，相上下以接之，江上人云教卵习飞也，其胎教之义乎？俊谓鹘禽也，尚知教子，可以人而不如鸟乎？

【宋曾慥《类说》卷二十二引《东斋记事》二鹘掷卵】嘉陵江上见二鹘掷卵，相上下以接之，盖习其飞也，其胎教之意乎？又翅羽未成，跃出巢穴，往往坠崖下死，其天性俊爽，是亦躁进也。

【明曹学佺《蜀中广记》卷五十九】范镇《东斋记事》云：嘉陵江上，见二鹘掷卵，相上下以接之，盖习其飞也，其胎教之意乎？又翅羽未成，跃出穴巢，往往坠崖下死。其天性峻勇，是亦躁进之类也。予今岁在锦城，立秋后一二日，亲见此种物盘空抢地，作得意状，盖非搏击，则不能躁进，势相因矣。

【明彭大翼《山堂肆考》卷二百十二·掷卵】《东斋记事》：范蜀公见二鹘掷卵，相上下接之，盖习飞也，其胎教之意乎？

【明慎懋官《华夷花木鸟兽珍玩考》鸟兽考卷七·鹘掷卵】范蜀公见二鹘掷卵，相上下接之，盖习飞也，其胎教之意乎？（《东齐记事》）

【《御定渊鉴类函》卷四百二十二·鸟部五·鹘一】《东斋记事》曰：范蜀公见二鹘掷卵，相上下接之，盖习飞也，其胎教之意乎？

【清陈元龙《格致镜原》卷七十九·鹘】《东齐记事》：范蜀公见二鹘掷卵，相上下接之，盖习飞也，其胎教之意乎？

◎ 词汇考

【汉语大词典·胎教】孕妇谨言慎行，心情舒畅，给胎儿以良好影响，谓之"胎教"。《大戴礼记·保傅》："胎教之道，书之玉板，藏之金匮，置之宗庙，以为后世戒。"《韩诗外传》卷九："吾怀妊是子，席不正不坐，割不正不食，胎教之也。"汉贾谊《新书·胎教》："周妃后妊成王于身，立而不跛，坐而不差，笑而不喧，独处不倨，虽怒不骂，胎教之谓也。"北齐颜之推《颜氏家训·教子》："古者，圣王有胎教之法：怀子三月，出居别宫，目不邪视，耳不妄听，音声滋味，以礼节之。"

【俊勇】英俊勇敢。

【汉语大词典·躁进】冒进；轻率前进。唐冯贽《云仙杂记·二鹘掷卵》："又翅羽未成，跃出巢穴，往往堕崖而死，其天性俊勇，是亦躁进之类。"宋刘迎《晚到八达岭下》诗："徐趋自循辙，躁进应覆轨。"

山 鸡 自 爱

◎ 版本考

A 山鸡自爱其色，终日映水，目眩则溺死。

B 山鸡自爱其色，终日映水，目眩则溺死。

C 山鸡自爱其色，终日映水，目眩则溺死。

D 宋本无此条。

E 山鸡自爱其色，终日映水，目眩则溺死。

【张力伟点校】本条原不注出处。据查，见《博物志》卷四《物性》，又见于《类说》卷二十三引《博物志》。此与《类说》文同。

◎ 引文考

【宋陆佃《埤雅》卷九·释乌·鷩雉】鷩似山鸡而小冠，背毛黄，项上绿色鲜明，胸腹洞赤。《西山经》所谓赤鷩可以御火者也。赋性悍戾憨害，飞走如风之猋，故潘岳云：山鷩悍害猋迅已甚也。盖其耿介甚于佗雉。故《周官》三公服鷩冕，与王后三翟之服异也。刘熙《释名》云：鷩冕，鷩雉之憨恶者，山鸡也。鷩，憋也，性急憋不可生服，必自杀，故画其形于衣，以象人执耿介之节。《博物志》曰：山鸡有美毛采，自爱其色，终日映水，目眩则溺。翟雉长尾，雨雪降，惜其尾，栖树杪，不敢下食，往往饿死。盖文之溺物也如此。然则士之涉世，不能忘己之美，而至于以文灭质者亦已惑矣。羽物之色，莫美于鷩，以其美毙焉。互物之味，莫美于鳖，以其美毙焉。是以物恶有其美也。《禽经》曰："霜传强枝，鸟以武生者少；雪封枯原，鸟以文死者多。"

【宋罗愿《尔雅翼》卷十三·鷩】《博物志》曰：山鸡有美毛，自爱其色，终日映水，目眩则溺死。翟雉长毛，雨雪惜其尾，栖高木杪不敢下食，往往饿死。盖雉轻死之物，故或眩以死，或饿以死，而其他又斗以死，亦其性然也。番禺诸郡往往取山雉为笔，五色可爱。

【宋无名氏《锦绣万花谷》卷三十七·总禽·山鸡照影】《博物志》：山鸡有美毛，自爱其色，终日映水，（自）［目］眩则溺死。王介甫诗："山鸡照绿水，自爱一何愚。"

【宋曾慥《类说》卷二十三引《博物志》山鸡】自爱其色，终日映水，目眩则溺死。

【明黄学海《筼斋漫录》卷五引《博物志》】山鸡有美毛，自爱其色，终日映水，目眩则溺死。

【明焦竑《焦氏类林》卷七·鸟兽】山鸡自爱其色，终日映水，目眩则溺死。

【明徐元太《喻林》卷九十·文章门·召祸】山鸡有美毛采，自爱其色，终日映水，目眩则溺。

【明郑明选《郑侯升集》卷三十四·雉非山鸡】今人误以山鸡为雉，其失始于《南越志》，云骏鸃即山鸡。骏鸃者，鷩雉也。郭璞云：鷩似山鸡而小冠，背毛黄，腹下赤，项绿色。《博物志》云：山鸡有美毛，自爱其色，终日映水，目眩则溺死。盖与鷩雉美色相似，故郭云似山鸡，实两物也。乐府云：雉雊山鸡鸣。李白诗云：山鸡翟雉来相劝。皆以为两物。《魏志》：刘邵取山鸡毛着器中，使管辂筮，辂筮云：高岳岩岩，有鸟朱首。羽翼赤黄，鸣不失晨。此山鸡之毛。《白孔六帖》引之入鸡部中，不入雉部。

【明郑若庸《类隽》卷二十九·鸟兽类·鹭雉·美毙】《博物志》云：山鸡有美毛采，自爱其色，终日映水，目眩则溺。翟雉长尾，雨雪降，惜其尾，栖树杪，不敢下食，往往饿死。盖文之溺物也如此。然则士之不能忘己之美，而至于以文灭质者亦已惑矣。故曰羽物之色莫美于鹭，以其美毙焉；介物之味莫美于鳖，以其美毙焉。

【清吴士玉《骈字类编》卷三十八·山水门三·山鸡】《博物志》：～～有美毛，自爱其色，终日映水，目眩则溺死。

【清吴士玉《骈字类编》卷二百二十八·补遗人事门四·美毛】《博物志》：山鸡有～～，自爱其色，终日映水，目眩则溺死。

【清吴襄《子史精华》卷一百三十五·动植部一·终日映水】张华《博物志》：山鸡有美毛，自爱其色，～～～～，目眩则溺死。

【《渊鉴类函》卷四百二十五·鸟部八·山鸡一】《博物志》曰：山鸡有美毛，自爱其色，终日映水，目眩则溺死。

【《御定佩文韵府》卷十九之二·毛·美毛】《博物志》：山鸡有～～，自爱其色，终日映水，目眩则溺死。

【《御定佩文韵府》卷七十六之五·眩·目眩】《博物志》：山鸡有美毛，自爱其色，终日映水，～～则溺死。

◎ 词汇考

【汉语大词典·山鸡】鸟名。形似雉。雄者羽毛红黄色，有黑斑，尾长；雌者黑色，微赤，尾短。古称鷩雉，今名锦鸡。传说自爱其羽毛，常照水而舞。汉马融《长笛赋》："山鸡晨群，野雉朝雊。"南朝宋刘敬叔《异苑》卷三："山鸡爱其羽毛，映水则舞。魏武时，南方献之，帝欲其鸣舞而无由。公子苍舒令置大镜其前，鸡鉴形而舞，不知止，遂乏死。"唐崔护《山鸡舞石镜》诗："卢峰开石镜，人说舞山鸡。"清吴伟业《灵岩寺放生鸡》诗之三："敢笑山鸡惜羽毛，卑栖风雨自三号。"

【汉语大词典·目眩】眼花。《后汉书·马融传》："子野听耸，离朱目眩，隶首策乱，陈子筹昏。"

天 心 月 胁

◎ 版本考

A 皇甫湜称愈文曰："穿天心，出月胁。"

B 皇甫湜称愈文曰："穿天心，出月胁。"

C 皇甫湜称愈文曰："穿天心，出月胁。"

D 宋本无此条。

E 皇甫湜称愈文曰："穿天心，出月胁。"

【张力伟点校】本条原不注出处。据查，见《本说》卷二十三引《续博物志》（题"林登撰"。今本林登《续博物志》（《说郛》卷六）无。

◎ 引文考

【唐皇甫湜《皇甫持正文集》卷二·顾况诗集序】吴中山泉，气状英淑怪丽，太湖异石，洞庭朱实，华亭清唳与虎丘、天竺诸佛寺钩绵秀绝。君出其中间，翕清轻以为性，结冷汰以为质，煦鲜荣以为词，偏于逸歌长句，骏发踔厉，往往若穿天心，出月胁，意外惊人语，非寻常所能及，最为快也。

【宋曾慥《类说》卷二十三引《续博物志》】皇甫湜称奇文曰："穿天心，出月胁。"

【宋曾慥《类说》卷六十·拾遗类总·天心月胁】皇甫湜称诗文之奇曰："穿天心，出月胁。"

【宋陈应行《吟窗杂录》卷二十五·历代吟诗·唐·顾况·皇甫湜美之曰】得于逸歌长句，若穿天心，出月胁，意外惊人语，非寻常所及，最为快也。

【宋程珌《洺水集》卷九·跋孟东野集】孟郊字东野，其父廷玢选为昆山尉。郊生于昆山……卒才六十四。张籍请谥贞曜先生，韩愈为墓铭。苍颉制字，鬼夜哭，龙潜藏，岂非东野平生穿天心，出月胁，固宰物者之所不恕邪？

【宋楼钥《攻媿集》卷六十二·通温州交代沈詹事枢启】一月之间，再辱五云之贶，执谦甚矣，揣分悚然。恭惟某官，学贯九流，气高八表，天分已超于凡品，心传自得于遗经，嚅道真泳圣涯，信师友渊源之远，穿天心，出月胁。

【宋楼钥《攻媿集》卷六十五·代通刘湖州启】建牙三辅，谁无附骥之心？涉笔一同，乃有登龙之幸。敢修竿牍，仰彻斋铃。恭惟某官，闻望雷霆，文章河汉，穿天心，出月胁，英词侔造化之工，嚅道真泳圣涯，奥学究诚明之蕴，周旋中度，左右逢源，历穷千古而若在目前，泛览百家而不专纸上。

【宋无名氏《锦绣万花谷》卷二十·文章·穿天心出月胁】皇甫湜《顾况集序》云：逸歌长句，骏发踔厉，往往穿天心，出月胁，意外惊人语，非寻常所能及也。

【明陈耀文《天中记》卷三十七·诗·天心月胁】逸歌长句，骏发踔厉，往往穿天心，出月胁，意外惊人语，非寻常所能及也。（皇甫湜《顾况集序》）

【明皇甫汸《皇甫司勋集》卷四十九·清举楼记】至其为文也，思若凌云，气若吐霓，通玄潜虚，而变态不穷，其为诗，则穿天心，出月胁，兴寄宏深，而不可为象，皆寓之楼矣。

【明江用世《史评小品》卷十八·唐下·李贺】若长吉奚囊所收拾者，不过穿天心，出月胁，自咏自赏之句。

【明焦竑《焦氏类林》卷三·文学】皇甫湜称退之文曰："穿天心，出月胁。"

【明李贽《初潭集》卷十三·师友三·一为文】皇甫湜称退之文曰："穿天心，出月胁。"

【明刘远可《璧水群英待问会元》卷三十八·事烂】曾子固云：学者梏口耳，溺章句，平时偷光瓮牖，借照短檠，非不勤矣；句穿天心，文出月胁，非不工矣。一旦假筌蹄而获鱼兔，临大事，决大议，庙堂之上泚颡汗，皆而失其所守，回视前日之学，已虚器矣。

【明彭大翼《山堂肆考》卷一百二十八·文学·意外语】唐顾况，字逋翁，姑苏人。官至著作郎。皇甫湜为作文集序：吴中山水气象，英淑怪丽，太湖异石，洞庭朱实，华亭清唳，与虎丘、天竺诸佛寺钩绵秀绝。君出其中，翕轻清以为气，结冷淡以为质，煦鲜荣以为辞，逸歌长句，骏发踔厉，所以穿天心，出月胁，多意外惊人语。

【明秦夔《五峰遗稿》卷二十二·题玉林潘先生吟稿】其奇而巧者，则穿天心，出月胁。

【明邵经邦《弘简录》卷五十三·文翰·唐十之三·顾况】况字逋翁，姑苏人，至德进士。性诙谐，志向疏远，与柳浑、李泌为方外友。德宗时召为秘书郎，久之，迁著作郎，坐诗语调谑，贬饶州司户，居于茅山，以寿终。其诗偏于逸歌长句，骏发踔厉，往往若穿天心，出月胁，意外惊人，非寻常所及。

【明孙能传《剡溪漫笔》卷四·天心月胁】"穿天心，出月胁"，《云仙杂记》谓皇甫湜称退之之文。按：湜序著作佐郎顾君集云："逸歌长句，骏发踔厉，往往若穿天心，出月胁，意外惊人语，非寻常所能及。"然则二语乃湜称顾况之词，非称退之。

【清邓志谟《古事苑定本》卷七·学术二】言出口而妙天下，文落纸而传人间，语带烟霞，芳蕤馥馥，笔惊风雨，清响铿铿，撑肠五千卷，石渠向腹内吞残，引纸数万言，滟涵自笔端泻下，怀连城，佩明月，掩奎娄光，饮坠露餐流霞，绝烟火气，层岩峭壁，雅堪耸斯世奇观，戛玉敲金，允可振古人绝响，穿天心而出月胁，何等清新。

【清钱谦益《牧斋有学集》卷十七·叶九来锄经堂诗序】皇甫持正称顾逋翁之诗，谓吴中太湖异石，洞庭朱实，华亭鹤唳，与虎丘天竺佛寺钩绵秀绝，出其中上，奇石空中，玲珑漏穿，文人才子饮食其轻清鲜荣之气，玉膏金壶涌出笔端，穿天心而出月胁。诚有如持正之所云。

【清王棠《燕在阁知新录》卷二十二·诗人多蹇】诗人多蹇。陈子昂、杜甫、李白、孟浩然、孟郊、张籍辈，皆终身不遇，虽穿天心，出月胁，赋得惊人句，然终不能见用于世。诗能穷人，诚不虚也。

【清张英《渊鉴类函》卷一百九十六·文学部五·凿天心　出月胁】《记纂渊海》曰：凿天地心胸，开生人闻见。皇甫湜曰：逸歌长句，骏发蹈厉，若穿天心，出月胁。

◎ 词汇考

【汉语大词典·月胁】亦作"月胁"。比喻险奥的意境。唐皇甫湜《顾况诗集序》："偏于逸歌长句，骏发踔厉，往往若穿天心，出月胁，意外惊人语，非寻常所能及。"宋杨万里《张尉惠诗和韵谢之》之二："借问锦心能底巧，更从月胁摘将来。"

茗　战

◎ 版本考

A 建人谓斗茶为"茗战"。

B 建人谓斗茶为"茗战"。

C 建人谓斗茶为"茗战"。

D 宋本无此条。

E 建人谓斗茶为"茗战"。

【张力伟点校】本条原不注出处。据查，见《类说》卷十三引《茶录》，文同。案今本宋蔡襄《茶录》无此文。

◎ 引文考

【宋无名氏《锦绣万花谷》卷三十五·茶·茗战】建人谓斗茶为茗战。(《茶录》)

【宋曾慥《类说》卷十三引蔡襄《茶录》茗战】建人谓斗茶为茗战。

【宋朱胜非《绀珠集》卷十引蔡襄《茶录》茗战】建人谓斗茶为茗战。

【明陈耀文《天中记》卷四十四·茶·茗战】建人谓斗茶为茗战。(《茶录》)

【明焦竑《焦氏类林》卷七·酒茗】建人谓斗茶为茗战。

【明李贽《初潭集》卷十六·师友六·三汤社】建人亦以斗茶为茗战。

【明彭大翼《山堂肆考》卷一百九十三·饮食·茶·一水两水】建安人谓斗茶为茗战。

【明万邦宁《茗史》卷下·茗战】孙樵可之《送茶与焦刑部》：建阳丹山碧水之乡，月澜云龛之品，慎勿贱用之。时以斗茶为茗战。

【明郑若庸辑《类隽》卷十九·饮食类·茶·茗战】《茶录》云：建人谓斗茶为茗战。

【明张岱《夜航船》卷十一·日用部·饮食·茶茗战】建人以斗茶为茗战。

【清陈元龙《格致镜原》卷二十一】蔡襄《茶录》：建人谓斗茶为茗战。

【清刘源长《茶史》卷二·茶之隽赏】建人斗茶为茗战。着盏无水痕者，绝佳。

【清汪灏《佩文斋广群芳谱》卷十八·茶谱·茶一】建人谓斗茶为茗战。

【清王棠《燕在阁知新录》卷二十九·茗战】《茶录》曰：建人谓斗茶为茗战。昔苏才翁亦尝与蔡君谟斗茶也。

◎ 词汇考

【建人】福建人。

【汉语大词典·茗战】犹斗茶。品茶。唐冯贽《云仙杂记》卷十："建人谓斗茶为茗战。"清余怀《板桥杂记·雅游》："酒兵茗战之余，微闻芳泽。"

金鹿银麢

◎ 版本考

A 天子北征。曹奴之人觞天子于洋水之上，赐金鹿银麢。今有地上得银豚金狗之类，皆古赂远人奇货。(《穆天子传》)

B 天子北征。曹奴之人觞天子于洋水之上，赐金鹿银麢。今有地上得银豚金狗之类，皆古赂远人奇货。(《穆天子传》)

C 天子北征。曹奴之人觞天子于洋水之上，赐金鹿银麢。今有地上得银豚金狗之类，皆古赂远人奇货。(《穆天子传》)

D 宋本无此条。

E 天子北征。曹奴之人觞天子于洋水之上，赐金鹿银麢。今有地上得银豚金狗之类，皆古赂远人奇货。(《穆天子传》)

【张力伟点校】本条见《穆天子传》卷二，又见于《类说》卷一引《穆天子传》。此与《类说》文同。今本《穆天子传》文作："天子北征赵行口舍。庚辰，济于洋水。辛巳，入于宵奴，曹奴之人戏觞天子于洋水之上，乃献食：马九百、牛羊七千、襟米百车。天子使逢固受之。天子赐曹奴之人戏口黄金之鹿、白银之唐。(旧注：令所在地中得玉豚金狗之类，此皆古者以赂夷狄之奇货也。）"

◎ 引文考

【宋曾慥《类说》卷一引《穆天子传》金鹿银麕】天子北征。曹奴之人觔天子于洋水之上，赐金鹿银麕。（今有地中得银豚金狗之类，皆古赂夷狄奇货。）

【明高濂《遵生八笺》卷之十四·《燕闲清赏笺》上卷】又有地中掘得金鹿银麕，乃曹奴入献天子于洋水之物。又有银豚金狗之类，皆古赂夷人之物。若小铜猪狗牛羊等十二肖形，亦墓中物也。

【明焦周《焦氏说楛》卷六】穆天子北征，曹奴之人觔之洋水之上，赐金鹿银麕。今有地上得银豚金狗，皆古赂夷奇货。

【明徐应秋《玉芝堂谈荟》卷二十四·黄山蚕谷】《云仙杂记》：《穆天子传》：天子北征。曹奴之人觔天子于洋水之上，赐金鹿银鹿。今有地上得银豚金狗之类，皆古时奇货也。

◎ 词汇考

【曹奴】待考。

温 柔 乡

◎ 版本考

A 成帝谓合德为"温柔乡"，曰："吾老是乡矣！不能效武帝求白云乡也。"樊嬺贺曰："陛下真得仙者。"合德号为婕好。（《赵后外传》）

B 成帝谓合德为"温柔乡"，曰："吾老是乡矣！不能效武帝求白云乡也。"樊嬺贺曰："陛下真得仙者。"合德号为婕好。（《赵后外传》）

C 成帝谓合德为"温柔乡"，曰："吾老是乡矣！不能效武帝求白云乡也。"樊嬺贺曰："陛下真得仙者。"合德号为婕好。（《赵后外传》）

D 宋本无此条。

E 成帝谓合德为"温柔乡"，曰："吾老是乡矣！不能效武帝求白云乡也。"樊嬺贺曰："陛下真得仙者。"合德号为婕好。（《赵后外传》）

【张力伟点校】本条见《赵飞燕外传》，又见《类说》卷一引《赵后外传》。此与《类说》文近。今本《外传》文作："是夜进合德。帝大悦，以辅属体，无所不靡，谓为'温柔乡'，谓嬺为：'吾老是乡矣，不能效武皇帝求白云乡也。'嬺呼万岁，贺曰：'陛下真得仙者。'上立赐嬺鲛文万全锦二十四疋。合德尤幸，号为赵婕好。"

◎ 引文考

【宋叶廷珪《海录碎事》卷七上·圣贤人事部上·温柔乡】赵婕好名合德。初进，帝大悦，以辅属体，合德无所不从靡，谓为温柔乡，谓樊嬺曰："吾老是乡足矣，不能效武皇求白云乡也。"（《赵后外传》）

【宋曾慥《类说》卷一引《赵后外传·温柔乡》】帝谓合德为温柔乡，曰："吾老是乡矣，不能效武帝求白云乡也。"樊嬺贺曰："陛下真得仙者。"合德号为婕妤。

【明焦竑《焦氏类林》卷六】后进合德，帝大悦，以辅属体，无所不靡，谓为温柔乡，曰："吾老是乡矣，不能效武皇帝求白云乡也。"(《飞燕外传》)

【明李贽《初潭集》卷三·夫妇三·四俗夫】后进合德，帝大悦，以辅属体，无所不靡，谓为温柔乡，曰："吾老是乡矣，不能效武皇帝求白云乡也。"

◎ 词汇考

【汉语大词典·合德】汉代美女。赵飞燕之妹。相传其肤滑体香，性醇粹，善音辞。为卷发，号新髻，为薄眉，号远山黛。后为成帝所幸，谓为温柔乡。见《赵飞燕外传》。明谢肇淛《五杂俎·人部四》："飞燕掌上可舞，合德肤滑不濡，文君眉若远山，丽华名动人主。"清朱锡《幽梦续影》："水仙……以西子为色，以合德为香，以飞燕为态，以宓妃为名，花中无第二品矣。"

【汉语大词典·温柔乡】喻美色迷人之境。汉伶玄《赵飞燕外传》："是夜进合德，帝大悦，以辅属体，无所不靡，谓为温柔乡。语嬺曰：'吾老是乡矣，不能效武皇帝求白云乡也。'"宋范成大《乐先生辟新堂作诗奉赠》："多情开此花，艳绝温柔乡。"○今按：《赵飞燕外传》旧本题为汉伶玄撰，实则伪书。

【汉语大词典·白云乡】《庄子·天地》："乘彼白云，游于帝乡。"后因以"白云乡"为仙乡。旧题汉伶玄《飞燕外传》："吾老是乡矣，不能效武皇帝(汉武帝)求白云乡也。"唐李群玉《自澧浦东游江表途出巴丘投员外从公虞》诗："何由首西路，目断白云乡。"宋苏轼《潮州韩文公庙碑》诗："公昔骑龙白云乡，手抉云汉分天章。"宋陈师道《再和寇十一》之二："名字不归青史笔，形容终老白云乡。"

六甲行厨

◎ 版本考

A 左慈明六甲，能役鬼神，坐致行厨。(《葛洪传》)

B 左慈明六甲，能役鬼神，坐致行厨。(《葛洪传》)

C 左慈明六甲，能役鬼神，坐致行厨。(《葛洪传》)

D 宋本无此条。

E 左慈明六甲，能役鬼神，坐致行厨。(《葛洪传》)

【张力伟点校】本条见《神仙传》(葛洪撰)卷五《左慈》条，又见《类说》卷三引《神仙传》。

◎ 引文考

【《太平广记》卷十一·神仙十一·左慈】左慈，字符放，庐江人也。明五经，兼通星气。见汉祚将衰，天下乱起，乃叹曰："值此衰乱，官高者危，财多者死，当世荣华不足贪也。"乃学道，尤明六甲，能役使鬼神，坐致行厨。

【宋潘自牧《记纂渊海》卷一百八十八·仙道部之三·道术】左慈明六甲，能役鬼神，坐致行厨。

【宋无名氏《锦绣万花谷》别集卷之二十一·神仙类·钓铜盘得鱼】《神仙传》：左慈字符放，学道术，尤明六甲，能役鬼神，坐致行厨。

【宋曾慥《类说》卷三引《神仙传》六甲行厨】左慈召六甲，能役鬼神，坐致行厨。

【宋张君房《云笈七签》卷之八十三存四·思念道诚去三尸法】老君遗诫，教子防躯：外如空城，里如丹朱，外常不足，内实有余，保道五藏，勿得发舒，行正念道，常覆子躯，思道念道，坐致行厨，思道念道，常以道俱，内怀金宝，外常如无，保神爱气，万邪不拘，长生在己，三尸自去，百病九虫，皆自消除，身过千灾，仙人邻居。

【清周广业《循陔纂闻》卷二】今市上无赖子售戏技搬食物，名五鬼搬运法。昉于左慈，明六甲，能役鬼，坐致行厨。

◎ 词汇考

【中国历史大辞典·左慈】东汉庐江(治今安徽庐江西南)人，字符放。曹丕《典论》称其知补导之术。曹操恐其惑众，招致麾下，以为军吏(见曹植《辨道论》)。方士葛玄师事之，受《太清丹经》三卷，《九鼎丹经》《金液丹经》各一卷。

【汉语大词典·六甲】五行方术之一，即所谓遁甲之术。《后汉书·方术传序》"其流又有风角遁甲"唐李贤注："遁甲，推六甲之阴而隐遁也。"晋葛洪《神仙传·左慈》："乃学道，尤明六甲，能役使鬼神，坐致行厨。"

【汉语大词典·行厨】犹执炊，掌灶。唐曹唐《小游仙诗》之五八："行厨侍女炊何物，满灶无烟玉炭红。"

老子仆徐甲

◎ 版本考

A 老子西度关。关令尹喜知其非常人，从之问道。老子大惊，舌聃然，故号老聃。老子耳有三漏，手握十文。其仆徐甲，约日直百钱，自随二百年，计欠七百二十万钱。甲诣关令，索所欠。令问老子，对曰："甲久应死，吾以《太玄清生符》救之，得至今日。"使甲张口向地，符出，丹书文字如新。甲立成一聚枯骨。令知老子神异，叩头请命，复以符投骨上，甲乃复生。

B 老子西度关。关令尹喜知其非常人，从之问道。老子大惊，舌聃然，故号老聃。老子耳有三漏，手握十文。其仆徐甲，约日直百钱，自随二百年，计欠七百二十万钱。甲诣关令，索所欠。令问老子，对曰："甲久应死，吾以《太玄清生符》救之，得至今日。"使甲张口向地，符出，丹书文字如新。甲立成一聚枯骨。令知老子神异，叩头请命，复以符投骨上，甲乃复生。

C 老子西度关。关令尹喜知其非常人，从之问道。老子大惊，舌聃然，故号老聃。老子耳有三漏，手握十文。其仆徐甲，约日直百钱，自随二百年，计欠七百二十万钱。甲诣关令，索所欠。令问老子，对曰："甲久应死，吾以《太玄清生符》救之，得至今日。"使甲张口向地，符出，丹书文字如新。甲立成一聚枯骨。令知老子神异，叩头请命，复以符投骨上，甲乃复生。

D 宋本无此条。

　　E 老子西度关。关令尹喜知其非常人，从之问道。老子大惊，舌聤然，故号老聃。老子耳有三漏，手握十文。其仆徐甲，约日直百钱，自随二百年，计欠七百二十万钱。甲诣关令，索所欠。令问老子，对曰："甲久应死，吾以《太玄清生符》救之，得至今日。"使甲张口向地，符出，丹书文字如新。甲立成一聚枯骨。令知老子神异，叩头请命，复以符投骨上，甲乃复生。

　　【张力伟点校】本条原不注出处。据查，出《神仙传》卷一"老子"条，又见于《类说》卷三引《神仙传》。此与《类说》文近，今本《神仙传》文作："老子欲西度关，关令尹喜知其非常人也，从之间道。老子惊怪，故吐舌聤然。遂有'老聃'之号。（中略）老子黄白色，美眉广颖，长耳大目，疏齿方口，厚唇，额有三五连理，日角月悬，鼻纯骨双柱，耳有三漏门，足蹈二五，手把十文。（中略）老子有客徐甲，少赁于老子，约日雇百钱，计欠甲七百二十万钱。甲见老子出关游行，速索偿，不可得。乃侍人作辞，诣关令以言老子。而为作辞者亦不知甲已随老子二百余年矣，唯计甲应得直之多，许以女嫁甲。甲见女美，尤喜，遂通辞于尹。喜得辞大惊，乃见老子。老子问甲曰：'汝久应死。吾普贷汝，为宵卑家贫无有使役，故以《太玄清生符》与汝，所以至今日。汝何以言吾？吾语汝到安息国，固当以黄金计值遗汝。汝何以不能忍？'乃使甲张口向地，其《太玄》真符立出于地，丹书文字如新，甲成一聚枯骨矣。喜知老子神人，能衔使甲生，乃为甲叩头请命，乞为老子出钱还之。老子复以《太玄符》投之，甲立更生。"

◎ 引文考

　　【宋陈葆光《三洞群仙录》卷六】《神仙传》：老子西度关，关令尹喜知其非常人，从之问道。时有客徐甲约日雇百钱，计欠甲七百二十万钱，甲见老子出关远行，索债不可得，作辞诣关令，以讼老子，喜得辞大惊，乃见老子。老子问甲曰："汝久应死，吾昔倩汝，为吾官卑家贫无有使役，故以《太玄生符》与汝，所以至今日。汝何以言吾？"乃使甲张口向地，而太玄符立出于地，丹书文字如新，甲成一聚枯骨矣。

　　【宋无名氏《锦绣万花谷》后集卷二十七·神仙·徐甲复生】老子西度关，关令尹喜知其非常人，从之问道。老子大惊，吐舌聤然，故号老聃。老子耳有三漏，手握十文，其仆徐甲约日直百钱，自云随二百年，计欠七百二十万钱，甲诣关令索所欠，令问老子，对曰：甲久应死，吾以太玄清生符救之，得至今日。使甲张口向地，符出，丹书文字如新，甲立成一聚枯骨。令知老子神异，叩头请命，复以符投骨上，甲乃复生。（《神仙传》）

　　【宋曾慥《类说》卷三引《神仙传·老子仆徐甲》】老子西度关，关令尹喜知其非常人，从之问道。老子大惊，吐舌聤，然故号老聃。老子耳有三漏，手握十文。其仆徐甲约日直百钱，自云随二百年，计欠七百二十万钱，甲诣关令索所欠，令问老子，对曰：甲久应死，吾以太玄清生符救之，得至今日。使甲张口向地，符出，丹书文字如新。甲立成一聚枯骨。令知老子神异，叩头请命，复以符投骨上，甲乃复生。

　　【明彭大翼《山堂肆考》卷一百五十·仙人·投符复生】老子西度关，其仆徐甲原约日直百钱，自云随老子二百年，计欠七百二十万钱。甲诣关令索所欠，令问老子，对曰：甲久应死，吾以太玄清生符救之，得至今日。乃使甲张口向地，符遂出，丹书文字如新，甲立成一聚枯骨。令知老子神异，叩头为甲请命，老子复以符投甲骨上，甲乃复生。

　　【明张懋修《墨卿谈乘》卷六·禅玄·老子起枯骨之符】老子西度关，令尹喜知其非常人，从之问道，老子大惊，舌聃然，故号老聃。老子耳有三漏，手握十文。其仆徐甲约日直百钱，自随二百年，计欠七百二十万钱。甲诣关令索所欠，令问老子，对曰：甲久应死，吾以太玄清生符救之，得至今日。使甲张口向地，吐出丹书，文字如新，甲立成一聚枯骨。令知老子神异，叩头请命，复以符投骨上，甲乃生。按：此乃大幻术耳。唐白乐天诗曰：玄元圣祖五千言，不言药，不言仙，不言白日升青天。夫长生之药，升仙之事，老子尚耻为之，况符水妖幻之事？此真外道借托之言也。

◎ 词汇考

　　【汉语大词典·聃】耳长而大。旧以为寿征。《说文·耳部》："聃，耳曼也。"段玉裁注："曼者，引也。耳曼者，耳如引之而大也。"张舜徽《约注》："曼有长义。聃训耳曼，谓耳长也，亦即下垂之意。旧说，耳垂长者寿高。《礼记·曾子问》：'吾闻诸老聃。'郑注云：'老聃，古寿考者之号也。'是其义已。"宋苏轼《补禅月罗汉赞》之二："聃耳属肩，绮眉覆颧。"后引申为老貌。《隶释·老子铭》："聃然，老旄之貌也。"

龙　床

◎ 版本考

　　A 韩志和有道术，宪宗时献一龙床，坐则鳞鬣爪角皆动。又于御前以蝇虎子数十，令分队舞梁州曲，皆中音节。（沈玢《传》）

　　B 韩志和有道术，宪宗时献一龙床，坐则鳞鬣爪角皆动。又于御前以蝇虎子数十，令分队舞梁州曲，皆中音节。（沈玢《传》）

　　C 韩志和有道术，宪宗时献一龙床，坐则鳞鬣爪角皆动。又于御前以蝇虎子数十，令分队舞梁州曲，皆中音节。（沈玢《传》）

　　D 宋本无此条。

　　E 韩志和有道术，宪宗时献一龙床，坐则鳞鬣爪角皆动。又于御前以蝇虎子数十，令分队舞梁州曲，皆中音节。（沈玢《传》）

　　【张力伟点校】本条今本《续神仙传》（题唐沈玢撰）无，见于《类说》卷三引《续仙传》，文全同。

◎ 引文考

　　【宋曾慥《类说》卷三引《续仙传·龙床》】韩志和有道术，宪宗时献一龙床，坐则鳞鬣爪角皆动。又于御前以蝇虎子数十，令分队舞梁州曲，皆中音节。

　　【宋朱胜非《绀珠集》卷二引沈玢《续仙传·蝇虎舞》】韩志和有道术，唐宪宗时献一龙床，登坐则鳞鬣爪角皆动，夭矫如生。又于御前以蝇虎子数十枚令分队伍舞梁州曲，皆齐一中乐节。

　　【清吴士玉《骈字类编》卷二百十八·虫鱼门一·龙床】《云仙杂记》：韩志和有道术，宪宗时献一～～，坐则鳞鬣爪角皆动。

　　【《御定佩文韵府》卷二十二之七·龙床】《云仙杂记》：韩志和有道术，宪宗时献一～～，坐则鳞鬣爪角皆动。

◎ 词汇考

【韩志和】待考。

【汉语大词典·蝇虎】蜘蛛的一种。体小脚短，色白或灰，不结网。常在墙壁上捕食苍蝇和其他小虫。俗称苍蝇老虎。晋崔豹《古今注·鱼虫》："蝇虎……形似蜘蛛而色灰白，善捕蝇。"

九 色 凤 雏

◎ 版本考

A 东方朔游房林之野，获九色凤雏。(《洞冥记》)

B 东方朔游房林之野，获九色凤雏。(《洞冥记》)

C 东方朔游房林之野，获九色凤雏。(《洞冥记》)

D 宋本无此条。

E 东方朔游房林之野，获九色凤雏。(《洞冥记》)

【张力伟点校】本条见《洞冥记》(不分卷)，又见于《类说》卷五引《洞冥记》，文并同。

◎ 引文考

【宋晁载之《续谈助》卷之一引《洞冥记》】建元二年，帝起腾光台，台上撞碧玉之钟，挂悬黎之磬，吹霜条之管，唱来云依日之曲。东方朔再拜于帝前，曰："东游房林之野，获九色凤雏。"

【宋曾慥《类说》卷五引《洞冥记·九色凤雏》】东方朔游房林之野，获九色凤雏。

【宋朱胜非《绀珠集》卷一引《洞冥记·九色凤雏》】东方朔游房林之野，获九色凤雏。

【《御定佩文韵府》卷五十一之二·野·房林野】《古今注》：东方朔游～～之～，获九色凤雏。

◎ 词汇考

【汉语大词典·凤雏】幼凤。《洞冥记》："方朔再拜于帝前曰：'臣东游万林之野，获九色凤雏。'"晋王嘉《拾遗记·周》："(成王)四年，旃涂国献凤雏。"

怀 梦 草

◎ 版本考

A 钟火山有香草。武帝思李夫人，东方朔献，帝怀之即梦见。名"怀梦草"。(《洞冥记》)

B 钟火山有香草。武帝思李夫人，东方朔献，帝怀之即梦见。名"怀梦草"。(《洞冥记》)

C 钟火山有香草。武帝思李夫人，东方朔献，帝怀之即梦见。名"怀梦草"。(《洞冥记》)

D 宋本无此条。

E 钟火山有香草。武帝思李夫人，东方朔献，帝怀之即梦见。名"怀梦草"。(《洞冥记》)

【张力伟点校】本条见《洞冥记》(不分卷)，又见《类说》卷五引《洞冥记》。此与《类说》文同。今本《洞冥记》文作："朔曰：'臣游北极至钟山，(中略)，有香草似蒲红，昼缩入地，夜则出，名"夜梦草"。怀其叶，则知夜梦之吉凶，立验也。'帝思李夫人，朔乃献一枝。帝怀之，夜梦夫人。因改名'怀梦草'。"

◎ 引文考

【宋晁载之辑《续谈助》卷之一引郭子横《洞冥记》】天汉二年，帝升苍龙馆，忽思仙术，召诸方士，言远国遐乡之事，唯东方朔下席，操笔而跪。帝曰："子大夫为朕言乎？"朔曰："臣游北极至钟山，日月所不照，有青龙衔火，以照山之四极，亦有园囿池苑，皆植异草木及异荣也，有明茎草如金镫，折为炬，照见鬼物之形。仙人宁封服此草，于夜时见腹外有光，亦名洞明草。帝剉此草以为泥筋，以涂明云之馆，则不加烛，亦名照魅草，采以藉足，入水不沈。有香草似蒲红，昼缩入地，夜则出，名夜梦草。怀其叶，则知夜梦之吉凶，立验也。"帝思李夫人，朔乃献一枝。帝怀之，夜梦夫人。因改名"怀梦草"。

【宋陈敬《陈氏香谱》卷一·怀梦草】《洞冥记》云：钟火山有香草。武帝思李夫人，东方朔献之，帝怀之，梦见，因名曰"怀梦草"。

【宋曾慥《类说》卷五引《洞冥记·怀梦草》】钟火山有香草。武帝思李夫人，东方朔献帝，怀之即梦见，名"怀梦草"。

【宋邵雍辑《梦林玄解》卷二十九·梦原·怀梦草说】王子年《拾遗记》曰：融高西有梦草，似蒲，其茎似蓍，色红，画缩入地，夜则出焉。怀其叶以占梦，则知吉凶祸福。汉武帝思李夫人之容，不可得见，东方朔乃献一枝，帝怀之，遂梦夫人。因改名"怀梦草"。

【宋朱胜非《绀珠集》卷一引《洞冥记·怀梦草》】钟火山有香草，帝思李夫人，东方朔献之，帝怀之梦见，因名。

【明焦竑《焦氏类林》卷七·草木引《洞冥记》】钟火山有草。武帝思李夫人，东方朔献一枝，帝怀之，即梦见夫人，号"怀梦草"。

【明李贽《初潭集》卷三·夫妇三·一贤夫】钟火山有草。武帝思李夫人，东方朔献一枝，帝怀之，即梦见夫人，号"怀梦草"。

【明张岱《夜航船》卷十六·植物部·怀梦草】钟火山有香草，似蒲，色红，昼缩入地，夜半抽萌，怀其草，自知梦之好恶。汉武帝思李夫人，东方朔献之，帝怀之，即梦见夫人，因名曰"怀梦草"。

【《渊鉴类函》卷四百十一·草部四·怀梦草】增《酉阳杂俎》曰：汉武时异国所献草，类蒲，昼缩入地，夜若抽萌，怀其草，自知梦之好恶。帝思李夫人怀之，辄梦，因改曰"怀梦草"。

◎ 词汇考

【李夫人】生卒年不详，中山(今河北定州)人，西汉音乐家李延年、贰师将军李广利之妹，汉武帝的宠妃。李氏平民出身，父母兄弟均通音乐，都是以乐舞为职业的艺人。后由平阳公主推荐给汉武帝，获封夫人，深得汉武帝的宠幸，并为汉武帝生下儿子昌邑哀王刘髆。李夫人死后，以皇后之礼安葬。汉武帝死后，李夫人配祭宗庙，追加尊号为孝武皇后。

【汉语大词典·怀梦草】神话传说中的草名。谓怀之可以梦见自己想梦见的人。旧题汉郭宪《洞冥记》卷三：“种火之山，有梦草，似蒲，色红，昼缩入地，夜则出，亦名怀梦。怀其叶，则知梦之吉凶，立验也。帝(汉武帝)思李夫人之容不可得，朔(东方朔)乃献一枝，帝怀之，夜果梦李夫人。”

青 鹳

◎ 版本考

A 羽山之北，有鸟曰青鹳，声如钟磬。《世语》曰：“青鹳鸣，时太平。”(《拾遗记》)

B 羽山之北，有鸟曰青鹳，声如钟磬。《世语》曰：“青鹳鸣，时太平。”(《拾遗记》)

C 羽山之北，有鸟曰青鹳，声如钟磬。《世语》曰：“青鹳鸣，时太平。”(《拾遗记》)

D 宋本无此条。

E 羽山之北，有鸟曰青鹳，声如钟磬。《世语》曰：“青鹳鸣，时太平。”(《拾遗记》)

【张力伟点校】本条见《拾遗记》卷一，又见于《类说》卷五引《拾遗记》。此与《类说》文同。今本《拾遗记》文作：“幽州之墟，羽山之北，有善鸣之禽，人面鸟喙，八翼一足，毛色如雉，行不践地，名曰‘青鹳’，其声似钟盘笙竽也。《世语》曰：‘青鹳鸣，时太平。’”

◎ 引文考

【《太平广记》卷四百六十三·禽鸟四·鹳】幽州之墟，羽山之北，有善鸣禽，人面鸟喙，八翼一足，毛色如雉，行不践地，名曰鹳，其声似钟磬笙竽也。《世语》曰：“青鹳鸣，时太平。”乃盛明之世，翔鸣薮泽，音中律吕，飞而不行，禹平水土，栖于川岳，所集之地，必有圣人出焉。自上古铸诸鼎器，皆图像其形，铭赞至今不绝。(《拾遗记》)

【宋曾慥《类说》卷五引《拾遗记·青鹳》】羽山之北，有鸟曰青鹳，声如钟磬。《世语》曰：“青鹳鸣，时太平。”

【明董斯张《广博物志》卷四十八·鸟兽五·异鸟异兽】幽州之墟，羽山之北，有善鸣之禽，人面鸟喙，八翼一足，毛色如雉，行不践地，名曰青鹳，其声似钟磬笙竽也。《世语》曰：“青鹳鸣，时太平。”故盛明之世，翔鸣薮泽，音中律吕，飞而不行，至禹平水土，栖于川岳，所集之地，必有圣人出焉。自上古铸诸鼎器，皆图像其形，铭赞至今不绝。(《拾遗记》)

【明郭子章辑《六语》谣语卷一·唐谣·王子年《拾遗记》】帝尧在位，羽山之北，有善鸣之禽，人面鸟喙，八翼一足，毛色如雉，行不践地，名曰青鹳，其声似钟磬笙竽也。《世语》曰：“青鹳鸣，时太平。”

【清吴襄《子史精华》卷一百三十五·动植部一·鸟·青鹳鸣时太平】王嘉《拾遗记》：幽州之墟，羽山之北，有善鸣之禽，人面鸟喙，八翼一足，毛色如雉，行不践地，名曰青鹳，其声似钟磬笙竽也。《世语》曰：“～～～，～～～。”

◎ 词汇考

【汉语大词典·羽山】山名。舜杀鲧之处。《书·舜典》：“殛鲧于羽山。”晋王嘉《拾遗记·夏禹》：“海民于羽山之中，修立鲧庙。四时以致祭祀，常见玄鱼与蛟龙跳跃而出，观者惊而畏矣。”

【汉语大词典·青鹤】即山雉。神话传说中以为善鸣的吉祥之鸟。晋王嘉《拾遗记·唐尧》：“幽州之墟，羽山之北，有善鸣之禽，人面鸟喙，八翼一足，毛色如雉，行不践地，名曰青鹤，其声似钟磬笙竽也。《世语》曰：‘青鹤鸣，时太平。’故盛明之世，翔鸣薮泽，音中律吕，飞而不行。”

【汉语大词典·钟磬】钟和磬。古代礼乐器。《礼记·檀弓上》：“是故竹不成用，瓦不成味……有钟磬而无簨虡，其曰明器，神明之也。”《史记·乐书》：“然后钟磬竽瑟以和之，干戚旄狄以舞之。”

宝　井

◎ 版本考

A 范蠡收四方难得之货，或藏之井堙，谓之宝井，丽色溢于闺房，谓之游宫。（《拾遗记》）

B 范蠡收四方难得之货，或藏之井堙，谓之宝井，丽色溢于闺房，谓之游宫。（《拾遗记》）

C 范蠡收四方难得之货，或藏之井堙，谓之宝井，丽色溢于闺房，谓之游宫。（《拾遗记》）

D 宋本无此条。

E 范蠡收四方难得之货，或藏之井堙，谓之宝井，丽色溢于闺房，谓之游宫。（《拾遗记》）

【张力伟点校】本条今本《拾遗记》无，见于《类说》卷五引《拾遗记》，文全同。

◎ 引文考

【宋李昉《太平御览》卷一百八十九·居处部十七·井】（王子年《拾遗记》）又曰：范蠡相越，致千金，僮者万人，收四海难得之货，盈于越都，以为兵器，铜铁之积如山阜者，或藏之井堙，谓之宝井。奇容丽色，溢于闺房，谓之游宫。自历古已来，未之有也。

【宋曾慥《类说》卷五引《拾遗记·宝井》】范蠡收四方难得之货，或藏之井堙，谓之宝井。丽色溢于闺房，谓之游宫。

【明陈耀文《天中记》卷三十九·富·游宫】范蠡相越日致千金，家僮闲筭术者万人，收四海难得之货，盈积于越都以为器，铜铁之类，积如山之阜，或藏之井暂，谓之宝井。奇容丽色，溢于闺房，谓之游宫。历古以来未之有也。（《拾遗记》）

【清吴士玉《骈字类编》卷五十五·山水门二十·井·井堙】《云仙杂记》：范蠡收四方

难得之货，或藏之~~，谓之宝井。丽色溢于闺房，谓之游宫。

◎ 词汇考

【汉语大词典·宝井】春秋越国范蠡收藏财货的井堑。晋王嘉《拾遗记·周灵王》："范蠡相越，日致千金，家僮闲算术者万人，收四海难得之货，盈积于越都以为器，铜铁之类，积如山之阜，或藏之井堑，谓之宝井。"

琼 厨 金 穴

◎ 版本考

A 光武皇后弟郭况家工冶之声不绝。人谓之"郭氏之室，不雨而雷"。东京谓况家为"琼厨金穴"。

B 光武皇后弟郭况家工冶之声不绝。人谓之"郭氏之室，不雨而雷"。东京谓况家为"琼厨金穴"。

C 光武皇后弟郭况家工冶之声不绝。人谓之"郭氏之室，不雨而雷"。东京谓况家为"琼厨金穴"。

D 宋本无此条。

E 光武皇后弟郭况家工冶之声不绝。人谓之"郭氏之室，不雨而雷"。东京谓况家为"琼厨金穴"。(《拾遗记》)

【张力伟点校】本条原不注出处。据查，见《拾遗记》卷六，又见于《类说》卷五引《拾遗记》。此与《类说》文近。今本《拾遗记》文作："郭况，光武皇后之弟也，累金敷亿，家僮四百余人，以黄金为器，工冶之声震于都鄙。时人谓：'郭氏之室，不雨而雷。'言其铸锻之声盛也。庭中起高阁长庑，置衡石于其上，以称量珠玉也。阁下有藏金窟，列武士以卫之。错杂宝以饰台榭，悬明珠于四垂，昼视之如星，夜望之如月。里语曰：'洛阳多钱郭氏室，夜日昼星富无匹。'其宠者皆以玉器盛食，故东京谓郭家为'琼厨金穴'。"

◎ 引文考

【宋曾慥《类说》卷五引《拾遗记·琼厨金穴》】光武皇后弟郭况家工作之声不绝。人谓"郭氏之室，不雨而雷"。东京谓况家为"琼厨金穴"。

【宋朱胜非《绀珠集》卷八引王嘉《拾遗记·琼厨金穴》】京师谓郭氏为琼厨金穴。

【清汪价《中州杂俎》卷十五·人纪十九·凶史·琼厨金穴】郭况，光武皇后之弟也，累金数亿，家僮四百余人，以黄金为器，工冶之声震于都鄙，时人谓郭氏之室，不雨而雷，言其铸锻之声盛也。庭中起高阁长庑，置衡石于其上，以称量珠玉。阁下有藏金窟，列武士以卫之。错杂宝以饰台榭，悬明珠于四垂，昼视之如星，夜视之如日。里语曰：洛阳多财郭氏室，夜日昼星富无匹。其内宠者，皆以玉器盛食，故东京谓郭氏家为琼厨金穴。况小心畏慎，虽居富势，闭门优游，未尝预世事，为一时之智。

【清吴襄《子史精华》卷二十三·皇亲部三·外戚·琼厨金穴】冯贽《云仙杂记》：光武

皇后弟郭况家，东京谓为~~~~。

◎ 词汇考

【金穴】藏金之窟。喻豪富之家。《后汉书·郭皇后纪上》："况(郭况)迁大鸿胪，帝数幸其第，会公卿诸侯亲家饮燕，赏赐金钱缣帛，丰盛莫比。京师号况家为金穴。"唐张说《虚室赋》："朱门金穴，恃满矜隆。"

流 香 渠

◎ 版本考

A 灵帝起裸游馆千间，渠水绕砌。莲大如盖，长一丈，其叶夜舒昼卷，名"夜舒荷"。宫人靓妆，解上衣，着内服，或共裸浴。西域贡茵墀香，煮汤，余汁入渠，号"流香渠"。

B 灵帝起裸游馆千间，渠水绕砌。莲大如盖，长一丈，其叶夜舒昼卷，名"夜舒荷"。宫人靓妆，解上衣，着内服，或共裸浴。西域贡茵墀香，煮汤，余汁入渠，号"流香渠"。

C 灵帝起裸游馆千间，渠水绕砌。莲大如盖，长一丈，其叶夜舒昼卷，名"夜舒荷"。宫人靓妆，解上衣，着内服，或共裸浴。西域贡茵墀香，煮汤，余汁入渠，号"流香渠"。

D 宋本无此条。

E 灵帝起裸游馆千间，渠水绕砌。莲大如盖，长一丈，其叶夜舒昼卷，名"夜舒荷"。宫人靓妆，解上衣，着内服，或共裸浴。西域贡茵墀香，煮汤，余汁入渠，号"流香渠"。

【张力伟点校】本条原不注出处。据查，见《拾遗记》卷六，又见于《类说》卷五引《拾遗记》，题"夜舒荷"。此与《类说》文近。今本《拾遗记》文作："灵帝初平三年，游于西园，起裸游馆千间，采绿苔而被阶，引渠水以绕砌，周流澄澈。乘船以避漾，使宫人乘之，选玉色轻体者，以执篙楫，摇荡于渠中。其水清澄，以盛暑之时，使舟覆没，视宫人玉色者。又奏《招商》之歌，以来凉气也。歌曰：'凉风起兮日照渠，青荷昼偃叶夜舒，惟日不足乐有余，清丝流管歌玉凫，千年万岁喜难逾。'渠中植莲，大如盖，长一丈，南国所献；其叶夜舒昼卷，一茎有四莲丛生，名曰'夜舒荷'；亦云月出则舒也，故曰'望舒荷'。帝盛夏避暑于裸游馆，长夜饮宴。帝嗟曰：'使万岁如比，则上仙也。'宫人年二七以上，三六以下，皆靓妆，解其上衣，惟着内服，或共裸浴。西域所献茵墀香，煮以为汤，宫人以之浴浣毕，使以余汁入渠，名曰'流香渠'。"

◎ 引文考

【《太平广记》卷二百三十六·奢侈一·后汉灵帝】灵帝初平三年，于西园起裸游馆十间，采绿苔以被阶，引渠水以绕砌，周流澄澈，乘小舟以游漾，宫人乘之，选玉色轻体者以执篙楫，摇荡于渠中，其水清浅，以盛暑之时，使舟覆没，视宫人玉色，奏招商七言之歌以来凉气也。其歌曰："凉风起兮日照渠，青荷昼偃叶夜舒，唯日不足乐有余，清弦流管歌玉凫，千年万岁喜难逾。"渠中植莲大如盖，枝长一丈，南国所献也。其叶夜舒昼卷，一茎有四莲丛生，名曰夜舒荷，亦言月出见叶舒，亦名望舒荷。帝乃盛夏避暑于裸游馆，长夜饮宴。帝叹曰：使万年如此，则为上仙矣。宫人年二七以上、三六以下，皆靓妆而解上衣，或共裸浴。西域所献茵墀香，煮为浴汤，宫人以之沐浴，浴毕，余汁入渠，名曰流香渠。又欲内监为鸡鸣于馆北，起鸡鸣堂，多畜鸡，每醉乐迷于天晓，内阉竞作鸡鸣，以乱真声也。仍以炬烛投于殿下，帝乃惊寤。及董卓破京师，收其美人，焚其堂馆。至魏咸熙中于先帝投烛处，溟溟有光如星，后人以为神光，于此地建屋，名曰余光祠以祈福。至魏明之末，乃扫除焉。（王子年《拾遗记》）

【宋曾慥《类说》卷五引《拾遗记·夜舒荷》】灵帝起裸游馆千间，渠水绕砌，莲大如盖，长一丈，荷夜舒昼卷，名夜舒荷。宫人靓妆解上衣，着内服，或共裸浴。西域贡茵墀香，煮汤，余汁入渠，号流香渠。

【明蒋一葵《尧山堂外纪》卷七·汉·灵帝宏】灵帝起裸游馆千间，渠水绕砌，莲大如盖，长一丈，夜舒昼卷，名夜舒荷。宫人年二七以上、三六以下，皆靓妆而解上衣，或共裸浴。西域贡茵墀香，煮汤，宫人以之沐浴。浴毕，余汁入渠，号流香渠。帝乘船游漾，选玉色宫人，执篙楫，奏招商之曲，以来凉风。歌曰："凉风起兮日照渠，青荷昼偃叶夜舒，惟日不足乐有余，清丝流管歌玉凫，千秋万岁喜难逾。"

【明焦竑《焦氏类林》卷六·汏侈】灵帝起裸游馆千间，渠水绕砌，莲大如盖，长一丈，夜舒昼卷，名夜舒荷。宫人靓妆解上衣，着内服，或共裸浴。西域贡茵墀香，煮汤，余汁入渠，号流香渠。○灵帝裸游馆，采绿苔而被阶，引渠水以绕砌，周流澄彻，乘船游漾，选玉色宫人执篙楫，奏招商之曲，以来凉风，曰："凉风起兮日照渠，青荷昼偃叶夜舒，占日不足乐有余，清丝流管歌玉凫，千秋万岁嘉难逾。"（《拾遗记》）

【明李贽《初潭集》卷二十五·君臣五·一纵君】灵帝起裸游馆千间，环临渠水，莲长一丈，大如车盖，夜舒昼卷，名夜舒荷。宫人靓妆，解上衣，着内服，或共裸浴。以西域所贡茵墀香煮汤，余汁入渠，号流香渠。裸游馆采绿苔而被阶，引渠水以绕砌，周流澄彻，乘船游漾。选玉色宫人执篙楫，奏招商之曲，以来凉风，曰："凉风起兮日照渠，青荷昼偃叶夜舒，惟日不足乐有余，清丝流管歌玉凫，千秋万岁嘉难逾。"

【明徐应秋《玉芝堂谈荟》卷三·宫室土木之侈】灵帝起裸游馆，宫人年二七以上、三六以下，皆靓妆，解其上衣，惟着内服，或共裸浴。取西域所献茵墀香为汤，余汁入渠，名曰流香渠。

【明周嘉胄《香乘》卷八·香异·茵墀香】汉灵帝熹平三年，西域国献茵墀香，煮为汤辟疠，宫人以之沐浴，余汁入渠，名曰流香渠。（《拾遗记》）

【清陈元龙《格致镜原》卷五十二·浴汤】《拾遗记》：汉灵帝以西域所献茵墀香煮以为汤，宫人浴罢，以汤入渠，名曰流香渠。

【清史梦兰《全史宫词》卷七】西园裸馆郁嵯峨，一曲招商傍晚歌。明月初升人竞浴，茵墀香散夜舒荷。○《拾遗记》灵帝游西园，起裸游馆，使宫人奏招商之曲。渠中植夜舒荷，亦曰月出则舒也。茵墀香煮以为汤，宫人以之浴浣，使以余汁入渠，名流香渠。

【清王初桐《奁史》卷五十七·事为门一·事为】灵帝起裸游馆，盛夏避暑其中。宫人年二七已上、三八已下，皆靓妆，解其上衣，惟着内服，或共裸浴。西域所献茵墀香，煮以为汤，宫人以之浴浣，便以余汁入渠，名曰流香渠。（《拾遗记》）

【清吴士玉《骈字类编》卷三十三·时令门十二·夜·夜舒】《云仙杂记》：灵帝起裸游馆千间，渠水绕砌，莲大如盖，长一丈，其叶~~昼卷，名~~荷。宫人靓妆，解上衣，着内服，或共裸浴。西域贡茵墀香煮汤，余汁入渠，号流香渠。

【《御定佩文韵府》卷六之二·渠·流香渠】《拾遗记》：灵帝时西域献茵墀香，煮以为汤，宫人以之浴浣，使以余汁入渠，名曰~~~。

【《御定佩文韵府》卷二十二之二·香·茵墀香】《拾遗记》：汉灵帝避暑于裸游馆，以西域所献~~~煮以为汤，宫人以之浴浣，使以余汁入渠，名曰流香渠。（《拾遗记》）

【《御定佩文韵府》卷九十一之四·浴·裸浴】《左传》：公子重耳及曹，曹共公闻其骈胁，欲观其~~，迫而观之。《云仙杂记》：灵帝起裸游馆千间，渠水绕砌，莲大如盖，长一丈，其叶夜舒昼卷，名夜舒荷。宫人靓妆解上衣，着内服，共~~。西域贡茵墀香煮汤，余汁入渠，号流香渠。

◎ 词汇考

【汉语大词典·靓妆】打扮。《陈书·皇后传论》："（张贵妃）常于阁上靓妆，临于轩槛，宫中遥望，飘若神仙。"宋曾巩《南湖行》之二："东南溪水来何长，若耶清明宜靓妆。"

【汉语大词典·内服】1. 王畿以内的地方。与"外服"相对。《书·酒诰》："越在外服，侯甸男卫邦伯；越在内服，百僚庶尹，惟亚惟服宗工，越百姓里居，罔敢湎于酒。"孔传："于在内服治事百官众正及次大夫，服事尊官亦不自逸。"2. 谓将药物从口服下。与"外敷"相对而言。○今按：须补义项。

【汉语大词典·茵墀香】香名。相传产于西域。晋王嘉《拾遗记·后汉》："西域所献茵墀香，煮以为汤，宫人以之浴浣毕，使以余汁入渠，名曰'流香渠'。"

书　仓

◎ 版本考

A 曹曾积石为仓以藏书，名"曹氏书仓"。

B 曹曾积石为仓以藏书，名"曹氏书仓"。

C 曹曾积石为仓以藏书，名"曹氏书仓"。

D 宋本无此条。

E 曹曾积石为仓以藏书，名"曹氏书仓"。

【张力伟点校】本条原不注出处。据查，见《拾遗记》卷六，为"曹曾"条中之末句；又见于《类说》卷五引《拾遗记》。此与《类说》文同。

◎ 引文考

【宋叶廷珪《海录碎事》卷十八·文学部上·收书门·书仓】曹曾积石为仓以藏书，名曹氏书仓。（《拾遗记》）

【宋佚名《翰苑新书》前集卷六十八·颂德下·学问·书仓】《拾遗记》：曹曾积石为仓以藏书，号曹氏书仓。

【宋无名氏《锦绣万花谷》卷二十·书仓】曹曾积石为仓以藏书，号曹氏书仓。（《拾遗记》）

【宋曾慥《类说》卷五·书仓】曹曾积石为仓以藏书，名曹氏书仓。

【元佚名《氏族大全》卷七·五爻·曹·书仓】曹曾，济阴人，从欧阳歙受《尚书》，积石为仓以藏书，号曹氏书仓。汉光武时人。

【明焦竑《焦氏类林》卷七·典籍】曹曾积石为仓以藏书，名曹氏书仓。（《拾遗记》）

【明李贽《初潭集》卷十二·师友二·一聚书】曹曾积石为仓以藏书，世名曹氏书仓。

【明彭大翼《山堂肆考》卷一百二十四·文学·曹氏书仓】《拾遗记》：鲁人曹曾本名平，慕曾参之行，改名曾，家多书，及世乱，曾虑先文湮灭，乃积石为仓以藏书，世谓曹氏书仓。

【明郑仲夔《玉塵新谭》偶记卷四·书仓】曹（鲁）［曾］积石为仓以藏书，名曹氏书仓。

【明张岱《夜航船》卷八·文学部·书籍·曹氏书仓】曹曾积书万余卷，及世乱，曾虑书箱散失，乃积石为仓以藏书籍，世名曹氏书仓。

【《渊鉴类函》卷一百九十四·文学部三·藏书四·积石为仓】《拾遗记》云：曹曾虑先文湮没，乃积石为仓以藏书，故号曹氏书仓。

【清邓志谟《古事苑定本》卷七·伎艺】唐曹曾积书为仓，以贮古今书籍，时谓之曹氏书仓。

◎ 词汇考

【曹曾】东汉藏书家。字伯山。济阴（今山东定陶、菏泽一带）人。官至谏议大夫。本名曹平，因敬慕曾参品德，遂改平为曾。家产颇富，对招收学徒有贫者，皆提供饭食。家藏图书甚富，多达万余卷。当时天下名书，自上古以来，文字有讹误者，均予以勘正。光武初，天下兵乱，他唯恐因战乱而湮没典籍，乃积石为仓以储藏书籍，世称"曹氏书仓"。

【汉语大词典·积石】指积聚在一起的石块。《汉书·晁错传》："山林积石，经川丘阜，草木所在，此步兵之地也。"南朝宋谢灵运《登石门最高顶》诗："长林罗户穴，积石拥基阶。"前蜀韦庄《李氏小池亭十二韵》："积石乱巉巉，庭莎绿不芟。"

【汉语大词典·藏书】1. 图书馆或私人等收藏的图书。《新唐书·艺文志一》："藏书之盛，莫盛于开元。"清平步青《霞外攟屑·斠书·二十四史月日考》："身后萧然，无以为敛。藏书手着，斥卖都尽。"2. 储藏书籍。《庄子·天道》："孔子西藏书于周室。子路谋曰：'由闻周之征藏史有老聃者，免而归居，夫子欲藏书，则试往因焉。'"

如　　愿

◎ 版本考

A 有商人过清湖，见清湖君。君问所须，商曰："但乞如愿。"君许之。果得一婢，"如愿"即其名也。商有所求，悉能致之。后因正旦，如愿晚起，商人挞之，走入粪壤中不见。今人正旦，以细绳系绵人投粪扫中，云"乞如愿"。

B 有商人过清湖，见清湖君。君问所须，商曰："但乞如愿。"君许之。果得一婢，"如愿"即其名也。商有所求，悉能致之。后因正旦，如愿晚起，商人挞之，走入粪壤中不见。今人正旦，以细绳系绵人投粪扫中，云"乞如愿"。

C 有商人过清湖，见清湖君。君问所须，商曰："但乞如愿。"君许之。果得一婢，"如愿"即其名也。商有所求，悉能致之。后因正旦，如愿晚起，商人挞之，走入粪壤中不见。今人正旦，以细绳系绵人投粪扫中，云"乞如愿"。

D 宋本无此条。

E 有商人过清湖，见清湖君。君问所须，商曰："但乞如愿。"君许之。果得一婢，"如愿"即其名也。商有所求，悉能致之。后因正旦，如愿晚起，商人挞之，走入粪壤中不见。今人正旦，以细绳系绵人投粪扫中，云"乞如愿"。

【张力伟点校】本条原不注出处，据查，见《荆楚岁时记》；又见于《类说》卷六引《荆楚岁时记》。此与《类说》文近。今本《岁时记》文作："又以钱贯系杖脚，回以投粪扫上，云'令如愿'——按《录异记》云：有商人区明者，过彭泽湖。有车马出，自称青洪君，要明过，厚礼之，问：'何所须?'有人教明，但乞如愿。及问，以此言答。青洪君甚惜如愿，不得已，许之，乃其婢也。既而送出。自尔商人或有所求，如愿并为既得。后至正旦，如愿起晚，乃打如愿。如愿走入粪中，商人以杖打粪扫，唤如愿，竟不还也。此'如愿'故事。今北人正月十五日夜'立于粪扫边，令人打粪堆云云，以答假痛意者，亦为如愿故事耳'。"按：鲁迅《古小说钩沈·录异传》辑有此条，然辑校底本未及《荆楚岁时记》。

◎ 引文考

【宋李昉《太平御览》卷二十九·时序部十四·元日】《录异记》云：有商人区明者，过彭泽湖，有车马，自称青洪君。要明过，厚礼之，问："何所须?"有人教之，但乞如愿。及问，以此言答之。青洪君甚惜如愿，不得以许之，乃其婢也。既而送出。自尔商人或有所求，如愿并为即得。后至正旦，如愿起晚，乃打如愿。如愿走入粪中，商人以杖打粪扫，唤如愿，竟不还也。此如愿遗事。

【宋谢维新《事类备要》前集卷十五·节序门·元旦·系令如愿】有商人过清湖，见清湖君。君问所须，有人教云："但乞如愿。"君许之，果得一婢，如愿即其名也。商有所求，悉能致之。后因正旦，如愿晚起，商人挞之，走入粪壤中不见，今人正旦以细绳~偶人投粪扫中，云~~~。（《岁时记》）

【宋叶廷珪《海录碎事》卷二·天部下·元日门·如愿】《录异记》云：有商人过清明湖，见清明君。君问所须，有人教云："但乞如愿。"君许之，果得一婢。自是商人所有求皆如愿。晓起而挞之，走入粪壤中，忽不见。今人正旦以细绳系偶人投于粪壤中，云令如愿。（《荆楚岁时记》）

【宋无名氏《锦绣万花谷》卷四·元日·如愿婢】有商人过青湖，见青湖君。君问所欲，云但乞如愿。君许之，得一婢，有所求，如愿悉能致之。后正旦，如愿起晚，商人挞之，如愿走入粪壤中不见。今人以细绳系木偶投粪壤中，云令如愿。（《荆楚岁时记》）

【宋祝穆《事文类聚》前集卷六·天时部·元日·令如愿】有商人过清湖，见清湖君。君问所须，有人教云："但乞如愿。"君许之，果得一婢，如愿即其名也。商有所求，悉能致之。后因正旦如愿晚起，商人挞之，走入粪壤中不见。今人正旦以细绳系偶人投粪扫中，云令如愿。（《岁时记》）

【元阴时夫《韵府群玉》卷十五·去声·十四愿·婢如愿】有商人见清湖君，君问所须，但乞如愿。君许之。后得一婢，名如愿，商有求，悉致之。后因正旦如愿晚起，商挞之，走入粪壤中不见。今人正旦以细绳系偶人投粪中，云今如愿。《岁时记》一云青洪君。

【明陈耀文《天中记》卷四·四时·春·元日·如愿】有商人区明者，过彭泽湖，有车马，自称青湖君。要明过，厚礼之，问何所须，有人教之，但乞如愿。及问，以此言答之。青湖君甚惜如愿，不得已，许之，乃其婢也。既而送出，自尔商人或有所求，如愿并为即得。后至正旦，如愿起晚，乃打如愿，如愿走入粪中。商人以杖打粪扫唤如愿，竟不还也。(《录异记》)今人正旦以细绳系偶人投粪扫中，云令如愿。(《荆楚岁时记》)

　　【明董斯张《广博物志》卷十四·灵异三】有商人区明者过彭泽湖，有车马出，自称青洪君。要明过，厚礼之，问何所须。有人教明但乞如愿，及问，以此言答，青洪君甚惜如愿，不得已，许之，乃其婢也。既而送出，自尔商人或有所求，如愿并为即得。后至正旦，如愿起晚，乃打如愿，如愿走入粪中，商人以杖打粪扫唤，如愿竟不还也。(《录异记》)

　　【清王初桐《奁史》卷二十·妾婢门二·婢】有商人见清湖君，君问所须，商曰但乞如愿。君许之，果得一婢，如愿即其名也。商有所求，悉能致之。后因正旦，如愿晚起，商人挞之，走入粪帚中不见。今人正旦以细绳系绵人投粪帚中，曰乞如愿。(《云仙杂记》)

　　【清吴襄《子史精华》卷二十四·岁时部一·春·如愿】《录异记》云：有商人区明者过彭泽湖，有车马出，自称青洪君，要明过，厚礼之，问所须，有人教明但乞如愿。及问，以此言答。青洪君甚惜如愿，不得已，许之，乃其婢也。既而送出，自尔商人或有所求，如愿并为即得。此如愿故事。

　　【清翟灏《通俗编》卷十·祝诵·如愿】《采异记》：商人戴欧明常过彭蠡湖，必投供食祀神，数岁不间，忽复过之，有使者迎曰清湖君，请见勿讶也，渠有所酬，子勿受，但乞如愿耳。如其言，果得如愿，乃君之婢也。凡商有所欲，悉能致之。后值正旦，如愿晚起，商挞之走入粪壤，遂失所在。后人元日鸡鸣时辄往积壤间捶呼如愿，云使人富由此。

　　【清朱亦栋《群书札记》卷四·享帚自珍】又按《搜神记》云：有商人欧明过青草湖，湖神邀归，问所须，有一人私语曰：君但求如愿，不必余物。明依其语，湖君许之。及出，乃呼如愿，是一少婢也。至家数年，遂大富。后岁旦，如愿起宴，明鞭之，如愿钻入粪帚中，明家渐贫。故今岁旦粪帚不出户，恐如愿在其中也。此与今刻《搜神记》小异。

◎ 词汇考

　　【汉语大词典·如愿】传说中彭泽湖神的女婢名。"如愿者，青洪君婢也。明将归，所愿辄得，数年，大富。"宋黄庭坚《宫亭湖》诗："灵君如愿傥可乞，收此桑榆老故丘。"

　　【汉语大词典·乞如愿】唐冯贽《云仙杂记》卷十："有商人过清湖，见清湖君，君问所须，商曰：'但乞如愿。'君许之，果得一婢，如愿即其名也。商有所求，悉能致之。后因正旦，如愿晚起，商人挞之，走入粪壤中不见。今人正旦，以细绳系绵人投粪扫中，云乞如愿。"后用为典故。宋黄庭坚《常父答诗有煎点径须烦绿珠之句复次韵戏答》："政当为公乞如愿，作书远寄宫亭湖。"元揭傒斯《小孤山次韵》："丰城客子无一钱，但当作诗乞如愿。"参阅晋干宝《搜神记》卷四、《太平广记》卷二九二引《博异录·欧明》。

　　【汉语大词典·正旦】正月初一。《列子·说符》："邯郸之民，以正月之旦，献鸠于简子，简子大悦，厚赏之。客问其故，简子曰：'正旦放生，示有恩也。'"《后汉书·党锢传·陈翔》："时正旦朝贺，大将军梁冀威仪不整。"唐元稹《酬复言》诗："苦思正旦酬白雪，闲观风色动青旗。"《明史·彭韶传》："正旦者，岁事之始。"

金虀玉脍

◎ 版本考

A 吴郡献松江鲈鱼。炀帝曰："所谓金虀玉脍，东南佳味也。"(《南部烟花记》)

B 吴郡献松江鲈鱼。炀帝曰："所谓金虀玉脍，东南佳味也。"(《南部烟花记》)

C 吴郡献松江鲈鱼。炀帝曰："所谓金虀玉脍，东南佳味也。"(《南部烟花记》)

D 宋本无此条。

E 吴郡献松江鲈鱼。炀帝曰："所谓金虀玉脍，东南佳味也。"(《南部烟花记》)

◎ 引文考

【宋陈景沂《全芳备祖》后集卷二十四·蔬部·虀·杂著】朝虀暮盐(韩《进学解》)。金虀玉脍(《隋唐嘉语》)。

【宋高似孙《纬略》卷七·珧】东坡诗："金虀玉鲙饭炊雪，海螯江柱初脱泉。"但有柱字。

【宋李昉《太平广记》卷二百三十四·食·吴馔】又吴郡献松江鲈鱼，干鲙六瓶，瓶容一斗，作鲙法，一同鮑鱼。然作鲈鱼鲙须八九月霜下之时，收鲈鱼三尺以下者作干鲙，浸渍讫，布裹沥水，令尽散，置盘内，取香柔花叶相间，细切和鲙，拨令调匀。霜后鲈鱼肉白如雪不腥，所谓金虀玉鲙，东南之佳味也。紫花碧叶，间以素鲙，亦鲜洁可观。吴郡又献蜜蟹三千头，作如糖蟹法。蜜拥剑四瓮，拥剑似蟹而小，二螯偏大。《吴郡赋》所谓乌贼拥剑是也。(出《大业拾遗记》)

【宋无名氏《锦绣万花谷》卷三十六·馔食】吴郡献松江鲙，炀帝曰："所谓金虀玉鲙，东南佳味也。"(《隋唐佳话》，又《南部新书》)

【宋曾慥《类说》卷六·《南部烟花记·金虀玉脍》】吴郡献松江鲈鱼，炀帝曰："所谓金虀玉脍，东南佳味也。"

【宋朱胜非《绀珠集》卷十引刘餗《隋唐嘉话·金虀玉脍》】吴郡献松江鲈，炀帝曰："所谓金虀玉脍，东南佳味也。"

【宋祝穆《事文类聚》后集卷三十四·鳞虫部·鱼·金虀玉脍】吴都献松江鲈鱼，炀帝曰："所谓金虀玉脍，东南佳味也。"(《南部烟花记》)

【宋祝穆《事文类聚》续集卷十五·燕饮部·食物】金虀玉脍，东南佳味。(《南部烟花记》)

【元佚名《群书通要》丁集卷八·饮馔门·饮食类·金虀玉脍】金虀玉脍，东南佳味。(《南部烟花传》)

【明陈耀文《天中记》卷四十六·鲙·金虀玉鲙】南人鱼鲙以细缕金橙拌之，号曰金虀玉鲙。隋时吴郡献松江鲙，炀帝曰："所谓金虀玉鲙，东南佳味也。"(《隋唐嘉话》《南部烟花录》)

【明高启《高太史大全集》卷十四·甫里即事四首】长桥短桥杨柳，前浦后浦荷花。人看旗出酒市，鸥送船归钓家。风波欲起不起，烟日将斜未斜。绝胜苕中剡曲，金虀玉鲙堪夸。

【明李时珍《本草纲目》卷四十四·鲈鱼】时珍曰：鲈出吴中，淞江尤盛。四五月方出，长仅数寸，状微似鳜而色白，有黑点，巨口细鳞，有四鳃。杨诚斋诗颇尽其状云："鲈出鲈乡芦叶前，垂虹亭下不论钱。买来玉尺如何短，铸出银梭直是圆。白质黑章三四点，细鳞巨口一双鲜。春风已有真风味，想得秋风更迥然。"《南郡记》云："吴人献淞江鲈鲙于隋炀帝，帝曰：'金齑玉鲙，东南佳味也。'"

【明彭大翼《山堂肆考》卷一百九十四·饮食·羹·玉糁】苏子瞻曰：过子忽出新意，以山芋作玉糁羹，色香味皆奇绝，作诗云："香似龙涎仍酽白，味如牛乳更全清。莫将南海金齑脍，轻比东坡玉糁羹。"按《隋唐嘉话》："南人鱼脍以细镂金橙拌之，号为金齑玉脍。隋时吴郡献松江脍，炀帝曰：'所谓金齑玉脍，东南佳味也。'"

【明彭大翼《山堂肆考》卷二百二十四·鳞虫·鲈鱼脍】《宁波志》：鲈鱼巨口细鳞，身有黑点，作鲊最良。《隋唐嘉话》：吴郡献松江鲈脍，炀帝曰："此所谓金齑玉脍，东南之佳味也。"又有四鳃者，皮脆而肉厚，名脆鲈。有江鲈差小，而两腮味淡，有塘鲈形，虽巨而不脆。

【明郑若庸辑《类隽》卷十八·饮食类·脍·佳味】《隋唐嘉话》云：吴郡献松江鲈，炀帝曰："所谓金齑玉脍，（泉）[东]南佳味也。"

【明卓明卿《卓氏藻林》卷四·饮食类·金齑玉脍】吴郡献松江鲈鱼，炀帝曰："所谓金齑玉脍，东南之佳味也。"

【《渊鉴类函》卷三百九十·食物部三·脍三·佳味】《隋唐嘉话》曰：吴郡献松江鲈脍，炀帝曰："所谓金齑玉脍，东南佳味也。"

【清邓志谟《古事苑定本》卷十一·饮馔】隋时吴郡献松江鲙，炀帝曰："金齑玉鲙，东南之佳味也。"

【清厉荃《事物异名录》卷十五·饮食部·鲊·金齑玉鲙】《南部烟花记》：南人鱼脍，细缕金橙拌之，号为金齑玉鲙。

【清张定鋆辑《三余杂志》卷七·金齑玉脍】《云仙杂记》：吴都献松鲈鱼，炀帝曰："所谓金齑玉脍，东南佳味也。"

◎ 词汇考

【汉语大词典·松江鲈鱼】松江所产的鲈鱼。以四鳃著名，也称四鳃鲈。肉嫩味美。《后汉书·方术传下·左慈》："操从容顾众宾客曰：'今日高会，珍羞略备，所少吴松江鲈鱼耳。'"《太平御览》卷九三七引唐杜宝《大业拾遗录》："六年，吴郡献松江鲈鱼干脍，鲈鱼肉白如雪，不腥，所谓金齑玉鲙，东南之佳味也。"亦省称"松江鲈""松鲈"。金党怀英《黄弥守画吴江新霁图》诗："中流水肥鱼逆上，受网应有松鲈鲜。"清王士禛《午食得鲈》诗："蜃蛤雁醢百不爱，缕鲙爱斫松江鲈。"

【汉语大词典·玉脍】亦作"玉鲙"。鲈鱼脍，因色白如玉，故名。常借指东南佳味。唐冯贽《云仙杂记》卷十引《南部烟花记》："吴都献松江鲈鱼，炀帝曰：'所谓金齑玉脍，东南佳味也。'"宋陆游《洞庭春色》词："人间定无可意，怎换得玉鲙丝莼。"明朱鼎《玉镜台记·成婚》："珍庖调玉脍，仙府饫琼浆。"清朱鹤龄《与吴汉槎书》："鲈鱼玉鲙，进甘旨于盘餐，此真人间之大欢极乐也。"

闪 电 窗

◎ 版本考

    A 帝观书处，窗户玲珑相望，金铺玉衬，辉映溢目，号为闪电窗。(《南部烟花记》)

    B 帝观书处，窗户玲珑相望，金铺玉衬，辉映溢目，号为闪电窗。(《南部烟花记》)

    C 帝观书处，窗户玲珑相望，金铺玉衬，辉映溢目，号为闪电窗。(《南部烟花记》)

    D 宋本无此条。

    E 帝观书处，窗户玲珑相望，金铺玉衬，辉映溢目，号为闪电窗。(《南部烟花记》)

◎ 引文考

    【宋曾慥《类说》卷六·《南部烟花记·闪电窗》】帝观书处，窗户玲珑相望，金牖玉观，辉映溢目，号闪电窗。

    【明焦竑《焦氏类林》卷六】炀帝观书处，窗户玲珑相望，金铺玉观，辉映溢目，号为闪电窗。(《南部烟花记》)

    【明李贽《初潭集》卷二十五·君臣五】炀帝观书处，窗户玲珑相望，金铺玉观，辉映溢目，号闪电窗。

    【清陈元龙《格致镜原》卷二十】《南部烟花记》：炀帝观书处，窗户玲珑相望，金铺玉观，辉映溢目，号为闪电窗。

    【清李世熊《钱神志》卷二】炀帝观书处，窗户玲珑相望，金铺玉观，辉映溢目，号曰闪电窗。

    【清史梦兰《全史宫词》卷十二】东西阁道倚云开，妙楷台连宝画台。向晚观书宸意倦，日光斜射电窗来。○《隋书·经籍志》：聚魏以来古迹名画，于殿后起二台，东曰妙楷台，藏古迹，西曰宝画台，藏古画。《南部烟花记》：帝观书处，窗户玲珑相望，号闪电窗。

    【清吴士玉《骈字类编》卷十二·天地门十二·电窗】《云仙杂记》：帝观书处，窗户玲珑相望，金铺玉观，辉映溢目，号为闪~~。

    【清吴士玉《骈字类编》卷六十六·珍宝门一·玉观】《云仙杂记》：帝观书处，窗户玲珑相望，金铺~~，辉映溢目，号为闪电窗。

    【清吴襄《子史精华》卷一百四十七·居处部一·金铺玉观辉映溢目】冯贽《南部烟花记》：帝观书处，窗户玲珑相望，~~~~~~~~~，号为闪电窗。

    【清熊文举《雪堂先生文集》卷二十八·炀帝观书处窗户玲珑相望金台玉观辉映溢目号闪电窗》】窗户玲珑绝点埃，金台玉观俨蓬莱。阿嫫若不为天子，宁愧昭明一代才。

    【《御定佩文韵府》卷三·闪电窗】冯贽《云仙杂记》：帝观书处，窗户玲珑相望，金铺玉观，辉映溢日，号为~~~。

    【《御定佩文韵府》卷七十四之三·玉观】《云仙杂记》：炀帝观书处，窗户玲珑相望，金铺~~，辉映溢目，号为闪电窗。

    【杨钟羲《雪桥诗话》卷二】冯贽《云仙杂记》：帝观书处，窗户玲珑相望，金铺可观，辉映溢目，号为闪电窗。吴蔄次绮有诗云："甲夜犹传驻御幢，一朝芸帙冷明釭。蛛丝似也知人事，网遍金泥闪电窗。"吴，江都人，顺治九年以拔贡生授中书舍人，奉诏谱杨椒山传奇，迁武选司员外郎，盖即以椒山原官官之。其入署句云："闲拂案尘摊好句，一杯凉水祭椒山。"康熙五年，以水部郎出知湖州吴兴，有艺香山为西施种兰处，取以名词。

◎ 词汇考

【汉语大词典·玲珑】明彻貌。《文选·扬雄〈甘泉赋〉》："前殿崔巍兮，和氏玲珑。"李善注引晋灼曰："玲珑，明见儿也。"南朝宋鲍照《中兴歌》之四："白日照前窗，玲珑绮罗中。"唐邵楚苌《题马侍中燧木香亭》诗："树影参差斜入檐，风动玲珑水晶箔。"

【汉语大词典·辉映】照耀；映射。南朝宋谢灵运《登江中孤屿》诗："云日相辉映，空水共澄鲜。"

【汉语大词典·溢目】满目；目不暇接。《后汉书·延笃传》："百家众氏，投闲而作。洋洋乎其盈耳也，焕烂兮其溢目也。"《初学记》卷二二引南朝梁简文帝《谢敕赉方诸剑等启》："才发玉匣，雕奇溢目。"唐冯贽《南部烟花记·闪电窗》："帝观书处，窗户玲珑相望，金铺玉观，辉映溢目，号为闪电窗。"

【汉语大词典·闪电窗】指隋炀帝读书处。唐冯贽《云仙杂记·闪电窗》："帝观书处，窗户玲珑相望，金铺玉观，辉映溢目，号为闪电窗。"

后 记

清代金兆燕《棕亭诗钞》卷六《次韵题尹望山宫保钱香树司寇吴门倡和诗后》曰：

> 五花宾馆对芳洲，七里山塘足胜游。
> 南国冠裳尊二老，西园翰墨著千秋。
> 连镳共逞追云骥，学步真惭喘月牛。
> 钟吕不嫌竽管并，好排吟席待华驺。

金兆燕为乾隆年间大诗人，亦为四库馆臣之一。"五花宾馆"典故首见于宋钱易《南部新书》。诗句所述与余所居环境颇为相合，略有感通，诗兴顿起，适逢此书杀青，遂勉力和之。诗曰：

> 五花宾馆对汀洲，十里荷塘足佚游。
> 楚国儒冠尊五老，枫园墨楮写千秋。
> 山中独着飞云履，雾隙同封瞬碧侯。
> 半寸古丸金不换，详笺《散录》待穷幽。

"飞云履""瞬碧侯""金不换"诸典皆见于《云仙散录》。惟"五老"用今典，指武汉大学中文系之"五老"（刘弘度、刘博平、黄耀先、席鲁思、徐天闵），著书立说，守先待后，守正出新，实为珞珈之先贤、吾侪之楷模。

珞珈山水，甲于天下。珞珈人文，冠于华夏。弱冠之年，负笈珞珈。幽径相通，不辨西东。深入石匮，如陷迷宫。远离琴台，犹有隐痛。嗟夫！命途多舛，流落江湖，等因奉此，尽捣糨糊。年届而立，发愤读书。迷途知返，不远而复。重返枫园，揖别屈贾。困学山麓，仓促著书。暇则登高望远，激扬志气。继而远走云间，砥砺心性。时光飞驰，转瞬已历一世。学无寸进，愧对前哲；学不见道，枉费精神。无乐天之潇洒，存求真之本心。

脱去名利枷锁，开启清高门户。磨墨何止半寸，穷幽尚待继续。古人云："穷幽极深，无所止也。"可不勉哉？可不勉哉？

司马朝军

2015 年 10 月 10 日

于武汉大学中国传统文化研究中心